에덴의 동쪽

죤 스타인벡

일신서적출판사

에덴의 동쪽

차례

제 1 부 ······ 7
제 2 부 ······ 138
제 3 부 ······ 299
제 4 부 ······ 454
■ 감상과 해설 ······ 664

친애하는 파스칼 코비치 형에게

내가 나무로 조각하는 것을 보고 형은 나에게 가까이 와서 말했다.
「내게도 무엇 좀 만들어 주렴.」
「무엇을 원하시는데요?」
「음, 상자.」
「상자는 무엇에 쓰려는 거죠?」
「물건을 넣으려고.」
「어떤 물건?」
「무슨 물건이나 다.」
자, 바로 당신이 원하던 그 상자입니다. 내가 가지고 있는 물건을 거의 다 넣었는데도 상자는 가득 차지 않았군요. 그 상자 속에는 고통과 흥분이 들어 있고, 호감과 원한, 악의와 선의, 고뇌와 기쁨과 절망과 말할 수 없는 창조의 환희가 그 속에 들어 있어요.
그리고 그 모든 것 위에는 내가 형에 대해 품고 있는 감사와 사랑이 깃들어 있지요.
그런데도 상자는 아직 가득 차지 못했어요.

——존

제1부

제1장

1

    샐리너스 계곡은 캘리포니아 북쪽에 자리잡고 있다. 이 계곡은 두 줄기 험난한 산맥 사이에 끼어 있는 길쭉한 벌판인데, 그 중앙을 샐리너스 강이 흐르다가 마침내 몬터리 만으로 흘러들어간다.

    나는 지금도 어린 시절 부르던 여러 가지 풀 이름과 남몰래 홀로 피는 꽃의 이름을 잊지 않고 있다. 나는 두꺼비가 살기에 적당한 곳, 여름날 새벽에 새가 잠에서 깨는 시각, 나무와 계절의 향기, 사람들의 표정과 또한 각기 다른 걸음걸이와 체취를 아직도 기억한다. 향기의 추억은 정말로 영롱하다.

    샐리너스 계곡 동쪽에 있는 개빌런 산맥은 사람을 부르는 듯 다정하고 햇빛이 가득한 맑고 상쾌한 산이어서, 어머니 무릎에 앉은 듯, 그 따스한 산기슭에 오르고 싶은 충동이 일던 일을 지금도 또렷이 기억한다. 산은 갈색 풀잎으로 사람들에게 손짓을 보내며 어서 오라고 부른다. 또한 이 계곡의 서쪽에는 산타루치아 산맥이 하늘을 등진 채 광활한 바다로부터 계곡을 가로막고 서 있는데 왠지 매정하고 정이 가지 않으며 무섭기조차 했다. 나는 늘 서쪽은 무서워했고 동쪽을 좋아했다. 왜 그랬는지 그 이유는 알 수 없다. 글쎄 개빌런 산봉우리 너머로 아침이 찾아오고 산타루치아 산등성이로부터 밤이 오기 때문일까? 그 두 줄기 산맥에 대한 내 감정이 어쩌면 하루의 탄생과 죽음과 관련이 있는지도 모르는 일이다.

    계곡 양쪽의 협곡으로부터 작은 개울이 흘러나와 샐리너스 강 바닥으로 떨어졌다. 겨울에 비가 많이 내릴 때면 냇물이 넘쳐서 강이 범람했다. 강이 범람하면 미친 듯 넘쳐서 강둑까지 넘어 주변을 모두 물로 휩쓸었다. 강물은 농토를 뒤

8

덮어 수만 평의 모든 농토를 씻어내렸다. 그리고 소·돼지·양 등의 가축을 흙탕물 속에 빠져 죽게 하여 바다로 떠내려가게 했다. 그러다가 늦은 봄이 되면 강물은 차츰차츰 줄어들어 양쪽에 모래둑이 나타났다. 여름이 되면 강물은 땅 위로는 흐르지 않고 높은 둑 아래서 소용돌이치는 몇 개의 웅덩이만 남아 있게 된다. 목초가 다시 자라기 시작하고 버드나무의 맨 위 꼭대기 가지에는 홍수 때 뒤집어 쓴 찌꺼기가 그대로 있는 채 가지들은 기지개를 켰다. 샐리너스 강은 철마다 변하는 강이었다. 여름의 뙤약볕은 물을 모두 땅 속에 집어 넣었다. 그 강은 결코 훌륭한 강은 아니었지만 단 하나뿐인 강이라 우리는 자랑을 했다. 우리는 샐리너스 강을, 가문 여름에는 바싹 말라붙고 겨울에는 비가 너무 많이 내려 위험하다고 하면서도 그 강을 자랑했다. 소유한 것이 오직 하나뿐일 때는 그것을 자랑할 수밖에 없다. 아니 어쩌면 자기가 가지고 있는 것이 없을수록 자랑을 하는 게 속성인지도 모른다. 두 산맥 사이의 산기슭 아래쪽에 위치한 샐리너스 계곡의 밑바닥은 평평하다. 그 이유는 옛날 이 샐리너스 계곡이 바다에서 백 마일 정도 들어온 만이기 때문이다. 강 어귀의 늪지는 수백 년 전에 이 기다란 만의 입구였다. 언제였는지는 잘 모르지만 나의 아버지는 이 계곡의 50마일 아래에 우물을 판 적이 있었다. 처음에 천공기에 매달려 올라온 것은 흙이었고, 그 다음에는 자갈이 나왔으며, 그 다음에는 조개껍질로 된 흰 모래와 고래 뼈 조각이 가득한 흰 모래가 나왔다. 그런 모래가 대강 20피트 정도 나오더니 다시 검은 흙과 삼나무 조각이 나왔다. 삼나무는 오랜 세월이 지나도 썩지 않는다. 옛날에는 이 계곡이 만이 되기 전에는 아마도 숲이었을 것이다. 이러한 모든 일이 바로 우리 발 아래서 일어난 것이다. 밤이 되면 나는 이따금씩 바다와 예전의 삼나무 숲을 느낄 수 있을 것 같은 생각이 들었다.

　넓고 평평한 벌판에 비옥한 흙이 넓게 깔려 있었다. 겨울에 비만 충분히 내린다면 이 흙에서 풀과 꽃이 만발할 것이다. 강우량이 충분한 해에는 봄에 꽃이 흐드러지게 핀다. 온 벌판과 산기슭에는 루핀 꽃과 양귀비가 뒤덮였다. 언젠가 어느 여인이 말하기를 여러 색깔의 꽃에 흰꽃 몇 송이를 꽂아 놓으면 그 색깔이 더욱 선명해진다고 했다. 파란 루핀 꽃은 꽃잎마다 흰 테가 바이어스처럼 둘러처져 있어서 루핀이 활짝 핀 들은 훨씬 더 푸르게 보인다. 그 속에는 캘리포니아 양귀비가 섞여 있어서 그 색깔이 더욱 선명했다. 캘리포니아 양귀비는 오렌지 색도 아니고, 황금 색도 아닌 마치 불타는 듯한 색깔이었다. 만일 액체로 된 순금이 있어서 담황색을 진하게 칠한다면 그 색깔이 양귀비 꽃과 비슷할지도 모르겠다. 꽃들의 철이 지나고 나면 노란 겨자풀이 돋아서 자라난다. 나의 할아버지가 이 벌판으로 말을 타고 들어올 때면 겨자풀이 너무 크게 자라나서 노란 겨자꽃 위로 말 탄 사람의 머리만 보였다. 고지대에서는 아기미나리아제비와 다두 상국화와 바이올렛과 함께 풀이 무성히 자랐다. 그리고 조금 지나면 빨강과 노랑 충을 이루며 카스틸레야 꽃이 피었다. 카스틸레야는 양지바른 곳에서 잘 자라는 꽃이다.

어둑하고 그늘진 곳에서는 생기에 찬 참나무가 서 있고 그 밑에는 고사리가 향기를 뿜으며 자라났다. 이끼 긴 강둑 아래에는 고비와 양치류가 덤불을 이루고 있었다. 그리고 죄스럽게 보일 정도로 아름다운 우유빛의 잔대와 작은 등꽃이 있었는데, 아주 드물고 신비로워서 이 꽃을 찾아낸 어린아이는 온종일 즐거워하며 자랑할 정도였다.

6월이 오면 풀은 저마다 이삭이 여물어 가고 갈색이 되어 언덕도 온통 갈색으로 물든다. 아니 갈색이라기보다는 약간 붉은 빛을 띤 누르스름한 색깔로, 말로 표현하기 힘든 색으로 변한다. 이때부터 다음 우기까지 땅은 건조해지고 냇물은 마른다. 드디어 땅은 갈라지고 샐리너스 강은 모래 바닥 아래로 숨어 버리고, 계곡에는 바람이 몰아치며 먼지와 지푸라기를 날려 보내다가 남쪽으로 옮겨 가면서 더 거세게 불다가 어두워져서야 겨우 잠잠해진다. 그야말로 매섭고 신경을 날카롭게 만드는 바람이었다. 흙먼지가 날려 살갗에 파고들고 눈을 따끔따끔 쑤시게 만들었다. 밭에서 일하는 남자들은 흙먼지를 막으려고 보호 안경을 쓰고 손수건으로 코를 막기도 했다.

벌판은 토지가 비옥하지만 산기슭은 풀뿌리를 덮을 정도의 깊이 밖에 안 되고, 산으로 올라갈수록 흙의 두께는 더욱 얇아져서 차돌이 삐죽삐죽 솟아났다. 그 위에 있는 관목 지대를 지나면 뜨거운 햇빛이 눈부시게 반사되는 차돌밭이 펼쳐진다.

지금까지는 강우량이 많은 풍년에 대해서만 언급했지만, 강우량이 절대로 부족한 해도 더러 있었다. 그런 해에는 온통 난리가 나곤했다. 30년을 주기로 물 사정이 변했다. 강우량이 풍부해서 내내 풍년을 이루는 해가 6,7년이었는데, 그때의 강우량은 19 내지 25인치 정도였다. 그리고 강우량이 고작 12 내지 16인치 정도의 평년이 왔다. 그후에는 강우량이 7 내지 8인치뿐인 극히 가문 해가 여러 해 동안 계속된다. 온 천지가 가물어 땅이 갈라지고 풀은 겨우 자라다가 말라 죽고 말았다. 여기저기 불모의 벌거숭이 땅이 볼성사납게 드러났다. 떡갈나무는 껍질만 앙상하고 산맥은 잿빛이 되었다. 땅은 온통 갈라지고 샘물은 말라붙고 가축은 목이 말라 비실거리며 나뭇가지를 뜯었다. 이럴 때마다 농부와 목장 주인은 샐리너스 계곡에 대해 혐오감을 가졌다. 소는 점점 여위어 가고 굶어 죽기도 했다. 사람들도 식수를 물통으로 집까지 길어 먹어야 했다. 가산을 팽개치고 떠나 버리는 가구도 더러 생겨났다. 그런데 사람들은 누구나 흉년 때에는 풍년 때의 일을 잊기 십상이고, 풍년 때에는 흉년 때의 일을 까맣게 잊어 버리곤 했다. 언제나 그런 식으로 살았다.

2

길게 뻗어 나간 샐리너스 계곡은 생긴 모양이나 역사가 다른 고장과 조금도 다를 바가 없었다. 그곳에는 처음에 인디언이 살았으나 그들은 정력이나 창의력도 없고 또한 문화도 전혀 없는 열등 종족으로 게을러서 사냥이나 고기잡이도 하지 않고 벌레·메뚜기·조개 등을 먹고 살았다. 그들은 열매가 매달려 있는 것만 따서 먹을 뿐 다른 것들은 심지도 키우지도 않았다. 그들은 떫은 도토리를 가루로 내어서 먹었고, 전투마저 맥빠진 모노 드라마였다.

그 다음에 강인하고 억센 스페인 사람이 탐험을 하려고 들어왔다. 그들은 현실적이고 욕심이 많았으며 황금을 탐냈고 신(神)을 위해 욕심을 부렸다. 그들은 보석을 수집하면서 사람도 수집했다. 오늘날의 대지권(垈地權)을 얻는 것처럼 이들은 산과 벌판, 강과 지평선 전체를 수중에 넣었다. 억세고 강인한 스페인 사람들은 쉬지 않고 해변을 돌아다녔다. 그들 중에는 스페인 국왕에게서 영지를 하사받아 그곳에 정착한 사람들도 있었는데, 스페인 국왕은 자신이 하사한 땅의 크기도 알지 못했다. 맨 처음 땅을 소유한 그들은 봉건적 정착촌에서 가난하게 살을 수밖에 없었다. 이들은 가축을 방목해서 키웠는데, 주기적으로 가축을 잡아 가죽과 기름은 쓰고 고기는 내버려서 매와 늑대의 먹이로 주었다. 그들은 이곳에 발을 디디면서부터 맨 처음에 오는 모든 것에 이름을 붙여 주어야 했다. 이 일은 어느 탐험가도 당연히 해야 할 의무이자 특권이었다. 자기가 손수 그린 지도에 이름을 적기 전에 사물의 이름을 명명해야만 하기 때문이었다. 물론 그들은 모두 종교를 가졌고 아울러 글도 쓸 수 있었다. 신부들은 군인을 따라 여행하면서 기록을 하고 지도를 만들었는데 그들은 억세고 강인했다. 그래서 고장의 이름을 대개 성자의 이름이나 정박지에서 거행한 축일의 이름을 따서 정했다. 성자가 많기는 했지만 그보다 명명해야 할 고장이 더 많았으므로 더러 이름이 중복되기도 했다. 산 미구엘, 세인트 마이클, 산 아도, 산 버나도, 산 베니토, 산 로렌조, 산 칼로스, 산 프란시스퀴토 등이 많이 중복되는 편이었다. 그 다음 축일로는 성모 마리아 탄생 축일의 나티비닷, 성탄절의 나치비엔테, 고독하다는 의미의 솔리닷 등이 중복되었다. 그리고 또 탐험대가 당시 느낀 대로 기분에 따라 명명한 곳도 있었다. 밝은 희망의 뜻인 부에나 에스페란자, 경치가 아름답다는 뜻인 부에나 비스타, 아름답다는 뜻의 추알라 등이 그것이다. 또한 설명투인 이름도 있다. 참나무가 많아서 파소 드 로스 로블즈, 월계수가 있는 곳이라고 로스 로럴즈, 늪지에 갈대가 많다고 튜라 시토스, 소금같이 흰 알카리라는 뜻의 샐리너스가 있다.

또한 흔히 볼 수 있는 동물이나 새의 이름을 붙인 고장도 있다. 산에 매가 많다고 가빌란 산맥, 두더지가 있다고 토포, 들고양이가 많다고 로스 가토스라고 붙였다. 그리고 지형의 생긴 모습에 따라 명명한 곳도 있다. 접시와 잔 모양같이 생겼다고 타사하라, 물이 바싹 말라붙은 호수라고 불인 라구나세카, 흙담을 뜻하는 코럴 드 티에라, 낙원 같다고 파라이소라고 이름을 붙였다.

그 뒤에는 미국인이 들어왔다. 미국인의 숫자는 더 많았기 때문에 스페인 사람보다 훨씬 더 탐욕스러웠다. 이들은 토지를 소유하기 위해 법을 개정하고 소유권을 확인했다. 처음에는 벌판에다 농가를 세웠으나 차츰 산기슭까지 들어가더니 급기야는 온 땅을 차지해 버렸다. 감나무 널판지로 지붕을 이은 작은 목조집에는 통나무로 만든 울타리가 둘려 쳐져 있었다. 어느 곳에서라도 물이 나온다면 사람들은 달려가서 집을 짓고 가족을 구성하여 그 가족의 숫자는 점점 증가하기에 이르렀다. 그들은 장미 덩굴과 붉은 제라늄을 잘라다 앞마당에 심었다. 마차가 다녀서 오솔길은 확장되었고 옥수수·밀·보리밭이 반듯하게 노란 겨자나무 밭 가운데 생겨났다. 인적이 빈번해진 길가에는 10마일마다 잡화상과 대장간이 생기고, 이런 상점들은 브랜들워니, 킹 시더니, 그린 필드니 등의 작은 마을의 중심을 이루게 되었다.

스페인 사람과는 달리 미국인들은 사람의 이름을 따서 지명을 붙이는 편이었다. 벌판에 사람이 정착하고부터는 그 고장에서 생긴 일과 관련지어 이름을 붙였다. 나는 이런 이름이 옛날의 어떤 사건을 의미하기 때문에 다른 이름보다 더 멋있게 생각되었다. 예를 들면 볼사 누에바는 새 지갑이 생각나고, 모로코조는 절름발이 무어인이 떠올랐다. 그는 대체 어떤 인물이며 이곳에 어떻게 왔을까?

와일드호스 캐넌, 무스탕 그레이드, 셔츠 테일 캐넌 등도 그것과 마찬가지이다. 지명이 점잖거나 점잖지 않거나, 설명투의 이름이거나 시적인 이름이거나, 또는 얕보는 이름이거나, 그 이름을 명명한 사람들에게 책임이 있다고 볼 수 있다. 산 로렌조라는 이름은 어느 고장에나 붙일 수 있지만, 셔츠 테일 캐넌이나 모로코조라는 이름은 그리 쉽게 어느 곳에나 붙일 수 있는 것이 아니다.

오후가 되면 바람이 개척지 위에 거세게 불어닥쳐서 농부들은 흙이 날려가지 않게 큰 상록수를 여러 마일 심어 방풍림을 만들기 시작했다. 나의 할아버지와 할머니가 오늘날의 킹 시티 동편 산기슭의 언덕에 정착할 무렵에는 샐리너스 벌판은 대략 이런 사정이었다.

제 2 장

1

　나는 단지 풍문과 오래되어 색바랜 사진과, 들은 이야기와 뒤얽혀 뚜렷하지 않은 추억을 떠올리며 해밀튼 일가에 대해 이야기할 도리밖에 없다. 그들은 명문가 출신이 아니었기 때문에 출생·결혼·토지 소유권·사망에 관한 보통의 문서 이외에는 달리 남아 있는 것이 없었다.

　사무엘 해밀튼 청년은 북부 아일랜드 출신이었고, 그의 아내도 역시 그곳 출신이었다. 그는 평범한 소농의 아들로, 그의 집안은 몇백 년 동안 동일한 토지와 동일한 돌집에서 살아 왔다. 그렇지만 해밀튼 집안은 교육을 많이 받은 유식한 집안이었다. 그리고 다른 집안처럼 친척 중에는 훌륭하고 뛰어난 사람도 있었고 못난 사람도 있었는데, 팔촌인가는 준남작이었고 또 사촌 중 한 명은 거지였다. 그렇지만 모든 아일랜드 사람과 마찬가지로 그 집안도 모두 아일랜드의 옛날 국왕 후손이었다.

　나는 사무엘 해밀튼이 조상 대대로 내려오는 돌집과 그가 경작하던 농토를 왜 떠났는지 그 이유를 알지 못한다. 그는 정치와는 무관한 사람이었으므로 반역죄를 범했을 리도 없고, 드물게 보는 정직한 성품이기 때문에 경찰의 눈을 피해 떠났을 리도 없다. 그러나 우리 집안에서는 소문까지라고는 말할 수 없고 그저 미루어 짐작컨대 그는 사랑 때문에 이곳을 떠난 성싶었다. 자기 아내와의 사랑이 아니라 다른 여인을 사랑했기 때문에 그가 추방당했다는 소문이 공공연히 떠돌았다. 그러나 그 사랑이 성공적인 것이었는지 아니면 비극을 초래한 사랑이었는지는 나도 알 수 없다. 우리는 대부분 전자의 경우라고 생각했다. 사무엘은 젊고 미남으로 쾌활하며 매력적이었다. 어떤 아일랜드 시골 처녀라도 그를 거절했다고 생각할 수는 없었다.

　그는 혈기 왕성한 한참 나이에 이 샐리너스 벌판에 왔다. 명석한 두뇌의 소유자인 그는 푸른 눈으로 피곤할 때는 한쪽 눈을 약간 바깥 쪽으로 움직였다. 그는 건장한 체구였으나 한편으로는 섬세한 편이었다. 그는 농장에서 흙일을 했지만 언제나 청결했고 손재주가 뛰어나 대장 일, 목수 일, 목각 일을 잘했다. 그는 나무나 쇠를 가지고 손에 닥치는 대로 무엇이든지 쉽게 만들곤 했다. 그는 언제나 하는 일에서 일을 더 잘, 더 빨리 하는 방법을 생각해 냈는데, 그는 일생 동안 돈벌이와는 관계가 없는 듯했다.

그가 왜 샐리너스 벌판으로 왔는지는 나도 알 수 없다. 이곳은 푸른 초원에서 살던 사람이 올 만한 곳이 아니었음에도 불구하고 그는 20세기가 되기 한 30년 전에 이곳으로 자그마한 아일랜드 출신의 아내와 함께 왔다. 그의 아내는 유머가 없고 무미건조한 부인으로, 장로교 정신이 투철하고, 쾌락적인 일은 아주 멀리해야 한다는 사고 방식을 가지고 있었다.

나는 사무엘이 아내와 어떻게 만나 어떻게 구혼을 하고 결혼을 했는지도 알지 못한다. 내가 생각하기로는 사무엘은 사모하는 다른 여인이 있었던 것 같다. 사무엘은 사랑을 표시하는 성격인데 반하여 그의 아내는 감정을 표면적으로 나타내는 여인이 아니었기 때문이다. 하지만 그가 젊어서부터 죽는 날까지 샐리너스에서 사는 동안에는 다른 여자와 사귀었다고 볼 수는 없었다.

사무엘과 라이자가 샐리너스에 도착했을 때 평지는 말할 것도 없었고 비옥한 저지대와 언덕의 좁은 옥토와, 임야는 이미 모두 주인이 있었고 농사를 지을 땅이라고는 변두리에 약간 있을 뿐이었다. 사무엘은 지금의 킹 시티 동쪽에 있는 불모지인 언덕에 농장을 시작했다.

그는 일반적인 관례대로 자기 몫으로 4분의 1 평방 마일, 아내 몫으로 4분의 1 평방 마일, 그리고 아내가 임신 중이었으므로 아이 몫으로 4분의 1 평방 마일의 땅을 차지했다. 세월이 흐르자 그에게는 아들 4명, 딸 5명 등 모두 9명의 자녀가 태어났다. 그는 아이가 태어날 때마다 4분의 1 평방 마일의 땅을 늘렸다. 즉 4분의 1 평방 마일의 땅이 식구수인 11명, 곧 1천 7백 60에이커의 땅을 차지한 것이다.

그 땅이 비옥했다면 해밀튼 일가는 부자가 되었을 것이다. 그러나 땅은 거칠고 건조했다. 샘에서는 물이 한 방울도 나오지 않았고 흙 두께가 얇아서 여기저기 차돌이 드러났다. 들쑥조차 살아남기 힘들었으며 떡갈나무는 물이 없어서 자랄 수가 없었다. 비가 비교적 많이 온 해에도 가축은 먹이를 찾아 사방을 돌아다녔다. 해밀튼 가족이 불모의 언덕에 있는 그들 농장에서 서쪽을 내려다보면 저지대와 샐리너스 강변 근처의 비옥한 농토가 보였다.

사무엘은 직접 집과 헛간과 대장간을 지었다. 그는 자기가 1만 에이커의 땅을 소유하고 있어도 물이 없으면 생계를 유지하기가 힘들다는 것을 깨달았다.

그는 곧 솜씨를 발휘하여 우물 파는 기구를 만들어 운 좋은 사람의 땅에다 우물을 파 주기도 했다. 그리고 탈곡기도 만들어 추수 때마다 저지대에 내려가서 자기네 농장에서는 수확할 수 없는 곡식을 털어 주었다. 그는 자기 집 대장간에서 쟁기 날을 갈아 주거나 써래를 고쳐 주었다. 또 부러진 굴대를 수선해 주거나 말굽에 편자를 대 주기도 했다. 여러 곳에서 사람들이 그의 대장간에 찾아와 일을 해 달라고 부탁했다. 그리고 그들은 사무엘이 세상만사와 세상 사람들의 사고와 샐리너스 계곡 밖에서 일어나는 시어(詩語)와 사상에 대해 이야기하는 것을 듣기를 즐겨했다. 그는 음성이 굵직하고 부드러워서 이야기 듣기가 좋았다. 그는 아일랜드 사투리를 전혀 사용하지 않았고, 그의 어조는 억양과 리듬이 부드러워 계곡의 낮은 지대에서 온 농부들이 듣기에 좋았다. 그들은 올 때마다 위스키를 가지고 와서 해밀튼 부인이 보이지 않는 곳에서, 그녀의 쌀쌀하고 냉정한 시선을 피해서 술을 약간씩 마시고, 술 냄새가 나지 않게 하려고 푸른 야생 아니스를 계속 씹었다. 날씨가 좋은 날에는 으레 서너 명의 사나이가 대장간 주위를 에워싸고 사무엘이 망치를 두드리며 말하는 것을 들으려고 잔뜩 귀를 기울였다. 그들은 사무엘을 희극의 천재라고 했다. 그리고 그들은 자기가 들은 이야기를 집에 돌아가 가족에게 해주려고 했다. 그러나 집에 도착했을 때에는 이미 이야기를 잊어버려 전혀 생각이 나지 않았다. 그들은 사무엘에게서 들은 이야기를 자기 집 부엌에서 가족들에게 이야기했으나 도중에 이야기가 새어 나갔는지 그와 똑같이 할 수는 없었다.

사무엘은 우물 파는 기계와 탈곡기와 대장간에서 거둬들이는 수입만으로도 충분히 부자가 될 수 있었으나 그는 사업과는 거리가 먼 사람이었다. 그의 손님은 언제나 가난한 사람들이라 돈은 추수를 하고 주겠다고 미루다가 그 다음에는 크리스마스 후로 미루었고, 계속 몇 번씩이나 미루다가 마침내는 사무엘에게 줄 돈이 있다는 사실조차 까맣게 잊어버렸다. 사무엘은 외상으로 기구를 수선하거나 추수를 한 고객에게 돈 재촉을 하지 못했다.

해가 어김없이 바뀌듯이 아기도 어김없이 태어났다. 그 지방의 의사는 수가 적어서 몹시 일손이 부족했기 때문에, 임신부가 난산으로 며칠 동안 고생하지 않는 한 농장까지는 와 주지 않았다. 그래서 사무엘 해밀튼은 아이가 태어날 때마다 모두 자기가 그 아이를 받아, 탯줄을 묶고, 신생아의 엉덩이를 때리고 그 뒷일을 모두 처리했다. 막내동이가 태어날 때는 난산이어서 아이가 새파랗게 질리자 사무엘은 아기 입에다 자기 입을 대고 입김을 불어넣었다 빨아냈다 하여 그 아기를 살리기도 했다. 사무엘은 아기를 받는 솜씨도 뛰어나서 십 리 밖에서까지 사람들이 찾아와서 해산을 도와 달라고 청했다. 사무엘은 사람의 해산뿐만 아니라 말이나 소의 새끼도 잘 받았다.

사무엘은 손이 닿는 선반에다 《건 박사의 가정 의학》이라는 검정색에 금박으로 표지를 찍은 커다란 책을 한 권 두었다. 그 책을 얼마나 자주 펴 보았는지 구겨지고 찢어지고, 또 손때가 묻어 있었으며, 한번도 햇빛을 쬐지 못한 페이지도 있었다. 사무엘이 언제나 펼쳐 보는 부분들은 골절·외상·홍역·귓병·성홍열·디프테리아·류머티즘·생리통·탈장·임신과 해산에 관한 부분이었다. 해밀튼 부부는 운이 좋았거나 아니면 도덕적이었는지 단 한번도 임질이나 매독에 대한 부분을 펴 본 적이 없었다.

해밀튼은 아이들의 신경질을 가라앉히고 진정시키는 데 뛰어나 그의 솜씨를 따를 사람이 없었다. 그는 말재간이 뛰어나고 인품이 선량했기 때문이었다. 그는 몸이 청결하듯 마음도 순수한 사람이었다. 그의 대장간에 와서 그의 이야기를 들으며 그와 이야기를 할 때는 어느 누구도 속된 말이나 상스러운 말을 쓸 수가 없었다. 그들이 일부러 삼가한 것이 아니라 사무엘의 대장간에서는 상스러운 말이나 속된 말을 함부로 할 수 없다는 생각을 하는 것 같았다.

사무엘은 이국적인 분위기를 풍겼다. 어쩌면 그가 하는 말의 억양에서 그런 분위기가 나타났는지 모르겠다. 어떻든 간에 사람들은 여자나 남자나, 친척이나 친한 친구에게도 못한 이야기를 그에게는 거리낌없이 털어 놓았다. 그는 다른 사람과는 달리 이국적인 면이 있었으므로 그에게는 어떤 비밀을 말해도 안전하리라는 생각을 한 것 같았다.

라이자 해밀튼은 다른 아일랜드계와는 전혀 다른 사람이었다. 그녀는 머리가 작고 둥근편이었는데 그 속에는 둥글게 뭉쳐진 신념이 가득했다. 그녀는 납작코에다 약간 짧은 턱의 소유자였으나, 그녀에겐 잘 어울리고 귀엽게 보이는 턱이었다.

또한 라이자의 요리 솜씨는 일품으로 꼽혔다. 그리고 그녀는 자기의 집을 늘 깨끗이 청소했다. 출산을 하고도 오랫 동안 몸조리를 하지 않고 길어야 2주일 정도 했을 뿐이었다. 그녀는 고래 뼈만한 골반을 가지고 있는지 커다란 아기도 힘들이지 않고 순산했다.

라이자는 죄의식에 대해 특별한 견해를 가지고 있었다. 그녀는 나태함은 물론 카드놀이까지도 죄악시했다. 그녀는 병적으로 재미있는 것이라면 춤·노래, 심지어는 웃는 일까지도 못마땅해 할 정도였다. 그녀는 즐겁거나 호탕히 웃는 사람을 보면 마귀와 통한다고 생각했다. 사무엘은 호탕하게 웃는 편이었으니 정말 딱한 일이었다. 그래도 라이자 사무엘은 가능한 한 남편을 보호하려고 노력했다.

그녀는 언제나 머리를 뒤로 곱게 빗어 넘기고 단단히 묶었다. 옷은 어떻게 입었는지 생각나지 않지만, 아마 자신에게 적당한 옷을 입었을 것 같다. 그녀는 이따금 매서운 기지를 보였을 뿐 유머라고는 알지 못하는 사람이었다. 그녀는 허점이 없는 사람이기 때문에 손자들은 그녀를 두려워했다. 그녀는 신이 인간에게 바라는 생활 양식대로 살아간다는 신념으로 일생동안 확신에 차고 불평없이 어려움을 인내하며 살았다.

2

　사람들이 처음 서부에 도착했을 때, 특히 다른 사람들이 소유하고 있어서 애써봐도 작은 농장밖에 소유할 수 없는 유럽에서 온 사람들은, 서부의 광활한 땅이 종이에 서명만 한 뒤 집의 기초 작업만 해 놓으면 자기 땅이 된다는 사실을 알고는 토지에 대한 욕심이 치솟았다. 유럽에서 온 사람들은 땅에 대한 욕심이 식지 않았다. 그들은 서로 좋은 땅을 차지하려고 앞을 다투었지만 나쁜 땅도 사양하지 않았다. 그들은 봉건시대에 대한 여러 가지 향수를 가지고 있는 듯했다. 과거 유럽의 봉건시대는 명문 대가가 제구실을 제대로 하려면 무엇보다도 넓은 영토를 소유해야만 했다. 먼저 와서 정착한 사람들은 자기들에게는 하등의 필요도 없는 쓸모없는 땅까지 차지했다. 그리고 땅의 크기에 대한 생각도 크게 변했다. 유럽에서는 10에이커만 가지면 잘 살 수 있었는데 캘리포니아에서는 2천 에이커를 가지고 있어도 가난하게 살았다.

　얼마 안 되어 킹 시티와 산 아도 주변의 황폐한 언덕에 있는 땅은 모두 점유되고, 가난에 굶주린 온 가족이 언덕 여기저기에 흩어져 돌투성이의 메마른 땅을 갈아 살아가느라고 안간힘을 썼다. 그들은 늑대들에게까지 괴롭힘을 당하며 가난한 살림을 꾸려 나가느라고 온갖 지혜를 동원했다. 그들은 우매해서 그랬는지 아니면 어떤 신념이 있어서인지는 모르지만, 이곳에 도착했을 때에는 돈이나 장비도 없고, 연장이나 신념도 갖지 않았고, 더욱이 새로운 나라에 대한 지식이나 활용할 기술도 없이 왔다. 오늘날에는 이런 모험을 하는 사람을 찾아볼 수 없다. 그러나 그 가족들의 수는 점점 증가했다. 지금은 그들이 쓰던 연장과 무기를 찾아보기 힘들다. 아니 그 연장과 무기는 보이지 않는 곳에 숨겨 두었는지도 모른다. 의롭고 선한 하나님을 열렬히 믿고 그 믿음을 바탕으로 고생을 참고 살았다는데 나의 생각은 그것과 다르다. 그들은 자기 자신을 굳게 믿고 자기 자신을 존중했으며, 자기들 자신이 가치 있고 훌륭한 단위라고 자부했기 때문에 그들은 용기와 존엄성을 하나님께 바치고 그것은 되받을 수 있다고 생각했다. 그러나 지금 세상에는 이런 일이 존재하지 않는다. 오늘날에는 자신도 믿지 못하는 세상이 되어 버렸기 때문이다. 그렇기 때문에 자신이 아닌 다른 강한 사람에게 의존하는 길밖에 없다.

맨손으로 샐리너스 벌판에 온 사람도 있는 반면, 다른 곳에서 재산을 정리하여, 이곳에다 새로운 살림을 할 비용을 마련해 온 사람도 있었다. 그들은 남보다 비옥한 토지를 구입했으며 잘 다듬은 재목으로 집을 짓고 바닥에는 양탄자를 깔고 창문에는 다이아몬드형의 색유리를 끼웠다. 그들의 수도 꽤 많았는데, 그들은 겨자풀을 베어 낸 뒤에 그 땅에다 밀을 심었다.

아담 트래스크도 그 사람들 중의 한 명이었다.

제 3 장

☐1

아담 트래스크는 코네티컷의, 그다지 크지 않은 도시 근처의 소읍 변두리 농장에서 외아들로 세상에 태어났다. 그는 1862년에 아버지가 코네티컷 연대에 입대한 지 6개월 후에 태어났다. 아담의 어머니는 농장을 경영하고 아들 아담을 양육했으나 그래도 시간이 남아 돌았기 때문에 원시적인 접신술을 믿게 되었다. 그녀는 남편이 잔인하고 야만스러운 반도(叛徒)의 손에 전사하리라 믿고 저승에 갈 남편과 만날 준비를 했다. 남편은 아들 아담이 출생한지 6주 후에 집에 돌아왔다. 그러나 그는 떠날 때와는 달리 오른쪽 다리를 무릎께부터 절단한 채 돌아왔다. 그는 손수 만든 너도밤나무로 깎은 목발에 의지한 채 터벅터벅 집안으로 들어왔는데, 다리 뼈에는 금이 가 있었다. 그는 주머니에서 다리를 잘라 낼 때 의사가 깨물고 있으라고 준 총알을 안방의 장롱 위에다 얹어 놓았다.

아담의 아버지 사이러스는 약간 악마 같은 요소가 있는 사람이었다. 그는 성품이 거칠어 마차를 급히 몰았으며, 자기의 목발을 경쾌하게 보이려고 애를 썼다. 그는 길지 않았던 군대 생활을 충분히 즐겼다. 천성이 거친 편이어서 짧은 기간 동안 받은 훈련도 좋았다. 그리고 군대 생활에 따르기 마련인 술과 도박과 계집질도 즐겼다. 그는 보충 부대의 일원으로 남쪽으로 행군했는데 그것도 또한 좋아했다. 그는 그동안 시골 구경도 하고 닭서리를 하거나 반도의 처녀들을 건초더미까지 쫓아다니는 것을 즐겨했다. 다른 사람들은 지루했고 힘들게 생각하는 전투와 기동 훈련이 그에겐 적성에 맞는 것 같았다. 그는 어느 봄날 오전

8시에 적을 처음 만났다. 그리고 8시 30분에 중탄을 오른발에 맞아 다리뼈가 박살나고 말았다. 그래도 천만다행으로 반도들이 후퇴하였기 때문에 야전 군의관이 신속히 달려올 수 있었다. 사이러스 트래스크는 박살난 다리 부위를 도려 내고 뼈를 통째로 자른 후 벌어진 살을 꿰매는 동안 공포 때문에 몸을 벌벌 떨었다. 입에 물고 있던 탄알의 이빨 자국을 보면 그때의 고통을 충분히 헤아릴 수 있었다. 그 당시에는 소염제가 없었으므로 상처가 아무는 동안의 고통은 말로 표현키 힘들 정도였다. 그러나 사이러스는 기운도 대단했고 허풍 또한 유별났다. 그는 너도밤나무로 목발을 깎아 그 목발을 짚고 절뚝거리며 돌아다녔다. 그동안에도 그는 재목더미에서 휘파람을 불며 10센트만 내라며 유혹하던 흑인 여자로부터 악성 임질이 옮기도 했다. 그는 자기가 그런 병에 걸린 것을 알게 되자 새 목발을 짚고 절뚝거리며 몇날 며칠을 흑인 여자를 찾아 헤맸다. 그는 그 여자를 찾아내면 어떻게든지 보복을 하고 말겠다고 동료들에게 입버릇처럼 말하곤 했다. 사이러스는 흑인 여자의 귀와 코를 도려 내고 돈을 물려받으려고 했다. 그는 목발을 깎으면서 흑인 여자를 이렇게 칼로 자르겠다며 흉내까지 냈다.

「그렇게 해놓으면 그년은 우스운 꼴이 되겠지. 아마 주정뱅이 인디언이라도 그년 곁에는 가지 않을 걸.」

흑인 여자는 눈치를 챘는지 자취를 찾을 수가 없었다. 그는 병원에서 퇴원하고 제대할 무렵에야 비로소 임질이 다 나았다. 그러나 그가 집에 돌아와 아내에게 옮길 정도는 아직 가지고 있었다.

그의 부인 트래스크는 안색이 몹시 창백하고 내성적인 성품이었다. 그녀는 땡볕 아래 있어도 뺨이 붉어지지 않았고, 어느 때라도 입을 벌리고 크게 웃는 적이 없었다. 그녀는 종교를 자기의 병과 세상의 모든 병을 고쳐 주는 치료법으로 생각했으며 그녀는 질병을 고치는 데 적합하도록 종교를 변형시켰다. 그녀는 남편이 죽으면 만나 보려고 믿었던 접신술이 무용지물이 되자 다시 새로운 불행을 찾아서 헤맸다. 그 결과 과연 그녀는 남편이 전쟁터에서 가지고 온 임질에 걸린 것이다. 상황을 눈치챈 그녀는 즉시 새로운 신학을 고안했다. 강신술의 신은 그녀가 고안한 것 중에서 가장 만족스러운 신인 동시에 마지막 신이기도 했다. 그녀는 자기의 병이 남편이 없을 때 자신이 꾼 꿈 때문이라고 생각했다. 그러나 임질만으로는 자신이 꿈속에서 외도를 한 것에 대한 벌로는 충분한 것 같지는 않았다. 그녀가 고안한 새로운 신은 복수의 명수였다. 그 신은 무엇보다도 제물을 원했다. 그녀는 자기가 잘못했다고 생각했고 결론적으로 자신을 제물로 바치는 길이 최선의 방법이라고 단정지었다. 그녀는 근 2주일 동안이나 유서를 썼다가 고치는 일을 했다. 그녀는 유서에다 자신이 저지르지도 않은 죄를 거짓 고백했고, 잘못도 없으면서 잘못을 시인했다. 그러고 나서 은밀히 준비한 수의를 입고 달밤에 연못에서 아무도 모르게 투신 자살했다. 연못은 지독히 얕았기 때문에 그녀는 진흙탕에 엎드려 머리를 억지로 물에 담가야 했다. 그 일은 강한 의지력이 있어야만 가능한 일이었다. 의식이 희미해지자 그녀는 내일 아침 사람들이 자신의 시신을 연못에서 꺼낼 때 이 흰 명주 수의 앞자락이 진흙으로 범벅이 되어 있을 것만을 걱정했다. 사실 그녀의 생각대로였다.

사이러스 트래스크는 세 명의 친구와 술 한 통을 놓고 아내의 장례식을 치렀다. 마침 군대 친구 세 명이 메인 주의 고향으로 귀향하던 도중에 그를 찾아왔기 때문이었다. 어린 아기 아담은 밤새도록 울음을 그치지 않았다. 문상객들이 죽은 사람 때문에 갓난아이를 돌볼 여유가 없었기 때문이었다. 그래서 사이러스는 즉시 아이가 먹는 젖 문제를 해결했다. 그는 헝겊에 위스키를 흠뻑 적신 뒤에 아이에게 빨도록 했더니 아이는 서너 번 빨고 나서 바로 잠에 빠졌다. 장례식을 치르는 동안에도 아담은 수차례 깨어나서 보챘으나 그때마다 술 적신 헝겊을 빨리자 곧 잠이 들어 버렸다. 어린 아담은 이틀과 반나절 동안 술에 흠뻑 취해 있었다. 그래서 커가는 아이들의 두뇌에 어떤 변화가 미치는지는 정확히 모르지만 그의 신진대사에 큰 도움이 되었던 것 같다. 그 이후로 아이는 무쇠처럼 건장하게 쑥쑥 성장했다. 장례를 치른 지 사흘 후 마침내 아버지는 염소 한 마리를 사 가지고 왔다.

아담은 몇 년 굶은 사람처럼 게걸맞게 그 젖을 먹고 토하고 또 먹으며 시간을 보냈다. 그러나 아담의 아버지는 그럼에도 불구하고 놀라지 않았다. 왜냐하면 자신도 그렇게 처신했기 때문이었다.

아내가 죽은 지 미처 한 달도 못 되어서 사이러스 트래스크는 이웃 농사꾼의 17세 난 딸을 후취로 맞아들였다. 구혼은 신속하고 현실적으로 했다. 그 누구도 그의 의향에 대해 미심쩍어 하지 않았다. 사이러스의 의도는 점잖고 합리적이었다. 처녀의 아버지는 그에게 은근히 구혼을 종용했다. 그에게는 두 명의 딸이 있었는데, 앨리스는 장녀로 17세였다. 그녀는 이것이 남자로부터 첫번째의 구혼이었다.

사이러스는 어린 아들 아담을 돌볼 사람이 무엇보다 필요했다. 집을 돌보고 요리를 할 사람이 필요했는데, 하녀를 두자니 돈이 필요했고, 또한 사이러스는 건강한 육체의 남자라 여자가 필요하기도 했다. 이모저모로 따져 보아도 결혼을 하지 않으면 많은 돈이 필요했다. 2주일도 안 되어 그는 구혼을 하고 결혼을 하고 동침까지 하여 그녀는 급기야 임신까지 하게 되었다. 그러나 사람들은 그의 그런 행동을 성급하다고 비난하지는 않았다. 그 당시에는 남자가 평생 서너 명의 아내를 갖는 것이 오히려 당연한 일처럼 생각되었기 때문이었다.

앨리스 트래스크는 장점이 많은 여자였다. 집안 구석구석 빈틈없이 청소를 했다. 그녀는 미인이 아니었으므로 눈여겨 볼 필요도 없었다. 눈은 푸른색이었고 안색은 누렇고 이빨은 들쑥날쑥했다. 임신중에도 그녀는 몸이 건강했기 때문에 힘들어 하지 않았다. 또한 밖으로 전혀 내색을 하지 않았기 때문에 아이들을 좋아하는지 싫어하는지도 알 수 없었다. 그녀에게는 질문을 하는 사람도 없었으며, 그녀는 묻지 않는 말은 절대로 하지 않았다. 사이러스는 그녀의 이러한 성격이 더욱 마음에 들었다. 그녀는 자기 생각이나 일을 절대로 먼저 말하는 적이 없었다. 다른 사람이 말을 하면 그녀는 왔다갔다 분주히 움직이면서 집안일을 하며 들었다.

사이러스는 새로 얻은 아내가 젊고 경험이 없다는 것이 무슨 보물처럼 생각되었다. 그는 자기의 농장을 이웃의 다른 농장과 마찬가지로 운영해 나가면서 새로운 재향 군인 생활을 시작했다. 그를 거칠고 포악하게 만들었던 정력이 이제는 그를 사려깊게 생각하면서 살도록 했다. 이제 그의 군복무 기간과 생활을 아는 사람은 육군성의 사람뿐이었다. 그가 짚고 다니는 목발은 그의 군대 경력을 증명하는 증거인 동시에, 이제는 군대에 가지 않아도 된다는 징표가 되었다. 그는 맨 처음에는 신중히 입을 떼어 놓았으나 시간이 지나자 화술이 자꾸 발달되었다. 처음에는 자기가 하는 말이 거짓임을 알면서 했지만 나중에는 자기가 하는 말이 사실이라는 확신을 가지고 했다. 그는 군에 입대하기 전에는 전쟁에 흥미가 없었으나, 이제는 전쟁에 관한 기록이 있는 책이라면 모두 사들였고 뉴욕의 신문을 여럿 구독하고 보도를 샅샅이 읽고 지도에서 열심히 그 지명을 찾았다. 예전에 그는 지리에 대해서는 전혀 지식이 없었고 전투에 대해서도 아는 게 없었는데 이제는 그 방면에는 일가견이 있었다. 그는 전투 부대 이동 외에도 작전 부대의 연대 이름과 연대장 이름, 그 연대의 창설자까지 다 알게 되었다. 그리고 거듭 이야기를 하다 보니 자기가 실제로 그 부대의 전투에 참가한 것같이 생각하게 되었다.

사이러스가 이 정도가 되기에는 물론 오랜 세월이 지났다. 그동안 아담은 커서 소년이 되었고 어린 동생도 많이 자랐다. 아담과 그의 동생 찰스는 아버지가 군대에 대해서 말하는 동안은 잠자코 앉아 있었다. 사이러스는 장군 각 사람마다의 생각과 격전 계획, 그들이 어느 곳에서 실수를 했는지, 어떻게 했어야 성공을 했을지 등 그 당시의 모든 상황을 판단하고 그랜트 장군과 맥클랜런 장군에게 작전의 과오를 알리고, 자기의 상황 분석을 써달라고 했으나 그들은 단 한번도 그의 제안을 받아들이지 않았다. 그들은 훨씬 뒤에 가서야 사이러스의 말이 옳았다는 것을 깨달았다.

사이러스가 말하지 않은 것이 단 하나 있는데, 그것은 자신이 하사관으로 진급했다는 말을 밝히지 않은 것이었다. 그는 처음부터 끝까지 트래스크 이등병이었다. 그의 말을 듣고 있으면 그는 세상의 전쟁이란 전쟁에는 모두 참전한 신출귀몰한 사병이었다. 그러다 보니 어떤 때에는 한꺼번에 네 곳의 전장터에서 활약했다고 해야 할 때도 있었다. 그러나 그는 서로 밀접하게 관련된 말은 사이를 떼어 따로따로 말했다. 앨리스와 두 아들은 이등병 아버지의 모습을 그려 보고 자랑스럽게 생각했다. 그들은 중요한 대작전에는 모두 참전했고, 참모 회의마다 나타나 장교의 결정에 동의하거나 반대하는 이등병 아버지를 자랑스럽게 여겼다.

링컨의 사망은 사이러스를 비통에 빠지게 만들었다. 그는 링컨의 사망 비보를 처음 들었을 때의 기분을 늘 잊지 않았다. 그래서 그 이야기를 할 때면 언제나 눈물을 흘리곤 했다. 그리고 겉으로 드러내서 말한 적은 없지만 이등병 사이러스 트래스크는 링컨 대통령의 가장 신임받고 다정한 친구라는 인상을 확고히 풍겼다. 링컨 대통령이 가슴에 금술을 달고 뽐내는 바보가 아니고 실제적으로 군대에 대해 알고 싶을 때면 트래스크 병사를 찾아와 의논하곤 했다. 사이러스는 직접 그 말을 하지는 않았으나, 넌지시 그 사실을 암시하는 솜씨는 정말 일품이었다. 그럼에도 불구하고 사이러스를 거짓말쟁이라고 말할 수 없는 것은, 그의 머리속에는 거짓말이 가득 담겨 있었기 때문에 그가 말하는 참말에도 약간의 거짓말이 들어 있었다.

초창기부터 그는 전쟁 수행에 대한 단상과 논문을 쓰기 시작했다. 그가 내리는 결론은 지적이고 신랄했다. 과연 사이러스 트래스크의 군사적 안목은 남달랐다. 과거에 있었던 전쟁이나 현재의 군대 조직에 대한 그의 비평은 매섭기 그지 없었다. 여러 잡지에 실린 그의 글은 충분히 시선을 집중시킬 만한 내용이었다. 국방부에 보낸 사이러스의 보고서는 동시에 신문에도 실리고 군에 관한 여러 가지 작전에 막대한 영향을 끼쳤다. 만일 북군 재향 군인회가 정치적인 세력과 영향력을 발휘하지 않았다면 그의 발언이 워싱턴에까지 전달되지 않았을 테지만, 근 일백만 명이나 되는 단체를 대변하는 사람의 말을 무시할 수는 없었다. 사이러스 트래스크는 군사 문제에 관한 한 대변자가 되었다. 그러므로 군 조직 문제와 장교, 인사와 장비 문제에 대하여 그의 견해를 물었다. 그의 말을 단 한번이라도 들은 적이 있는 사람이라면 누구나 그의 전문가적인 실력을 인정했다. 그는 군사면에서는 천재라고 할 수 있었다. 그뿐만 아니라 국민 생활의 세력이 된 재향 군인회의 책임자가 되었다. 그는 재향 군인회의 여러 직책을 맡아 무보수로 일하다가 유급 간사가 되어 일생 동안 일했다. 그는 각종 모임과 집회와 야영에 참석하면서 전국을 두루 여행했다. 이것으로 그의 공적인 활동에 대해서는 더 이상 언급하지 않겠다.

그의 사생활은 새 직업이 중심이 되어 이루어졌다. 그는 철두철미한 사람이라 집과 농장을 군대식으로 편성했다. 그는 가계를 운영하면서도 보고서를 요구하고 또한 보고서를 받았다. 그의 아내도 과묵한 성품이었으므로 그 방법을 아마 좋아했을 것이다. 말로 하는 것보다는 간단히 보고서 한 장을 제출하는 게 훨씬 간편하다고 생각했을지 모른다. 그녀는 아들들을 보살피고 집안 청소를 하고 세탁하느라고 하루 해를 보냈다. 그녀는 보고서에다 그런 내용을 기록하지 않았으나 힘을 비축해 두어야만 했다. 그녀는 갑자기 온몸의 기운이 모두 빠져 버려서 오랫 동안 주저앉았다가 다시 기운을 차릴 때까지 기다려야 했다. 밤에는 온몸에 진땀이 비 오듯 흘렀다. 그녀는 자신이 폐병에 걸렸음을 알고 있었다. 기침을 지독히 했으며 앞으로 얼마 동안 살 수 있을지도 자신이 없었다. 계속 비쩍 말라가면서 몇 년 더 사는 사람도 있기는 했지만 폐병에는 달리 치료할 방법이 없었다. 그녀는 남편에게 자기의 병에 대해서 입도 떼지 못했다. 남편은 병을 치료할 때에도 벌칙 비슷한 방법을 동원하기 때문이었다. 예를 들자면 배가 아플 때에는 설사로 병을 고치려고 했는데 죽지 않는 게 의심스러울 정도로 설사를 시켰다. 만일 그녀가 폐병에 걸렸다는 말을 사이러스에게 했다면 그는 필경 그녀가 병으로 죽기 전에 죽어 버릴 치료법을 내놓았을 것이다. 사이러스 트래스크는 날이 갈수록 매사를 군대식으로 처리했기 때문에 그녀도 은연중에 군대에서 살아남는 방법을 습득해야만 했다. 즉 그녀는 무슨 일이 있어도 절대로 남의 눈에 띄게 전면에 나서지 않았다. 그리고 다른 사람이 말을 먼저 걸기 전에 자기가 먼저 말을 하는 일은 거의 없었다. 그녀는 꼭 해야 할 일은 하지만 그 이상의 일은 하지 않았으며 절대로 앞장서서 나가려고 하지 않았다. 말하자면 앨리스 트래스크는 제일 뒤에 선 이등병이 된 것이다. 왜냐하면 그러는 편이 훨씬 생활하기에 용이했기 때문이었다. 앨리스는 언제나 남보다 뒤에 서 있었으므로 다른 사람들 눈에 띄지 않았다.

제일 많이 군대식 생활을 하게 된 것은 그의 어린 아들들이었다. 군대는 완전한 것은 못 되지만 남자의 세계에서는 가장 체통이 서고 명예스러운 직업이라고 그는 생각했다. 자기가 부상을 당해 직업 군인이 되지 못한 것을 늘 서운해 했지만 아들들에게는 군대 이외의 직업은 염두에 두지도 않게 했다. 그는 남자는 자기처럼 사병부터 군대 생활을 하는 것이 가장 좋다고 단정지었다. 그는 지도나

교본으로 교육을 받는 것이 아니라 직접적인 체험을 쌓아야 한다는 생각이었다. 그는 아이들이 겨우 걷게 될 무렵부터 집중교육을 시켰다. 그 아이들이 학교에 다닐 무렵에는 분대 훈련을 숨을 쉬듯 자연스럽게 여겼으나 그런 반면 끔찍히도 싫어하게 되었다. 그는 막대기로 자기 목발을 치며 장단을 맞춰 훈련을 시켰다. 어떤 때는 어깨를 튼튼히 하게 한다고 배낭에다 돌을 가득 채운 후 그것을 짊어지고 몇 마일씩 걷도록 했다. 그는 집 뒤의 숲에서 사격 훈련도 시켰다.

2

  어린아이가 처음 어른의 정체를 알게 되면, 어른들은 절대로 지혜롭지 않고, 판단이 언제나 현명하지는 않으며, 그 생각하는 것이 옳은 것이 아니라는 것과 어른의 지시가 언제나 공정하지는 않다는 것을 알게 될 때, 어린아이는 크게 당황하고 슬퍼한다. 그들 마음속의 신의 세계는 파괴되고 안도감도 일시에 사라져 버린다. 하나 확실한 것은 그것이 약간의 요동을 하는 것이 아니라 철저히 파괴된다는 점이다. 그리고 탁한 진흙탕 속에 빠져 버린다. 신들의 세계를 다시 재건하는 데에는 상당히 오랜 세월이 소요된다. 그것은 다시 재건된다 하더라도 그 광채는 결코 옛날과 똑같지 않으며 또한 옛날처럼 온전하지도 않다. 그것은 고통스러운 성장이라고 할 수 있다. 아담이 바로 그처럼 아버지의 정체에 대해서 눈을 뜨게 되었다. 아버지가 변모한 것이 아니라 아담에게 새로운 자질이 싹텄다고 보는 것이 옳다. 정상적인 사람이면 모두 그렇듯 그도 계속 쉬지 않고 반복되는 훈련에 싫증이 났고 또한 저주까지 하게 되었다. 그러나 훈련은 홍역처럼 정당하고 진실되고 불가피한 것이었다. 그러므로 거부할 수도 저주할 수도 없고 오직 증오할 뿐이었다. 그러다가 어느 순간 아담은 아버지의 방법이 아버지 이외에는 다른 어떤 것과도 전혀 관계가 없음을 깨닫게 되었다. 그 방법과 훈련은 아들들을 훌륭하게 하기 위한 것이 아니라 아버지 사이러스 트래스크를 위대하게 만들기 위해 만들어진 것이었다. 아담은 아버지가 결코 위대한 인물이 아니라 고집 불통인 소인배에 지나지 않으며, 자기 머리보다 훨씬 큰 모자를 쓰고 있을 뿐이라는 생각을 하게 되었다. 왜 아담이 그런 생각을 하게 되었을까? 눈빛을 보고 알았을까? 아니면 거짓말이 들통나서일까? 그것도 아니라면 망설이는 순간을 보게 되었을까? 어떻든 지금까지 그가 받들어 모시던 신은 이제 산산이 부서져 버리고 말았다.

  아담은 늘 복종하는 어린아이였다. 그의 마음속 내부에는 폭력과 말다툼과 집안에 감도는 무언의 절박한 긴장감을 피하려는 무엇인가가 도사리고 있었다. 그는 폭력과 언쟁을 피함으로써 자기가 바라는 평온을 유지했다. 그러기 위해서 그는 다른 사람의 시선이 잘 미치지 않는 뒷전으로 물러나 있어야 했다. 사람마다 제각기 다소의 폭력적인 면을 가지고 있기 마련이다. 그는 자기의 생활을 베일에 감싸놓고 혼자서만 풍요롭고 알찬 생활을 해 나갔다. 그렇지만 외부의 공격을 전혀 받지 않은 것은 아니다. 다만 그는 공격으로부터 상처를 겨우 면할 수 있었다.

이복 동생인 찰스는 그보다 겨우 한 살 아래였지만 아버지의 적극성을 그대로 떼어 닮으며 성장했다. 찰스는 선천적으로 운동을 즐기고 기회를 포착하는 데 능란하고 다른 사람과 싸워서 승리하기를 즐겼다. 이 세상에서는 그렇게 행동해야만 성공할 수 있었다.

동생 찰스는 무슨 시합을 해도 형 아담을 이겨냈다. 기술을 겨루건 힘을 겨루건 재치를 겨루건 무슨 일이나 형을 쉽게 이겼기 때문에 그는 어려서부터 형과의 경쟁에 흥미를 잃고 다른 아이들과 시합을 하곤 했다. 그러는 동안에 그들에게는 일종의 형제지간의 우애가 싹트게 되었지만 그것은 형제간의 우애라고 표현하기보다는 오히려 오누이간의 우애라고 보는 편이 나을 정도였다. 찰스는 형 아담에게 대들거나, 업신여기는 아이들에게는 누구를 막론하고 싸웠고 그때마다 그 놈을 때려 눕혔다. 찰스는 아버지가 형 아담을 야단칠 때면 거짓말을 하거나 책망을 들으면서까지 아담을 감싸 주었다. 찰스는 눈먼 강아지나 갓난아이에게서나 느낄 수 있는 무력함 같은 애정을 형에게서 느꼈다.

아담은 차단된 머리속에서 동굴과도 같은 어두운 눈으로 세상 사람들을 쳐다보았다. 그는 아버지를 처음에는 외다리인 한 자연물로, 어린 소년에게는 더 왜소하게 느껴졌고 어리석은 소년에게는 자신들이 바보라는 것을 깨닫게 하려는 존재로 보였다. 그 다음부터, 그가 믿었던 신의 세계가 파괴된 후부터는 아버지는 타고난 경찰관처럼 보였다. 피하거나 속일 수 있어도 맞서서는 안 되는 경찰관으로 보인 것이다. 그리고 이복 동생 찰스는 그의 눈에는 인종이 다른 존재로 보였다. 찰스는 근육과 골격, 속력과 민첩한 것으로 비교한다면 그야말로 천부적인 재질이 있는 빛나는 존재처럼 보였다. 천천히 눈치를 살피며 다가오는 위험스러운 표범을 찬양하듯이 찬양을 받을 수는 있으나, 그 누구와도 비교할 수 없는 인물이었다. 아담은 아름다운 나무나 꿩에게 자기 마음에 품은 이야기를 털어 놓을 수 없듯이 동생 찰스에게 마음속 깊이 있는 생각을 전혀 입밖에 내지를 못했다. 그는 굴처럼 깊은 눈 뒤에 숨긴 자신의 세계 속에 있는 꿈과 계획과 아련한 기쁨을 동생에게 말할 생각조차 하지 못했다. 아담은 여자들이 큼직한 다이아몬드를 좋아하는 것처럼 동생 찰스를 좋아했다. 여자가 다이아몬드의 광채에 의존하고 그 가치에 자기 여생의 평안을 의지하는 식으로 그는 동생에게 의지했다. 그렇지만 사랑과 애정과 감정의 이입이란 차원과는 전혀 다른 것이었다.

아담은 앨리스 트래스크를 대할 때마다 강한 수치감을 느꼈으나 그것을 밖으로 나타내지는 않았다. 아담은 벌써부터 앨리스 트래스크가 친어머니가 아니라는 사실을 알고 있었다. 그는 그런 말을 다른 사람이 하는 것을 여러 번 들었기 때문이다. 아담이 직접 듣지는 않았지만 귀동냥으로 자기에게도 친어머니가 있었으며, 그 생모가 닭을 돌보는 일을 까맣게 잊었다거나 사격 연습을 할 때에도 과녁을 신통히 맞추지 못했다는 좀 수치스러운 행동을 했다는 말을 들었다. 자기의 생모는 그때의 수치심 때문에 지금 집에 있지 않는다고 말했다. 아담은 가끔씩 어머니의 죄목을 알기만 한다면 자기자신도 다시 그 죄를 짓고 이곳에서 없어지겠다고 생각했다.

앨리스는 아이들을 모두 똑같이 귀여워해 주었다. 그녀는 먹여 주고, 닦아 주는 일 외에는 모두 아버지에게 일임해 버렸다. 사이러스 트래스크는 언젠가 아이들은 자기만이 심신을 단련시킬 수 있으며 아이들을 제대로 훈련시킬 수 있는 것이 자기의 임무라고 말한 적도 있었다. 하물며 칭찬하는 일이나 꾸짖는 일조차 자기가 도맡아 해야만 직성이 풀릴 정도였다.

앨리스는 언제나 한결같은 표정이었는데, 그녀는 불평을 말하는 일도 없었고 웃거나 누구와 언쟁하는 적도 없었다. 그녀는 늘 입이 아플 정도로 꼭 다문 채 살면서 한 마디의 주장도 내세우지 않았다. 그런데 한 번 아담이 아무 말도 하지 않고 불쑥 부엌으로 들어간 적이 있었다. 그러나 앨리스는 아담을 보지 못한 채 있었는데, 그녀는 양말을 깁고 앉아서 왠지 모를 미소를 짓고 있었다. 아담은 몰래 그 곳을 빠져나와서 숲으로 가서 나무 그루터기에 있는 아늑한 자 리에 자리를 잡고 앉았다. 아담의 가슴은 옷을 모두 벗은 어머니의 모습을 보기나 한 것처럼 몹시 뛰었다. 아담은 흥분한 것처럼 숨이 막혀서 답답했다. 그 이유는 앨리스가 알몸뚱이 상태로 살짝 미소짓는 듯이 보였기 때문이었다. 앨리스가 이런 음탕한 모습을 하리라고는 상상도 하지 못했으므로 그는 의아하게 생각했다. 그는 문득 정열적으로 몹시 달아오름을 느꼈다. 정확히 무엇이라고 표현하기는 어려웠지만 오랫 동안 정에 굶주렸던 안타까움, 젖가슴과 젖꼭지, 보드라운 무릎, 사랑스러운 음성, 달콤한 근심 등에 대한 그리움이 그의 격정 속에 내포되어 있었다. 그는 이런 것의 존재조차 깨닫지 못했으므로 그것을 알지 못했다.

그는 잘못된 그림자가 씌어서 자기가 잘못 본 것은 아닐까 하고 생각했다. 그래서 그는 아까 본 앨리스의 모습을 다시 한번 떠올렸는데 그녀의 눈은 역시 미소짓고 있었다. 그러나 아무래도 광선의 장난이라면 한쪽 눈에만 작용할 수 있지 두 눈에 다 작용할 수는 없는 일이었다.

아담이 언덕에 올라가서 힘없이 누웠다가 늙고 외로운 들쥐가 양지로 새끼를 몰고 나오는 것을 보았듯이 그는 살금살금 그녀에게 다가갔다. 아담은 숨어서 앨리스를 살펴보았는데 역시 그것은 착각이 아니었다. 그녀는 혼자 있을 때마다 그리고 혼자라고 생각될 때마다 정원에서 뛰노는 생각을 하는지 살며시 미소를 지었다. 그리고 들쥐가 새끼를 굴 속으로 몰아넣듯이 재빨리 미소를 거두는 모습을 보는 것은 정말 재미있었다.

아담은 이러한 기쁨을 깊이 감추어 두었지만 무엇으로든 이 기쁨에 보답하고 싶어졌다. 바느질 바구니 안이나 다 떨어진 지갑 속에, 베개 밑에서 육계빛의 패랭이꽃 두 송이, 지빠귀 꽁지깃, 초록빛 봉랍 반 자루, 훔쳐 낸 손수건 등이 앨리스의 눈에 띄기 시작했다. 그녀는 처음에는 놀랐으나 차츰 놀라움은 사라지고 이제는 그런 의외의 선물을 보면 미소짓다가 곧 웃음을 거두었다. 그 모습은 마치 송어가 연못 속에 비친 햇살을 가로지르는 것 같았다. 앨리스는 이것에 대해 묻거나 하지도 않았고 설명을 하는 일도 없었다.

앨리스는 밤이 되면 더 심하게 기침을 했기 때문에 사이러스는 그녀를 다른 방에서 자도록 했다. 그렇게 하지 않으면 그는 잠을 자지 못했다. 그러나 이따금 밤이 되면 조심조심 벽을 잡고 한쪽 발로 경중경중 뛰어 그녀의 방을 찾아 갔다. 사이러스가 앨리스의 침실로 갈 때면 아들들은 방 안에 울리는 삐걱거리는 소리를 듣고 그가 앨리스의 침대로 올라갔다가 내려오는 것을 느낄 수 있었다.

아담은 커가면서 한 가지 두려워하는 게 있었는데, 그것은 다름 아닌 군대에 입대하는 것이었다. 아버지는 늘 그런 날이 멀지않아 오리라고 이야기하곤 했다. 사나이답게 되기 위해서 아담에게는 군대 생활이 필요했다. 찰스는 15세 밖에 안 되었지만 이미 성인이 다 된 셈이었다. 그는 위풍당당한 어엿한 사나이가 되어 있었다. 그때 아담의 나이는 16세였다.

3

세월이 흐름에 따라 두 소년 사이의 형제애는 더욱 두터워졌다. 찰스가 아담을 생각하는 데에는 경멸이 섞여 있었는지 모르지만 그것은 그를 보호해 주는 일종의 경멸감이라고 말할 수 있었다. 어느 날 저녁 두 소년은 마당에서 자치기라는 새로운 놀이를 했다. 끝이 뾰족한 작은 막대기를 땅에 놓고 한쪽 끝을 긴 막대기로 쳐서 막대기가 공중에 튀어오르면 긴 막대기로 다시 힘껏 쳐서 멀리 보내는 놀이었다.

아담은 놀이에는 언제나 서투른 편이었다. 그러나 아주 우연히도 조준과 때가 잘 맞으면 동생을 이길 수 있었다. 아담은 네 번씩이나 막대기를 찰스보다 더 멀리 쳤다. 그는 처음 경험하는 일이라 흥분을 감추지 못하여 동생의 기분이나 눈치를 살피지 않았다. 아담이 다섯 번째 친 막대기는 벌처럼 윙윙거리며 들판 끝까지 날아갔다. 그가 기쁜 표정으로 찰스를 돌아보다가 갑가기 가슴이 얼어붙는 듯한 느낌을 받았다. 찰스의 얼굴에 나타난 증오의 빛 때문에 놀란 것이었다.

그는 당황해 하며 중얼거렸다.

「우연히 이렇게 된 거야. 그래, 다시는 이렇게 되지 않을 거야.」

찰스는 막대기를 땅에 내려 놓고 다시 한번 쳐보았지만 이번에도 헛치고 말았다. 그는 천천히 아담에게 다가왔다. 그의 눈초리는 싸늘하고 감을 잡기가 곤란했다. 아담은 갑자기 두려워져서 뒤로 슬슬 물러났다. 그렇다고 도망칠 수도 없었다. 왜냐하면 찰스가 훨씬 더 빠르므로 도망쳐 봤자 소용없는 일이었다. 그는 겁이 났고 갈증이 났다. 찰스는 바싹 다가와 자기 막대기로 아담의 얼굴을 때렸다. 아담은 피가 나는 코를 손으로 감쌌다. 찰스는 계속 막대기를 내둘러 아담의 갈비뼈를 후려쳐서 숨을 쉬지 못하게 해놓고는 다시 머리를 쳐서 땅바닥에 실신하도록 팽개쳐 버렸다. 아담이 의식을 잃고 땅바닥에 드러누워 있는데 찰스가 배를 한 번 걸어차더니 횡하니 가 버렸다.

아담은 얼마 후에야 정신이 들었다. 가슴이 아파서 숨도 제대로 쉴 수 없었다. 일어나서 앉으려고 했으나 배의 살이 당겨서 그만 쓰러져 버렸다. 그때 앨리스가 내다보는 것이 눈에 들어왔다. 그때 그녀의 표정은 처음 보는 것이었다. 이상야릇한 것이었다. 그 표정을 정확히 표현할 수는 없었지만 좌우지간 연약하거나 부드러운 표정은 아닌 것 같았다. 어쩌면 증오의 시선 같기도 했다. 아담이 자기를 쳐다보고 있는 것을 알아챈 앨리스는 커튼을 치고 사라졌다. 아담이 일어나 엉금엉금 기어서 부엌으로 들어가 보니, 부엌에는 더운 물이 한 대야 준비되어 있었고 그 옆에는 깨끗한 수건까지 있었다. 그때 계모가 심하게 기침하는 소리가 방에서부터 들려 왔다.

찰스에게는 무슨 일이 있어도 미안한 생각을 가지지 않는 특성이 있었다. 찰스는 형 아담을 구타한 것에 대해서도 한번도 입 밖에 내지 않았으며 두번 다시 생각하지도 않았다. 아담은 그 이후로 무슨 일이 있더라도 동생을 이기지 않겠다는 결심을 했다. 그는 동생을 대할 때마다 두렵고 위험하다는 생각을 했다. 그는 찰스를 죽이기 전에는 어떤 일이 있더라도 그를 이겨서는 안 된다는 작정

올 하기에 이르렀다. 찰스는 전혀 미안해 하는 기색이 없었다. 그저 자기가 자기의 특성을 발휘했을 뿐이었으니까.

찰스의 구타건에 대해서 아담은 아버지에게 말하지 않았으며 찰스도 역시 말하지 않았는데 아버지는 그 사실을 알고 있었다. 앨리스가 이야기하지도 않았을 텐데 정말 이상한 일이었다. 그 후 몇 달간을 아버지는 아담에게 부드럽게 설교를 했으며 벌을 주는 일도 없었다. 그러나 아담은 아버지가 거칠게 대하던 때보다 요즘처럼 부드럽게 대하는 게 더 두려웠다. 마치 자기가 제물이 되기 전에 훈련을 받고 있다는 생각이 들기도 했고 아버지가 자기를 죽이기 전에 선심을 쓴다고도 생각했다.

사이러스는 군인의 본질에 대해 아담에게 조용조용 설명했다. 경험에서가 아니라 조사를 통한 지식이었지만 그것의 설명은 정확한 것이었다. 그리고 사이러스는 군인의 슬픈 위엄에 대해서도 이야기했다. 그는 인간의 모든 약점에 비추어 볼 때 군인은 필요하며, 이것은 나약한 인간에 대해 벌을 주는 것이라고 연설했다. 사이러스는 아들에게 이런 말을 하면서 그런 나약함을 자기 자신에게서 발견했는지도 모른다. 그러나 그것은 사이러스가 젊었을 때 깃발을 휘두르며 함성을 지르던 호전성과는 거리가 먼 것이었다. 사이러스는 틈이 있을 때마다 군인은 때가 되어 마지막에 개죽음을 당하더라도 너무 원망을 하는 일이 없도록 미리미리 겸손함을 쌓으라고 말했다. 그러나 사이러스는 아담에게만 이런 말을 해줄 뿐 동생 찰스에게는 해주지 않았다.

사이러스는 어느 날 늦게 아들 아담을 데리고 산책을 나갔다. 그는 지금까지 이야기한 연구와 사색을 통한 엄청난 결론을 모두 털어 놓았다. 그러나 아담은 그만 공포에 떨고 말았다.

사이러스는 아담에게 이렇게 말했다.

「너는 우선 군인은 모든 인간 중에서 가장 신성한 존재라는 사실을 깨달아야 한다. 그것은 군인이 가장 큰 시련을 겪기 때문이다. 역사에서 인간은 살인이 가장 용서하지 못할 악이라고 배워 왔다. 살인은 제일 큰 죄이기 때문에 살인을 한 자는 반드시 죽여야 한다고 생각하는 거다. 그런데 우리는 군인의 손에 무기를 쥐어 주고 나서 이 무기를 잘 쓰고 지혜롭게 사용하라고 말하지. 그리고는 방치해 두지. 어서 나가서 어떤 놈을 가릴 것 없이 닥치는 대로 살해하라고 하지. 그리고 살인을 많이 한 자에게는 보상을 주지. 그것은 어린 시절에 배운 사실을 깨뜨린 결과로 상을 준다고 볼 수 있지.」

아담은 바싹 마른 입술을 핥아 내고 질문을 하려다가 머뭇거리고, 또다시 질문을 하려다가 머뭇거리다가 입을 떼었다.

「아버지 그건 왜 그렇게 해야 하는 거죠?」

사이러스는 아들의 질문에 감동하여 자상하게 말했다.

「현실의 사정은 내가 연구를 해서 알고 있지만 왜 그래야 하는지는 나도 잘 모르겠다. 사람들이 자기가 하고 있는 일에 대해서 잘 안다고 생각해서는 안 된다. 많은 일이 본능적으로 되는 것이란다. 그것은 벌이 꿀을 만들고 여우가 개를 속이려고 개울에다 발을 담그는 것과 비슷하지. 그러나 여우는 자기가 하는 짓에 대해 이유를 알 수는 없단다. 너는 이제 멀지않아 군에 입대할 거다. 네가 잘 알아서 하도록 가만 있으려고 했으나 다소라도 알고 있는 게 좋을 것 같아서 이렇게 말을 하는 거다. 너도 나이가 다 되어 곧 입대하게 될 거다.」

그러자 아담이 재빨리 말했다.

「그렇지만 나는 싫어요.」

아버지는 아담의 말은 안중에도 없는 듯 계속 말했다.

「너는 이제 곧 입대할 테니 그때 당황하지 말라고 말하는 거다. 입대하면 네가 입은 옷을 모두 벗겨 버릴 거다. 옷만이 아니라 인간의 품위도 아주 무시해 버리지. 살아갈 권리나 누구의 간섭도 받지 않고 살 권리니 뭐니 등은 모두 없어지는 거야. 다른 사람과 함께 다니면서 살고 먹고 자는 거란다. 그런 뒤에 옷을 입혀 놓으면 다른 사람과 전혀 구별할 수가 없지. 그러면 그때 너는 『이건 나다. 다른 사람과는 다른 나다.』라는 것을 알리려고 종이 쪽지를 달거나 가슴에 딱지나 핀을 꽂을 수도 없게 되고 만단다.」

아담이 사이러스에게 말했다.

「그러나 나는 그러고 싶지 않아요.」

「군대 생활을 계속하게 되면 남들이 하지 않는 생각은 자기도 하지 않으며 남들이 하지 않는 말은 하지 않게 되는 거다. 은연중에 다른 사람과 똑같아지는 법이다. 거기서는 다른 사람과는 다른 행동을 하게 된다면 위험하게 되는 거야. 뭐랄까, 생각이 같고 행동이 같은 인간의 집단 생활에 대한 위험이라고 할 수 있는 거지.」

아담이 사이러스에게 반문했다.

「아버지, 그렇게 느끼지 않으면 안 되나요?」

「개중에는 명령대로 하지 않는 사람이 간혹 있기도 하지. 그런 사람은 어떻게 되겠니? 그럴 때엔 단체 구성원 모두가 합심하여 그 못난 사람에게 행동으로 보여 준단다. 쇠뭉치로 마음과 육체를 두드려서 모가 나지 않도록 만드는 거지. 그러면 위험한 골은 없어지지. 그래도 그 사람이 단체 생활에 따르지 않으면 토해 낸 다음 세상과 섞이게 한단다. 자기네들과 융화되는 것도 아니고 그렇다고 자유로운 사람들과도 어울릴 수 없게 해 놓는 거야. 그러니 튀어나가지 말고 잘 적응하는 게 현명한 일이란다.

그렇게 하는 것은 단체를 보호하고 육성하려는 의도 때문이야. 군대처럼 조리가 통하지 않고 안하무인인 곳에는 어떤 질문도 용납되지 않는다. 그럴 경우에는 단체가 약해지고 말기 때문이지. 군대 생활을 할 때는 절대로 다른 곳과 비교하거나 조롱하지 말고, 그 속에도 세밀히 살펴보면 또 나름대로 조리에 맞고 이치에 맞는 아름다움을 관찰할 수 있게 된다. 그 생활에 적응하고 융화된다고 해서 결코 못난 사람은 아니다. 어떤 면으로 그런 사람이 더 현명하다고 볼 수 있지. 이 말은 잊지 말고 기억해라. 나는 그 문제를 오랫 동안 생각했지. 군대의 그런 생활에 파괴되어 자신을 상실해 버리는 사람도 더러 있다. 그러나 그런 부류의 인간에게는 내세울 만한 자아가 없다고 생각한다. 너도 그런 부류의 인간일지도 모르지. 그러나 모두가 그런 웅덩이에 빠졌다가 나오면 예전보다 훨씬 더 나은 인간이 된다고 본다. 보잘 것 없는 허영심을 벗어 버리고 군대 생활을 터득하게 되면 더 나아지게 돼. 저 밑바닥까지 떨어져 보아야만 꼭대기까지 올라갈 수 있는 것과 같지. 그러면 기쁨도 깨닫고 하늘의 천사 같은 우애도 느낄 수 있어. 그 정도가 되면 하찮은 미물일지라도 인간의 본질을 터득하게 된단다. 그러나 아주 밑바닥까지 내려가 보지 않고는 그 사실을 깨달을 수 없는 거야.」

사이러스와 아담은 집으로 돌아가다가 왼편으로 돌아 공터로 갔다. 어느새 날이 저물었다. 아담이 사이러스를 보며 말했다.

「아버지, 저기 그루터기 좀 보세요. 저는 언제나 뿌리 사이에 숨었어요. 아버지에게 꾸중을 들을 때마다 저쪽 뿌리 사이에 숨었답니다. 이따금 우울할 때도 찾아가지요.」

「어디 그곳에 좀 가 보자.」

아담이 아버지의 앞에 서서 걸었다.

아버지는 아담이 말한 뿌리 사이의 새집 같은 곳을 바라보며 말했다.

「나는 벌써 오래 전에 알고 있었단다. 네가 한참 동안 보이지 않기에 이런 곳에 숨어 있을 거라고 생각했지. 그래서 이곳을 찾아낼 수 있었어. 이것 보렴. 다른 곳보다 더 땅이 굳어 있고 풀이 밟혀 있지? 너는 이곳에 들어가서 나무 껍질을 벗기지 않았니? 나는 이 근방에 와 보곤 이곳인 줄 금세 눈치챘단다.」

아담은 신기한 눈초리로 아버지를 쳐다보았다.

「그렇지만 아버지는 여기까지 나를 찾아온 적이 한 번도 없었어요.」

「그야 물론 없지. 난 그러지 않는다는 걸 너도 알고 있지 않니. 사람을 너무 심하게 몰아 대면 안 돼. 나는 그렇게까지는 하지 않는다. 죽더라도 도망칠 구

멍 정도는 하나 남겨 둔단 말이야. 그걸 명심하거라. 내가 너를 심하게 대하긴
하지만 낭떠러지에서 밀어 버릴 의향은 전혀 없단 말이야.」

　사이러스와 아담은 초조하게 숲에서 나갔다.

　「네게 할 말이 아주 많았었는데 막상 입을 여니 말이 나오지 않는구나. 군인
은 많은 것을 포기한 뒤에야 몇 가지를 소유할 수 있단다. 어린아이는 출생시부
터 그때 그때의 환경에 따라 법률과 규칙과 권리에 의해 생명을 보호하는 법을
습득하게 된다. 본능에 의해 출발하게 되는데 모든 것이 이 본능을 확인해 준
단다. 그러다가 군인이 되고 나면 그때는 또 그 본능을 어기는 법을 배우는
거다. 멀쩡한 정신에서 목숨을 버리는 법을 배우는 거야. 그걸 끝내 못 배우는
사람도 있기는 하지. 그러나 그 법을 배우는 것은 가장 좋은 선물을 받은 셈이
야. 그렇지만 모두가 두려워한단다. 두려워하는 이유가 무엇인지는 나도 모르
지만 당황한 탓인지, 그림자 때문인지 혹은 이름이나 번호도 없는 위험 탓인지,
아니면 개죽음을 당할지 모르기 때문인지도 모르지. 그러나 정말로 총탄을 맞아
죽거나 화살이나 창에 찔려 죽게 되는 그런 죽음을 두려워하지 않게 되면 그때
는 아무런 두려움도 없게 된다. 그렇게 되면 예전의 내가 아니지. 다른 사람은
두려움에 울어도 아무렇지도 않게 돼. 이것이 크나큰 보답이야. 잔뜩 더러워진
곳에 있는 유일한 순결이라고 할 수 있겠지. 어두워졌구나. 여태껏 말한 걸 오
늘 밤에 잘 생각해 보았다가 내일 밤에 다시 이야기해 보도록 하자.」

　「아버지, 찰스에게는 왜 말하지 않으시는 거죠? 찰스도 입대할 텐데요. 찰스
는 잘할 거예요. 아마 나보다 훨씬 낫겠죠.」

　아담이 말하자 사이러스가 얼른 그 말을 받았다.

　「찰스는 군대에 가지 않는다. 그 아이는 군대에 갈 필요가 없어.」

　「찰스는 나보다 더 훌륭한 군인이 될 텐데요.」

　「그건 그렇지 않다. 외면적으로는 그렇게 보일지 모르지만 내면적인 면은 그
렇지 않아. 그애는 겁이 없기 때문에 용기를 배우지 못할 거다. 그리고 이기적
이기 때문에 내가 지금까지 말한 것을 얻을 수 없어. 그애를 입대시킨다는 것은
풀어 놓아서는 안 될 것을 풀어 놓는 것과 같아. 그래서 그애는 군대에 안 보낼
거야.」

　아담은 퉁명스럽게 떠들었다.

　「아버지는 찰스에게는 벌도 주지 않고 언제나 멋대로 하게 내버려 두었어요.
그래도 칭찬해 주었어요. 그리고 힘든 일은 아무것도 시키지 않더니 이제는 군
대까지도 보내지 않으시려는군요.」

　그때 아담은 재빨리 말을 끊었다. 왜냐하면 자기가 한 말 때문에 아버지가 화

를 내거나 심하게 꾸중을 하고 자기를 때릴까 봐 두려웠던 것이다.

그러나 사이러스는 아무 말도 하지 않았다. 그는 숲속의 공터를 걸어나갔다. 그는 고개를 폭 숙이고 힘없이 걷고 있었다. 목발이 땅을 짚을 때마다 엉덩이가 상하로 흔들렸다. 목발을 짚을 순서가 되면 목발은 반원을 그리며 앞으로 내디 뎠다.

이젠 아주 어두워져서, 열린 부엌문으로 희미한 불빛이 새어 나왔다. 앨리스 가 문 앞에 나와 그들이 오는 것을 바라보다가, 사이러스의 절룩거리는 발소리 를 듣고 부엌으로 들어가 버렸다.

사이러스는 부엌문 앞까지 가서 멈춰 서서 고개를 든 후 물었다.

「아담, 어디 있니?」

「네, 바로 아버지 뒤에 있어요.」

「아까 나에게 질문을 했지? 그 대답을 해주마. 글쎄 대답해 주는 게 좋을 것 도 같고 또 나쁠 것도 같구나. 너는 아무래도 똑똑한 놈 같지 않구나. 너는 자신 이 원하는 게 무엇인지도 알지 못하는 듯하다. 너는 너무 욕심이 없고 또 매몰찬 구석도 없는 게 큰 결점이야. 다른 사람이 너를 괴롭히고 짓밟아도 너는 대항하 지 않는단 말야. 너는 개똥보다도 못한 비겁한 겁쟁이야. 그래 질문에 대한 답 변이 되었니? 나는 찰스보다 너를 더 사랑한다. 옛날에도 그랬고 또 앞으로도 그럴 거야. 이렇게 말할 게 아니지만 사실이란다. 그렇지 않으면 왜 내가 힘들 게 네 마음이 상할 일만 했겠니? 이제 어서 가서 저녁이나 먹자. 내일 밤 다시 이야기하자. 다리가 아프구나.」

4

저녁 식사를 하면서는 아무 말도 없이 묵묵히 식사만 했다. 오직 그 고요함을 수프 마시는 소리와 음식 먹는 소리가 깨뜨렸다. 아담은 동생 찰스가 은밀히 자 기를 지켜본다고 생각했다. 아버지는 석유 램프 위에서 맴도는 모기를 쫓으려고 손을 휘둘렀다. 고개를 드니 앨리스의 눈이 빛나는 것이 눈에 들어 왔다. 식사 를 마친 아담은 의자에서 일어난 후 말했다.

「나가서 산책 좀 하고 오겠습니다.」

그러자 찰스도 따라나서며 말했다.

「나도 함께 가겠어.」

앨리스와 사이러스는 두 형제가 밖으로 나가는 것을 쳐다보았다. 앨리스는 무 겁게 다물었던 입을 열었다.

「당신 무슨 일을 했지요?」
앨리스는 초조한 얼굴로 마음을 죄며 물었다.
「무슨 일을 하긴.」
「그애를 입대시킬 건가요?」
「그래야지.」
「그애도 그 사실을 알고 있나요?」
「음, 알고 있어.」
사이러스는 열린 문을 통해 컴컴한 밖을 멍청히 바라보면서 말했다.
「그애는 그걸 싫어하잖아요. 그애에겐 어울리지 않는 일이에요.」
「그런 건 상관없는 일이야.」
사이러스는 다시 똑같은 말을 반복해서 말했다.
「상관없는 일이야.」
그 말은 당신과는 상관없으니 입 다물고 있으란 말투였다. 그들은 한참 동안
이나 묵묵히 있다가 사이러스가 약간 부드러운 어조로 말했다.
「그애는 당신의 친 자식도 아닌데 왜 그러오.」
앨리스는 다시 입을 다물어 버렸다.
아담과 찰스는 바퀴 자국이 나 있는 컴컴한 길을 걷고 있었다. 앞에 희미한 불
빛이 보였다. 마을이었다.
「주막에 들어가서 구경을 좀 해볼까?」
찰스가 형 아담에게 물었다.
「그런 생각은 하지 않았어.」
아담이 말하자 찰스가 싸우듯 덤벼들었다.
「그럼 이 밤중에 왜 이곳까지 온 거지?」
「넌 오지 않아도 되었을 텐데.」
찰스가 그에게 가까이 다가와 아담을 쳐다보며 말했다.
「오후에 아버지가 무슨 말을 했지? 함께 걸어가더군. 무슨 말씀을 하셨지?」
「늘 하시던 말씀이었어. 군대 이야기지. 뭐, 그거야.」
그러나 찰스는 아무래도 의심스러운지 물러서지 않았다.
「그렇게 뵈지 않던데. 아버지가 형에게 바짝 서서 말하더군. 그건 타이르는
것이 아니고 어른과 상의하는 듯한 태도였어.」
「아버지는 나를 타이르셨어.」
아담은 참을성 있게 말하고 나서 심호흡을 한 번 했다. 두려워졌기 때문이
었다. 아담은 크게 숨을 한 번 들이마시고 나서 길게 숨을 내쉬었다.

「그래, 아버지가 무슨 말을 하셨어?」

「그거야 뭐 뻔하지. 군대 얘기와 군대 생활이지.」

「그것만은 아니었을 거야. 거짓말하지 말고 어서 말해 봐.」

찰스가 귀찮게 아담을 졸랐다.

「난 숨긴 게 아무것도 없어.」

아담이 짧막하고 단호하게 잘라서 말했다.

그러자 찰스가 훨씬 더 난폭하게 나왔다.

「형의 미친 엄마는 물에 빠져서 자살했어. 형 엄마가 형을 보았나 보군. 그렇지, 분명히 그랬을 거야.」

아담은 다시 한번 크게 심호흡을 하고 나서 두려움을 꾹 참았다.

그러자 찰스가 흥분해서 소리쳤다.

「형이 아버지를 독차지하려는 거지. 어떻게 하려고 그래? 말해 봐. 어쩔 작정이야?」

「아무 일도 아냐. 어떻게 하긴 뭘 어떡해?」

아담이 똑같은 말을 반박하자 찰스가 앞으로 나서서 아담의 앞을 막고 나섰다. 두 사람의 가슴이 거의 맞닿을 지경으로 마주 대하고 섰다. 아담은 끔찍한 뱀을 대하듯이 뒤로 물러났다.

찰스가 목소리를 높여 소리쳤다.

「아버지 생일날을 생각해 보란 말야. 나는 75센트나 주고 독일제 손칼을 사다 선물로 드렸어. 칼이 3개, 병따개가 하나에, 손잡이에는 진주가 달린 거야. 그 칼은 지금 어디 있지? 형은 아버지가 그 칼을 쓰시는 걸 봤어? 혹시, 형 준 거 아냐? 난 그 칼을 가는 것도 본 적이 없어. 혹시, 그 칼이 형 주머니에 있는 거 아니냐구? 내가 아버지께 그 칼을 선물로 드리자 아버지는 고맙다, 하고 단 한 마디만 하셨어. 75센트 씩이나 주고 산 진주 손잡이가 달린 독일제 칼을 받고도 그 한 마디 말뿐이었단 말야.」

찰스의 목소리에는 분노가 담겨 있었다. 아담은 겁이 나기 시작했다. 그러나 약간의 여유가 있음을 그는 알았다. 방해가 된다고 생각하면 그 무엇이나 잘라 버리는 파괴력을 그는 수차례 목격했다. 맨 처음에는 분노하고 다음에는 냉철해지며, 그 다음에는 침착하고 무표정한 얼굴에, 즐거운 웃음을 띠고 소리가 들리지 않게 속삭이는 것만 해도 이 상황까지 이르면 이제 멀지않아 폭행이 벌어지게 되어 있다. 그 폭행은 냉혹하고 교묘한 폭행이었다. 그의 손은 정확하고 민첩했다. 아담은 입이 바싹바싹 타올라서 침을 한 번 삼켰다. 그는 아무 말도 하지 않고 가만히 있었다. 이런 때에는 말을 하는 것보다는 차라리 침묵을 지키고 있는 것이 현명하다는 것을 그는 눈치채고 있었다. 찰스는 한 번 흥분이 시작되면 어떤 말을 해도 들으려 하지 않았다. 찰스는 아담 앞에서 몸을 약간 굽히고 있었지만 아직 덤벼들 자세는 아닌 듯했다. 별빛을 받아 입술이 빛났으나 미소는 짓지 않았다. 그의 목소리에는 아직도 분노가 서려 있었다.

「그런데 형은 아버지 생일날 어떻게 했지? 내가 못 본 줄 알았어? 형은 70센트, 아니 50센트도 쓰지 않았잖아. 한다는 일이 숲에서 길 잃은 똥개 한 마리를 주워다 드린 것밖에 더 있어? 그리고 웃으면서 훌륭한 사냥개가 될 거라고 말했어. 그 똥개는 지금도 아버지 방에서 편히 자고 있지. 아버지는 책을 읽을 때에도 똥개를 옆에 두고 있잖아. 그리고 훈련까지 시켰지. 그런데, 내가 선물로 준 칼은 어디 있는 거지? 아버지는 고맙다는 단 한 마디 말만 했을 뿐이야.」

찰스는 어깨를 축 늘어뜨리고 낮은 목소리로 말했다.

아담은 온 힘을 다해 뒤로 물러서서 양 손으로 얼굴을 감쌌다. 찰스는 그가 물러선 만큼 한 걸음 한 걸음 앞으로 가까이 왔다. 주먹이 닿는 거리에 닿자 찰스는 눈깜짝할 사이에 배에 공격을 가했다. 아담은 반사적으로 배에 손이 내려갔다. 찰스는 계속 머리를 네 번씩이나 매섭게 후려쳤다. 아담은 코뼈가 으스러지는 듯한 통증을 느꼈다. 아담이 코를 향해 손을 들자 이번에는 세게 가슴을 때렸다. 그러면서도 아담은 시선을 찰스에게 고정시키고 있었다. 아담은 깊은 절망에 빠진 사형수가 형집행인을 체념어린 시선으로 쳐다보듯이 찰스를 바라보았다.

갑자기 아담은 무의식중에 팔을 내저었다. 그것은 방향 감각도 없고 힘도 없는 헛된 행동이었다. 찰스가 몸을 가볍게 피하자 아담은 그의 목을 팔로 감았다. 아담은 팔로 찰스를 껴안고 힘껏 매달리면서 처량하게 울음을 터뜨렸다. 그는 거센 주먹이 배를 때리자 구토증이 났지만 손을 풀지 않았다. 아담은 시간이 정말 늦게 간다는 생각을 했다. 찰스가 몸을 움직여 다리를 벌려 놓으려는 것을 느낄 수 있었다. 곧이어 찰스는 아담의 아랫도리를 세게 걷어 찼다. 번쩍하는 아픔이 삽시간에 온몸으로 퍼졌다. 아담은 허리를 굽힌 채 토했다. 그 사이에도 찰스의 주먹질은 그치지 않고 계속되었다.

아담은 뺨과 관자놀이와 눈을 계속 구타당했다. 입술이 찢어져서 너덜거렸다. 피부는 두터운 생고무에 쌓인 것처럼 전혀 감각이 느껴지지 않았다. 아담은 자기가 왜 쓰러지지 않는지, 왜 정신을 잃지 않는지 알 수 없었다. 그러나 찰스의 주먹질은 지칠 줄 모르고 계속되었다. 커다란 망치를 휘두르는 사람처럼 동생이 거친 숨을 몰아쉬는 소리가 들리고 희미하게나마 눈에서 흐르는 피눈물 사이로 동생 찰스의 모습이 보였다. 그러다가 갑자기 눈앞이 캄캄해졌다.

찰스는 그 위에 버텨 서서 마치 지친 개처럼 숨을 헐떡거렸다. 그러더니 돌아서서 멍든 손마디를 주무르면서 잰걸음으로 집을 향해 걸었다. 아담은 바로 정신이 들었으나 두려움으로 몸을 떨었다. 상처투성이 몸이 여기저기 욱씬거렸고 정신은 몽롱해졌다. 몸은 천근만근 무거워서 꼼짝도 하기 힘들었다. 그러나 상처의 고통도 재빠른 발걸음 소리가 들렸기 때문에 잊어버렸다. 그는 마치 쥐가 느끼는 본능적인 두려움과 격정을 온몸으로 느꼈다. 그는 간신히 엉거주춤 일어나서 길 옆의 도랑으로 몸을 끌고 갔다. 도랑에는 한 자 가량 물이 있었고 양쪽에는 풀이 무성하게 자라 있었다. 아담은 소리나지 않게 조심하여 물 속으로 들어갔다.

발자국 소리가 가까이 오더니 딱 멈춰 섰다. 그 발소리는 앞으로 조금 더 가더니 다시 되돌아왔다. 물 속에 있는 아담의 눈에는 아무것도 보이지 않고 검은 물체만 하나 보였다. 그때 성냥불이 켜지더니 작은 파란 불이 일고 동생의 괴상하게 일그러진 흉한 얼굴이 보였다. 찰스는 성냥불은 들고 사방을 살피고 있었는데 그의 오른손에는 도끼가 들려 있었다.

성냥불이 꺼지자 사방은 아까보다 훨씬 더 캄캄해졌다. 찰스는 천천히 걸으면서 성냥불을 다시 켜고, 조금 걸어가서 또 성냥불을 켜곤 하면서 길을 샅샅이 살피며 그가 간 곳을 찾았다. 얼마 후 그는 아담을 찾는 일을 포기했는지 오른손에 들었던 도끼를 힘껏 벌판에 던져 버렸다. 찰스는 성난 듯 마을의 불빛을 향해 성큼성큼 걸어갔다.

아담은 한참 동안 찬 물 속에 엎드려서 동생의 마음을 헤아려 보았다. 동생은 격정이 식어 버리고 나면 공포심이 생길까, 아니면 슬픔을 느낄까? 그것도 아니면 아무것도 느낄 수 없을까? 양심의 가책을 느끼지는 않을까? 아담은 이모저모로 생각해 보면서 동생의 심정을 이해하려고 애썼다. 그의 양심은 때때로 그와 동생과의 교량이 되어 주었고, 언젠가 동생의 숙제를 자기가 대신 해주었듯이 찰스의 고통을 대신 느껴 보려고 애썼다.

아담은 물 속에서 엉금엉금 기어나왔다. 상처난 곳마다 통증이 왔고, 얼굴에는 피가 굳어 있었다. 그는 아버지와 앨리스가 잠자기 전까지 밖에 있어야겠다고 생각했다. 아버지가 질문을 하면 어떤 대답을 할지 막연했기 때문이었다. 대답은 생각나지 않았다. 대답해야 할 말을 생각한다는 건 아픈 상처 만큼이나 마음의 고통을 주는 것이었다. 푸른빛이 번쩍이더니 현기증이 돌았다. 아담은 자신이 곧 의식을 잃으리라는 것을 알았다.

그는 두 다리를 엉거주춤하게 벌리고 천천히 길가로 올라갔다. 그리고 자기 집 현관 앞에서 집안을 들여다보았다. 천장에 매단 램프에서 비치는 원형의 노란 불빛 아래 앨리스와 탁자 위의 바느질 바구니가 눈에 들어 왔다. 그 건너편에는 아버지가 나무 펜을 입에 물었다가 잉크를 찍어 검정 장부에 글씨를 쓰고 있었다.

앨리스가 고개를 들었다가 피투성이가 된 아담을 쳐다보게 되었다. 앨리스는 놀란 표정으로 손을 입에 대고 손가락을 구부려 아랫 이빨을 지그시 눌렀다.

아담은 발을 질질 끌어 발을 떼어 놓다가 문에 기대 섰다.

그때 아버지가 고개를 쳐들고는 의아한 표정으로 쳐다보았다. 아담의 얼굴이 일그러져서 뒤늦게 알아보고는 그는 황망히 자리에서 일어났다. 사이러스는 급히 나무펜을 잉크병에 꽂은 뒤 손을 한 번 바지에 쓱 문질렀다.

「그놈이 왜 이런 짓을 했느냐?」

아담은 말을 하려고 했지만 입이 떨어지지 않았다. 입술을 빨자 다시 피가 흐르기 시작했다.

「저도 모르겠어요.」

아담은 힘없이 대답했다.

사이러스가 화난 듯 쿵쿵거리며 다가와 아담의 팔을 잡자, 아담은 놀라서 팔을 빼려고 했다.

「어서 바른 대로 말해 봐! 찰스와 싸웠니? 왜 이렇게 한 거지? 그놈과 싸웠지?」

「아뇨.」

사이러스는 흥분해서 아들의 팔을 비틀었다.

「어서 말해라. 네가 입을 열어야 무슨 영문인지 알 거 아니냐. 난 꼭 듣고야 말겠다. 왜 너는 언제나 그놈을 편들고 감싸 주는 거냐? 내가 모를 줄 아니? 나는 속지 않아. 자, 어서 말해라. 말하지 않으면 밤새도록 이곳에 세워 놓겠다.」

아담은 그제야 대답할 말이 떠올랐다.

「찰스는 아버지가 자기를 좋아하지 않고 저를 좋아한다고 생각해요.」

사이러스는 맥없이 아담의 팔을 놓고 자기 의자에 가서 앉았다. 그는 펜을 이리저리 흔들어 소리를 내면서 멍하니 장부에 시선을 두었다.

「앨리스, 아담을 부축해 줘요. 그리고 셔츠를 잘라서 벗기도록 하고.」

그는 말을 마치고 다시 일어나 방구석에 걸린 옷 뒤에서 소총을 찾아내어 총신을 꺾어 장전이 되어 있는지를 확인해 보고는 절룩거리며 밖으로 나갔다.

그러자 앨리스가 그를 잡기라도 하려는 듯 손을 내저었다. 그러나 그녀는 마음속에 품었던 생각을 거둬 버렸다.

「어서 네 방으로 가렴. 물을 떠다 줄 테니.」

아담은 침대에 누운 채 허리까지 이불을 덮었다. 앨리스는 **따뜻한 물에다** 무명 수건을 적셔 상처를 깨끗이 닦아 주었다. 앨리스는 한동안 침묵을 지키다가 아담이 방금 한 말을 대꾸하듯 입을 열었다.

「찰스는 아버지가 자기를 사랑하지 않는다고 생각하고 있어. 그런데 너는 찰스를 좋아하지. 그래, 너는 늘 그 애를 좋아했어.」

그러나 아담은 아무 말도 하지 않았다.

앨리스는 조용조용 말을 이어나갔다.

「그애는 묘한 데가 있어. 넌 그애를 이해하렴. 찰스는 거세고 **화를** 잘 내지만 알고 보면 그렇지도 않단다.」

앨리스는 기침 때문에 말을 중단하고 기침을 한바탕 했다. 그런 후에는 얼굴이 붉어지고 더 힘이 없어 보였다.

「그렇지만 찰스를 알고 나면 그런 생각이 가실 거야. 그애는 오래 전부터 나에게 선물을 주었단다. 작고 예쁜 것들이지. 내게 직접 주는 것이 아니라 내가 찾을 만한 곳에다 살짝 감춰 두곤 하지. 그러나 몇 시간이나 찰스를 관찰해도 자기가 그랬다는 내색을 하지 않지. 너는 그애를 이해해야 해.」

앨리스는 그에게 눈물을 보였다. 아담은 얼마 후 잠이 들었다.

제 4 장

[1]

찰스는 마을 주막의 목로판에 서서 밤새우는 나그네들의 음담패설을 들으며 즐거워했다. 그는 은방울 장식의, 보잘 것 없는 담배 쌈지를 꺼내 나그네들에게 술을 한 잔씩 사서 돌리며 이야기를 계속 들었다. 그는 상처난 손가락 마디를 만지면서 서 있었다. 나그네들이 찰스의 술잔을 받아들어 건배합시다, 하고 소리치자 그는 기분이 좋았다. 찰스는 새로 사귄 이들에게 다시 술 한 잔씩 더 사 준 뒤에 그들과 어울려 다른 나쁜 짓을 하려고 자리를 옮겼다.

사이러스는 캄캄한 밖을 절룩거리며 달려 가면서 찰스에 대한 감정이 절망에 가까운 분노로 몸을 떨었다. 사이러스는 아들을 찾으려고 길을 모두 헤매고 주막까지 뒤졌으나 찰스의 모습은 찾아볼 수 없었다. 아마 그날 밤 사이러스가 아들을 찾아냈다면 그는 찰스를 총으로 쏘아 죽였거나 아니면 죽이려고까지 했을 것이다. 큰 사건은 역사의 흐름을 바꾸어 놓는다고 한다. 길에서 돌멩이 하나를 발로 걷어차거나 미인을 보고 숨을 죽이거나 마당에다 손톱으로 자국을 내거나 하는 일이 모두 나름대로 마찬가지일 것이다.

찰스는 바로 아버지 사이러스가 총을 들고 자기를 찾아 여기저기 돌아다닌다는 소문을 들었다. 2주일 정도 어딘가에 숨어서 지내다가 집에 돌아왔을 때 사이러스는 분노가 가라앉아 무섭던 살기는 없어지고 그저 화만 내는 정도였기 때문에 그는 힘든 일을 하면서 억지로 겸손한 척하며 벌을 면했다.

아담은 사흘 동안 침대에 누워 있어야 했다. 상처가 쑤시고 아파서 몸을 움직일 때마다 끙끙 앓았다. 사흘째 되던 날, 사이러스는 군대에 대한 그의 막강한 실력을 실제로 보여 주었다. 그는 자신의 위력을 자랑하려는 의도도 내포되었지만 아담을 위한 일종의 보상으로도 한 일이었다. 푸른 군복을 입은 기병대 대위와 상사 두 명이 집에 도착해서 아담의 방까지 들어왔다. 마당에는 두 명의 사병이 말 고삐를 붙잡고 있었다.

아담은 침대에 누워서 기병대 사병으로 입대하게 된 것이다. 그는 아버지와 앨리스가 쳐다보는 앞에서 군법대로 서명 선서를 했다. 아버지는 감격의 눈물을 흘렸다.

군인들이 모두 떠난 후 아버지는 아담 옆에 오랫 동안 앉아 있었다.

「내가 너를 기병대에 입대토록 한 이유가 있단다. 병영 생활은 오래 할 게 못 돼. 그렇지만 기병은 할 일이 훨씬 많단다. 내가 이것저것 알아본 결과 너는 인디언이 살고 있는 곳에 가는 게 좋을 것 같더라. 이제 멀지않아 작전이 있을 거다. 그건 비밀이기 때문에 자세히 말할 수는 없지만 곧 전투가 벌어지게 된다.」

아버지가 그에게 부드러운 어조로 말하자 아담은 고개를 끄덕이며 말했다.

「네, 잘 알겠어요.」

2

나는 아담과 같은 부류의 인간이 군대 생활을 한다는 것이 아무래도 이상했다. 그는 처음부터 전투를 싫어했지만, 점점 그것을 좋아하는 것은 고사하고, 그런 사람도 더러 있다고는 했지만, 그는 자꾸 폭력에 대해 염증을 느끼게 되었다. 장교들은 아담이 꾀병을 부리는 것이 아닌가 하여 세밀히 관찰해 보았지만 징계를 하지는 않았다. 5년 동안의 군대 생활을 하는 동안 아담은 대대의 다른 누구보다 특수 임무를 더 많이 맡았다. 그러나 그동안 그가 적군을 죽였다면 그것은 총알이 잘못 나간 탓이었을 것이다. 그는 명사수였고 저격병이었지만 그의 총에 맞아 죽은 적군은 한 명도 없었다. 그 당시에는 인디언 소탕 작전이 위험한 소몰이 정도라고밖에 볼 수 없었고, 인디언 부족은 극한 상황에까지 몰려 반란을 일으켰다가 몰살당하고 말았다. 그 중에서 생존하게 된 인디언은 슬픔을 참으면서 황폐한 불모지에 정착해야만 했다. 그것은 바람직한 일은 아니었지만 국가의 발전을 위해서는 달리 방도가 없는 일이었다.

아담은 임무 수행의 일종으로 장래에 대한 생각보다도, 훌륭한 인간이었던 사람들의 터진 배만 보게 되자 군대 생활이 지겹고 싫증나서 견디기 어려웠다. 아담은 전투를 증오했으며, 군대 생활이 계속되자 그는 반발심만 더욱 강해졌다. 일부러 총을 빗나가게 쏜다는 것은 군인으로서는 반역 행위였지만, 그는 그것에 연연해 하지는 않았다. 폭력을 싫어하고 거부하는 그의 반응은 점점 노골적으로 쌓여서 일종의 편견이 되어 모든 사고를 지배해 나갔다. 목적이 무엇이건 간에 무엇을 어떻게 해치든지 폭력을 쓴다는 것은 그에게는 적대 행위 같았다. 그의 이러한 감정이 지배적이어서 다르게는 생각할 수조차 없었다. 그러나 아담은 군대 생활을 하는 동안 비겁했다는 혼적이 전혀 없었다. 그는 무공훈장을 세 번이나 타는 용맹한 군인이었다.

폭력을 거부하면 거부할수록 그의 행동은 정반대 방향으로 나타났다. 그는 자기 목숨을 걸면서까지 부상병을 수차례 구했다. 또한 정규 업무에 시달려 피곤해 있을 때에도 야전 병원에서 일하겠다고 자원했다. 그러나 다른 전우들은 경멸섞인 시선 반, 애정 반의 시선으로 그를 보았으며 그를 이해하지 못했기 때문에 아담을 두려워하기까지 했다.

찰스는 농장과 마을에 대해, 병든 소와 새끼를 낳은 암말에 대해, 목장을 더 산 이야기와, 헛간에 벼락이 내린 이야기와 앨리스가 폐병 때문에 죽은 이야기와, 아버지가 워싱턴에 유급 영구직으로 옮긴 이야기 등을 자세히 써서 규칙적으로 편지를 보냈다. 대부분의 사람들처럼 찰스는 말로 표현을 잘하지 못했으나 편지는 꼬박꼬박 써서 보냈다. 찰스는 외로운 현재의 심정과 괴로운 일과 자신에 대해서 몰랐던 많은 일을 편지에 써서 보냈다.

아담이 집을 떠나 군대 생활을 하는 동안 찰스는 형에 대해 예전보다 더 잘 알게 되었다. 편지가 오고가는 동안 두 사람 사이에는 강한 인연의 끈이 굳건히 연결되었고 더욱 친근감이 생겼다.

아담은 동생 찰스가 보낸 편지 한 장을 따로 잘 간직했는데, 그 이유는 그 내용을 이해해서가 아니라 자기가 이해할 수 없는 다른 내면적인 의미가 내포된 것 같아서였다.

그 편지의 내용은 다음과 같았다.

보고 싶은 아담 형에게

형이 건강히 지내길 바라면서 이 편지를 씁니다. 지난번 보낸 편지의 답장을 받지 못했어요. 물론 형이 바쁜 탓이겠지만요. 하! 하! 철에 맞지 않게 비가 많이 내려서 사과꽃이 모두 떨어졌답니다. 겨울에 그다지 수확을 많이 할 수 없을 것 같지만 가능한 한 많이 저장하려고 해요. 오늘 밤에는 대청소를 하려고 집 안을 온통 비눗물 투성이로 만들었으나 깨끗해진 것 같지가 않군요. 아버지는 정말 청소를 깨끗이 했었지요. 그러나 지금은 그때완 달라요. 청소를 해도 때가 잘 지지 않는답니다. 때가 끼어서 잘 지워지지 않아 깨끗하지가 않아요. 오히려 먼지를 골고루 퍼뜨린 것 같아요. 하! 하!.

아버지가 여행에 관해 편지하셨어요? 아버지는 지금 군인회 야영 대회에 참석하려고 캘리포니아의 샌프란시스코로 떠나셨어요. 국방장관도 참석하신다더군요. 아버지께서 장관을 소개하신다나 봐요. 그런 건 아버지 위치로는 보통 있는 일이랍니다. 물론이죠, 아버지는 대통령도 서너 번 만났고 백악관 만찬에 초대받은 적도 있답니다. 나도 백악관을 보고 싶어요. 형이 귀대하면 함께 가도록 해요. 아버지는 우리가 며칠 동안 함께 있게 해주실 거예요. 아버지도 형이 보고 싶으실 거예요.

나는 요즘 결혼을 해야 되겠다는 생각을 간혹 합니다. 이 정도면 우리 농장도 훌륭하고, 나도 아주 잘나지는 않았지만 나를 좋다고 하는 처녀도 있겠지요. 형 생각은 어때요? 형은 제대 후에 집에 돌아올 것인지 아니면 다른 곳에서 살 것인지 말을 하지 않았는데, 나는 형이 돌아와서 이곳에서 우리와 함께 살았으면 좋겠어요.

편지는 여기서 중단되었다. 편지지 위에는 펜이 긁힌 자리와 잉크가 튀어 있었다. 그 다음부터는 연필로 쓴 글이 이어졌는데 글투가 달랐다.

다음부터는 연필로 쓴 부분이다.

나중에 써야 되겠어요. 펜이 고장나서 못쓰게 되었어요. 펜끝이 부러졌거든요. 펜촉을 마을에 나가서 새로 사와야 한답니다. 펜촉에 녹이 슬었어요. 연필로 쓰지 말고 새로 펜촉을 사와서 써야 되겠어요: 지금 나는 부엌방에 램프를 켜

놓고 앉아서 공상에 빠져 있답니다. 벌써 열두 시가 되었어요. 자정이 지난 것 같은데 시계가 보이지 않는군요. 닭장의 닭이 요란히 울었어요. 어머니가 앉아 있던 흔들의자가 어찌된 영문인지 흔들거리며 삐걱거린답니다. 형도 알겠지만 나는 그것과 전혀 관계가 없는데도 자꾸 옛날 생각이 나요. 형도 때때로 그럴 때가 있죠? 이 편지 그만 쓰고 찢을가 봐요. 이런 소릴 해도 상관없는 일인 걸요.
찢어 버릴 때 버리는 일이 있더라도 쓰겠어요. 온 집안이 살아서 숨쉬는 듯해요. 도처에서 눈을 크게 뜨고 쳐다보는 느낌이 들어요. 한눈만 팔면 사람들이 문 뒤에 서 있다가 쑥 들어올 것 같아요. 나는 지금도 그게 궁금해요. 아버지는 왜 생일날 내가 사 드린 칼을 좋아하지 않는 거죠? 나는 단 한 번이라도 좋으니 아버지가 그 칼을 쓰거나 아니면 갈아라도 보거나, 주머니에서 꺼내 한 번이라도 관심을 가지고 들여다보아 주었으면 좋겠어요. 그러면 그것만으로 만족을 느꼈을 거예요. 만일 아버지가 그 칼을 좋아하셨다면 구태여 내가 형을 따라 나서지는 않았을 거예요. 그때는 형을 따라 나서지 않을 수가 없더군요. 어머니의 흔들의자가 또 삐걱거리네요. 그건 어쨌든 상관없는 일이지만요. 난 아직도 내가 해야 할 일을 반밖에 하지 않은 것 같아요. 나는 이곳에 있어서는 안 돼요. 이 농장에서 한가하게 결혼할 생각이나 하느니 넓은 세계에 나가 여기저기를 돌아다녔으면 좋겠어요. 뭔가 끝이 나지 않았다는 생각이 들어요. 일이 너무 일찍 일어났기 때문에 무엇인가가 빠진 것 같기도 하고요. 형이 이 농장에 있고 내가 군대에 갔었어야 하는 거였어요. 그런데 왜 이제서야 그런 생각을 하게 되었을까요? 밤이 너무 깊은 탓일까요? 밖을 내다보니 어느새 동이 터올랐어요. 나는 한 숨도 잠을 자지도 않았는데 어떻게 밤이 그렇게 신속히 지나갔을까요? 이제 자러 갈 수도 없고, 가야 잠도 오지 않을 거예요.

그러나 찰스의 편지에는 서명이 되어 있지 않았다. 어쩌면 찰스가 편지를 찢어 버리려고 했다가 잊은 채 부쳤는지도 모르는 일이었다. 아담은 얼마 동안 그 편지를 소중히 보관해 두었다. 그러나 그 편지는 읽을 때마다 매번 섬찟해지는데, 그 이유가 무엇 때문인지는 알 수 없었다.

제 5 장

[1]

　해밀튼 가의 농장에는 해마다 아이들이 태어났다. 조지는 훤칠한 미소년으로서 성격이 온순하고 상냥했다. 조지는 어렸을 때부터 동네 사람들에게 『얌전이』라고 불릴 정도였다. 그는 부친에게서 단정한 외모와 몸과 머리를 단정히 가꾸는 습관을 타고났다. 남루한 옷을 입어도 남루하게 보이지 않는 타입이었다.

　조지는 어린 시절에도 그랬듯이 성장해서도 결백한 성품이었다. 그는 죄를 저지르지 않았고, 그에게 죄가 있다면 그것은 그가 비굴한 행동을 하지 않는다는 게 죄였다. 그러나 중년 시절에는 악성 빈혈에 걸렸다. 그가 온순하고 얌전했던 것은 어쩌면 기력이 떨어져서인지도 모른다.

　조지 다음에는 윌이 태어났는데 윌은 키가 작고 땅땅한 아이였다. 윌은 머리는 좋은 편이 아니었으나 힘은 장사였다. 어려서부터 그는 누군가 일거리만 맡겨 주면 땀을 뻘뻘 흘리면서 열심히 해냈다. 그리고 그는 정치만이 아니라 만사에 있어서 보수주의였다. 그는 사상적인 문제는 혁명적이라고 판단하여 의심을 갖고 있기 때문에 일체 피했다. 윌은 남에게 책 잡히지 않고 편안히 살기를 원했다. 그러므로 그는 일반적으로 다른 사람과 대동소이하게 살아가게 되었다.

　윌이 새로운 것이나 변화를 좋아하지 않는 것은, 자기 아버지와 깊은 관계가 있어서인지 모른다. 윌이 한창 자랄 무렵에는 그들 일가가 샐리너스 계곡에 도착한 지 얼마 되지 않아서, 고참대접을 받지는 못했다. 사실 그는 아일랜드에서 온 외국인이었다. 그 시절 미국에서는 아일랜드 사람을 몹시 싫어했다. 특히 동부에서는 더욱 그 현상이 심했는데 동부에서 뿐만 아니라 서부까지 그 풍조가 퍼진 것이다. 사무엘은 특별한 곳이 많고 생각이 깊어 혁신적인 면이 많은 사나이였다. 외떨어진 작은 지역 사회에서는 이런 성격의 소유자는 늘 의혹의 눈초리를 받는 법이었다. 그는 다른 사람들에게 위험한 인물이 아님을 스스로 증명해 보여야만 의혹을 씻을 수 있었다. 사무엘과 같이 특출한 사람은 예나 지금이나 많은 문제를 제기할 수도 있었다. 예를 들면 자기가 바보임을 아는 남자들의 아내 눈에는 사무엘이 매력 있는 인물로 보일 수 있다. 더욱이 사무엘은 교육을 받았으며 책을 사서 읽거나 또는 빌려 읽기도 했다. 또 먹는 것이나 입는 것, 또는 실제 생활과 관련이 없는 것에도 지식이 풍부했으며, 시(詩)를 좋아했고 아름다운 글을 좋아했다. 사무엘이 돈즈네나 델마 집안처럼 부자여서 넓은 땅과 큰 집을 소유했다면 그는 분명히 큰 서재를 만들었을 것이다.

델마네 집에는 서재가 있었다. 참나무로 사방에 벽을 두른 그 방에는 책 이외에 다른 것은 없었다. 사무엘은 그 집의 책을 델마네 가족보다 더 많이 빌려다 읽었다. 그 당시에는 부자와 교육을 받은 사람은 대단한 환영을 받았다. 부자들은 아들을 대학에 어렵지 않게 보냈고, 평일에도 흰 셔츠에 흰 타이를 매고 조끼를 입었으며, 장갑을 끼고 언제나 손을 깨끗이 했다. 부자들은 어떤 생활을 하는지 신비에 쌓여 있어서 그들이 어떻게 살든지 아무도 간섭하지 않았다. 그러나 빈곤한 사람에게는 시가 무슨 필요가 있으며 노래와 음악이 무슨 소용이 있었겠는가. 그런 것은 추수하는 데에도 전혀 도움이 되지 않았고, 자식들의 의복을 마련하는 데에도 도움이 되는 일이 아니었다. 만일 가난한 사람이 시나 노래, 그리고 그림에 열중한다면 다른 사람들은 그 사실을 이해할 수 없을 것이다.

예를 들면, 사무엘은 자신이 만들려는 작품의 설계도를 먼저 그려 보았다. 그것은 바람직한 일이고 이해가 가는, 남들이 부러워하는 태도였다. 그는 설계도의 가장자리에다 사람의 얼굴이나 짐승·곤충·나무 등이나 전혀 형태를 알아보기 힘든 그림도 그렸다. 사람들은 그것을 보고 어리둥절해 하면서 비웃었다. 사무엘은 언제나 엉뚱해서 사람들이 그의 생각과 말을 이해하지 못했다. 그만큼 그는 매사에 엉뚱한 행동을 했다.

사무엘이 샐리너스 지방에 정착한 지 몇 해 동안은 모두가 그를 의혹의 눈초리로 쳐다보았다. 월도 어린 시절에는 샌 루커스 가게에서 하는 말을 들었을 것이다. 어린아이들은 자신의 아버지가 다른 아이들의 아버지와 다른 것을 결코 원치 않는다. 그때부터 월의 사고방식이 보수주의였는지도 모를 일이다. 그리고 세월이 얼마 가량 흐르고 다른 애들이 태어나자, 사무엘은 샐리너스 지방 사람이 되었고, 그 지방 역시 그를 자랑스럽게 여기게 되었다. 이는 공작새의 주인이 자기가 소유한 공작새를 자랑스럽게 생각하는 것과 같다. 다른 사람들도 이제는 사무엘을 이상한 시선이나 의심하는 눈으로 바라보지 않았다. 그는 그들의 부인을 유혹하는 일도 없었고, 엉뚱한 짓을 하려고 접근하지도 않았기 때문이다. 이제서야 그 지방 사람들은 사무엘을 친구로서 좋아하게 된 것이다. 이 무렵에는 월의 성격도 거의 형성되었다.

하나님의 사랑을 받을 자격이 전혀 없는 사람도 때로는 사랑을 받는 일이 있다. 이들은 노력을 하거나 계획도 하지 않는데 좋은 일이 생기곤 한다. 월 해밀튼이 바로 그런 사람이었다. 그가 받은 선물은 본인에게도 유용한 것이었다. 월은 성장할 때도 운을 타고 난 것 같았다. 아버지는 아무리 노력을 해도 돈을 벌 수 없었으나 윌은 그다지 애를 쓰지 않았으면서 돈을 벌었다. 윌이 양계를 시작해서 닭이 알을 낳기 시작하면 달걀 값이 올랐다. 젊었을 때 그의 친구 두 명이 하던 가게가 망해서 문을 닫을 지경이 되어 윌에게 삼부 이자를 주겠다며 돈을 빌려 달라고 했다. 윌은 구두쇠가 아니라서 친구에게 돈을 빌려 주었는데, 그 친구들의 가게는 1년 안에 굉장한 호황을 이루었고 2년 후에는 가게를 확장했고, 3년 후에는 몇 개의 분점을 냈으며, 그 후 점점 확대되어 큰 상업 조직이 되어 이 지방의 상권을 손에 넣을 정도까지 되었다.

윌은 또 돈을 빌려 주었다가 자전거 수리점을 하나 인수하게 되었다. 그러자 부자 몇 사람이 자동차를 사서, 그 가게의 수리공이 그들의 자동차를 고쳐 주게 되었다. 그 무렵 헨리 포드라는 놋쇠와 주철과 고무에 정신이 빠진 한 공상가가 그에게 자꾸 압력을 가해왔다. 그 내용은 불법은 아니지만 치졸한 것이었다. 윌은 할 수 없어서 샐리너스의 남쪽을 헨리 포드에게 투자했는데 15년도 못 되어 이 지방은 포드 자동차로 길이 메워졌다. 윌은 거부가 되어 말몬 형 자가용을 타고 다녔다.

셋째 아들 톰이 아버지를 제일 많이 닮았다. 그는 격정 속에서 출생하여 번갯불과도 같은 속에서 살았다. 톰은 물불을 가리지 않고 세상사에 뛰어들었다. 그는 몹시 키가 큰 거인으로 기쁨과 열정의 소유자였다. 그는 이 세상과 사람들을 발견해 내는 것이 아니라 창조해 냈다. 아들 중에서 톰이 아버지의 책을 제일 처음 읽었다. 그는 신선하고 낙원과 같이 때묻지 않은 세계에서 살았다. 그는 언제나 행복한 목장에서 망아지가 뛰듯이 생활했고, 나중에 그 울타리를 뛰어넘었다. 마지막으로 말뚝 울타리 안에 갇히게 되자 그는 그 울타리에서 도망쳐 나왔다. 톰은 큰 기쁨을 알 듯 큰 슬픔도 알았다. 자기가 기르던 개가 죽으면 이 세상 모든 게 끝난 듯 슬픔에 젖어 괴로워했다.

톰은 아버지를 닮아 발명에 재능이 있었는데 아버지보다는 배짱이 두둑한 편이었다. 아버지가 해보지 못한 일을 그는 해보려고 시도하기도 했다. 그가 아버지와 다른 점이 있다면 독신으로 지낸 것이었는데, 그것은 아마도 그가 색욕이 대단했기 때문이었던 것 같다. 그의 집안은 보수적이라 도덕을 존중했다. 그는 자신의 꿈과 동경 때문에 스스로는 낮추면서 이따금 숲속에 들어가 울었는지도 모른다. 톰의 성격은 선량함과 야만스러움이 섞였다고 보면 된다. 그는 마치 짐승처럼 열심히 일하며, 그 속에서 자신의 충동을 억제할 수 있었다.

아일랜드 인의 특성은 지나치게 명랑한 반면 침울하고 명상적인 면도 있다. 그들은 지나치게 큰소리로 웃어대다 가는 이내 침울해지기도 한다. 다른 사람이 책망하기 앞서 스스로 책망하기 때문에, 그들은 항상 수비에 서게 된다.

톰이 아홉 살이 되었을 때, 귀여운 여동생 몰리가 말을 더듬었기 때문에 걱정을 하곤 했다. 그는 몰리의 입을 크게 벌려 보고는 혀 밑에 있는 얇은 막 때문에 말을 더듬는다는 것을 알아냈다.

그는 집에서 멀리 떨어진 후미진 곳에 여동생을 데리고 가서 고쳐 주겠다며 주머니에서 칼을 꺼내 돌로 간 후 그 막을 도려 냈다. 그런 뒤에 그는 도망쳤는데 어쩐지 마음이 편치 않았다.

해밀튼 집안은 가족이 자꾸 늘어나는 것에 비례해서 집이 커졌다. 원래 설계 자체가 미완성이었으므로 본채에다 필요한 방을 붙여 짓기만 하면 되었다. 처음에 지은 방과 부엌은 새로 지은 방 사이에 있게 되었다.

그러나 그동안에도 사무엘의 재산은 늘지 않았다. 그 무렵에 그는 악성 특허병에 걸려서 고생했는데, 다른 사람들도 그 병 때문에 고생했다. 그는 옛날에 쓰던 것보다 품질이 훨씬 우수한 탈곡기의 부속을 발명했다. 그런데 많지 않은 그의 이윤을 특허 대리인이 모두 가로채 버렸다. 사무엘은 그 부속품의 모형을 제조업자에게 보냈는데, 그는 설계도는 거절하고 그 제조 방법만 도용했다. 그 이후 몇 년 동안은 소송 비용이 많이 들었다. 그러다가 결국 패소하고 말았기 때문에 있는 재산을 거의 다 탕진해 버렸다. 그는 비로소 돈이 없이는 돈과 싸울 수 없음을 깨달았다. 그러나 그는 특허병에 걸려서 주머니에 돈이 생기면 특허를 얻기 위해 모두 다 썼다. 그는 해가 지나면서 더욱 탈곡이나 대장간에서 번 돈을 특허를 얻기 위해 낭비했다. 해밀튼 집안의 어린아이들은 신발도 신지 못하고 다 떨어진 옷을 걸치고 다녔으며 먹을 것도 없어서 가끔 굶기도 했다. 평면도와 입면도와 톱니바퀴를 담은 청사진 값으로 돈을 모두 썼기 때문이었다.

사람에게는 두 부류가 있는데 그 한 부류는 생각을 아주 많이 하는 사람이고, 또 다른 부류는 거의 생각을 하지 않는 사람들이다. 사무엘과 그의 아들 톰과 조우는 생각을 많이 하는 부류였으며 조지와 윌은 생각을 거의 하지 않았다. 넷째 아들인 조우는 게으름뱅이였으나 모든 가족이 그를 귀여워해 주었다. 그는 일찍부터 힘없이 웃기만 하면 일을 대할 수 있는 최선책이라는 것을 어려서부터 알고 있었다. 조우의 형들은 모두 황소처럼 열심히 일했다. 그들은 언제나 조우에게 일을 시키는 것보다는 자기들이 대신하는 편이 더 쉽다고 생각했다. 어머니와 아버지는 조우가 다른 것은 할 줄 모르지만 시를 쓸 수 있다고 생각하여 시인이라고 생각했다. 그래서 조우 자신도 자칭 그런 생각을 할 정도였다. 조우는 육체적으로도 게을렀을 뿐만 아니라 정신적으로도 게을렀다. 그는 늘 공상 속에서 살았다. 어머니는 조우가 다른 아이들보다 더 무능하다고 여겨서 언제나 그를 더 사랑해 주었다. 그러나 실제로는 그가 누구보다 결코 무능한 것은 아니었다. 그는 최소한의 노력으로 자기가 원하는 것을 소유했기 때문이었다. 조우는 해밀튼 집안의 귀여움을 독차지했다.

봉건 시대 때만 해도 칼과 창을 쓰지 못하는 사람은 신부가 되었는데, 해밀튼 가에서는 조우가 농사도 짓지 못하고 대장간 일도 익숙하지 못했기 때문에 고등교육을 받게 되었다. 그는 몸이 약한 편은 아니었으나 물건을 들어올리거나 운반하지도 못했다. 그 외에도 말도 잘 타지 못했고, 말 타는 것을 특히 싫어했다. 조우가 밭갈이를 배우려는 것을 보고는 온 가족이 애정어린 웃음을 보냈다. 조우가 밭을 갈아 놓은 것을 보면 첫번째 이랑은 평지의 강줄기처럼 꾸불거렸고, 두 번째 이랑은 첫 고랑을 단 한 번 스쳐지나가고는 엉뚱하게 빗나가 있었다.

차츰차츰 조우는 농사일에서 제외되기 시작했다. 어머니는 조우의 행동이 큰 덕목이나 된다고 생각하는지 그의 마음이 하늘에 날아다닌다며 미화시켰다.

조우가 무슨 일이나 실수를 하자 아버지는 그에게 양 60마리를 돌보는 일을 시켰다. 이 일은 전혀 기술을 요하지 않는 단순한 일이었다. 그저 양 떼 옆에서 항상 붙어만 있으면 되는 일이었다. 그러나 조우는 양 육십 마리를 모조리 잊어버린 후 찾지를 못했다. 그는 양들이 메마른 골짜기에 떼지어 모여 있었는데도 찾지 못했다. 집안 대대로 내려오는 이야기를 듣자니, 사무엘은 아들딸을 모두 모아 놓고 자기가 죽어도 변함없이 조우를 사랑해 주라고 부탁했다는 것이었다. 아버지는 가족들이 조우를 보살펴 주지 않는다면 조우는 굶어죽을 것이라고 말했다.

해밀튼 가에는 아들 외에 딸이 다섯 명 있었다. 큰딸 유나는 부지런하고 생각이 깊으며 피부가 까무잡잡했다. 그리고 리지, 어머니 이름을 딴 것으로 미루어 보면 리지가 큰딸이 아니었나 싶은데, 그것에 대해서는 아는 것이 없다. 아무래도 리지는 집안에 대해 수치심을 가지고 있었던 것 같았다. 그녀는 젊어서 결혼하여 집을 떠난 후에는 단 한 번도 모습을 보이지 않다가 장례식 때에만 왔을 뿐이었다. 리지는 해밀튼 가에 대한 특유의 증오와 날카로움을 가지고 있었다. 그녀에게는 외아들이 있었는데, 그 아들이 성장해서 리지가 싫어하는 아가씨와 결혼하자 그녀는 오랫 동안 그 아들과 말을 하지 않았다.

그리고 데시가 있는데, 그녀는 언제나 얼굴에 미소가 떠나지 않아서 누구든지 그녀와 함께 있고 싶어했다. 사람들은 그녀와 함께 있으면 언제나 시간 가는 줄 모르고 재미있어했다.

그 다음 여동생은 올리브로, 바로 나의 어머니다. 그리고 막내둥이 몰리, 몰리는 금발머리에 보랏빛 눈을 한 사랑스럽고 귀염성 있는 미인이었다.

이들이 모두 해밀튼 가족인데, 바싹 마른 할머니 라이자가 해마다 이들을 출산하여 키웠으며, 빵을 구워 먹이고 옷을 해 입히고, 훌륭하게 예절까지 가르쳤으니 정말 기적과도 같은 일이다.

라이자가 자녀들에게 큰 영향을 주었다는 것은 정말 놀라운 일이다. 그녀는 전혀 사회 경험이 없고 무식했다. 그녀에게는 세상의 경험이라고는 아일랜드에서부터 이곳까지 온 여행 이외에는 바깥에 나가 본 적조차 없었다. 그녀는 남편 이외에도 다른 남자를 사귄 적이 없었으며, 부부생활도 때로는 힘들고 고통스러운 의무라고 생각하기도 했다. 그녀는 생애의 대부분을 출산과 육아로 보내야만 했다. 그녀는 남편과 자녀들과의 대화 이외에는 지적 교섭 상대라고는 성경뿐이었다. 그녀는 자식들의 이야기에는 전혀 귀를 기울이지 않았다. 그녀는 오로지 성경 속에서만 역사와 시, 그리고 민족과 사물에 대한 지식과 윤리, 도덕, 심지어 구원을 구하기까지 했다. 그녀는 성경을 연구하거나 조사하는 것이 아니라 그저 읽을 따름이었다. 성경을 읽다 보면 더러 모순되는 곳이 나왔으나 그녀는 전혀 동요되지 않았다. 나중에는 성경을 읽지 않고도 외울 수 있을 정도로 도통해 있었다.

라이자는 자식들을 훌륭히 키웠고 훌륭한 아내 역할을 했으므로 사람들로부터 존경을 받았다. 그녀는 어느 곳에서나 당당하게 행동할 수 있었다. 남편을 비롯한 자식과 손자들도 그녀를 존경했다. 그녀에게는 강한 의지가 있었다. 그녀는 타협할 줄을 몰랐고, 어떤 사람이 반대해도 불의 앞에서는 참지 않았다. 사람들은 그녀를 어려워하고 존경심을 가지고 대하긴 했으나 정을 주지는 않았다.

라이자는 지독하게도 술을 싫어했다. 이유 여하를 막론하고 술을 마시는 일은 하나님을 노하게 하는 죄악이라고 생각했다. 자신은 물론 술을 마시지 않았지만 다른 사람들이 술을 마시는 것도 싫어해서 먹지 못하게 말하곤 했다. 그 결과 그의 남편 사무엘과 아들들은 지독히도 술을 좋아하는 애주가가 되었다.

언젠가 사무엘이 큰 병에 걸렸을 때 아내인 라이자에게 물었다.

「나는 지금 술이나 한 잔 하면 좀 가라앉을 거 같은데, 어떨까?」

그 말을 듣고 라이자는 작은 턱에 힘을 주었다.

「당신은 어떻게 술 냄새를 피우면서 하나님 앞에 가려고 그래요? 절대로 안돼요.」

사무엘은 어쩔 수 없이 그녀의 말을 따라야 했기 때문에 누워서 참아야만 했다.

라이자가 일흔 살 가량 되었을 때 배설이 어려워지자 의사는 약으로 포도주를 한 숟가락씩 먹으라고 지시했다. 그녀는 첫 숟가락은 얼굴을 온통 찡그리면서 힘들게 삼켰다. 그러나 입속에 들어가자 그리 나쁜 것만은 아니었다. 그 이후부터 그녀의 입에서 술 냄새가 나지 않았던 적이 없었다. 그녀는 늘 숟가락으로 포도주를 먹었다. 얼마 안 되어 라이자는 하루에 칠 홉씩이나 마시는 애주가가 되어 세상을 편하고 행복하게 살았다. 사무엘과 라이자 부부는 20세기가 되기 전에 자녀들을 모두 다 키웠다. 해밀튼 일가는 이렇게 킹 시티 동쪽 농장에서 살면서 식구가 불어났다. 그들은 모두 미국의 젊은이였다. 사무엘은 고향 아일랜드로 돌아갈 생각이 전혀 없었고 바쁜 탓으로 고향을 까맣게 잊고 있었다. 그는 너무 바빴기 때문에 고향 생각을 할 여유가 없었다. 그의 세계는 오직 샐리너스 들판뿐이었다. 그의 큰 행사라면 60마일이나 떨어진 북쪽의 샐리너스 시에 다녀오는 일이었다. 그는 시간의 대부분을 계속되는 농삿일과 식구들 돌보고 먹이고 입히는 일을 하느라고 다 보냈다. 그리고 그의 정력은 특별했다.

그의 딸 유나는 학생인데, 언제나 명랑하고 보람된 생활을 하며 알차게 살고 있었다. 사무엘은 딸의 지칠 줄 모르는 학구열을 늘 자랑스럽게 생각했다. 올리브는 샐리너스 시에서 고등학교를 나와 국가 시험준비를 하였다. 올리브의 꿈은 교사가 되는 것이었다. 아일랜드 가정에서는 교사가 되는 것을 큰 영광이요 자랑으로 생각했다. 그들은 한집안에 목사가 생기는 것만큼 명예롭게 생각했다. 조우는 재능이 거의 없다고 생각했기에 대학에 진학하려고 했다. 윌은 우연한 기회에 돈을 많이 벌어서 큰 부자가 되어 버렸다. 톰은 세상살이에 회의를 느끼고 있었는데 엎친 데 덮친 격으로 부상을 입어서, 그 상처를 치유하는 중이었다. 데시는 양재 공부를 하고 있으며, 아름다운 몰리는 한 부자와 결혼할 것이다.

그러나 언덕의 농장은 크기만 했지 별로 가치가 없는 곳이었다. 그래서 상속 문제는 조용했다. 사무엘은 계속 우물을 파 보았지만 그곳에서도 역시 물은 나오지 않았다. 아마 물이 나왔으면 사정이 딴판이 되었을 것이다. 물만 터져 나왔다면 그들은 분명히 부유한 사람이 되었을 것이다. 그들은 집 근처의 땅 속에서 퍼올리고 있는 물밖에 없었는데 그것도 양이 많지 않아서 두 번씩이나 말랐다. 가축들은 농장 끝으로 와서 풀을 뜯고 다시 돌아가서 풀을 뜯었다.

해밀튼 집안은 샐리너스 계곡에 성공적으로 정착하여 다른 사람들보다 가난하지도 않고 부자도 아니었으며, 집안에는 보수파와 급진파가 있었고, 또한 몽상가와 현실파가 함께 있어 균형을 이루는 집안이었다. 사무엘은 특히 자기의 핏줄인 아들들에게 정말로 만족을 느꼈다.

제 6 장

1

　아담이 군대에 입대하고 아버지 사이러스가 워싱턴으로 옮기고 나자 찰스는 혼자 농장에서 살게 되었다. 그러나 그는 결혼하겠다고 아담에게 큰소리는 쳤지만, 다른 사람들이 여자를 만나 춤을 추거나 그녀의 품행이 방정한지 어떤지도 살펴보고 나서 나중에 결혼하는데 비해 찰스는 무조건 여자에 대해 두려워했다. 그는 수줍음을 타는 대개의 사내처럼 이름도 알지 못하는 창녀를 통해 욕구를 충족시켰다. 수줍은 남자는 어떤 여자보다 창녀와 관계를 갖는 게 제일 안전했다. 창녀에게는 미리 돈을 지불하기 때문에 일종의 상품이 되어 아무리 수줍은 남자라도 제멋대로 창녀를 다룰 수 있고 심한 짓도 할 수 있다. 그리고 무엇보다 거절당하는 염려를 하지 않아도 된다. 수줍은 남자는 언제나 여자에게 퇴짜를 맞을까 가슴을 죄기 때문이다.

　매춘 행위의 절차는 간단하고 사람들 눈에 띄지도 않았다. 주막집 주인은 뜨내기들에게 꼭대기 층의 방 세 개를 빌려 주었는데, 이 방을 여자들이 2주일씩 빌렸다. 2주일이 되면 그녀들은 떠나고 새로운 여자들이 왔다. 그러나 주막집 주인 핼럼은 그 일에는 전혀 관계하지 않았다. 그가 그 일에 대해서 아는 것이 없다는 말은 진실이었다. 그는 그 방 세 개를 보통 방값의 다섯 배씩이나 받고 세 준 것이다. 보스턴에서 살고 있는 에드워드라는 포주가 그 여자들을 배치하고 주선하며, 이동시키고 훈련시키면서 착취했다. 에드워드는 여자들을 소도시로 순회시켰는데 한 곳에서 절대로 2주일 이상 머무르게 하는 법이 없었다. 그 조직은 잘 짜여져 있었으며 실용적이었다. 여자들은 그 고장 사람들이나 경찰의 눈에 띌 정도로 한곳에 머물러 있지 않았고, 그녀들은 거의 대중이 모이는 곳에는 나가지 않고 방구석에서만 시간을 보냈다. 그 여자들은 술을 마시거나 떠들어 대거나, 남자와 사랑을 해서도 안 되었다. 식사도 방으로 가져다 먹었고 손님들도 철저히 외부와 차단되었다. 그 여자들은 손님도 가려서 받았는데, 술 취한 남자는 절대로 출입을 허용하지 않았다. 그녀들에게는 6개월에 1개월씩 술을 마시고 마음대로 떠들고 놀 수 있는 휴가가 주어졌다. 그러나 휴가 때가 아닐 때 규칙을 어기거나 소동을 벌이면 에드워드 씨는 그녀들의 몸을 발가벗긴 후 입을 틀어 막고 거의 죽을 지경에 이르기까지 매를 때린다. 그러고도 다시 규칙을 어기면 그는 말썽을 부리는 여자를 매춘과 주거 부정이라는 죄목으로 고발해 버린다.

그들의 2주일 동안 영업 제도는 또 다른 이로운 점이 있었다. 창녀는 대개 병에 걸려 있었는데, 병균이 손님에게 옮겨져 증세가 나타날 무렵에는 여자들은 떠나고 없는 뒤였다. 남자들이 화가 나서 참을 수 없어도 상대가 이미 떠난 뒤므로 어찌지 못했다. 핼럼 씨는 그 일에 대해서는 알지 못했고, 그 사업 관계로 표면적인 노출을 삼가했다.

그런 일을 하는 여자들은 거의가 덩치가 크고 게으르기 짝이 없었다. 2주일마다 여자가 바뀌는데도 별로 다른 점이 없었다. 찰스는 적어도 2주일에 한 번씩 주막에 가서 2층에 묵는 창녀에게 올라가 용무를 급히 마치고 내려와서는 술을 취하도록 마신 후에 집에 돌아오는 것이 하루의 일과가 되었다.

트래스크의 집안은 단 한 번이라도 밝고 명랑한 적이 없었다. 이제 집에는 찰스 혼자 살았기 때문에 집안은 예전보다 훨씬 더 음산하고 황폐하게 되었다. 레이스 커튼은 이미 회색으로 퇴색했고 마루는 쓸어도 눅진눅진했다. 부엌 벽과 바닥은 프라이 팬에서 튀긴 기름 때문에 사방이 끈적거렸고 지저분했다.

예전에는 여자들이 매일같이 닦고 1년에 두 번씩 대청소를 해서 먼지가 일지 않았는데, 찰스는 청소를 한다고 해도 빗자루로 쓱쓱 쓸기만 했다. 그는 침대 시트를 걷어 내고 담요만 깔아 놓았다. 보아 줄 사람도 없는데 집안을 깨끗이 청소할 필요가 무엇인가? 그는 2주일에 한 번씩 주막집으로 놀러갈 때에만 목욕을 하고 깨끗한 옷으로 갈아 입었다.

찰스는 불안증 때문에 잠을 더 자지 못하고 동이 터오르자 일찌감치 밖으로 나갔다. 그는 혼자서 외로웠기 때문에 그 외로움을 달래기 위해 농장일을 열심히 했다. 일을 마치고 집에 돌아와서는 튀김으로 허기를 때우고 나서 잠자리에 들면 그만 곯아 떨어지는 생활의 연속이었다.

검은 그의 얼굴에는 언제나 혼자 외롭게 사는 남자의 무표정이 배어 있었다. 찰스는 부모님보다는 형을 더 보고 싶어했다. 그는 아담이 군에 입대하기 전이 제일 행복했다고 생각하고 있었으므로, 어서 형이 제대하여 돌아오기만을 기다렸다.

그동안 찰스는 한 번도 앓아 눕지는 않았다. 그러나 혼자 살면서 스스로 밥을 지어 먹어야 하기 때문에 독신자들이 많이 걸리는 만성 소화불량에 걸려 고생했다. 찰스는 『조지 신부의 영약』이라는 강한 소화제를 먹었다.

이렇게 찰스가 홀로 살게 된 지 3년 가량 되던 해에 사고가 한 번 났었다. 그는 바위들을 캐내어 담까지 운반하고 있었다. 그러나 큰 바위 덩어리 하나를 좀처럼 움직일 수 없었다. 찰스는 긴 철봉을 지렛대로 이용하여 그 돌을 들어 올리려고 힘을 써 보았지만 돌이 워낙 무거웠기 때문에 들어올릴 수가 없었다. 그는 갑자기 화가 나서 견딜 수가 없었다. 그는 얼굴에 묘한 미소를 띠면서 마치 누군가와 싸움을 하듯 그 돌과 씨름했다. 돌 아래로 철봉을 깊숙이 집어넣고 나서 온 힘을 다해 내리눌렀다. 찰스는 철봉에서 미끄러지면서 그 끝에 이마를 부딪치고 말았다. 그는 한동안 의식을 잃고 누워 있다가 정신이 들어서야 겨우 비틀거리며 집으로 돌아왔다. 눈이 어릿어릿한 게 잘 보이지 않았다. 머리와 미간 사이에 상처가 길게 나 있었다. 몇 주일 동안 상처를 붕대로 싸매고 있어야 했는데도 그는 그다지 걱정을 하지는 않았다. 그 당시엔 상처에서 고름이 나는 것을 좋게 생각했다. 왜냐하면 상처가 제대로 아물고 있다고 여겨서였다. 상처가 아물자 보기 흉하게 긴 흉터가 생겼는데, 대개의 흉터는 원래 살갗보다 연한 법인데 그 상처는 이상하게도 거무튀튀했다. 어쩌면 철봉의 녹이 상처에 배어 문신처럼 되었는지도 모를 일이었다.

찰스는 상처 걱정은 하지 않았는데 그 보기 흉한 흉터 때문에 자꾸 신경을 썼다. 그 흉터는 마치 이마에 길게 손가락 자국을 낸 것 같았다. 그는 자주 난로 옆에 있는 작은 거울에 이마의 흉터를 비쳐 보았다. 될 수 있으면 이마까지 머리카락을 내려서 흉터를 감추려고 해보았다. 그는 그 흉터가 수치스럽게 느껴졌다. 누가 그 흉터에 대해서 물으면 화가 치밀어올랐고 흉터를 쳐다보는 것 같으면 불안해졌다. 그는 아담에게 보내는 편지에다가도 자기의 심정을 적어 보냈다.

그 흉터는 마치 소에게 낙인을 찍은 듯 누가 내게 낙인을 찍은 것처럼 보여 왠일인지 그 흉터는 날이 갈수록 점점 검게 변해요. 아마 형이 집에 돌아올 때쯤이면 새까맣게 되겠지. 나는 왜 자꾸 그 흉터에 신경이 쓰이는지 모르겠어. 반대편에 하나만 더 있으면 이것은 성회 수요일의 신도처럼 보일 거야. 왜 그게 자꾸 마음에 걸릴까. 다른 흉터도 많은데 이 흉터만은 유독 더 신경이 쓰여 읍내 술집에 가도 사람들은 그 흉터만 쳐다봐요. 내가 안 들을 때는 언제나 그 흉터에 대해서 이야기한답니다. 왜 모두들 내 흉터에 대해 관심이 많은지 몰라요. 그래서 나는 읍내에 들어가기가 싫어요.

2

1885년, 아담은 제대를 해서 귀향 길에 올랐다. 그의 외모는 변한 것이 없었다. 그의 태도에서 군대 분위기는 찾을 수 없었다. 기병대는 그랬다. 사실이지 다른 몇몇의 부대들은 단정치 못한 태도를 오히려 자랑으로 삼았다.

아담은 마치 꿈을 꾸는 기분이었다. 아무리 싫어했던 생활이더라도 오랫 동안 습관처럼 되어 버린 생활을 하루 아침에 그만둔다는 것은 어려운 일이었다. 아침에 눈을 뜨면 멍하니 누워 기상 나팔 소리를 기다리기도 했다. 그는 잠시 동안이라도 허벅지에 꼭 끼는 각반이 없으면 허전했고 목이 꼭 끼는 칼라가 없으면 또한 허전했다. 아담은 아무 이유도 없이 시카고에 도착하자마자 바로 가구가 부착되어 있는 방을 2주일 동안이나 빌렸다가 이틀만 묵고 버팔로로 갔다가 또 마음이 바뀌어 나이아가라 폭포로 떠났다. 그는 집으로 바로 가기가 내키지 않아서 가능한 한 늦게 가기로 생각했다. 그는 집에 간다는 것이 그리 즐거운 일이 아니었다. 집에서 보냈던 시절에 대한 감정이 이미 사라진 지 오래되었기 때문에 더이상 그런 생활을 한다는 것이 결코 기분 좋은 일은 아니었다. 그는 나이아가라 폭포의 장엄함에 넋을 잃고 쳐다보았다.

그러던 어느 날 밤, 유난히 외로운 생각이 들더니 군대 생활을 함께 하던 전우들이 그리워졌다. 갑자기 따스한 인정이 스며 있는 사람들 속에 찾아들어가서 온기를 느끼고 싶은 충동이 일었다. 그가 제대 이후 가장 많은 사람을 처음 대한 곳은 바로 담배 연기가 자욱한 작은 술집이었다. 그는 그 사람들 속에서 즐거워하며 고양이가 장작더미 속에서 끼어 앉듯이 그들 틈에 섞였다. 위스키를 한 잔 마시자 몸이 훈훈해지며 기분이 좋아졌다. 그는 눈앞에 보이는 것도 없었고 들리는 소리 또한 없었다. 오직 그는 사람들과 접촉하는 데에만 열중하고 있었다.

밤 늦게 술집에 있던 사람들이 제각기 집으로 돌아가자 아담은 또다시 두려워졌다. 모두 다 가 버리고 바텐더와 아담만 남게 되었는데, 바텐더는 그에게 그만 돌아가라는 눈짓을 해보였다.

그러나 아담이 입을 열었다.

「한 잔 더 하겠소.」

바텐더가 술병을 내놓자 아담은 처음으로 그를 유심히 쳐다보았다. 그의 이마 위에는 딸기같이 생긴 흉터가 있었다.

「난 이 고장에 처음 왔소.」

「폭포 구경을 오는 분들은 거의가 초행길이죠.」

「난 군대에 있었소. 기병대지.」

「네.」

바텐더가 그의 말에 건성으로 대답했다.

아담은 갑자기 이 바텐더에게 자기에 대해 깊은 인상을 심어 주어야겠다고 생각했다. 그래서 다시 말을 이었다.

「나는 인디언과 전투를 했지. 대단한 전투였어.」

그러나 바텐더는 아무 말도 하지 않았다.

「내 동생도 이마에 흉터가 있지.」

그제서야 바텐더는 손으로 딸기같이 생긴 흉터를 만졌다.

「이 흉터는 태어날 때부터 있었는데 자꾸 커져요. 그럼 동생되시는 분도 자꾸 커지나요?」

「그애는 다쳐서 생긴 흉터지. 나도 편지로 알게 되었지만 말이야.」

「이 흉터가 꼭 고양이처럼 보이죠?」

「그렇군.」

「그래서 내 별명이 고양이랍니다. 어려서부터 지금껏 그 별명이 따라다닌답니다. 사람들은 제 어머니가 저를 낳을 때 고양이에게 놀랐다고 말하죠.」

「나는 집에 돌아가는 길이요. 오랫 동안 집을 떠나 있었소. 술 한 잔 하겠소?」

「네, 고맙습니다. 숙소는 어디시죠?」

「메이 부인의 하숙집이오.」

「나도 그 집을 압니다. 사람들은 그 부인이 손님들에게 고기를 적게 먹도록 하려고 수프를 많이 준다고 하더군요.」

그 말에 아담이 대꾸했다.

「어떤 장사나 농간을 부리는 법이죠.」

「네, 그래요. 우리 장사도 그러니까요.」

그러자 아담이 말했다.

「그건 분명 그럴 거요.」

「그런데 나는 아직 서투른 것이 한 가지 있답니다. 그걸 알았으면 좋겠는데요.」

「그건 뭐요?」

「다름이 아니라 어떻게 하면 선생님을 집으로 돌아가도록 하고 문을 닫는가 하는 거죠.」

아담은 잠자코 바텐더를 쳐다보기만 했다.

그러자 바텐더는 불안한 듯 한 마디 덧붙였다.

「농담이었습니다.」

아담이 천천히 그에게 말했다.

「나는 내일 아침 집으로 돌아갈 거요. 아, 내 진짜 집에 말이오.」

「그럼, 안녕히 가십시오.」

바텐더가 그에게 말했다.

아담은 외로움에 쫓기듯 잰 걸음으로 캄캄한 거리를 걸었다. 하숙집 현관 계단을 올라서자 그는 귀가를 알리려는 듯이 삐거덕 소리를 냈다. 홀은 컴컴했다. 심지를 낮춘 기름 램프가 노란 불빛을 깜박거렸다.

하숙집 여주인이 방문을 열고 문 앞에 버티고 서 있었다. 그녀의 코끝에 비친 그림자가 턱 아래까지 싸늘한 시선으로 아담을 쫓으며 그에게서 위스키 냄새를 맡으려고 쿵쿵거렸다.

아담이 먼저 여주인에게 말했다.

「안녕히 주무세요.」

그러나 여주인은 아무 말도 하지 않았다.

아담은 첫번째 층계에 서서 뒤를 돌아다보았다. 여주인은 고개를 들고 서 있어서 턱이 그녀의 목덜미에 그림자를 비쳐 주었고 눈동자는 보이지 않았다.

방에 들어서자 여러 번 젖었다가 마른 먼지 냄새가 났다. 그는 성냥갑에서 성냥개비를 하나 꺼내 불을 붙였다. 촛대의 초에다 불을 붙이고 침대를 살펴보았다. 침대는 그물침대처럼 흐늘거렸고, 더러운 누더기 이불의 가장자리는 솜이 비쭉 삐져 나와 있었다.

그때 현관 계단이 또다시 삐걱거렸다. 아담의 눈에는 하숙집 여주인이 방문 앞에 서서 차가운 시선으로 쳐다보는 모습이 눈에 선했다.

아담은 의자에 앉아 두 손으로 턱을 괴었다. 아래층에 있는 하숙생 한 명이 쉬지 않고 기침을 해댔다. 그 기침 소리는 밤의 적막을 일시에 깨뜨려 버렸다.

아담은 자신이 집으로 돌아갈 수 없음을 느꼈다. 언젠가 고참 전우들이 하던 이야기가 떠올랐다.

「견딜 수가 없었어. 아는 사람도 전혀 없고 갈 곳도 없었지. 그냥 혼자 헤매다 보니 난 두려워졌어. 그래서 난 참다 못해 상사에게 재입대시켜 달라고 애걸복걸했지. 상사는 내게 무슨 자선이나 베푸는 것처럼 선심을 쓰더군.」

아담은 다시 시카고로 돌아와서 군에 재입대한 뒤 옛날에 근무하던 연대에 배속시켜 줄 것을 간청했다. 아담은 서부로 향하는 기차 속에서 그의 같은 대대원들이 친근하고 정답게 보였다.

캔자스 시에서 기차를 바꿔 타려고 기다리는 동안 아담은 자기 이름을 부르는 소리와 함께 전보를 한 장 받았다. 워싱턴의 국방부로 출두하라는 명령서였다. 아담은 지난 5년 동안 군대생활을 하면서 명령에는 추호의 의심도 품지 말고 복종하라는 것을 배웠다. 사병들은 언제나 워싱턴에 있는 고위층에 대해서는 넋빠진 인물이라고 생각하고 있었다. 사병들은 제정신을 잃지 않으려면 가능한 한 높은 장군들에 대해서 생각하지 말아야 했다.

얼마 후 아담은 적절한 경로를 거쳐 소속을 대고 옆의 대기실에서 기다렸다. 그곳에서 아담은 아버지 사이러스를 만났다. 그러나 그는 아버지를 바로 알아볼 수 없었다. 아니 아버지의 모습을 보고 생소한 느낌이 사라지는 데에는 얼마간의 시간이 흘렀다. 아버지는 이미 위대한 인물이 되어 있었다. 검정색 고급 저고리 바지를 입었고, 검정 모자와 벨벳 칼라가 달린 외투에 칼같이 생긴 흑단 지팡이를 짚고 있었다. 그리고 그는 신중하고 침착한 태도로 말했다. 그리고 몸짓을 과장되게 해서 거인처럼 보였다. 새로 해 넣은 이빨은 도무지 감정과 어울리지 않게 미소를 지을 때마다 보였다.

아담은 그가 자기 아버지임을 알아챈 후에도 한참 동안 어안이 벙벙했다. 아담은 발 아래를 쳐다보았다. 거기에는 의족이 보이지 않았다. 다리는 곧고 무릎에서 굽어 있었으며 국회의원들이나 신는 번쩍이는 염소가죽 구두를 신고 있었다. 그는 움직일 때마다 절룩거리기는 했지만 옛날처럼 털컥거리며 걷는 목발 의족으로 걷던 걸음걸이가 아니었다.

사이러스는 아담의 얼떨떨한 얼굴을 보고 입을 떼었다.

「이건 자동 의족이란 거다. 스프링이 달려서 경첩에 따라 움직이지. 옛날과는 달라. 마음만 먹으면 절룩거리지 않을 수도 있어. 이따 벗을 때 보여 주마. 함께 가자.」

그러자 아담이 말했다.

「저는 명령을 받고 왔습니다. 웰스 대령님께 출두해야만 합니다.」

「나도 안다. 내가 웰스에게 명령을 내리도록 했다. 자, 어서 가자.」

그래도 아담은 불안한 표정으로 말했다.

「저는 웰스 대령님에게 보고하는 게 좋을 거 같은데요.」

사이러스는 지금의 태도와 다르게 말했다.

「그래, 나는 너를 한번 시험해 본 거다. 요즘 군대 규율이 어떤지 알아 보고 싶었다. 장하다. 너에게 군대 생활이 좋을 줄 알았다. 이제 당당한 군인이 되었구나.」

「저는 명령을 받았습니다.」

아담은 아버지가 생소한 사람으로 느껴져 마치 처음 대하는 낯선 사람 같았다. 아울러 혐오감이 서서히 생겼다. 어딘지 진실성이 결여된 듯했고 마음에 들지 않았다. 그러자 방문이 열리더니 대령이 들어와 굽신거리며 말했다.

「장관께서 지금 뵙자고 합니다.」

그래도 아담은 마음이 풀리지 않았다.

「장관님, 제 아들입니다. 나처럼 미 육군의 이등병이죠.」

「저는 하사로 제대했습니다.」

아담은 아버지와 국방장관이 서로 인사를 나누는 것을 듣지 못했다.

『바로 이분이 국방부장관이군. 저 사람은 아버지가 이런 분이 아니라는 사실 모르는 걸까? 왜 아버지는 겉멋만 부릴까? 장관이 그런 것도 모르다니 정말 우습군.』

부자는 사이러스가 살고 있는 작은 호텔로 함께 돌아가려고 거리로 나왔다. 길을 걸으면서 아버지는 명소와 빌딩과 고적지를 가리키며 자세히 설명해 주었다.

「나는 호텔에서 살고 있단다. 집을 구하려고도 해보았지만 나는 1년 내내 전국을 돌아다니기 때문에 그렇게 하는 게 낭비 같아서.」

호텔 직원은 두 사람 다 그들을 보지 못했다. 그는 사이러스에게「상원 의원님!」하고 인사를 했다. 그는 다른 손님을 내보내더라도 아담에게는 방을 반드시 마련해 주겠다고 말했다.

「내 방에 위스키 한 병 올려 보내 주게.」

「얼음도 좀 보내 드릴까요?」

「얼음은 왜? 내 아들은 군인이야.」

사이러스가 지팡이로 다리를 몇 번 치자 빈 소리가 들렸다.

「나도 군인이었어. 사병이었지. 얼음은 필요없어.」

아담은 아버지의 방을 둘러보고는 또 한 번 놀랐다. 침실이 따로 있었고 그 옆에는 거실이 있고, 또 다른 침실에는 화장실이 딸려 있었다.

사이러스는 의자에 앉아 한숨을 길게 쉬었다. 바지를 위로 올리자 쇠와 가죽과 나무로 된 의족이 나타났다. 그는 다리의 절단된 부분에서 기구를 붙들어 매고 있는 가죽 덮개를 풀고 그 기계 다리를 의자 옆에다 세워 두었다.

「오래 되면 조여서 아파.」

기계로 된 의족을 떼어 놓자 비로소 아버지 같은 기분이 들었다. 아까는 자꾸 경멸이 일었는데 이제는 어렸을 때 느꼈던 아버지에 대한 존경심과 두려움이 살아났다. 말썽을 피려고 아버지 눈치를 슬금슬금 피하는 어린애 같은 느낌이 들었다.

사이러스는 술 마실 준비를 갖추고 나서 위스키를 마시며 칼라를 풀었다. 그리고 아담을 정면으로 쳐다보았다.

「아담!」

「네.」

「너는 왜 또 군에 입대했지?」

「그건 저도 모르겠어요. 그냥 그러고 싶어서요.」

「넌 군대를 싫어했었지?」

「네.」

「그런데 왜 재입대한 거지?」

「집으로 돌아가기가 싫어서요.」

아버지는 한숨을 쉬면서 손가락으로 의자의 팔걸이를 만지작거렸다.

「그래 군에는 오래 있을 작정이냐?」

「그건 아직 모르겠어요.」

「사관학교에 입학시켜 줄까? 그런 일은 할 수 있다. 제대를 시켜서 사관학교로 보내 주마.」

「사관학교에는 가기 싫어요.」

「내 말을 듣지 않겠다는 거냐?」

사이러스는 조용하지만 단호한 어조로 말했다.

아담은 도망칠 구멍을 찾다가 그만 대답해 버렸다.

「네.」

「자, 위스키 좀 따라라.」

사이러스는 술을 한 모금 마시고 나서 말했다.

「너는 이 애비의 영향력이 어느 정도로 막강한지 모를 게다. 나는 어떤 입후보자에게도 재향 군인회표는 쉽게 몰아 줄 수 있다. 대통령도 내가 정치 문제에 어떤 외견을 가지고 있는지 알고자 한다. 나는 사람을 새롭게 창조해 낼 수도 있고, 파멸시킬 수도 있다. 너도 알겠니?」

아담은 충분히 알고 있었다. 아버지가 자신을 위협으로 방어하고 있음을 알고 있었다.

「네, 알고 있습니다. 이야기를 들었어요.」

「너를 워싱턴으로 배속시킬 수도 있고, 내 전속 부관으로 옆에 데려다 놓고 처세술도 가르칠 수 있어……」

「저는 제 연대로 돌아가기를 원합니다.」

아담은 그때 아버지의 얼굴에서 낙심의 표정을 쉽게 읽을 수 있었다.

「내가 잘못 생각한 것 같구나. 너는 사병의 오기가 몸에 뱄구나. 그럼, 네 본대로 돌아갈 수 있도록 조치해 주마. 너는 막사에서 썩을 거다.」

「아버지, 고맙습니다.」

잠시 후 아담이 그에게 물었다.

「찰스를 왜 이곳으로 데려 오지 않으시는 겁니까?」

「왜냐하면 찰스에게는 그곳이 더 어울리기 때문이야.」

아담은 그때의 아버지의 표정과 어조를 항상 기억한다. 그는 병영에서 썩었기 때문에 생각할 시간이 많았다. 아버지는 늘 외롭고 고독한 생활을 했다. 그 사실은 아버지 자신도 너무 잘 알고 있었다.

3

찰스는 5년 후에는 아담이 제대할 것이라고 학수 고대해 왔었다. 그는 집과 헛간을 새로 칠하고 형이 귀향할 날짜가 다가오자 여자를 하나 불러서 집안 구석구석을 말끔히 청소했다.

그 여자는 청결하긴 하지만 이기적인 노파였다. 낡아서 색이 바랜 커튼을 보자 떼어 내고 새것을 만들어 달았다. 찰스 어머니가 죽고 나서 방치해 둔 난로의 누더기 기름때도 닦아 냈다. 마루를 잿물로 닦고 담요를 소다로 빨면서 노파는 쉬지 않고 잔소리를 했다.

「남자란 더러운 동물이야. 차라리 돼지가 더 깨끗하겠군. 제 집 속에서 썩기나 하지. 그런 남자들과 결혼하는 여자를 정말 알 수 없단 말이야. 냄새는 또 얼마나 더러운지. 이 솥 좀 봐. 천 년 전의 국물이 아직도 남아 있군.」

찰스는 청결하긴 하지만 잿물과 소다와 암모니아와 노란 비누 냄새가 역겨워서 헛간에 가서 지냈다. 찰스는 노파가 자기의 살림을 좋게 보지 않는다는 것을 알았다. 노파가 집안을 깨끗이 청소해 놓고 불평을 해대며 떠나버리자, 아담을 깨끗한 상태로 맞기 위해 그냥 헛간에서 머물렀다. 헛간에는 갖가지 농기구와 그 농기구를 고치는 기구가 많이 있었다. 찰스는 부엌의 난로보다 헛간의 대장용 난로에 음식을 하는 편이 훨씬 더 빠르다는 것을 알았다. 석탄부에 풀무질을 하면 불이 재빨리 붙었다. 난로가 달아오를 때까지 미처 기다릴 필요도 없었다. 여태껏 왜 이렇게 편리한 것을 생각하지 못했는지 이상할 정도였다.

찰스는 아담을 기다렸으나 그는 집으로 돌아오지 않았다. 미안했는지 어땠는지 그는 편지조차 쓰지 않았다. 아담이 자기의 뜻을 어기고 재입대했다는 소식을 흥분해서 알려 준 것은 아버지였다. 아버지는 찰스에게 워싱턴으로 한번 찾아오라고 했으나 두번 다시 그 이야기는 꺼내지 않았다.

찰스는 형을 위해 깨끗이 두었던 본채로 들어가 그곳을 다시 돼지우리처럼 더럽히는 생활을 했다.

그 후 1년이 지나서야 아담에게서 편지가 왔다. 늦었지만 당혹한 소식을 용기를 내어 적어 보낸 것이었다.

「내가 왜 군에 재입대했는지 모르겠다. 꼭 남의 일 같아. 네 소식 곧 전해 다오.」

찰스는 한동안 답장을 하지 않고 있다가 아담의 편지를 네 통이나 받은 후에야 냉정하게 답장을 썼다.

그는 편지에 자기는 형이 귀향하리라고는 기대하지 않았다고 썼다. 그리고 농장과 가축에 대해서 자세히 적어 보냈다.

세월은 계속 흘러, 찰스는 해가 바뀌자 곧 그에게 편지했고, 새해가 되어서 아담의 편지가 도착했다. 그러나 두 사람은 너무나 오랫 동안 떨어져 있었기 때문에 할 말도 질문할 것도 없어져 버렸다.

찰스는 행실이 단정치 못한 여자를 차례로 집에 들였다가는 내보냈다. 그는 마음에 들지 않으면 돼지를 팔 듯이 그녀들을 버렸다. 찰스는 여자를 좋아하지 않았다. 그는 그런 여자들이 자기를 좋아하거나 좋아하지 않거나 그다지 신경을 쓰지 않았다. 그는 마을 사람과는 상대를 하지 않고 오직 주막과 우체국장만 만날 뿐이었다.

그의 생활 태도에 대해서 마을 사람들은 못마땅해 했지만, 그에게는 한 가지 훌륭한 점이 있었다. 찰스는 농장을 아주 훌륭히 꾸려 나갔다. 찰스는 농지를 개간하고 울타리를 쌓고 배수 시설을 개선하고 농장을 수백 에이커나 더 사들였다. 그뿐만 아니라 그는 담배도 심고 그 옆에는 커다란 새 연초 창고를 본채 뒤에다 멋있게 지었다. 이런 점에 대해서는 이웃 사람들의 칭찬과 존경을 받았다. 농부들은 누구나 농사 잘 짓는 것을 나쁘하지는 않으니까. 찰스는 돈과 정력을 모두 농장에 쏟아 넣었다.

제 7 장

1

아담은 군대에서 병사들이 정신병자가 되지 않도록 고안해 낸 일을 하면서 재입대하여 5년 동안을 보냈다. 그 일은 금속과 가죽을 쉬지 않고 닦는다거나 열병과 훈련과 경비를 하거나, 나팔과 군기를 들고 행렬을 하면서, 할 일 없이 빈둥거리는 사람들이나 하는 행동을 하면서 지냈다. 1886년에는 시카고의 포장 공장에서 파업이 일어나 아담의 연대가 출동할 태세를 갖추었으나 그들이 출동하기도 전에 파업이 해결되었다. 1888년에는 인디언 세미놀 부족이 심상치 않게 움직여서 기병대가 재차 출동 태세를 갖추었다. 세미놀 부족은 평화 조약에 협정한 적이 없는 부족인데 그들은 다시 자기들의 습지대로 물러나서 조용해졌기 때문에 아담의 군대는 또다시 꿈 같은 매일매일을 보내고 있었다.

시간이란 사람의 마음속에서 묘하고도 모순된 것이다. 변화 없이 지루한 시간, 무고한 시간은 한없이 길게 느껴진다. 그러나 사실은 그렇지 않은 법이다. 시간은 한없이 긴 게 아니다. 아무 일 없이 허송 세월을 한 시간은 전혀 지속성이 없지만, 흥미로운 일이 계속되고, 슬픈 일이 일어나 괴로워하고, 기뻐서 즐거워했던 시간은 사람의 기억 속에 오랫 동안 남아 있게 마련이다. 사실, 잘 생각해 보면 옳은 이야기다. 별다른 일이 일어나지 않는다면 시간이라는 천을 걸어 둘 막대기가 없다.

아담의 두 번째 군대 생활 5년도 어느덧 끝나고 말았다. 1890년도 다 저물 무렵, 아담은 샌프란시스코의 어느 수비대에서 상사 계급장을 달고 제대를 했다. 찰스와 아담 사이에는 편지가 그다지 없었지만, 아담은 제대 직전에 동생 찰스에게 이번에는 반드시 집으로 돌아가겠다고 편지를 보냈다. 그러나 찰스는 형의 편지를 받고 나서도 3년이나 넘게 형의 소식을 듣지 못했다.

아담은 겨울이 끝나기를 기다리며 새크라멘토에서 샌 조킨 계곡까지 방황하였다. 봄이 다가올 무렵에는 수중에 갖고 있던 돈도 모두 떨어지고 말았다. 그는 맨몸에다 담요만을 지니고 천천히 동쪽으로 출발했다. 때로는 걷거나 다른 사람들과 함께 서행 화물열차에 매달려 가기도 했다. 밤에는 마을 외곽에 있는 천막촌에서 나그네들과 어울려 지냈다. 그는 돈을 구걸하는 것이 아니라 먹을 것을 구걸하는 법을 배웠다. 자기도 모르는 사이에 그만 거지가 되고 만 것이다.

지금은 이런 사람을 구경하기가 힘들지만 1890년대엔 그런 생활을 하는 외로운 방랑자가 많은 편이었다. 그런 사람 가운데에는 책임을 회피하기 위해 도주한 사람과, 억울하게 사회에서 쫓겨났다고 생각하는 사람도 있었다. 그들은 일을 했으나 그렇게 오랫 동안 하지는 못했다. 그들은 때에 따라서는 도둑질도 했는데, 그것은 약간의 음식과 빨래줄에서 입을' 약간의 옷을 훔치는 정도였다. 그들의 계층은 실로 다양했다. 그들 중에는 교육을 받은 사람, 일자 무식꾼, 또는 청결한 사람이나 불결한 사람도 있었다. 그들에게는 한 가지 공통점이 있었다. 그것은 다름아니라 모두가 마음을 안정시키지 못하고 있다는 사실이었다. 그들은 심한 더위와 심한 추위를 피해서 따뜻한 곳으로 옮겨 다녔다. 봄에는 동쪽으로 떠났고, 첫서리가 내릴 때면 서쪽이나 남쪽으로 향했다. 그들은 야생동물이지만 사람과 닭장 근처에 사는 늑대와 벗하며 살았다. 다른 사람을 만나도 이들의 교제는 오래 가야 1주일이었고, 대개가 하루만 함께 있다가 각기 헤어져 버렸다.

공동의 음식이 끓고 있는 모닥불 주변에는 여러 이야기가 무성히 오갔지만, 지극히 개인적인 발언은 없는 편이었다. 아담은 세계 노동조합의 발전과 그들 회원에 관한 이야기를 들었다. 철학적인 이야기와 형이상학적인 이야기, 그리고 미학에 대해 들었고 객관적인 경험담도 들을 수 있었다. 하룻밤을 함께 보내는 떠돌이에게는 살인자와 같은 인물도 있을 수 있고, 목사 노릇을 하다 쫓겨난 사람, 또는 스스로 법의를 벗어 던진 성직자, 멍청해서 학교에서 쫓겨난 교수, 사람들의 기억 속에서 사라져 버리는 외로운 인간, 어쩌면 타락한 대천사나 수련중인 악마도 있겠지만, 그들은 모닥불 곁에 둘러앉아 제각기 생각을 말했다. 그들은 마치 공동의 찌개에다 각각 감자·양파·쇠고기를 넣듯이 이야기를 했다. 아담은 깨진 유리로 면도하는 방법이나 구걸하는 집안의 형편을 탐색하는 방법도 배웠다. 그리고 적의의 시선을 보내는 경찰을 피하는 방법이나 또는 그와 어울리는 방법을 배웠고, 여인의 다정한 마음을 가늠하는 방법도 배웠다.

아담은 이 새로운 생활아 재미있었다. 그는 나뭇잎에 가을빛이 완연할 때는 오마하까지 갔다. 그는 생각하거나 또는 따질 것도 없이 서쪽이나 남쪽으로 길을 서둘러 산맥을 넘어서 남부 캘리포니아에 도착하자 안심을 했다. 해안선을 따라 국경에서 북쪽 샌 루이스 오비스포까지 떠돌다가, 해수 양어장에서는 전복·장어·조개·농어 등을 훔쳐 먹었고, 낚싯줄 올가미로 모래 언덕의 토끼를 잡는 법도 터득했다. 그는 해가 내리쬐는 따가운 백사장에 누워 파도를 세기도 했다.

봄이 되자 그는 다시 동쪽으로 갔다. 이번에는 아주 천천히 갔다. 여름에는 산 속이 시원한 법이다. 산 속에서 사는 사람들은 외로운 사람들이어서 모두 친절했다. 아담은 덴버 근처에 사는 한 과부의 집안 일을 돌봐주다가 겨울이 되자 다시 남쪽으로 향했다. 그는 리오그란데 강을 따라 앨버커크와 엘파소를 지나 빅벤드와 라레도를 거쳐 브라운스빌까지 갔다. 그동안 아담은 음식과 기쁨을 나타내는 스페인 말도 배웠다. 그리고 인간은 가난할 때에도 누군가를 도와 주고 싶다는 것과, 또 무엇인가를 주고 싶은 충동을 느낀다는 사실도 깨달았다. 아담은 자기가 결코 가난해 보지 않았다면 느끼지 못했을 가난한 사람을 사랑할 줄 아는 가슴도 갖게 되었다. 이제 그는 거지지만 겸손을 생활 원칙으로 하는 신조를 가지고 살았다. 몸은 야위어 비쩍 말랐고 햇볕에 의해 검게 탔다. 그의 음성은 차분했으며 분노심과 질투심을 감출 수도 있었다. 그의 음성은 조용해지고 지방의 사투리를 썼기 때문에 어느 곳에 가더라도 나그네같이 보이지는 않았다. 그렇게 하는 것이 거지 생활을 하는 데 있어서는 보호책이고 안전책이기 때문이었다. 아담은 웬만해서는 기차를 타지 않았다. 산업 노조원들의 격렬한 폭력과 그 보복이 심해졌기 때문에 부랑자에 대한 분노가 더욱 커졌다. 아담도 한번은 방랑죄로 체포된 적이 있었다. 그곳의 죄수와 경찰의 잔인한 행동에 겁을 집어먹고, 그 이후부터는 거지가 모인 곳에는 가까이 가지도 않았다. 그때부터 아담은 혼자 다녔으며 수염도 더부룩하게 기르지 않고 깨끗이 깎고 다녔다.

겨울이 가고 봄이 오자 그는 북으로 떠났다. 이제 아담은 휴식과 평화의 시간은 끝났다고 생각했다. 그는 동생 찰스가 있는 북쪽으로 향하면서 어린 시절을 가만히 떠올렸다.

아담은 끝없이 넓은 동부 텍사스를 급히 지나쳐서 루지애나로 해서 미시시피와 알라바마의 외곽을 거쳐 플로리다로 갔다. 그는 서둘러야겠다는 생각을 했다. 흑인은 가난했으므로 친절하긴 했지만 백인을 신뢰하지는 않았다. 가난한 백인도 믿지 않았다. 빈곤한 백인들은 다른 곳에서 온 외지인을 두려워했다.

탈라하시 근처에서 그는 경찰에 체포되어 부랑자라는 판결을 받아 도로 공사장의 인부 노릇을 해야만 했다. 도로가 건설된 것은 이렇게 억울한 노동을 이용한 결과였다. 아담의 형기는 6개월이었다. 그는 6개월 후에 석방되었으나, 다시 체포되어 두 번째로 6개월 형을 받았다. 아담은 이제 사람이 사람을 짐승처럼 대할 수 있다는 것과 또 그런 인간과 어울려 살자면 자신도 똑같이 짐승이 되어야 한다는 것도 터득하게 되었다. 깨끗한 얼굴, 밝은 얼굴, 남을 마주 쳐다보는 눈 같은 것은 사람의 관심을 끌고, 또 그런 관심은 처벌을 낳는다. 치사하고 잔인하게 구는 사람은 자기를 해치면 그 상처를 보상하려고 또 다른 사람을 처벌할 수밖에 없다고 생각한다. 낮에 작업을 할 때는 총 든 보초가 감시를 하고, 밤에는 쇠사슬로 발목을 묶어 놓는 일은 사고를 예방하려는 것이 아니라, 간수들이 그들을 두려워한다는 징표이기도 했다. 간수들은 그들이 의사를 표시하거나 사소한 저항을 해도 야만스럽게 채찍을 휘둘러 댔다. 아담은 오랫 동안의 군대 생활에 미루어 짐작컨대, 두려워하는 인간은 위험한 동물임을 깨달았다. 아담은 세상 사람들과 마찬가지로 육체적인 매질 때문에 자신의 육체와 정신에 어떤 상처를 입는다는 것이 두려웠다. 아담은 자기 주변에다 장막을 쳤다. 그는 얼굴을 무표정하게 했고, 눈은 빛을 모두 감추어 버렸으며 가능한 한 말도 하지 않았다. 얼마 후 아담 자신도 채찍을 맞았는데, 그는 자기가 채찍으로 맞은 사실이 놀라운 게 아니라, 그러한 매를 맞고도 고통을 느끼지 않았다는 사실에 놀랐을 뿐이다. 매를 맞을 때가 두려운 것이 아니라, 그 후가 훨씬 더 두려웠다. 등의 살이 헤어져 그 틈으로 근육이 번들거릴 때까지 매를 맞는 사람을 보고도 연민이나 동정심, 또는 분노가 생기지 않는다는 사실은 자제력의 승리이다. 아담은 그동안 이것을 배우게 되었다.

맨 처음 만난 사람일지라도 잠시 후면 눈으로 사람을 아는 것보다는 피부로 느끼게 된다. 플로리다의 도로 공사장에서 두 번째 형기를 치르면서 아담은 자신의 존재를 제로 이하로 축소시켜 버렸다. 그는 앞장서서 선동도 하지 않았으며 가능하면 사람들 눈에도 띄지 않으려고 의도적으로 노력했다. 간수들은 그의 존재가 두드러지지 않자 그에 대해서만 두려워하지 않았다. 그들은 그 결과로 아담에게 막사를 청소하거나 죄수들에게 식사를 나누어 주는 일과 양동이로 물을 길어오는 일을 시켰다.

아담은 두 번째로 석방되기 사흘 전까지 인내심을 가지고 기다렸다. 정오가 지난 후 그는 양동이를 들고 물을 긷는 작은 강으로 갔다. 그는 양동이에 가득 돌을 넣어 가라앉힌 후 물 속으로 들어가 한참 동안 헤엄쳐서 아래로 내려가다가 잠시 쉰 후에 다시 헤엄쳐 내려갔다. 그는 한참 동안 헤엄쳐 내려가다가 어두워지자 강둑 밑 숲을 찾아냈다. 그러나 그는 물에서 나오지는 않았다.

아담은 한밤중에 개들이 양쪽 강둑을 뒤지는 소리를 들었다. 그는 자기에게서 사람 냄새가 날까 봐 나뭇잎으로 머리를 자꾸 문질러 나뭇잎 냄새가 나도록 했다. 그는 코와 눈만 밖으로 내놓고 물 속에 앉아 있었다. 아침이 되어 개들이 다시 강둑으로 왔으나 모두 지친 나머지 제대로 수색도 하지 않고 가 버렸다. 수색 대원이 떠나자 아담은 물에 불어 터진 튀김 정어리를 주머니에서 꺼내 허기를 채웠다.

그는 어떤 일이 있어도 급히 서두르지 않는 훈련이 몸에 배어 있었다. 대부분의 사람들은 급히 탈옥하다가 잡히게 마련이다. 그러나 아담은 그리 멀지 않은 조지아까지 가는 데에도 닷새 동안이나 소일했다. 그는 절대로 조급히 행동하거나 모험은 하지 않았다. 강인한 자제력으로 자신의 조바심을 통제했다. 아담은 자기 스스로도 자제력에 감탄할 지경이었다.

그는 조지아 주 발도스타 변두리에서 자정이 훨씬 넘을 때까지 가만히 숨어 있다가 슬그머니 읍내에 잠입하여 싸구려 가게의 뒤로 들어가 창문을 조심스레 열었다. 그러자 썩은 문에서 자물쇠의 나사못이 힘없이 빠졌다. 그는 자물쇠는 제자리에 놓고 창문을 연 채로 놓아 두었다. 그는 불결한 창문을 통해 들어오는 희미한 달빛을 받으며 움직였다. 값싼 바지·흰 셔츠·검정 구두, 그리고 검은 모자, 방수 우비를 하나 훔친 후, 몸에 맞는가를 보려고 하나하나 입어 보았다.

그는 흐트러진 곳이 없도록 정리한 후 창 밖으로 기어나왔다. 그러나 재고가 충분하지 않은 것은 단 하나도 훔치지 않았으며, 또한 현금이 든 금고는 찾지도 않았다. 조심스럽게 나와서 창문을 닫은 후 달빛 속의 그림자를 따라 빠져 나갔다.

아담은 낮에는 숨어 있다가 밤이 되어서야 먹을 것을 구하려고 나섰다. 무우, 여물통의 옥수수, 바람에 떨어진 사과 몇 개, 이 물건들은 없어져도 주인이 그리 아쉬워할 것이 아니므로 그런 물건만 골라서 요기를 때웠다. 구두를 모래로 비벼 헌 것처럼 꾸미고, 우비도 주물러서 헌 것처럼 만들었다. 그로부터 사흘 후에야 비가 왔다. 아담은 비가 내리기를 학수고대해 왔다.

비는 오후 늦게부터 내렸는데, 아담은 방수 우비를 쓰고 웅크린 채 어두워지기를 기다리다가 캄캄해진 후에야 비를 맞으며 발도스타 읍내로 갔다. 검정색 모자를 푹 눌러 쓰고 노랑색 우비로 목까지 감싼 모습이었다. 그는 정거장으로 가서 빗물이 흠뻑 젖은 매표구 창을 통해 안을 들여다보았다. 녹색 보안 정모자를 쓰고 검은 알파카 토시를 한 역원이 매표구로 몸을 내밀고 어떤 사람과 이야기를 하고 있었다. 20분 가량 뒤에 그 사람은 가 버렸다. 아담은 그가 역에서 떠난 후 크게 한숨을 몰아쉬고 나서 마음을 안정시킨 뒤에 역사 안으로 들어갔다.

2

찰스에게는 이제 편지가 오는 일이 극히 드물었다. 몇 주일 동안이나 우체국에 알아보지 않을 때도 있을 정도였다. 그러던 1894년 2월, 워싱턴의 변호사 사무실에서 두터운 편지가 왔는데 우체국장은 중요한 편지라고 생각했는지 직접 들고 찰스를 방문했다. 우체국장은 트래스크 농장에 도착해서 찰스가 나무를 베고 있는 것을 보고는 편지를 전해 주었다. 그는 자기가 직접 트래스크 농장까지 왔으므로 편지 내용이 궁금해서 떠나지 않고 기다렸다.

찰스는 한참이나 그를 기다리게 만들었다. 그는 편지 다섯 장을 천천히 읽고 난 뒤에도 다시 한 장씩 거듭 입을 달싹거리며 읽어내려 갔다. 편지를 다 읽고 난 후 그는 편지를 들고 집으로 걸어갔다.

그때 우체국장이 큰소리로 물었다.

「트래스크 씨, 무슨 좋지 않은 일이 있습니까?」

「아버지가 돌아가셨어요.」

찰스는 짧게 말한 후 집으로 들어가 문을 닫았다.

우체국장은 마을로 돌아가 사람들에게 그 소식을 전했다.

「그는 원래 말이 없는 사람이긴 하지만 정말 괴로워하더군. 평소처럼 말도 하지 않았어.」

찰스는 집 안으로 들어가자 아직 어둡지도 않는데 램프에 불을 켰다. 찰스는 편지를 책상 위에 놓았다. 그리고 손을 씻은 후 다시 편지를 읽었다.

그에게 전보를 칠 사람이라곤 단 한 사람도 없었다. 변호사가 아버지의 서류에 있는 주소를 찾아내어 연락을 한 것이다. 변호사는 아버지의 사망을 애도하는 인사를 했는데, 그는 꽤나 흥분한 것 같았다. 변호사는 트래스크 씨의 유언장을 작성할 때 아들들에게 몇 백 달러의 유산만 남겨 줄 것이라고 생각하고 있었다. 사이러스는 그 정도의 유산밖에 남길 것이 없다고 보았기 때문이었다. 그러나 저금통장을 조사하니 9만 3천 달러 이상의 잔고가 있었고, 우수한 유가증권은 일만 달러나 되었다. 그래서 그들은 트래스크 씨에 대한 생각이 바뀌었다. 그 정도의 돈을 갖고 있다면 틀림없이 부호라고 할 수 있다. 그 정도의 재산이 있다면 그리 걱정하지 않고 살 수 있을 것이다. 그 정도라면 왕국도 차릴 만하니까. 그래서 변호사가 찰스와 아담에게 축하의 전문을 보냈던 것이다. 아버지의 재산은 유언대로 균등하게 분배될 것이라고 했다. 그리고 아버지가 남긴 유물에 대해서도 씌어 있었다. 전국 재향 군인회에서 사이러스에게 증정한 예도(禮刀) 다섯 개, 순금패가 달린 올리브 나무의 의사봉, 바늘에 다이아몬드를 박은 메이스 식 시계 메달, 틀니를 넣을 때 떼낸 금니, 은으로 만든 회중 시계, 금 손잡이가 달린 지팡이 등등. 찰스는 두 번씩이나 편지를 읽고 나서 이마를 두 손으로 감쌌다. 갑자기 아담이 궁금해졌다. 이럴 때 형 아담이라도 곁에 있어 주었으면 싶었다.

찰스는 너무 뜻밖의 일에 정신이 멍했다. 그는 난로에 불을 지핀 후 프라이 팬을 난로 위에 올려 놓았다. 그리고 돼지고기를 썰어서 넣었다. 찰스는 그 후에도 다시 편지를 읽고 나서 편지를 접어서 부엌에 있는 탁자 서랍 속에다 넣어 두었다. 앞으로 당분간 이 문제에 대해서는 아무 생각도 하지 않기로 했다.

찰스는 다른 생각을 전혀 할 수 없었다. 마치 다람쥐 쳇바퀴 돌아가듯 자꾸 똑같은 생각만을 반복했다. 도대체 그 많은 재물은 어디서 모은 것인가?

우리는 두 가지 사건이 본질적인 면으로나 시간이나 장소가 약간이라도 공통된 부분이 있을 때, 두 사건이 비슷하다는 결론을 쉽게 내게 마련이다. 그리고 이러한 성향 때문에 우리는 마술같이 불가사의한 일을 만들어 내어 뒷날의 화제 거리로 보존한다. 찰스는 여태껏 농장에 앉아서 편지를 받았던 적이 없었다. 몇 주일 후에 소년이 전보 한 통을 가지고 농장으로 왔다. 우리가 두 죽음을 연관시켜 또 다른 세 번째 죽음을 예상하듯이 찰스는 아버지의 사망 소식을 전한 편지와 이 전보를 연관지을 수밖에 없었다. 찰스는 전보를 들고 황급히 읍내 정거장으로 뛰어갔다.

그는 전신 계산원에게 말했다.

「이것 좀 봐요.」

「나도 벌써 읽었어요.」

「그랬어요?」

「그건 전신으로 왔거든요. 그래서 내가 받아 적었어요.」

「아, 그랬군요.『급히 일백 달러 전송 요망. 귀가중. 아담』」

「전보가 수취인 부담으로 왔으니 60센트 내세요.」

「조지아 주 발도스타라, 처음 듣는 곳인데.」

「나도 난생 처음 들어 보는 곳이오. 그렇지만 그곳이 분명하오.」

「그런데 돈은 어떻게 보내야 하죠?」

「나에게 백 달러와 60센트를 가지고 와요. 그러면 내가 발도스타 전신원에게 전보를 보내서 아담에게 백 달러를 지불하라고 하겠어요. 그리고 당신은 내게 60센트를 주어야 해요.」

「알겠습니다. 그런데 그 전보를 보낸 사람이 아담인지 아닌지 어떻게 알죠? 그 돈을 아담이 아닌 사람이 받지 못하도록 하려면 어떻게 해야 하죠?」

찰스의 질문에 전신원을 웃으면서 말했다.

「우리는 이럴 경우에 다른 사람이 대답하지 못할 질문을 하죠. 당신도 문제를 우리에게 하나 내주면 돼요. 그러면 우리가 그 문제와 해답을 발도스타로 보내죠. 그곳 전신원이 그 사람에게 문제를 내고 만일 해답을 맞추지 않으면 돈을 내주지 않으면 됩니다.」

「그거 좋은 생각이군요. 그럼 적당한 문제를 내야겠군.」

「문을 닫기 전까지 백 달러를 가지고 오시오.」

찰스는 그 게임이 재미있다고 생각했다. 그는 집으로 돌아가서 돈을 가지고 다시 왔다. 그리고 전신원에게 말했다.

「좋은 문제가 생각났어요.」

「당신네 외가쪽의 이름을 말하라는 것은 아니겠죠. 그런 것은 기억하지 못하는 사람이 의외로 많거든요.」

「그런 게 아니예요. 문제는 이것이요.『형이 군에 입대 전 아버지에게 드린 생일 선물은 무엇인가?』」

「좋긴 한데 너무 문제가 길군요. 더 짧게 한 열 단어 정도로 줄이지 못합니까?」

「돈은 내가 낼 테니 염려 마시오. 답은 강아지요.」
「그건 다른 사람들은 생각지도 못할 거요. 뭐, 돈이야 내가 낼 건 아니지만.」
그러자 찰스가 말했다.
「그 문제를 형이 알아맞히지 못하면 큰일이군. 그렇게 되면 집에 돌아올 수 없을 테니까.」

3

아담은 읍내서부터 트래스크 농장까지 걸어서 왔다. 그는 훔쳐 입은 옷 그대로 한 주일 동안이나 지냈기 때문에 구겨지고 때에 찌들어 지저분했다. 그는 집과 헛간 사이에서 동생이 어디 있나 귀를 기울였다가, 새로 지은 담배 창고에서 망치질하는 소리를 듣고 큰소리로「찰스!」하고 불렀다.
곧 망치질 소리가 멎었다. 아담은 창고의 틈으로 찰스가 자기를 쳐다보고 있는 것 같은 기분이 들었다. 그때 찰스가 뛰어나와 아담 옆으로 달려와 손을 내밀었다.
「어때?」
아담도 동생에게 대답했다.
「응, 좋아.」
「그런데 형은 좀 말랐군.」
「그럴 거야. 나이도 먹었고.」
찰스는 말하기에 앞서 아담을 머리부터 발끝까지 찬찬히 살펴본 후 입을 열었다.
「형편이 좋아 뵈지 않는군요.」
「그건 맞다.」
「형, 가방은 어디 있어?」
「가방은 없어.」
「아니, 어디를 그렇게 돌아다닌 거야?」
「세상 방방곡곡을 돌아다녔어.」
「거지처럼?」
오랜 세월이 흐르면서 찰스의 피부가 늘어져 쭈글쭈글해지고 눈에는 핏발이 서 있었지만 아담은 옛날 기억을 더듬어 찰스가 두 가지 생각을 하고 있다는 것을 알아챘다. 찰스는 지금 자기에게 묻고 싶은 말이 있고, 또 다른 생각을 한다는 것을.

「형은 왜 집으로 돌아오지 않았지?」

「그저 떠돌아다녔어. 어쩔 수가 없었거든. 그러다가 이렇게 돌아온 거지. 참, 그 흉터는 정말 고약해 뵈는구나.」

「형, 내가 편지에 썼지? 그런데 흉터가 점점 보기 흉해져. 편지를 또 왜 쓰지 않았어? 형, 배고파?」

찰스는 손이 근질근질해서 호주머니에서 손을 꺼내서 턱을 만지다가 다시 머리를 긁적거렸다.

「어쩌면 없어질 수도 있을 거야. 언젠가 내가 만난 바텐더는 고양이 같은 흉터가 있었지. 그는 뱃속에서부터 그 흉터를 가지고 나왔어. 바텐더는 그래서 별명이 고양이지.」

「형, 배고파?」

「응, 좀 고프구나.」

「집에 계속 머물거야?」

「글쎄, 그걸 지금 꼭 알아야 하겠니?」

「글쎄.」

찰스의 말투도 역시 똑같았다.

「형, 아버지가 돌아가셨어.」

「나도 알고 있어.」

「어떻게 알았지?」

「역원이 말해 주더구나. 돌아가신 지 얼마나 됐니?」

「한 달 정도 됐어.」

「사인이 뭐라던?」

「폐렴이라더군.」

「여기에 모셨니?」

「아니, 워싱턴에 모셨어. 내가 편지와 신문을 갖고 있어. 관위에 국기를 덮어 운구했어. 부통령이 장례식에 몸소 참석하고 대통령은 조화를 보냈더군. 모든 것이 신문에 났어. 그 사진도 찍었지. 내가 전부 가지고 있어.」

아담은 찰스가 고개를 돌릴 때까지 동생의 얼굴을 말없이 쳐다보았다.

아담이 이윽고 입을 열었다.

「너 화 났니?」

「뭐, 화 낼 일이 있나.」

「그런데 꼭 화 난 목소린데.」

「화 나긴. 그런 거 없어. 어서 가서 음식이나 먹읍시다.」

「그러지. 참 아버지는 오랫 동안 앓으셨대니?」

「아니, 급성 폐렴이야. 바로 돌아가셨다더군.」

찰스는 말하지 않았지만 무엇인가를 숨기는 게 역력했다. 그는 말을 하고 싶지만 어떻게 말을 꺼내야 할지 몰랐다. 그는 마음속에 품은 이야기는 감춰 두고 다른 이야기만 했다. 아담은 찰스 자신이 먼저 입을 열 때까지 아무 말도 하지 않겠다고 생각했다.

「나는 저승에서 소식이 온다는 것을 전혀 믿을 수 없어. 그런 걸 어떻게 알 수 있어? 저승 소리를 들었다는 사람이 있더군. 사라 휘트번 할머니가 장담했어. 형은 그 점에 대해 어떻게 생각하지? 형, 내 말 듣는 거야. 왜 그렇게 말을 하지 않는 거지?」

그러자 아담이 대답했다.

「음, 생각중이야.」

참으로 놀라운 사실이었다. 이제는 찰스가 조금도 무섭지 않았다. 옛날에는 동생이 그렇게 두렵더니 이제는 찰스가 전혀 무섭지 않았다. 어찌 된 영문일까? 군대에서 오랫 동안 생활한 때문일까? 정말 알 수 없는 일이다. 두렵지 않으니 이제 하고 싶은 말을 할 수 있다는 것을 알았다. 예전에는 말썽을 피우지 않으려고 말을 하지 않는데. 그는 죽었다 부활한 사람처럼 기분이 상쾌해졌다.

두 사람은 부엌방으로 들어갔다. 아담은 그 방이 기억 나는 것 같기도 하고 기억나지 않는 듯도 했다. 예전보다 더 작아 보였고 더 불결해 보였다. 아담은 명랑한 어조로 말했다.

「찰스, 나는 네가 하는 말을 잘 들었는데, 넌 하고 싶은 말이 있는 것 같아 보인다. 근데 왜 요점을 말하지 않고 엉뚱한 소리만 하는 거지. 자, 어서 속 시원하게 말해 보렴.」

찰스의 눈이 노여움으로 번득였다. 그는 고개를 들었으나 힘이 없었다. 이제 아담을 때릴 수 없었다. 그는 왠지 처량한 생각이 들었다.

아담이 웃으면서 말했다.

「아버지가 돌아가셨다는데 기분이 좋다는 건 있을 수 없는 일이지만 나는 내 평생 오늘같이 기분이 좋았던 적은 없다. 어서 말하렴, 찰스.」

그러자 찰스가 형에게 물었다.

「형은 아버지를 사랑했어?」

「네가 무슨 말을 하려는지 안 다음에 대답하겠다.」

「말해 봐. 사랑했어, 사랑하지 않았어?」

「그래, 너와 무슨 관계가 있어서 묻는 거지?」

「어서 대답해 봐.」

대담하고 창조적인 용기가 아담의 뇌리에 꽂혔다.

「그래, 대답하마. 나는 사랑하지 않았어. 어떤 때는 두려웠고 또 어떤 때에는 아버지를 존중하곤 했지. 자, 왜 그 대답을 듣고 싶어했는지 말해 보렴.」

찰스는 멍하니 자기 손을 내려다보고 있었다.

「나는 도대체 이해하기 힘든 일이야. 아버지는 이 세상에서 형을 가장 사랑한 분이야.」

「그건 믿을 수 없는 이야기야.」

「형은 믿을 필요가 없어. 아버지는 형이 준 것이라면 무엇을 받고도 좋아하셨으니까. 반면에 나는 미워하셨지. 내가 아버지께 드린 것은 모두 싫어하셨어. 내가 생일 선물로 드린 칼만 해도 그렇지. 난 나무를 한 짐이나 팔아서 그 칼을 사드렸는데, 아버지는 그것을 워싱턴에 가지고 가지 않았어. 그 칼은 지금도 아버지의 서랍 안에 있지. 그런데 형은 아버지께 강아지를 드렸지. 형은 돈 한 푼 들이지 않고 구한 강아지를 아버지께 드렸지. 내가 그 강아지 사진을 보여 줄게. 아버지 장례식 때 찍었어. 한 대령이 그 강아지를 안고 있더군. 강아지는 눈이 멀어서 걸을 수가 없었어. 강아지는 장례식 후에 쏘아 죽였어.」

아담은 찰스가 감정이 격해서 말했기 때문에 어리둥절했다.

「난 네가 도무지 무슨 말을 하려고 그러는지 감이 잡히지 않아.」

「나는 아버지를 사랑했어.」

찰스는 말하고 나서 드디어 감정이 폭발했는지 울음을 터뜨렸다. 아담은 난생 처음 동생이 우는 모습을 보는 것이었다. 찰스는 머리를 파묻고 울었다.

아담은 동생 곁에 다가가려고 했으나 잠시 동안 옛날에 그에게서 느꼈던 두려움이 생겼다. 그는 자기가 찰스를 건드리면 죽일지도 모른다는 생각을 했다. 그는 열어 놓은 문 앞에 가서 밖을 쳐다보았다. 뒤에서 동생이 훌쩍거리면서 우는 소리가 났다.

집 주위는 흐트러져 있고 아담하지 않았다. 물론 예전에도 그랬지만. 농장은 더럽고 지저분한 것이,전혀 계획성이 없어보였다. 꽃도 없고 바닥에는 지저분하게 종이와 나무 조각이 널려 있었다. 집도 아름답거나 멋있는 집이 아니라 그저 비바람을 막고 취사하기 위해 지은 튼튼한 판잣집에 불과했다. 집은 아름다움과 거리가 멀었다. 농장도 역시 마찬가지였다. 집과 농장은 영 정이 붙는 곳이 아니었다. 가정다운 아늑함이란 찾아볼 수 없었다. 집을 그리워하고 다시 돌아오고 싶은 생각이 들지 않는 곳이었다. 아담은 갑자기 계모 생각이 떠올랐다. 계모도 역시 집이나 농장과 마찬가지로 정이 가지 않았었다. 그녀는 나름대로 청결한 사람이긴 했지만 아내 대접을 제대로 받지 못하고 살았다.

그때서야 찰스는 울음을 멈추었다. 아담이 뒤돌아보자 찰스는 멍청히 앞만 바라보고 있었다. 동생에게 아담이 말했다.

「어머니에 대해 말 좀 해보렴.」

「내가 편지로 알렸잖아. 돌아가셨다고.」

「그래도 어머니 얘기나 좀 해봐.」

「편지로 다 썼잖아. 한참 전에 돌아가셨어. 형 친어머니도 아닌데 왜 그래?」

언젠가 언뜻 본 어머니의 얼굴에서 스쳐 지나간 미소가 떠올랐다. 그리고 어머니의 얼굴도 떠올랐다.

아담은 어머니의 얼굴을 떠올리다가 찰스가 말을 시켜서 그 모습을 지워 버렸다.

「형, 한 가지만 대답해 줘. 잘 생각해서 대답해. 진심으로 말하지 않으려면 아예 아무 말도 하지 않는 게 낫고…….」

찰스는 질문을 하기 전에 입술을 한번 축였다.

「형, 혹시 아버지가 정직하지 못한 일을 할 수 있었을 거 같아?」

「그게 무슨 뜻이지?」

「어려운 얘기가 아닌데, 뭐가 무슨 뜻이야. 정직하지 못하다는 뜻이 뭐 다른 의미가 있나.」

「글쎄, 잘 모르겠다. 누구도 그렇게 말한 사람은 없었어. 아버지가 어떤 사람이었니? 백악관에서 하룻밤 주무시고 돌아가시자 장례식에 부통령까지 참석했어. 그런 게 부정직해 보인다는 거니?」

아담은 동생에게 부탁하듯 가만히 물었다.

「너는 아까 내가 이곳에 도착할 때부터 무엇인가를 말하고 싶어 했어.」

찰스는 안색이 별안간 창백해졌다. 그의 얼굴에서는 예전의 사나움이나 기운이 모두 빠져 나간 듯이 보였다. 찰스는 단조로운 어조로 말했다.

「형, 아버지가 유서를 남겼어. 모든 재산을 형과 내게 똑같이 나누어 준다고.」

그 말에 아담이 웃으며 말했다.

「그렇겠지, 우리는 이 농장에서 평생 먹고 살 수 있을 거야.」

「형, 유산이 십만 달러가 넘어.」

「너 정신 있니? 백 달러나 좀 넘겠지. 아버지가 어디서 십만 달러나 벌 수 있었겠니?」

「아냐, 그건 틀림없는 일이야. 재향 군인회의 봉급은 월 일백 이십 오 달러였어. 그 돈으로 식비와 방값을 냈지. 그리고 여행할 때에는 호텔 비용과 일 마일 당 오 센트의 수당이 지급됐지.」

「그야, 원래부터 아버지가 그런 많은 돈을 가지고 있었는데 우리가 모르고 있었는지도 모르지.」

「아냐, 그렇지 않아.」

「그렇게 의심스럽다면 재향 군인회에 편지를 해 보렴. 그곳에 있는 사람 중에서 누군가가 그것을 알고 있을지도 모르니까.」

찰스가 단호히 말했다.

「아냐, 그렇게 할 수는 없어.」

「찰스, 속단은 금물이야. 성급히 굴지 마. 투기로 갑자기 거부가 되기도 하지. 아버지는 거물급을 많이 알고 있었으니까 어쩌면 횡재할 수 있는 일에 한 몫 끼어들었는지 모른다.」

아담의 말을 듣고도 찰스는 얼굴이 침울해 보였다. 아울러 목소리까지 작아져서 아담이 그의 목소리를 듣기 위해 몸을 구부렸다. 찰스의 목소리는 마치 딱딱한 보고서를 읽듯이 경직되어 있었다.

「아버지는 1862년 6월에 북군에 입대했어. 그곳에서 삼 개월 동안 훈련을 받고, 9월에는 남쪽으로 행군했지. 10월 12일, 다리에 부상을 입고 병원으로 후송되었다가 그 다음해 1월, 그러니까 1863년 1월에 집으로 돌아오신 거야.」

「지금 무슨 소리를 하려는 거지?」

찰스는 맥빠진 소리로 말했다.

「아버지는 남북 전쟁의 격전지였던 게티즈버그 전투나 챈스러스빌에 간 적도 없고, 황야의 전투와 리치먼드, 애포매톡스에도 간 일조차 없어.」

「그걸 네가 어떻게 알았지?」

「아버지의 제대 증명서를 보고 알았어. 다른 서류와 함께 있더군.」

아담은 한숨을 길게 내쉬었다. 그는 기쁨으로 가슴이 뭉클해졌다. 그는 믿지 못하겠다는 듯이 고개를 세게 흔들었다.

찰스가 다시 말했다.

「그런데 어떻게 그렇게 오랜 세월 동안 들키지 않았을까? 누구도 의심한 사람이 없잖아. 형이 의심을 했어, 아니면 내가 했어? 그렇다고 엄마도 의심하지 않았잖아. 그리고 워싱턴에서도 의심을 안 했지.」

아담이 일어서며 말했다.

「뭐 좀 먹을 거 없니? 내가 데워서 먹을게.」

「좀 기다려. 간밤에 잡은 닭이 한 마리 있어. 내가 볶아 줄 테니까 기다려 봐.」

「빨리 먹을 수 있는 건 없니?」

「돼지고기 조림과 달걀은 많아.」

「그럼, 그거나 먹자.」

두 사람은 그 문제를 그 정도로 남겨 놓았지만, 마음속으로는 그 주위를 빙빙 돌거나 뛰어넘기도 했다. 내놓고 말은 하지 않았지만 그들의 마음은 그 문제를 떠나지 않았다. 그 문제에 대해 더 말을 하고 싶었지만 할 수가 없었다. 찰스는 절인 돼지고기를 볶고 콩을 한 남비 익히고 계란으로 프라이를 했다.

그러면서도 다시 말을 시작했다.

「목초지를 개간해서 호밀을 심었어.」

「그래? 어뗐니?」

「잘 됐어. 큰 돌을 여럿 파냈어.」

찰스는 자기 이마를 한번 만져 보았다.

「큰 바위 하나를 지렛대로 들어올리다가 이 흉칙한 흉터가 생겼어.」

아담이 동생에게 말했다.

「편지에도 썼지. 네가 보낸 편지는 내게 큰 즐거움을 주었지.」

「그렇지만 형은 한번도 편지에 형이 하는 일을 적어 보내지 않았어.」

「난 그곳을 전혀 생각하고 싶지 않았기 때문이야. 그리고 형편도 좋지 않았어.」

「신문에서 토벌에 대한 이야기를 읽은 적이 있어. 형도 참가했지?」

「그래, 참가했지. 나는 그런 걸 생각하기 싫었어. 지금도 그렇고.」

「인디언을 죽인 적이 있어?」

「응, 죽였어.」

「어때, 시시한 놈들이지?」

「그래.」

「말하기 싫으면 하지 마.」

「그래.」

형제는 석유 램프 아래서 저녁 식사를 했다.

「저 램프 통을 깨끗이 닦으면 불이 환할 거야.」

「그럼 내가 닦지.」

「형이 돌아와서 한시름 놓았어. 형, 식사 후에 우리 주막에 갈까?」

「글쎄, 오늘은 좀 쉬는 게 좋겠다.」

「내가 편지에는 알리지 않았지만 주막에는 여자들도 있어. 2주일마다 새로운 여자들이야. 형도 함께 가 보도록 해.」
　「여자가 있어?」
　「응, 주막집 이층에 있어. 편리하게 돼 있지. 형도 모처럼 고향에 돌아왔으니
가 보도록 해.」
　「오늘은 그만두고, 그럼 나중에 가 보도록 하자. 돈은 얼마나 들지?」
　「1달러씩이야. 여자들은 제법 이쁘다니까.」
　「다음에 가자. 그런데 그런 여자들은 어떻게 마을에서 그냥 놔 두지? 그것
참 놀라운 일이구나.」
　「처음에는 나도 크게 놀랐어. 그런데 조직이 아주 잘되어 있더군.」
　「너 그곳에 자주 가는 편이니?」
　「응. 2, 3주에 한 번쯤? 혼자 살다보면 외롭거든.」
　「너는 결혼하겠다는 편지를 보낸 적이 있잖니?」
　「그랬지. 그렇지만 결혼을 하고 싶어도 마땅한 색시감이 없어.」
　두 사람은 또 중요한 말은 입 밖에도 내지 못한 채 농사 이야기나 세상 돌아가
는 이야기나 정치와 건강에 대해 이야기를 나누었다. 그러나 그들은 얼마 안 있
어 중요한 이야기를 하리라는 것을 알고 있었다. 찰스는 아담과는 달리 그 문제
에 대해 깊이 생각해 보고 싶었지만 아담은 입장이 그와는 또 달랐다. 그는 그대
신 그 문제에 대해 충분히 생각할 만한 여유를 갖게 되었다. 아담은 그 문제에
대해 깊이 생각하고 느껴야 한다고 판단했다. 아담은 그 문제에 대해서는 다른
날 생각하고 싶었지만 찰스의 생각은 그렇지 않았다.
　그러자 아담이 솔직하게 말했다.
　「찰스, 우리 다른 이야기나 좀 하면서 자도록 하자.」
　「형이 좋을 대로 해요.」
　두 사람은 이제 할 말도 별로 없었다. 자기들이 알고 있는 사람이나 그 마을에
서 일어난 이야기까지 화제로 삼았다. 대화는 그럭저럭 그치지 않고 이어졌다.
　아담이 동생을 쳐다보며 물었다.
　「찰스, 졸립지 않니?」
　「좀더 있다가 자.」
　아담과 찰스는 잠시 말이 없었다. 밤의 적막이 두 사람 주위를 스치며 지나
갔다.
　「형도 아버지 장례식에 참석했더라면 좋았을 걸 그랬어.」
　「물론 성대했지?」
　「신문에 난 사진 볼 테야? 내 방에 오려 둔 게 몇 장 있어.」

「아니, 오늘 밤엔 그만두자.」

찰스는 의자를 돌리고 팔을 테이블 위에 놓으며 말했다.

「우리는 그 문제를 생각해 봐야 해. 얼마든지 뒤로 미룰 수는 있지만, 앞으로 어떻게 해야 할지 생각도 좀 해야하잖아.」

「그건 나도 안다. 나는 여유를 두고 생각 하고 싶어.」

「형, 그럼 무슨 뾰족한 수가 있어? 난 오랫 동안 생각해 보았지만 별 진전이 없었어. 그저 다람쥐 쳇바퀴 돌 듯 거기서 거기야. 생각하지 않으려고 해도 그 생각만 난단 말이야. 시간을 가지고 생각해도 마찬가지야.」

「그래, 그건 그렇다. 넌 무슨 말부터 하고 싶은 거니. 어서 얘기해 보자. 생각 하고 있는 걸 말해 봐.」

찰스가 말했다.

「돈이 문제야. 십만 달러가 넘는 거액이란 말이야.」

「돈이 어째서?」

「그 많은 돈이 어디서 난 걸까?」

「그거야 모르지. 내가 아까 어쩌면 투기로 번 건지도 모른다고 했잖아. 누가 워싱턴에서 횡재할 만한 일에 아버지를 한 몫 끼어 주었는지도 모르지.」

「형은 정말 그렇게 생각해?」

「아니, 난 아는 게 없어. 난 몰라.」

「거금이야. 정말 거액이 우리 손에 들어온 거야. 그 돈이면 평생 먹고 살 돈이야. 그 돈으로 땅도 많이 사서 농장을 넓힐 수도 있지. 형은 믿어지지 않겠지만 우리는 정말 부자야. 이 마을에서 제일 부자란 말야.」

아담은 큰소리로 웃고 나서 말했다.

「넌 무슨 판결을 내리는 것 같구나.」

「그 돈이 어디서 난 거지?」

「돈이 많이 생긴 게 무슨 걱정이냐? 그 돈으로 자리를 잡고 편안히 살면 되지.」

「아버진 게티즈버그에 가지 않았어. 어느 전투에도 참전한 적이 없지. 아버지는 작은 전투에서 그저 상처를 입었을 뿐이야. 아버지가 한 말은 모두가 거짓말이었어. 그건 꾸며 낸 거였어.」

「왜 갑자기 그런 말을 하지?」

찰스는 비참한 어조로 말했다.

「형, 나는 아무래도 그 거액은 훔친 돈 같은 생각이 자꾸 들어.」

「어디서 훔친 거 같은데?」

「나도 몰라.」

「그런데 왜 훔쳤다고 하는 거지?」

「아버지는 전쟁에 대해서도 모두 거짓말을 시켰어.」

「그래서?」

「전쟁에 관해 거짓말을 했다면 능히 도둑질도 할 수 있는 사람이야.」

「어떻게 했다는 거지?」

「아버지는 재향 군인회에서 근무했어. 그것도 고위 직책이었지. 혹시 재정 관계의 일을 맡아서 하다가 장부를 속였는지도 모르지.」

아담은 길게 한숨을 내쉬고 나서 말했다.

「그런 생각이라면 재향 군인회에 편지를 띄워 사실을 확인해 보면 되잖아? 장부를 조사하라고 그래. 그런 뒤에 사실이 그렇다면 돈은 반납하면 되지 않니? 만일 아버지가 부정하게 번 돈이라면 우리는 돈을 반납할 수도 있는 거야.」

그 말을 듣고 있던 찰스의 얼굴이 일그러지더니 이마의 흉이 더욱 보기 싫게 드러났다.

「부통령이 장례식에 참석했고, 대통령은 조화를 보내 왔어. 영구 행렬은 반 마일이나 이어졌어. 그리고 수백 명의 조객이 뒤따랐지. 형, 관을 운구한 사람이 누군지 알아?」

「갑자기 그건 왜 묻지?」

「만일 아버지가 도둑질한 것이 세상에 알려져 봐. 그러면 아버지가 게티즈버그나 다른 전투에도 참석하지 않았다는 사실이 알려질 거고, 세상 사람 모두가 아버지는 거짓말쟁이라고 생각하게 돼. 그렇게 되면 그의 한평생이 모두 거짓이었다는 게 밝혀지잖아. 아버지가 진실을 말했더라도 누구 한 사람 믿으려하지 않았을 거야.」

아담은 미동도 하지 않은 채 앉아 있었다. 찰스는 초점을 잃지 않고 한 곳을 응시하고 있었다. 잠시 후 그는 낮은 어조로 입을 열었다.

「나는 네가 아버지를 사랑했다고 생각했어.」

그는 왠지 속박에서 해방된 듯 기분이 후련했다.

「나는 과거에도 아버지를 사랑했지만 현재에도 역시 변함이 없어. 그래서 그렇게 하고 싶지 않은 거야. 나는 아버지의 전생애를 망칠 수 없어. 그게 밝혀진다면 아버지의 무덤까지 파헤치고 난리를 피겠지. 형은 아버지를 조금도 사랑하지 않은 거야.」

「난 여태까지 몰랐어. 사랑해야겠다는 감정이 뒤섞여서 감이 빨리 잡히지 않았어. 그래, 나는 아버지를 사랑한 적이 없었어. 물론이야.」

「그럼, 형은 아버지의 한평생이 적나라하게 드러나도 아무런 상관이 없단 말이야?」

아담은 자기의 생각을 표현할 적절한 말이 즉시 떠올랐다.

「그럼, 아무 상관없고 말고.」

형의 말을 듣고 있던 찰스가 괴로운 표정으로 말했다.

「그래, 상관없겠지. 사랑하지 않는데 무슨 상관이 있겠어. 아마 아버지 얼굴을 발로 차 버려도 상관없을 거야.」

아담은 이제 동생이 위험 인물이 아니라는 것을 알았다. 그를 몰아세울 시기심도 생기지 않았으며, 어떤 사람이라도 그에게서 아버지를 떼어 낼 수 없었다.

「형, 그 사실을 사람들이 모두 알게 된다면 기분이 어떻겠어? 거리를 다니며 사람들을 어떻게 쳐다볼 수 있겠어?」

「아까 말했지? 나는 전혀 상관하지 않는다니까 나는 믿지 않기 때문에 상관하지 않는단 말이야.」

「무엇을 믿지 않지?」

「아버지가 돈을 훔쳤다고는 믿지 않아. 아버지 말대로 아버지가 전쟁에 참전한 것을 믿고, 아버지가 있었다는 곳에 아버지는 있었을 거라고 믿는단 말이야.」

「그럼 증거는 어쩌고. 제대 증명서가 있잖아.」

「그렇다고 아버지가 도둑질한 증거가 있니? 그 돈이 어디서 났는지도 확실히 모르잖아. 모두 네가 꾸며 낸 생각 아니니?」

「나는 아버지의 군대 관계 서류를…….」

「그 서류가 잘못되었을 수도 있어. 그래, 어쩌면 서류가 틀렸는지도 몰라. 나는 아버지를 믿는다.」

「나는 아무래도 알 수가 없어.」

「내가 가르쳐 주마. 하나님이 존재하지 않는다는 증거는 확실하다. 그러나 많은 사람에게 있어서 이 증거는 하나님이 존재한다는 감정만큼이나 효력을 내지 못하지.」

「그렇지만 형은 아버지를 사랑하지 않는다고 했어. 아버지를 사랑하지도 않으면서 어떻게 믿을 수 있다는 거지?」

아담은 나름대로의 생각을 정리해서 천천히 말했다.

「음, 그거야 사랑하지 않으니까 믿을 수 있지. 내가 만일 아버지를 사랑했다면 나는 아버지를 시기했을 거야. 그래, 너는 아버지를 사랑하기 때문에 의심을 품은 거야. 그건 여자를 사랑할 때 그 여자를 의심하는 이치와 같아. 자기 자신을 믿지 못하기 때문이다. 난 이제야 네가 아버지를 사랑했다는 사실을 알겠어. 나는 아버지를 사랑하지 않았어. 아버지가 나를 사랑했는지는 모르지만 아버지는 나를 시험해 보고 마음에 상처를 주기도 했고 벌도 주었지. 그리고 무엇인가를 보상하려고 나를 제물로 삼았지. 그러나 아버지는 너를 사랑하지는 않으셨어. 그래서 너를 믿지 않은 거지. 이것은 일종의 역 현상이라고 볼 수 있어.」

찰스는 잠자코 아담을 바라보다가 입을 열었다.

「나는 이해할 수가 없어.」

「나는 이해하려고 노력한다. 이런 느낌은 처음 드는 감정이지만. 언젠가는 나도 네가 가지고 있는 것을 가질 수 있겠지. 그러나 지금은 가지지 않았어.」

찰스는 낮게 말했다.

「난 도무지 모르겠어.」

「찰스, 내가 아버지가 도둑질하지 않았다고 믿는 것을 너는 이해할 수 있니? 나는 아버지가 거짓말하지 않았다고 생각해.」

「그렇지만 서류가 있는데…….」

「나는 그런 서류는 안 보겠어. 아버지에 대한 내 신뢰감과 비교하면 서류는 보잘 것 없는 거지.」

찰스는 한숨을 크게 쉬었다.

「형, 그럼 유산을 받을 작정이야?」

「그럼 받고말고.」

「그 유산이 아버지가 훔친 돈이라도?」

「아냐, 그건 절대로 훔친 돈이 아냐.」

찰스는 여전히 어정쩡한 표정이었다.

「난 모르겠어.」

「아직도 모르겠단 말이야? 문제의 실마리가 바로 이것 같은데. 나는 여태껏 단 한번도 말을 한 적이 없지만, 내가 집을 떠나기 바로 전에 네가 나를 때렸던 사실을 기억하고 있니?」

「웅, 기억하고 있어.」

「그럼, 때리고 난 다음의 행동도 기억하니? 너는 나를 때린 후 돌아가서 도끼를 가져 와 나를 살해하려고 했지?」

「그 생각은 잘 나지 않는군요. 그때는 내 정신이 아니었거든요.」

「그때는 나도 몰랐어. 그러나 이제는 알겠어. 너는 너의 사랑을 혼자서 독점하기 위해 싸운 거야.」

「사랑이라고?」

「그래, 맞아. 우리는 이곳에서 살 수도 있고 돈을 잘 쓸 수도 있지. 그것도 싫다면 캘리포니아로 떠날 수도 있을 테고. 우리는 그 돈으로 무슨 일을 할 것인가를 연구해 봐야 해. 아버지의 기념비도 멋지게 세우고.」

찰스가 나섰다.

「그러나 난 이곳을 떠나지 못할 거야.」

「그리 서두를 건 없어. 어떻게 될지 좀 두고 보자. 그리고 심사숙고해서 차질이 없도록 해.」

제 8 장

1

나는 세상에는 인간으로부터 태어나는 괴물도 있다고 생각한다. 그 괴물은 외모가 이상하거나 즉, 머리가 유난히 크거나 몸이 남달리 왜소하거나 또는 외모가 이상하고 괴상하게 생겼는가 하면, 출생시부터 다리나 팔이 없거나 또는 팔이 셋 달렸거나 꼬리가 달렸거나 입이 엉뚱한 곳에 붙은 기형아일 수도 있다. 이런 사실은 지극히 우연한 것으로 그 누구의 잘못이라고 볼 수도 없다. 옛날에는 이런 현상이 눈에 보이지 않는 죄에 대한 벌이라고 생각했다.

육체적인 괴물이 있듯이 정신적인 괴물이 태어나기도 하는 걸까? 얼굴과 몸은 정상적이지만, 잘못된 유전자나 일그러진 난자가 육체적 괴물을 만든다면 역시 마찬가지로 기형적 정신이 탄생될 수도 있다.

괴물은 약간의 차이가 있기는 하지만 거의가 정상적이지 않은 변종이다. 팔 없는 아기가 세상에 태어날 수도 있듯이 인정 없는 아기, 또는 양심을 가지지 않은 아이도 태어날 수 있을 것이다. 사고로 두 팔을 잃은 사람은 온갖 노력을 다하여 생활에 적응하기 마련이지만, 원래가 태어날 때부터 두 팔이 없는 사람은 자기를 이상한 시선으로 보는 사람들 때문에 괴로움을 받게 마련이다. 그러나 그들은 팔이 없었기 때문에 팔을 아쉬워하지 않는다. 우리는 어린 시절에 때때로 새처럼 날개가 있었으면 하는 생각을 하게 되는데, 그 생각이 새들이 느끼는 기분과 동일한 기분이라고 생각할 근거는 없는 것이다. 괴물에겐 정상적인 것이 이상하게 보이는 것이 당연하다. 왜냐하면 괴물에게는 자신이 정상이기 때문이다. 정신적인 괴물에게는 다른 정상적인 사람과 비교할 만한 눈에 보이는 것이 없기 때문에 정상적인 것으로 볼 수 있다는 사실이 애매모호할 것이다. 출생시부터 양심을 갖지 않고 태어난 사람은, 고민하고 번뇌에 쌓인 사람이 이상하게 보일 것이다. 죄인에게는 정직하다는 사실이 우습게 보일 것이다. 괴물은 일종의 변종에 지나지 않으며 괴물에게는 정상적인 것이 이상하게 보인다는 사실을 결코 잊지 말아야 한다.

나는 캐시 에임즈가 한평생 자신을 혹독하게 몰아치는 성향이나 성향의 결함을 갖고 살았으며, 그렇게 태어났다고 생각한다. 어느 저울대가 잘못 측정했든지, 어떤 기계의 비율이 맞지 않은 격이었다. 그녀는 출생시부터 다른 사람과 좀 달랐다. 절름발이가 자기의 결함을 충분히 이용하여 제한된 범위 안에서는 정상적인 사람보다 더 뛰어나게 되듯이, 캐시는 자신의 결함을 이용하여 나름대로 자기 세계에서 고통스럽고 당혹스런 소동을 벌였다.

캐시 같은 여자를 신들린 여자라고 생각하던 시대가 있었다. 어쩌면 그녀에게서 귀신을 쫓으려고 푸닥거리를 했을 것이다. 몇 번이나 푸닥거리를 해도 안 되면 그녀를 마녀로 단정지어 화형을 시켰을 것이다. 마녀의 용서할 수 없는 점은, 그녀가 사람들을 괴롭히고 초조와 불안에 싸이게 하고 심지어는 시기심까지 일으키는 능력이 있다는 점이다.

함정이 처음부터 드러나지 않듯이, 캐시도 처음에는 순진했었다. 그녀의 머리칼은 금발이었고, 개암빛 눈은 양미간이 넓고, 눈꺼풀은 축 처져 있어서 약간 신비스럽고 조는 듯한 인상이었다. 코는 가늘고 예뻤으며, 광대뼈가 높고 조그마한 턱까지 내려와서 얼굴이 마치 심장 모양이었다. 입은 아름답고 도톰했으나 비정상적으로 아주 작았다. 그래서 사람들은 장미의 입술이라고 했다. 귀는 작았고 귓밥은 없었다. 귀는 머리에 너무 납작 붙어 있어서 그 위로 머리카락을 빗어내리면 귀 옆이 전혀 보이지 않았다. 그 모습은 마치 머리 양옆에 엷은 살을 붙여 놓은 것 같았다.

캐시는 어른이 되어서도 몸이 어린애 같았다. 날씬하고 아름다운 팔과 손, 특히 그녀의 손은 작았다. 그리고 젖가슴도 그리 크지 않았다. 사춘기 전에는 젖꼭지가 안으로 들어가 있어서 그녀가 열 살이 되었을 때, 젖꼭지가 많이 아팠으므로 어머니가 손으로 만져서 끄집어 내주었다. 그녀의 몸매는 남자처럼 엉덩이가 작고 다리가 날씬했는데, 발목은 좀 굵었지만 가늘고 곧은 편이었다. 그녀의 발은 작고 둥글고 통통했으며, 발등은 살이 쪄서 작은 말발굽 같았다. 그녀는 예쁜 아이에서 예쁜 여인으로 성장했다. 목소리는 약간 쉰 것 같으면서도 부드러웠고 감당키 어려울 정도로 부드럽고 달콤했다. 그러나 목구멍에는 강철줄이라도 달려 있는지 줄처럼 굵은 목소리를 자유자재로 냈다.

그녀는 어려서부터 남다른 점이 있어서, 사람들은 그녀의 특이한 점에 끌려 그녀를 보고 외면했다가도 다시 되돌아볼 정도였다. 그녀의 눈에는 무엇인가가 나타났다가는 이내 보이지 않았다. 그녀는 늘 말수가 적고 행동이 조신했다. 어느 방이나 어디를 가든지 모든 사람이 그녀를 쳐다보지 않을 수 없었다.

그녀는 사람들을 불안하게 만드는 힘이 있었으나, 사람들이 그녀를 피해 도망치거나 하는 일은 없었다. 남녀를 불문하고 그녀 가까이 있기를 원했고, 그녀가 풍기는 불안의 원인을 찾아내려고 애썼다. 그런 일이 비일비재했으므로 그녀는 조금도 이상하게 생각하지 않았다.

여러 면에서 캐시는 다른 아이와는 달랐다. 그런데 특히 한 가지는 다른 아이들과 유별나게 달랐다. 대부분의 아이들은 다른 아이와 다른 것을 아주 싫어한다. 모든 아이들은 다른 아이처럼 똑같이 보이고 똑같이 말하고 똑같이 입고 똑같이 행동하려고 한다. 아이들은 이상한 옷이 유행하면, 그 우스꽝스런 모양에 상관하지 않고 너도나도 유행에 따른다. 만일 돼지 고기 조각으로 목걸이를 만든다면, 그 목걸이를 하지 못하는 아이는 슬퍼하게 될 것이다. 이와같이 맹목적으로 집단을 따르려는 태도는 모든 놀이와 모든 사회적 관습에 연장된다고 하겠다. 이를테면 아이들이 자기 안전을 위해 보호색을 쓰는 셈이라고 하겠다.

그러나 캐시는 이런 면이 전혀 없었다. 그녀는 옷차림이나 행동도 결코 남을 따르는 적이 없었다. 그녀는 자기 마음대로 옷을 입었는데, 다른 아이들이 캐시를 흉내내는 적이 많았다.

그녀가 성장해 가면서 아이들은 그녀로부터 어른다움을 느끼기 시작했다. 즉, 캐시는 다른 점이 있다는 것이었다. 얼마가 지난 후부터는 한 아이만이 그녀와 사귀게 되었다. 캐시가 어떤 위험이나 안고 있는 것처럼 그녀를 피했다.

캐시는 거짓말쟁이였는데, 그녀는 다른 어린아이들처럼 거짓말을 시키지는 않았다. 그녀의 거짓말은 상상한 것을 사실처럼 그럴 듯하게 말하는 거짓말이 아니었다. 그런 거짓말은 그저 외부적 사실에서 약간 벗어난 것뿐이었다. 나는 거짓말과 이야기의 다른 점은 이야기는 듣는 사람만이 아니라 말하는 사람의 흥미를 위하여 진실의 장식물과 외형을 활용한다는 점에 있다고 본다. 이야기 그 자체에는 이득이나 손실이 없다. 그러나 거짓말은 이익이나 도피를 위한 일종의 고난이다. 이 정의를 엄격히 고수한다면 작가는 거짓말쟁이라고 하겠다. 이것은 금전적으로 요행히 돈을 벌었을 때를 가리킨다.

캐시의 거짓말은 결코 순진하지는 않았다. 그녀는 벌을 면하거나 일이나 책임을 피하려고 거짓말을 했고, 이익을 위해 했다. 거짓말쟁이는 거의 자기가 한 거짓말은 모두 잊어버리고, 변명하기 힘든 진실에 당면하면 들통이 나고 만다.

그렇지만 그녀는 자기가 한 거짓말을 잊지도 않았고, 또한 거짓말하는 효과적인 방법까지 발전시켰다. 그녀는 언제나 진실 곁에 있으므로 사람들은 그녀가 한 말이 거짓이라고 단정하기가 힘들었다. 그녀는 또 다른 방법을 두 가지나 알고 있었다. 그 한 가지는 거짓말과 진실을 섞어서 말하는 것이고, 다른 한 가지는 진실을 거짓말처럼 말하는 것이다. 그녀의 말이 거짓말일 것이라고 책망을 받다가도 그것이 진실이라고 밝혀질 경우, 한참 동안 진실이 아닌 것도 진실 취급을 받게 된다.

캐시는 무남독녀 외동딸이기 때문에 그녀의 어머니는 캐시를 가족 중에서 다른 사람과 가까이 비교해 볼 상대가 없었다. 그녀의 어머니는 자기 딸이 다른 아이들과 똑같다고 생각했다. 세상의 부모들은 모두 걱정 근심이 많기 때문에 친구들도 모두 자기와 같은 문제로 고민하는 것으로 생각했다.

그러나 캐시의 아버지는 그렇지 않았다. 그는 매사추세츠 주의 읍에서 작은 피혁 공장을 경영했는데, 열심히 일하면 여유롭게 살 수 있을 정도였다. 그는 외지에서 살면서 다른 집 아이들을 지켜볼 수 있는 기회가 있었기 때문에 캐시가 다른 아이들과 다르다는 것을 잘 알았다. 그는 가슴으로 그것을 확실히 느낄 수 있었다. 그는 자기 딸이 불안하게 생각되었지만 그 이유가 무엇이라고 말하기는 곤란했다.

인간은 누구를 막론하고 욕망과 충동, 걱정과 이기심과 정욕을 마음속 깊이 간직하고 있다. 대개의 사람들은 그러한 것을 억제하거나 아니면 은밀히 충족시킨다. 캐시는 그것을 어려서부터 알고 있었을 뿐만 아니라 이것을 자신의 이익이 되게 활용하는 방법도 알고 있었다. 그녀는 분명히 인간의 다른 성향은 믿지 않고 있을 것이다. 그녀는 어떤 방면에는 상당히 민감했지만 또 다른 방면에서는 캄캄했다.

캐시는 어린 시절부터 성욕은 인간의 가장 곤란한 충동이며, 여기에는 언제나 그리움과 괴로움, 질투와 금기가 따른다는 사실을 알고 있었다. 그 당시에는 지금과는 달리 성이란 문제가 사람들 입에 오르내리지 않았기 때문에 지금보다 훨씬 더 곤란했다. 모두가 그 문제는 내색을 하지 않고 은밀히 남 앞에서는 가장했으나 일단 그 구렁텅이에 빠져 버리면 어쩔 줄을 몰랐다. 캐시는 인간의 이런 면을 교묘하게 이용해서 그 누구도 휘어잡을 수 있다는 사실을 깨달았다. 그것은 무기인 동시에 위협의 역할까지 했다. 누구도 거역할 수가 없었다. 캐시가 당황했던 적이 없던 사실로 미루어, 아마도 그녀에게 애초부터 그런 충동이 없었는지도 모른다. 실제로 캐시는 그런 충동을 느끼는 인간을 경멸했다. 일반적으로 생각하면 그녀의 생각은 틀림없다.

남녀가 언제나 성에 속고 성에 빠지고 또한 성에 걸려들어 괴로움을 당하지만 않는다면 얼마나 자유롭겠는가? 그런 자유가 없다면 인간이라고 할 수 없다. 괴물이 될 수밖에 없었을 것이다.

10세 때부터 캐시는 벌써 성적 충동의 힘을 알고 냉정하고 침착하게 실험해 보기 시작했다.

어린아이들의 성 유희는 정상적인 아이라면 누구나 빠짐없이 어둑어둑한 나무 그늘 아래나 여물통 밑이나 또는 버드나무 아래나 도로 밑 배수통 속에 모여서 장난을 한다. 그런 장난을 하지 않았다면 그런 장난을 동경했을 것이다. 대개의 부모들은 얼마 되지 않아 이런 문제에 부딪치게 된다. 그중에서도 자기의 어린 시절을 기억하는 부모를 가진 아이들은 행복한 것이다. 그러나 캐시의 어린 시절에는 사정이 대단히 나빴다. 부모들은 제각기 자기의 어린 시절은 까맣게 잊고 있다가 아이에게서 그 모습을 바라보고는 화들짝 놀라기까지 했다.

2

캐시의 어머니는 어느 봄날 아침, 어린 새싹들이 이슬에 젖어 햇빛을 받아 기지개를 켜고, 땅 속으로 온기가 스며들어 노란 민들레를 밀어올릴 무렵에 빨랫줄에 빨래를 널고 있었다.

에임즈 네는 마을 변두리에서 살았다. 본채 뒤에는 헛간과 마차 창고가 있고 채소밭과 말 두 마리를 위해 울타리를 쳐 놓은 잔디밭이 있었다. 에임즈 부인은 캐시가 헛간 쪽으로 어슬렁거리며 간 것 같아 불렀지만 대답이 없었다. 그러나 그녀는 아마도 자기가 잘못 본 것일 것라고 생각했다. 그녀가 집으로 들어가려고 하는데 마차 창고에서 낄낄거리는 소리가 들려 왔다. 그녀는 또다시 캐시를 불렀으나 대답이 없자 불안했다. 그녀는 다시 한번 캐시가 낄낄거리는 소리가 생각났다. 그것은 캐시의 목소리가 아니었다. 캐시는 웃을 때 낄낄거리며 웃지 않는 아이었다.

어떻게 해서 또는 어찌하여 부모가 두려움을 느끼게 되는지 알 수가 없었다. 때로는 아무 이유도 없이 불안한 생각이 들기도 한다. 독자를 둔 부모나 자식을 잃는 악몽을 꾼 적이 있는 부모는 왕왕 그럴 때가 있다.

에임즈 부인은 가만히 서서 귀를 기울였다. 그때 소근거리는 소리가 들려와서 그녀는 조심스럽게 차고를 향해 걸어갔다. 창고의 이중문이 닫혀 있었다. 그 안에서 중얼거리는 소리가 들렸는데 그 소리는 캐시의 목소리는 아닌 듯했다. 부인이 문을 열고 급히 뛰어들자 창고 안으로 밝은 햇살이 쏟아져 들어왔다. 그녀는 눈앞의 광경을 보고는 너무나 놀라서 몸이 얼어붙는 것 같았다. 캐시는 바닥에 누워 있었으며 치마가 걷어올려져서 허리까지 알몸으로 드러나 있었다. 그 옆에는 열네 살 가량된 사내아이 두 명이 무릎을 꿇고 앉아 있었다. 그들도 갑작스럽게 햇빛이 비쳐 충격을 받았는지 얼어붙은 듯 미동도 하지 않았다. 캐시의 눈은 두려움 때문에 멍해 있었다. 에임즈 부인은 그 사내아이들 뿐만 아니라 그들의 부모까지 알고 있었다.

그때 갑자기 한 놈이 후닥닥 일어나더니 에임즈 부인 옆을 쏜살같이 지나 집 모퉁이를 돌아 달아나 버렸다. 다른 한 놈은 슬금슬금 뒤로 물러나더니 소리를 지르며 문으로 뛰어갔다. 에임즈 부인은 그 녀석을 붙들려고 했으나 그만 놓쳐 버렸다. 그 녀석이 도망치는 발소리가 밖에서부터 들려 왔다.

에임즈 부인은 소리를 지르려고 했으나 쉰 듯한 목소리가 모기 소리만하게 나왔을 뿐이다.

「일어나! 썩.」

캐시는 멍청히 쳐다볼 뿐 일어나지 않았다. 그제서야 에임즈 부인은 캐시의 손목이 굵은 줄로 묶여 있다는 것을 알았다. 그녀는 큰소리를 지르며 재빨리 줄을 풀었다. 그녀는 캐시를 안고 집으로 돌아와 침대에 뉘었다.

에임즈 네 단골 의사는 캐시를 진찰해 본 후 잘못된 흔적은 없다고 밝혔다.

의사는 에임즌 부인에게 여러 번 똑같은 말을 반복했다.

「그때 부인이 창고에 가 본 것이 정말 다행이었습니다.」

캐시는 오랫 동안 입을 열지 않았다. 의사는 충격을 받아서 그렇다고 했다. 캐시는 정신을 차린 후에도 말을 하지 않았다. 무슨 말을 묻거나 말을 시키기라도 하면 눈이 커지고 눈동자 주위의 흰자위가 드러나면서 숨이 끊어지고 몸이 빳빳하게 굳고 뺨은 붉게 상기되는 것이었다.

사내 녀석들의 부모와 담판을 짓는 자리에는 윌리엄즈 의사도 참석했다. 캐시 아버지는 침묵을 지키고 있었다. 그의 손에는 캐시의 팔을 묶었던 줄이 쥐어 있었다. 그는 난처해 하는 표정을 짓고 있었다. 그는 이해하기 힘든 사실이 좀 있었으나 입 밖에 내지 않았다.

에임즈 부인은 시종일관 흥분 상태였다. 그녀는 현장을 목격한 사람이기 때문에 최종의 심판자였다. 그녀의 히스테리 속에는 변덕스런 성격이 도사리고 있었다. 그녀는 매를 강력히 원했다. 그녀의 마음속에는 일종의 기쁨을 가지고 처벌을 원했다. 그녀는 마을은 보호되어야 한다고 주장했다. 그녀는 천만다행으로 적절한 때에 현장에 가 보게 되었지만 다음번에는 그렇지 못할 수도 있다고 주장했다. 다른 어머니의 심정은 어떻겠는가. 그리고 캐시는 아직 열 살밖에 되지 않았다.

그 당시는 지금보다 훨씬 더 처벌이 가혹했다. 그 무렵의 사람들은 매를 맞아야 훌륭한 사람이 된다는 사실을 믿고 있었다. 그 녀석들은 처음에는 한 명씩 따로따로, 그 다음에는 두 놈이 함께 매를 맞았다. 그 녀석들은 매를 생살이 드러날 때까지 맞았다.

그들이 저지른 죄도 용서할 수 없었지만 거짓말은 매로도 어쩔 수 없는 것이었다.

그들의 변명은 처음부터 엉터리였다. 그 사내 녀석들은 그 일도 원래 캐시가 시작했고, 그들은 캐시에게 5센트씩 주었다고 했다. 캐시의 팔목도 자기들이 묶은 것이 아니라, 캐시가 줄을 갖고 장난을 하는 것을 보았다고 그들은 말했다.

그러자 에임즈 부인이 한 말은 온 마을에 퍼졌다.

「그러면 열 살밖에 먹지 않은 계집애가 제 손을 묶었단 말이오?」

사내 녀석들이 자기들의 죄상을 순순히 고백하고 용서를 빌었다면 벌을 덜 받았을 텐데, 그 녀석들은 자기들의 잘못을 완강히 부인했기 때문에 아버지들의 노여움을 사서 매를 맞게 되었으며, 또한 마을 주민들의 노여움까지 사게 된 것이다. 그 녀석들은 부모의 동의를 받아 교도소로 보내졌다.

「우리 캐시는 그 일 때문에 충격을 받았는지 그 얘기만 하면, 그때 일이 떠오르는지 충격을 받는답니다.」

에임즈 부인은 마을 사람들을 보면 이렇게 말했다.

캐시의 부모는 두번 다시 딸에게 그 이야기를 하지 않았다. 아버지도 의혹을 품고 있었으나 끝까지 아무 말도 하지 않고 있다가 그 사실을 까맣게 잊어버리고 말았다. 그 일은 이제 끝난 것이다. 만일 그가 사내아이들이 아무 죄도 없는데 캐시 때문에 교도소에 가게 된 것을 알았다면 마음이 언짢았을 것이다.

캐시가 충격에서 완전히 회복되고 나자 아이들은 그녀를 멀리서 지켜보다가는 어느 사이에 그녀를 가까이 하고 또한 그녀에게 끌렸다. 그녀에게는 열 두세 살 소녀에게는 혼한 여자 친구가 없었다. 남자 아이들도 그녀와 함께 어울려 친구들의 의혹을 사지 않으려고 했다. 그러나 그녀는 사내아이와 계집애들에게 큰 영향을 주었다. 만일 어떤 아이라도 혼자 있는 캐시와 마주친다면, 자기도 억제할 수 없는 어떤 힘에 끌려 그녀에게 다가갔다.

캐시는 예쁘장하고 귀여웠으며 목소리는 낮았다. 그녀는 홀로 오랫 동안 산책을 했다. 그럴 때마다 사내아이가 숲속에서 슬글슬금 걷다가 캐시와 마주치곤 했다. 그리고 급히 두 사람은 무슨 말인가를 속삭이고 헤어졌는데, 그들이 무슨 말을 나누었는지 말이 많았지만 캐시가 무슨 짓을 했는지는 알 수 없었다. 만일 어떤 일이 일어났더라도 거기에는 은밀한 속삭임만 뒤따랐을 뿐 비밀이 많고, 또 그 비밀이 오래 가지 못하는 그 나이에 그 자체가 보통 있는 일은 아니었다.

캐시는 살짝 웃는 버릇이 있었다. 캐시는 사내아이가 혼자 있을 때에는 곁눈질을 해서 소년에게 비밀을 같이 나누자고 암시했다. 캐시의 아버지는 또다시 의혹이 싹텄지만 마음속에 감추고 오히려 의심을 하는 자신이 나쁘다고 자책까지 했다. 캐시는 운 좋게도 순금 부적이나 돈, 작은 명주 지갑, 루비가 박힌 붉은 은제 십자가 등을 주워 왔다. 그 외에도 캐시는 많은 물건을 주웠다. 언젠가 그녀의 아버지는 〈크리어〉라는 주간 신문에다가 은제 십자가를 습득했다는 광고를 내기도 했으나 주인은 나타나지 않았다.

캐시의 아버지 윌리엄 에임즈는 마음을 드러내는 법이 없는 사람이다. 마을 사람들에게 자기를 드러내 보이는 일은 더욱 하지 않았다. 그는 어떤 의혹이 생기면 혼자 마음속으로 간직했다. 그는 아무것도 모르고 있는 편이 더 안전하고 현명하다고 생각했다. 캐시의 어머니는 딸이 하는 거짓말이나, 거짓말 같은 현실에 휘말려들어 이제는 사실도 사실이라고 볼 수 없을 정도였다.

3

캐시는 더욱 아름다워졌다. 피부는 뽀얗게 피었고, 금발머리에, 넓직한 미간, 매력적인 눈, 그리고 붉고 예쁜 작은 입은 사람들의 시선을 끌었다. 그녀는 8년 동안의 초등학교 교육을 좋은 성적으로 졸업했기 때문에, 그 당시에는 여자를 진학시키지 않는 편이었으나, 캐시의 부모는 그녀를 작은 고등학교에 입학시켰다. 캐시는 앞으로 교사가 되겠다고 하여 부모들을 기쁘게 했다. 유복하지 못한 양가집 딸로서 교사란 훌륭한 직업으로 생각했기 때문이었다. 딸이 교사인 부모들은 큰 자랑으로 생각했다. 캐시는 열네 살 때 고등학교에 입학했다. 그녀의 부모에게는 언제나 귀한 딸이었으나 대수니 라틴어니 하는 희귀한 과목을 공부한 후부터는 부모들이 근접할 수 없는 높은 세계의 사람이 되었다. 그들은 딸을 잃은 것이나 마찬가지였다. 부모는 캐시가 높은 지위에 오른 것같이 생각했다.

라틴어 선생은 얼굴이 창백한 신학교를 중퇴한 젊은이였다. 그는 필수 과목인 문법·시저·키케로를 가르칠 만한 충분한 교양이 있었다. 그는 패배감을 가슴속에 간직한 과묵한 젊은이로 자신은 하나님께 버림받은 사람이라고 생각했다.

얼마 동안 제임스 그루 선생의 마음속에는 불꽃이 타오르고 그 눈 속에는 힘이 빛났다. 그와 캐시가 함께 있는 것이 눈에 띈 적도 없고, 그들의 관계가 의심되는 점은 전혀 없었다.

그러던 제임스 그루는 어른이 되었다. 그는 발끝으로 혼자 걸으면서 콧노래를 불렀다. 그는 또한 호소력 있는 편지를 신학교에 보낸 덕분에 신학교 이사들은 제임스 그루의 재입학을 호의적으로 받아들이게 되었다.

그러다가 제임스 그루의 타오르던 불꽃은 꺼져 버렸다. 그는 어깨를 축 늘어뜨리고 눈은 충혈되었으며 손은 뒤틀려 있었다. 밤중에 그가 교회에서 무릎을 꿇고 혼자 기도를 드리는 모습이 눈에 들어 왔다. 그는 몸이 아프다고 휴직을 했고 읍 건너편의 산 속을 홀로 걷는 것이 눈에 띄었다.

어느 날 한밤중에 제임스 그루는 에임즈의 집 문을 두드렸다. 그러자 캐시의 아버지가 투덜거리면서 일어나 잠옷 위에다 외투를 걸치고 촛불을 손에 든 채 문으로 나가자 문 앞에는 마치 미친 사람 같은 제임스 그루가 버티고 서 있었다. 그는 온몸을 떨면서 눈을 빛내고 서 있었다.

그는 쉰 목소리로 말했다.

「꼭 만나뵈어야겠습니다.」

그러자 에임즈 씨가 엄숙하게 말했다.

「자정이 지났소.」

「꼭 뵈어야겠으니 옷을 걸치고 나오십시오. 드릴 말씀이 있습니다.」

「젊은이, 취했나 아니면 병이 났나? 지금은 자정이 넘었으니 돌아가시오.」

「내일까지 기다릴 수 없어요. 오늘 꼭 말씀드려야 해요.」

「내일 아침 공장으로 와요.」

에임즈 씨는 비틀거리며 제임스 그루 앞에서 문을 요란하게 닫아 버리고 집안으로 들어가 밖의 동정을 살폈다.

「내일까지 기다릴 수 없어요. 기다릴 수 없단 말이에요.」

그는 울부짖더니 잠시 후 천천히 계단을 내려갔다.

에임즈 씨는 손으로 촛불을 가리며 천천히 자리로 돌아갔다. 그때 캐시의 방 문이 슬며시 닫히는 듯했다. 아니 어쩌면 불빛이 흔들려서 잘못 보았는지도 모른다고 생각했다. 문간의 커튼이 움직인 것 같았다.

침실에 들어가자 아내가 말했다.

「누구죠?」

「응, 술주정뱅어야. 집을 잘못 찾은 거지.」

에임즈는 자기가 왜 그렇게 말했는지 알 수 없었다. 글쎄, 말이 길어질까봐 그런 것일까.

「참, 세상 돌아가는 꼴도 우습군요.」

에임즈 씨는 불을 끄고 침대에 누워 있는데 좀전의 촛불로 인해 지금까지 눈에 남아 있는 녹색의 원형을 보았다. 그 녹색의 원형은 빙글빙글 돌면서 미친 듯이 애원하는 제임스 그루의 번뜩이는 눈동자가 보였다. 그래서 그는 한참 동안 잠을 이룰 수가 없었다.

아침이 되자 이상한 소문이 나돌았다. 만나는 사람마다 이야기의 내용이 다르더니 오후가 되어서야 그 전모가 드러났다. 제임스 그루가 교회제단 앞 마루 바닥에 쓰러져 있는 것을 머슴이 발견했다는 것이었다. 머리는 총탄에 맞아 날아갔고, 그 옆에는 엽총 한 정과 총 옆에는 방아쇠를 마는데 쓴 막대기가 하나 있었다. 또 그 옆에는 제단에서 가져 온 촛대도 있었다. 세 개의 촛불 중에서 아직 하나의 촛불이 타고 있었다. 다른 두 개의 촛불은 켜져 있지 않았다. 마루 바닥에는 성가집과 기도서가 포개져 있었다. 머슴은 제임스 그루가 자기 관자놀이 높이로 총을 괴어 놓았기 때문에 총알이 튀어 그 반동에 의해 총과 총이 책 위에서 떨어졌다고 말했다.

마을 사람들 중 많은 사람이 동이 트기 전에 그 총소리를 들었다. 제임스 그루는 유서를 남기지 않았기 때문에 그가 왜 자살을 했는지 아무도 짐작조차 할 수 없었다.

에임즈 씨는 검시관에게 제임스 그루가 자기 집에 찾아왔었다는 이야기를 하고 싶은 충동을 강하게 느꼈다. 그러나 그는 다시 이런 생각을 했다.

『그 말을 해도 아무 도움이 되지 않아. 내가 무엇인가를 알면 도움이 되겠지만 아는 것이 전혀 없으니 소용없지 않는가』

그래도 그는 왠지 불쾌했다. 자기는 전혀 잘못이 없다고 중얼거리기도 했지만 기분은 마찬가지였다. 내가 무슨 도움이 됐겠는가? 나는 그가 원하는 것이 무엇이었는지조차 몰랐는데. 그러나 그는 역시 죄를 진 것 같은 기분이 들었다.

저녁 식사를 하는데 아내가 제임스 그루의 자살에 대해 이야기를 꺼냈기 때문에 그는 식사를 할 수 없었다. 캐시는 다른 날과 마찬가지로 말없이 얌전히 음식을 먹었다. 그녀는 예쁘게 음식을 씹으면서 냅킨으로 자주 입을 닦았다.

에임즈 부인은 시체와 총 이야기를 상세하게 전했다.

「당신에게 한 가지 물어 볼 말이 있어요. 지난 밤에 우리 집에 왔던 청년이 혹시 제임스 그루 아니었나요?」

남편은 재빨리 대답했다.

「아냐.」

「확실한 거예요? 밤이라 캄캄했을 텐데 어떻게 누군지 알아 봤죠?」

「촛불을 들고 있었어. 그는 수염을 길게 길렀더군. 조금도 닮지 않은 얼굴이었단 말야.」

에임즈 씨는 냉혹하게 잘라서 말했다.

「왜 그렇게 화를 내는 거예요? 나는 그저 궁금해서 물었을 뿐인데요.」

캐시는 냅킨으로 입을 닦은 후 무릎 위에 올려 놓고 미소를 지었다.

어머니는 캐시를 쳐다보며 말했다.

「캐시, 넌 학교에서 매일 그 선생을 봤지? 요새 슬퍼하지는 않았니? 뭐 짐작 가는 데라도 있니?」

캐시는 그릇을 내려다보다가 고개를 들고 입을 열었다.

「글쎄, 어딘지는 모르지만 아픈 듯이 보였어요. 안색이 나빴지요. 오늘 학교에서 어느 선생님이 그러는데, 그루 선생님은 보스턴에 있을 때부터 문제가 있었다고 하더군요. 그게 무슨 문제인지는 듣지 못했어요. 우리는 모두 그루 선생님을 좋아했어요.」

캐시는 말할 뒤에 예쁜 입술을 살짝 닦았다.

이것이 바로 캐시의 뛰어난 수법이었다. 그 날부터 마을 사람들은 제임스 그루가 보스턴에서 생긴 문제 때문에 자살했다고 생각했다. 그 이야기가 바로 캐시가 꾸며 낸 이야기라고 생각하는 사람은 단 한 명도 없었다.

캐시의 어머니 에임즈 부인조차 그 이야기를 누군가로부터 들었다고 생각하게 되었다.

4

캐시는 열여섯 살이 되는 생일을 지나자 마자 변화를 보이기 시작했나. 어느 날 아침 캐시는 학교에 갈 생각을 하지 않았다. 어머니가 방에 들어가 보니 그녀는 침대에 누워서 천장만 바라보았다.

「어서 서둘러라. 늦겠다. 아홉 시가 다 됐단다.」

「가지 않을래요.」

캐시는 힘없이 말했다.

「어디 아프니?」

「아뇨.」

「그럼 어서 일어나라.」

「가지 않는다니까요.」

「너 어디 아픈가 보구나. 여태껏 학교는 결석한 적이 없었는데.」

다시 캐시는 침착하게 말했다.

「학교에는 가지 않겠어요. 이제 다시는 학교에 가지 않을 거예요.」

어머니는 놀라서 입을 크게 벌렸다.

「너 그게 무슨 말이지?」

「학교에 절대로 가지 않겠어요.」

캐시는 계속 천장만 쳐다보았다.

「어디 아버지가 그 말을 듣고 뭐라고 하시나 보자. 우리가 그렇게 일을 해서 네 학비를 댔는데, 너는 이제 2년 후면 자격증이 나오는데 뭐라고?」

어머니는 딸 옆에 가까이 가서 다시 물었다.

「너 혹시 결혼하려고 그러는 건 아니겠지?」

「아니예요.」

「지금 감추는 게 뭐니?」

「내가 감추길 뭘 감추었다고 그래요.」

「이건 《이상한 나라의 앨리스》구나. 너는 지금 몇 살인데 이 책을 읽고 있지?」

「나는 어머니 눈에 보이지 않을 정도로 아주 작아질 수도 있어요.」

「너 지금 무슨 이야길 하는 거지?」

「아무도 나를 못 볼 거예요.」

그러자 어머니는 화를 냈다.

「농담은 그만 해라. 무슨 생각을 하는 거니? 또, 무슨 짓을 꾸미려는 거냐? 이 몽상가야.」

「나도 몰라요. 난 그만 떠나고 싶어서 그래요.」

「거짓말 좀 그만 해. 아버지가 돌아오시면 너에게 야단치실 거야. 그대로 누 워 있으렴.」

캐시는 천천히 고개를 돌려서 무표정하고 냉정한 시선으로 어머니를 쳐다보 았다. 에임즈 부인은 갑자기 딸이 두렵게 느껴졌다. 그녀는 잠자코 딸의 방에서 나와 부엌으로 갔다. 그녀는 두 손을 무릎 위에 얹어 놓고 창 밖으로 낡은 마차 창고를 내다보았다.

에임즈 부인은 딸 캐시가 이제 남같이 생각되었다. 대개의 부모가 느끼듯이 그녀도 이제 딸이 자기 손에서 멀리 빠져나간다고 생각했다. 그녀는 자신이 단 한번도 딸을 자기 마음대로 해본 적이 없음을 전혀 모르고 있었다. 그녀는 늘 딸 에게 이용당해 왔음을 깨닫지 못했다. 한참 후 에임즈 부인은 모자를 쓰고 남편 의 공장으로 찾아갔다. 그녀는 딸에 관해서 남편과 단둘이 이야기하려는 것이 었다.

오후가 되자 캐시는 자리에서 일어나 거울 앞에서 한 시간을 보냈다.

그날밤 에임즈 씨는 어쩔 수 없이 딸 캐시에게 장황한 연설을 늘어놓았다. 그는 책임감과 의무, 그리고 효도에 대해서 이야기했다. 말을 거의 마칠 무렵 그는 캐시가 자기 말을 하나도 듣지 않고 있다는 사실을 깨달았다. 그는 딸의 태도에 분노를 일으키며 캐시에게 위협적인 태도를 취했다. 그는 자식에 대한 부모의 권한은 하나님이 내려 주신 것이며, 이 권한은 정부가 뒷바침해 준다고 말했다. 그렇게 말하자 캐시는 정신을 차리고 들었다. 캐시는 아버지의 눈을 정면으로 똑바로 쳐다보았다. 그녀의 입 언저리는 미소를 띠고 있었으며 눈은 똑바로 뜨고 있었다. 아버지는 마침내 시선을 옆으로 돌려 버렸다. 그래서 에임즈 씨는 더욱 화가 났다. 그는 딸에게 어리석은 짓은 그만 두라고 말했다. 그리고 계속 말을 듣지 않을 때에는 매를 때리겠다고 협박까지 했다.

그러나 말을 맺을 때는 어조가 훨씬 약해져 있었다.

「자, 내일 아침에는 학교에 가고 다시는 어리석은 행동을 하지 않겠다고 약속해 다오.」

캐시는 무표정하게 앉아 있다가 마지 못해 입을 열었다.

「알겠어요.」

에임즈 씨는 그날밤 늦게 자신이 없으면서도 자신 있는 척하며 말했다.

「애들에게는 권위 있게 행동해야 해. 그동안 우리가 너무 그애에게 자유를 준 것 같소. 캐시는 착한 애야. 그렇지만 어른을 모르고 있어서 탈이지. 좀 엄하게 다스려도 나쁠 건 없단 말이야.」

에임즈 씨는 자신도 그 말처럼 혼들리지 않고 굳건하길 바랐다.

아침이 되자 캐시가 없어졌다. 여행용 밀짚 가방도, 좋은 옷도 눈에 띄지 않았다. 침대는 깨끗이 치워져 있고 방은 한기가 돌았다. 이 방에서 여학생이 살았다는 흔적은 전혀 찾아볼 수도 없었다. 사진이나 기념품도 방 안에는 없었다. 방안에서 캐시의 흔적을 찾기 힘들었다.

에임즈 씨는 나름대로는 머리가 좋은 사람이었다. 그는 모자를 쓰고 급히 정거장으로 달려갔다. 역원은 캐시가 새벽차를 타고 갔다고 말했다. 캐시는 보스턴 행 차표를 샀다고 했다. 역원은 에임즈 씨의 말을 듣고 즉시 보스턴 경찰서로 전보를 쳤다. 에임즈 씨는 왕복표를 끊어 보스턴 행 아홉 시 오십 분 기차를 타고 출발했다. 그는 급할 때는 오히려 머리가 잘 회전하는 사람이었다.

그날밤 에임즈 부인은 문을 잠그고 부엌방에 앉아 있었다. 안색은 창백했고 몸이 부르르 떨려서 몸을 가누기 위해 테이블을 꼭 잡고 앉아 있었다.

처음에는 닫혀 있는 창문 틈으로 매질하는 소리가 들리고 나중에는 비명 소리가 뚜렷이 들려 왔다.

에임즈 씨는 난생 처음 매질을 해보는 것이기 때문에 때리는 게 서툴었다. 그는 마차 채찍으로 캐시의 다리를 때렸는데, 캐시가 말없이 서서 싸늘한 시선으로 자기를 쳐다보았기 때문에 더 화가 났다. 처음에는 약하게 때렸으나 캐시가 전혀 아픈 기색도 보이지 않고 울지도 않자 옆구리와 어깨를 무턱대고 막 때렸다. 채찍이 살에 감겨져 살을 찢었다. 그는 분노를 견딜 수 없어서 몇 번이나 채찍을 헛 휘두르기도 하고, 너무 가까이서 휘둘렀기 때문에 채찍이 캐시의 몸에 감기기도 했다.

캐시는 재빨리 눈치를 챘다. 그녀는 아버지의 약점을 알아채고는 소리소리 지르고 울면서 애원했다. 그러자 아버지의 채찍이 약해지는 것을 느끼고 만족함을 느꼈다.

에임즈 씨는 캐시의 몸에 난 상처를 보고 채찍 휘두르기를 그쳤다. 캐시는 침대에 엎드려 흐느껴 울었다. 만일 에임즈 씨가 우는 딸의 얼굴을 들여다보았다면 캐시의 눈에서는 눈물이 흐르지 않는 것을 눈치챘을 것이다. 캐시는 목덜미 근육이 굳어지고 관자놀이 바로 밑의 근육이 뭉친 곳이 부어 올라 있었다.

에임즈 씨가 딸에게 말했다.

「캐시, 너 또 그럴 테냐?」

「다시는 그러지 않겠어요. 용서해 주세요.」

캐시는 자기의 냉냉한 얼굴을 아버지가 볼까 봐 침대에서 몸을 돌린 채 누워 있었다.

「네 처지를 잊지 말고, 내가 누구라는 것도 잊지 않도록 해라.」

캐시는 흐느끼는 목소리로 나지막이 말했다.

「네, 잊지 않겠어요.」

부엌방에서는 에임즈 부인이 초조하게 두 손을 만지고 있었다. 에임즈 씨는 부인의 어깨에 손을 얹고 말했다.

「나도 무력을 쓰기는 싫었지만 그럴 수밖에 없었소. 그러나 효력이 있었다고 봐요. 내가 보기론 그애가 전혀 다른 아이 같더구만. 우리는 그동안 그애를 너무 때리지 않았던 것 같소. 그게 우리의 잘못이었던 거지.」

캐시를 때리라고 한 것은 아내였지만 에임즈 씨는 무엇보다도 자기 자신이 딸을 때리자 그녀가 싫어했다는 것을 알고 있었다. 절망감이 그의 온몸을 감쌌다.

캐시에게도 매질이 필요했음은 의심할 여지가 없는 것같이 보였다. 에임즈 부인이 말한 것처럼 매질 덕택에 캐시는 새 사람이 된 듯 명랑해졌다. 그녀는 늘 고분고분하고 다루기가 쉬워졌는데 이제는 좀더 사색적이 된 것 같았다.

그뒤 캐시는 여러 주일 동안 어머니의 부엌일을 돕고, 그 외의 여러 일을 돕겠다고 나섰다. 캐시는 어머니에게 줄 털 이불도 뜨기 시작했다. 그 일은 몇 달이나 걸리는 큰 일이었다.

에임즈 부인은 이 일을 마을 사람들에게 자랑했다.

「우리 캐시는 색에 대한 감각이 참 뛰어난 것 같아요. 녹색과 황색에 대한 감각이 특히 뛰어나죠. 벌써 세 쪽이나 떴답니다.」

캐시는 아버지를 대할 때마다 웃음을 잃지 않았다. 아버지가 집에 돌아오면 모자를 받아 걸고, 의자를 등불 아래로 돌려 책을 읽기 편하게 해 드렸다.

그녀의 학교 생활도 변했다. 원래부터 그녀는 훌륭한 학생이긴 했지만 이제는 장래를 설계하기 시작했다. 그리고 아직 1년이나 남은 교원자격증 시험에 대해서 교장 선생님과 상담을 하기도 했다. 교장은 캐시의 성적을 살펴본 뒤에 그 정도면 합격할 수 있을 것이라고 말했다. 교장은 캐시 아버지의 공장에 찾아가서 말했다.

교장의 말을 듣고 에임즈 씨는 자랑스럽게 말했다.

「캐시는 그런 말을 하지 않았는데요.」

「그럼, 제가 말씀드리지 않을 걸 그랬나 보군요. 모르고 계시다가 깜짝 놀라시는 게 더 좋을 거라고도 생각했죠.」

에임즈 부부는 일이 참 잘 풀려나간다고 흐뭇해 했다. 부모들만이 아는 지혜의 덕택이라고 생각했다.

「난 사람이 그렇게 확 변모하는 건 난생 처음 봤어.」

에임즈 씨가 말하자 에임즈 부인도 말을 받았다.

「그애는 예전에도 착한 애였잖아요. 참, 여보, 당신도 캐시가 날이 갈수록 예뻐지는 걸 아시우. 정말 캐시는 미인이에요. 혈색도 보기 좋고요.」

「너무 미인이면 선생 노릇도 오래하지 못한단 말야.」

정말 캐시는 꽃같이 만발하고 있었다. 그녀는 시험 준비를 하면서도 항상 입기에서 미소가 떠나지 않았다. 그녀는 언제나 가만히 있지 않고 일했다. 지하실을 청소하고, 외풍을 막으려고 문틈을 종이로 틀어막기도 하고, 부엌문에서 삐걱거리는 소리가 나면 경첩에 기름을 쳤고, 램프에 석유를 채우고 등피를 깨끗이 닦는 일을 자기의 소임이라고 생각했다. 그녀는 또 지하실에 있는 커다란 기름통에 등대를 담그는 법을 고안해 내기도 했다.

「눈으로 직접 보지 않으면 모를 거야.」

아버지는 흐뭇한 표정으로 말했다. 집에서 뿐만 아니라 그녀는 아버지의 공장까지 찾아가는 열성을 보였다. 캐시의 나이가 만 십육 세가 넘었지만 그는 자기 딸을 그저 어린애로만 취급했다. 에임즈 씨는 딸이 자기의 사업에 대해 많은 질문을 하자 크게 놀랐다.

「그애는 어른들보다 더 머리가 명석하단 말야.」

아버지는 딸에 대해서 공장장에게 이렇게 말했다.

「저 애는 장차 사업가가 될 거야.」

캐시는 피혁 제조 과정만이 아니라 사업에도 큰 관심을 가지고 있었다. 에임즈 씨는 캐시에게 은행 대부 관계, 지불 문제, 청구 서류, 봉급 문제에 대해 자세히 설명해 주었다. 금고 여는 법을 가르쳐 준 후, 딸이 시험해 보고 나서 자물쇠 번호를 모두 외우자 기뻐했다.

에임즈 씨는 아내에게 말했다.

「나는 이렇게 보고 있소. 사람에게는 조금씩이라도 악한 구석이 있는 법이야. 나도 약지 않은 자식은 원하지 않아. 내가 보기엔 그것이 일종의 기백이지. 그것을 잘 조정만 한다면 옳은 길로 가게 마련이야.」

캐시는 자신의 옷을 손수 수리해 입고 자기 물건을 잘 정돈했다.

오월 어느 날, 캐시는 학교에서 돌아오자 마자 바로 뜨개질을 하기 시작했다. 에임즈 부인은 외출 준비를 한 후 말했다.

「나는 교회 모임에 참석해야 하기 때문에 나가야겠다. 다음 주에 과자를 만들어 팔기로 했는데 내가 의장이란다. 아버지께서 네게 공장 직원에게 봉급 줄 돈을 은행에서 찾아오라고 하셨어. 나는 과자 파는 일 때문에 못 한다고 말씀드렸거든.」

캐시가 선선히 대답했다.

「알았어요, 제가 하겠어요.」

「가방에 돈을 넣어 놓고 너를 기다릴 거다.」

에임즈 부인은 말을 마치고 서둘러 외출했다.

캐시는 날렵하게 몸을 움직였다. 먼저 그는 헌 앞치마를 두른 후, 지하실로 가서 뚜껑이 닫힌 젤리 항아리를 하나 들어다 농기구가 들어 있는 마차 창고에 갔다 놓았다. 그녀는 닭장에서 암탉 한 마리를 잡아 나무토막 위에 올려 놓고 목을 재빨리 잘랐다. 그녀는 아직도 꿈틀거리는 닭모가지를 잡아 젤리 항아리에 대고 닭 피를 가득 찰 정도로 받았다. 그런 다음 아직도 꿈틀거리는 암탉을 거름 더미에 깊숙이 파묻었다. 그녀는 부엌에 돌아와서 앞치마를 벗어 난로 속에 넣고 석탄을 쑤시니 불길이 타올라 앞치마에 붙었다. 캐시는 손을 닦고 구두와 양말을 살펴본 후에 오른쪽 코에 묻은 재를 닦았다. 그녀는 거울 앞에 가서 얼굴을 비쳐 보았다. 두 뺨은 보기좋게 발그스름했고 입가에는 어린애다운 미소가 감돌았다. 나가면서 계단 맨 아래에다 쥘리 항아리를 숨겨 두었다. 그녀의 이런 행동이 모두 완료된 것은 어머니가 집을 나간 지 십 분도 못 되어서였다.

캐시는 경쾌한 걸음걸이로 집을 돌아 거리로 나갔다. 나무엔 파롯파롯 새싹이 돋아나고 철 이른 민들레 몇 포기가 풀밭에 피어 있었다. 그녀는 은행이 위치해 있는 중심가로 향했다. 그 모습이 너무 아름답고 싱싱해서 거리를 지나가던 사람들이 그녀의 뒷모습을 넋을 잃고 쳐다보았다.

5

새벽 세 시쯤에 화재가 발생했다. 불길이 활활 타오르더니 순식간에 집이 와르르 무너져 버렸다. 소방수가 소방차를 끌고 도착했을 때는 이미 손 쓸 방법이 없어서 옆집 지붕에 물을 뿌려 불이 번지지 않도록 막을 뿐이었다.

에임즈 씨의 집은 그저 눈깜짝할 사이에 날아가 버렸다. 소방 대원과, 모여든 구경꾼들은 에임즈 부부와 딸 캐시가 있나 해서, 불에 비친 얼굴을 찬찬히 살펴보았다. 그러나 곧 그곳에는 에임즈 가족이 없음이 판명되었다. 사람들은 타는 잿더미를 바라보면서 자신과 자식들이 그 속에서 불에 타 죽은 것 같은 환상에 사로잡혀 목이 메이고 공포에 떨었다. 소방 대원들은 늦게라도 에임즈 가족의 시체라도 찾으려고 불길 위에 물을 세차게 뿌렸다. 에임즈 가족이 모두 불에 타 죽었다는 엄청난 소문이 온 마을에 퍼졌다.

동이 터오르자 연기가 나는 잿더미 주변에는 마을 사람들이 빽빽이 몰려 있었다. 앞에 선 사람들은 열기 때문에 얼굴을 가려야만 했다. 소방 대원들은 검게 탄 숯더미를 식히기 위해 쉬지 않고 물을 뿌려 댔다. 정오 무렵에는 검시관이 와서 물에 젖은 판자를 헤집고 지렛대로 숯더미를 쑤시고 다녔다. 그들은 에임즈 부부로 짐작되는 시체 두 구를 찾아 냈다. 가까운 이웃 사람들이 캐시의 방 근처를 어림 짐작으로 지적해서 검시관과 보조원이 갈고리로 뒤졌으나 그곳에서는 이 하나, 뼈 하나 찾을 수 없었다.

그때 소방 대장이 부엌 방문의 손잡이와 자물쇠를 찾아 냈다. 그는 의혹을 품고 까맣게 탄 쇠붙이를 들여다 보았다. 그는 검시관의 갈고리로 여기저기를 열심히 파헤쳤다. 그는 앞문이 있었던 곳으로 가서 반이나 녹아 있는 자물쇠를 찾아 낼 수 있었다.

그때 주위에 모여 선 사람들이 물었다.

「조지, 지금 찾은 게 뭐죠? 무엇을 찾았죠?」

검시관이 그에게 가까이 가서 물었다.

「조지, 무엇을 찾고 있죠? 뭐가 나왔소?」

「참, 이상한데요. 자물쇠에 열쇠가 없군요.」

「그거야 빠졌을 수도 있지.」

「어떻게?」

「불에 녹았을 수도 있고.」

「자물쇠는 녹지 않았어요.」

「그렇다면 빌 에임즈가 빼놓았을 수도 있겠지.」

「집안에서 말인가요?」

그는 자물쇠를 둘 다 들어 보였는데 그것은 모두 물쇠청이 튀어나와 있었다.

주인 집과 주인이 함께 타 버렸다는 사실을 알게 된 피혁 공장 공원은 조의를 표하기 위해 일을 하지 않았다. 그들은 에임즈 씨의 타 버린 집 주위를 서성거리며 무슨 일이라도 도우려 했지만 돕기는커녕 오히려 방해가 될 뿐이었다.

공장장 조얼 로빈슨은 오후가 되자 피혁 공장에 가 보았다. 그가 공장에 도착해 보니 금고가 열려 있고, 마룻바닥에는 서류가 지저분하게 흩어져 있었다. 그는 창문이 깨진 것을 보고 도둑이 어떻게 들어왔는지를 알게 되었다.

이제는 형세가 완전히 바뀌었다. 이것은 단순한 사고가 아니었다. 흥분과 슬픔 대신 두려움이 퍼졌다. 모였던 마을 사람들이 흩어졌다.

멀리 가지 않아도 되었다. 마차 창고에서 격투의 혼적을 쉽게 찾을 수 있었다. 상자가 박살나고 마차 램프 하나가 깨졌고 흙에는 할퀸 자국이 나 있었고 바닥에는 밀짚이 흩어져 있었다. 바닥에 핏자국이 없었더라면 사람들은 이것이 격투의 혼적이라는 것을 알지 못했을 것이다.

이제는 경찰 소관이라서 경찰이 나섰다. 경관은 그곳에서 사람들을 모두 내보냈다.

「단서를 모두 없애려는 거요? 어서 모두 밖으로 나가시오.」

그는 마차 창고 안을 조사하다가 무엇인가를 찾아냈다. 그는 찾아낸 것을 들고 문 앞으로 다가왔다.

「이 물건을 아는 사람 있습니까?」

그는 소리치며 피가 묻은 푸른 머리 리본과 루비가 박힌 은제 십자가였다.

누구나 서로를 속속들이 잘 알고 있는 작은 마을에서, 자기가 잘 아는 사람이, 또한 자기가 잘 아는 사람을 살해했다는 것은 믿을 수 없는 일이다. 그러므로 특정인에 대한 확고한 증거가 확보되기 전에는, 외지에서 흘러들어온 사람의 소행임이 분명하다. 그래서 경찰은 부랑자 숙소를 검문하고 방랑자를 검문하고 호텔의 숙박계를 세밀히 조사했다. 읍내에 연고가 없는 사람은 모두 의심을 받았다. 그때는 5월이라 날씨가 따뜻해서, 강가에 담요만 펴면 잘 수 있으므로 방랑자들이 나날이 증가하고 있었다. 집시들이 5마일도 안 되는 곳에서 포장 마차를 타고 있는 모습도 보였다. 이 가여운 집시들이 뜻밖의 봉변을 당하게 되었다.

캐시의 시체를 찾기 위해 사방 수 마일에 걸쳐 새로 파헤친 땅을 조사했고 수상쩍어 뵈는 사람은 모두 수색했다. 『참 예뻤었지.』 사람들이 하나같이 이런 말을 했는데, 그것은 캐시가 유괴된 이유를 안다는 의미가 내포되어 있었다. 마침내 말도 제대로 하지 못하는 멍청이 한 놈이 끌려와서 심문을 받게 되었다. 그 멍청이는 자신의 알리바이를 성립시킬 수도 없었고, 자신이 언제 어디서 무엇을 했는지도 기억하지 못하고 있어서 교수형 후보자로는 가장 적합한 인물이었다. 멍청한 젊은이는 심문하는 사람들이 자기에게 무엇을 요구한다고 생각하고는 그들이 원하는 것을 들어 주려고 애를 썼다. 자기를 심문하는 사람이 유도 심문을 던져 자기를 함정에 빠뜨리고 기뻐할 때도 제 기쁨처럼 즐거워했다. 그는 남자답게 자기보다 나은 사람을 만족시켜 주려고 했다. 그는 훌륭한 점도 많은 젊은이였다. 문제점이 있다면 그것은 자백의 내용이 너무 헛갈리는 것이었다. 그래서 그에게는 저질렀다고 생각되는 점을 계속 상기시켜야 했다. 그는 엄격하고 공포에 싸인 배심원에 의해 고발되었을 때도 그 젊은이는 기뻐했다. 그는 마치 자신이 무엇이나 된 듯 착각에 빠져 있었다.

옛날이나 오늘날이나 판사 중에는, 이성을 사랑하듯 법과 정의를 사랑하고 받드는 사람이 있게 마련이다. 이런 판사가 예심 전에 심문을 주재했다. 그는 순수하고 선량한 사람으로 부당한 처사를 완강히 거부하는 사람이기도 했다. 판사는 멍청이 젊은이를 심문한 뒤에 그는 자기가 한 일이나, 자신이 누구를 살해했으며 또는 어떻게 왜 죽였는지를 전혀 기억하지 못한다는 사실을 쉽게 알아냈다. 판사는 맥없이 한숨을 한번 쉬고 나서 순경을 손짓으로 불러 법정에서 데리고 나가라고 지시했다.

「마이크, 당신 이래선 안 돼. 그 불쌍한 젊은이가 조금만 영리했더라도 당신 때문에 교수형을 당하고 말았을 거야.」

경관은 불쾌한 표정으로 웃으며 말했다.

「자기 입으로 죄를 자백했어요.」

「그놈은 아마 황금 계단을 올라가 성 베드로의 목을 볼링 공으로 잘랐다고도 능히 할 놈이지. 좀더 신중을 기하고 조심해. 법은 인간을 살리려는 거지 죽이려는 목적이 아냐.」

이러한 한 작은 지방의 비극은 물 묻힌 붓에 의해 수채화가 지워지듯 윤곽이 희미해지고 색깔이 바래어 아픔도 잊어지게 되어 있다. 어서 범인을 잡아 교수형에 처하자는 여론도 한 달도 안 되었는데 시들어가고, 두 달 안에 벌써 모두가 증거라고는 전혀 입수할 수 없음을 눈치채고 있었다. 캐시의 피살이 없었다면 화재와 도난은 우연이었을지도 모른다. 사람들은 세월이 흘러 캐시의 시체가 나오지 않자, 모두들 그녀가 죽었는지 살았는지 모른다고 단정짓게 되었다.

캐시는 감미로운 향기를 뒤로 두고 멀리 떠나 버렸다.

제 9 장

[1]

에드워드는 자기의 사업인 포주업을 질서 정연하고도 냉정하게 운영했다. 그는 보스턴의 고급 주택가의 훌륭한 집에서 얌전한 아내와 두 아들을 키우고 있었다. 두 아들은 낳자마자 그로톤에서 출생 신고를 했다.

에드워드 부인은 먼지 하나 없이 집안을 정결히 꾸려 나갔으며 하인들도 잘 다루었다. 남편은 사업 때문에 집을 비우는 때가 많았지만 생각보다는 훨씬 가정적이고 집에서 지내는 시간이 많았다. 에드워드는 공인회계사처럼 깔끔하고 철두철미하게 사업을 했다. 그는 몸집이 거대하고 기운이 셌고, 사십대 후반이라 약간 뚱뚱해졌지만 성공한 사람이라면 그것을 입증하기 위해서 비대해도 좋다고 생각했다.

그는 스스로 자기 사업을 생각해 냈다. 즉 여자들을 소도시로만 돌리고, 한군데 잠깐씩만 머물게 하고, 엄격한 규율 아래서 생활하게 했고 이익을 알맞게 분배했다. 그는 여자들을 절대로 대도시에는 보내지 않았다. 소도시의 배고픈 순경들은 잘 다룰 줄 알았으나, 경험이 많고 탐욕스러운 대도시 순경들에게는 통하지 않았다. 이상적인 장소는 저당잡힌 호텔은 있으나 오락 시설이 전혀 없는 작은 도시였다. 그런 곳에서는 경쟁 상대가 가정 부인과 가끔 바람을 피우는 처녀에 지나지 않았다. 이 무렵 그는 열 개의 지부를 소유하고 있었다. 그가 예순일곱 살이 되어 닭뼈에 걸려 세상을 떠났을 무렵에는, 뉴잉글랜드의 소도시에는 네 명의 여자가 한 조가 된 팀이 서른 세 개나 있었다. 그는 잘산다고 하기보다는 부호였다. 그의 죽음의 사인 자체가 성공과 부유의 상징이라고 볼 수 있다.

지금은 매춘업소가 어느 정도 사라진 것 같다. 학자들은 그 이유를 여러 가지

들고 있는데, 어떤 학자는 여성의 도덕심이 감소되어 이런 업소에 타격을 주었다고도 보고, 또는 경찰이 심하게 단속을 해서 그런 업소가 없어졌다고 보는 이상적인 견해도 있다. 19세기 말엽과 20세기 초에는 매춘업소가 그런대로 묵인되었었다. 그것이 있음으로 하여 품행이 방정한 숙녀들이 보호를 받은 셈이다. 독신 남자가 그런 곳에서 성욕을 해소시킬 수 있기 때문에 불안이 없어지고 여성의 순결과 아름다움을 존중하는 자세를 지키게 된다는 것이다. 알듯 말듯한 이야기지만 사회 문제에 대한 우리들의 일반적인 사고 방식에는 알고도 모를 일이 많기도 하다.

이런 업소는 금과 비단으로 치장된 궁궐 같은 집에서부터 악취가 심해 돼지도 달아나 버릴 정도의 빈가에 이르기까지 천차만별이었다. 때로는 포주들이 젊은 여인을 꾀어 내어 혹사를 시킨다는 이야기가 있는데 이것은 사실이었다. 그러나 대부분의 창녀들은 게으르고 우매한 사람들이라 자기 스스로 이 세계에 찾아 들어왔다. 업소에 발을 들여놓은 다음부터 여자들은 아무 책임도 없었다. 그들은 늙어서 이곳에 있을 수 없을 때까지는 잘 먹고 잘 입고 보호를 받았다. 그리고 늙은 후에는 내쫓기지만, 종말이 비참하더라도 중도에 집어치우는 여자는 없다. 왜냐하면 젊은 여인들은 자기가 늙는다는 것을 생각하지 못하기 때문이다.

이따금 똑똑한 여자가 이런 업소에 발을 들여놓기도 하지만, 그런 여자들은 더 좋은 곳으로 옮겨갔다. 그녀들은 자기 집을 마련하거나 거짓말을 해서 한 밑천 잡든가 부자에게 시집을 간다. 이런 똑똑한 여자들은 고급 마담이라고 부른다.

에드워드 씨는 여자를 모집하거나 그녀들을 다루는 데 그다지 고생을 하지 않았다. 여자가 적당히 어리석지 않으면 그는 쫓아냈다. 그는 아주 미인도 원치 않았다. 미인에게는 젊은 남자가 반해 버려 손해를 볼 위험이 있기 때문이었다. 여자가 임신을 하는 경우에는 낙태 수술을 하든가 이런 일을 그만 두어야 했다. 그 무렵만 해도 낙태 수술은 엉터리였기 때문에 죽는 사람이 많았다. 그래도 여자들은 낙태를 택하는 편이었다.

에드워드 씨의 사업도 늘 순조로운 것만은 아니었다. 나름대로 여러 문제가 발생하기도 했다. 이 무렵 그의 사업에도 운 나쁜 일이 몇 가지 일어났다. 기차 사고가 발생하여 2조, 즉 여덟 명의 여자가 죽었다. 그리고 어느 시골의 목사가 열띤 설교로 마을 사람들을 선동했기 때문에 또 한 조가 마음이 변해 떠난 일도 발생했다. 교회에 신도가 점점 증가하여 교회에서 들로 나가게 되었는데, 이때 목사는 자기의 최후 실력을 발휘했다. 목사는 이 세상의 종말을 예언했고, 그 지방 사람 전원이 크게 감동하여 그를 따랐다. 에드워드 씨는 그 지방으로 내려가 묵직한 채찍으로 그 여자들을 호되게 후려쳤다. 그러나 여자들은 뜻밖에도 울며불며 더 때려 달라고 애원하는 것이었다. 자기들은 더 맞아야 죄가 사해진다고 했다. 에드워드는 불쾌해 하며 그 여자들의 옷을 챙겨서 보스턴으로 돌아가 버렸다. 그러자 그 여자들은 모두 교회에 나가 고해하고 참회해서 더욱 유명해졌다. 그래서 에드워드 씨는 여자를 한 사람씩 모으지 않고 면담으로 많은 여자를 모집하게 되었다. 왜냐하면 그는 지부 세 개를 보충해야만 했기 때문이다.

캐시 에임즈가 어떻게 에드워드 씨를 알게 되었는지는 알 수 없다. 어쩌면 택시 운전사가 알려 주었는지도 모를 일이다. 어느 여자나 알기를 원한다면 어떤 소식이라도 듣게 마련이기 때문이다. 캐시가 그의 사무실에 찾아갔을 때 에드워드는 기분이 썩 좋지 않은 참이었다. 그는 배가 아팠는데, 전날 저녁 식사 때 부인이 만든 넙치 잡탕 때문이라고 여겼다. 그래서 그는 간밤에 한 숨도 자지 못했다. 그래서 그는 먹은 것을 토하고 설사를 했는데 지금까지 기운이 없고 금방이라도 경련이 일어날 듯했다.

그는 몸이 아파서 자칭 캐더린 에임즈버리라는 처녀를 즉시 이해할 수가 없었다. 그는 자기가 원하는 여자치고는 너무나 미인이었다. 목소리는 낮고 탁했으며 몸은 날씬했고 피부는 부드러웠다. 한마디로 말해서 이런 유흥가에는 맞지 않는 여자였다. 만일 그가 정상적인 때였다면 즉석에서 퇴짜를 놓았을 것이다. 그러나 에드워드는 그녀를 찬찬히 쳐다보지도 않고, 친척 중 말썽을 일으킬 사람은 없는가 하여 이모 저모를 묻는 도중에 그의 몸 속에서 무엇인가가 그녀를 감지하기 시작했다. 에드워드 씨는 호색가가 아니었다. 그는 자기 직업과 개인적인 쾌락을 결코 충동하지 않았었다. 그는 자신의 이런 반응에 내심 놀랐다. 그는 의외라는 시선으로 그녀를 쳐다보았다. 그녀는 눈꺼풀을 사랑스럽고 신비하게 내리깔고 적당히 통통한 엉덩이를 살짝 흔드는 것 같았다. 그녀의 작은 입가에는 고양이 같은 미소가 번졌다. 에드워드 씨는 책상 앞으로 몸을 약간 굽히고 숨을 크게 몰아쉬었다. 그는 이 여자를 자기 소유로 하고 싶은 생각이 들었다.

「정말 이해하기 힘들군. 왜 당신 같은 여자가…….」

에드워드는 완전히 착각 속에 빠지고 말았다. 즉, 자신이 사랑하는 여자는 진실되고 정직하다고 믿게 된 것이다.

그의 질문에 캐시는 차분히 대답했다.

「아버지가 돌아가셨어요. 아버지는 돌아가시기 전에 농장을 저당 잡히고 돈을 빌려 썼는데 우리 가족은 그 사실을 전혀 몰랐어요. 어머니는 아마 은행이 농장을 차압한다면 충격을 받아 돌아가실지도 몰라요.」

캐더린은 말을 하면서 눈물을 흘렸다.

「제가 벌 수만 있다면 이자 정도는 갚을 수 있다고 생각했어요.」

에드워드는 기회는 바로 지금이라고 생각했다. 사실 그의 뇌리에서는 적신호가 울렸으나 그는 그다지 신경을 쓰지 않았다. 이곳을 찾아오는 여자의 팔십 퍼센트가 빚 갚을 돈이 필요하다고 말할 정도였다. 오늘 아침에 어떤 음식을 먹었냐고 하는 질문에도 여자들은 거짓말을 한다. 그는 여자들이 무슨 말을 해도 믿지 않는 것을 철칙으로 삼고 살았다. 그런데 이 비대한 포주 양반은 책상에 배를 대고 있는 동안, 양뺨에는 혈색이 돌고 흥분된 전율이 다리를 지나 허벅지까지 전달되었다.

에드워드는 무의식중에 말했다.

「그럼, 그 얘기를 좀 해봅시다. 이자돈을 벌 방법이야 생각해 보면 가능할 거요.」

에드워드는 창녀 노릇을 하겠다고 온 여자에게 이런 소리를 하는 것이었다. 과연 그 여자가 창녀 노릇을 하러 온 것이었을까?

2

에드워드 부인은 신앙심이 그리 돈독하지는 않았지만 교회에는 열심히 다녔다. 그녀는 대개의 시간을 교회 활동에 보냈기 때문에 교회의 배경이나 영향 같은 것에 신경 쓸 시간적 여유가 없었다. 그녀는 남편이 수입업에 종사한다고 믿고 있었다. 설혹 남편이 무슨 일을 한다는 것을 알았다고 해도, 아니 알고 있었는지도 모르지만, 그녀는 믿지 않았을 것이다. 이것은 참으로 불가사의한 일이었다. 남편은 늘 냉정했고, 아내를 점잖은 태도로 대했으며, 육체적 요구도 하지 않는 편이었다. 그렇다고 다정히 아내를 대한 적도 없지만 가혹하게 대했던 적도 없었다. 그러므로 그녀의 관심은 두 아들과 교회일과 음식 장만에 쏠려 있었다. 그녀는 언제나 자기 생활에 만족하고 감사한 마음으로 살았다. 남편의 태도가 갑자기 거칠어지고 초조해지고 짜증을 부리고 멍청히 허공을 바라보다가 화를 내면서 밖으로 뛰어나가자, 그녀는 그것을 남편의 위장병 때문이라고 생각했다. 그리고 다음에는 사업이 잘 안 되기 때문이라고도 생각했다. 그녀는 남편이 화장실에서 우는 모습을 보고 남편이 병든 것을 알았다. 남편은 충혈된 눈으로 아내에게 보이지 않으려고 얼른 외면했다. 그녀는 남편의 병이 약이나 의학으로 치료되지 않자 어쩔 줄 모르고 당황해 했다.

에드워드 씨가 옛날에 자기 같은 사람 이야기를 들었다면 비웃었을 것이다. 어느 누구보다 냉정한 인간인 에드워드는 이제 캐더린 에임즈버리에게 반해서 정신을 못 차리게 되었다. 에드워드는 그녀에게 아담한 벽돌집을 빌려서 살다가 나중에는 그녀의 명의로 바꿔 주었다. 그는 그녀가 사는 집에 호사스런 사치품을 사주고 집을 지나칠 정도로 꾸며 주고, 언제나 덥게 느껴질 정도로 난방을 해 주었다. 푹신한 카페트를 깔아 주었고, 묵직한 액자에는 그림을 넣어 벽을 장식해 주었다.

에드워드는 평생 동안 지금처럼 고뇌에 빠져 본 적이 없었다. 그는 사업상 여자를 잘 알기 때문에 어떤 일이 있어도 여자는 믿지 않는 편이었다. 그는 캐더린을 깊이 사랑했기 때문에 필연적으로 그녀는 믿어야 했다. 그러나 그는 그녀를 믿을 수도 없었으며 또한 불신할 수도 없었다. 그녀를 믿어야겠다고 생각은 하면서도 도저히 믿을 수가 없었다. 그녀 곁에 있지 않으면 언제나 다른 남자가 그녀 집에 들어갈 것 같은 의혹을 갖게 되었다. 그래서 그는 보스턴을 떠나 사업상 여자들을 감시하러 가고 싶지 않았다. 캐더린을 혼자 두고 간다는 것이 죽기보다 싫었다. 에드워드는 아무래도 사업을 소홀히 할 수밖에 없었다. 그는 생전 처음 이런 사랑을 하게 되어 홍역을 앓고 있었다.

에드워드 씨가 모르는 일이 하나 있었다. 캐더린이 말하지도 않아서 알 재간이 없지만, 그녀는 다른 남자를 받지도 않고 또한 찾아 나서지도 않는다는 의미에서 에드워드 씨에게 충실했다. 고용된 여자가 모두 에드워드의 상품인 것처럼, 그도 역시 캐더린에게는 일종의 상품이었다. 에드워드 씨가 사업상 여러 수완을 부리듯이 캐더린도 그에게 온갖 수법을 다 동원하였다. 얼마 가지 않아 에드워드가 완전히 자신의 뜻대로 치마폭에서 정신을 차리지 못하게 되자 캐더린은 그에게 다소 불안한 태도를 보이기도 했다. 그녀는 언제라도 도망칠 듯한 태도를 보여 그에게 불안감을 조성했다. 에드워드가 자기를 찾아올 것 같으면 그녀는 외출했다가 이상한 경험이라도 하고 온 것처럼 얼굴을 붉게 물들이고 돌아왔다. 그녀는 거리에서 남자가 쫓아와서 눈치를 보아 도망쳐 오느라고 혼났다며 숨을 헐떡였다. 그녀는 또 남자가 자기를 뒤쫓아온다며 집으로 뛰어들어온 것이 여러 번이었다.

캐더린이 오후 늦게 와서 집에서 오랫 동안 기다리고 있는 에드워드를 보면 일부러 거짓말처럼 들리도록 말했다.

「시장에 갔었어요. 이것저것 살 것이 너무 많았거든요.」

성관계를 할 때도 캐더린은 일부러 만족하지 못한 태도를 보이면서, 에드워드에게 좀더 잘 해주면 대단한 반응을 얻게 될 것이라고 그에게 확신시켰다.

그녀는 언제나 남자를 불안하게 만드는 수법을 써왔다. 그녀는 자기가 상대하는 남자마다 신경 쇠약에 걸리고 수전증에 시달리며 몸무게가 형편없이 감소하고 눈동자가 비정상적으로 번득이는 모습을 보고 만족해 했다. 그것이 지나쳐 남자가 광을 부릴 것 같으면 그녀는 재빨리 눈치를 채고 무릎에 올라 앉아 애교를 부리며 자신의 결백을 믿게 만들었다. 그러니 남자가 믿지 않을 수가 없는 것이다.

캐더린은 재물에 눈독을 들였다. 그녀는 할 수만 있다면 빨리, 그리고 손쉬운 방법으로 돈을 긁어모았다. 그녀는 에드워드를 꼼짝 못하게 만들어 놓고는 기회를 잡았다고 판단해서인지 그의 돈을 훔치기 시작했다. 캐더린은 그의 주머니를 뒤져 있는 대로 모두 다 가졌다. 그러나 에드워드는 그녀를 야단치거나 화를 내면 자기에게서 달아날까 봐 야단도 치지 않았다. 에드워드는 자기가 선물로 사 준 보석이 보이지 않자, 캐더린이 잃어버렸다고 말했으나 그는 그녀가 보석을 팔았다는 사실을 알면서도 아무 말도 하지 못했다. 그녀는 옷값을 더 붙이거나 잡비를 늘렸으며 온갖 방법을 동원하여 에드워드에게서 돈을 빼갔다. 캐더린은 그가 사 준 집을 팔지는 않고 최고 한도로 저당을 잡혀서 돈을 꺼냈다.

어느 날 저녁, 에드워드가 현관문을 열려고 열쇠를 돌렸으나 열쇠가 맞지 않았다. 그가 문을 한참이나 두드리고 나서야 캐더린이 나와 문을 열었다. 그녀는 열쇠를 분실해서 자물쇠를 갈았다고 말했다. 자기는 혼자 살기 때문에 그 열쇠를 이용해 누가 침입하면 어떻게 하냐고 오히려 반문해 왔다. 그녀는 새 열쇠를 하나 만들어 주겠다고 했지만 에드워드가 아무리 기다려도 주지 않았다. 그 후부터 그는 캐더린의 집에 와서는 언제나 초인종을 눌렀다. 한참 후에 문이 열릴 때도 있었고, 끝내 문이 열리지 않을 때도 있었다. 그는 그녀가 집에 있는지 없는지조차 알 수가 없었다. 그는 생각 끝에 캐더린을 미행하도록 지시했다. 그러나 그녀는 에드워드가 사람을 시켜 자신을 미행한다는 사실을 전혀 모르고 있었다.

에드워드 씨는 선천적으로 단순한 인간이지만, 단순한 인간에게도 어둡고 비뚤어진 복잡다단한 면도 있는 것이다. 캐더린은 똑똑했지만, 똑똑한 여자일지라도 남자의 마음속의 이상한 구석을 알 수 없을 때가 많은 법이다.

그녀는 뜻밖에도 커다란 실수를 저질렀다. 그녀는 실수를 하지 않으려고 애썼지만 수포로 돌아가고 말았다. 에드워드는 캐더린이 사는 집에다 샴페인을 저장해 두었다. 그녀는 술에는 일체 손을 댄 적이 없었다.

「나는 술이 안 받아요. 술만 먹으면 머리가 아픈 걸요. 아무리 마셔 보려 해도 받지 않아요.」

「바보 같은 소리 하지 마. 자, 어서 한 잔만 마셔 봐. 괜찮으니까.」

「싫어요, 마시고 싶지 않아요.」

에드워드는 그녀가 고상하고 숙녀이기 때문에 사양한다고 생각했는지 자꾸 권했다. 그 날은 그 정도로 후퇴했다. 그러나, 어느 날 그는 자기가 캐더린에 대해 아는 것이 전혀 없다는 생각을 하고, 포도주라면 그녀의 입을 열게 만들 수도 있을 거라고 생각했다. 그는 아무리 생각해도 술을 많이 먹이는 방법이 가장 좋은 생각이라고 단정지었다.

「나와 같이 한 잔의 술도 마실 수 없나? 그것 참 매정하군 그래.」

「아뇨, 나는 그렇게 생각하지 않아요.」

「별 소리를 다 하는군.」

「그래도 싫어요.」

「바보같이 왜 그래. 화 내는 것 좀 볼래?」

「아뇨.」

「그럼 한 잔 해.」

「마시기 싫어요.」

「어서 마셔.」

에드워드가 말하며 잔을 내밀자 캐더린은 뒤로 물러났다.

「내 몸에 좋지 않다는 사실을 당신은 모르시나요?」

「마셔요.」

캐더린은 술잔을 들어 한숨에 마신 뒤 무슨 소리가 나오는 듯해서 몸을 부들부들 떨었다. 그녀는 뺨이 불그레해졌다. 그러더니 그녀는 한 잔, 두 잔 마셨다. 그녀의 눈동자는 한 군데 고정되고 차가운 바람을 몰고 왔다. 에드워드는 이제 그녀가 두렵고 무서웠다. 그녀나 그 자신도 억제할 수 없는 일이 그녀에게 자주 일어났다.

「나도 이러길 원한 것은 아니예요. 잘 기억해 두세요.」

캐더린은 차분한 목소리로 말했다.

「이제 그만 마시는 게 좋을 듯 해.」

캐더린은 기분 나쁘게 웃으며 또 술 한 잔을 따라마셨다.

그가 불안한 얼굴로 말하자 그녀는 부드러운 어조로 말했다.

「뚱보 양반, 나에 대해 무얼 알죠? 나는 당신의 썩어빠진 생각을 모두 알아요. 말해 볼까요. 나같이 정숙한 여자가 어디서 재주를 배웠는지 궁금해서 견딜 수 없죠? 여물통 알아요? 여물통에서 배웠단 말예요. 난 당신이 듣지도 못한 곳에서 4년이나 있었어. 뱃놈들이 포트세이드에서 배워 온 재주를 내가 배운 거라구. 난 당신의 그 더러운 몸의 신경이란 신경은 모두 알고 있어. 그걸 이용도 할 수 있고 말이야.」

그는 항의하듯 그녀에게 말했다.

「캐더린, 지금 무슨 말을 하는 거지?」

「난 안단 말이에요. 당신은 내가 지껄일 거라고 생각했잖아. 그래서 이렇게 지껄이는 거야.」

그녀는 서서히 에드워드에 다가갔다. 그는 그녀에게서 물러나고 싶었으나 캐더린이 두려워서 억지로 참고 있었다. 에드워드의 코 앞에서 그녀는 자기 술잔의 술을 마셔 버린 후 잔을 탁자에 쳐서 깨뜨렸다. 그녀는 뾰족한 유리잔의 깨진 부분을 에드워드의 뺨에 갖다 댔다.

에드워드는 기겁을 해서 그 집에서 도망쳤지만 캐더린은 그의 등뒤에 대고 깔깔거리며 웃었다.

3

에드워드와 같은 사람에게는 사랑의 감정이란 사람을 괴롭게 만드는 것이었다. 그는 사랑으로 인해 판단력이 마비되었고, 지식이 소멸되었으며, 나약해졌다. 그는 캐더린이 히스테리를 일으켰다고 생각했으며, 그렇게 믿으려고 애썼고, 그녀 또한 그렇게 믿게끔 행동했다. 그녀의 갑작스런 행동은 자신에게도 두려운 일이었으므로 그녀는 얼마 동안 에드워드의 환심을 사려고 노력했다.

그렇게 괴로운 사랑의 열병을 앓았던 사람은 믿기 어려울 정도로 자기 학대를 할 수 있다. 에드워드는 진정으로 그녀가 선량하다는 것을 믿으려 했다. 그러나 스스로의 의심과 캐더린이 벌인 소동 때문에 믿기 어려웠다. 그는 본능적으로 진상을 알아 보려고 하면서도 한편으로는 그 사실을 믿지 않았다. 예를 들자면, 그녀가 돈을 은행에 예금하지 않는다는 사실을 그는 알고 있었다. 그의 고용인이, 캐더린이 지하실에다 여러 개의 거울을 복잡하게 맞추어 그곳에다 돈을 숨긴 것을 알아냈다.

그가 부탁한 사립탐정이 어느 날 신문지 오린 것을 보내 왔다. 어느 작은 마을에서 내는 주간 신문에서 오려 낸 화재 사건에 관한 기사였다. 그것을 읽고 난 에드워드 씨는 마음과 위가 마치 뜨거운 쇠붙이를 삼킨 것같이 달아오르고 눈이 충혈되었다. 이제 그의 가슴 속에 불타던 사랑에 두려움이 깃들기 시작했다. 두 감정이 내재한 심연에는 잔인성이 도사리고 있었다. 그는 어지러워서 비틀거리며 사무실 의자에 가 검정 가죽에 이마를 대고 한참 동안 엉거주춤한 자세로 있었다. 얼마쯤 지나자 머리가 맑아졌다. 입 안이 칼칼해지고, 화가 나니 어깨에 통증이 왔으나 그의 마음은 냉정했다. 갑자기 캄캄한 방을 스치는 탐조등 광선처럼 어떤 생각이 머리 속을 스쳐 지나갔다. 그는 서두르지 않고 천천히 여행 준비를 했다. 출장을 갈 때처럼 셔츠와 속옷, 잠옷과 슬리퍼, 그리고 굵은 채찍을 감아 가방 속에 넣었다.

그는 캐더린의 아담한 벽돌집 앞의 정원을 걸어 올라가서 초인종을 눌렀다. 바로 캐더린이 나왔다. 그녀는 코트를 입고 모자를 쓴 차림이었다.

「아아, 어떡하죠? 잠시 다녀올 때가 있는데요.」

에드워드는 가방을 털썩 놓으면서 단호히 말했다.

「안 돼.」

캐더린은 유심히 그를 관찰했다. 왜냐하면 에드워드가 예전 같지 않고 어딘지 달라졌기 때문이었다. 그는 그녀 옆을 지나 천천히 지하실로 내려갔다.

그녀가 앙칼진 목소리로 물었다.

「어디 가는 거죠?」

그는 아무 말도 하지 않았다. 얼마 후 그는 작은 참나무 상자를 하나 들고 올라왔다. 그는 자기 여행 가방을 열고 그 상자를 넣었다.

그녀가 차분한 음성으로 말했다.

「그 상자는 내 거예요.」

「나도 알고 있어.」

「그런데 왜 그러시죠?」

「함께 여행을 가려는 거야.」

「어디로 가는 거죠? 난 싫어요. 못 가요.」

「코네티컷 주의 작은 마을에 볼 일이 있어서 그래. 언젠가 내게 일해 보고 싶다고 했지. 그곳에 가서 일을 하도록 해.」

「지금은 싫어요. 나에게 강제로 일을 시킬 순 없어요. 그러면 경찰을 부를 테니까.」

에드워드는 미소를 지었다. 그 미소가 얼마나 음산하고 무시무시한지 캐더린은 한 걸음 물러섰다. 그의 관자놀이가 심하게 움직였다.

「고향으로 가는 게 다른 곳으로 가는 것보다 더 낫겠지? 몇 년 전에 큰 불이 났었다지? 그 화재가 기억나나?」

그녀는 에드워드에게 부드러운 구석이 있나 찬찬이 살펴보았다. 그러나 그는 냉혹하고 무서울 뿐이었다. 그녀는 나지막이 물었다.

「그럼, 나보고 어떡하라는 거죠?」

「나와 여행을 하자는 거지. 일을 하고 싶다고 했잖아.」

그녀는 머리에는 지금은 그를 따라갔다가 다른 기회를 기다릴 수밖에 없다는 생각이 떠올랐다. 그가 언제나 감시할 수는 없을 테니까. 지금 반항했다가는 위험하니 하자는 대로 하는 것이 낫다는 판단을 내렸다. 그러면 나중에 방법이 생겼다. 늘 그랬듯이. 그러나 캐더린은 정말로 두려웠다.

어둑어둑해질 무렵에 캐더린과 에드워드는 작은 읍에 도착하여 기차에서 내렸다. 두 사람은 캄캄한 길을 걸어 시골로 나갔다. 캐더린은 온 신경을 곤두세웠다. 에드워드의 속셈이 무엇인지 몰라 더 두려웠다. 그녀는 지갑 속에 날카로운 칼을 숨기고 있었다.

에드워드 씨는 다른 여자들처럼 캐더린에게도 채찍으로 후려친 후 여관에 처넣었다가 또 채찍으로 때려 다른 읍으로 계속 이동시키다가 쓸모없이 되어 버리면 내쫓아 버릴 속셈이었다. 각 지방의 순경은 그녀가 도망칠 수 없게 감시해 줄 것이다. 칼 따위는 문제도 안 되었다. 그는 그러한 사실을 너무나 잘 알고 있었다.

돌담과 삼나무 사이의 으슥한 곳에서 그는 캐더린의 지갑을 빼앗아서 담 너머로 던져 버렸다. 그러나 에드워드는 자신을 너무 모르고 있었다. 단 한 번도 여자에게 빠져 본 적이 없어서였다. 그는 단지 캐더린에게 벌을 주려고 했을 뿐이었다. 그는 채찍으로 두 번 휘갈겼으나 그것에 만족하지 않고 채찍을 땅바닥에 던진 채 주먹으로 갈겼다. 그는 숨을 요란하게 몰아쉬었다.

캐더린은 당황하지 않으려고 이를 악물었다. 그녀는 에드워드의 주먹을 피하려고 몸을 이리저리 피했으나 마침내 두려움에 떨면서 도망치려고 했다. 에드워드는 그녀에게 달려들어 넘어뜨리더니 이제는 주먹질도 성에 안 차는지 바닥에 있던 돌을 하나 집어서 내리쳤다.

얼마 후 그는 쓰러져 나뒹굴어 있는 캐더린을 내려다보았다. 심장에 귀를 대 보았지만 자기가 숨쉬는 소리만 요란하게 들릴 뿐이었다. 그 순간 두 가지 생각이 스쳤다. 그 하나는 캐더린을 구덩이를 파서 묻어 버리자는 것이었고 다른 하나는 그럴 수 없고, 손조차 댈 수 없다는 생각이었다. 분노에 뒤따라 현기증이 일었다. 그는 가방과 그 돈 상자와 채찍을 버려 둔 채 도망쳤다. 그는 구토를 참으며 어디로 가야 몸을 숨길까 생각하며 황혼 속을 비틀비틀 거리며 달아났다.

그는 아무 질문도 받지 않았다. 한동안 아내의 극진한 간호를 받으며 그는 사업에 정열을 쏟았다. 그는 다시는 사랑 따위에 빠지는 일이 없었다. 그는 경험을 활용하지 못하는 사람은 바보라고 생각했다. 그 후부터 그는 자신을 두려워했고 늘 존경해 마지 않았다. 그는 자신도 사람을 죽이기까지 할 충동이 있다는 것을 몰랐던 것이다.

에드워드가 캐더린을 죽이지 않은 것은 실로 우연한 일이었다. 그는 그녀를 죽일 생각을 했으면서도 주먹을 휘둘렀기 때문이었다. 캐더린은 오랫 동안 의식을 잃었다가 또 얼마 동안 반의식 상태로 있었다. 그제서야 그녀는 자기 팔이 부러진 것을 알고 살려면 누군가에게라도 도움을 청해야 된다는 생각을 했다. 그녀는 오로지 살기 위하여 캄캄한 밤길을 몸을 질질 끌며 앞으로 갔다. 그녀는 어느 대문까지 가서 현관 계단을 기어오르다가 그만 기절을 하고 말았다. 닭장에서 수탉이 요란스레 울어댔고 동이 터오르고 있었다.

제 10 장

1

한 집안에 아무도 살지 않고 두 남자만 살게 된다면 보통 서로 화를 내기 시작하는 것에서부터 사이가 서먹서먹하고 어색해지는 법이다. 두 사람만 살면 언제나 싸우게 되는데, 당사자들도 서로 그것을 알고 있다.

아담 트래스크가 귀향한 지 얼마 되지 않아서 벌써 긴장이 감돌기 시작했다. 형제는 다른 사람과 만날 기회는 거의 없이 서로 얼굴만 맞대고 있는 시간이 너무 많았다.

맨 처음 몇 달 동안은 아버지가 남긴 유산을 정리하고 이자놀이를 하느라고 눈코 뜰 새 없이 분주했다. 형제는 함께 아버지의 무덤이 있는 워싱턴으로 갔다. 훌륭한 묘석의 꼭대기에는 문장이 새겨진 별이 달려 있고, 그 위에는 구멍이 있어서 현충일에는 깃대를 꽂도록 되어 있었다. 두 사람은 묘 앞에서 한참 동안이나 서 있었다. 그들은 그후부터는 부친에 대한 이야기를 하지 않았다.

만일 아버지가 정직하지 않은 사람이었다면 참 잘한 것이다. 돈 문제는 어느 누구도 묻지 않았다. 그러나 찰스는 언제나 그 문제에 대해서 신경을 곤두세웠다.

아담은 농장으로 돌아와 찰스에게 말했다.

「찰스, 새 옷 좀 사 입어라. 이제 부자잖아. 돈 쓰는 일을 너무 두려워하지 말아야 해.」

그 말에 찰스가 대꾸했다.

「그래도 두려워요.」

「왜 두렵지?」

「돌려 주어야 될지도 모르니까요.」

「너는 지금도 그런 말을 하는 거냐? 잘못이 있었다면 지금쯤 무슨 이야기가 있었을 거야.」

「나는 그 얘기는 하고 싶지 않아.」

그러나 그날밤 찰스는 다시 그 이야기를 했다.

「나 걱정이 하나 있어.」

「또 돈 걱정이야?」

「그래. 그 정도의 많은 돈을 벌었다면 분명히 서류 같은 게 있었을 거예요.」

「무슨 뜻이지?」

「저 서류나 장부 또는 매도 증서나 각서, 계산서 같은 것이 있어야 하지 않을까? 아버지 유품을 조사해 봤지만 그런 건 없었어.」

「그거야 아버지가 태워 버렸는지도 모르는 일이지.」

「그랬을 수도 있겠죠.」

형제는 찰스가 세운 계획표대로 생활했다. 찰스는 일과표대로 철저히 지켰다. 찰스는 새벽 네 시 삼십 분을 알리는 시계 소리에 어김없이 잠이 깼다. 사실은 네 시 삼십 분 조금 전에 눈을 떴다. 시계 종이 울리기 전에 그는 눈을 크게 한 번 떴다. 그는 어둠 속을 쳐다보고 배를 긁으면서 누워 있었다. 그는 침대 옆 탁자로 손을 뻗어 정확히 성냥곽을 잡았다. 성냥개비를 하나 꺼내 불을 붙이면 파란 유황꽃이 타올랐다. 찰스는 침대 옆에 있는 초에다 불을 붙였다. 이불을 걷어차고 벌떡 일어났다. 그는 무릎이 헐렁하고 발목까지 내려오는 기다란 회색 내의를 입었다. 그는 하품을 하면서 문으로 나가 문을 열었다.

「네 시 반이야, 형. 어서 일어나. 시간이 됐단 말이야.」

아담의 반응은 그다지 신통치 않았다.

「너는 왜 한 번쯤 늦게 일어나지도 않니?」

「일어날 시간이 됐어.」

찰스는 바지를 다리에 끼고 허리께로 치켜 올렸다.

「형은 부자니까 일찍 일어나지 않아도 돼. 하루 종일 잠이나 자.」

「그거야 너도 똑같지 뭐. 그래도 왜 우리는 새벽부터 일어나는 거지?」

찰스가 말했다.

「일어나지 않아도 괜찮지만 농사를 지으려면 일찍 일어나서 일을 해야만 한단 말이야.」

이번에는 아담이 침울하게 말했다.

「그러니까 일을 더 하려고 땅을 더 사자는 거지?」

「그만 둬요. 자고 싶으면 잠이나 더 자도록 해요.」

「넌 누워 있어도 잠이 오지 않으니까 일어나 가지고는 생색을 내는군 그래. 그건 손가락이 육손이라고 생색을 내는 것이나 다를 게 없어.」

찰스는 부엌으로 가서 램프에 불을 붙였다.

「잠만 충분히 자다가는 농장을 늘려 나갈 수가 없어요.」

그는 난로의 재를 털고 석탄 위에 종이를 올려 놓고 불이 붙을 때까지 입으로 불었다.

아담은 문 틈으로 찰스가 하는 행동을 지켜보았다.

「성냥개비 하나라도 아끼려는군.」

찰스는 형의 말에 신경질을 내며 몸을 돌려 버렸다.

「참견 말고 형. 일이나 해.」

「좋다. 그럼 내일은 여기 있지 않을 테다.」

「형, 마음대로 해. 언제든 떠나고 싶으면 떠나란 말이야.」

어리석은 싸움이었지만 아담은 그만 둘 수가 없었다. 싸움을 중단하려고 해도 자꾸 악담이 쏟아져 나왔다.

「잘 알았다. 네 말이 모두 옳다. 내가 나가고 싶을 때 나갈 테다. 이 농장은 너의 소유이기도 하지만 내 소유도 된다.」

「그런데 왜 형은 일을 하지 않는 거지?」

「아니, 지금 우리가 왜 또 흥분하는 거지? 그만 싸우자.」

「나도 문제를 일으키려는 건 아니야.」

찰스는 따뜻한 수프를 두 그릇 퍼서 탁자 위에 놓았다.

찰스와 아담은 식탁 앞에 앉았다. 찰스는 빵에 버터를 바르고 칼로 잼을 떠서 그 위에 얹었다. 그리고 다시 버터를 자르니 잼이 버터 위에 묻었다.

「이런 빌어먹을! 그 나이프 좀 닦아라. 버터 묻는 것 좀 봐.」

찰스는 나이프와 빵을 식탁 위에 올려 놓은 후 팔을 식탁에 짚고 말했다.

「이 집에서 나가. 어서!」

「그래 여기서 사는 것보다 차라리 돼지우리에서 사는 게 나을 거야.」

아담은 퉁명스럽게 말하고서 집 밖으로 나갔다.

이로부터 8개월이 지나서야 찰스는 형 아담을 다시 만날 수 있었다. 찰스가 일을 끝내고 집으로 돌아와 보니 아담이 부엌의 양동이에서 물을 퍼서 머리와 얼굴에 물을 끼얹고 있었다.

「형, 그간 잘 지냈수?」

「응, 잘 지냈다.」

「그 동안 어디 있었지?」

「보스턴에 있었지.」

「다른 곳에는 가지 않았어?」

「그냥 보스턴에만 있었어.」

형제는 또다시 예전 생활로 돌아갔으나 서로 화를 내지 않으려고 무척 조심을 했다. 그것은 어떤 의미로는 서로를 보호하는 것이었지만, 한편 자신을 보호하는 것이기도 했다. 찰스는 언제나 아침 일찍 일어났기 때문에 아침 식사를 준비했다. 아담은 집안 청소를 하고 농장에 관한 장부를 기록했다. 이런 생활이 2년 동안이나 계속되다가 두 사람 사이에는 또다시 불화가 깊어졌다.

어느 겨울 날 저녁에 아담이 장부를 뒤적거리다가 입을 열었다.

「캘리포니아는 기후가 참 좋아. 특히 겨울에는 더 좋단다. 거기선 무엇이나 키울 수 있거든.」

「키울 수야 있겠지. 땅이 있다면 무엇을 하려고 그러는 거야?」

「보리를 키우면 어떨까? 캘리포니아에서는 보리를 많이 재배한단다.」

그러나 찰스가 말했다.

「보리 병이 생길 거야.」

「찰스, 넌 어떻게 그걸 장담할 수 있지? 캘리포니아에서는 얼마나 보리가 잘 자라는지, 보리를 심고 얼른 뒤로 물러나지 않으면 보리에 치어 죽는다고 한단다.」

「그럼 왜 캘리포니아로 가지 않지? 언제나 하고 싶으면 캘리포니아에 땅을 살 수 있을 텐데.」

아담은 아무 말도 하지 않았으나 이튿날 아침 거울 앞에서 머리를 빗고 있다가 다시 말을 계속했다.

「캘리포니아엔 겨울이 없어. 사철이 똑같지.」

「그렇지만 나는 겨울이 좋던데.」

아담이 난로 옆으로 걸어가면서 말했다.

「짓궂게 굴지 마라.」

「형도 나 좀 괴롭히지 마. 계란 몇 개?」

「응, 네 개.」

찰스는 오븐 위에 계란 일곱 개를 깨놓은 다음 조심스레 불을 붙인 후 그 위에 프라이 팬을 얹었다. 베이컨을 굽는 동안 울적했던 기분이 다소나마 풀렸다.

「형, 말끝마다 캘리포니아 타령인데, 정말 거기 가고 싶은 거야?」

아담이 웃었다.

「아직 생각중이야. 아침에 일어나는 것과 같애. 일어나기도 싫고 누워 있기도 싫은 것처럼.」

「그거 참 큰일이군.」

아담이 계속 말을 했다.

「군대에 있을 때는 매일 그놈의 기상 나팔 소리가 울렸지. 그래서 나는 제대하면 무슨 일이 있어도 열두 시까지 자겠다고 다짐했어. 그런데 여기선 어떤지 아니? 군대에서보다 글쎄 삼십 분이나 일찍 일어나고 있어. 찰스, 우리는 무엇을 위하여 이렇게 고된 일을 하는 거지?」

찰스는 베이컨을 뒤집으면서 말했다.

「그러나 침대에 누워서 농장 일을 할 수 있는 사람은 없어요.」

이번에는 아담이 심각하게 말했다.

「찰스, 우리는 아내는 말할 것도 없고 자식도 한 명 없어. 우리의 생활 양식은 우리 마음대로 되고 있지 않아. 아내가 될 만한 여자를 구할 시간도 없어. 그저 생각한다는 게 고작 값만 얘기가 잘 되면 클라크의 땅을 사서 우리 땅을 더 늘리는 거지. 그런데 도대체 왜 그러는 거니?」

「그 땅은 비옥한 곳이야. 뜻만 일치된다면 이 마을에서 제일 훌륭한 농장을 만들 수도 있어. 형, 결혼할 거야?」

「생각해 보지 않았어. 내가 누차 이야기하는 것도 그거야. 몇 년이 안 지나 이 마을에서 제일 가는 농장의 소유자가 되지. 총각 두 명이 허리가 아플 정도로 일을 한다. 그러다가 그 중 한 명이 죽으면 다른 한 명이 제일 좋은 농장을 차지하는 거지. 그리고 얼마 후 그도 죽는다.」

찰스가 형에게 다그쳐 반문했다.

「무슨 말을 하는 거지? 마음 편치 않게 왜 그러지? 자, 형, 어서 속시원히 말해 봐요.」

「재미가 없어. 사는 게 일은 너무 많고 보람은 적고 말이야. 일을 하지 않아도 되는 형편인데.」

「그럼, 일을 하지 마. 나가 버려. 붙들지 않을 테니. 좋다면 남해라도 가서 편안히 그물 침대에 누워 살란 말이야.」

그러나 아담은 침착하게 말했다.

「화내지 마라. 이건 아침에 기상하는 문제와 같아. 일어나기도 싫고 그렇다고 누워 있기도 싫어. 여기서 살기도 싫고 나가기도 싫어.」

찰스가 신경질적으로 소리쳤다.

「아, 그만해 둬.」

「찰스, 너는 여기가 좋단 말이니?」

「응.」

「그럼 평생 이곳에서 살 작정이야?」

「응.」

「나도 너처럼 여유가 있다면 좋겠다. 그런데 나는 왜 이렇지?」

「아랫도리가 근질거리는 모양이군. 오늘 밤 주막에 가서 그 병을 고치고 와.」

「그것도 괜찮겠지만 나는 그런 여자에겐 만족할 수 없어.」

「나도 그래. 그렇지만 눈을 감으면 누구나 똑같아.」

「군대에서 여자를 데리고 다니는 놈들도 있었지. 나도 얼마간은 그랬지만 말이야.」

찰스는 호기심을 가지고 형을 쳐다보았다.

「여자를 데리고 살았다는 것을 아버지가 아시면 아마 무덤에서 돌아누우시겠어. 그래, 그때 어땠지?」

「그야 물론 좋았지. 빨래도 해주고 바느질도 해주고 음식도 해주고.」

「그런 것 말고 그거는?」

「좋았어. 그럼, 좋고 말고. 부드럽고 감칠맛이 있었지. 얌전하고 부드럽고.」

「형이 잠 자는 사이에 칼이라도 꽂지 않았으니 정말 다행이군 그래.」

「그런 여자가 아니었어. 얌전한 여자였지.」

「눈빛이 이상해지는군. 형, 그 여자에게 반했나 보군.」

「그래, 반했어.」

「그 여자는 어떻게 됐지?」

「응, 천연두에 걸렸어.」

「그 여자 말고 다른 여자는 얻지 않았어?」

아담의 눈에 고통의 빛이 서렸다.

「시체를 장작더미처럼 포개서 쌓아 올렸어. 이백 구가 넘었을 거야. 팔 다리가 마구 삐져 나오고. 그 위에 잎나무를 얹어 놓고 석유를 뿌렸어.」

「천연두를 당해 내지 못한다는 소문을 듣긴 했어.」

아담이 고개를 끄덕이며 말했다.

「걸렸다 하면 죽어. 베이컨 탄다.」

찰스는 난로로 돌아섰다.

「나는 바삭바삭한 게 좋아.」

찰스는 베이컨을 접시에 담고, 뜨거운 기름 위에다 계란을 깨뜨리자 계란은 요란한 소리를 내면서 가장자리가 누렇게 되고 기름 튀는 소리가 났다.

찰스가 형을 돌아보며 말했다.

「선생이 한 명 있었지. 얼굴이 예쁜 여자였어. 발이 유난히 작은 여자였지. 그녀는 옷을 모두 뉴욕에서 사다 입더군. 머리는 금발이었고 성가대에서 노래를 불렀기 때문에 모든 사람이 교회에 몰려들었지. 이건 오래 전의 이야기지만.」

「네가 결혼해야겠다는 편지를 보냈을 그 무렵이지?」

찰스는 말없이 웃을 뿐이었다.

「맞아. 그때 이 마을의 총각들은 거의 결혼병을 앓았지.」

「그 선생은 어떻게 되었니?」

「형도 짐작이 가겠지만, 이 마을 여자들이 그 여자 때문에 불안을 느꼈어. 여자들이 작당해서 그 선생을 쫓아 버린 거야. 소문에 의하면 그 여자는 비단 내의를 입었다더군요. 학교 이사회에서 학기 도중에 그녀를 쫓아냈어. 발이 나만 했는데. 그녀는 늘 슬쩍 발목을 내놓고 다녔었어.」

「넌 그 여자와 가깝게 지냈니?」

「아니, 그저 교회에서만 보았을 뿐이야. 교회엔 발을 들여 놓을 틈도 없을 정도였어. 예쁜 여자는 이처럼 작은 마을에서는 살 수 없어. 사람들이 불안을 느끼고 말썽이 생기니까.」

이번에는 아담이 질문했다.

「사무엘네 처녀 생각나니? 그 여자도 참 예뻤지? 그녀는 어떻게 됐지?」

「그녀도 마찬가지야. 말썽이 생겨서 떠났어. 어디 필라델피아에서 산다지 아마. 양장점을 하는데 옷 한 벌 만드는데 십 달러씩 받는대.」

「우리가 여기서 떠나는 게 어떨까?」

「지금도 캘리포니아에 갈 생각이야?」

「응.」

찰스는 또다시 신경질이 났다.

「썩 나가 버려! 어서 나가란 말이야. 원하는 거라면 뭐든지 사 주거나 팔아 줄께, 나가, 썩 나가버려.」

찰스는 멈칫하더니 말을 끊었다.

「나중의 말은 잘못했어. 그러나 항상 형은 언제나 내 신경을 건드린단 말이야.」

「나가마.」

아담이 말했다.

2

3개월 후, 찰스는 남아메리카의 리오 만에서 아담이 보낸 그림 엽서를 받았다. 엽서 뒷면에는 촉이 이상해진 펜으로 쓴 편지가 보였다.
『그곳은 겨울이지만 여긴 여름이야. 이곳에 오지 않겠니?』
6개월 후에는 또 부에노스아이레스에서 보낸 카드를 받았다.

찰스에게
여기는 대도시란다. 프랑스어와 스페인어를 함께 쓰지. 책 한 권 보내겠다.

그러나 책은 도착하지 않았다. 겨울 내내 책을 기다렸지만 받지 못한 채 봄이 왔다. 그런데 책 대신 아담이 돌아왔다. 얼굴은 건강하게 그을렸고 옷차림은 외국풍이었다.
「그 동안 잘 지냈수?」
「잘 지냈어. 참, 책 받았지?」
「아니, 못 받았어.」
「어찌 된 거지? 그림책이었는데.」
「계속 집에 있을 거야?」
「그럴 생각이야. 그곳 이야기 좀 해줄까?」
「난 듣고 싶지 않아.」
「왜 또 그러지?」
「또 변함없겠지. 형은 1년 가량 집에 있게 되면 또다시 가만히 있지 못하고 나를 괴롭힐 게 뻔해. 옆에 있는 나까지 불안하게 만드니까. 우리는 각기 화를 내다가 얌전해지고 또 싸우고 그게 심해지면 형은 집을 또 나갔다가 얼마 후 잊을 만하면 다시 집에 돌아오는 일을 계속 반복하겠지?」
「너는 내가 집에 있는 게 싫은 거지?」
「싫은 게 아냐. 형이 집을 떠나면 보고 싶어. 그러나 곁에 있으면 언제나 마찬가지야.」
찰스 말대로였다. 형제는 만나게 되면 얼마 동안은 옛날 이야기를 하고, 떨어져 살았던 동안 있었던 일을 이야기했다. 그 후에는 불쾌한 침묵이 이어지고 여러 시간 동안 말을 하지 않고 일을 했고, 논쟁을 하지 않으려고 서로의 감정을 억제하다가는 분노의 웅덩이로 빠져 버리는 것이다. 시간에는 한계가 없었으므로 세월은 끝이 없는 듯 느껴졌다.

어느 날 저녁 아담이 동생에게 말했다.

「나도 이제 서른 일곱 살이 되었으니 인생의 반은 산 셈이군.」

「또 시작되었군. 인생을 낭비했다는 말을 하려는 거지? 형, 우리 이번에는 싸우지 않고 지낼 수 없을까?」

「그건 또 무슨 말이야?」

「매번 그랬던 것처럼 형은 한 3,4주일 머무르면서 화내고 싸우다가 또 떠날 준비를 할 거 아냐? 싸우지 말고 가만히 있다 떠날 수는 없겠어?」

아담이 큰소리로 웃어 대자 방안에 흐르던 긴장이 일시에 해소되었다.

「내가 똑똑한 동생을 두었어. 그래, 또 나가고 싶은 병이 도지면 싸우지 않고 나가지. 그래, 나도 동감이다. 너는 부자 아니냐?」

「글쎄, 지낼 만은 하지만 부자라고는 할 수 없지.」

「마을에 있는 건물 네 개와 주막 정도는 사지 그랬니?」

「그럴 맘이 없었어.」

「천만에. 이곳이 이 마을 최고의 농장이잖아. 새 집을 지으면 어떨까? 욕탕이 있고 상수도 시설과 수세식 화장실이 있는 집을 지으면 어떻겠어? 우리는 가난뱅이가 아니잖아. 모두들 이 지방에선 네가 최고 부자라던데?」

「새 집 같은 건 소용없어. 제발 그런 엉뚱한 생각 좀 하지 마.」

찰스가 퉁명스럽게 대꾸했다.

「밖에 나가지 말고 집 안에서 대소변을 보면 편리하단 말이야.」

「엉뚱한 생각은 그만둬.」

아담은 재미있는 듯 말을 이어갔다.

「그럼, 내가 숲에다 새 집이나 한 채 지을까? 그럼, 서로 신경을 건드리지 않고 살 수 있을 거야.」

「싫어. 이 땅에는 집을 짓지 마.」

「이것의 반은 내 땅이기도 해.」

「그럼, 내가 살 테니 나가.」

「난 팔지 않아.」

찰스의 눈에서 불이 번쩍 났다.

「집만 지어 봐라. 집에다 불을 지르고 말 테니까.」

아담은 갑자기 정색을 하며 맞장구를 쳤다.

「맞아. 너는 충분히 그러고도 남아. 암, 불을 지르고 말고. 그런데 왜 그런 눈으로 쳐다보니?」

찰스는 느릿느릿 말을 하기 시작했다.

「나는 오랫 동안 생각해 왔는데, 형이 먼저 말을 꺼내길 기다렸지만 소식이 없어서 하는 말이야.」

「무슨 얘기야.」

「형이 맨 처음 백 달러 보내라고 전보 친 기억나?」

「암, 생각나고 말고. 그게 내 생명을 구해 주었는 걸. 갑자기 왜 그 말은 꺼내지?」

「형, 내게 그 백 달러를 갚지 않았단 말이야.」

「갚아야지.」

「언제 갚아. 갚기는.」

찰스는 아버지가 살아계실 때 앉아서 항상 의족을 지팡이인양 두들기며 앉아 있던 식탁을 쳐다보았다. 식탁 중앙에 놓여 있는 오래 된 램프의 둥근 로체스터 심지에서 노란 불빛이 흔들리며 깜박거렸다.

아담은 여유 있는 어투로 말했다.

「내일 아침 갚겠어.」

「갚을 시간적인 여유는 오랫 동안 주었어.」

「그야 그렇지만. 나는 까맣게 잊고 있었어.」

아담은 잠시 말을 끊고 무엇인가를 생각하고 나서 말을 계속했다.

「너는 왜 백 달러가 필요했는지 이유를 모르지?」

「그 이유를 묻지는 않았어.」

「나도 말을 한 적이 없었지. 실은 창피해서였는지도 몰라. 찰스, 나는 포로였단다. 나는 탈옥했었어.」

찰스는 놀라서 입을 딱 벌렸다.

「그게 무슨 말이야?」

「말해 주지. 나는 방랑자였었어. 그래서 방랑죄로 체포되어 도로 공사장의 막노동에 동원되었지. 밤에는 도망칠까 봐 쇠고랑을 채웠어. 6개월 후에 석방되었으나 재차 체포되어 또다시 도로 공사장에 가서 일했어. 6개월의 2차 복역이 끝나기 사흘 전에 나는 탈옥했어. 조지아 계곡을 넘어서 가게에 몰래 들어가 옷을 구해 입은 후 너에게 전보를 쳤던 거야.」

찰스는 믿을 수 없다는 표정을 지어 보였다.

「설마 그런 일이……아냐, 그건 사실이겠지. 형은 거짓말은 할 줄 모르니까. 나는 형의 말을 믿어. 그런데 그 얘길 왜 이제서야 하는 거지?」

「창피해서지. 그러나 그 꾼 돈 백 달러를 갚지 않은 게 더 창피한 걸.」

「없던 일로 해. 내가 왜 쓸데없는 말을 꺼냈지?」

「아냐, 말 잘했어. 내일 아침에 꾼 돈을 갚겠다.」

「정말 믿기 어려운데. 내 형이 탈옥한 죄수라니.」

「뭘, 그렇게 신나 하는 거지?」

「글쎄, 하여튼 형이 자랑스럽군. 내 형님이 죄수다. 왜 석방되기 사흘 전까지 기다렸다가 탈옥을 한 거야?」

아담은 웃으며 말했다.

「이유가 있지. 형기가 끝난 후 다시 잡아 넣을 것 같아서. 그때까지 있으면 내가 그때 탈옥하리라고는 누구도 생각하지 않으리라고 생각했어.」

「그 이유는 납득이 가는군. 또다른 이유라도 있어?」

「아주 중요한 이유가 또 있지. 말로 설명하기는 어렵지만 형을 받았으니까. 법에 따라야지. 그게 국민된 도리지. 여섯 달은 복역해야 해. 법을 속여선 안 돼, 여한한 일이라도. 그러나 난 꼭 사흘을 속인 거지.」

찰스는 낄낄거렸다. 그리고 다정스럽게 형에게 물어 보았다.

「형도 참! 형은 도끼를 하나 훔쳤다면서요?」

「그 돈은 나중에 이자까지 계산해서 갚았어.」

「형, 그 도로 공사 이야기나 좀 해봐.」

찰스는 호기심이 발동하는지 몸을 앞으로 숙이면서 말했다.

「알았어. 해줄게. 암, 해주고 말고.」

제 11 장

1

찰스는 감옥 이야기를 듣고 난 후부터는 형을 더욱 존경했다. 그는 어딘지 미숙한 인간, 불완전하지만 증오할 수 없는 인간에 대해 느끼는 애정을 형에게서 느꼈다. 형도 이런 감정을 이용해서 찰스를 유혹했다.

「찰스, 우리는 하고 싶은 일을 마음대로 할 수 있을 정도로 부자 아니니?」

「좋아, 무엇을 하고 싶은 거야?」

「유럽의 파리에나 좀 가 볼까 하고.」

「형, 이게 무슨 소리야?」

「무슨 소리라니?」

「현관에서 인기척이 들렸던 것 같아.」

「고양이겠지.」

「그런가 봐. 곧 잡아 죽여야겠어.」

「찰스, 우리 이집트에 가서 스핑크스나 구경해 볼까?」

「그냥 이곳에 살면서 돈을 적절하게 쓰는 게 좋아요. 열심히 일해서 하루하루를 보람되게 보내고. 이런 빌어먹을 고양이가!」

찰스는 급히 달려가더니 문을 확 열면서 「이놈의 고양이가!」라고 말하다 미처 말을 잇지 못하고 멍청히 현관 앞 계단을 내려다보았다. 아담은 찰스 옆으로 가까이 갔다.

더럽게 진흙투성이가 된 자루 같은 것이 움직이면서 계단을 오르려고 버둥거렸다. 비쩍 마른 한 손으로 층계를 움켜잡고 다른 손은 맥없이 따라왔다. 얼굴은 사색이었고 입술은 터지고 시커멓게 멍든 눈꺼풀 틈으로 눈이 보였다. 이마는 찢어졌고 머리칼 속에서는 피가 흘러내렸다.

아담은 계단을 내려가 피투성이의 여자 옆에 앉았다.

「어서 거들거라. 자, 집안으로 들이자. 여길 잡아. 팔을 조심해. 아무래도 부러진 것 같으니까.」

형제가 안으로 부축하는 동안 여자는 그만 의식을 잃고 말았다.

「내 침대에 눕히자, 찰스, 너는 의사나 불러라.」

「그것보다는 마차에 태워 병원으로 데리고 가는 게 좋을 것 같아.」

「이런 몸을 어떻게 옮긴단 말이야? 제 정신으로 하는 말이니?」

「나는 멀쩡해. 정신이 나간 건 형이야, 형. 좀 생각해 보란 말야.」

「뭘 생각하라는 거야?」

「남자만 둘이 사는 집에 여자를 들이면 어떡하자는 거야?」

아담은 놀라서 정색을 했다.

「지금 진심으로 하는 말이냐?」

「진심이야. 여자를 집에 들이지 말고 태워서 나가는 게 좋을 거야. 두 시간만 되면 온 마을에 소문이 날 거야. 저 여자가 어떤 여잔지 알지도 못하잖아? 어떻게 이곳까지 왔는지도, 또 무슨 일이 일어났는지도 모르잖아. 형은 지금 모험을 하고 있는 거야.」

아담은 냉정히 말했다.

「네가 가지 않겠다면 내가 가겠다. 그럼, 너는 여기 있도록 해.」

「형은 실수하는 거야. 내가 다녀오긴 하겠지만, 형은 이번 일로 인해 틀림없이 고통을 받을 거야.」

그러자 아담은 퉁명스럽게 말했다.

「고통은 내가 겪을 테니까 너는 어서 다녀오기나 해.」

찰스가 의사를 데리러 나간 후 아담은 부엌으로 가서 주전자에서 따뜻한 물을 대야에 따라 방으로 갔다. 손수건을 물에 적셔서 얼굴에 엉겨 붙은 피와 흙을 닦아냈다. 그녀는 몸을 한 번 움직이더니 정신이 들었다. 그녀의 푸른 눈이 아담을 응시했다. 그는 옛날의 일이 떠올랐다. 바로 이 방, 이 침대였다. 그때 계모가 물수건을 들고 그를 내려다보고 있었다. 물이 스며들자 온몸에 통증이 퍼졌다. 그리고 계모가 무슨 말인가를 반복해서 되뇌였다. 그는 소리를 듣긴 했으나 무슨 뜻인지는 알 수 없었다.

아담은 누워 있는 그녀를 쳐다보며 말했다.

「괜찮을 테니 염려 마오. 의사가 이제 곧 올 거요.」

그녀의 입술이 조금 움직였다.

「말하지 않아도 돼요. 힘들이지 말아요.」

아담은 그녀의 얼굴을 수건으로 닦아 주며 실로 오랜만에 가슴 속에 따스한 정이 솟았다.

「있고 싶으면 얼마든지 여기 있어도 돼요. 내가 돌봐 줄게요.」

그는 더럽혀진 머리카락을 수건으로 깨끗이 닦아 주고 상처에 박혀 있는 머리카락을 꺼냈다.

얼떨결에 나오는 자신의 목소리가 마치 다른 사람의 음성처럼 들렸다.

「가엾게도 많이 다쳤군요. 눈을 다쳤어요. 황지로 눈을 발라 주죠. 이제 곧 나을 테니 안심해요. 이마에 흉터가 생기지 않을지 모르겠군요. 이름은 뭐죠? 아니, 말하지 않아도 돼요. 앞으로 이야기할 시간이 많을 테니까요. 저 소리 들리죠? 마차 소리죠. 의사가 타고 오는 마차 소리일 거예요.」

아담은 부엌문으로 가서 외쳤다.

「의사 선생님, 여기예요. 여기. 그 여자가 여기 누워 있습니다.」

그녀는 생각보다 훨씬 상처가 심했다. 그 당시에도 X레이로 촬영을 했더라면 더 많은 상처를 규명해 냈겠지만, 외견만으로도 의사가 찾아낸 상처가 꽤 많았다. 왼쪽 팔이 부러졌고, 갈비뼈 세 개, 그리고 턱이 갈라져 있었다. 두개골이 깨지고 왼쪽 이빨도 몇 개가 부러져 있었고, 이마는 터져서 두개골이 훤히 드러나 보였다. 의사가 외부에 드러난 상처만 본 것이 이 정도였다. 의사는 뼈를 맞추고 갈비뼈를 붕대로 감은 후에 상처 부위를 꿰맸다. 피펫과 알콜 불로 유리 튜브를 구부려 이가 빠진 틈으로 금이 간 턱이 움직이지 않도록 물과 죽을 먹을 수 있도록 했다. 의사는 그 여자에게 모르핀 주사를 놓은 뒤 아편 정제 병을 하나 꺼내 놓고, 손을 씻고 코트를 입었다. 환자가 잠들자 그는 방을 나왔다. 그는 부엌 식탁에 앉아 찰스가 주는 뜨거운 커피를 마셨다.

「아니, 저 여잔 어떻게 된 거지?」

「우리도 몰라요.」

찰스가 퉁명스럽게 대꾸했다.

「우리집 현관에 쓰러져 있었어요. 궁금하시면 그 여자가 몸을 끌고 온 흔적이 길에 남아 있으니 가 보시죠.」

「저 여자 이름은 뭐지?」

「전혀, 몰라요.」

「자네 주막에 자주 가지? 혹시 거기 여자가 아닐까?」

「요즘은 가지 않았어요. 그리고 저 모습을 하고 있으니 알아볼 수도 없지요.」

의사는 아담을 쳐다보며 말했다.

「어때, 자네는 저 여자를 본 적이 있나?」

아담은 천천히 고개를 저었다.

찰스가 싸울 듯한 기세로 거칠게 말했다.

「왜 그러시죠?」

「내 말해 주지. 저 여자는 마차에 깔린 게 아니라, 어떤 앙심을 품은 사람이 행패를 부린 거야. 죽이려고 한 짓이지.」

찰스가 불쾌한 투로 말했다.

「궁금하면 본인에게 직접 물어 보시지요.」

「당분간은 말을 하지 못할 거야. 게다가 두개골이 깨져서 어떻게 될지 알 수 없어. 저 여자 경찰에 알려야겠는데?」

「그건 절대 안 돼요.」

아담이 너무 단호히 말했기 때문에 찰스와 의사는 아담을 쳐다보았다.

「혼자 있도록 놔 둬요. 쉬도록 가만히 놔 두세요.」

「저 여자는 누가 간호를 하지?」

그 말에 대뜸 아담이 말했다.

「내가 간호할 거요.」

찰스가 형을 쳐다보며 말했다.

「형, 내 말 좀 들어봐.」

「넌 참견하지 마.」

「이 집은 형 집인 동시에 또 내 집이기도 해.」

「그럼, 나보고 나가라는 거야?」

「그런 게 아냐.」

「그 여자를 내보내면 나도 나갈 거다.」

이번에는 의사가 입을 열었다.

「진정 좀 해. 왜 그 여자에게 그렇게 관심이 많지?」

「개일지라도 상처 입은 개를 내쫓는 일은 정말하고 싶지 않아요.」

「흥분하지 말게. 무엇을 숨기고 있나? 어젯밤에 외출을 했었나? 혹시 자네가 저 여자를 저렇게 했나?」

「형은 어제 집에 있었는 걸요. 마치 기차 화통처럼 코를 요란히 골았답니다.」

아담이 말했다.

「아니, 왜 저 여자를 이곳에 두면 안 된다는 겁니까?」

의사는 일어서서 손을 비비며 말했다.

「아담, 자네 부친은 나의 절친한 친구였다네. 나는 누구보다 자네 가족을 잘 알지. 자네는 바보가 아닐세. 왜 뻔한 걸 모른 척하지? 어린애에게 말하듯 말해야 알아듣겠나? 저 여자는 습격을 당했단 말이야. 누군가가 살해하려고 했었단 말이네. 만일 경찰에 신고하지 않는다면 나는 법을 어기는 것이네. 그런 일도 더러 있었지만 이번에는 어기지 않겠네.」

「신고하도록 하세요. 그러나 저 여자가 회복되기 전까지 절대로 괴롭혀서는 안 돼요.」

「나는 환자들을 절대로 괴롭히지 않네. 자네 생각에는 변함이 없나?」

「네.」

「나도 모르겠네. 내일 또 오지. 저 여자는 한참 잠을 잘 거야. 무엇을 달라고 하면 튜브로 스프와 따뜻한 물을 주도록 하게.」

의사는 문 밖으로 나갔다.

찰스는 형을 돌아보며 말했다.

「대관절 왜 그러는 거야?」

「나 혼자 있고 싶어.」

「어쩔 셈이야?」

「제발 혼자 좀 있게 해 다오. 내 말 들리지 않니? 나 혼자 있게 좀 나가란 말이야.」

찰스는「빌어먹을!」하고 소리치더니 침을 탁 뱉고 일을 하러 갔다.

찰스가 나가자 아담은 마음이 편안해졌다. 부엌을 서성거리면서 식기를 닦고 청소를 했다. 그 일을 끝낸 후 아담은 방으로 들어가 의자를 침대 곁에 바싹 대고 앉았다. 여자는 모르핀을 맞은 탓인지 심하게 코를 골아 댔다. 얼굴의 부기는 좀 내린 것 같았지만, 눈 주위는 아직도 시커멓게 부어 있었다. 아담은 그녀 곁에서 꼼짝도 하지 않고 쳐다보고 있었다. 그녀의 부목을 댄 팔은 배 위에 올려 있고, 오른팔은 이불 위에 얹은 채 손가락을 둥글게 오므리고 있었다. 그 손은 마치 어린 아이의 손과 같았다. 아담이 그녀의 손목에 살며시 손을 대자 반사적으로 손이 움직였다. 그녀의 손목은 따스했다. 아담은 그 여자의 손가락을 펴고 부드러운 손끝을 만졌다. 분홍빛 손가락은 부드러웠으나 손등은 진주빛을 띠고 있는 듯했다. 아담은 좋아서 혼자서 웃었다. 그때 여자의 숨소리가 멎었다. 곧 이어 딸꾹질을 몇 번 하더니 다시 코를 규칙적으로 골기 시작했다. 그는 그녀의 손과 팔을 가만히 이불 속에 넣어 준 뒤 조심스럽게 방에서 나왔다.

캐시는 며칠 동안 충격과 아편의 늪에서 헤어나지 못했다. 그녀는 피부는 마치 납덩이 같았고 통증 때문에 몸을 가눌 수가 없었다. 점점 그녀는 자기 주변에서 움직이는 것을 깨달을 수 있었다. 차츰차츰 머리가 맑아지고 눈도 무엇인가가 보이기 시작했다. 두 남자가 주위에 있었는데, 그 중 한 명은 자주 옆에 나타났고, 다른 한 사람은 가끔 나타났다. 그리고 의사가 왕진을 왔으며 키가 크고 비쩍 마른 사람이 있다는 것도 알 수 있었다. 누구보다도 그 키 큰 사람이 그녀의 관심을 끌었다. 그녀는 그 사람에게서 일종의 두려움을 느꼈다. 주사를 맞고 잠자는 동안에도 그녀는 그 무엇을 두려워했는지 모른다.

그녀는 서서히 지난 며칠 동안의 짤막한 기억들을 묶어서 정리해 보았다. 에드워드의 얼굴도 떠올랐다. 그 모습은 평소의 평온하고 침착한 것이 아니라 살기등등한 살인마 같은 모습이었다. 그녀는 여지껏 에드워드에게서 그 같은 공포를 느낀 적이 없었다. 그러나 지금은 무서운 공포가 감돌았다. 그녀는 쥐구멍을 찾은 생쥐처럼 도망갈 길을 찾았다. 에드워드는 그 화재 사건에 대해 알고 있었다. 그 말고 또 알고 있는 사람이 있을까? 어떻게 알아 냈을까? 이런 생각을 하자 갑자기 공포가 몸을 감쌌다.

들리는 얘기로 짐작하건대, 키가 큰 사람은 보안관으로 자기를 심문하려 하고, 아담이라는 젊은이는 심문하지 못하게 저지함을 알게 되었다. 어쩌면 보안관도 화재 사건을 알고 있는지 모른다는 생각이 들었다.

커다란 목소리를 듣고 그녀는 다시 살아날 궁리를 했다.

그때 경관이 말하는 소리가 들렸다.

「이름이 있을 거요. 이 여자를 아는 사람이 분명히 있을 겁니다.」

그러자 아담이 나섰다.

「대답을 어떻게 해요? 턱이 깨져서 말을 못하는데.」

「오른손을 쓰면 글로 쓸 수 있을 거야. 이것 봐, 아담, 이 여자를 누군가가 살해하려고 했다면 그 사람을 속히 찾아 내야 해. 연필 좀 줘 봐요. 내가 물어 볼 테니.」

「의사가 두개골이 깨졌다고 말했잖아요. 기억력이 있을지 없을지도 아직 모르잖소.」

「어서 연필과 종이를 내놔 봐.」

「이 여자를 제발 괴롭히지 말아요.」

「괴롭히고 말고가 어딨어. 어서 연필과 종이나 내놓으란 말이야.」

그러자 다른 젊은 남자가 말했다.

「형, 도대체 왜 그래? 형이 한 것 같군. 어서 연필이나 드리란 말이야.」

세 명의 남자가 그녀가 누워 있는 방으로 들어왔을 때, 그녀는 얼른 눈을 감아 버렸다.

「잠들었군요.」

아담이 조용히 말했다. 그때 그녀는 눈을 떴다.

키가 큰 남자도 침대 곁으로 바싹 다가섰다.

「괴롭히려는 건 아니오. 아가씨, 나는 보안관이오. 아가씨가 말을 할 수 없는 걸 알고 있으니 여기에다 글은 쓸 수 있겠죠?」

그녀는 고개를 끄덕였으나 통증 때문에 얼굴을 찡그렸다. 그리고 알았다는 듯이 눈을 깜박거렸다.

「고맙소. 당신들도 보았지? 대답을 하겠다고 하고 있소.」

보안관이 그녀 옆에 종이를 놓고 나서 손에다 연필을 쥐어 주었다.

「자, 당신 이름이 무엇이죠?」

세 남자는 동시에 그녀에게 시선을 쏟았다. 그녀의 입은 가늘어지고 눈은 옆을 쳐다보고 있었다. 그녀는 눈을 감은 채 썼다.

그 글씨는 큼직했다.

「생각이 나지 않아요.」

「여기 새 종이가 있소. 그럼 기억나는 게 무엇이오?」

「캄캄해요. 전혀 생각나는 게 없어요.」

그 여자는 이렇게 써 놓고 연필을 종이 가장자리로 밀었다.

「이름이 뭐죠? 고향은 어디예요? 잘 생각해 봐요!」

그녀는 기억하려고 애쓰는 듯 보였으나 그만 포기한 듯 처량한 얼굴이 되었다.

「전혀 생각이 나지 않아요. 머리가 뒤죽박죽이에요. 제발 살려 주세요.」

보안관의 얼굴이 이내 부드러워져서 말했다.

「정말 안됐군. 어쨌든 협조해 줘서 고맙소. 회복되면 다시 한번 해보도록 합시다. 이젠 됐어요. 그만 써도 돼요.」

「고마워요.」

그녀는 이렇게 쓰고 연필을 놓았다.

그녀는 보안관의 호의를 얻은 것이다. 경관은 아담 편이 되었다. 이제 찰스만이 그녀를 반대하는 입장이었다. 두 형제가 그녀를 부축하여 변기에 앉힐 때 그녀는 침울한 찰스를 세밀히 살펴보았다. 그녀는 그 얼굴에서 바로 불안감을 느꼈다. 찰스가 이마의 흉터에 자주 손을 대고 그곳을 만지거나 비비고 그 주변을 더듬는 모습을 보았다. 한번은 그녀가 그 흉터를 쳐다보다가 그와 마주치기도 했다. 그는 마치 큰 죄를 지은 듯 자기 손가락을 내려다보며 잔인하게 말했다.

「염려 말아요. 아마 당신 이마에도 이런 흉터가 생길 테니. 이것보다 더 심한 흉터가 생길 거야.」

그녀는 찰스에게 미소를 보냈다. 그러자 그는 얼른 외면해 버렸다.

아담이 따뜻한 수프를 가지고 들어오자 찰스가 말했다.

「나는 읍내에 나가서 술이나 한 잔 마시고 들어올께요.」

2

아담은 여태껏 지금처럼 행복했던 적이 없었다. 여자의 이름이 무엇인지 알지 못해도 괜찮았다. 그녀는 자기를 캐시라고 불러달랬는데 이름은 아무래도 상관없었다. 아담은 옛날 어머니와 계모의 요리법을 떠올리면서 캐시에게 음식을 만들어 주었다.

캐시의 생명력은 대단했다. 그녀는 급속히 완쾌되어 갔다. 퉁퉁 부었던 뺨의 부기가 빠지자 예전의 아름다움이 나타나기 시작했다. 그리고 얼마가 지나자 부축을 받으면 자리에 앉을 수도 있게 되었다. 그녀는 조심스레 입을 열었다 다물어 보였다. 이제는 유동식을 먹기 시작했다. 이마에는 아직도 붕대가 감겨져 있었으나 달리 얼굴에는 흔적이 보이지 않았다. 이가 빠져 뺨에 쑥 들어간 것을 제외하면 흠 잡을 곳이 없었다.

캐시는 고민에 싸여 있어서 그 고민을 면할 방법을 여러 가지로 모색했다. 그녀는 이제 말을 할 수 있는 데도 말을 별로 하지 않았다.

어느 날 부엌에서 사람이 서성거리는 소리를 들은 캐시가 큰소리로 물었다.

「아담이에요?」
곧 이어 찰스의 대답이 들려 왔다.
「아니오, 납니다.」
「잠깐 여기 좀 들어와 줘요.」
찰스는 문 앞에 서서 바라보았다. 그는 약간 시무룩한 표정이었다.
「아주 들어오시지 않는군요.」
「그냥 그렇지.」
「내가 싫죠?」
「그냥 그래요.」
「그 이유가 뭐죠?」
찰스는 열심히 대답할 말을 찾았다.
「그건 당신을 신뢰할 수가 없기 때문이오.」
「그 이유가 뭐죠?」
「모르겠소. 난 당신이 기억력을 상실했다는 게 그저 의심스러울 뿐이오.」
「내가 왜 그런 거짓말을 한다고 생각하세요?」
「글쎄 그건 모르겠소. 그래서 나는 당신을 믿지 못하는 거요. 그리고 뭔가 알
것이 있을 거야.」
「우린 처음 만났을 텐데요.」
「아닐지도 모르지. 그러나 마음에 걸리는 게 또 있어. 난 그걸 알아낼 거요.
당신이 나와 초면이란 걸 어떻게 안단 말이오?」
그녀는 잠자코 있었다. 찰스가 나가려고 하자 그녀가 말을 걸었다.
「가지 마세요. 당신 어쩔 작정이죠?」
「어떡하다니 무엇을?」
「나 말이에요, 나.」
그는 다시 새삼스럽다는 표정으로 그녀에게 물었다.
「사실을 알고 싶소?」
「그렇지 않으면 내가 뭘 묻겠어요.」
「그럼 말을 하지. 난 가능한 한 빨리 당신을 이곳에서 쫓아 보냈으면 좋겠어.
우리 형은 지금 제정신이 아니지만 내가 형 옆에서 정신이 들도록 하겠소. 안 되
면 때려서라도 할 작정이오.」
「어떻게 어른을 그렇게 할 수 있어요?」
「할 수 있소.」
「아담은 어디 있죠?」

캐시는 그를 직시하면서 말했다.

「빌어먹을, 당신 약을 구한다고 읍내에 나갔어.」

「당신은 참 심술궂군요.」

「당신이 어떻게 내 마음을 안단 말이오. 양의 온순한 탈을 쓴 당신의 절반도 쫓아가지 못할 거요. 당신은 악마란 말이오.」

캐시는 살짝 웃으며 말했다.

「그럼, 우리 두 사람이 닮았군요, 찰스. 나는 이곳에 얼마나 있을 수 있는 거죠?」

「뭐라고?」

「나를 얼마 동안 있게 한 후 내쫓을 것인지 솔직히 말해 줘요.」

「알았소. 일주일이나 열흘 후쯤. 당신이 걸을 수 있으면 즉시 그럴 거요.」

「만일 내가 가지 않는다면 어쩔 셈이죠?」

그는 마치 싸움이라도 할 듯한 표정으로 그녀를 날카롭게 쏘아보았다.

「그럼 말해 주지. 당신은 마취제를 맞으면 말이 아주 많더군 그래. 잠꼬대를 하는 것처럼 말이야.」

「아무리 내가 그랬을까.」

찰스는 그녀의 얼굴이 경직되는 것을 보고 소리내어 웃었다.

「믿기 싫으면 믿지 마시오. 당신이 빨리 여기서 나간다면 입을 다물고 있겠지만 나가지 않으면 말할 거요. 아마 그 얘길 들으면 경찰도 가만 있지 않을 거요.」

「내가 나쁜 말은 하지 않았을 거예요. 그렇죠? 내가 무슨 말을 했죠?」

「난 당신과 말씨름하고 싶지 않아. 난 일이 많아. 단지 당신이 질문을 해서 답변해 주었을 뿐이야.」

찰스는 밖으로 나갔다. 그리고 닭장 뒤에서 배꼽이 빠질 듯이 웃으면서 자기 다리를 탁 쳤다. 그리고 중얼거렸다.

「영리한 줄 알았더니.」

그는 며칠 만에 처음으로 가슴이 후련해졌다.

3

찰스는 그녀를 겁먹게 만들었다. 그가 캐시의 정체를 알아냈다면 그녀도 마찬가지로 찰스가 어떤 사람인가를 알아본 셈이다. 그녀는 난생 처음 자기와 같은 수법을 쓰는 인간을 만난 것이다. 캐시는 그의 생각을 짐작해 보고는 불안한 마음이 들었다. 그녀는 자기의 수법이 그에게는 통하지 않는다는 것을 알았다. 그녀에게 필요한 것은 휴식과 보호였다. 그녀는 빈털터리이므로 누군가의 보호가 필요했다. 보호도 장기간 받아야만 했다. 그녀는 지치고 상처를 입어 꼼짝도 하기 힘들 정도로 아팠다. 그래서 그녀는 온갖 지혜를 다 동원하여 여러 가지 궁리를 했다.

아담이 읍내에서 진통제 한 병을 가지고 돌아왔다. 그는 캐시에게 약을 한 숟갈 따라 주면서 말했다.

「맛은 고약하겠지만 좋은 약이니 참고 먹어요.」

그녀는 잠자코 약을 받아 먹었다. 얼굴도 전혀 찡그리지 않았다.

「이렇게 친절히 대해 주셔서 고마워요. 너무 폐를 많이 끼친 거 같아요.」

「폐라니 무슨 말이오. 당신 덕택에 우리 집안 분위기가 얼마나 환해졌는지 모르오. 그렇게 중상인데도 불평 한 번 하지 않고.」

「정말 고마워요. 당신은 친절하신 분이에요.」

「그건 마음뿐이오.」

「또 나가실 건가요? 좀더 함께 이야기하면 안 되나요?」

「그럽시다. 그보다 더 중요한 일이 어디 또 있겠소?」

「의자를 좀 당기고 바짝 앉아요.」

아담이 가까이 앉자 캐시는 오른손을 그에게 내밀었다. 그는 두 손으로 그녀의 손을 꼭 잡았다.

「당신은 정말 친절하신 분이에요. 아담, 약속을 지키시는 거죠?」

「암, 지키고 말고. 무슨 생각을 하는 거지?」

그녀는 울면서 애처롭게 말했다.

「무섭고 외로워요.」

「내가 무엇을 도와 줄까?」

「누구도 도울 수 없는 일이에요.」

「어서 속시원히 말해 봐요. 도와 줄 테니.」

「아뇨, 난 그걸 말하지 못해요. 아니 말할 수 없어요.」

「왜 못한다는 거지? 비밀이라면 내가 지킬 테니 염려 말고 말해 봐요.」

「아니예요, 비밀이라서 그러는 건 아니예요.」

「그러면 왜?」

캐시는 가만히 그의 손을 잡았다.

「아담, 실은 난 기억력을 상실하지 않았어요.」

「아니, 그런데 왜 그렇게 말했지?」

「그 이유를 말씀드릴께요. 아담, 당신은 아버지를 사랑했나요?」

「글쎄, 사랑했다기보다는 존경했다고 말하는 게 더 낫지.」

「그럼, 그 존경하는 분이 어려움에 처해 있다면 그분을 구하기 위해 최선을 다했겠죠.」

「그야 당연한 이야기지.」

「바로 내 처지가 그래요.」

「어떡하다 그렇게 다친 거지?」

「그것과 관련이 되는 일이에요. 그래서 내가 입을 열 수가 없는 거예요.」

「아버지가 그랬나?」

「아뇨, 그건 복잡하게 얽혀 있어요.」

「그것도 아니면, 당신이 누구에게 부상을 입었다고 내게 말해 주면 아버지가 봉변을 당할까 봐 그러나?」

캐시는 한숨을 크게 몰아쉬었다. 만일 여기서 입을 열지 않으면 아담이 마음대로 이야기를 퍼뜨릴지 모른다.

「아담, 나를 믿는 거죠?」

「믿고 말고.」

「그렇지만 민망해서 입이 떨어지지 않아요.」

「별말을 다하는군. 자기 아버지를 보호하는 일인데 뭐가 민망하단 말이오.」

「이해해 주셔서 정말 기뻐요. 이건 내 비밀이 아니예요. 내 비밀이었다면 벌써 말했을 거예요.」

아담이 그녀 앞으로 몸을 굽히자 캐시는 그의 뺨에다 입을 맞추었다.

「자, 안심하고 어서 말해 봐요. 내가 돌봐 줄 테니.」

여자는 베개에 몸을 비스듬히 기댄 채 말했다.

「당신도 돌봐 줄 수 없어요.」

「그건 또 무슨 말이야?」

「당신 동생 찰스가 나를 싫어해요. 그는 내가 빨리 이곳에서 떠나기를 바라고 있어요.」

「그애가 그런 말을 했소?」

「그렇지 않아요. 나도 느낄 수 있어요. 그분은 당신처럼 이해심이 있는 사람이 아니예요.」

「마음은 착한 아이오.」

「나도 알아요. 그러나 당신처럼 친절한 사람은 아니더군요. 만일 내가 여기서 나간다면 분명히 경찰이 심문할 거예요. 이곳을 나가면 난 의지할 곳이 없어요.

갈 데도 전혀 없단 말이에요.」

아담은 먼곳을 바라보며 말했다.

「찰스가 당신을 이곳에서 쫓아내지는 못할 거요. 이 농장의 절반은 내 것이기도 하니까. 그리고 나도 돈을 갖고 있으니.」

「나가라고 하면 나는 나갈 수밖에 없어요. 그렇다고 당신의 생활까지 엉망진창으로 만들 수는 없으니까요.」

아담은 일어나서 밖으로 나갔다. 뒷문으로 가서 밖을 바라보니 밭에서 찰스가 수레에서 돌을 내려 담을 쌓는 중이었다. 아담이 하늘을 물끄러미 쳐다보니 동쪽에서 구름이 잔뜩 밀려오고 있었다. 그는 땅이 꺼질 정도로 깊이 한숨을 쉬었다. 가슴속에서 흥분이 일어났다. 갑자기 귀가 열리더니 병아리 소리와 함께 한바탕 동풍이 부는 소리가 들렸다. 길 위를 걷는 말굽 소리와 이웃 사람이 헛간에 이엉 잇는 소리도 들렸다. 이런 모두 소리가 함께 엉겨서 하나의 음악을 이루었다. 눈도 또한 맑아졌다. 이 세상 모든 것이 다르게 보였다. 참새 떼가 앉아서 먹이를 먹다가 바람에 나부끼는 스카프처럼 날아갔다. 아담은 찰스를 되돌아보았다. 그는 자신이 시간 관념이 희박해져서 얼마 동안 문 앞에서 서 있었는지를 알 수 없었다.

그러나 오랜 시간이 지난 것은 아니었다. 찰스는 아직도 그 큰 돌과 씨름하는 중이었다. 아담 역시 방금 들이쉰 숨을 아직도 내쉬지 않고 있었다.

갑자기 그는 희비가 하나로 되는 것을 깨달았다. 용기와 공포도 역시 하나가 되었다. 그는 은연중에 콧노래를 흥얼거리고 있었다. 그는 돌아서서 부엌방을 지나 문간에 서서 다시 캐시를 쳐다보았다. 캐시는 맥빠진 모습으로 아담을 보더니 웃었다. 어린애 같구나. 의지할 곳 없는 가여운 어린애. 그런 생각을 하니 애정이 한꺼번에 밀려왔다.

「캐시, 나와 결혼해 주겠소?」

아담이 그녀에게 물었다.

캐시의 얼굴은 경직되고 손이 경련을 일으키더니 꽉 움켜잡았다.

「서두르지 마오. 대답은 나중에 해도 돼요. 잘 생각한 후에 대답해 줘요. 나와 결혼하면 내가 보호해 주겠소.」

캐시는 거의 회복되어 갔다.

「아담, 이리 와서 거기 앉아요. 손을 좀 이리 줘요. 네, 됐어요.」

그녀는 아담의 손을 자기 뺨에 갔다 대고 울먹이며 말했다.

「여보, 아담. 당신은 나를 믿었어요. 저와 약속할 게 있어요. 당신이 제게 청혼했다는 말 동생에게는 당분간 비밀로 해주세요. 네?」

「왜 그러지?」

「그저 별 이유는 없지만 오늘 밤 좀 깊이 생각해 보고 싶어서 그래요. 아니, 오늘 밤만이 아니라 좀더 시간을 주세요.」

그녀는 손을 머리에 대면서 말했다.

「혼자 정리해 봐야겠어요. 아무래도 정리가 되지 않아요.」

「결혼을 승낙한다는 거요?」

「아담, 시간을 좀 줘요. 생각할 여유를 좀 주세요.」

아담은 웃고 있었지만 불안한 듯 말했다.

「너무 오래 끌지 않도록 해요. 나는 지금 나무 꼭대기에서 아래로 내려오지 못하는 고양이 신세 같으니까.」

「알았어요. 시간을 좀 주세요. 당신은 친절한 분이잖아요.」

아담은 밖으로 나가 찰스가 돌을 싣고 있는 곳으로 갔다.

아담이 나간 후 캐시는 자리에서 일어나 비틀비틀 화장대 앞에 섰다. 그녀는 몸을 앞으로 내밀고 손거울 속에 비친 얼굴을 들여다보았다. 그녀의 이마에는 아직도 붕대가 감겨 있었다. 그녀는 붕대를 쳐들고 흉하게 보이는 빨간 흉터를 보았다. 캐시는 이미 아담이 청혼을 하기 전에 그와 결혼하기로 마음먹고 있었다. 그러나 두려운 마음이 앞섰다. 그녀에게는 지금 돈과 보호가 필요했다. 그런데 아담은 이 두 가지를 모두 가지고 있었다. 그녀는 결혼하고 싶은 마음이 없었으나 결혼은 그에게 당분간 은신처 구실을 해줄 것이었다. 한 가지 곤란한 일은 아담이 자기를 사랑하고 있는 것이었는데, 그녀는 그런 감정이 전혀 없었기 때문에 귀찮았다. 그녀는 아담에게 애정을 느끼지 않았으며 지금까지 그 누구에게도 사랑의 감정을 느껴 본 적이 없었다. 그녀는 정말 두려웠다. 그녀는 난생 처음 당한 상황을 어떻게 처리할 줄 몰라서 겁이 났다. 앞으로는 절대로 그런 일을 당하지 않으리라고 다짐했다. 찰스의 반응을 생각해 보니 웃음이 터져 나왔다. 캐시는 어딘지 모르게 찰스와 일맥상통한 점이 있었다. 찰스가 자기를 의심하는 것은 전혀 신경 쓸 필요가 없었다.

4

아담이 가까이 가자 찰스는 굽혔던 허리를 폈다. 그는 허리를 손바닥으로 마사지했다.

찰스가 먼저 말을 꺼냈다.

「아휴, 웬 돌이 이렇게 많은지.」

「군대에서 친구한테 들었는데, 캘리포니아에는 수 마일씩 계속되는 계곡이 많다는군. 그곳엔 잔돌이 전혀 없대.」

그러자 찰스가 말했다.

「그럼 다른 게 있을 테지. 농장은 어느 곳이나 문제가 있게 마련인 걸. 중서부에서는 메뚜기가 극성을 떨고, 어떤 곳에서는 태풍이 말썽을 부리기도 하지. 그런데 돌이 좀 있다고 그게 어쨌다는 거야?」

「그래, 네 말이 맞다. 내가 좀 도와 주련?」

「고마워요. 난 형이 방안에서 저 여자의 손목을 잡고 평생 살아가나 했지. 언제까지 있는대?」

아담은 그에게 청혼을 했다는 이야기를 할까 생각했으나 찰스의 말투가 거칠었기 때문에 말을 하지 않기로 했다.

「참, 아까 알렉스 플랫이 왔었는데, 횡재를 했더군. 큰 돈을 주웠다나 봐.」

「뭐라고?」

「알렉스네 삼나무 숲 있는 곳 알지. 바로 그 길 옆 말이야.」

「응, 거긴 나도 알아. 그게 어쨌는데?」

「알렉스가 토끼를 잡으려고 삼나무 숲으로 들어갔는데, 그곳에서 가방과 남자 양복을 한 벌 발견했대. 비에 죄다 젖긴 했지만 얼마 안 된 것 같았대. 그리고 자물쇠를 채운 나무 상자가 있어서 열어 보니 그 속에 사천 달러나 들어 있었다는군. 그리고 속에 아무것도 없는 지갑이 하나 있었다더군요.」

「이름도 씌어 있지 않았나?」

「정말 그게 이상한 일이야. 옷이나 가방에도 이름표가 붙어 있지 않았대. 그 사람은 흔적이 남길 원하지 않았던 것 같아.」

「그럼, 그 물건을 알렉스가 가지게 되었니?」

「경찰에 신고를 했는데, 경찰이 공고를 내고도 소식이 없으면 알렉스의 소유가 되는 거지.」

「그야 주인이 나타날 테지 뭐.」

「알렉스에겐 그런 말은 하지 않았어. 그는 좋아서 마냥 들떠 있단 말이야. 이름이 씌어 있지 않은 게 정말 이상하지. 처음부터 붙어 있지 않았다나 봐.」

아담이 덤덤히 대꾸했다.

「꽤 많은 돈인데 주인이 나타나겠지 뭐.」

「알렉스는 꽤 오래 있다가 갔어. 그 부인이 사방을 잘 돌아다니잖아.」

찰스는 한참이나 잠자코 있더니 이윽고 입을 열었다.

「형, 얘기 좀 합시다. 동네 사람들이 별 말을 다 한단 말이야.」

「무슨 말을 한다는 거야?」

「제기랄. 또 그 여자 얘기지. 남자 두 명이 한 여자와 함께 살 수는 없어. 알렉스가 그러더군. 여자들이 그래서 야단들이라고. 그러니 우리는 이대로 있어선 안 돼. 우린 계속 이곳에서 살아야 하고 체통 있는 집안이잖아.」

「넌 그 여자가 저렇게 아픈데 여기서 내쫓겠다는 거야?」

「어쨌든 함께 살 수는 없어. 어서 내보내. 난 그 여자가 싫어.」

「그래, 넌 처음부터 싫어했지.」

「그 여자는 믿을 수 없는 여자야. 난 그걸 알 수 있어. 글쎄 그 여자는 어딘지 그런 구석이 있어. 형, 언제 나가라고 할 거지?」

아담은 느릿느릿 말했다.

「일주일만 더 기다려 봐. 다음 주엔 내가 어떻게 할 테니.」

「약속할 수 있어?」

「그래, 약속하마.」

「그럼 됐어. 나는 알렉스 부인에게 말할께. 그 여자가 마을 부인들에게 순식간에 소문을 내겠지. 나는 예전처럼 형과 둘이 지냈으면 좋겠어. 그 여자 아직 기억력이 회복되지 않았지?」

「그래.」

아담이 말했다.

5

5일 후, 찰스가 읍내에 사료를 사러나가자 아담은 부엌 계단에 바짝 마차를 대고 캐시를 태웠다. 담요 하나로는 무릎을 싸 주고 또 다른 담요로는 어깨를 감싸 주었다. 그는 군청 소재지까지 나가서 판사 앞에서 캐시와 결혼을 했다.

그들이 집에 도착해 보니 찰스가 먼저 와 있었다. 두 사람이 부엌으로 들어서자 그는 언짢은 얼굴이었다.

「난 형이 기차에 태워 보내려고 나갔나 했어.」

아담은 간단히 말했다.

「우리 결혼했어.」

캐시는 찰스에게 살짝 웃었다.

「왜, 아니 왜 그런 짓을?」

「왜 우린 결혼하면 안 되라는 법이라도 있니?」

캐시는 재빨리 침실로 들어가 버렸다.

찰스가 흥분해서 떠들어 댔다.
「저 여잔 질이 나쁜 여자야. 창녀란 말이야, 창녀.」
「찰스 !」
「글쎄, 형. 저 여잔 창녀야. 난 그 여잘 안 믿어. 저런 질이 나쁜 창녀를 어떻게 믿겠어.」
「찰스. 그만 ! 제발 그만해. 내 마누라를 욕하는 건 용서할 수 없어.」
「마누라는 무슨 마누라야. 암코양이보다도 못한 더러운 년인 걸.」
아담은 여유를 가지고 말했다.
「찰스, 너 질투하는 거니 ? 네가 캐시와 결혼하고 싶었나 보구나.」
「말도 안 되는 소리하지 마. 내가 질투를 한다고 ? 난 그런 년과는 한 집에서 살 수 없어 !」
그러나 아담은 전혀 동요하지 않고 담담히 대꾸했다.
「같이 안 살 테니 걱정마. 난 캐시와 떠날 거야. 너 내 땅을 사렴. 그럼 농장이 다 네 것이 되잖아. 너는 늘 그걸 원했잖아. 천년 만년 여기서 살려무나.」
찰스는 흥분을 가라앉히며 말했다.
「형, 저 여자와 관계를 끊어야 해. 이제라도 늦지 않았어. 형은 저 여자 때문에 파멸할 거야. 저 여자는 형을 망칠 여자란 말이야.」
「찰스, 넌 어떻게 그 여자에 대해서 잘 알지 ?」
찰스는 냉정한 시선으로 말했다.
「아는 건 없어.」
그는 한 마디 던지고 침묵을 지켰다. 아담은 캐시에게 식사하라는 말도 하지 않고 두 접시에 음식을 담아서 침실로 갔다.
「캐시, 우리 여길 떠나.」
「아뇨, 제가 떠나겠어요. 저 때문에 두 분 사이가 소원해지면 안 돼요. 찰스는 왜 나를 미워하는 거죠 ?」
「그건 아마 질투일 거야.」
캐시의 눈이 가늘어지더니 말했다.
「질투라고요 ?」
「웅, 그럴 거야. 당신은 아무 걱정도 마. 우리가 떠나면 해결되는 거야. 우리 캘리포니아로 갑시다.」
캐시는 차분한 어조로 말했다.
「싫어요. 나는 캘리포니아에는 가고 싶지 않아요.」
「당신이 몰라서 그래. 그곳은 아주 좋은 곳이야. 사철 따뜻하고 아름다운 곳이지.」

「싫어요. 난 캘리포니아에 가지 않을래요.」

「캐시, 당신은 내 아내야. 난 당신과 함께 갈 거야.」

아담의 말에 그녀는 더 이상 말을 하지 않았다.

찰스가 요란하게 문을 닫고 나가 버리자 아담이 다시 말했다.

「찰스에게는 그게 좋아. 주막에 가서 한 잔 하면 화가 풀리겠지.」

캐시는 요조숙녀처럼 얌전히 앉아 자기 손을 들여다보았다.

「아담, 난 아파서 아내 노릇 못해요. 몸이 나아야 하니까요.」

「알았어. 기다리고 말고.」

「그래도 내 곁에서 떠나지 마세요. 난 찰스가 무섭단 말이에요. 그는 나를 미워해요.」

「그래 내 간이 침대를 여기 갖다 놓지. 두려우면 나를 불러. 자, 나를 만져 봐.」

「정말 고마워요. 당신은 친절하신 분이에요. 우리 차나 함께 마실까요?」

「그럽시다. 나도 한 잔 마시고 싶어.」

그는 뜨거운 김이 모락모락 나는 차 두 잔을 갖다 놓은 뒤 설탕을 가지러 다시 나갔다 와서 캐시의 침대 곁에 앉았다.

「너무 진한가?」

「아니예요, 나는 진한 게 좋은 걸요.」

아담이 얼른 차를 마셔 버렸다.

「그런데 맛이 이상한 걸. 그래, 맛이 이상해.」

캐시는 재빨리 입을 손으로 가리며 말했다.

「어디 그 커피 맛 좀 봐요.」

캐시는 잔에 남은 찌꺼기를 홀짝 마셨다.

「아니, 이건 내가 마실 건데 당신이 마셨군요. 잔이 바뀌었어요. 내가 마실려고 약을 탔어요.」

아담은 자기 입술을 한 번 핥았다.

「뭐 해롭지야 않겠지.」

「그래요. 밤엔 당신 깨우지 말아야 되겠어요.」

「왜 깨우지 않아?」

「내가 먹으려던 수면제를 당신이 먹었잖아요. 쉽게 못 일어날 거예요.」

아담은 잠을 이기려고 버텨 보았으나 바로 깊은 잠에 빠져 버렸다.

「여보, 의사가 이렇게 수면제를 많이 먹으라고 했소?」

아담은 몽롱한 채로 말했다.
「아니예요, 당신은 처음 먹는 거라 습관이 안 되서 그런 거예요.」
 찰스는 열한 시가 되어서야 돌아왔다. 캐시는 가만히 비틀거리는 그의 걸음걸이에 귀를 기울였다. 찰스는 방으로 들어가 옷을 벗어 버리고 침대에 누웠다. 그는 끙끙거리며 이리 뒤척 저리 뒤척 잠을 이루지 못하다가 눈을 떴다. 침대 옆에 바로 캐시가 서 있는 것이었다.
「아니, 왜 이러는 거지?」
「왜 그러는 거라고 생각해요? 좀 비켜 줘요.」
「형은 어딨어?」
「그는 내 수면제를 잘못 마시고 깊이 잠에 빠졌어요. 어서 좀 비켜요.」
 찰스는 숨을 거칠게 몰아쉬었다.
「비켜, 난 이미 창녀와 했으니까.」
「당신은 기운이 넘치잖아요. 어서 비켜요.」
「다친 팔은 어떻게 하고?」
「걱정 마세요. 내가 알아서 할 테니.」
 찰스는 갑자기 냉소적인 웃음을 터뜨렸다.
「불쌍한 놈!」
 그는 한 마디 내뱉으며 이불을 젖히고 그녀를 껴안았다.

제 2 부

제 12 장

이제 이 책의 내용은 1900년이라는 분계선에 당도했다. 백년이라는 한 세기를 휘저어 놓았다고 할 수 있다. 그동안에 일어난 여러 가지 사건은 이제 희미해져서 사람들 마음대로 미화되어 오래 된 옛날 이야기일수록 더 아름답고 의미 있게 새겨졌다. 몇몇 사람의 기억 속에서는 그 시절이 가장 아름답고 좋은 시절로 생각되었다. 그 옛날에는 젊어서 도무지 겁이 없고 즐겁고 명랑하기만 했다. 살아서 20세기를 맞이할 수 있을지 어떨지 알 수 없는 노인들은 별로 달갑지 않게 새 시대를 기다렸다. 그 이유는 세상은 자꾸 변모하고 아름다운 것은 모두 사라진다고 생각했기 때문이었다. 무너진 세계엔 걱정이 배어 있고, 도덕과 예절과 아름다움은 모두 사라져 버렸다. 이제 숙녀는 이미 숙녀가 아니고, 신사 또한 신사라고 볼 수 없었다.

언젠가 사람들이 옷깃을 여미고 살았던 때가 있었다. 지금은 인간의 자유는 모두 사라져 버리고, 어린이의 생활도 이제 예전과 같지 않았다. 옛날에 어린이들의 근심은 새총알로 쏠 좋은 돌을 어디서 구하나 하는 것뿐이었다. 어린이들은 둥글지 않은 납작하고 반들반들한 돌을, 헌 구두에서 잘라 낸 가죽으로 Y자형으로 된 새총을 만들어 쏘았다. 그 돌은 지금 다 어디 있을까? 그리고 그 소박함은 어디 갔을까?

사람들은 정신이 혼탁해졌다. 이제는 그 즐겁고 가슴 아팠던 느낌이나 벅찼던 느낌을 다시 되새길 수 없게 되었다. 그들은 단지 그런 느낌을 가졌던 적이 있었던 것만을 회상할 뿐이다. 그러나 아직도 어린 귀리에다 얼굴을 대고 땅을 치면서 흐느꼈던 유년 시절의 안타까웠던 감정은 모두 잊어버렸다.

「아니, 저 녀석은 왜 풀 속에 엎드려 있지? 감기 들겠네.」

어떤 사람은 고작 이런 말이나 할 것이다. 딸기 맛도 옛날 같지 않고, 이제는 여자들 넓적다리도 죄는 힘이 없다.

알을 품는 암탉처럼 가만히 앉아서 있다가 죽는 사내들도 없지 않다.

수많은 역사가의 몸에서 체액처럼 역사가 분비되었다. 이 엉망진창인 세상이 빨리 끝장나야겠다고 생각하는 사람도 더러 있었다. 살기와 살인, 폭동과 알 수 없는 죽음이 만연한 세상, 공유지를 온갖 수단을 동원해서 다 팔아먹는 세상.

회상해 보라. 큰 바다 주변에 접한 조그마한 우리 나라가 감당키 어려운 갈등으로 분열되었던 때를 우리가 가까스로 지탱해 나갈 때 영국이 다시 휘어 잡게 되었다. 우리가 겨우 그들을 타도했지만 좋은 결과를 초래하지는 않았다. 백악관은 불타고 연금을 받아야 할 수천 명의 미망인이 생길 것이다.

그 후에 군인들은 멕시코로 갔다. 그것은 고통스러운 행군이었다. 집에서 편안한 생활을 할 수 있는데, 왜 사람들이 불안하게 행군 대열에 끼어야 하는지는 그 누구도 알 수 없다.

그러나 멕시코 전쟁은 두 가지 소득을 가져 왔다. 서부 지역의 땅을 획득해서 영토를 두배나 확장시켰고, 이 지역은 장군들의 실전 훈련을 한 덕분에 슬픈 자살 행위가 많아지자 지도자들은 그 행위가 두려운 것으로 인식시키는 기술을 습득하게 되었다.

그러자 논쟁이 일어났다.

노예를 계속 부릴 수 있을까?

그거 사기를 치지 않고 산 것이라면 안 될 게 무엇인가?

그 다음에는 인간이 말을 부려선 안 된다는 소리를 하겠지. 내 재산을 뺏으려는 자는 누구인가?

그때의 우리는 자신의 얼굴에 상처를 내어 턱수염에 피가 흐르게 하는 사람들이었다.

이제 그것도 끝나고 우리는 피어린 땅을 떠나 천천히 서쪽으로 이동하기 시작했다.

호경기와 폭발, 파산과 불경기가 몰아닥쳤다.

대규모의 도둑이 와서 주머니마다 모두 뒤졌다.

썩어빠진 세상이여, 지옥으로나 없어져 버려라.

그 모두를 극복하고 그 위에 문을 닫도록 하자. 책을 덮어 버리고 전진하자. 새 장과 새 생활로 악취나는 한 세기의 뚜껑을 닫아 버리면 인간의 손은 청결해질 것이다. 앞으로는 청결해야지. 이 청결하고 새로운 세기에는 부패가 존재하지 않는다. 그리고 부정이 없다. 새로운 세상에서 구태의연한 수작을 부리려는 작자는, 그렇다. 우리는 그 자를 똥통 위에 거꾸로 매달아 처형해 버려야 한다.

아, 그러나 딸기는 두 번 다시 그 맛을 나타내지 못할 것이며, 또 여자들의 넓적다리는 죄는 맛을 잃을 것이다.

제 13 장

1

이따금 일종의 영광이 사람의 마음을 밝혀 주기도 한다. 거의 모든 사람에게 이런 일이 생긴다. 그것은 다이너마이트를 향해 퓨즈가 타들어가듯이 이런 일이 커가는 것을 느낄 수 있다. 이것은 가슴과 신경과 팔로 느낀다. 살갗은 공기를 맛보고 심호흡을 해보면 달콤하다. 그 시작에는 마음껏 기지개를 켤 때의 쾌감이 있고, 그것이 뇌에서 빛을 내면 눈에 보이는 온세상이 빛난다. 한평생을 음울하게 보낸 사람도 있을 것이고, 그의 대지와 나무 역시 침울했을지 모른다. 또한 중요한 사건이 대수롭지 않게 흘러가 버렸을지라도 한두 번은 영광이 찾아든다. 귀뚜라미의 울음 소리가 귀를 간지럽히고 흙 냄새가 코를 간지럽히고, 나무 아래 얼룩진 햇살이 그의 눈을 축복해 준다. 그러면 인간은 하나의 급류를 이루며 밖으로 나가는 것이다. 그래도 그의 몸은 전혀 위축되지 않는다. 이 세상에서 한 인간의 관록은 그가 체험하는 영광의 질과 수로 측정할 수 있다고 생각한다. 그것은 고독한 것이기는 하지만 우리를 세상과 연결시킨다. 관록은 모두 창조의 어머니이고, 인간은 저마다 다른 관록으로 하여금 타인과 다른 존재가 되는 것이다.

앞으로 미래가 어떻게 될지 모르겠다. 지금 세상에는 크나큰 변화가 일어나고 온갖 힘이 모여 미래를 이루는데, 그 미래의 모습을 우리는 알 수 없다. 그 힘 중에는 우리에게 악으로 보이는 것도 있다. 그 자체가 악해서가 아니라 우리가 선으로 생각하는 것을 없애 버리려는 경향이 있으므로 악으로 보인다는 말이다. 한 명보다 두 명이 있으면 더 큰 돌을 들 수 있다. 그리고 한 명보다 한 집단이면 자동차도 더 빨리, 더 잘 조립할 수 있고, 대규모 공장에서 생산하는 빵이 더 싸고 품질도 믿을 만하다. 우리의 의식주가 복잡한 대량 생산에서 이루어질 때, 그 생산 방법이 우리의 사고까지 지배하여 다른 사고를 모두 마비시킨다. 근래에는 대량 생산이 정치, 경제뿐만 아니라 종교에까지 파고들어, 이제는 신이라는 개념을 집단이라는 개념과 바꾸어 버린 나라가 간혹 생겨났다. 그러나 이것은 위험하다. 오늘날의 세상은 불안하고, 이 불안은 최악의 상태이며, 그러므로 인간은 불행하고 혼란 속에 빠져 있다.

이런 때에는 스스로 『내가 신뢰하는 것은 무엇인가? 나는 무엇을 위해 싸우고 무엇을 물리쳐야 하는가』라고 자문해 보는 것이 당연한 일이라고 생각된다.

인류는 유일한 창조적 동물이며, 그 창조의 도구는 오직 하나, 인간 개개의 정신뿐이다. 지금까지 두 사람이 창조한 것은 전혀 없다. 음악·예술·수학·철학 중에서 두 명 이상의 공통 연구는 훌륭한 것이 없다. 일단 개인에 의한 기적적인 창조가 이루어지면 집단이 이것을 만들고 확장할 수는 있어도 집단이 새로운 발명을 한 것은 없다. 귀중한 힘은 인간 저마다의 마음속에 있다.

그런데 집단 개념 주변에 둘러싼 세력이 귀중한 인간의 마음을 섬멸시키겠다고 선전 포고를 했다. 지금 자유 분방한 인간의 정신은 비방·기아·탄압·강제 지령과 움직임일 수 없는 세뇌에 쫓기어 끌려 다닌다. 그리하여 인간은 스스로 슬픈 자살의 길을 택한 것처럼 보이는 것이다.

나는 각 개인의 자유로운 탐구적 정신이 이 세상에서 가장 값진 것이라고 믿는다. 또한 인간이 어느 누구의 지시나 명령을 받지 않고 원하는 방향으로 갈 수 있는 정신의 자유, 그리고 제약하거나 파괴하는 모든 사상과 종교, 또는 정부에 반대하여 싸워야 한다. 이것이 현재의 나이며, 또한 나의 관심사인 것이다.

일정한 틀 위에 세운 조직이 자유로운 정신을 파괴하려 드는 이유를 나는 안다. 그 이유는 자유로운 정신이야말로 그런 제도를 살피고 파괴할 수 있기 때문이다. 나는 이것을 잘 알며 그런 제도를 미워하고 그런 제도와 싸워 창조 능력이 없는 동물과 인간의 차이점, 혹 자유로운 정신을 지켜 나가려고 한다. 영광이 말살되면 우리는 파멸하고 만다.

2

아담 트래스크는 음울한 환경에서 성장했고, 그의 인생의 커튼은 먼지 낀 거미줄 같았으며, 나날의 생활이 슬픔과 불만 속에 쌓여 있었는데, 이제 캐시 때문에 그에게도 영광이 찾아온 것이다.

캐시가 다른 사람들과는 다른 괴상한 인간이라도 그것은 별로 문제가 되지 않는다. 우리가 어쩌면 캐시를 이해하지 못하는지 모르겠지만 우리는 다방면의 온갖 일을 행할 수 있다. 우리는 좋은 일도 할 수 있고 또는 큰 죄를 지을 수도 있다. 마음속으로 더러운 물 속을 더듬지 않은 자가 어디 있겠는가?

어쩌면 우리 마음속에는 비밀 연못이 있어서 그 속에서 악하고 추한 것이 자라고 있는지도 모른다. 그러나 이 연못에는 울타리가 쳐져 있어서 악의 씨앗은 헤엄쳐 오르다가 다시 땅에 떨어져 버린다. 몇 명의 인간은 어두운 연못 속에서 악이 자라나 울타리를 자유롭게 넘어다니기도 하지 않는가? 이런 인간을 괴물이라고 하는데, 우리는 비밀 연못에서 그런 인간과 관계를 맺고 있는 게 아닐까? 우리가 천사와 악마를 발견하고, 이 두 가지를 이해하지 못한다는 것은 또한 우스운 일이다.

캐시의 정체가 무엇이든지, 그녀는 아담에게 밝은 미래를 비쳐 주었다. 아담의 정신은 하늘 높이 치솟아 자신을 공포와 비통과 나쁜 추억에서 해방시켜 주었다. 영광이 세상을 밝게 비추었고, 조명탄이 전쟁터를 환히 비추어 바꾸어 놓듯이 세상을 변화시켰다. 아담은 캐시의 진면목을 알 수 없었지만, 그녀의 자태는 아담의 눈빛을 받아 찬란히 빛났다. 아담에게는 캐시의 모습이 아름답고 상냥하며, 거룩한 여인, 고귀하고 청순하며 사랑스런 여인의 모습과 똑같았다. 캐시의 실제언행은 그 무엇도 아담의 마음속에 자리잡고 있는 그녀의 모습을 전혀 일그러뜨리지 않았다.

캐시는 캘리포니아에 가기 싫다고 했지만 아담은 들은 척도 하지 않았다. 그의 마음속에서는 이미 캐시가 그의 팔을 잡고 앞장서고 있었다. 그의 빛이 너무 밝았기 때문에 동생 찰스의 침울한 얼굴이나 그의 눈이 번뜩이는 것도 전혀 보이지 않았다. 아담은 농장 중 자기 몫을 싼 값에 찰스에게 넘기고, 그 돈과 아버지가 남겨 준 유산의 반을 가지고 자유로운 부자가 되었다.

이렇게 하여 두 사람은 형제가 아닌 남남이 되어 버렸다. 정거장에서 악수를 나누고 나서 기차로 떠나는 것을 쳐다보며 찰스는 이마의 흉터를 만졌다. 그는 급히 주막으로 달려가서 위스키를 네 잔이나 들이킨 후 이층으로 올라갔다. 그는 여자에게 돈을 주었으나 일은 제대로 치루지 못했다. 찰스는 여자 팔에 안겨서 울다가 쫓겨나고 말았다.

찰스는 미친 사람처럼 열심히 농사를 짓고 억척스럽게 땅을 사들여 농장을 확장시켰다. 그는 휴식도 취할 줄 몰랐고, 부자였지만 쾌락도 모르고 일만 하면서 보냈다. 그는 사람들에게 존경은 받았지만 친구는 없었다.

아담은 얼마 동안은 뉴욕에 머물면서 자기 옷과 캐시의 옷을 산 후 대륙을 횡단하는 기차에 올랐다. 두 사람이 샐리너스에 오게 된 것을 이해하기는 쉬운 일이다.

그 무렵 철도 회사는 사체를 확장하고 지배권을 장악하기 위해 앞을 다투어 수송량을 늘리며 온갖 수단과 방법을 동원했다. 그들은 여러 신문에 광고를 내는 것에 그치지 않고, 서부의 아름다움과 풍요함을 찬양하는 글과 사진을 실은 소책자와 포스터를 수없이 많이 펴내서 뿌려 댔다.

그들의 요구 사항은 별로 큰 것이 아니었으며 제공하는 것은 헤아릴 수 없이 많았다. 정력적인 리랜드 스탠포드가 이끄는 남태평양 철도 회사는 운수업에서 뿐만 아니라 정치면에서도 태평양 연안 지방을 지배하기 시작했다. 이 회사의 철도는 계곡과 벌판으로 계속 확장되어 나갔다. 새 도시가 생기고 새로운 지역이 개발되어 사람이 많이 모였다. 영업이 잘 되려면 고객이 늘어나야 한다.

기나긴 샐리너스 계곡도 그 개척지 중의 일부였다. 아담은 샐리너스 계곡이 천국보다 아름다운 곳이라는 화려한 포스터를 보고 골똘히 생각에 잠겼다. 그 포스터를 읽고 나서 샐리너스 계곡에 살고 싶다는 생각을 하지 않는 인간이 있다면 그는 정상적이라고 볼 수 없을 것이다.

그러나 아담은 땅 사는 일을 결코 서두르지 않았다. 그는 마차를 한 대 구입하여 사방을 돌아다니며, 먼저 자리잡고 사는 사람들에게 토질·물 사정·기후와 곡식·가격과 시설에 대해 질문을 하고 이야기를 들었다. 아담은 토지를 사고 팔아서 한 밑천 잡으려는 게 아니라, 이곳에 정착하여 가정을 꾸미고 작은 왕국을 꾸며 보려는 생각이었다.

아담은 여기저기 농장을 다녀 보면서, 흙을 집어 손으로 부서 보거나 이야기를 하고 계획을 세우며 꿈을 키워 나갔다. 이 지방 주민들은 아담이 부자라는 것을 알아 보고는 그가 샐리너스에 오게 된 것을 환영했다.

아담은 캐시 때문에 걱정거리가 하나 생겼다. 그녀는 아담을 따라 이곳저곳 다녔지만 기운이 하나도 없었다. 그녀는 건강이 별로 좋지 않은지 어느 날 아침 몸이 아프다고 킹 시티 호텔에 머물렀다. 아담은 아침에 시골로 갔다가 오후 다섯 시경에 와 보니 캐시가 출혈이 심해서 빈사상태가 되어 있었다. 다행히도 틸튼 의사가 식사를 하고 있었기 때문에 재빨리 그를 데리고 올 수 있었다. 의사는 응급 조치를 취한 후 아담에게 말했다.

「아래층에서 기다리시겠어요?」

「괜찮겠습니까?」

아담이 캐시의 등을 어루만지자, 그녀는 살짝 웃어 보였다.

틸튼 의사는 들어와 문을 닫은 후 침대 가까이로 왔다.

틸튼 의사는 흥분해서 말했다.

「왜 그런 짓을 했죠?」

캐시는 입을 꽉 다문 채 아무 말도 하지 않았다.

「남편은 당신이 임신한 사실을 알고 있습니까?」

그녀는 머리를 흔들며 잠자코 있었다.

의사는 방을 한 바퀴 둘러보고는 책상 위에서 뜨개질 바늘을 집어서 캐시의 눈 앞에 들이대며 말했다.

「당신은 상습범이오, 상습범, 당신은 정말 어리석어요. 유산이 되기는커녕 하마터면 당신만 죽을 뻔했단 말이오. 아마 당신은 유산시키려고 다른 짓도 했을 거요. 독을 먹었거나 좀약, 석유, 고추도 집어 넣을 거요. 세상에 이럴 수가 있담. 여자들이 하는 짓은 모두가 이렇지.」

캐시의 눈은 마치 유리알처럼 차가웠다.

의사는 그녀의 침대 가까이 의자를 끌고 가 앉으며 부드러운 어조로 물었다.

「당신은 왜 유산시키려 하는 것이오? 훌륭한 남편이 곁에 있고, 남편을 사랑하지 않소? 내내 한 마디도 하지 않을 작정이오? 어서 고집피우지 말고 이야기해 봐요.」

그래도 캐시는 미동도 하지 않고 있었다.

「이것 봐요. 절대로 생명을 해쳐선 안 돼요. 나는 그런 일을 제일 싫어하오. 내가 지식이 부족해서 환자를 잃기도 하지만, 난 언제나 생명을 건지기 위해 노력하고 있어요. 그런데 당신은 고의로 뱃속의 생명을 죽이려고 하다니!」

의사는 그치지 않고 계속 떠들었다. 캐시가 전혀 말도 하지 않기 때문에 말을 중단하기가 어려웠다. 이 여자는 이해할 수 없는 사람이라고 그는 생각했다. 그리고 어딘지 모르게 비인간적인 느낌을 주었다.

「당신은 혹시 로럴 부인을 만난 적이 있나요? 그분은 아기를 갖고 싶어하죠. 그분은 아기만 가질 수 있다면 소원이 없다고 하오. 그런데 당신은 살아 있는 뱃속의 생명을 없애려고 뜨개 바늘로 자식을 찌르다니 어떻게 그런 일을 할 수 있단 말이오?」

틸튼 의사는 흥분하여 언성이 한층 높아졌다.

「좋소, 말을 하지 않아도 좋소. 하지만 분명히 밝혀 둘 게 있소. 아기는 다행히 안전하오. 당신이 잘못 찔렀지. 아긴 낳아야 하오. 대답을 하지 않아도 되니 잘 듣도록 해요. 앞으로 다시 이런 일을 해서 아기가 유산되거나 수상한 일이 있으면 난 당신을 고발할 거요. 나는 증인이 되어 당신을 고발해서 처벌받도록 할 거요. 정신차려서 잘 들어요. 난 반드시 그렇게 하고 말 테니까.」

캐시는 혀로 입술을 한 번 축였다. 그녀의 눈에서 냉기가 가시고 슬픈 표정이 되어 입을 열었다.

「선생님, 정말 죄송해요. 그렇지만 선생님은 모르세요.」

의사는 금세 분노가 걷혀진 듯 부드러운 태도로 말했다.

「그럼, 어서 말을 해봐요. 어서 안심하고 말해요.」

「참 말하기가 어려워요. 남편은 마음이 착하고 건강해요. 그러나 저는 그렇지 못해요. 저는 흠이 있어요., 간질병이 있어요.」

「아니 그럴 리가!」

「나는 간질병이 없지만 우리 가족은 모두 간질병자였어요. 아버지·오빠·그리고 할아버지가 간질병자였어요.」

캐시는 눈을 가리면서 말했다.

「남편에겐 그 말은 도저히 할 수가 없었어요.」

「아, 정말 가엾군. 그러나 그건 단정지을 수 없는 얘기요. 아기는 건강하고 훌륭히 자랄 수도 있거든. 어서 약속해요. 다시는 이런 일을 하지 않겠다고요.」

「네, 알았어요.」

「그럼 나도 당신 남편에게 이번 일을 알리지 않겠소. 어디 누워 보시오. 출혈이 멎었나 봐야겠소.」

잠시 후 틸튼 의사는 가방을 들고 뜨개 바늘을 주머니에 넣고 말했다.

「그럼, 내일 아침에 다시 들리겠소.」

의사가 좁은 계단을 내려가 로비에 이르자 아담이 달려와서 물었다.

「어떻습니까, 선생님 도대체 왜 그런 겁니까? 제가 올라가서 봐도 괜찮겠습니까?」

아담이 쉬지 않고 질문을 퍼붓자 의사는 손을 저으며 농담투로 말했다.

「아, 이제 그만 그만, 부인은 지금 아파요.」

「선생님 그런데…….」

「염려 말아요. 부인의 병은 아주 기쁜 병이니까.」

「선생님…….」

「안심하시오.」

의사는 짤막하게 말하고는 아담 곁을 지나쳤고, 아담은 의사를 바라보았다. 난로 곁에 앉았던 남자 세 명이 함께 웃었다.

「아, 나라면 친구 세 명에게 한 잔 살 텐데.」

그중 한 사람이 그렇게 말을 했으나 허사였다. 아담은 허둥거리며 좁은 계단을 급히 올라갔다.

아담은 킹 시티 남쪽 몇 마일 떨어져 있는, 샌루커스와 킹 시티 중간 지점에 있는 보르도니 목장에 관심을 쏟았다.

보르도니 집안은 스페인 왕이 보르도니 부인의 조부에게 하사한 1만 에이커의 대지 중에서 남은 구백 에이커를 소유하고 있었다. 보르도니 가문은 스위스 혈통이지만, 보르도니 부인은 초기에 샐리너스 계곡에 정착한 스페인 가족의 딸이자 상속인이었다. 대개의 유서 깊은 가문이 그렇듯 영토는 조금씩 조금씩 줄어들었다. 재산의 얼마는 노름으로 써 버리고, 또 얼마는 세금으로 내고, 얼마는 다이아몬드나 예쁜 여자와 사치품을 사는 데 쿠폰처럼 찢겨 나갔다. 지금 남은 구백 에이커의 대지는 산체스 가문의 영토 가운데로서 강을 낀 곳으로 산기슭으로 뻗어나가 있었다. 이 지점에서 계곡이 좁아졌다가 다시 확 트여 있기 때문이다. 산체스네 집 본채는 그런 대로 지낼 만했다. 그 집은 흙벽돌로 지은 집으로 일년 내내 맑은 샘물이 흘러내리는 산기슭의 빈터에 자리잡고 있었다. 산체스네 집안 사람이 이곳에 자리를 잡고 집을 짓게 된 것도 모두 물이 좋았기 때문이었다. 땅은 이 지방에서는 보기 드문 옥토였고 커다란 참나무가 계곡을 가리는 곳이었다. 그 집은 나지막한 집으로 벽은 두께가 4피트나 되고, 둥근 서까래는 습기가 밴 가죽끈으로 동여매 있었다. 생가죽이 건조되어 대들보와 서까래를 함께 단단히 죄고 생가죽은 강철처럼 단단해져서 거의 영구적이 되었다. 이 건축법에는 약점이 하나 있었는데, 그것은 쥐가 가죽을 쏠 염려가 있다는 것이었다.

그 오래된 집은 마치 대지에서 자란 듯 아름다웠다. 보르도니는 그 집을 외양간으로 썼다. 그는 스위스에서 이민 온 사람으로 따뜻한 것을 좋아했다. 그는 두터운 흙벽돌을 탐탁하게 생각하지 않았기 때문에 약간 떨어진 곳에 목조 가옥을 한 채 지었다. 예전에 산체스네가 살던 집의 들어간 창문에는 소들이 고개를 내밀고 있었다.

보르도니 집안은 자식이 없었다. 부인이 젊은 나이에 세상을 떠나자 그는 외롭고 쓸쓸해져서 고향 알프스를 그리워하며 살았다. 그래서 그는 농장을 팔고 고향으로 돌아가려고 했다. 아담 트래스크는 그 땅을 사려고 조급히 굴지 않았고, 보르도니도 역시 값을 비싸게 부르면서 땅이 팔려도 좋고 팔리지 않아도 좋다는 작전을 펴고 있었다. 보르도니는 아담이 자기네 땅을 살 것이라는 사실을 아담보다도 먼저 알고 있었다.

아담은 지금 정착하는 곳에서 오랫 동안 자손 대대로 살 계획이었다. 어느 땅을 구입한 후에 그보다 더 좋은 땅이 나타나면 어쩔까 하고 망설이면서도 아담은 산체스 농장에 온갖 신경을 쏟고 있었다. 캐시가 그 앞에 나타나고부터는 아담의 미래는 즐겁고 밝게 뻗어 나갔다. 아담은 매사에 신중하게 행동했다. 그는 그 땅을 마차를 타고 달려 보거나 말을 타고 달려 보고, 또 직접 걸어서도 돌아보았다. 그는 땅 속 깊숙이 구멍을 파고 토질을 검사하고, 흙 냄새도 맡아 보거나 만져 보았다. 그는 심지어는 들판과 강기슭과 언덕에 자라는 야생 식물에 대해서까지 알아 보았다. 습지에서는 무릎을 꿇고 앉아서 진흙 위에 찍힌, 메추라기·사자·사슴·족제비·스컹크·너구리·토끼 등의 발자국을 조사했다. 그는 강바닥에 서 있는 버드나무·단풍나무·딸기 덩굴 사이를 걸어 보거나, 참나무·떡갈나무·잣나무·월계수와 토온 나무 밑둥을 만져 보기도 했다.

보르도니는 아담을 슬쩍 곁눈질해 보면서 자기가 재배해서 담근 포도주를 한 잔 따라 주었다. 보르도니는 오후가 되면 포도주에 취하는 것이 유일한 낙이었다. 포도주 맛을 처음 본 아담은 차츰 포도주를 좋아하게 되었다.

아담은 캐시의 의견을 수차례 물었다. 그녀가 그 땅을 과연 좋아할까? 그곳에 정착한다면 정말 행복해질까? 그러나 그는 아내의 애매 모호한 대답에는 전혀 관심을 두지 않았다. 그는 그녀의 마음도 자기와 같다고만 생각할 뿐이었다. 그는 킹 시티 호텔 로비 난로가에 둘러앉은 남자들과 이야기를 나누며 샌프란시스코에서 온 신문을 읽고 있었다.

그는 어느 날 밤 말했다.

「문제는 물이야 물.우물을 어느 정도나 파야 물이 나올지 궁금한데.」

그때 작업복 차림의 농장주가 무릎을 포갠 채로 말했다.

「물 때문이라면 사무엘 해밀튼을 만나도록 하시오. 이 지방에서 우물에 관한 한 일인자니까요. 우물에 관해서는 해밀튼이 제일이오. 물에 대해선 귀신이지. 맞아. 귀신이야, 귀신. 해밀튼은 우물도 파고 다른 것도 모두 말해 줄 거야. 해밀튼이 이 계곡의 우물 절반은 팠거든요.」

그러자 앉아있던 그의 친구들이 깔깔거리며 말했다.

「사무엘이 물에 신경을 쓰는 그럴 만한 이유가 있어요. 자기 땅에는 물이 단 한 방울도 나오지 않아서지요.」

아담이 그를 보고 물었다.

「그 사람을 어떻게 해야 만나는 거죠?」

「이렇게 해요. 내가 그에게 앵글쇠를 만들어 달라고 부탁하려고 하니 괜찮으시다면 함께 가십시다. 당신도 해밀튼 씨를 좋아하게 될 겁니다. 훌륭한 사람이죠.」

그러나 그 옆에 앉은 사람도 한 마디했다.

「희극의 천재라고나 할까.」

3

아담 트래스크는 루이스 리포와 같이 그의 마차를 타고 해밀튼네 농장으로 갔다. 상자 속에서 쇠막대기가 덜컹거리고, 차갑게 하려고 축축한 푸대에 싼 사슴 다리가 쇠뭉치 위에서 춤을 추었다. 그 당시에는 남의 집을 방문할 때는 선물을 잔뜩 가지고 가는 것이 관례처럼 되어 있었다. 손님이 방문을 하게 되면 인사상 그 집에서 식사를 하게 되므로 한 주일 분의 식단 계획에 차질이 생기므로 그 것을 손님이 보충해주는 것이 관례처럼 되어 버렸다. 돼지 다리 하나나 쇠고기 덩어리도 괜찮았다. 루이스는 사슴 고기와 아담은 위스키 한 병을 가져 갔다.

루이스가 그에게 말했다.

「알아 두어야 할 게 있어요. 해밀튼 씨는 술을 좋아하지만 그 부인은 아주 싫어한답니다. 나 같으면 그걸 좌석 밑에 숨겼다가, 대장간으로 가서 천천히 꺼내겠소. 우리는 언제나 그런답니다.」

「그 부인은 남편이 술을 못 마시도록 합니까?」

「그 부인은 몸집은 왜소한데 고집은 말할 수 없답니다. 어서 그 술병을 좌석 아래 넣어 둬요.」

그들은 신작로를 지나 겨울비로 패인 마차 바퀴 자국을 따라 황폐한 언덕으로 접어들었다. 말들이 힘껏 달리자 사륜 마차는 마구 요동쳤다. 6월이 되었어도 산은 모두 건조했고, 말라붙은 풀 틈으로 돌이 여기저기 드러났다. 귀리는 빨리 열매를 맺지 않으면 영 결실을 맺지 못하는 줄 아는지 땅 위로 6인치 가량 돋아나 있었다.

아담이 먼저 말했다.

「여긴 신통치 못한 땅이로군.」

「신통치 않다뇨? 이 땅은 정말 사람 잡을 땅이지요. 해밀튼 씨의 땅은 아주 넓은데, 애들이 많아서 가만 앉아 있다간 굶어죽기 십상이랍니다. 농장에서는 소득이 별로 없거든요. 그래서 아무 일이나 닥치는 대로 모두 하죠. 그런데 지금은 그 아들들이 열심히 일하죠. 그래서 생활이 편해졌답니다. 좋은 가정이에요.」

「왜 이런 곳에 자리잡은 거죠?」

아담은 골짜기에 늘어선 메스킷 나무를 쳐다보면서 말했다.

루이스 리포는 외부에서 온 사람에게 설명하기를 즐긴다. 다른 토박이가 옆에서 반박을 하지 않는 한 말이다.

그는 다시 말을 했다.

「내가 얘기하나 하죠. 나의 아버지는 이탈리아인이었어요. 사고가 생겨서 이곳으로 왔는데, 그때 돈을 좀 가지고 있었어요. 우리 땅은 넓지는 않지만 옥토였답니다. 아버지가 바로 그 땅을 산 겁니다. 이젠 당신이 말 좀 해봐요. 당신

애길 좀 들읍시다. 나는 당신이 어떻게 지내는지 모릅니다. 묻고 싶진 않지만 사람들이 당신은 저 오래된 산체스 농장을 사려고 하는데 보르도니가 양보를 하지 않는다고 하더군요. 당신은 돈이 많은가 보군요. 부자가 아니면 그 땅을 살 엄두도 못 냈을 거예요.」

그러자 아담이 겸손히 말했다.

「나는 그저 먹고 살 만합니다.」

「괜히 이야기가 엉뚱한 곳으로 빗나가 버렸군요.」

루이스가 말하곤 잠시 후 다시 말을 이었다.

「해밀튼 부부가 여기 왔을 때는 요강 단지 하나도 갖지 않았어요. 그래서 그들은 누구도 손대지 않은 국유지를 가질 수밖에 없었던 겁니다. 풍년일 때에도 25에이커의 땅에 소 한마리 살지 못해요. 흉년에는 들개까지 달아난다더군요. 사람들 중에는 해밀튼 일가가 어떻게 그 땅에 살며 연명해 나가는지 의아해 하는 사람도 있어요. 해밀튼은 무슨 일이나 다했어요. 그래서 연명한 거죠. 품을 팔다가 탈곡기를 만들었죠.」

「그는 성공한 모양이군요. 어딜 가나 그 사람 애기더군요.」

「맞아요. 성공했다고 볼 수 있죠. 애들을 아홉 명이나 길렀으니까요. 그러나 저축은 단 한 푼도 못했을 거예요. 어떻게 저축까지 하겠어요.」

사륜 마차 한쪽이 튀어오르더니 둥그런 큰 돌을 넘어 다시 내려앉았다. 말은 땀에 젖어 뒤범벅이 되었고 멍에와 밀치 밑은 땀에 흠뻑 젖어 있었다.

아담이 말했다.

「그런 사람을 만나게 되어 정말 반갑군요.」

「해밀튼은 사람 농사는 성공한 셈이죠. 자식들 말이에요. 모두 잘 키웠거든요. 조우만 빼고 모두 잘 살아요. 조우는 막낸데 대학에 보낸다나요. 그 나머지 자녀는 그래도 괜찮은 편이죠. 해밀튼 씨가 뽐낼 만해요. 다음 언덕만 넘으면 해밀튼 댁입니다. 참, 그 술 함부로 내놓지 마시오. 그 부인에게 잘못하면 큰코 다쳐요.」

건조한 대지가 뜨거운 햇볕에 바삭거리고 귀뚜라미가 울었다.

「참 형편 없는 땅이군요. 하나님의 버림을 받은 땅인가 봐요.」

루이스의 말에 아담이 응답했다.

「정말 형편 없는 땅이로군요.」

「감상이 어떻습니까?」

「나는 그래도 살 만하니까 이런 땅에는 살지 않아도 돼요.」

「나도 역시 그래요. 그러나 한심하기보다 고맙게 생각돼요.」

마차가 언덕에 오르자 해밀튼네 집이 내려다 보였다. 잇대어 집을 지은 본채와 외양간, 작업장과 마차고가 있었다. 건조하고 햇볕에 탄 광경이었다. 큰 나무는 한 그루도 없고 정원도 손으로 물을 주어야 할 건조한 광경이었다.

루이스가 아담을 돌아보며 말했다. 그의 어조에는 일종의 위협이 깃들어 있었다.

「트래스크 씨, 분명히 해 두어야 할 게 있습니다. 사무엘 해밀튼을 처음 만나는 사람은 그를 바보라고 생각할 수도 있지요. 해밀튼은 다른 사람과 말하는 게 다르답니다. 그는 아일랜드 사람이죠. 그는 아주 생각이 많은 사람이에요. 매일 일백 가지를 설계한다나 봐요. 그렇지만 일 솜씨가 뛰어나다는 사실을 결코 잊어선 안 돼요. 그는 훌륭한 일꾼이고 훌륭한 대장장이랍니다. 그리고 몇 가지 그가 설계한 게 실현되기도 했어요. 그는 또 예언도 하는데, 신통하게 잘 맞히더군요.」

아담은 루이스의 위협적인 어투에 깜짝 놀라 말했다.

「나는 다른 사람을 얕잡아 보는 사람이 아닙니다.」

아담은 옆에 선 루이스가 자기를 대하는 것이 갑자기 생소한 사람으로 대하며, 적대감을 가지고 있다고 느꼈다.

「나는 당신이 그 사실을 분명히 깨닫도록 하려고 말한 것뿐입니다. 동부 출신 중에는 가난한 사람을 깔보고 얕잡아 보는 사람이 더러 있지요.」

「나는 그런 생각은 하지 않습니다.」

「해밀튼 씨는 단 50센트도 저축하지 못했을 겁니다. 그래도 그는 우리의 친구이며 훌륭한 사람이죠. 이제 만나겠지만 그의 가정은 훌륭하답니다. 이 점을 잊지 마시오.」

아담은 변명을 하려고 했으나 그저 짤막히 말했을 뿐이다.

「네, 결코 잊지 않겠습니다. 그런 말을 해주셔서 고맙습니다.」

루이스는 고개를 돌려 앞을 바라보며 말했다.

「해밀튼 씨가 저기 있군요. 저기 보이죠, 작업장이? 우리 마차 소리를 들은 모양입니다.」

아담도 정면을 직시하며 말했다.

「턱수염을 기른 분인가요?」

「네, 그렇습니다. 멋진 수염이죠. 별안간 반백이 되더니 지금은 완전히 허옇게 세었죠.」

그들은 목조 건물을 지나면서 창밖으로 해밀튼 부인이 자기들을 쳐다보고 있는 것을 알았다. 두 사람은 사무엘 해밀튼이 기다리는 작업장으로 갔다.

아담은 몸이 거대하고 마치 인디안 추장처럼 턱수염을 기른 사무엘 해밀튼을 쳐다보았다. 그의 뺨은 햇볕에 그을려 붉게 보였다. 해밀튼은 깨끗한 파란 셔츠와 작업복에 가죽 앞치마를 두르고 있었다. 소매를 걷어올린 아래로 근육이 튀어나온 두 팔 역시 깨끗했다. 그러나 대장간 일을 하던 중인 그의 손은 무척 검었다. 아담은 그를 머리서부터 발끝까지 훑어본 후 그의 눈을 살펴보았다. 그의 눈은 푸른 눈으로 기쁨이 가득 차 있었다. 그 눈은 웃으면 마치 부채처럼 방사선을 이루며 안쪽으로 주름이 잡혔다.

그는 먼저 웃으면서 말했다.

「루이스, 이렇게 만나서 기쁘오, 나는 이 천국서 잘 살고 있지만 친구가 보고 싶군.」

해밀튼은 아담에게도 미소를 보냈다.

이번에는 루이스가 그에게 아담을 소개했다.

「당신을 만나고 싶다고 하기에 모시고 왔어. 이분은 아담 트래스크 씨야. 동부에서 왔는데 여기는 초행이지. 이곳에 정착하실 거야.」

「만나 뵙게 되어 반갑습니다. 악수는 나중에 하기로 합시다. 대장장이 손은 항상 더럽죠.」

「해밀튼, 쇠조각을 가지고 왔는데 앵글을 만들어 줘요. 탈곡기 밑 틀이 못쓰게 망가졌어요.」

「해주지. 내려와요. 말을 그늘에 매야지.」

「사슴 고기를 좀 가져왔어요. 트래스크 씨도 무엇을 좀 가져왔지요.」

사무엘은 본채 쪽을 힐끔 쳐다보았다.

「마차를 집 뒤에 맨 다음에 무엇인가를 꺼냅시다.」

해밀튼의 말씨는 마치 노래를 부르듯 경쾌했지만 T자와 L자를 혀 위에서 날카롭게 발음하는 습관이 있었다.

「루이스, 자네는 말을 마차에서 풀어 주게. 나는 사슴 고기를 가지고 들어가지. 라이자는 사슴 스튜를 아주 좋아한다네.」

「젊은이들은 집에 있나요?」

「없어. 조지와 윌이 주말이라고 집에 오긴 했지만, 어젯밤 와일드 호스 계곡에 있는 피치 트리 학교로 춤을 추러 갔지. 아마 해가 지면 모두 몰려 올 걸세. 애들 때문에 소파가 하나 없어졌지. 그건 다음에 이야기하고, 그건 톰의 소행이지. 아마 라이자가 혼을 내고 말 거야. 다음에 자세히 말해 주지.」

해밀튼은 미소지으며 사슴 고기를 들고 집으로 걸어갔다.

「그것을 햇볕에 받지 않게 작업장에다 들여놓도록 하죠.」

집 근처에 이르러 그가 고함치는 소리가 들렸다.

「라이자, 당신은 생각지도 못했을 거야. 루이스 리포가 당신보다 훨씬 큰 사슴 고기를 가지고 왔어.」

루이스는 헛간 뒤로 마차를 몰고 갔다. 말을 풀어 밧줄을 동여매고 그늘에 묶는 일을 아담이 거들었다.

「술병은 볕에 쪼이면 좋지 않아요.」

「부인이 꽤나 무서운가 보죠.」

「체격은 아주 작달막한데 다부진 여자랍니다.」

아담이 말했다.

「멍에를 푼다고 말했죠? 나도 어디선가 그런 말을 들은 적이 있어요. 글쎄 책에서 읽은 적이 있었던가?」

그때 사무엘이 돌아와서 말했다.

「라이자가 저녁 식사를 하고 갔으면 좋겠다더군요.」

아담이 또 한 마디했다.

「우리가 갑자기 방문해 올 줄 몰랐을 텐데요.」

「그런 염려 마세요. 스튜에 넣을 경단이나 좀더 만들면 되는데요. 두 분 정말 잘 오셨어요. 루이스, 가지고 온 쇠조각을 이리 줘 봐요. 무엇을 만들어 달라고 그랬죠?」

해밀튼은 시커먼 난로 속에 나뭇조각으로 불을 붙인 뒤 풀무질을 하고 그 위에 젖은 코크스를 얹었다.

「루이스, 천천히 풀무질이나 좀 해줘요. 천천히 골고루.」

사무엘은 빨갛게 달아오른 코크스 위에 막대기를 얹었나.

「트래스크 씨, 우리 가족은 식욕이 남다른 아홉 명의 자식들의 식사 준비를 하는데 익숙하답니다. 그녀는 어떤 일도 겁내지 않는 사람이죠.」

그는 빨갛게 달아오른 쇠를 집게로 집어 더 뜨거운 데로 옮기면서 소리내어 웃었다.

「나중에 한 말은 거짓말입니다. 집사람은 지금 몹시 흥분하고 있어요. 절대로 라이자 앞에서 소파에 대한 말은 하지 마십시오. 라이자는 소파 때문에 화를 내고 낙심하고 있답니다.」

이번에는 아담이 말했다.

「아까 거기에 대해 뭐라고 하셨죠?」

「톰에 대해 아시면 납득이 갈 겁니다. 루이스는 잘 알고 있는데.」

루이스가 맞장구쳤다.

「암, 알고 말고요.」

해밀튼은 계속 말을 이었다.

「톰은 맹랑한 놈이랍니다. 그는 자기가 먹는 양보다 더 많은 음식을 담고, 추수한 이상의 분량을 심는답니다. 또한 기쁨도 지나치고 슬픔도 지나친 편이죠. 그런 사람도 더러 있긴 하지만 라이자는 톰이 나를 닮았다고 생각해요. 톰이 앞으로 어떻게 될지 궁금해요. 그야말로 위대한 인물이 될지 아니면 교수형감이 될지. 원! 하긴 우리 집안에 교수형을 당한 조상이 있었지요. 그건 다음에 이야기해 드리겠지만요.」

아담이 정중히 말했다.

「소파는 어떻게 된 거죠?」

「아, 참! 그 말을 해야죠. 라이자는 나보고 너무 많은 말을 떠벌인다고 구박하죠. 피치 트리 학교에서 댄스가 있어서 조지, 톰, 윌, 조우 모두 가기로 했죠. 물론 여자도 초대했지요. 단순한 조지와 윌, 조우는 여자 친구를 한 명씩 초대했는데 이번에도 톰은 욕심을 내서 윌리엄 집안의 제니와 벨 자매를 초대했답니다. 루이스, 못구멍을 몇 개 내지?」

루이스가 그의 말에 대답했다.

「다섯 개 내줘요.」

「알았소. 트래스크 씨, 내 이야기하죠. 톰은 자기가 못생겼다고 생각하는 소년이 갖게 마련인 이기심이 지독합니다. 대개는 그렇지도 않지만 축제라도 있게 되면 그는 단장하느라고 거울 앞에서 떠날 줄을 모르죠. 마치 봄날 활짝 핀 꽃처럼 뽐내는 거예요. 그러기 때문에 시간이 오래 걸리죠. 마차고가 비어 있는 걸 보셨죠? 조지와 윌, 그리고 조우는 톰처럼 치장하지 않고 일찍 출발했어요. 조지는 사륜마차로 윌은 좌석 하나짜리 이륜마차로 조우는 작은 이륜마차로 갔답니다.」

사무엘의 푸른 눈이 기쁨으로 빛났다.

「제일 나중에 톰은 마치 로마 황제처럼 화려하게 차리고 수줍은 듯 나타났죠. 그런데 그때는 모두 떠난 뒤라 바퀴 달린 것은 건초기밖에 남아 있지 않았어요. 그것은 여자를 한 명밖에 못 태우죠. 라이자는 낮잠을 자고 있었어요. 톰은 계단에 앉아 골똘히 생각하다가 헛간에 가서 말을 두 마리 끌고 나와 건초기에서 횡목을 떼어냈어요. 그런 후 집안의 소파를 들어내다가 쇠사슬을 의자 다리 밑에 감더군요. 그 소파는 라이자가 제일 아끼는 거위털 소파죠. 조지를 낳기 전에 쉬라고 만든 소파랍니다. 내가 톰의 모습을 마지막 본 것은 그녀석이 소파에 편히 앉아서 언덕을 올라가는 것이었어요. 윌리엄 댁으로 두 처녀를 데리러 간 것이죠. 야단 났어요. 아마 집에 돌아올 때는 그 소파가 다 닳아 없어질 테니까요.」

사무엘은 부젓가락을 내려놓고 허리에 손을 얹고 큰소리로 웃었다.

「그런데 라이자는 지금 화가 나서 코에서 불이 나니 큰일이에요. 톰은 이제 …….」

아담은 웃으며 사무엘에게 말했다.

「이것 좀 드시겠습니까?」

「아, 좋습니다.」

사무엘은 술병을 받아서 한 모금 마시고 그에게 다시 건네 주었다.

「위스크버, 이말은 아일랜드 말이죠. 위스키, 즉 생명의 물이라는 말입니다. 그 말이 맞아요.」

사무엘은 빨갛게 달구어진 쇠를 모루에 올려놓고 못구멍을 뚫어 망치로 모서리를 내리쳤다. 그러자 불꽃이 사방으로 튀었다. 시커먼 물이 절반쯤 담긴 물통에 그 쇠를 담그자 지지직 하는 소리가 요란했다.

「됐어요.」

말과 동시에 그는 L자 모양으로 만들어진 쇠붙이를 바닥에 내던졌다.

「수고하셨습니다. 얼마죠?」

「함께 어울린 값이면 됐소.」

루이스는 어쩔 수 없다는 듯이 말했다.

「늘 이러시거든.」

「아닙니다. 댁의 우물을 팠을 때 돈을 받았잖아요.」

「아, 참, 트래스크 씨가 보르도니의 땅을 살 생각인데, 옛날 산체스 땅 아시죠?」

「알죠. 좋은 땅입니다.」

「그 땅의 물 사정을 물어서 모시고 온 거예요. 이 지방에선 그 누구보다도 당신이 제일 잘 안다고 그랬죠.」

아담이 다시 술병을 돌리자 사무엘은 조심스럽게 한 모금 마신 후 검댕이가 묻지 않은 손목으로 입을 닦았다.

「아직 결정은 하지 않았습니다. 몇 가지 궁금해서 여쭤 볼까 하고요.」

「그건 잘못 생각하신 겁니다. 아일랜드 사람에게 의논하는 건 위험하다고들 하죠. 그 이유는 아일랜드 인은 사실을 곧이 곧대로 말하기 때문이랍니다. 내게 말을 시킬 때는 그 점을 잊지 말아요. 세상 사람들은 두 가지 보는 방식이 있더군요. 그 하나는 말없는 사람이 현명한 사람이라고 보는가 하면 오히려 부족한 사람이라고 보는 사람도 있죠. 나는 후자의 견해에 찬성합니다. 우리 집사람은 말이 너무 많은 편이죠. 그래, 무엇이 궁금하신 거죠?」

「보르도니의 땅은 얼마나 파야 물이 나오겠습니까?」

「그야 정확한 건 장소를 봐야 알죠. 어떤 곳은 30피트, 어떤 장소는 150 피트를 파야 한답니다. 또 잘못하면 지구 가운데까지 파야 되는 곳도 있지요.」

「물은 나오겠죠.?」

「그야 내 땅을 제외한 곳이라면 어디든지 물이 나오죠.」

「여긴 물이 없다죠?」

「역시 아시는군요. 하나님도 그 사실은 아실 겁니다. 내가 사방을 돌아다니면서 떠들었으니까요.」

「강 옆에 4백 에이커 가량의 땅이 있던데 그곳에선 물이 나오겠습니까?」

「글쎄요, 봐야 알겠는데요. 그곳은 좀 이상한 땅이죠. 잠시 기다리시면 모두 말해 드리죠. 나는 그곳을 직접 가서 보기도 했고 땅을 파 보기도 했답니다. 사람이 시장하면 조급해진단 말이요.」

루이스 리포가 말했다.

「트래스크 씨는 뉴잉글랜드에서 왔답니다. 그렇지만 그전에 군대 생활할 때 인디언과 싸우기 위해 이 서부에 온 일이 있대요.」

「오, 그랬군요. 그럼 당신이 말하는 게 좋겠군요. 나도 좀 배울 게 있겠는 걸요.」

「그 말은 하고 싶은 생각이 없습니다.」

「왜 그렇죠? 만일 내가 인디언 토벌을 했다면 가족과 이웃이 야단이었을 거예요.」

「나는 인디언과 싸우고 싶지 않았었습니다.」

아담은 자신도 모르는 사이에 『습니다』라는 군대식 말투가 불쑥 튀어나왔다.

「그건 나도 이해가 갑니다. 알지도 못하고 미워하지도 않는 사람을 죽인다는 건 참 어려운 일이죠.」

이번에는 루이스가 말했다.

「어쩌면 그래서 더 손쉬울 수도 있겠죠.」

「루이스 말에도 일리가 있어요. 그러나 마음속으로 온 인류를 친구로 여기는 사람이 있는가 하면, 또 자기 스스로를 미워하고 온 인류를 미워하는 마음을 번지게 하는 사람도 있지요.」

아담이 다시 한번 불안한 듯 재촉했다.

「저, 그 토지에 대해 말씀해 주셨으면 합니다.」

불현듯 산더미처럼 쌓인 시체가 떠올라 구토증이 일어났기 때문이었다.

「몇 시쯤 됐죠?」

루이스 리포가 밖으로 나가 해를 쳐다보며 말했다.

「열 시가 안 됐어요.」

「난 말문이 열리면 자제할 수 있는 힘이 없지요. 아들 윌은 나보고 이야기할 상대가 없으면 나무를 상대로 이야기 할 거라고 하더군요.」

해밀튼은 한숨을 크게 쉬고는 못통 위에 앉았다.

「조금 전에 내가 그 땅을 이상한 땅이라고 말했지만, 그 이유는 내가 초목이 우거진 곳에서 태어났기 때문인지도 몰라요. 루이스, 당신은 그 땅이 이상하다고 생각지 않소?」

「아니, 난 이 고장에서 한 발짝도 나간 적이 없어서요.」

「난 이 고장의 땅을 수없이 많이 파 보았는데, 그 땅은 분명히 뭔가 있어요. 지금도 땅 밑에는 그 무엇이 흐르고 있을 거요. 땅 밑에는 큰 바다 바닥이 있고, 그 밑에는 또 다른 세계가 있을 겁니다. 그러나 농사짓는 사람은 뭐 그런 걱정은 할 게 없죠. 좌우지간 제일 위의 땅은 좋은 땅이죠. 특히 평야는 훌륭해요. 계곡 위쪽에는 흙이 가볍고 모래가 많답니다. 겨울에는 산에서 좋은 흙이 씻겨 내려와 섞인답니다. 북쪽으로 올라가면 계곡은 넓어지고, 흙은 검고 무거우며 더 비옥할지도 모릅니다. 내가 생각하기에는 한때는 그곳이 늪이었을 것 같소. 여러 세기를 지나는 동안 나무 뿌리가 썩어 흙이 되고 흙은 검어지면서 기름지게 된 것이죠. 흙을 파보니까 기름기가 약간 있는 진흙이 한데 엉겨 있더군요. 곤잘레스 근처에서부터 북으로 강 하구까지가 그렇더군요. 양쪽 옆으로 샐리너스, 블랑코, 캐스트로빌, 모스 랜딩 주위엔 아직도 늪이 있지요. 앞으로 그 늪이 말라 버린다면 이 붉은 지방에서 제일 비옥한 토지가 될 겁니다.」

「해밀튼 씨는 언제나 앞으로 일어날 일을 말한답니다.」

루이스가 나서서 말했다.

「사람의 마음은 육체처럼 시간 속에만 머무를 수는 없어요.」

그러자 아담이 말했다.

「여기에 정착하려면 앞으로 세상이 어떻게 될지 알 필요가 있어요. 내 자식들이 태어나면 이곳에서 살 것이니까요.」

사무엘은 아담과 루이스의 머리 너머 컴컴한 작업장 밖으로 누런 햇빛을 쳐다보았다.

「이곳 땅 밑엔 경질 지층이라는 층이 깔려 있어요. 깊은 데 있는 곳도 있고, 얕은 데 깔린 곳도 있지요. 진흙이 단단히 뭉쳐져서 된 것인데 끈적끈적한 기름기가 있죠. 이 지층은 어떤 곳은 두께가 한 자밖에 안 되는 곳도 있고, 그 이상 되는 곳도 있습니다. 그러나 이 경질층은 물을 빨아들이지 않죠. 만일 이 층이 없으면 겨울 비가 땅 밑으로 스며들었다가 여름에 나무 뿌리로 스며올라 올겁니다. 그러나 경질층이 있으면 그 위의 흙에 물이 차는 경우, 나머지 물은 흘러 내리든지 그 위에 썩으면서 괴어 있답니다. 이것이 이 계곡 일대의 가장 나쁜 저주 중 하나랍니다.」

「그래도 여기는 살기 좋은 곳이죠, 그렇지 않습니까?」

「네, 물론 좋은 곳입니다. 그러나 이곳 땅이 더 비옥한 땅이 될 수도 있다는 것을 사람들이 알게 된다면 가만히 있지 않겠지요. 땅에다 구멍을 수천 개 뚫고 물을 흘러들게 한다면 문제는 해결될 겁니다. 그래서 다이너마이트 몇 개를 가지고 시험을 했어요. 경반에 구멍을 뚫고 폭파를 했더니 경반이 깨지고 물이 밑으로 스며들었어요. 그런데 다이너마이트가 한 두 개 필요한 가요? 언젠가 다이너마이트를 발명한 스웨덴 사람이 더 강력하고 안전한 폭발물을 만들었다는 기사를 본 적이 있습니다. 그것이 문제를 해결해 줄 수도 있죠.」

루이스가 진담 반 농담 반으로 말했다.

「이 사람은 언제나 사물을 변화시키는 방법에 대해서 생각한단 말입니다. 현재에 만족하는 사람이 아니지요.」

사무엘이 그에게 웃으며 말했다.

「아주 옛날에 인간은 나무에서 살았죠. 누군가가 그 높은 나무에서 사는 것에 불만을 품었기에 망정이지 그렇지 않았으면 우리는 지금같이 평평한 땅을 걸어다니지 않았을 거예요.」

사무엘은 여전히 크게 웃고 나서 말했다.

「하나님이 이 세상을 창조하듯이 나는 내심으로 하나님 나라를 만들고 있는 겁니다. 하나님은 당신이 창조한 나라를 보았지만 나는 먼지 구덩이에 앉아 마음속으로밖에 이 세상을 보지 못해요. 언젠가는 이 계곡이 아주 비옥한 땅이 될 겁니다. 세상에 많은 식량을 공급할 겁니다. 이곳에서는 수없이 많은 사람이 영화를 누리며 살 겁니다.」

그의 눈에는 갑자기 구름이 스치는 듯하더니 얼굴에 수심이 싸이고 침묵을 굳게 지켰다.

아담이 다시 말했다.

「말을 들으니 정착하기엔 정말 훌륭한 땅인 것 같군요. 이곳이야말로 자식들을 키우는 데 적당한 곳 같소.」

사무엘도 그의 말을 받았다.

「그런데 나도 알 수 없는 게 한 가지 있어요. 이 계곡에는 검은 그림자가 드리워져 있는데 나는 그것이 무엇인지 알 수 없어요. 가끔가다 나는 눈부신 한낮에 그것이 햇빛을 막고 해면처럼 햇볕을 빨아들이는 것을 느낄 수 있어요. 이 계곡에는 검은 폭력이 존재해요. 잘 알 수 없지만 늙은 망령이 사해 밑에서 나타나 주변의 공기를 괴롭히는 것 같아요. 그것은 숨겨 놓은 슬픔처럼 은밀하죠. 그것이 무엇인지는 알 수 없지만 나는 이 고장 사람들에게서 그것을 보고 느낍니다.

그때 아담이 몸서리를 쳤다.

「저는 그만 돌아가야겠습니다. 집사람이 출산을 하려고 하거든요.」

「라이자가 식사 준비를 하고 있는데요.」

「출산에 대한 말을 하면 부인도 이해해 주시겠죠. 집사람은 건강이 별로 좋지 않거든요. 물에 대해 말씀해 주셔서 감사합니다.」

「내가 공연한 얘기를 해서 기분이 언짢아지시지 않았나요?」

「아닙니다. 별말씀을요. 집사람은 초산이고 건강이 좋지 않아서 걱정이랍니다.」

아담은 밤새도록 이 궁리 저 궁리를 하느라고 잠을 이룰 수가 없었다. 다음 날 그는 보르도니에게 가서 인사를 했고, 산체스 농장은 마침내 그의 것이 되었다.

제 14 장

1

그 무렵의 서부는 너무 할 이야기가 많기 때문에 무슨 말부터 시작해야 할지 엄두가 나지 않는다. 한 가지 이야기를 꺼내려면 여러 가지 이야기가 마치 거미줄처럼 이어서 나온다. 문제는 어떤 이야기를 먼저 해야 할는지를 결정하는 것이다.

앞에서 사무엘 해밀튼은 아들들이 피치 트리 학교로 춤을 추러 갔다는 말을 했었다. 그 당시에는 지방의 학교가 문화의 중심지 역할을 했다. 그 지방마다 생긴 신교의 교회는 그곳에 뿌리를 박으려고 애를 썼다. 먼저 들어와 뿌리를 내린 가톨릭 교회는 안이한 전통 속에 안주했지만, 차츰 선교 사업을 포기하자 성당의 지붕은 내려앉고 제단에는 비둘기가 보금자리를 차렸다. 안토니오 선교 본부의 라틴어 책과 스페인 책이 보관된 도서실은 곡물 창고로 바뀌어 생쥐들이 양피지 책을 긁아 먹느라고 여념이 없었다. 시골에서는 학교가 예술과 학문의 중심지며 교사는 학문과 예술의 전수자였다. 학교 건물은 음악회와 토론회의 개최 장소가 되었고, 선거 때에는 학교에 투표소를 설치했다. 5월 여왕의 대관식, 작고한 대통령 추모회, 철야 댄스 파티, 사교 집회가 모두 학교에서 거행되었다. 교사는 지성의 화신이며 사회적 지도자일 뿐만 아니라 그 지방의 결혼 상대자로서도 단연 인기였다. 아들이 여교사와 결혼하면 그 가족은 크게 기뻐했으며, 그들의 2세는 선천적으로나 후천적으로나 두뇌가 특출하다고 생각되었다.

사무엘 해밀튼의 딸들은 모두 미인이고 아일랜드 왕가의 후손답게 귀족적이어서 막일이나 하는 농사꾼의 아내는 되지 않을 것이었다. 그들은 가난해도 자부심을 가지고 살았다. 그 누구도 그들에게 동정을 보내지는 않았다. 사무엘은 자녀를 훌륭하고 특출하게 키웠다. 같은 또래 아이들보다 독서도 많이 시켰고, 품행도 방정하게 키웠다. 사무엘은 또한 자식들이 학문을 숭상하도록 지도했다. 그리고 그 당시의 무식과 오만을 멀리하도록 지도했다. 올리브 해밀튼은 교사가 되었다. 그는 열다섯 살에 집을 떠나 샐리너스에 가서 중학교를 다녔다. 열일곱 살 때 문과와 이과의 국가시험에 합격하고, 열여덟 살이 되어 피치 트리 학교의 선생으로 부임하였다.

학교에는 올리브 해밀튼보다 더 나이가 많고 덩치가 큰 학생이 많으므로 교사 노릇을 하려면 재치가 필요했다. 총이나 채찍을 갖지 않고 자기보다 더 큰 남학생들을 지도하기는 지극히 어려운 일이었다. 두메 산골의 학교에서는 교사가 학생에게 강간을 당하는 일도 있었다.

올리브 해밀튼은 전과목을 가르쳐야 했고, 모든 연령층의 학생을 가르쳐야만 했다. 그 무렵에는 8년 과정을 마치는 학생이 드물었다. 그런데다가 농사일과 집안 일 때문에 8년 과정을 마치는데 무려 14, 15년이 걸리기도 했다. 그리고 올리브는 간단한 응급 조치도 할 수 있어야 했다. 언제나 갑작스런 사고가 발생했기 때문이었다. 운동장에서 한 바탕 싸움이 벌어진 후에는 올리브 해밀튼이 칼에 다친 학생의 상처를 꿰매 주었다. 맨발의 어린 학생이 방울뱀에게라도 물리면 그녀는 그 발가락을 빨아 독을 빼냈다.

1학년에서는 읽기, 8학년에서는 대수를 가르쳤다. 그리고 노래를 불렀고, 〈샐리너스〉 일보에 매주 문학 비평의 글을 실었다. 그 외에도 졸업식·무도회·각종 집회·토론회·합창·크리스마스 축제·메이 데이 축제·현충일·독립 기념일 행사 등, 이 지방 사회 생활 전체가 그녀의 손에 좌우되었다. 선거 무렵에는 선거 위원으로 일했고, 모든 자선 사업을 주관 운영했으니 모두가 쉬운 일이 아니었다. 그녀가 하는 일에는 말할 수 없는 책임과 의무가 수반되었다. 교사에게는 사적인 생활이 전혀 없었다. 모두가 성격적인 결함을 잡기 위해 혈안이 되었다. 교사는 한 가정에 한 학기 이상 하숙해서는 안 되었다. 그것은 모든 사람의 질투 때문이었다. 교사를 자기 집에 묵도록 하면 그것은 자기 집안의 자랑이기 때문이다. 교사가 하숙하는 집에 결혼할 나이가 된 총각이 있는 경우에는 자연스레 청혼을 하곤 했다. 청혼하는 사람은 많아 서로 경쟁 심리가 발동하게 되면 맹렬한 싸움이 벌어지곤 했다. 아기타의 아들 세 명은 올리브 때문에 서로 싸움을 했다. 그래서 여교사가 시골 학교에 오랫 동안 근무하는 사람이 별로 없는 편이었다.

올리브 해밀튼은 다른 여교사와 같은 길을 걷지는 않겠다고 결심했다. 그녀는 아버지처럼 지적인 정열은 가지고 있지 않았지만 샐리너스에서 생활하는 동안 목장의 안주인은 되지 않겠다는 생각을 했다. 올리브는 도시에서 살기를 원했다. 샐리너스처럼 대도시에서는 살 수 없더라도 시골의 길가에선 살고 싶지 않았다. 그녀는 샐리너스에서 지내는 동안 멋있는 생활을 경험했다. 교회 성가대에서 성가를 부르고, 신자 상조회, 교회의 연회뿐만 아니라 예술 행사에도 참석했다. 매력적인 다른 세계의 향취를 풍기는 순회 극단, 순회 오페라 등과 파티에도 참석했고, 몸짓으로 하는 수수께끼놀이도 했고, 시 낭송 경연대회, 합창단과 오케스트라 연주회에도 참여했었다. 그녀는 샐리너스를 좋아했다. 그곳에서는 야회복으로 파티에 참석했다가 그대로 돌아올 수도 있었다. 그러므로 옷을 말 안장 주머니에 쑤셔 넣고 10마일씩이나 달려와 다시 옷을 허둥지둥 다려야 할 필요가 없었다.

올리브 해밀튼은 학교 생활 때문에 바쁘고 여유가 없었지만 대도시 생활을 동경하며 살았다. 킹 시티에 제분 공장을 차린 청년이 정식으로 청혼해 와서 그녀는 오랫 동안 비밀을 지켜 준다는 조건을 약속한 후 약혼을 했다. 그녀가 약혼했다는 사실이 알려지게 된다면 이웃 청년 사이에 말썽이 생길 우려가 있기 때문이다.

올리브는 아버지의 총명함을 받지는 않았으나 어머니의 강인한 의지와 해학을 이어받았다. 그녀는 학생들을 올바른 방향으로 인도하는 데에 있어 자기 소신을 절대로 굽히지 않았다.

학생들의 학업을 방해하는 또 하나의 장벽이 있었다. 학부형들 중에는 자기의 자식이 글을 읽을 줄 알고 셈을 할 수 있으면 된다고 생각하는 사람이 있었다. 자녀가 그 이상의 것을 배우게 되면 불만이 생기게 되고 마음이 들뜬다고 생각했기 때문이었다. 많은 자식이 학문을 했기 때문에 스스로 자기의 아버지보다 낫다고 생각하고 농장을 떠나 도시로 간 예가 숱하게 많았다.

　토지를 측량할 수 있고, 목재를 세고, 장부를 정리할 수 있는 산수 실력과 친척에게 편지를 써서 보낼 수 있는 작문력, 신문이나 달력과 농사 월보를 읽을 수 있고, 종교 행사나 애국적 의식에 필요한 정도의 음악을 알 수 있다면 자녀들은 엉뚱한 길로 빗나가지 않으리라고 생각했다. 학문은 일반인과는 좀 다른 의사·변호사·교사가 하는 것이라는 게 일반적인 통념이었다. 그 중에는 물론 사무엘 해밀튼과 같이 별난 사람도 있긴 했다. 사람들은 그를 관대히 대하고 존경했지만 만일 그가 우물을 팔 줄 모르고, 말의 편자를 달 줄도 모르며, 탈곡기도 돌릴 수 없었다면 그의 가족이 어떤 취급을 받게 되었을지는 아무도 알 수 없다.

　올리브 해밀튼은 제분 공장을 차린 청년과 결혼한 후 맨 처음에는 패소로블즈에서 살다가 그 다음에는 킹 시티로, 그 후에는 샐리너스에서 살았다. 그녀는 마치 고양이처럼 직관력이 강했고, 행동은 사고보다는 감정적이었다. 그녀는 아버지를 닮은 아름다운 눈과 어머니를 닮은 단단한 턱에 납작한 코를 가지고 있었다. 그녀는 어머니를 제외한 해밀튼 가족 중에 유일하게 확고한 신념을 가진 소유자였다. 그녀의 종교는 아일랜드의 요정과 구약성서의 여호와가 기묘하게 합쳐진 것이었는데, 나중에 그녀는 부친과 여호와를 혼동하기까지 했다. 올리브는 천국을 돌아가신 친척이 살고 있는 훌륭한 농장쯤으로 생각했다. 그녀는 외부 세계의 재미없고 따분한 현실을 아예 무시해 버렸다. 그리고 그것을 반대하면 크게 화를 내곤 했다. 언젠가 토요일 밤에는 두 군데 댄스 파티에 갈 수 없다고 해서 몹시 울었던 적도 있었다. 한 댄스 파티는 그린필드에서, 또 다른 하나는 샌 루커스에서 열렸는데, 두 곳은 20마일이나 떨어진 곳이어서 양쪽에 모두 참석하려면 말을 타고 60마일을 달려야 했다. 이 일은 아무리 생각해도 뾰족한 수가 없었으므로 그녀는 크게 화를 내며 그 어느 파티에도 참석하지 않았다.

　나이가 들자 올리브 해밀튼은 불쾌한 일을 처리할 때 온갖 방법을 총동원했다. 나는 그녀의 외아들로 열여섯 살 때, 그 시절에는 걸리기만 하면 죽는다는 늑막성 폐렴에 걸렸었다. 나는 병세가 악화되어 죽기 직전에 이르렀는데, 내 어머니는 모든 방법을 총동원 해서 내 생명을 구할 수 있었다. 목사가 와서 기도를 해주었고, 우리집 옆에 있는 수녀원의 원장과 수녀가 하루에 두 번씩 와서 나를 안아 올려 하늘을 향해 기도를 드렸으며, 먼 친척뻘 되는 분이 와서 또 나를 위해 명상을 해주셨다. 그 당시에 알려진 모든 주문, 마법, 그리고 약초를 다 썼으며 마을에서 제일 용하다는 의사와 두 명의 간호원도 불렀다. 그녀의 총동원 방법이 효과가 있었는지 나는 완쾌되었다. 어머니는 딸 셋과 나를 사랑했지만 엄격히 대했다. 어머니는 집안 일과 설겆이, 세탁, 일반적인 예절을 항상 가르쳤다. 화가 나면 마치 복숭아의 껍질이라도 벗길 듯한 무서운 시선으로 쳐다보았다.

폐렴을 앓고 난 후 나는 또다시 걷는 법을 배워야만 했다. 아홉 주일이나 병석에 있었으므로 근육이 늘어지고 회복기의 나태함이 몸에 배어 있었으므로 부축을 받아 일어나도 온몸이 아프고 늑막에서 고름을 빼내기 위해 절개했던 옆구리가 몹시 아팠다. 그래서 나는 침대에 쓰러지며 울었다.

「못 일어서겠어! 난 못 일어난단 말이야.」

어머니는 무서운 눈으로 나를 노려보며 말했다.

「어서 일어나! 네 아버지는 종일토록 일하시고도 너 때문에 밤을 꼬박 새우셨단 말이야. 그리고 너 때문에 빚까지 지셨어. 어서 일어나!」

나는 일어섰다.

어머니에게는 빚이란 추악한 말이며 추악한 개념이었다. 어머니는 15일이 넘도록 지불하지 못한 계산서는 모두 빚이라고 생각했다. 빚이란 단어에는 추하고, 단정치 못하고, 불명예스럽다는 의미가 포함되어 있었다. 어머니는 자기 가정이 세상에서 제일 훌륭하다고 확신하고 있었기 때문에 빚지는 일은 절대로 용납할 수 없었다. 그때부터 어머니는 빚이 끔찍히 무서운 것이라는 인식을 심어놓았으므로, 오늘날 부채가 생활의 일보가 되고 난 지금의 변모한 경제 양식 아래서도 나는 지불 기한이 이틀만 지나도 불안해짐을 견디기 힘들다. 월부제가 한참 유행할 무렵에도 어머니는 절대로 이것을 수용하지 않았다. 어머니는 월부로 산 것은 자신의 소유가 아니라 빚이라는 생각을 하고 계셨다. 어머니는 필요한 물건이 있으면 그것을 사려고 미리 적금을 했다. 그래서 우리는 이웃보다 늘 두 해 정도 늦게 살림 도구를 마련할 수 있었다.

2

어머니는 대단히 용기 있는 분이었다. 누구나 자녀를 키우려면 용기가 필요한 것이다. 어머니가 제2차 대전 때 어떻게 행동하셨는지를 이야기해야겠다. 어머니는 국제적인 사상 같은 것을 가진 분이 아니었다. 어머니의 세계는 첫째는 가정, 그 다음은 그녀가 살고 있는 샐리너스, 그리고 끝으로는 명확하지는 않지만 점선으로 이어진 군 경계선이었다. 어머니는 우리 읍 민병 기병대 C중대가 소집되어 기차에 말을 싣고 넓은 세계로 출발했을 때도 전쟁에 대해 믿지 않았다.

마틴 홉스는 우리 집에서 모퉁이를 돌아서 있는 집에 살고 있었는데, 그는 몸집이 작달막하고 빨강 머리에 입이 크고 눈도 불그스름했다. 그는 샐리너스에서 수줍음을 가장 잘 타는 청년이었다. 그는 누군가가 인사를 하면 언제나 어쩔 줄 몰라서 당황해 했다. 무기고에는 농구 코트가 있기 때문에 그는 C기병 중대에 속해 있었다.

만일 눈치가 빨랐다면 그녀가 화가 나지 않게끔 조심했을 텐데, 그들은 어리석고 멍청이들이었다. 그들이 마틴 홉스를 죽였을 때 이미 전쟁에 패한 셈이었다. 우리 어머니는 홉스의 전사 소식을 듣고 나서 발벗고 앞장섰다. 어머니는 누구보다 마틴 홉스를 좋아하셨다. 홉스는 누구를 괴롭히거나 해친 적이 없는 선량한 사람이었다. 그런 홉스를 독일놈들이 죽이자 어머니는 그야말로 독일 제국에 선전 포고를 하고 나섰다.

어머니는 군모나 양말을 짜고 있는 것만으로는 직성이 풀리지 않아서, 직접 무기를 구하러 나섰다. 얼마 동안 어머니는 적십자 제복을 입고 부대 본부에서 같은 옷을 입은 부인들과 함께 무기고에서 붕대를 감아 주는 등 간호를 하여 호평을 받았다. 이 일도 좋은 일이긴 했으나 그녀는 성에 차지 않았다. 그녀는 독일 황제의 심장을 어떤 일이 있어도 찔러 마틴 홉스의 복수를 대신해 주고 싶었다. 그래서 그녀는 〈자유 국채〉를 무기로 삼기로 작정했다. 어머니는 이따금 성공회 교회 지하실에서 신자 상조회의 과자를 팔아 본 일 이외에는 장사를 해 본 적이 전혀 없었다. 그러나 올리브는 국채를 다발로 팔기 시작했다. 어머니는 온 사력을 다하여 그 일에 매달렸다. 사람들은 어머니에게서 국채를 사지 않으면 일종의 두려움까지 느끼는 듯했다. 사람들은 어머니에게 국채를 사면서 실제 전투를 하는 듯, 독일 병정의 배에다 칼을 찌르는 기분을 느꼈다.

어머니의 매출액이 어마어마하게 커지자 재무성이 이 특출한 여인에 대해 주목하기 시작했다. 처음에는 등사한 상장이 오더니, 그 후에는 재무장관이 직접 서명을 한 편지가 왔다. 우리는 어머니를 자랑스럽게 여겼는데, 그때부터는 상품으로 전리품이 오기 시작했다. 우리는 작아서 쓸 수 없는 독일 군모와 총검, 혹단대에 박힌 유산탄 파편 같은 전리품이 오기 시작했다. 우리는 직접 전투에 참가할 수는 없기 때문에 목총을 메고 행진할 수밖에 없었는데, 어머니의 전쟁은 합당하고도 자랑스러운 것이었다. 어머니는 자기가 생각했던 것보다 훨씬 더 많이, 그 지방의 어떤 사람보다도 더 좋은 성과를 올렸다. 어머니는 지금까지 믿을 수 없을 정도로 네 배나 되는 매출고를 올리고 가장 멋있는 포상인 육군 항공기를 탑승하는 영광을 안게 되었다.

우리는 그런 어머니를 얼마나 자랑스럽게 생각했는지 모른다. 우리 자신의 일은 아니었어도 어머니의 일인 만큼 감격적인 영광이었다. 그런데 어머니는 안타깝게도 누가 뭐라고 해도 도무지 믿지 않는 게 몇 가지 있었다. 그 중 하나가 해밀튼 네가 나쁘다는 것을 절대로 믿지 않는 것이고, 또 다른 것은 비행기의 존재를 도무지 믿지 않는 것이다. 어머니는 비행기를 직접 눈으로 보고도 비행기의 존재를 결코 믿으려 하지 않았다.

어머니가 행동한 것을 보고 나는 어머니의 기분이 어땠을까 생각해 보았다. 어머니는 두려워서 죽을 지경이었을 것이다. 도대체 존재하지도 않는다고 생각한 것에 어떻게 탈 수 있다는 것인가. 벌을 주기 위해서 비행기를 태우면 할 수 없지만 비행기 탑승은 어머니에게 주어진 상이며, 명예이며 영광이었다. 어머니는 우리의 눈에 비친 숭배의 시선을 보고 자기는 어쩔 수 없이 비행기에 올라야 한다고 마음먹을 수밖에 없었다. 만일 비행기를 타지 않는다고 한다면 집안의 수치일 테고, 이제 죽으면 모르되 도저히 빠져 나갈 도리가 없었다. 어머니는 존재하지 않는 물건을 타기로 결심을 하자, 이제 완전히 죽은 목숨이라고 생각하게 되었다.

어머니는 오랜 시간을 들여 유언장을 작성하고 잘못이 없나 확인했다. 그런 후에 자단 상자를 열었다. 상자 안에는 남편이 연애를 할 때부터 써 보낸 편지가 있었다. 시를 써 보낸 것은 몰랐었는데 시도 몇 편 있었다. 그녀는 난로에 불을 피운 뒤 편지를 한 장씩 태우기 시작했다. 그녀는 개인적인 자신의 소유물이기 때문에 타인이 보는 것을 원치 않았다. 그녀는 떨어지거나 꿰맨 속옷을 입고 죽은 모습을 다른 사람에게 보이고 싶지 않았으므로 속옷을 모두 새 것으로 사왔다. 그녀는 어쩌면 마틴 홉스의 비뚤어진 큰 입과 당혹한 눈초리를 떠올리며, 그가 잃은 생명을 자신이 보상한다고 생각했는지도 모른다. 그녀는 우리에게 아주 관대했다. 우리가 기름기를 그대로 남긴 접시도 못 본 척했다.

이 영광스런 행사는 샐리너스 로디오 운동장에서 거행할 예정이었다. 우리는 장례식 때보다 더욱 장엄하고 화려하게 군용차를 타고 운동장으로 향했다. 아버지는 읍에서 5마일 가량 떨어진 스프레클스 제당 공장에서 일을 하고 있었으므로 나올 수가 없었다. 아니, 불안해서 일부러 나오지 않았는지도 모른다. 그러나 어머니는 비행기를 타기 전에 조건을 들어 주어야만 탑승하겠다고 했다. 그래서 추락하기 전에 제당 공장이 위치해 있는 곳까지 비행한다는 약속을 했다.

그 날 운동장에는 수백 명의 사람이 모였는데, 우리는 그 많은 사람이 어머니를 축하하려고 온 줄 알았으나 나중에 생각해보니 비행기를 구경하려고 나온 구경꾼이었다. 올리브는 키가 크지 않았으나 나이가 들자 몸이 비대해지기 시작하여 우리는 어머니를 부축해서 차에서 내려야만 했다. 어머니는 놀라서 몸이 경직되었지만 작은 턱에 힘을 다부지게 주고 있었다.

비행기는 경마 트랙 한 가운데 서 있었다. 비행기는 아주 작고 약해 보였다.

나무 버팀대를 피아노 줄로 맨 무개 조정석이 달린 쌍엽 비행기였다. 양쪽 날개는 덮개로 씌어져 있었다. 그녀는 놀란 나머지 기절할 지경이었다. 황소가 도살장으로 끌려 나가듯 그녀는 비행기 옆으로 다가갔다. 그녀가 수의라고 생각한 옷 위에다 두 명의 하사관이 코트를 입힌 뒤, 그 위에다 솜이 든 코트를 덧입히고, 비로소 그 옷 위에다 비행복을 입혀 주자 그녀의 몸은 동그레졌다. 그러고 나서 가죽 모자와 보호용 안경을 쓰자 그녀의 납작한 코와 붉은 뺨이 조화를 이루어 정말 가관이었다. 그 모습은 공에다 보호 안경을 씌운 것 같았다. 두 명의 상사가 그녀를 안아서 조종석 옆에 앉히자 자리가 꽉 찼다. 안전 벨트를 채워 주자 그녀는 정신이 번쩍 드는지 미친 듯이 손을 내저으며 소리쳤다. 군인 중 한 명이 비행기에 올라가서 그녀의 말을 듣고 내려와서 누나 메리를 비행기 옆으로 데리고 갔다. 어머니는 씨름하듯 왼손에 낀 두터운 비행 장갑을 잡아 빼고는 작은 다이아몬드가 박힌 약혼 반지를 빼서 메리에게 주었다. 그녀는 결혼 반지인 순금 반지를 손에 낀 채 장갑을 끼고는 정면을 바라보았다. 조종사가 앞 조정석에 앉자 상사가 나무 프로펠러에 몸을 싣고 돌렸다. 작은 비행기는 활주하다가 방향을 바꿔 요란스럽게 달리다가 비틀대며 공중으로 떴다. 어머니는 정면만 쳐다보고 있었는데, 아마도 눈은 감고 있었을 것이다.

우리는 외로운 침묵을 남긴 채 멀리 사라진 비행기를 눈으로 쫓았다. 국채 위원, 친구, 친척, 그 외의 구경꾼들도 누구 하나 자리를 뜰 생각을 하지 않았다. 비행기는 제당 공장이 있는 방향의 하늘에서 작은 점처럼 보였다가 사라졌다. 그 비행기의 모습이 다시 나타난 것은 십오 분 후였는데, 갑자기 비틀거리더니 놀랍게도 거꾸로 떨어지는 듯했다. 비행기는 끝없이 아래로 떨어지다가 균형을 잡고 다시 올라가면서 곡예를 보여 주었다. 옆에 선 상사가 큰소리로 웃었다. 비행기는 잠시 동안 균형을 잡고 날다가 또다시 원을 그렸다. 비행기는 몸체를 회전하고 임멜만 식 회전도 하고 안팎으로 원을 그리고 몸통을 뒤집어 거꾸로 한참이나 날았다. 어머니의 모자가 까맣게 총알 만하게 보였다.

「저 사람 정말 제정신이 아니군. 젊은 여자도 아닌데 저러다니!」

옆에 섰던 군인 한 명이 혼자 소리로 조용히 말했다.

비행기는 안전히 착륙한 후 사람들이 많이 모여 선 곳으로 와서 엔진을 멈추었다.

「세상에, 난 이런 분은 난생 처음이야.」

조종사가 비행기에서 내려 당황한 표정으로 웃으면서 말했다. 그는 어머니의 기운 없는 손을 한 번 잡아 흔들고는 잰걸음으로 어디론가 가 버렸다.

네 명의 남자가 가까스로 어머니를 조종석에서 끌고 나오는 데에도 꽤 시간이 많이 소요되었다. 그녀의 몸이 경직된 채로 **빳빳했기** 때문에 힘들었던 것이다. 어머니는 집으로 모셔 와 쉬도록 했으나 이틀 동안이나 꼼짝도 하지 못했다.

그 진상은 뒤에야 천천히 밝혀졌다. 조종사의 말과 어머니의 말을 종합해 보고 난 후에야 어찌된 일인지 알 수 있게 되었다. 그들은 계획대로 스프레클스 제당 공장 위에 날아가 아버지가 이 비행기를 볼 수 있도록 세바퀴나 돌았다. 그러자 조종사는 장난기가 발동을 하였다. 그러나 해롭게 할 의사는 전혀 없었다. 그는 무슨 고함인가 외치며 온통 얼굴을 일그러뜨렸다. 엔진 소리가 요란해서 잘 들리지 않았다. 조종사는 엔진 소리를 줄이고 다시 말했다.

「곡예비행 좀 해볼까요?」

조종사는 농담으로 말했으나 올리브는 보호 안경을 낀 조종사의 얼굴만을 보고는 그 소리를 고장이라는 말로 들은 것이다.

어머니는 그제서야 자기 생각대로 이제 죽는가 보다고 생각했다. 유언장은 이미 작성해 놓았고, 편지는 모두 태워 버렸으며 속옷도 새 것으로 갈아입었다. 그리고 집의 저녁 반찬은 충분히 마련해 놓고 나왔지 않은가. 참, 뒷방의 불은 끄고 나왔는지 켜둔 채 나왔는지가 미심쩍었다. 불과 1,2초 사이에 일어난 일로, 그녀는 어쩌면 살아날 수 있을지도 모른다는 생각이 들었다. 그녀는 조종사가 지금 겁을 먹고 있다고 생각하여 자기가 겁에 질린 것같이 보여서는 안 된다고 생각했다. 자기까지 겁을 집어 먹으면 조종사는 더 두려워할 거라고 생각했다. 올리브는 그를 격려하고 위로해 주려고 결심하고 크게 웃으며 고개를 끄덕여 주었다. 밑바닥이 쑥 내려앉았다. 조종사는 곡예를 한바탕 끝내고 수평 비행을 하면서 다시 그녀를 보고「더 해볼까요?」하고 물었다. 그러나 그녀에게서 아무 소리도 들리지 않았다. 그녀는 턱에 힘을 주고 단단히 각오했다. 비록 땅바닥에 떨어지는 한이 있어도 최후의 순간까지 저 젊은이를 도와 주어야겠다고 다짐했다. 그녀는 또 웃으며 고개를 끄덕거렸다. 조종사는 곡예를 끝낸 후에는 반드시 어머니를 뒤돌아보았고, 그때마다 어머니는 웃으며 고개를 끄덕여 격려해 주었다. 훗날까지 그 조종사는 매번 같은 말을 했다.

「나는 그런 부인은 난생 처음이야. 나는 책에 씌어 있는 곡예를 다했는데도 그분은 계속 더 하라고 하는 거야. 세상에, 그런 부인이 조종사가 되어야 해.」

제 15 장

☐1

아담은 만족한 고양이처럼 자기 대지에 안주했다. 지하수에 뿌리를 굳건히 내리고 있는 커다란 떡갈나무 아래 작은 골짜기로 들어서는 입구에서 보면 저쪽 강까지 펼쳐진 땅과 평평한 충적지와 둥근 언덕의 서쪽 편이 보였다. 한여름 햇볕이 내리쬐어 아름다운 곳이었다. 서쪽 언덕은 목초가 자라서 누런 색이었고, 버드나무와 플라타너스가 가운데 줄지어 서 있었다. 무슨 이유에서인지 샐리너스 벌판 서쪽의 산은 동쪽의 낮은 산보다 두꺼운 지표로 덮여 있으므로 초목이 훨씬 더 무성히 자랐다. 아마 산봉우리가 빗물을 저장했다가 골고루 분배해서인지도 모르고, 나무가 울창해서 더 많은 빗물을 끌어올리기 때문인지도 알 수 없었다.

지금은 트래스크의 소유가 된 산체스의 땅은 경작이 별로 되지 않은 상태였지만, 아담은 마음속으로 보리가 무성히 자라고 강가의 푸른 풀이 무성히 자라는 풍경을 그려 보았다. 뒤에서는 산체스의 오래된 집을 재건하기 위해 샐리너스에서 불러 온 목수가 두드리는 망치 소리가 요란히 들려 왔다.

아담은 그 낡은 가옥에서 살기로 작정했다. 그곳이야말로 그가 작은 왕조를 세우기에 적당한 장소라고 생각했다. 거름을 모두 치워 버리고 낡은 마루 바닥을 뜯어 내고 소들이 목을 내밀던 창틀도 모두 뜯어 버렸다. 새 향나무, 송진 냄새가 물씬 나는 소나무, 빌로도처럼 부드러운 삼나무, 그리고 길쭉한 판자로 만든 새 지붕이 들어왔다. 오래되어 퇴색한 벽에는 소금물에 석회를 섞은 것을 여러 번 바르자 윤이 반지르하게 나는 듯싶었다.

그는 영구히 정착할 계획을 세웠다. 정원사에게는 묵은 장미를 심게 하고 제라늄과 채소밭을 가꾸고 정원 사이마다 작은 수로를 내어 샘물을 끌어들였다. 아담은 자신과 후손이 만끽할 기쁨을 먼저 맛보았다. 헛간에는 방수천을 씌운 묵직한 가구를 포장한 나무 상자가 가득 차 있었다. 그 가구는 모두 샌프란시스코에 주문해서 킹 시티에서 마차로 운반해 왔다.

그는 멋지게 살고 싶었다. 변발을 한 중국인 요리사 리를 직접 파야로에 보내서 주방 용품인 항아리·주전자·냄비·철그릇·유리 그릇 등을 사 오게 했다. 집에서 약간 떨어진 아래쪽에 돼지우리를 새로 만들고, 주위에는 닭과 오리를 치고, 개를 키워서 늑대를 쫓게 했다. 아담은 서두르지 않고 차근차근 일을 해

나갔다. 일꾼 역시 신중하게 차근차근히 일을 처리했다. 오래 걸릴 일이었기 때문이었다. 아담도 시간은 걸려도 멋있는 집을 만들어 달라고 주문했다. 아담은 직접 나무의 이음새를 살폈고, 지붕에 칠한 페인트 색깔을 먼발치에 가서 쳐다보고는 색깔을 다시 바꾸기도 했다. 그의 방 구석에는 기계·가구·씨앗·과수 등의 목록이 쌓였다. 그는 아버지가 자기에게 재산을 물려 준 것을 감사히 생각했다. 그의 기억 속에 있는 코네티컷의 추억이 점차적으로 사라지고 있었다. 어쩌면 서부의 강렬한 태양이 고향 생각을 지워 버렸는지도 모른다. 그러나 이따금 아버지의 집과 농장, 읍, 찰스를 생각하면 침울한 표정이 되었다. 그는 도리질을 하며 고향의 모든 것을 잊으려 했다.

보르도니가 살던 별채에 흰 칠을 깨끗이 해 놓고 임시로 캐시를 옮긴 후 그곳에서 해산을 하고 신축할 때까지 살기로 했다. 아무래도 집이 완성되기 전에 출산을 할 것 같았다. 그래도 아담은 전혀 서두르지 않았다.

그는 일꾼들을 볼 때마다 똑같은 말을 반복했다.

「튼튼히 지어 줘요. 오래되어도 멀쩡하도록 구리목과 튼튼한 목재를 사용해 줘요. 절대로 녹이 슬거나 썩는 일이 있으면 안 돼요.」

아담만이 미래를 생각하는 것이 아니라, 그 계곡의 전체, 아니 모든 서부 사람이 미래에 대한 집념을 갖고 있었다. 이제 과거는 모두 지났다. 과거가 좋았다고 회상하는 사람은 좀처럼 눈에 띄지 않았다. 사람들은 지금은 비록 어렵고 별다른 소득이 없지만 황홀한 미래를 내다보며 현재의 생활에 만족했다. 두 사람이 모이거나 아니면 선술집에서 세 사람이 모이거나, 아니면 천막에서 열두어 명이 사슴고기를 뜯을 때, 대부분의 화제는 이 지방의 미래, 현기증 나도록 화려한 미래에 대한 것이었다. 그것은 상상에서 우러나온 것이 아니라 확실성과 신뢰가 포함된 이야기였다. 그들은 입을 모아 말했다.

「그렇게 될 거야. 누가 알아? 우리가 살아 있는 때에 그렇게 될지?」

사람들은 현재의 생활에 만족을 느끼지 못하는 만큼 미래에 대한 행복을 갈구했다. 그래서 어떤 사람은 온 가족을 마차에 태워 언덕 위의 목장에서 산기슭으로 이주해 오는 사람도 있었다. 그 마차는 참나무 굴대에 상자를 못박아 만든 것으로 험한 언덕길을 내려오면, 상자 안에 앉아 있던 부인은 마차가 덜커덩거려서 돌이나 땅에 부딪칠 때마다 어린아이들이 이를 부딪치거나 혀를 깨물지 않도록 꼭 껴안아 주었다. 아버지는 땅을 힘껏 딛고 서서 말했다. 신작로가 생긴다면 그때는 편안히 앉아서 여행할 수 있는 4인승 마차를 타고 세 시간 정도 달리면 킹 시티까지 갈 수 있을 것이다. 그 이상 또 무엇을 바랄 게 있겠는가?

그의 참나무 숲을 조사해 보면, 그것은 석탄같이 단단하고 역량이 높기 때문에 세계에서 가장 좋은 땔감이 될 것이다. 주머니에는『로스앤젤레스에서는 참나무 장작 128 입방미터가 10달러에 판매된다.』라는 기사가 씌어진 신문이 들어 있을지도 모른다. 마을 철도 지선이 이곳까지 들어온다면 1달러 50센트만으로도 나무를 벌채하고 건조시켜 철도 옆에 깨끗이 쪼개 말려서 차곡차곡 쌓아 놓을 수 있다. 최악의 경우 철도 운임을 3달러 50센트의 운임을 요구하더라도 네 평에 5달러가 넘는 셈이다. 저 작은 숲에서도 장작 1만 2천 평은 넉넉히 있으니 거기서만도 1만 5천 달러의 소득이 생긴다.

또 어떤 사람은 이마에 햇볕을 뜨겁게 받으면서, 도랑을 수로로 고쳐 전 지역에 물을 댈 수 있는 날이 우리가 살아 있을 때 올 것이라고 예언하기도 한다. 또는 땅속 깊숙이에서 양수기로 물을 퍼올릴 수 있는 우물이 생길 수도 있다고 말하는 사람도 있다. 그런 것을 상상이나 할 수 있는 일이겠는가? 만일 물이 풍족할 경우 이곳에 재배할 게 얼마나 많겠는가! 분명히 훌륭한 낙원이 될 것이다.

또 어떤 사람은 지금 내가 손에 들고 있는 이 복숭아를 필라델피아로 보내는 방법이 얼음이나 다른 것을 사용해서 가능할 것이라고도 이야기한다. 그야 물론 미친 사람의 말이긴 하지만.

마을 사람들은 하수도와 실내 화장실에 대해서도 말했는데, 그중 몇 명은 이미 그런 시설을 갖추고 있었다. 그리고 길모퉁이를 비춰 주는 샐리너스엔 이미 있는, 아크등 이야기와 또 전화 이야기를 했다. 미래에는 경계선이나 한계가 전혀 없을 것이다. 어쩌면 인간이 행복을 저장할 자리도 없을 것이다. 30인치의 강우량을 기록하는 3월의 샐리너스 강처럼 온 지방에 만족이 넘칠 것이다.

사람들은 메말라 먼지투성이가 된 건조한 계곡과 우후죽순처럼 보기 흉한 마을을 내려다보면서도 그곳에 어쩌면 우리가 살아 있을 때 가능한 아름다운 세상을 상상해 보았다. 그러므로 어느 누구도 사무엘 해밀튼을 비웃을 수만은 없었다. 그의 상상력은 어떤 사람보다도 멋있게 뻗어 나갔다. 산호세에서 벌어지는 광경을 소문으로 들으니 그의 생각이 결코 어리석은 것만은 아니었다. 그런 모든 것이 실현된다면 사람들은 얼마나 행복해질까? 사무엘은 이런 생각을 하면서 가슴이 뛰는 흥분을 느꼈다.

행복! 그는 지금 흥분에 들떠 있었다. 행복은 우선 손에 넣고 보아야 한다.

사무엘은 아일랜드에 있다는 어머니의 사촌에 대한 이야기가 생각났다. 나이트의 작위를 가진 부유한 미남인데, 자기를 사랑하던 미인과 비단 의자에 앉아서 자살을 했다고 했다.

「사람의 욕망이란 천하를 모두 주어도 만족하지 못하는 것이지.」

사무엘은 자주 이런 말을 했다. 아담 트래스크는 미래의 행복을 감지하고 있었지만 역시 현재의 생활에도 만족을 느꼈다. 캐시가 뱃속에 아이를 키우면서 조용히 양지 바른 곳에 앉아 있는 모습을 보노라면 가슴이 뭉클할 정도로 기뻤다. 주일 학교 카드에 새겨진 천사와 같은 캐시의 투명한 살갗을 보고 있노라면 가슴이 뿌듯했다. 바람에 그녀의 머리카락이 가볍게 하늘거리거나 캐시가 눈을 가늘게 치켜 뜨면 아담은 어린이처럼 황홀감에 마음이 부풀었다.

아담이 날렵한 고양이처럼 자기의 땅에 안주했다면 캐시 또한 고양이처럼 되었다. 그녀는 얻을 수 없는 것은 재빨리 포기하고 얻을 수 있는 것만 기대하는 비인간적인 특성을 가지고 있었다. 이러한 그녀의 특성은 그녀에게 커다란 이점이 되었다. 그녀의 임신은 우연한 것이었다. 스스로 낙태를 시키려다 실패하고 의사의 위협을 받자 캐시는 얼른 낙태를 포기해 버렸다. 그러나 그녀는 임신을 그대로 받아들인 것이 아니라, 마치 조용히 병을 이겨 내듯이 캐시는 그것을 그냥 가만히 놔두기로 하였다. 아담과의 결혼도 마찬가지였다. 오도가도 못하는 신세가 되자 그녀는 최선의 탈출구를 모색한 것이다. 그리고 캘리포니아에 오기 싫었지만 당분간 뾰족한 방법이 없었다. 캐시는 어렸을 때부터 상대방의 열세를 이용해서 승리하는 법을 터득했다. 상대방의 힘에 거역할 수 없을 때에는 상대방의 힘을 한 방향으로 유도하기는 쉬운 법이다. 그러나 조용히 앉아만 있는 캐시가 현재의 생활과 자기의 처지에 대해 불만을 품고 있다는 사실을 알고 있는 사람은 별로 없었다. 그녀는 긴장을 풀고 자기에게 올 기회를 잠자코 기다렸다. 그녀는 위대한 범죄자로 필수적인 조건을 갖추고 있었다. 그녀는 세상의 누구도 믿지 않고 속마음을 털어 놓지도 않았다. 그녀의 자신이 하나의 섬이었다. 그녀는 아담의 새로운 땅이나 집은 거들떠보지도 않았다. 어쩌면 남편의 부푼 꿈이 실현될 것을 생각해 보지도 않았을 것이다. 그녀는 이제 건강해지고 덫에서 탈출할 수만 있다면 이곳에서 살 생각이 없었기 때문이다. 그러나 남편이 물어 오면 언제나 적절한 대답을 해주었다. 그렇게 하지 않으면 운동의 낭비뿐만 아니라 정력의 소모와 훌륭한 고양이에 적당하지 않는 일이기 때문이었다.

「여보, 자, 집의 위치가 어떤가 좀 봐. 창문에서 계곡이 내다보이지?」

「정말 아름다워요.」

「우습게 들릴지 모르지만 난 백년 전에 산체스의 생각처럼 그 방법을 생각하고 있어. 그 옛날의 계곡은 어땠을까? 산체스는 신중히 계획을 세웠던 게 분명해. 산체스는 수도 파이프까지 놓았더군. 우물에서 물을 끌어올리려고 삼나무에 구멍을 뚫다가 안 되니까 불로 지져 구멍을 뚫었어. 파보니까 삼나무 파이프 조각이 나왔어.」

「네, 대단해요. 그 사람은 정말 머리가 특출한 사람이었나 봐요.」

「난 산체스에 대해 더 많이 알고 싶소. 집을 지은 방법으로 보나, 그가 심은 나무로 보나 그는 분명 예술가였을 거야.」

「산체스는 스페인 사람이었죠? 스페인 사람은 예술에 소질이 풍부한 민족이에요. 학교 다닐 때 화가에 대해 들었는데, 아, 그건 그리스 사람이었지 참.」

「산체스에 대해 무척 궁금한데 어딜 가면 자세히 들을 수 있을까?」

「그에 대해 아는 사람이 분명히 있을 거예요.」

「그의 작업과 계획에 대해 알고 싶어. 그런데 보르도니는 그 집에다 소를 키웠으니. 참, 당신은 내가 제일 궁금한 게 뭔지 알아?」

「그게 뭐예요, 아담?」

「산체스에게도 당신 같은 사람이 있었나, 그 여자의 이름이 무엇이었나 궁금해.」

캐시는 살짝 웃으면서 눈을 살포시 깔고 아담에게서 눈을 돌렸다.

「당신도 별 말씀을 다 하시는군요.」

「아냐, 산체스에게도 분명히 당신 같은 여자가 있었어. 그럼, 있었지. 내가 당신을 알기 전에는 정력도, 살고 싶은 의욕도 없었지.」

「아담, 그런 쑥스러운 말 그만해요. 여보, 흔들지 말고 조심해요. 가슴이 아파요.」

「미안해, 내가 너무 눈치가 없어서 그만.」

「그렇지 않아요. 당신은 내가 뜨개질이나 바느질하기를 원하나요? 나는 이렇게 앉아 있으면 아주 편안하답니다.」

「우리에게 필요한 것은 모두 사들일 거야. 당신은 그저 편안히 있으면 돼. 당신은 그 누구보다 큰 일을 열심히 하고 있는 사람이오. 그러니 그 보람은 굉장한 거야.」

「아담, 이마에 생긴 흉터가 없어지지 않으면 어떡하죠?」

「의사는 서서히 없어질 거라고 했으니 너무 걱정하지 마.」

「이상해요, 어떤 때는 흉터가 없어지는 것 같은데 다시 뚜렷해지거든요. 오늘은 유난히 더 검게 보이는 것 같아요.」

「아니, 그렇지 않아.」

그러나 실제로는 그렇지 않았다. 흉터는 더 검고 흉하게 보였다. 그 흉터는 커다란 엄지 손가락 자국처럼 보였다. 아담이 손가락을 가까이 대려고 하자 캐시는 머리를 재빨리 돌렸다.

「손대지 마세요. 만지면 아프고 빨개져요.」

「시간이 지나면 없어질 테니 너무 걱정하지 말도록 해요.」

아담이 돌아서자 캐시는 희미하게 웃어 보였다. 그러나 아담이 나가자 그녀의 눈은 곧 기운이 빠지고 멍청해졌다. 그녀는 약간 거북해서 몸을 움직였다. 뱃속에서 아기가 움직였다. 긴장을 풀자 모든 근육이 나른해졌다. 캐시는 기다렸다.

제일 큰 떡갈나무 아래 앉아 있는 그녀에게 요리사 리가 와서 말했다.

「차 드시겠습니까, 마님?」

「그래요. 마시겠어요. 차 줘요.」

그녀는 요리사 리를 빤히 쳐다보았으나 그의 눈은 아무리 쳐다보아도 그 검은 눈동자 속의 세계를 알 도리가 없었다. 캐시는 세상 어떤 남자의 마음속이라도 파고들어가 그 충동과 정욕을 파헤칠 수 있었는데, 아무리 쳐다보아도 리의 마음속은 파고들 수가 없었다. 리는 얼굴이 마른 편이며 이마가 넓고 단단하고 민감했으며 입술은 언제나 웃고 있어서 명랑해 보였다. 검고 윤이 나는 변발은 검은 명주 끈으로 묶고, 일을 할 때는 변발을 머리 위로 감아올렸다. 그는 통이 좁은 무명 바지를 입고 뒤꿈치가 없는 검정 슬리퍼를 신고 장식 끈이 달린 중국식 상의를 입고 있었다. 그 무렵의 중국인이 대개 그러했듯이, 그는 무엇을 두려워하는 것처럼 두 손을 소매 안에 감추고 있었다.

「작은 상을 가져 오겠습니다.」

리는 약간 고개를 숙여 보인 후 집안으로 들어갔다.

캐시는 그의 모습을 쳐다보며 얼굴을 찡그렸다. 그녀는 리가 무섭지는 않았으나 그가 곁에 있으면 거북했다. 그렇지만 리는 착하고 예의바른 최고의 하인이었다. 그런 최고의 하인이 주인 마님인 그녀에게 어떤 해를 입히겠는가?

2

여름철이 되자 샐리너스 강은 땅 아래로 스며들거나 높은 둑 아래서 푸른 웅덩이를 이루었다. 소들은 하루 종일 나무 그늘 아래서 졸다가 밤이 되면 어슬렁어슬렁 나가 풀을 뜯었다. 풀은 황갈색으로 되고 오후에는 계곡 아래로 불어오는 바람이 먼지를 일으키면서 산꼭대기까지 날아올라갔다. 바람이 흙을 훑어 낸 자리에는 들귀리 뿌리가 드러났고, 깨끗이 쓸려진 땅 위에는 지푸라기와 나뭇가지가 뒹굴다가 나무 뿌리에 걸렸다. 작은 돌이 바람에 뒹굴었다.

그 옛날 산체스가 이 작은 골짜기에 집을 지은 이유가 명확해졌다. 이곳에는 바람과 먼지가 불지 않을 뿐만 아니라 샘물이 줄어드는 철에도 이곳에는 맑고 찬 물이 계속 솟기 때문이었다. 그러나 아담은 모래 먼지가 자욱한 땅을 내려다보고는, 캘리포니아에서 처음 온 동부 사람이 처음에 공통적으로 느끼듯이 크게 놀랐다. 코네티컷에서는 여름에 2주만 비가 오지 않아도 건조기라고 하고, 4주 동안 비가 오지 않으면 가물다고 했다. 시골에서는 주위가 푸르게 보이지 않으면 풀이 말라 죽는 것이다. 그러나 캘리포니아에서는 보통 5월 말경부터 2월 초까지는 비 한 방울 내리지 않는다. 동부 사람들은 이야기를 들어서 알고 있지만 비가 오지 않으면 대지가 병들었다고 생각한다. 아담은 사무엘 해밀튼 집에 리를 보내 자기 집을 방문해 줄 것과 우물 몇 개를 파는 일에 대해 의논을 했으면 좋겠다는 전갈을 보냈다.

리가 트래스크의 마차로 해밀튼의 집에 당도했을 때, 사무엘은 나무 그늘 아래서 아들 톰이 혁신적인 최신식 너구리 덫을 설계하고 제작하는 것을 지켜보고 있었다. 리는 두 손을 소매 속에 감추고 서서 기다렸다.

「톰, 너 집 잘 지킬 수 있지? 나는 트래스크 씨 댁에 가서 우물 팔 것을 의논해야겠다.」

「저도 따라가면 안 되나요? 일손이 필요하실지 모르잖아요.」

「오늘은 의논만 할건데 무슨 손이 필요하겠냐? 우물은 한참 후에나 팔 텐데. 우물을 파려면 의논을 많이 해야 하지. 흙 한 삽을 파는데 오륙백 번은 얘기가 필요한 거니까.」

「저도 트래스크 씨네 가 보았으면 좋겠어요. 한 번도 못 가 봤거든요. 그분이 우리 집에 오셨을 때도 못 보았고요.」

「우물을 파기 시작하면 보게 될 거다. 내가 너보다 어른이니까 내가 가서 의논을 하겠다. 톰, 너구리가 이 구멍으로 빠져 나갈 것 같다. 너구리는 아주 영악한 동물이야.」

「여기처럼 이렇게 구부린다면 절대로 빠져 나가지 못할 거예요.」

「그래, 잘 생각했구나. 톰, 어머니한테 트래스크 씨 댁에 다녀온다고 말하고 올 테니 너는 말 안장 좀 준비하렴.」

그때 리가 나섰다.

「마차를 가져 왔어요.」

「돌아올 때는 내 마차가 있어야 하잖아.」

「그때는 제가 모셔다 드리겠습니다.」

「아니, 그럴 필요는 없어. 내 말을 몰고 갔다가 타고 와야지.」

사무엘은 마차를 탄 뒤 리의 곁에 앉았다. 사무엘의 안장을 얹은 말은 거북하게 마차 뒤에 따라왔다.

사무엘이 유쾌한 듯 물었다.

「당신 이름이 뭐요?」

「리, 이름은 길지만, 리는 성입니다. 그냥 리라고 부르세요.」

「난 중국에 대해 많이 읽었지. 당신은 중국에서 태어났소?」

「아닙니다. 여기서 태어났습니다.」

사무엘은 한동안 잠자코 있었다. 마차는 먼지를 일으키며 마차 바퀴 자국을 따라 흔들리며 내려갔다. 얼마 후 사무엘이 말했다.

「리, 기분나쁘게 생각하지 말고 듣게. 난 당신네는 왜 그렇게 영어를 이상하게 하는지 모르겠어. 아일랜드의 음침한 습지에서 온 무식한 놈들도 감자 같은 혓바닥에 아일랜드 말밖에 모르다가도 십년이 경과하면 서투르지만 영어를 제법 하지.」

그 말을 듣고 리는 히쭉 웃고 나서 말했다.

「나는 중국 말을 합니다.」

「뭐, 그 나름대로 이유는 있겠지. 내가 알 바는 아니지만, 이상하게 생각한다고 기분나쁘하지 말게.」

리는 둥근 눈꺼풀 아래 갈색 눈이 더욱 커지며 깊이 가라앉는 것 같다가 부드러운 시선을 보냈다. 전혀 낯설거나 생소하게 보이지 않는 부드러운 눈이었다. 리는 여전히 웃으며 말했다.

「저는 아주 편리하답니다. 그리고 자기 보호도 되지요. 우리는 이상한 영어를 해야만 상대가 알아듣는 답니다.」

「처음 두 가지 이유는 이해하겠지만, 마지막 이유는 모르겠군.」

사무엘은 어떤 변화를 발견했다는 내색을 하지 않고 무엇인가를 생각하며 말했다.

「곧이들리지 않을 테지만 나와 내 친구들은 늘 겪는 일이기 때문에 그러려니 하죠. 예를 들자면 내가 점잖은 신사나 숙녀 앞에서 지금처럼 이런 정식 영어를 하면 이상하게 상대방이 이해를 못하더군요.」

「왜 그러지?」

「그들은 미리 내가 중국식 영어를 할 줄 알고 기대하다가 내가 정식 영어를 하면 알아듣지 못하는 거죠. 그래서 이해를 못 하는 겁니다.」

「아니, 그럴 리가 있나? 나는 당신의 말을 잘 알아듣지 않소?」

「당신은 자신이 관찰한 것과 선입관을 혼동하지 않는 분이니까요. 그래서 내가 이렇게 말하는 겁니다. 현실을 그대로 보고 받아들이시니까요. 그러나 다른 사람들은 현실을 보면서도 모두 자기가 기대한 대로, 자기가 생각한 대로만 본 답니다.」

「그 얘기가 맞는 말이군요. 나는 당신과 같은 체험은 한 적이 없지만 당신 말이 정말 옳군. 이렇게 얘기를 하게 되어 기쁘오. 나는 궁금한 게 많다오.」
　「무엇이나 물어 보십시오.」
　「참 궁금한 게 많소. 예를 들자면 당신 머리는 변발인데 나는 책에서 만주족이 남쪽 중국인을 정복한 후 변발을 강요했다지. 그건 굴복의 표시가 아닌가?」
　「네, 그게 맞는 말입니다.」
　「그런데 왜 미국 땅에까지 와서 변발을 하는 거요? 여기까지 만주족이 쫓아오지도 않을 텐데.」
　「말도 중국풍이고, 변발도 중국풍이죠. 아시겠습니까?」
　사무엘은 웃고 나서 말했다.
　「그것 참 편리한 이야기군. 나도 그런 식으로 생각했으면 좋겠는 걸.」
　「내가 설명해서 알아들으실지 모르겠군요. 비슷한 체험을 하지 않으면 정말 이해할 수 없답니다. 당신도 미국 태생은 아니죠?」
　리가 묻자 사무엘이 재빨리 대답했다.
　「아일랜드에서 태어났지요.」
　「그러나 몇 년만 지나면 아일랜드 분위기가 아주 없어지죠. 그러나 나는 이곳에서 태어나 여기서 학교를 다니고 몇 년이나 캘리포니아 대학을 다녔지만, 미국인과 어울릴 기회가 거의 없는 편이에요.」
　「변발을 깎고 옷도 다른 사람과 같은 옷을 입고 정식 영어를 하면 어떨까?」
　「그것도 안 돼요. 모두 해봤지요. 어떤 일을 해도 백인들에겐 언제나 중국인이죠. 그들은 중국인을 믿지 않아요. 그렇게 하면 중국인 친구들은 또 나를 외면한답니다. 그러니 나는 그렇게 살지 않는 거죠.」
　리는 나무 밑에다 마차를 세운 뒤 고삐를 풀었다.
　「점심을 먹고 가야겠어요. 도시락을 싸 왔는데 좀 드세요.」
　「그럽시다. 저기 그늘로 가서 먹을까. 나는 식사도 가끔 잊고 살지. 늘 배는 고픈데 식사하는 걸 잊어버리니 이상한 일도 다 있지. 당신 얘기는 정말 재미있군. 권위도 있고. 당신은 중국에 돌아가야 할 사람이 아니오?」
　리는 차가운 웃음을 그에게 던지며 말했다.
　「내가 평생 찾았지만 못 찾은 답을 당신이 짧은 시간인 몇 분 만에 찾지는 못할 겁니다. 나는 중국에 돌아갔었지만 우리 아버지는 나를 탐탁히 여기지 않으셨지요. 그분은 꽤 성공한 분이셨는데도 그러더군요. 모두가 나를 외국놈 취급을 하더군요. 예절도 모르고 그 고장의 예법도 알 수 없죠. 모두가 나를 부정적으로 생각했어요. 곧이들리지 않겠지만 나는 미국에서보다 중국에서 더 외국인 취급을 당했답니다.」

「조리에 맞는 말이니 믿어야지요. 적어도 2월 27일까지는 생각할 과제를 당신이 준 셈이로군. 내가 질문을 해도 되겠소?」

「네, 얼마든지요. 중국식 엉터리 영어를 하면 생각도 그렇게 한다는 것에 문제가 있답니다. 난 영어를 잘하려고 언제나 글을 많이 쓴답니다. 듣는 것과 읽기는 말하기와 쓰기와는 아주 다르답니다.」

「그럼, 간혹 정식 영어가 튀어나오지는 않나?」

「그런 적은 없어요. 언제나 상대방에 따라 다르죠. 상대방을 봐서 중국식 영어와 중국식 걸음걸이를 하게 되죠. 사람을 보면 내게 어떤 것을 기대하는지 알죠. 그러면 나는 중국식 영어와 중국식 걸음걸이를 보인답니다.」

「그렇겠군. 나도 그렇지. 사람들이 웃기 위해서 우리 집까지 찾아오기 때문에 나는 자주 농담을 하는 거지. 울적하거나 슬퍼도 그들이 원하므로 나는 농담을 하게 돼.」

「그렇지만 아일랜드 인들은 마음도 편하고 농담도 잘하는 편이더군요.」

「그건 다른 사람의 생각일 뿐, 사실은 그렇지 않다오. 필요 이상 괴로워하는 어두운 민족이지. 슬픔을 잊게 하는 술이 없었다면 모두 자살했을 거라고 말하지. 그렇지만 상대방이 그것을 원하기 때문에 실없는 농담을 하게 되는 거지.」

리는 작은 병을 꺼내서 풀었다.

「이건 중국 오가피랍니다. 좀 들어 보세요.」

「뭐라구?」

「중국 술이에요. 쑥을 넣었는데 좀 독하죠. 독한 술이에요. 이 술을 마시면 세상살이가 편안하답니다.」

사무엘은 병을 입에 대고 홀짝 마셨다.

「글쎄 썩은 사과 맛 같은데.」

「네, 그렇습니다. 잘 썩은 사과 맛이죠. 혀를 뒤로 굴리면서 맛을 보시면 제맛을 알게 되죠.」

사무엘은 오가피를 한 모금 삼킨 뒤 고개를 젖혔다.

「아, 그 말 뜻을 알겠군. 정말 맛있는데.」

「샌드위치와 피클, 치즈와 버터 그리고 밀크 한 깡통이 있습니다.」

「준비가 철저하군요.」

「네, 언제나 신경을 쓰니까요.」

사무엘은 샌드위치를 먹으면서 말했다.

「난 여러 문제를 깊이 생각했는데 당신 말을 들으니 훌륭한 생각이 떠올랐어. 말해 볼까?」

「네, 말씀해 보세요. 제가 아주 열심히 듣고 있으니 그런 식으로는 말하지 마시고요. 그렇게 말씀하시면 제가 정신이 혼란해진답니다.」

「그럼 조심하겠소. 만일 내가 실수하더라도, 그건 내가 희극의 천재이기 때문이라고 생각하시오. 사람을 두 토막으로 나눠 상하가 똑같게 하기는 어렵지.」

「무슨 질문을 하실지 알겠어요.」

「그게 뭐라고 생각하지?」

「내가 왜 하인 노릇을 하며 만족해 하는지 궁금하신 거죠?」

「그건 어떻게 알았소?」

「자연히 알았어요.」

「내 질문이 불쾌한가?」

「아뇨, 당신이 묻는 건 괜찮아요. 괜히 겸손한 척하면서 묻는 것이 아니면 괜찮죠. 왜 사람들은 하인을 그렇게 망신스럽다고 생각할까요? 하인이란 직업은 철학가에겐 피신처가 되고, 게으름뱅이에게 밥을 먹여 주고, 제대로만 하인 노릇을 한다면 권력과 심지어는 사랑까지 누린답니다. 명석한 사람들이 왜 하인 노릇을 하지 않나 모르겠어요. 이건 직업으로 삼아도 할 만하고 보람이 있는 거죠. 훌륭한 하인만 된다면 안정된 생활이 보장되죠. 그건 주인이 선심을 써서가 아니라 습관과 나태 때문이랍니다. 입에 밴 향료를 바꾼다거나 자기 양말을 펴서 말리거나 하는 일을 한다는 것은 어렵죠. 몸에 밴 습관을 바꾸기보다는 못난 하인이라도 그대로 옆에 두고 부리는 게 낫답니다. 나도 훌륭한 하인이지만, 훌륭한 하인만 된다면 주인을 마음대로 할 수 있죠. 이렇게 생각하라, 저렇게 행동하라, 이 여자와 결혼하라. 이제는 이혼해야 한다. 하인은 이따금 주인을 골탕먹이기도 하고, 기분 좋게 해주고 결국에는 유언장에서 재산까지 분배받게 되죠. 나도 마음에만 있었다면 주인의 재산도 훔칠 수도 있고, 주인을 발가벗기고 구타하고서도 고맙다는 치사를 받을 수도 있죠. 그리고 나 같은 사람은 보호받을 수 없는 처진데, 보호를 받을 수도 있죠. 사람은 저마다 일을 하고 때로는 고민을 하지요. 그러나 나는 일도 덜하고 고민도 하지 않은 편이지요. 그렇지만 못난 하인은 일도 하지 않고 고민도 하지 않습니다. 그래도 먹여 주고 재워 주며 보호를 받는답니다. 직업 중에서 그렇게 무능한 사람이 많이 모이고 훌륭한 사람이 없는 직업도 없을 겁니다.」

사무엘은 몸을 앞으로 약간 굽히고 리의 말을 들었다.

「이런 말을 한 뒤에 다시 중국식 영어를 하면 마음이 편안하답니다.」

「그런데 산체스 농장이 거의 다 왔는데 왜 가까이 와서 쉬는 거지?」

「이야기를 하고 싶어서요. 나는 제일 가는 중국인입니다. 자, 떠날 준비가 되셨나요?」

「됐어. 그러나 당신은 살기가 외롭겠군 그래.」

「그게 큰 흠이랍니다. 나는 샌프란시스코에 가서 작은 사업이나 해볼까 생각했어요.」

「세탁소, 아니면 식료품 가게?」

「그런 건 하지 않아요. 세탁소나 식료품 가게는 너무 많아요. 그래서 나는 서점이나 해볼까 해요. 서점이 좋을 것 같고 그렇게 경쟁도 심하지 않을 듯 싶어요. 그러나 그것도 하지 않게 될지도 모르죠. 하인은 자신의 독창성이 없어지게 마련이거든요.」

3

그 날 이후 사무엘 해밀튼과 아담은 말을 타고 땅을 한 바퀴 돌아보았다. 언제나 오후에는 그렇듯 바람이 불고 누런 먼지가 하늘로 올라갔다.

사무엘이 감탄하듯 말했다.

「아, 정말 훌륭한 땅이군요. 보기 드문 좋은 땅입니다.」

「바람이 많이 불어서 흙이 바람에 날려가는 것 같군요.」

「아니, 그건 조금씩 이동해 가는 겁니다. 땅이 제임스 농장 쪽으로 날려가더라도 또 사우디스 농장에서 날려온답니다.」

「하여튼 나는 바람은 싫어요. 신경이 곤두서거든요.」

「아마도 바람을 좋아하는 사람은 없을 겁니다. 동물도 바람이 불면 신경을 곤두세우고 또 불안해 하죠. 아까 계곡에 있는 고목나무 방풍림을 보셨죠? 그 나무는 오스트레일리아 산 유칼리 나무랍니다. 그 나무는 1년에 10피트씩 자란답니다. 그 나무를 몇 줄 심어 보십시오. 얼마 후면 그 나무가 바람을 막아 줄 테고 훌륭한 장작감이 될 겁니다.」

「그것 참 훌륭한 생각이군요. 나는 지금 물을 원하고 있습니다. 물만 찾으면 이 바람을 이용해 얼마든지 퍼 올릴 수 있을 겁니다. 나는 우물 몇 개를 파서 물을 퍼 올릴 수만 있다면, 표토가 바람에 날아갈 걱정은 없을 겁니다.」

사무엘은 바람이 거세자 눈을 가늘게 떴다.

「그렇게 원하신다면 제가 물을 찾아 드리죠. 내가 소형 펌프를 하나 만들었는데, 그 펌프는 물을 빨리 빨아올릴 수 있어요. 내가 발명한 물건입니다. 바람을 이용하는 풍차는 비용이 너무 들지요. 펌프를 만들어 사용하면 비용이 훨씬 적게 들 겁니다.」

「좋습니다. 바람이 유용하게 쓰일 수만 있다면 불어도 괜찮겠죠. 그리고 물만 찾아내면 알팔파를 심을 생각입니다.」

「그건 값이 별로 나가지 않아요.」

「나는 그런 건 생각지 않습니다. 몇 주일 전에 그린필드와 곤잘레스 일대를 돌아보았어요. 스위스 사람 몇 명이 그곳에 이주해 살더군요. 많지는 않지만 멋진 젖소를 키우고 있고, 알팔파를 1년에 네 번이나 수확한다고 하더군요.」

「그 말은 나도 들었어요. 스위스 젖소를 들여 왔더군요.」

아담의 얼굴은 새로운 계획으로 가슴이 벅차 밝게 웃었다.

「나도 그럴려고 해요. 버터와 치즈는 팔고 밀크는 돼지에게 먹이면 되죠.」

「당신은 정말로 이 계곡을 빛낼 영광의 주인공이 될 거요.」

「당신이야말로 미래에 기쁨을 안겨 줄 겁니다.」

「물만 나오면 그렇겠죠.」

「물만 있다면 나오도록 해보겠어요. 물은 필히 찾아낼 수 있을 겁니다. 나는 요술 지팡이를 가지고 다닌답니다.」

사무엘은 안장에 매단, 끝이 갈라진 지팡이를 어루만졌다.

아담은 왼쪽에 낮게 자란 쑥이 무성한 넓은 들판을 손으로 가리켰다.

「그런데 36 에이커의 땅이 아주 평평하죠. 내가 굴착 송곳을 넣어 보았더니, 맨 위 표토에는 모래가 있고 쟁기가 닿는 곳은 양토였어요. 그곳에서 혹시 물이 나올까요?」

「글쎄, 그건 확신할 수가 없군요. 한번 해보도록 하지요.」

사무엘은 말에서 내려 재빨리 아담에게 고삐를 건네 주고는 지팡이를 풀었다. 그는 지팡이를 두 손으로 쥐고 천천히 걸어갔다. 그는 팔을 앞으로 벌리고 지팡이 끝을 위로 향해 들었다. 그는 갈지 자로 걸어갔다. 그는 얼굴을 찡그리고 뒤로 몇 걸음 물러섰다가 고개를 저으면서 다시 걸어나갔다. 아담은 자기 말을 타고 사무엘의 말은 끌고 뒤를 따랐다.

아담은 잠자코 지팡이를 쳐다보았다. 지팡이는 고기가 보이지 않는 곳에서 낚싯줄을 끌어당기듯이 떨리는 듯하더니 조금 움직였다. 사무엘은 묵묵히 앞으로 걸어나갔다. 잠시 후 그가 잡고 있던 지팡이가 아래로 쑥 내려가는 것이 보였다. 그는 느리게 그 주위를 한 바퀴 돈 후 들쑥을 하나 꺾어 땅에 던졌다. 그는 그 주위에서 벗어났다가 다시 지팡이를 들고 들쑥으로 표시한 곳을 향해 걸어 왔다. 가까이 오자 다시 지팡이 끝이 아래로 구부러졌다. 사무엘은 한숨을 크게 몰아쉬고는 몸을 풀며 지팡이를 땅에 내려놓았다.

「이곳에 물이 있습니다. 그다지 깊지 않은 곳이지요. 당기는 힘이 센 걸 보니 물이 많은 것 같군요.」

「그거 참 잘됐습니다.」

「두서너 군데 더 보여 드리고 싶은데, 당신은 어떻습니까?」

사무엘은 다시 억센 들쑥 하나를 뽑아 땅 속에다 꽂았다. 그리고 그 끝을 4자 모양으로 만들어 낸 후 표적으로 삼았다. 그런 다음 그 표적을 손쉽게 찾으려고 주변의 연한 들쑥을 발로 약간 뭉개 놓았다.

3백 야드 가량 떨어진 데서 두 번째 시험을 할 때는 정말로 아래로 굽어져 있었다.

「이곳에는 아주 물이 많답니다.」

세 번째 시험은 삼십 분 동안이나 시도해 보았으나 별 효과가 드러나지 않았다.

두 사람은 말을 타고 트래스크의 집으로 느릿느릿 돌아갔다. 화창한 오후였다. 언제나 그렇듯이 해가 지면서 바람이 수그러지기 시작했으나 어떤 때는 한밤중이 되어서야 바람이 가라앉기도 했다. 사무엘이 말했다.

「이곳은 좋은 땅이라는 건 잘 알고 있습니다. 모든 사람이 그 사실을 알고 있지요. 그러나 이렇게 훌륭한 땅이라는 건 미처 깨닫지 못했죠. 나는 확실히 말할 수 있어요. 산으로부터 내려오는 큰 하수도가 바로 댁의 땅 밑으로 흘러가는 것 같아요. 땅을 아주 잘 고르셨군요. 트래스크 씨.」

아담이 웃으며 말했다.

「우리 농장은 코네티컷에 있었답니다. 6대 동안 돌만 파냈지요. 내가 제일 처음 기억하는 것은 돌을 담 있는 데까지 나르는 것이었지요. 나는 어느 농장이나 그렇게 일을 하는 것으로 알았어요. 여기는 내 눈으로는 이상하답니다. 돌 하나를 구하려고 해도 멀리까지 가야 할 정도니까요. 난 도무지 죄스러운 생각이 드는 걸요.」

「죄스럽다는 것도 참 묘한 겁니다. 인간이 자기의 소유를 모두 벗어던진다 해도 작은 죄 몇 개는 은밀히 감춰 두지요. 자기 스스로 불안해 하려는 거죠. 죄는 우리가 아무리 버리려고 해도 버릴 수가 없거든요.」

「우리가 언제나 겸손하려면 그래야 될 겁니다. 하나님을 두려워하는 마음이죠.」

사무엘은 고개를 끄덕이며 동조했다.

「하여튼 겸손이란 좋은 겁니다. 어느 누구나 약간의 겸손은 가지고 있게 마련이니까요. 겸손은 일종의 즐거운 고통이죠. 귀중한 것을 깨닫지 못하는 사람은 그 가치를 알 수 없죠. 고통이 지금까지 온당히 받아들여졌는지 알 수 없군요.」

아담이 자못 궁금해 하는 표정으로 물었다.

「지팡이에 대해서 말해 주세요. 어떻게 그리 신통하지요?」

사무엘은 안장에 매달아 놓은 지팡이를 한번 쓰다듬었다.

「나도 지팡이가 신통하다는 것만은 믿고 있죠. 어쩌면 이럴지도 모르죠. 물이 어디에 있는지 내가 피부로 느끼는지도 모르죠. 사람들은 한 방면에 천부적인 재능을 가지고 있답니다. 이렇게도 생각할 수 있어요. 일종의 겸손이라고 표현할 수 있을까, 아니면 자신에 대한 깊은 불신이라고 할까. 그런 것들이 함께 작용하여 강제로 마술을 부리게 만드는지도 모르죠. 내 말을 이해하겠습니까?」

「그건 좀 생각해 봐야겠군요.」

말들은 고삐가 느슨해진 틈을 타서 고개를 숙인 채 걸어나갔다.

아담은 사무엘 해밀튼에게 부드러운 어조로 권했다.

「오늘 밤은 저희 집에서 하룻밤 묵어 가십시오.」

「그것도 좋은 일이지만, 집사람한테 자고 온다는 말을 하지 않아서요. 그런 일로 걱정시키고 싶진 않습니다.」

「그러나 여기 오신 줄은 알고 있지 않습니까?」

「그야 물론 알고말고요. 그래도 돌아가는 게 좋겠어요. 시간은 늦어도 상관없으니까요. 저녁을 먹고 가라면 기꺼이 응하겠습니다. 그럼 우물은 언제 파시겠습니까?」

「지금 당장이라도 시작했으면 좋겠습니다. 하루라도 빨리 부탁합니다.」

「땅 속의 물을 퍼올리는 일은 비용이 무척 많이 들지요. 땅 속에 어떤 것이 들어 있느냐에 따라 다르지만 보통 1피트에 50센트 정도의 비용이 들어야 합니다. 그보다 더 많이 들 수도 있고요.」

「돈은 염려하지 말아요. 나는 우물이 절대 필요합니다. 정말 부탁합니다, 해밀튼 씨.」

「사무엘이라고 부르십시오.」

「사무엘, 나는 이 땅을 살기 좋은 낙원으로 만들고 싶습니다. 내 이름이 아담 아닙니까? 지금껏 나에겐 에덴 동산이 없었지요. 나는 에덴 동산에서 쫓겨난 건 고사하고 살아 본 적도 없는 걸요.」

사무엘은 감탄조로 웃으며 말했다.

「그것 참 낙원을 만드는 이유치고는 멋지군요.」

「과수원은 어디에 만들겁니까?」

「사과는 심지 않을 작정이에요. 사고가 나면 큰일이니까요.」

「사과를 심지 않는다면 이브가 가만 있지 않을 거 아닙니까? 이브는 사과를 좋아하잖아요.」

「아닙니다. 우리 집 이브는 그렇지 않아요. 이브를 잘 모르셔서 하시는 말씀입니다. 우리 이브는 그렇지 않답니다. 우리 이브는 내가 하는 대로 항상 따른답니다. 그녀의 선량함을 아는 사람은 별로 없을 거예요.」

아담이 눈을 빛내면서 그에게 말하자 사무엘이 대꾸했다.

「정말 행복하시군요. 그보다 더 큰 복이 어디 있겠습니까?」

두 사람은 산체스 집이 위치한 작은 계곡의 어귀에 이르렀다. 크고 푸르른 둥근 꼭대기가 보였다.

「복은 정말 모를 일이죠.」

아담이 나지막이 말했다.

「해밀튼 씨, 아니 사무엘. 난 퍽 보잘 것 없는 생활을 했었답니다. 내 생활과 다른 사람의 생활을 비교해서 그랬다는 게 아니라 정말 오랫 동안을 무의미하게 보냈죠. 내가 왜 당신에게 이런 말을 하는지 모르겠군요.」

「내가 이야기를 즐겨 들으니까 그럴 겁니다.」

「내 어머니는 내가 어렸을 때, 기억도 남지 않을 때 돌아가셨답니다. 계모는 참 좋은 분이었는데 근심이 많고 늘 병으로 골골하셨답니다. 아버지는 엄격하고 멋진 분이었어요. 어쩌면 아버진 위인이었는지도 모릅니다.」

「당신은 아버지를 좋아하지 않으셨습니까?」

「그것은 교회에서 느끼는 그런 감정이라고 할 수 있죠. 거기에는 두려움도 섞였다고 할 수 있죠.」

사무엘은 그의 말에 고개를 끄덕이며 말했다.

「나도 이해합니다. 그런 것을 바라는 이들도 있으니까요.」

사무엘은 우울한 미소를 지었다.

「그러나 나는 늘 그렇지 않은 다른 사랑을 원했답니다. 집사람은 그게 바로 나의 약점이라고 하죠.」

「아버지는 내가 원하지도 않는데 군에 입대시키셨죠. 군대 생활을 할 때 서부에 와서 인디언을 토벌한 적도 있었죠.」

「그렇지만 당신은 군인과는 맞지 않을 것 같아요.」

「네, 잘 보셨어요. 나는 훌륭한 군인은 못 됐죠. 제가 또 별 얘길 다 꺼냈군요.」

「당신은 말을 하고 싶었나 봅니다. 언제나 이유가 있는 법이거든요.」

「군인은 해야 할 일을 하고 싶은 마음이 우러나서 해야 하죠. 그렇지 않다면 적어도 자기가 하는 일에 만족은 해야 한다고 봅니다. 그러나 나는 사람을 죽여야 할 만한 적당한 이유를 찾지 못했어요.」

그들은 한동안 잠자코 말을 타고 달리다가 아담이 먼저 입을 열어 말을 계속했다.

「제대를 하니 마치 늪에서 진흙투성이가 된 채 빠져 나온 것 같더군요. 나는 사방으로 방랑 생활을 하다 한참 뒤에나 고향에 돌아갔죠. 고향이라지만 즐거운 추억이 있는 곳만은 아니지요.」

「아버님은?」

「이미 돌아가셨더군요. 고향은, 사람들이 두려운 역경을 기다리듯 앉아서 세월을 보내거나 아니면 죽을 때까지 일을 하는 곳이지요.」

「고향에는 혼자였나요?」

「아닙니다. 동생이 하나 있죠.」

「동생은 어디 있었죠? 역경을 기다리고 있었나요?」

「네, 그랬어요. 그때 바로 캐시가 나타난 겁니다. 나중에라도 모두 말해 드리죠. 듣고 싶으실 겁니다.」

「네, 그래요. 나는 이야기 듣는 걸 아주 좋아한답니다.」

「일종의 빛이 캐시에게서 퍼져 나왔죠. 주위의 모든 색채가 변했답니다. 세계가 문을 활짝 열었어요. 하루하루가 즐겁고, 세상 사람 모두가 선량하고 아름답게 보였답니다. 나는 아무것도 두렵지 않아요.」

「나는 그건 잘 압니다. 그러나 언제고 그런 기분은 사라진답니다. 아무렴요. 가끔 멀어지기도 하죠. 그럼요, 난, 난 잘 알아요. 눈·코·입·머리카락까지 나는 절친한 친구처럼 잘 알지요.」

「부상당한 작은 여자 때문에 이 모든 것이 달라졌죠.」

「그건 당신 때문이 아니었나요?」

「아닙니다. 그렇다면 전에도 그랬을 겁니다. 이 모두가 캐시 때문입니다. 이제 당신도 내가 우물을 파야겠다는 이유를 이해하시겠죠? 나는 어떡하든지 받은 만큼을 갚겠습니다. 훌륭하고 아름다운 정원을 꾸며서 캐시가 편안하게 살 수 있는 적합한 곳으로, 그녀의 빛이 환히 비칠 수 있도록 만들려고 합니다.」

사무엘은 몇 번인가 침을 삼키고 나서 목구멍에서 째지는 듯한 목소리로 말했다.

「아, 이제야 내가 무슨 일을 해야 할지 알겠군요. 내가 당신의 친구라면 내가 할 일이 분명히 보인답니다.」

「그게 무슨 말씀이신가요?」

사무엘은 약간 풍자적으로 말했다.

184

「내 의무가 무엇인가 하면, 당신을 사로잡고 있는 그 위험한 기분을 마음속에서 끌어내서 그 얼굴을 걷어차서 들어 올려 진흙을 잔뜩 발라 거기서 발하는 위험한 빛을 모두 없애는 것이죠.」

사무엘은 흥분한 탓인지 목소리가 점점 더 커지며 말했다.

「내가 반드시 그 진흙투성이를 당신 코 앞에 대고 더럽고 위험한 근성을 명확히 보여 주겠소. 한번 직접 자기 눈으로 들여다보고 그 모습이 얼마나 더러운지를 보아야 합니다. 사람의 마음같이 변하기 쉬운 건 없어요. 그런 예는 수없이 많지요. 내가 오셀로의 손수건을 드리리다. 그럼요, 내가 가만히 있을 순 없죠. 당신의 혼란된 생각을 내가 똑바로 잡아 드리겠소. 정욕은 납처럼 침침해지고, 죽어서 비를 맞은 소처럼 악취가 나는 걸 가르쳐 주겠소. 나 때문에 당신이 제정신으로 돌아온다면 옛날의 당신 생활이 결코 지겹지만은 않을 거요. 당신 고향을 다시 다정히 느낄 수 있도록 해주겠소. 나는 당신 친구니까.」

「지금 농담 하시는 건가요? 내가 괜한 말을 했나 보군요.」

「그건 친구의 의무입니다. 내게도 그런 친구가 한 명 있었지요. 그러나 나는 지금 친구 구실을 하지 못해요. 친구들 중에서 잘났다는 말을 못 듣거든요. 나는 믿음성이 없지요. 지구 가운데까지 파내려가는 한이 있더라도 우물은 파 드리겠습니다. 오렌지에서 쥬스를 짜내듯 물을 짜내겠어요.」

두 사람은 말을 타고 커다란 참나무 밑을 지나 집으로 향했다.

아담이 들뜬 목소리로 말했다.

「아내가 밖에 나와 있군요.」

그는 소리쳤다.

「캐시, 물이 아주 많이 있다는군.」

그리고 사무엘을 쳐다보고는 흥분해서 말했다.

「아내가 임신했다는 사실을 알고 계십니까?」

사무엘도 고개를 끄덕이며 말했다.

「멀리서 보아도 정말 아름다운 분이군요.」

4

날씨가 무더웠으므로 리는 떡갈나무 아래에다 상을 차렸다. 해질 무렵이 되자 그는 부엌을 왔다갔다하면서 냉고기·피클·감자 샐러드·코코넛 과자·복숭아 파이를 저녁 식사로 준비했다. 식탁 중앙에는 우유가 가득 든 큰 돌주전자를 올려놓았다.

아담과 사무엘은 머리와 얼굴을 씻은 깨끗한 모습으로 세면장에서 나왔다. 사무엘의 턱수염은 비누질을 해서 마치 솜처럼 되었다. 그들은 조립식 식탁 앞에 앉아 캐시를 기다렸다.

캐시는 넘어지는 것이 두려운 듯 조심조심 걸어왔다. 풍성한 치마와 앞치마를 두른 탓인지 뚱뚱한 배는 별로 드러나지 않았다. 그러나 얼굴은 천진난만한 어린아이처럼 보였다. 그녀는 두 손을 앞에 모았다. 캐시는 식탁 앞에 와서야 비로서 눈을 위로 치켜 뜨고 두 사람을 쳐다보았다.

아담은 아내에게 의자를 밀어 주며 말했다.

「당신 해밀튼 씨 초면이지?」

그녀는 악수를 청하며 인사했다.

「처음 뵙겠어요.」

사무엘은 아담의 아내를 살펴보았다.

「정말 미인이십니다. 만나 뵙게 되어 영광입니다. 건강은 좋습니까?」

「네, 좋습니다.」

아담과 사무엘이 자리에 앉자 아담이 말했다.

「아내 덕택에 식사 때마다 언제나 칭찬이랍니다.」

그 말에 캐시가 반박하고 나섰다.

「그렇지 않아요. 그런 말은 하지 마세요.」

「당신은 파티 같은 느낌이 안듭니까?」

「들죠. 나처럼 파티를 좋아하기도 힘들 겁니다. 우리 아이들은 더 하죠. 아들 톰 녀석은 오늘 이곳에 따라오려고 했답니다. 어떻게 해서라도 농장을 빠져 나갈 궁리만 하죠.」

그제서야 사무엘은 식탁의 침묵을 막기 위해 자기가 혼자 떠들고 있음을 깨달았다. 사무엘이 말을 멈추자 침묵이 흘렀다. 캐시는 말없이 접시만 쳐다보며 양고기를 먹었다. 날카롭고 작은 이빨로 양고기를 씹다가 그녀는 눈을 위로 떴다. 유난히 미간이 넓은 두 눈에는 전혀 표정이 보이지 않았다. 사무엘은 순간적으로 진저리를 쳤다.

그러자 아담이 물었다.

「그리 춥지는 않죠?」

「춥다니요, 괜히 몸이 떨려서요.」

「아, 그 기분은 나도 압니다.」

또다시 침묵이 흘렀다. 사무엘은 아무 말을 하지 않을 줄로 알면서도 다시 이야기를 기다렸다.

「트래스크 부인, 이곳이 마음에 드십니까?」

「네? 뭐라고 하셨죠? 아, 네.」

「실례라면 용서하시고, 출산 예정일은 언제쯤 되죠?」

「약 6주일 후랍니다. 집사람은 전형적인 여자라고 할 수 있죠. 원래 말이 적거든요.」

「어떤 때는 침묵이 가장 많은 것을 말할 때도 있지요.」

사무엘은 그녀가 다시 눈을 위로 치켜떴다가 내리뜨는 것을 보았다. 그럴 때는 흉터가 더욱 검게 보였다. 그는 그녀의 이마에 생긴 흉터가 마치 채찍으로 말을 후려치듯 내려친 자리라고 단정지었다. 사무엘은 왜 캐시가 놀랐는지 알 수가 없었다. 자기가 특별히 한 말도 없는데, 그녀가 과잉 반응을 보인 것이 이상했다. 사무엘은 얼마 전 물지팡이가 아래로 끌리기 직전에 느끼는 긴장감이 몸에 퍼짐을 느꼈다. 그는 생소하고 이상한 긴장감을 느꼈다. 그는 잠자코 아담을 쳐다보았다. 아담의 얼굴은 마냥 행복해 보였다.

캐시는 앞니로 양고기를 씹었다. 사무엘은 그렇게 고기를 먹는 모습을 난생처음 보았다. 고기를 씹어 삼킨 후 그녀는 작은 혀로 입술을 날름 핥았다. 사무엘은 혼자 생각했다.

『무얼까. 하여튼 뭔지 잘못 되어 있어. 그래, 잘못되어 있어.』

침묵이 한동안 흘렀다.

그때 발소리가 들려서 돌아보니 요리사 리가 식탁에 차주전자를 올려놓고 물러서고 있었다.

사무엘은 그 무거운 침묵에서 벗어나기 위해 말문을 열었다. 그는 자기가 아일랜드에서 처음 이곳에 왔을 때에 대해 말을 시작했으나 얼마 하지도 않았는데, 두 사람은 전혀 귀를 기울이지 않고 있었다. 그래서 사무엘은 그것을 확인해 보려고 생각했다. 그것은 아이들이 책을 읽어 달라고 조르며 계속 읽어 달라고 할 때, 아이들이 책 읽는 것을 듣고 있는지를 알아 보려고 생각해 낸 방법을 써 보았다. 사무엘은 말을 하면서 농담을 두어 번 했으나, 아담과 캐시는 전혀 반응이 없었다. 사무엘은 그만 입을 다물어 버렸다.

재빨리 저녁을 먹은 뒤 뜨거운 차를 그대로 마시고 나서 냅킨을 접었다.

「부인, 실례지만 나는 그만 돌아가겠습니다. 융숭한 대접 고마웠습니다.」

그러자 캐시도 말했다.

「그럼, 안녕히 가세요.」

아담이 벌떡 일어나며 마치 꿈에서 깬 듯 말했다.

「가긴 뭘 가신다고 그러십니까. 오늘 여기서 묵고 가시라고 말씀드렸잖아요.」

「고맙지만 사양하겠습니다. 그리 먼 곳도 아니고 곧 달이 뜰 테니까 괜찮습
니다.」

「그럼, 우물은 언제부터 파실 거죠?」

「먼저 장비를 갖추고, 날을 잡고 집안 정리도 해야 합니다. 며칠 후 톰 녀석
편에 장비를 보내겠습니다.」

아담은 다시 정신을 가다듬고 말했다.

「가능하면 서둘러 주세요. 빨리 해야 해요. 나는 한시가 급하니까. 캐시, 이
곳을 세상에서 가장 아름다운 곳으로 만듭시다. 아무 곳에서도 찾아볼 수 없는
곳으로요.」

사무엘은 아담에게서 시선을 돌려 캐시를 쳐다보았다. 그녀의 표정은 여전
했다. 눈은 초점을 흐린 상태였고, 양쪽이 약간 올라간 듯한 입은 조각처럼 경
직되어 있었다.

그녀는 무표정하게 말했다.

「그것도 좋겠죠.」

갑자기 사무엘은 캐시에게 충격을 줄 만한 말을 던지고 싶어졌다. 사무엘은
또다시 진저리를 쳤다.

그러자 아담이 물었다.

「또 떨리는 겁니까?」

「그렇군요.」

해가 지자 벌써 나무의 모습이 검게 시야에 들어 왔다.

「그럼 안녕히 계십시오.」

「저 아래까지 배웅해 드리겠습니다.」

「됐어요. 부인 곁에 계십시오. 식사도 끝나지 않았잖아요.」

「그래도…….」

「됐습니다. 내 말은 찾을 수 있어요. 만일 못 찾아도 걱정 없는 걸요. 댁의 말
을 한 필 훔쳐 가면 되는 걸요.」

사무엘은 일어나려는 아담을 의자에 주저앉혔다.

「그럼, 안녕히 주무십시오. 부인.」

그는 재빨리 마굿간으로 걸어갔다.

접시발을 한 늙은 말인 독소로지는 가자미 같은 두 입술을 움직이면서 구유통
에서 건초를 먹고 있었다. 쇠사슬 굴레가 나무에 부딪치며 쇠소리를 냈다. 사무
엘은 대못에 걸린 안장을 내려 말 잔등 위에 놓았다. 그가 뱃대끈 고리에 안장을

묶는데 등 뒤에서 바스락 소리가 들렸다. 사무엘이 몸을 돌리자 바깥에서 비치는 마지막 빛을 받고 있는 리의 옆모습이 보였다.

리가 차분한 어조로 물었다.

「언제 또 오실 거죠?」

「글쎄, 며칠 후나 아니면 일주일 후에. 그런데 왜 그러지, 리?」

「뭐가요?」

「참 이상하군 그래. 자꾸 소름이 끼치니 웬일이지? 이곳에 뭐 잘못된 거라도 있는 건가?」

「무슨 말씀이시죠?」

「내 말을 잘 알 텐데.」

「중국인은 말없이 일만 하죠. 듣지도 않고 말도 안 한답니다.」

「아, 당신 말이 옳아. 리, 미안해요. 괜한 것을 물어 봐서. 실례했군.」

사무엘은 돌아서서 말에다 재갈을 채우고 큰 귀를 머리싸개 속에 끼웠다. 그는 굴레를 살며시 여물통 속에 빠뜨렸다.

「리, 잘 있게.」

「해밀튼 씨!」

「왜 그러지?」

「혹시 요리사 필요하지 않나요?」

「우린 요리사를 둘 처지가 못 돼.」

「품삯은 아주 싸답니다.」

「그 말 라이자가 들으면 당신 맞아 죽어. 그런데 여길 그만 두려는 건가?」

「아뇨, 그저 물어 보고 싶어서요. 안녕히 가세요.」

5

아담과 캐시는 어둠에 싸인 나무 아래 그냥 앉아 있었다.

「참 좋은 사람이야. 난 그 사람이 썩 마음에 든단 말이야. 그런 사람이 우리 일을 모두 맡아서 해주면 좋겠는데. 관리인이라면 되겠지.」

그러자 캐시가 재빨리 응답했다.

「그에게는 자기 땅과 가족이 있잖아요.」

「그건 나도 알아. 그의 땅은 아주 나쁜 땅이더군. 우리 집 일을 돕고 사는 게 훨씬 나을 거야. 내가 부탁을 해 봐야겠군. 새로운 고장에 익숙해지려면 오랜 시간이 필요해. 그것은 서로 태어난 아기가 처음부터 모든 것을 배우는 것과 똑같지. 옛날에는 어느 곳에서 비가 몰아쳐 오는지, 바람이 어느 방향에서 부는지도 알 수 있고, 날씨가 추울지 더울지도 알았으나 이제는 그런 것도 모두 새롭게 배워야 해. 그러니 오랜 시간이 걸릴 거야. 캐시, 편안해?」

「네.」

「머지않아 이 계곡 전체가 알팔파로 온통 푸르게 덮일 거요. 새 집이 다 지어지면 큰 창문으로 다 보일 거요. 고목나무도 심고, 사람을 보내 갖가지 묘목과 씨앗을 구해 오도록 해서 일종의 시험 농장을 차려 볼까 해요. 그리고 중국산 호도나무도 심어야지. 리한테 여기에서도 자랄 수 있나 물어 봐야지. 당신도 아기만 낳으면 나와 함께 말을 타고 구경을 다니자구. 당신은 지금까지 못 봤지? 내가 말했나? 사무엘 씨가 풍차를 만들어 주기로 했소. 그러면 여기서도 풍차가 돌아가는 모습이 보이겠지.」

아담은 식탁 아래로 다리를 편안하게 뻗었다.

「리는 촛불을 가지고 오지 않고 뭘 하는 거지?」

캐시는 침착한 어조로 나직이 말했다.

「아담, 나는 처음부터 이곳에는 오고 싶지 않았어요. 그리고 이곳에 살지도 않을 생각이에요. 난 가능하면 빨리 여기서 떠나겠어요.」

아담은 웃으며 말했다.

「그건 말도 안 되는 소리야. 당신은 꼭 집을 처음으로 떠나 본 아이 같군. 이 땅에 익숙해지고 출산을 하게 되면 당신도 이곳에 정이 갈 거요. 나도 처음 집을 떠나 군대에 갔을 땐 집이 몹시 그리웠었지. 그러나 시간이 지나자 해결되더군. 누구나 시간이 흐르면 잊게 마련이지. 그러나 다시는 그런 말 하지 말도록 해요. 그건 어리석은 말이오.」

「그렇지 않아요, 그건 정말 어리석은 이야기가 아니란 말이에요?」

「이제 그런 말은 그만합시다. 출산을 하고 나면 당신도 달라질 거요. 두고 봐요. 내 말이 맞을 테니.」

아담이 고개를 젖히고 두 손을 깍지 끼고 나뭇가지 사이로 희미한 별을 바라보았다.

제 16 장

[1]

사무엘 해밀튼은 말을 타고 집을 향했다. 달빛이 비쳐 언덕 위까지 하얗게 보였다. 나무와 대지는 달빛에 젖은 듯 침묵에 잠겨 있고 바람도 불지 않는 조용한 밤이었다. 검은 그림자가 드리워지고 주위가 뿌옇게 보였다. 달빛 아래에서 먹이를 찾기 위해 은밀히 짐승들이 움직이고 있었다. 낮에는 숲속에서 잠을 자다가 달밤에는 활동을 시작해서 풀을 뜯는 사슴, 달밤이 더 안전한 듯해서 슬며시 나와 돌아다니다가 귀나 코로 위험을 감지하고는 돌이나 덤불처럼 위장하는 토끼와 들쥐, 그 외에도 쫓겨 다니는 작은 짐승들, 육식 동물도 물론 가만히 있지 않았다. 갈색 파도처럼 몸이 길쭉한 족제비, 땅바닥에 납작 엎드려 노란 눈알을 번뜩이며 빛을 발할 때를 제외하고는 거의 눈에 띄지 않는다. 뾰족한 코를 들고 따뜻한 저녁 먹이를 찾아 코를 벌름거리는 여우, 고여 있는 물가에서 울어 대는 개구리 옆을 걷는 너구리, 그런가 하면 이리들은 코를 땅에 댄 채 비탈을 쏘다니다가 슬픈지 기쁜지, 달을 보고 웃는지 우는지, 한바탕 고함을 치며 감정을 내쏟았다. 부엉이들은 땅 위에 무서운 그림자를 드리우며 여러 그림자 위로 날아올랐다. 오후에 불던 거센 바람은 자고, 따스하고 메마른 언덕의 상승 기류에 의해 잔잔한 바람이 일고 있었다.

갑자스런 말발굽 소리에 동물들이 숨을 죽였다. 동물들은 말이 그곳을 온전히 지나가 버린 후에야 숨을 돌렸다. 사무엘의 턱수염이 허옇게 빛나고 흰 머리가 바람에 날렸다. 그의 검은 모자는 안장머리에 걸려 있었다. 그는 명치에 통증을 느꼈는데, 이것은 일종의 비애일까, 병든 사고에 대한 우려와도 같았다. 가스처럼 영혼에 넓게 퍼져서 절망을 오염시키기 때문에 사람이 대항할 일을 찾다가도 찾지 못하는 그런 슬픔이었다.

사무엘은 아담의 훌륭한 목장과 물이 나올 만한 곳을 계속 생각했다. 마음 한 구석에 시기심이 도사리고 있지 않는 한 비애는 느끼지 않을 것이다.

사무엘은 자기 마음속에 시기심이 있나 헤아려 보았지만 찾지 못했다. 그는 에덴 동산과 같은 낙원을 꾸미고 싶어하던 아담의 꿈과 캐시에 대한 아담의 애정이 떠올랐다. 은밀히 지난날의 치유된 상처를 되씹지 않는 한 별 문제는 없다. 그러나 그는 이미 오래 전에 고통을 잊어버렸다. 이제는 모두가 지나간 과거의 일이기 때문에 추억은 달콤하고 따스하고 기분이 좋았다. 이제 모두 지난 옛말에 지나지 않다. 그의 육신도 지금은 허기를 잊고 있었다.

  그는 명암이 엇갈린 나무 그늘 사이의 빈터를 달리면서도 계속 생각에 잠겼다. 언제부터 내 마음속에 비애가 스며들었을까? 맞았다. 그것은 바로 캐시 때문이다. 그 예쁘고 자그마한 캐시였다. 그래, 그 여자가 어쨌는가? 그 여자는 줄곧 침묵을 지켰지. 그래, 그 여자 외에도 말이 없는 여자는 얼마든지 있다. 사무엘은 물지팡이를 들고 있을 때 느꼈던 것과 같은 흡사한 긴장감을 그녀에게 느꼈던 생각이 떠올랐다. 그리고 이유 없이 진저리가 쳐지던 생각이 났다. 그는 비로소 그 이유가 생각났다. 그것은 저녁 식사 때 나타나기 시작했고, 바로 캐시로부터 비롯된 것이었다.

  사무엘은 천천히 캐시의 얼굴을 떠올려 보았다. 양미간이 유난히 넓은 눈, 예쁜 콧구멍과 작긴 하지만 예쁜 입, 작지만 단단해 뵈던 턱, 그녀의 얼굴을 떠올려 보다가 그녀의 눈에 생각이 미쳤다. 그녀의 눈은 유난히 차가웠다. 그 눈이었나? 그는 핵심을 더듬어 갔다. 캐시의 눈은 아무 의미도 어떤 표정도 없었다. 그 눈은 텅 비어 있었다. 그 눈은 인간의 눈이라고 볼 수 없었다. 그녀의 눈을 떠올리자 문득 한 가지 생각나는 것이 있었다. 그것이 무엇이었는지를 알아 내려고 애쓰자 영화처럼 선명히 펼쳐졌다.

  그것은 아득히 흘러간 옛날 속에 있었다. 색깔이나 소리, 그리고 느낌까지 옛날과 조금도 다름이 없었다. 어린 소년, 손을 뻗어야만 아버지의 손을 잡을 수 있을 정도인 소년이었다. 그는 북아일랜드의 수도 런던데리 시의 돌을 깐 대도시의 번잡함과 화려함에 정신이 팔려 있었다. 그날은 바로 장날이었다. 인형 진열대와 야채 가게, 팔거나 경매를 위해 한길에 가둬 놓은 양과 말, 그 외에도 온갖 빛깔의 장난감 가게가 있었다. 거기에는 그가 가지고 싶은 장난감이 많았는데, 아버지의 기분이 좋았으므로 사 줄 수도 있는 것들이었다.

  그때 사람들이 거센 강물처럼 방향을 바꾸어, 마치 홍수에 밀리는 나무 조각처럼 가슴과 등을 서로 밀고 밀리면서 좁은 길로 떠밀려 갔다. 좁은 길은 한 광장으로 뚫렸는데, 한 건물의 회색 담 앞에는 높다란 목조 건물이 있고 교수형 밧줄 고리가 걸려 있었다.

  사무엘과 그의 아버지 역시 많은 인파에 휩쓸려서 그곳까지 밀려가게 되었다. 그의 귓전에는 지금도 그때 아버지가 한 말씀이 생생했다.

  『어린애가 보면 안 된다. 어른도 봐서 좋은 건 없지만, 특히 어린애가 보면 좋을 게 없어.』

  아버지는 몸을 돌려 그 인파 속에서 헤쳐 나오려고 무척 노력을 했다.

  「길 좀 비켜 줘요. 여기 어린애가 있어요. 좀 나갑시다.」

수많은 인파는 무표정한 얼굴로 계속 밀려들어왔다. 사무엘은 고개를 돌려 그 목조 건물을 쳐다보았다. 검은 옷을 입고, 검은 모자를 쓴 남자 여러 명이 높이 세운 단상 위에 올라가 있었다. 그 중 가운데는 금발의 남자가 검은 바지에 목이 패인 연하늘색 셔츠를 입고 서 있었다. 사무엘과 아버지는 너무 단상에 바짝 붙어 있었기 때문에 고개를 잔뜩 쳐들어야만 했다.

그 금발머리의 남자는 팔이 없는 것처럼 보였다. 그 남자는 운집한 수많은 사람을 내려다보다가 사무엘의 시선과 마주치게 되었다. 그 장면은 아주 또렷하고 명확했다. 금발머리 남자의 눈은 아무 깊이가 없는 듯이 보였다. 사람의 눈이라고 할 수 없는 눈이었다.

갑자기 단상 위에서 부산히 움직이더니, 사무엘의 아버지가 두 손으로 아들의 머리를 누르고 손바닥으로 얼굴을 가렸다. 그는 계속 아들의 머리를 눌러 자신의 검정 양복 상의에 꽉 댔다. 사무엘은 아무리 버둥거려도 머리를 뺄 수 없었다. 손가락 사이로 희미하게 빛이 보이고 웅성거림만 들릴 뿐이었다. 아버지의 심장이 거칠게 뛰더니 잠시 후 아버지의 손이 가늘게 떨렸다.

그 외에도 다른 추억이 있다. 사무엘은 말을 타고 집을 향해 가면서 그 추억을 더듬었다. 술집의 낡고 찌그러진 테이블이 있고, 커다란 웃음 소리와 말소리가 뒤섞인다. 아버지 앞에는 합금 컵이 놓여 있고 내 앞에는 달콤한 설탕과 향긋한 계피를 탄 따끈한 우유 한 잔이 있다. 아버지의 입술은 이상할 정도로 시퍼렇고 눈에는 눈물이 글썽거렸다.

「내가 이런 일이 있을 줄 알았으면 너를 데리고 오지 않았을 거야. 그런 걸 봐서 좋을 게 없어. 더구나 아이들이 보는 건 더욱 그렇지!」

어린 사무엘이 노래하듯 말했다.

「그렇지만 나는 아빠가 머리를 자꾸 눌러서 아무것도 못 봤어.」

「그러길 잘했어. 그나마 다행이야.」

「그게 뭐야?」

「그래 이야기해 주마. 나쁜 사람을 죽인 거란다.」

「금발머리의 남자예요?」

「그렇단다. 불쌍해 하지 마라. 그놈은 죽어 마땅한 놈이란다. 한 번만이 아니라 수차례 끔찍한 짓을 했어. 사람이 아니라 악마가 탈을 썼나 봐. 그런 악독한 놈을 죽인 게 서글픈 게 아니라, 캄캄한 데서 은밀히 처리해야 될 그런 일을 가지고 온통 축제를 벌렸다는 사실이 더 슬퍼.」

「그 금발머리 남자를 봤어요. 그 사람은 나를 똑바로 쳐다보던데요.」

「그놈이 이 세상에서 사라진 것에 대해 감사해야 해.」

「그 사람이 어떤 짓을 했어요?」

「너무 끔찍해서 얘기해 줄 수가 없다.」

「아버지, 그 남자 눈은 이상해요. 꼭 염소 눈 같아요.」

「어서 단 우유나 마시렴. 그럼 리본 달린 스틱과 은박의 긴 호각을 사 주지.」

「그림이 든 번쩍거리는 상자도 사 줘요.」

「그래 사 주마. 어서 마셔라. 이야긴 나중에 하고.」

이것이 희미한 옛날의 추억에서 끌어낸 한 장면이다. 마침 말은 움푹 들어앉은 농장으로 넘어서는 마지막 고개를 오르고 있다. 그 큰 말이 올라가다가 돌에 걸려 비틀거렸다.

『그 눈, 인간의 눈이라고는 할 수 없는 그러한 눈을 사무엘은 지금까지 살아오면서 꼭 두 번 보았다. 왜 그랬을까? 밤이라서, 아니면 달빛 아래라서였을까? 오래 전에 교수형을 당한 남자와 임신을 한 예쁜 여자, 도대체 어떤 관계가 있는 걸까? 라이자의 말이 맞아, 나는 언젠가는 이 망상 때문에 죽을 거라고 했지. 어리석은 망상을 모두 벗어 버리자. 이 망상을 버리지 않으면 그 순진한 여인을 악마 취급하고 말 테니까. 실수가 따로 없다. 이런 다음 실수하는 거지. 심사숙고해서 얕은 생각을 모두 버리자. 그저 눈의 생긴 모습과 그 빛깔이 우연히 일치했기 때문이야. 왜 그녀의 눈초리는 그처럼 사악해 뵐까? 성인의 눈초리도 그렇게 보인단 말인가? 아, 이런 별볼일 없는 생각은 전부 잊자. 모든 신경을 접어 두자.』 그는 또다시 몸서리가 쳐졌다. 공연한 생각을 해서 두려움에 빠지지 않아야 한다.

사무엘 해밀튼은 자신이 잠시지만 이런 나쁜 생각을 한 대가로 샐리너스 벌판에 낙원을 이룩하는 일을 적극 돕고 추진하겠다고 다짐했다.

2

사무엘이 아침에 부엌에 들어오자, 라이자 해밀튼은 사과처럼 뺨이 빨갛게 되어 시뻘겋게 단 난로 앞에서 우리에 갇힌 표범처럼 움직였다. 참나무 장작불이 열어 놓은 구멍으로 타올라 화덕을 뜨겁게 달구는데, 화덕 위 팬에서는 빵이 하얗게 부풀어 올랐다. 라이자는 새벽녘에 일어났다. 그녀는 언제나 그렇게 일찍 일어났다. 그녀는 밤에 외출하는 것 만큼이나 밝은 후에도 침대에 누워 있는 것을 죄스럽게 생각했다. 그 어느 것도 결코 미덕은 아니었다. 그러나 이 집에 단 한 명, 일어나도 벌을 받지 않고 죄의식도 느끼지 않고 해가 중천에 걸릴 때까지 라이자가 손질한 빳빳한 이불을 덮고 누워 있을 수 있는 사람은 바로 막내아들

194

조우였다. 지금 목장에 있는 아들은 톰과 조우뿐이었다. 톰은 몸집이 장대하고 혈색 있는 얼굴에 멋있는 콧수염을 기르고, 부엌 식탁에 소매를 내린 채 앉아 있었다. 라이자는 항아리에서 걸쭉한 반죽을 퍼서 번철에 부었다. 핫케잌이 방석처럼 부풀더니 작은 화산이 되었다가 터지자 그녀는 얼른 뒤집어 놓았다. 핫케잌은 거무스름한 갈색으로 맛있게 익어 갔다. 부엌 안에는 달콤한 핫케잌 냄새로 가득했다. 사무엘은 마당에서 세수를 하고 들어왔다. 그의 얼굴과 턱수염은 물기 때문에 빛났다. 사무엘은 부엌에 들어오자 옷소매를 내렸다. 라이자는 절대로 소매를 걷어올린 채 식탁에 앉는 것은 금하고 있었다. 소매를 걷고 식탁에 앉으면 예의 범절에 어긋난다며 용서하지 않았다.

사무엘이 말했다.

「그만 늦었군.」

라이자는 뒤를 돌아보지 않았다. 그녀의 주걱은 날렵하게 움직였는데, 핫케잌이 번철에서 지직 소리를 냈다.

「몇 시에 돌아왔죠?」

「늦게 왔어. 아마 열한 시쯤 됐을 거야. 당신이 깰까 봐 들여다보지 않았지.」

「깨지 않았어요.」

라이자는 퉁명스럽게 대꾸했다.

「당신은 밤에 돌아다니는 걸 좋다고 생각할지 모르지만 하나님은 그런 일을 하면 적당한 제재를 취하실 겁니다.」

라이자 해밀튼과 하나님이 모든 문제에 대해 생각이 비슷하다는 사실은 잘 알려진 터였다. 그녀는 돌아서며 손을 뻗었다. 톰 앞에 바삭바삭 구워진 핫케잌이 놓여졌다.

「그래 산체스 농장은 어때요?」

사무엘은 라이자 옆에 다가가서 몸을 굽힌 채 아내의 붉고 둥그스름한 뺨에 키스를 했다.

「당신 잘 잤소? 내게도 인사나 좀 해 봐요.」

「안녕히 주무셨어요.」

라이자는 사무적으로 인사를 했다.

사무엘은 식탁에 앉아 말했다.

「톰 잘 잤냐? 트래스크 씨는 큰 일을 하고 있더군. 낡은 본채를 고치고 있어. 그 옛집을 수리해서 살겠다더군.」

그 말을 듣고 라이자는 몸을 돌리며 말했다.

「소, 돼지가 오랫 동안 살던 그 집 말이에요?」

「트래스크는 마루와 창틀을 모두 뜯어 냈어. 모두 새로 깔고 페인트 칠도 새로 했어.」

그러자 라이자가 단호히 말했다.

「아무리 해도 돼지 냄새를 없앨 수는 없어요. 돼지는 씻어내도 안 되고 덮어 씌워도 안 되는 지독한 냄새를 남겨요.」

「집 안에 들어가 보니 페인트 냄새밖에 안 나던데?」

「페인트가 말라 봐요. 분명히 돼지 냄새가 날 거예요.」

「그는 정원에다 샘물을 끌어들인다고 하더군. 그리고 장미 꽃을 심을 꽃밭을 따로 만든대. 보스턴에서 나무를 가지고 온다고도 하더군.」

「참, 하나님도 왜 그런 낭비를 보고만 있는지 알 수 없군요.」

라이자는 단호히 말한 뒤 잠시 쉰 후 말을 이었다.

「그렇다고 내가 장미를 싫어한다는 말은 아니예요.」

「그리고 나무를 접지해서 내게도 주겠다고 했어.」

톰은 벌써 핫케잌을 다 먹고 커피를 젓고 있었다.

「아버지, 트래스크 씨는 어떤 분이죠?」

「글쎄, 내가 보기엔 좋은 분 같더라. 말씨도 점잖고 선량해 뵈고, 그런데 몽상가 같더군.」

그러자 라이자가 참견했다.

「똥 묻은 개가 겨 묻은 개 흉보는 격이군요.」

「또 그 얘기군, 알았어. 알았다니까. 그렇지만 내 꿈은 하나도 실현되지 않았지. 하지만 트래스크 씨는 실현할 수 있는 꿈을 꾸고 있어. 그는 또 경제적인 여유도 얼마든지 있지. 자기 땅을 낙원으로 만들려고 계획하고 있어. 그의 꿈은 분명히 실현될 거야.」

「부인은 어때요?」

「젊은 미인이더군. 말이 없고 조용한 여인이야. 곧 첫 아기를 낳는대.」

「그건 나도 알아요. 부인의 전 이름은 뭐래요?」

「모르겠는데.」

「고향은 어디래요?」

「그것도 몰라.」

라이자는 남편 앞에다 핫케잌 접시를 갖다 놓은 다음 그의 잔에 커피를 따라 주었다.

「그럼 당신이 아는 게 뭐예요? 부인은 어떤 옷을 입었죠?」

「멋있고 예쁜 옷이더군. 하늘색 드레스에 작은 코트를 입었어. 코트는 분홍색이고 허리가 짤룩한 것이었어.」

「당신은 유심히도 살펴보셨군요. 그 옷은 직접 만든 옷이었어요, 아니면 산 것이었나요?」

「글쎄, 산 것 같던데.」

라이자는 단호한 어조로 말을 받았다.

「당신은 몰라요. 당신은 데시가 산호세에 갈 때 만들어 입은 여행복도 가게에서 산 옷이라고 했잖아요.」

「데시는 특별히 손재주가 있어. 바느질 솜씨가 보통이 넘는단 말야.」

이번에는 톰이 나섰다.

「데시는 샐리너스에다 양장점을 차린다던데요.」

「나도 그 말은 들었어. 데시는 크게 성공할 거야.」

라이자는 두 손을 엉덩이에 대고 말했다.

「샐리너스라고요? 내게는 그 말은 하지 않았는데.」

「우리가 그애에게 잘못한 게 있나보군. 어머니에게 비밀로 해 두고 나중에 깜짝 놀라게 할 생각이었겠지. 그런데 그만 들통이 난 거지.」

라이자가 말했다.

「내게도 말해 줄 것이지. 자, 어서 말해 봐요. 무엇을 하고 있었죠?」

「누가?」

「누구긴 누구예요. 트래스크 부인 말이죠.」

「뭘 해, 하긴. 그냥 참나무 밑 의자에 앉아 있더군. 그야 해산이 가까우니까.」

「여보, 손으로 무슨 일을 하고 있었냐고요?」

사무엘은 잠시 생각을 했다.

「아무 일도 하지 않았어. 그래, 이제 기억이 나. 아주 작은 손이었어. 무릎 위에 두 손을 올려놓고 있었어.」

라이자가 빈정거리며 말했다.

「그럼 바느질이나 뜨개질도 하지 않았나요? 무엇을 꿰매지도 않고요?」

「그래, 아무 일도 하지 않았어.」

「나는 당신이 그곳에 가는 게 좋지 않다고 생각해요. 아무리 부자라도 게으름을 피며 빈둥빈둥 노는 건 나쁜 짓이죠. 당신은 그런 걸 물리칠 저항력이 없어요.」

사무엘은 고개를 들고 큰소리로 웃었다. 라이자는 이따금 그를 기쁘게 만들었는데, 그는 그 방법을 정확히 알지는 못했다.

「나는 돈 때문에 그곳에 가는 거요. 밥을 먹고 천천히 말하려고 했는데 말해야 되겠군. 나보고 우물을 몇 개 파 달래. 그리고 풍차와 저수 탱크도 몇 개 만들고.」

「이번에도 말뿐인 거 아니예요. 어떤 풍차죠? 물로 돌아가는 건가요? 그가 돈을 지불할 것 같아요? 아니면 이번에도 돌아와서『돈은 추수하고 나서 준대.』라고 말하는 것은 아닌가요?」

그녀는 그의 흉내를 내며 말했다.

「또『그 사람 돈 많은 숙부가 죽으면 돈을 준대.』라고 말할지도 모르죠. 여보, 내가 알기로 그 자리에서 돈을 받지 못하면 그 돈은 받지 못해요. 당신도 그런 것쯤은 알고 있어요. 당신이 못 받은 돈을 모두 받게 된다면 훌륭한 농장 하나쯤은 넉넉히 살 수 있을 거예요.」

「그러나 아담 트래스크는 반드시 돈을 줄 거야.」

사무엘은 힘주어 말했다.

「그는 돈이 많아. 아버지가 재산을 많이 남겨 주었지. 이번 일은 겨울 내내 할 일감이야. 이번에는 저축도 좀 할 수 있고 크리스마스도 멋지게 보낼 수 있을 거야. 우물을 1피트 파는데 50센트는 줄 거야. 그리고 풍차도 만들고, 여기 이 파이프 이외에는 모두 내 손으로 만들 수 있고, 톰과 조우가 나를 도와줘야겠어.」

그 말에 라이자가 나섰다.

「안 돼요. 조우는 못 가요. 그애는 너무 몸이 약하단 말이에요.」

「그앤 너무 약해서 단련 좀 시키려는 거야. 그 정도로 연약해선 자기 밥도 못 찾아 먹어.」

「그래도 조우는 안 돼요. 당신과 톰이 나가고 나면 농장 일은 누가 한단 말이에요?」

「조지를 와 있으라고 할까도 생각했어. 그애는 킹 시티에서 점원 노릇을 하기 싫어하는 눈치거든.」

「좋건 싫건 주당 8달러 씩이나 받는데, 그런 건 참는 게 당연해요.」

「여보, 우리도 이제 제일 국민은행에 통장을 만들 기회가 생긴 거야. 괜한 소리해서 좋은 일 망치지 말도록 해요.」

라이자는 오전 내내 집안일을 하며 혼잣말로 투덜거렸다. 톰과 사무엘은 천공기를 손보고 날을 갈고, 풍차의 새로운 설계도를 그리고, 물탱크를 짤 나무의 치수를 쟀다. 한낮이 지난 후 조우가 그들을 도왔다. 그는 아버지가 하는 일에 관심이 많아서 자기도 함께 가겠다고 했다.

「너는 여기 있거라. 네 어머니는 네가 집에 남아서 일해야 한다고 하잖니.」

「아버지, 그래도 전 가고 싶어요. 저도 내년에는 팔로알토의 대학에 간다는 걸 아시잖아요. 어차피 저는 집을 떠날 텐데요, 뭐. 열심히 일할테니 데려가 주세요.」

「함께 간다면 물론 너도 열심히 일하겠지. 그러나 너는 가서는 안 된다. 엄마에게 얘기할 때 나도 반대했다는 말을 꼭 해라. 내가 오지 말라고 하더라고 말하란 말야.」

그 말에 조우와 톰은 소리내어 웃었다.

톰이 웃음을 멈추고 말했다.

「아버지, 어머니한테 손을 드시는 겁니까?」

사무엘은 아들들에게 얼굴을 찡그리며 말했다.

「나는 고집이 세지. 마음을 정하고 나면 황소처럼 고집이 세서 바꾸지 않는다. 내가 심사숙고한 결과 조우는 가지 않는 게 좋겠어. 너는 이 아비를 거짓말쟁이로 만들지는 않겠지?」

「그럼 지금 어머니께 말씀드려 보겠어요.」

「조우, 너무 서두르지 마라.」

사무엘은 조우의 등에 대고 큰소리로 말했다.

「그리고 지혜롭게 굴어. 어머니에게 결정권을 주는 거야. 그동안 나는 내 고집을 세울 테니.」

이틀 후 큰 마차에 목재와 여러 기재를 싣고 그들은 아담의 농장으로 떠났다. 톰이 말 네 필을 몰았고, 그 옆에는 사무엘과 조우가 다리를 흔들면서 앉아 있었다.

제 17 장

1

내가 캐시를 이상하다고 본 것은 그녀가 정말로 괴물처럼 보였기 때문이다. 이제 사진을 작은 돋보기로 들여다보면서 그 밑의 설명을 거듭 읽어 보았으나 그것이 사실이었는지는 잘 모르겠다. 무엇보다 문제는 그녀의 소원이 무엇인지를 모르기 때문에 그녀가 원하는 것을 입수했는지 못했는지를 알 수 없다. 만일 그녀가 무엇을 원했다기보다는 어떤 것으로부터 도망치려고 했다면 그녀가 과연 도망을 쳤는지 그것도 알 수 없다. 그녀가 어떤 사람이라는 것을 많은 이에게 알리려고 애썼지만 공통 언어가 없으므로 알리지 못했는지도 모를 일이다. 어쩌면 그녀의 생활 자체가 형태를 갖추고 발전되고 해독하기 어려운 언어였을 수도 있다. 그녀가 나쁜 여자라고 말하기는 쉽겠지만 그 이유를 알지 못한다면 별 의미가 없다고 본다. 좋아하지도 않는 농장에서 사랑하지도 않는 남편과 살면서 조용히 앉아서 출산을 기다리는 캐시의 모습을 그려 보았다.

그녀는 남편 아담의 사랑과 보호 아래 두 손을 마주잡고 참나무 그늘 밑에 의자를 놓고 앉아 있었다. 그녀의 배는 유난히 불렀다. 여인들이 큰 아기를 자랑스럽게 여기고 체중이 느는 것을 좋아하던 시절이었지만 그녀는 지나치게, 아니 비정상적으로 배가 불렀다. 그녀의 배는 마치 산과 같아서 팽팽하고 무겁게 느껴졌고 부픈 배를 자기 손으로 지탱하지 않고서는 혼자서 설 수도 없었다. 그러나 이상한 것은 육체 중 다른 곳은 전혀 변하지 않고 오직 배만 부른 것이다. 그녀의 어깨·목·팔·손·얼굴은 날씬한 게 마치 소녀 같았다. 가슴도 더 커지지 않았고 젖꼭지도 까맣게 되지 않았다. 유선도 전혀 변화가 보이지 않았고 신생아를 키울 육체적인 준비가 갖추어져 있지 않았다. 그녀가 테이블 뒤에 앉아 있으면 임신한 여자 같은 점을 찾아볼 수가 없었다.

그 당시에는 골반 측정이나 혈액 검사, 또는 칼슘을 섭취해야 한다는 것은 전혀 모르고 있었다. 아기의 이빨은 오직 임신부의 육체에서 충당된다는 것이 원칙이었다. 임신부는 간혹 입맛이 이상해져서 더러는 오물 같은 것을 찾는 여자도 있는데, 이는 모두 원죄를 짓고 있는 이브적인 성격 탓이라고 여겼다.

캐시의 식욕은 다른 사람과 비교하면 이상하고 단순했다. 고옥을 수리하는 목수들이 줄을 그을 때 사용하는 초크 덩어리가 없어진다고 자주 투덜댔다. 여러 번 덩어리가 없어졌기 때문이다. 캐시는 그 초크 덩어리를 몰래 훔쳐다가 곱게 빻아, 그 가루를 앞치마 주머니에 넣고서 먹고 다녔다. 그녀는 거의 입을 열지 않았다. 그녀의 눈은 빛을 잃어 멍청해 보였다. 마치 자신이 없어지고 그 빈자리를 감추려고 숨쉬는 인형을 남겨 놓은 것 같았다.

그녀의 주변에서는 계속 작업이 진행되고 있었다. 아담은 유쾌한 기분으로 여기저기 신경을 쓰면서 낙원을 건설하려고 노력했다. 사무엘 부자는 40자나 되는 우물을 판 후 최고급인 금속 파이프를 묻었다. 아담은 최고급품만을 쓰기를 원했으므로 최신식 파이프를 쓴 것이다.

사무엘 부자는 다른 곳으로 장비를 옮겨 다른 우물을 파기 위해 구멍 뚫는 작업을 시작했다. 일하는 옆에다 텐트를 치고 밤에는 모닥불을 피우고 음식도 만들어 먹으며 자취를 했다. 그러나 누군가 한 명은 필요한 연장이나 연락을 취하기 위해 집에 다녀왔다.

사무엘은 너무 분주해 정신을 못 차렸다. 그는 막내 곁에 앉아서 방금 사 온 묘목에 대해 이야기해 주었다. 그리고 사무엘은 새로 만든 풍차를 그림까지 그려 가면서 설명해 주었다. 그 풍차는 난생 처음 들어 보는 경사도까지 조정할 수 있는 것이었다. 아담이 직접 우물 파는 현장까지 말을 타고 나와서 궁금한 이모저모를 질문했기 때문에 작업이 늦어졌다. 아담이 캐시와 있을 때의 화제는 언제나 우물파는 작업에 관한 이야기이듯, 우물 파는 사무엘 부자에게는 출산과 육아에 대한 이야기였다. 이 시절이 아담에게는 가장 행복한 시절이었다. 그는 마치 왕자처럼 광활하고 시원한 자신의 생활을 즐겼다. 어느덧 여름이 가고 뜨겁고 즐거운 가을이 왔다.

2

우물을 파고 있는 해밀튼 부자는 막 점심 식사를 마쳤다. 그들은 라이자가 준비해 준 빵에 치즈 깡통을 모닥불 위에 올려놓고 커피를 먹었다. 식사를 마치자 조우는 식곤증이 밀려왔다.

사무엘은 모래바닥에 무릎을 꿇고 앉아서 부러져 못 쓰게 된 송곳날 끝을 살펴보고 있었다. 점심 식사를 하려고 막 일을 끝내려는데 땅 속 30자 깊이 정도에서 천공기에 무엇인가가 부딪쳐 철로 된 단단한 송곳날이 망가진 것이었다. 사무엘은 작은 칼로 송곳의 끝을 긁어, 손바닥 위에 긁어 낸 부스러기를 놓고 찬찬히 살피다가 마치 어린애처럼 흥분하여 눈을 빛냈다. 그는 부스러기가 놓여진 손을 아들 톰 앞으로 얼른 내밀었다.

「톰, 찬찬히 살펴보자. 뭐 같으니?」

조우가 천막 앞에 있다가 두 사람이 있는 곳까지 다가갔다. 그때 톰이 손바닥에 놓인 부스러기를 살피며 말했다.

「확실히는 무엇인지 알 수 없지만 굉장히 단단한데요. 다이아몬드는 이렇게 크지 않을 텐데요. 어떤 쇠붙이 종류겠죠. 혹시 땅 속에 묻혀 버린 기관차 구멍을 뚫고 있는 거 아닐까요?」

「너도 금속 같지? 아니면 강철일까? 톰, 내가 잘 살펴보고 분석해 보마. 내 생각을 듣고 나서 잊지 말고 기억해 둬라. 나는 그 속에 니켈이나 은, 아니 어쩌면 카본과 같은 게 들었는지도 모른다고 생각한다. 글쎄, 한 번 파 보았으면 좋겠지만. 그건 모두 바다 모래 속에 있어. 그 속에서 나오는 거지.」

「그럼 그 땅 속에 파묻혀 있는 건 니켈, 은……」

사무엘이 다시 말을 이었다.

「아마 수백만 년 전의 일일 거야.」

두 아들은, 아버지가 그런 말을 하면서도 눈으로는 지금 그 태고적의 일을 상상하고 있음을 잘 알 수 있었다.

「어쩌면 이곳은 바다였는지도 모른다. 갈매기가 놀았을 거야. 밤에는 정말 장관이었을 거다. 처음 하늘에서 빛이 한 줄 비치고 다음엔 흰빛 기둥이 되었다가 나중에는 눈부시도록 큰 빛이 커다란 포물선을 그리며 하늘에서 쏟아졌어. 그 다음에 크나큰 물 기둥이 하늘로 뻗치고 큰 버섯처럼 김이 무럭무럭 나왔지. 아마 바다가 폭발하면서 번개치는 소리가 요란했을 거야. 그리고 빛은 눈이 부신 나머지 귀가 멍해졌고……그러다가 서서히 수면으로 죽은 물고기가 떠올라 별빛에 반사되고 갈매기가 모여서 그걸 갉아 먹는다. 어떠니, 아름답고 멋진 풍경이지?」

사무엘은 마치 눈앞의 광경을 설명하듯이 신명나게 이야기했다.

그 말을 듣고 나서 톰이 물었다.

「아버지, 그게 운석 같아요?」

「그래, 분석해 보면 증명할 수 있어.」

그러자 조우도 신나서 참견했다.

「아버지, 그럼 우리 그곳을 파도록 해요.」

「그럼 그곳은 네가 파라. 우리는 우물을 파야 되니까.」

톰은 진지한 태도로 말했다.

「아버지, 만일 그곳에서 정말 은과 니켈이 나온다면 우린 횡재하겠네요.」

「그래, 과연 너는 내 아들답다. 그게 집채보다 더 클지 아니면 모자 정도로 작을지 그거야 모르는 일이지만.」

「파 보면 알게 되겠죠.」

「우리가 몰래 우리끼리 판다면 가능한 일이긴 해.」

「왜 몰래하죠?」

「너는 엄마 생각은 하지 않니? 벌써 걱정만 많이 시켰는데……엄마는 내게 앞으로 특허낸다고 돈을 더 쓴다면 절대로 가만히 있지 않겠다고 했어. 그러니 엄마 생각도 좀 해야지. 어머니에게 사람들이 우리가 무슨 일을 하느냐고 물으면 어떡하니? 엄마는 진실한 사람이라 거짓말을 못 하고 난처할 거다. 엄마는 그들에게 『별을 캐나 보우.』라고 말할 거다.」

그러자 톰이 대답했다.

「엄마는 우리를 그냥 두지 않을 거야. 우리를 혼내고 석달 동안은 과자도 주지 않을 거야.」

사무엘이 다시 입을 열었다.

「우리가 여기서 구멍을 뚫기는 어려워요. 다른 곳을 새로 파야 될까 봐요.」

사무엘이 일어서며 말했다.

「집에 가서 폭약을 가져 와야겠다. 그리고 송곳이 망가져서 송곳날도 갈아와야 하고. 우리 모두 함께 가자. 너희 엄마는 놀라서 오늘 밤새도록 불평을 하면서 음식을 만들 거다. 그래야 기쁨을 감출 테니까.」

그때 조우가 사무엘을 보며 말했다.

「저기 누가 막 뛰어오는데요.」

그의 말처럼 누군가가 이곳으로 말을 타고 달려오는 것이 보였다. 그 모습이 마치 말 위에 붙잡아 맨 닭같이 퍼덕이고 있었다. 점점 가까이 오자 그는 다름아닌 요리사 리였다. 그는 팔을 마치 날개처럼 휘두르고 변발은 뱀처럼 바람에 흐늘거렸다. 그런 모습으로 말에서 떨어지지 않고 전속력으로 말을 타고 달리는 솜씨가 그저 놀라울 뿐이었다. 그는 말을 세운 후 숨을 거칠게 몰아쉬면서 말했다.

「주인님이 좀 오라세요. 캐시 마님이 아프다나 봐요. 어서 빨리 가요. 마님이 큰소리로 운답니다.」

「리, 좀 침착하게. 언제부터 아픈 거지?」

「아침부터요.」

「알았어. 너무 서두르지말고 좀 침착하게, 그래 아담은 어떻지?」

「그 사람은 제정신이 아니랍니다. 울다가 웃다가 또 토하기도 한답니다.」

「그러기도 힐 거야. 아버지가 되는 일이니. 니도 옛날엔 그랬어. 톰, 어서 안장을 얹어라.」

조우가 궁금하다는 눈초리로 물었다.

「왜 그러죠, 아버지?」

「트래스크 부인이 아기를 낳으려는 거다. 아담에게 내가 돌봐 주겠다고 얘기했지.」

조우가 의아해 하며 물었다.

「아버지께서요?」

사무엘은 잠자코 막내 아들 조우를 쳐다보다가 한참 후에 입을 열었다.

「너희도 모두 내가 받았다. 내가 훌륭히 너희를 받아서 그렇게 튼튼한 줄 알아라. 톰은 연장을 좀 챙기거라. 그리고 농장에 가서 송곳날을 갈아 놓아라. 그리고 헛간 선반에 폭약 상자가 있으니 가지고 오너라. 위험하니까 주의해서 다루도록 해. 조우는 여기서 뒷수습을 하고.」

조우가 퉁명스럽게 말했다.

「나는 여기 혼자 남아서 무슨 일을 하란 말이에요?」

사무엘은 입을 꾹 다물고 있다가 얼마 후에 말했다.

「조우, 너는 나를 돕도록 해라.」

「알았어요.」

「너는 내가 만일 큰 죄를 졌다면 경찰에 신고하겠니?」

「그건 또 무슨 말씀이시죠?」

「어쩔 테냐? 신고할 거냐?」

「신고는요. 저는 그런 일은 하지 않을 겁니다.」

「그럼 됐다. 내 가방 밑에 책이 두 권 있다. 새 책이니 깨끗이 읽어 보거라. 훌륭한 사람이 쓴 글이지. 제목은 《심리학 원론》인데 지은이는 동부에 사는 윌리엄 제임스지, 열차 강도를 한 제임스와는 전혀 다른 인물이야. 조우, 그 책에 대해 이야기하면 절대로 용서하지 않을 거야. 만일 내가 그 책을 샀다는 사실을 네 엄마가 안다면 엄마는 나를 목장에서 내쫓으려고 야단일 거다.」

톰이 안장을 얹은 말을 끌고 와서 말했다.

「그 다음부터는 내가 좀 읽을까요?」

사무엘은 고개를 끄덕인 후 말 안장에 올랐다.

「리, 어서 가지.」

리가 말을 급히 몰려고 하자 사무엘이 만류했다.

「리, 그렇게 서둘지 말아요. 해산은 생각보다 훨씬 더 시간이 오래 걸리는 거니까.」

두 사람은 얼마 동안을 말없이 달리다가 리가 먼저 말했다.

「그 책 공연히 산 것 같아요. 그 축소판은 내가 가지고 있어요. 그걸 빌려서 읽으면 되잖아요.」

「지금 가지고 있소? 리, 책을 많이 갖고 있소?」

「여기엔 별로 없어요. 서른 권이나 마흔 권 가량 될 거예요. 읽을 책이 있으면 얼마든지 갖다 읽도록 하세요.」

「리, 고맙군 그래. 내 빌려다 읽지. 그리고 내 자식놈들에게도 얘기 좀 해주게. 조우는 엉뚱한 면이 있지만 톰은 괜찮은 놈이지. 그에게 책을 빌려 주면 아주 큰 도움이 될 걸세.」

「사람은 처음 사귀는 게 제일 힘든 거 같아요. 처음 만난 사람에게는 말을 떼기가 거북하죠. 그렇지만 그렇게 말씀하시니 그들에게는 제가 노력해 보겠어요.」

그들은 트래스크 농장이 있는 골짜기를 향해 급히 말을 몰아 댔다.

사무엘이 요리사에게 물었다.

「그댁 산모는 어떤가?」

「이제 다 왔으니 가서 직접 보시고 생각하세요. 나는 혼자 살기 때문에 만나는 사람이 별로 없어서 생각이 빗나갈 때가 많답니다.」

「하지만 나는 혼자 살지도 않는데도 곧잘 생각이 빗나가는데 뭘 그래.」

「그럼 제가 공상이 심하단 말인가요?」

「나도 잘은 모르겠지만 어쩐지 서먹서먹하군.」

리도 웃으며 말했다.

「나도 언제나 그렇답니다. 내 경우는 좀 심한 편이죠. 이웃에서 살면서 나는 아버지가 말씀하신 중국 동화를 늘 생각한답니다. 우리 중국 사람은 악마에 대해 이야길 많이 한답니다.」

「당신은 그 여자가 마귀라고 생각하나?」

「아뇨, 그렇게 생각지 않아요.」

리가 단호한 어조로 말했다.

「나는 그 정도로 바보가 아닙니다. 잘은 모르겠지만, 하인 노릇을 하다 보면 그 주인집의 가풍과 분위기를 잘 알게 되죠. 그런데 내가 보기론 트래스크 씨 댁에는 좀 이상한 게 있어요. 그래서 우리 아버지가 말씀하신 악마 이야기가 생각났나 봐요.」

「자네 부친께서는 악마를 믿었나?」

「아뇨, 그렇지 않아요. 배경을 알아야 한다는 거죠. 그러나 서양인들도 전해 내려오는 신화가 많죠?」

사무엘이 아무래도 이상하다는 듯 물었다.

「아침에 무슨 일이 있어서 그런 말을 하는 거지?」

「오셨으니 말씀드리지 않겠어요. 이제 얼마 남지 않았으니 얼른 가서 보시고 생각하세요. 내가 아마 제정신이 아닌가 봐요. 아담 씨는 너무 긴장한 나머지 벤조 줄처럼 신경이 끊어질 지경이랍니다.」

「그러지 말고 암시를 해봐. 그 여자가 무슨 일을 저지른 거지?」

「별거 아니예요. 글쎄, 뭐라고 말하면 좋을까? 나는 아기 낳는 걸 많이 보았지만 이번 같은 경우는 정말 처음이랍니다.」

「어떻게 다르지?」

「참 뭐라고 단정지어 말씀드리기가 좀처럼 쉽지 않군요. 주인 마님이 해산을 하는 게 아니라 죽느냐 사느냐 투쟁을 하는 것 같더군요.」

사무엘은 골짜기로 접어들어 참나무 아래를 지나가자 입을 열었다.

「오늘은 정말 이상하군. 마음이 아무래도 어수선하단 말이야. 왜 이럴까?」

리가 그의 말을 곧 받았다.

「오늘은 통 바람이 불지 않는군요. 이 달 들어 오후에 바람이 불지 않는 건 오늘이 처음이군요.」

「그래. 나는 일에 정신이 빠져 날씨엔 전혀 신경을 쓰지 못했어. 좀 전에는 땅속에 묻혀 있는 운석을 찾아냈는데 지금은 사람을 받으러 가는구만.」

사무엘은 나뭇가지 사이로 누런 언덕을 바라보았다.

「새 생명이 태어나기엔 아주 훌륭한 날씨야. 만일 징후가 생명의 표시가 된다면 오늘은 아름다운 생명이 탄생될 거요. 아담이 멋대로 행동하면 일하는 데 방해가 될 테니까. 리, 당신이 내 곁에서 도와 주시오. 도움이 필요할 때가 분명히 있을 게요. 아, 저기 목수들이 나무 아래서 쉬고 있군 그래.」

「주인이 망치 소리가 들리면 마님이 혼란스러울 거라고 일을 중단시켰지요.」

「리, 더욱 자네는 내 곁에 있어야 할 것 같네. 아무래도 아담이 안정을 못 하는 것 같군. 그 사람은 지금 당장 천둥이 친다고 해도 부인에겐 소리가 들리지 않는다는 걸 모르고 있군.」

나무 그늘에서 쉬던 목수들이 두 사람의 얼굴을 보고 손을 흔들었다.

「해밀튼 씨, 이거 오랜만입니다. 댁엔 별고 없으시죠?」

「네, 덕분에 무고합니다. 자넨 레비트 홀먼이군 그래. 그동안 어디 있었소, 레비트?」

「네, 노다지 좀 캐려고 여기저기 쏘다녔어요.」

「그래 소득이 있었소?」

「소득은 무슨 소득. 타고 간 당나귀까지 날려 버렸어요.」

두 사람은 집이 있는 곳으로 달렸다. 그러자 리가 성급히 말했다.

「시간을 좀 내주시면 보여 드릴 게 있습니다.」

「그게 뭐지, 리?」

「내가 지금 중국시를 영어로 번역하고 있는데 잘 되었는지 어쩐지 모르겠어요. 한 번 봐 주실래요?」

「그럼 보다마다. 그것 참 영광스런 부탁이군.」

3

보르도니의 흰 목조집은 침울할 정도로 고요했다. 그 고요함은 마치 명상에 잠긴 듯했다. 집 창문은 모두 차양이 쳐져 있었다. 사무엘은 현관 앞에서 말을 내린 뒤 안장에서 불룩한 주머니를 풀고 나서 말을 리에게 넘겨 주었다. 사무엘은 몇 번 노크를 했으나 반응이 없어서 그냥 안으로 들어갔다. 집안에 들어가니 어두컴컴했다. 거실을 지나 부엌을 들여다보니, 리가 청소를 얼마나 정결하게 했는지 바닥의 나뭇결이 그대로 드러났다. 난로 뒤쪽에서는 회색 석기 커피 포트에서 커피가 끓고 있었다. 사무엘은 조심스럽게 침실문을 노크한 뒤에 안으로 들어갔다.

방안은 창문에 담요를 친 데다가 차양까지 쳐져 있어서 캄캄 절벽이었다. 캐시는 기둥이 네 개 달린 침대에 누워 있고, 그 옆에는 아담이 얼굴을 이불보에 파묻은 채 앉아 있었다. 인기척 소리에 아담이 고개를 들고 멍한 눈으로 쳐다보았다.

사무엘이 명랑하게 말했다.

「아니, 왜 굴 속같이 캄캄한 곳에 앉아 있죠?」

아담이 쉰 듯한 목소리로 대꾸했다

「빛이 들어오면 눈이 아파서 싫다는 군요.」

사무엘은 안쪽으로 들어갔다. 그는 위엄 있는 태도로 천천히 걸었다.

「밝아야 되니 빛이 싫으면 눈을 감도록 해요. 원한다면 눈에다 검정 천을 대 드리죠.」

사무엘이 창문으로 다가가 담요를 걷으려고 하자 아담이 화를 벌컥 냈다.

「밝은 게 싫다니 그냥 놔 두세요.」

그러자 사무엘이 돌아서서 말했다.

「아담, 나도 당신 기분은 이해하오. 그러니 가만히 좀 있어요. 부인은 내가 돌봐 줄 테니까, 나는 당신은 돌봐 줄 수 없으니 어서 나가 있어요.」

사무엘은 말을 마치자마자 바로 담요를 걷어내고 차양도 말아 올렸다. 그러자 오후의 찬란한 햇빛이 방안에 쏟아져 들어왔다.

캐시가 신음을 하자 아담이 아내 곁으로 다가갔다.

「캐시, 눈을 감아. 내가 천으로 눈을 가려 줄게.」

사무엘이 들고 있던 자루를 의자에 놓고 침대 곁에 서서 단호히 말했다.

「아담, 어서 이 방에서 나가요. 방에 들어오면 안 되니 나가 있도록 해요.」

「나는 나갈 수 없어요. 왜 나를 나가라고 하죠?」

「당신이 있으면 방해가 돼요. 나가서 술이나 한 잔 하도록 해요.」

「나는 그럴 수 없어요.」

「나는 좀처럼 화를 내는 인간이 아니지만 더 이상 참을 수 없어. 더 이상 불쾌하게 만들지 말고 나가요. 당신이 나가지 않는다면 내가 나가겠소. 당신 혼자 있으면 큰 곤란을 당할 거요.」

이담이 방에서 나가자 사무엘이 문을 향해 소리쳤다.

「이 방에서 어떤 소리가 나더라도 들어오면 안 돼요. 내가 나갈 때까지 밖에서 기다리도록 해요.」

사무엘은 문을 얼른 닫은 다음 열쇠가 구멍에 끼어 있는 것을 보고는 재빨리 잠갔다.

「어쩔 줄 모르고 있군. 저 사람은 당신을 지나치게 사랑하고 있군.」

사무엘은 지금처럼 캐시를 자세히 볼 기회가 없었다. 그는 캐시의 눈 속에 담긴 매정하고 살인적인 증오를 읽을 수 있었다.

「이제 곧 끝납니다. 양수는 터졌소?」

캐시는 적의에 찬 시선으로 사무엘을 노려볼 뿐 입을 열지 않았다.

사무엘은 잠자코 그녀를 쳐다보았다.

「나는 여기 놀러 온 게 아니라 친구로서 온 겁니다. 나도 이런 일이 좋아서 하는 건 아니랍니다. 나는 당신 사정도 모르고 또 알 바도 아닙니다. 그러나 내가 당신의 고통을 다소라도 덜어 주게 될지 누가 압니까? 당신이 그렇게 침묵을 지키고 대답도 하지 않는다면 나는 당신이 혼자 진통 때문에 방바닥에서 구르건 말건 상관하지 않고 당장이라도 가겠소.」

사무엘이 강경한 어조로 말하자 그녀의 태도가 다소 누그러진 듯했다. 그녀는 애를 쓰는 기색이 역력했다. 사무엘은 캐시의 얼굴이 변하는 모습을 보고 그만 몸서리를 치고 말았다. 강철 같던 눈빛이 사라지더니 꽉 다물었던 입이 마치 활 모양처럼 양쪽이 올라갔다. 그는 쥐었던 주먹이 펴지고 손가락이 붉어지면서 위로 들려올려졌다. 그녀의 모습은 순식간에 어린애같이 순진한 모습으로 변했다. 이 모습은 마치 요술을 부려 장면이 바뀌는 것 같았다.

캐시가 침착한 어조로 말했다.

「새벽에 터졌어요.」

「그것 다행입니다. 진통은 심했습니까?」

「네.」

「진통이 얼마 간격으로 오죠?」

「그건 모르겠어요.」

「내가 이 방에 들어온 지 십 오분이 됐는데요.」

「약한 진통이 두 번 있었어요. 당신이 오고 큰 진통은 없었어요.」

「됐소, 그리고 천은 어디 있소?」

「저기 바구니에 있어요.」

「괜찮을 테니 안심해요.」

사무엘은 안장 자루에서 푸른 벨벳으로 싼 굵은 밧줄을 꺼냈다. 그 밧줄에는 양쪽에 고리가 매어져 있었다. 벨벳 천에는 조그만 분홍색 꽃이 수백 개 수가 놓여져 있었다.

「이걸 쓰라고 라이자가 보냈소. 우리 첫애 낳을 때 쓰려고 라이자가 만든 거죠. 우리 아이들과 이웃집 아이를 낳을 때 모두 이 밧줄을 당겨서 애를 낳았답니다.」

사무엘은 고리 하나를 침대 고리에 걸었다.

갑자기 캐시의 눈이 빛나기 시작하더니 등이 마치 용수철처럼 굽어지고 뺨이 붉어지기 시작했다. 사무엘은 그녀의 신음 소리를 기다리며 조심스런 시선으로 문쪽을 바라보았다. 그러나 신음 소리는 들리지 않고 끙끙 거리는 소리만 들렸다. 몇 분 후, 그녀의 몸이 마치 솜에 젖은 듯 늘어지더니 얼굴에 또다시 사라졌던 증오의 빛이 떠올랐다.

진통이 또 한 번 오자 사무엘이 부드러운 어조로 말했다.

「어디 한 번이오, 두 번이오? 모를 일이군. 진통은 아무리 봐도 볼 때마다 모두 다르단 말이야. 앞으로는 이런 일을 하지 말아야지.」

캐시가 머리를 흔들어 댔다.

「자, 진정해요. 이제 아기가 곧 나올 거요.」

사무엘이 그녀의 이마에 손을 얹으며 부드럽게 쳐다보았다. 그는 이마의 검은 흉터를 보고 그녀에게 물었다.

「이 상처는 어쩌다 생겼죠?」

그녀는 갑자기 고개를 쳐들더니 다짜고짜 말도 없이 사무엘의 손을 힘껏 물었다. 사무엘은 너무나 아파서 소리치며 손을 빼려고 했으나 그녀는 성난 개처럼 꽉 문 채로 고개를 마구 흔들었다. 캐시의 입에서는 으르렁거리는 소리가 새나왔다. 사무엘은 놀란 나머지 뺨을 후려쳤으나 별 효과가 없었다. 그는 얼떨결에 개싸움을 말릴 때처럼 왼손으로 그녀의 목을 쥐어 숨이 막히도록 했다. 캐시는 완강히 사무엘의 손을 물고 있다가 턱의 힘을 풀었다. 그는 재빨리 손을 뺐다. 살이 패이고 피가 흘러내렸다. 그는 침대에서 물러나 물린 자국을 살핀 다음 공포에 질린 얼굴로 캐시를 쳐다보았다. 잠시 후 그녀의 얼굴을 바라보니 표정은 잔잔해져 다시 어린애 같은 순진한 얼굴이 되었다.

캐시가 나지막이 말했다.

「죄송해요, 정말 죄송해요.」

사무엘은 말없이 몸서리를 쳤다.

「진통 때문에 그랬어요, 미안해요.」

사무엘은 잠시 웃었다.

「당신의 입에다 무엇인가를 씌워야겠군. 마치 콜리 암캐처럼 물어대다니.」

캐시 눈에 잠시 동안 증오의 빛이 떠오르다가 곧 사라지는 것을 사무엘은 보았다.

「여기에 바를 것 좀 없소? 사람 독은 뱀보다 더 무섭단 말이오.」

「모르겠어요.」

「그럼 위스키는 있소? 여기에 위스키를 부어야 되겠는데.」

「둘째 서랍에 있을 거예요.」

그는 피가 흐르는 손에다 위스키를 부어 통증이 오는 상처를 소독했다. 심한 복통이 오더니 눈까지 아파왔다. 그는 진정하기 위해서 위스키를 한 모금 마셨다. 어쩐지 침대를 되돌아보는 것이 두려웠다.

「한참 동안 이 손을 못 쓰겠군.」

나중에 사무엘은 리에게 이렇게 말했다.

「아무래도 그 여자 뼈는 고래뼈 같아. 준비도 하기 전에 아이가 나왔지. 씨가 튕기듯 툭 튀어나오더군. 아직 아기를 씻을 물도 준비하지 않았는데 말이야. 글쎄, 잡으라던 밧줄은 단 한 번도 잡지 않더군. 그 여자는 아무래도 고래뼈 같아.」

사무엘은 급히 문으로 나가 리를 불러 더운 물을 가져 오라고 일렀다. 아담이 방으로 들어오자 사무엘이 말했다.

「아들이오, 아들을 낳았으니 침착해요.」

아담은 어수선한 침대를 보고 얼굴이 창백해졌다.

사무엘이 아담에게 말했다.

「당신은 빨리 나가서 리를 이리 보내 주고, 당신이 몸을 제대로 움직일 수 있으면 내가 마실 커피나 좀 끓여서 갖다줘요. 램프에는 기름을 채우고 등피도 닦아 주고요.」

아담은 그제서야 정신을 차린 표정이 되어 방에서 나갔다. 잠시 후 리가 문을 열고 빠끔히 방안을 들여다보았다. 사무엘은 광주리에 담긴 빨래를 손으로 가리키고 말했다.

「리, 따뜻한 물로 아이를 목욕시키도록 해요. 찬바람을 쐬지 않게 조심하고. 이런 때 라이자가 있으면 도움이 될 텐데. 혼자 일을 해야 되다니 손이 모자라는군.」

사무엘은 다시 침대 곁으로 다가갔다.

「이제는 산후 처리를 해야겠군.」

그때 캐시는 몸을 굽히더니 다시 진통을 했다.

「이제 다 됐으니 안심해요. 후산하는 데도 시간이 좀 걸리니까요. 순산을 했으니까 줄을 잡거나 힘을 주지 않아도 되니 안심해요.」

그는 무엇인가가 보여 자세히 들여다보다가 깜짝 놀랐다.

「아니, 이건 또 뭔 일이지?」

사무엘은 재빨리 몸을 움직였다. 그녀는 첫번째 아기를 낳을 때처럼 이번에도 순식간에 아기를 낳았다. 사무엘은 다시 탯줄을 맸다. 리가 두 번째 아기를 목욕시킨 후 바구니에 담았다.

사무엘은 산모를 씻겨 준 후 조심스럽게 옮겨 눕히고 침대 시트를 갈아 주었다. 그러나 그녀의 얼굴을 쳐다보기도 싫었다. 그녀가 깨물은 손이 더 아프게 느껴져서 사무엘은 일을 빨리 끝내려고 서둘렀다. 하얀 홑이불을 턱까지 덮어 주고 새 베개를 베어 주었기 때문에 어쩔 수 없이 캐시를 쳐다보아야만 했다.

캐시의 금발머리는 땀에 젖어 있었고, 얼굴은 돌처럼 딱딱하게 굳어 있었다. 퍼런 목의 힘줄이 눈에 들어왔다.

「아드님을 둘씩이나 보셨습니다. 모두 잘 생겼죠. 쌍둥이지만 아주 다르게 생겼더군요.」

그러나 캐시는 무관심한 표정으로 빤히 쳐다보기만 했다.

사무엘이 다시 입을 열었다.

「아기를 보여 드리겠습니다.」

캐시는 기운 없는 목소리지만 단호히 말했다.

「싫어요.」

「아니, 자기가 낳은 아들을 보기 싫다는 겁니까?」

「네, 보고 싶지 않아요.」

「지금은 너무 지쳐서 그렇지만 곧 마음이 바뀔 거요. 그리고 나는 당신같이 애를 빨리 낳고 순산인 것은 처음 보오.」

캐시는 사무엘을 쳐다보지 않고 외면한 채 말했다.

「싫어요, 나는 보고 싶지 않아요. 창문을 가려 주세요.」

「지쳐서 그럴 겁니다. 피곤이 풀리면 그런 기분도 없어질 거요. 며칠 후면 모두 달라질 거요. 그리고 이런 일도 깨끗이 잊을 수 있을 거요.」

「아니예요, 결코 잊지 않을 거예요. 어서 나가 줘요. 저 애들도 데리고 나가세요. 그리고 아담을 불러 줘요.」

사무엘은 그녀의 태도가 마음에 들지 않고 불쾌했다. 그녀의 태도에는 피곤이나 부드러움이나 병약함이 전혀 엿보이지 않았다. 사무엘은 무의식중에 말이 불쑥 튀어나옴을 막지 못했다.

「당신은 정말 무서운 여자로군!」

그는 자기도 모르는 사이에 말을 하긴 했지만 자신이 한 말을 거둬들일 수만 있다면 다시 거둬들이고 싶은 생각이 들었다. 그래도 캐시는 아무 변화도 보이지 않았다.

「어서 아담이나 불러 줘요.」

아담은 좁은 거실에서 쌍둥이 아들을 멍청히 들여다보다가 재빨리 방안으로 들어와 문을 닫았다. 잠시 후 못을 박는 소리가 들려 왔다. 아담이 창문에 모포를 치기 위해 못을 박는 소리였다.

리가 사무엘에게 커피를 끓여다 주었다.

「손이 형편없게 되었군요.」

「그렇게 됐소. 고생깨나 할 것 같소.」

「왜 그런 거죠?」

「나도 그게 이상해. 정말 저 여자는 알 수 없는 여자야.」

「해밀튼 씨, 내가 치료를 해 드리겠습니다. 자칫 잘못하다간 한쪽 팔을 잃을지도 몰라요.」

사무엘은 맥빠진 목소리로 말했다.

「리, 생각대로 해줘요. 나는 지금 놀라움과 슬픈 감정이 가슴을 짓누르고 있소. 어린애라면 실컷 울기나 할 텐데. 두려워 떨기엔 나이가 많고, 오래 전 내가 어렸을 때, 새 한 마리가 내 손에서 죽었을 때가 꼭 지금 같은 기분이었지.」

리는 방을 나갔다가 곧 용이 비스듬히 뒤트는 그림이 새겨진 작은 흑단나무 상자를 손에 들고 들어왔다.

사무엘 옆에 앉은 리는 그 상자에서 쐐기처럼 만들어진 면도칼을 꺼내며 말했다.

「좀 아플 겁니다.」

「참을 테니 걱정마.」

리는 마치 자신이 통증을 느끼듯 입술을 꽉 깨물고 사무엘의 손을 깊숙이 잘라 이빨 자국이 있는 살갗의 앞뒤를 젖친 다음, 주변의 살갗을 도려내니 빨간 피가 흘러내렸다. 리는 홀스 연고라는 표가 붙은 노란 병을 흔들더니 살갗 속에다 약을 부어 넣었다. 그러고나서 손수건에 그 약을 흠뻑 적셔서 사무엘의 손을 감싸 주었다. 사무엘은 통증 때문에 몸을 움츠리면서 다치지 않은 손으로 의자를 꽉 붙잡았다.

리가 그를 쳐다보면서 물었다.

「성분이 석탄산이라 냄새가 지독합니다.」

「고맙군, 리. 내가 어린애같이 엄살을 부리는군.」

「그래도 정말 용케 참으셨어요. 내가 커피나 한 잔 더 타다 드리죠.」

리는 잠시 후 커피를 두 잔 타 가지고 돌아와 사무엘 곁에 자리잡았다.

「나도 여길 떠나야 될 것 같아요. 도살장을 좋아서 찾아가는 사람은 없으니까요.」

사무엘은 그 말을 듣고 몸이 경직되었다.

「그건 또 무슨 말이지?」

「그냥 무의식중에 튀어나온 말이에요.」

사무엘은 몸서리를 쳤다.

「인간은 모두 바보란 말야. 난 중국 사람이 바보라고는 생각지 않았는데.」

「왜 중국인은 바보가 아니라고 생각했죠?」

「글쎄, 우리는 다른 고장 사람들을 항상 우리보다 더 강하고 똑똑하다고 생각하니까 그런 거지.」

「당신은 지금 무슨 말을 하려는 거죠?」

그 말에 사무엘이 대답했다.

「한편으론 바보가 되는 게 필요할 수도 있지. 용과 싸우거나 자랑을 하고 가소롭게 객기를 부려 하나님께 대항해 보거나, 컴컴한 밤에 죽은 나무를 도깨비라고 생각해서 두려워하거나 이 모든 것이 다 필요한 때도 있는 거지.」

리가 참을성 있게 기다리다가 입을 열었다.

「무슨 말을 하려고 그러죠?」

「내 마음속에 타다 남은 불이 다시 활활 타오를 거야. 그런데 리, 애기를 들으니 내 생각과 같군. 아무래도 이 집에 귀신이 붙은 거 아냐. 끔찍한 생각이 자꾸만 드는군 그래.」

「저도 그런 생각이 들어요.」

「그건 나도 알고 있소. 나는 바보 같은 생각도 좋다고 마음 편히 넘길 수 없소. 그 여자는 아이도 너무 쉽게 낳더군. 마치 고양이가 새끼를 낳는 것같이 쉽게 말야. 나는 그 쌍둥이가 걱정돼. 자꾸 끔찍한 생각이 앞서서.」

리가 세 번째 물음을 그에게 던졌다.

「해밀튼 씨, 무슨 말씀을 하시고 싶은 거죠?」

사무엘은 큰소리로 말했다.

「집사람이 와야겠어. 라이자는 꿈이나 도깨비나 바보에 대해서도 생각하지 않거든. 라이자가 와야겠단 말야. 라이자는 어리석은 여자가 아니니까. 만일 집사람이 귀신을 보게 된다면 그건 정말 귀신을 본 걸 거야. 라이자가 이곳에 문제가 있다고 생각하면 분명 문제가 있는 거니까. 그때는 이 집 문을 걸어 잠가야 할 거야.」

리는 재빨리 일어서서 바구니 옆에 서서 쌍둥이를 가만히 들여다보았다. 그는 얼굴을 바짝 갖다 대고 갓난아기를 들여다보았다.

「아기가 자는군요.」

「이제 울어 대겠지. 마차를 타고 우리집에 가서 급히 라이자를 데려오게. 톰이 집에 있으면 그애보고 집을 지키라고 하게. 톰이 집에 없으면 내일 아침에 보내면 되고. 만일 라이자가 오지 않겠다고 하면 여긴 여자 손이 꼭 필요하다고 하게. 아울러 라이자의 맑은 눈도 필요하다고 하면 말귀를 알아들을 거야.」

그 말을 듣고 리가 말했다.

「알겠어요. 우리가 캄캄한 어둠 속에 있는 아이들처럼 서로 두려움을 주고 있는 게 아닌가요?」

「나도 그런 생각이 들기도 해. 리, 내 손은 우물을 파다가 다쳤다고 해. 무슨 일이 있어도 라이자에게 사실대로 말해선 안 돼.」

「그럼, 등불이나 몇 개 켜 놓은 뒤 다녀오겠어요. 부인만 와 주신다면 저도 한시름 놓겠는데요.」

「그럴 거요. 라이자가 이 집을 환히 비춰 줄 거요.」

리가 어둠이 깔린 밖으로 나가자, 사무엘은 성한 손으로 램프를 마루에 놓고 나서 침실문을 조심스럽게 열었다. 칠흙 같은 어둠이 들어왔다. 램프 빛이 위로만 비춰져서 침대는 밝히지 못했다.

그때 침대에 누워 있던 캐시의 날카로운 목소리가 터져 나왔다.

「문 닫아요. 난 불빛이 싫단 말이에요. 아담도 나가요. 제발 나 혼자만 있게 해 줘요.」

아담이 목 쉰 음성으로 말했다.

「당신 곁에 있고 싶소.」

「난 혼자 있겠어요.」

「난 함께 있고 싶소.」

「그러면 맘대로 해요. 그렇지만 이제 한 마디도 하지 마세요. 어서 램프를 갖고 나가고 문이나 닫아 줘요.」

사무엘은 침실에서 다시 거실로 돌아왔다. 그는 램프를 바구니가 놓여 있는 테이블 곁에 올려놓고 귀엽게 쌔근거리며 잠자고 있는 갓난아기의 얼굴을 쳐다 보았다. 아기는 잠을 자면서도 불빛이 싫은지 코를 찡그렸다. 한 아이가 하품을 한 번 하고는 다시 잠 속에 빠졌다. 사무엘은 램프를 옮겨놓은 뒤 문을 열고 바깥으로 나왔다. 샛별이 서산으로 지면서 밝게 빛났다. 바람이 전혀 불지 않는 밤이었다. 한낮의 뜨거운 열기를 받은 들쑥 냄새가 코를 찔렀다. 어둠 속에서 인기척을 느끼고 그는 깜짝 놀랐다.

「주인 마님은 어떻습니까?」

사무엘이 재빨리 물었다.

「당신은 누구요?」

「난, 레비트요.」

문에서 새어나온 불빛으로 그의 모습이 눈에 들어 왔다.

「아, 레비트 군. 산모는 좋소.」

「리가 쌍둥이라고 그러더군요.」

「그래요, 바로 쌍둥이라오. 참 잘된 일이야. 얼마나 기쁜 일이오. 트래스크 씨는 강을 가르고 사탕수수 농사까지 심으려 들 거야.」

사무엘은 불쑥 화제를 바꾸어 말했다.

「레비트, 우리가 아까 땅을 파다가 뭘 뚫었는지 짐작하겠나? 나는 운석을 찾 았어.」

「해밀튼 씨, 운석이 뭐죠?」

「그건 수백만 년 전에 떨어진 별똥이야.」

「그래요? 거참 잘됐군요. 그런데 손은 어쩌다 다쳤죠?」

사무엘이 웃으며 말했다.

「그 운석에 다쳤다고 말하고 싶긴 한데, 그렇게 재미있는 얘기는 못 되고 도 르래에 물려서 이 지경이 됐지.」

「많이 다쳤나요?」

「아니 그렇지 않아.」

「아들을 둘 낳았다니까 집사람이 시기하겠군요.」

「레비트, 좀 들어와서 쉬겠소?」

「아니 어서 가야죠. 나이를 먹으니까 젊었을 때보다 아침이 훨씬 일찍 오는 거 같아요.」

「그럼 잘 가게. 레비트.」

라이자 해밀튼이 트래스크 농장에 도착한 것은 새벽 네 시 경이다. 사무엘은 의자에 앉은 채 잠이 들었는데, 꿈 속에서 빨갛게 단 쇠막대기를 잡았다가 손에서 놓지 못하고 고생했다. 라이자는 아기를 쳐다볼 겨를도 없이 남편을 깨우다가 사무엘의 싸맨 손을 보게 되었다. 라이자는 엉성하게 처리하던 사무엘의 손과는 달리 능숙하게 몸을 움직이며 일을 해치우면서, 남편에게 몇 가지 지시한 후 밖으로 내보냈다. 그녀는 남편에게 당장 말을 타고 킹 시티로 가라고 했다. 시간에 관계없이 당장 의사에게 가서 손을 치료받으라는 것이었다. 그리고 나서 집에 돌아가 기다리라고 했다. 그녀는 아직 어린애인 막내 조우를 혼자 구덩이 옆에서 기다리게 하는 것은 범죄 행위이므로, 하나님도 용서치 않을 것이라고 했다.

사무엘은 그날 특별한 날이 되었다. 라이자에게 등이 밀려 새벽도 되기 전에 그곳을 떠나 한 시쯤에는 의사를 만나 손에 붕대를 감았고, 오후 다섯 시경에는 자기 집 식탁 앞에 앉아서 열이 올라 얼굴이 상기되었다.

톰은 아버지에게 드리기 위해 닭죽을 끓이는 중이었다.

그러나 사무엘은 사흘 동안 열과 싸우느라고 자리에서 일어나지 못하고 환영에 시달렸지만 강인한 의지력으로 병을 이길 수 있었다.

「이젠 일어나야겠다.」

사무엘은 맑은 눈으로 아들 톰을 바라보았다. 그러나 일어서려고 했지만 기운이 없어서 털썩 주저앉아 버렸다. 그는 어처구니없을 때는 항상 그렇게 웃곤 했다. 톰은 아버지가 이젠 닭국은 쳐다보기도 싫다고 머리를 흔들 정도로 닭국을 끓여 바쳤다. 닭국은 환자와 상처에는 무엇보다도 훌륭한 약이라는 것을 사람들은 믿고 있으며, 장례식 때에도 닭국을 먹어야 좋다는 전설이 전해져 내려오기도 한다.

4

라이자는 일주일 동안 트래스크 농장에 머물면서 천장에서부터 마루 바닥까지 윤이 반들반들 나도록 깨끗이 청소했다. 통 속에 넣을 수 있는 것이라면 모두 통에 넣어 물로 씻었고, 나머지 것은 스폰지로 말끔히 닦았다. 아기들은 잘 돌봐 주었기 때문에 살이 통통 올랐고, 기분 좋게 놀고 잠잤다. 그녀는 요리사 리를 믿지 못하기 때문에 마치 노예에게 하듯 심하게 부렸다. 아담은 아무 일도 할 수 없다고 판단해서인지 전혀 일을 시키지 않았다. 한번은 아담에게 창문을 닦도록 했으나 마음에 들지 않아 나중에 자기가 다시 닦을 정도였다.

라이자는 캐시와 긴 얘기를 나눈 적은 없었으나 그녀는 말수가 적고 나이 든 자신 앞에서 계란을 먹으면서도 아는 척도 하지 않는 야무지고 당돌한 여자라는 결론을 내렸다. 그녀는 전혀 다친 곳이 없다는 것과 자기가 낳은 쌍둥이를 전혀 돌보지 않을 것이라고 생각했다.

라이자는 캐시에게 말했다.

「어쩌면 그것도 괜찮아. 저렇게 큰 녀석들이 젖을 빨아 댄다면 아마도 당신 같은 여자는 뼈만 남을 거야.」

라이자는 자기도 몸집이 작으면서 아이들은 모두 키웠다는 사실을 잊고 이렇게 말했다.

토요일 오후, 그녀는 자신이 해야 할 일을 모두 점검한 뒤, 주의 사항을 기다랗게 써서 리에게 주고는 짐을 챙겨 리가 모는 마차로 집에 돌아갔다. 그녀는 어린아이들이 배앓이 할 경우부터 집안에 개미가 들어올 때 해야 할 일까지 자세히 적어서 주었다.

라이자가 집에 돌아와 보니 집은 마치 돼지 우리처럼 더러웠다. 그녀는 큰소리로 욕을 하면서 집안을 치웠다. 사무엘은 바삐 움직이는 아내에게 이것저것 물었다.

「아기들은 어떻든가?」

「잘 자라고 있어요.」

「아담은 어떻지?」

「그는 살아서 거동은 하지만 통 흔적을 남기는 사람이 아니더군요. 하나님께서는 왜 그런 사람에게 돈 복을 주셨는지 모르겠어요. 그 사람은 돈이 없으면 굶어죽을 거예요. 아마도.」

「그 부인은 어땠소?」

「대개의 돈 많은 동부 여자와 마찬가지로 조용하고 로맨틱한 분위기더군요. 한편으론 정중하고 다소곳한 것도 좀 있고요. 이상하긴 하지만 게으른 것을 제외하고는 눈에 띌 만한 단점은 보이지 않더군요. 그러나 난 그 여자가 싫어요. 글쎄, 이마의 흉터 때문일까요? 그 흉터는 어쩌다 생겼대요?」

「나도 몰라.」

라이자는 남편의 양미간에다 권총 모양으로 엄지손가락을 겨누며 말했다.

「그 여잔 아무리 봐도 남편에게 마술을 몰래 건 거 같더군요. 그 남편인지 하는 사람은 병든 오리 새끼처럼 그 여자 옆에서 배회하더군. 아기에게는 눈도 주지 않던 걸요.」

사무엘은 아내가 자기 옆에 올 때까지 기다렸다가 다시 말했다.

「산모는 나태하고 남편은 정신이 없다면 그 예쁜 아기들은 누가 돌본단 말이지? 쌍둥이는 더 손이 많이 갈 텐데.」

라이자는 남편 옆에 의자를 갖다 놓고 앉아 두 손을 무릎에 올려 놓은 뒤 말했다.

「여보, 내가 언제 말을 함부로 한 적이 있었나요?」

「당신은 거짓말을 못하는 사람이지.」

라이자는 남편이 하는 말을 칭찬이라고 생각해서 웃으며 말했다.

「내가 하는 말은, 당신도 사실을 모르면 믿지 않을 거예요.」

「어서 말해 봐.」

「당신도 그 집에서 일하는 중국인 알고 있죠? 자꾸 곁눈질하고 말을 이상하게 하는 머리를 땋은 중국인.」

「아, 리. 그럼 알고 있고 말고.」

「당신은 그 사람이 이교도라고 생각하죠?」

「글쎄.」

「당신도 그렇게 생각할 거예요.」

그녀는 자세를 고쳐 앉으며 다시 입을 열었다.

「당신은 분명히 그렇게 생각할 거예요. 그런데 그게 아니더군요.」

「그럼 뭐란 말야.」

그녀는 단단한 손가락으로 남편의 팔을 건드리며 말했다.

「글쎄, 그 중국인이 장로교인이래요. 그것도 아주 독실한 크리스찬이래요. 이야기를 들어 보니 정말 훌륭한 교인이더군요. 당신은 그 점을 어떻게 생각하세요?」

사무엘은 억지로 터져 나오는 웃음을 참느라고 말이 불안하게 튀어나왔다.

「천만에 !」

「뭐가 천만이예요. 당신 트래스크 네 쌍둥이를 지금 누가 돌보는 줄 알고나 하는 말이예요? 그 사람이 이교도였으면 나는 찬성하지 않았을 거예요. 그는 장로교인이란 말이예요. 그는 내 말을 잘 듣고 따라 주었어요.」

「그러니까 쌍둥이들 몸이 튼튼해지는군.」사무엘이 말했다.

「정말 고맙고 칭찬해 줄 만한 일이예요.」

그 말에 사무엘이 대꾸했다.

「우리도 칭찬받는 일을 할 거요.」

5

캐시는 일주일 동안 누워 있었기 때문에 다시 건강을 회복했다. 10월 두 번째

주 토요일, 캐시는 오전 내내 침실에서 꼼짝도 하지 않았다. 아담이 문을 열고 들어오려고 했으나 잠가 놓았기 때문에 열리지 않았다.

「난 지금 시간이 없어요.」

캐시는 큰소리로 말해서 남편을 물러나게 만들었다.

사무엘은 서랍을 여닫는 소리를 듣고 아마도 옷장을 정리하나 보다고 짐작했다.

오후 늦게쯤 아담이 현관 계단에 앉아 있는데 리가 와서 불안한 듯 말했다.

「마님이 킹 시티에 가서 우유병을 사 오라고 하는데요.」

「마님 말씀이니 가서 사 오도록 해.」

「그런데 저보고 월요일까지 여기 오지 말라더군요.」

그때 캐시가 침실에서부터 나와서 말했다.

「리는 오랫 동안 단 하루의 휴식도 없었어요. 좀 쉬도록 해주는 게 좋겠어요.」

「그래 맞는 얘기야. 나는 미처 그 생각을 못했어. 리, 잘 쉬고 오도록 해. 이곳에 무슨 일이 있으면 목수에게 부탁할 테니 아무 걱정하지 말고.」

「일꾼들은 이번 일요일에 갈 거예요.」

「그럼, 인디언을 부르면 돼. 로페스가 도와 줄 거야.」

리는 캐시의 시선을 따갑게 받으면서 말했다.

「로페스는 술주정뱅이인 걸요.」

아담은 신경질을 벌컥 냈다.

「리, 걱정하지 마. 어떻게든 될 테니까 말이야.」

리는 문 앞에 서 있는 캐시를 한 번 쳐다보고는 눈을 내리뜨고 말했다.

「늦을 지도 모르겠어요.」

캐시의 양미간에 두 줄의 주름이 잡혔다가 펴지는 것 같았다. 리는 인사를 하고 물러 갔다.

어두워지자 캐시는 자기 방으로 돌아갔다.

아담은 일곱 시 삼십 분에 그녀의 방문을 노크했다.

「여보, 저녁을 가져 왔어.」

그녀는 기다리고 있었다는 듯이 재빨리 문을 열었다. 그녀는 외출복을 차려 입고 있었다. 가장자리는 검은 술을 달고 검정 빌로도 옷깃에 큰 흑옥 단추를 단 상의를 입고 있었다. 모자는 위가 작고 챙이 넓은 밀짚모자를 쓰고 있었다. 모자를 흑옥으로 된 길쭉한 모자 핀으로 고정시켰다.

아담은 놀란 나머지 입을 크게 벌렸다. 캐시는 그에게 말을 할 틈도 주지 않고 대뜸「나 떠나겠어요.」라고 말했다.

「아니 캐시, 그게 무슨 말이지?」

「전부터 내가 그런다고 말했잖아요.」

「아니, 뭘 말했다는 거지?」

「당신이 그렇게 말해도 할 수 없어요. 난 떠날 테니까요.」

「난 도무지 당신이 무슨 말을 하는 건지 알 수 없소.」

그녀는 기운 없는 날카로운 음성으로 말했다.

「난 당신이 뭐라고 하든 상관없어요. 무슨 일이 있어도 갈 테니까요.」

「그럼 아기는 어쩔 셈이오?」

「할 수 없다면 우물에라도 처넣도록 해요.」

아담은 두려운 마음이 들어 큰소리로 외쳤다.

「캐시, 당신 지금 제정신이 아니야. 당신은 여기서 떠날 수 없어. 아니, 내 곁에서 떠나지 못해. 절대로 안 되니 그리 알아.」

「당신 정도는 나도 어떻게 해볼 수 있어요. 당신은 바보야. 어떤 여자라도 마음대로 할 수 있는 바보란 말이야.」

그는 정신이 아뜩해짐을 느꼈다. 그는 갑자기 캐시의 어깨를 뒤로 힘껏 밀어 버렸다. 캐시가 비틀거리자 그는 방 안쪽에 있는 열쇠를 빼고는 문을 요란하게 닫고 밖에서 잠가 버렸다.

그는 거친 숨을 몰아쉬면서 벽에다 귀를 대고 있었다. 속이 메스꺼워서 구역질이 날 것 같았다. 서랍 여는 소리가 들리자 그는 캐시가 마음을 고쳐 먹고 눌러 앉아 있으려니 생각했다. 잠시 후 찰칵 소리가 났는데 도무지 무슨 소린지 감을 잡을 수가 없었다. 그는 온 신경을 집중해서 벽에다 귀를 기울였다.

캐시의 목소리는 마치 곁에서 말을 하는 듯이 느껴져서 몇 발자국 물러섰다. 아름답고 부드러운 음성이었다.

「여보, 난 당신이 그러리라곤 생각지 않았어요. 미안해요. 여보.」

그러나 아담의 목에서는 거친 숨결이 쏟아졌다. 방문을 열려고 손잡이를 돌리자 손이 떨려 열쇠가 땅바닥에 떨어지고 말았다. 아담은 문을 밀었다. 몇 발자국 앞에 캐시가 서 있었다. 캐시의 오른손엔 사무엘의 사사 구경 콜트 권총이 들려 있고, 총신은 그를 노려 보고 있었다. 아담은 한 발 그녀 곁에 가까이 가면서 권총의 공이가 젖혀져 있는 것을 보았다.

캐시는 무턱대고 그에게 총을 쏘았다. 그는 어깨에 묵직한 총알이 박혀 비틀거리다가 방바닥에 쓰러지고 말았다. 그는 캐시가 쏜 총에 의해 어깨뼈가 으스러졌다. 그녀는 아담이 땅바닥에 쓰러진 후 부상당한 짐승을 대하는 것처럼 조심스런 태도로 천천히 다가왔다. 아담이 그녀를 쳐다보자, 찬바람이 부는 듯한 냉정한 표정으로 찬찬히 그를 살폈다. 캐시는 얼른 그의 곁에다 총을 던져 버린 뒤 밖으로 나가 버렸다.

그의 귀에는 캐시가 현관을 지나가는 발소리가 마치 참나무 잎이 밟혀서 바스락거리는 소리로 들리다가 이내 아무 소리도 들리지 않았다. 배가 고픈지 울어 대는 쌍둥이의 단조로운 울음 소리가 그치지 않았다. 아담은 쌍둥이에게 젖을 먹이는 것을 까맣게 잊고 있었던 것이었다.

제 18 장

1

호러스 퀸은 킹 시티 지역의 새로운 보안관보였다. 그는 자기의 새로운 직책으로 인해 농장을 너무 많이 떠나 있게 되었다고 불평을 했다. 아내의 불평은 더욱 심했지만 호러스가 보안관보가 된 후로는 그다지 큰 사건은 일어나지 않았다. 그는 유능한 보안관보라는 명성을 얻어서 보안관이 되어 볼까도 생각했다. 그 무렵의 보안관은 중요한 벼슬로 지방 검사보다 더 안정되고 더 인정해 주고 상급 법원 판사만큼이나 위엄이 있는 직책이었다. 호러스는 평생 동안 농장에서 살고 싶지는 않았다. 그의 아내 역시 그곳을 떠나 친척들이 많이 사는 샐리너스 시에서 살고 싶어했다.

아담 트래스크가 총을 맞았다는 소식이 인디언과 목수들 입에서 오르내리다가 마침내 호러스에게까지 전해졌다. 그는 그 소식을 듣자 아침에 죽인 돼지도 아내에게 맡긴 채 말에 안장을 얹고 트래스크 농장으로 출발했다.

헤스터 신작로가 왼쪽으로 꺾어지는 주변의 키큰 쥐방울나무가 있는 북쪽에서 호러스는 율리우스 유스카디와 만났다.

율리우스는 메추리 사냥을 갈까 아니면 킹 시티에 가서 기차를 타고 샐리너스까지 가 재미를 볼까 망설이고 있었다. 유스카디는 부유하고 잘생긴 바스크 족 계통의 집안이었다.

율리우스가 신이 나서 그에게 떠들었다.

「나와 함께 간다면 샐리너스로 가겠는데. 제니의 집 바로 옆에, 로 그린 다음 다음 집에 새로 〈페이의 집〉라는 술집이 문을 열었다네. 그 술집은 샌프란시스코의 술집 못지않게 멋지다고 하더군. 글쎄, 피아노를 연주하는 사람도 있대.」

호러스는 말 안장에 팔꿈치를 얹고 가죽 채찍으로 말에 앉은 파리를 쫓아 버렸다.

「다음에 가도록 하지. 오늘은 급히 조사해야 할 일이 있기 때문에 안 되겠어.」

「혹시 트래스크 농장에 가는 거 아닙니까?」

「당신 무슨 애기 들은 거 없소?」

「아뇨, 별 소리 못 들었어요. 트래스크 씨가 권총으로 자기 어깨를 쏘고 일하던 일꾼을 모두 해고시켰는데, 어떻게 사사 구경 권총으로 어깨를 쏘아서 자살한다고 생각할 수 있겠습니까?」

「그거야 모르죠. 동부인은 하도 머리가 좋아서요. 가서 조사를 해봐야 알겠죠. 그 댁 트래스크 부인은 아기를 낳은 지 얼마 안 되었다면서요?」

「쌍둥이를 낳았다더군요. 어쩌면 그 쌍둥이가 아빠를 쏘았는지도 모르겠군요.」

「그럼 한 아이는 총을 들고 한 아이는 방아쇠를 당겼나요? 그 외에 다른 말 좀 들은 거 없소?」

「글쎄 하도 말이 많고 뒤죽박죽이라서 뭐가 뭔지 모르겠어요. 나도 함께 갈까요?」

「나는 당신을 조수로 삼고 싶은 마음은 없어요, 율리우스. 보안관이 그러는데 봉급 때문에 감독관이 야단이라고요. 앨리설에 있는 혼비는 부활절이 되기 셋째 주일 전에 대고모를 대리인으로 삼아 민병대에 편입시켰다고 하더군요.」

「그건 농담이겠지.」

「아니, 농담이 아닌 사실이오. 정식 조수는 안 된다니까.」

「조수가 될 생각은 없어요. 심심하실 것 같아 동행을 해 드리려는 거죠. 궁금하기도 하고요.」

「나도 마찬가지요. 좌우지간 만나서 잘 됐소. 율리우스, 문제가 생긴다면 언제라도 조수로 쓸 수 있지. 아까 새로 생긴 술집 이름이 뭐라고 했지?」

「〈페이의 집〉이래요. 새크라멘토에서 온 여자래요.」

「새크라멘토의 술집은 괜찮지.」

두 사람은 말을 타고 달리면서 호러스가 새크라멘토의 술집 이야기를 했다.

말 타고 달리기에 적당한 날이었다. 그들은 산체스 골짜기로 접어들면서 근래 몇 년 동안 사냥이 시원치 않았다는 말을 했다. 예년에 비해 농사와 사냥, 고기잡이가 신통치 않았다.

「사냥꾼들이 회색 곰을 모두 잡지 말고 남겨 놓았었으면 좋았을걸. 1880년에 우리 할아버지는 플레토 근처에서 천 팔백 파운드나 나가는 곰을 잡았답니다.」

그들은 참나무 그늘 밑을 지나면서 잠시 침묵을 지켰다. 주변이 너무 적막한 탓인지도 모른다. 아무 소리도 아무 움직임도 없었다.

먼저 입을 연 것은 호러스였다.

「그 낡은 집 수리는 모두 끝났는지 모르겠군.」

「아니오, 아직 끝나지 않았대요. 레비트 홀먼도 거기서 일했는데, 어느 날 트래스크 씨가 일꾼을 모두 해고시켰다더군요.」

「트래스크 씨는 부자라지.」

「그래요, 부유하더군요. 샘 해밀튼이 우물을 네 개나 팠지요. 그 사람도 해고를 당하지 않았나 모르겠어요.」

「그는 어떻게 지내죠? 한번 찾아가서 만나 봐야겠어요.」

「잘 지내요. 물론 여전하고요.」

「나도 해밀튼을 만나야겠어요.」

호러스가 말했다.

「나도 해밀튼을 만나야겠어요.」

리가 현관에 나와 두 사람을 맞아들였다.

호러스가 그에게 말했다.

「아, 잘 있었나 칭 총? 주인은 집에 계신가?」

「주인님은 지금 아파요.」

「만나 보고 싶은데.」

「아니, 아프셔서 만나뵐 수 없습니다.」

「들어가서 퀸 보안관보가 만나 뵈러 왔다고 전하게.」

리는 안으로 들어갔다. 바로 나와서 말했다.

「들어오세요. 제가 말을 맬 테니까요.」

아담은 쌍둥이가 태어난 바로 그 침대 위에 누워 있었다. 그는 머리에 몇 개의 베개를 포개 놓고 있었다. 그의 가슴과 어깨에는 여러 겹의 붕대가 감겨져 있었다. 방안에는 홀스크림 연고 냄새가 지독히 났다.

호러스는 나중에 자기 아내에게 이런 말을 했다.

『죽음이 사방에 깔려 있는 그런 분위기더군.』

아담은 피골이 상접한 모습에 코만 오똑하게 서 있었다. 얼굴에는 눈만 하도 크게 부어서 눈이 얼굴 윗부분을 모두 차지하는 듯이 보였다. 그의 눈동자는 아픔으로 인해 근시안처럼 빛났다. 뼈가 앙상한 손으로 그는 이불을 비비 틀고 있었다.

호러스가 아담에게 물었다.

「트래스크 씨, 다치셨다고 들었는데 어떻습니까? 궁금해서 잠깐 들렀어요. 도대체 어찌된 일이죠?」

아담은 약간 열띤 표정으로 호러스를 쳐다보았다. 아담이 침대에서 가볍게 몸을 움직이자 호러스가 부축하듯 하면서 말했다.

「말할 때 통증이 오면 가만가만 말하도록 하세요.」

「크게 숨쉴 때만 아파요.」

아담은 조용히 말했다.

「총을 손질하다가 그만 오발했습니다.」

호러스는 힐끔 율리우스를 쳐다보고 나서 다시 아담에게 시선을 돌렸다. 아담은 그의 시선과 마주치자 다소 당황하는 표정이 되었다.

「사고는 늘 일어나는 법이죠. 그래, 총은 어디 있죠?」

「리가 치웠나 봅니다.」

호러스는 문을 향해 걸어가서 말했다.」

「칭 총, 총 좀 가져 오게.」

잠시 후 리는 문 사이로 총의 개머리판을 앞으로 해서 들이밀었다. 호러스는 그 총을 받아서 탄창을 흔들어도 보고 탄약을 밀어내고 빈 탄창의 냄새를 맡아 보았다.

「총은 겨누고 있을 때보다 손질할 때 발사되기 쉬운 법이죠. 트래스크 씨, 나는 군에 이 사건에 대해 보고를 올려야 합니다. 그러나 당신의 시간을 많이 허비하지는 않겠습니다. 그러니까 당신이 총신을 막대기로 청소하는데 총알이 나와 어깨를 맞혔다는 말입니까?」

아담이 재빨리 말했다.

「네, 맞습니다.」

「그럼 총을 청소할 때 탄창을 빼지 않았습니까?」

「네, 그렇습니다.」

「격침을 세우고 총신을 당신에게 향하도록 한 후 막대기를 넣었다 뺐다 했나요?」

아담이 숨을 가쁘게 몰아 쉬었다.

호러스는 부드럽게 다시 아담에게 물었다.

「그럼, 그 막대기가 당신몸을 관통하고 왼손도 날아가 버렸겠는데요.」

호러스는 말없이 아담을 뚫어지게 쳐다보았다. 그는 다시 부드럽게 질문을 던졌다.

「트래스크 씨, 어찌 된 것입니까? 어서 숨김없이 말해 주세요.」

「나는 내 총에 대해서 아는 게 없어요. 나는 내 총을 닦다가 그만 오발된 겁니다.」

「당신이 말하는 것을 보고서에 쓰라는 건 아니겠죠. 만일 그런 보고를 올리면 미친 놈이라고 생각할 겁니다.」

호러스의 코에서 바람 소리가 났다. 그는 그것을 막느라고 입으로 숨을 쉬었다. 그는 침대 밑에 서 있다가 천천히 아담의 머리까지 다가와 그의 눈을 직시했다.

「트래스크 씨, 당신은 동부에서 온 지 얼마나 되었죠?」

「나는 코네티컷에서 왔습니다.」

「그곳 사람들은 총을 그다지 사용하지 않죠?」

「네, 별로 많이 사용하지는 않는 편입니다.」

「사냥을 많이 합니까?」

「약간 하는 편입니다.」

「그럼, 당신은 엽총에 대해 잘 아십니까?」

「약간요. 그러나 나는 사냥을 하는 편이 아니죠.」

「권총은 쏜 적이 없었으니까 다루지도 못하시죠?」

「맞습니다. 코네티컷에서는 권총은 가지고 있지 않았어요.」

아담은 열심히 대답했다.

「그럼 당신은 여기에 오셔서 사사 구경을 하셨군요. 이곳 사람들이 모두 권총을 가지고 있으니까 당신도 차차 그 사용법을 배울 작정이셨나요?」

「네, 배우려고 생각했었습니다.」

율리우스 유스카디는 긴장한 채 잠자코 듣고 있을 뿐이었다.

호러스는 한숨을 길게 쉬면서 아담에게서 시선을 돌렸다. 호러스는 옷장 위에 권총을 놓고, 그 옆에 탄약포를 차근차근히 늘어놓으며 말했다.

「나는 보안관보가 된 지 얼마 안 된답니다. 내가 맡은 일을 잘 처리해 나가다 몇 년 후에 보안관에 입후보해 보려구 했죠. 그런데 막상 생각해 보니 내겐 배짱도 없고 또 보안관이 하는 일도 생리적으로 맞지 않는 거 같기도 해요.」

아담은 조바심치며 호러스를 쳐다보았다.

「전에는 그 누구도 나를 무서워하지 않았답니다. 내가 화를 내기는 했어도 무서워하지는 않았죠. 그런데 이번 일은 사람을 너무 치사하게 만든답니다. 네, 맞아요. 너무 치사하게 만들어요.」

율리우스가 그 말을 듣고 초조해하며 말했다.

「어서 잘 해 보시죠. 지금 당장 그만 둘 순 없으니까요.」

「그거야 그렇지. 좋아요! 트래스크 씨, 당신은 미 육군 기병대에 복무했던 사람인데, 더구나 카빈과 권총이 기병대의 주무기 아닌가요. 그런데 어떻게 된 겁니까?」

아담의 눈이 더 커지는 듯하더니 눈물을 글썽거리며 눈 가장자리가 시뻘개졌다.

「오발이었어요.」

「그때 옆에 누가 있었습니까? 부인이 곁에 있었나요?」

아담은 아무 말도 하지 않고 있었다. 호러스가 쳐다보니 그는 눈을 감았다.

「트래스크 씨, 지금 몸이 아프다는 것은 알고 있습니다. 그래서 좀 수월하게 일을 처리하려고 합니다. 그만 쉬도록 하십시오. 나는 부인과 이야기를 나누어야겠습니다.」

호러스가 잠시 후에 문쪽을 돌아다보니 리가 아직껏 문 앞에 서 있었다.

「칭 총, 가서 부인께 내가 잠깐만 뵙잔다고 말 좀 전해 주게.」

리는 말없이 그냥 서 있을 뿐이었다.

그러자 아담이 눈을 감고 말했다.

「아내는 어디 좀 다니러 갔습니다.」

「그럼, 사건이 일어났을 때 부인은 이곳에 있었습니까, 아니면 다른 곳에 있었습니까?」

호러스가 율리우스를 힐끔 쳐다보자 그는 묘한 표정을 지어 보였다. 그의 입가에는 야릇한 미소가 번졌고, 입이 약간 위로 올라가 있었다.

『저 친구는 나보다 한 수 위로구나. 훌륭한 보안관이 되겠어.』

호러스는 이런 생각을 하고 다시 입을 열었다.

「그거 참 재미있는 이야기군요. 부인은 2주 전에 출산을 했죠. 그것도 쌍둥이를요. 그런데 뭐라고요? 나들이를 벌써 했다구요. 그럼 아기도 함께 갔나요? 방금 전에 아기 우는 소리가 들리던데.」

호러스는 침대로 몸을 굽혀 아담을 쳐다보고 그가 꽉 움켜쥔 오른쪽 손등을 만졌다.

「나도 이렇게 하기는 싫지만 별 수 없군요. 트래스크 씨, 어서 사실대로 말하시오.」

호러스의 언성은 점점 높아졌다.

「이건 명령이오. 어서 말하시오. 어서 눈을 뜨고 말해 봐요. 당신이 이렇게도 협조를 하지 않으면 연행하는 수밖에 없소.」

아담은 눈을 떴다. 그의 눈동자는 마치 몽유병 환자처럼 멍청했다. 그는 아무

감정도 없이 무미건조한 목소리로 억양도 없는 말을 했다.

「아내는 나갔습니다.」

「어딜 갔죠?」

「그건 저도 모릅니다.」

「무슨 말이죠?」

「아내가 어디 갔는지 나도 모른다는 말입니다.」

그때 율리우스가 끼어들었다.

「왜 나간 거죠?」

「나도 몰라요.」

그러자 호러스는 벌컥 화를 냈다.

「트래스크 씨, 이러지 마시오. 당신은 아슬아슬한 장난을 하고 있군요. 나는 내 생각이 틀렸으면 좋겠지만 당신은 그 여자가 집을 나간 이유를 분명히 알 텐데.」

「난 이유를 몰라요.」

「혹시 그 여자 어디 아프지는 않았소? 이상한 행동을 하지는 않았습니까?」

「그런 일은 없었어요.」

호러스는 몸을 돌려 리를 쳐다보며 말했다.

「칭 총, 자네 뭐 아는 거 없나?」

「저는 토요일에 킹 시티에 갔다가 밤 열두 시쯤에 돌아왔어요. 그때 트래스크 씨는 방바닥에 쓰러져 있었습니다.」

「그럼, 자네는 사고가 났을 때 여기 없었군 그래.」

「네, 그렇습니다.」

「좋아, 그럼 다시 트래스크 씨에게 묻겠소. 칭 총, 자세히 볼 수 있게 그 커튼 좀 걷어 봐요. 됐어. 그럼 트래스크 씨, 당신이 말한 것을 생각해 봅시다. 당신 부인은 나갔고, 당신 부인이 당신을 쏜 거요.」

「아닙니다. 오발입니다.」

「그럼, 당신 말대로 오발이라고 합시다. 그렇지만 총은 부인이 들고 있었던 거죠?」

「아니예요. 오발이었습니다.」

「정말 이렇게 나오면 곤란합니다. 부인이 나갔다니 이제는 찾아내야 되겠죠. 그래, 결혼한 지 몇 년 되었죠?」

「일 년 가량 되었습니다.」

「부인은 결혼하기 전 성이 뭐죠?」

아담은 오랫 동안 잠자코 있다가 입을 열었다.

「말할 수 없어요. 말하지 않기로 약속을 했단 말입니다.」

「또 이렇게 나올 겁니까? 부인은 어디 태생이죠?」

「모릅니다.」

「당신 감옥에 가길 원하는 겁니까? 부인의 인상 착의를 말해 주시오.」

아담은 눈을 빛내며 말했다.

「키는 그리 크지 않아요. 작고 날씬합니다.」

「머리 색깔은 뭐죠? 눈은 또?」

「미인이었어요.」

「미인이라구요?」

「지금은요?」

「지금도 미인입니다.」

「혹시 흉터 같은 것은 없소?」

「흉터는 없습니다. 아니 흉터가 있어요. 눈 이마에 흉터가 있습니다.」

「이름도 모르고, 어디 여자인지도 모르고, 어딜 갔는지도 모르고 인상 착의도 모른다면……당신은 나를 바보라고 생각하나 보군요.」

아담이 천천히 말했다.

「아내는 비밀이 있었어요. 나는 그걸 묻지 않기로 약속을 했어요. 아내는 어떤 사람인가를 두려워했어요.」

아담은 말을 하고 울음을 터뜨렸다. 그는 온몸을 떨며 거칠게 숨을 내쉬었다. 그것은 어쩔 수 없이 나온 울음이었다.

호러스는 심기가 불편했다.

「율리우스, 다른 방으로 갑시다. 어서.」

그는 앞장서서 거실로 나갔다.

「율리우스, 자넨 어떻게 생각하지? 그는 제정신이 아니지?」

「글쎄…….」

「그가 자기 아내를 죽였을까?」

「나도 그런 생각이 들더군요.」

「나도 그렇긴 해.」

호러스는 무엇을 잊어버렸는지 다시 침실로 들어가서 권총과 탄피를 갖고 나왔다.

「이걸 깜박 잊었어. 나는 아무래도 이 짓 오래하지 못하겠어.」

율리우스가 궁금한 듯 물었다.

「이제 어쩔 셈이죠?」

「내 힘으론 곤란해. 내가 자네를 조수로 쓰지 않겠다고 했지만 안 되겠군. 자, 오른손이나 좀 들어 보게.」

「호러스, 난 선서하고 조수 노릇하는 건 싫어요. 난 샐리너스에 갈 거란 말이에요.」

「안 돼. 율리우스, 어서 손이나 들게. 말 듣지 않으면 잡아갈 테니.」

율리우스는 할 수 없다고 체념을 했는지 억지로 손을 들고 선서를 했다.

「이게 길동무가 되어 준 대접이오? 우리 아버지가 알면 당신을 그냥 두지 않을 거요. 그래 내가 할 일이 뭐죠?」

「나는 지금 보안관에게 가야겠어. 트래스크를 연행해야겠는데, 그렇다고 지금 그를 데려가긴 싫고. 그러니 여기에 자네가 남아 주면 돼. 율리우스, 정말 미안해. 자네 총 가지고 있나?」

「없어요.」

「그럼 이걸 갖고 있어요. 그리고 이 휘장도.」

그는 자기 옷에서 별표 보안관 휘장을 떼어서 율리우스에게 건네 주었다.

「얼마나 걸리죠?」

「가능한 한 빨리 올 거요. 율리우스, 자네 트래스크 부인을 본 적 있나?」

「아뇨, 한 번도 못 보았어요.」

「나도 본 적이 없어. 트래스크는 부인 이름도 모르고 다른 것도 아는 게 없다고 하니, 보안관에게 어떻게 말하지? 그 여자는 키가 크지 않은 미인이라고? 참, 기가 막히군. 보안관에게 보고 하기 전에 먼저 시표를 내는 게 현명할지도 몰라. 나중에 목이 잘릴 게 뻔하잖아. 자네는 그 자가 부인을 죽였다고 생각하나?」

「내가 어떻게 그걸 알아요?」

「화내지 말게.」

율리우스는 총을 들어 탄창에 탄약을 도로 넣고 손에 올려 놓았다.

「호러스, 내가 묘안을 하나 말할까요?」

「뭔가 말해 보게.」

「샘 해밀튼은 그 여자에 대해 자세히 알 겁니다. 해밀튼이 아기도 받고 해밀튼 부인이 산모를 돌봐 주었다고 레비트가 말했어요. 가는 길에 해밀튼을 만나 그 여자의 인상 착의를 물어 보면 도움이 될 겁니다.」

「자네가 보안관이군. 그래, 가는 길에 들러 보겠네.」

「난 여기서 무얼 하면 되죠?」

「그냥 트래스크 씨가 도망치거나 자살하지 못하도록 하면 되네. 그리고 조심하도록 해.」

②

자정 무렵 호러스는 킹 시티에서 화물 열차를 탔다. 그는 기관실에서 기관사와 밤을 새우고 이튿날 새벽 일찍 샐리너스에 내렸다. 샐리너스는 군청 소재지인데 날로 발전하는 도시로 인구는 2천 명에 가까왔다. 그곳은 산호세와 산루이스오비스포 사이에서 가장 큰 도시로 누구나 앞으로도 더욱 발전할 도시라고 생각했다.

호러스는 남태평양 철도역에서 나와 간이 식당에서 아침 식사를 했다. 그는 공연히 아침 일찍 보안관을 찾아가 번거롭게 하고 싶지 않았다. 그는 그 식당에서 우연히 젊은 윌 해밀튼을 만났다. 그는 멋진 양복을 입고 있었는데, 신수가 훤했다.

호러스가 그와 동석하고 그에게 말을 걸었다.

「윌 재미가 좋은가 보군.」

「네, 좋습니다.」

「이곳엔 왜 왔지?」

「네, 거래할 게 좀 있어서요.」

「좋은 일이 있으면 나도 한몫 끼워 주게.」

그는 젊은이에게 이런 말을 한다는 것이 약간 쑥스럽기는 했지만, 윌 해밀튼은 장래가 유망한 청년이었다. 많은 사람이 그가 이 군에서 앞으로 영향력 있는 사람이 되리라고 생각했다. 좋건 나쁘건 앞날의 신세를 밖으로 드러내는 사람이 있는 법이다.

「네, 알았어요. 그런데 목장 일이 바쁘시지 않나요?」

「아, 좋은 일만 있다면 언제라도 목장은 다른 사람에게 빌려 주고 나올 작정이야.」

「호러스 씨, 우리 고장은 너무 군에서 소홀한 대접을 받았어요. 혹시 관직에 들어갈 의향은 없으십니까?」

「그건 또 무슨 말이야?」

「지금 보안관보로 일하시잖아요. 보안관이 되실 의향은 없으시냐구요?」

「아니, 그런 생각은 하지 않았는 걸.」

「한번 생각해 보십시오. 혼자서만요. 2주일 후 제가 찾아 뵙고 말씀드리죠.

누구에게도 말하지 말고 혼자만 알고 계시도록 하세요.」

「그래 알았어, 윌. 그렇지만 지금 보안관도 훌륭한 분이시잖아요.」

「그건 저도 압니다. 그것과는 상관없는 얘기예요. 킹 시티에는 한 명의 군 관리도 없지 않습니까?」

「음, 알았어. 생각해 보기로 하지. 참, 내가 어제 자네 집에 들러 부모님을 만났지.」

윌은 얼굴이 환해지면서 말했다.

「그래요? 모두 편안하시죠?」

「그럼 편안하시고 말고, 자네 부친은 여전하시더군. 그분은 역시 희극의 천재이시더군.」

그러자 윌이 웃으면서 말했다.

「아버지께선 우리가 자랄 때도 자주 우리를 웃기셨지요.」

「그분은 머리도 좋고 훌륭하신 분이야. 당신이 발명한 새로운 풍차를 보여 주시더군. 아주 멋진 풍차였어.」

「또 특허 변호사가 일감이 생기겠군요.」

「이번 풍차는 정말 좋더군.」

「돈을 벌려면 만들어 낸 물건을 적당한 금액을 받고 각자에게 파는 것밖에 없어요.」

「그건 맞는 말이야. 그런데 정말 굉장한 풍차였어.」

「아버지가 호러스 씨를 홀리셨나 보군요.」

「글쎄, 그런 모양이야. 그러나 자넨 아버지가 달라지길 바라는 건 아니겠지? 아버지는 지금 그대로가 좋아.」

「그럼요. 아까 말씀드린 것 꼭 생각해 보세요.」

「알았어.」

「혼자서만 알고 계시고요.」

보안관의 직무는 그렇게 쉬운 것이 아니었다. 선거에서 훌륭한 보안관을 뽑은 군은 운이 좋은 군이라고 볼 수 있었다. 보안관은 할 일이 많은 복잡한 직책이었다. 보안관이 하는 일은 법률을 적용하고 평화를 유지하는 일인데, 사실은 이보다도 훨씬 일이 많았다. 보안관은 마을을 대표하고는 있지만 여러 부류의 사람들이 들끓는 사회 속에서 거칠고 우둔한 보안관은 그 명맥을 오래 유지하지는 못한다. 물 싸움, 경계선 싸움, 가축 관계의 싸움, 가족 관계, 부권 문제 등 모든 문제를 무력을 사용하지 않고 해결해야만 할 것이다. 모든 방법을 동원했으나 실패할 때에만 사람을 연행하는 게 훌륭한 보안관이다. 가장 뛰어난 보안관은 무력을 휘두르는 보안관이 아니라, 외교 능력 면에서 뛰어난 사람이다. 몬터리 군에는 훌륭한 보안관이 일하고 있었다. 그는 자기 할 일을 제대로 처리하는 훌륭한 보안관이었다.

호러스는 아홉 시경쯤 전에 군교도소가 있던 자리에 위치한 보안관 사무실에 찾아갔다. 보안관에게 악수를 청하고 날씨와 농사에 대해 화제를 삼고 나서 호러스는 찾아온 용건을 말했다.

「보안관님의 지시를 좀 받아야 될 것 같아서 찾아왔습니다.」

호러스는 사람들에게 들은 이야기와 그들이 본 것, 그들의 사건에 대한 인상, 사건 발생 시간 등에 대해서도 말했다.

보안관은 잠시 동안 눈을 감고 있다가 가끔 눈을 뜨고 이야기를 중단시키기는 했지만 입은 열지 않았다.

「그래서 저는 어떻게 해야 할지 난처해졌습니다. 사건의 진상을 파악하기가 힘들더군요. 트래스크 부인의 인상 착의도 전혀 알아낼 수가 없었습니다. 율리우스 유스카디가 샘 해밀튼을 만나보라고 말해 주더군요.」

보안관은 몸을 움직여 다리를 꼬고 앉아서 궁금한 것을 이것저것 질문했다.

「자네는 트래스크 씨가 자기 아내를 죽였다고 생각하나?」

「네, 저도 처음엔 그런 생각을 했습니다만 해밀튼 씨를 만나서 그 생각이 바뀌었습니다. 해밀튼은 트래스크 씨가 자기 부인을 살해할 사람이 아니라고 하더군요.」

보안관이 그 말을 듣고 말했다.

「사람은 누구나 살인을 할 수는 있지. 방아쇠만 당긴다면 누구나 총을 쏠 수 있는 거야.」

「해밀튼 씨가 재미있는 이야기를 하나 해주더군요. 해밀튼이 그 여자가 출산을 할 때 아기를 받았는데, 그때 그 여자가 자기 손을 심하게 물어뜯었다고 하더군요. 늑대가 물듯이 지독히 물었다고 하더군요.」

「샘이 그 여자의 인상 착의를 얘기해 주었나?」

「네, 해밀튼 부부가 말해 주었습니다.」

호러스가 주머니에서 자세히 적은 종이를 꺼내 캐시의 인상에 대해 쓴 것을 읽었다. 해밀튼 부부는 캐시의 외모에 대해 자세히 알고 있었다.

호러스가 다 읽고 나자 보안관이 한숨을 크게 내쉬었다.

「그 여자의 흉터에 대한 이야기는 두 사람의 이야기가 똑같았나?」

「네, 일치했어요. 그 이마의 흉터는 때에 따라 더 검게 변한다고 두 사람이 같은 얘기를 하더군요.」

보안관은 또다시 의자 뒤로 몸을 기댄 채 눈을 감았다. 잠시 후 그는 바로 앉아서 책상 서랍 속에서 위스키 병을 꺼냈다.

「자, 한 잔 하지.」

호러스는 술을 한 모금 마시자 입을 닦고 술병을 보안관에게 건네 주며 말했다.

「제가 술을 마신다고 걱정하지는 마십시오. 보안관님을 이렇게 똑똑히 쳐다보고 있습니다. 그래, 좋은 생각이 났습니까?」

보안관은 위스키를 세 모금 마신 뒤 술병을 다시 서랍에 넣고 말했다.

「우리 군은 일이 순조롭게 되어 가고 있지. 나는 순경과도 사이가 좋은 편이야. 그들이 필요할 땐 내가 도와 주고 샐리너스같이 날로 성장하는 도시에는 외부 사람이 언제나 드나들지. 항상 신경을 곤두세우지 않으면 문제가 생긴단 말이야. 우리는 누구나 여러 사람들과 잘 지내지.」

그는 호러스를 정면에서 바라보며 말했다.

「불안해 할 것 없어요. 내가 지금 설교를 하는 건 아니니까. 그냥 동정을 이야기하는 것뿐이지. 우리는 사람들과 무리 없이 잘 지내야 하지.」

「제가 뭐 실수한 게 있나요?」

「아니, 실수를 한 건 없소. 만일 자네가 여기 오지 않았거나 트래스크 씨를 연행해 왔다면 큰 문제가 생겼을 거요. 자, 내가 말을 할 테니 들어 봐요.」

「네, 듣고 있어요.」

호러스가 고개를 끄덕이며 대답했다.

「호러스, 철로 너머 중국인 촌 옆에 창녀촌이 있는데…….」

「네, 알고 있습니다.」

「거기야 모르는 사람이 없지. 만일 우리가 그 촌을 폐쇄한다면 그들은 또 다른 데로 옮겨 가겠지. 사람들은 그런 곳을 누구나 원하지. 우리는 언제나 사고가 나지 않도록 그곳을 주시하고 있지. 그런 곳을 운영하는 사람들은 늘 우리와 유대 관계를 맺고 있지. 그들이 준 정보로 지명 수배자를 몇 명 검거한 적도 있지.」

「사실 율리우스가 제게 말해 준 건데……」

「가만히 좀 있어 보게. 내 말을 끝까지 들어 봐. 석달 전 아주 멋진 여자가 한 명 찾아왔어. 이곳에서 술집을 내겠다는 거였지. 그녀는 새크라멘토에서 왔어. 그곳에서도 술집을 했다는 거야. 거물급의 소개장을 들고 왔는데, 경력은 깨끗했지. 사고를 낸 적도 없었고, 훌륭한 시민이라고 볼 수 있었지.」

「율리우스한테 들었어요. 〈페이의 집〉이라는 곳이죠.」

「그래, 생각나는군. 그녀는 개업을 했는데 잘 운영해 가고 있어. 제니 네가 지지 않으려고 경쟁을 벌일 만도 하지. 그들은 내게 막 화를 냈어. 허가를 내주었다고 말야. 그래서 나는 지금 하는 이야기를 그들에게도 했지. 그래 경쟁이 붙을 만하게 됐지.」

「피아노 연주자도 있다죠.」

「있지, 장님이지만 피아노를 잘 친단 말이야. 자네 지금 그 집 이야기를 나와 할 참인가?」

호러스가 무안해 하며 말했다.

「죄송합니다.」

「아, 됐어, 나는 좀 느리긴 하지만 철두철미한 사람이지. 페이는 외모처럼 선량한 사람이었지. 그런데 조용하고 건실한 창녀촌에서 제일 두려워하는 일이 있어. 그건 집을 뛰쳐 나온 여자가 그런 곳에 들어오는 거야. 그런 경우엔 남편이 찾아와 난리법석을 피지. 그리곤 교회가 나서고. 가정주부들도 나서서 참견을 하지. 그렇게 되면 그 창녀집은 결국 문을 닫고 마는 거야. 내 말 알아듣겠나?」

「네.」하고 호러스는 나직이 대답했다.

「내 말 중간에 끊지 말게. 자네가 먼저 생각한 일은 내가 말하기가 싫지만, 페이가 일요일 저녁에 연락을 했어. 여자가 한 명 들어왔는데, 신원을 알 수 없다고 하더군. 창녀 같긴 한데 아무래도 가출한 여자처럼 보인다는군. 말도 잘하고 술수도 제법이라고 하더군. 그래서 내가 직접 찾아가 보았어. 꾸며 말하는 것 같은데 뭐 잘못된 것은 찾을 수 없었어. 미성년도 아니고 누구 하나 불평하는 사람이 없었지.」

보안관은 두 손을 펴고 호러스에게 말했다.

「그런데 그 여자가 바로 트래스크의 아내였어. 자, 이제 어쩌면 되겠나?」

「그녀가 분명히 트래스크의 부인일까요?」

「미간이 넓고 금발머리에 이마에 그가 말하던 흉터가 있더군. 그리고 그녀는 일요일 오후에 들어왔다는 거야.」

호러스의 눈앞에 울고 있는 아담의 모습이 떠올랐다.

「보안관님, 다른 사람을 보내시죠. 나는 사양하겠어요. 그 전에 사직하겠습니다.」

보안관은 멍하니 허공을 쳐다보았다.

「트래스크는 자기 아내의 성도 고향도 모른다지. 완전히 사기를 당했군.」

「불쌍한 친구야. 그 불쌍한 트래스크는 그 여자한테 홀딱 빠져 있었어요. 다른 사람이 그에게 연락하도록 하십시오. 저는 그 일 못합니다.」

보안관이 벌떡 자리에서 일어났다.

「우리 나가서 커피나 한 잔 하세.」

두 사람은 말없이 한동안 거리를 걸었다.

「호러스, 이 사실의 일부만 말을 해도 이 군 전체가 연기처럼 사라질 걸세.」

「네, 그렇겠죠.」

「쌍둥이를 낳다고 했지?」

「네, 아들 쌍둥이래요.」

「내 말 잘 들어. 이 사실을 아는 사람은 이 세상에 세 명뿐이네. 그 여자와 나, 그리고 자네뿐이란 말야. 내가 그 여자에게 경고를 해 두었어. 만일 이 사실을 입 밖에 낸다면 이 군에서 내쫓아 버리겠다고 말야. 호러스, 만일 자기 어머니가 창녀라는 사실을 자식이 알게 된다면 어떻겠나? 아무에게도 발설해서는 안 돼. 자네 아내에게도 입을 열면 안 되네. 명심하게.」

3

아담은 커다란 참나무 아래 의자에 앉아 있었다. 왼쪽 팔은 어깨를 움직이지 못하도록 옆구리에 붕대가 잘 감겨져 있었다. 리가 빨래 광주리를 가지고 나와서 아담이 앉은 옆의 바닥에다 놓고 다시 집안으로 들어갔다.

쌍둥이는 잠에서 깨어나 바람에 흔들리는 참나무 잎을 넋나간 듯이 쳐다보았다. 마른 나뭇잎이 광주리에 떨어지자 아담이 허리를 굽혀 나뭇잎을 주웠다.

아담은 사무엘이 가까이 올 때까지 말발굽 소리를 듣지 못했으나 리는 벌써부터 알고 있었다. 리는 의자를 하나 내다가 사무엘의 자리를 마련해 주고 말을 끌고 헛간으로 향했다.

사무엘은 말없이 앉아 있었다. 그는 아담을 편안하게 해주려고 그를 정면으로 쳐다보지도 않았고, 또 너무 외면해서 괴롭히는 일도 하지 않았다. 나뭇가지에서 바람이 불어와 사무엘의 머리를 잔뜩 헝클어뜨렸다.

사무엘이 낮은 음성으로 말했다.

「다시 우물을 파야 하지 않을까요.」

아담은 말을 지나칠 정도로 하지 않아서 쉰 목소리였다.

「아니, 파지 말아요. 이제 우물 같은 건 필요 없으니까요. 하신 일의 품삯은 드리겠어요.」

사무엘이 광주리로 몸을 굽혀 쌍둥이 한 놈의 손바닥에 손을 대자 아이는 손을 꽉 움켜 잡았다.

「사람이 가지고 있는 것 중 나쁜 버릇이 충고죠.」

「난 충고 따윈 듣고 싶지 않아요.」

「그야 충고를 원하는 사람은 없죠. 그건 충고를 하는 사람의 선물이니까요. 아담, 계획한 일을 끝내도록 해요.」

「계획이라뇨?」

「연극을 하듯 생생한 연출을 해 봐요. 시간이 흐르고, 오랜 세월이 흐르면 모든 건 진실이 되죠.」

아담이 반문해 왔다.

「아니, 내가 왜 그렇게 해야 하는 거죠?」

사무엘은 여전히 쌍둥이를 들여다보며 말했다.

「당신이 무슨 일을 하든, 아니면 아무 일도 하지 않든, 물려 주는 게 있죠. 당신이 이대로 가만히 있어도 잡초는 자라고 가시덩굴도 자라게 되어 있습니다.」

아담이 잠자코 있자, 사무엘이 일어서며 말했다.

「다시 한 번 들르죠. 아니 몇 번이라도 오겠습니다. 아담, 일은 끝 마무리를 잘해야 합니다.」

헛간 뒤켠으로 가서 사무엘이 말에 오르자 리가 말고삐를 잡아 주었다.

「자네, 서점은 다 열었군 그래.」

「그렇게 하고 싶은 생각도 없습니다.」

제 19 장

1

새 고장은 어떤 유형을 따르게 마련이다. 제일 처음 오는 사람은 강인하고 용감한, 그러면서도 어린애같이 유치한 구석이 있는 개척자가 온다. 그들은 광야에서 혼자 살아갈 수는 있지만 대인 관계는 무력하고 천진한 편이다. 어쩌면 그래서 그들이 먼저 그 땅에 왔는지도 모른다. 새로운 땅의 거친 모서리가 닳아서 부드럽게 되면 사업가와 법조인이 들어와서 발전에 일익을 담당했다. 그들은 스스로 유혹을 제지하여 소유권 문제를 해결한다. 그리고 제일 끝으로 찾아드는 것이 문화다. 즉 문화란 오락과 위안과 생활고로부터 벗어나는 일을 가리킨다. 그리고 그 문화는 어떤 수준까지 도달하면 계속 존재하게 된다.

교회와 사창가는 거의 동시에 서부로 들어왔다. 교회와 사창가가 동체이면이라고 생각한다면 모든 사람이 몸서리를 칠 것이다. 그러나 사실은 둘 다 같은 일을 이루려는 의도를 가지고 있다. 교회의 찬송가나 기도가 인간의 쓸쓸함을 잠시라도 위로해 주었다면 사창가도 그와 같은 일을 했다고 볼 수 있는 것이다. 여러 교파의 교회가 우후죽순처럼 들어서기 시작했다. 그들은 빚을 지면 갚아야 된다는 법은 안중에도 없는 듯, 백 년 후에도 갚기 힘든 돈을 들여 교회를 지었다. 교파는 저마다 악과 열심히 싸우기도 했지만 교파끼리도 욕심을 부리며 요란히 싸워 댔다. 그들은 또한 교리를 해석함에 있어서도 논쟁을 쉬지 않았다. 각 종파는 저마다 자기 교파 이외는 모두 지옥에 떨어질 것이라고 흥분하며 떠들어 댔다. 각 교파는 뒤질세라 거만했지만 한 가지 성서만은 공통적으로 가지고 왔다. 성경에는 우리 인간의 윤리와, 예술과 인간 관계가 자세히 기록되어 있다. 현명한 사람은 바로 각 교파간의 차이점을 파악했으나 교파와의 공통점은 모든 사람이 알고 있었다. 그들은 최고의 형식은 아니지만 음악의 형식과 내용을 가지고 왔다. 그리고 그들은 또 양심을 가지고 왔다. 양심을 가지고 왔다는 표현보다는 깨닫지 못하는 양심을 깨우쳐 주었다는 것이 더 옳을 것이다. 그들은 순수한 잠재력을 내포하고 있었다. 때묻은 와이셔츠와 같았다. 어느 누구나 마음속에 지닌 가능성으로 훌륭해질 수가 있는 것이다. 사람들이 빌링목사에 대해 알아 보니, 그는 도둑에다 방탕자요, 간통꾼임이 알려졌다. 그래도 그가 수많은 사람들에게 좋은 것을 전달했다는 사실은 변하지 않는다.

빌링은 체포되었으나 그가 이루어 놓은 선행까지 체포할 수는 없는 일이었다. 그의 동기가 불순했다고 해도 크게 문제되지는 않는다. 그는 좋은 자료를 활용하였고, 그 중 몇 가지는 후세에 남겼다. 나는 그저 한 가지 예로 빌링 이야기를 한 것일 뿐이다. 정직한 목사는 정력과 패기가 있었다. 그들은 악과 투쟁하면서 감옥과 온갖 고문도 두려워하지 않았다. 그들은 멱살을 잡히고, 온갖 발길질을 다 당하고 눈알이 뽑혀도 상관하지 않고 악마와 결투를 벌였다. 그들이 진리와 아름다움을 외친 것은 물개가 곡마단 나팔로 애국가를 부르는 격이라 생각할지 모르겠으나 그 진리와 아름다움이 다소나마 남아 있고 그 애국가도 들을 만은 했다. 그러나 각 교파는 그 이상의 일을 했다. 각 교회는 저마다 샐리너스에 사회 생활의 기틀을 세웠다. 교회의 회식은 컨트리 클럽의 효시였으며, 예배실 아래층 지하실에서 한 목요일의 시 낭송회는 소극장을 낳게 했다.

교회가 흑맥주 시대의 양조장 말처럼 발걸음도 활기차게 들어오는 사람들의 영혼에 향기로운 신앙을 부여해 주는 동안에, 이번에는 이상한 단체가 얼굴을 가리고 고개를 숙인 채 슬며시 들어와, 인간의 육체에 해방과 기쁨을 주었다.

사람들은 서부 영화에서 죄와 환상이 번쩍거리며 빛나는 궁전을 보았을지 모른다. 그런 것이 실제로 존재했는지는 모르지만 샐리너스 계곡에서는 전혀 찾아볼 수 없었다. 창녀집은 조용하고 질서정연했으며, 이웃집에게 지극히 조심을 기울였다. 사실 풍금 소리를 배경으로 설교를 들은 뒤에, 창녀집 창문 아래 서서 나지막하고 예의바른 음성을 들었다면 교회와 창녀집의 정체를 혼동하고 말았을 것이다.

이번엔 샐리너스에 위치한 엄격한 사랑의 궁전 이야기를 하겠다. 다른 마을도 대동소이하지만 샐리너스 뒷골목은 이야기하기에 적당한 곳이다.

큰길을 따라 서쪽으로 가자면 굽어지는 길이 있는데, 이곳이 캐스트로빌 가와 교차하는 곳이다. 무슨 이유에서인지 캐스트로빌 가를 상가라고 부르고 있었다. 거리 이름은 통상적으로 목적지 이름을 따라 짓는 것이 상례이다. 즉 캐스트로빌 가를 90마일 계속 가다 보면 캐스트로빌에 도착하고, 알리살 가를 따라가면 알리살에 도착한다.

하여튼 캐스트로빌 가에서 오른쪽으로 2블럭 내려가면 남태평양 철도가 남으로 길게 뻗어나가면서 이 길을 가로질러 가는 길이 있다. 그리고 캐스트로빌 가를 동에서 서로 가로지르는 길이 하나 있는데, 그 길 이름은 기억이 나지 않는다. 거기서 왼쪽으로 돌아 철도를 지나면 중국인 촌이 나온다. 그곳에서 오른쪽으로 돌면 사창가가 나온다.

그 길은 검은 흙 길이다. 겨울에는 길이 푹푹 빠지고, 다시 여름이 오면 쇠처럼 단단해진다. 봄이 되면 길가에 온갖 풀이 우거지고, 야생 보리와 아욱, 노란 겨자 등이 뒤섞여 무성히 자란다. 새벽에는 길에 떨어진 말똥 위에서 참새가 시끄럽게 울어 댄다.

그 소리를 들어 본 적이 있나? 동쪽에서 불어오는 산들바람에 실려 중국인 촌에서 흘러나오는 돼지고기 굽는 냄새와 썩은 냄새와 엽초 냄새, 아편 냄새가 나던 것을 기억하는지? 그리고 중국인의 절인 조소 장에서 댕댕거리고 울리던 종소리, 그 여운이 오랫 동안 허공을 떠돌아 다니던 것을 기억하오? 집이 유난히 작았고 페인트 칠도 보수도 하지 않은 집이 생각나오? 그 앞마당에는 초목이 우거져 길에서는 보이지도 않았지. 차양이 언제나 내려져 있고 주변에는 누런 불빛이 희미하게 새어나오던 것을 기억하나? 집안에서 중얼거리는 소리만 들려 왔다. 그러다가 한 시골 청년을 맞아들이려고 앞문을 열면, 웃음 소리와 뚜껑이 열린 피아노의 부드럽고 감미로운 노래 소리가 들리다가 문이 다시 닫혔다.

먼지투성이 길에 말발굽 소리가 퍼지면서 페트 불렌의 마차가 달려온다. 마차가 서면 너댓 명의 건장한 사람이 내린다. 부자이거나 거물급 공작일 수도 있고, 은행가나 법조계 사람들일 수도 있다. 페트는 마차를 몰고 모퉁이를 돌아 편안히 마차 속에서 그들을 기다린다. 큼직한 고양이 몇 마리가 길을 가로질러 넓은 숲속으로 달아난다.

그리고 기적 소리가 울리고 불빛이 사방을 비치면 킹 시티에서 온 화물 열차가 캐스트로빌 가를 횡단하여 샐리너스 시내로 들어가 정거장에 도착하면서 칙칙폭폭 소리를 내는 것을 기억하고 있나?

마을마다 반드시 이름난 마담이 있는 법이다. 마담은 세월이 흘러도 가슴속에 추억처럼 남아 있는 영원한 여성이다. 그 마담에게는 남자의 마음을 사로잡는 매력이 있다. 비록 여자지만 완전한 사업가요. 권투 선수가 무색할 정도로 억세며, 옛 친구같은 훈훈함이 있고, 비극 배우의 유머까지 두루 갖춘 여성이다. 마담의 주변에는 늘 얘기거리가 쌓였는데, 각양각색의 얘기가 떠돌았지만 음탕한 이야기는 들린 적이 없었다. 그녀의 고객들은 마담을 박애주의자·의학의 권위자·떠벌이, 그리고 육체적 정감을 읊었지만, 자기와는 관계가 없는 여류 시인으로 그렸다.

샐리너스에는 그런 마담이 두 명 있었다. 그 중 한 명은 제니로, 그녀를 간혹 방귀장이 제니라고도 불렀다. 다른 한 명은 롱 그린 장을 운영하는 검둥이 니거였다. 제니는 손님 상대에 능수능란했고, 비밀을 철저히 지켜 주었다. 몰래 돈을 잘 빌려 주는 여인이었다.

검둥이 니거는 머리털이 회고, 약간 어두운 위엄이 있는 멋진 여인이었다. 그녀의 갈색 눈동자는 명상에 잠긴 듯 철학적인 우울함을 띠고 더러운 세상을 쳐다보고 있었다. 그녀는 자기 가게를 마치 슬프게 발기한 남근신을 모시는 사당처럼 운영했다. 기분좋게 웃고 옆구리가 휘지게 놀고 싶으면 제니의 집에 가서 돈의 가치만큼 즐기면 된다. 그러나 외롭게 눈물이 날 정도로 감미로운 비애에 잠기려면 롱 그린을 찾는 게 더 낳을 것이다. 롱 그린에 다녀오면 엄숙해지고 귀중한 일이 일어난 것 같은 생각을 하게 된다. 그것은 결코 건초더미에서 그냥 잠만 자고 나온 것과는 달랐다. 니거의 검고 아름다운 눈이 며칠 동안 머리 속에서 지워지지 않았다.

페이가 새크라멘토에서 샐리너스에 와서 사업을 시작하자 제니와 니거는 적개심이 불같이 타올랐다. 두 사람의 동업자는 페이를 몰아내려고 힘을 모았으나 그녀가 경쟁 상대가 되지 않는다고 판단하게 되었다.

페이는 젖가슴이 유난히 크고 엉덩이 또한 큼직한 여인으로 온정이 넘치는 어머니 같은 여자였다. 그녀는 한 마디로 가슴에 얼굴을 파묻고 편안히 울 수 있는 그런 여인이었다. 괴로운 사람을 위로해 주고 달래 주는 여인이었다. 니거집의 무쇠 같은 섹스나 제니집의 시끌법석대는 분위기를 좋아하는 사람들도 이 집을 찾지 않는 것은 아니었다. 〈페이의 집〉에는 사춘기의 센티멘탈한 청년이나 동정을 잃고 슬픔에 젖은 청년, 그리고 더 잃고 싶어하는 젊은이의 도피처 구실을 했다. 〈페이의 집〉은 자신이 없는 남편들에게 자신감을 심어 주었다. 〈페이의 집〉은 말하자면 계피 향기가 그윽한 할머니의 부엌 같은 곳이었다. 〈페이의 집〉에서는 성적인 문제가 생겨도 우연한 일이라고 용서가 되곤 했다. 샐리너스의 청년은 〈페이의 집〉에서 고통스러운 성의 세계에 부드럽게 발을 들여 놓았다.

페이는 그다지 현명한 여자는 아니었지만 도덕적이고 잘 놀라는 성격이었다. 사람들은 그녀를 신뢰했으며, 그녀 또한 모든 사람을 신뢰했다. 누구나 그녀를 사귀고 나면 그녀에게 해가 되는 일은 하지 않았다. 그녀는 결코 다른 사람과 경쟁 상대가 될 수 없는 여자였다.

가게나 목장의 일꾼이 그들의 주인을 닮듯이 사창가의 여자 또한 주인 마담을 닮기 마련이다. 마담이 여자들을 쓸 때 자기 마음에 드는 여자만 고용했기 때문이기도 하고, 훌륭한 마담은 자신의 가게를 개성 있게 만들기 때문이다. 페이네 집의 좋은 점은 아무리 오래 지체한다고 해도 불쾌한 말을 듣지 않는 것이었다. 침실로 찾아가는 것이나 돈을 받는 것이 모두 별스럽지 않다고 느끼게 했다. 경찰이나 보안관도 그렇게 느꼈듯이 페이는 가게를 잘 운영해 나갔다. 그녀는 각 자선 단체에 기부금을 많이 냈다. 그녀는 질병을 아주 싫어했기 때문에 돈을 아끼지 않고 정기적으로 여자들을 검진받도록 했다. 주일 학교 선생을 상대하는 것보다 〈페이의 집〉 여자들을 상대하는 것이 병에 걸리는 확률이 적을 정도였다. 얼마 후에 페이는 발전하는 샐리너스의 유지 중의 한 명이 되었다.

2

페이는 케이트라는 여자를 도대체 알 수가 없었다. 그녀는 젊고 아름다웠으며 귀티가 나고 교양까지 겸비했기 때문이었다. 페이는 케이트를 자기의 깨끗한 방에 데리고 가서는 다른 창녀들에게는 묻지도 않는 이것저것을 질문 했다. 언제나 창녀촌의 문을 두드리는 여자가 있게 마련이다. 페이는 언제나 여자들을 한 눈에 알아봤다. 그런 여자들은 대개가 게으르거나 원한이 있거나 음탕하거나 불만이 가득한 여자들이었다. 그러나 케이트는 그런 부류의 여자가 아니었다.

「내가 질문을 많이 한다고 불쾌하게 생각하지 마. 나는 아무래도 네가 이런 데 올 여자 같지가 않아서 그래. 너라면 시집가서 대저택에서 편안히 마차나 타고 다니며 마님 노릇을 할 수 있을 텐데 무슨 일이지.」

페이는 통통하면서 작은 손가락에 낀 결혼반지를 한 손으로 빙빙 돌리며 말했다.

케이트는 수줍어하며 입을 열었다.

「그건 설명하기가 좀 어려워요. 아시려고 하지 말아 주세요. 저와 가까운 사람의 행복과 관계가 있기 때문에 말을 할 수가 없어서 그래요.」

페이는 진지한 표정으로 알았다는 듯 고개를 끄덕였다.

「그래 나도 그런 경우를 알아. 자기 애를 뒷바라지 하는 아이가 있었어. 그 사실을 오랫 동안 비밀로 했지. 그 아이는 좋은 집과 남편이……아휴, 내가 말을 할 뻔했군. 내 혀가 잘라져도 입을 열지 않을 거야. 케이트도 아기가 있나?」

케이트는 흐르는 눈물을 감추려고 고개를 숙였다. 그녀는 목소리를 가다듬은 후 나지막이 말했다.

「죄송하지만 대답할 수가 없군요.」

「그래, 알았어. 서둘지 말도록 해.」

페이는 현명하거나 명석하지는 않았지만 어리석지도 않았다. 그녀는 보안관에게 찾아가 케이트에 대해 말했다. 그녀는 위험을 무릅쓸 필요가 없기 때문이었다. 그녀가 감을 잡기로는 케이트가 어딘지 잘못된 여자라는 것을 알고 있었지만, 영업에 지장이 없는 한 페이가 걱정할 필요는 없었다.

페이는 그녀가 혹시 사기꾼이 아닌가 하는 의심도 한 적이 있었다. 그런 것 같지는 않았다. 손님이 자꾸 다시 올 때마다 한 여자만 찾는다면 거기에는 분명히 이유가 있는 것이다. 미인이라고 해서만은 그런 일이 가능치 않았다. 페이는 즉시 케이트가 이 직업이 처음이 아니라는 것을 눈치챘다.

새 창녀가 들어오면 반드시 알아 두어야 할 것이 두 가지 있었다. 그 하나는 여자가 일을 제대로 할 수 있는가, 다른 하나는 다른 여자들과 잘 어울릴 수 있는 성격인가? 성격이 고약한 여자가 들어오면 온 집안이 벌집을 쑤셔 놓은 것 같기 때문이었다.

페이는 두 번째 문제에 대해서는 그리 신경을 쓰지 않아도 되었다. 케이트는 명랑한 성격임을 드러냈기 때문이었다. 케이트는 다른 여자들의 방을 청소도 해주고, 아픈 사람을 간호도 해주고, 걱정이 있는 사람에게는 위로해 주고, 애정 문제에 대해서도 의논 상대가 되어 주었다. 또한 돈이 생기자 빌려 주기도 했다. 흠을 잡을 수 없는 케이트는 그 집의 누구와도 친하게 지냈다.

케이트는 언제나 힘들고 성가신 일은 자기가 도맡아 처리했으며, 사업도 번창하도록 노력했다. 이제는 그녀의 단골 손님도 생기게 되었다. 그녀는 언제나 사려가 깊게 행동했는데, 여자들의 생일마다 잊지 않고 있다가 선물과 케잌을 준비했다. 페이는 시간이 지날수록 그녀를 보배라고 생각하게 되었다.

사람들은 마담 노릇이 손쉽다고 흔히 생각한다. 그것은 대개 마담이 하는 일은 고작해야 맥주나 한가롭게 마시며 창녀가 벌어들인 돈을 나누어 받는다고 생각하기 때문이다. 그러나 사실은 그렇지가 않았다. 마담은 집안의 모든 창녀를 먹여 살려야 하는 책임을 짊어지고 있다. 마담은 데리고 있는 여자들을 먹여 살려야 한다. 반찬거리를 사오는 일이나 식사를 준비하는 일, 그리고 세탁 문제는 호텔에서보다도 더욱 복잡하다. 마담은 창녀들의 건강을 보살펴야 하고 가능하면 쾌적하고 행복한 생활을 하도록 힘써야 한다. 창녀 중에는 간혹 저속하고 말썽을 부리는 일도 있었다. 창녀들 중 나이가 들면 면도칼을 휘두르며 난동을 부리는 경우도 있다. 그런 일이 일어나면 그런 집은 나쁜 평판을 얻게 된다.

이와같이 마담이 해야 할 일은 생각보다 훨씬 더 힘들었다. 더욱이 지출이 많아지면 손해를 볼 수밖에 없게 된다. 페이는 케이트가 장보기와 식사 준비를 돕겠다고 자청하자, 시간이 있을까 걱정했지만 무척 기뻤다. 케이트가 그 일을 맡은 지 한달이 되자 식품 비용의 삼분의 일이나 줄었다. 그리고 세탁비는 25퍼센트나 줄게 되었다. 페이는 케이트가 세탁소 사람에게 어떻게 했는지 몰랐다. 그녀는 문득 케이트가 없을 때 자기가 어떻게 이 집을 운영했는지 기억이 나지 않을 정도였다.

늦은 오후, 영업이 시작되기 전에 두 사람은 페이의 방에서 차를 마셨다. 케이트는 그 방에다 목조 부분에는 새로 칠을 하고 레이스 커튼을 쳤기 때문에 방안이 훨씬 아늑한 기분이었다. 창녀들은 얼마 후에는 〈페이의 집〉에 주인이 두 명이라는 것을 깨닫게 되었다. 그러나 창녀들은 케이트와 상대하기가 훨씬 더 쉬웠기 때문에 모두가 좋아했다. 케이트는 창녀들을 더 심하게 부렸지만 모두 웃음으로 넘겼다.

케이트가 들어온 지 1년이 지나자 페이와 케이트는 마치 모녀 사이처럼 친하게 되었다.

〈페이의 집〉 창녀들은 모두 이구동성으로 이렇게 말했다.

「두고 봐. 케이트가 이 집의 주인이 될 테니.」

케이트는 언제나 분주히 움직였다. 그녀는 한시도 손을 쉬지 않고 얇은 천으로 올을 뽑아 이름의 머릿글자를 아름답게 수놓았다. 창녀들은 모두 그녀가 만들어 준 손수건을 소중히 간직했다.

당연한 일이 일어나기 시작했다. 페이는 원래 모성애가 남달리 강했으므로 케이트를 친딸처럼 여겼다. 이런 생각을 진심으로 바랬기 때문에 그는 마음속으로 느꼈던 도덕심이 싹텄다. 페이는 자기 딸처럼 생각하는 케이트에게 매춘 행위를 시키고 싶지 않았다. 그건 당연한 생각이었다.

페이는 자신의 이런 뜻을 어떻게 전달할까 고심했다. 그녀는 어떤 문제건 간에 간접적으로 접근하는 성질이었다. 그녀는 아무리 케이트를 딸같이 생각한다고 해도『이제는 창녀 노릇을 그만 두거라.』라고 단정적으로 말할 수는 없었다.

「그래, 비밀이라면 말하지 않아도 좋아. 나는 언제나 그게 궁금하더구나. 보안관이 너에게 뭐라고 했니? 그게 벌써 일년 전이구나. 참 세월이 빠르기도 하지. 나이가 먹으면 더 세월이 빠르게 느껴져. 보안관은 너와 한 시간이나 함께 있었지. 물론 관계는 없었겠지만. 그분은 성실한 사람이지. 보안관은 제니의 집이 단골이야. 내가 지금 너의 사적인 문제를 질문하는 건 아니다.」

「어머니, 비밀일 건 없어요. 보안관은 나보고 집으로 돌아가라고 했어요. 고맙지만 난 그럴 수 없다고 했어요. 내 사정을 말하자 이해해 주더군요.」

페이는 불쾌한 투로 물었다.

「그래 보안관에게 이유를 말했어?」

「아뇨, 제가 어머니께도 말하지 않았는데 그 사람에게 말할 리가 있겠어요? 엄마도 참 어린애 같으시군요.」

페이는 다시 기분이 풀린 듯 웃으며 의자에 몸을 깊숙이 묻었다.

케이트는 평온한 얼굴로, 1년 전 보안관과 한 말을 한 마디도 잊지 않고 있었다. 케이트는 보안관이 마음에 들었다. 그는 솔직한 사람이었다.

3

일년 전, 호러스는 그녀의 방문을 닫은 뒤 직업의식 탓인지 보안관답게 날카롭게 방 안을 살펴보았다. 신원을 나타내는 것은 사진 한 장, 개인 소지품 하나 없이 오직 있는 것이라곤 입은 옷과 신뿐이었다.

그는 흔들의자에 앉았는데, 의자가 너무 작아서 엉덩이가 의자 양 옆으로 비쭉 나와 있었다. 그는 손가락을 서로 모아 쥐고, 자신이 하는 말에는 그다지 관심이 없는 듯 담담한 어조로 말했다. 그녀는 보안관의 그런 태도에 크게 감명을 받았다.

처음에 그녀는 약간 어리숙한 얼굴을 하고 있었으나 보안관의 말을 조금 듣고 나서는 그런 표정을 거두고 그를 찬찬히 살피며 그의 속셈을 파악하려고 노력했다. 보안관은 여자를 정면으로 쳐다보는 일도 없었고, 그렇다고 외면하지도 않았다. 그녀는 자기가 보안관을 찬찬히 살펴보듯이 보안관 역시 자기를 관찰한다는 것을 느꼈다. 그녀는 보안관의 시선이 자기 이마의 흉터를 손으로 만지듯 훑어보고 있는 것을 느낄 수 있었다.

보안관은 침착한 어조로 말했다.

「난 보고할 생각은 추호도 없소. 난 오랫 동안 보안관 노릇을 해 왔지. 이제는 임기를 한 번만 하면 끝나지. 지금부터 십오 년 전이었다면 나도 나서서 조사를 했을 거고 지저분한 일도 모두 밝혀 냈을 테지.」

보안관은 그녀의 반응을 기대했으나 전혀 반응이 없자 고개를 끄덕이며 말을 이었다.

「난 당신에 대해서 알고 싶지 않아. 단지 내가 원하는 것은 이 군이 평화로운 상태로 있는 것이야. 그리고 방에서는 사람들이 안심하고 수면을 취하기를 바래. 나는 당신 남편을 만나보지는 않았어.」

보안관은 자기의 말을 듣고 그녀의 긴장한 근육이 움직이는 것을 눈치챘다. 그녀는 자기의 신분이 탄로났다는 것을 깨달았다.

「나는 당신 남편이 훌륭한 사람이라는 소문을 들었어. 그가 심하게 상처를 입었다는 것도 알고 있고.」

보안관은 잠시 그녀의 눈을 정면으로 응시한 후 말했다.

「당신이 얼마나 큰 상처를 입혔나 궁금하지도 않은가?」

「네, 알고 싶어요.」

「남편은 회복될 거야. 어깨에 심하게 상처를 입었지만 회복되겠지. 그 중국인이 잘 돌봐 주고 있으니까. 그렇지만 왼손을 쓰려면 오랜 시간이 지나야 될 거야. 사사 구경 권총은 위력이 대단하지. 중국인 요리사가 돌아오지 않았으면 아마도 그는 피를 많이 흘려 죽었을 거야. 그랬다면 당신도 여기 있지 못하고 나와 함께 감옥에 갇혔겠지.」

케이트는 숨소리조차 거두고 보안관이 무슨 말을 할 것인지 잔뜩 긴장하고 있었으나 그는 더 이상 말을 하지 않았다.

그녀는 기다리다 못해 말문을 열었다.

「정말 죄송합니다.」

보안관의 날카로운 눈초리로 말했다.

「이건 당신이 저지른 첫번째 실수야. 미안해 할 것도 죄송해 할 것도 없어. 나는 당신 같은 사람을 본 적이 있어. 십이 년 전 군 감옥 앞에서 교수형을 당했지. 그때는 이곳에서도 교수형을 집행했지.」

그 방에는 검은 마호가니 침대와 대리석 세면대, 대야와 주전자가 놓여 있고 작은 장미 무늬 벽지가 발라져 있었다. 그 방은 작고 조용해서 말 소리가 방 밖으로 새어나갔다.

보안관은 벽에 걸린 어린 천사 세 명이 그려진 그림을 쳐다보았다. 맑은 눈과 곱슬머리 천사 세 명의 얼굴만 그려져 있고 목이 있을 곳에는 비둘기 날개만한 날개가 그려져 있었다.

「저 그림은 이 집에 어울리지 않는 그림이군.」

「전부터 있던 거예요.」

예비 심문은 끝난 셈이었다.

보안관은 허리를 펴고, 손가락을 편 뒤 의자 팔걸이를 잡았다. 그는 엉거주춤한 자세를 취했다.

「쌍둥이 아들도 집에 두고 나왔다지. 이젠 진정해. 난 당신을 집으로 돌려보낼 생각은 없어. 오히려 집에 돌아가지 않도록 해야겠다는 생각이 드는군. 나는 당신이 누군지 알지. 나는 당신을 군 경계선 밖으로 쫓아내서 그곳에서는 다른 보안관이 또 쫓아내게 할 수도 있어. 그러면 당신은 태평양에 빠져 죽을 수밖에 없어. 당신이 말썽만 피우지 않는다면 당신이 무슨 일을 하고 살든 상관하지 않겠어. 창녀는 어디까지나 창녀니까.」

케이트는 침착한 어조로 물었다.

「당신이 원하는 게 뭐죠?」

「그래 말 잘했어. 내가 바라는 건 당신이 가명을 계속 쓰길 원해. 고향도 속였는데 속인 그것을 계속 쓰란 말이야. 술에 취해도 그걸 바꾸면 안 돼. 그 생각을 킹 시티 2천 마일 이내에서는 언제나 지켜야 해.」

그녀는 자연스런 미소를 지어 보였다. 그녀는 이제 보안관을 신뢰하기 시작했으며, 또 좋아하게 되었다.

「그래 킹 시티에 사는 사람들을 많이 알고 있나?」

「아뇨, 별로 아는 사람이 없어요.」

「뜨개질 바늘 이야기를 들었어. 당신을 아는 사람이 우연한 기회에 여기 올 수도 있지. 머리카락은 원래 그 색인가?」

「네.」

「그럼 얼마 동안 검게 물들이도록 해. 닮은 사람도 많이 있으니까.」

케이트는 자기 이마의 흉터를 손으로 만지며 나직이 물었다.

「이 흉터는 어쩌죠?」

「그건, 글쎄……그건, 아, 정신 좀 봐. 아침에 그말을 써 놓고 또 잊어버리다니.」

「우연의 일치를 말씀하시는 건가요?」

「그래, 그건 정말 우연의 일치야.」

보안관은 모든 일을 끝낸 듯 싶었다.

그는 엽초와 종이를 꺼내 서툴게 담배를 말았다. 그는 성냥불을 켜 파란불이 될 때까지 손에 든 채 있었다.

「위협 같은 것은 없을까요? 어떻게 하실 생각이죠? 만일 내가……」

「위협 같은 건 절대로 없어. 당신은 무슨 일이 있어도 트래스크 씨나 쌍둥이 아들을 해쳐선 안 돼. 이제부터 당신은 죽은 사람이야. 지금부터는 다른 사람이 되었다고 생각하란 말야. 그러면 별 문제 없이 지낼 수 있을 테니까.」

보안관은 일어나서 문으로 나가다가 돌아서서 말했다.

「나는 스무 살난 아들놈이 있어. 덩치가 큰 미남 녀석이지. 그 놈의 코는 깨졌지만 누구에게나 호감을 받는 타입이야. 그애가 이곳에 오면 안 돼, 페이에게도 말할 테니, 그애가 오면 제니의 집으로 보내, 알았지? 제니의 집으로 보내야 해.」

보안관은 문을 닫고 나갔다.

케이트는 가만히 앉아 자기 손가락을 내려다보며 미소지었다.

4

페이는 의자에 앉은 채 몸을 돌려 갈색 호도과자를 하나 집어들었다. 케이트는 아무래도 페이가 자기 마음을 알아채지 않을까 해서 불안한 생각이 들었다.

「나는 마음에 들지 않아. 그래 역시 너는 금발이 더 어울린단 말이야. 넌 왜 그 예쁜 머리를 염색했니. 난 그걸 알 수 없어. 넌 얼굴이 예쁘니까 금발이 더 예쁘단다.」

케이트는 엄지손가락과 집게손가락으로 머리카락을 하나 뽑았다. 그녀는 과연 현명한 여자였다. 그녀는 가장 멋진 거짓말을 했다.

「말씀드리고 싶지 않아요. 그건 사람들 눈에 띄지 않게 하기 위한 거예요. 나를 알아 보는 사람이 있으면 누군가가 피해를 보거든요.」

페이는 의자에서 일어나 케이트에게 다가가 키스했다.

「너는 정말 착한 애야. 사려 깊기도 하고.」

「차 좀 마시도록 해요. 제가 차를 끓여 올게요.」

케이트는 마담의 방에서 나와 복도에서 뺨의 키스 자국을 손으로 지웠다.

페이는 다시 의자에 앉아서 호도가 통째로 보이는 호도과자 하나를 집어서 입에 넣었다. 뾰족한 호도의 조각이 이빨 사이에 끼여 그녀의 신경을 건드렸다.

참을 수 없는 통증이 온몸에 퍼졌다. 페이의 이마에는 땀이 촉촉히 배었다. 케이트가 커피 포트와 컵을 쟁반에 들고 들어왔을 때에는 그녀는 손가락을 입 속에 넣어 긁으면서 신음을 했다.

케이트가 놀라서 외쳤다.

「왜 그러세요?」

「이빨 사이에 호도 껍질이 끼였어.」

「어서 입을 벌려 보세요. 어디죠?」

케이트는 그녀의 벌린 입 속을 들여다보더니 테이블 위에 놓인 호도 사발이 있는 곳에 손을 뻗쳐 호도 집게를 찾아 냈다. 그녀는 순식간에 껍질을 떼내 손바닥 위에 놓으며 말했다.

「자, 바로 이거예요.」

온몸에 퍼졌던 통증도 사라지고 거짓말같이 신경통도 모두 없어졌다.

「아니 요렇게 작아? 꼭 집채만하게 느껴졌는데, 케이트, 둘째 서랍에 약이 있어. 진통제와 솜을 가져다가 이에다 막아 주렴.」

케이트는 병 하나와 조그만 약솜을 가져 와서 호도 집게 끝으로 이빨 속에 넣었다.

「그 이는 뽑아야겠네요.」

「그래 나도 안다. 이제 뽑아야지.」

「난 이쪽 이가 세 개나 빠졌는 걸요.」

「그래? 너무 아프구나. 핀캄 좀 가져오겠니?」

페이는 식물성 합성액을 한 모금 마시고는 안도의 숨을 깊이 내쉬었다.

「특효약이야. 이 약을 발명한 여자는 정말 성자야.」

제 20 장

1

상쾌한 오후였다. 프레몽 산봉우리가 저녁놀에 붉게 물들어 빛나는 것을 페이는 창문에서 바라보았다. 캐스트로빌 가 저쪽에서는 산마루에서 내려오는 여덟 마리의 마차가 짤랑거리는 소리가 기분좋게 들려 왔다. 부엌에서는 요리사가 설겆이를 하고 있었다. 벽을 더듬는 소리가 나더니 바로 노크 소리가 났다.

페이가 큰소리로 말했다.

「들어와요, 코튼 아이.」

문이 열리고 왜소하고 허리가 유난히 굽은 장님인 피아노 연주자가 문에 들어서면서 그녀가 어디에 서 있다는 소리를 기다리고 있었다.

페이가 그에게 물었다.

「무슨 일이지 ?」

장님은 그녀에게 몸을 돌려 말했다.

「몸이 불편해서 오늘 밤은 피아노를 못 치겠어요.」

「지난 주에도 아프다고 이틀이나 쉬었으면서, 일하기가 싫어서 그러나 ?」

「아뇨, 몸이 아파서 그럽니다.」

「알았어요, 몸 잘 돌보도록 하세요.」

「그러지 말고 한 두어 주일 아편을 끊어 봐요.」

옆에 있던 케이트가 부드럽게 말했다.

「미스 케이트도 계셨군요. 여기 계신 줄 몰랐어요. 난 아편은 안 피웁니다.」

그러자 케이트가 단호히 말했다.,

「피우던데.」

「알았습니다, 미스 케이트. 끊지요. 몸이 좀 아파서요.」

장님 피아노 연주자는 문을 닫고 나갔다. 곧이어 벽을 더듬는 소리가 이어졌다.

그가 나간 뒤 페이가 말했다.

「노인이 아편을 끊었다고 하잖니.」

「아니예요, 끊지 않았어요.」

「가여운 사람이야. 일하는 보람이 없는 사람이지.」

케이트는 그녀 앞에 서서 말했다.

「참 착하세요. 누구의 말이나 모두 믿으시니. 조심하지 않으면 이 집의 모든 것을 훔쳐 갈 거예요. 내가 잘 살펴야겠어요.」

그 말에 페이가 반문했다.

「훔쳐가다니 ?」

케이트는 재빨리 페이의 살찐 어깨에 손을 얹어 놓으며 말했다.

「사람들이 모두 어머니처럼 선량하지는 않단 말이에요.」

페이는 감격하여 눈물까지 글썽이며 말했다. 의자 위에 있던 손수건을 들어 눈물을 닦고 코까지 닦았다.

「너는 꼭 내 딸 같구나, 케이트.」

「나도 그래요. 전 너무 어렸을 때 어머니가 돌아가셔서 어머니 얼굴도 몰라요.」

페이는 한 번 숨을 크게 내쉬고는 본론을 이야기했다.

「케이트, 난 네가 일하는 거 싫다.」

「왜 그러세요?」

페이는 적당한 말을 찾다가 고개를 흔들며 말했다.

「난 부끄럽다고 생각한 적은 없다. 가게는 잘 되고, 만일 이런 일을 내가 하지 않는다면 또 어느 누군가는 이 장사를 하겠지. 그렇다고 나는 누구에게 해를 입힌 적은 없다. 난 조금도 부끄럽지 않아.」

그 말에 케이트가 물었다.

「부끄럽긴 뭐가 부끄러워요?」

「그렇지만 나는 딸이 일하는 건 싫다. 넌 내 딸이야. 내 딸이 그런 일 하는 건 정말 싫다.」

「어머니, 그렇지만 저는 일을 해야 해요. 이곳이 아니면 다른 데서라도 일을 해야만 해요. 나는 돈을 벌어야 해요.」

「넌 돈 벌지 않아도 된다.」

「아니예요, 벌어야만 해요. 돈을 벌지 않으면 어디서 돈을 벌겠어요?」

「넌 내 딸 노릇을 해라. 이 집을 네가 맡아서 운영하고 말야. 내 일을 네가 다 하고 이층엔 올라가지 마라. 내가 항상 건강하지는 않잖니?」

「그건 알지만, 저는 돈을 벌어야만 해요.」

「케이트, 쓸 만큼의 돈은 가지고 있다. 네가 버는 돈 이상을 내가 주면 되지 않니. 넌 충분히 일을 잘 해 나갈 거야.」

케이트는 우울한 듯 고개를 흔들었다.

「나는 엄마를 사랑해요. 말씀대로 하고 싶지만 엄마도 여유 돈이 있어야 해요. 오늘 밤에는 단골 손님이 다섯 명씩이나 온다고 했어요.」

그말에 페이는 크게 충격을 받았는지 또 같은 말을 했다.

「그래도 나는 네가 일을 하지 않았으면 좋겠어.」

「일해야만 해요.」

그 말을 듣고 페이는 눈물을 흘렸고 케이트는 그녀가 앉은 의자의 팔걸이에 걸터앉아 그녀의 뺨을 쓰다듬으며 눈물을 닦아 주었다. 페이는 훌쩍거리다가 잠시 후 울음을 멈추었다.

어둠이 짙게 깔렸다. 케이트의 얼굴은 그녀의 검은 머리카락 아래서 더욱 아름답게 보였다.

「엄마, 이제 괜찮으시죠? 나는 부엌에 좀 나가 본 후 옷을 갈아입어야 되겠어요.」

「케이트, 손님들에게 몸이 아프다고 하면 안 되겠니?」

「그건 안 돼요.」

「오늘은 수요일이라 한 시가 지나면 올 사람이 없을 거야.」

「〈세계의 사냥꾼〉 클럽 회원이 오늘 연회가 있대요.」

「아, 그렇지! 그래도 수요일이라 그들도 두 시 이후에는 여기 안 올 거다.」

「어머니, 왜 그러세요?」

「케이트, 그럼 일 끝내고 내게 오렴. 네게 훌륭한 선물을 주마.」

「선물이라니요?」

「비밀이야. 부엌에 가서 요리사 좀 들여 보내고 가라.」

「케익 선물 같군요.」

「질문은 하지 마. 놀란 만한 선물이란다.」

케이트는 페이에게 키스를 해주었다.

「어머닌 정말 좋은 분이세요.」

케이트는 그 방에서 나가 잠시 복도에 서 있었다. 그녀는 손으로 자기의 작은 날카로운 턱을 쓰다듬었다. 그녀는 시선이 침착했다. 팔을 위로 뻗더니 하품을 크게 한 번 했다. 그녀는 자기의 가슴에서부터 엉덩이까지 천천히 쓰다듬어 갔다. 그녀의 입가는 위로 약간 올라갔다. 그녀는 부엌으로 걸어갔다.

2

단골 손님 몇 명이 돌아간 뒤 골목길을 지나가는 행상인 두 명이 있었을 뿐 〈세계의 사냥꾼〉 회원들은 그림자도 비치지 않았다. 여자들은 할 수 없이 두 시가 지날 때까지 거실에서 하품을 해댔다.

〈세계의 사냥꾼〉 회원들이 한 명도 나타나지 않은 것은 불의의 사고 때문이었다. 클래런스 몬티스가 폐회식 전에 식사를 하다가 갑자기 심장마비로 쓰러진 것이었다. 회원들은 그를 카페트 위에 눕힌 후 의사가 오기 전까지 이마에 찬물을 적셔 주었다. 한 사람도 다시 식사를 하고 싶지 않았다. 잠시 후 와일드 의사가 도착하여 진찰을 하고, 회원들은 두 개의 오버 코트의 소매에 막대를 넣어 임시 들것을 만들었다. 그러나 클래런스는 들것에 실려 집으로 가는 도중에 세상을 뜨고 말았다. 그들은 다시 와일드 의사를 찾아가야만 했다. 장례 절차를 의논하고 《샐리너스 일보》에 보낼 부고 기사를 다 쓰고 났지만, 누구도 창녀집에 가고 싶은 마음이 생기지 않았다.

이튿날 창녀들은 어제 클래런스 몬티스가 사망한 소식을 듣자 지난 밤 두 시 십 분 전에 에델이 한 말이 떠올랐다.

「이거 웬일인지, 너무 조용하군 그래. 어떤 고양이가 케이트의 혓바닥을 깨물었나? 너무 조용해. 음악조차 없고. 마치 시체 옆에 앉은 거 같은데.」

나중에 에델은 무엇을 미리 예견하기라도 한 것처럼 자기가 한 말에 대해 스스로 감탄을 했다.

그레이스는 또 이런 말을 했었다.

「케이트의 혓바닥을 어떤 놈의 고양이가 물었담. 기분 괜찮아, 케이트? 기분이 어떠냐구?」

케이트는 후닥닥 놀라며 말했다.

「아니, 내가 다른 생각했었나 봐.」

그러자 그레이스가 말했다.

「그래. 아휴 졸립군. 이제 그만 문을 닫도록 하지. 페이 마담에게 문을 닫아도 좋을지 물어 보고 와. 오늘 밤에는 중국놈 한 명도 오지 않겠어. 페이 마담에게 물어 봐야겠어.」

그러자 케이트가 참견했다.

「마담에게 올라가지 마. 마담은 몸이 불편하니까. 두 시에 우리가 문을 닫도록 하지.」

이번에는 에델이 나섰다.

「저 시계는 맞지 않아. 마담에게 무슨 일이 있는 건가?」

그녀의 말을 케이트가 받았다.

「내가 그 생각을 했나 봐. 마담은 지금 몸이 좋지 않아. 마담 때문에 정말 걱정이야. 웬만해선 내색을 하지 않는 사람인데.」

그레이스가 의아한 듯 말했다.

「마담은 아주 건강하다고 생각했는데.」

에델이 다시 나섰다.

「그래, 나도 마담이 안색이 좋지 않은 거 같더라. 내가 보니 아무래도 열이 있는 거 같았어.」

케이트는 여유 있게 천천히 나서서 말했다.

「이건 비밀로 해야 해. 마담은 너희가 걱정할까 봐 그런 거야. 정말 착한 분이지?」

그레이스도 맞장구쳤다.

「내가 다녀 본 집 중에서 이 집이 최고야.」

앨리스도 말했다.

「그런 말은 마담이 듣지 않는 게 좋을 거야.」

그레이스가 다시 말했다.

「미련하기는! 그런 얘기는 모두 알고 있어.」

「마담은 그런 말을 듣고 싶어하지도 않아. 우리가 그런 말 하는 것을 싫어한다는 얘기야.」

케이트가 인내심을 가지고 말했다.

「무슨 일이 있었나 말해 줄게. 오후 늦게 마담과 차를 마셨는데 그때 마담이 갑자기 기절을 했어. 진찰을 받아야 할 것 같아.」

에델이 또 같은 말을 반복했다.

「나도 마담이 열이 있는 건 알아. 참, 저 시계는 틀려. 늦는지 빠른지는 모르겠지만 말야.」

케이트가 다소 위엄 있는 어조로 말했다.

「너희들 이제 모두 자도록 해. 내가 문을 닫을 테니.」

여자들이 각기 잠을 자러 들어가자 케이트는 방으로 가서 예쁜 새 무명 드레스를 입었다. 그녀의 모습은 마치 청순한 소녀 같았다. 머리를 하나로 땋아 뒤로 늘어뜨리고 작은 흰 리본을 맸다. 그녀는 얼굴에 화장수를 바르고 잠시 머뭇거리다가 옷장 맨 위 서랍에서, 분꽃처럼 생긴 문이 달린 작은 금시계를 꺼내 예쁜 손수건에 싸서 방을 나왔다.

복도는 깜깜했지만 페이의 방문 아래 틈으로 불빛이 새어 나왔다. 케이트는 방문 앞에서 노크를 했다.

페이가 큰소리로 물었다.

「누구야?」

「저, 케이트예요.」

「잠깐만 들어오지 말고 기다리도록 해. 내가 들어오라고 할 때까지 기다려.」

방안에서는 잠시 바스락거리는 소리가 나더니 페이가 말했다.

「됐어. 이제 들어와도 돼.」

방안은 온통 요란스럽게 꾸며져 있었다. 방 구석에는 초들이 여러 개 안에 들어 있는 일본식 초롱이 대나무 대에 걸려 있고 빨간 색지가 부채꼴로 방 가운데에서 구석으로 뒤틀려 있어서 마치 천막을 쳐놓은 기분이 들었다. 테이블 위에는 촛대가 둘려져 있고 큼직한 케잌과 초콜렛 상자가 있었다. 그 옆에는 샴페인 병이 얼음에 채워져 있었다.

페이는 제일 멋진 레이스 드레스를 입고 얼굴이 상기된 채 눈을 빛내고 있었다.

케이트는 깜짝 놀라서 큰소리로 외치며 문을 닫았다.

「이게 웬일이죠? 파티같이 멋져요.」

「파티란다. 내 귀여운 딸을 위한 파티지.」

「내 생일은 아니예요.」

「왜, 어떤 의미로는 생일일 수도 있지 않니?」

「난 도무지 무슨 말인지 이해가 가지 않아요. 저도 엄마한테 드릴 선물을 하나 준비했어요.」

케이트는 손에 쥐었던 손수건을 페이의 무릎 위에 올려놓았다.

「조심해서 열어 보세요.」

페이는 시계를 손에 들고 말했다.

「이게 웬 거니? 너 지금 정신이 있니 없니? 난 이건 받을 수 없다.」

페이는 시계 뚜껑을 열고 나서 손톱으로 뒤뚜껑을 열었다. 거기에는 『A가 온 정성을 다 받쳐 C에게』라고 새겨져 있었다.

「이건 제 어머니 시계지만, 저는 새 어머니에게 드리고 싶어요.」

「케이트, 귀여운 내 딸 케이트.」

「저 세상의 우리 어머니도 좋아하실 거예요.」

「자, 내가 여는 파티다. 나도 귀여운 딸에게 줄 선물이 있지. 내 식으로 선물도 줄 테다, 케이트. 자 어서 술을 두 잔 따라라. 난 케잌을 자를게. 어디 멋지게 파티를 즐겨 보자.」

준비가 완료되자 페이는 자기 자리에 앉아 술잔을 들고 말했다.

「나의 딸아, 오래오래 살고 행복하거라.」

술잔을 비우자 이번에는 케이트가 축배를 들었다.

「우리 어머니께.」

「케이트, 너는 날 울리는구나. 날 울리지 마라. 저 장롱 뒤에 마호가니로 된 작은 상자가 있어. 그래, 그거란다. 그걸 이리 가져와서 열어 보렴.」

윤이 나는 상자 속에는 빨간 리본이 묶여 있는 흰 두루마리 종이가 들어 있었다. 케이트가 페이에게 놀란 눈초리로 물었다.

「엄마 이게 뭐죠?」

「그건 이 어미가 네게 주는 선물이야. 어서 펴 보렴.」

케이트는 신중히 빨간 리본을 풀고 두루마리를 폈다. 예쁜 글씨가 씌어진 종이 위에 요리사의 보증이 서명되어 있었다.

『내가 가지고 있는 전 재산을 모두 케이트 앨비에게 주겠음. 케이트를 나의 딸로 인정했기 때문임.』

짧고 직접적인 문장으로, 법적으로도 전혀 하자가 없었다. 케이트는 세 번이나 거듭 읽고 날짜를 재삼 확인하고 요리사의 서명까지 찬찬히 살펴보았다. 페이는 물끄러미 그녀의 태도를 쳐다보았다. 페이는 기대에 부풀어 입술을 약간 벌린 채 쳐다보았다. 글을 읽는 케이트의 입이 달싹거릴 때마다 따라서 페이의 입도 움직였다.

케이트는 다시 그 종이를 말아서 빨간 리본으로 묶어 상자 속에 넣고 뚜껑을 닫은 뒤 의자에 앉았다.

페이가 약간 흥분된 어조로 말했다.

「케이트, 기쁘니?」

케이트는 페이의 눈을 마치 꿰뚫어 보듯이 한참 쳐다보았다. 그리고 잠시 후 말문을 열었다.

「어머니, 저는 몸둘 바를 모르겠어요. 너무 고맙고 감사해요. 말을 하거나 어머니 옆에 다가가면 이 꿈이 깨질 것만 같아서 두려워요.」

페이가 상상했던 것보다 그녀는 훨씬 더 감격해 했다. 조용하고 차분하지만 깊은 감동을 받았음을 느낄 수 있었다.

페이가 그녀에게 물었다.

「케이트, 어때, 우스운 선물이니?」

「아니 우습다뇨, 절대로 그렇지 않아요. 우습지 않아요.」

「내가 우습다는 것은 유언장이 우스운 선물이라는 거야. 그러나 이건 그 이상의 의미가 포함되어 있단다. 이제 내가 친딸을 두었으니 말하겠지만, 우리에게는 현금과 증권이 육만 달러 이상이나 있어. 내 책상 서랍에는 통장과 저금통이 있단다. 새크라멘토 가게를 비싸게 팔았어. 케이트, 왜 아무 말도 없지? 뭐, 마음에 걸리는 거라도 있니?」

「글쎄 유언장이란 말을 들으니 죽음이 상기돼요. 그리고 슬퍼지고요.」

「그러나 누구나 유언장은 만들어 놓아야 하지.」

케이트는 슬픈 표정을 지으며 말했다.

「잘 알았어요, 어머니. 이런 생각이 들어요. 만일 어머니 친척이 쫓아와서 난리를 치면서 유언장을 찢어 버리고 야단법석을 부리면 어떡하죠?」

「참, 너도 별 걱정을 다 하는구나. 걱정하지 마라. 내겐 친척이 없으니까. 한 명도 없어. 그래, 있다고 해도 누가 나를 안다고 하겠니? 너만 비밀이 있다고 생각했니? 내 이름도 본명이 아니란다.」

케이트는 잠자코 그녀를 바라보기만 했다.

「케이트, 케이트, 파티야. 슬퍼 마. 자, 우리 즐겁게 놀자구나.」

케이트는 의자에서 일어나 탁자를 옆으로 치운 뒤 페이의 무릎에 자기 뺨을 올려놓았다. 가는 손가락으로 스커트의 아름다운 잎사귀 무늬를 따라 금실을 더듬어 나갔다. 페이도 케이트의 뺨과 머리카락을 쓰다듬고 귀도 어루만져 주었다. 페이는 약간 멈칫거리더니 이마의 흉터 주변까지 쓰다듬었다.

「어머니, 전 난생 처음 행복을 느껴요.」

「아가, 나도 행복하단다. 나도 너 때문에 난생 처음 이런 행복감을 맛보겠구나. 이젠 네가 있어서 조금도 외롭지 않단다.」

케이트는 금실을 잡아 뽑으면서 말했다.

두 사람은 따뜻한 곳에 한참이나 앉았다가 먼저 페이가 몸을 움직이며 말했다.

「케이트, 오늘은 파티를 하기로 했잖아. 술도 마시자. 이 기쁜 날 축배를 들지 않아서야 되겠니?」

케이트가 불안한 어조로 반문했다.

「어머니, 그럴 필요가 있나요?」

「왜, 넌 기쁘지 않은 거니? 케이트, 난 기뻐서 좀 취해야겠다. 술은 독을 씻어 내버리니까. 샴페인 좀 마시지 않을래?」

「전 술을 마셔 본 적이 없어서 술이 받지 않아요.」

「자, 어서 술이나 따르렴.」

케이트는 술 잔 두 개에 술을 가득 따랐다.

그러나 페이가 말했다.

「어서 들이켜라. 내가 보고 있으니 어서 마시렴. 그럼 넌 이 늙은 어미만 취하게 할 셈이냐?」

「어머니가 늙긴 왜 늙었다고 그러세요.」

「어서 마셔라. 네가 그 잔을 비울 때까지 난 잔에 입을 대지 않을 테니 알아서 하렴.」

페이는 술잔을 들고 그녀를 쳐다보다가 케이트가 술잔을 비우자 자기도 단숨에 마셨다.

「그래, 잘 마시는구나. 어서 또 술이나 따라라. 또 마시자. 두 잔만 마시면 온갖 시름을 모두 잊어버릴 수 있다. 자, 어서 마셔.」

케이트는 술도 받지 않을 뿐더러 술 때문에 일어난 일이 생각나자 두려움이 온몸에 퍼졌다.

페이가 말했다.

「어서 술잔 좀 보자구나. 됐다. 어때 술맛이 그만이지? 어서 또 따르렴. 케이트는 그만이지? 어서 또 따르렴.」

케이트는 연거푸 두 잔을 들이키자 갑자기 변했다. 그녀의 온몸을 감쌌던 두려움이 사라졌다. 그녀는 그런 상태를 우려했던 바인데 이미 때가 늦었다. 술은 그녀가 은폐하고 숨겨 놓은 모든 것 속으로 깊숙이 녹아 내렸다. 이제 그녀의 자제심이나 비밀이 사라져 버렸다. 그녀는 말소리가 냉랭하고 입술은 엷고 두 눈은 가늘고 표정에는 냉소하는 기색이 역력했다.

「이제 엄마가 마실 차례예요. 내가 지켜보겠어요. 연거푸 두 잔을 마실 수 없죠?」

「왜 못 마신다는 거지? 난 너보다 더 마실 수 있어. 암, 쉬지 않고 여섯 잔을 넉넉히 마실 수 있으니까.」

「그럼 어서 마셔 보세요.」

「내가 마시면 너도 마실거지?」

「그럼요.」

두 사람이 술 마시기 경쟁이 붙어서 술이 점점 줄어들었다.

페이가 낄낄거리며 말했다.

「케이트, 내가 어렸을 때 어땠는지 말해 줄까? 넌 믿기 어려울 거야.」

그러자 케이트도 지지 않을 듯이 나섰다.

「나도 믿지 못할 얘기가 있어요.」

「너 같은 어린 게 뭘?」

케이트는 그녀의 말에 깔깔거리며 말했다.

「네, 저처럼 어린 것 아마 처음 볼 거예요. 어리다구요? 네 어리죠, 어려.」

케이트는 낮은 목소리로 말했다.

페이는 정신이 몽롱했으나 왠지 그 말 소리가 귀를 때렸다. 그녀는 정신을 가다듬고 케이트를 쳐다보았다.

「케이트, 참 이상하구나. 왜 그러지? 불빛 때문인가. 다르게 보이는구나.」

「그렇죠, 다르게 보이죠.」

「엄마라고 부르렴.」

「엄마.」

「케이트, 우리 앞으로 멋있게 살자구나.」

「네, 멋지게 살아요. 엄마는 알지도 못하면서 뭘 그래요.」

「난 항상 유럽을 꿈꾸어 왔지. 멋진 배를 타고, 파리제 옷을 입고……」

「네, 유럽 여행도 해요. 그렇지만 지금은 안 돼요.」

「왜 안 된다는 거냐? 내겐 충분한 돈이 있다.」

「돈은 앞으로 더 많이 생겨요.」

페이는 애원하듯 케이트에게 말했다.

「지금 가도록 하자. 이 집을 팔면 일만 달러는 넉넉히 받을 수 있어.」

「엄마, 내가 딸이라는 걸 잊지 않았죠?」

「너 왜 그런 투로 말하지? 맘에 들지 않는다. 술 더 있니?」

「네, 아직 조금 남았어요. 병을 불에 비쳐 봐요. 병째로 마셔요. 엄마, 어서 요. 목에다 줄줄 부어요. 그럼, 콜셋 아래로 해서 뚱뚱한 배로 흘러내려 갈 거예 요.」

페이는 울 듯한 목소리로 말했다.

「케이트, 왜 심통 내지? 금방 전까지 기분이 아주 좋았잖아. 그런데 왜 이러 는 거지?」

「그 술병 이리 내요.」

케이트는 그녀 손에서 술병을 가로채서 병째로 다 마셔 버린 후 술병을 바닥 에 떨어뜨렸다. 그녀의 얼굴이 힘상궂게 변하면서 눈이 이글거렸다. 그녀의 작 은 입이 벌어지더니 작고 날카로운 이빨이 보였다. 그녀의 유난히 길고 뾰족한 송곳니가 드러났다. 케이트는 냉소를 띠며 말했다.

「엄마, 이런 갈보집을 꾸려 나가는 걸 내가 가르쳐 줄께요. 여길 찾아와 더러 운 짐을 운반해 주고 가는 머리통이 희끗희끗한 건달놈들을 상대하고, 일 달러 씩 받으면 돼요. 그 놈들을 즐겁게 해 주면 돼요.」

페이가 날카롭게 꾸짖었다.

「케이트, 너 취했니? 지금 무슨 소리하는 거니?」

「무슨 소린지 몰라서 묻는 거예요? 그럼 내가 가르쳐 줄까요?」

「왜 이러니. 전의 너처럼 행동해라.」

「이제 늦었어. 왜 술을 먹지 않겠다는데 자꾸 먹인 거지? 이 짐승만도 못한 뚱뚱아. 난 네 딸이야, 딸. 왜 생각나지? 내게 단골이 있어서 놀랬어? 난 그 놈들을 포기할 수 없어. 그 자들은 시시하게 일 달러를 주지는 않아. 그 자들은 내게 십 달러씩 준단 말이야. 그것도 자꾸 값이 올라가. 그 자들은 절대로 다른 여자를 상대하지 못해. 다른 여자와는 성에 차지 않는단 말이야.」

「케이트, 이게 무슨 소리냐. 넌 그런 애가 아니란 말야.」

페이는 어린애처럼 울면서 말했다.

「엄마, 뚱뚱이 엄마. 정 의심스러우면 내 단골 손님의 바지나 벗겨 봐요. 사타구니가 발길에 채여 퍼럴 테니까. 아주 예쁘죠. 한참씩 피가 흐르는 작은 칼자국을 보게 될 거예요. 난 잘 드는 면도칼을 한 관 가지고 있죠.」

페이가 용을 쓰며 자리에서 일어서려고 하자 케이트가 억지로 자리에 앉혀 놓았다.

「잘 들으세요. 이제 이 집이 그렇게 될 테니. 값은 이십 달러 받게 될 거예요. 그 놈들에게 목욕을 시켜 주고. 흰 명주 손수건에 피를 받는 거예요. 마디투성이의 조그만 회초리에 묻은 피를……」

페이가 의자에 앉아서 거친 목소리로 소리를 질렀다. 케이트는 잽싸게 그녀에게 달려들어 입을 억지로 틀어막았다.

「소리지르면 안 돼. 내 손에다가는 콧물을 흘려도 되지만 소리를 내서는 안 돼.」

케이트는 손을 떼어 그녀의 치마에다 쓱 닦았다.

페이가 나지막이 그녀에게 말했다.

「넌 어서 이 집에서 나가거라. 빨리 나가란 말야. 난 이 집을 내 방식으로 조용히 운영해 나가겠다.」

「싫어요. 난 나갈 수 없어요. 엄마를 혼자 두고는 한 발자국도 나갈 수 없어요.」

케이트는 다시 목소리가 날카롭게 바뀌었다.

「나도 이젠 지긋지긋하단 말야. 보기도 싫구.」

케이트는 신경질적으로 탁자 위에 놓인 유리컵을 들고 장롱 앞으로 가서 물약 진통제를 반 컵 따랐다.

「엄마, 마셔 봐요. 몸이 좋을 테니까요. 어서요.」

「싫다. 마시기 싫어.」

「그러지 말고 어서 마셔 봐요. 어서 한 모금만 마셔요. 됐어요. 또 한 모금.」

케이트는 어린애를 달래듯 페이를 달랬다.

페이는 무슨 말인가를 중얼거리다가 의자에 앉아서 코를 골아 대기 시작했다.

3

케이트의 마음속에선 두려움이 생기기 시작하더니 그 두려움이 급기야는 공포로 변했다. 지난 일이 떠오르자 구토증이 생겼다. 두 손은 움켜 쥐었지만 공포는 더 심해졌다. 그녀는 램프에서 양초에 불을 붙이고 어두운 복도를 비틀거리며 부엌으로 가서 컵에다 겨자 가루를 타서 마셨다. 매큼한 겨자가 위를 통과

하는 동안 그녀는 싱크대를 손으로 잡고 있었다. 그녀는 속이 메스꺼워서 몇 번이나 토했다. 그러기를 몇 번 거듭하자 온몸의 기운이 빠지더니 술 기운이 거짓말같이 달아나고 머리가 개운해졌다.

그녀는 지난 밤에 일어난 일을 하나하나 상기해 보았다. 케이트는 세수를 한 후 싱크대를 닦고 겨자를 다시 선반 위에 올려놓았다. 그런 다음 잠시 후 페이의 방으로 들어갔다.

동이 트고 프레몽 봉우리 뒤쪽 하늘이 환해지면서 봉우리가 까맣게 자태를 드러냈다. 페이는 그때까지 의자에서 코를 골고 잠을 잤다. 그녀는 얼마 동안 쳐다보다가 페이의 잠자리를 펴주었다. 그녀는 무겁게 축 늘어진 페이를 침대로 옮기고 옷을 벗겨 얼굴을 닦아 주고 옷을 치웠다.

날이 밝아 왔다. 케이트는 침대 옆에서 페이를 지키고 앉아 있다가 그녀의 기운 빠진 얼굴과 벌린 입과 숨쉴 때마다 움직이는 입술을 쳐다보았다.

페이는 잠시도 쉬지 않고 몸을 움직이고 바싹 마른 입술로 웅얼거리다가 한숨을 내쉰 후 다시 코를 골았다.

케이트는 눈을 재빨리 굴려, 장롱 제일 첫번째 서랍을 열어 가정 상비약을 찬찬히 살펴보았다. 진통제·진정제·리디아 핀켐·철분·강장제 포도주·홀 연고·엡슨 소금·피마자 기름유·암모니아가 있었다.

케이트는 암모니아 병을 집어 내어서 손수건에 적신 후 멀리 떨어져서 페이의 코와 입 위에서 흔들었다.

페이는 지독한 냄새로 잠에서 깨어나려고 애썼다. 크게 뜬 그녀의 눈은 겁에 질려 있었다.

「어머니, 이제 괜찮으니 안심하세요. 악몽을 꾸었나 봐요. 나쁜 꿈을 꾸었나 봐요.」

「그래 꿈을 꾼 거야.」

페이는 말을 한 뒤 다시 잠 속에 빠졌다. 그러나 암모니아 냄새가 지독해서 잠도 깊이 들지 못하고 몸부림쳤다. 케이트는 엎지른 술을 닦고 술잔을 부엌에 갖다 놓았다.

커튼 가장자리로 햇빛이 새어들어 방안이 어슴푸레하게 밝았다. 부엌 뒤벽에 맞대 있는 작은 방에서 요리사가 일어나는지 부스럭거리는 소리가 들려 왔다. 요리사는 더듬더듬 옷을 입고 촌스러운 구두를 신었다.

케이트는 묵묵히 움직였다. 냉수 두 잔을 거푸 마시고 다시 한 잔을 컵에 따라 방으로 돌아왔다. 케이트는 조심스럽게 페이의 오른쪽 눈꺼풀을 뒤집어 보니 눈동자가 마치 자기를 쳐다보는 듯했으나 동자는 전혀 움직이지도 않았다. 케이트는 여유 있게 그리고 천천히 움직였다. 손수건의 냄새를 맡아 보니 암모니아 냄새는 증발했지만 아직도 독하게 코를 찔렀다. 그녀는 그 냄새나는 손수건을 페이의 얼굴에다 살짝 얹어 놓았다. 페이가 몸을 움직이며 깨어나려 하자 손수건을 치우니 그녀는 다시 잠 속으로 빠졌다. 케이트는 이러기를 세 번이나 거듭했다. 그녀는 손수건을 치워 버리고 나서 옷장 위에서 상아로 만든 뜨개질 바늘 하나를 손에 들었다. 이불을 걷고 상아의 무딘 끝쪽으로 페이의 늘어진 젖가슴을 계속 누르자 그녀는 울면서 몸부림쳤다. 케이트는 계속 쉬지 않고 몸의 민감한 부분을 여기저기 바늘로 눌러 댔다. 팔 밑, 사타구니, 귀, 음핵을 옮겨 가면서 눌렀다. 케이트의 손은 재빨리 움직여서 페이가 완전히 잠에서 깨기 전에 중단했다.

페이는 의식을 회복하게 되었다. 그녀는 울면서 코를 훌쩍이고 몸부림쳤다. 케이트는 다정히 그녀의 이마를 쓰다듬고 손가락으로 안쪽 팔을 문지르면서 말했다.

「어머니, 어머닌 나쁜 꿈을 꾸셨나 봐요. 어서 악몽을 잊어버리세요.」

페이는 숨을 고르게 쉬었다. 그녀는 숨을 크게 한 번 몰아쉬고는 옆으로 돌아눕고 몇 번 끙끙거리더니 다시 잠들었다.

케이트는 침대 옆에서 일어섰다. 어지러웠다. 몸을 가누고 문으로 가까이 가서 밖의 동정을 살핀 뒤, 살짝 빠져 나가 재빨리 자기 방으로 들어갔다. 그녀는 서둘러 옷을 벗은 뒤 잠옷을 입고 슬리퍼를 신었다. 머리는 빗어서 올리고 침대용 모자를 쓰고 화장수를 바른 뒤 재빨리 페이의 방으로 돌아갔다.

페이는 옆으로 누운 채 여전히 잠자고 있었다. 케이트는 복도로 향한 문을 열어 놓은 뒤 냉수 한 잔을 떠와서 페이의 귀에다 대고 부었다.

페이가 계속 비명을 질렀다. 그때 에델이 깜짝 놀라 방문을 열고 얼굴을 내밀자 케이트가 가운을 걸치고 슬리퍼를 신은 채 페이의 방문 앞에 서 있는 것이 보였다. 요리사가 그녀 뒤에 서서 그녀를 가로막았다.

「케이트 양, 들어가지 마세요. 안에 뭐가 있는지 모르겠어요.」

「그게 무슨 소리야. 마담이 아파서 야단인데.」

케이트는 요리사를 뿌리치고 방안으로 들어가 그녀의 침대 옆에 섰다.

페이는 눈을 부릅뜨고 울며불며 야단이었다.

「어머니, 이게 무슨 일이죠? 네, 어머니?」

요리사는 방 중앙에 서 있었고, 잠이 덜 깬 아가씨들이 문 앞에 서 있었다.

케이트가 외치자 그녀는 낮은 음성으로 말했다.

「케이트, 내가 꿈을 꾸었나 봐. 참을 수 없어.」

케이트는 문을 향해 말했다.

「악몽을 꾸었나 봐. 이제 괜찮겠지. 어서 가서 더 자요. 내가 곁에 있을 테니. 그리고 앨릭스, 차 좀 갖다 줘요.」

케이트는 피로를 모르는 사람 같았다. 다른 여자들도 모두 그 사실을 인정할 정도였다. 케이트는 페이의 머리에 냉수 찜질을 해주고 어깨를 안아서 차를 마시도록 부축했다. 그녀는 페이를 온갖 정성을 다 해서 보살폈으나 그녀의 눈에서는 공포의 그림자가 사라지지 않았다. 열 시쯤 앨릭스가 맥주를 하나 말없이 장롱 위에 갖다 놓았다. 케이트는 맥주 한 잔을 따라 그녀의 입술에 대 주었다.

「이제 괜찮을 테니 안심하세요, 엄마. 자, 이것 좀 마셔 봐요.」

「나 이젠 절대로 술을 입에 안 댈 거다.」

「이건 약이려니 하고 마시도록 해요. 네, 됐어요. 이젠 한숨 자고 나면 괜찮을 거예요.」

「난 자는 게 무서워.」

「아주 무서운 꿈을 꾸셨어요?」

「정말 무서웠어. 무서운 꿈이었단다.」

「꿈 얘기나 좀 해주세요, 엄마.」

페이는 망설이다가 말했다.

「말할 수 없어. 내가 왜 그런 꿈을 꾸었지. 내 꿈 같지 않아.」

「엄마, 난 엄마를 사랑해요. 내가 옆에서 악몽을 쫓겠어요. 어서 주무시기나 하세요.」

페이는 잠시 후 잠이 들었고, 케이트는 그녀 옆에 앉아 잠든 페이를 쳐다보고 있었다.

제 21 장

1

위험이 있게 마련인 미묘한 세상을 살다 보면 서두르면 서두를수록 성공적인 결론을 맺는 데 큰 제한을 받게 마련이다. 대부분의 사람들은 서두르다가 실패를 하곤 한다. 까다롭고 어려운 일을 제대로 완수하려면 먼저 달성할 목적을 살펴 보고 나서 일단 그 목적이 바람직한 것 같으면 그것을 완전히 잊고 오직 수단에만 전념해야 한다. 이렇게 하면 걱정이나 조급함이나 공포 때문에 실수를 유발하지는 않을 것이다. 이러한 사실을 깨닫는 사람은 거의 없는 편이다.

케이트가 그런 일을 효과적으로 처리한 것은 그녀가 전에 그런 것을 교육받은 적이 있거나 선천적으로 그런 지식을 갖고 있었기 때문이라고 하겠다. 장애물이 나타나면 그녀는 그것이 사라질 때까지 기다렸다가 다시 계속했다. 그녀는 행동하는 시간과 시간 사이에 완전히 긴장을 풀고 지내는 방법을 파악하고 있었다. 그녀는 방법과 수단이 마음에 흡족하지 않으면 깨끗이 단념하고는 다시 시작할 줄도 알았다. 그녀는 이 모든 생각을 밤 늦게나 홀로 있을 때에만 생각했다. 그녀의 계획은 인물·자료·지식·시간으로 이루어졌다. 그녀는 먼저 사람과 시간에 먼저 접근한 다음에 지식과 자료 수집에 착수했다. 그러는 동안 그녀는 일련의 눈에 띄지 않는 스프링과 흔들리를 움직이게 만들고, 차차 자기 쪽으로 움직이게 만들어 놓았다.

먼저 요리사가 유언장 이야기를 꺼냈다. 먼저 말을 꺼낸 것은 분명히 요리사였을 것이다. 요리사는 자기가 먼저 입을 뗐다고 생각했으니까. 케이트는 에델을 통해 그 이야기를 듣고 부엌으로 가서 요리사를 만났다. 그는 털이 부숭부숭 난 커다란 손에서 팔꿈치까지 밀가루와 이스트를 하얗게 묻히면서 빵 반죽을 하고 있었다.

「보증인이 된 사실을 다른 사람에게 말해도 좋다고 생각하세요?」

케이트는 부드러운 어조로 재차 말했다.

「페이 마담이 뭐라고 생각하시겠어요?」

요리사는 당황해 하며 우물쭈물했다.

「나는 하지 않았는…….」

「무엇을 하지 않았다는 말이죠? 어서 말하세요. 그 사실을 아는 사람은 우리 세 사람뿐이에요. 그럼, 내가 말했다는 건가요? 아니면 마담이 말했을까요?」

요리사는 어리둥절한 채 입을 다물고 있었다. 이제 자기가 입을 열지 않았다는 것도 자신이 서지 않았다. 그는 곧 자기가 말했다고 할 것이다.

세 명의 여자가 케이트에게 와서 유언장에 대해 질문했다.

케이트는 잠시 망설이다가 입을 열었다.

「마담은 내가 말하는 걸 좋아하지 않으실 텐데. 앨릭스가 입을 다물었어야 했는데.」

여자들은 마음의 동요를 보였다.

「그럼 뭐, 마담에게 물어 보면 되지. 뭘 그래.」

「그럴 것까지 없어.」

「우리 여기서 이러지 말고 마담에게 가서 물어 보자. 그게 더 낫겠어.」

「케이트, 그게 아냐.」

「그래? 그럼 내가 마담에게 너희가 그런 질문을 했다고 말해 주지. 함께 가는 게 더 좋을 텐데. 우리가 뒤에서 이러쿵저러쿵하면 마담은 더 불쾌해 할 거야.」

「글쎄……정말 그럴까……?」

「나 같으면 가겠어, 난 뒤에서 수군대는 사람보다는 직접 앞에서 말하는 사람이 더 좋아.」

케이트는 수단을 부려서 그들을 페이 방까지 데리고 갔다.

케이트가 그녀에게 말했다.

「애들이 내게 질문을 했어요. 앨릭스가 말했다더군요.」

페이는 약간 당황해 하며 말했다.

「아니, 그게 뭐 큰 비밀이니?」

「엄마가 그렇게 이해해 주시니 정말 감사합니다. 그러나 제가 그 사실을 입 밖에 낼 수는 없는 일이잖아요.」

「케이트, 그 말을 한다는 게 뭐 그리 나쁘다는 거니?」

「엄마, 나는 아무래도 좋지만요. 제가 그 사실을 먼저 말하는 건 도리에 어긋나는 것 같아서 그래요.」

「너는 참 착하기도 하지. 말한다고 뭐 해롭기야 하겠니? 너희도 아다시피 나는 홀홀단신이지. 그래서 착한 케이트를 딸로 삼은 거지. 케이트는 나를 이렇게 잘 보살펴 주잖아. 너 상자 좀 가져 오너라.」

그녀들은 돌아가면서 유언장을 보물 만지듯 소중히 다루며 읽어 보곤 했다. 내용이 간단명료해서 그녀들도 쉽게 모두 이해할 수 있었다.

여자들은 앞으로 케이트가 어떻게 변할까, 폭군처럼 될지도 모른다고 짐작했으나, 그들의 생각과는 달리 전보다 훨씬 더 친절했다.

일주일 후 케이트가 병에 걸렸을 때도 케이트는 집안을 감독했다. 만일 그녀가 고통스런 얼굴로 홀에 꼿꼿이 서 있는 것이 발견되지 않았다면 아마 케이트가 아프다는 것도 전혀 눈치채지 못했을 것이다. 케이트는 여자들에게 자기가 아프다는 것을 페이에게 알리지 말라고 말하자 여자들은 화를 냈다. 페이는 그녀가 아프다는 것을 알고 억지로 침대에 눕힌 뒤 와일드 의사를 불러 왔다.

그는 점잖고 뛰어난 의사였다. 그는 진맥을 해 보고 몇 가지 질문을 한 뒤 자기의 입술을 가볍게 톡톡 쳤다.

「이곳인가요?」

와일드 의사는 그녀에게 묻고는 등을 약간 눌러 보았다.

「여기? 여기가 아픕니까? 그러면 신장을 씻어 내야 될 것 같군요.」

와일드 의사는 삼원색의 노랑·빨강·파랑 알약을 주면서 차례로 먹으라고 지시했다. 약은 효험이 있었다.

케이트는 열이 또 나자 페이에게 말했다.

「엄마, 병원에 좀 다녀올께요.」

「왜 병원엘 간다는 거지? 왕진을 청하렴.」

「알약 몇 개가 필요한데 무슨 왕진이에요. 그건 안 돼요. 제가 아침에 병원에 다녀오겠어요.」

2

와일드 의사는 정직하고 선량한 사람이었다. 의사는 옴에는 유황이 특효라고 언제나 말했다. 그는 환자를 돌보는 일에 언제나 빈틈이 없는 의사였다. 와일드 의사는 다른 많은 시골 의사처럼, 이 마을의 의사인 동시에 목사와 함께 정신적인 의사의 역할을 겸하고 있었다. 그는 샐리너스 주민의 비밀과 약점, 그리고 용감한 행적까지 거의 알고 있었다. 그는 환자가 사망을 하면 늘 자기 잘못이고 자기가 부족한 탓이었다고 자책했다. 그는 배짱이 없었기 때문에 언제나 최후의 수단으로만 외과 수술을 하는 사람이었다. 약국이 생겨서 의사를 도왔지만, 와일드 의사는 조제실을 직접 두고 자기 처방대로 조제하는 소수의 의사 중 한 명이었다. 그는 수년 동안 과로로 수면을 충분히 취하지 못했으므로 다소 정신이 나간 사람 같았다.

수요일 오전 여덟 시 삼십 분, 케이트는 중심가를 지나 몬터리 국립은행 건물에 들어가 계단을 올라갔다. 그녀는 복도를 지나 『와일드 의사―진찰 시간 11시~2시』라고 씌어 있는 문 앞에 섰다.

아홉 시 삼십 분에 와일드 의사는 마차를 차고에 넣고 지친 모습을 하고 검은 가방을 들어 냈다. 와일드 의사는 나이 많은 독일계 할머니의 임종을 보고 알리살에서 돌아오는 참이었다. 그 늙은 할머니는 생애를 완전히 마무리 짓기가 어려웠다. 유언장의 추가서가 있었다. 지금도 와일드 의사는 그 늙은 할머니의 억세고 질긴 생명이 정말 끝났는지를 의심했다. 그녀는 아흔 일곱 살이었는데 사실 사망 진단서조차 아무 의미가 없었다. 사실 그 늙은 할머니는 사망 진단서를 준비했던 목사로 하여금 정정서를 내게 한 일도 있었다.

와일드 의사는 죽음의 신비 속에 쌓여 있었다. 그런 경우도 왕왕 있었다. 어제는 6피트 1인치의 키에 황소처럼 힘이 세고 4백 에이커의 땅을 소유하고, 대가족의 가장 노릇을 했던 서른 일곱 살의 알렌 데이가 비를 맞고 사흘 동안 열이 오르다가 폐렴에 걸려 어이없이 죽고 말았다. 의사는 이것이야말로 하나의 신비라고 생각했다. 그는 눈알이 꺼끌꺼끌한 것이 이물질이 들어간 것 같은 느낌을 받았다. 그는 목욕이나 하고 한 잠 잔 뒤에 쉬었다가 복통 환자들이나 보려고 마음먹었다.

그는 계단을 올라가 낡은 방문에 열쇠를 꽂았다. 그런데 열쇠가 돌아가지 않았다. 와일드 의사는 가방을 복도에 내려놓고 힘을 주어 열쇠를 돌렸으나 역시 돌아가지 않았다. 문 손잡이를 잡아 다니고 열쇠를 흔들어 대자, 문이 열리고 케이트가 앞에 서 있었다.

「안녕하시오? 자물쇠가 말을 안 듣는군. 그런데 여긴 어떻게 들어왔소?」

「문이 잠기지 않았어요. 그래서 일찍 와서 기다리고 있었어요.」

「문이 잠기지 않았었나?」

그가 열쇠를 반대로 돌리자 작은 쇳대가 쑥 튀어 나왔다.

와일드 의사는 한숨을 크게 쉬고 말했다.

「내가 늙었나 보군. 툭 하면 잊어버리니. 글쎄 꼭 잠가 둘 필요도 없지 뭐. 철사만 있으면 누구나 들어올 수 있는 걸. 그렇지만 누가 여기 들어오고 싶겠소?」

와일드 의사는 케이트를 난생 처음 보는 것처럼 한참 동안 처다보았다.

「나는 열 한 시부터 진찰을 하는데.」

그러자 케이트가 말했다.

「저는 이 알약이 필요해서 왔어요. 늦게는 올 수가 없어서요.」

「약? 아, 내 정신 좀 봐. 〈페이의 집〉에서 왔죠?」

「네.」

「좀 좋아졌습니까?」

「네, 효험이 있어요.」

「해롭진 않지. 내가 조제실 문도 열어 놓았었나요?」

「조제실요?」

「저기가 조제실이지. 」

「그거야 열어 놓으셨겠죠, 뭐.」

「나이를 먹으니까 정신이 없어지는군. 그래 페이는 어떻지?」

「네, 마담이 걱정이에요. 좀전에도 몹시 아팠어요. 경련을 일으키더니 제정신이 아니었어요. 」

「마담은 전에 위를 앓았지. 늘 먹어 대니 건강을 지킬 수 없지. 나로서도 어쩔 방법이 없어. 우리는 그런 증세를 위병이라고 하지. 마구 먹고 밤을 새우니 그런 병이 걸릴 수밖에 없어. 그런데 알약이라니? 색깔이 뭐였죠?」

「저 빨갛고 노랗고 파랗고 그랬어요.」

「그래그래. 이제 생각나는군.」

와일드 의사가 약을 마분지 갑에 쏟는 동안 케이트는 문 앞에 서 있었다.

「참 약이 많군요.」

「많지. 나는 나이가 먹어 가면서 약을 좀 적게 쓰는 편이지. 개업할 때 갖다 논 것도 아직 많이 남아 있지. 한 번도 쓰지 않은 것도 있고, 나는 실험을 하려고 했어. 연금술에 대해서 말야.」

「네, 뭐라고요?」

「아냐, 아무것도 아니지. 자, 여기 있어. 마담에게 잠을 푹 자고 야채를 먹으라고 해. 나는 밤을 새워서 피로해. 자, 그만 가 보라구.」

와일드 의사는 비틀비틀 진찰실로 들어갔다. 케이트는 의사의 뒷모습과 가지런히 놓인 약병을 힐끗 쳐다보았다. 그녀는 조제실 문을 닫고 바깥 사무실을 한 번 둘러보았다. 책장 중에는 한 권의 책이 앞으로 나와 있었다. 케이트는 그 책을 다른 책과 나란히 되게 밀어 넣었다.

케이트는 가죽 소파에서 자기의 큼직한 핸드백을 집어들고 병원을 나섰다.

케이트는 자기 방에 돌아온 뒤에 핸드백에서 메모지 한 장과 작은 병 다섯개를 꺼냈다. 그녀는 그것을 스타킹 속에다 똘똘 말아 놓은 후 다시 고무 덧신 안에 꽁꽁 숨겨서 구두창 뒤쪽에 나란히 넣고 세워 두었다.

3

다음 몇 달 동안 〈페이의 집〉에는 차츰 변화가 일어났다. 대개 사창가의 여자들은 단정하지도 않았고 다루기도 힘들었다. 몸을 단정히 하라거나 방을 청소하라고 했다면 여자들은 크게 반발해서 집이 시끄러웠을 것이다. 그러나 일은 그런 식으로 진행되지는 않았다.

어느 날 저녁 식사를 하면서 케이트가 말하기를 에델의 방을 들여다보고는, 그녀의 방이 예쁘고 청결하기 때문에 선물을 사다 줄 수밖에 없었다고 말했다. 에델이 즉석에서 받은 선물을 풀어 보니 그것은 향기를 오래오래 풍기는 큼직한 독일제 호이트 향수였다. 에델은 기뻐서 어쩔 줄 몰라 했다. 그녀는 자기가 침대 아래 꾸겨 박은 더러운 옷을 케이트가 못보았기를 바랐다. 식사를 끝낸 뒤 에델은 침대 밑에서 더러운 옷을 꺼내고 마루를 쓸고 구석에 처진 거미줄까지 치워 냈다.

그런 어느 날 오후 케이트는 그레이스가 유난히 예쁘게 보여서 자기가 달고 있던 나비 모양의 수정 핀을 그녀에게 주었다. 그레이스는 수정 핀을 선물 받고 기뻐하며 자기 방에 가서 예쁘고 깨끗한 블라우스를 입고 내려왔다.

주방의 요리사 앨릭스는 언제나 죽일 놈이라는 소리만 들었는데, 이제는 비스킷을 가장 맛있게 굽는 도사라는 칭찬을 듣게 되었다. 앨릭스는 요리를 배운다고 잘 하는 것이 아니라 타고난 솜씨가 있어야 하며, 직감으로 느껴야 한다는 것을 터득하게 되었다.

코튼 아이는 이제 그 누구도 자기를 미워하지 않는다는 사실을 깨닫게 되었다. 아무 곡이나 두들기던 버릇도 이제는 없어졌다.

코튼 아이는 케이트에게 이런 말을 했다.

「이상한 일이죠? 옛날 생각을 하면 옛날에 치던 곡조가 떠오른단 말이에요.」

「이를테면 어떤 거죠?」

코튼 아이는 한 곡을 치면서 말했다.

「바로 이런 거예요.」

「아, 멋있네요. 그건 무슨 곡이죠?」

「글쎄, 제목은 생각나지 않는데 아마 쇼팽 곡일 거야. 악보만 볼 수 있으면 얼마나 좋을까!」

그는 자신이 장님이 된 경위를 케이트에게 털어 놓았다. 이 이야기는 누구에게도 한 적이 없는 일이었다. 그것은 정말 끔찍한 이야기였다. 그 토요일 밤에 코튼 아이는 피아노 줄에서 체인을 떼고, 아침에 생각나서 연습한 곡을 쳤다. 그 곡은 〈월광곡〉이라는 베토벤의 곡이라고 생각했다.

그 소리를 듣고 에델이 마치 달빛 같다고 말한 뒤 가사를 아느냐고 물었다.

코튼 아이는 고개를 저으며 말했다.

「가사는 모르겠어요.」

「아주 멋진데. 가사가 있어야겠어.」

토요일 밤이라 곤잘레스에서 온 오스카 트립이 그 곡을 듣고 말했다.

어느 날 밤 모든 사람에게 선물이 돌아갔다. 그것은 〈페이의 집〉이 군 전체에서 가장 훌륭하고 청결하며 멋있는 집이라는 평판 때문이었다. 그것은 누구의 공로인가? 물론 그것은 여자들의 공로이다. 그들은 그날밤처럼 스튜가 맛있는 것은 처음 먹어 보았다.

앨릭스는 주방으로 돌아가 감격해 하며 손으로 눈을 연신 닦았다. 그는 마음

속으로 다음에는 건포도 푸딩을 맛있게 만들어서 여러 사람을 놀라게 해주겠다
고 다짐했다.

조지아는 매일 오전 열 시에 일어나서 코튼 아이에게 피아노 교습을 받았다.
그녀의 손톱은 깨끗하고 단정하다고 칭찬을 받았다.

어느 일요일 오전 열 한 시 미사에 참석하고 온 그레이스가 트릭시에게 말
했다.

「나는 이제 창녀 노릇 청산하고 결혼이나 했으면 좋겠어. 어때 상상할 수 있
겠어?」

「그럼 좋은 일이고 말고. 제니의 집 아가씨들이 우리 마님의 생일 케잌을 먹
으러 와서 크게 놀라고 갔어. 그들은 우리 집이 제일 훌륭하다고 입에 침이 마르
게 칭찬하더군. 그래서 제니가 화가 났대.」

「오늘 아침 흑판에 적힌 득점표 보았니?」

「물론 보았지. 일주일에 87명이야. 검둥이네 집에 손님이 그 정도 될까? 휴
일에도 없대는데.」

「그게 정말이야? 지금 사순절이잖아. 제니의 집은 장사가 아주 안 돼.」

페이는 병을 앓고 악몽을 꾼 이후로 말수가 적고 언제나 우울해 보였다. 케이
트는 자기가 주목을 받고 있음을 알고 있지만 달리 방법이 없었다. 페이의 유언
장은 아직도 상자 속에 있고, 다른 여자도 모두 그걸 직접 눈으로 보고 소문을
들었다는 것까지 그녀는 철저히 확인했다.

어느 날 오후 케이트가 노크를 하고 방에 들어가자, 페이는 혼자 카드 놀이를
하고 있었다.

「엄마, 그래, 어떠세요?」

「응, 이젠 좋아.」

페이의 태도에서 왠지 비밀이 있는 듯한 느낌을 그녀는 받았다.

그러나 페이는 영리한 여자가 아니었다.

「케이트, 난 유럽에 가고 싶구나.」

「유럽은 정말 갈 만한 곳이죠. 돈도 있고.」

「그러나 혼자는 가기 싫어. 너와 함께 갔으면 좋겠다.」

케이트는 깜짝 놀라며 페이를 쳐다보았다.

「저를 데려 가신다고요?」

「그럼, 데려가지.」

「어머, 정말 기뻐요, 엄마. 유럽엔 그럼 언제 가죠?」

「너도 갈래?」

「저도 언제나 가고 싶었어요. 우리 그럼 언제 가죠? 될 수 있으면 빨리 갔으면 좋겠어요.」

페이의 얼굴에 숨겨져 있던 긴장감과 의심의 시선이 비로소 거두어졌다.

「그럼, 우리 다음해 여름에 가자. 다음 여름으로 계획을 세우는 거야. 케이트!」

「네, 엄마.」

「너 지금은 손님 받지 않지?」

「물론이죠, 엄마가 저를 보살펴 주는데 손님을 왜 받겠어요?」

페이는 천천히 카드를 모아 탁자 서랍 속에 담았다.

케이트는 그녀 가까이에 다가 앉으며 말했다.

「엄마께 상의드릴 게 있어요.」

「상의는 뭐. 일은 네가 모두 처리하면서 그러니.」

「우리 생활비 중에서 식비가 너무 많이 들어요. 겨울에 훨씬 많이 들지요.」

「그건 그렇지.」

「엄마, 지금도 과일과 채소류는 모두 싼값에 살 수 있지만 겨울에는 깡통 복숭아와 완두콩이 얼마나 비싼지 아시죠?」

「저장을 하자는 거니?」

「네.」

「앨릭스가 좋다고 할까?」

「염려마셔요. 앨릭스는 승낙했는 걸요. 믿지 못하겠으면 직접 그에게 물어 보세요.」

「그러지는 않았겠지.」

「아니예요, 정말 하겠다고 했어요.」

「빌어먹을, 아니, 내가 말이 잘못 나왔구나. 실수했다.」

〈페이의 집〉 부엌은 통조림 공장으로 변했고, 집에 있는 여자들이 모두 그 일을 도왔다. 요리사 앨릭스는 이 통조림 만드는 일이 정말 자기가 생각해 낸 것이라고 믿었다. 그 계절이 끝날 무렵, 앨릭스는 통조림 만든 것을 기념하기 위해 이름이 새겨진 은시계를 선물로 받았다.

평상시에는 페이와 케이트가 식당의 긴 테이블에서 저녁 식사를 하지만, 앨릭스가 외출하고 여자들이 두툼한 샌드위치로 식사를 대신하는 일요일 저녁에는 케이트와 페이는 페이의 방에서 식사를 했다. 그 시간은 즐겁고 우아한 시간이었다. 그때는 늘 맛있는 음식이 준비되었다. 거위의 간요리나, 토스트, 샐러드, 번화가 건너편의 빵집 랭에서 사 온 과자 등이 식탁에 올랐다. 식당에는 흰 기름

천과 종이 냅킨이 있었지만 페이는 테이블을 흰 비단보에 면 냅킨을 썼다. 그리고 촛불을 켜고 샐리너스에서는 보기 드물게 꽃병까지 놓여 있어 파티 분위기가 물씬 풍겼다. 케이트는 들에서 꺾어 온 들꽃으로 예쁘게 꽃도 꽂아 놓았다.

페이는 언제나 입버릇처럼 말했다.

「케이트는 참 재주꾼이야. 무슨 일이나 할 수도 있고, 무엇이나 이용할 줄 안단 말이야. 우리는 유럽에 가려고 한단다. 그래, 케이트가 불어를 할 줄 안다는 걸 알았니? 글쎄, 불어를 한단다. 혼자 있을 때 해보라고 하렴. 나에게 불어를 가르치고 있지. 너는 불어로 빵을 뭐라고 하는지 아니?」

페이는 즐거운 시간을 보내고 있었다. 케이트는 그녀를 흥분하게 만들었고 늘 한없이 기쁘게 만들었다.

4

10월 14일 일요일, 샐리너스 상공에 들오리가 처음으로 날아들었다. 창문을 통해 오리 떼가 V형으로 날아가는 것이 보였다. 케이트가 매일 하는 것처럼 그 날도 저녁 전에 페이의 방에 들어오자 페이가 말을 했다.

「겨울이 오려나 봐. 앨릭스에게 어서 난로를 놓으라고 해야겠어.」

「어머니, 어서 보약 드세요.」

「그래, 네가 너무 잘해 줘서 내가 너무 게으름뱅이가 되는 거 같다.」

「저는 어머니 시중을 봐 드리는 게 좋아요.」

케이트는 핀켐 야채 주스를 서랍에서 꺼내 불빛에 비춰 보며 말했다.

「얼마 안 남았군요, 더 구해 와야겠군요.」

「내 장롱에 열 두 병이 있었는데, 이제 세 병 남았구나.」

케이트는 유리컵을 들여다보며 말했다.

「어머, 파리가 빠져 있네요. 컵을 닦아야겠군.」

케이트는 부엌에 가서 컵을 닦은 뒤 주머니에서 안약 병을 꺼냈다. 석유통 주둥이를 막듯이 작은 감자 조각으로 안약 병 주둥이를 막았다. 케이트는 병에 있는 맑은 액체를 몇 방울 유리컵에 떨어뜨렸다. 그 약은 바로 유독한 스트리키니네 액이었다.

케이트는 페이의 방으로 다시 돌아와서 유리컵에 야채 주스를 세 숟가락 넣고 저어 주었다.

「굉장히 쓴데.」

페이는 그 주스를 마신 뒤에 입술을 한 번 핥고 나서 말했다.

「정말 써요? 나도 맛 좀 볼까?」

케이트는 한 숟갈 떠 먹고 얼굴을 찡그리며 말했다.

「정말 쓰군요. 너무 오래된 거라서 그런가 봐요. 버려야겠어요. 냉수 갖다 드릴게요.」

저녁 식사 때 페이는 얼굴이 빨갛게 상기되어 있었다. 음식은 먹지 않고 무언가에 귀를 기울이는 것 같았다.

케이트가 걱정스레 물었다.

「엄마 왜 그래요? 갑자기 왜 그러시는 거죠?」

페이는 케이트의 시중을 물리치듯 말했다.

「글쎄, 가슴이 자꾸 두근두근하는구나. 갑자기 두렵고 가슴이 두근거려.」

「방에 들어가실래요? 제가 부축해 드릴게요.」

「아니, 괜찮아.」

「안 되겠어요. 의사를 불러야겠어요.」

케이트가 말했다.

「아니, 괜찮다.」

「저는 겁이 나요. 전에도 이런 적이 있었어요.」

「이따금 숨이 매우 가쁜 적은 있었어. 너무 비대해진 탓인가봐.」

페이는 토요일 저녁 내내 불쾌해 했다. 케이트는 오후 열 시쯤에 페이를 잠자리에 들도록 했다. 페이가 잠든 것을 확인할 때까지 케이트는 여러 차례 그 방에 들락거렸다.

이튿날이 되자 그녀의 기분은 훨씬 좋아 보였다.

「오늘은 괜찮아. 그저 숨이 좀 찰 뿐.」

「어머니가 드실 환자용 식사예요. 어머니를 위하여 치킨 수프를 준비했어요. 우리는 완두 샐러드를 먹고요. 어머니 식성대로 기름과 식초를 쳤답니다. 그리고 차가 한 잔.」

「참, 너는 착하구나. 난 기분이 아주 좋아.」

「식사를 가볍게 하면 기분이 좋답니다. 어젯밤에는 저도 깜짝 놀랐어요. 아주머니 한 분이 심장병으로 돌아가셨지요. 그 생각이 갑자기 떠올라서 혼났어요.」

「케이트, 나는 심장병을 앓은 적은 없어. 계단을 올라가면 숨이 좀 찰 뿐이지만.」

케이트는 부엌에서 두 개의 상을 차렸다. 그녀는 프렌치 드레싱을 컵에 따라 완두콩 샐러드에 부었다. 페이의 쟁반에는 그녀가 즐기는 컵을 놓고 국을 뜨겁게 데웠다. 그리고 나서 주머니에서 안약 병을 꺼내 파두유를 두 방울 완두콩에 넣고 저었다. 그리고 자기 방으로 가서 카스카라 하제를 한 모금 마신 뒤 재빨리 부엌으로 가서 컵 두 개에 뜨끈한 국을 떠 놓고 끓는 물을 주전자에 가득 붓고 쟁반을 들고 페이의 방으로 향했다.

페이는 그녀를 바라보며 말했다.

「시장하진 않은데 국 냄새가 참 맛있는 거 같구나.」

「특별한 샐러드 드레싱을 만들었어요. 옛날에 만드는 것처럼 로즈메리와 백리향을 썼답니다. 입맛에 맞으실지 모르겠군요.」

「그래 맛있구나. 케이트는 정말 재주꾼이구나. 못하는 게 없잖아.」

케이트에게 먼저 증세가 왔다. 그녀는 이마에 땀을 뻘뻘 흘리면서 통증으로 허리를 굽혔다. 눈이 희미해지고 침을 질질 흘렸다. 페이는 복도로 뛰쳐나가 소리소리 지르며 사람 살리라고 외쳤다. 여자들과 일요일 손님 몇 명이 달려왔다. 단골 손님 두 명이 케이트를 페이의 침대에 눕히고 몸을 마사지해 주었으나 그녀는 여전히 비명을 지르며 몸을 뒤척였다. 온몸에서 식은 땀이 흘러 옷을 적셨다.

페이는 수건으로 케이트의 이마의 땀을 닦아 주다가 갑자기 복통을 일으키더니 크게 몸부림쳤다.

와일드 의사를 한 시간 가량 찾다가 결국 친구와 카드놀이를 하는 것을 억지로 모셔 왔을 때는 페이와 케이트는 구토와 설사를 거듭한 나머지 기운이 모두 빠지고 간혹 가다 경련까지 일으키고 있었다.

와일드 의사는 쟁반을 쳐다보며 물었다.

「도대체 뭘 먹은 거죠? 이 완두콩은 집에서 만들었소?」

의사의 물음에 그레이스가 대답했다.

「우리가 모두 힘을 합쳐서 집에서 만든 거예요.」

「그럼 또 다른 사람도 먹었나?」

「아뇨……? 그렇지만…….」

「썩 나가서 항아리를 치워 버리도록 해. 이런 완두콩은 어쩌려고 집에서 저장을 했지.」

와일드 의사는 가방에서 위세척기를 꺼냈다.

화요일, 와일드 의사는 두 뺨이 홀쭉해진 두 여자 옆에 앉아 있었다. 케이트의 침대까지 페이의 방에다 옮겨 놓았다.

「이제야 말이지만 당신들은 죽다가 살아났소. 정말 운이 좋았던 거요. 집에서 졸인 완두콩은 모두 버리고, 통조림한 것을 사다가 먹도록 하시오.」

의사에게 케이트가 질문했다.

「대체 무슨 병인가요?」

「식중독이오. 아직은 확실치 않지만 살아나는 사람이 별로 없는 편이오. 당신은 젊고, 마담은 건강하기 때문에 이겨 낼 수 있었던 것 같소.」

의사가 다시 페이에게 질문했다.

「당신은 아직도 창자에서 출혈이 있는 거요?」

「네, 아직 약간은 보여요.」

「그럼 아편 몇 알을 줄 테니 심할 때 먹도록 해요. 좋아질 테니 안심하고요. 어디가 터졌을지 모르겠어. 그러나 창녀를 죽일 수는 없다는 말이 있지. 두 사람 다 편히 쉬어요.」

그렇게 한 것이 10월 17일이었다.

페이는 두 번 다시 회복되지 않고 회복되는 기미가 보이다가 다시 도졌다. 12월 3일에는 너무 악화되어서 다시 회복하는 데 오랜 시간이 소요되었다. 2월 12일에는 출혈이 심한 나머지 심장까지 약해진 것 같았다. 와일드 의사는 오랫 동안 청진기를 떼지 않았다.

케이트는 아팠기 때문에 날씬하던 몸매는 간 곳이 없고 뼈만 앙상히 남았다. 여자들은 그녀와 교대하여 페이를 간호하겠다고 자청했지만 케이트는 그 옆을 떠나지 않았다.

그레이스가 걱정스럽게 말했다.

「잠을 통 자지 않으니 어쩌지. 마담이 죽으면 케이트도 죽게 생겼어.」

이번에는 에델도 한마디했다.

「어쩌면 자살할지도 모르지.」

와일드 의사는 컴컴한 방으로 케이트를 데리고 와서 왕진 가방을 의자에 놓고 나서 입을 열었다.

「마담의 심장이 긴장을 이기지 못하고 있어요. 그리고 내장도 엉망이고요. 그 식중독 탓이요. 식중독이 방울뱀보다 더 무섭지.」

그는 케이트의 얼굴에서 시선을 돌리고 말했다.

「마음의 준비를 하는 게 좋을 것 같소.」

와일드 의사는 느릿느릿 말하면서 케이트의 앙상한 어깨를 쓰다듬었다.

「당신은 정성이 지극하더군요. 마담에게 따뜻한 우유나 조금씩 먹여 봐요.」

케이트는 대야에다 더운 물을 떠 가지고 침대 옆 탁자 위에 놓았다. 트릭시가 방안을 들여다보니 케이트가 페이의 몸을 씻기는 중이었다. 그녀는 부드러운 면으로 몸을 닦아 주고 나서 페이의 부드러운 금발머리를 빗어 주었다.

페이의 피둥피둥한 몸은 야위어 피부는 시들었고, 얼굴은 해골 같고 눈만 휑

했다.

페이가 입을 열어 무슨 말인가를 하려고 하자 케이트가 막았다.

「그만 쉬! 기운 빠지니 하지 마세요.」

케이트는 부엌에서 따끈한 우유를 한 잔 가져와 탁자 위에 놓은 뒤 주머니에서 약병 두 개를 꺼내 그 속의 약을 안약 병에다 옮겼다.

「약 먹어야 되니까 어머니, 입 좀 벌려 봐요. 새약인데 좀 쓰다고 했어요.」

케이트는 페이의 입 깊숙이 약을 짜 넣은 뒤 그녀를 약간 일으켜 우유를 마시도록 해서 쓴 맛을 가시게 했다.

「어머니, 곧 돌아올 테니 쉬고 계세요.」

케이트는 살짝 그 방을 나왔다. 부엌은 캄캄했다. 그녀는 바깥으로 통하는 문을 열고 풀밭으로 나갔다. 봄비가 내려서 땅이 축축했다. 뾰족한 막대기로 풀밭에 작은 구멍을 파고 조그만 약병 여러 개와 안약 병을 그 구멍에 넣고 막대기로 병을 깨트려 흙을 덮어 버렸다. 케이트가 일을 마치고 집안으로 들어가자 비가 내렸다.

처음에 사람들은 케이트가 자살을 하지 못하도록 그녀를 붙들어 두어야 했다. 그녀는 악을 쓰고 몸부림치다가 우울증에 빠져 버렸다. 그녀는 한참 후에야 비로소 건강을 회복할 수 있었다. 그동안 케이트는 유언장에 대해서는 까맣게 잊어버리고 있었다. 트릭시가 유언장을 생각해서 먼저 그 이야기를 꺼냈다.

제 22 장

1

아담 트래스크는 농장에서 꼼짝도 하지 않았다. 수리를 하다가 중단한 산체스의 본채는 비바람을 맞았고, 새로 깐 마루 바닥도 습기가 차서 뒤틀려 버렸다. 채소밭에는 채소가 아닌 잡초가 우거져 있었다.

아담은 언제나 동작이 느리고 머리가 제대로 돌아가지 않는것 같았고, 탁한 물 속에서 세상을 내다보는 듯했다. 이따금 정신을 차리는 것도 같았으나 빛이 밝게 비치면 또다시 몽롱한 상태로 뒤돌아갔다. 쌍둥이가 울거나 웃기 때문에 곁에 있는지 알고는 있지만 아이들을 싫어했다. 아담은 쌍둥이를 볼 때마다 아내를 잃었다는 것을 다시 상기하게 되기 때문이다. 이웃에서 찾아와 그의 억울함과 슬픔을 이해해 주고 위로해 주려 했으나, 그의 우울증은 전혀 차도를 보이지 않았다. 그래서 이웃들도 발길을 그만 끊어 버렸다.

리는 얼마 동안은 주인인 아담을 정신차리게 하려고 무척 노력했으나 그도 할 일이 너무 많았다. 리는 요리와 빨래를 하고 쌍둥이를 먹이고 목욕시키고 돌보는 동안 차츰차츰 쌍둥이에게 애정이 생겼다. 리는 쌍둥이들에게 광동말로 대했기 때문에 애들은 먼저 광동어, 즉 중국어를 먼저 배웠다.

사무엘 해밀튼은 두 번씩 트래스크 농장을 방문하면서 아담을 충격에서 벗어나게 하려고 시도했다. 그러자 라이자가 참견했다.

「트래스크 농장에 가지 마세요. 당신이 그곳에만 가면 영 다른 사람이 되어 돌아오니 가면 안 돼요. 당신이 그 사람을 정신차리게 하려는 게 아니라 그 사람이 당신을 변하게 한단 말이에요. 당신 얼굴에 왠지 아담 트래스크의 표정이 깃드는 것 같아요.」

해밀튼은 아내에게 질문했다.

「당신 쌍둥이 생각을 한 번이라도 해본 적이 있소?」

「난 그것까지 생각할 여유는 없어요. 당신은 그 농장에만 갔다 오면 며칠 동안 집안을 심란하게 들쑤셔 놓는단 말이에요.」

「잘 알았소.」

사무엘은 대답을 했지만 슬픔을 참을 수 없었다. 그는 성격적으로 다른 사람이 괴로워하는 것을 못 본척 할 수가 없었다. 그는 우울증에 빠진 아담 트래스크를 못 본척 해 버리기가 쉽지 않았다.

아담은 인건비와 풍차 재료비까지 모두 지불해 주고는 풍차는 만들지 말라고 했다. 사무엘은 장비를 처분해서 그 돈을 아담에게 보냈으나 그는 단 한 마디 말도 없었다.

사무엘은 아담의 처사가 은근히 못마땅했다. 그러나 불쾌함을 그에게 나타내고 싶지는 았았다. 조우는 릴랜드 스텐포드가 팔로앨토 근처의 자기 농장에다 설립한 대학에 진학했다.

사무엘은 톰이 자꾸 궁상맞게 독서만 하는 것을 걱정스러워 했다. 사무엘도 톰이 자기 일은 잘하는 편이지만 그다지 즐겁게 살지는 않는다고 생각했다.

윌과 조지는 사업이 번창했고, 조우는 집으로 편지를 보낼 때마다 시를 써서 보냈다. 그 시는 기성의 모든 일을 건전하고 재치 있게 비판한 시였다.

사무엘은 아들 조우에게 이런 편지를 써 보냈다.

만일 네가 무신론자가 아니었다면 이 애비는 실망이 컸을 거다. 배부를 때 음식을 먹듯 네가 어린데도 지혜로워서 불가지론을 믿게 됐다는 글을 읽고 기뻤단다. 네 뜻은 충분히 이해하니 그렇다고 네 어머니의 신앙까지 개종시킬 생각은 아예 하지 마라. 전번 편지를 보고 어머니는 네가 아프다고 생각했단다. 어머니는 맛있는 수프를 먹여도 낫지 않는 병이 세상에는 많지 않다고 생각하지. 어머니의 신앙심은 굳건해서 움직일 수 없으니 아예 시작을 하지 않도록 해라.

　라이자도 늙어 가는 것은 막을 수가 없었다. 그녀의 얼굴에 늙어 가는 것이 역력히 나타났다. 사무엘은 수염이 희거나 검거나 자기가 늙었다고는 생각하지 않았어. 그러나 라이자는 그렇지 않았다.

　한때 라이자는 남편의 생각이나 앞날을 예견하는 것을 정신 없는 어린아이 같다고 생각했으나, 이제는 사무엘의 그런 태도는 어른답지 못한 처사라고 여겼다. 지금 농장에는 라이자·사무엘·톰만이 살고 있었다. 유나는 외지인과 결혼해서 이곳을 떠났다. 데시는 샐리너스에서 양장점을 경영했으며, 올리브도 시집을 갔고, 몰리도 시집 가서 샌프란시스코의 아파트에서 멋진 생활을 하고 있었다. 그녀의 침실에는 은은한 향수 향기가 났고, 벽난로 앞에는 백곰 가죽을 깔아 놓았으며, 그녀는 식사 후에 커피와 고급 담배인 금테 바이올렛 마일로를 피우기도 했다.

　어느 날 사무엘은 건초 가마니를 들어올리다가 허리를 삐었다. 그는 허리도 다쳐서 아팠지만 기분이 몹시 불쾌했다. 사무엘 해밀튼이 건초 한 가마니도 들지 못해서 허리를 다쳤다는 것은 말도 안 되는 소리였다. 그는 자식들이 거짓말을 시킬 때처럼 자신에 대해 심한 모욕감을 느꼈다.

　킹 시티에서 틸슨 의사가 진찰했다. 오랫 동안의 과로로 틸슨 의사는 신경질만 부렸다.

「허리를 삐었군.」

「네, 허리를 삐었어요.」

「당신은 허리를 삐었다는 소리를 내 입을 통해 듣고 2달러를 내려고 말을 타고 온 거요？」

「2달러 여기 있어요.」

「치료 방법이 궁금해요？」

「네.」

「이제는 삐지 않도록 주의해요. 그리고 돈을 도로 넣고요. 사무엘, 어린애도 아니면서 왜 그런 거예요？」

「아파요.」

「뼈었으니까 아프죠. 아프지 않으면 뼌 줄 모르게요.」

사무엘은 큰소리로 웃으며 말했다.

「좋은 말씀 해주셔서 고마와요. 2달러 이상 해주었어요. 그러니 어서 돈을 받도록 해요.」

의사는 사무엘을 한동안 쳐다보더니 고개를 끄덕였다.

「그것도 맞는 얘기군. 그럼 돈을 받도록 하지.」

사무엘은 윌을 만나려고 훌륭히 꾸민 그의 새 가게로 찾아갔다. 아들은 그동안 너무 많이 변해 있어서 그 모습을 알아 보기 어려울 정도였다. 돈을 많이 번 탓인지 비대해졌고 조끼에 코트를 입고 새끼손가락에는 금반지까지 끼고 있었다.

윌이 아버지에게 말했다.

「어머니께 보내려고 물건을 좀 챙겨 두었어요. 프랑스 산 통조림이에요. 송이 버섯에 간과 정어리를 다진 거죠.」

「그걸 엄마는 또 조우에게 보낼 걸 뭐.」

「어머니 잡수시라고 하세요.」

「그러지 않을 거야. 엄마는 조우에게 무엇이라도 보내는 낙으로 사는 사람이니까.」

그때 리가 가게에 들어서면서 반가운 눈빛으로 인사했다.

「안녕하세요?」

「리로군. 쌍둥이는 잘 있나?」

「네, 잘 있어요.」

사무엘이 리에게 친근한 어조로 말했다.

「리, 옆집에서 맥주나 한 잔 마실 생각이었는데, 함께 갈 수 있었으면 좋겠군.」

사무엘과 리는 술집의 작고 둥근 탁자에 마주 보고 앉았다. 사무엘은 맥주잔에 서린 물기로 탁자 위에 그림을 그리며 말했다.

「마음은 벌써 아담과 자네를 만나러 가고 싶었으나 내가 도움이 될 것 같지도 않아서 차일피일했지.」

「당신이 오면 나쁠 리야 없죠. 시간이 지나면 아담도 괜찮아질 줄 알았는데 그렇지가 않아요. 아직도 넋나간 사람처럼 이리저리 걷기만 한답니다.」

사무엘이 리에게 물었다.

「벌써 일 년이 지났지?」

「일 년이 지나고도 세 달이 더 되었는 걸요.」

「내가 도울 수 있는 길이 없을까, 리?」

「글쎄요, 아담에게 충격을 크게 주면 어떨까요? 다른 방법은 전혀 효과가 없거든요.」

「나는 충격을 줄 능력이 없는데. 아담에게 충격을 주려고 하다가 내가 충격을 받을 거야. 참, 쌍둥이 이름은 뭐라고 지었지?」

「아직까지 이름이 없어요. 아담이 지어 주지 않아서요.」

「지금 혹시 농담하고 있는 것 아닌가?」

「농담이 아니에요. 사실입니다.」

「그러면 아담은 쌍둥이를 뭐라고 부르지?」

「아담은 그냥 『애들』이라고 부릅니다.」

「그럼 쌍둥이를 직접 가리키며 말할 때는 뭐라고 부르죠?」

「한 명일 때나 두 명일 때나 모두 그냥 『너』라고 해요.」

사무엘은 큰소리로 말했다.

「아니 그런 일이 어딨어. 말도 안 되는 소리 아냐. 그 사람 정말 바보로군 그래.」

「그래서 제가 선생님을 찾아뵐까도 생각했었답니다. 만일 선생님이 아담을 일깨워 주지 않는다면 그는 평생 그 모양으로 살 거예요. 아담은 꼭 죽은 사람 같아요.」

「알았네. 내가 가겠네. 말채찍을 갖고 가겠어. 그리고 쌍둥이 이름도 지어 주겠네. 알았어. 꼭 가지.」

「언제 오실 거죠?」

「내일 가지.」

「그럼 닭을 한 마리 잡겠습니다. 선생님도 쌍둥이가 마음에 드실 거예요. 아주 예쁜 아이들이죠. 트래스크 씨께는 선생님이 오신다는 말은 하지 않겠어요.」

2

사무엘은 라이자에게 트래스크 농장에 한 번 다녀오겠다고 말했다. 사무엘은 아내가 그 일을 반대하리라고 생각했지만, 아무리 강력히 반대해도 이번에는 반드시 농장을 방문하겠다고 생각했다. 그러나 한편으로는 아내의 의견을 무시하겠다는 마음을 먹자 불쾌해졌다. 사무엘은 은밀한 것을 고백하듯 트래스크 농장을 방문하려는 목적을 자세히 설명했다. 그가 아내에게 말하는 동안 라이자가 손을 허리에 댄 채 있어서 가슴이 철렁 내려앉았다. 사무엘이 말을 끝낸 후에도 라이자는 싸늘한 시선으로 그를 계속 지켜보았다.

마침내 라이자가 말했다.

「여보, 당신이 그 바보같이 꿈쩍도 하지 않는 그 사람을 변화시킬 수 있을 것 같아요?」

「그거야 나도 모르지.」

사무엘은 아내가 그런 질문을 하리라고는 생각지도 못했었다.

「쌍둥이에게 이름을 지어 주는 것이 그렇게 중요한가요?」

사무엘은 잠시 머뭇거리다가 말했다.

「나는 중요하다고 생각해.」

「여보, 난 당신이 그곳에 가려는 것에 대해서 생각해 봤어요. 그건 정말 고칠 수 없는 병인가요? 당신은 자신의 일은 처리하지 않으면서 남의 일은 참견할 정도로 여유가 있군요?」

「여보, 나도 내 결점을 잘 알고 있어. 그렇지만 이번에는 꼭 해야 할 일이라고 생각해.」

「당신 생각은 그렇지만, 그 사람은 자기의 자식도 인정하지 않는 사람이에요. 자기 자식이 눈에 보이지 않는 거예요.」

「그건 맞는 말이야.」

「그가 참견하지 말라면 어쩔 거죠?」

「글쎄.」

그녀는 고집스럽게 입을 다물고 있다가 말문을 열었다.

「만일 당신이 쌍둥이 이름도 지어 주지 못하고 집에 돌아왔다간 절대로 그냥 받아들이지 않을 테니까 잊지 마세요. 그 사람이 당신 말에는 귀도 기울이지 않는다고 투덜대면 안 돼요. 만일 그렇게 된다면 그때는 내가 나서겠어요.」

사무엘이 불쑥 말했다.

「한 대 후려 갈겨야겠지 뭐.」

「그건 말도 안 되는 소리예요. 당신은 세상 사람이 모두 주먹을 휘둘러도 주먹을 쓸 수 없는 사람이에요. 난 당신을 너무 잘 알지요. 당신은 듣기 좋은 말만 몇 마디 늘어 놓고는 어깨를 늘어뜨리고 돌아올 거예요.」

「아냐, 머리통을 부셔 놓을 거야.」

사무엘이 소리치면서 문을 요란히 닫고 침실로 들어가자 라이자는 혼자 살짝 웃었다.

사무엘은 곧바로 검정 양복에 빳빳하고 번쩍거리는 셔츠를 입고 나왔다. 라이자가 검은 넥타이를 매 주는 동안 아내 쪽으로 몸을 약간 굽혔다. 그의 흰 수염은 곱게 빗어서 윤이 났다.

「구두 좀 닦아야겠어요.」

사무엘은 낡은 구두에 약칠을 하다가 그는 슬쩍 아내를 쳐다보았다.

「성경을 가지고 가는 게 좋을까? 성경에는 훌륭한 이름을 얼마든지 찾을 수 있으니까.」

라이자는 불안해 하며 물었다.

「집의 성경책은 가져가지 말아요. 당신이 늦게 돌아오면 내가 성경책을 읽지 못하잖아요. 성경에는 물론 아이들의 이름이 모두 씌어 있죠.」

라이자는 사무엘이 실망하는 모습을 보고는 침실로 가서 작은 성경책을 들고 나왔다. 그 성경책은 낡고 해졌으며, 표지는 갈색 종이를 아교풀로 붙인 것이었다.

「이 성경책을 갖고 가도록 해요.」

「그 책은 당신 어머니 거잖아요.」

「괜찮아요. 이 속의 이름은 하나만 제외하고는 모두 날짜가 두 개씩 있어요.」

「파손되지 않도록 잘 싸서 가지고 가요.」

라이자는 신경질적으로 남편에게 말했다.

「내가 싫은 건 어머니도 싫어 하실 거예요. 나는 당신이 성경책을 읽을 때 그냥 넘어가지 않고 이것저것 따지는 게 싫어요. 그래서 내가 화를 내는 거예요.」

「나는 성경을 이해하려고 그런 거야.」

「뭘 이해한다는 거예요. 성경은 그냥 읽기만 하면 되는 거예요. 만일 하나님이 당신이 그걸 이해하기를 바라신다면 하나님은 당신이 이해할 수 있게 만들었을 거예요. 그렇지 않으면 다르게 적어 놓으셨겠죠.」

「그렇지만 여보…….」

「당신은 이 세상에서 따지는 데 명수죠.」

「그야 맞는 말이지.」

「그렇게 맞장구만 치지 말고 당신 생각을 정확히 얘기해 봐요.」

라이자는 마차를 타고 달려가는 남편의 모습을 바라보면서 혼자 말했다.

『백점짜리 남편인데 너무 논쟁의 명수란 말야.』

한편 사무엘은 이상하다고 생각하며 트래스크 농장으로 향했다. 아내의 생각을 다 안다고 생각했는데 아내는 저렇게 나오는 것이다.

3

마지막 반 마일을 남겨 두고 사무엘은 샐리너스 계곡을 돌아 큼직한 참나무 아래의 펀펀한 길을 따라 마차를 몰면서 어색한 마음을 가다듬으려고 일부러 마음속으로 화를 내며 혼자 중얼거렸다.

아담은 전에 볼 때보다 훨씬 더 수척해 있었다. 눈을 뜨고 있었지만 흐리멍텅한 상태였다. 아담은 사무엘이 자기 앞에 서 있는 것을 알아보는 데도 꽤 오랜 시간이 걸렸다. 그는 기분이 좋지 않은지 얼굴을 찡그렸다.

사무엘이 먼저 말문을 열었다.

「청하지도 않았는데 방문을 해서 죄송합니다.」

아담이 의아해 하며 물었다.

「왜 오셨죠? 내가 돈을 드리지 않았었나요?」

「아닙니다. 돈을 모두 받았어요. 아니, 받을 만큼보다 더 많이 받았지요.」

「그런데 왜 온 거죠? 무슨 말을 하려고 왔죠?」

사무엘은 화가 나서 견디기 어려웠다.

「인간은, 인간은 평생을 결코 돈 때문에 사는 건 아닙니다. 나는 내 가치를 알아내는 데 일평생이 걸렸습니다. 그런데 당신은 어떻게 나를 보고 돈 애기만 하는 거죠?」

아담이 신경질을 내며 말했다.

「돈은 드리겠소. 암, 드리죠. 얼마면 되겠습니까?」

「돈은 충분히 받았어요.」

「그럼 여기 온 용건이 뭐죠? 어서 가시오.」

「한때는 나를 초대한 적이 있었소.」

「지금은 초대하지 않았소.」

사무엘은 손은 허리를 짚고 몸을 앞으로 약간 내밀면서 말했다.

「내가 당신에게 설교를 좀 해야겠소. 어젯밤에는 이래저래 괴로워서 잠도 잘 이룰 수가 없었소. 그런데 좋은 생각이 떠올랐소. 해가 지자 어둠이 깔렸소. 나는 저녁별이 뜰 때부터 동이 틀 때까지 생각에 잠겼었소. 그건 옛성인이 말해 준 거요. 그래서 나는 이렇게 몸소 당신을 찾아왔소.」

「하나도 반갑지 않아요.」

「당신은 어떤 묘한 영광을 받았는지 쌍둥이를 낳았다는 말을 들었소.」

사무엘이 말했다.

「당신이 그것과 무슨 상관이 있단 말이오?」

아담이 이렇게 자기를 함부로 대하니 오히려 마음이 편안해졌다. 리가 집안에 숨어서 자기를 몰래 엿보는 것이 보였다.

「내게 심한 말을 할 건 없소. 나는 싸움은 질색이니까.」

「참, 당신은 알 수 없군요.」

「너야 알 리가 없지. 이 개자식아! 아담 트래스크, 얼간이 녀석아! 새끼 두 마리를 갖고 있는 얼간이 수탉!」

아담은 흥분하자 양쪽 뺨이 검게 변하고 비로소 제정신이 들어오는 것 같았다. 사무엘은 흥분하며 큰소리로 외쳐댔다.

「제발 물러가. 내 앞에서 꺼져 버려. 당장 죽여 버릴 테니.」

그러자 아담이 소리쳤다.

「여긴 내 집이니 당신이 나가. 어서 미친 짓 하지 말고 나가란 말이야. 여긴 내가 산 내 집이란 말야.」

「그래 너는 부자라서 그 눈도 코도 돈 주고 샀겠지. 그 꼿꼿한 허리도 엄지손가락도 샀겠군. 내 말 듣지 않으면 나도 가만두지 않겠어. 모두 돈 주고 샀단 말이지. 그래 부모 유산으로 샀겠지. 심사 숙고해 봐. 너 같은 놈은 정말 돈밖에 모르는 놈이었어. 너같은 게 자식을 가질 자격이 있어?」

「뭐라고? 자격이 있냐고? 애들은 여기 있는데 지금 무슨 말을 하고 있지?」

사무엘은 마치 우는 사람처럼 말했다.

「세상에 맙소사! 아담, 이건 더 이상 참을 수 없어. 목을 죄기 전에 잘 들어. 아이들은 본 체도 하지 않더니.」

사무엘이 흥분해서 쉰 목소리로 소리치자, 아담 역시 쉰 목소리로 소리질렀다.

「썩 나가! 리, 어서 총 좀 가져 와. 이 작자는 제정신이 아니란 말야.」

사무엘이 마침내 두 손으로 아담의 목을 움켜 쥐자 관자놀이가 충혈되고 눈도 붉게 충혈되었다. 사무엘은 성난 호랑이처럼 마구 욕을 하며 덤벼들었다.

「그 손 좀 치워. 당신은 그 어린애를 돈 주고 산 것도 훔쳐 온 것도 아냐. 당신이 애들에게 무엇을 해준 게 있어. 당신은 그저 신의 섭리에 의해 아이들을 얻은 것뿐이란 말야.」

사무엘은 그만 손을 풀었다.

그러자 아담이 헐떡거렸다. 그는 사무엘이 움켜 쥐었던 목이 몹시 아팠다.

「나보고 뭘하라는 거요?」

「당신에겐 애정이 없어.」

「아냐, 전에는 있었소. 말로 표현키 힘들 정도로 많았지.」

「있긴 뭐가 있었다는 거야. 이 농장엔 돌뿐이야. 사랑이 어딨어.」

「몰러서요. 나도 싸울 힘은 있소. 내가 방어도 할 줄 모른다고 생각하는 거요?」

「그야 방어의 무기는 가지고 있지. 이름도 없는 두 개의 무기 말야.」

「당신을 때려 눕혀 버리겠어. 이 늙은이가.」

「돌도 모르는 바보가 돌을 집어 던질 수는 없을 거야. 당신은 1년 동안이나 가슴을 조이면서 살고도 아들들에겐 이름도 하나 붙여 주지 않은 위인이야.」

그러자 아담이 퉁명스레 대꾸했다.

「내 일은 내가 알아서 할 테니 걱정하지 마시오.」

사무엘은 억센 주먹으로 세게 갈겼다. 그러자 아담은 힘없이 바닥에 자빠지고 말았다. 사무엘은 아담에게 일어나라고 말하고 나서 그가 일어서자 다시 주먹을 날렸다. 아담은 더 이상 일어나지 못했다. 아담은 흥분과 분노로 날뛰는 반백의 노인을 잠자코 바라다보았다.

사무엘의 눈에서 노기가 사라지더니 침착한 어조로 말했다.

「당신은 여태껏 아들들의 이름을 짓지 않았소.」

그러자 아담이 대꾸했다.

「쌍둥이는 어미가 떠나서 어미 없는 자식이 된 거요.」

「그러나 당신은 그애들에게 애비까지 없는 자식으로 만들었소. 애들이 밤에는 외로워서 추위에 떠는 걸 느끼지 못했단 말이오? 이 집에 무슨 애정이 있단 말이오? 새소리가 들리고 아침이 밝으면 무얼 한단 말이오? 아담, 당신은 어렸을 때 일이 조금도 생각나지 않소?」

아담이 그 말에 대꾸했다.

「난 그렇게까진 하진 않았소.」

「그러지 않았다고? 당신 아들 쌍둥이는 이름이 없소.」

사무엘은 몸을 굽히고 아담의 어깨에 손을 얹고 부축해서 일으켰다.

「쌍둥이에게 이름을 지어 주도록 합시다.」

사무엘은 아담의 옷에 묻은 흙을 직접 털어 주었다.

아담은 마치 바람결에 들려오는 음악을 듣고 있듯이 먼 산을 강렬한 시선으로 바라보았다. 그러나 그의 눈은 전같이 몽롱하거나 넋나간 모습이 아니었다.

아담의 목소리는 새롭게 변했다.

「나를 때리고 모욕을 준 사람에게 고맙다고 말하기는 좀 그렇지만, 어쨌든 고맙소. 당신에게 비록 매는 맞았지만 고맙군요.」

사무엘은 실눈을 뜨고 웃어 보였다.

「자연스럽게 보였소? 내가 잘 해냈나요?」

「무슨 말씀이시죠?」

「나는 이곳에 오기 전 나의 아내와 약속을 했어요. 그러나 아내는 나를 믿지 않았답니다. 나는 주먹을 쓸 줄 모르기 때문이지요. 나는 데리 군에서 교과서와 딸기코 계집애 때문에 싸움을 했던 게 마지막이었소.」

아담은 사무엘을 뚫어지게 쳐다보았다. 그의 모습은 처음에는 살기 등등하고 검게 그을은 동생 찰스로 보였고, 다시 변하여 자기에게 총을 겨누고 노려보던 캐시로 보였다.

아담이 다시 말했다.

「두려워하는 눈치가 아니고 왠지 지친 듯했소.」

「내가 화를 덜 낸 것 같군.」

「사무엘, 꼭 한 가지만 묻겠습니다. 무슨 소식 혹시 듣지 못했습니까? 캐시에 대해 무슨 말을 듣지 못했는가요?」

「듣지 못했소.」

「다소 안심이 되는군요.」

「그녀를 증오하오?」

「아닙니다, 증오하긴요. 다만 마음이 철렁 내려앉는 느낌이 들어서요. 그게 나중에는 증오로 바뀔지 모르지만요. 애정과 증오 사이에는 간격이 없죠. 정말 갈피를 잡을 수가 없어요.」

사무엘이 이번에는 입을 열었다.

「언제 우리 마주 앉아서 허심탄회하게 이야기해 봅시다. 그러나 지금은 그럴 여유가…….」

그때 헛간 뒤에서 닭을 둔하게 내리치는 소리와 비명 소리가 들렸다.

아담이 그 소리를 듣고 말했다.

「닭이 왜 저러지?」

사무엘이 건성건성 대답했다.

「아마 리가 닭을 잡나 보군요. 닭에게도 정부와 교회의 역사가 있다면, 인간이 기뻐하는 걸 좋아하지 않을 거예요. 인간은 좋은 일, 기쁜 일만 생기면 닭의 모가지를 몇 개씩 잡아야 하니까요.」

두 사람은 별로 말을 하지 않고 앉아서 이따금 건강이나 날씨에 대한 이야기를 했고, 그다지 필요도 없는 이야기를 의례적으로 나눌 뿐이었다. 만일 그때 리가 끼여들지 않았다면 그들은 필경 그렇게 앉아 있다가 서로 화를 냈을 것이다.

리는 테이블과 의자 두개를 들고 와서 의자를 마주 놓고 위스키와 유리컵을 가지고 와서 테이블 위에 놓았다. 그런 다음 양쪽 팔에 한 명씩 쌍둥이를 안고 와 그 옆 땅바닥에 내려 놓은 후 막대기 하나를 가지고 놀라고 손에 쥐어 주었다.

쌍둥이는 얌전히 앉아 사무엘의 수염을 바라보다가 두리번두리번 리를 찾았다. 쌍둥이는 이상한 옷을 입고 있었다. 중국인이 입는 일자 바지와 중국식 단추에 고리를 끼우는 저고리를 입고 있었다. 하나는 녹색 옷을, 다른 하나는 바랜 연분홍색 옷을 입었는데 매듭 단추와 고리끈은 모두 검정색이었다. 머리에는 검정색 모자를 썼는데, 모자 끝에는 빨간색 단추가 달려 있었다.

사무엘이 물었다.

「리, 어디서 저런 옷을 구해 입혔나?」

리가 재빨리 대답했다.

「구한 게 아니라 있던 옷이에요. 다른 옷은 질긴 삼베로 만들어서 입혔는데, 오늘은 이름을 짓는 특별한 날이니까 좋은 옷을 입어야 할 것 같아서요.」

「자네도 이제는 중국식 영어를 쓰지 않고 정식 영어를 하는군.」

「이제 여기서는 쓰지 않을 거예요. 하지만 킹 시티에 나가면 쓴답니다.」

그가 땅바닥에 앉아 있는 쌍둥이에게 노래하듯 짧게 몇 마디 하자 쌍둥이들이 웃으며 막대기를 흔들어 댔다.

리가 다시 말했다.

「제가 한 잔 따를께요. 전에 있던 술이에요.」

그러자 사무엘이 나섰다.

「어제 자네가 킹 시티에서 사 온 거잖아.」

사무엘과 아담이 서로의 장벽을 허물고, 한자리에 앉자 사무엘은 약간 부끄러운 마음이 생겼다. 아무래도 무력을 쓴 일을 쉽사리 보완할 수가 없었다. 그는 인내, 용기는 훌륭한 것이만 그것을 쓸 대상이 없으면 초라한 것이 된다고 혼자 생각하며 미소지었다.

그들은 화려한 색의 이상한 옷을 입은 쌍둥이를 바라보면서 앉아 있었다. 사무엘은 때때로 친구로 대할 때보다 적대자로 대할 때 더 도움이 되는 수도 있다고 생각했다. 사무엘은 고개를 들어 아담을 쳐다보았다.

「시작하기가 힘드는군요. 미룬 편지를 쓰기가 어렵듯이, 자, 좀 도와 주시겠소?」

아담은 잠시 그를 쳐다보더니 다시 땅바닥에 앉은 쌍둥이를 내려다보았다.

「난 지금 머리가 아파요. 물 속에서 소리를 듣는 기분이에요. 일년 만에 정신이 드는 거라서 그런가 봐요.」

「당신이 그때 일을 숨김없이 말해 주면 이야기가 쉽게 시작이 될 거 같네요.」

아담은 술잔을 벌컥 들이킨 후 또 술을 한 잔 따라서 손에 들고 잔을 기울였다. 누런 위스키가 한쪽으로 흔들리더니 톡 쏘는 듯한 과일 향기가 사방으로 풍겼다.

「생각해 내기가 어려워요. 고통스럽다기보다는 무감각해진 탓일 겁니다. 그 속에는 바늘로 콕 찌르는 듯한 것이 있죠. 당신은 내가 카드를 전부 갖고 있지 않다고 말씀하셨는데, 나는 그걸 생각해 보았습니다. 어쩌면 영영 카드를 전부 소유할 수 없는지도 모르죠.」

「그 여자가 집에서 나가려고 한 거죠? 말하고 싶지 않다는 것은 생각하고 싶지 않다는 거죠.」

「그런지도 몰라요. 그 여자는 권태감에 빠져 몸부림치고 있었지요. 지금도 마지막 장면밖에 생각나는 게 없어요.」

「당신을 쏜 건 그 여자죠?」

아담의 입술이 창백해지고 눈빛이 다시 침울해졌다.

사무엘이 그걸 눈치채고 말했다.

「대답하지 않아도 됩니다.」

「아닙니다. 대답하지 못할 이유가 없죠. 그 여자가 쏘았답니다.」

「당신을 죽이려고 했나요?」

「나는 그 생각을 오랫 동안 했어요. 그러나 나를 죽일 생각은 아니었던 거 같아요. 그런 기색은 보이지 않았거든요. 그 여자의 가슴엔 증오도 정열도 없었어요. 나는 군대에서 그것을 알았지요. 사람을 죽일 생각이라면 가슴이나 배를 쏘았을 겁니다. 나는 지금도 그때 총신이 위쪽으로 옮겨지던 것을 기억하고 있습니다. 나를 죽이려고 했다면 간단히 살해할 수도 있었을 겁니다. 그게 일종의 사랑이었을지도 모르죠. 그 여자에게는 내가 적대자가 아니라 귀찮은 존재였지요.」

「생각을 많이 했군요.」

「네, 그래요. 한 가지 궁금한 게 있어요. 그 마지막 사건 때문에 난 제대로 생각해 볼 수가 없었는데, 그녀는 미인이었나요, 사무엘?」

「당신의 눈에는 미인이었죠. 그 여자는 당신이 만들었기 때문에 그런 거요. 난 당신이 그녀를 제대로 파악하지 않았다고 생각하고 있소. 당신이 본 건 당신이 만든 그 여자일 뿐이니까요.」

아담이 큰소리로 중얼거리듯 말했다.

「그 여자는 어떤 부류의 인간이고, 이름도 뭔지 모르면서 그저 좋아만 했지.」

「지금도 그게 궁금합니까?」

아담은 시선을 내리깔고 말했다.

「꼭 알고 싶지는 않지만, 내 아들들에게 어떤 피가 흐르는지 알고 싶어요. 애들이 크면 내가 저 애들에게 무엇인지를 찾아내려고 할 것 아닙니까?」

「그건 그렇죠. 그러나 내가 하고 싶은 말은 그들의 피가 아니라 당신의 의심이 그들 속에 악을 싹트게 할지도 모른다는 것입니다. 당신이 기르는 대로 아이들은 성장할 겁니다.」

「그래도 핏줄이란 게 있지 않소.」

「나는 핏줄 같은 건 그리 신뢰하는 편이 아니죠. 아이들 속에 선과 악이 있다고 해도 세상에 태어난 후 그들 속에 심어 논 것을 나중에 보게 된다고 나는 생각합니다.」

「돼지를 경마로 기르지는 못해요.」

「그야 맞는 말이죠. 경마를 만들 수는 없지만 빨리 뛰는 돼지 정도는 만들 수 있겠죠.」

「당신의 말이 맞다고 생각하는 사람은 아무도 없을 겁니다. 당신 부인까지도……..」

「네 옳은 얘깁니다. 아내는 분명히 내 의견에 동의하지 않을 겁니다. 그래서 이 말은 아내에게 하지 않을 겁니다. 아내는 자기와 의견이 다르면 개인적인 모욕이라고 생각하고 논쟁을 벌여서 이긴답니다. 아내는 좋은 여자이긴 하지만 함께 있을 땐 자기 의견을 확고히 갖고 있어야 합니다. 이제 쌍둥이 얘기를 하기로 합시다.」

「한 잔 더 드시겠습니까?」

「네, 마시죠. 이름은 정말 신비한 겁니다. 이름은 아이들에 의해 만들어지는 것인지, 아니면 아이가 이름에 맞게 변모하는지는 모르겠지만, 분명히 이야기할 수 있는 것은 별명이 붙어지는 것은 이름을 잘못 지었다는 것이죠. 일반적으로 많이 쓰는 이름은 어떻게 생각하세요? 존이나 제임스나 찰스 같은 이름은 어떻죠?」

아담은 쌍둥이를 쳐다보다가 사무엘이 말한 제일 끝 이름을 듣고 갑자기 한 아이의 눈에서 자기 동생 찰스 모습을 찾아 냈다. 그는 몸을 약간 앞으로 굽혔다. 사무엘이 의아해 하며 물었다.

「왜 그러죠?」

아담이 새삼 깨달은 듯 큰소리로 말했다.

「쌍둥이가 닮지 않았어요. 전혀 다른 얼굴이군요.」

「물론이죠, 저 애들은 일란성 쌍생아가 아니라 이란성 쌍생아니까요.」

「저 애는 내 동생을 닮았어요. 저 애 얼굴에서 동생의 얼굴이 보였어요. 다른 애는 나를 닮았는지 모르겠군요.」

「둘 다 당신을 닮았어요. 얼굴에는 처음부터 모든 게 깃들어 있으니까요.」

「지금은 그렇지 않지만 아깐 마치 유령을 대하는 기분이었어요.」

「글쎄, 유령이 그런 건지도 모르죠.」

리가 음식을 가져 와 테이블 위에 차려 놓았다.

사무엘이 리에게 물었다.

「중국에도 유령이 있소?」

「네, 수백만 개 있습니다. 다른 어느 곳보다 유령이 더 많답니다. 중국에서는 아무것도 죽지 않으니까요. 그러니까 모든 게 많죠. 나는 중국에 갔을 때 그렇게 생각했어요.」

사무엘이 리를 쳐다보며 말했다.

「리, 좀 앉게. 쌍둥이 이름 좀 지어야겠네.」

「닭찜을 하고 있어요, 곧 오겠습니다.」

아담은 쌍둥이에게 정감어린 눈길을 보였다.

「리, 한 잔 하겠나?」

「저는 부엌에서 오가피 주를 마시고 있습니다.」

리는 다시 집안으로 들어갔다.

사무엘은 몸을 굽혀 한 아이를 무릎 위에 앉혀 놓았다. 그리고 아담에게 말했다.

「당신은 저 애를 안아요. 애들에게 어울리는 이름을 찾아 줍시다.」

아담은 부자연스럽게 아이를 무릎에 올려 놓았다.

「두 놈이 닮은 것 같더니 찬찬히 살펴보니 그렇지도 않은데요. 이 애가 더 눈이 둥글군요.」

사무엘이 말을 받았다.

「그렇군요. 머리도 귀도 더 둥글고 크군요. 이 애는 꼭 총알 같아요. 이놈은 높이는 올라가지 못해도 멀리는 가겠어요. 그리고 머리카락과 살갗이 좀더 검게 될 거 같고요. 이 녀석은 머리가 좋겠어요. 영리함은 마음을 속박하죠. 영리한 사람은 해서는 안 될 일도 하고요. 그러지 않으면 영리하지 않은 걸요. 이 애 혼자 버티고 있는 것 좀 봐요. 이 애가 발육이 훨씬 좋은 걸요. 참 이상하군요. 얼굴이 완전히 딴판이에요.」

아담의 표정은 마음이 활짝 열려 그 마음이 겉으로 나타나듯 변했다. 그가 손가락을 들자 아이가 그것을 잡으려고 덤벼들었다. 아이는 순식간에 그 손가락을 잡고 아담의 무릎에서 떨어질 뻔했다.

아담이 소리쳤다.

「이놈! 조심해. 바닥에 떨어지고 싶은 거냐?」

사무엘이 그에게 말했다.

「애들이 가지고 있는 특성에 따라 이름을 지어 주는 건 잘못이오. 우리가 잘못 볼지도 모르죠. 이 애들이 추구할 높은 목표에 따라 이름을 지어 주는 것이 좋을지 모르겠어요. 내 이름은 하나님이『사무엘』이라고 부르셨다고 해서 그 이름을 그대로 딴 겁니다. 그러니까 나는 평생 동안 주님의 부름을 들었다고 볼 수 있죠. 정말이지 하나님이 부르는 소리가 들리는 것 같았던 적이 여러 번 있었답니다. 분명치는 않지만요.」

아담은 아이를 안은 채 몸을 굽혀 그의 술잔에 술을 따르며 말했다.

「이렇게 와 주셔서 정말 고마워요. 그리고 때려 주셔서 고맙구요. 이건 좀 이상한 말이긴 하지만요.」

「이상한 짓을 한 건 납니다. 아내가 이 말을 해도 곧이듣지 않을 거요. 라이자에게도 말하지 말아야겠어요. 거짓말하는 것도 나쁘지만 사실을 믿지 않는 것은 더 기분 나쁜 일이죠. 이 세상에 있어서 용납되지 않는 진실을 지지하려면 크나큰 용기가 필요하죠. 그러나 유감스럽게도 내겐 그런 용기가 없습니다.」

그 말에 아담이 대꾸했다

「나는 당신 같은 유식한 분이 왜 그런 불모지에서 살고 있는지 언제나 이상하다고 생각합니다.」

「그건 용기가 없어서죠. 나는 책임을 질 수가 없었어요. 만일 하나님이 내 이름을 부르지 않았다면 내가 부를 수도 있었을 텐데, 나는 그러지를 못했어요. 거기에 위대함과 평범함의 차이가 있지요. 그러나 평범한 사람은 필히 위대함이 세상에서 가장 외로운 것임을 알아야 할 필요가 있어요.」

그 말에 아담이 나섰다.

「위대함에도 정도의 차이가 있겠죠.」

「내 생각은 그렇지 않아요. 그건 작은 대(大)자가 있다는 것과 같은 거죠. 책임의 소재가 문제될 때 우리는 늘 혼자 스스로 선택할 수밖에 없는데, 한편에는 우정과 온정, 그리고 이해가 있고, 다른 한편에는 차고 외로운 위대함이 있지요. 당신은 이것을 선택 해야 합니다. 나는 평범함을 택한 것을 만족해 합니다. 만일 그 반대 되는 쪽을 택했을 경우 어떤 보상이 있었을 것이라고는 말할 수 없어요. 내 자식은 톰을 제외하곤 모두가 평범하게 살 거예요. 톰은 지금은 그 선택을 하지 못해서 고민 중이지요. 옆에서 바라보고 있자니 나도 무척 괴롭더군요. 그런데 나는 그애가 위대함을 택하길 바라니, 이 얼마나 지독한 이기주의입니까. 아버지 되는 사람이 자기 아들에게는 외로운 길을 택하기를 바라고 있으니, 너무 이기적이죠?」

아담이 소리 내어 웃었다.

「이름 짓는 것도 결코 쉬운 일이 아니군요.」

「쉽다고 생각했나요?」

「이렇게 즐거운 줄도 몰랐죠.」

그때 리가 닭찜 접시와, 김이 무럭무럭 나는 찐 감자 한 사발과 근대 피클을 한 접시 담아 왔다.

「맛이 있을지 모르겠어요. 중닭이 없어서 좀 늙은 닭을 잡았답니다. 올해에는 족제비가 병아리를 많이 잡아 먹었어요.」

사무엘이 리를 오라고 청했다.

「조금 있어요. 오가피 주를 가지고 올께요.」

리가 집으로 돌아간 뒤에 아담이 고개를 갸웃거리며 말했다.

「이상하군요. 리가 전에는 저렇게 말을 하지 않았거든요.」

「리가 이제는 당신을 신뢰한다는 거예요. 그는 대가를 바라지 않고 충성을 다하는 사람이죠. 저 사람이 우리보다 훨씬 더 훌륭한 사람이라고 할 수 있어요.」

리가 돌아와 자리에 앉으며 말했다.

「아이들을 내려놓으세요.」

쌍둥이들은 바닥에 내려지자 칭얼거렸다. 그러자 리가 관동말로 날카롭게 한 마디 하자 아이들은 이내 조용해졌다.

그들은 시골 사람처럼 묵묵히 식사를 했다. 리가 불쑥 일어나 집을 향해 달려가더니 붉은 포도주 한 주전자를 들고 돌아왔다.

「깜박 잊었는데, 이게 집에 있더군요.」

아담이 기쁜 듯 웃으며 말했다.

「내가 산체스 농장을 사기 전에 여기서 술을 마신 기억이 나는군요. 그 술 때문에 이 집을 샀는지도 모르죠. 리, 이 닭 맛있군 그래. 내가 음식 맛을 느끼게 된 것도 참 오랜만이군.」

사무엘이 그 말을 듣고 말했다.

「이제 건강해질 거예요. 병이 낫는 것을 병에 대한 모독으로 생각하는 사람도 있습니다. 누구나 기다리면 건강은 회복되기 마련이죠.

4

리는 테이블을 치우고 깨끗한 닭다리를 아이들에게 하나씩 들려 주었다. 쌍둥이는 닭다리를 쥐고 쳐다보기도 하고 빨기도 하면서 놀았다. 포도주와 상은 그대로 상 위에 놓여 있었다.

사무엘이 서둘렀다.

「이름을 지어 보죠. 아내가 특별히 잘 지으라고 했는데.」

아담이 머뭇거리며 말했다.

「글쎄 어떤 이름을 지어 주어야 할지 모르겠군요.」

「혹시 생각했던 이름 같은 건 없나요? 부자 친척의 이름이나 자랑할 만한 명사의 이름 같은 거라도 좋아요.」

「그런 생각하지 않았어요. 나는 애들에게 새로운 이름을 지어 주었으면 좋겠어요.」

사무엘은 주먹으로 자기 이마를 치며 말했다.

「이것 참, 저 애들에게 지어 줄 적당한 이름이 없다니.」

아담이 그에게 물었다.

「무슨 말씀이시죠?」

「새로운 이름이라고 하셨죠. 지난밤에 생각한 건데…….」

사무엘은 잠시 생각한 후 입을 열었다.

「자기 이름을 생각해 본 적이 있습니까?」

「내 이름이라뇨?」

「물론입니다. 당신의 첫아들이니까. 즉 카인과 아벨이죠.」

그러자 아담이 완강한 어조로 반대했다.

「안 됩니다. 그건 싫어요.」

「나도 그건 좋지 않다는 것을 알아요. 같은 운명을 상기시키기 때문이죠. 카인이라는 이름은 세상에서 가장 유명한 이름인데도 그런 이름을 가진 사람은 단 한 명, 성경 속의 사람뿐이죠.」

리도 끼어들었다.

「그래서 그 이름이 언제나 같은 의미를 갖고 있는 걸 겁니다.」

아담은 빨간 포도주를 쳐다보며 말했다.

「그 말을 듣자마자 난 소름이 끼쳤어요.」

「태초부터 우리에게는 두 가지 이야기가 따라다녔지요. 그중 하나는 원죄에 대한 것이고, 다른 하나는 카인과 아벨에 관한 겁니다. 나는 그 두 가지 다 이해

하지는 못하지만 피부로 느끼기는 합니다. 그래서 아내는 내게 화를 냅니다. 아
내는 그 이야기는 이해하려고 하지 말라는 거예요. 진실을 왜 설명하려드냐는
거죠. 어쩌면 아내의 말이 옳을지 몰라요. 참, 아내 말을 들으니 당신은 장로교
인이라던데 에덴 동산이나 카인과 아벨 이야기를 이해하겠소?」

「부인께서 저를 좋게 본 모양이군요. 난 오래 전에 샌프란시스코에서 주일 학
교에 다녔답니다. 사람들은 모두 사람들이 나름대로 자기 같은 사람이 되기를
원하죠.」

아담이 리에게 다시 질문했다.

「자네가 에덴 동산이나 카인과 아벨을 이해하느냐고 물었잖소?」

「원죄 이야기는 이해할 수 있습니다. 저 혼자 느낌이긴 하지만요. 그러나 카
인과 아벨에 대한 살해 이야기는 모르겠어요. 자세한 내용도 모르고 기억도 나
지 않아서요.」

이번에는 사무엘이 나섰다.

「아직 자세히 읽는 사람이 없지요. 그러나 자세히 성경을 읽어 보면 놀랍지
요. 아벨에게는 자식이 없었죠.」

말을 하다 말고 그는 하늘을 쳐다보며 말했다.

「하루 해가 너무 빠른데. 인생살이와 마찬가지지. 자세히 살피지 않으면 아주
빨리 가고, 살펴보면 천천히 가는 것 같아요. 난 즐겁게 삽니다. 나는 이제 즐겁
게 사는 것을 죄로 생각하지 않기로 다짐했어요. 나는 사물을 연구하는 걸 즐기
는 편이죠. 하나의 돌 옆을 지나치다가도 그 밑을 들쳐 봐야 직성이 풀립니다.
달의 한쪽을 볼 수 없는 게 큰 유감이긴 하지만요.」

아담이 그때 말했다.

「나는 성경이 없어요. 가족 성경은 코네티컷에 두고 왔답니다.」

그러자 리가 나섰다.

「내게 있어요. 가져 오겠습니다.」

「아니 괜찮아. 라이자가 자기 어머니 성경책을 주어서 가져 왔지. 여기 내 주
머니 속에 있지.」

사무엘은 꾸러미 속에서 낡은 성경을 꺼냈다.

「이 성경책은 아주 낡았군. 어떤 고뇌가 깃들어 있는 듯 느껴지는군.」

「나는 다른 사람의 성경을 보면 어느 곳에 손때가 제일 많이 묻었나를 살피고
나면 그 주인에 대해 잘 알 수 있죠. 아내 라이자의 성경은 골고루 닳아 있답
니다. 아, 그래, 바로 여기지. 제일 오래 된 얘기. 이 이야기가 우리를 괴롭힌다
면 그건 분명 우리 자신 속에 괴로움이 있는 게 분명해요.」

아담이 말했다.

「나는 그 이야길 어렸을 때 듣고 이제까지 한 번도 못들었어요.」

「긴 것 같지만 짧지요. 내가 끝까지 다 읽어 볼 테니 다 읽고 난 후에 다시 생각해 보기로 합시다. 술 좀 더 주시죠. 술을 마시니 갈증이 나네. 아주 짤막한 얘긴데 깊은 상처를 안겨 줬지.」

사무엘은 땅을 잠시 내려다본 후 다시 입을 열었다.

「아니 쌍둥이가 땅바닥에서 잠이 들었군 그래.」

리가 일어났다.

「제가 덮어 주겠습니다.」

「땅바닥은 따뜻해요. 자, 성경은 이렇게 시작돼요. 아담이 아내 하와와 한 자리에 들었더니 아내가 임신하여 카인을 낳고 이렇게 말했지. 『야훼께서 나의 아들을 주셨구나!』라고.」

아담이 말을 하려고 하자 사무엘이 그를 쳐다보았다. 그는 잠자코 손으로 눈을 가렸다. 사무엘은 계속 성경을 읽어 내려갔다.

「하와는 또 카인의 아우 아벨을 낳았는데, 아벨은 양을 치는 목자가 되었고, 카인은 밭을 가는 농부가 되었다. 때가 되어 카인은 땅에서 난 곡식을 야훼께 예물로 드렸고 아벨은 양 떼 가운데서 처음 얻은 새끼와 기름을 드렸다. 그런데 야훼께서는 아벨이 바친 예물은 반기시고, 카인과 그가 바친 예물은 반기시지 않으셨다.」

리가 불쑥 한 마디 했다.

「거기요. 아니 계속 읽으세요. 나중에 말씀드리겠습니다.」

사무엘이 다시 성경을 읽어 내려갔다.

「카인은 고개를 떨어뜨리고 몹시 화가 나 있었다. 야훼께서 이것을 보시고 카인에게 말씀하셨다. 『너는 왜 그렇게 화가 났느냐? 왜 고개를 떨어 뜨리고 있느냐? 네가 잘했다면 왜 얼굴을 쳐들지 못하느냐? 그러나 네가 만일 마음을 잘못먹었다면, 죄가 네 문 앞에 도사리고 앉아 너를 노릴 것이다. 그러므로 너는 그 죄에 굴레를 씌워야 한다.』 그러나 카인은 아우 아벨을 『들로 가자.』고 피어 들로 데리고 가서 아우 아벨을 쳐죽였다. 야훼께서 카인에게 물으셨다. 『네 아우 아벨이 어디 있느냐?』 카인은 『제가 아우를 지키는 사람입니까?』 하고 잡아떼며 모른다고 대답하였다. 그러나 야훼께서는 『네가 어찌 이런 일을 저질렀느냐?』고 하시면서 꾸짖으셨다. 『네 아우의 피가 땅에서 나에게 울부짖고 있다. 땅이 입을 벌려 네 아우의 피를 네 손에서 받았다. 너는 저주를 받은 몸이니 이 땅에서 물러나야 한다. 네가 아무리 애써 땅을 갈아도 이 땅은 더 이상 곡식을 내주지 않을 것이다. 너는 세상을 떠돌아다니는 신세가 될 것이다.』그러자 카인이 야훼께 하소연하였다. 『벌이 너무 무거워서, 저로서는 견디지 못하겠습니다. 오늘 이 땅에서 저를 아주 쫓아 내시니, 저는 이제 하나님을 뵙지 못하고 세상을 떠돌아다니게 되었습니다. 저를 만나는 사람마다 저를 죽이려고 할 것입니다.』그러자 『그렇게 못하도록 하여 주마. 카인을 죽이는 사람에게는 내가 일곱 갑절로 벌을 내리리라.』이렇게 말씀하시고 야훼께서는 누가 카인을 만나더라도 그를 죽이지 못하도록 그에게 표를 찍어 주셨다. 카인은 하나님 앞에서 물러나 에덴 동쪽 놋이라는 곳에 자리를 잡았다.』

사무엘은 피곤한 표정으로 성경을 덮었다.

「자, 기껏 16절 밖에 안 되는 걸요. 그런데 이 무서운 이야기를 까맣게 잊고 있었군요. 네, 이 이야기가 얼마나 무서운 이야기라는 걸 까맣게 잊고 있었어요. 용기를 주는 말은 단 한 마디도 없군요. 라이자의 말이 맞아요. 이해고 뭐고 필요 없는 거죠.」

아담이 한숨을 쉬며 말했다.

「네, 결코 위안을 주는 내용은 아니죠.」

리가 둥근 돌로 만들어진 술병에서 검은빛이 도는 술을 가득 잔에 부어 찔끔찔끔 마신 뒤 혀를 굴려 술맛을 보고 있었다.

「어떤 이야기는 그것이 진실하고, 또한 우리에게 진실하다는 것을 우리가 우리 마음속에서 느끼지 않으면 그 이야기는 힘이 없고 또한 오래 가지도 못하죠. 인간은 죄라는 참으로 큰 짐을 지고 있는 거죠?」

사무엘은 아담에게 말했다.

「그런데 당신은 그 무거운 짐을 혼자 모두 지려고 했어요.」

「그건 저도 마찬가지죠. 아니, 누구나 다 그럴 거예요. 죄를 마치 귀중한 물건이나 되는 듯 한아름씩 안고 있죠. 모두가 원해서 그런 거지만요.」

아담이 끼어들었다.

「그래서 난 기분이 더 좋아져요. 나빠지는 게 아니고요.」

사무엘이 물었다.

「그건 또 무슨 말입니까?」

「모든 아이가 죄를 자기가 만들었다고 생각하죠. 좋은 일은 모두 배워서 하는 거라고 생각하고요. 죄는 우리 개개인이 가지고 있는 속성입니다.」

「잘 알겠어요. 그러나 이 얘기가 어째서 기분이 좋다는 겁니까?」

아담이 흥분된 어조로 말했다.

「왜냐하면 우리는 여기서 내려온 후손이기 때문이죠. 여기란 우리 조상을 의

미합니다. 우리 죄의 어느 정도는 조상들 속에 흡수되어 있죠. 우리에게 무슨 기회가 있었겠어요? 우리는 죄를 지은 첫번째 사람은 아닙니다. 일종의 변명이죠. 변명은 얼마든지 댈 수 있는 겁니다.」

「하지만 그런 변명은 납득할 수 없는 거죠.」

리는 잠시 말을 중단했다가 계속했다.

「만일 확실한 근거만 있었다면 벌써 오래 전에 죄를 씻어 버렸을 겁니다. 그러면 이 세상이 벌을 받고 슬퍼하는 사람들로 가득 차지도 않았을 테고요.」

사무엘이 그 말을 받았다.

「이것을 다르게 생각해 볼 수는 없을까요? 변명이든 아니든 우리는 조상에게 얽매여 있으니 죄를 짓고 있는 거죠.」

이번에는 아담이 말했다.

「나는 하나님에 대해 불만을 품고 있습니다. 카인과 아벨은 소유하고 있는 것을 하나님께 바쳤어요. 그렇지만 하나님은 아벨의 것만 받으시고 카인의 것은 받지 않으셨어요. 공평한 일이라고는 생각지 않습니다. 그래서 나는 이해가 안 되는 겁니다. 당신은 그것을 이해하십니까?」

이번에는 리가 나섰다.

「다른 배경에 대해서도 생각해야 될 것 같습니다. 이 이야기는 유목민이 유목민을 위해 쓴 것이라고 봅니다. 그들은 농경인이 아니었습니다. 유목민의 신이라면 보릿단보다는 살찐 양을 더 값진 것으로 생각했겠죠. 당연히.」

사무엘이 긍정적으로 말했다.

「그래, 자네 말 뜻은 이해하겠네. 리, 그러나 동양적인 사고에 아내가 관심을 갖도록 하지는 말게.」

아담은 흥분해서 말했다.

「그래요, 왜 하나님은 카인을 저주했죠? 그건 불공평한 처사예요.」

사무엘이 그 말에 이어 말했다.

「성경을 잘 읽어 보면 이해하는 데 도움이 되죠. 하나님은 카인을 완전히 저주한 건 아니지요. 하나님도 좋고 싫은 것을 분명히 의사 표시할 수 있다고 봐요. 만일 하나님이 곡식보다 양고기를 좋아했다고 가정합시다. 카인이 당근 한 다발을 하나님께 갖다 바쳤는지도 모르죠. 그래서 하나님은 「이런 것은 싫다. 다른 것을 가져 오너라. 내가 좋아하는 것을 갖고 오면 네 동생과 동등하게 대우해 주지.」 그러자 카인은 기분이 상했어요. 불쾌해서 견디기 어려웠을 겁니다. 화가 나면 무엇이라도 후려치고 싶은데, 아벨이 그 대상이 된 겁니다.」

리가 말했다.

「성 바오로는 히브리인에게 아벨은 믿음이 있다고 말했어요.」

「성경의 창세기엔 그런 건 씌어 있지 않아. 카인의 성격을 암시한 말은 있지만.」

리가 사무엘에게 물었다.

「그럼 부인께서는 성경의 그런 역설에 대해선 어떤 생각을 하고 계시죠?」

「라이자는 역설을 인정하지 않기 때문에 아무것도 느끼지 못해.」

「그렇지만…….」

「그렇게 궁금하면 찾아와서 질문해 보게. 큰 호통을 칠 테니까.」

아담이 말했다.

「당신들은 이것에 대해 깊이 생각했나 본데, 나는 잘 모르겠어요. 그러니까 카인이 살인죄로 추방당한 거죠?」

「그래요, 살인죄죠.」

「그리고 하나님이 낙인을 찍었구요?」

「잘 듣지 않았군요. 카인의 이마에 표를 찍은 건 그를 죽이려는 게 아니라 구원하려는 것이었어요. 그래서 표를 해 둔 거죠. 그를 죽인 사람은 누구를 막론하고 저주받게 됩니다. 일종의 보호 표시였다고 할까요?」

아담이 말했다.

「나는 카인이 재수가 나빴던 게 아닌가 생각이 드는데요.」

「그랬는지도 모르죠. 카인은 살아서 자식을 남겼지만, 아벨은 그후 소식이 없는 걸요. 그러니까 우리는 카인의 후예죠. 그런데 몇 천 년이 지난 지금 장년 세 명이 이 죄를 마치 어제 킹 시티에서 저질렀다고 생각해 아직 공판에 넘어가지 않은 것처럼 논의하다니 정말 이상한 일 아닙니까?」

쌍둥이 중 한 명이 잠이 깨서 하품을 하고 리를 쳐다본 후, 이내 다시 잠이 들었다.

이번에는 리가 말했다.

「제가 언젠가 고대 중국 시를 영어로 번역하고 있다는 말씀을 드렸는데 기억하시는지 모르겠군요. 지금 읽으려는 건 아니에요. 번역을 하면서 저는 옛것이 오늘 아침에 일어난 일처럼 참신하고 명료화하다는 것을 알았어요. 왜 그럴까요. 물론 사람들은 타인에게는 관심이 없고 오직 자신에 관한 이야기에만 관심을 갖고 있지요. 위대하고 영원한 이야기가 되려면 만인에 대한 이야기여야 하며, 그렇지 않으면 오래 지속되지 않는다는 것을 저는 깨달았답니다. 생소하고 낯선 것이 아니라 오직 철저하게 개인적이거나 친근한 것만이 흥미로운 것이 되는 거죠.」

사무엘이 말했다.

「카인과 아벨의 이야기에 그걸 적용해 봅시다.」

그러자 아담이 말했다.

「그러나 나는 동생을 죽이지는 않았는데…….」

아담은 말을 멈추고 먼 옛날로 돌아갔다.

리가 사무엘의 말에 대답했다.

「그건 모든 사람의 이야기이기 때문에 세상에 널리 알려진 거죠. 이건 인간의 영혼을 다룬 상징적인 이야기지요. 이건 단순히 내 느낌일 뿐이지만요. 뜻이 분명치 못해도 이해하고 들어 주십시오. 어린애가 제일 두려워하는 것은 다른 사람에게서 사랑을 받지 못한다는 거죠. 어린아이는 사랑받지 못하고 버림받는 걸 지옥같이 생각한답니다. 세상 사람은 모두 약간의 정도는 있지만 누구나 그런 경험은 했을 겁니다. 사랑의 거부는 분노를 낳고, 분노는 거역당한 복수를 위해 범죄를 낳고, 범죄는 또 죄를 낳는 법입니다. 이것이 바로 인간의 역사입니다. 만일 무시와 거절이 없었다면 인간은 지금처럼 되지는 않았을 겁니다. 그리고 감옥도 줄었을 거고, 모든 시작이 바로 여기에 있지요. 갈망하는 사랑이 거절되면 어린아이는 고양이를 발로 차서 자기의 은밀한 죄를 감추죠. 어떤 아이는 사랑을 받으려고 돈을 훔치기도 하죠. 또 세계를 정복하는 애도 있지요. 그러면 언제나 죄와 복수, 다시 죄가 반복되죠. 인간만이 유일하게 죄를 짓는 동물입니다. 이 오래 된 이야기의 중요한 점은 이것이 영혼을, 사랑을 거절당해 죄를 지은 영혼을 그렸다는 데 있다고 합니다. 트래스크 씨, 아까 동생을 죽이지 않았다고 말을 해 놓고는 무엇을 생각하고 계십니다. 저는 그게 자못 궁금하답니다. 나의 동양적인 헛소리를 어떻게 생각하십니까? 해밀튼 씨, 당신이 그렇지 않은 것처럼 나도 동양적이 아니라는 것을 알죠?」

사무엘은 탁자에 팔꿈치를 괴고 손으로 눈과 이마를 가리면서 말했다.

「생각 좀 해야겠어. 그래 생각 좀 해야겠어. 이 문제만 따로 떼어 다시 생각해 봐야겠어. 자네가 내 세계를 마구 뒤집어 놓았어. 지금까지의 내 세계 대신에 어떤 세계를 대신 세울 수 있을지 모르겠어.」

리가 조용한 어조로 말했다.

「기존의 진리를 중심으로 해서 새 세계를 세울 수는 없을까요? 원인만 알고 있다면 고통과 광기는 더러 뿌리 뽑을 수 있지 않을까요?」

「모르겠어. 자네는 내 아름다운 세계를 혼란스럽게 하고 논쟁에서 승리하고, 그 논쟁에 정답을 내놓았어. 나 혼자 좀 내버려둬, 생각 좀 할 여유를 주게. 내 머리속에는 이미 자네의 견해가 침투되어 있어. 톰은 이걸 어떻게 생각할까?

톰은 무슨 일이나 찬찬히 논리정연하게 잘 따지지. 아담, 이제 정신 좀 차려요. 무슨 생각에 그리 몰두해 있죠?」

아담이 깜짝 놀라면서 한숨을 쉬었다.

「너무 간단한 거 같아요. 난 간단하면 무서워요.」

다시 리가 말했다.

「아니예요, 그렇게 간단하지만도 않아요. 복잡한 편이에요. 그렇지만 끝은 밝을 겁니다.」

사무엘이 주위를 살피며 말했다.

「이제 곧 어두워지겠는 걸. 우리는 저녁이 되는 줄도 모르고 앉아 있었군요. 쌍둥이에게 이름을 지어 주지도 못하고. 리, 자네 그 까다로운 이론을 교회 사람들 앞에서 하지 않도록 하게. 말을 했다간 사지에 못이 박히고 말 거야. 기성 교회도 까다로운 이론을 좋아하는 편이지만 그들 나름대로의 이론만 좋아하지. 이젠 돌아가야겠군.」

아담이 크게 당황하며 말했다.

「쌍둥이 이름을 지어 줘야죠.」

「그럼, 성경에서 찾아볼까요?」

「아무 데서나 찾아도 돼요.」

「글쎄. 한번 생각해 보죠. 애굽을 떠난 사람 중에서 약속된 땅까지 간 사람은 모두 두 명밖에 없어요. 그 이름은 어떨까?」

「그게 누구죠?」

「캘렙과 여호수아랍니다.」

「여호수아는 군인이었죠. 아마 장군이었을 걸요. 그렇지만 나는 군인이 싫은데…….」

「캘렙은 부대장이었어요.」

「장군은 아니었나요? 캘렙은 괜찮은데. 캘렙 트래스크.」

쌍둥이 한 놈이 잠에서 깨어 울었다.

「이름을 부르니까 아이가 잠에서 깨어났군요. 여호수아는 싫지만 캘렙은 좋습니다. 저 애는 영리하죠. 저 검은 녀석. 또 한 녀석도 마침 깼군요. 나는 아론이라는 이름이 좋아요. 그는 『약속된 땅』으로는 가지 않았어요.」

다른 아이도 즐거운 듯 울어 댔다.

아담이 기쁜 듯 말했다.

「그거 좋은 이름이군요.」

갑자기 사무엘이 웃었다.

「이 분 동안에 많은 말을 한 결과 캘렙과 아론이라는 이름으로 정했군요. 너희도 이젠 사람이 되었고 이젠 저주받을 권리도 갖게 되었단다.」

리가 쌍둥이를 안았다.

「잘 보셨어요?」

아담이 고개를 끄덕이며 말했다.

「물론이고 말고. 이 녀석은 아론이고, 저 녀석은 캘렙.」

리는 요란스럽게 우는 쌍둥이를 양팔로 안고 어둠을 향해 걸었다.

그때 아담이 입을 열었다.

「난 어제만 해도 쌍둥이를 구별할 수 없었답니다. 아론과 캘렙.」

사무엘도 한 마디 했다.

「우리가 열심히 생각한 보람이 있었으니 천만 다행이오.」

「라이자는 여호수아가 더 좋다고 했을 거요. 아내는 영리하고 성을 무너뜨린 이야기를 좋아하죠. 그렇지만 아론도 좋아하죠. 잘 됐어요. 그럼 나는 마차를 챙겨 돌아가겠어요.」

아담은 헛간까지 사무엘을 따라와 주었다.

「오늘 와 주셔서 고맙소, 큰 짐을 덜어 주셨어요.」

사무엘은 버티는 말의 입에 재갈을 물리고 이마 띠를 두르고 목에다 끈까지 채웠다.

「이제는 마당에 정원을 꾸밀 생각이나 해보시죠. 설계하신 정원이 저기에 생길 건가요?」

아담은 한참 후에야 입을 열었다.

「이젠 그럴 기력이 없어요. 난 앞으로 살아갈 수 있는 돈은 충분히 있어요. 내가 좋아서 정원을 꾸미려 했던 것은 아니었지요. 정원을 보여 줄 상대가 없는 걸요.」

사무엘은 휙 돌아서 버렸다. 그의 눈에서는 눈물이 글썽거렸다.

「그렇게 생각하지 마시오. 기운이 없어질 리가 있나요. 사람은 모두 마찬가지죠.」

사무엘은 잠시 서 있다가 마차에 올라 채찍을 휘두르며, 인사도 하지 않고 그곳을 떠났다.

제3부

제23장

1

　해밀튼 일가는 신경이 예민하고 성격이 유별난 사람들이었다. 그들 중에는 신경이 너무 예민해서 목숨을 잃은 사람도 있었다. 이런 일은 세상에 흔한 일이었다.

　사무엘은 여러 딸 중에서 특히 유나를 좋아했다. 유나는 어린 시절에도 아이들이 오후가 되면 과자를 먹고 싶어 하듯 학문에 몰입했다. 부녀지간에 함께 지식을 탐구했다. 남몰래 책을 빌려다 읽고 서로 비밀리에 의견을 교환하기도 했다.

　아이들 중에서 유나는 제일 유머가 부족했다. 유나는 얼굴이 검고 성격이 격렬한 남자와 결혼했다. 유나의 남편 손에는 언제나 화학 약품이 묻어 있었다. 그 사람은 가난하게 생활을 하면서도 계속 연구를 하는 사람이었다. 그는 사진술에 관한 연구를 하는 중이었다. 그는 외부 세계를 종이 위에 옮길 때 유령 같은 흑백의 세계가 아니라 인간의 눈이 감지하는 원색으로 옮겨 놓을 수 있다는 것이었다

　그의 이름은 앤더슨이었다. 그는 사교술이 뛰어나지 못한 사람이었다. 기술자들이 대개 그렇듯 명성을 두려워하고 멸시하는 편이었다. 그는 또한 사고의 비약을 싫어했다. 그는 마치 산의 마지막 정상으로 올라가는 사람처럼 발 디딜 자리를 마련하고 한 발씩 차근차근 올라갔다. 그래서 앤더슨은 해밀튼 일가가 생각이 엉뚱하고 실수가 많다는 것에 대해 경멸했는데, 이 경멸감은 두려움에서 나온 것이었다.

　앤더슨은 미끄러지거나 떨어지거나 날려는 엉뚱한 생각은 하지 않았다. 그는

천천히 자기가 찾고자 하는 바를 얻기 위해 위를 향해 천천히 올라갔다.

마침내 앤더슨은 자기가 원하던 원색 사진술을 발견했다. 그가 유나와 결혼한 것은 유나에게 유머가 없기 때문이었는지도 모른다. 앤더슨은 처가집 식구들에게 미리 겁을 집어 먹고 아내를 데리고 북쪽으로 떠났다. 그곳은 오리건 주에서 멀리 떨어진 음산하고 황폐한 지역이었다. 앤더슨은 그곳에서도 역시 유리병과 종이와 씨름을 하면서 원시적인 생활을 했을 것이다.

유나는 기쁜 기색이나 슬퍼하는 기색이 전혀 담기지 않은 담담한 편지를 집으로 보내 왔다. 그녀는 잘 지내고 있으며 가족 모두 편안하기를 바란다는 것과 앤더슨의 연구가 멀지않아 결실을 맺을 것이라는 사연이었다.

그러다가 얼마 후 그녀는 죽고, 유나의 시체가 배로 운구되어 왔다.

나는 유나를 본 적이 없다. 그녀는 내가 철들기 전에 죽었는데. 여러 해 뒤에 조지 해밀튼이 울먹이면서 나에게 그 말을 해주었다.

조지는 내게 이렇게 말했다.

「유나는 몰리 같은 미인은 아니었지만, 수족이 아주 예뻤지. 발목은 날씬하고 걸을 때는 마치 잔디 위를 걷는 것처럼 가벼웠어. 손가락은 갸름하고 손톱은 작고 복숭아같이 생겼어. 그리고 피부는 깨끗하고 윤기가 났지.」

조지는 잠시 추억을 더듬는 듯 침묵을 지켰다.

「유나는 우리들처럼 웃거나 놀지 않았지. 그애는 남다른 점이 있었어. 언제나 무엇이건 경청하는 버릇이 있었어. 책 읽는 모습을 보면 마치 음악을 듣는 얼굴이었지. 그리고 무슨 질문을 받으면 자기가 알고 있으면 정확하게 그리고 또 박또박 대답했어. 유나는 우리처럼 『어쩌면』이나 『그럴 거야』라는 수식어는 쓰지 않았지. 우린 늘 앞뒤가 맞지 않는 허튼 소리를 잘 하지만 유나는 순수하고 단순한 구석이 있어.」

조지는 계속 말했다.

「유나의 유해가 집으로 운구되어 왔는데 손톱은 속살이 보일 정도로 부러져 있고, 손가락은 터져 갈라지고 뭉개져 있었어. 그렇게 예뻤던 발은……..」

조지는 말을 더 이상 잇지 못하고 있다가 한참 후에야 자제하면서 말을 이었다.

「유나의 발은 부러지고 자갈과 가시덤불에 갈라져 있었지. 그애는 그 예쁜 발에 신도 신지 않고 살았던 거지. 그래서 살갗이 생가죽처럼 거칠어져 있었어.」

「우리는 그애가 사고를 당했다고 생각했지. 앤더슨이 화학 약품을 많이 취급했으니까 사고가 났다고 단정지었어.」

그러나 아버지 사무엘 해밀튼은 유나의 죽음은 사고사가 아니라 고통과 절망 때문이라고 생각하고 슬퍼했다.

사무엘은 유나의 죽음으로 인해 큰 충격을 받았다. 그는 기운을 북돋워 줄 만한 말 한 마디 하지 않고 혼자 앉아서 몸을 앞뒤로 흔들고만 있었다. 그는 자기의 부주의와 무관심 때문에 유나가 죽은 것이라고 생각하고 있었다.

지금까지 세월과 즐겁게 싸워 왔던 사무엘의 건강이 점점 나빠지기 시작했다. 그의 피부는 주름살이 생기고 총명하던 눈은 희미해졌으며 떡 벌어졌던 건장한 어깨도 굽어지기 시작했다. 그래도 라이자는 무엇이든지 수용할 수 있었기 때문에 비극도 받아들일 수 있었다. 라이자는 이 세상에는 그다지 희망을 걸지 않고 살았다. 사무엘은 어제까지도 웃으면서 자연의 법칙에 대항하면서 살았으나, 딸 유나의 죽음으로 말미암아 그의 세계는 깨지고 말았다. 사무엘은 이제 노인이 되고 말았다.

그러나 유나의 죽음을 제외하면 다른 자식들은 모두 잘 살아가고 있었다. 조지는 보험회사에 다녔고, 윌도 돈을 잘 벌었다. 조우는 동부에서 광고업이라는 새로운 분야를 개척했다. 그의 단점이 바로 이 분야에서는 장점이 되었다. 그는 엉뚱한 공상을 다른 사람에게 전달할 수 있었고, 그것도 적절하게 응용할 수 있음을 깨닫게 되었다. 이것이 즉 광고업이었다. 조우는 광고업 분야에서는 이제 거물급이 되었다.

데시를 제외한 딸이 모두 결혼했다. 데시는 샐리너스에서 양장점 경영을 잘해서 크게 성공했다. 오직 톰만 일을 시작하지 않고 있었다.

사무엘이 언젠가, 아마 쌍둥이 이름을 지어 줄 때일 것이다. 톰이 논쟁의 명수라고 말한 적이 있었다. 사무엘은 톰을 볼 때마다 의욕과 두려움, 전진과 후퇴를 느꼈다. 그는 자기 자신도 그것을 느꼈기 때문에 잘 알 수 있었다.

톰은 자기 아버지를 닮아 서정적인 면도 없고 부드럽지도 못했다. 또한 아버지같이 미남도 아니었고, 명랑한 성격의 소유자도 아니었다. 그러나 톰에게서는 고결함과 강인함과 성실함이 있었다. 그러나 그의 성격 깊은 곳에는 수줍음이 도사리고 있었다. 그는 아버지처럼 명랑했다가도 갑자기 바이올린 줄이 끊어지듯이 우울해졌다. 그러면 톰은 깊은 암흑의 소용돌이 속에 빠져 버렸다.

톰은 피부가 검은 편이었다. 햇볕에 그을러서인지, 고대 스칸디나비아 사람이나 로마를 약탈한 반달 족의 피를 이어받기라도 한 듯이 그의 피부는 검붉었다. 피부뿐만 아니라 머리카락과 턱수염과 콧수염까지 검붉었다. 그러나 그의 눈은 피부색과는 대조적으로 파랗게 빛났다. 그의 어깨와 팔은 건장했지만 엉덩이는 작았다. 그는 누구와도 들기, 뛰기, 걷기, 말타기를 다 했으나 경쟁의식을 갖고 있지 않았다. 윌과 조지는 도박을 좋아하여 동생 톰에게 게임의 묘미를 가르치려고 했다.

톰은 형들에게는 이런 말을 했다.

「나도 게임은 해봤지만 도대체 재미가 없어요. 왜 그런가도 생각해 왔죠. 이상하게 나는 이겨도 그리 기쁘지가 않고 져도 조금도 속상하지가 않아요. 그러니까 경쟁이 무의미한 거죠. 그것으로 돈을 버는 것도 아니고, 생사나 희비를 만들어내는 것도 아니고, 어쨌든 아무 느낌도 받지 못해요. 나도 그것을 하면서 좋던가 나쁘던가 어떤 감정을 느낀다면 나도 하겠어요.」

그러나 윌은 톰의 말을 이해하지 못했다. 왜냐하면 자신은 평생을 경쟁과 도박으로 일관해 왔기 때문이었다. 그는 톰이 좋아하여 즐거운 것 같으면 무엇이나 그에게 주려고 했다. 그는 톰을 장사 길로 끌어들여, 물건을 사고 파는 재미와 남을 속이는 재미, 그리고 다른 사람의 속임수를 알아내는 맛과 책략으로 살아가는 맛을 가르치려고 했다.

그러나 톰은 그런 것에는 전혀 만족이나 흥미를 느끼지 못한 채 농장으로 돌아갔다. 그는 마음속으로는 다른 사람과 어울려 서로 경쟁하면서 살아야겠다는 생각을 하면서도 적응할 수 없었다.

언젠가 사무엘이 말하기를, 톰은 음식과 여자에 대해 지나치게 욕심이 많다고 한 적이 있다. 그것은 바른말이지만, 그것은 톰의 일면만 보고 하는 소리에 지나지 않는다. 톰은 어린아이를 좋아했는지 모른다. 이것은 나의 견해와 내가 알고 있던 사실에 근거를 둔 추측일 뿐이다. 그것이 정확한지 틀린지는 그 누구도 알 수 없을 것이다.

우리가 샐리너스에 살고 있었는데, 톰은 인제나 밤에 도착했다. 우리는 늘 톰이 왔다는 것을 알 수 있었다. 메리와 내 베개 밑에 껌이 놓여 있으면 그것은 톰이 왔다는 신호였다. 그 무렵엔 껌이 귀했고, 5센트는 큰 돈이었다. 톰은 몇 달씩 오지 않기도 했지만, 우리는 매일 아침 눈을 뜨면 베개 밑을 더듬어 보았다. 나는 지금도 그런 버릇이 있다. 베개 밑의 껌을 만져 본 지도 이미 여러 해 전 일이 되고 말았다.

나의 여동생 메리는 여자로 태어난 것을 몹시 싫어했다. 여자처럼 되는 것에 익숙하지 않는다는 것은 일종의 불행이었다. 메리는 운동에 무척 소질이 있었다. 그녀는 다른 여자 아이들처럼 장신구를 달지 않았다. 물론 이것은 그녀가 여자로 태어난 게 나쁘지 않다는 것을 알기 훨씬 전의 일이다.

우리 몸의 어느 부위에 단추가 있어서 그것을 누르면 우리가 공중을 날 수도 있으리라고 생각했다. 그와 같이 메리는 자신을 선망의 대상인 억센 소년으로 둔갑시키는 마술을 고안했다. 밤에 잠을 잘 때 무릎을 바로 구부리고 머리를 비스들이 눕히고 손가락은 서로 엇비켜 낀 마술적인 자세로 자면, 다음 날 아침에는 소년이 된다고 믿었다. 메리는 매일 밤 그런 자세로 잠을 잤지만 남자가 되지는 않았다. 나는 언제나 메리가 손가락을 서로 겹치는 것을 도와 주었다.

그녀가 절망에 빠졌던 어느 날 아침에 눈을 뜨니 베개 밑에 껌이 있었다. 우리는 껌을 엄숙한 기분으로 씹었다. 그 껌은 비면 박하껌이었는데, 그 후에는 그렇게 맛있는 껌이 나오지 않았다.

메리는 긴 검은 양말을 하나 더 껴 신으며 안심한 듯 말했다.

「그렇지.」

그래서 내가 메리에게 반문했다.

「뭐가 그런데?」

「톰 아저씨 말야.」

메리는 껌을 요란히 씹으며 말했다.

「톰 아저씨가 어떻다는 거야?」

내가 재촉하자 메리가 말했다.

「톰 아저씨는 사내아이가 되는 방법을 알 거야.」

정말 그랬다. 그건 쉬운 일이다. 왜 지금까지 그런 생각을 하지 못했는지 이상할 뿐이었다.

어머니는 부엌에서 새로 우리집 일을 봐 주게 된 키가 작은 덴마크 처녀를 감독하고 있었다. 집에는 언제나 그런 아가씨가 있었다. 새로 이주해 온 덴마크 농부의 가족들은 딸을 미국 가정에 보내 일을 배우도록 했다. 그렇게 하면 아가씨들은 영어도 배우고 미국 요리와 식탁 차리는 법, 예의범절이나 샐리너스 상류 계급의 여러 규범을 배울 수 있었다. 처녀들은 매월 12달러를 받고 이런 생활을 2, 3년 하고 나면 아가씨들은 미국 청년의 훌륭한 신부감이 되었다. 그녀들은 미국의 예의범절만 잘 알고 있는 것이 아니라 황소같이 열심히 일할 수도 있었다. 오늘날 샐리너스에 사는 몇몇 상류 가족도 이런 처녀의 후손이다. 어머니는 부엌에서 금발머리의 마틸드에게 쉬지 않고 잔소리를 해 대고 있었다.

우리는 재빨리 부엌으로 뛰어들었다.

「아저씨, 일어나셨어요?」

우리는 뒤켠 침실의 세면기에서 물 흐르는 소리를 들었기 때문에 톰 아저씨가 일어났다는 것을 알고 있었다. 우리는 아저씨가 불쑥 나타날 때까지 문 앞에 쭈그린 채로 앉아 있었다.

우리는 처음 대면할 때는 왠지 어색하고 서먹서먹했다. 톰 아저씨도 역시 그런 기색이었다. 아저씨는 우리에게 달려와 안고 높이 치켜 올려 주고 싶었겠지만 아주 형식적인 행동만 했다.

「아저씨, 껌 고맙습니다.」

「그래. 너희들이 좋아하는 모습을 보니 나도 기쁘다.」

「아저씨, 이곳에 있는 동안에는 밤늦게 굴이 든 빵을 먹어요?」

「어머니가 승낙하시면 그러자.」

우리는 거실로 몰려갔다. 부엌에서 어머니가 소리쳤다.

「애들아, 아저씨 괴롭히지 마라.」

그러자 톰 아저씨가 큰소리로 말했다.

「괜찮아요.」

우리는 거실에 삼각형 모양으로 둘러앉았다. 톰의 얼굴은 검고 눈은 유난히 파랬다. 그는 좋은 옷을 입고는 있었지만 풍채가 좋은 편은 아니었다. 그는 그의 아버지와는 전혀 딴판이었다. 그의 빨간 콧수염은 단정치 못했고 머리카락은 들떠 있었고, 손은 일을 해서 거칠었다.

메리가 그에게 물었다.

「아저씨, 어떻게 하면 사내애가 될 수 있죠?」

「어떻게라니? 메리, 사내아이는 되는 게 아니라 엄마 뱃속에서부터 태어날 때 사내아이로 태어나야 하는 거란다.」

「내가 묻는 건 그게 아니라 어떻게 하면 내가 남자가 될 수 있느냐는 거예요.」

톰은 진지한 태도로 그녀를 쳐다보았다.

「네가?」

메리는 말을 잠시도 쉬지 않고 줄줄 이었다.

「아저씨, 난 여자가 싫단 말이에요. 난 남자가 됐으면 좋겠어요. 여자애들은 인형에 뽀뽀나 하고 논단 말이에요. 난 정말 여자가 싫어요.」

메리는 화가 난 듯 눈에는 눈물이 글썽거렸다.

톰은 자기 손을 내려다보며 부러진 손톱으로 손에 박힌 못을 긁어냈다. 나는 톰 아저씨가 그럴 듯한 말을 하려고 생각중이라고 짐작했다. 그는 아버지 사무 엘처럼 부드럽고 아름다운 말을 하고 싶었던 것 같았다.

「메리, 난 네가 남자가 되는 건 싫단다.」

「왜요?」

메리의 가슴에 가득 찼던 꿈이 모두 무너져 버렸다.

「아저씬 계집애인 메리가 더 좋아.」

「그럼 아저씨는 여자애를 좋아한단 말이에요?」

「그렇단다. 나는 여자아이를 훨씬 더 좋아한단다.」

　순간 메리의 얼굴에 불쾌한 빛이 감돌았다. 만일 그 말이 사실이라면 그는 바보다. 메리는『그런 쓸데없는 말은 그만 둬요.』라는 눈으로 쳐다보았다.
　「좋아요.」
　그녀는 말하고 잠시 쉬었다가 다시 말을 이었다.
　「그러나 내가 사내아이가 되면 어떨까요?」
　톰은 눈치가 빠른 편이었다. 그는 메리가 자기에게 실망한 것을 깨닫고, 그 존경과 사랑을 되찾으려고 시도했다. 그러나 톰에게는 재빨리 생각나는 거짓말을 처음부터 잘라내는 성실성이 있었다. 그는 메리의 연한 빛의 머리카락에 시선을 던졌다. 치렁거리지 않도록 단단히 묶어 놓은 메리의 머리카락은 그 끝이 더러워져 있었다. 메리는 구슬치기할 때 손을 거기에다 닦기 때문에 더러워진 것이었다. 톰은 차갑고 적의에 가득 찬 메리의 눈을 쳐다보았다.
　「메리, 정말 남자가 되고 싶은 건 아니겠지?」
　「아니예요, 정말 되고 싶어요.」
　톰의 생각이 틀렸다. 정말 메리는 남자가 되고 싶었다.
　「메리, 너는 여자이기 때문에 무슨 일이 있더라도 남자가 될 수 없어. 나중에는 네가 여자라는 게 기쁠 거다.」
　「기쁘지 않을 거예요.」
　메리는 나를 돌아보면서 멸시하는 시선을 던지며 말했다.
　「아저씨는 방법을 모르지.」
　톰은 순간 몸을 움찔했다. 나는 격렬한 메리의 태도에 소름이 끼쳤다. 메리는 어떤 사내애보다도 용감하고 무자비했다. 그래서 샐리너스의 아이들 중에서는 그녀에게 구슬치기를 이길 수 있는 아이가 없었다.
　톰이 불안한 어조로 말했다.
　「어머니가 승낙하시면, 아침에 굴이든 빵을 주문해서 오늘 밤에 찾아오도록 해라.」
　「나는 굴빵 같은 건 먹지 않겠어요.」
　메리는 건방진 태도로 걸어가서 침실 문을 요란스럽게 닫아 버렸다.
　「천상 계집애로군.」
　이제 톰 아저씨와 나만 있게 되었다. 메리에게서 받은 상처를 내가 쓰다듬어 주어야겠다는 생각이 들었다.
　「나는 굴빵이 좋아요.」
　「그럼. 너도 좋아하고 메리도 좋아하지.」
　「아저씨, 정말 메리가 사내애가 되는 방법이 없나요?」

「모른다. 만일 알았다면 메리에게 가르쳐 주었을 거다.」

「메리는 우리 동네에서 제일 훌륭한 투수예요.」

톰은 또다시 한숨을 푹푹 쉬면서 손을 내려다보았다. 톰 아저씨는 실의에 빠져 있음이 역력했다. 아저씨에게 죄송한 생각이 들었다. 나는 여러 개의 핀을 꽂아 입구를 만든 속이 빈 콜크를 꺼내 왔다.

「아저씨, 내 파리 통 갖고 싶으세요?」

아저씨는 역시 훌륭한 신사였다.

「내게 주겠니?」

「네, 핀 하나를 빼서 파리를 집어 넣고 나서, 다시 핀을 꽂으면 파리가 안에서 윙윙거려요.」

「그래 나도 갖고 싶다. 존, 정말 고맙다.」

톰 아저씨는 온종일 날카로운 주머니칼로 나무 조각에 무엇을 새겼다. 우리가 학교에서 돌아와 보니 그는 작은 얼굴 모양을 새겨 놓았다. 눈과 귀와 입술이 움직이게 되어 있고, 그것이 작은 횃대 여러 개로 속이 빈 머리 안쪽에 연결되어 있었다. 목 아래의 구멍 하나는 콜크로 막혀 있었다. 정말로 근사한 작품이었다. 파리를 그 구멍으로 잡고서 콜크를 닫으면 머리가 갑자기 움직였다. 흥분한 파리가 횃대 위를 기어다니기 때문이었다. 메리도 톰 아저씨를 약간은 용서했으나 사실 그녀는 자기가 여자라는 것을 기뻐하게 된 후에야 아저씨를 신뢰하게 되었다. 그러나 그때는 이미 때가 늦은 후였다. 톰 아저씨는 그 장난감 머리 조각을 나와 메리에게 주었다. 그것은 지금도 어디에선가 잘 움직이고 있다.

톰은 이따금 나를 데리고 낚시질을 하러 나갔다. 우리는 해가 뜨기 전에 출발하여 바로 프레몽 산봉우리를 향해 달려갔다. 우리가 산 근처에 다다르자 별이 모두 들어가고 햇빛이 비치더니 정상이 까맣게 보였다. 지금도 말을 몰던 일과, 귀와 뺨을 톰 아저씨의 코트에 꼭 대고 있었던 일이 떠오른다. 톰 아저씨가 내 어깨 위에 팔을 얹던 일과 이따금 내 팔을 잡아 주던 일도 기억난다. 마침내 아저씨와 나는 참나무 아래서 말을 멈추고, 굴레를 벗긴 뒤 개울가에서 말에게 물을 먹이고 나서 마차 뒤에다 말을 매어 놓았다.

톰 아저씨가 무슨 말을 했는가는 기억나지 않았다. 곰곰히 생각해 봐도 아저씨의 목소리나 그의 말이 전혀 생각나지 않는다. 할아버지의 목소리와 말은 기억이 나는데, 톰 아저씨에 관해서는 다정한 침묵 이외에는 생각나는 게 없다. 어쩌면 아저씨가 아무 말도 하지 않았기 때문인지도 모른다. 톰 아저씨에게는 훌륭한 낚시 도구가 있었다. 아저씨는 미끼로 생파리를 썼다. 그러나 아저씨는 송어가 잡히거나 말거나 그다지 신경을 쓰지 않았다. 반드시 고기를 잡을 필요가 없었기 때문이기도 했다.

작은 폭포 아래서 자라던 손가락처럼 생긴 고사리에 작은 물방울이 튀면 그 녹색 잎이 까딱까딱 움직였다. 산의 독특한 향기와, 진달래 향기, 먼 곳에 있는 스컹크 냄새, 달콤한 루핀 냄새, 그리고 마구에 스며든 말의 땀 냄새를 기억한다. 하늘 높이 멋지게 나는 독수리와 톰 아저씨가 그 모습을 물끄러미 쳐다보던 기억이 난다. 톰이 말뚝을 박고 끈을 잇는 동안 내가 낚싯줄을 잡고 있던 기억도 난다. 고기 바구니 속에 깔아 놓은 고사리 냄새와 그 푸른 잎 위에 얹어 있던 송어 냄새가 생각난다 그리고 마차에 돌아와 가죽 자루에 납작보리를 넣고 말의 귀에 그것을 걸어주던 생각이 난다. 그러나 나는 그의 말이나 목소리가 전혀 기억나지 않았다. 나는 톰 아저씨가 침울하긴 하지만 말이 없고 다정다감한 사람으로 기억하고 있다.

톰 역시 자신의 침울함을 느끼고 있었다. 그의 부친은 미남이고 총명했으며 모친은 키는 작으나 매사에 빈틈없는 사람이었다. 그의 형제 자매들은 각각 미모와 재능과 재산이 있었다. 톰은 그들을 사랑하긴 했지만 자신은 마음이 무겁고 현세에 얽매여 있음을 느꼈다. 그는 황홀한 산에 올라 봉우리 사이의 바위 틈에서 몸부림을 쳤다. 그는 용기가 용솟음치기도 했으나 두려움을 완전히 떨쳐버릴 수는 없었다.

사무엘은 톰이 스스로 냉혹한 책임을 맡을 수 있는지 결정을 내리지 못해 몸을 떤다고 했다. 사무엘은 톰의 성질을 잘 알고 있었으므로 그가 언젠가는 포악해질 소지가 있다고 느끼고 두려워했다. 사무엘 자신은 포악한 면이 없었으나 아들은 있다고 생각했다. 그가 아담 트래스크를 주먹으로 갈겼을 때도 그에겐 폭력이라고는 없었다. 그리고 사무엘은 입수된 책들을, 그 책 중에는 몰래 산 책도 있지만, 가볍게 읽으며 마치 카누를 타고 소용돌이 속을 떠내려가는 사람처럼 책 속의 여러 사상을 타고 내려가면서 적당히 균형을 잡았다. 그러나 톰은 부친과는 달리 책 속에 빠져 그 속의 갖가지 사상에 휘말리고 말았다.

포악함과 수줍음, 톰의 육체는 여자를 필요로 하면서도 자신은 여자를 가질 자격이 없다고 생각했다. 그는 오랫 동안 쓸쓸한 독신 생활에 빠져 있다가 갑자기 샌프란시스코로 가서 여자들 속에 묻혀 뒹굴다가 다시 무기력한 허탈감을 안고 목장으로 돌아오곤 했다. 그는 힘든 일을 함으로써 자학했다. 수입도 없는 땅을 갈아 씨를 뿌리고 허리가 휠 것 같고, 손이 부르틀 때까지 단단한 참나무를 자르면서 등이 아프고 녹초가 될 때까지 일했다.

태양과 톰 사이에 아버지 사무엘이 끼여들어 그에게 그늘을 던지는 것인지도 모른다. 톰은 남모르게 시를 쓰곤 했는데 그 당시에는 시를 쓰는 일을 남에게 말하지 않고 비밀로 하는 게 현명했다. 서부 사람들은 시를 쓰는 사람은 사내답지 못하다고 경멸했다. 시는 나약함과 무기력함과 부패의 상징이 되고 있었다. 시를 읽으면 사람들의 조롱을 받았다. 시를 쓴다는 사실이 밝혀지면 의심을 받고 절교를 당했다. 시는 일종의 비밀스런 악이며, 또한 사실이 그랬으니까. 톰의 시가 훌륭했는지 졸작이었는지는 누구도 알지 못한다. 그는 오직 한 사람에게만 시를 보여 주고는 죽기 전에 모두 불살라 버렸기 때문이다.

난로에 재가 많이 남은 것으로 보아 상당히 많은 시를 썼던 것만은 사실이다.

톰은 가족 중에서 데시를 제일 좋아했다. 데시는 명랑한 성격이라, 그녀의 얼굴에는 항상 웃음이 사라지지 않았다.

데시의 양장점은 샐리너스에서 명소 중의 한 곳으로 꼽혔다. 그곳에는 규칙이나 그런 규칙을 만들어 내는 두려움이 없었다. 그곳에는 남자는 출입이 금지 되어 있었다. 오직 여자만 출입할 수 있는 성격으로 금남의 집인 셈이었다. 향수 냄새를 풍기고 까불고, 잘난 척도 해보고, 진실해지기도 하고, 거기서는 어떤 모습으로 해도 좋았다. 데시네 가게에서는 고래뼈 코르셋이 사용되지도 않았고, 여인의 육체를 휘고 조여 여신의 육체로 만드는 코르셋을 착용하지 않아도 되었다. 데시네 양장점에서는 여자끼리만 화장실에 드나들고 과식을 하기도 하고 방귀도 뀌고 했으니 웃고 깔깔거리는 소리가 밖으로 새어 나올 수밖에 없었다.

남자들은 밖으로 새어 나오는 여자들의 웃음 소리를 듣고 혹시 남자를 비웃는 소리가 아닌가 하여 놀래기도 했다. 사실이지 대부분 그 웃음거리의 대상은 남자들이었다.

지금도 내 눈에는 그리 높지도 않은 코에 금테 코안경을 쓰고 웃음 때문에 나온 눈물을 찔금거리며 얼굴에 경련을 일으키고 있는 데시가 선하다. 머리카락이 안경과 눈 사이로 흘러내리고, 안경은 코 아래로 흘러내려 검은 리본 끝에서 매달려 있었다.

데시네 양장점에서 옷을 맞추려면 몇 달 전에 미리 주문해야만 했다. 옷감과 모양을 결정하기까지 스무 번 가량은 양장점에 드나들어야만 했다. 샐리너스를 통틀어 보아도 데시네만큼 건전한 곳도 드물었다. 남자들은 회관이나 클럽, 창녀집을 무시로 출입할 수 있었으나 여자들에게는 교회 모임과 목사의 점잔 빼는 자리밖에는 없는데, 데시네 양장점이 생긴 것이었다.

그러다가 데시가 사랑에 빠지게 되었다. 나는 데시가 사랑한 남자가 누군지 형편이 어떤지, 종교 때문에 문제가 되었는지, 부인이 있기 때문인지 그 파탄의 이유를 모른다. 어머니는 알고 있었을 테지만 가족들에게도 한 마디 말도 하지 않았다. 샐리너스에서 살고 있는 사람들이 모두 알고 있었다고 해도 마을의 비밀로 감추어 놓았을 것이 틀림없다. 나는 오직 그것이 사랑의 골인이 아니라 비련으로 끝났다는 것밖에 알지 못한다. 1년 동안의 이런 일이 있고 난 후 데시에게서는 기쁨이 사라지고 웃음도 사라져 버렸다.

톰은 무서운 고통에 빠진 사자처럼 미친 듯이 산을 헤맸다. 어느 날 밤 톰은 한밤중에 기차를 기다리지 않고 말을 타고 샐리너스로 향했다. 사무엘은 즉시 그 뒤를 따라나가서 킹 시티에서 샐리너스로 전보를 쳤다.

아침에 얼굴이 거무튀튀한 톰이 지친 말에 박차를 가해 샐리너스의 존 가를 달리고 있을 때 보안관이 그를 기다리고 있다가 톰에게서 총을 빼앗고, 감방에 밀어 넣고 사무엘이 올 때까지 블랙 커피와 브랜디를 마시도록 했다.

사무엘은 톰에게 한 마디의 설교도 하지 않았다. 그런 후 해밀튼네 집은 잠잠해졌다.

2

1911년 추수 감사절에는 온 가족이 농장에 모였다. 뉴욕에서 사는 조우와 결혼하여 다른 가족이 된 리지와 죽은 유나 외에는 해밀튼의 가족 모두가 모였다. 그들은 온 가족이 배불리 먹고도 충분한 음식과 선물을 준비해 왔다. 데시와 톰 외에는 모두 결혼을 했다. 어린아이들은 집안을 온통 아수라장으로 만들어 놓았다. 아이들은 울고 불고 잠시도 싸움을 중단하지 않았다. 남자들은 대장간에 갔다가는 어색함을 느끼는지 콧수염을 닦으면서 돌아왔다.

라이자의 작고 둥근 얼굴은 점점 빨갛게 상기되었다. 그녀는 여러 계획을 짜서 지시를 했다. 부엌의 난로에는 불길이 꺼지지 않았으며, 침대가 부족해서 어린애들은 방바닥에 이불을 깔고 자도록 했다.

사무엘은 옛날처럼 유머가 살아났고 명랑해졌다. 그의 목소리에는 노래 같은 리듬이 붙었다. 사무엘은 마치 노래를 하듯 추억담을 이어 나갔다. 그러나 그는 얼마 되지 않아 지치고 말았다. 사무엘은 피곤해서 두 시간 전부터 라이자가 자고 있는 자기 침대로 갔다. 알 수 없는 노릇이었다. 자야 하는 게 문제가 아니라 자고 싶은 생각이 드는 것이 문제였다.

사무엘이 자리를 뜨자 윌이 대장간에 가서 위스키를 가져 오고 온 가족이 부엌방에 모여 밑이 둥근 잔으로 위스키를 돌렸다. 아이를 둔 어머니들은 침실로 가서 자식의 이불을 덮어 주고 돌아왔다. 그들은 어린애들과 부모님이 깰까봐 나지막이 이야기를 주고 받았다. 그 자리에 모인 사람은 톰과 데시, 조지와 미인인 그의 아내 마미, 몰리 부부, 올리브 부부, 어네스트 스타인 벡, 윌과 그의 아내 딜라였다.

그들은 모두 똑같은 것을 말하고 싶어했다. 사무엘은 이제 노인이었다. 그의 자식들은 부친의 늙은 모습에서 갑자기 유령을 보게 된 것 같이 깜짝 놀랐다. 그들은 아버지가 그렇게까지 늙었으리라고는 상상도 못했다. 그들은 위스키를 마시면서 자기들의 일치된 생각에 대해 의논했다.

그분의 어깨를 봐. 얼마나 축 늘어졌는지 보았어? 걸음걸이에도 힘이 없어 보였어.

발을 약간 끄시더군. 그것보다 더 심각한 것은 눈에 있지. 눈은 멍하니 생각이 없더군. 마치 자신의 할 일을 잃어버린 사람처럼.

아버지는 끝까지 잠자리에 드시지 않으려고 하시잖아.

한참 이야기를 하시다가 갑자기 무슨 이야기를 하고 있나 잊어버렸잖아.

피부가 예전과는 달라. 주름이 많이 생기고 손이 여위셨지.

아버지는 오른쪽 다리를 쓰지 않으셨어. 바로 그 다리가 말에게 다친 다리야.

그러나 예전에는 그러지 않으셨어.

그들은 흥분해서 이런 말들을 했다. 또 도대체 이런 일은 일어날 수 없는 일이라고도 했다. 아버지는 늙을 수 없다. 아버지는 새벽녘처럼 영원히 젊다고 생각했다.

아버지는 대낮처럼 늙을 수는 있지만 결코 어두운 저녁처럼 늙을 수는 없다고 생각했다.

그들의 마음이 위축되었다가 후퇴하는 것은 당연하다. 말로는 표현하지 않았지만 마음은 모두 같았다. 그들은 아버지 사무엘이 존재하지 않는 세상은 있을 수 없다고 생각했다.

그들은 아버지가 어떻게 생각하실지 모르기 때문에 우리가 무슨 생각을 할 수 있을까 하는 강한 의문을 품었다.

봄은 어떻게 될 것이며, 크리스마스는, 우리는 어떻게 지내나?

그들은 이런 생각에 빠져 있다가 희생자를 찾았다. 마음이 언짢았기 때문에 화풀이할 대상을 찾아 톰에게 화살을 집중시켰다.

너는 지금 여기 살잖아. 언제나 이 곳에서 살았지?

그런데 아버지는 도대체 어떻게 됐지? 언제부터 저렇게 된 거야?

누가 아버지를 저 지경으로 만들어 놓았어.

혹시 네가 너무 망나니처럼 굴어서 저렇게 되신 거 아냐?

톰은 인내심을 발휘할 수 있었다. 자신도 그런 것을 느꼈기 때문이다. 그는 약간 허스키한 목소리로 말했다.

「아버지가 저 지경이 된 건 모두 유나 때문이야. 아버지는 유나의 죽음을 받아들이지 못하셨어. 아버지는 내게 사내 대장부는 슬픔을 참고 일어나야 한다고 말씀하셨지. 그리고 모든 문제는 세월이 흐르면 다 해결된다는 것을 알아야 한다고 누차 말씀하셨어. 여러 번 말씀하셔서 나도 그건 알고 있지. 나도 아버지가 쇠약해지셨다는 것을 알고 있었어.」

「넌 왜 우리에게 알리지 않았니? 알렸으면 우리가 무슨 조치를 취했을 게 아니야?」

그 말에 톰이 크게 화를 냈다.

「알리긴 뭘 알리란 말이에요. 슬픔에 빠져 돌아가실 거라고 하나요, 기력이 다 떨어졌다고 할까요? 그래, 내가 뭘 알렸어야 형들은 좋았겠어요? 형들은 멀리 떨어져 있었기 때문에 몰랐겠지만 나는 여기서 아버지의 눈빛이 사라지는 걸 내 눈으로 보아야 했단 말이에요. 젠장할!」

톰은 분노해서 방에서 뛰쳐나갔다. 밖에서 톰의 발길에 돌이 채이는 소리가 들렸다.

그들은 모두 부끄러운 생각이 들었다. 몰리의 남편 윌 마틴이 말했다.

「나가서 데려와야지.」

그러자 조지가 얼른 나섰다.

「그냥 놔 둬요.」

형제들이 고개를 끄덕이더니 말했다.

「그냥 혼자 있게 놔 둬요. 우리는 그애를 배 속에서부터 환히 알고 있어요」

잠시 후 톰이 안으로 들어왔다.

「미안해요. 사과할께요. 내가 좀 취했나 봐요. 내가 취했을 때마다 아버지는 『기분 좋겠다.』고 말씀하세요. 어느 날 저녁에 취한 채 내가 말을 타고 돌아와 비틀거리면서 마당을 걸어오다 장미 덩굴에 쓰러지기도 하면서 계단을 올라가 내 방 침대 옆에다 토한 적이 있었어. 이튿날 아버지께 잘못했다고 했더니, 아버지는 『톰, 너 참 기분 좋더구나.』라고 말씀하셨어. 내가 취해서 기어들어왔는데도 아버지는 『너 기분좋더구나.』라고 말씀하셨단 말이에요.」

톰이 떠들어대자 조지가 말을 중단시켰다.

「톰, 우리가 사과하마. 너를 나무라는 듯 말했지만 그건 본심이 아니란다. 아니 어쩌면 본심으로 한 말인지도 모르지. 미안해. 정말 미안하다.」

윌 마틴이 나섰다.

「이곳 생활은 너무나 힘들어요. 그분은 오랫 동안 행복하게 살 수 있어요. 두

분이 우리와 함께 사셨으면 좋겠어요. 몰리와 나는 그랬으면 좋겠어요.」

그러자 윌이 나섰다.

「나는 아버지가 그러지 않으실 거라고 생각해요. 아버지는 옹고집이고 유난히 자존심이 강한 분이에요. 그리고 당당하시고 담이 크신 분이죠.」

이번에는 올리브의 남편인 어네스트가 말했다.

「여쭤 보는 거야 나쁠 게 없지. 나도 두 분을 모시고 싶어.」

그 말에 그들은 또다시 아무 말도 하지 않았다. 정든 이 농장, 사막같이 건조하고 돌이 사방에 깔린 언덕과 소득이 없는 계곡이지만 버린다고 생각하니 큰 충격이었다.

윌 해밀튼은 눈치가 빠르고 사업을 하기 때문에 사람들의 기분을 누구보다도 잘 알았다.

「아버지께 이 농장을 팔라는 말은 그만 사시라고 하는 것과 같아. 아버지는 이 농장을 파실 분이 아냐.」

「그래, 그건 윌의 말이 맞아.」

조지도 그의 말에 동의했다.

「아버지는 이곳을 떠나 사는 일은 그만 살라는 것으로 생각하실 거야. 그렇지, 비겁한 행동이라고 생각하실 거야. 절대로 팔지도 않으실 뿐더러, 만약 이곳을 판다면 1주일도 사시지 못하실 거야.」

윌이 다시 말했다.

「그것 말고도 방법은 있어요. 한 번 다녀가시라고 하면 어떨까? 농장은 톰이 맡아서 하고 말야. 부모님도 이제 세상 구경을 해보실 때도 되었어. 세상이 얼마나 많이 변했어. 한 바퀴 돌아오시면 새로운 마음으로 일도 하실 수 있겠지. 아니, 얼마 후엔 돌아오시지 않아도 될지 누가 알아 아버지는 늘 세월이 흐르면 모든 게 변한다고 말씀하시지.」

데시는 이마에 흘러내린 머리카락을 쓸어올리면서 말했다.

「오빠는 아버지가 그렇게 어리석다고 생각하세요?」

윌이 자기의 경험을 살려 말했다.

「사람들은 이따금 지혜로 문제가 해결되지 않을 때는 어리석어지기를 바라지. 현명한 사람이 해결하지 못하는 일을 어리석은 사람이 해결하기도 하지. 하여간 말씀이나 드려 보죠. 모두 어떻게 생각하지?」

모여 앉은 가족 모두가 찬성한다는 표시로 고개를 끄덕였다. 톰만 혼자 버티고 앉아서 무엇인가 골똘히 생각에 잠겼다.

조지가 그에게 물었다.

「톰, 네가 농장 일을 맡아서 해줄 수 있겠니?」

「그거야 할 수 있지. 농장 일이야 힘들지 않지.」

「그런데 넌 왜 찬성하지 않은 거야?」

「아버지를 모욕하고 싶지 않아서 그래, 아버진 모두 아실 거야.」

「하지만 말씀드려 보는 건 나쁠 게 없지 않아?」

톰은 하얗게 핏기가 없어질 때까지 양쪽 귀를 계속 비볐다.

「반대하지는 않겠지만 내가 먼저 입을 열지 못하겠어.」

조지가 말했다.

「이러면 어떨까? 먼저 편지를 보내서 농담을 쓴 뒤에 초청을 하면 어떨까? 한 집에 계시다가 싫증이 나면 다른 집으로 옮겨 가시면 되잖아. 자식이 많으니까, 다 다니시자면 몇 년이 걸리시겠지.」

가족들은 조지의 의견대로 하기로 하고 자리를 떠났다.

③

톰은 킹 시티에서 올리브가 보낸 편지를 들고 왔다. 이미 편지의 내용은 알고 있기 때문에 아버지가 혼자 계시는 틈을 봐서 그 편지를 전해 드렸다. 사무엘은 대장간에서 일을 하는 중이었으므로 손이 더러웠다. 사무엘은 편지를 마루 위에 얹어 놓고 물통의 절반 가량 찬 물에다 손을 씻었다. 그는 말편자 못 끝으로 봉투를 뜯어 햇빛이 비치는 곳으로 가서 읽었다. 톰은 마차에서 바퀴를 떼내어 노란 기름을 차축에 바르면서 곁눈질로 아버지를 살펴보았다.

사무엘은 편지를 다 읽은 후 접어서 봉투에 집어 넣고 대장간 앞 의자에 앉아서 물끄러미 하늘을 쳐다보았다. 그는 다시 주머니에서 편지를 꺼내 읽은 후 다시 접어서 파란 셔츠 주머니에다 넣었다. 잠시 후 그는 일어나서 천천히 땅에 있는 돌을 발로 차면서 동쪽 언덕으로 올라갔다.

비가 내렸기 때문에 새싹이 돋아나고 있었다. 사무엘은 언덕의 절반 가량 올라간 지점에 쪼그리고 앉아서 자갈 섞인 거친 흙을 집어서 손바닥에 펴 놓았다. 차돌과 굵은 모래와 반짝이는 운모 조각이 잔뿌리와 잔돌에 뒤섞여 있었다. 그는 흙을 버린 뒤 손바닥을 털었다. 그러더니 풀을 하나 뽑아 입에 물고는 하늘을 멍하니 바라보았다. 회색 구름이 비를 내릴 나무를 고르기라도 하는 듯이 동쪽으로 흘러가고 있었다.

사무엘은 일어나서 천천히 언덕을 내려왔다. 연장 헛간을 들여다보고 4인치 각목으로 기둥을 두드려 보았다. 사무엘은 톰 앞으로 와서 받침대로 받친 마차 바퀴 하나를 빙글빙글 돌리면서 톰을 처음 보는 듯이 찬찬히 쳐다보았다.

「이제 너도 어른이 되었구나.」

「그것도 여태 모르고 계셨어요?」

「알고 있었지. 암, 알고 있고 말고.」

사무엘은 맥없이 밖으로 나갔다. 그의 얼굴에는 냉소가 떠올랐다. 그것은 자신을 웃게 만든 것에 대한 자신을 보고 냉소를 보내는 것이었다. 그는 초라한 정원을 지나 집 주변을 휘 돌아보았다. 이 집도 이제는 낡아 있었다. 제일 끝에 이어 붙인 침실은 오래되어서 낡고, 비바람에 바랬고, 창문 유리에 바른 퍼티도 떨어져 있었다. 사무엘은 현관으로 돌아서서 농장 전체를 한번 둘러보고는 안으로 들어갔다.

라이자는 밀가루 반죽을 밀고 있었다. 그녀는 일을 능숙히 했기 때문에 밀가루 반죽이 마치 살아서 움직이는 것 같았다. 밀가루 반죽은 납작해졌다가는 저절로 오무라들고 했다. 라이자는 반죽을 들어서 다시 판에 올려 놓고 칼로 가장자리를 다듬었다. 사발에 담아 놓은 빨간 딸기 주스에는 딸기가 가라앉아 있었다.

사무엘은 의자에 다리를 꼬고 앉아 아내를 쳐다보았다. 그의 눈에는 웃음이 담겨 있었다.

라이자가 그런 남편을 힐끔 쳐다보며 물었다.

「대낮인데 할 일이 없는 거예요?」

「일이야 있지.」

「거기 앉아서 귀찮게 하지 말고 일을 안 하려거든 옆방에 가서 신문이나 읽구료.」

「신문은 다 읽었어.」

「전부 읽었단 말이에요?」

「읽을 만한 건 다 읽었어.」

「아니, 당신 왜 그런 거죠? 뭐 때문에 그러는 거예요? 난 얼굴만 봐도 다 아니 어서 말이나 해봐요. 그래야 내가 파이를 만들 수 있죠.」

사무엘은 다리를 흔들거리면서 아내에게 웃어 보였다.

「당신은 참 작아. 당신이라면 셋을 합쳐도 한 입이 안 되겠어.」

「여보, 그만 둬요. 저녁 같으면 농담도 받아 주겠지만 지금은 정오도 되지 않았잖아요. 어서 나가 봐요.」

「여보, 당신 휴가라는 뜻이 뭔지 아나?」

「시시한 소리 집어치워요.」

「뜻을 알아?」

「그거 모를라구요. 내가 바보예요?」

「그럼 말해 봐.」

「바다나 해변에 가서 쉬는 거죠. 여보, 쓸데없는 소리 집어치우고 어서 나가 봐요.」

「당신이 그 뜻을 어떻게 알지?」

「무슨 말을 하고 싶은 거죠? 내가 알면 안 되나요?」

「여보, 당신 휴가 간 적 있소?」

「글쎄요, 나는…….」

라이자는 말을 잇지 못하고 중단했다.

「오십 년 동안 휴가 한 번 간 적 없지. 이 작달막한 마누라야.」

「여보, 좀 나가요, 어서 나가란 말이에요.」

사무엘은 주머니에서 편지를 꺼내 흔들며 말했다.

「올리에게서 왔어. 우리보고 샐리너스에 한 번 왔다가라는군. 이층에 방을 준비해 놓았대. 우리보고 자기 자식에 대해 알았으면 좋겠대. 또 야외 문화 강연회의 관람권도 사놓았대. 빌리 선데이와 악마의 레슬링이 있고, 브라이언의 황금 십자가 연설도 있대. 난 그 연설이 듣고 싶어서 그래. 그 연설은 사람들의 가슴을 짜릿하게 감동시킨다는군.」

라이자는 손가락으로 코를 문질러서 코에 밀가루를 묻혔다.

그녀는 근심스런 얼굴로 물었다.

「비용이 많이 드나요?」

「비용은 무슨? 올리가 벌써 표를 사 놓았다는 거야. 그애가 우리에게 선물한 거지.」

「농장은 어떡하고 거길 가려고 그래요. 못 가요.」

「톰이 있잖아. 농장이야 톰에게 맡기면 되지. 겨울이어서 할 일도 없으니까.」

「그래도 그애 혼자 있자면 외로울 텐데요.」

「그거야 조지가 와서 함께 지내면서 새나 잡으면 되지 뭐. 당신, 이 편지 속에 뭐가 들었나 보겠어?」

「뭐가 들어 있어요?」

「응, 샐리너스행 기차표가 두 장 들어 있어. 안 오면 안 되니 꼭 오라고 썼어 있어.」

「기차표를 환불해서 돈으로 보내 주면 되잖아요.」

「안 돼. 그렇게 할 수는 없어. 이거나 참, 여보, 여기 손수건 있어, 자.」

「그건 손수건이 아니라 행주예요.」

「이리 와서 좀 앉아 봐. 휴가를 간다고 뭘 그리 충격을 받는 거야. 행주도 괜찮으니 어서 닦도록 해. 소문을 들으니 악마는 언제나 빌리 선데이한테 꼼짝 못한다는군.」

라이자가 퉁명스레 말했다.

「괜히 쓸데없는 말하지 마세요.」

「그래도 한 번쯤 구경했으면 좋겠어, 당신 생각도 그렇지? 뭐라고? 어서 고개를 들고 크게 말해 봐, 들리지 않으니까.」

「그러자고 했어요.」

사무엘이 톰에게 가 보니 무슨 설계도를 그리는 중이었다. 멍한 시선으로 사무엘을 쳐다보면서, 톰은 올리브가 보낸 편지에 대한 반응을 살폈다.

사무엘은 그 설계도를 들여다보며 말했다.

「이게 뭐지?」

「대문 여는 것이에요. 마차에서 내리지 않고 문을 열 수 있게 이렇게 막대로 빗장을 끌어 올리면 되죠.」

「어떻게 열지?」

「글쎄,강력 스프링을 쓸까 생각했어요.」사무엘은 그 설계도를 오랫 동안 들여다보며 의아해 했다.

「빗장으로 닫으면 돼요, 반작용으로 스프링에 걸리게 되죠.」

「그렇구나. 문이 잘 닫혀만 있으면 되겠구나. 이 빗장을 만들어 사용하려면 마차에서 내려 문을 여는 것보다 40년은 족히 걸리구나.」

「그거야 접쟁이처럼 질질 끌면 그렇겠죠.」

「그래그래 알았어. 그러나 그것이 재미있는 것임에는 틀림없구나.」

톰이 씩 웃으며 말했다.

「아버지께 한 대 얻어 맞았군요.」

「톰, 내가 네 에미와 잠시 여행을 떠난다면 너 혼자 이 농장일을 잘 돌볼 수 있겠니?」

「그럼요, 할 수 있죠. 어딜 가시려고 그러는데요?」

「올리가 샐리너스에서 잠시 함께 지내자고 그래서.」

「그거 좋겠군요. 어머니도 승낙하셨나요?」

「응, 좋다고 했단다. 돈 들 생각은 하지도 않고.」

「그렇게 하세요, 얼마 동안이나 가 계시려고 그러세요?」

사무엘은 냉소적인 시선으로 톰을 자세히 쳐다보았다. 그러자 톰이 입을 열었다.

「왜 그러세요, 아버지?」

「톰, 아주 작은 소리가 들렸어. 너무 작아서 들리지 않을 지경이었어. 그러나 난 말 소릴 들었어. 톰, 네가 형이나 누나와 비밀을 갖고 있다고 해도 난 괜찮아. 그거야 좋은 일 아니겠니?」

「아버지, 무슨 말씀이시죠?」

「넌 배우가 되지 않은 게 천만다행인 줄 알아라. 넌 연기가 서투르단 말야. 추수 감사절에 모였을 때 너희가 함께 꾸몄지. 그게 잘 진행되는 거 아니냐? 아마 윌도 한 몫 끼었겠지. 싫으면 말하지 마.」

톰이 대답했다.

「그렇지만 나는 그 일에 찬성하지 않았어요.」

「왜 너답지 않게 그런 말을 하니? 나는 네가 사실대로 말할 줄 알았어. 톰, 다른 애들에게는 내가 눈치챘다고 하지 마라.」

사무엘은 돌아섰다가 잠시 후 다시 돌아와 톰의 어깨를 잡으며 말했다.

「톰, 사실대로 말해서 고맙다. 똑똑한 일은 아니겠지만 그래야 오래 가는 거지.」

「아버지가 가신다니 기뻐요.」

사무엘은 문 앞에 서서 땅을 내다보았다.

「네 어머니는 어미는 못난 자식을 제일 사랑한다고 하지.」

그는 고개를 저으며 말했다.

「톰, 우리 이것만은 지키도록 하자. 이건 무슨 일이 있어도 비밀이다. 너희 남매 누구에게나 말해선 안 돼. 내가 왜 가는지 내가 어디를 가는지 행선지를 알고 있다. 그래 나는 만족한단다.」

제 24 장

1

나는 지금까지 죽고 사는 문제에 대해 다른 사람보다 괴로움을 덜 받는 사람들을 이상하게 생각했었다. 유나의 죽음은 사무엘에게 큰 충격을 안겨 주었다. 그는 강인한 사람이었으나 큰 충격으로 인해 갑자기 늙기 시작했다. 라이자는 남편 못지않게 가족을 사랑했으나 그다지 충격을 받지는 않았다. 그녀는 별 변화 없이 그대로 살아나갔다. 슬픈 일이긴 했지만 라이자는 그 슬픔을 잘 견디면서 살아나갔다.

라이자는 성경을 그대로 받아들이듯이 모순과 역설로 만연한 세상을 그대로 받아들였다. 그녀는 죽음을 싫어하긴 했으나 죽음이 존재한다는 것을 깨달았으며, 죽음이 닥쳐 와도 그다지 놀라지 않았다.

사무엘은 죽음에 대해 여러 모로 깊은 생각은 했지만, 죽음을 실제로 믿지는 않았다. 그의 세계에는 죽음이 존재하지 않았기 때문이다. 사무엘은 자신과 주위의 모든 것이 죽지 않는다고 생각했다. 그뿐만 아니라 죽음이 눈앞에 나타나자 그것은 그가 믿는 분명성을 부인하는 불법행위자였으며, 그가 깊이 느꼈던 불멸성의 도전자였다. 그의 담벽에 조금이라도 금이 가면 구조 전체가 붕괴할 수밖에 없다. 사무엘은 자신은 죽지 않는다고 생각한 것 같았다. 그에게 있어서 죽음은 개인적 적대자인 동시에 싸워서 이길 수가 있는 대상자였다.

그러나 라이자는 죽음을 그저 당연히 올 것이 오는 정도로 생각했다. 그녀는 계속 덤덤한 생활을 하면서 슬픔 속에서도 난로에다 콩을 찌고, 파이를 여섯 개나 구웠다. 그리고 조객을 치르기 위해 어느 정도의 음식을 준비할 것인지를 정확히 계획했다. 슬픔 속에서도 그는 남편의 깨끗한 흰 셔츠와 검은 양복을 깨끗이 솔질하고, 구두를 닦아 주었다. 훌륭한 결혼 생활을 이룩하기 위해서는 이런 두 유형의 사람이 몇 가지 힘으로 굳게 뭉쳐져야 옳은지도 모른다.

무슨 일이나 일단 수용하고 나면 사무엘이 라이자보다 더 잘 처리할 수 있었으나, 그것을 받아들이기까지가 무척 고통스러운 일이었다. 라이자는 샐리너스를 방문하기로 결정한 후 남편을 자세히 관찰했다. 무슨 생각이 있는지 정확히 알 수는 없었지만, 그녀는 눈치빠른 어머니처럼 남편에게 어떤 생각이 있음을 깨달았다. 라이자는 완벽한 현실주의자였다. 그녀도 자식의 집을 방문하는 것이 기쁘긴 했다. 손자들이 어떻게 자라고 있는지도 궁금했다. 그러나 그녀는 돌아다니는 것을 좋아하지 않았다. 그녀는 장소란 천국으로 가는 길의 휴식처 중 하나일 뿐이라고 생각했다. 그녀는 일하는 맛 때문에 일을 하는 것이 아니라, 해야 될 일이 있었기 때문에 일을 하는 것이었다. 그녀는 피곤에 지칠 대로 지쳐 있었다. 아침이면 온몸이 쑤시고 아파서 일어나기가 힘들었지만 그렇다고 누워 있지는 않았다.

라이자는 천국에서는 옷이 더러워지지도 않고 음식을 만들거나 옷을 세탁할 필요가 없다고 생각했다. 그러나 그녀는 천국에 대해서도 못마땅한 것이 있었다. 천국에는 너무 노래를 많이 부르고 아무리 선택된 사람들만 산다고 해도 아무 일도 하지 않고 어떻게 그리 오랫 동안 살 수 있을지가 걱정이었다. 그래서 그녀는 자기는 천국에 가서도 일을 찾아서 해야겠다고 생각했다. 그녀는 구름 조각을 꿰매거나 지친 날개에 약을 바르는 일을 해야겠다고 생각했다. 아마도 옷을 가끔씩 뒤집어 놓을 필요도 있고, 천국이더라도 거미줄은 끼어 있을 테니 빗자루에 헝겊을 감아 털어 내기라도 해야 하겠다고 말했다.

라이자는 샐리너스를 방문하는 것이 기쁘면서도 한편으론 두려웠다. 너무 기쁜 나머지 무슨 죄라도 짓는 것이 아닌가 생각이 들 정도였다. 또 야외 문화 강연회라고? 그것까지 구경하러 가지는 않아도 되겠지. 사무엘은 좋아서 야단일 테니까 잘 보살펴야 한다고 생각했다. 언제나 그녀는 남편이 어리고 한심하다고 생각해 왔다. 남편이 무엇을 생각하는지, 또 그 마음 때문에 신체에 어떤 변화가 일어나는지를 그녀가 알지 못하는 게 오히려 다행한 일이었다.

사무엘에게는 장소가 아주 중요했다. 그에게 있어서 농장은 친척과 같은 것이었다. 농장을 떠난다는 것을 사랑하는 사람을 칼로 찌르는 것과 같다고 생각했다. 그러나 그는 일단 결정을 했기 때문에 일을 잘 진행시켰다. 사무엘은 정식으로 옛 친구와 이웃을 찾아다니며 인사를 했다. 그가 마차를 타고 친구 집을 떠날 때, 그들은 두 번 다시 그들을 만나지 못할 것이라고 생각했다. 사무엘은 영원히 기억을 하려는 듯 산과 나무와 친구의 얼굴을 바라보았다.

아담 트래스크 농장은 제일 나중에 방문하기로 했다. 그가 그 농장을 방문한 지도 몇 달이 지났다. 아담도 이제 젊은이가 아니었다. 쌍둥이는 벌써 열한 살이 되었다. 리는 그다지 변한 곳은 없고 건강해 보였다. 리가 헛간까지 따라오면서 말했다.

「한번 만나 뵙고 싶었어요. 그러나 일이 많고 바빠서 짬을 낼 수가 없었어요. 저는 적어도 한 달에 한 번은 샌프란시스코에 다녀와야 하거든요.」

「자네도 알겠지만, 친구가 있을 때는 찾아가 보지 않다가 그가 떠나고 나서야 비로소 만나지 않은 것을 후회하는 법이지.」

「따님 소식은 들었습니다. 정말 안 됐습니다.」

「리, 자네 편진 잘 받았지. 지금도 갖고 있지. 좋은 말 고마웠어.」

「그건 중국식 이야깁니다. 나이가 들어가자 더욱 중국식이 되어 가는 것 같아요.」

「자네도 변한 것 같군. 그래 뭐가 변했지?」

「네, 변발을 잘랐어요.」

「아, 그거였군.」

「저뿐만 아니라 모두가 잘랐어요. 황태후가 서거하셨어요. 중국이 해방된 겁

320

니다. 이제 만주인이 대군주가 아닙니다. 그래서 우리는 변발을 잘랐어요. 이게 새 정부의 지시랍니다. 어디에서도 변발은 사라졌지요.」

「리, 그래 어떤가?」

「지내기가 훨씬 수월해졌어요. 그러나 머리가 허전해서 불안한 적도 있어요. 편한 점은 있지만 쉽게 익숙해지지가 않을 것 같아요.」

「아담은 어떻지?」

「네, 안녕하세요. 변하지는 않았어요. 그분이 전에 어땠는지 가끔 생각을 한답니다.」

「나도 그런 생각을 했지. 잠시지만 꽃이 핀 적이 있었지. 쌍둥이는 꽤 컸지?」

「많이 컸어요. 저도 여기 있기를 잘 한 것 같아요. 아이들이 성장하는 걸 보고 그들을 도와 주면서 많이 배웠어요.」

「쌍둥이에게 중국말을 가르쳤나?」

「아뇨, 트래스크 씨가 반대해서 가르치지 않았어요. 그분 생각이 옳았다고 생각합니다. 만일 중국어를 가르쳤다면 애들이 혼란을 일으켰을 겁니다. 나는 아이들의 친구예요. 네, 친구죠. 아이들은 아버지를 존경하지만 나도 아주 좋아하죠. 쌍둥이는 둘이 너무 다르답니다. 상상하기 어려울 정도로요.」

「어떻게 다르지?」

「이제 곧 학교에서 돌아올 시간이에요. 쌍둥이는 마치 메달의 양면처럼 다르답니다. 카알은 예리하고 우울한 편이지만 빈틈이 없어요. 그런데 아론은 말하는 걸 듣지 않아도 귀여운데 말을 하면 더 귀엽답니다.」

「자네는 카알을 좋아하지 않나?」

「내가 그애를 변호하는 것 같군요. 그애는 투쟁적인데 아론은 온순한 성격입니다.」

「우리 애들도 그렇지. 정말 이상해. 혈통이 같고, 똑같은 교육을 받았는데 어쩌면 그렇게 다른지.」

얼마 후 아담과 사무엘은 참나무 그늘 아래를 지나 샐리너스 벌판이 내려다보이는 골짜기 어귀까지 갔다.

아담이 그에게 말했다.

「저녁 식사를 하고 가시죠.」

「나는 더 이상 닭을 죽게 하고 싶지는 않소.」

「리가 고기를 구웠는데……」

「그렇다면…….」

아담은 옛날 상처 때문에 아직도 한쪽 어깨가 축 처져 있었다. 얼굴은 굳어 있었고, 그의 큰 눈은 큰 것만 보고 미세한 것은 살피지 않는 듯했다. 그들은 길에서서 일찍 내린 비로 파랗게 물든 계곡을 쳐다보았다.

사무엘이 낮은 음성으로 말했다.

「비옥한 땅을 저렇게 버려 두고도 부끄러운 생각이 들지 않습니까?」

「곡식을 심을 이유가 없으니까요. 전에도 그 얘긴 했었죠. 당신은 나보고 변할 거라고 했지만, 난 조금도 변하지 않았어요.」

「당신은 상처를 입은 걸 자랑스럽게 생각하나요? 상처 때문에 비극의 주인공이 된 것 같아요?」

「글쎄요.」

「생각해 봐요. 당신은 어쩌면 관객은 오직 당신뿐인 넓은 무대에서 혼자 연주를 하는 게 아닌가요?」

아담은 화난 음성으로 말했다.

「내게 와서 설교를 하는 건가요? 이렇게 방문해 주신 건 고맙지만 왜 자꾸 기분 나쁜 말을 하시는 거죠?」

「화나는 것 좀 보려고 그러죠. 나는 끼어들기를 좋아하죠. 저렇게 비옥한 땅이 팽개쳐져 있고, 내 옆엔 그런 사람이 있어요. 이건 낭비요, 낭비. 난 낭비할 여유도 없지만 낭비하는 건 좋지 않다고 생각해요. 당신은 인생을 묵히는 걸 현명한 일이라고 생각하나요?」

「당신은 나보고 어떻게 하라는 거죠?」

「다시 시도해 보자는 거죠.」

아담은 잠자코 사무엘을 쳐다보았다.

「그러기가 두려워요. 그냥 그럭저럭 살겠어요. 나는 그럴 용기나 기력이 없어요.」

「쌍둥이는 사랑하나요?」

「그럼요, 사랑하죠.」

「둘 중 누가 더 귀여운가요?」

「왜 그런 질문을 하죠?」

「글쎄, 당신의 말투가 어딘지…….」

「그만 집으로 돌아가죠.」

아담의 말에 그들은 나무 아래로 천천히 돌아갔다. 아담이 불쑥 질문을 했다.

「혹시 캐시가 샐리너스에 있다는 소문 들었습니까?」

「당신은?」

「듣긴 했는데 도무지, 믿어지지가 않았어요. 믿을 수가 없어요.」

　사무엘은 잠자코 마차 바퀴 자리가 새겨진 길을 걸었다. 그는 아담의 마음을 천천히 헤아려 보았다. 그러자 생각하지 않기로 했던 생각이 떠올랐다. 사무엘이 한참 후 입을 열었다.
　「당신은 아직도 그 여자를 잊지 못하는군요.」
　「그런가 봐요. 그렇지만 총에 맞은 건 잊었어요. 그 생각은 이제 하지 않지요.」
　「내가 당신에게 어떻게 살라고 말할 수는 없죠. 그러나 꼭 한 마디 당신도 이제 가상의 세계에서 벗어나 현실로 돌아오는 게 좋다는 말을 하고 싶어요. 이런 말을 하면서도 나는 내 기억을 걸러 보죠. 마치 체 틈으로 떨어진 금가루를 가려내려는 사람처럼요. 그건 하찮은 금입니다. 당신은 기억을 추려내기엔 너무 젊어요. 아담, 이제라도 새로운 추억을 만들도록 해요. 그래야 나이가 들어 추억을 거를 때 남는 게 풍부해질 겁니다.」
　아담은 고개를 푹 숙인 채, 이를 악물고 있어서 관자놀이 밑의 턱뼈가 튀어나왔다.
　사무엘은 아담을 한번 힐끔 쳐다보았다.
　「맞아요, 이를 악물고 사는 거예요. 인간은 나쁜 것을 보고도 변명만 한단 말이오. 내가 당신 하는 짓을 말해 볼까요? 당신이 침대로 들어가 불을 끄면 문에 희미한 빛을 등지고 그 여자가 서 있죠. 그녀의 잠옷이 바람에 흔들리는 게 보이죠. 그 여자가 당신의 침대 가까이 오면 당신은 숨도 쉬지 못하고 이불을 걷어차고는 그 여자에게 당신의 옆 자리를 내주겠죠. 달콤한 여자의 살결 냄새가 나고 세상에 둘도 없는 향기가…….」
　아담이 신경질적으로 소리쳤다.
　「그만해요. 제발 이제 그만둬요. 내 생활에 참견하지 말아요. 당신은 꼭 죽은 암소 곁에 냄새를 맡으러 온 들개 같은 사람이군요.」
　사무엘은 나지막이 말했다.
　「나도 그런 경험이 있어서 잘 아는 겁니다. 밤이면 밤마다 언제나 그랬죠. 오늘날까지 그 지경이었으니까요. 나는 마음의 문을 닫고 그 여자 생각은 하지 않기로 했는데도 아무 소용이 없더군요. 오랫 동안 라이자를 속인 셈이죠. 아내를 속이고 어둡고 달콤한 시간을 그 여자에게 바쳤죠. 나는 그래서 아내에게도 나처럼 은밀한 비밀이 있었으면 하는 생각도 했지요. 뭐 그런 게 있는지도 모르겠지만요. 그녀에게도 마음의 문을 닫고 잊어버리기로 한 것이 있지 않을까 생각해 보았답니다.」
　아담은 주먹을 꼭 쥐고 있어서 핏기가 없었다. 아담은 화를 내며 말했다.

「사무엘, 나는 언제나 당신 때문에 두려웠어요. 나보고 어떻게 하라는 건지 시원히 말해 줘요. 어떻게 사실을 그렇게 정확히 보는지 모르겠군요. 내가 어떻게 하면 되죠?」

「나는 실행을 못하지만 어떻게 해야 하는지는 알죠. 가능한 한 빨리 새로운 캐시를 찾도록 해요. 그래야만 당신 마음속에 있는 오래된 캐시를 잊을 수 있을 겁니다. 두 여자가 결투를 벌이도록 놔 둬요. 당신은 그저 옆에 있다가 승리자를 따르는 거예요. 당신은 하루 빨리 신선하고 새로운 애인을 찾아 옛사랑을 잊도록 해요.」

「그런데 그게 너무 두려워요.」

「전에도 말했지만, 이제 아담, 당신 마음대로 해요. 나는 떠나기 때문에 작별인사를 하러 온 겁니다.」

「무슨 말씀이시죠?」

「딸 올리브가 라이자와 나를 샐리너스로 초청했어요. 그래서 우리는 이틀 후 샐리너스로 떠납니다.」

「언제 돌아오실 거죠?」

사무엘이 말했다.

「한 두 달 가량 올리브네 집에 있으면 조지에게서 연락이 오겠죠. 파소로블스로 조지를 찾아가지 않으면 조지가 마음이 편안치 않을 거예요. 그 다음에는 몰리가 샌프란시스코에서 우리를 부를 거고, 그 다음엔 윌이 또 부르겠죠. 그때까지 살아 있다면 동부에 사는 조우도 우리를 초청할 겁니다.」

「참 좋겠습니다. 당신은 그럴 만한 일을 하셨잖아요. 당신은 그 황폐한 땅에서 농사짓느라고 참 고생을 많이 하셨는 걸요.」

「그래도 나는 그 박토가 더 좋은 걸요. 암캐가 못난 자기 새끼를 귀여워 하듯 말이죠. 나는 차돌 하나, 밭의 돌부리, 황폐하고 엷은 표토, 물도 나오지 않는 땅까지 사랑합니다. 황폐한 땅이지만 풍요로움을 안겨 주지요.」

「당신은 이제 쉬어도 됩니다.」

「또 그런 말을 하는군요. 나는 아이들의 제의를 받아들일 수밖에 없었어요. 그래서 여행을 하기로 한 겁니다. 쉴 자격이 있다는 말이 이제는 내 인생이 끝났다는 말로 들리는군요.」

「그렇게 생각하십니까?」

「나는 자식들의 제의를 받아들이기로 했어요.」

아담이 흥분해서 말했다.

「그럼 그걸 받아들이지 마십시오. 당신은 그러면 살 수 없어요.」

사무엘이 고개를 끄덕이며 말했다.

「그건 나도 압니다.」

「그러니까 받아들이지 말도록 해요.」

「왜 그렇죠?」

「받아들이지 말아요.」

「나는 무슨 일이나 참견하기를 즐기는 노인입니다. 그러나 내가 점점 참견을 하지 못하게 된 게 난 슬퍼요. 그래서 난 자식들을 찾아다닐 때가 되었다고 생각했어요. 나는 언제나 다른 사람의 일에 참견하는 체 해야 합니다.」

「나는 당신이 그 황폐한 땅에서 계속 일하기를 원해요.」

사무엘은 아담을 보고 웃으며 말했다.

「고마운 말이지만 좀 늦었소. 사랑을 받는다는 건 좋은 일이지.」

아담이 갑자기 돌아섰기 때문에 사무엘은 걸음을 멈추었다.

「나는 당신이 나를 위해 해준 일을 잘 알고 있어요. 그런데도 보답을 할 수 없는 게 아쉽군요. 그러나 한 가지만 부탁드리겠습니다. 내 부탁을 들어 주시겠습니까? 그게 내 생명을 구해 주는 길이 될지도 모르겠습니다.」

「내가 할 수 있는 일이라면 들어 드리도록 하죠.」

아담은 손으로 서쪽을 가리키며 말했다.

「저쪽 땅이군. 우리가 전에 이야기했었죠. 풍차와 우물과 알팔파 밭이 있는 정원을 꾸미도록 도와 주십시오. 꽃씨를 재배하면 돈벌이도 되겠죠. 생각해 보세요. 얼마나 멋진 일입니까? 몇 에이커씩 향기로운 스위트피와 금잔화를 심고, 서부의 여러 정원에 팔 장미를 십 에이커쯤 심겠어요. 그러면 서풍을 타고 은은한 향기가 널리 퍼질 겁니다.」

「아담, 오늘은 나를 눈물나게 하는군요. 노인에게는 어울리지 않지만.」

정말 사무엘의 눈에는 눈물이 글썽거렸다.

「아담, 고마워요. 당신의 멋진 제안이 서풍을 타고 향기롭게 번지는군요.」

「승낙하시는 건가요.」

「아니, 할 수 없어요. 그러나 윌리엄 제임스 브라이언의 연설을 들으며 샐리너스에서 마음속으로 당신이 하는 것을 그려 볼 겁니다. 아마 실제로 그렇게 되었다고 생각하게 될 거요.」

「나는 그걸 하고 싶어요.」

「그럼 내 아들 톰을 만나 보도록 해요. 톰이 도와 줄 겁니다. 그 녀석은 할 수만 있다면 온세상에 장미를 심으려 할 거요.」

「사무엘, 당신이 결정한 일이 무언지 아십니까?」

「그럼요, 알고 말고요. 내가 하는 일입니다. 너무 잘 알아서 반은 한 셈이죠.」

「정말 고집이 세군요.」

「고집이 세죠. 라이자는 나보고 언쟁을 좋아한다고 하죠. 나는 지금 내 자식들이 쳐 놓은 그물에 걸려 들었어요. 그래도 그게 마음에 드는군요.」

2

집안에는 저녁 식사 준비가 되어 있었다.

리가 말했다.

「옛날처럼 나무 밑에다 차리려고 했는데, 오늘은 날씨가 쌀쌀해서요.」

사무엘이 그 말을 받았다.

「정말 싸늘한 날씨군 그래.」

그때 쌍둥이가 들어와서 수줍은 듯 손님을 쳐다보았다.

「본 지가 정말 오래 되었지. 우리가 너희 이름을 지어 주었어. 네가 캘렙, 아니냐?」

「아뇨, 전 카알이에요.」

「아, 카알이구나.」

그러고 나서 그는 다른 아이에게 몸을 돌려 말했다.

「너는 짧게 뭐라고 부르냐?」

「네?」

「네가 아론이지?」

「네.」

리가 웃으며 말했다.

「저 애는 이름 쓸 때 A자를 하나만 쓴답니다. A를 두 번 쓰면 친구들이 이상하다고 하나 봐요.」

아론이 말했다.

「저는 산토끼를 서른 다섯 마리나 키우고 있는데 보실래요? 저기 샘가에 토끼장이 있어요. 바로 어제 토끼가 새끼를 여덟 마리나 낳았답니다.」

사무엘이 입을 씰룩이며 말했다.

「그래 보고 싶구나. 카알, 너는 농작물을 가꾼다고는 하지 않을 테지?」

리는 고개를 돌려 신경질적으로 말했다.

「그런 말은 하지 마세요.」

이번에는 카알이 말했다.

「내년에 아버지께서 밭 1에이커를 주신다고 했어요.」

아론도 한 마디 했다.

「수토끼 한 마리가 15파운드나 나가는 것도 있어요. 생일 선물로 아버지께 드릴거예요.」

아담이 방문을 여는 소리가 나자 아론이 급히 말했다.

「이건 비밀이니까 아버지께는 말하지 마세요.」

리는 군고기를 자르면서 말했다.

「해밀튼 씨, 당신이 오면 언제나 내 마음이 어지러워요. 너희도 앉거라.」

아담이 소매를 내리며 식탁 머리에 앉아 두 아들에게 말했다.

「너희도 별일 없지?」

「네, 아버지도 별일 없으시죠?」

아론이 사무엘에게 또다시 확인을 했다.

「말하지 마세요.」

사무엘은 그를 안심시키려는 듯 단호히 말했다.

「물론이지.」

아담이 궁금한지 물었다.

「무엇을 말하지 말라는 거냐?」

그러자 사무엘이 나섰다.

「내가 아드님과 비밀이 있으면 안 됩니까? 나와 아드님에게 비밀이 하나 있답니다.」

그러자 카알도 한 마디 했다.

「식사 후에 저도 비밀을 하나 알려 드릴께요.」

「궁금한데, 난 그 비밀은 모르기로 하겠다.」

리가 고기를 자르다가 고개를 들고 사무엘을 쏘아보았다. 리는 여러 접시에 고기를 옮겨 놓았다.

아이들은 잠자코 음식을 게눈 감추듯 먹어 치웠다.

아론이 먼저 말했다.

「아버지, 이제 나가도 돼요?」

아담이 고개를 끄덕이자 쌍둥이는 재빨리 밖으로 나갔다. 사무엘이 그 뒤를 지켜보다가 입을 열었다.

「열 한 살 치고는 숙성하군요. 우리 집 애들은 저 나이때 야단법석을 떨었죠. 소리치고 이리 뛰고 저리 뛰고 집안이 온통 아수라장이었어요. 그런데 쌍둥이들은 정말 의젓해요. 어른 같잖아요.」

아담이 막연히 말했다.

「그래요?」

「그 이유를 알겠어요. 이 집에는 여자가 없으니까요. 남자는 아이를 귀여워할 줄 모르니까 쌍둥이들은 어리광을 부리지 않고 자랐군요. 어리광을 피운다고 해도 누가 그걸 받아 줄 사람이 있어야 말이죠. 그게 좋은 건지 나쁜 건지 모르겠어요.」

사무엘은 접시에 남은 고기 국물을 빵으로 찍어 먹으면서 말했다.

「당신은 리의 진면목을 아나 모르겠군요. 리는 요리할 줄 아는 철학가죠. 아니 그보다 생각할 줄 아는 요리사라는 표현이 적절할까? 그는 내게 많은 것을 가르쳐 주었어요. 아담도 그에게서 배운 게 있을 겁니다.」

「아마 내가 귀담아듣지를 못했나 봐요. 그렇지 않으면 리가 내게는 이야기를 하지 않았는지도 모르죠.」

「아담, 아이들이 중국어 배우는 걸 왜 싫어했죠?」

아담은 무언가를 생각한 후 입을 열었다.

「사실대로 말하죠. 그건 일종의 질투라고 하겠죠. 나는 다른 구실을 붙였지만, 나는 아이들이 내게서 떨어져 내가 갈 수 없는 곳으로 갈까 봐 그랬어요.」

「그건 맞는 말입니다. 사실 인간적인 솔직담백한 말이군요. 그러나 비약이 지나쳤어요. 나는 그 정도로까지는 생각하지 않았거든요.」

리가 회색 커피 주전자를 탁자에 놓고 잔에 커피를 따른 후 의자에 앉았다. 리는 커피 잔에 손을 대고 있다가 웃음을 터뜨렸다.

「해밀튼 씨 때문에 저는 고민도 많이 했답니다. 중국인의 침착성이 흔들린 본보기죠.」

「리, 그게 무슨 소리지?」

「제가 벌써 말씀을 드린 적이 있었죠. 아니 어쩌면 마음속으로만 말했는지도 몰라요. 그렇지만 재미있는 이야깁니다.」

사무엘은 아담을 쳐다보며 말했다.

「나도 듣고 싶군, 아담 또 공상할 거요?」

아담도 나섰다.

「나도 그 생각을 했죠. 이상하군요. 흥분이 되는데, 그거 좋은 얘기군요. 그건 인간에게 일어날 수 있는 가장 좋은 일 중의 하나일 겁니다. 리, 어서 이야기하지 그래.」

리는 목덜미를 쓰다듬으며 말했다.

「변발이 없어도 아무렇지 않게 지낼 수 있는지 모르겠어요. 난 무의식중에 변발이 몸에 배어 있었어요. 아, 이야기를 해야죠. 내가 나이가 먹으면서 중국식이 되간다는 건 전에 말씀드린 적이 있죠? 그런데 선생님은 점점 아일랜드 식으로 되어 가는 것 같아요.」

사무엘이 대답했다.

「그거야 그랬다 그렇지 않았다 하는 걸.」

「옛날에 쌍둥이 이름 지어 주실 때 〈창세기〉 4장의 16절을 읽으셨던 걸 기억하십니까? 그 후에 우리는 토론을 꽤 오래 했죠?」

「그 얘기는 퍽 오래 전 이야기로군.」

「벌써 십 년 전 이야깁니다. 그 얘기는 폐부 깊숙이 새겨졌기 때문에 한 마디 한 마디 음미했지요. 그걸 깊이 생각하면 할수록 나를 더 심오하게 만들었어요. 그래서 나는 우리가 가지고 있는 번역서와 비교해 보았습니다. 거의 비슷했지만 꼭 한 군데가 마음에 걸리더군요. 흠정역 성서에는 여호와께서 카인에게 왜 화가 났느냐고 묻는 장면인데 여호와는 이렇게 말씀 하셨지요. 『너는 왜 그렇게 화가 났느냐? 왜 고개를 떨어뜨리고 있느냐? 네가 잘했다면 왜 얼굴을 쳐들지 못하느냐? 그러나 네가 만일 마음을 잘못 먹었다면, 죄가 네 문 앞에 도사리고 앉아 너를 노릴 것이다. 그러므로 너는 그 죄에 굴레를 씌워야 한다.』 그 구절 중에 『너는 죄를 다스릴지니라.』라는 구절이 있습니다. 이 말은 카인이 지은 죄를 다스리게 된다는 일종의 약속이었기 때문입니다.」

사무엘은 고개를 끄덕이며 말했다.

「그의 자손이 그 일을 완전하게 완수하지 않았다는 말이지.」

리는 커피를 한 모금 마신 후 말했다.

「그 후 나는 미국 표준판 성경 한 권을 구했습니다. 그때 새로 나온 책이었죠. 그런데 이 책에는 이 구절이 다르게 번역되어 있었어요. 『그대는 죄를 다스려라.』라고 되어 있는 것이었어요. 이건 큰 차이라고 볼 수 있죠. 이건 약속이 아니라 명령을 나타낸 글입니다. 그래서 곰곰히 생각하니 원래의 히브리 성경 원전에는 어떤 말이 씌어 있나 궁금해졌습니다.」

사무엘은 손바닥을 탁자에 내려놓고 몸을 앞으로 내밀었다. 젊었을 때의 눈빛이 그의 눈에서 감돌았다.

「리, 그래서 자네가 히브리어를 공부했다는 말을 하려는 건가?」

「이제 말씀드리죠. 얘기가 좀 깁답니다. 오가피 주 좀 드시겠어요?」

「사과 썩는 냄새가 나는 걸 말이지?」

「네, 오가피 주를 마시면 말을 잘 한답니다.」

사무엘은 한 마디 했다.

「그야 듣기도 잘 하겠지.」

리가 잠시 부엌에 간 동안 사무엘이 아담에게 물어 보았다.

「알고 있었소?」

「아뇨, 말하지 않았어요. 아니 어쩌면 말했는데 내가 듣지 못했는지도 모르겠군요.」

리가 돌로 만든 술병과 작은 사기 술잔을 세 개 가지고 왔다. 술잔은 속이 훤히 비치는 그런 잔이었다.

리는 약간 검은 빛이 도는 술을 잔에 따르며 말했다.

「중국식으로 마시세요. 이 술은 쑥이 많이 들어 있는 독주예요. 양주의 압생트 주만큼 독하죠.」

사무엘은 홀짝홀짝 술을 마셨다.

「왜 그리 관심이 많은 거지?」

「이런 위대한 이야기를 생각해 낸 사람 정도면 자기가 표현하려는 것을 정확히 알고 있을 것이기 때문에, 표현의 혼란은 없을 것이란 판단을 했지요.」

「자네는 지금 사람이라고 했는데 그럼 성경이 하나님이 쓴 게 아니라는 말인가?」

「이런 얘기를 생각한 사람은 성인입니다. 중국에도 그런 성인이 있죠.」

「나는 궁금했었는데 자네는 정말 장로교인은 아니군.」

「제가 나이를 먹으면서 더욱 중국식이 되어 간다고 했죠. 말을 계속하죠. 나는 샌프란시스코에 있는 우리 종친회 본부에 갔었어요. 우리 가문에는 종친회가 있는데 가문 상호간에 도움을 주고받죠. 리 종친은 대단히 크고 가족끼리 서로 문제를 잘 해결하고 있죠.」

사무엘이 말했다.

「나도 그런 말은 들었지.」

「중국인이 여자 노비 때문에 도끼를 들고 당파 싸움을 하는 거 말이죠.」

「그렇다네.」

「그것과는 다릅니다. 우리 종자에는 위대한 학자분이 여러 분 계셔서 난 그곳에 갔었습니다. 그분들은 사상가라고 할 수 있는 분이죠. 공자의 글 한 구절을 갖고 몇 년 동안이나 생각하는 분도 있습니다. 그 중에는 해석의 대가도 계셔서 내게 좋은 말을 해주시리라고 기대를 했죠. 그분들은 오후에 아편을 두 모금 피우는데, 그것은 마음을 안정시키고 예민하게 만들죠. 그리고 밤을 새우면서 앉아 있노라면 그분들의 사고는 놀랄 만하답니다. 그분들은 사실 아편을 잘 활용하는 분들이죠.」

리는 혀를 술에다 적셨다.

「나는 경건한 자세로 현인 한 분에게 내 문제를 올리고 이야기를 읽어 드리고 나서 내가 이해하고 있는 점을 말씀드렸죠. 이튿날 밤 네 분이 자리를 함께 하시고 나를 불렀답니다. 거기서 우린 밤을 세워 토론을 했습니다.」

리는 소리내어 웃었다.

「우스운 얘기죠. 여러 사람에게 이런 말은 하지 않을 거예요. 네 분 중 제일 연소한 분이 구십 세가 넘었는데 히브리어를 새롭게 시작한다는 것을 믿으실 수 있겠습니까? 그분들은 유능하고 학문이 깊은 율법 박사 한 분을 고용한 후 어린애처럼 히브리어를 배웠답니다. 연습장·문법·단어집·쉬운 문장, 당신들도 중국식으로, 먹과 붓으로 히브리어를 쓴 걸 보셨으면 좋았을 거예요. 우리는 글을 위에서 아래로 쓰니까 글을 왼쪽에서 오른쪽으로 쓰기는 쉬운 일이 아니었습니다. 그러나 그분들은 철두철미한 분이었죠. 문제의 핵심까지 파고들어 갔으니까요.」

「그럼 자네는?」

「물론 저도 함께 공부했어요. 그분들은 기막히게 머리가 좋았죠. 나는 내 민족을 사랑하게 되었고, 생전 처음 중국인이 되고 싶은 생각이 들었어요. 두 주일에 한 번씩 모였는데 나도 참석했습니다. 그리고 이곳에 돌아와서도 열심히 읽고 썼어요. 유명한 히브리어 사전은 모두 사 왔구요. 그러나 그 노인들이 늘 나를 앞장섰답니다. 그분들은 얼마 후에는 유태 학자보다 더 앞섰지요. 그러자 유태 학자는 자기의 친구를 데려왔어요. 해밀튼 씨도 함께 밤새워 토론했으면 좋았을 겁니다. 질문을 하고 조사를 하고 사색을 하고 정말 멋있었죠. 그로부터 2년 후에는 우리가 창세기 4장 16절을 직접 다룰 수 있기까지 되었답니다. 그분들은 이 구절이 아주 중요하다고 하셨죠. 『다스릴지니라』와 『다스려라』는 구절이죠. 우리는 조사 결과, 『죄를 다스릴 수가 있으리라.』라는 결론을 얻었습니다. 그분들은 흐뭇한 미소를 지으며 세월을 헛되이 보낸 게 아니라고 생각했죠. 이것이 계기가 되어 그분들은 중국식 사고 방식을 벗어날 수도 있었죠. 그분들은 지금 히브리어를 공부하신답니다.」

사무엘이 말했다.

「난 이야기를 듣다가 그만 핵심을 잃어버렸어. 리, 그 말이 왜 그리 중요하다고 생각하지?」

술을 따르는 리의 손이 가늘게 떨렸다. 그는 단숨에 술을 마셔 버렸다. 그러고 나서 소리쳤다.

「무슨 얘긴지 모르겠어요? 미국 표준판 성경에서는 인간이 죄를 다스리라고 명령했어요. 이런 경우 죄는 무지로 대변됩니다. 인간은 확실히 죄를 다스리게 된다는 거지요. 그러나 히브리어 팀셸이란 말은 선택의 기회를 준다는 단어입니다. 이 말은 세상에서 가장 중요한 말일 겁니다. 이래도 좋고 저래도 좋으니 알아서 하라는 말이죠. 인간에게 책임이 전가된 겁니다. 제 말 이해하십니까?」

「이해하겠어. 그러나 그게 하나님의 법이라고 생각하지 않지? 그걸 왜 그리 중요시 여기는 거지?」

「진작에 이걸 말씀드려야 하는데. 그런 질문이 나올 줄 알았습니다. 많은 사람의 생각과 생활에 큰 영향을 준 게 중요해요. 지금 그 명령대로 복종하는 사람이 여러 교파 여러 교회를 합쳐서 수백 만 명이 되죠. 인간이 약하고 더럽고 형제지간이 서로 죽이더라도 선택할 수 있는 권리를 갖고 있는 것이죠. 인간은 제 갈 길을 제가 선택하여 싸워 이길 수 있다는 말이죠.」

아담이 리에게 물었다.

「자네도 정말 그렇게 생각하나?」

「네, 그렇게 믿다마다요.『이미 길은 정해진 거니까요.』라고 말하는 것은 게으르고 안이한 태도라고 봅니다. 선택은 인간을 참다운 인간으로 키워 줍니다. 고양이에게는 선택권이 없습니다. 꿀벌은 꿀을 만들어야 하죠. 그 일에는 신성함은 없어요. 서서히 죽음에 접근하는 분들이 지금 죽기에는 너무 큰 흥미를 가지고 있어요.」

아담이 리를 보고 물었다.

「그럼 그 중국 노인들이 《구약성서》를 믿는다는 건가?」

「그분들은 진실한 이야기라면 모두 신뢰하죠. 그분들은 그 16절이 모든 시대와 문화와 민족을 초월한 인간의 역사, 인간의 이야기임을 너무 잘 알고 있습니다. 15와 4분의 3절의 진실을 쓴 사람이 동사 하나를 잘못 써서 거짓말을 한다고는 생각지 않습니다. 공자는 인간이 훌륭하게 사는 법을 말씀하셨어요. 이것은 별이 빛나는 천계로 올라가는 길이라고 볼 수 있습니다.」

리는 눈을 번쩍이며 다시 말을 이었다.

「당신은 이것을 상실하면 안 돼요. 이것은 나약과 비겁과 태만과의 관계를 절단시키니까요.」

아담이 말했다.

「자네는 식사를 준비하고 아이를 둘이나 키우고 나까지 돌보면서 언제 그런 공부까지 할 수 있었지?」

리가 기운차게 대답했다.

「나도 모르겠어요. 그러나 나는 오후에 아편을 두 모금씩 피웠어요. 그 노학자들처럼요. 그럴 때마다 내가 살아 있는 인간임을 느껴요. 인간은 대단히 중요한 존재예요. 별보다도 중요하죠. 이건 신학이 아니예요. 나는 신을 믿는 데는 그다지 취미가 없어요. 그러나 용기, 즉 인간의 정신에 대해선 새로운 애착을 갖고 있습니다. 인간의 정신은 이 우주 중에서 가장 독특하고 사랑스러운 겁니다. 그것은 언제나 공격을 받지만 파괴되지는 않아요.」

3

리와 아담은 사무엘을 전송하러 헛간까지 따라 나왔다. 리는 어둠을 밝히려고 랜턴을 손에 들었다. 맑은 초겨울 밤 하늘에는 별이 유난히 총총했다. 주변 언덕에는 어둠이 깔려 있었다. 언덕에는 고요가 덮여 움직이는 짐승도 한 마리 찾아볼 수 없었다. 육식 동물도 눈에 띄지 않았다. 하늘은 무서우리만큼 고요해서 참나무 가지 하나, 잎사귀 하나 움직이지 않았다. 세 사람은 한 마디도 하지 않았다. 리의 손에서 빛이 흔들릴 때마다 작은 소리가 들렸다.

아담은 사무엘을 쳐다보며 물었다.

「언제 돌아오실 계획이시죠?」

사무엘은 아무 말도 하지 않았다.

그의 말이 고개를 숙인 채 발 아래 짚을 바라보고 서 있었다.

「당신은 저 말을 참 오랫 동안 부리시는군요.」

「서른 세 살이죠. 이빨이 모두 빠져 버려서 사료도 더운 물에 개서 내가 손으로 먹이죠. 저놈은 악몽도 잘 꾸죠. 잠자다 몸을 떨거나 울부짖기도 하죠.」

아담이 나섰다.

「그런데 너무 추하게 생겼군요.」

「그래서 난 이 말을 산 거랍니다. 삼십 년 전에 2달러를 주고 샀죠. 발굽은 핫케익 같고, 무릎은 너무 굵고 짧고 곧아서 마치 뼈마디가 없는 듯하죠. 머리는 망치 같고 등은 우묵하고 가슴은 오그라붙었고 엉덩이는 큼직해요. 아직 입은 세서 껑거리끈을 물어 뜯는 답니다. 안장을 얹고 그 위에 타면 자갈길 위로 수레가 달리는 기분이랍니다. 걸어갈 수도 없고, 걷다가는 수차례 걸려서 넘어질 지경이죠. 삼십 삼 년이 지났지만 아직도 좋은 점 하나 찾지 못했어요. 그리고 성질도 매우 고약하고요. 저놈의 말은 이기적이고 비열하고 복종심도 모르죠. 오늘까지 나는 저 놈 뒤에서 단 한 번도 못 걸었어요. 그러면 곧장 나를 걷어찰 겁니다. 먹이를 줄 때도 나를 물려고 하는 걸요. 그래도 나는 귀여워요.」

리가 말했다.

「그래서 이름을 독소로지라고 한 거군요.」

사무엘은 한 마디 거들었다.

「그렇지. 추하게 생기긴 했지만 찬송이란 뜻으로 이름만은 멋있는 걸 지어 주고 싶었어요. 저놈도 이제 나와 헤어질 날이 다 되었어요.」

아담이 그 말에 참견했다.

「이제 그만 고생시키는 게 좋아요.」

「고생이라니? 저놈이야말로 오랫 동안 고생 모르고 행복하게 지냈는데.」

「저 놈도 아픈 데가 많을 겁니다.」

「그렇진 않아요. 저놈은 아직도 자기가 대단한 말이라고 생각하니까. 아담, 당신이라면 저 말을 쏘아 버리겠소?」

「나라면 그러겠소.」

「책임지겠소?」

「그거야 책임질 수 있죠. 서른 셋이면 수명은 이미 끝난 거나 다름없지요, 사무엘.」

리가 랜턴을 땅에 내려 놓았다. 사무엘이 그 옆에 앉아서 노란 불빛에 손을 녹일 듯이 내밀었다.

사무엘이 입을 열었다.

「아담, 내게 고민이 있는데.」

「뭐죠?」

「죽음이 더 편하기 때문에 당신은 내 말을 쏘아 죽이고 싶소?」

「아니 내 말 뜻은 그게 아니라…….」

사무엘이 얼른 말을 막았다.

「아담, 당신 지금 생활에 만족한가요?」

「아니, 그렇진 않습니다.」

「당신의 병을 고칠 수도 있고 죽일 수도 있는 약을 내가 가지고 있다면 그 약을 당신에게 주어야 옳겠소? 잘 생각해 보시오.」

「그게 대체 무슨 약이죠?」

「어쩌면, 내가 입을 열면 당신은 죽을지도 몰라요.」

그러자 리가 끼여들었다.

「해밀튼 씨, 말씀 좀 삼가하시죠.」

아담이 재촉했다.

「무슨 생각을 하시는 거죠?」

사무엘이 나직이 말했다.

「난 조심하지 않겠소. 리, 내 생각이 틀렸다면 내가 책임을 지리다. 어떤 비난도 감수할 것이오.」

리가 초조한 얼굴로 물었다.

「옳은 일이라고 확신하십니까?」

「자신은 없지만……. 아담 그 약을 원합니까?」

「네, 무엇인지 모르지만 주십시오, 받겠습니다.」

「아담, 캐시가 샐리너스 창녀집의 주인이오. 그것도 제일 타락하고 사악한 집이지요. 인간이 생각해 낼 수 있는 가장 추하고 비열한 것이 거래되고 있어요. 앉은뱅이와 곱추가 만족을 얻으려고 찾아가는 곳이지요. 캐시는 케이트라는 가명을 쓰며 생기발랄한 젊은이를 데려다가는 온전한 인간이 될 수 없는 병신으로 만들어 놓지요. 자, 이게 내가 갖고 있는 약이오. 어떤 효과를 주는지 봅시다.」

아담이 말했다.

「당신은 거짓말쟁이군요.」

「아니오, 아담. 나는 거짓말은 하지 않습니다.」

아담이 리를 쳐다보며 물었다.

「리, 사실인가?」

「나는 해독제는 아니지만 그게 사실입니다.」

아담은 불빛 아래 휘청거리다가 돌아서서 달려 나갔다. 그러다가 넘어지는 소리가 나더니 다시 기어서 비탈을 오르는 소리가 들렸다. 언덕을 넘고서야 그 소리가 들리지 않았다.

리가 말했다.

「그 말이 독약 같은 역할을 했군요.」

「책임은 내가 지겠네. 나는 오래 전에 이런 걸 배웠어. 개가 스트리키닌을 먹고 죽으려고 할 때는 도끼를 들고 그 개를 도마 앞으로 끌고 가야 해. 다음 번 경련을 기다리다가 꼬리를 도끼로 잘라야만 해. 독이 더 이상 퍼지지 않아야만 살 수 있어. 고통의 충격이 독에 반격을 가할 수도 있지. 충격이 없으면 개는 죽게 되어 있어.」

「이 경우가 그렇다는 걸 어떻게 아시죠?」

「그거야 모르지만. 그렇게라도 하지 않으면 아담은 죽어 버릴 거야.」

「당신은 정말 용감하시군요.」

「용감하긴. 나는 늙었어. 양심에 걸리는 일이 있어도 그리 오래 가지는 않으니까.」

「그분이 앞으로 어떻게 할까요?」

「그거야 나도 모르지. 그러나 쭈그리고 앉아 있지만은 않을 거야. 랜턴 좀 들어 주게.」

노란 불빛을 받으며 그는 말의 입에 재갈을 물렸다. 그것은 닳고 닳아 얇은 쇳조각 같았다. 고삐는 이미 오래 전에 치워 버렸다. 망치 같은 늙은 머리는 멋대로 코를 빼거나 길 옆에 멈춰 서서 풀을 뜯기도 했다. 사무엘은 신경쓰지 않았다. 그가 살며시 껑거리끈을 채우자 말은 돌아서서 그를 차려고 했다.

말이 마차의 굴대 사이로 들어가자 리가 말했다.

「내가 조금만 함께 타고 갈까요? 올 때는 걸어오겠어요.」

「그렇게 하지 그럼.」

사무엘은 리가 자기를 부축해서 마차에 태우는 것을 가만히 있었다.

캄캄한 밤이었다. 말은 밤길은 가기가 싫은지 몇 걸음 가지 않고 멈추었다.

「리, 하고 싶은 말이 뭐지?」

리는 담담히 말했다.

「나도 남의 일에 참견하기를 좋아하나 봐요. 여러 가능성을 생각했지만 아까는 정말 놀랐어요. 그런 말을 아담에게 하시리라곤 상상도 못했거든요.」

「자네도 그 여자 얘기 아나?」

「네.」

「쌍둥이도 아나?」

「아직은 모를 겁니다. 그러나 곧 알게 되겠죠. 아이들은 짓궂거든요. 언젠가 학교에서 놀림감이 될 테죠.」

사무엘이 단호히 말했다.

「리, 그 애들을 다른 곳으로 데려가야 해. 자네가 그 생각을 염두에 두도록 하게.」

「제 질문에 아직 대답하시지 않았죠? 어떻게 그럴 생각을 하셨죠?」

「왜 내가 잘못이라도 했나?」

「아뇨, 잘못이라는 게 아니라, 선생님은 어떤 일에 부동의 자세를 취하시리라고는 생각하지 않았어요. 이게 제 판단이죠. 흥미 있으세요?」

「자기 말을 하는데 흥미를 느끼지 않는 사람이 어디 있나? 어서 계속해 보게.」

「당신은 친절한 분이에요. 그 친절은 말썽을 일으키지 않는 데서 나온 것으로 생각했어요. 늘 어린 양처럼 온순하시고 어떤 일도 우격다짐을 쓰지 않던 분이 아까는 정말 무섭더군요. 인상이 완전히 달랐어요.」

사무엘이 채찍꽂이에 꽂은 막대기에 고삐를 감자 말은 바퀴 자국을 따라 비틀

비틀 걸었다. 사무엘은 턱수염을 쓰다듬었다. 그는 검은 모자를 벗어서 무릎 위에 올려놓았다.

「사실은 나도 자네만큼은 놀랐어. 그 이유를 알려거든 자네 자신을 살펴도록 하게.」

「무슨 말씀이신지 모르겠는데요.」

「내가 자꾸 입을 열게 생겼군. 아일랜드인 기질이 오락가락한다는 소리를 내가 했지, 이제 그 기질이 나오는군.」

「해밀튼 씨, 떠나시면 언제 오시죠? 오래 사실 생각은 없으신 것 같아요.」

「그래, 자네가 그걸 어떻게 알았지?」

「죽음이 당신 주위를 돌면서 빛을 뿜으니까요.」

「아무도 그걸 볼 수 없으리라고 생각했는데, 리, 나는 내 인생을 일종의 음악이라고 생각했어. 언제나 좋은 음악은 아니었지만, 그래도 형식과 멜로디를 갖춘 음악이지. 내 인생은 완전한 교향악이 되지 못한 지가 오래 되었어. 이젠 한 곡조만 남았어. 슬픔이라는 변하지 않는 곡조만 남은 거야. 이런 태도를 취하는 것은 나뿐만이 아니지. 많은 인간이 인생을 패배로 보는 거야.」

「모두가 부자라서 그런지도 몰라요. 부자들의 불만만큼 철저한 불만도 드물 겁니다. 사람이 잘 먹고 잘 입고 훌륭한 집에 산다면 결국에는 절망으로 죽게 될 거예요.」

「자네가 번역한 말 『다스려도 좋으리라.』라는 말이 내 목을 잡아끌었어. 현기증이 걷히자 새롭고 밝은 빛이 보였지. 종말을 향한 내 인생은 찬란한 종말을 향해 달리고 있어. 내 음악은 마치 밤의 새소리처럼 새로운 마지막 멜로디를 담고 있어.」

리는 어둠 속에서 사무엘을 응시했다.

「우리 종친회의 어르신네들도 그랬답니다.」

「리, 바로 그거야. 나는 모든 인간이 파멸되지는 않으리라고 생각해. 파멸되지 않는 사람을 여러 명 알고 있어. 그런 분 때문에 세상이 존재하는 거지, 인간의 정신도 전투와 동일하지. 승리자만이 기억에 남는 거야. 대체로 사람은 파멸되지만, 불기둥처럼 우뚝 솟아 어둠 속에서 두려워 떨고 있는 사람을 인도해 주는 사람도 있지. 『할 수도 있으리라, 그대 할 수도 있으리라.』이 얼마나 멋진 일이야! 우리는 나약하고 병들고 논쟁을 좋아하지만, 단지 그뿐이라면 우리는 수천 년 전에 이 지상에서 소멸됐겠지. 그리고 인간이 한때 이 세상에 생존했었다는 증표로 턱뼈 화석, 석회암층 속의 이빨만 남아 있을 거야. 그러나 리, 나는 이전에는 선택의 자유와 승리의 자유를 몰랐었지. 아니 그걸 수용할 수 없었던 거야. 이제 내가 오늘 아담에게 그 말을 한 이유를 짐작하겠나? 나는 막판에 와서 선택권을 행사한 거야. 내가 잘했는지 잘못했는지는 모르지만 그에게 그 이야기를 해주어서, 아담이 살든지 죽든지 선택하도록 한 거야. 그 단어가 무엇이었지, 리?」

「아, 팀셀이었습니다. 마차를 좀 멈춰 주세요.」

「갈 길이 너무 멀군 그래.」

리가 마차에서 내린 후 소리쳤다.

「사무엘 선생님!」

노인은 웃으며 대답했다.

「나 여기 있어. 만일 내가 그 얘기한 걸 라이자가 알면 싫어할 거야.」

「선생님, 당신은 나보다 훨씬 앞섰답니다.」

「어서 돌아가게, 리」

「선생님도 안녕히 가십시오.」

리는 오던 길을 되돌아 서둘러 걸었다. 마차의 쇠바퀴가 삐걱거리는 소리가 들렸다. 리는 돌아서서 뒷모습을 바라보았다. 언덕 비탈에 하늘을 배경으로 사무엘 해밀튼의 모습이 보였다. 그의 흰 머리카락이 별빛에 빛났다.

제 25 장

<u>1</u>

샐리너스 계곡에는 겨울 장마가 걷혔다. 비에 젖은 계곡의 풍경은 아름다웠다. 비는 그다지 많이 내리지 않아 모두 땅 속에 스며들었기 때문에 홍수가 나지는 않았다. 1월에는 목초가 우거지고, 2월에는 언덕이 풀로 무성해지고, 가축의 털은 윤기가 났다. 3월에는 계속 소량의 비가 내리다가, 이 빗물이 땅으로 스며든 후에야 폭풍우가 기다리기라도 한 듯 기승을 부렸다. 그런 후에 따스한 온기가 계곡으로 밀려들면서 대지에는 노랑·파랑·황금색 꽃이 들판을 덮었다.

톰은 혼자서 농장을 지켰다. 황폐한 땅이 다소 풍요로워지고 돌멩이는 풀에 덮여 보이지 않았다. 농장의 소들은 살찌고 양의 축축한 등에서도 부드러운 털이 많이 자라났다.

3월 5일 정오, 톰은 대장간 앞에 있는 벤치에 걸터 앉아 쉬고 있는 중이었다.

찬란한 아침이 지나고 비를 안은 짙은 구름이 바다에서부터 산을 넘어 밝은 대지 위에 그림자를 던졌다.

말발굽 소리가 나서 바라보니 소년이 지친 말에 채찍질을 하며 집을 향해 달려오고 있었다. 톰은 일어나서 집을 향해 걸었다. 소년은 바람이 일듯 전속력으로 집까지 와서 모자를 벗어서 손에 들고, 성급히 땅바닥에 누런 봉투를 던져 버리고는 말을 돌려 다시 전속력으로 돌아갔다.

톰은 소년의 뒤통수를 쳐다보며 소리를 치다가, 맥없이 전보를 집어들었다. 그는 전보를 손에 들고 아까 앉았던 벤치에 다시 앉았다. 톰은 무엇인가 아쉬운 듯 언덕과 낡은 집을 한동안 쳐다보고 나서 봉투를 뜯어 전보를 읽었다. 그는 누가 언제 어떻게 되었다는 전보를 읽었다.

톰은 느릿느릿 전보를 접고 또 접어서 엄지손가락만하게 만들었다. 그는 집안으로 들어가 부엌을 거쳐 작은 거실을 지나 자기 방으로 갔다. 그는 옷장에서 검정 양복을 꺼내 의자에 걸친 뒤 흰 와이셔츠와 넥타이까지 꺼냈다. 그런 다음 침대에 누워 벽을 쳐다보았다.

2

샐리너스 공동 묘지에서 여러 대의 마차가 대기했다. 가족과 친지들은 중심가에 있는 올리브의 집에서 식사를 하고 커피를 마신 뒤, 서로가 슬픔을 받아들이는 모습을 지켜 보면서 정중히 조의를 표했다.

조지는 아담 트래스크에게 세낸 4인승 마차를 타라고 권유했으나 아담은 사양했다. 아담은 묘지 주변을 돌아보다가 윌리엄즈 가족 묘지의 시멘트 연석에 걸터앉았다. 묘지 가장자리에는 고풍의 검은 삼나무가 침울하게 서 있었다. 오솔길에는 누가 심었는지 하얀 바이올렛이 제멋대로 피어 있었다.

찬바람이 불어와 삼나무에 부딪쳐 소리를 냈다. 전몰 장병의 무덤임을 나타내는 주물의 별표가 많았고, 그 위에는 1년 전 현충일에 꽂은 작은 깃발이 꽂혀 바람에 흔들렸다.

아담은 프레몽 산봉우리가 우뚝 솟은 샐리너스 동쪽 산맥을 쳐다보았다. 비가 온 탓인지 하늘이 수정처럼 맑았다. 그때 구름도 별로 끼지 않았는데, 갑자기 가랑비가 내리기 시작했다.

아담 트래스크는 아침 기차 편으로 달려왔다. 처음에는 오려고 생각하지 않았으나 알 수 없는 힘에 이끌려 온 것이다. 아담은 사무엘의 사망 소식을 도무지 믿을 수가 없었다. 아담의 귓전에는 사무엘의 시적인 부드러운 목소리가 들리는 것 같았다. 사무엘의 항상 이국적인 억양의 음조와, 다음 말을 예측하기 힘든 기묘한 말을 골라 쓰는 음악 같은 목소리가 들리는 듯싶었다. 다른 사람과 이야기할 때는 다음에 무슨 말을 할 것인지 짐작할 수 있었지만 사무엘은 그렇지가 않았다.

아담은 관 속의 사무엘을 내려다보며 그가 죽지 않았으면 좋겠다는 생각을 했다. 사무엘의 얼굴은 평소의 그 같지 않아서 아담은 혼자가 되자, 그의 모습을 생시의 모습 그대로 간직하려고 애썼다.

아담은 장지까지 함께 가야만 했다. 그는 말소리가 들리지 않는 뒤에 서 있다가 아담의 아들들이 무덤을 메우자 혼자 빠져 나와 하얀 바이올렛이 피어 있는 오솔길을 걸었다.

공동 묘지에는 인적이 없었다. 음울한 바람 소리가 삼나무를 감쌌다. 빗방울이 점점 거세지면서 휘몰아쳤다.

아담은 몸서리를 치면서 자리에서 일어섰다. 그는 바이올렛이 핀 오솔길을 걸어 새로 생긴 무덤 옆을 지났다. 새로 파 덮은 흙더미 위에 놓았던 꽃이 바람에 휘날렸고, 작은 조화들도 바람에 날려 갔다. 아담은 그것들을 집어서 다시 있던 곳에 갖다 놓았다.

아담은 공동 묘지를 빠져 나갔다. 비바람이 등 뒤에서 몰아쳤으나 그는 옷이 젖는 것을 아랑곳하지 않았다. 이미 길은 진흙투성이가 되어 있었고, 새로 난 마차 바퀴 자리에는 물이 홍건히 괴어 있었다. 길 양 옆에는 들귀리와 겨자풀이 높이 자랐고, 야생의 무가 무성히 자라 있었다. 그리고 비를 맞은 자줏빛 엉겅퀴 꽃송이가 비를 맞은 푸른 풀 틈에 솟아 있었다.

검은 진흙이 구두와 바짓가랑이까지 튀었다. 공동 묘지에서 몬터리 거리까지는 거의 1마일 가량 되었다. 그가 그곳에 도착해서 동쪽으로 돌아 샐리너스 시내로 돌아갔을 때, 아담은 마치 물에 빠진 생쥐같이 비에 흠씬 젖어 있었고 진흙투성이가 되어 있었다. 모자의 챙에는 빗물이 괴었고 칼라는 너무 젖어서 늘어져 있었다.

길은 존 가에서 꺾이면서 중심로가 되었다. 아담은 도로 포장이 말끔히 된 길로 들어서자 발을 굴러서 구두의 흙을 털어 버렸다. 길가의 빌딩이 바람을 막아주자 오한이 들었다. 아담은 잰걸음으로 길 끝 근처에 있는 애보트 주점으로 들어가 브랜디를 주문해서 단숨에 들이켰지만, 점점 더 몸이 떨렸다.

아담이 덜덜 떨자 바 뒤에 있던 라피엘 씨가 한 마디 던졌다.

「한 잔 더 마시는 게 좋을 겁니다. 잘못 하다간 독감에 걸리겠습니다. 화끈한 럼주 한 잔 드릴까요. 그걸 마시면 오한이 가실 겁니다.」

「그럼 그러죠.」

「자, 꼬냑 한 잔 더 하시죠. 마실 동안 따뜻한 물을 갖다 드리죠.」

아담은 술잔을 들고 테이블로 가서 젖은 채로 의자에 앉았다. 라피엘 씨가 김이 모락모락 나는 주전자와 쟁반에다 유리잔을 얹어서 테이블로 왔다.

「자, 뜨끈한 물을 한 잔 마셔 봐요. 그럼 오한이 가실 거예요.」

라피엘은 의자를 끌어와 앉았다가 다시 자리에서 일어섰다.

「당신이 떠는 걸 보니 나도 떨립니다. 나도 한 잔 해야겠어요.」

그는 자기 술잔을 테이블에 놓고는 아담 건너편에 앉았다.

「효과가 있죠. 들어오실 때는 얼굴이 너무 창백해서 나도 깜짝 놀랐답니다. 그래 이곳엔 초행이신가요.」

「킹 시티 근처에서 왔지요.」

「장례식에 오셨나 보군요.」

「네, 옛친구죠.」

「장례식은 성대했죠.」

「네.」

「그랬을 겁니다. 그분은 친구가 많은 분이니까요. 그런데 일기가 불순해서 좋지 않았어요. 한 잔 더 드시고 어서 잠자리에 들도록 하세요.」

「그래야겠습니다. 한 잔 마셨더니 몸과 마음이 풀리네요.」

「그거 다행입니다. 폐렴에 걸릴 걸 면한 모양입니다.」

그는 아담에게 술을 한 잔 더 따른 후 바에서 젖은 수건을 갖다 주면서 말했다.

「그 진흙이나 좀 닦아요. 장례식은 유쾌한 게 아닌데, 엎친 데 덮친 격으로 비까지 오니 정말 슬퍼지는군요.」

「비는 장례식이 끝나고부터 내렸죠. 걸어서 돌아오다 길을 잃었어요.」

「조촐한 방이 있으니 그 방을 쓰도록 하세요. 방에 올라가신 뒤에 다시 술 한 잔 보낼께요. 그걸 마시고 나면 내일 아침엔 몸이 가뿐해질 겁니다.」

「그러죠.」

아담은 어떤 뜨거운 액체가 몸 속에 흘러들어가는 듯 피가 뺨을 흘러 양쪽 팔로 흘러가는 것을 느꼈다. 그 따뜻한 액체가 비밀을 간직한 비장의 상자 속으로 스며들자, 여러 비밀이 마치 수용해서는 안 될지 모르는 아이처럼 외면적으로는 아무것도 모르는 어린애같이 겁을 내며 나타났다. 아담은 젖은 수건으로 허리를 굽히고 바지에 묻은 진흙을 닦았다. 눈에서 화끈 열이 났다.

「술 한 잔 더 주시오.」

「오한 때문이라면 그만 드셔도 될 겁니다. 그냥 한 잔 마시고 싶으시면 자메이카 럼을 한 잔 드시겠습니까? 그걸 연거푸 드시면 좋죠. 오십 년 된 술인데, 그 술은 물을 타서 마시면 제 맛을 잃는답니다.」

아담이 그 말에 대답했다.

「아니 그냥 한 잔 더 마시고 싶어요.」

「그럼 나도 한 잔 마셔야겠군요. 그 술통 따 본 지도 몇 달 되거든요. 찾는 사람이 없어서요, 그 술을 찾는 사람이 거의 없죠. 이곳 사람들은 위스키만 마시거든요.」

아담은 구두를 닦고 나서 수건을 바닥에 던졌다. 검은 럼 주를 한 잔 마시자 기침이 났다. 술맛은 향긋했지만 머리가 핑 돌더니 한 대 맞은 듯 코끝까지 찡해졌다. 방 안이 옆으로 기우는 듯하다가 다시 바로 서는 것처럼 느껴졌다.

라피엘 씨가 물었다.

「술 맛이 좋죠? 그렇지만 한 잔 이상 마시면 나가 떨어져요. 가끔 가다 정신까지 잃는 사람도 있고요.」

아담은 테이블에 팔을 기댔다. 그는 자신이 갑자기 말이 많아져서 놀랐다. 목소리는 다른 사람 목소리처럼 들렸고, 자기 입에서 나오는 말은 자신을 깜짝 놀라게 만들었다.

「난 이곳이 익숙하지 않아서요. 혹시 케이트 집을 아시오?」

「럼주 효과가 있군요.」

라피엘 씨는 엄숙하게 다시 말을 이었다.

「농장에 사시나요?」

「나는 킹 시티 근처에 농장이 있죠. 내 이름은 아담 트래스크요.」

「이거 반갑습니다. 결혼은 하셨습니까?」

「아닙니다.」

「그럼 홀아비신가요?」

「그렇습니다.」

「그럼 케이트네보다 제니네 집으로 가시는 게 좋겠군요. 그 집은 평판이 좋지 않아서요. 제니네는 바로 옆집이죠. 그곳으로 가요. 제니네는 무엇이든지 다 있어요.」

「바로 옆입니까?」

「그렇습니다. 동쪽으로 한 블록 반가량 가다가 오른쪽으로 돌아가면 나옵니다. 그곳은 누구에게 물어봐도 아는 곳이니까요.」

아담은 혀가 꼬부라지는 것을 느낄 수 있었다.

「아니 케이트네 집은 왜 가면 안 된다는 거죠?」
라파엘 씨는 다른 말은 하지 않고 같은 말만 반복했다.
「제니네 집에 가는 게 좋아요.」

3

바람이 심하게 부는 일기가 나쁜 밤이었다. 카스트로비유 거리는 물이 고여 진흙구덩이가 여기저기 생겼고, 중국인 촌은 물에 잠겨 집과 집 사이의 좁은 길에 널빤지를 걸치고 다녀야만 했다. 저녁 하늘에는 회색 구름이 드리웠고, 바람은 축축하다기보다 끈끈하게 느껴질 정도였다. 땅 속에서 올라오는 습기는 눅눅하고 위에서 내려오는 습기는 축축하게 느껴졌다. 오후쯤에는 바람은 잦아졌지만 체감 온도는 썰렁했다. 아담은 냉기 때문에 럼주의 취기가 달아날 정도였으나 두려워할 정도는 아니었다. 그는 진흙탕물이 튀길까 봐 조심하면서, 비포장 도로를 잰걸음으로 지나갔다. 철도 횡단로를 가리키는 경보등과 제니네 집 현관의 작은 전등불에서 흘러나오는 빛이 골목을 희미하게 비쳐 주었다.

아담은 위치를 기억하고 있었지만 하마터면 그 집을 지나칠 뻔했다. 두 번째 집까지는 세었으나 세 번째 집은 그냥 지나칠 뻔했다. 집 앞에 수풀이 무성하게 자라 있었기 때문이다. 그는 문 앞에서 어두운 현관을 들여다보다가 천천히 대문을 열고 숲이 우거진 오솔길을 따라 들어갔다. 캄캄함 속에서 낡아빠진 현관 베란다와 초라한 계단이 눈에 띄었다.

벽 널판지의 페인트는 바른 지 오래 되어 색이 모두 바랬고 정원은 방치해 둔 탓인지 황폐했다. 그는 커튼 틈으로 새 나오는 희미한 불빛이 아니라면 폐가라고 생각하고 지나칠 뻔했다. 계단을 밟으니 휘청거렸고, 현관 베란다를 통과하자 판자에서 삐걱거리는 소리가 들렸다.

문이 열리고 문고리를 잡고 선 사람이 보였다.

그리고 상냥한 목소리가 들렸다.

「어서 오세요.」

거실은 장미빛 갓을 씌운 작은 전등으로 희미했다. 발 밑에 닿은 양탄자의 촉감이 푹신하게 느껴졌다. 닦아 놓은 가구는 반들반들 윤이 났고, 금빛 액자가 눈부셨다. 그녀의 인상은 차분하고 풍요했다.

그녀는 상냥한 음성으로 물었다.

「우비를 입지 않으셨나 보군요. 여기 단골이세요?」

아담이 그 말에 대답했다.

「아닙니다.」

「그럼 누가 가르쳐 주었죠?」

「호텔에서.」

아담은 앞에 앉은 그녀의 모습을 찬찬히 살펴보았다. 검은 옷을 입고 있었고, 액세서리는 하지 않은 모습이었다. 얼굴은 아름다웠으나 냉랭한 기운이 감돌았다. 글쎄 그게 무슨 짐승이었더라. 무슨 짐승이 저런 분위기더라. 아담은 앞에 앉은 여자의 모습을 쳐다보며 그런 생각을 했다. 어떤 은밀한 육식 동물이었는데…….

그 여자가 다시 아담에게 말했다.

「제가 불 옆으로 더 가까이 갈까요?」

「아니, 그만둬.」

여자는 큰소리로 웃었다.

「여기 앉으세요. 물론 이곳엔 일을 보러 오셨겠죠. 원하시는 여자를 말씀해 보세요. 대령하도록 할 테니까요.」

그 여자의 목소리는 저음이었지만 또박또박했고, 위력이 있었다. 그녀는 정원에 만발한 꽃 중에서 꽃을 고르듯 천천히 단어를 고르는 듯했다.

아담은 그만 무색해졌다.

「나는 케이트를 만나러 왔소.」

「케이트 언니는 바빠서 안 돼요. 선약을 해 놓았나요?」

「아니.」

「그러지 말고 제가 모실께요.」

「아냐, 나는 케이트에게 용무가 있어.」

「제게 무슨 용무인지 말씀해 주시면.」

「그건 안 돼.」

그 순간 여자의 목소리가 돌변하여 표독스럽게 나왔다.

「케이트 언니는 만날 수 없어요. 바쁘시단 말이에요. 다른 여자를 부르거나 싫으시면 여길 나가 주세요.」

「케이트에게 내가 왔다고 전하시오.」

「언니가 당신을 압니까?」

「글쎄…….」

아담은 갑자기 온몸의 힘이 쑥 빠져 버리는 듯했다. 오한이 밀려 왔다.

「좌우지간 어서 아담 트래스크가 만나러 왔다고나 전하시오. 그렇게 말하면 그녀도 알 테니까.」

344

「알았어요. 알릴께요.」

여자는 오른쪽으로 가서 문을 열었다. 귀에 익은 음성이 들리더니 남자 한 명이 문 틈으로 내다보고 있었다. 안에 사람이 있다는 것을 표시하려는 듯 그 여자는 문을 열어 두었다. 방 한구석에 검은 휘장이 묵직히 문 쪽으로 드리워져 있었다. 그녀는 그 휘장을 걷더니 안으로 사라져 버렸다. 한 남자의 얼굴이 쑥 나왔다가 들어가는 것을 그는 옆눈으로 힐끗 보았다.

케이트의 방은 안락하고 능률적인 분위기였다. 그 방에 전날 페이가 살던 때와는 전혀 달랐다. 휘장은 연녹색으로 드리워져 있었고, 벽에는 황갈색 명주를 발랐다. 그 방에는 명주로 치장이 되어 있었는데, 깊숙한 의자 뒤에는 명주 방석이 놓여 있었다. 등에도 명주 갓이 씌워져 있었고, 방 저쪽 구석에는 넓직한 침대에 화사한 공단 시트가 깔려 있었고, 그 위에는 큼직한 베개가 몇 개씩 놓여 있었다. 벽은 깨끗했는데 그림 한 장 붙어 있지 않았고 개인 소유물은 전혀 없었다. 침대 옆의 화장대 혹단 대에는 병도 하나 놓여 있지 않았다. 오직 그 광택이 삼면경에 반사될 뿐이었다. 오래 된 중국제 푹신한 융단은 황갈색 바탕에 녹색으로 용이 그려져 있었다. 방의 한 끝은 침실이고 가운데는 거실 한쪽 끝은 사무실인데, 참나무에 금박을 입힌 서류장과 검은 바탕에 금박으로 글자를 새긴 큰 금고 하나, 접은 책상 하나 그 위에는 초록빛 갓을 씌운 램프가 있고 그 뒤에는 회전 의자가 하나, 그 옆에는 곧은 의자가 하나 있었다.

케이트는 책상 뒤의 회전 의자에 앉아 있었다. 그녀는 역시 미인이었고, 머리카락은 여전히 아름다운 금발에다 작은 입은 꽉 다물고 여전히 양끝이 위로 올라가 있었다. 그러나 살이 찐 탓인지 얼굴은 예리해 보이지가 않았다. 양어깨는 살이 쪄서 투실투실하고, 손에는 주름이 잡혀 있었으며, 뺨은 토실토실하기는 했지만 턱 밑에는 주름이 많았다. 유방은 예전과 마찬가지로 자그마했으나 배는 약간 살이 쪄서 튀어나왔다. 엉덩이는 날씬했으나 다리와 발목이 굵어져서인지 굽 낮은 구두 위로 살이 삐져 나왔다. 양말 속에 살이 늘어지지 말라고 감은 벨트가 희미하게 보였다.

그렇지만 그녀는 여전히 예쁘고 단정했다. 손만은 나이를 먹어 가는 것을 숨길 수 없는지 손바닥과 손가락 끝이 딱딱하고 반들반들했다. 손등에는 주름이 잡혀 있고 검은 점이 얼룩얼룩 보였다. 그녀는 검소하게 보이는 소매가 긴 검정 드레스를 입었는데, 소매와 목의 흰 레이스가 대조적이어서 눈에 얼른 띄었다.

세월의 작용은 미묘한 것이었다. 항상 옆에 있는 사람은 전혀 변화를 감지할 수 없을지 모른다. 케이트의 뺨에는 주름이 없고 눈은 날카롭고 천박하게 보였으나 코는 예쁘고 입술은 엷고 다부지게 보였다. 그러나 이마의 흉터는 거의 눈에 띄지 않았다. 그녀가 살갗과 거의 같은 분을 발랐기 때문이다.

케이트는 뚜껑을 접게 되어 있는 책상에서 사진을 한 뭉치 보고 있었다. 모두 한 카메라로 찍은 같은 크기의 사진으로 플래시를 사용해 찍은 사진이었다. 사진의 인물은 모두 달랐으나 자세는 거의가 동일했다. 여자들이 정면으로 보인 것은 단 한 장도 없었다.

케이트는 사진을 네 종류로 분류하여 각기 봉투에 담았다. 그때 방문을 두드리는 소리가 나자 그녀는 재빨리 사진이 든 봉투를 서랍에 넣은 뒤 대답했다.

「어서 들어와요. 들어와요, 에바. 그분이 오셨어?」

여자는 말없이 책상 앞으로 다가왔다. 환한 불빛 아래서 쳐다보니 얼굴이 잔뜩 긴장되고 눈이 빛났다.

「글쎄 처음 보는 사람인데, 언니를 만나러 왔대요.」

「안 돼. 난 누구도 만날 수 없어, 너도 내가 누굴 만나야 할지 알고 있잖아.」

「물론 언니는 바빠서 만날 수 없다고 했지만, 언니를 아는 사람이에요.」

「누군데?」

「몸집이 크고 늘씬한 남자더군요. 취했는데 이름은 아담 트래스크라고 했어요.」

케이트는 눈도 깜짝하지 않고 숨 죽인 채로 있었지만, 그녀는 지금 케이트가 공포에 사로 잡혀 있다는 것을 재빨리 눈치챌 수 있었다. 케이트의 오른손 손가락은 천천히 손바닥으로 굽어지고, 왼손은 고양이 손처럼 책상 모서리를 쓰다듬었다. 에바는 무슨 일인지 궁금해서 견디기 어려웠다. 에바의 마음은 그녀의 피하 주사 바늘이 들어 있는 자기 화장대 서랍에 든 상자로 향했다.

마침내 케이트가 말을 했다.

「저 큰 의자에 앉아, 에바. 잠깐만 그렇게 있어.」

에바가 그냥 서 있자 케이트는 언성을 높였다.

「앉으라니까.」

에바는 재빨리 의자에 가 앉았다.

「에바, 제발 손톱을 따지 마라.」

에바는 손을 떼고 의자 손잡이를 잡았다.

케이트는 멍하니 책상 위에 있는 램프의 녹색 유리갓을 바라보았다. 그녀의 입술이 가볍게 떨렸다. 그녀는 서랍을 열고 종이 봉투를 하나 꺼내 건네 주었다.

「자, 네 방에 가서 화장이나 하렴. 그리고 모두 쓰지는 말고. 에바, 넌 도무지 신뢰할 수가 없어.」

케이트는 봉투를 탁탁 손가락으로 치더니 둘로 나누었다. 그러자 흰 가루가 약간 떨어졌다. 케이트는 봉투 양쪽 끝을 접어서 그 하나를 에바에게 주었다.

「에바, 넌 어서 가 봐. 아래층에 가서 랄프에게 복도에 서 있으라고 하고. 사람 목소리는 들리지 않아도 종소리는 들릴 만한 곳에 가까이 와 있으라고 말해 둬. 그리고 만일 종소리가 들리면, 아니 랄프보고 요령껏 처신하라고 해. 그리고 아담 트래스크 씨를 이리 모셔와.」

「언니, 괜찮아요?」

케이트가 말없이 노려보자, 그녀는 돌아서 나가려고 했다. 그녀의 뒤통수에다 대고 케이트가 소리쳤다.

「그 남자가 돌아간 뒤에는 나머지 반도 주마. 어서 나가 봐!」

에바가 나간 뒤 방문이 닫히자 책상 서랍에서 총 한 정을 꺼냈다. 그녀는 탄창을 돌려 총알을 살피고 나서 찰카 소리가 나게 닫은 뒤 책상 위에 권총을 올려놓은 뒤 종이 한 장을 그 위에 올려놓아 보이지 않게 했다. 케이트는 전등을 하나 끄고, 의자에 몸을 젖힌 뒤 책상 위에다 두 손을 끌어 모았다.

노크 소리가 들리자 그녀는 입술도 움직이지 않고 말했다.

「네, 들어와요.」

에바의 눈은 흐리멍텅해 있었다.

「언니, 이분이에요.」

에바는 이 말을 던진 뒤 방문을 닫아 버렸다.

아담은 방 안을 휙 둘러본 후, 책상 건너편에 앉아 있는 케이트를 쳐다보았다. 그는 말없이 케이트를 쳐다보다가 한참 후에서야 그녀에게 가까이 갔다. 그녀는 차갑고 무표정한 눈으로 아담의 눈을 쳐다보았다.

아담은 그녀의 머리카락과 이마의 흉터, 입술과 목의 주름, 팔과 어깨, 그리고 펑퍼짐한 가슴을 쳐다보았다. 한숨이 터져 나왔다.

케이트의 손이 약간 떨렸다. 그녀가 아담에게 먼저 물었다.

「대체 무슨 일이죠?」

아담은 책상 바로 곁의 등이 곧은 의자에 앉아 있었다. 의외로 마음이 안정되어 큰소리라도 치고 싶었지만 그냥 담담히 대답했다.

「아니, 별다른 일은 없소. 그저 당신을 한번 만나보고 싶었을 뿐이오. 사무엘 해밀튼이 당신이 이곳에 있다고 알려 주었지.」

아담이 의자에 앉자 케이트의 떨리던 손이 멎었다.

「그 전에는 듣지 못했나요?」

「아니, 한 번도 못 들었소. 처음 그 소리를 들었을 때는 미칠 것 같았지만 지금은 괜찮소.」

　케이트는 비로소 긴장을 풀고 약간 웃어 보이자 작고 하얀 이가 보였다. 유난히 긴 송곳니가 하얗고 뾰족히 드러났다.

「당신 때문에 정말 놀랐어요.」

「왜?」

「당신이 무슨 짓을 할지 모르기 때문이죠.」

「나도 그랬소.」

　아담은 그녀를 이 세상 사람이 아닌 양 멍하니 쳐다보았다.

「나는 당신이 오래 전에 여기 찾아올 줄 알았는데, 오지 않아서 그만 잊어버리고 있었어요.」

「나는 당신을 잊지 않고 있었소. 그러나 이제는 잊을 수 있을 것 같소.」

「그건 무슨 말이죠?」

　아담은 기분이 좋은 듯 크게 웃었다.

「나도 이제 당신을 알게 되었소. 사무엘은 늘 내게 당신을 바로 보지 못했다고 말했지. 난 여지껏 당신 얼굴을 잊지 않고 기억했지만 당신에 대해선 잘못 보고 있었던 거지. 그러나 이젠 당신을 잊을 수 있어. 암, 잊을 수 있고 말고.」

　케이트는 입술을 꽉 깨물었다. 미간이 넓은 그녀의 눈이 잔인하게 가늘어졌다.

「정말 그럴 수 있을까요?」

「그럴 수 있을 거야.」

　그러자 케이트는 돌변했다.

「어쩌면 잊을 필요가 없을지도 모르죠. 당신이 괜찮다고 여긴다면 우리는 재회할 수도 있으니까요.」

「그렇게는 안 될 거요.」

「당신은 어린애처럼 어리석었어요. 네, 꼭 어린애 같았죠. 당신은 자신의 일을 처리할 줄을 몰랐지. 바보 같았으니까. 이젠 내가 가르쳐 드릴 용의도 있어요. 그런데 이제는 어른이 된 것 같군요.」

「그래, 정말 나를 가르쳐 주었지. 그래 아주 훌륭한 교훈을 알려 주었지.」

「한 잔 하실까요?」

「그러지.」

「술 냄새가 나는군요. 럼주를 드셨나 보군요.」

　케이트는 자리에서 일어나 술병과 술잔을 가지러 찬장으로 갔다. 그녀는 돌아오다가 아담이 자기의 발목을 바라보는 것을 알아챘다. 그녀는 울컥 화가 났으나 미소를 잊지는 않았다.

그녀는 방 가운데 있는 둥근 탁자에 술병을 올려놓고 잔에다 럼주를 각각 따랐다.

「자, 여기 앉아요. 여기가 훨씬 더 편할 거예요.」

케이트는 그가 이곳으로 옮기면서 자기의 살찐 배를 쳐다보고 있음을 눈치 챘다. 그녀는 아담에게 술잔을 건네 주고 배 위에다 손을 포개 놓았다.

아담이 잔을 들고 앉자 그녀가 권했다.

「마셔 보세요. 훌륭한 맛이 날 거예요.」

아담이 그녀의 모습을 바라보면서 얼굴에 미소를 지었다. 지금까지 볼 수 없었던 미소였다. 케이트가 다시 말을 했다.

「아까 에바가 당신이 나를 찾아왔다는 말을 했을 때, 나는 순간적으로 당신을 내쫓아 버릴까도 생각했답니다.」

「그러면 다시 찾아왔을 거야. 나는 한 번은 꼭 만날 생각을 했으니까. 사무엘의 말을 믿지 못해서가 아니라 나 자신에게 밝힐 필요가 있었기 때문이지.」

「술 좀 드세요.」

아담은 케이트의 술잔을 힐끔 쳐다보았다.

「독약을 탔을 거라는 생각은 하지 마세요.」

케이트는 말을 더 하려다가 그만두었다. 자신이 그런 말을 하는 것이 화가 났기 때문이었다.

아담은 얼굴에 웃음을 띤 채 케이트의 술잔만 쳐다보았다. 그녀의 얼굴에 분노의 빛이 떠올랐다. 그녀는 자기 술잔을 들어 입술에 대고 말했다.

「나는 술을 마시면 속이 울렁울렁하고 토할 거 같아요. 그래서 술은 마시지 않아요. 내게는 술이 독약과 같답니다.」

케이트는 입을 다물고 뾰족한 이빨로 아랫입술을 깨물었다.

아담은 여전히 웃으면서 그녀를 바라보았다.

그녀는 자제할 수 없을 정도로 화가 치솟았다. 케이트는 단숨에 럼주를 들이키고 기침을 해댔다. 그녀의 눈에 눈물이 글썽거렸다. 케이트는 손등으로 눈물을 닦았다.

「당신은 나를 조금도 믿지 않으시는군요.」

「그럼, 안 믿는 게 당연하지.」

아담은 술잔을 들어 단숨에 마셔 버리고 나서 다시 두 잔에 술을 따랐다.

케이트는 겁을 집어 먹은 목소리로 말했다.

「난 이제 마시지 않을래요.」

그러자 아담이 말했다.

「그럼 마시지 마오. 내가 마시고 갈 테니.」

알콜이 온몸에 퍼지고 목은 불타는 것 같았다. 케이트는 덜컥 겁이 났다.

「난 당신 같은 사람은 하나도 무섭지 않아요.」

케이트는 말을 하고는 두 번째 잔을 홀짝 마셔 버렸다.

아담은 술이 퍼져 온몸이 훈훈해지자 마음이 놓이는 것 같았다.

「나를 무서워할 이유가 없어. 이제는 나를 잊어버려도 돼. 아니, 아까 그랬지? 나를 벌써 잊어버렸다고.」

아담은 이렇게 유쾌하기는 몇 년 만에 처음이었다.

「나는 사무엘 해밀튼의 장례식에 참석했었소. 정말 좋은 사람이었지. 나는 죽을 때까지 그를 잊지 못할 거야. 캐시, 그 영감이 쌍둥이를 받은 거 생각나오?」

케이트의 온몸에 술 기운이 확 퍼졌다. 그녀는 기를 썼고 기를 쓰자니 얼굴이 잔뜩 긴장돼 있었다.

「왜 그러지?」

아담이 그녀에게 물었다.

「내가 말했죠? 술은 내게는 독약과 같은 거라고요. 술을 먹으면 속이 울렁거리고 몸이 아파요.」

아담은 침착한 어조로 말했다.

「위험을 초래할 수는 없지 않소? 당신은 옛날에 내게 총을 쏜 사람인데, 또 무슨 짓을 하는지 내가 어떻게 안단 말이오.」

「무슨 말이죠?」

「나는 더러운 추문을 들었지. 그건 듣기 민망한 스캔들이었어.」

케이트는 잠시 몸 속에 퍼진 알콜과 싸워야만 했다. 그녀는 그 싸움에서 지고 말았다. 그녀의 머리 속은 붉게 달아오르고 두려움이 사라지고 잔인함이 나오기 시작했다. 그녀는 술병을 가로채서 자기 잔에 따랐다.

아담은 일어나서 자기 술잔에만 술을 채웠다. 아담은 그녀의 억제하지 못하는 행동을 바라보고 있자니 유쾌했다. 그것은 난생 처음 겪는 기분이었다. 아담은 그녀가 괴로워하는 모습을 보고 기뻐했다. 그러나 조금도 경계 태세를 늦추지 않았다.

그는 마음속으로 다짐했다.

『조심해야 한다. 암, 조심해야지.』

아담은 큰목소리로 말했다.

「사무엘 해밀튼은 오랫 동안 나의 좋은 친구였지. 난 해밀튼을 늘 그리워할 거요.」

　케이트는 술을 조금 홀렸다. 그녀의 입가에 약간의 술이 묻어 있었다.

　「나는 그 작자를 증오해요. 그를 죽일 수 있었다면 죽여 버렸을 거예요.」

　「그게 무슨 말이지? 그는 우리에게 친절히 대해 주었는데.」

　「그 작자는 내 마음속을 환히 꿰뚫어 보았기 때문이에요.」

　「그 사람은 내 마음속을 훤히 들여다보면서도 나를 도와 주었는데.」

　「난 그 사람이 싫어요. 그 사람이 죽었다니 기뻐요.」

　「진작에 내가 당신 마음속을 꿰뚫어 보았더라면 좋았을 텐데.」

　케이트는 입술을 씰룩거리며 말문을 열었다.

　「당신은 정말 바보예요. 그러나 당신이 미운 건 아니예요. 당신은 힘도 쓸 수 없는 바보니까.」

　케이트가 긴장하면 할수록 아담은 점점 더 마음이 진정되어갔다.

　「당신은 왜 실없는 사람처럼 웃기만 하죠? 당신은 지금 자유롭다고 생각하겠죠. 그렇지만 내가 손가락 한 번만 움직이면 당신은 침을 질질 흘리며 벌벌 기어서 다시 내게 올 걸.」

　이제 그녀에게서는 조심성이 멀리 사라져 버렸다.

　「난 당신을 아주 잘 알아요. 당신은 비겁해, 겁쟁이란 말이야.」

　아담은 계속 미소를 지으며 술을 마셨다. 그러자 케이트도 자기 술잔에 술을 따랐다. 술병의 목이 유리잔에 부딪치며 날카로운 소리를 냈다.

　「내가 부상을 입었을 때는 당신이 내게 필요했죠. 그러나 당신은 아무 짝에도 필요없는 멍청이였어요. 그 메스꺼운 웃음은 모두 좀 치워 버립시다.」

　「난 도대체 당신이 뭐가 그렇게 싫은지 모르겠군.」

　케이트는 조심성이 사라진 태도가 역력히 나타났다.

　「모른다구요? 뭘 모른단 거죠? 그것은 증오가 아니라 멸시란 말이에요. 난 어렸을 때부터 사람들이 얼마나 멍청한 거짓말쟁이인지 잘 알았어요. 우리 부모님도 모두 선량한 척했지만 실은 그렇지 않았어요. 나는 원하는 것은 모두 부모를 통해서 할 수 있었죠. 내가 좀 자랐을 때, 난 한 남자를 자살하도록 만들었죠. 그 남자도 선량한 것 같았지만, 속셈은 그렇지 않았어요. 그도 별 수 없이 어린 나에게 함께 자기를 바랬죠.」

　「자살을 했다면 그 나름대로 무슨 슬픈 사연이 있는 것이겠지.」

　「어리석은 남자였죠. 우리 집까지 찾아와서 나를 만나겠다고 애원하더군요. 난 그래서 밤새도록 웃었답니다.」

　그러자 아담이 대답했다.

「나는 나로 인해 사람이 죽는 건 그리 즐겁지 않을 거 같은데.」

「그러니까 당신도 바보 같다는 거지. 나는 지금도 사내들이 나를 보면『정말 귀엽군 그래. 얌전하고 예쁘고.』라고 한 말을 잊지 않아요. 그러나 그들 중 어느 누구도 나를 몰랐던 거지. 내가 따끔한 맛을 보게 해주었지만, 그것도 몰랐으니까.」

아담은 술을 다 마셨다. 그는 이상하게도 케이트를 관찰하는 듯한 기분이 들었다. 이제는 그녀의 갖가지 충동이 개미처럼 기어다니는 것이 분명히 눈에 보이는 듯싶었다. 술이 갖다 주는 깊은 이해력이 생겼다.

「당신이 샘 해밀튼을 좋아했건 미워했건 그건 문제가 되지 않아. 언젠가 그가 나에게 이런 말을 했지. 남자의 모든 것을 다 아는 여자는 흔히 한 면은 아주 잘 알지만 다른 면은 생각하지 못한다고 했어. 그렇다고 다른 면이 없는 게 아니라는 거지.」

케이트가 톡 쏘듯이 말했다.

「그 사람은 거짓말쟁이이고 위선자란 말이에요. 난 그래서 그가 미웠던 거란 말이에요. 모두가 거짓말쟁이야, 거짓말쟁이. 암 그렇지 그래, 모두 폭로하고 싶어요. 난 그들의 코를 더러운 곳에 대고 문지르게 만들고 싶단 말이에요.」

아담의 눈썹이 잔뜩 치켜 올라가 있었다.

「그럼, 이 세상에는 그저 악과 미움만 존재한단 말이야?」

「그래요. 내 말이 그 말이에요.」

그 말에 아담이 조용한 어투로 대꾸했다.

「나는 그렇게 생각하지 않소.」

「물론 당신은 믿지 않겠죠. 당신은 분명히 믿지 않을 겁니다.」

그녀는 아담의 말투를 흉내내며 말했다.

「내가 그것을 증명해 볼까요?」

「당신이 어떻게 그것을 증명한단 말이지?」

그녀는 자리에서 일어나 책상에서 누런 봉투를 하나 들고 왔다.

그녀가 그에게 말했다.

「이것 좀 보세요.」

「난 보고 싶은 생각이 없소.」

그녀는 봉투에서 사진을 한 장 꺼내 주며 말했다.

「난 보여 주어야겠어요. 이 사람은 주 상원의원이랍니다. 이제 국회의원에 출마한다더군요. 이 뚱뚱한 배 좀 봐요. 이 사람 젖가슴은 꼭 여자 같죠. 이 작자는 매 맞는 걸 좋아하는 사람이죠. 이 자국이 채찍 자국이랍니다. 얼굴 표정은 또 어떻구요. 아내와 자식이 넷씩이나 있는 이 사람이 국회의원에 출마한다는군요. 그래도 당신은 믿기지 않을 거예요. 이것 좀 봐요. 이 흰 비계덩어리가 바로 시의원이랍니다. 그리고 이 얼굴이 빨갛고 키가 멀대같이 큰 스웨덴 사람은 블랑크 근처에 농장이 있대요. 여기 좀 봐요. 이 사람은 버클리 대학 교수랍니다. 이 작자는 여기 올 때는 얼굴에 화장수를 뒤집어쓰고 온답니다. 아마 철학 교수라나 봐요. 이 사람은 또 누군지 알아요? 이 사람은 고매한 신분의 목사님이죠. 그는 자기가 원하는 것을 소유하려고 집에 불을 지른대요. 그래서 우리는 다른 방법으로 그의 소원을 풀어 준답니다. 그 메마른 옆구리 아래 불 붙은 성냥불이 보이죠?」

아담은 퉁명스럽게 말했다.

「난 이런 건 보고 싶지 않아.」

「당신은 이 사진을 보고서도 믿지 않겠다는 건가요. 당신도 이제부터는 애걸복걸하면서 여기 들어오려고 애쓸 거예요. 정신이 빠져 소리지르도록 만들 거예요.」

그녀는 자기 생각을 그에게 강요하려고 애썼지만, 그가 전혀 반응을 보이지 않자 분노와 독기가 서린 눈을 번득였다.

「내 손에서 빠져나간 사람은 단 한 명도 없어요.」

그녀의 표정은 단단하고 쌀쌀맞았지만 손톱 끝으로는 의자의 장식을 뜯어 비단 솔기를 풀고 있었다.

아담은 한숨을 푹 쉬었다.

「만일 내가 이런 사진을 갖고 있다는 걸 그들이 안다면 나를 가만히 두지 않겠죠.」

아담은 다시 말을 이었다.

「이 사진은 모두 한 사람의 일생을 망칠 수 있는 것인데, 그렇다면 당신이 위험하지 않소?」

「나는 어린애가 아니예요.」

「지금은 그렇게 생각하지 않소. 나는 당신이 완전히 빗나간 인간, 아니 인간이라고 생각하지 않소.」

그녀는 웃으며 말했다.

「네, 당신이 올바로 보셨는지도 몰라요. 당신은 내가 인간이 되고 싶다고 생각하는 건가요? 이 사진 속의 인간을 좀 자세히 봐요. 나는 인간이 되느니 차라리 개가 되는 편이 훨씬 낫다고 생각하고 있어요. 그러나 나는 개가 아니예요. 난 인간보다는 영리하죠. 그 누구도 나를 해치지 못해요. 위험은 추호도 걱정하지 않아요.」

그녀는 말을 한 후 서류장을 손으로 가리켰다.

「저 안에는 아름다운 사진이 백 장이나 들어 있답니다. 여기 사진이 있는 남자들은 내가 무슨 일을 당하면 이 사진을 각각 한 장씩 담은 편지 백 통이 여러 지방으로 운반되어질 거예요. 아무도 나를 해칠 수는 없어요, 네, 절대로 나를 해치진 못해요.」

아담이 그녀에게 질문했다.

「만일 당신에게 어떤 사고가 생기거나 병에 걸린다면 어떻게 할 거요?」

「그래도 역시 마찬가지일 거예요.」

그녀는 아담에게 몸을 약간 굽히면서 말했다.

「이 사람들이 전혀 알지 못하는 것이 있어요. 나는 2, 3년 후면 이곳을 떠날 겁니다. 그때는 무슨 일이 있더라도 사진이 든 편지를 우송할 거예요.」

케이트는 웃으면서 의자에 깊숙이 앉았다.

아담은 온 몸에 소름이 돋았다. 그는 그녀를 힐끔 살펴보았다. 그녀의 웃음과 얼굴 표정은 예전처럼 천진난만했다. 아담은 일어나서 술잔에 술을 따랐다. 술이 얼마 남아 있지 않았다.

「이제 당신이 증오하고 있는 것이 무엇인지 알겠소. 당신이 이해할 수 없는 그들 속의 무엇인가를 당신은 증오하는 거요. 당신은 그들의 악을 증오하는 것이 아니오. 당신이 이해할 수 없는 그들 속의 선을 증오하는 것이오. 그러나 나는 아무래도 당신이 원하는 게 무엇인지, 결국 추구하는 게 무엇인지 모르겠소.」

「나는 내가 필요한 액수의 돈을 벌겠어요. 그런 후에는 뉴욕으로 갈 거예요. 난 늙지 않을 거예요. 지금도 아직 늙지 않았으니까요. 깨끗하고 멋진 동네에 멋있는 집을 사고 복종하는 하인을 부릴 거예요. 그리고 제일 먼저 해야 할 일이 있어요. 지금까지 살아 있는지 죽었는지는 모르지만 한 남자를 찾을 거예요. 그리고 그에게 서서히 고통을 주어 그의 생명을 빼앗을 거예요. 나는 조심히 행동해서 그 자가 죽기 전에 미쳐 버리도록 만들 거예요.」

아담은 더 이상 참고 견딜 수가 없어서 발을 구르면서 말했다.

「그걸 말이라고 하는 거요. 당신 생각은 미친 생각이란 말이오. 나는 그 말을 믿을 수 없소.」

그 말에 그녀가 대답했다.

「당신은 나를 처음 보았을 때를 기억하고 있죠?」

아담의 얼굴이 갑자기 어두워졌다.

「그럼 기억하고 말고.」

「턱이 깨지고 입술이 터지고 이빨이 빠졌던 것을 기억하고 계시죠?」

「기억하고 싶진 않지만 아직도 생생히 기억하고 있지.」

「나를 그렇게 엉망진창으로 만들어 놓은 남자를 찾으려는 거예요. 그 일을 하고 나면 또 할 일이 있겠죠.」

아담이 얼른 말했다.

「나는 그만 가보겠소.」

「여보, 가지 마세요. 지금은 가지 마세요. 내 침대 시트는 비단 시트예요. 그 비단 시트의 촉감을 좀 느끼고 가도록 해요.」

「그건 진심에서 우러나온 말이 아닐 텐데.」

「아니, 정말이에요. 여보. 당신은 사랑하는 재주를 모르지만 내가 가르쳐 줄께요. 잘 가르쳐 줄께요.」

그녀는 일어서려는 아담의 팔을 잡았다. 그녀의 얼굴은 나이보다 훨씬 젊고 생기발랄해 보였다. 아담이 자기 팔을 잡은 그녀의 손을 쳐다보니, 그 손은 주름살이 많이 잡혀 있어서 마치 원숭이 앞발처럼 보였다. 아담은 기분이 섬찍해져서 한 걸음 뒤로 물러났다.

케이트는 그의 태도를 보고는 입을 꼭 다물었다.

「정말 알 수 없는 일이군 그래. 그저 아무리 생각해도 믿을 수가 없어. 내일 아침이 되면 믿지 못하리라는 것을 알아. 악몽이라고 생각되겠지. 아니 이게 꿈일 리가 없는데. 난 당신이 내 두 아들의 에미라는 사실을 한시도 잊은 적이 없어. 그런데 당신은 아이들에 대해서는 입도 떼지 않는군. 당신이 그애들의 에미라는 걸 모르고 있나?」

그녀는 팔꿈치를 무릎 위에 얹고 손을 턱에 받치고 뾰족한 귀를 손가락으로 가렸다. 그녀의 눈은 의기양양하게 빛났다. 그녀의 목소리는 조롱하는 빛이 역력했다.

「어리석은 사람에게는 늘 빈틈이 있어요. 난 어렸을 때부터 그걸 알고 있었어요. 내가 당신 아들들의 어미라구요? 당신의 아들? 그래요, 내가 애들의 어미이긴 하지만 당신이 애비라고 어떻게 단정지을 수 있죠?」

아담은 너무 놀라 벌어진 입이 다물어지지 않았다.

「캐시, 그게 무슨 말이지?」

「나는 캐시가 아니라 케이트예요. 내 말 잘 듣고 생각해 봐요. 내가 임신을 할 정도로 당신이 나와 잠자리를 같이 한 게 과연 몇 번이나 된다고 생각하죠?」

「그때 당신은 환자였었어. 그것도 중상이었단 말야.」

케이트가 재빨리 할 말을 해 버렸다.

「단 한 번이었죠. 네, 꼭 한 번이었을 뿐이에요.」

「그때 당신은 임신중이어서 아팠어. 고생이었지.」

케이트는 귀여운 미소를 지으며 그를 쳐다보았다.

「당신 동생을 상대할 수 없을 정도로 내가 상처를 입었던 건 아녜요.」

「동생이라고?」

「그래, 벌써 당신 동생 찰스를 잊어버리셨나요?」

아담은 어처구니가 없다는 듯 웃었다.

「너는 인간이 아니라 악마야. 네가 그런 말을 한다고 내가 동생을 의심할 것 같나?」

「당신이 어떤 생각을 하고 있든지 난 관심도 없어요. 아니 전혀 믿지 않아도 좋아요.」

「나는 안 믿어.」

「그래도 믿게 돼 있어요. 처음에는 의심을 하겠지만 나중에는 확신이 서지 않을 겁니다. 당신은 분명히 찰스를 생각할 거예요. 난 어떤 면에서는 나와 흡사한 찰스를 사랑할 수 있었을 거예요. 그와 나는 너무 흡사한 면이 많았죠.」

「아냐, 찰스는 너와는 달라.」

「당신도 기억날 거예요. 언젠가 쓴 차를 마신 날이었죠. 당신은 잘못하여 내 잔의 차를 마셨죠. 그래서 내가 먹을 약을 당신이 마신 거예요. 기억이 납니까? 당신은 밤새도록 잠을 자고 아침 늦게서야 잠에서 깼어요. 그리고 머리가 아프다고 했죠.」

「많이 다쳐서 그런 일을 꾸밀 수 없었을 걸.」

「나는 무슨 일이든지 할 수 있어요. 얼른 옷을 벗어 봐요. 내가 실력을 보여 줄 테니.」

아담은 술기운이 휭 돌아 눈을 감았다. 아담은 다시 눈을 뜬 후 고개를 흔들어 보았다.

「아무래도 좋아. 그게 사실이라도 나는 상관하지 않아.」

아담은 큰소리로 껄껄 웃었다. 그것이 사실임을 깨달았기 때문이었다. 그는 일어서다가 어지러워서 의자를 움켜잡았다.

케이트가 벌떡 일어나더니 두 손으로 아담의 팔을 잡았다.

「내가 옷을 벗겨 드리죠.」

아담은 얼른 그녀의 손을 떨쳐 버리고 비틀거리며 방문을 향해 걸어갔다

케이트의 눈이 증오로 불탔다. 그녀는 마치 짐승처럼 큰소리로 「아악」하고 외

쳤다. 아담은 놀라 그녀를 뒤돌아보는데 그때 요란한 소리가 나더니 방문이 열렸다. 뚱쟁이가 들어와 균형을 잡고 육중한 몸을 휙 돌리고는 주먹으로 아담의 바로 귀 아래를 후려쳤다. 그러자 아담이 방바닥에 쓰러져 버렸다.

케이트가 외마디 소리를 질렀다.

「밟아! 어서 밟아!」

뚱쟁이 랄프는 쓰러진 아담 앞으로 다가가서 거리를 가늠해 보았다. 아담이 자기를 빤히 쳐다보고 있자, 그는 불안해서 케이트를 얼른 돌아보았다.

케이트는 냉정하게 명령했다.

「짓밟아 버려. 아주 얼굴을 뭉개 버리도록 해.」

그러자 랄프가 한 마디 했다.

「싸울 의사가 없나 봐요. 대항을 전혀 하지 않아요.」

케이트는 털썩 주저앉으며 한숨을 크게 쉬었다. 무릎에 얹혀진 그녀의 두 손은 뒤틀려져 있었다.

「아담, 미워요. 이젠 당신이 정말 미워요. 아담, 들리는 거예요? 난 당신이 밉단 말이에요.」

아담은 앉으려고 일어나려다가 다시 넘어졌다. 그리고는 다시 또 일어나 앉으려고 했다. 그는 천천히 앉으며 케이트를 쳐다보았다.

「당신도 물론 알겠지. 난 이 세상의 무엇보다 당신을 사랑했어. 그럼, 사랑했고 말고. 나의 사랑이 너무 강렬하고 지나쳐서 그것을 끊기가 죽기보다 더 힘들었지.」

「당신은 다시 기어와서 내게 애원할 거야. 물론이지. 다시 돌아올 게 분명해.」

그때 랄프가 다시 물었다.

「마님, 그냥 짓밟아 놓을까요?」

케이트는 아무 말도 하지 않았다.

아담은 신중히 몸을 일으키면서 천천히 문 앞으로 가서 문을 더듬었다.

그러자 케이트가 소리쳤다.

「아담!」

아담은 천천히 돌아서서 웃어 보였다. 그 웃음은 추억에 미소를 던지는 것 같았다. 그런 뒤 아담은 밖으로 나가 천천히 방문을 닫았다.

케이트는 잠자코 문을 쳐다보고 앉아 있었다. 그녀의 눈은 어딘지 모르게 쓸쓸하게 느껴졌다.

제 26 장

1

　샐리너스에서 킹 시티로 돌아오는 기차 안에서 아담 트래스크는 보고 듣는 게 모두 구름같이 희미하게 느껴졌다. 그는 아무 생각도 들지가 않았다.

　인간의 마음은 어둡고 깊은 데서 여러 가지 문제를 살피고 물리치고 또는 받아들이는 방법이 모두 같다. 까닭도 없이 근심과 고통에 잠겨 잠이 들었다가도, 아침에 눈을 뜨면 머리가 맑아지는 경우가 왕왕 있는데, 그것은 어쩌면 어두운 이성 작용의 결과인지도 모르겠다. 그리고 때로는 황홀감이 핏속에서 용솟음치고 배와 가슴이 기쁨으로 짜릿해지는 아침이 많은데, 그럴 말한 이유나 원인이 없는 경우가 허다하다.

　사무엘의 장례식과 케이트를 만난 충격으로 아담은 괴롭고 슬퍼해야 하는데도 전혀 그런 감정이 솟지 않았다. 우울하고 두근거리며 가슴 조이던 것에서부터 짜릿한 기쁨이 솟아났다. 젊음을 되찾은 듯한 기분이 들었다. 마음이 한껏 명랑해졌다. 그는 킹 시티에서 기차를 내려 곧장 자기 마차와 말을 찾으러 보관소로 가지 않고, 걸어서 윌 해밀튼의 새 차고로 갔다.

　윌은 사방을 유리로 막은 자기 사무실에서 직공들의 작업 장면을 지켜보고 있었다. 윌은 사업이 번창해서 부자가 된 탓인지 배가 나왔다.

　그는 쿠바에서 자주 직접 수입해 오는 여송연에 대한 광고를 연구하는 중이었다. 그는 그 스스로는 부친의 사망을 슬퍼한다고 생각했으나 사실은 그렇지 않았다. 그는 장례식을 마치자마자 바로 샌프란시스코로 가 버린 톰을 걱정하고 있었다. 톰은 지금쯤 술에 빠져 있을 것이지만 술보다는 일에 열중하는 편이 훨씬 더 현명한 태도라고 생각하고, 그는 일에 열중하려고 노력했다.

　아담이 사무실로 들어오자 윌은 고개를 들더니 손으로 큼직한 가죽 의자를 가리켰다. 고객에게 푹신하고 큼직한 의자에 앉도록 해야 바가지를 씌워도 크게 문제삼지 않고 좋아하리라 싶어서 일부러 큰 의자를 들여 놓은 것이었다.

　아담이 먼저 말문을 열었다.

「내가 자네에게 조의를 표했었는지 모르겠군.」

「슬픈 일이죠. 장례식에 참석하셨던가요 ?」

「그럼 참석했지. 자네가 혹시 선친에 대한 내 감정을 아는지 모르겠네만, 선친께서는 내게 큰 선물을 주셨지.」

「아버지는 존경을 받으셨죠. 이백 명이 넘게 묘소까지 와 주셨지요. 네, 이백 명이 넘었을 겁니다.」

「그런 분은 사실 돌아가셨다고 볼 수 없어.」

아담은 이런 말을 하면서 실제로 그렇다고 생각했다.

「난 그분이 돌아가셨다는 생각이 들지 않아. 나는 지금도 우리 옆에 살아계신 것 같아.」

「네, 맞는 말입니다.」

그러나 월은 그렇게 생각하고 있지 않았다. 월에게 있어서 부친은 이미 돌아가신 분이었다.

「그분이 하신 말씀이 지금도 생각나는군. 그분이 말씀하실 때에는 귀담아 듣지 않았지만, 이제 그분의 말씀이 새삼 생각나는군. 말씀하실 때의 모습이 지금도 선하네.」

「네, 저도 그런 생각을 합니다. 이제 댁으로 돌아가실 겁니까?」

「그럼 돌아가야지. 그런데 내가 여기 온 것은 자동차 구입 문제를 자네와 의논하려고 온 거야.」

월의 표정이 순간적으로 변했다. 말은 하지 않았으나 민첩성이 엿보였다.

「이 지방에서 아저씨만은 자동차를 사시지 않을 거라고 생각했는데요.」

월은 눈으로 아래를 쳐다보며 아담의 반응을 살폈다.

그러자 아담이 웃었다.

「그런 생각을 하는 게 당연하지. 내가 이렇게 변한 건 모두 자네 선친 덕이네.」

「무슨 말씀이시죠?」

「글쎄, 설명하기가 어렵군. 좌우지간 자동차에 대해서 이야기해 보세.」

「네, 실정을 말씀드리자면 주문이 너무 폭주해서 물건을 대기가 힘듭니다. 차 사려는 사람이 굉장히 많아서요.」

「그런가? 그럼 나도 그 명단에 끼워 주도록 하게.」

「그러시죠. 트래스크 아저씨, 그리고…….」

월은 말을 잠시 중단한 뒤 다시 말을 이었다.

「아저씨는 우리 가족과 가까운 분이시니까 만일 다른 사람이 취소하게 되면 앞당겨 해드리겠습니다.」

「고맙군 그래.」

「아저씨, 어떤 형식으로 하실 거죠?」

「그게 무슨 말이지?」

「네, 한 달에 얼마씩 돈을 나누어 지불하도록 할 수도 있습니다.」

「그렇게 사면 비싸지?」

「이자와 운송비가 포함된답니다. 그게 좋다는 사람도 더러 있죠.」

「난 현금으로 사겠네. 지불을 나중에 할 필요가 없어.」

윌이 그 말에 웃으며 대꾸했다.

「그러나 모두들 그렇게 생각하지 않는답니다. 그리고 현금으로 팔면 내가 손해를 볼 때가 올지 몰라요.」

「난 그런 생각은 하지 못했지. 나도 주문자 명단에 끼워 줄 텐가?」

윌이 아담을 향해 몸을 굽히며 말했다.

「트래스크 씨, 명단 제일 앞에 넣어 드리겠습니다. 먼저 들어오는 차를 드리도록 하죠.」

「고맙군.」

「기꺼이 해 드리겠습니다.」

아담이 그에게 물었다.

「모친께서는 어떠신가?」

윌은 의자에 깊숙이 앉아 정감어린 미소를 보내며 말했다.

「어머니는 대단한 분이세요. 마치 바위같이 굳은 분이죠. 우리는 형편이 어려워 고생도 많이 했죠. 우리 아버지는 비현실적인 분이셨어요. 언제나 구름 위에 떠 있지 않으시면 책에 파묻혀 계셨죠. 그나마 우리 집안을 흩어지지 않게 꾸리신 분은 우리 어머님이셨어요.」 아담은 고개를 끄덕였다.

「훌륭한 분이시지.」

「네, 훌륭하시기도 하고 강인한 분이기도 하죠. 어머니는 언제나 두 발을 버티고 서서 꼼짝도 하지 않으셨으니까요. 아저씨, 장례식이 끝난 뒤에 올리브네에 가셨습니까?」

「가지 않았네.」

「글쎄 백 명이 넘게 올리브네 집에 들렀는데 우리 어머님께서는 많은 닭을 튀겨 그들이 충분히 먹도록 하셨답니다.」

「그래?」

「네, 어머니께선 정말 그렇게까지 하셨어요. 생각해 보세요. 그건 당신 남편의 일이었으니까요.」

「정말 대단한 분이셔.」

아담은 윌이 한 말을 거듭 말했다.

「실제적인 분이시죠. 어머닌 모두에게 배불리 대접해야 된다고 생각하시고 그렇게 대접하신 겁니다.」

「시간이 지나면 괜찮으시겠지만, 어머니도 큰 슬픔이었다.」

「이제 괜찮아지시겠죠. 어머니는 왜소한 분이시긴 하지만 우리보다도 더 오래 사실 겁니다.」

아담은 말을 타고 농장에 돌아오면서 여러 해 동안 볼 수 없었던 많은 것을 볼 수 있었다. 빽빽하게 자란 풀 속에 들꽃이 보였고, 언덕 기슭에는 붉은 소가 여유있게 풀을 뜯으면서 밋밋한 오르막길을 오르는 것이 보였다. 자기 소유의 땅에 들어서자 아담의 가슴에는 기쁨이 가득찼다. 그는 달리는 말발굽 소리에 장단을 맞추어 이런 말을 했다.

「나는 자유야, 자유. 나는 자유를 찾았다. 이제 그 여자는 사라졌어. 나는 자유로운 거야. 그녀는 내게서 떠났다. 난 자유야, 자유!」

아담은 손을 뻗어 길가의 은빛 샐비어 잎을 꺾었다. 손가락이 잎즙으로 끈적끈적해졌다. 그는 예민하게 스미는 향기를 맡으며 숨을 깊숙이 들이마셨다. 그는 집으로 가는 것이 기뻤다. 이틀 동안 쌍둥이가 얼만큼 자랐는지 궁금했다. 쌍둥이가 보고 싶었다.

그는 노래부르듯 큰소리로 말했다.

「나는 자유, 자유. 그 여자는 이제 영원히 사라졌어.」

2

아담이 집에 다다르자 리가 아담을 맞이했다. 아담이 마차에서 내리는 동안 그는 말 앞에 서 있었다.

「쌍둥이는 어떻지?」

「네, 잘 있어요. 활과 화살을 만들어 주었더니 강기슭으로 토끼를 잡으러 갔어요.」

「리, 모두 별일 없었지?」

리는 아담을 찬찬히 살펴보고는 놀라서 소리를 치려다가 말고 한 걸음 물러나서 그에게 물었다.

「장례식은 어땠어요?」

「조문객이 아주 많았어. 그분은 친구가 많은 분이었으니까. 지금은 그분이 세상을 떴다는 생각이 도무지 들지 않아.」

「중국 사람들은 북을 치고 종이를 뿌리면서 장례식을 합니다. 그래야 악귀를 혼란시킨다고 생각했죠. 그리고 무덤에는 꽃이 아니라 삶은 돼지를 올려놓는답

니다. 우리는 현실적이고 언제나 배가 고파 있어서죠. 그러나 우리 나라 악귀는
현명하지가 못해서 우리가 한 수 더 높다고 볼 수 있죠. 그것은 약간의 진보라고
볼 수 있습니다.」

「사무엘도 그런 장례식을 좋아했을 거요. 아마 재미있게 생각했을 거야.」

아담은 리가 자기를 빤히 쳐다보고 있는 것을 느꼈다.

「리, 말을 매고 들어가서 차를 한 잔 끓여 주게. 할 말이 있어.」

아담은 집안으로 들어간 뒤에 예복으로 입었던 검은 양복을 벗었다. 몸에서는
럼주 냄새가 물씬 났는데, 그 냄새 때문에 구토증이 났다. 아담은 옷을 벗고 몸
에 밴 땀 냄새가 없어질 때까지 노란 비누로 살갗을 문질러 닦았다. 목욕을 마친
후 청결해 보이는 셔츠와 너무 빨아서 빛깔이 파랗게 바래고 천이 부드러워진
데다가 무릎이 그 중 많이 닳은 작업복을 입었다. 그리고 면도도 하고 머리도 말
끔히 빗었다. 부엌에서는 리가 난로 위에다 무언가 올려놓고 덜커덕거리는 소리
를 냈다. 아담은 거실로 갔다. 큰 의자 옆 테이블 위에 리가 컵 하나와 설탕 그릇
을 갖다 놓았다. 아담은 세탁을 많이 해서 꽃무늬가 바랜 커튼과 바닥에 깐 낡은
카페트와 거실의 바닥에 깐 리놀륨에 나 있는 갈색 흔적도 바라보았다. 모든 것
이 처음 보는 것처럼 새로웠다.

리가 차 주전자를 가지고 오자 아담이 말했다.

「리, 자네 잔도 가져오게. 그리고 언젠가 마셨던 자네 그 술도 있으면 나 좀
주게. 어젯밤에는 술을 많이 마셔서 취했었지.」

리가 의아한 표정으로 물었다.

「취했었다고요? 난 믿을 수가 없군요.」

「정말 취했었다네. 그것에 대해 말하지. 지금 자네가 나를 쳐다본다는 것도
알고 있어.」

「그래요?」

리는 자기 찻잔과 술잔, 그리고 오가피주를 가지러 부엌으로 갔다.

「이 술을 마신 지도 벌써 몇 년이 되었군요. 해밀튼 씨와 당신이 함께 마셨
죠.」

「그때가 쌍둥이 이름을 짓던 날이었지, 아마.」

「네, 그래요.」

리는 찻잔에다 뜨거운 녹차를 따라 주었다. 아담이 설탕 두 숟가락을 찻잔에
넣자 리는 얼굴을 찡그렸다.

아담은 수저로 차를 저으며 설탕이 빙빙 돌면서 차 속으로 사라지는 것을
쳐다보았다.

「나는 그 여자를 만나러 갔었다네.」

리가 말했다.

「저도 짐작은 했었죠. 사실 인간이 어떻게 그만큼 오랫 동안 기다릴 수 있었는지 도무지 이해가 가지 않아요.」

「어쩌면 사람이 아닌지도 모르지.」

「나도 그런 생각을 했습니다. 그 여자는 어떻게 지내죠?」

아담이 느릿느릿 대답했다.

「난 도무지 믿을 수가 없어. 세상에 그런 여자가 살고 있다니 이해가 안 가는 이야기야.」

「당신네 서양 사람은 그런 설명을 할 때 악귀라는 말을 쓰지 않죠? 그 후에 취했나요?」

「아냐, 그 여자를 만나기 전에 술을 많이 마시고, 또 만나서도 좀 마셨지. 용기를 얻기 위해 술을 좀 마셨지.」

「지금은 괜찮으시죠?」

「괜찮아. 그것을 자네에게 말하려는 거야.」

아담은 잠시 우울한 표정을 지었다가 다시 말을 계속했다.

「작년 이맘때라면 샘 해밀튼에게 달려가서 말을 했을 텐데.」

「어쩌면 해밀튼 씨 일부분이 우리에게 남아 있는지도 모르죠. 그런 것을 두고 영원불멸이라고 하는 것이죠.」

「나는 마치 잠을 자다 깬 것 같았어. 어떤 이상한 방법으로 나의 눈은 멍해졌지. 무겁던 짐이 내게서 없어져 버렸다네.」

「꼭 해밀튼 씨처럼 말을 하는군요. 내가 우리 집안의 불멸의 철인들에게 학설을 하나 만들어 바쳐야겠군요.」

아담은 오가피주를 한 잔 마시고 나서 천천히 입술을 핥으며 말했다.

「나는 이제부터 자유야. 누구에겐가 이것을 알려 주어야겠어. 이제 아들들과 함께 살 수 있어. 여자를 맞아들여도 괜찮을 것 같고. 리, 내 말이 무슨 말인지 이해할 수 있겠나?」

「네, 물론 이해하고 말고요. 당신의 눈빛과 태도에서 벌써 나는 알았습니다. 그런 문제는 속일 수가 없거든요. 이제 쌍둥이도 좋아하실 겁니다.」

「나는 앞으로 새롭게 출발할 거라네. 술 한 잔과 차를 좀더 주게.」

리는 차를 따른 뒤 자기 컵을 들었다.

「뜨거운 차를 마시는데 왜 입술을 데지 않는지 도무지 이해할 수가 없어.」

리는 혼자 마음속으로만 웃었다. 아담은 그를 바라보며 새삼스럽게 리도 이제는 젊은이가 아니라고 생각했다. 그의 뺨은 팽팽하고 살갗은 붉게 빛났다. 그의 눈은 붉게 상기되어 있었다.

리는 손에 든 술잔을 들여다보고 추억을 회상하는 미소를 지었다. 술잔은 마치 조개껍질처럼 얇았다.

「그럼 자유로워지셨다면 내게도 자유를 주실 수 있겠군요.」

「그건 무슨 소리지, 리?」

「나를 보내 줄 수 있나요?」

「물론 보내 줄 수 있지.」

「난 서양 사람들이 무엇을 행복이라고 말하는지 모르지만 우리는 만족을 바람직한 것으로 생각합니다. 그건 어쩌면 소극적인 생각인지도 모르지만요.」

「리, 그건 그렇고 여기선 만족할 수 없나?」

「자기가 하고 싶은 일을 하지 못하고 있을 때는 만족한다고 말할 수 없지요.」

「그래 자네는 무슨 일을 하고 싶은가?」

「글쎄, 한 가지는 이미 늦었어요. 아내와 자식을 갖고 싶었지요. 어버이의 지혜라는 하찮은 소리를 해주면서 내 자식들에게 그것을 강요해 보고 싶었답니다.」

「그건 그리 늦지도 않지 않았나.」

「육체적으로야 지금도 아버지가 될 수는 있지요. 내가 생각하고 있는 것은 그게 아니지요. 나는 너무 조용히 독서에 젖어 있었습니다. 트래스크 씨, 아시다시피 내겐 아내가 있었습니다. 나는 당신이 그랬듯이 마음속에 그 여자를 만들어 놓고 있었어요. 그러나 아내는 오직 내 마음속에서만 존재할 뿐이랍니다. 아내는 내 좁은 서재에서는 훌륭한 친구였어요. 내 말을 귀기울여 듣고, 나와 대화를 나누고, 여자들 세계에서 일어난 일도 모두 내게 말해 주었죠. 그 여자는 미인이면서도 농담도 할 줄 알고 애교도 있었어요. 지금 나는 그 여자의 말에 내가 과연 귀를 기울였는지 의심스러워요. 나는 아내를 슬프거나 외롭게 만들고 싶지는 않았어요. 이렇게 해서 내 첫번째 계획은 수포로 돌아갔답니다.」

「또 다른 소원은 무엇이었지?」

「해밀튼 씨에게는 이야기한 적이 있었습니다. 샌프란시스코의 중국인 촌에다 서점을 하나 내고 싶어요. 나는 그 뒷방에서 기거하며 토론과 논쟁을 하며 시간을 보냈으면 해요. 용이 새겨진 송대(宋代)의 먹을 얼마간 갖다 놓고 싶고요. 먹통은 벌레가 갉아서 구멍이 나고, 먹은 전나무 진과 야생 나귀 가죽에서 나온 아교로 만든 겁니다. 그 먹으로 그림을 그리면 겉은 까맣지만 보는 눈에 따라서 여러 가지를 암시해 주고 세상의 온갖 색채를 눈에 들어오게 해줘요. 어쩌면 화가

가 찾아와 기법에 대한 논쟁을 벌이다가 값을 깎자고 흥정할지도 모르죠.」

그러자 아담이 물었다.

「그건 자네가 머리속으로만 생각하고 있는 건가?」

「아니예요, 건강이 허락하고 자유만 주어진다면 나는 아담한 서점을 차리고 싶어요. 그곳에서 여생을 보내다 죽을 수 있었으면 좋겠어요.」

아담은 다 식어서 미지근해진 차에다 설탕을 넣고 저으면서 잠시 생각에 잠겼다가 얼마 후 입을 열었다.

「내 생각이 얼마나 우스운지 들어 보게. 자네가 노예라서 자네의 그 요구를 내가 받아들이지 않는다면 좋겠네. 물론 자네가 떠나길 원한다면 그렇게 해줄 수밖에 없지만, 서점을 차릴 돈도 빌려 주겠네.」

「돈은 저도 있어요. 오랫 동안 저축을 해왔거든요.」

「나는 꿈에도 자네가 이곳을 떠난다는 생각을 해본 적이 없으니 이상한 일이지. 나는 늘 자네는 이곳에 당연히 있을 사람이라고만 생각했어.」

아담은 어깨를 쭉 편 후 말을 다시 이었다.

「리, 좀 기다려 줄 수는 있지?」

「왜 그러시는데요?」

「내가 쌍둥이와 가깝게 지내게 되도록 자네가 나를 좀 도와 주었으면 하네. 이 농장을 멋있게 가꾸거나, 아니면 팔아 버리거나 그것도 아니면 누구에게 세를 줄 생각이네. 돈이 어느 정도 남았는지도 궁금하고, 그 돈으로 무엇을 할지도 생각해 보고 싶네.」

「나를 올가미로 씌우려는 건 아니죠? 내 소원은 예전에는 절실했지만, 이제는 그렇지는 않답니다. 꼭 떠나지 말라는 말은 하지 마세요. 그러면 내 마음이 변할 수도 있고, 당신이 그런 생각을 한다면 나도 거절할 수가 없으니까요. 외로운 사람은 그 말에 제일 약하답니다.」

「그렇지, 외로운 사람. 나는 그런 생각은 한 번도 한 적이 없으니 얼마나 이기적인가.」

「해밀튼 씨는 나를 이해해 주셨지요.」

리가 고개를 들면서 말했다. 두툼한 눈 아래서 불꽃이 튀는 것이 보였다.

「우리 중국인들은 언제나 자제를 하는 습성이 몸에 배어 있어서 전혀 자기의 감정을 나타내지 않는답니다. 나는 해밀튼 씨를 좋아했죠. 승낙만 해주신다면 저도 내일 샐리너스에 다녀왔으면 합니다.」

「마음대로 하게. 자네는 내가 할 일을 모두 해주었지.」

「우리 아버지 무덤에 가서 악귀 쫓는 종이도 뿌려야 하고 삶은 돼지도 올려야겠습니다.」

　아담은 리의 말을 듣다가 벌떡 일어나 술잔을 엎고 리를 의자에 앉혀 둔 채 밖으로 나갔다.

제 27 장

1

　그 해에는 비가 많이 내리지 않아서 샐리너스 강은 범람하지 않았다. 가는 물줄기가 회색 모래로 된 넓은 하상 위를 굽이쳐 흘렀다. 물은 흙탕 찌꺼기로 뿌옇고 흐릿해서 보이지는 않았지만 그런대로 맑고 상쾌했다. 강기슭의 버드나무는 잎이 파랗게 돋아났고, 야생의 검은 딸기 덩굴은 흙을 따라 가시돋친 새 가지를 내보였다.

　3월이지만 예년보다 따뜻했다. 연을 날리기에 적당한 바람이 남쪽에서 불어오면서 은색 나뭇잎을 드러내게 했다.

　덩굴과 가시덤불이 뒤엉킨 나뭇가지를 배경으로 작은 회색 토끼 한 마리가 아침에 풀을 뜯다가 이슬에 젖은 앞가슴의 털을 햇빛에 말리며, 조용히 앉아 있었다. 토끼는 코를 쫑긋거리고 이따금 귀를 휘젓기도 하면서 위협이 될지도 모르는 작은 소리에 잔뜩 귀를 기울였다. 토끼는 앞다리를 통해 땅에서 규칙적인 율동을 들었기 때문에 귀를 내젓고, 코를 찡그렸다. 잠시 후 그 소리는 멎었다. 25야드 가량 떨어진 곳에서 버드나무 가지가 움직였으나 바람이 불었기 때문에 토끼는 위협을 느낄 수 없었다.

　주의를 끌만한 소리가 2분 동안 들렸으나 위협을 느낄 정도는 아니었다. 「툭」하는 소리가 났는데, 그 소리는 산비둘기의 날개 소리 같았다. 따스한 햇볕 속에서 산토끼는 나른히 뒷다리를 쭉 폈다. 「툭」소리와 「윙」소리가 들리더니 무엇이 털 위로 소리를 내며 떨어졌다. 토끼는 눈알이 커다랗게 된 채 꼼짝도 하지 않았다. 대나무 화살이 가슴을 통해 지나가 끝이 반대편 땅 속에 박혀 버렸다. 토끼는 옆으로 쓰러지며 발을 버둥거리다가 이내 꼼짝도 하지 못했다.

　버드나무 밑에서 숨어 있던 두 명의 소년이 기어나왔다. 그들은 4피트짜리 활을 들고 있었으며, 왼쪽 어깨 뒤의 화살통에는 화살 다발이 삐져 나와 있었다. 두 소년은 작업복에다 색이 바랜 푸른 셔츠를 입고 있었으며 둘다 관자놀이에 칠면조 꼬리 털을 하나씩 테이프로 붙이고 있었다.

그들은 인디언처럼 발뒤꿈치를 들고 조심스럽게 걸어왔다. 그들이 잡은 토끼를 살펴볼 때에는 토끼의 숨이 이미 끊어져 있었다.

「심장을 꿰뚫었어.」카알이 당연하다는 듯이 말했다.

아론은 잠자코 내려다보기만 했다. 카알이 아론을 쳐다보며 계속 말했다.

「형이 잡았다고 말해. 나는 칭찬받기 싫어. 힘든 사냥이었다고만 말해.」

아론도 맞장구를 쳤다.

「그래, 참 힘들었어.」

「내 말은 그게 아니라 아버지와 리 앞에서 형 칭찬을 해 준다는 거야.」

아론이 대꾸했다.

「난 누구의 칭찬이든 칭찬받고 싶지 않은 걸. 그럼 우리 한 마리 더 잡아 각자 한 마리씩 잡았다고 하자. 그리고 더 잡지 못하면 누구 화살에 맞았는지 모르겠다고 하자.」

카알이 이상하다는 투로 물었다.

「형, 칭찬받고 싶지 않아?」

「아니 그게 아니라, 난 혼자 칭찬받기는 싫어. 칭찬을 함께 받으면 되잖아.」

그러자 카알이 말했다.

「하여간 그것은 내 화살이야.」

「아냐, 그렇지 않아.」

「저 털을 보란 말야. 새김눈을 보란 말야. 그건 내 화살이야.」

「그럼 그 화살이 어떻게 내 화살통에 있었지? 난 그 새김눈을 기억할 수 없는데.」

「그렇지. 생각나지 않을 수도 있지. 그러나 형이 칭찬받게 해줄게.」

아론이 고마워하며 말했다.

「카알, 나는 그렇게 하고 싶지 않은데, 우리 둘이 동시에 쏘았다고 하자.」

「형 생각이 그렇다면 그러지 뭐. 그런데 리 아저씨가 그게 내 화살이라는 것을 알면 어쩌지?」

「그럼 화살이 내 화살통에 있었다고 하면 되지.」

「아저씨는 그런 말을 믿지 않을 거야. 형이 거짓말하는 걸 금세 알 텐데.」

아론은 어쩔 수 없는 듯이 말했다.

「아저씨도 네가 맞혔다고 생각하면 그렇다고 하지.」

카알이 말했다.

「아저씨가 그렇게 생각할 수도 있다는 것을 알고 있으라는 것뿐이야.」

카알이 토끼에서 화살을 뽑자 토끼의 심장에서 흘린 피가 흰 털에 붉게 물들어 있었다. 카알은 자기 화살통에다 뽑은 화살을 집어 넣었다.

카알은 아론에게 큰 인심이나 쓰듯 말했다.

「토끼는 형이 들고 가도록 해.」

그러자 아론도 한 마디 했다.

「어서 돌아가자. 아버지도 돌아오셨을지 모르잖아.」

이번에는 카알이 제안했다.

「그 토끼를 저녁으로 먹고 밖에서 밤을 새우면 어떨까?」

「그렇지만 밤에는 너무 추운 걸. 아침에도 너는 몹시 떨었잖아.」

「나는 춥지 않아. 춥지 않단 말야.」

「아냐, 아침에 추워서 벌벌 떨었잖아.」

「그건 내가 장난을 친 거였어. 내가 일부러 어린애처럼 부들부들 떨었던 거야. 내가 거짓말쟁이라는 건 아니지?」

「아냐. 난 싸우기 싫어.」

「왜 두려워?」

「두렵진 않아. 그저 싫어서 그래.」

「두렵지 않다면 내가 거짓말을 한다고 보는 거야?」

「아냐.」

「그것 봐. 그게 바로 두려워하는 거지. 그렇지 않아?」

「그런가 봐.」

아론은 토끼를 땅에 내려두고 느릿느릿 걸어갔다. 아론은 눈이 이글이글 거리고 입은 예쁘고 아름다웠다. 눈이 파랗고 양미간이 유난히 넓어서 천사 같은 인상을 주었다. 머리카락은 빛나는 금발이었고, 햇볕에 비쳐서 더 윤이 났다.

그는 이해할 수가 없었다. 그는 동생이 무엇인가 자기를 속인다는 것을 알고 있었으나 그것이 정확히 무엇인지를 알 수 없었다. 그는 카알이 수수께끼처럼 신비스러웠다. 그는 도무지 동생의 생각을 뒤따를 수가 없었다. 언제나 그는 동생 카알의 생각이 엉뚱함에 뒤늦게 놀라곤 했다.

카알은 아담을 많이 닮은 편이었다. 머리칼은 암갈색이었고, 체격은 형보다 더 크고 뼈대도 굵었으며, 어깨도 훨씬 더 넓었다. 턱은 아담처럼 네모지고 단단했다. 카알의 눈은 갈색이었고 늘 빈틈이 없었다. 가끔 눈이 번뜩일 때는 까맣게 보였다. 그러나 손은 육체의 다른 어느 부분보다 작았으며, 손가락은 가늘고 짧았다. 카알은 항상 손을 아꼈다. 웬만한 일로는 울지 않았지만 손가락을 다치면 큰일이나 난 것처럼 슬피 울었다. 손으로는 절대 모험을 하지 않았으며,

손으로 벌레를 만지거나 뱀을 잡은 일도 전혀 없었다. 또한 싸움을 할 때도 그는 손을 움켜쥐는 것이 아니라 돌이나 막대기를 집어서 휘둘렀다.

형이 가 버리자 카알은 자신 있는 미소를 지으며 큰소리로 말했다.

「형, 좀 기다려 줘.」

그는 형을 추월하자 토끼를 내주고 상냥스럽게 말하면서 형의 어깨를 쓸어안았다.

「화내지 말고, 이거나 가지고 가.」

「네가 자꾸 싸움만 하자고 하니까 그런 거야.」

「그건 진담이 아니었어.」

「정말이야?」

「정말이고 말고. 자, 이 토끼 형이 가져. 이제 집으로 돌아가자.」

아론도 웃었다. 그는 동생이 긴장을 풀면 언제나 안심이 되었다. 두 소년은 강기슭에서 빠져나와 평지로 올라왔다. 아론의 오른쪽 바지는 토끼 피로 흥건히 젖어 있었다.

「아버지가 돌아오셔서 우리가 토끼를 잡은 걸 아시면 깜짝 놀라겠지. 이 토끼 아버지 드리자. 저녁 식사 때 토끼 요리를 하면 좋아하실 거야.」

카알의 말에 아론도 맞장구를 쳤다.

「그래, 좋아. 그럼, 토끼는 우리 둘이 아버지께 드리는 거로 하자. 누가 잡았다는 말은 하지 않기로 하고 말야.」

「그래 형만 좋다면 그러지.」

두 소년은 한참을 잠자코 걷기만 했다. 그러다가 카알이 또다시 말했다.

「여긴 모두 우리 땅이지. 강 저쪽까지 우리 땅이다.」

「그건 아버지 땅이야.」

「그렇지만 아버지가 돌아가시면 우리 땅이 되는 거지.」

그 말은 아론의 귀에는 너무 생소한 것이었다.

「아니 아버지가 돌아가시다니 그게 무슨 소리지?」

카알이 침착히 말했다.

「사람은 누구나 죽는 법이야. 해밀튼 씨처럼 죽는 거야. 그분도 죽었잖아.」

「그렇지, 해밀튼 씨는 죽었어.」

그러나 아론은 사망한 해밀튼 씨와 생존해 계신 아버지를 연결시켜서 생각할 수가 없었다.

「해밀튼 씨는 죽어서 관에 넣고 땅을 파고 묻었지.」

「그건 나도 알고 있어.」

아론은 화제를 얼른 다른 것으로 바꾸고 싶었다.

「나 비밀이 있어.」

「그게 뭐야?」

「다른 사람에게 말하지 않을 거야?」

「그래. 하지 말라면 하지 않을께.」

「꼭 말해야 해.」

아론은 궁금증이 나서 졸랐다.

「다른 사람에게 얘기하지 않을 거지?」

「그래 하지 않을께.」

카알이 다짐하듯 말했다.

「우리 어머니 지금 어디 계실까?」

「돌아가셨잖아.」

「아냐, 그게 아니란 말야. 돌아가시지 않았어.」

「그렇지 않아. 돌아가셨어.」

카알이 그러나 단호히 말했다.

「도망갔대. 나는 다른 사람들이 말하는 것을 들었어.」

「그건 거짓말이야.」

「분명히 들었어. 도망갔다고 했어. 내가 이런 말 했다는 애기하면 정말 안 돼.」

「알았어. 말하지 않을께. 아버지가 그랬잖아. 엄마는 천당에 계시다고.」

카알이 나지막이 말했다.

「난 가서 엄마를 찾아올 테야.」

「엄마가 어디 산다고 말하던?」

「그건 몰라. 그러나 난 엄마를 찾을 테야.」

「아냐, 엄마는 천당에 가셨어. 아버지가 왜 그런 걸 거짓말시키겠어?」

아론은 동생 카알을 바라보며 자기 말에 동의해 주기를 바랐다. 카알이 잠자코 있자, 아론이 고집을 피웠다.

「엄마는 천당에서 천사와 함께 사신다고 생각하지 않니?」

그래도 카알이 말을 하지 않자 아론이 말했다.

「누가 그런 말을 했지?」

「그냥 사람들이 말하는 걸 들었어. 킹 시티 우체국에서였는데. 그 사람들은 내가 듣고 있는 줄 모르고 말했어. 난 귀가 밝단 말야. 리는 나보고 풀이 자라는 소리도 듣는다고 말했어.」

아론이 카알에게 물었다.

「엄마가 왜 도망갔을까?」

「그걸 내가 어떻게 알아. 아마도 우리가 보기 싫었나 보지 뭐.」

아론은 그 말을 곰곰이 생각해 보았다.

「아냐, 그 사람들은 거짓말쟁이야. 아버지가 그러셨어. 엄마는 천당에 가셨다고. 너도 알지, 아버지가 엄마에게 대해 말하기 싫어하신다는 거?」

「그건 엄마가 도망갔기 때문일 거야.」

「아냐, 그렇지 않아. 내가 리에게 물어 보니까 리가 그랬어. 『어머님은 너를 많이 사랑하셨어. 그리고 지금도 너를 사랑하고 계시지.』라고. 리는 하늘의 별을 하나 가리키면서 그것이 어머니라고 말해 주었어. 리가 그랬어. 그 별이 그곳에 떠 있는 한, 어머니가 우리를 사랑하시는 거라고. 리가 말한 게 그럼 모두 거짓말이었단 말이야?」

아론의 눈에는 눈물이 글썽거렸다. 그러나 카알의 눈은 냉혹하게 번뜩였다.

카알은 약간 흥분했다. 그는 필요할 때 쓸 비밀 무기를 또 하나 알고 있었다. 그는 아론을 자세히 쳐다보다가 그의 입술이 떨리는 것을 보았다. 그러다가 아론의 코가 벌름거리는 것도 보았다. 아론은 눈물이 많았는데 이따금 눈물이 나도록 몰아 붙이면 그는 싸우자고 덤볐다. 아론이 울면서 덤비게 되면 위험한 상태였다. 그를 말릴 수도 없었고 해치지도 못했다. 언젠가 아론이 화를 내자 리가 말린 적이 있었다. 리는 아론을 무릎에 안고 그 휘두르는 주먹을 허리에 꼭 쥐어 붙이고 달랬는데, 아론의 화를 푸는데는 시간이 걸렸었다. 그때도 아론의 코는 벌름거렸다.

카알은 그의 새로운 연장을 치워 버렸다. 언제라도 꺼내서 쓸 수 있고, 그 연장이 그가 알아낸 가장 무서운 무기라는 사실을 그는 알고 있었다. 그가 시간이 있을 때 그것을 조사하여 언제 어떻게 그것을 사용할 것인지를 결정지을 셈이었다.

그런데 카알의 그 판단은 좀 늦었다. 아론이 그에게 덤벼들어, 축 늘어진 토끼를 카알의 얼굴에 내팽개친 것이었다. 카알은 펄쩍 뛰어 물러나면서 고함을 쳤다.

「형, 그건 농담이야, 농담.」

그제서야 아론은 멈췄다. 아론의 얼굴에는 고통의 빛이 역력했다.

「난 농담 같은 거 좋아하지 않는단 말야.」

아론은 훌쩍거리면서 옷소매로 코를 쓱 닦았다.

카알이 아론에게 바싹 다가서서 그를 안고 뺨에 키스를 했다.

「이제 그러지 않을게.」

두 소년은 얼마 동안 한 마디 말도 하지 않고 걷기만 했다. 해가 기울기 시작했다. 3월의 바람을 타고 산 너머에 검은 먹구름이 떠가는 것을 카알은 어깨 너머로 바라보았다.

「비바람이 치겠어. 지독한 폭풍우가 올 것 같아.」

아론이 말했다.

「너 정말 사람들이 말하는 걸 들은 거야?」

카알이 얼른 말했다.

「웅, 들은 것같이 생각될 뿐이야. 저 구름 좀 봐.」

카알은 그 이야기에는 관심이 없는 듯 딴청을 부렸다.

아론은 고개를 들어 검은 구름을 쳐다보았다. 커다란 먹구름이 여기저기 몰려 있고, 그 밑에서는 길다란 비의 자락이 내리쳤다. 그동안 천둥이 치더니 번쩍 번개가 내리쳤다. 소나기가 바람에 실려서 계곡을 지나 비옥한 언덕 위를 내리치면서 저쪽 평원의 상공으로 물러났다. 두 소년은 돌아서서 집을 향해 뛰었다. 그 뒤에선 천둥이 치며 번개가 온통 하늘을 갈라 놓았다. 그들이 뛰어가는 곳까지 소나기가 뒤쫓아 오더니 굵은 빗줄기가 땅으로 쏟아졌다. 어디선가 향기로운 오존 냄새가 났다. 두 소년은 마구 달리면서도 천둥의 냄새를 맡을 수 있었다.

그들이 시골길을 지나, 집으로 통하는 마차가 다니는 길로 접어들자 비가 쏟아지기 시작했다. 비가 억수로 쏟아져서 그들은 금세 물에 빠진 생쥐 꼴이 되었다. 머리카락은 이마에 찰싹 붙어 눈까지 내려왔고 관자놀이에 붙었던 칠면조 꼬리 털은 물에 젖어 구부러졌다.

두 소년은 몸이 완전히 비에 젖었으므로 뛰지 않았다. 소년들은 서로 쳐다보며 웃었다. 아론은 물에 젖은 토끼를 짜서 공중 높이 던졌다가 다시 카알에게 던졌다. 카알은 토끼를 잡아서 목에다 둘렀다. 카알의 턱 아래서 토끼의 머리와 뒷발이 매달려 대롱거렸다. 소년들은 배가 아플 정도로 깔깔거리며 웃었다. 집 골짜기 참나무 위에 비가 요란히 쏟아졌다. 바람은 참나무의 높은 위엄을 흔들어 놓았다.

2

쌍둥이가 농장 건물이 보이는 곳에 도착했을 때, 집 앞에 서 있는 리가 보였다. 리는 노란 우비의 구멍으로 얼굴만 내놓고 낯선 말과 고무 타이어가 달린 경마차를 헛간으로 끌고 갔다.

먼저 카알이 입을 열었다.

「누가 왔나 봐. 저 마차 좀 봐. 못 보던 마차야.」

두 소년은 또다시 집을 향해 달렸다. 손님이 누구인지 호기심이 발동했기 때문이었다. 계단 근처에 이르자 그들은 멈춰 서서 신중히 집 주변을 돌면서 살펴보았다. 두 소년은 손님에게서 일종의 두려움을 느꼈다. 그들은 뒷길로 가서 빗물을 뚝뚝 떨어뜨리면서 부엌으로 들어갔다. 그곳에서 아버지와 또 다른 남자의 목소리가 들려 왔다. 그런데 이번에는 세 번째로 여자의 목소리가 들려 왔다. 그 목소리를 듣자 배가 딴딴하게 굳어지더니 등골이 오싹해졌다. 카알과 아론은 여자를 대해본 적이 거의 없었다. 두 소년은 살며시 자기네 방으로 가 서로 바라보았다.

카알이 먼저 입을 열었다.

「누가 온 거지?」

불빛같이 뜨거운 감정이 아론의 가슴을 때렸다.

『어쩌면 우리 엄마가 왔는지도 몰라. 그래 엄마가 돌아왔는지도 몰라.』

그는 마음속으로 이런 생각을 했으나 생각해 보니 어머니는 천당에 계시기 때문에 돌아올 수 없다는 것을 깨달았다.

「이제 옷을 갈아 입어야지.」

두 소년은 비에 젖어 벗어 버린 옷과 똑같은 새 옷으로 갈아 입었다. 그들은 비에 젖은 칠면조 털을 떼어 내고 손을 빗삼아 머리를 빗었다. 그러는 동안에도 목소리는 계속 들려 왔다. 그 목소리는 저음이었는데 갑자기 고음의 여자 목소리가 새롭게 들려 왔다. 바로 여자 아이 목소리가 들렸기 때문에 그들은 몸이 얼어붙는 것 같았다. 너무나 흥분을 했기 때문에 그 여자 아이의 목소리를 들었다는 말조차 입 밖에 낼 수가 없었다.

그들은 살금살금 복도로 나가 거실 앞에 섰다. 카알은 천천히 문 손잡이를 돌리고 문소리가 나지 않게 문을 열었다.

문이 조금 열렸는데 그때 리가 뒷문으로 들어와서 우비를 벗으며 복도로 걸어오다가 두 소년을 보고는 말했다.

「꼬마들, 뭘 엿보는 거야?」

리는 중국식 영어로 말했다.

카알이 놀라서 문을 닫자 걸쇠 소리가 났다. 리가 재빨리 말했다.

「들어가 봐. 아버지가 돌아오셨단 말야.」

아론이 쉰 목소리로 나직이 물었다.

「그리고 안에 있는 건 누구죠?」

「지나가던 사람인데 비를 피하려고 들어왔어.」

카알이 문의 손잡이를 잡고 있자 리가 힘껏 돌리더니 문을 열고 말했다.

「쌍둥이가 돌아왔어요.」

아담이 큰소리로 말했다.

「애들아, 어서 들어오너라. 어서 들어와!」

두 소년은 수줍어서 고개를 숙인 채 손님을 힐끔힐끔 쳐다보면서 안으로 들어갔다. 외출복을 잘 차려 입은 남자와 멋진 옷을 입은 여자가 서 있었다. 옆 의자 위에는 그 여자의 코트와 모자 그리고 베일이 놓여 있었다. 아론과 카알은 그 여자가 온통 검은 비단과 레이스로 휘감고 있는 것 같았다. 이것만으로 큰 사건이라고 생각할 수 있었는데, 그것이 전부가 아니었다. 그 여자 옆에는 쌍둥이보다 어려 보이는 한 소녀가 앉아 있었다. 그러나 그렇게 어려 보이지는 않았다. 그 소녀는 앞에 레이스가 달린 하늘색 체크 무늬의 햇볕을 가리는 모자를 쓰고, 화려한 옷과 주머니가 붙어 있는 작은 앞치마를 허리에 두르고 있었다. 치마가 올라가서 붉은 털실로 짠 속옷이 보였다. 모자 때문에 얼굴은 보이지 않았지만 손은 무릎 위에 얹혀 있고 셋째손가락에는 작은 금반지를 끼고 있었다.

소년들은 숨도 제대로 쉴 수가 없었다. 숨을 죽이고 있자니 눈 속에서 빨간 고리가 번쩍거리는 것 같았다.

「애들이 내 아들들입니다. 쌍둥이랍니다. 저 애가 아론이죠. 얘는 카알, 자 어서 손님께 인사를 드려야지.」

두 소년은 고개를 숙이고 한 걸음 나와서 항복하여 절망에 빠진 사람처럼 손을 내밀었다. 소년의 맥빠진 손을 신사가 잡고 흔든 다음에는 그 부인이 다시 잡고 흔들어 댔다. 아론이 소녀를 못 본 척하자 부인이 재빨리 말했다.

「애들아, 우리 딸과도 인사하렴.」

아론은 몸을 부르르 떨며 그 소녀에게 손을 쑥 내밀었다. 그러나 아무 일도 일어나지 않았다. 소시지 같은 아론의 두 손을 잡지도 않았고, 비틀거나 짜지도 않았고, 또한 만지지도 않았다. 아론의 손은 소녀의 손을 잡지 않고 그냥 허공에 떠 있었다. 아론은 이게 어찌된 일인가 하고 앞을 살펴보았다.

소녀도 고개를 숙인 채였는데, 모자를 썼기 때문에 더 유리한 편이었다. 그녀의 금반지를 긴 작은 오른손이 앞으로 내밀어져 있을 뿐 더 이상 아론의 손을 향해 오지는 않았다.

아론은 그 멋진 부인을 힐끔 쳐다보았다. 부인은 입을 벌리고 웃어 보였다. 침묵이 흘렀기 때문에 방안 분위기가 무거워졌다. 그때 카알의 웃는 소리가 들렸다.

아론은 얼른 손을 앞으로 내밀고 세 번 뒤흔들었다. 소녀의 손은 마치 한 줌의 꽃잎처럼 부드러웠다. 아론은 타오르는 기쁨을 느꼈다. 그는 소녀의 손을 놓은 뒤 자기 손을 얼른 작업복 주머니 속에 넣어 버렸다. 그가 물러나자 카알이 나서서 정식으로 악수를 하며 인사를 했다.

그때서야 아론은 자기가 변변히 인사말도 하지 않았다는 생각이 났다. 뒤늦게 카알을 따라 「안녕」하고 인사를 했으나 어색했다. 아담과 손님이 소리내어 웃었다.

아담이 말했다.

「베이컨 씨 가족이 하마터면 비를 맞을 뻔했단다.」

그 말에 베이컨 씨도 한 마디 했다.

「여기서 길을 잃은 게 천만다행이었습니다. 우리는 롱 농장을 찾고 있었죠.」

「롱 농장은 한참 더 가야 합니다. 행길에서 남쪽으로 한참 가다가 왼쪽에서 돌아 들어가야 하죠.」

아담이 쌍둥이를 보면서 말을 계속했다.

「베이컨 씨는 군의 감독관이시지.」

그 말을 듣고 베이컨도 쌍둥이에게 말했다.

「내 딸 이름은 에이브라지, 이름이 우습지?」

어른이 흔히 아이들에게 말하는 투로 그는 말했다. 그는 아담을 돌아보며 마치 시를 읊듯 노래했다.

「『내가 이름을 말하기도 전에 에이브라는 준비가 되었고, 다른 이름을 불렀지만 에이브라가 왔도다.』영국의 시인인 매티유 프라이어의 시랍니다. 내가 아들을 원하지 않았다고는 할 수 없으나 에이브라는 나의 큰 기쁨이지요. 여기 좀 보렴.」

에이브라는 꼼짝도 하지 않았다. 그녀의 손은 다시 무릎에 올려놓여 있었다. 에이브라의 아버지는 기분이 좋은지 다시 말을 계속했다.

「『다시 이름을 불렀지만 에이브라가 나와.』」

아론은 동생 카알이 거리낌없이 그 소녀의 예쁜 모자를 바라보는 모습을 보았다. 아론이 쉰 목소리로 말했다.

「에이브라라는 이름은 전혀 우스운 이름이 아닌 것 같은데요.」

「아, 그런 뜻으로 우습다고 한 게 아니라, 좀 색다르다는 뜻이지.」

베이컨 부인은 아론에게 이렇게 말하고 나서 다시 아담에게 말했다.

「우리 집 양반은 책에서 이상한 것을 아주 잘 찾아낸답니다. 여보, 이젠 가야 되잖아요?」

그러자 아담이 진지하게 말했다.

「부인, 좀 쉬시고 가도록 하세요. 리가 차를 끓이고 있습니다. 차를 한 잔 마시면 몸이 따스해질 거예요.」

그 말에 베이컨 부인이 한 마디 했다.

「괜찮겠어요? 아, 좋아라!」

그리고 계속 말을 이었다.

「애들아, 비가 멈추었으니 나가서 함께 놀아라.」

그녀의 목소리가 너무 엄격하고 위압적이어서 그들은 줄지어 밖으로 나갔다. 아론이 제일 앞장을 서고, 그 다음에는 카알이 그리고 그 뒤에는 에이브라가 뒤쫓아 나갔다.

3

거실에 앉아 있던 베이컨 씨는 다리를 포개며 말했다.

「이곳은 전망이 좋습니다. 그래 땅은 넓습니까?」

「네, 꽤 넓은 편입니다. 저 강 건너까지 우리 농장 땅이지요.」

「그럼 국도 건너편까지 당신 소유입니까?」

「네, 그렇습니다. 말씀드리기는 부끄럽습니다만 농사를 짓지 않고 내버려 두었죠. 어려서 너무 농사 일을 많이 해서 그런지.」

부부가 모두 자기를 쳐다보자, 아담은 그 비옥한 땅을 내버려 두는 것에 대해 설명을 좀 해야겠다고 생각했다.

「내가 좀 게으른 것 같아요. 일을 하지 않고도 먹고 살 만한 재산을 선친께서 남겨 주신 게 전혀 도움이 안 된 셈이죠.」

그는 시선을 내리깔고 있었지만 베이컨 부부가 안심을 하고 있는 눈치를 알아챌 수 있었다. 부자의 게으른 것을 탓할 수 없다. 가난한 자만이 게으른 것이었다. 가난한 자만이 무식했던 것처럼, 부자는 무식해도 그저 버릇이 없다거나 자기 밥술이나 먹는 사람이란 말을 듣는 법이다.

베이컨 부인이 아담에게 물었다.

「그럼 저 아이들은 누가 보살피는 거죠?」

아담이 큰소리로 웃으며 말했다.

「뭐 별로 보살펴야 할 것도 없지만, 리가 모두 맡아서 하고 있죠.」

「리라고요?」

그들이 자기의 말 꼬리를 잡아 되묻자 그는 짜증이 났다.

376

「남자 하인이 하나 있을 뿐이죠.」

아담은 그저 짤막하게 대답했다.

베이컨 부인은 눈이 커지면서 물었다.

「그 중국인을 말하는 건가요?」

아담은 그 부인을 바라보며 미소지었다. 처음에는 여자가 두렵기는 했지만 이제는 아담도 마음이 편안해졌다.

「리가 쌍둥이를 길렀습니다. 그리고 내 시중도 들어 주고 있죠.」

「그럼 여자의 손길은 없었나요?」

「네, 그렇습니다.」

「어머, 가엾어라.」

「아이들이 약간 거칠기는 하지만 모두 건강히 잘 자라고 있습니다. 우리 가족은 모두 땅처럼 거칠어진 것 같아요. 이제 머지않아 리는 여길 떠날 겁니다. 그 후에 어찌 될지는 아직 모르겠지만요.」

베이컨 씨는 말을 할 때 가래가 나올까 봐 잔뜩 신경을 쓰고 있었다.

「당신은 아드님 교육에 대해 신중히 생각해 본 적이 있습니까?」

「아뇨, 별로 생각한 적이 없습니다.」

그러자 베이컨 부인이 또 한 마디 했다.

「저 양반은 교육이 제일 중요하다고 생각하시죠.」

이번에는 베이컨 씨가 말했다.

「교육이야말로 장래의 열쇠입니다.」

그 말에 아담이 질문했다.

「어떤 종류의 교육을 말씀하시는 거죠?」

베이컨 씨가 계속 말을 이었다.

「모든 것은 배운 사람에게 찾아오는 법이죠. 네, 나는 무엇보다 학식이 중요하다고 생각합니다.」

그는 몸을 약간 앞으로 굽힌 뒤 나지막이 말했다.

「댁에서도 농사를 짓지 않으니 농장은 세를 주고 읍으로 나오는 게 어떻습니까? 군청 소재지엔 좋은 학교가 있으니 그리로 나오십시오.」

아담은 괜한 걱정은 하지 말라는 말을 하고 싶었지만 꾹 참았다.

「그렇게 하는 게 더 좋을까요?」

아담은 마음에도 없는 말을 물었다.

「생각이 그러시다면 제가 믿을 수 있는 소작인을 구해 드릴 수 있습니다. 자기 땅에서 살지 않는다고 소유지의 소득을 갖지 말라는 법은 없는 것이죠.」

리가 요란스럽게 차를 내왔다. 방안에서 들리는 소리를 문 틈으로 듣던 리는 벌써 아담이 손님을 지겹게 생각한다고 여겼다. 리는 손님이 자기가 끓인 차를 좋아하지 않으리라는 것을 알았다. 손님들이 그 차를 마시면서 차가 맛있다고 말해도 그것은 단순히 인사치레임을 알고 있었다. 리는 아담의 눈을 쳐다보려고 했으나 아담은 눈을 내리깔고 카페트만 쳐다보았다.

그때 베이컨 부인이 말했다.

「우리 집 양반은 몇 년 전부터 교육 위원회 일을 맡아 보셨지요…….」

그러나 아담의 귀에는 그 다음의 말이 전혀 들리지 않았다.

아담은 세계라는 큰 덩어리인 지구가 참나무 가지에 매달려 흔들리는 것을 생각했다. 웬일인지 알 수 없지만 그의 마음속에서는 의족을 딛고 뒤뚱걸음으로 돌아다니면서 시선을 끌려고 지팡이 다리를 툭툭 건드리고 있는 아버지가 생각났다. 아버지가 아담과 동생 찰스에게 강훈련을 시키고 어깨에 힘을 기르게 하려고 무거운 짐을 나르도록 하던 시절의 엄격하고 근엄한 군인다운 아버지의 모습도 떠올랐다. 이런 추억이 아담의 뇌리에 스치는 동안 베이컨 부인의 목소리가 웅웅거리며 들려 왔다. 그리고 비웃고 있는 찰스의 얼굴이 생각났다. 찰스, 야비하고 사나운 눈, 불같은 성미, 아담은 갑자기 동생 찰스가 보고 싶었다. 그는 흥분하여 무릎을 소리나게 쳤다. 그렇다. 아이들을 데리고 찰스에게 가자. 여행을 떠나는 거다.

베이컨 씨가 무슨 말인가를 하다 말고 「네?」하고 반문했다.

「아, 미안합니다. 잊어버렸던 일이 생각나서요.」

베이컨 부부는 인내심을 가지고 아담의 말을 기다렸다. 아담은 말하지 못할 것도 없다고 생각했다. 그래서 그는 베이컨 씨 부부에게 말했다.

「십이 년 동안 동생에게 편지를 보내지 않았다는 게 생각나서 그럽니다.」

베이컨 부부는 그의 말을 듣고 몸서리를 치더니 서로 눈짓을 보냈다.

리가 잔에다 차를 다시 따르더니 뺨을 부풀리며 기쁜 표정으로 복도로 나갔다. 베이컨 부부는 그것에 대해서 더 이상 말하고 싶지 않았다. 그들은 어서 두 사람만의 시간을 갖고 싶었다.

리는 이미 그것을 예측하고 있었다. 그는 급히 밖으로 나가서 말의 장구를 챙겨 고무 타이어가 달린 경마차를 앞문 앞에 대었다.

4

에이브라·카알·아론은 밖으로 나와서 지붕이 있는 베란다에 나란히 서서 넓게 퍼진 참나무에서 떨어지는 비를 바라보았다. 소나기는 멎고 멀리서 천둥 소리만 들릴 뿐이었다. 비는 멈추었지만 나무에선 빗물이 계속 떨어졌다.

아론이 먼저 말했다.

「비가 멎었다고 그 부인이 말했잖아.」

그 말에 에이브라가 영리하게 말했다.

「우리 엄마는 보지 않고 말한 거야. 보지 않고도 말할 때가 많단 말야.」

카알이 그녀에게 물었다.

「몇 살이지?」

에이브라가 야무지게 대답했다.

「열 살, 이제 열한 살이 돼.」

카알이 감탄조로 말했다.

「그래, 우리는 열한 살이지. 열두 살이 되는 거야.」

에이브라는 모자를 뒤로 젖혔다. 그녀의 머리에는 모자 때문에 둥근 모양이 생겼다. 검은 머리카락을 두 갈래로 땋은 모습이 아름다웠다. 그녀의 자그마한 이마는 동그랗고 눈썹은 반듯했다. 그녀의 코는 단추같이 생겼지만 크면 예쁠 그런 모습이었다. 그러나 두 가지 특색은 커도 변함이 없을 듯했다. 턱은 다부 지고, 입은 꽃처럼 예쁜 것이 크고 불그레했다. 그녀의 엷은 밤색 눈은 예리하 고 지적이며 전혀 겁을 모르는 것 같았다. 그녀는 두 소년을 번갈아 가며 쳐다보 았다. 소녀는 집 안에서는 수줍어했으나 그런 표정을 찾아볼 수도 없었다.

「너희는 쌍둥이라면서도 전혀 닮지가 않았어.」

카알이 말했다.

「우리는 쌍둥이야.」

아론도 말했다.

「맞았어. 우리는 쌍둥이야.」

카알이 고집스럽게 말했다.

「쌍둥이 중에는 서로 닮지 않은 쌍둥이도 있는 거야.」

이번에는 아론도 거들었다.

「그럼, 많은 쌍둥이가 닮지 않았어. 리 아저씨가 설명해 주었어. 만일 여자에 게 알이 하나면 쌍둥이는 똑같이 닮고 알이 두 개면 닮지 않는 거래.」

카알이 고개를 끄덕이면서 말했다.

「그런데 우리는 알이 두 개라서 닮지 않은 거야.」

에이브라는 이 촌구석 소년이 하는 이야기를 재미있다는 듯이 웃으며 들었다.

「하하, 뭐 알이 두 개라고?」

그녀는 별로 크거나 거칠지 않게 말했지만, 리의 이론을 완전히 흔들어 놓고 말했다. 그녀는 그의 이론을 완전히 무너뜨렸다.

「그럼 어떤 알이 프라이가 되고 어떤 알이 반숙이 되는 거지?」

두 소년은 서로 불안한 시선으로 쳐다보았다. 소년은 난생 처음으로 냉혹한 여자의 논리를 경험했다. 그 논리는 틀렸더라도, 아니면 오히려 많이 틀렸을 때처럼 압도적인 것이 되는 셈이다. 이 논리는 소년들에게 흥분과 놀라운 경험을 주었다.

카알이 또 말했다.

「리 아저씨는 중국인이란다.」

에이브라는 상냥한 어조로 말했다.

「그렇구나. 그런데 왜 너는 그렇게 말하지 않니? 아마 너희는 둥우리에 넣어진 도자기 알인지도 모르지.」

에이브라는 말을 중단하고 공격의 화살을 걷어들였다. 그녀는 두 소년의 얼굴에서 표정이 사라지는 것을 얼른 보았다. 에이브라는 재빨리 좌중을 지배했다. 그녀가 세 사람의 대장이 된 것이다.

아론이 먼저 제안했다.

「우리 저곳에 가서 놀자. 비가 좀 새긴 하지만 놀기엔 좋아.」

세 사람은 빗방울이 떨어지는 참나무 아래를 지나 산체스 구옥으로 달려가서 열려 있는 문안으로 들어갔다. 경첩은 녹이 슬어서 금속성 소리가 요란히 났다.

이 흙벽돌 집은 제2의 황폐기로 접어 들고 있었다. 전면에 있는 큼직한 벽은 절반 가량 회벽칠이 되어 있었다. 반쯤 칠한 벽은 십 년 전에 일꾼들이 칠을 하다 그만둔 그대로였다. 창틀에 새로 박은 깊숙한 창문은 유리가 없는 채로 남아 있었다. 새로 깐 마루 바닥에는 비가 내려 얼룩져 있었고, 옛날 신문지 뭉치와 가시돋친 공같이 되어 버린 녹슨 못 뭉치가 방구석에 쌓여 있었다.

그들이 입구에 서 있는데 박쥐 한 마리가 뒤편에서 날아왔다. 회색빛 박쥐는 여기저기 덤벼들다가 문으로 날아가 버렸다. 두 소년은 에이브라에게 집안을 구경시켰다. 다락문을 열고 아직 상자에 들어 있는 세면대와 변기와 샹들리에를 보여 주었다. 곰팡이 냄새와 젖은 종이 냄새가 물씬 났다. 세 아이는 발 뒤꿈치를 들고 살금살금 걸어갔다. 빈 집 벽에 말 소리가 울리는 게 겁이 나 말도 하지 못했다.

넓은 방으로 돌아오자 쌍둥이는 에이브라와 마주쳤다.

말소리가 크게 울리기 때문에 아론이 조용히 말했다.

「방이 마음에 드니?」

그녀는 약간 주저하면서 말했다.

「응, 마음에 들어.」

카알이 자랑스럽게 말했다.

「우리는 가끔 이곳에서 논단다.」

「너도 마음에 들면 이곳에 와서 놀아도 돼.」

「나는 샐리너스에서 살고 있어.」

에이브라의 말투는 자기는 바쁘기 때문에 시골뜨기 촌놈들과는 같이 놀 수 없다는 듯이 들렸다.

에이브라는 자신이 그들의 최고의 보배를 깨뜨렸음을 깨달았다. 그녀는 소년들의 약점을 알고 있으면서도 그들을 좋아할 줄 아는 숙녀 중의 숙녀라고 할 수 있었다.

「알았어, 이곳을 지나게 되면 와서 조금 놀아 주지.」

에이브라가 상냥하게 말하자 두 소년은 그녀에게서 고마움을 느꼈다.

불쑥 카알이 말했다.

「내 토끼 줄게, 우리 아버지께 드리려고 했는데 네게 주기로 했어.」

「무슨 토끼지?」

「응, 아까 우리 둘이서 잡았어. 화살로 토끼 심장을 쏘았어. 토끼는 꼼짝도 못하더군.」

아론은 화가 나서 카알을 쳐다보았다.

「그건 내 것도…….」

그러자 카알이 재빨리 그 말을 가로막았다.

「너 이 토끼 집에 가져 가. 제법 큰 토끼야.」

이번에는 에이브라가 말했다.

「그런 피투성이 더러운 토끼를 가져다 무엇하지?」

아론이 그녀에게 말했다.

「그럼 내가 피를 씻고 깨끗이 해서 상자에 담아 줄게. 먹기 싫으면 장례를 지내 주면 돼. 샐리너스에서 시간이 있을 때 말야.」

「난 정말 장례식에 어제도 갔어. 꽃이 이 지붕만큼 높이 쌓여 있더라.」

아론이 그녀에게 질문했다.

「너 우리 토끼 갖기 싫어?」

에이브라는 곱슬곱슬한 아론의 머리카락을 보고, 또한 눈물이 글썽거리는 그의 눈을 보았다. 그녀의 가슴에 사랑의 씨앗인 그리움이 불타올랐다. 에이브라는 아론을 만져 보고 싶어서 만져 보았다. 아론의 팔을 잡으니 그가 가늘게 떨고 있는 것을 느낄 수 있었다.

「상자에 넣어 주면 가져갈게.」

에이브라는 자기가 왕초가 되었다고 생각하고는 사방을 둘러보았다. 그리고 자기에게 정복된 두 소년을 살펴보았다. 이젠 두 소년이 고집을 피우지 않을 것이니 공연한 허세를 부릴 필요도 없게 되었다. 에이브라는 두 소년에게 친절히 굴고 싶었다. 그들의 옷은 많이 빨아서 색깔이 바랬고, 여러 군데 기운 것이 눈에 띄자 그녀는 동화가 하나 떠올랐다.

「너희는 참 불쌍하구나. 아버지가 너희를 때리기도 하니?」

두 소년은 어리둥절한 얼굴로 고개를 저었다.

「그럼 너희는 가난한가 보구나.」

카알이 의아해 하며 물었다.

「그게 무슨 말이지?」

「그럼 잿더미에 앉아 있다가 물을 긷고 장작을 날라야 하니?」

아론이 이번에는 질문했다.

「장작은 또 뭐지?」

에이브라는 대답을 하지 않고 다른 말을 했다.

「가엾어라.」

그녀는 자신이 반짝이는 별이 끝에 달린 작은 요술 지팡이를 손에 들고 있는 것 같았다.

「너희 마음씨 나쁜 계모가 너희를 미워해서 죽이려고 하지?」

카알이 말했다.

「아냐, 우리는 계모 같은 거 없어.」

아론도 한 마디 했다.

「우린 어머니가 계시지 않아. 우리 엄마는 돌아가셨어.」

두 소년의 말에 그녀의 상상은 깨져 버렸지만 에이브라는 또 다른 동화 한 가지가 떠올랐다. 그녀의 머리에서 요술 지팡이가 사라지고 이번에는 타조 깃털이 달린 큼직한 모자를 쓰고 칠면조 다리가 삐져나온 큰 바구니를 들고 있었다.

그녀는 부드러운 어조로 말했다.

「엄마가 없는 작은 고아야. 그럼 내가 너희들의 엄마가 되어 줄게. 너희를 안아 주면서 옛날 이야기를 해주지.」

그러자 카알이 말했다.

「우리가 너무 커서 네가 넘어질 걸.」

에이브라는 카알의 거친 모습을 보고 눈을 돌려 버렸다. 그러나 아론은 자기

이야기에 팔려 있음을 그녀는 알 수 있었다. 아론은 미소를 지으면서 그녀의 에 안겨 흔들리는 듯이 보였다. 그녀는 쾌활히 말했다.

「그래, 엄마 장례식은 멋있었어?」

역시 아론이 대답했다.

「생각이 나지 않아. 그때 우리가 너무 어렸거든.」

「그럼 산소는 어디야? 우리 산소에 꽃을 갖다 드리자. 우리는 할머니와 앨버 아저씨에게 언제나 꽃을 갖다 드리지.」

아론이 그 말에 대답했다.

「우리는 엄마 산소가 어딘지 몰라.」

카알의 눈에서는 새로운 흥미의 빛이 반짝거렸다. 그것은 일종의 승리감에 빛 는 흥미였다. 카알은 천진난만하게 또 대답했다.

「알았어. 아버지께 어머니의 산소가 어딘지 물어 보겠어. 어딘지 알면 꽃을 가져갈 수 있으니까.」

에이브라가 들뜬 목소리로 말했다.

「그때 나도 함께 가 줄게. 나는 화환을 잘 만들 수 있단다. 만드는 걸 가르쳐 주지.」

그녀는 그때 아론이 잠자코 있음을 눈치챘다.

「너는 화환을 만들기 싫은 거니.」

「나도 만들었으면 좋겠어.」

그녀는 다시 아론을 만져 보아야만 했다. 에이브라는 아론의 어깨를 두드려보고 또 뺨까지 쓰다듬었다.

「그럼 네 엄마도 기뻐하실 거야.」

「하늘에서도 땅을 내려다볼 수 있다고 하셨어. 아버지가 그러셨지. 아버지는 그런 시도 외우고 계시지.」

이번에는 아론이 에이브라에게 말했다.

「내가 토끼를 싸 줄게. 팬티를 넣었던 상자가 있어.」

아론은 얼른 밖으로 뛰어나갔다. 카알은 그 모습을 바라보고 웃었다.

에이브라가 물었다.

「왜 웃니?」

「아무것도 아니야.」

카알은 그녀에게서 시선을 떼지 않으며 말했다.

에이브라는 눈싸움을 하여 카알을 이기려고 했다. 그녀는 눈싸움에는 져 본 적이 없었으나, 카알도 결코 그녀에게서 눈을 돌리지 않았다. 카알은 그녀를 처음 볼 때는 수줍었으나 이제는 수줍어하지 않았다. 그는 에이브라의 자제력을 깨뜨렸다고 생각하고 기분좋은 표정으로 웃었다.

카알은 그녀가 자기보다 형을 더 좋아한다는 것을 알고 있었으나 그건 새삼스러운 일이 아니었다. 대부분의 사람이 금발 머리이고 마치 강아지처럼 감정 표현을 솔직히 나타내는 아론을 좋아했다. 카알은 감정의 진의를 감추고 마음속 깊이 숨겨 놓고 있다가 표현하거나 감추거나 했다. 그는 에이브라가 형 아론을 좋아했기 때문에 그녀에게 벌을 주기 시작한 것이다. 이것도 새로운 것은 아니었다. 그는 그런 능력을 처음 발견한 이래 계속 그렇게 해 왔다. 비밀히 복수를 하는 것이 이제 그에게는 하나의 창조 활동이나 다름없게 되었다.

두 소년의 차이점은 이렇게 설명하는 것이 제일 좋을 것 같다. 만일 아론이 숲 속의 빈터에서 우연히 개미둑을 발견했다면 그는 먼저 엎드려서 복잡한 개미의 생태를 오랫 동안 구경할 것이다. 몇몇 개미는 길을 따라 먹이를 운반하고, 다른 개미는 하얀 알을 나르기도 할 것이다. 아론은 그 두 개미가 만나서 촉각을 맞대고 서로 이야기를 나누는 것을 볼 수 있을 것이다. 아론은 몇 시간이고 엎드려서 대지의 그 분주한 움직임을 관찰할 것이다.

한편 카알이 그와 같은 개미둑을 발견한다면 그는 먼저 둑을 걷어차 버리고 개미가 허둥거리는 꼴을 재미있어 하며 살필 것이다. 아론은 세상에 순응하는 것을 만족하지만 카알은 세상을 변화시켜야만 직성이 풀렸다.

카알은 사람들이 자기 형을 더 좋아한다는 것에 대해 의문을 품지는 않았지만, 이 사실을 자신에게 유리하도록 만드는 방법을 발전시켰다. 카알은 계획을 세우고 형을 칭찬하는 사람이 자신의 약점을 드러낼 때까지 신중히 기다렸다. 그러다가 일을 터뜨리는데 그 피해자는 까닭이나 경위도 알지 못하고 당했다. 카알은 그런 행위에서 힘을 얻었으며 또한 기쁨도 느꼈다. 그에게 있어서 가장 강렬하고 순수한 감정은 그런 앙갚음이었다. 카알이 언제나 아론을 싫어하지 않고 사랑하는 것도, 바로 아론이 언제나 그에게 승리감을 부여해 주었기 때문이었다. 그는 자신이 아론만큼 사랑을 받고, 시선을 끌고 싶어서 앙갚음을 한다는 것조차 잊고 있었다. 그리하여 그는 아론이 가진 것보다 자기의 소유를 더 좋아하게 된 것이다.

에이브라는 아론을 어루만지고 상냥한 말을 해줌으로써 카알의 마음속에 모종의 계획을 세우도록 만들었다. 카알의 반응은 자동적이었다. 그는 재빨리 에이브라의 약점을 찾았다. 카알의 머리는 비상했기 때문에 그녀의 말 속에서 약점을 찾아낼 수 있었다. 어떤 아이는 더 어린아이가 되고 싶어하지만 또 어떠 아이는 어른이 되기를 원하기도 한다. 에이브라의 말투도 어른 흉내를 냈고, 어른의 행동을 흉내내었다. 그녀는 이미 어린아이가 아니었으나, 그녀의 소원대로 어른이 되기에는 아직 미숙했다. 카알은 이 점을 눈치챘다. 카알은 이제 에이브라의 개미둑을 밟아 버릴 수단을 마련한 셈이었다.

카알은 형 아론이 상자를 찾아 꾸미는데 시간이 어느 정도 걸릴지 알고 있었다. 그는 형이 일하고 있을 것을 미리 짐작해 보았다. 형은 분명히 토끼의 피를 닦는데 많은 시간이 걸릴 것이다. 그리고 끈을 찾는 데에는 더 오랜 시간이 걸리겠지. 또 그 끈으로 나비 모양의 끈을 매느라고도 시간이 꽤 오래 걸릴 것이다. 카알은 그동안에 자기가 승리를 거둘 것이라는 것도 알았다. 그는 에이브라의 확신을 흔들고 또한 그것을 자극할 수 있다는 것도 알았다.

에이브라는 그에게서 시선을 돌리며 말했다.

「왜 사람을 뚫어져라 쳐다보는 거지?」

카알은 그녀를 마치 의자인 것처럼 발 끝에서부터 위로 올라가면서 찬찬히 훑어보았다. 카알은 그렇게 하면 비록 어른일지라도 마음이 편치 않게 된다는 것을 알았다.

에이브라는 더 이상 참아내지 못하고 말했다.

「나를 얕보는 거야?」

카알이 대답하지 않고 엉뚱한 질문을 해댔다.

「너는 학교에 다니니?」

「그럼 학교에 다니지.」

「몇 학년이니?」

「9학년이야.」

「그럼 몇 살이지?」

「응, 열한 살이 돼.」

카알이 웃자 에이브라가 신경질적으로 물었다.

「왜 웃지? 어서 말 좀 해봐. 뭐가 그리 우스운 거니?」

그래도 카알이 대답을 하지 않자, 그녀는 계속 말을 이었다.

「너는 자신이 아주 똑똑하다고 생각하나 보구나.」

그러나 카알은 말은 하지 않고 계속 웃어 댔다. 에이브라는 무안해졌다.

「네 형은 왜 이렇게 오지 않는 거지? 너무 오래 걸리는데. 아, 비가 그쳤다.」

카알이 그제서야 입을 열었다.

「형은 그걸 찾고 있을 거야.」

「토끼 말야?」

「아냐, 토끼를 말하는 게 아냐. 토끼야 죽었으니까. 그러나 또 한 가지 잡지 못한 게 있어. 어쩌면 도망쳤는지도 모르지.」

「뭘 또 잡았는데? 뭐가 도망갔다는 거지?」

카알이 또 애매하게 말했다.

「형은 내가 말하는 걸 별로 좋아하지 않을 거야. 형은 너한테 좀더 색다른 선물을 하고 싶은 거야. 지난 금요일에 잡았어. 그런데 형이 물렸지.」

「너 지금 무슨 말을 하는 거니?」

「그거야 상자를 받고 나서 열어 보면 알 텐데 뭐. 형도 너보고 바로 열지 말라고 할 거야.」

이것은 추측이 아니라 사실이었다. 그만큼 카알은 형 아론에 대해 잘 알고 있었다.

에이브라는 자신이 이번 싸움에서 뿐만 아니라 모든 싸움에서 패했다는 것을 깨달았다. 에이브라는 카알에 대한 증오심이 일어났다. 그녀는 카알에게 반격을 가하려고 생각했으나 그것은 전혀 효과를 거둘 수 없다는 걸 깨닫고 그냥 포기해 버렸다. 그녀는 문 앞으로 나가 부모가 있는 집 쪽을 쳐다보았다.

에이브라가 입을 열었다.

「나는 그만 갈래.」

그러자 카알이 고압적으로 말했다.

「조금만 더 기다려.」

카알이 쫓아오자 그녀는 뒤돌아보았다. 그리고 쌀쌀맞게 물었다.

「왜 그러지?」

「왜 나한테 화를 내는 거야? 너는 여기서 일어나는 일을 모르잖아? 너는 우리 형의 등을 꼭 보고 가야 해.」

카알의 말투가 돌변했기 때문에 에이브라는 어리둥절해졌다. 카알은 그녀의 마음을 불편하게 만들었고, 그녀가 낭만적인 상황에 흥미를 느끼는 것을 감지했다. 카알의 목소리는 은밀히 낮아졌고, 에이브라의 목소리도 그에 따라 낮아졌다.

「그게 무슨 말이야? 등이 어떻다는 거지?」

「응, 형의 등은 흉터투성이야. 그 중국인이 그렇게 만들었지.」

에이브라는 몸을 부르르 떨었다. 그러나 흥미가 생기는지 몸을 긴장시켰다.

「형이 어떻게 했는데 중국인이 때리는 거지?」

「때리는 정도가 아냐.」

「그럼 아버지한테 말하면 되잖아.」

「그럴 수는 없어. 만일 아버지께 말씀드렸다간 큰일이 날 거야.」

「큰일이라니, 어떤 일?」

카알은 고개를 저으며 심각하게 말했다.

「안 돼, 너에게도 말할 수가 없어.」

그때 리가 고무 타이어가 달린 경마차를 끄는 베이컨의 말을 끌고 마굿간에서 나왔다. 그때 베이컨 부부가 집에서 나와 하늘을 힐끗 쳐다보았다.

카알이 그녀에게 말했다.

「나는 말할 수 없어. 내가 말하면 리가 알 거야.」

그때 베이컨 부인의 목소리가 들려왔다.

「에이브라! 우리 간다. 서둘러라! 어서!」

리가 억센 말을 잡고 씨름하는 동안 베이컨 부인은 마차에 올랐다.

아론이 집 뒤쪽에서 나비 모양으로 끈을 맨 마분지 상자를 들고 뛰어왔다. 아론은 그 상자를 급히 에이브라에게 건네 주었다.

「자, 이것 받아. 그리고 집에 가서 열어 봐.」

그때 카알은 그녀의 얼굴에 동요의 빛이 감도는 것을 보았다. 그녀는 손을 움츠린 채 상자를 받지 않았다.

그녀의 아버지가 에이브라를 재촉했다.

「애야, 어서 받도록 해. 너무 늦었어. 이제 서두르도록 해라.」

아론은 상자를 그녀의 손에다 쥐어 주었다.

카알이 에이브라 옆으로 바짝 다가가서 그녀 귀에다 대고 나지막이 말했다.

「나 너에게 은밀히 할 얘기가 있어. 네 팬티 젖었지?」

카알이 그 말을 하자 에이브라는 얼굴을 붉힌 채 모자를 눌러 썼다. 베이컨 부인이 딸을 안아서 마차 위에 앉혔다.

리와 아담과 쌍둥이는 말이 빨리 달려가는 것을 지켜보았다.

첫번째 모퉁이를 돌기 전에 에이브라의 손이 위로 쑥 올라가더니 아론이 그녀에게 준 상자가 공중에 떠올랐다가 길 위로 떨어져 버렸다. 카알은 그때 형의 눈에 어리는 슬픔을 보았다. 아담이 집으로 들어가고 리가 닭 모이 쟁반을 들고 가 버리자, 카알은 형을 안고 안정시켜 주었다.

아론이 카알에게 말했다.

「난 에이브라와 결혼하고 싶어. 그래서 그 상자 안에다 결혼하자고 편지를 써 넣었는데.」

그러자 카알이 말했다.

「형, 슬퍼하지 마, 내가 총 빌려 줄께.」

아론이 고개를 들고 말했다.

「네가 무슨 총이 있어 ?」
카알이 그 말에 얼버무리며 대답했다.
「뭐, 없었나 ? 총이 없었던가 ?」

제 28 장

1

　두 소년은 저녁 식사를 하면서 아버지가 평상시와 다르다는 것을 깨달았다. 그들은 아버지가 언제나 그들 곁에 있지만 들어도 귀담아 듣지 않고 보아도 인식은 하지 못하는 존재라고만 생각하고 있었다. 아담이야말로 구름과 같은 아버지였다. 그들은 자기들의 흥미나 새로 알아낸 일, 원하는 것을 아버지에게 말할 줄 몰랐다. 리를 통해서만 이 어른의 세계를 알 수 있었다. 리는 아론과 카알을 기르고 먹이고 입히고 가르칠 뿐만 아니라, 아버지를 존경하는 마음까지 심어 주었다. 아이들에게는 아버지가 신비스러운 존재였다. 아버지의 말과 지시는 모두 리를 통해서 수행되었다. 물론 이것은 모두 리가 만든 것이었지만 그는 모두 아버지의 말이라고 아이들에게 둘러 댔다.

　아담이 샐리너스에서 돌아온 첫날 밤 아론과 카알의 말에 귀를 기울이고 그들에게 묻기도 하고 쳐다보고, 그들을 이해하려고 하자 카알과 아론은 처음에는 크게 놀라며 당황해 했다. 그리고 그들은 아버지의 갑작스런 변화에 덜컥 두려움이 생겼다.

　아담이 쌍둥이에게 물었다.

「너희 오늘 사냥 갔었다며 ?」

　아이들은 갑작스런 변화에 어떻게 대응해야 할지 몰라서 잠시 망설이다가 아론이 입을 열었다.

「네, 사냥 갔었어요.」

「무엇을 잡았니 ?」

　아론은 한참 후에야 입을 열었다.

「네, 잡았어요.」

「그래 무얼 잡았지 ?」

「토끼를 잡았어요.」

「화살로 잡았니? 누가 잡았지?」

그러자 아론이 대답했다.

「둘이 함께 쏴서 누구 화살을 맞고 죽었는지 모르겠어요.」

「아니 왜 자기 화살을 모른다는 거냐? 내가 어렸을 때는 내 화살에 꼭 표시를 했단다.」

아론은 다른 문제가 생길 것 같아 더 이상 입을 열지 않았다.

그러자 카알이 입을 열었다.

「그 화살은 제 것이었습니다. 그렇지만 우리는 내 화살이 형의 화살통에 있었을지도 모른다고 말했어요.」

「왜 그런 생각을 한 거지?」

카알이 그저 담담히 말했다.

「그건 저도 모르겠어요. 그러나 제 생각으론 형이 토끼를 맞춘 것 같아요.」

아담은 아론에게 눈길을 돌렸다.

「네 생각은 어떠냐?」

「내가 맞췄는지도 모르지만 그건 확실치 않아요.」

「너희는 사이가 좋은 것 같구나.」

두 소년의 얼굴에서 근심이 사라졌다. 아버지의 말이 함정처럼 생각되지가 않아서이다.

아담이 질문했다.

「그래 잡은 토끼는 어디 있니?」

이번에는 카알이 대답했다.

「아론이 에이브라에게 선물로 주었어요.」

그러자 아론도 끼어들었다.

「그런데 그애가 내가 준 선물을 버렸어요.」

「왜 버렸지?」

「그걸 모르겠어요. 난 에이브라와 결혼하고 싶어요.」

「그래?」

「네.」

「카알, 너는 어떻지?」

「아론과 결혼시키면 좋겠어요.」

아담은 큰소리를 내며 웃었다. 두 소년은 난생 처음 아버지가 크게 웃는 것을 본다고 생각했다.

「그애가 예쁘니?」

아론이 대답했다.

「네, 예뻐요. 그리고 착하고 얌전한 것 같아요.」

「그래, 나도 그애가 내 며느리가 되면 좋겠다.」

리는 식탁을 치우고 부엌일을 급히 끝낸 뒤 곧바로 그들에게로 돌아왔다.

리가 쌍둥이에게 말했다.

「잘 준비 됐니?」

그러자 쌍둥이가 항의하는 시선으로 쳐다보았다. 아담이 그에게 한 마디했다.

「리, 앉아요. 애들도 좀 있게 하고.」

리가 아담에게 말했다.

「장부 정리를 해 놓았어요. 검사는 나중에 하죠.」

「장부라니?」

「집과 농장에 관한 계산 장부죠. 현재 상태가 궁금하시다고 했잖아요.」

「리, 지난 십여 년 동안의 장부 모두는 아니지?」

「전에는 이런 일에 대해 간섭하지는 않으셨어요.」

「그래 자네 말이 옳지. 그래 좀 앉아 보게. 아론이 여기 온 그 소녀와 결혼하고 싶다는군.」

리가 그에게 반문했다.

「그럼 약혼을 했나?」

「여자가 아직 승낙을 하지 않았나 봐. 시간 여유는 있는 셈이지.」

카알은 갑자기 변한 집안의 분위기에 겁을 집어먹고 있던 상태에서 재빨리 벗어나 이번의 개미둑은 어떻게 부셔버릴까를 곰곰이 생각했다. 그는 상황을 찬찬히 살피는 중이었다.

카알이 아버지에게 말했다.

「나도 에이브라가 마음에 들어요. 좋은 애 같아요. 왜 그런지 아세요? 그 애가 우리 엄마 무덤이 어디 있는지 아버지께 물어 보라고 하더군요. 그러면 무덤에다 꽃을 갖다 주자는 거였어요.」

아론도 거들었다.

「아버지, 그래도 되는 거죠? 에이브라가 화환 만드는 법도 가르쳐 준다고 했어요.」

아담은 마음이 다급해졌다. 그는 거짓말에 익숙하지 않았고, 거짓말을 시켜본 적도 없었기 때문에 당황할 수밖에 없었다. 그러나 자기도 놀랄 정도로 금세 대답이 그의 입에서 튀어나왔다.

「그럴 수 있으면 얼마나 좋겠니, 차차 너희에게 말해 주겠지만 너희 엄마 무덤은 엄마 고향에 있지.」

아론이 또 다시 물었다.

「왜 거기 있죠?」

「사람들은 고향에 묻히기를 원한단다.」

이번에는 카알이 물었다.

「어머니는 어떻게 고향에 갔어요?」

「기차에 태워서 보냈단다. 리, 그렇지?」

리가 고개를 끄덕이며 말했다.

「우리 중국인도 죽으면 거의 고향에 보낸답니다.」

이번에는 아론이 리에게 말했다.

「나도 그건 알아요. 리가 나한테 그런 이야기를 해준 적이 있어요.」

리가 아론을 쳐다보며 말했다.

「그래, 얘기해 주었지.」

카알도 대답했으나 그의 표정에는 실망의 빛이 감돌았다.

「맞았어. 틀림없어.」

아담은 얼른 말을 다른 데로 돌렸다.

「얘들아, 베이컨 씨가 아까 제안을 했단다. 너희들도 한 번 생각해 보는 게 좋겠다. 베이컨 씨는 우리가 샐리너스로 이사를 가면 너희들 교육에 좋을 거라고 말씀하시더구나. 학교도 더 좋고 어울릴 친구도 많을 거라고.」

아버지의 말을 듣고 쌍둥이는 깜짝 놀랐다. 먼저 카알이 질문했다.

「그럼 이곳은 어떻게 하죠?」

「농장은 돌아오고 싶을지 모르니 그대로 두면 어떨까 생각했다.」

아론도 기다렸다는 듯이 말했다.

「에이브라도 샐리너스에 살아요.」

아론의 생각은 그 한 마디로 분명해졌다. 그는 벌써 공중에서 뜯어져 버린 토끼가 든 상자는 잊어버렸다. 그는 오직 작은 앞치마와 모자와 보드라운 작은 손가락만을 생각했다.

아담이 쌍둥이에게 말했다.

「너희도 한번 생각해 봐라. 자, 이제는 자러 가도록 하고. 참, 오늘 왜 학교에 가지 않았지?」

아론이 먼저 말했다.

「선생님이 편찮으시대요.」

리가 그 말에 덧붙였다.

「컬프 선생님이 사흘 동안이나 아프답니다. 월요일까지 학교에 가지 않아도 돼죠. 자, 어서 가자.」

그들은 리를 따라 방을 나갔다.

2

아담이 앉아서 미소 띤 얼굴로 램프를 바라보면서 둘째 손가락으로 무릎을 두드리고 있을 때 리가 돌아왔다. 그러자 아담이 그에게 물었다.

「아이들이 아는 게 있나?」

리가 대답했다.

「글쎄요, 저도 모르겠는데요.」

「그건 그 에이브라라는 소녀 때문일 거야.」

리는 부엌에 가서 큼직한 종이 상자를 안고 왔다.

「이 안에 계산서가 들어 있어요. 1년치마다 고무줄로 묶어 놓았으니까 보세요. 제가 대강 살펴보니 완전하더군요.」

「이게 다인가?」

「네, 일년에 한 권으로 되어 있지요. 그리고 장부마다 영수증이 모두 붙어 있어요. 현재 재산에 대해 궁금하시다고 했죠? 이게 전부예요. 정말로 샐리너스로 이사를 갈 생각인가요?」

「아직 모르겠어. 생각중이니까.」

「애들에게 사실을 알려 줄 좋은 방법이 있으면 좋겠어요.」

「만일 사실대로 말하면 아이들이 가지고 있는 제 어머니에 대한 아름다운 생각을 빼앗는 것이 돼.」

「다른 위험을 생각해 보셨나요?」

「그건 무슨 말이지?」

「만일 애들이 그 사실을 알게 되면 어떡하죠? 그 사실을 아는 사람이 많은데요.」

「애들이 좀더 컸으면 말하기가 훨씬 수월했을 텐데.」

리가 단호히 말했다.

「제 생각은 그렇지 않아요. 그보다도 더한 위험이 있으니까요.」

「리, 나는 그게 무슨 말인지 모르겠는데.」

「문제는 거짓말입니다. 거짓말을 했다는 게 만일 드러난다면 진실까지 위협을 받게 됩니다. 그때는 무슨 말을 해도 곧이듣지 않을 거예요.」

「그건 맞는 말이야. 그러나 그애들에게 뭐라고 말하지? 사실을 모두 말 할 수는 없잖아.」

「전부를 말하지 않아도 됩니다. 그 사실의 일부만 말해 주는 겁니다. 나중에 애들이 사실을 알게 되어도 당신이 괴롭지 않을 정도로 말하는 거죠.」

「그래, 생각해 봐야겠군.」

리는 그치지 않고 말을 계속했다.

「내가 어렸을 때 부친께서는 어머니에 대해 이야기해 주셨습니다. 그분은 모두 얘기해 주셨어요. 내가 자라서도 여러 번 이야기해 주셨어요. 물론 그 이야기가 똑같은 건 아니었지만요. 그러나 그 얘긴 꽤 무서운 거였어요. 그러나 나는 그런 이야기를 해준 아버지가 고마웠어요. 이야기를 들어 알고 있는 게 전혀 모르는 것보다 나으니까요.」

「자네 얘기 좀 해주지 그래?」

「글쎄 별로 하고 싶지 않아요. 그러나 쌍둥이에게는 다르게 말하는 게 좋을 것 같아요. 뭐, 집을 나갔는데 지금 어디에 있는지 모른다고 한다거나……」

「어디 있는지 알면서 어떻게 그런 말을 하지?」

「그래요, 그게 바로 문제예요. 저도 뭐라고 말할 수가 없어요. 진실이든 약간 거짓말을 섞든 나는 그걸 강요할 수가 없군요.」

아담이 리에게 말했다.

「그것도 좀 생각해 봐야겠군. 자네 어머님 이야기는 어떤 거지?」

「정말 궁금하십니까?」

「자네가 말해 준다면 듣고 싶네.」

「그럼 간단히 말해 드리죠. 내가 제일 처음 기억나는 일은 감자밭 가운데 있는 컴컴하고 작은 오두막에서 아버지와 단둘이 살던 일입니다. 그때 아버지가 어머니에 대해 말해 주었죠. 아버지는 광동어를 썼는데 그 이야기를 해줄 때에는 늘 가락이 높고 아름다운 북경 표준말을 썼어요. 그런데…….」

리는 기억을 더듬는지 잠시 생각에 잠겼다.

「먼저 말해야 할 게 있는데 옛날 서부에 철도를 부설할 때, 땅을 고르거나 침목을 깔고 선로를 박는 일 등 힘든 일은 모두 중국 사람이 했어요. 인건비가 싸고 근면하고 일하다 죽어도 걱정이 없으니까요. 대개 광동 지방에서 노동자를 모집해 왔죠. 광동 사람은 힘이 세고 인내심이 있으며 싸움을 하지 않았기 때문이었어요. 그들은 모두 계약을 해서 미국에 왔죠. 아마 우리 아버지의 이야기가 대표적인 이야기일 겁니다. 중국 풍습으로는 설날이 닥쳐 오면 그 전날이나 설날까지는 빚진 것을 모두 갚는 게 관례가 되었죠. 빚을 갚지 않으면 자기 체면뿐만 아니라 그 집안의 체면이 깎이게 된다고 생각하죠. 그건 변명할 여지가 없는 거죠.」

아담이 불쑥 한 마디 했다.

「그거 나쁜 생각은 아니군 그래.」

「나쁘거나 좋거나 사실이 그랬습니다. 제 부친은 운이 나빴어요. 그래서 도저히 빚을 갚을 수가 없었어요. 가족들이 모여 의논을 해보았지만 뾰족한 수가 없었더랍니다. 빚을 갚지 못하면 그건 가문의 빚이 되는 거죠. 저희 가문은 훌륭한 가문이었어요. 아버지가 빚을 못 갚은 것은 누구의 잘못도 아니었어요. 가문에서 부친의 빚을 갚아 주면 부친은 그 빚을 되갚아야 했죠. 그러나 그것도 불가능한 일이었어요. 그런데 철도 회사의 인부를 모집하는 사람은 계약을 하면 몫돈을 주었답니다. 이렇게 해서 빚에 몰린 사람들이 미국에 가서 값싼 노동자로 전락하게 된 거죠. 이 일은 그리 부끄러운 일이 아니었으나 한 가지 슬픈 일이 있었습니다. 우리 아버지는 그때 결혼한 지 얼마되지 않아 아내를 지극히 사랑했어요. 어머니도 아버지에 대한 사랑과 정성이 보통은 넘었답니다. 그들은 집안 어른 앞에서 예의바르게 작별 인사를 했어요. 나는 이따금 예절은 마음의 고통을 덜어 주는 완충제가 아닌가 하는 생각이 들어요. 사람이 배 안에서 6주 동안 컴컴한 창고 속에 들어가 마치 짐승처럼 지냈죠. 그런 생활은 샌프란시스코에 도착할 때까지 해야 했습니다. 그 창고가 어떠했는지는 넉넉히 상상할 수 있습니다. 그러나 그들에게 일을 시켜야 했기 때문에 학대는 하지 않았지만 그 많은 중국인들은 사람이 아닌 짐짝 취급을 받았습니다. 우리 중국인은 오랜 세월을 지내오면서, 악조건 하에서도 함께 모여 살고 몸을 청결히 해야 한다는 것을 배웠습니다. 바다로 나온 지 일주일 후, 아버지는 어머니를 찾아냈대요. 어머니는 변발에 남장을 해서 들키지 않았답니다. 가만히 앉아서 말을 하지 않고 있었기 때문에 무사했던 겁니다. 그때는 예방주사를 맞거나 신체 검사 따위는 없었죠. 그래서 아버지는 어머니 옆으로 잠자리를 옮겼죠. 어두운 데서 두 사람은 귀에 입을 대고 소곤거렸죠. 어머니가 몰래 승선한 것 때문에 아버지는 처음에는 화를 냈지만 그래도 반가웠다는군요. 그리하여 두 분은 오 년 동안의 중노동 생활을 시작하게 되었지요. 미국에 도착해서도 두 분은 도망칠 생각 따위는 하지 않으셨대요. 체통이 있는 가문이고 그건 엄연히 계약을 맺은 일이었기 때문이었죠.」

리는 잠깐 쉬었다가 말을 계속했다.

「몇 마디 간단히 하면 될 줄 알았는데 배경을 모르셔서 곤란하군요. 물 좀 가져올까요? 물 드시겠습니까?」

「마시지, 나는 궁금한 게 있는데, 여자가 어떻게 그런 노동을 견뎌냈을까?」

「바로 돌아올께요.」

리는 부엌에서 양은 잔에 물을 담아 와서 탁자 위에다 놓았다.

「아까 무엇을 모르겠다고 하셨죠?」

「어머님이 어떻게 그 힘든 노동을 하셨냐는 거지.」

리는 웃으며 말했다.

「아버지 말씀으로는 어머니가 힘이 무척 셌다고 하더군요. 힘 센 여자는 남자보다 더 강할 수 있죠. 특히 마음속에 사랑을 품게 되면 사람은 강해지기 마련이죠. 사랑하는 여인은 불사조와 마찬가지라고 해요.」

아담은 얼굴을 찡그렸다.

「이제 차차 이해할 수 있을 겁니다. 네 곧 알게 될 거예요.」

「나쁘게 생각한 건 아닐세. 한 번의 경험만으로 나도 알 수 없지. 어서 계속해 보게.」

「그 지루하고 힘들었던 항해 도중에 어머니가 아버지께 말하지 않은 게 한 가지 있었답니다. 배멀미하는 사람이 너무나 많아서 아프다는 말은 입에 담지도 않았죠.」

아담이 큰소리로 말했다.

「그럼 임신을 한 거로군 그래.」

「네, 그래요. 어머니는 임신을 하셨답니다. 그렇지만 아버지가 걱정을 할까봐 사실을 알리지 않았죠.」

「어머니는 미국으로 떠날 때 그 사실을 알고 계셨던가?」

「아뇨, 그때는 몰랐대요. 어머니가 제일 불편하고 고통스러울 때 내가 생긴거랍니다. 자꾸 이야기가 길어지는데요.」

아담이 그 말을 받았다.

「그래도 이제 와서 그만 둘 셈인가?」

「그것도 그렇군요. 샌프란시스코에서 그 인부들은 화물 열차에 실려 산으로 올라갔죠. 그 인부들은 시에라 산맥의 언덕을 깎아내고 산봉우리 아래 굴을 파는 일을 하게 된 겁니다. 어머니는 다른 화차에 있었기 때문에 산 속에 있는 야영지에 가서야 아버지를 만났답니다. 풀밭에는 야생화가 아름답게 피어 있고, 사방의 높은 산에는 눈이 덮여 있는데 그때서야 어머니는 임신했다는 이야기를 아버지께 했대요. 부모님들은 그때부터 노동을 하게 되었는데 여자의 근육도 남자처럼 단단해졌다고 하더군요. 어머니도 힘에 겨운 곡괭이질, 삽질을 했으니까 피

눈물 나는 고생을 한 셈이죠. 부모님은 어떻게 아이를 낳을 지 걱정이 태산 같았습니다.」

그러자 아담이 말했다.

「그분들은 무지하셨나? 왜 감독에게 여자라는 것을 말하고 임신했다는 사실을 밝히지 않았지? 그러면 어머니를 보살펴 주었을 텐데.」

「그렇게 생각하세요? 내 설명이 충분치 못한 탓이군요. 이래서 자꾸 얘기가 길어진다니까요. 부모님이 무지했던 게 아니라 미국 사람들은 중국인 노동자를 단지 일만 시키겠다는 목적 때문에 데려온 겁니다. 만일 일이 끝났을 때까지 살아 있는 사람이 있으면 모두 중국에 돌려 보내게 되어 있었죠. 그게 계약이니까요. 그래서 남자만 데려온 거예요. 그들은 중국인 종족이 퍼지는 걸 원치 않았기 때문에 여자는 단 한 명도 데려오지 않은 거죠. 남자와 여자, 그리고 자식까지 있으면 그들은 열심히 일을 해서 땅을 소유하고 집을 짓게 되기 때문이죠. 그러면 그들을 모두 본국으로 송환시킨다는 게 어렵게 되죠. 그러나 사내들만 모아 놓으면 신경질을 부리고 안절부절 못견디다 여자가 그리워 절반은 미친 상태가 되죠. 어머니는 절반 가량은 미친 남자들 틈에 낀 유일한 여자였어요. 남자들은 오래 일을 하다 보면 불안해져서 어서 빨리 고향에 가기를 원한답니다. 감독들은 그들을 사람으로 보지 않고 제재를 가하지 않으면 안 되는 동물로 보았죠. 나의 어머니가 그들에게 도움을 청하지 않은 이유를 이제 아시겠어요? 만일 그들에게 말했다면 그들은 어머니를 다른 곳으로 쫓아 냈거나, 어쩌면 죽여서 병든 소처럼 파묻었을지도 모릅니다. 약간의 소동을 부렸다고 열 다섯 명이나 사살되었다더군요. 그들은 우리 종족이 질서를 유지하려고 익혀 온 유일한 방법으로 질서를 유지했어요. 더 좋은 방법이 있었을 것 같은데도 그들은 늘 채찍과 밧줄, 그리고 총밖에 몰랐죠. 이런 얘기는 꺼내지를 말아야 했는데……..」

그러자 아담이 말했다.

「아니, 내게 말하지 못할 이유가 무엇인가?」

「내게 이 말씀을 해주시던 부친의 얼굴이 눈에 선합니다. 그때의 아프고 아리던 슬픔이 다시 되살아나요. 이 이야기를 할 때 아버지는 목이 메여 한참 진정을 하고 나서, 다시 이야기를 시작할 때는 엄숙하게 이야기를 꺼냈답니다. 두 분은 숙질간이라고 속여서 함께 지내셨대요. 여러 달이 흘렀지만 천만다행으로 어머니는 배가 그다지 부르지 않으셨어요. 어머니는 힘들고 고된 노동으로 고통을 잊으셨죠. 아버지는 『내 조카는 어리고 몸이 약하다.』 핑계를 대고 어머니를 조금씩 도와 주었답니다. 그러나 그들은 아무 계획도 세울 수 없었지요. 무슨 일을 해야 할지 모르기 때문이었어요. 그러나 아버지가 계획을 세우셨지요. 높은 산 속의 목초지로 도주해서 호숫가 근처에 굴을 파고 어머니가 안전하게 출산을 한 후, 아버지는 다시 일자리로 돌아와 벌을 받는 것이었죠. 그리고 죄를 진 자기 조카 몫으로 오년 동안 일을 더하겠다고 제의할 셈이었대요. 좋은 방법은 아니었지만 달리 방법이 없었기 때문에 그것에 희망을 걸었답니다. 계획에는 반드시 조건이 따랐습니다. 기회를 잘 포착해야 한다는 것과 필요한 식량을 준비하는 것이었어요. 우리 부모님은…….」

리는 그 말을 하다가 말고 웃었다. 그 단어가 마음에 들었기 때문이었다.

「우리 부모님은 날마다 배급받는 쌀 중에서 조금씩 떼어 요 밑에 감추고, 아버지는 긴 끈을 구해서 모았답니다. 철사를 갈아서 낚시 도구도 만들었죠. 그건 호수에서 송어를 낚으려는 거였어요. 아버지는 담배를 끊고 성냥을 모았지요. 어머니는 헝겊 조각을 모으고, 헝겊의 올을 풀어 그 실로 나무 바늘을 이용해 내 포대기를 만드셨어요. 나도 어머니를 보았으면 좋았을 텐데…….」

「나도 그렇게 생각하네. 이 이야기를 샘 해밀튼에게 했나?」

「아뇨, 하지 않았어요. 이야기했으면 좋았을 뻔했어요. 그분은 인간 정신을 높이 찬양하시는 분이거든요. 그분은 이런 일을 개인의 승리로 생각할 겁니다.」

「그래, 잘 빠져 나가셨으면 정말 좋겠네.」

「나도 그래요. 아버지가 그 말을 할 때 나는 늘 아버지께 이런 말을 했죠.『그 호수로 가세요. 그곳으로 어머니를 모시고 가세요. 다시는 그런 일이 없도록요. 이번에는 그런 일이 없게요. 어서 단 한 번만이라도 말해 주세요. 그 호숫가에 가서 집을 지었다고요.』그럴 때마다 아버지는 중국 사람답게 말했죠.『진실은 더 아름답다, 그것이 무서운 아름다움일지라도. 성문 밖에 있는 이야기꾼들은 우리 생활을 그릇 미화시켜서 게으름뱅이와 바보와 약골들만 아름답게 보이도록 해놓았는데, 이런 것은 그들의 결점을 더해 줄 뿐 가르치는 것이 없고 고쳐주는 게 없고 인간의 정신을 높여 주지 못한다.』라고 하셨죠.」

아담이 더 이상 기다리지 않고 재촉했다.

리는 자리에서 일어나 창가로 가서 3월 바람에 깜박거리는 별을 바라보면서 말했다.

「작업장 언덕에서 작은 바위가 떨어져서 아버지의 다리가 그만 부러지고 말았대요. 그들은 아버지의 다리뼈를 맞추어 준 후 절름발이도 할 수 있는 일을 시켰답니다. 헌 못을 바위 위에 놓은 뒤 망치로 펴는 일이었죠. 그런데 근심 탓인지 아니면 고된 일 때문인지 어머니는 예정일 전에 그만 조산을 하게 되었죠. 그러자 반미치광이가 된 인부들이 알고 난리를 쳤지요. 한 놈이 배가 고프면 그보다 더 굶주린 놈이 나오고, 또 한 놈이 죄를 지면 다른 놈은 더 큰 죄를 짓는 법이죠. 허기에 찬 사내들 앞에서 저지른 작은 범죄가 불 붙어 하나의 크나큰 범죄가 되었죠. 아버지는 『여자다 !』라는 고함 소리를 듣고 놀라서 뛰어가려다 다시 다리를 다쳐서 바위 언덕을 올라 선로 현장까지 기어서 갔답니다. 아버지가 도착했을 때는 이미 슬픔이 하늘을 뒤덮은 뒤였죠. 인부들은 인간이 이렇게 될 수 있다는 것을 감추기 위해서 슬슬 도망쳤죠. 부친은 바윗장에 쓰러진 어머니 곁으로 갔는데, 어머니는 눈도 뜨지 못했답니다. 어머니의 만신창이가 된 몸 속에서 아버지는 손가락으로 나를 끄집어 냈답니다. 그날 오후 어머니는 바윗장 위에서 세상을 떠났답니다.」

아담은 숨을 거세게 쉬었다. 리는 또 다시 말을 이었다.

「당신도 그들을 증오하기에 앞서 이걸 아셔야 합니다. 아버지는 언제나 이런 말씀을 하셨어요. 저처럼 수많은 사람의 보살핌을 받은 사람이 없다구요. 야영지의 모든 중국인이 어머니 노릇을 해주었죠. 이것은 아름다운 일이죠. 두려운 이야기지만요. 이제 주무시죠. 이야기를 더 이상 할 수가 없군요.

3

아담은 집에서 안절부절 서랍을 열어 보기도 하고 선반과 상자 뚜껑을 열어 보기도 했다. 결국 아담은 리를 불렀다.

「리, 잉크와 펜이 어디 있지 ?」

「그건 없어요. 몇 년 동안 글자 하나 쓰지 않으신 걸요. 필요하시면 제가 쓰는 것이라도 드릴까요 ?」

리는 자기 방으로 가서 작은 잉크병과 펜촉이 뭉툭한 펜과 편지지, 그리고 봉투를 가지고 와서 책상 위에다 놓았다.

그러자 아담이 물었다.

「편지를 쓰려고 하는 걸 어찌 알았지 ?」

「동생에게 편지를 쓰려는 거죠 ?」

「그래 맞았어.」

「편지를 쓰지 않다가 쓰려면 꽤 힘들 텐데요.」

리의 말대로 아담은 편지를 쓰려고 했으나 여간 힘든 게 아니었다. 그는 펜을 물어뜯었다. 긴장한 때문인지 입이 비뚤어져 있었다. 그는 몇 줄 쓰다가는 편지지를 찢어 버리고 다시 펜을 잡았다. 그는 펜대로 머리를 긁으며 말했다.

「리, 내가 동부에 좀 다녀와야겠는데, 그때까지 애들과 여기 있어 주겠나 ?」

그러자 리가 말했다.

「편지를 쓰는 것보다 직접 가는 게 더 빠를 겁니다. 물론 있겠습니다.」

「아냐, 편지를 먼저 써야겠어.」

「동생에게 이곳으로 오라고 그러는 게 좋지 않을까요?」

「그래 그거 정말 좋은 생각이야. 내가 왜 그 생각을 못했지?」

「편지 쓸 구실도 생기고 그게 좋겠습니다.」

그런 말을 하고 편지를 쓰자 의외로 편지는 잘 써졌다. 아담은 편지를 다시 정서한 후 혼자서 소리내어 읽어 본 뒤 봉투에 넣었다.

그가 쓴 편지의 내용은 이랬다.

찰스에게

오랫 동안 소식이 없다가 이렇게 소식을 전해 너는 깜짝 놀랐겠지. 편지를 보내려고 마음은 여러 번 먹었지만 너도 아다시피 하루 이틀 미루다 보니 이제사 편지를 쓰게 되었다.

너는 어떻게 보내는지 궁금하구나. 물론 건강하겠지. 너도 이제는 아이가 다섯이나 열쯤 생겼겠지. 하! 하! 난 아들만 둘인데 쌍둥이란다. 아이들 엄마는 여기 살지 않고 시골 생활이 맞지 않는다고 근처 읍에서 살고 있지. 나는 가끔 만나고 있어.

내게는 좋은 농장이 있으나 부끄럽게도 경작을 제대로 하지 못하고 있어. 이제 앞으로 잘 해보려고 한다. 나는 언제나 결심 하나는 잘하는 편이지. 몇 년 간은 비참한 생활을 했지만 지금은 괜찮아.

찰스, 어떻게 지내고 있지? 일은 잘 되는지 궁금해. 하루 속히 너를 만났으면 좋겠구나. 네가 여기에 한 번 다녀 가면 좋겠는데 너는 어떻겠니? 이곳은 너도 와서 자리잡고 살 수 있을 정도로 큰 고장이란다. 이 고장은 겨울이 없지. 그래서 우리네 같은 늙은이에게는 아주 좋지. 하! 하!

찰스! 너도 생각해 보고 연락해 주렴. 한 번 다녀갔으면 좋겠다. 보고 싶기도 하고 할 얘기는 많은데 편지로는 쓸 수가 없구나.

찰스! 연락 좀 해 줘. 고향 소식도 알려 주었으면 좋겠다. 그곳에도 많은 사건이 있겠지. 나이를 먹으니까 언제나 이제는 저 세상 사람이 된 친구 소식을 듣게 되지. 인생이 다 그런 것이지. 편지 기다리겠어. 그리고 이곳에 다녀갈 수 있을지도 알려 주고. 빨리 연락해 주길 기다리겠다.

형 아담

아담은 편지를 손에 들고 앉아서 이마에 흉터가 생긴 찰스의 거무튀튀한 얼굴을 생각하고 있었다. 찰스의 눈에서 열기가 번뜩였다. 그가 쳐다보자 찰스의 입술은 위로 올라가고 이빨이 나타났으며 그저 맹목적이고 파괴적인 근성이 드러났다. 그는 고개를 흔들어서 기억을 지우고 다시 웃는 얼굴을 그려 보려고 노력했다. 그렇지만 어느 것도 초점이 맞는 것이 없었다. 아담은 다시 펜을 들어 사인 아래 추신을 적었다.

『추신 : 나는 너를 미워하지 않았다. 너는 내 동생이므로 언제나 너를 사랑했다.』

아담은 편지를 접어 손으로 문지르고 나서 봉투에 넣고 주먹으로 눌렀다. 그리고 리를 불렀다.

리가 문으로 방안을 들여다보았다.

「이 편지가 동부의 끝까지 가려면 얼마나 걸리나?」

「글쎄요, 한 두 주일은 걸릴 걸요.」

제 29 장

1

십 년 만에 처음 동생에게 편지를 보내고 나서, 아담은 답장을 애타게 기다렸다. 아담은 시간이 얼마나 지났는지도 알지 못했다. 편지가 샌프란시스코에 도착하기도 전에 아담은 리에게 큰소리로 물었다.

「리, 왜 찰스가 답장을 안하는 거지? 내가 너무 늦게 편지를 보내서 화가 났을까? 그렇지만 저도 쓰지 않았는 걸. 아니, 찰스는 이곳 주소를 모르지. 어쩌면 이사를 갔는지도 모르겠구나.」

그 말에 리가 대답했다

「아직 며칠밖에 안 되었으니 좀 기다려 봐요.」

『동생이 정말 이곳에 올까?』아담은 자신에게 묻기도 했다. 그리고 정말 자기가 동생이 오기를 바라고 있는지도 생각해 보았다. 그는 편지를 보냈기 때문에 찰스가 제의를 받아들일지도 몰라서 두려운 생각이 들었다. 아담은 챙겨 놓지 않은 물건을 마구 휘젓는 어린애처럼 가만히 있지 못했다. 아담은 쌍둥이를 참견하거나 학교에 대해서 수많은 질문을 했다.

「오늘은 무슨 공부를 했지?」

「배운 게 없는데요.」

「아니, 그건 또 무슨 말이지 ! 뭐든지 배웠을 거야. 책은 읽었니 ?」

「네.」

「무슨 얘기지 ?」

「메뚜기와 개미 얘기죠.」

「재미있니 ?」

「독수리가 아이를 채가는 이야기도 있어요.」

「그건 나도 생각난다. 줄거리가 무엇인지는 생각나지 않았지만.」

「그것까지는 몰라요. 그림만 보았어요.」

그러나 소년들은 지루했다. 아담이 익숙하지 않은 아버지 노릇을 하는 동안, 카알은 아버지가 잊고 돌려달라는 말을 하지 않기를 바라면서 주머니칼을 하나 빌렸다. 버드나무에는 물이 적당히 올라 있어서 껍질이 잘 벗겨진다. 아담은 아들에게 칼을 건네 받아서 아들에게 버들피리를 만드는 방법을 가르쳐 주었다. 그것은 리가 그들에게 3년 전에 가르쳐 준 것이었다. 그러나 아담은 자르는 법을 잊고 있었기 때문에 버들피리에서 소리가 나지 않았다.

어느 날 오후, 엔진 소리가 요란히 들리더니 윌 해밀튼이 새 포드 차를 몰고 왔다. 엔진은 저속 기어로 달렸는데 차 지붕이 폭풍 속의 배처럼 혼들렸다. 차에 달린 놋쇠 라디에타와 디딤판의 탱크가 눈부시게 반짝였다.

윌은 브레이크를 잡아당기고 스위치를 끄고, 가죽 의자에 등을 기대었다. 차는 과열되었기 때문에 점화를 하지 않았는데도 여러 번 역발을 일으켰다.

윌은 기분좋다는 듯이 큰소리로 말했다.

「자동차를 가져왔습니다.」

윌 해밀튼은 포드 자동차를 싫어했지만 그 차로 인해 날마다 엄청난 돈을 벌어들이고 있었다.

아담과 리가 차 안을 들여다보자 윌 해밀튼은 몸이 비대해져서 씩씩거리면서 자신도 잘 알지 못하는 자동차 작동 방법을 설명했다.

자동차의 시동을 걸고 운전하고 손질하는 것이 어느 정도 어려웠는지 지금은 상상하기도 힘들 정도였다. 모든 것이 복잡할 뿐만 아니라 그 당시는 백지에서부터 시작해야만 했기 때문이었다. 지금은 어렸을 때부터 내연 기관의 이론과 관성의 특징을 이해하면서 자라지만 그 당시만 해도 차가 움직이지 않을 것이라는 사고에서부터 출발하는 형편이었다. 오늘날의 자동차는 엔진을 시동하기 위해서는 키를 돌리고 시동기를 만지기만 하면 되고 그 이외는 모두 자동이지만, 그 당시에는 매우 복잡했다. 자동차를 운전하려면 기억력이 좋아야 하고 팔이 세고 성질이 온순하고 무조건 신뢰해야 하며, 또한 어느 정도의 마술적 훈련을 필요로 했다. 그러므로 터너 형 크랭크를 돌리려면 먼저 땅에 침을 뱉고 주문을 외는 사람도 더러 있었다.

윌 해밀튼은 자동차 작동법을 설명하고 나서 다시 한 번 설명을 했다. 그러나 아담과 리, 그리고 쌍둥이는 눈을 크게 뜨고 강아지처럼 흥미를 갖고 순순히 말을 듣고 한 번도 말을 하지 않았다. 윌은 세 번째 설명을 시작하다가 자기도 설명을 잘 할 수가 없자 쾌활히 말했다.

「이제 말씀드리지만 이건 제 전문이 아니랍니다. 차를 배달해 드리기 전에 직접 자동차를 구경시켜 드리려고 이렇게 온 거죠. 저는 돌아가고 내일 차와 자동차 박사를 보내 드리겠습니다. 그 사람은 내가 일주일 동안 설명해야 할 것을 단 몇 분이면 할 수 있을 겁니다. 나는 그저 자동차를 보여 드리려고 온 거랍니다.」

윌은 자기가 알아 두어야 할 사항까지 까맣게 잊어버리고 있었다. 한참 동안 크랭크를 돌리다가 윌 해밀튼은 아담에게서 마차를 빌려 탄 후 마을로 돌아갔다. 윌은 내일 반드시 기계공을 보내 주겠다고 약속했다.

2

이튿날이 되자 쌍둥이는 학교에 가지 않았다. 포드 자동차는 어제 윌이 세워 놓은 참나무 아래에 우뚝 서 있었다. 자동차의 새로운 주인들은 이따금 그곳에 와서 자동차를 쓰다듬어 보고 어루만져 보았다.

리가 말했다.

「나는 자동차를 몰 수 없을 것 같아요.」

「아냐, 그렇지 않아. 시간이 지나면 몰 수 있을 거야. 운전만 배우면 사방을 돌아다닐 거야.」

아담은 그렇게 말은 했지만 자기도 도무지 자신감이 생기지 않았다.

리가 그 말에 대꾸했다.

「원리는 이해해 보겠지만 차를 몰지는 않을래요.」

아론과 카알은 차 속에 드나들면서 이것저것에 손을 대보고 뛰어나왔다.

「아버지, 이게 뭐죠?」

「만지지 마라.」

「이게 뭐예요?」

「나도 모른단다. 손을 대선 안 된다. 잘못 손댔다간 무슨 일이 일어날지 몰라.」

「그 사람이 설명하지 않았어요?」

「내가 잊어버렸다. 어서 비켜 나거라. 비키지 않으면 너희들 학교에 보낼 테다. 카알,그거 열면 안 된다. 내 말 들리냐?」

아담의 가족은 아침 일찍부터 서둘러 준비했다. 열한 시가 되자 그들은 모두 초조해졌다. 자동차 기계공은 점심 시간에 맞추어 마차를 몰고 왔다. 그는 박스 구두와 최신 유행 바지를 입었고, 넓고 네모진 코트는 무릎에 닿았다. 마차안의 그가 앉은 옆에는 작업복과 연장 가방이 놓여 있었다. 열아홉 살밖에 되지 않은 기계공은 담배를 씹고 있었다. 그는 자동차 학교에서 3개월 동안 교습을 받은 후부터는 모든 사람을 멸시하게 되었다. 그는 침을 뱉고 나서 말 고삐를 리에게 던져 주었다.

「이 망아지 새끼를 데려 가도록 해요. 어디가 앞인지 어떻게 아는 거죠?」

기계공은 거들먹거리며 마차에서 내리는 폼이 마치 특별 열차에서 내리는 대사처럼 보였다. 그는 쌍둥이를 보고는 조소를 보낸 뒤 차갑게 아담에게 시선을 던졌다.

「점심 식사 시간에 늦은 건 아니겠죠?」

리와 아담은 서로 시선을 교환했다. 그제서야 그들은 잊어 버렸던 점심 생각이 났다.

신이라도 된 듯한 그 기계공은 집안에 들어가서 불만스러운 표정으로 치즈와 빵, 냉고기와 파이, 커피, 초콜렛 케잌을 받아 먹었다.

「나는 언제나 더운 점심을 먹었어요. 자동차를 버리지 않으려면 저애들을 좀 쫓아 버리도록 해요.」

기계공은 느긋하게 식사를 마친 후 베란다에서 휴식을 취하고 나서야 가방을 들고 아담의 침실로 들어갔다. 잠시 후 그는 줄무늬 작업복에 〈포드〉라고 쓴 흰 모자를 쓰고 침실에서 나왔다.

「그래, 연구 좀 하셨나요?」

그러자 아담이 그에게 물었다.

「연구라니?」

「좌석 밑에 있는 설명서를 읽지 않았단 말인가요?」

아담이 기계공에게 말했다.

「나는 거기 설명서가 있다는 것도 알지 못했는데.」

젊은 기계공은 지겹다는 듯이 말했다.

「이런 세상에!」

그러나 그는 도와 주어야겠다고 생각했는지 차 가까이에 다가갔다.

「빨리 시작해야겠군요. 연구를 미리 하지 않았다니 얼마나 시간이 오래 걸릴지 모르겠군요.」

아담이 말했다.

「어젯밤에 보았더니 해밀튼 씨도 시동을 걸지 못하더군요.」

「그 사람은 늘 사석 발전기로 시동을 걸기 때문에 그렇답니다. 좋습니다, 좋아요! 자, 그럼 내연 기관의 원리에 대해서 아십니까?」

아담이 짧게 대답했다.

「모르겠는 걸.」

「이거야 원!」

기계공은 양철 뚜껑을 열고서 말했다.

「이것이 내연 기관입니다.」

리가 감탄조로 말했다.

「아직 젊은데 참 아는 것도 많군.」

기계공은 휙 뒤돌아서서 얼굴을 잔뜩 찡그렸다. 그리고 아담을 쳐다보고 물었다.

「저 중국놈이 지금 무엇이라는 거죠?」

리는 양 손을 벌리고 얼굴에 미소를 지으며 나지막하게 말했다.

「젊은이 아주 똑똑해. 대학에 다니나? 아주 유식하군.」

「별것 아니예요.」

젊은 기계공도 자기가 왜 이런 말을 하는지도 모르면서 입을 열었다.

「대학이라고! 그놈들이 뭘 알아. 점화 조절을 할 줄 아나. 끌을 갈 줄 아나? 대학이라고?」

그는 멸시하는 듯이 말하며 땅바닥에 침을 요란히 뱉았다. 쌍둥이는 그 기계공이 위대한 인물처럼 보였다. 카알은 자기도 연습해 보려고 혓바닥 뒤에 있는 침을 모았다.

아담이 설명했다.

「리는 자네가 자동차에 대해선 박사라고 칭찬하더군.」

그 말을 들은 청년의 태도는 돌변하여 이제 태도에서 관대함이 나타났다.

「나는 별것은 아니예요. 시카고의 자동차 학교에 다녔어요. 그곳이 정말로 좋은 학교지요. 대학하고는 질적으로 다른 곳입니다. 우리 아버지는 언제나 착한 중국인은 좋다고 하셨죠. 착한 중국인은 다른 어떤 사람보다 훌륭하다고요. 정직하기 때문이죠.」

그러자 이번에는 리가 나섰다.

「정직하지 못한 사람은 누구나 나쁜 사람입니다.」

「나쁜 사람이 정직하지 않은 거요. 그러나 좋은 중국인은 정직하지요.」

「나도 그런 부류에 들까?」

「당신은 좋은 중국인인 것 같군요. 나는 뭐 별것 아닌 인간이긴 하지만…….」

아담은 기계공과 리가 주고받는 말에 어리둥절했으나 쌍둥이는 그렇지 않았다. 카알이 아론에게 시험삼아서 한 마디 던졌다.

「난 별것 아니지만…….」

이번에는 아론이 장난삼아 말했다.

「난 별것 아냐.」

젊은 기계공은 다시 직업적인 태도로 바뀌었으나 그의 어조는 상냥하고 부드러웠다.

「이게 바로 내연 기관입니다.」

그들은 기계공이 가리키는 이상하게 생긴 쇠뭉치에 시선을 모두 쏟았다.

기계공의 말은 점점 더 빨라져서 마치 새로운 노래처럼 부드럽게 들렸다.

「밀폐된 공간에 가스가 폭발하여 작동되는 겁니다. 폭발하면 그 힘은 피스톤에 미치고 연결쇠와 크랭크 샤프트를 통해 뒷바퀴로 연결됩니다. 내 말 이해하시겠습니까?」

아담과 리, 그리고 쌍둥이까지 그의 설명을 중단하지 않으려고 고개만 끄덕였다.

「두 종류가 있는데 2기통과 4기통이죠. 이 차는 바로 4기통이랍니다. 이제 알았죠?」

그들은 또다시 고개만 끄덕거렸다. 쌍둥이도 잔뜩 호기심이 생겨서 선망의 눈초리로 고개를 끄덕였다.

이번에는 아담이 말했다.

「재미있군.」

그는 급히 서둘러 설명을 계속 했다.

「포드 자동차와 다른 자동차와 다른 점은 혁신적인 원칙대로, 작동하는 유성 전동장치가 있다는 겁니다.」

그는 긴장한 표정으로 잠시 말을 그쳤다. 네 사람이 다시 고개를 끄덕이자 기계공은 다시 주의할 말을 늘어 놓았다.

「이 설명만 듣고 모두 알았다고 자만심을 가져서는 안 돼요. 유성 전동장치를 잊지 마세요. 이건 혁신적인 장치입니다. 설명서를 보고 잘 궁리해 보도록 하세요. 그걸 이해했으면 이젠 자동차 작동법을 말하겠습니다.」

기계공은 자동차 작동법에 대해 힘을 주어 말했다. 그는 강의 중 제1부가 끝나서 무척 기쁜 것 같았다. 물론 설명을 듣는 사람들은 그보다 더 기뻐했다. 정신을 집중시켜 긴장한 빛이 역력했으나 단 한 마디도 이해할 수는 없었다.

젊은 기계공은 다시 그들에게 말했다.

「이리 와 보세요. 저기 보이는 것이 점화 장치랍니다. 저것을 돌리면 앞으로 나갈 준비가 된 겁니다. 이번에는 요것을 왼쪽으로 밀어 줘요. 그러면 배터리가 들어오죠. 여기 그렇게 써 있죠?」

그들은 앞으로 목을 길게 내뽑고 차 속을 들여다보았다. 쌍둥이는 키가 작아서 디딤대를 밟고 서 있었다.

「아니, 그게 아니군요. 내가 너무 성급히 말했어요. 먼저 스파크를 낮춘 뒤에 절기판을 올려야 해요. 만일 그렇게 하지 않으면 팔이 떨어져 나가고 말 거예요. 여기 이것 보이죠? 발화 장치인 스파크죠. 이걸 올려요. 이건 절기판. 이건 내려서 눌러야 해요. 설명한 뒤에 한번 실제로 해볼 테니 잘 봐 두세요. 애들아 차에서 내려. 어두워서 보이지 않잖아. 이 녀석들이!」

애들은 마지못해 디딤대에서 내려 눈만 크게 뜨고 문 너머로 들여다보았다.

기계공은 숨을 한 번 깊숙이 들이마셨다.

「자, 준비됐어요? 스파크를 낮추고 절기판은 터 놔요. 그런 다음에 스파크를 올리고 절기판은 내려요. 그리고 배터리를 넣어요. 왼쪽으로요. 절대로 잊어버려선 안 돼요.」

그때 커다란 벌 소리가 났다.

「이 소리가 들리죠. 저것이 코일 통 하나에 연결된 거죠. 저 소리가 나지 않으면 끝을 살펴보든가, 줄로 다듬어야 하죠.」

기계공은 아담의 놀라는 표정을 살핀 뒤 상냥히 말했다.

「설명서를 읽고 잘 궁리해 보세요.」

그는 자동차 앞으로 가서 말했다.

「이것은 크랭크죠. 이 작은 철사가 라디에터에서 나와 있죠? 그것을 초크라고 하죠. 내가 보여 줄 테니 잘 봐요. 크랭크를 손으로 잡은 다음 엔진이 걸릴 때까지 계속 눌러요. 엄지손가락을 이렇게 내린 게 보이죠? 반대로 엄지손가락으로 꽉 잡고 돌렸다가 크랭크 주위에 대고 누르면 튀어나와 엄지손가락이 다치는 경우가 있지요. 알겠습니까?」

그는 쳐다보지 않았지만, 사람들이 고개를 끄덕이는 것을 알고 있었다.

「자세히 보세요. 압축이 될 때까지 눌렀다, 놓았다 하죠. 그리고 이 철사를 뽑아내면 천천히 휘발유를 빨아들입니다. 어때요, 지금 그 소리가 나죠? 저게 초크랍니다. 그러나 너무 많이 뽑으면 휘발유가 쏟아져 나온답니다. 이제 이 철사를 잡은 손을 놓으면 빙빙 돌아가죠. 엔진이 걸리면 빠르게 돌아가서 스파크를 늘리고 가스를 줄이지요. 그러고 나서 손을 뻗어 자석 발동기에 스위치를 넣는 거예요. 그렇게 써 있는 게 보이죠? 그러면 된 겁니다.」

이야기를 듣고 있던 사람은 그만 기운이 빠져 버리고 말았다. 이런 일을 다한 뒤에야 가까스로 엔진에 발동이 걸렸다.

그래도 기계공은 그들을 붙잡고 늘어졌다.

「자, 나를 따라서 해봐요. 그래야 빨리 배우게 됩니다. 스파크 올리고, 절기판 내리고.」

모두가 기계공이 하는 대로 따라서 했다.

「스파크 올리고 절기판 내리고.」

「배터리에 스위치.」

「배터리에 스위치.」

「크랭크 돌려서 압축, 엄지손가락은 아래로.」

「크랭크 돌려서 압축, 엄지손가락은 아래로.」

「천천히 돌려서 초크 빼고.」

「천천히 돌려서 초크 빼고.」

「빙빙 돌려.」

「빙빙 돌려.」

「스파크 낮추고, 절기판 올리고.」

「스파크 낮추고, 절기판 올리고.」

「자석 발전 넣고.」

「자석 발전 넣고.」

「자, 그럼 처음부터 다시 해요. 난 별것 아니예요.」

「난 별것 아니예요.」

「그게 아니고! 스파크 돌리고, 절기판 내리고.」

「스파크 올리고, 절기판 내리고.」

똑같은 것을 거듭 네 번씩이나 외울 때에는 아담도 지치고 말았다. 자기가 하고 있는 일이 어리석기만 했다. 잠시 후 윌 해밀튼이 날씬하고 붉은 차를 타고 도착하자 해방된 것 같았다. 젊은 기계공은 그 차를 보고 존경의 시선을 보내는 듯했다.

「저 자동차는 밸브가 여섯 개나 돼요. 특제랍니다.」

윌이 자동차에서 내려 기계공에게 물었다.

「그래 잘 되어 가나?」

「네 잘 되고 있습니다. 생각보다 빨리 배우는 것 같아요.」

「로이, 자네 나와 함께 가야겠어. 새 영구차의 베어링이 나갔어. 내일 열한 시까지 호크스 부인 장례식에 차가 가야 하니 늦게까지라도 일을 해주어야겠어.」

로이는 급히 서둘렀다.

「옷을 가져 올께요.」

기계공은 집에 가서 급히 가방을 들고 뛰어오는데 카알이 그 길을 막아섰다.

「봐요. 별것 아니면 뭐죠?」

「그게 무슨 말이지?」

「아까 몇 번이나 별것 아니라고 말했잖아요. 해밀튼 씨는 로이라고 부르던데요.」

로이는 웃으면서 자동차에 올랐다.

「왜 별것 아니라고 말했는지 아니?」

「모르겠는데요. 왜죠?」

「내 이름이 로이니까 그래.」

그는 한참 동안 웃다가 말고 아담을 보고 위엄 있게 말했다.

「그 좌석 밑에 있는 설명서를 꺼내서 잘 궁리해 보세요. 아셨어요?」

아담이 고개를 끄덕이며 대답했다.

「응, 알았어.」

제 30 장

☐1

성서 시대처럼 그 시대에도 기적이 일어났다. 그 교습을 받은 지 일주일 후 포드 자동차 한 대가 덜컹거리며 킹 시티 중심가에 요란한 소리를 내며 나타나 우체국 앞에서 멈추었다. 아담은 운전석에 앉아 있고, 그 옆에는 리가 앉았고, 뒷좌석에는 아론과 카알이 의젓하게 앉아 있었다.

아담은 차 바닥을 내려다보았고 그들은 합창을 했다.

「브레이크를 밟고, 절기판 열고, 스위치 끄고.」

작은 엔진이 요란한 소리를 내다가 꺼져 버렸다. 아담은 몸이 피곤하지만 자랑스러운 듯이 잠시 등을 기댄 채 앉아 있다가 자동차에서 내렸다.

우체국장이 창살 너머로 내다보며 말했다.

「당신도 그 빌어먹을 자동찬지 뭔지를 샀군요.」

그러자 아담이 말했다.

「시대에 따라가야죠.」

「트래스크 씨, 앞으로 말은 찾아볼래야 찾아볼 수 없는 때가 아마 올 겁니다.」

「네, 그럴 것 같군요.」

「시골의 모습도 달라지겠죠. 어디를 가도 덜거덕 소리가 나는 걸요. 여기서도 그걸 느낄 수 있지요. 옛날에는 편지를 찾으러 일주일에 한 번 들렀는데, 이제는 매일, 아니 하루에 두 번씩 오는 사람도 있답니다. 글쎄 사람들이 조금도 기다리지 못하고 조급하게 군답니다.」

아담은 우체국장의 말을 듣고서 그가 아직 자동차를 사지 못했다는 것을 알아챘다. 그건 일종의 질투심일지도 모른다. 그가 퉁명스럽게 말했다.

「난 차를 사지 않을 거예요.」

우체국장의 이 말은 아내가 차를 사자고 조른다는 말이었다. 여자들은 남편에게 차를 사자고 졸랐다. 여자들은 자동차의 소유에 따라 사회적 지위를 결정짓곤 했다.

우체국장은 화를 내며 티(T)자 간에서 편지를 뒤적거리다가 길쭉한 봉투를 한 장 휙 던지듯 건네주며 짓궂게 한 마디 했다.

「우리, 병원에서나 만납시다.」

아담은 웃으며 편지를 받아 가지고 나왔다.

편지를 받은 일이 거의 없는 사람은 편지를 가볍게 뜯지 않는 법이다. 무게를 가늠해 보고 발신자의 성명과 주소를 읽고 필적을 살펴보고 소인과 날짜를 자세히 본다. 아담은 우체국에서 나와 보도를 가로질러 자동차에 도착해서야 이런 일을 했다. 봉투 왼쪽 귀퉁이에는 『벨로우스 하비 법률 사무소』라고 인쇄가 되어 있었다. 주소지는 아담의 고향인 코네티컷이었다.

그는 유쾌한 목소리로 말했다.

「벨로우스 하비는 내가 잘 아는 사람이야. 그런데 무슨 일이?」

그는 봉투를 찬찬히 살펴보며 고개를 갸웃거렸다. 리가 아담을 쳐다보며 웃으면서 말했다.

「내용을 읽어 보시면 아시겠죠.」

「그렇지.」

그는 편지를 읽어 보기로 하고 주머니에서 칼을 꺼내 커다란 날을 폈다. 칼 끝이 들어갈 곳이 없자, 그는 편지를 햇볕에 비춰 본 뒤에 한쪽으로 편지를 툭툭 쳐서 다른 쪽을 잘랐다. 끄트머리로 바람을 불어 넣고 손가락으로 편지를 꺼내어 천천히 읽어 내려갔다.

편지의 서두는 「캘리포니아 킹 시티 아담 트래스크 씨 귀하」로 시작되었다.

지난 6개월 동안 우리는 온갖 방법을 다 써서 당신의 주소를 수소문 했었습니다. 심지어는 전국의 신문에까지 광고를 내었지만 전혀 성과가 없었습니다. 그러다가 우리는 당신이 동생에게 보낸 편지를 그곳 우체국장이 우리에게 전송하고서야 당신의 주소를 확인할 수 있었답니다.

아담은 그의 초조했던 심정을 느낄 수 있었다. 그러나 다음 글은 완전히 글투가 변해 있었다.

말씀드리기 슬픈 일이지만 동생되시는 찰스 트래스크가 세상을 떠났습니다. 그는 폐질환으로 2주일 동안 앓다가 10월 12일 사망했습니다. 유해는 오드 펠로스 공동묘지에 안치되었으나 묘비는 세우지 못했습니다. 그 일은 귀하께서 맡으시리라고 확신합니다.

아담은 숨을 크게 쉰 다음에 다음 글을 계속 읽었다.
「동생 찰스가 죽었네.」
그러자 리가 말했다.
「정말 안 됐군요.」
옆에 있던 카알이 물었다.
「우리 삼촌이에요?」
아담이 대답했다.
「그래, 찰스 삼촌이지.」
아론이 이번에는 물었다.
「그럼 내 삼촌도 되나요?」
「그럼 삼촌이고 말고.」
아론이 또 말했다.
「내게 삼촌이 있다는 걸 몰랐어요. 그럼 삼촌 무덤에 꽃을 갖다 놓아야지. 그 일은 에이브라가 도와 줄 거예요. 에이브라는 그 일을 좋아하겠지.」
「여기서 아주 멀단다. 우리 나라의 맨 끝이지.」

아론이 흥분된 어조로 말했다.

「네, 알았어요. 어머니께 꽃을 가지고 갈 때 찰스 삼촌에게도 가지고 가야지.」

그는 우울한 얼굴로 말했다.

「삼촌이 죽기 전에 알았으면 좋았을 텐데.」

아론은 주위에 죽은 친척이 차츰 많아짐을 느꼈다.

「훌륭한 분이셨나요?」

아담이 대답했다.

「그럼 훌륭했지. 카알이 너의 단 하나뿐인 동생이듯이 삼촌도 나의 유일한 동생이었지.」

「아버지도 쌍둥이였어요?」

「아니, 쌍둥이는 아니었어.」

이번에는 카알이 질문했다.

「삼촌은 부자였나요? 그럼 우리가 재산을 물려 받는 거죠?」

아담이 엄격히 말했다.

「사람이 죽었을 때 돈 이야기를 하는 것은 좋지 않아. 삼촌이 죽었기 때문에 우리는 슬픈 거다.」

그러자 카알이 대꾸했다.

「단 한 번도 만나지 않았는데 어떻게 슬프단 말이에요?」

리는 웃음을 보이지 않으려고 입을 손으로 막았다. 아담은 다시 편지를 읽어 내려갔다. 글투가 또 달라져 있었다.

고인의 변호사로서 즐거운 마음으로 귀하께 알릴 일이 있는데, 동생께서는 근면하고 판단을 정확히 해서 재산을 많이 남겼습니다. 토지·유가 증권·현금으로 되어 있는 유산은 대강 10만 달러가 넘습니다. 그 유서는 우리 사무실에서 작성 서명되었고 지금 보관하고 있습니다. 귀하가 요청하시면 즉시 그곳으로 보내 드리겠습니다. 유서의 내용은, 모든 재산은 당신과 당신 부인에게 균등 분배하라고 되어 있습니다. 만일 당신의 부인이 사망했으면 재산은 모두 당신에게 유산되고, 당신이 사망했다면 유산은 당신 부인에게 유산되도록 되어 있습니다. 편지를 보니 당신이 생존해 있으므로 축하를 보냅니다.

대리인 벨로우그 하비 사무소 조지 하비 올림

그리고 편지 끝에는 이런 내용이 덧붙여 있었다.

친애하는 아담. 잘 살 때 친구를 생각할 것. 찰스는 돈 한 푼 쓰지 않는 구두쇠였소. 귀하 부부는 돈 쓰는 재미를 좀 보는지요? 그곳에 좋은 변호사가 일할 자리는 없습니까? 그건 내 얘기요.

　　　　　　　　　　옛 친구 조지 하비

아담은 편지를 다 읽고 나서 쌍둥이와 리를 쳐다보았다. 그들은 아담이 어서 말하기를 기다렸으나 그는 입을 다물고 열지 않았다. 아담은 편지를 봉투에 넣은 후 조심스럽게 주머니에 넣었다.

리가 그에게 질문했다.

「복잡한 일이라도 있나요?」

「아니.」

「그런데 근심스런 표정이군요.」

「동생의 죽음 때문에 슬퍼하는 거야.」

아담은 편지 내용을 잘 정리해 보려고 했으나, 둥지에서 알을 낳으려는 암탉처럼 안정되지 않았다. 그래서 그는 혼자서 잘 생각해 보아야겠다고 생각했다. 그는 자동차에 올라서 기계를 물끄러미 쳐다보았다. 시동 거는 순서가 전혀 생각나지 않았다.

리가 먼저 말했다.

「제가 도와 드릴까요?」

「거 참 이상하군. 어떻게 시동을 거는 건지 까맣게 잊어버렸어.」

그러자 리와 쌍둥이가 입을 모아 말했다.

「스파크 올리고, 절기판 내리고, 배터리 넣고.」

「아, 그래, 바로 그거지.」

코일통에서 부르릉거리는 요란한 소리가 나면서 아담은 크랭크를 돌리고 나서 스파크를 올리고 배터리에 스위치를 넣었다.

그들이 탄 자동차가 울퉁불퉁한 길을 통과해서 참나무 아래를 지날 때 리가 말했다.

「참, 고기를 사지 않았군. 깜박 잊었는데.」

「그랬나? 다른 것도 먹을 게 없나?」

「베이컨과 계란은 있어요.」

「그것도 괜찮아.」

「내일 편지를 부치실 거니까 내일 사도록 하죠.」

「그래야겠어.」

리가 저녁 식사를 준비하는 동안 아담은 넋을 놓고 허공만 바라보았다. 아무래도 리의 도움이 필요했다. 리가 옆에서 말을 들어 주기만 해도 머리가 정리될 것 같았다.

카알은 형과 함께 밖으로 나가 자동차를 넣어 둔 헛간으로 가서 자동차의 문을 열고 운전석에 올라가 앉았다.

「들어와 어서!」

그러나 아론은 응하지 않았다.

「아버지가 자동차에는 가까이 가지 말라고 그랬잖아.」

「지금은 안 보시니까 어서 타.」

아론은 잔뜩 겁을 집어먹고 안으로 들어가 의자에 앉았다. 카알은 좌석에 앉아 운전대를 좌우로 돌렸다. 그는 자동차의 클랙슨을 울리면서 말했다.

「내가 무슨 생각을 하고 있는지 알아? 찰스 삼촌은 부자였을 거야.」

「그렇지 않아.」

「내 생각이 맞을 거야.」

「그럼 아버지가 거짓말시켰다는 거야?」

「그렇게 말하기는 싫어. 그러나 찰스 삼촌은 분명히 부자였어.」

그는 한동안 아무 말도 하지 않았다. 카알은 운전하는 시늉을 내며 운전대를 이리 돌리듯 저리 돌리듯 했다.

「나는 꼭 알아낼 거야.」

「그게 무슨 말이지?」

「그럼 무슨 내기할까?」

「싫어. 나는 하지 않을 테야.」

「그럼 형의 사슴다리 호각을 걸기로 하자. 나는 그 호각에 돌치기 돌을 걸겠어. 저녁 식사를 끝내고 곧바로 우리에게 자러 가라고 하나 내기를 하기로 할까?」

아론은 이유도 없이 그저 막연히 대답했다.

「그럴까? 그렇지만 나는 모르겠어.」

이번에는 카알이 말했다.

「이제 아버지가 리와 이야기하실 거야. 그럼 그 얘기를 나는 엿듣겠어.」

「그러면 안 돼.」

「내가 못 할 줄 알아?」

「내가 아버지에게 이르면 어쩔 거야?」

카알이 눈빛이 날카로워지고 얼굴이 검게 변했다. 그는 가까이 몸을 굽혔기 때문에 목소리가 속삭임이 되었다.

「너는 이르지 못할 거야. 만일 이르면 아버지 칼을 네가 훔쳤다고 말하겠어.」

「누가 칼을 훔쳐? 훔친 사람은 없어. 아버지가 아까 그 칼로 편지를 자르는 것을 보았어.」

카알은 냉소를 지었다.

「내일 말야.」

아론은 그의 말뜻을 알고 아버지에게 일러바칠 수 없다고 생각했다. 아론은 스스로 알아챘다. 어쩔 도리가 없었다. 카알을 일러 바칠 사람은 아무도 없었다.

아론이 당황해 하는 모습을 보고 카알은 기뻐했다. 그는 언제나 형보다 한 발 앞서서 생각하고 계획했다. 카알은 아버지에게도 똑같은 일을 할 수 있다고 생각하기 시작했다. 그러나 리에게는 카알의 계획이 먹혀 들어가지 않았다. 리의 온화한 마음은 손쉽게 카알의 마음을 앞질러 가서 기다리거나 이해하고 있다가 끝판에 가서 『그러면 안돼.』하고 조용히 주의를 주었다. 카알은 리를 존경했지만 다소의 두려움도 가지고 있었다. 그러나 무력하게 자기를 바라보고만 있는 아론은 그의 손 안에 든 진흙덩어리와 다름없었다. 카알은 갑자기 형에 대해 깊은 애정이 생기고 그의 연약함을 보호해 주고 싶은 충동이 일었다. 그는 아론을 안았다.

아론은 웅하지도 않고 움찔하지도 않은 채 한 걸음 뒤로 물러서서 카알을 빤히 쳐다보았다.

카알이 그에게 말했다.

「형은 내 생각이 어설프다고 생각하는 거야?」

그러자 아론도 말했다.

「너 왜 자꾸 그러니?」

「왜 그래? 내가 뭘 어쨌다고 또 그러는 거야?」

「그 토끼 일도 그렇고, 이렇게 몰래 차를 타는 것도 그래. 왜 그랬는지 이유는 모르겠지만 바로 너 때문에 에이브라가 그 상자를 내던진 거야.」

「그래! 그럼 알고 싶지 않아?」

말은 그렇게 했지만 카알은 마음이 꺼림칙했다.

아론이 천천히 말했다.

「그런 건 알고 싶지 않아. 다만 네가 왜 그런 짓을 자꾸 하는지 그 이유를 알고 싶어. 무슨 소득이 있어서 그러지?」

카알은 가슴이 찔렸다. 자기가 세운 계획이 치사하고 옹졸하게 생각되었다.

그래 형이 내 마음을 꿰뚫어 보았구나. 형을 사랑하고 싶었다. 그는 자신감이 상실되면서 갑자기 허기가 지고 어쩔 줄을 몰랐다.

아론은 자동차에서 내려가 헛간을 나갔다. 카알은 혼자서 핸들을 꺾어 신작로를 급히 달리는 시늉을 했지만, 그것도 별로 도움이 되지 않았다. 그는 아론의 뒤를 쫓아 집으로 돌아왔다.

2

저녁 식사가 끝나고 리가 설겆이를 끝마치자 아담이 말했다.

「너희들은 어서 가서 자거라. 오늘은 일이 참 많았다.」

아론은 재빨리 카알을 쳐다보고는 주머니에서 사슴다리 호각을 천천히 꺼냈다.

그러자 카알이 먼저 말했다.

「나 그것 갖지 않을래!」

아론이 말했다.

「아냐, 이제는 네 거야.」

「싫어, 나는 갖기 싫단 말야. 갖지 않을 테야.」

아론은 뼈 호각을 테이블에 놓았다.

「자, 여기 놓을 테니 네가 가져.」

그들이 말하는데 아담이 참견했다.

「무슨 얘기냐? 내가 어서 잠자라고 했지 않니?」

카알은 천진난만한 표정을 지어 보이며 말했다.

「아직 잠을 자러 가기엔 이른 시간인데요.」

아담이 대답했다

「사실은 내가 리와 긴히 할 이야기가 있어서 그렇다. 지금은 밖도 어두워 나가서 놀기도 어려우니 가서 자라고 한 거다. 자기가 싫으면 너희 방에 가 있으렴. 알겠니?」

「알겠어요.」

쌍둥이는 리를 따라서 복도를 거쳐 집 뒤쪽의 자기 방으로 갔다. 그들은 잠옷으로 갈아입은 후 다시 나와서 아버지에게 밤인사를 했다.

리는 거실로 돌아와서 복도로 난 문을 닫아버렸다. 그는 사슴다리 호각을 살펴본 후 내려놓았다.

「애들이 무엇 때문에 그런 거지?」

리가 말했다.

「리, 무슨 말이야?」

「아마 저녁 식사하기 전에 내기를 걸은 것 같아요. 그런데 아론이 졌기 때문에 이 호각을 내놓은 거구요. 우리가 무슨 말을 했죠?」

「글쎄, 자러 가라고 이야기한 거밖에 없지.」

「나중에 알게 되겠죠.」

「애들 일을 너무 지나치게 신경쓰는 것 같아. 별 뜻은 없을 거야.」

「그렇지 않아요. 무슨 의미가 있어요. 트래스크 씨, 몇 살이 되야 갑자기 사람의 생각이 중요해진다고 생각하세요? 열 살 때보다 지금의 생각이 더 명료하고 지금의 감정이나 생각이 더 예민할까요? 지금이 그때보다 잘 보이고, 잘 들리고, 맛을 잘 느낄 수 있습니까?」

아담이 고개를 끄덕이며 말했다.

「그래, 자네 말이 옳은지도 모르지.」

「세월이 인간에게 나이와 슬픔 말고 또 무엇을 가져다 준다고 생각하면 그것은 큰 잘못입니다.」

「추억을 남겨 주지.」

「그래요. 만일 추억이 없다면 시간은 우리 앞에서 무력해질 겁니다. 무슨 말씀을 하시고 싶은 거죠?」

아담은 주머니의 편지를 꺼내서 탁자 위에 놓고 말했다.

「리, 이 편지를 자세히 읽고 난 후에 이야기하도록 하세.」

리는 안경을 쓰고 램프 아래서 편지를 읽었다.

아담이 리를 쳐다보며 물었다.

「어떤가?」

「이곳에 변호사 일자리가 있을까요?」

「그게 무슨 말이지? 알았어. 알았어. 농담하고 있지, 지금?」

「아뇨, 농담을 한 건 아닙니다. 나는 그저 동양의 예법에 따라 내 의견을 밝히기에 앞서 당신의 의견을 듣고 싶을 뿐입니다.」

「진심에서 하는 말인가?」

「네, 진심이고 말고요. 그럼 동양 예법을 집어치우죠. 나이를 먹을수록 더 심술스러워지는 것 같아요. 그리고 인내심도 없어지고요. 당신은 모든 하인이 늙어 가면서 충성심은 있지만 점점 비열해진다는 이야기를 듣지 못하였습니까?」

「나는 자네를 기분나쁘게 하고 싶지는 않네.」

「이제 됐습니다. 당신은 편지에 대해 말하고 싶으신 거죠. 당신이 먼저 생각

을 말해 보세요. 그래야 내가 솔직한 의견을 말씀드리든가 또 당신 생각이 옳다
는 것을 확인해 드릴테니까요.」

아담이 기운 없는 목소리로 말했다.

「나는 이 편지를 도대체 이해하지 못하겠어.」

「당신은 동생에 대해 잘 알고 있지 않습니까? 당신이 이 편지를 이해하지 못
한다면 당신 동생을 한 번도 보지 못한 내가 어떻게 이해를 하죠?」

아담은 일어나서 복도로 난 문을 열었으나 그 뒤에 숨어 버린 그림자는 못 보
았다. 그는 자기 방에 가서 빛바랜 갈색 은판사진을 들고 나와 리 앞의 테이블
에다 올려놓았다.

「자, 바로 동생 찰스라네.」

아담은 다시 복도로 난 문을 닫고 와서 자리에 앉았다.

리는 램프 아래서 한참이나 사진을 이리저리 살펴보았다.

「아주 오래 전의 사진이지. 내가 군에 입대하기 전에 찍은 거니까.」

리는 사진을 가깝게 해서 쳐다보면서 말했다.

「알아보기가 어렵군요. 그러나 표정으로 보아 유머가 많지는 않겠어요.」

아담이 말했다

「그래, 찰스는 유머가 전혀 없어. 웃지를 않는 아이였어.」

「아니, 내 말 뜻은 그런 게 아니라 동생의 유서 내용을 읽으면서 나는 동생 찰
스가 아주 장난스런 분이 아닐까 하는 생각을 했어요. 동생은 당신을 좋아했습니
까?」

아담이 자신없는 어조로 말했다.

「그건 나도 몰라. 가끔씩은 나를 좋아하는 것처럼 생각했어. 그러나 한번은
나를 죽이려고 한 적도 있었지.」

「맞아요. 그의 얼굴에 사랑과 잔인함이 나타나 있어요. 그 두 가지가 그를 구
두쇠로 만든 거죠. 구두쇠는 두려워서 돈이라는 요새 안에 숨는 사람을 가리키
는 거고, 찰스가 당신의 부인에 대해 알고 있습니까?」

「그야 물론 알고 있지.」

「좋아했나요?」

「아니, 미워했어.」

리는 한숨을 지며 말했다.

「그런 건 아무래도 좋아요. 당신의 문제는 그게 아니니까요.」

「그래 맞았어.」

「문제를 꺼내서 하나하나 생각해 보고 싶습니까?」

「내가 원하는 게 바로 그거야.」

「그럼 그렇게 해보세요.」

「왠지 생각이 명료해지지 않아. 노력해도 소용이 없어.」

「그럼 내가 당신 대신 한 가지씩 따져 볼까요? 제삼자에게는 그럴 수 있는 힘이 있죠.」

「그래 주었으면 좋겠어.」

리는 갑자기 중얼거리더니 얼굴에 놀란 표정을 지었다. 그는 마르고 작은 손으로 턱을 만지며 말했다.

「알았어요, 아니 그런데 내가 그 뿔 호각을 생각하지 못했군요.」

아담은 불안하게 몸을 움직였다.

「어서 얘기해 주었으면 좋겠어. 답답해 죽겠어.」

리는 주머니에서 파이프를 꺼냈다. 가느다란 흑단나무 물부리에 잔같이 생긴 놋쇠 대통이 달려 있었다. 그는 잘게 썰어서 머리카락처럼 보이는 잎담배를 골무같이 생긴 대통에 채우고 불을 붙이고 길게 한 모금 빨고 불을 껐다.

「그건 아편인가?」

「아뇨, 싼 중국산 잎담배죠. 냄새가 아주 고약합니다.」

「그런데 왜 그걸 피우지?」

「글쎄요, 이 잎담배를 피우면 왠지 생각이 잘나는 것 같아요. 혼란스럽지 않게 머리가 맑아져요. 그럼 이제부터 내가 당신의 생각을 하나씩 끌어내서 햇볕에 말리듯이 뽑아내겠어요. 그 여자는 아직 살아 있는 당신의 부인임을 부인할 수 없습니다. 이 유언에 따르면 그녀는 어쨌든 5만 달러 이상의 유산을 받게 되어 있습니다. 큰 돈이죠. 그런 거액이라면 착한 일이건 나쁜 일이건 마음대로 할 수 있지요. 만일 당신의 동생 찰스가 그 여자가 어디서 무슨 일을 하는지 알고 있어도 그녀에게 유산을 주려고 했을까요? 법정에서는 언제나 유언자의 말에 따르죠.」

「찰스는 그것은 원치 않을 거야.」

아담은 찰스가 술집 위층에 있는 창녀에게 주기적으로 찾아가던 것을 생각해 냈다.

「당신은 동생의 뜻을 생각해 보아야 합니다. 지금 당신 부인이 하는 일은 좋은 일도, 그렇다고 나쁜 일도 아니랍니다. 성인은 어느 흙 속에서도 나올 수 있어요. 그녀는 찰스의 유산으로 훌륭한 일을 할지도 몰라요. 사실이지 양심이 떳떳하지 못할 때 사람은 타인에게 좋은 일을 제일 많이 하거든요.」

아담은 몸을 부르르 떨었다.

「그 여자는 내게 만일 돈이 많이 생기면 어떤 일을 하겠다고 말한 적이 있었지. 뭐, 자선이라고? 천만에 그렇지 않아. 그는 좋은 일이 아니라 사람을 찾아 죽이겠다는 말을 했어.」

「그럼 그녀에게 돈을 주어선 안 되겠네요.」

「그리고 샐리너스의 수많은 명사의 인생을 망쳐 놓겠다는 말도 했지. 그 여자는 그런 걸 능히 하고도 남을 인간이야.」

「잘 알았어요. 나는 이 문제에 대해 초연할 수 있어서 다행이군요. 네, 맞아요. 아무리 유명 인사라 할지라도 약점을 잡힐 수는 있지요. 그러니까 도덕적으로 그녀에게 돈을 주어서는 안 된다는 생각이시겠죠.」

「그래, 맞았어.」

「그럼 이젠 생각을 해보셨나요? 그 여자는 이름도 배경도 없는 창녀에 지나지 않습니다. 창녀는 사실 땅에서 피어나는 것이라고 볼 수 있습니다. 그 여자가 이런 사실을 알고 있다고 해도 당신의 도움을 받지 않고는 절대로 그 돈을 요구할 수 없을 겁니다.」

「내 생각도 그래. 내 도움을 받지 않고는 절대로 돈을 요구하지 못할 거야.」

리는 파이프를 집어 작은 놋쇠핀으로 재를 쑤셔 내고 다시 대통에 잎담배를 넣었다. 리는 찬찬히 네 모금을 빤 뒤, 두둑한 눈꺼풀을 들어올려 아담을 쳐다보았다.

「이건 좀 미묘한 도덕적 문제로군요. 당신만 허락하신다면 우리 집안 어른들께 물어 보고 싶군요. 물론 이름은 밝히지 않고 말이죠. 그분들은 아이들의 몸에서 진드기를 꼼꼼히 잡아 내듯이 이 문제를 상의할 겁니다. 그러면 좋은 결과를 얻을 수 있을 거예요.」

리는 테이블 위에다 담뱃대를 놓았다.

「그렇지만 다른 도리가 없을 겁니다.」

「무슨 소리지?」

「글쎄, 당신은 나보다 더 자신을 모르십니까?」

「난 도무지 어떻게 해야 좋을지 모르겠어. 생각 좀 해야겠어.」

리는 화를 내며 말했다.

「괜히 시간만 낭비했군요. 당신은 자신에게 거짓말을 하고 계신 겁니다. 그렇지 않으면 내게만 거짓말을 하시는 건가요?」

「리, 그런 식으로 말하지 말게.」

「왜 못 하죠? 나는 거짓말을 싫어합니다. 당신의 갈 길은 이미 정해져 있지요. 당신이 해야 할 일은 명백합니다. 이제 내 마음대로, 말하겠습니다. 난 괴팍

하니까요. 나도 용기가 납니다. 냄새나는 고서와 명석한 사고의 향기를 예견하고 있어요. 우리는 언제나 두 가지 윤리를 앞에 두고 훈련을 받죠. 사고나 사색이 그 길을 바꾸지는 못하는 법입니다. 당신 부인이 샐리너스의 창녀라는 사실로 인해 뭔가 크게 달라지지는 않아요.」

아담은 화를 벌컥 내며 자리에서 일어났다. 그리고 큰소리로 말했다.

「리, 이 집에서 떠나기로 했다고 말을 막 하긴가? 나도 그 돈을 어떻게 할지는 결정하지 않았어.」

리는 한숨을 크게 쉬고 나서 두 손으로 무릎을 짚고 일어서서 왜소한 몸을 꼿꼿이 세웠다. 그리고 지친 듯이 걸어가서 문을 열었다. 얼굴에는 미소를 띠며 『허풍쟁이!』하고는 밖으로 나가 버렸다.

3

카알은 어두운 복도를 소리없이 지나서 아론이 자는 방으로 돌아왔다. 침대의 베개 위로 아론의 머리가 보였으나 형이 잠을 자는지는 알 수 없었다.

카알은 그 옆으로 살며시 들어가서 머리 뒤로 손을 깍지끼고 어두운 천장을 쳐다보았다. 낡아빠진 커튼이 바람에 휘날리더니 창문을 때렸다.

회색빛 우울이 그의 몸을 감쌌다. 아까 차고에서 아론이 먼저 가 버리지 않았으면 좋았을 텐데. 그는 자기가 문 뒤에서 엿들은 것을 후회했다. 어둠 속에서 그는 중얼거리며 기도를 드렸다. 기도 소리는 아론의 귀에까지 잘 들렸다.

「하나님, 나로 하여금 아론처럼 되게 해주십시오. 저를 비열한 인간이 되지 않게 해주십시오. 저를 모든 사람이 좋아하도록만 만들어 주신다면 이 세상의 무엇이든지 다 바치겠습니다. 만일 그렇게 되지 않는다면 제가 그렇게 되도록 노력하겠습니다. 저는 비열해지고 싶지 않습니다. 외로운 것은 싫습니다. 이 모든 말씀 예수님의 이름으로 기도드립니다. 아멘.」

어둠 속에서 아론이 속삭였다.

「너 몸이 너무 차구나.」

아론은 카알의 팔을 만져 보았다. 그의 팔에는 소름이 돋아 있었다. 아론이 낮은 음성으로 물었다.

「그래 찰스 삼촌이 부자라고 하니?」

카알이 짧게 대답했다.

「아니.」

「너 오래 나가 있었는데 아버지가 뭐라고 하시던?」

카알은 말없이 누워서 숨결을 가다듬었다.

아론이 거듭 물었다.

「말하기 싫어? 그래 하기 싫으면 하지 않아도 좋아.」

「말할께.」

카알은 나직이 말하곤 아론을 등지고 누웠다.

「아버지가 어머니 무덤에다 꽃다발을 보내시려나 봐. 아주 큰 카네이션 꽃다발을 보내시겠대.」

아론은 흥분해서 몸을 반쯤 일으키고 물었다.

「그래? 그 먼 곳까지 어떻게 운반하시겠대?」

「기차로 실어가나 봐. 크게 말하지 마.」

아론은 다시 소리를 낮춰 말했다.

「꽃다발이 시들지 않게 해야 될 텐데. 어떻게 하지?」

「그거야 얼음을 채우면 되지.」

아론은 자꾸 궁금한지 물었다.

「그럼 얼음이 많이 들겠구나.」

「그래 굉장히 많이 들 거야.」

아론은 한참 동안 잠자코 있다가 다시 입을 열었다.

「꽃이 시들지 않고 싱싱하게 어머니 무덤까지 갈 수 있었으면 좋겠다.」

「그렇게 되겠지.」

칼은 말을 하고는 마음속으로 울었다. 그리고 되뇌였다.

『나를 비열해지지 않도록 해주십시오.』

제 31 장

1

아담은 오전 동안 골똘히 생각에 잠겨 있다가 열두 시쯤 리를 찾으려고 밖으로 나갔다. 리는 채소밭에다가 퇴비를 깔고 당근·근대·무·양배추·완두콩·콩·양배추 따위의 봄 채소를 심고 있었다. 팽팽히 친 줄을 따라 이랑이 직선을 이루고 줄 끝의 말뚝에는 이랑마다 심은 채소를 알 수 있도록 씨 봉지를 매달아 놓았다. 채소밭 끝에는 모포가 있어서 토마토와 벨 페어와 캐비지 모종이 이식될 준비를 갖추고 서리가 지나기를 기다리고 있었다.

아담이 그에게 말했다.

「내가 어리석었어.」

리는 쇠스랑에 몸을 기대고 서서 한참 동안 아담을 바라보다가 드디어 입을 열었다.

「언제 가실 거죠?」

「두 시 십 분 기차를 타려 해. 그러면 여덟 시 차로 돌아올 수 있을 테니까.」

리가 다시 말했다.

「직접 찾아가지 않고 편지를 써서 보내는 방법도 있는데요.」

「그 생각도 하긴 했지만 자네 같으면 편지를 쓰겠나?」

「아뇨. 가시는 게 좋아요. 내가 또 어리석은 말을 한 거예요. 네, 아무렴요, 이건 편지로 할 일이 아니죠.」

「다녀와야겠어. 이모저모 생각해 보았지만 방법은 꼭 한 가지뿐이지.」

리가 그 말을 받았다.

「다른 면에서는 정직하지 않아도 될 일이 많지만, 이번 일만큼은 안 되죠. 그럼 수고하세요. 부인이 어떻게 나올지 자못 궁금하군요.」

「마차를 타고 가서 킹 시티 보관소에 맡겨 두어야지. 나 혼자서 자동차를 몰고 다니기엔 불안하단 말이야.」

네 시 십오 분에 아담은 케이트 집의 흔들거리는 앞 계단을 올라 비바람으로 색깔이 바랜 현관문을 두드렸다. 저번에 왔을 때의 사람이 아닌 다른 사람이 나와서 문을 열었다. 각진 얼굴에 셔츠만 입고 붉은 명주 밴드로 긴 소매를 받쳐 돌렸다. 그는 아담을 현관에 세워 놓고 안으로 들어갔다가 다시 곧 나와서 그를 식당으로 안내했다.

전혀 장식이 없는 단순한 방이었다. 큰 방의 벽과 벽 판자에는 하얀 페인트가 칠해졌고, 방 중앙의 사각형 테이블은 하얀 유포로 덮여 있었고 그 위에는 컵과 접시와 받침 접시가 있었다.

케이트는 장부를 앞에 펼치면서 테이블 앞에 앉았다. 그녀는 평범한 옷차림에 챙이 있는 초록 모자를 쓰고 있었다. 그녀는 손가락으로 연필을 돌리고 있었다.

아담이 문 앞에 서자 그녀는 냉정한 시선으로 쳐다보았다.

「왜 이렇게 오셨죠?」

아담 뒤에는 안내해 준 핀란드 사내가 서 있었다.

아담은 아무 말도 하지 않고 그 여자 앞에 편지를 건네 주었다.

「아니 이게 뭐죠?」

여자는 미처 대답도 기다리지 않고 재빨리 그 편지를 읽고서 뒤에 선 핀란드 인에게 지시했다.

「문을 닫고 나가요.」

아담은 그 여자 옆에 가서 앉았다. 테이블 위에 있는 접시를 밀어 놓고 그 자리에다 모자를 두었다.

문이 닫힌 뒤 케이트가 그에게 말했다.

「이건 농담이죠? 아니 당신은 농담을 할 줄 모르지.」

그녀는 잠시 생각에 잠겼다가 말했다.

「그래요, 당신 동생이 지금 농담을 하는지도 모르겠군요. 그래, 찰스가 정말 죽었어요?」

아담이 무뚝뚝하게 대꾸했다.

「나도 편지만 받았소.」

「나보고 도대체 어쩌란 말이죠?」

아담이 어깨를 움츠리자 그 여자가 다시 입을 열었다.

「내게 사인을 하라고 할 작정이라면 그건 순전히 시간 낭비일 거요. 어떻게 하길 원하는 거죠?」

아담은 모자에 둘러진 검정 리본을 손으로 쓰다듬었다.

「그 변호사 사무실을 메모했다가 당신이 직접 연락을 해 보도록 해요.」

「그들에게 나에 대해 뭐라고 했죠?」

「아무 말도 하지 않았소. 난 찰스에게 편지 보낼 때 당신이 다른 읍에 살고 있다고 했소. 그런데 내 편지가 코네티컷에 도착하기 전에 찰스는 이미 저 세상 사람이었어. 그래서 내 편지가 법률 사무실로 가게 된 거요. 그 편에 씌어 있는 그대로요.」

「추신을 쓴 사람은 당신 친구 같은데 그 사람에게 어떤 편지를 보냈죠?」

「아직 답장을 보내지 않았어.」

「답장은 어떻게 쓸 거죠?」

「그거야 물론 같은 이야기를 쓰겠지. 당신은 다른 읍에 살고 있다고.」

「이혼했다고 써선 안 돼요. 이혼한 것은 아니니까.」

「그렇게 쓰지는 않을 거요.」

「나를 매수하려면 돈이 얼마나 필요한지 알아요? 현금으로 사만 오천은 있어야 해요.」

「그래?」

「뭐라고요? 그 이하로 할 수는 없어요. 홍정은 하지 않아요.」

「난 홍정할 생각은 없어. 당신에게 편지를 보여 주었고, 당신도 모두 알고 있으니 마음대로 해.」

「왜 그렇게 뽐내는 거죠?」

「무서운 게 없어서 그래.」

그 여자는 투명한 초록색 모자의 베일 아래로 아담을 쳐다보았다. 그녀의 곱슬머리가 챙 아래로 흘러내리는 모습이 마치 초록색 지붕 위에 쏟아지는 덩굴처럼 보였다.

「당신은 바보군요. 당신이 입만 다물고 있었다면 이 세상에서 내가 살아있다는 걸 아무도 알지 못했을 텐데.」

「나도 알고 있지.」

「알고 있다고요? 그럼 당신은 내가 무서워서 그 돈을 받지 못할 거라고 생각했나요? 그런 생각을 했다면 그건 어리석은 거예요.」

아담은 참을성을 가지고 대답했다.

「난 당신이 어떻게 하든 관계하지 않아.」

그녀는 경멸하는 듯한 태도로 말했다.

「관계치 않는다고요? 지난 번 보안관이 남겨 둔 영구 지령이 보안관 사무실에 있어요. 그건 다름이 아니라 내가 당신 이름을 쓰거나, 당신 아내라는 말을 하면 이 군에서 뿐만 아니라 이 주에서까지 추방한다고 씌어 있지요. 이 말을 들으면 당신 생각이 달라지겠죠?」

「생각이 달라진다니 그건 무슨 말이지?」

「나를 이 주에서 추방시키고 그의 돈을 혼자 다 받을 생각이라는 말이죠.」

아담이 참을성 있게 말했다.

「내가 편지를 가지고 왔는데?」

「난 그 이유가 궁금해요.」

「나는 당신이 어떤 생각을 하고 있거나, 나를 어떻게 생각하는가는 아무 홍미도 없어. 찰스가 유언장에 당신에게 돈을 주겠다고 썼어. 거긴 아무 조건이 있지 않아. 난 유언장을 보지 않았으나 당신에게 재산을 남겨 준다고 했어.」

「당신은 오만 달러를 가지고 지금 농간을 부리는데 당신 마음대로 되지는 않을 거야. 속셈이 무엇인지 내가 반드시 알아내고 말 테야. 아니 내가 무슨 생각을 하고 있지? 당신은 영리하지 못해. 대체 누구 말을 듣고 이렇게 행동하는 거지?」

「난 어느 누구의 말도 듣지 않았어.」

「그 중국놈의 말을 들은 거 아냐? 그놈은 영리하잖아.」

「그는 충고를 하지 않았어.」

아담은 자기가 전혀 감정을 느끼지 않고 있다는 사실이 재미있었다. 사실이지 자신이 이곳에 와 있다는 생각도 들지 않을 정도였다. 그는 힐끔 그녀의 얼굴을 쳐다보고 전에는 찾아볼 수 없었던 감정의 표시를 그녀의 얼굴에서 보고는 크게 놀랐다. 그녀는 아담이 두려웠다. 그녀는 왜 두려워하는 걸까?

그녀는 억지로 감정을 억제하며 두려움을 쫓으려고 애썼다.

「당신은 정직하기 때문에 이런다 이거죠? 당신은 너무 선량해서 살아가기 어렵겠군요.」

「나는 그런 생각은 한 적이 없어. 그건 당신 몫이고 나는 도둑이 아니야. 당신이 어떻게 하든지 나는 관심이 없단 말이야.」

케이트는 베일을 뒤로 젖혔다.

「당신은 나보고 그 돈을 그냥 던져 주었다고 생각하라 이 말씀이죠? 두고 봐요. 내 당신의 그 꿍꿍이 속을 알아내고 말 테니. 내가 어리석은 미끼에 걸려들 줄 알았나요?」

아담은 억지로 참으면서 물었다.

「당신의 우편 주소는 어디요?」

「그건 왜 묻죠?」

「내가 변호사 사무실에 그 주소를 알려 주고 직접 연락하라고 하겠소.」

「그런 짓은 하지 마세요!」

케이트는 장부 중간에 편지를 넣고 덮어 버렸다.

「이건 내가 보관하죠. 그리고 변호사를 대겠어요. 내가 그러지 않으리라고 생각하지는 마세요. 제발 순진한 척 하지 마세요.」

그러자 아담이 말했다.

「당신도 좀 순수하게 살아 봐. 당신 것을 가지라는 말이요. 찰스가 유산을 남겨 준 거요. 그건 내 돈이 아니란 말야.」

「반드시 속임수를 알아 낼 테예요.」

아담은 마음을 가라앉히며 말했다.

「당신은 정말 이해하지 못하는군. 나는 상관없어. 그동안 많은 것을 이해하지 못했으니까. 사람이 어떻게 이런 생활을 할 수 있는지도 이해할 수 없고.」

아담은 손을 저으며 집안을 가리켰다.

「누가 이해하라고 했나요?」

아담은 일어나 테이블 위에 놓인 모자를 집어들었다.

「내 얘긴 끝났소. 잘 있으시오.」

아담은 문으로 걸어갔다.

그의 등 뒤에 대고 그녀가 소리를 질렀다.

「꽁생원님이 참 많이 변하셨구려. 당신에게 여자가 생긴 거요?」

아담은 그 자리에 서서 천천히 돌아다보았다. 그의 눈은 깊은 생각에 잠겨 있었다.

「이제야 알겠군.」

아담이 그녀에게 다가와 얼굴을 내려다보자 여자는 고개를 젖히고 그의 얼굴을 쳐다보았다.

「아까는 내가 당신을 이해하지 못하겠다고 했는데, 이제 보니 당신이 나를 이해하지 못하는군.」

「내가 뭘 이해하지 못한다는 거죠?」

「당신은 사람들의 추한 면, 나쁜 면을 알고 있지. 내게 사진을 보여 주기도 했고. 당신은 인간의 모든 약점, 아쉬운 점을 이용하는데, 사실 인간은 약한 거지. 인간은 누구나…….」

아담은 자기 생각에 스스로 놀라 말을 계속하지 못했다.

「그러나 당신은 그 이외의 것을 모르고 있어. 내가 편지를 가지고 온 이유가 무엇인지 당신은 전혀 이해하지 못해. 나는 당신의 돈을 차지할 생각이 전혀 없어. 당신은 이곳에 와서 추한 면을 보인 그 사진 속의 남자들에게 착하고 좋은 면, 그리고 아름다운 면이 있다는 걸 이해하지 못해. 당신은 언제나 한쪽만 보아 왔으니까. 그리고 가엾게도 그게 인간의 전부라고 굳게 믿었지.」

여자는 비웃듯 큰소리로 웃었다.

「세상을 많이 아시는군 그래. 당신은 여전히 공상가로군. 그래 멋진 설교 좀 더 하시지.」

「설교할 생각은 없어. 당신은 넋빠진 인간이니까. 세상을 제대로 볼 수 없는 인간은 그걸 모르는 법이니까. 당신은 그걸 알까? 아니 느낄 수 있을까? 자기 주위에는 눈에 보이지 않는 것도 있다는 사실을. 만일 주위에 그것이 있는데도 볼 수도 느낄 수도 없다면 그야말로 무서운 노릇이야. 그럼 끔찍한 일이고 말고.」

케이트는 의자를 뒤로 젖히고 일어났다. 양쪽 허리에 두 주먹을 불끈 쥔 채 스커트 주름 뒤로 감추었다. 그녀는 고함 소리가 터져 나오려는 것을 참느라고 애썼다.

「당신은 별안간 철학자가 됐군요. 다른 일도 신통치 않았지만 당신의 철학도 역시 신통치 않군요. 당신, 환각이란 말을 들어 본 적이 있나요? 내가 못 본 것이 있다면 그건 당신의 병든 마음속에서 꾸민 꿈이라는 사실을 당신은 생각하지 못하나요?」

「그래 못 해. 당신도 그건 못 할 테니까.」

케이트는 아담이 문을 닫고 나가 버리자 물끄러미 문을 쳐다보았다. 그녀는 무의식중에 하얀 테이블을 톡톡 두드렸다. 그러나 네모진 하얀 방문이 눈물로 뒤틀려 보이고, 분함과 슬픈 감정이 뒤엉켜 몸이 떨리는 것만은 깨달을 수 있었다.

2

아담이 케이트의 집을 나온 후 두 시간 이상을 기다려야 킹 시티 행 기차를 탈 수 있었다. 그는 일시적인 충동에 끌려 중심가를 지나 130번지에 있는 어네스트 스타인벡의 높고 하얀 집을 찾아갔다. 그 집은 장엄하긴 하지만 허식이 없는 깨끗하고 정겨운 집이었다. 흰 울타리 안에 위치한 그 집은 깨끗한 잔디에 둘러싸여 있었고, 장미와 카터니아스가 하얀 담을 뒤덮고 있었다.

아담은 넓은 베란다의 층계를 올라가 초인종을 눌렀다. 올리브가 나와서 문을 빠끔히 열고 내다보았다.

아담이 모자를 벗고 인사를 했다.

「잘 모르시겠지만 아담 트래스크라는 사람입니다. 선친의 친구였지요. 다른 게 아니라 해밀튼 부인에게 인사나 좀 드렸으면 해서 찾아왔습니다. 부인께서 제 아들 쌍둥이가 태어날 때 받아 주셨답니다.」

올리브가 그 말을 듣고 문을 활짝 열면서 말했다.

「아, 그랬군요. 저도 말씀은 많이 들었습니다. 잠깐만 기다리세요. 어머님을 뒷방에 따로 모셨답니다.」

그녀는 넓은 복도에서 좀 떨어진 방을 두드리며 소리쳤다.

「어머니, 손님이 오셨어요.」

그녀는 문을 열고 아담을 라이자가 거처하는 밝은 방으로 안내했다.

그녀는 아담에게 말했다.

「카트리나가 닭찜을 만들기 때문에 도와 주어야 해요. 존! 메리! 가자! 어서 가자!」

해밀튼 부인은 예전보다 훨씬 더 작아진 것 같았다. 그녀는 혼들의자에 앉아 있었는데 정말 많이 늙었다. 검정 알파카 천으로 짠 폭넓은 스커트를 입고 목에는 『어머니』라고 새겨진 금으로 된 핀을 달고 있었다.

아늑한 겸용 방에는 사진·화장품 병·레이스 바늘꽂이·솔·빗, 수많은 생일과 크리스마스 때 받은 도자기와 은제품이 가득 차 있었다.

벽에는 사무엘의 큼직한 사진이 걸려 있었는데, 그 사진은 생전의 모습과는 달리 근엄하고 차가운 분위기였다. 잘 차려 입은 그의 모습에서는 생전과 같은 분위기는 조금도 보이지 않았다. 사진 속의 그의 모습에서는 반짝이던 정기도 보이지 않고, 탐구하는 희열도 보이지 않았다. 묵직한 금박 틀에 들어 있는 사진의 눈초리가 방 안의 어린아이를 뒤쫓아 다닌다고 생각하여 모두 크게 놀라곤 했다.

라이자가 앉아 있는 옆에는 고리버들로 만든 테이블이 있는데 그 위에는 앵무새 새장이 있었다. 그 앵무새는 톰이 선원으로부터 사 온 것이었다. 그 앵무새는 오십 년이나 된 늙은 새로 선원들의 야비한 말을 잘했다. 라이자는 앵무새에게 야비한 말을 하지 않게 하려고 시편을 가르치려고 했으나 전혀 효과가 없었다.

그 앵무새의 이름은 폴리였는데, 폴리는 머리를 갸웃거리면서 아담을 살펴보다가 부리 아래의 털을 조심스럽게 앞발로 긁어댔다.

폴리는 감정이 담기지 않은 목소리로 말했다.

「이 바보야 그만둬.」

라이자가 폴리를 쳐다보고 얼굴을 찡그렸다. 그녀는 엄격하게 말했다.

「폴리, 점잖지 못하게.」

폴리가 또 떠들어댔다.

「더러운 바보!」

라이자는 이제 앵무새의 소리를 무시해 버리기로 하고 작은 손을 내밀었다.

「트래스크 씨, 이렇게 뵙게 되어 반갑습니다. 앉으시죠.」

「근처에 왔다가 돌아가는 길인데, 조의를 표하고 싶은 생각이 들어서 이렇게 찾아왔습니다.」

「보내 주신 꽃은 잘 받았어요.」

라이자는 세월이 흘렀는데도 장례식 때 보내 온 화환을 잊지 않고 있었다. 아담은 싱싱한 꽃다발을 보냈었다.

「생활이 달라져서 어려움이 많으셨지요.」

라이자는 눈물을 글썽거리며 아담을 쳐다보았다. 그녀는 슬픔을 감추려고 자그마한 입을 꼭 다물어 버렸다.

「제가 상처를 건드린 것 같군요. 죄송합니다. 나는 자꾸 그가 생각나고 그리워집니다.」

라이자는 고개를 돌렸다.

428

「댁은 모두 편안하십니까?」
「올해는 비가 많이 와서 참 좋습니다. 목초도 벌써 많이 자랐지요.」
「톰도 편지에 그렇게 썼더군요, 트래스크 씨.」
그때 앵무새가 말했다.
「닥쳐.」
라이자는 말썽꾸러기 손자 녀석을 노려보듯 앵무새를 노려보았다.
「그런데 샐리너스에는 무슨 일로 오셨지요?」
「네, 볼 일이 좀 있어서 왔습니다.」
아담이 등의자에 앉자 몸무게 때문에 삐걱거리는 소리가 들렸다.
「이곳으로 이사를 올까 합니다. 애들 교육에도 도움이 될 듯하고요. 농장은
너무 한적해서 외롭지요.」
그 말을 듣고 라이자가 힘찬 목소리로 말했다.
「우리는 농장에 살 때 외롭지 않았어요.」
「이곳의 학교가 더 좋을 것 같아서요.」
「우리 딸 올리브는 피치트리와 풀레이토와 빅서 학교에서 교편을 잡기도 했었
죠.」
라이자의 말 속에는 그 학교보다 더 좋은 학교는 없다고 말하는 듯했다.
「아뇨, 저는 그런 생각을 한번 해보았을 뿐이죠.」
「아이들은 시골에서 자라는 게 훨씬 좋습니다.」
이것은 라이자의 철학이었다. 그것은 그녀의 아들을 두고도 증명할 수 있는
일이었다. 라이자는 그를 아주 가까이서 바라보며 물었다.
「샐리너스에서 집을 찾고 계신가요?」
「네, 그럴 생각입니다.」
「그럼, 우리 딸 데시를 만나 보도록 하세요. 데시가 톰이 있는 농장에서 함께
살고 싶어한답니다. 레이노드 제과점 옆 길가에서 산답니다. 그애 집도 쓸 만해
요.」
「네, 만나 보도록 하겠습니다. 이제 돌아가야겠군요. 건강하신 모습을 뵙고
가서 참 반갑군요.」
아담이 문 쪽으로 나가자 라이자가 말했다.
「일부러 찾아 주셔서 고맙습니다. 참 트래스크 씨, 우리 아들 톰을 만난 적이
있나요?」
「아뇨. 저는 한 번도 농장을 떠나 본 적이 없어요.」
「돌아가시거든 톰을 좀 만나 주세요. 부탁입니다. 아무래도 톰이 너무 외로워

하는 것 같아요.」

라이자는 말을 더 이상 잇지 못했다.

「네, 잘 알겠습니다. 그럼 안녕히 계십시오.」

아담이 문을 닫는데 앵무새가 또 소리쳤다.

「닥쳐, 이 개자식아.」

그리고 그 뒤를 이어 라이자의 목소리도 들려 왔다.

「폴리, 말 조심하지 않으면 때려 줄 거야.」

아담은 그 집에서 나와 캄캄한 거리를 지나 번화가로 나갔다. 아담은 쉽게 레이노드 제과점 옆에 있는 데시의 집을 찾았다. 그 집에는 아담한 정원도 있었는데, 정원의 나무가 우거져서 집은 잘 보이지 않았다. 앞 문에는 〈데시 해밀튼 양장점〉이라고 쓴 깨끗하고 하얀 간판이 문 앞에 걸려 있었다.

〈샌프란시스코 식당〉은 번화가 중심 모퉁이에 있어 양쪽 한길로 창문이 있었다. 아담은 식사를 하기 위해 식당으로 들어갔다. 구석에서 윌 해밀튼이 앉아서 스테이크를 먹고 있다가 아담을 보고는 큰소리로 말했다.

「아, 어서 오십시오. 여기 앉으시죠. 여기에 무슨 볼 일이라도 있었습니까?」

「자네 어머니 좀 뵙고 오는 길이네.」

윌은 포크를 내려놓고 말했다.

「저는 한 시간 정도밖에 시간이 없습니다. 제가 가면 어머니가 흥분하실 것 같아서 찾아 뵙지 않았습니다. 또 내가 가면 올리브 누나가 식사를 준비한다고 번거로울 것도 같아서 가지 않았어요. 저는 곧 가야 하기 때문에 시간이 없어서요. 여기 스테이크가 맛이 좋으니 스테이크를 주문하세요. 그래 저희 어머니는 어떠시죠?」

이번에는 아담이 입을 열었다.

「용기가 많으신 분이지. 언제 봐도 존경스러운 분이야.」

「네, 그래요. 어머니는 우리 가족과 특히 아버지께 훌륭한 지혜를 공급해 주셨죠.」

아담이 웨이터에게 식사를 주문했다.

「스테이크를 적당히 익혀 주게.」

「감자는요?」

「프렌치 프라이드로 줘요. 자네 어머니는 톰을 걱정하시더군. 그래 톰은 어떻지?」

윌은 스테이크의 기름을 뜯어 접시 한쪽으로 놓았다.

「어머니가 톰 걱정하시는 것이 당연하죠. 정말 톰이 문제예요. 톰은 크게 상심한 나머지 일도 하지 않고 그냥 우울증에 빠져 있답니다.」

「톰은 아버지를 너무 의지하고 살아서 그런 거야.」

「네, 그런가 봐요. 톰은 지나치게 상심에 빠져 있어요. 톰은 아무래도 덩치만 컸지 어린애예요.」

「내가 한번 만나 보도록 하겠어. 참, 어머니가 그러시던데, 데시가 농장으로 돌아가려고 그런다고.」

윌은 나이프와 포크를 탁자 위에 놓고 아담을 말없이 쳐다보았다.

「데시는 못 가요. 내가 보내지 않을 겁니다.」

「안 보내다니, 그 이유가 뭐지?」

윌은 진심을 말하지 않고 둘러댔다.

「이곳에서 사업도 잘 되고 잘사는데 돌아갈 필요가 어디 있겠어요? 양장점을 그만둔다는 건 말도 안 되는 얘기예요.」

윌은 다시 포크와 나이프를 들고 고기를 잘라서 입에 넣었다.

아담이 그에게 말했다.

「나는 여덟 시 차로 돌아가려고 해.」

「저도 그럴 겁니다.」

윌은 그 말을 끝으로 더 이상 입을 열지 않았다.

제 32 장

[1]

데시는 집안의 사랑을 독차지한 귀염둥이었다. 귀엽고 명랑한 몰리, 명석한 올리브, 몽상가 유나, 모두 사랑을 받았지만 그 중에서도 데니는 유난히 귀염을 받고 자랐다. 그녀의 반짝이는 눈빛과 발랄한 웃음은 그녀를 만나는 사람이면 너나 할 것 없이 그날 하루가 즐거웠고, 그녀와 헤어진 뒤에도 꽤 오랜 시간 기분이 좋았다.

그것은 이렇게 설명할 수 있다. 샐리너스 시 처치 가 122번지에 클래런스 모리슨 씨 집은 아이가 3명이고 남편은 포목점을 경영했다. 이따금 그녀는 아침 식사를 하면서 말하곤 했다.

「오늘은 점심을 먹고 데시네 양장점에 가서 가봉을 해야지.」

아이들은 장난을 치느라고 테이블 다리를 걷어차서 혼났다. 그녀의 남편은 오늘은 행상인이 좀 오겠지 하는 희망을 가지고 손바닥을 비비면서 가게로 나갔다. 행상인이 오면 옷 주문을 많이 했다. 오늘은 왜 이렇게 재수가 좋은지를 애들과 아버지는 잊어 버렸다.

모리슨 부인은 레이노드 제과점 옆집에 두 시쯤 가서 네 시까지 있다가 돌아오곤 했다. 그녀가 그곳에서 나올 때는 눈물이 글썽거리고 코는 빨갛게 되어 콧물까지 흘렀다. 그녀는 집으로 가면서도 눈물과 콧물을 닦고 또 울었다. 데시가 어떻게 해서 그 정도가 되었을까? 그것은 별것이 아니었다. 어쩌면 바늘 방석에 검은 바늘을 몇 개 꽂아 놓고 목사처럼 만든 뒤 이런저런 멋없고 짤막한 설교를 했는지도 모른다. 그게 아니면 테일러 영감을 만난 이야기를 했는지도 모른다. 그 영감은 헌 가옥을 여러 채 사서 그것을 큼직한 자기 집 빈터로 옮겨 놓았기 때문에 그 빈터가 나중에는 육지의 해초 숲같이 변해 버렸다고 한다. 그렇지 않으면 〈화제〉라는 잡지에 수록된 시를 그녀가 읽어 주었는지도 모른다. 그건 아무래도 상관없는 일이다. 그녀가 하는 행동은 무엇이거나 재미 있고 모든 사람이 즐거워했으니까.

모리슨 씨의 아이들은 학교에서 돌아왔을 때 한 번도 아프거나 두통 정도도 난 적이 없었으며 잔소리를 듣지도 않았다. 그 아이들은 실컷 떠들어도 혼나지 않았으며 얼굴이 더러워도 야단을 맞지 않았다. 아이들이 웃으면 엄마도 따라서 즐겁게 웃곤 했다.

모리슨은 저녁에 집에 돌아오면 그 날 있었던 일을 이야기했고, 가족들은 그 이야기를 즐겁게 들었다. 모리슨은 행상인에 대한 이야기도 몇 가지는 해주었다. 저녁은 언제나 맛있었다. 식구들은 오믈렛을 흘리는 일이 없었다. 케잌은 풍선처럼 잘 부풀었고, 비스켓은 부드러웠고, 모리슨 부인처럼 스튜의 간을 잘 맞추는 여자도 없을 만큼 그녀의 솜씨는 뛰어났다. 저녁 식사가 끝나자 아이들은 마음대로 웃고 떠들다가 잠이 들었으며, 모리슨 씨는 아내의 어깨를 쓰다듬고 함께 잠자리에 들어 사랑을 하며 행복해했다.

데시네 양장점에 들르면 이틀 동안은 기분이 좋아졌다가 그후에는 다시 복잡한 일이 생각나고 사업이 부진한 게 근심스러웠다. 데시의 실력은 그 정도였다. 그녀는 아버지처럼 생활에 자극제를 사람들에게 골고루 뿌려 주었다. 그렇듯 그녀는 귀염둥이였고, 온 가족의 사랑을 한몸에 받으며 성장했다.

데시는 미인도 아니고 예쁜 데라곤 없었지만 남자라면 누구나 좋아할 훈기를 품고 있었다. 세월이 흐르면 그녀가 겪은 첫사랑의 상처가 아물고 다시 새로운 사람을 사랑하리라고 생각했지만 쉽게 되지가 않았다. 해밀튼네 사람들은 다

재다능하기는 했지만, 연애에는 소질이 없었다. 그들은 어느 누구도 가볍고 금세 변하는 사랑을 할 수 있는 능력을 갖지 못했다.

그렇다고 데시가 예전의 일을 모두 포기한 것은 아니었다. 오히려 포기하는 것이 더 나을지도 모르지만 그녀는 전처럼 그대로 일을 계속했다. 그러나 그녀에게서 훈기를 찾을 수가 없었다. 그녀를 사랑하던 사람들은 그녀 때문에 피로위했고, 그녀가 실의를 이기려고 애쓰는 모습을 보고는 그녀를 위해 여러 면으로 신경을 써 주었다.

데시의 친구들은 착하고 의리가 있긴 했으나, 인간은 누구나 기분 좋은 것을 좋아하기 마련이었다. 멀지않아 모리슨 부인은 그 이유를 깨닫고는 제과점 옆의 데시네 양장점을 찾지 않게 되었다. 그들은 행복하고 싶었을 뿐 슬퍼하기는 원치 않았기 때문이었다.

데시의 장사는 전과 같지 않았다. 옷을 마춰 입고 싶어하던 여자들은 옷 자체보다는 기분좋은 것을 원했던 것이었다. 그리고 시대도 변해서 이제 기성복이 유행이었다. 기성복을 사 입는 것이 조금도 수치스런 일이 아니었기 때문이었다. 그녀의 남편이 가게에서 기성복을 팔고 있었으므로 그녀가 기성복을 입는다는 것은 지극히 당연한 사실이었다.

데시의 가족들은 그녀를 걱정했으나 본인이 아무렇지도 않다고 하는 데에는 다른 방법이 없었다. 그녀는 이따금 옆구리가 몹시 아프다는 소리를 했으나, 그 통증은 오래 계속되지는 않았다.

그러나 아버지가 돌아가시자 세상은 모두 조각나고 말았다. 사무엘의 아들 딸들은, 그리고 그의 친구들은 부서진 조각을 모아 다시 어떤 것을 맞추려고 애를 썼다.

데시는 양장점을 팔아치우고 농장으로 돌아가서 톰과 함께 지낼 결심을 했다. 그러나 특별히 내놓고 팔 만한 것은 없었다. 이런 상황은 올리브와 라이자도 자세히 알고 있었다. 데시는 직접 톰에게 편지를 썼다. 그러나 샌프란시스코의 간이 식당에서 불쾌한 얼굴을 하고 있던 윌은 이 말을 듣지 못했다. 윌은 속이 잔뜩 상해 있다가 냅킨을 둘둘 말고 일어섰다. 윌이 아담에게 말했다.

「참, 잊은 게 있군요. 이따 기차에서 뵙겠습니다.」

윌은 반 블록 가량 걸어서 데시의 집에 이르렀다. 높다란 나무가 늘어선 정원을 거쳐 데시 방의 초인종을 눌렀다.

데시는 혼자서 저녁을 먹고 있다가 손에 냅킨을 든 채 문을 열었다.

「어머, 윌 오빠로군요. 언제 왔어요?」

데시는 불그레한 뺨을 내밀어 그가 입맞추도록 했다.

「나는 사업 때문에 시간이 없어서 다음 기차 시간까지만 있다 가겠어. 그리고 네게 말할 게 있다.」

데시는 오빠를 부엌 겸 식당으로 사용하는 방으로 안내했다. 벽에는 꽃무늬 벽지가 된 아늑한 방이었다. 그녀는 익숙한 몸으로 커피를 끓여서 설탕병과 크림병을 곁들여 윌 앞에 내놓았다.

윌은 동생에게 퉁명스럽게 말했다.

「나는 기차 시간까지만 있을 거야. 너, 농장에 돌아간다는 게 사실이냐?」

「그럴 생각이에요.」

「나는 네가 농장에 돌아간다는 것에 반대한다.」

데시는 애매 모호한 웃음을 지었다.

「왜 반대하시는 거죠? 그게 잘못인가요? 톰 혼자 농장에서 외로울 거예요.」

「너는 지금 사업도 잘 되잖아.」

「사업은 무슨 사업이요? 오빠가 더 잘 알면서요.」

윌은 퉁명스럽게 거듭 말했다.

「나는 네가 농장에 돌아간다는 걸 반대한다.」

그녀는 미소를 짓긴 했으나 조롱하는 태도로 말했다.

「오빠는 왜 주인 노릇을 하려고 하죠? 내가 농장에 가면 안 되는 이유가 뭐예요?」

「그곳 생활은 너무 외로워서 네겐 맞지 않아.」

「톰과 내가 함께 있으면 외롭지 않을 거예요.」

윌은 화가 나서 입술을 오므리고 있다가 한 마디 던졌다.

「톰은 정상이 아냐. 넌 톰과 함께 있어선 안 돼.」

「톰은 잘 있잖아요? 왜, 톰이 누구의 도움이 필요한가요?」

그 말에 윌이 대답했다.

「말하기는 싫지만, 그는 아버지의 죽음을 받아들이지 못 하고 있다.」

데시가 부드러운 미소를 지으며 말했다.

「오빠는 언제나 톰이 이상하다고 하셨죠. 톰이 사업 따위를 싫어할 때도 오빠는 톰이 이상하다고 했어요.」

「그것과는 다른 얘기야. 그애는 지금 쓸데없는 생각에 빠져 있는 거야. 누구와도 말을 하지 않고, 밤에 밖에 나가 마구 돌아다니고. 언젠가 가 보니 시를 쓰고 있더군. 책상에 가득 여러장을 쓴 걸 보았어.」

「오빠, 혹시 시 써 본 적 있어요?」

「없다.」

데시가 그에게 말했다.

「나는 여러 편 써 보았어요.」

「하여간 나는 농장으로 가는 건 반대한다.」

그녀는 상냥한 어조로 말했다.

「오빠는 내 결정에 대해 간섭하지 마세요. 나는 지금 내가 잃고 있는 그 무엇을 찾고 싶어요.」

「별 바보 같은 말을 다 듣겠구나.」

그녀는 탁자를 빙 돌아가서 윌의 목을 감고서 말했다.

「오빠, 제가 결정하도록 맡겨 주세요.」

윌은 화를 내며 데시의 집을 나와 가까스로 기차를 탈 수 있었다.

2

톰은 킹 시티 역으로 데시를 마중하러 나갔다. 톰이 밖에서 객차를 찬찬히 살피는 게 보였다. 톰은 면도를 깨끗이 해서 검게 그을린 피부가 보기 좋게 반들거렸다. 그의 붉은 콧수염도 잘 손질되어 있었다. 그는 새 모자를 쓰고 허리 벨트에 조개 버클이 달린 황갈색 재킷을 입고 있었다. 그가 신은 구두가 대낮의 햇빛을 받아 반짝거렸다. 아마도 기차 도착 전에 구두를 닦았을 것이다. 그의 불그스름한 건강해 뵈는 목에는 칼라가 빳빳이 서 있고, 연푸른 넥타이에 말편자 모양의 핀을 꽂았다. 그는 흥분을 억제하려고 거친 손을 마주잡은 채 서 있었다. 기차가 그앞을 지날 때 덜커덩거리는 소리 때문에 들리지 않으리라는 것을 알면서도 데시는 차창 밖으로 손을 흔들며 소리질렀다.

「톰, 여기야. 여기.」

그러나 톰은 듣지 못했다. 기차에서 내린 데시는 즐겁게 웃으며 톰의 뒤쪽으로 가까이 갔다.

「실례하겠습니다. 혹시 톰 해밀튼이라는 사람이 여기 계신가요?」

데시는 나지막이 물었다.

그 소리를 듣고 톰은 돌아서서 소리를 지르며 데시를 껴안고는 한 바퀴 돌았다. 톰은 한쪽 팔로는 그녀의 몸을 안아서 올리고 다른 쪽 팔로는 데시의 엉덩이를 쳤다. 그리고 꺼칠꺼칠한 자기의 턱수염을 그녀의 뺨에다 비벼댔다. 그러다가 톰은 데시의 얼굴을 치켜올려 자세히 쳐다보았다. 그들은 함께 머리를 젖히고 큰소리로 껄껄 웃었다.

역원이 창 밖으로 상체를 내밀고 검정 토시를 낀 팔꿈치를 창틀에 받치고 쳐다보았다. 역원은 어깨 너머로 전신원에게 소리를 질렀다.

「저기, 저 해밀튼 남매 좀 보게나.」

두 사람은 손을 맞잡고 멋지게 스텝을 밟으며 춤을 추었다. 톰이 두들―두들―두 하고 먼저 노래부르자, 데시가 디들―디들―디 하고 받아 불렀다. 두 사람은 노래를 끝내고는 다시 얼싸안았다.

톰이 데시를 내려다보며 말했다.

「혹시 데시 해밀튼 씨 아니십니까? 전에 뵌 것 같은데 그동안 몰라보게 변하셨군요. 길게 땋아 내렸던 머리는 어쩌셨지요?」

톰은 데시의 짐표를 주머니에 넣었으나 잊어버리고 여기저기 찾다가 남의 짐을 잘못 찾는 등 허둥거리느라고 시간이 꽤나 흘렀다. 톰은 얼마 후 데시의 짐을 찾아 마차 뒤에 실었다. 적갈색의 두 마리 말이 굳건한 대지에 앞발을 디디고 고개를 위로 젖히는 순간 빛나던 수레채가 뛰어오르고 가로대가 삐걱 하고 요란한 소리를 냈다. 마구는 윤이 번쩍번쩍 나고 놋쇠로 만든 장신구는 황금처럼 빛났다. 말채찍 중앙에는 빨간색 나비 모양의 리본이 매어 있고, 갈기와 꼬리에는 빨간색 리본이 매어 있었다.

톰은 데시가 자리에 앉은 후 그녀의 발목을 수줍은 듯 살짝 쳐다보았다. 톰은 고삐를 잡아채고 나서 그 가죽을 풀어 주었다. 톰이 채찍에서 줄을 풀자 말이 휙 돌아섰기 때문에 바퀴가 안전대에 닿으면서 삐걱거렸다.

톰이 그녀에게 말했다.

「저, 킹 시티로 모실까요? 그곳은 정말 아름다운 곳입니다.」

그러자 데시가 말했다.

「아냐, 나도 알고 있으니까.」

톰은 왼쪽으로 돌아 남쪽을 쳐다보고는 고삐를 잡아채고는 급히 달리도록 했다.

「윌 오빠는 어디 있어?」

톰은 불쾌한 표정으로 말했다.

「나도 모르겠어.」

「그래, 뭐라고 하디?」

「누나가 이곳으로 돌아와서는 안 된다고 말했어.」

데시가 한 마디 했다.

「그런 말은 나한테도 했어. 오빠는 조지에게 시켜서 내게 편지도 했어.」

톰은 화가 나서 퉁명스럽게 한 마디 했다.

「누나가 오고 싶으면 오는 거지. 누가 못 오게 해.」

데시는 재빨리 톰의 팔을 움켜잡았다.

「시를 쓴다고 미쳤다고 하더군.」

톰의 얼굴은 금세 침울해졌다.

「내가 집에 없을 때 형이 집에 왔었나 봐. 왜 그러는지 모르겠어. 내가 쓴 시를 볼 권리는 없잖아?」

「그만해. 그래도 형이니까 그렇지.」

그 말에 톰이 따질 듯이 말했다.

「만약 내가 자기 원고를 몰래 본다면 좋겠어?」

「윌 오빠 같으면 너를 가만히 놔 두지는 않았을 거야. 그 원고는 금고에 넣어 둘 걸 그랬어. 이제 진정해. 화내서 좋은 날 기분 망치겠어.」

「알았어. 알았어. 그렇지만 윌 형은 사람을 화나게 만들어. 자기와 똑같은 생활을 하지 않는다고 나를 미쳤다고 하잖아. 그건 말도 안 되는 소리야.」

데시는 재빨리 화제를 바꾸었다.

「그런데 어머니 때문에 혼났어. 엄마가 이곳으로 오시겠다고 해서 말야. 톰, 엄마가 우시는 거 본 적 있어?」

「본 적 없는데. 엄마는 우시는 분이 아니잖아.」

「아냐, 우셨어. 많이 우시진 않았지만 말야. 처음에는 목이 메이더니 두 번 훌쩍거리시고 다시 한 번 코를 닦고 안경을 닦은 후 입을 꼭 다무시더군.」

「누나가 돌아와서 참 좋군. 아픈 병이 나은 기분이야.」

신작로를 시원스럽게 말이 달렸다. 톰이 다시 말을 이었다.

「아담 씨가 포드 자동차를 샀어. 아니 그보다는 윌 형이 그분에게 팔아 먹었다고 말하는 게 정확할 거야.」

「그랬군. 나는 그걸 몰랐어. 아담 씨가 내 집을 샀어. 그것도 돈을 많이 주고 샀지.」

데시는 크게 웃으며 말을 이었다.

「그분에게 집 값을 많이 불렀어. 흥정하면서 좀 깎아 줄 생각이었는데 그분은 값도 깎지 않고 그 값을 모두 주겠다더군. 좀 미안한 생각이 들었지.」

「그래서 어떻게 했지?」

「응, 그래서 내가 그분께 솔직히 말했어. 먼저 비싸게 부르고 값을 좀 깎아 드리려고 했다고. 그랬더니 아담 씨는 괜찮다고 하더군.」

「윌에게는 그런 말 하지 마. 그 얘길 들으면 미쳤다고 할 거야.」

「그렇지만 그 집은 내가 부른 만큼 값이 나가지 않아.」

「그래도 형에겐 말하지 마. 그런데 그분은 왜 그 집을 사는 거지?」

「쌍둥이를 샐리너스 학교에 보내고 싶대.」

「그 농장은 어쩌지?」

「글쎄, 그건 모르겠어.」

「우리 아버지가 이런 황폐한 농장이 아닌 그런 비옥한 농장을 갖고 있었으면 어땠을까?」

「이 땅도 그렇게 나쁘지는 않아.」

「그거야 먹고 사는 것 외에는 모두 좋지.」

그러자 데시가 진지한 표정으로 말했다.

「그러나 우리 가족처럼 재미있고 단란하게 산 사람들도 없을 거야.」

「그건 그렇지. 그러나 그건 가족간의 이야기지 땅은 그렇지 않았어.」

「톰, 생각나니? 네가 학교 댄스 파티에 윌리엄 네 제니와 벨을 소파에 앉혀 데리고 간 거?」

「어머니가 이따금 이야기해 줘서 잊지 않았어. 참, 제니와 벨에게 놀러 오라고 하면 좋겠군.」

「그래, 그거 좋은 생각이야.」

군의 신작로를 빠져 나가자 데시가 말했다.

「좀 변했군 그래.」

「옛날에는 더 메마른 땅이었지. 그렇지?」

「그래. 이제는 풀이 우거졌구나.」

「풀이 무성해졌으니 소나 스무 마리 키울까?」

「톰, 굉장한 부자군 그래.」

「그렇지만 풍년이 들면 쇠고기 값이 떨어지는 걸. 글쎄, 이럴 때 윌 형이라면 어떻게 할지 궁금해요. 언젠가 형은 나한테 귀한 물건만 거래하라고 하더군. 형은 확실히 현명하단 말야.」

길은 예전과 변함없이 바퀴에 패인 자국이 그대로 있었다. 다만 그 바퀴 자국이 더 깊이 패었고, 돌이 더 높이 튀어나온 것이 변했다면 변한 모습이었다.

데시가 길을 지나치다 나무에 종이가 걸려 있는 걸 보고 물었다.

「저 나무 숲에 붙어 있는 종이는 뭐지?」

숲에는 『데시 귀가 환영』이라고 적혀 있었다.

「톰, 네가 했니?」

「아냐, 내가 한 일이 아냐. 누가 왔다갔나 봐.」

50야드마다 숲의 나뭇가지나 나무 줄기에 카드가 한 장씩 걸려 있었는데 모두 『데시 귀가 환영』이라고 적혀 있었다. 그 종이를 볼 때마다 데시는 환성을 질렀다.

마차가 해밀튼 네 옛집이 보이는 골짜기의 언덕에 이르자 톰은 마차를 세우고 데시에게 조망을 즐기도록 했다. 데시는 톰의 가슴에 머리를 기대고 울었다 웃었다 했다.

톰은 진지하게 정면을 쳐다보며 말했다.

「누가 했지? 이젠 집을 비워 두어서는 안 되겠군.」

데시는 새벽마다 오한이 나고 허리가 쑤셨다. 처음에는 살며시 아팠으나 그 통증은 옆구리로 옮겨져서 뼈까지 아팠다. 맨 처음에는 꼬집는 듯하다가 잡아 쥐는 듯이 아프고 그 다음에는 꼭 잡아채는 듯하다가 나중에는 커다란 손으로 꼬집어 뜯는 듯이 아팠다. 통증이 사라지면 배가 아픈 자리처럼 쓰라렸다. 그것은 오래가지는 않았으나 통증이 있는 동안에는 세상이 캄캄하고 자기 육체 속에서 투쟁하는 소리가 들리는 것 같았다.

통증이 멈추고 그냥 상처 자리처럼 얼얼해졌을 때는 동이 터서 창밖이 환히 밝았다. 새벽 바람이 커튼을 팔락거리면서, 풀 냄새와 나무 뿌리 냄새와 습기찬 흙 냄새를 몰고 왔다. 그 외에 갖가지의 소리가 들려 왔다. 서로 다투는 것같이 요란한 참새 소리, 배고파 우는 송아지를 타이르는 암소의 울음 소리, 흥분한 척 떠들어대는 까치, 조심하라고 울어 대는 수메추라기 소리에 높은 풀숲 근처에서 응답하는 암메추라기의 가는 소리가 들렸다. 닭장에서는 알 때문에 흥분이 일었고 4파운드나 되는 큼직한 암탉인 로드 아일랜드 레드는 한번 날개를 치면 꼼짝 못하는 뼈뼈 마른 수탉이 자기를 땅바닥에 타고 누른다고 꼬꼬댁거리며 엄살을 피우며 야단법석이었다.

비둘기가 우는 소리를 듣고 있자니 옛날 일이 떠올랐다. 식탁에 앉아 아버지가 한 말이었다.

「내가 레비트에게 비둘기를 몇 마리 키워 보겠다고 하자, 뭐라고 했는지 아니? 『하얀 비둘기는 안 돼.』라고 했어. 그래서 내가 『왜 안 되는 거지?』하고 묻자, 그는 『하얀 비둘기는 재수가 없대. 흰 비둘기는 날아가면 슬픈 일이 일어나고 사람이 죽는단 말야. 그러니 회색 비둘기를 키우도록 해.』라고 말했지. 『그래도 나는 흰 게 좋아.』했더니 그래도 『회색 비둘기를 기르도록 해.』라고 했어. 그래도 난 하얀 비둘기를 키울 테야.」

그러자 라이자가 참을성 있는 어조로 말했다.

「당신은 왜 남들이 하지 않는 일만 하려는 거예요? 회색 비둘기가 몸도 크고 고기도 맛있어요.」

그러자 아버지가 한 마디 했다.

「나는 그 하찮은 옛날 이야기에 밀려나가지는 않을 거야.」

이번에 또다시 라이자가 나섰다.

「당신은 그 따지기 좋아하는 버릇 때문에 밀리는 거예요. 왜 어리석게 자꾸 논쟁을 벌이는 거죠?」

아버지는 어두운 얼굴로 말했다.

「그 일은 누군가는 해야 될 일이라고 생각한단 말이야. 그렇지 않으면 언제나 운명을 순종하면서 그대로 사는 수밖에 없어.」

그는 하얀 비둘기를 구해 집에다 두고 슬픔과 죽음이 닥쳐 오는지 잔인하게 기다렸다. 기다리고 있자면 그것은 언젠가 찾아오게 마련이다.

데시의 귀에는 커다란 풀무로 바람이 말려들어가는 소리도 들리고 모루 위에서 해머를 치는 소리도 들렸다. 어머니가 난로 문을 여는 소리, 바둑판에다 밀가루 반죽을 치는 소리도 들렸다. 그리고 조우가 여기저기 신발을 찾아다니며 뒤적이다가 드디어 침대 아래에서 신발을 찾았던 일도 생각났다.

아침에 몰리가 부엌방에서 고운 목소리로 성경을 읽는 소리와, 그것을 고쳐 주는 유나의 굵직한 소리도 들리는 듯했다.

상상이긴 하지만 톰이 주머니칼로 몰리의 혓바닥을 슬쩍 베고는 자신의 만용을 깨닫고 기가 죽어 있는 모습이 선했다.

「톰, 톰!」

그녀는 톰의 이름을 부르면서 입술을 달싹거렸다.

톰은 용기도 있었지만 겁도 대단히 많았다. 톰의 행동은 난폭했지만 인정도 많았다. 이 두 가지 상반된 힘이 그의 내부에서 언제나 싸웠다. 톰은 마음이 혼란했지만 데시는 그를 잘 다루어 실력을 발휘할 수 있게 만들 수가 있었다. 훌륭한 조련사가 말을 훈련시켜 장애물을 뛰어넘게 할 수 있는 것과 마찬가지였다.

데시가 통증을 느끼며 누워 있는 동안에 창문에는 햇살이 비쳐들었다. 그런데 그녀는 독립 기념일인 7월 4일에 대행진을 하는데 몰리가 주 상원 의원 해리 포브스와 선두에 나란히 서서 가기로 했는데, 그녀가 입을 옷에 미처 장식을 달지 않은 것이 생각났다. 데시는 일어나려고 했다. 장식을 많이 달아야 하는데도 자기는 누워서 잠만 자고 있다고 생각했다.

데시가 큰소리로 말했다.

「몰리, 내가 곧 끝마칠께. 곧 될거야.」

그녀는 자리에서 일어나 급히 겉옷을 걸친 뒤 맨발로 나갔다. 좀전까지 식구들이 모여서 떠들었는데 거기엔 아무도 없었다. 침실에 가 보니 침대는 깨끗이 정돈되어 있었고, 모두 부엌으로 가고 없었다. 그래서 부엌에 가 보니 그곳에도 모두 흩어져 보이지 않았다. 슬픔과 죽음, 파도는 물러가고 그녀 혼자 정신이 말똥말똥해져 있었다.

집안은 말끔히 청소되어, 커튼도 깨끗했고 창문도 닦아 모두가 청결했으나 이 모두 남자의 솜씨라 다리미질한 커튼은 똑바로 쳐 있지 않았다. 창문에는 줄무늬가 있고 책상 위에는 책을 치운 네모난 자리가 그대로 남아 있었다.

난로의 불빛이 뚜껑 가장자리로 새어나오고 불길 이는 소리가 열린 바람 구멍으로 흘러나왔다. 부엌 시계는 밑에 달린 유리 속에서 추를 번쩍이고, 마치 빈 나무상자를 때리는 망치 소리처럼 똑딱거렸다.

밖에서 갈대 피리처럼 이상한 휘파람 소리가 들렸다. 그 휘파람 소리는 홀뿌리듯 황량한 멜로디를 사방에 퍼뜨렸다. 현관에서 톰의 발소리가 들려 왔다. 그는 앞이 보이지 않을 정도로 참나무 장작을 가득 싣고 왔다.

그는 똑바로 서서 장작을 장작통 위에다 쏟아 버렸다.

그는 유쾌한 얼굴로 말했다.

「이제 일어났군. 내가 잠을 깨우려고 휘파람을 불었어.」

그의 얼굴은 활짝 피어 있었다.

「오늘 아침은 꼭 솜털같이 가볍고 상쾌한데, 게으름을 피울 때가 아냐.」

데시도 한 마디 했다.

「꼭 아버지처럼 말하는군…….」

두 사람은 큰소리로 웃었다. 톰은 너무 기뻐서 몸둘 바를 몰랐다.

「이제부터 이곳도 아버지가 살아계셨던 곳처럼 될 거야. 난 지금까지 등뼈가 부러진 뱀처럼 살아왔어. 윌 형이 나를 돌본 셈이지. 그러나 이제 누나가 집에 도착했으니 내가 보살펴 줄께. 자, 기운을 내. 내 말 들리는 거야? 이제 집에 생기가 돌 거야.」

「내가 여길 오길 잘했어.」

데시는 톰이 예민하고 상처받기 쉬운 성미라는 걸 느꼈다. 그녀는 톰을 잘 보살펴 주어야겠다고 다짐했다.

「톰, 집을 깨끗이 치우려고 며칠 동안 일했겠구나.」

톰이 고개를 저으며 말했다.

「아냐, 그렇지 않아. 그저 팔이 좀 아팠지.」

「나도 안단다. 양동이와 걸레를 들고 무릎을 꿇고 고생이지. 바람의 힘이나 닭의 힘을 이용하는 방법을 생각하지 않는단 말야.」

「맞았어. 그런 방법을 궁리하느라고 시간이 없어. 내가 빳빳한 칼라에 넥타이가 자유롭게 움직이도록 하는 작은 구멍을 연구했거든.」

「톰, 넌 빳빳한 칼라는 달지 않지 않니?」

「어제는 달았지. 그래서 고안한 거야. 나는 이제 닭을 수백 마리 키울 거야. 농장 여기저기에 작은 계사를 많이 짓고, 그 지붕 위에 둥근 우리를 만들어서 닭을 석회수 통에 한 번씩 담가서 목욕을 시키는 거야. 그리고 달걀은 조그만 운반 벨트를 타고 나오게 하고. 내가 설계도를 보여 줄게.」

「나는 아침 식사 설계나 하지. 달걀 프라이는 어떻게 해줄까? 베이컨은 또 어떤 식으로 튀기지?」

「잘해 봐요.」

톰은 난로의 뚜껑을 열고 손의 털이 그을릴 때까지 휘젓가락으로 불을 휘저었다. 그는 휘파람을 불면서 장작을 쑤셔 넣기 시작했다.

「너는 그리스의 언덕에서 보리 피리를 부는 목동 같구나.」

그 말에 톰이 큰소리로 물었다.

「뭐라고, 내가 뭐 같다고?」

데시는 마음이 아팠다. 『톰이 정말 기분이 좋다면 왜 내 마음은 가벼워질 수 없는가? 나는 왜 우울을 떨쳐 버리지 못하는가, 어서 이 우울을 버리고 명랑해져야지. 톰이 그러니 나도 그렇게 해야지.』

데시가 말했다.

「톰!」

「웅.」

「나는 자주색 달걀이 먹고 싶어.」

제 33 장

1

언덕의 녹음은 6월 중순 무렵까지 계속 푸르르다가 그후부터는 풀잎이 노랗게 변하기 시작했다. 야생 귀리의 이삭은 하도 많이 열려서 줄기가 축 늘어졌다. 작은 샘에서는 늦여름까지 물이 졸졸 흘렀다. 농장의 소는 건강해서 가죽이 윤이 났고 살이 쪄서 어기적거렸다. 샐리너스의 사람들은 흉년이 있었다는 사실조차 까맣게 잊어버린 채였다. 농부는 힘이 부칠 정도로 토지를 매입했고, 장부에다 이윤을 계산하느라고 바빴다.

톰 해밀튼 역시 미욱스럽게 열심히 일했다. 힘센 팔과 단단한 손뿐만 아니라, 그는 마음과 정성까지 다하여 일을 했다. 대장간에서는 다시 모루 소리가 들리기 시작했다. 톰은 낡은 집에 흰 페인트를 칠하고 헛간에 하얀 벽토도 발랐다. 그는 킹 시티에 가서 수세식 변소를 잘 관찰한 뒤에 교묘히 양철을 구부리고 나무를 깎아서 새로운 화장실을 만들었다. 샘물은 흐르는 속도가 너무 느려서, 집 옆에다 삼나무 물탱크를 만들어, 미풍에도 돌아가는 풍차를 직접 만들었다. 그런 다음 가을에 특허국에 보내기 위해 이 발명품을 금속과 목재로 모형을 만들어 놓았다.

그리고 톰은 즐거운 마음으로 일을 했다. 톰이 집안 일을 마치기 전에 거들어 주려면 데시는 새벽같이 일어나야만 했다. 그러나 톰의 행복한 모습을 보고 있는 데시는 그것이 돌아가신 아버지처럼 구김살 없는 것도 아니며, 또한 아버지처럼 밑뿌리에서부터 떠올라오는 것도 아님을 깨달았다. 톰은 교묘한 방법으로 행복한 분위기를 만드는 것이었다.

데시는 이 지방에서 그 누구보다 친구가 많은 편이었으나 그녀의 속사정을 솔직히 말할 상대는 없었다. 그녀는 고민이 있어도 입밖에 낸 적이 없었다. 그녀는 고통도 혼자 마음속으로 은밀히 간직했다.

데시가 통증으로 인해 온몸이 굳어져 있는 것을 보고 톰이 놀라서 소리쳤다.

「누나, 이게 무슨 일이야? 왜 그러는 거야?」

데시는 억지로 참으면서 말했다.

「응, 약간 쑤셔서 그래. 조금 쑤실 뿐이야. 이제 좀 괜찮아.」

그들은 잠시 후 억지로 웃으면서 서로를 안심시켰다. 데시는 잠자리에 들면 언제나 쓸쓸하고 허전해서 견딜 수가 없었다. 톰 역시 컴컴한 방에서 어린애처럼 어리둥절한 채 누워 있었다. 그는 자기 심장이 뛰면서 고동치는 소리를 들었다. 잠시 후 그는 마음을 편안히 갖고, 이것저것 기계와 설계도에 대해 생각하기로 했다.

여름날 저녁에는 그들은 언덕까지 산책을 나가서 지는 노을을 감상하고 한낮의 더운 열기를 식혀 주는 시원한 바람을 쐬었다. 그들은 한참 동안 말없이 서서 시원한 공기를 들이마셨다. 두 사람은 서로 다 계면쩍어서 속마음을 이야기하지 않았으므로 서로에 대해 전혀 알 수가 없었다.

어느 날 저녁, 데시가 톰에게 물었다.

「톰, 너 왜 결혼하지 않니?」

두 사람은 동시에 놀랐으나 이내 톰은 데시의 시선을 외면해 버렸다. 그리고 퉁명스럽게 말했다.

「누가 나와 결혼하려고 하겠어?」

「톰, 그 말 농담으로 하는 거니, 진담으로 하는 거니?」

「진담이야. 누가 나한테 시집을 오겠어?」

「진담이로구나.」

데시는 잠자코 있다가 불문율을 깨고 불쑥 물었다.

「너 사랑한 적은 있니?」

톰은 짧게 대답했다.

「없어.」

데시는 톰의 말을 못 들은 듯 다시 말했다.

「궁금하구나.」

두 사람이 언덕을 걸어 내려왔으나 톰은 말이 없었다. 그러다가 집에 도착해서 현관 앞에서 입을 열었다.

「누나, 여기서 사니까 외롭지? 이곳에 있기 싫지?」

잠시 후 다시 말했다.

「그렇지? 대답해 봐.」

「난 어느 곳보다도 이곳에 있고 싶어.」

조금 있다가 그녀가 톰에게 물었다.

「너 여자 집에 다닌 적 있니?」

「응.」

「도움이 되든?」

「별로.」

「그래 넌 앞으로 어떻게 할 작정이니?」

「모르겠어.」

두 사람은 잠자코 집으로 들어 갔다. 톰은 거실의 램프에 불을 켰다. 그가 고친 말털 소파는 벽에 기대 놓여 있고, 초록빛 양탄자는 문까지 엷게 닳은 자국이 나 있었다.

톰은 거실 중앙에 놓인 둥근 테이블 옆에 앉았고, 데시는 소파에 앉았다. 톰이 그녀에게 말한 것에 대해 아직도 당황해 하는 것을 보고 데시는 생각했다. 그녀는 동생 톰이 정말 순수하다고 생각했다. 세상을 나만큼도 모르고 어떻게 살아나갈까? 그는 용을 죽이고라도 여자를 구해 낼 사람이다. 그리고 작은 죄를 짓고도 무안해 하는 성품. 아버지가 살아계셨다면 좋겠다고 생각했다. 아버지는 톰의 훌륭한 점을 아셨다. 아버지라면 그의 훌륭함을 어둠 속에서 끌어내어 마음껏 펴나가도록 할 수 있을 것이다.

　그녀는 톰의 마음속에서 다른 불꽃을 일으킬 수 있을까 하여 다른 질문을 해 보았다.
　「톰, 말이 나왔으니 하는 건데, 너 이 샐리너스 골짜기와 샌프란시스코에 몇 번 가 본 것 외에 다른 세상을 구경해 봤니? 샌루이오비스포보다 더 남쪽으로 가 보았니? 나는 못 갔단다.」
　톰이 대답했다.
　「나도 못 가 봤어.」
　「참 시시하지?」
　「그런 사람이 많을 거야.」
　「그렇지만 반드시 그러라는 법은 없어. 우리 파리, 로마, 예루살렘에 가 보자. 나는 로마의 원형 경기장을 구경하고 싶어.」
　톰은 누나가 무슨 농담을 하려고 그러나 하고 의심스러운 눈으로 쳐다보았다.
　「그렇지만 돈이 많이 들 텐데 어떻게 가지?」
　「많이 들긴. 멋진 곳에서만 묵는 게 아니라 제일 싼 기선을 타고 또 제일 싼 방을 사용하면 돼. 아버지도 아일랜드에서 이곳에 그렇게 오셨어. 그래 우리 아일랜드에도 가자.」
　톰은 가만히 누나를 쳐다보았다. 그녀의 눈은 빛났다.
　데시는 말을 이었다.
　「우리 일 년 동안 열심히 일해서 돈을 모아 보자. 난 킹 시티에서 바느질감을 구해 올 수 있으니까. 윌 오빠도 도와 주겠지. 그리고 내년 여름에는 키운 가축을 다 내다 팔면 여행할 수 있을 거야. 가지 말라는 법이 어디 있니?」
　톰은 일어나서 밖으로 나가 여름 하늘의 별을 바라다보았다. 파란 금성과 붉은 화성이 빛났다. 톰은 두 손을 구부리고 주먹을 쥐었다 폈다 하다가 들어갔다. 데시는 꼼짝도 하지 않고 앉아 있었다.
　「누나, 여행 가고 싶어?」
　「그래, 꼭 갔으면 좋겠어.」
　「누나, 그럼 우리 꼭 가 보자.」
　「톰, 너도 가고 싶으니?」
　「그럼 가 보고 싶고 말고. 누나, 이집트를 생각해 본 적 있어?」
　그러자 데시도 맞장구쳤다.
　「아테네.」
　「콘스탄티노플.」
　「베들레헴.」

「아, 그래 베들레헴이 있지.」

톰이 얼른 말했다.

「누나, 이제 그만 자요. 앞으로 일년 동안은 죽어라고 일을 해야 하니까요. 일년이야. 어서 휴식을 취해야 힘이 생기지. 나는 윌 형에게 돈을 빌려서 돼지새끼를 백 마리쯤 살 생각이야.」

「돼지새끼에게 먹이는 무얼 주지?」

「도토리를 먹이지. 도토리 줍는 기계를 하나 만들면 되니까 말야.」

톰이 방으로 돌아가 혼자 중얼거리며 왔다갔다 하는 소리가 들렸다. 데시는 창 밖으로 별이 빛나는 밤 하늘을 쳐다보았다. 기뻤다. 내가 정말 가고 싶은 것인가? 아니 톰은 정말 여행이 가고 싶은 것일까? 이런 생각을 하고 있는데 옆구리가 쑤셨다.

다음 날 아침 데시가 일어나 보니 톰은 벌써 일어나 자기 이마를 툭툭 치면서 혼자 중얼거렸다.

데시가 다가가 어깨 너머로 보면서 물었다.

「그게 도토리 줍는 기계니?」

「다루기가 간편해야 될 텐데, 돌이나 막대기를 어떻게 골라 내지?」

「네가 발명가라는 건 나도 알지만 나는 세상에서 제일 훌륭한 도토리 수집기를 착안했단다. 그건 지금 당장이라도 쓸 수 있어.」

「무슨 말이지?」

「아이들을 이용하는 거야. 아이들 손은 늘 움직이잖아.」

「애들은 돈을 준다고 해도 하지 않을 거야.」

「그렇지 않아. 상을 준다면 모두 할 거야. 모든 아이들에게 상을 하나씩 주는 거야. 그리고 일등을 한 아이에게는 백 달러 상당의 상을 주고 말야. 그러면 아이들은 계곡의 도토리를 모두 쓸어올 거야. 내가 한번 해볼까?.」

톰은 머리를 긁적거리며 말했다.

「그래, 해보자. 그런데 도토리를 어떻게 모으지?」

「아이들이 가져 올 거야. 그건 내가 맡을게. 도토리를 저장할 곳은 충분한 거니?」

「그건 애들을 이용해서 착취하는 거잖아?」

그 말에 데시도 동조했다.

「그럴지도 모르지만. 나는 맨 처음 가게를 차렸을 때 바느질을 배우고 싶어하는 여자애들의 손을 이용했지. 그애들은 또 나를 이용한 거고. 〈몬터리 군 도토리 줍기 대회〉를 벌이는 거야. 그렇지만 누구나 모두 참여시키지는 않을 테야.

상품으로는 자전거를 주고. 아이들은 자전거를 타려고 도토리를 열심히 줍겠지.」

「도토리를 줍기는 하겠지. 그러나 돈을 좀 주면 어떨까?」

「돈을 주면 안 돼. 그럼 노동을 하는 거야. 누구나 노동은 하기 싫어한단 말이야. 나도 그런 생각이야.」

톰은 설계판 앞에서 웃으며 말했다.

「나도 그래. 그럼 나는 돼지를 맡고 누나는 도토리를 맡도록 해.」

데시가 그에게 말했다.

「톰, 우리가 돈을 번다니 좀 우습지 않을까?」

「누나는 샐리너스에서 돈을 벌었잖아.」

「많이 벌지는 못했는 걸. 부자는 될 뻔했지. 계산대로 돈을 다 받았다면 말야. 그럼, 돼지를 키울 필요도 없었을 거야. 내일이라도 파리에 갈 수 있었을 거야.」

톰은 제도대에서 의자를 끌어당기며 말했다.

「나는 윌 형에게 가서 부탁을 해야 겠어. 함께 갈래?」

「싫어. 나는 남아서 계획을 세워야지. 내일 도토리 줍기 대회를 시작해야 하니까.」

2

오후 늦게 농장에 돌아온 톰은 기가 죽고 슬픔에 잠겨 있었다. 언제나 그랬지만 이번에도 윌은 톰의 열정을 모조리 무시해버렸다. 윌은 입술을 앞으로 쑥 내밀고 눈썹을 문지른 다음 코를 비비고 안경을 닦은 후 여송연을 잘라 불을 붙였다. 윌은 돼지 계획에는 헛점이 많다고 말하면서 타일렀다.

그는 도토리 줍기 대회도 명확한 이유는 밝히지 않은 채 잘되지 않을 것이라고 말했다. 특히 그 일 모두가 불안하다고 했다. 윌은 나중에는 큰 선심이나 쓰듯 생각해 보겠다고 말했다.

톰은 말끝에 윌에게 유럽 여행에 대해 이야기하려다가 그만두었다. 아마도 윌은 은퇴해서 한 재산을 증권에 투자해 놓고 여유 있는 생활을 하면 몰라도 그렇지 않고서는 미쳤다고 생각할 것이었다. 말하나마나 윌은, 톰이 제정신이 아니라서 돼지나 키울 계획을 한다고 했을 것이다. 그래서 톰은 그 계획을 말하지 않았다. 톰은 한번 생각해 보겠다는 말만 듣고, 형은 돼지나 도토리 줍기 대회 같은 것은 상대도 하지 않을 줄 알면서 형과 작별했다.

톰은 속을 드러내지 않고 잘 감추는 것이 장사꾼의 상투적인 수단임을 알지 못했다. 정열을 표현하는 것은 어리석은 행동이었다. 윌은 진심으로 톰의 계획을 생각해 보려고 했다. 톰의 계획 중 일부는 그의 호기심을 끄는 것도 있었다. 돈을 빌려다가 새끼 돼지를 사서 돈이 들지 않는 사료를 먹여 키운 뒤, 그 돼지를 팔아 빚을 갚고 이익을 챙길 수 있다면 해볼 만한 일이었다. 윌은 톰의 몫을 가로챌 생각은 없고 자기도 한몫 끼고 싶을 뿐이었다. 그러나 톰은 원래 공상가이기 때문에 계획을 제대로 세우지 못할 것이다. 그는 돼지고기 시세나 고기 값의 추세도 알지 못한다. 일만 잘 되면 윌은 톰에게 포드 자동차 한 대쯤 선물로 줄 수도 있을 것이다. 도토리 줍기 대회에서는 1등상으로 포드 자동차를 주면 어떨까? 그러면 샐리너스 계곡의 모든 사람이 도토리 줍기 대회에 참가할 것이다.

톰은 길을 달리면서 데시에게 어떻게 자기의 계획이 신통치 않다는 것을 꺼낼까 궁리했다. 제일 좋은 방법은 다른 계획을 세우는 것이었다. 어떻게 해야 일 년 동안 유럽 여행 경비를 마련할 수 있을까? 그제서야 톰은 유럽 여행에 드는 비용이 얼마나 되는지도 모르고 있음을 깨달았다. 톰은 배삯이 얼마인지도 몰랐다. 밤중에 그것을 계산해 보아야겠다고 생각했다.

톰은 마차를 몰고 달리면서 데시가 나와서 마중이라도 해주기를 바랐다. 그녀의 웃는 얼굴을 보고 농담이라도 할 작정이었다. 그러나 데시의 모습은 보이지 않았다. 그는 데시가 낮잠을 자고 있다고 생각했다. 톰은 말에게 물을 먹인 뒤, 마굿간에 말을 매고 여물통에다 건초를 넣어 주었다.

톰이 안으로 들어가자 데시는 소파에 누워 있었다.

톰이 그녀의 얼굴을 쳐다보며 물었다.

「누나, 낮잠 자는 거야?」

그러고 나서 그는 데시의 얼굴을 자세히 들여다보며 말했다.

「왜 그래?」

데시는 통증을 참으면서 정신을 차렸다.

「배가 아파. 굉장히 심한 통증이야.」

「나는 얼마나 놀랐는지. 배가 아프면 내가 고쳐 줄께.」

톰은 부엌에 가서 진주빛 액체가 든 유리컵을 가지고 와서 데시에게 건네 주었다.

「뭐지?」

「응, 소금물. 이건 옛날부터 명약이야. 조금 아프긴 하겠지만 먹고 나면 금세 나을 거야.」

데시는 그것을 받아 마시고 나서 얼굴을 찡그렸다.

「이제 그 맛이 생각난다. 풋사과 냄새가 나는 체중에 먹는 어머니의 약이지.」

「누나, 움직이지 말고 가만히 누워 있어. 빨리 저녁을 준비할께.」

부엌에서 그릇이 덜거덕거리는 소리가 났다. 데시는 통증이 온몸으로 퍼지는 것을 느꼈다. 통증이 절정에 이르자 공포가 엄습했다. 약이 뱃속에 들어가는 기분이 들었다. 잠시 후 데시는 엉금엉금 기어서 새로 만든 수세식 변소에 가서 마신 소금물을 토해 버리려 애썼다. 그녀의 이마에서 땀이 흐르고 눈앞은 컴컴해졌다. 허리를 펴려고 하자, 배의 근육이 딱딱해졌기 때문에 움직일 수가 없었다.

잠시 후 톰이 우유와 버터를 넣고 지진 달걀을 갖고 들어왔다. 데시는 느리게 고개를 저으며 말했다.

「나는 먹지 못해.」

데시는 웃어 보이며 말했다.

「자야겠어.」

톰이 그녀를 안심시키려고 말했다.

「이제 곧 소금물을 먹은 효과가 나타날 거야. 괜찮을 테니 안심해.」

톰은 누나를 부축하여 침실로 갔다.

「뭘 먹어서 그러지, 누나?」

데시는 침대에 누워 억지로 통증을 참아 내고 있었다. 저녁 열시 가까이 되자 그녀의 의지는 싸움에서 지고 말았다. 데시는 동생을 불렀다.

「톰! 톰!」

그 소리를 듣고 톰이 들어왔다. 그의 손에는 세계 연감이 들려져 있었다. 그녀가 입을 열었다.

「톰, 미안해. 너무 아파서 견딜 수가 없어. 못 참겠어.」

톰이 어슴푸레한 어둠 속에서 데시의 침대 옆에 앉았다.

「배가 많이 아파?」

「응, 지독히 아파.」

「지금 변소에 갈 수 있겠어?」

「아니, 지금은 못 가.」

「내가 램프를 켜고 옆에 앉아 있을께. 안심해. 잠을 자도록 해. 아침이 되면 나아질 거야. 소금을 먹었으니 효과가 있겠지.」

그녀는 다시 참을 만한 힘이 생겼는지 가만히 누워 있었다. 톰은 그녀를 안정시켜 주기 위해서 그녀에게 연감의 부분을 읽어 주었다. 데시가 잠들은 것 같자 그는 연감을 그만 읽고 램프 곁에서 깜빡 졸았다.

  톰은 미세한 비명 소리에 잠이 깼다. 몸부림치고 있는 데시 옆에 다가가 보니, 그녀의 눈알은 미친 말의 눈같이 희뿌옇게 되어 있었다. 입은 거품이 일고 얼굴은 붉게 물들어 있었다. 이불 손에 손을 집어 넣자 그녀의 근육이 단단히 굳어 있었다. 그녀는 갑자기 몸부림을 멈추고 고개를 뒤로 젖혔다. 반쯤 감긴 눈이 빛났다.

  톰은 말에 고삐만 채우고 말에 올라탔다. 그는 벨트를 빼서 말을 마구 갈겨댔다. 톰은 마차 바퀴 자국이 난 돌투성이 길을 달렸다.

  도로변 이층 집 위에 살고 있는 던컨 가족은 문 두드리는 소리는 못 듣고 앞문의 자물쇠와 돌쩌귀채가 요란히 떨어지는 소리를 들었다. 던컨이 엽총을 들고 아래층에 내려갔을 때 톰은 전화기에 대고 킹 시티 중앙 우체국을 시끄럽게 부르고 있었다.

  「틸슨 의사를 좀 대 줘요. 어서요. 그걸 내가 어떻게 알아. 이런 빌어먹을! 어서 그를 불러 줘요. 빨리 어서 빨리!」

  레드 던컨은 잠결에도 그에게 총을 겨누는 것을 잊지 않았다.

  틸슨 의사의 목소리가 전화기를 통해서 들려 왔다.

  「그래 알았어. 톰 해밀튼이지? 누나가 어떻다고? 배가 굳었다고? 자네가 어쨌지? 뭐, 소금? 이런 바보 멍청이 좀 보겠나!」

  틸슨 의사는 분노를 겨우 참으며 말했다.

  「톰, 정신차리고 내 말 듣게, 돌아가서 찬 수건으로 맛사지를 해주게. 찰수록 좋아. 얼음은 없을 테고. 그리고 수건을 계속 갈아서 주게. 내가 곧 가겠네. 내 말 들리나? 톰, 내 말 들리나?」

  틸슨 의사는 전화를 끊고 나서 재빨리 옷을 입었다. 그는 피곤하고 화가 났지만 캐비넷을 열어 수술용 메스와 스펀지·튜브·봉합선을 가방에 담았다. 그는 가솔린 램프를 흔들어 가득 차 있나를 확인해 보고 에테르 통과 마스크를 장위의 가방 옆에다 놓았다. 잠옷을 입은 아내가 들여다보자 틸슨 의사가 말했다.

  「내가 차고까지 갈 테니 윌 해밀튼에게 전화해서 나를 자기 시골집까지 자동차로 데려다 달라고 해요. 뭐라고 하거든 여동생의 생명이 위급하다고 해요.」

3

  데시의 장례식을 치른 후 일주일 만에 톰은 열병식의 기마병처럼 어깨를 펴고 턱을 당긴 고고한 모습으로 말을 타고 농장으로 돌아왔다. 톰은 모든 일을 여유를 가지고 완벽히 처리했다. 말을 타고 집으로 돌아올 때의 의젓한 톰의 모습은 이미 세상을 떠난 아버지 해밀튼보다 훨씬 더 의연했다. 매 한 마리가 발톱을 굽히고 병아리를 해치려고 내려 왔으나 톰은 쳐다보지도 않았다.

그는 헛간 앞에까지 와서 말에서 내려 말에게 물을 먹인 뒤, 말을 잠시 잡고 있다가 굴레를 달아 주었다. 여물통에다 납작보리를 붓고 나서, 안장을 벗기고 마르도록 모포를 뒤집어 놓았다. 말이 보리를 다 먹고 난 후, 톰은 갈색 말을 밖에 데리고 나와 울타리 없는 들에서 풀을 뜯도록 풀어 놓았다.

집 안에 들어가 보니 가구와 의자, 그리고 난로가 그로부터 멀리하려는 듯 움츠리는 것같이 보였다. 거실에 들어가니 등없는 의자가 또한 자기를 피했다. 성냥이 눅눅해져서 톰은 죄스러운 기분이 되어 부엌으로 가서 더 가지고 왔다. 거실의 램프는 아름답고 호젓하게 보였다. 그가 성냥불을 켜서 로체스터 심지에 불을 붙이자, 누런 불길이 확 옮겨 붙어 한 치 정도 피어올랐다.

저녁 무렵 톰은 어두운 거실에 앉아서 사방을 살펴보았다. 그러나 그는 말털 소파만은 보려고 하지 않았다. 부엌에서 쥐의 바스락거리는 소리가 들려 고개를 돌리다가 벽에 비친 자신의 그림자를 보고 그때까지 모자를 쓰고 있음을 깨닫고는 모자를 벗어 탁자에 놓았다.

그는 램프 밑에 앉아서 이것저것 자신을 변호할 궁리를 하고 있었다. 그의 이름이 호명되면 그는 법정에 나서야 할 것임을 알고 있었다. 법정의 판사는 바로 자신이요, 배심원은 자기의 죄목임을 깨달았다.

정말 자기 이름을 호명하는 소리가 들려 왔다 그의 마음은 법정으로 걸어들어가 고소인과 마주 바라보았다. 옷차림이 더럽고 천하다고 논고한 허영, 돈을 주면 갈보를 찾곤 하는 욕정, 재능이 없으면서도 있는 척하는 부정직, 그리고 나태와 탐욕이 팔짱을 끼고 앉아 있다. 톰은 이런 것 때문에 그나마 위안을 받았다. 그것이 뒤에 앉아서 기다리고 있는 회색 놈을 가려 주었기 때문이었다. 톰은 회색 놈의 무서운 죄를 기대하고 있었던 것이다. 그는 일부러 작은 죄를 내세워 자신을 건져 볼 생각이었다. 그는 윌의 돈을 탐낸 마음이나, 어머니가 믿는 하나님을 배신한 것과 시간과 희망을 훔친 것, 그리고 사랑을 거부한 일 등의 죄를 진 셈이었다.

아버지 사무엘은 부드러운 음성으로 말했지만, 그 소리는 쩡쩡 울렸다.

「착하고 순수하고 훌륭해야 한다. 톰 해밀튼다워야 한다.」

그러나 그는 아버지의 말을 못 들은 척했다.

「나는 친구들에게만도 인사하기 바빠요.」

톰은 부정직과 불효와 무례함과 불결한 손톱을 보고 고개를 끄덕여 인사했다. 그런 다음에는 다시 허영에게 인사하기 시작했다. 그러자 〈회색의 인간〉이 앞을 막고 일어났다. 여러 가지 작은 죄목만을 내세워서 모면하기엔 이미 때가 늦은 뒤였다.

톰은 유리컵의 냉기를 손으로 느꼈다. 진주빛 액체가 녹으며 거품을 일으켰다. 톰도 빈 방에서 큰소리로 말했다.

「이거면 다 되겠어. 아침까지만 기다리면 기분이 좋아질 거야.」

그때 울려퍼졌던 소리가 바로 이 말소리였다. 벽이나 의자, 그리고 램프까지 들었으며 증명할 수도 있다. 이 넓은 세상에 톰이 살 고장은 없었다. 그가 찾지 않아서 없는 것이 아니었다. 그는 온갖 궁리를 다해 보았다. 『런던은? 그곳도 안 돼. 그럼 이집트는? 이집트의 피라밋은? 아니 스핑크스는? 안 돼. 파리는? 그곳도 안 돼. 아니 그곳은 내가 지은 죄가 많으니까 괜찮을지도 몰라. 아니, 좀 물러나 있다가 잠시 후 다시 생각해라. 베들레헴은? 아냐, 그곳도 안 돼. 그곳은 이방인에게 외로운 곳일 거야.』

그러자 잇따라 생각이 떠올랐다. 죽는 방법이나 시기를 생각해 낸다는 것은 실로 어려운 일이다. 눈썹을 치켜올리고 한 번 중얼거리고 죽거나, 아니면 밤중에 번쩍 빛이 나고 탄알이 몸에 박혀 피를 흘리며 죽는다거나.

이제 톰이 죽는 것은 기정 사실이다. 몇 가지 일만 마무리하면 되는 것이다. 소파가 불평을 품은듯 삐걱거렸다. 바라보니 소파가 알려 준 쪽의 램프에서 그을음이 났다.

「아, 내가 그을음을 미처 못보았구나.」

톰은 심지를 낮추고 그을음을 멈추게 했다. 톰의 마음은 졸고 있었다. 그때 살인죄라는 말이 그의 뺨을 후려쳐 잠을 깨웠다. 『이런 빌어먹을 놈, 톰아! 너무 지쳐서 자살도 하지 못하는구나. 자살을 하려면 움직여야 하고 고통이 수반될지도 모른다. 그리고 집안은 난장판이 되겠지.』

톰은 어머니가 자살을 몹시 싫어하던 생각이 떠올랐다. 자살은 어머니가 제일 싫어하는 세 가지 행동, 즉 버릇 없는 행동과 비겁과 함께 큰 죄였다. 이것은 간통이나 도둑만큼 나쁜 것이라고 말씀하셨다.

어쩌면 『어머니의 꾸중을 피할 수 있는 방법도 있을 것이다. 어머니의 꾸중을 듣는다는 것은 실로 괴로운 일이니까.

아버지는 그다지 꾸짖지 않으시겠지. 그러나 아버지는 어디에나 계시기 때문에 피할 수가 없다. 아버지께는 이렇게 말할까? 아버지, 정말 죄송해요. 그렇지만 어쩔 수가 없었어요. 아버지, 제발 저를 과대평가하지 마세요. 그건 아버지가 잘못 생각하신 거예요. 아버지는 저를 지극히 사랑해 주셨고 늘 사랑하셨는데, 그만한 보람이 있었으면 좋겠어요. 아버지라면 이런 경우 탈출구를 생각해 낼 수도 있을 거예요. 그러나 저는 도저히 방법이 없어서. 저는 살 수가 없어요. 데시 누나는 내가 죽였어요. 이제 나도 영원히 잠자고 싶어요.』

이 세상에 없는 아버지를 대신해서 그는 마음속으로 이렇게 대답했다.

『그래, 네 심정은 이해한다. 인간이 이 세상에 태어났다가 다시 다른 세상에 태어날 때까지의 사이에 선택할 방법은 얼마든지 있다. 그러나 어머니의 마음을 상하게 하지 않는 방법을 생각해 보자. 너는 왜 그렇게 성미가 급하냐?』

『저는 더 이상 기다릴 수가 없어요. 더 참을 수가 없어서 그래요.』

『내 아들아! 너는 기다릴 수 있다. 너는 할 수 있어. 너는 내가 생각했던 만큼 아주 훌륭한 어른이 됐어. 서랍을 열고 통무 머리같은 너의 머리를 좀 써 봐라.』

톰이 서랍을 열자, 그 안에는 편지지 한 권과 편지 봉투 묶음, 씹어서 끝이 뭉툭해진 연필 두 자루, 그리고 우표 몇 장이 보였다. 그는 편지지를 꺼낸 뒤 연필을 꺼내 칼로 깎기 시작했다.

그는 편지를 써 내려 갔다.

어머니, 안녕하세요?

저는 앞으로는 어머니와 함께 더 많은 시간을 보내려고 계획하고 있습니다. 올리브 누나가 추수 감사절에 오라고 하니 그때 가겠어요. 올리브 누나는 칠면조 요리를 어머니만큼 맛있게 하지요. 어머니는 그렇게 생각하시지 않겠지만요. 저는 아주 운이 좋답니다. 15달러를 주고 말 한 필을 샀답니다. 거세한 놈인데 꼭 순종같답니다. 그 놈이 사람을 싫어하기 때문에 싸게 산 거죠. 먼저 주인은 말 위에 앉아 있었던 적보다 땅에 떨어진 적이 더 많다는군요. 그렇지만 아주 예민한 놈이에요. 그놈이 나를 두 번씩이나 내동댕이쳤지만 내가 타고 말겠어요. 그놈의 기만 꺾게 된다면 세상에서 제일 좋은 말을 갖게 될 거예요. 이 겨울이 다 갈 때까지 그놈의 기를 꺾어 놓고 말겠어요.

제가 왜 이 말만 쓰는지 모르겠지만 지난번 주인이 이런 말을 하더군요. 이 말은 어떻게 심술궂은지 등에 탄 말까지 삼켜 버린다더군요. 우리가 토끼 사냥 갈 때마다 아버지가 늘 타시던 말 기억나세요? 싸움에 이겨서 방패를 갖고 돌아오든지 그렇지 않으면 죽어서 방패에 얹혀 오라고 하셨죠. 그럼 어머니 추수 감사절에 찾아뵙겠어요.

아들 톰 올림

톰은 편지를 잘 썼는지 의심스러웠지만 너무 지쳐서 다시 쓸 수가 없었다. 그는 다시 추신을 적었다.

『앵무새 폴리는 전혀 나아지지 않았더군요. 그녀는 얼굴을 붉게 만듭니다.』

그는 또 편지 한 장을 썼다.

윌 형에게

형은 어떻게 생각할지 모르지만, 형, 나를 좀 도와 줘요. 어머니를 위해서도요. 나는 말에 채여 죽었답니다. 말에서 떨어져 머리를 채였어요.

동생 톰으로부터

그는 봉투에 우표를 붙이고 나서 편지를 주머니에 넣은 뒤 아버지에게 물었다.

「아버지, 이 정도면 됐나요?」

그는 침실에서 새 탄알 상자를 뜯고 한 알을 기름이 잘 칠해진 스미스 앤드 웨슨 38구경 총의 탄창에 넣고 그 탄창을 격철 왼쪽 한 칸 건너에다 끼웠다.

울타리 옆에서 졸던 말이 그의 휘파람 소리를 듣고 달려왔다. 그가 말 안장을 얹는 동안에도 말은 졸고 있었다.

새벽 세 시, 톰은 킹 시티 우체국에 두 통의 편지를 떨어뜨려 놓고 다시 말에 올랐다. 그는 남쪽으로 말머리를 돌려 정든 해밀튼 농장의 불모지를 향해 달렸다.

그는 과연 사내다운 신사였다.

제4부

제 34 장

1

『이 세상의 이야기는 대체 어떤 것일까?』어린아이들은 이런 의문을 가질 것이고, 어쩌면 어른들도 이런 의문을 갖고 있을 것이다. 『세상이 어떻게 돌아가는 거죠? 결말은 어떻게 날까? 우리가 사는 이 세상의 이야기는 어떤 것이지요?』이런 것을 모두 궁금히 생각할 것이다.

나는 이 세상에서 우리를 놀라게 하고 우리 마음을 동요시키는 이야기는 단한 가지밖에 없다고 생각한다. 그 한 가지 이야기를 중심으로 우리는 계속 생각하고 또 궁금해 하며 살아가는 것이다. 인간은 살아가면서도 생각하고, 갈망하고 엉뚱한 생각을 하며, 욕심을 내고, 잔인하게 행동하며, 그리고 자애와 관용을 베풀기도 하며, 언제나 선과 악의 그물에서 벗어나지 못하는 것이다. 이것이 우리가 할 수 있는 유일한 이야기며, 이것이야말로 감정이나 지능이 서로 다른 여러 층의 사람들에게 일어나는 이야기다. 선과 악은 최후 의식의 바탕으로 이루어졌고 앞으로 또한 우리의 마지막 날의 초석이 될 것이다. 강산이 변하고 예절과 경제 사정이 변해도 이것은 변하지 않을 것이다. 이 이외에 다른 이야기는 없다. 인간이 그 일생 동안의 잔재를 모두 떨쳐 버리고 난 후에도 어김없이 남아있는 한 가지 문제가 이것이다. 그 일생이 선했나, 악했나, 좋은 일을 했나, 나쁜 일을 했나?

헤로도투스가 페르시아 전쟁에 대해 서술하면서 한 말이 있다. 그 당시에 가장 부자요 복이 많은 크로이소스 왕이 아테네의 현인 솔론에게 중요한 질문을 했다고 한다.

「이 세상에서 누가 제일 복이 많은 사람인가?」

그는 아마도 확실한 다짐을 받고 싶어서 견딜 수 없었을 것이다. 그러자 솔론이 옛날에 행복했던 세 명을 말했지만 크로이소스는 그 속에 자기도 포함되겠지 하고 조바심을 떨어서 솔론의 말이 제대로 귀에 들어오지 않았다. 솔론이 자기에 대해서 언급을 하지 않자 왕은 직접적인 질문을 했다.

「나는 행복하다고 생각지 않나?」

그러자 솔론이 거침없이 대답했다.

「아직 당신이 생존해 계신데 내가 어떻게 말씀을 드릴 수 있겠습니까?」

그의 행복이 부유함과 왕국과 함께 사라졌을 때, 크로이소스의 뇌리에서는 솔론의 대답이 아마도 지워지지 않았을 것이다. 또한 그가 화형에 처했을 때에도 이 대답이 생각났을 것이며, 차라리 그때 그런 질문을 하거나 듣지도 말았으면 좋았다고 후회했을지도 모른다.

이것은 오늘날에도 마찬가지이다. 사람이 사망하면, 재산과 세도와 권세가 있고 남이 부러워할 모든 것을 골고루 갖춘 사람이 죽는 경우, 살아 있는 사람들은 그 재산과 명성과 업적을 조사한 후에, 이런 질문을 하게 될 것이다. 『그가 선하게 살았느냐, 악하게 살았느냐.』 이 말은 크로이소스의 질문을 다르게 표현한 것에 불과할 뿐이다. 다른 사람들이 부러워할 모든 것이 사라진 후에 사람을 평가하는 기준은 『그가 살아 있을 때 사람들의 경애의 대상이었나, 증오의 대상이었나? 그의 죽음을 아쉬워하는가? 시원하다고 생각하는가』일 것이다.

나는 지금까지 세 사람의 죽음을 뚜렷이 기억한다. 그 중 한 명은, 많은 사람의 영혼과 육체를 짓밟고 세기의 부자가 된 사람인데, 그동안에 잃은 사랑을 찾기 위해서 오랫 동안 세상에 좋은 일을 많이 했다. 그것은 그가 재산을 모으면서 저지른 행위를 보상하고도 남을 정도였다. 이 사람이 죽을 때 나는 기선을 타고 여행중이었는데 배 안의 게시판에 이 사람의 부음을 알리는 종이가 붙었다. 대개의 사람들이 그의 죽음을 기뻐했으며, 더러는 『그 빌어먹을 자식, 잘 죽었다.』라고 말하는 사람도 있었다. 그 다음에는 악마처럼 약은 사람이 있었다. 그는 인간의 존엄성을 깨닫지 못하고, 인간의 악하고 약한 점만을 속속히 알아 그 아는 것을 이용하여 인간의 마음을 비뚤어지게 하고, 사람들을 협박하고, 유혹하여 권력자가 되었다. 그는 말만 그럴듯하게 해서 자기 속셈을 감추었다. 그런데 인간에게서 스스로 사랑하는 마음을 빼앗으면 후일 어떠한 선물을 주면서 매수해도 그 사랑을 찾을 수 없다는 것을 알고 있었는지 모를 일이다. 매수당한 사람은 매수한 사람을 미워할 수밖에 없다. 이 사람이 죽었을 때 사람들은 겉으로 그를 칭찬했지만 속으로는 모두 잘 죽었다고 기뻐했다.

또 한 사람은 행동에 있어서 많은 실수를 범했지만, 사람들이 겁을 내고 있을 때, 그리고 그 겁을 이용한 추악한 세력이 세상에서 날뛸 때, 그는 인간을 용감하고 점잖게, 그리고 선량하게 이끌려고 열성을 다했다. 이 사람들을 미워하는 자가 몇 있었다. 그러나 이 사람이 세상을 떠났을 때 사람들은 저마다 거리에서 슬퍼했다.

나는 인간이 불안할 때, 우선 마음속으로 언제나 선량해지고 싶어하고 사랑을 받고 싶어하는 것이라고 믿는다. 사실 그들은 사랑을 얻기 위해서 서두르기 때문에 비행을 저지른다. 인간이 세상을 떠날 때 생전의 재간과 세력과 재질이 제아무리 훌륭해도, 사랑을 받지 않고 죽는다면 그의 일생은 실패한 것이요, 죽음이 무섭기까지 할 것이다. 나는 여러분이 두 가지 생각 또는 행동 중 하나만을 택해야 한다면 우리의 죽음을 생각하여 우리가 죽었을 때 세상 사람의 기뻐하는 일이 없도록 해야겠다.

세상의 이야기는 단 하나뿐이다. 모든 시와 소설은 우리 인간의 마음속의 선과 악의 끊임없는 싸움을 그 바탕으로 한다. 그리고 악은 계속 알을 낳지만, 선과 덕은 영원히 변하지 않는다. 악은 항상 젊고 싱싱한 얼굴이지만 덕은 세상에서 가장 점잖고 원숙한 얼굴을 한다.

제 35 장

[1]

아담과 쌍둥이가 샐리너스 읍대로 이사하는 것을 리가 도와 주었다. 리는 짐을 포장해서 기차로 부치고, 포드 자동차 뒷좌석에 짐을 실어 샐리너스까지 가서 짐을 풀었다. 리는 데시 네 작은 집으로 아담의 가족이 편안히 옮길 수 있도록 모든 일을 맡아서 했다. 그들이 불편하지 않도록 많은 일을 처리하고, 또 기회를 잃은 어려운 일까지 맡아서 한 뒤에, 리는 어느 날 밤, 쌍둥이가 잠자리에 들고 난 후에 정식으로 아담에게 이야기를 꺼내려 했다. 아담은 그가 냉정히 격식을 차리는 모습을 보고 그의 심중을 눈치챘다.

「어서 말해 보게. 나도 기다리고 있었다네.」

아담이 먼저 그렇게 나왔기 때문에 리는 그만 말문이 막히고 말았다.

「여러 해 동안 힘껏 돕기는 했지만 이제는 저도……..」

그는 이렇게 서두를 꺼낼 작정이었으나 준비한 말은 나오지 않고 엉뚱한 말이

나왔다.

「지금까지 차일피일 미루기만 했는데, 할 말이 모두 준비되어 있기 때문에 해야겠어요. 제 말을 들어 보시겠어요?」

「꼭 말을 해야겠나?」

「아니, 그렇지는 않지만요. 좀 멋지게 말을 하려고 했는데.」

「언제 떠날 생각이지?」

「빨리 떠났으면 좋겠어요. 빨리 떠나지 않으면 내가 마음이 변할 것 같아서 그래요. 새 사람이 올 때까지 있을까요?」

「아냐, 그럴 필요는 없어. 나는 원래 게으르니까, 그러려면 오랜 시간이 걸릴 거야. 아니 어쩌면 영원히 구하지 못할 수도 있겠지.」

「그럼 내일 떠나겠습니다.」

그 말에 아담이 대답했다.

「쌍둥이가 울고불고 할 거야. 그러니 살짝 떠나면 어떨까? 애들에게는 나중에 내가 말하기로 하고.」

「내가 애들을 살펴보니 애들은 항상 우리를 깜짝 놀라게 하더군요.」

리의 관찰은 정확했다. 다음 날 아침 식사 때 아담이 아들에게 말했다.

「애들아, 오늘 리가 여길 떠나기로 했단다.」

먼저 가알이 말했다.

「아, 그래요? 아버지, 오늘 밤에 농구 경기가 있는데 입장료가 10센트래요. 구경가도 돼요?」

「그러럼. 너, 내가 한 말 들었냐?」

이번에는 아론이 대답했다.

「들었어요. 리가 여길 떠난다고 하셨죠?」

「그래, 이제 가면 돌아오지 않을 거다.」

카알이 다시 물었다.

「어디로 가죠?」

「샌프란시스코에 가서 산단다.」

아론이 불쑥 한 마디 했다.

「중앙로 오른쪽에서 한 남자가 작은 난로에 소시지를 구워서 빵에다 넣어 팔고 있어요. 5센트라는데 겨자는 달라는 대로 줘요.」

리는 부엌문 앞에 서서 아담을 쳐다보며 웃어보였다.

카알과 아론이 책을 챙기자 리가 그들에게 말했다.

「애들아, 잘 있어라.」

「잘 가요.」

아이들은 한 마디 소리지르고는 밖으로 뛰어나갔다.

아담은 커피잔을 쳐다보고 나서 입을 열었다.

「괘씸한 놈들. 십 년이 넘게 돌보아 주었는데, 이게 보답인가?」

그 말에 리가 대답했다.

「난 그게 좋아요. 애들이 슬퍼한다면 그건 거짓일 테니까요. 내가 떠난다는 게 아이들에게는 별로 큰 일이 아니니까요. 난 쌍둥이들이 슬퍼하는 걸 원치 않아요. 그애들이 섭섭해 하길 좋아할 정도로 마음이 좁지는 않답니다.」

리는 말을 하고 테이블 위에다 50센트를 놓으며 말했다.

「오늘 밤 농구 구경갈 때 이 돈을 내가 준 거라고 전해 주세요. 소시지 빵도 사 먹고요. 쌍둥이들이 내가 준 작별 선물을 먹고 체할지도 모르겠군요.」

아담은 리가 식당으로 갖고 온 가방을 쳐다보며 말했다.

「이게 짐의 전부인가?」

「책을 빼고는 이게 모두입니다. 책은 지하실에 두었는데 좋으시다면, 제가 자리를 잡고 나서 사람을 보내든지 제가 직접 가지러 오겠습니다.」

「그렇게 하게. 자네는 어떨지 모르지만 나는 자네를 그리워할 걸세. 리, 정말 서점을 차릴 건가?」

「네, 그럴 겁니다.」

「소식을 줄 건가?」

「글쎄요. 그건 생각해 보아야겠어요. 딱 잘라 버리는 게 제일 좋다는 말도 있지요. 우표로 맺어지는 교분처럼 슬픈 건 없어요. 직접 만나 보고 접촉할 수 없으면 아예 잊어버리는 게 좋을 거예요.」

아담이 자리에서 일어나며 말했다.

「나도 정거장까지 가지.」

그러자 리가 냉정히 말했다.

「아니예요. 그건 제가 사양하겠어요. 트래스크 씨, 안녕히 계십시오.」

리가 너무나 급히 집에서 나갔으므로 아담의 작별 인사는 그가 계단 밑에 내려가서야 들렸다.

「리, 꼭 편지하게.」

이 소리는 앞문이 닫히는 소리와 함께 들려 왔다.

②

　그날 밤 농구 시합이 끝난 뒤 쌍둥이는 소시지 빵을 각각 다섯 개씩 먹었다. 그들은 그것을 먹기를 잘했다. 집에서는 아버지가 저녁 식사를 준비하지 못했으니까. 그들은 돌아오는 길에 처음으로 리에 대해 말했다.

　먼저 입을 연 것은 카알이었다.

「리는 왜 집에서 나갔을까?」

「벌써 오래 전부터 나가겠다고 말을 했잖아.」

「우리가 없는 데서 무슨 일을 할까?」

　아론이 대답했다.

「응, 다시 올 거야.」

「아냐, 그렇지 않을 거야. 서점을 한다고 했어. 우스운 일이야. 중국인 책방이라니.」

「리는 분명히 다시 돌아올 거야. 외로워서 혼자 살 수 없을 테니까. 어디 기다려 봐.」

「그럼, 우리 돌아오지 않으면 10센트 걸기로 하자.」

「기한은 언제까지로 하는 거지?」

「언제까지라도 좋아.」

「좋아, 그렇게 해.」

　아론은 찬성했다.

　아론은 한달 동안 내기로 건 돈을 받지 못했으나, 그후 6일 후에는 그 벌금을 받게 되었다.

　리는 열 시 사십 분 기차를 타고 도착해서 자기가 갖고 있는 열쇠로 문을 열고 집안으로 들어왔다. 식당에는 불이 켜져 있었다. 리는 아담이 부엌에서 프라이 팬에 까맣게 내려앉은 더께를 깡통 끝으로 긁고 있는 것을 쳐다보았다.

　리가 가방을 내려놓으며 말했다.

「그건 하룻밤 물에 담가 두면 벗겨진답니다.」

「아, 그렇군. 나는 요리할 때마다 무엇이나 탄단 말이야. 근대가 타서 달라 붙은 남비는 마당에다 내놓았지. 냄새가 너무 고약해서 집안에 둘 수도 없었어. 근대 타는 냄새는 고약하단 말야. 아니, 리! 이게 어찌된 영문이지?」

　아담은 펄쩍 뛰면서 비명을 질렀다.

　리는 그가 손에 들고 있는 검은 프라이 팬을 빼앗아 싱크대에 갖다 놓고 물을 틀면서 말했다.

「새 가스 난로만 있으면 2, 3분 내에 커피 물을 끓일 수도 있어요. 불을 피워야겠군요.」

아담이 그에게 말했다.

「곤로에 불이 붙지 않아.」

그러자 리가 난로 뚜껑을 열면서 물었다.

「재를 치웠어요?」

「재라고?」

「그럼 저쪽 방에나 가 계세요. 내가 커피를 끓여 줄 테니까요.」

아담은 식당에서 참고 기다리기가 힘들었으나 끝까지 참고 견뎠다. 리가 커피 두 잔을 들고 와서 테이블에다 놓았다.

「냄비에다 끓였더니 훨씬 빠르더군요.」

리는 몸을 굽히고 자기 가방에서 술병을 하나 꺼냈다.

「이건 중국 술입니다. 오가피주는 아마 십 년은 더 갈 거예요. 참, 제가 저 대신 사람을 쓰셨냐고 묻지 않았군요.」

「자네는 또 변죽만 울리는군 그래.」

「나도 알고는 있습니다. 사실이지 솔직히 모두 털어 놓고 결정을 짓는 게 제일 낫다는 것도 압니다.」

「도박을 해서 돈을 잃었나?」

「아뇨, 오히려 그랬기나 했으면 좋았게요. 돈은 쓰지 않아서 그대로 있어요. 아니, 이놈의 마개가 병 속에 빠졌군…….」

그는 검은 술을 자기 커피에도 따랐다.

「처음 먹어 보지만 아주 맛있어. 훌륭한 맛이지요.」

「그건 썩은 사과 맛 같아.」 아담이 말했다.

「그래요. 그러나 해밀튼 씨는 늘 맛있게 잘 썩은 사과 맛이라고 말했답니다. 생각나세요. 그 말?」

「자네는 언제가 되야 무슨 일이 일어났는가를 이야기해 줄 텐가?」

「무슨 일이라뇨? 그저 외롭고 쓸쓸해져서죠. 이유는 단지 그뿐이에요. 그것만으로도 이유는 충분하지 않습니까?」

「서점을 내겠다고 했잖아.」

「서점은 차리기 싫어요. 기차를 타기 전부터 그런 생각을 했는데, 그 사실을 확인하려고 지금껏 시간을 보낸 겁니다.」

「그럼 자네의 최후의 꿈도 사라졌군.」

「네, 그러길 잘했어요.」

잠시 후 리가 신경질적으로 말을 이었다.

「트래스크 영감, 우리 중국 사람 술 취하고 싶어. 아아아아.」

아담은 크게 놀라서 물었다.

「리, 왜 이러는 거야. 정신차려, 리.」

리는 단숨에 술을 한 모금 마시고는 향내나는 술의 향기를 푸하고 내뿜었다.

「아담, 나는 이렇게 말없이 돌아오게 된 게 믿기 힘들어요. 그동안 나는 외로움과 크게 싸웠지요. 내 평생 처음으로 외로웠어요.」

제 36 장

1

샐리너스에는 국민 학교가 둘 있었는데, 두 학교는 모두 높은 창이 달린 누런 건물이었다. 그 창문은 보기 흉했고, 문짝은 너무 우악스럽게 보였다. 그 학교의 이름은 각기 동부 국민 학교와 서부 국민 학교였다. 동부 국민 학교는 마을을 가로질러 멀리 위치한 곳에 있어서 중앙로 동쪽에 사는 아이들이 다니고 있으므로 여기서는 언급하지 않겠다.

서부 국민 학교는 큼직한 이층 건물로 앞면에는 마디투성이의 포플라나무가 서 있고, 운동장은 남자 운동장과 여자 운동장으로 나뉘어져 있었다. 운동장 뒤편에는 웅덩이가 있는데, 그 속에서는 커다란 튜이 들이 자라고 있었다. 서부 국민 학교에는 3학년부터 8학년까지 있었는데, 1학년과 2학년은 약간 떨어진 곳에 위치한 유아학교에 다녔다.

서부 국민 학교에는 학년마다 교실이 각기 하나씩 있어 3, 4, 5학년은 일층이고 6, 7, 8학년은 이층이었다. 각 교실에는 참나무로 만든 책상과 교단, 그리고 교사용 책상과 벽시계와 그림이 한 장씩 붙어 있었다. 붙어 있는 그림은 각기 교실마다 제각기 달랐지만, 모두 라파엘 전파(前派)의 그림이었다. 3학년 교실에는 갑옷을 입은 원탁의 기사 캘러해드의 그림이 걸려 있었다. 4학년 교실에는 그리스 신화에 나오는 발이 빠른 미인 아탈란타의 그림이 걸려 있었다. 5학년 교실에는 바실의 화분 그림이 걸려 있었다. 그러다가 8학년 교실에는 카탈린의 고발 장면을 그린 그림이 걸려 있었는데, 이것은 앞으로 고등 학교로 올라갈 학생들의 공덕심을 길러 주었다. 카알과 아론은 7학년에 편입되었다. 그 교실에는 전신에 뱀을 휘감은 라오콘의 그림이 걸려 있었다.

두 사람은 교실이 하나뿐인 시골 학교에 다녔기 때문에 크고 장엄한 서부 학교에 어리둥절해지고 말했다. 그리고 각 학년마다 담임 선생님이 한 명씩인 것도 무척 인상적인 모습이었다. 모두가 그렇듯이 그들은 첫째 날에는 어리둥절해하고, 둘째 날에는 찬사의 말을 늘어놓고, 세 번째 날에는 벌써 그 전에 다녔던 학교를 까맣게 잊고 있었다.

선생님은 검은 피부의 미인이었다. 아론과 카알은 재치있게 손을 들고 내려 걱정이 없었다. 카알이 먼저 그 요령을 터득하고 아론에게 설명해 주었다.

「아론, 다른 애들을 보니 답을 알면 가끔 손을 들고, 모르면 쥐구멍에라도 들어갈 듯이 몸을 숙이고 있더라. 우리가 어떻게 하면 되는지 알겠어?」

「난 모르겠어. 어떻게 해야 되지?」

「선생님은 언제나 손을 든 아이만 시키지는 않아. 손을 들지 않는 아이들도 시키더군. 그애들은 답을 모르는데 말이야.」

아론이 물었다.

「그래서?」

「첫번째 주일에는 열심히 공부를 해 가서 손을 들지 않고 있는 거야. 그러면 선생님은 우리를 시킬 테니까, 그때 척척 대답을 하는 거지. 그럼 선생님은 속고 마는 거지. 둘째 주일에는 우리는 공부를 하지 않고 와서 손을 들면 돼. 그러면 선생님은 우리를 시키지 않을 거야. 그리고 세 번째 주일에는 그저 앉아만 있는 거야. 그러면 선생님은 우리가 알고 있는지 모르는지 알 수 없을 거야. 그 다음부터는 우리를 시키지 않고 그냥 놔 둘 거야. 선생님은 대답할 수 있는 사람을 시켜서 시간 낭비를 하지는 않으니까.」

카알의 방법은 적중했다. 얼마 후부터 쌍둥이는 선생님의 간섭을 받지 않았을 뿐만 아니라, 명석하다는 말을 듣게 되었다. 사실 카알이 궁리해 낸 방법을 쓸 필요도 없었다. 두 형제는 쉽게 학교 생활을 해나갔다.

카알은 구슬치기를 잘했기 때문에 운동장에서 백묵·구슬·유리알·공기 돌 등을 거의 휩쓸다시피 했다. 카알은 구슬치기 유행이 지나면 구슬을 팽이와 교환했다. 카알은 볼품 없는 두툼한 납작 팽이로부터 축이 바늘처럼 가늘고 얄상하게 생긴 위험한 팽이까지 여러 모양, 각양 각색의 팽이 쉰 다섯 개를 갖고 그것을 법화(法貨)처럼 사용한 적도 있었다.

쌍둥이를 본 사람은 누구를 막론하고 그들의 차이점을 보고는 어리둥절해 한다. 카알은 성장하면서 피부가 검게 되고 머리카락도 까맣게 되었다. 그는 민첩하고 빈틈 없는 성격이지만 은밀한 점도 더러 있었다. 모든 사람이 카알을 좋아하지는 않았지만 그를 두려워했고, 또한 그 두려움 때문에 존경을 표시했다. 절친한 친구는 없었지만, 그를 추종하는 친구가 있었으므로 운동장에서는 자연히 대장 노릇을 했다.

카알은 재간을 밖으로 나타내지 않았고 감정도 드러내지 않았다. 그는 무신경하고 둔한 사람으로 간주되고, 또한 잔인한 사람으로까지 생각되었다.

그러나 아론은 만인의 사랑을 독차지했다. 그는 수줍고 섬세한 소년처럼 보였다. 불그스름한 살결, 금발, 미간이 넓은 파란 눈이 사람들의 주목을 언제나 끌었다. 그리고 아론의 외모가 귀엽기 때문에 처음에는 다른 애들이 깔보기도 했으나, 막상 그와 맞붙어 보니 고집이 세고 끈덕지고 전혀 두려움이 없이 마구 달려들기 때문에 그렇게 만만하지가 않았다. 이런 소문이 돌았기 때문에 새로 전학해 온 학생들을 골리는 장난꾸러기들도 이제는 그들을 건드리지 않았다. 아론은 자기의 성격을 숨기려고는 하지 않았으나 외모가 귀엽게 생겼기 때문에 그의 본래의 성질이 잘 드러나지 않았다. 그는 한번 방향을 결정하면 그것을 바꿀 줄 몰랐다. 그는 융통성이 없고 단편적이었다. 그의 마음은 변덕스러운 것을 몰랐고, 그의 육체는 고통을 느끼지 않았다.

카알은 형의 성질을 잘 알기 때문에 아론을 누구보다도 잘 다루었다. 그는 형을 잘 다루었다. 그는 형의 균형을 깨뜨리게 해서 당황하게 만들었는데, 그 효과에는 한계가 있는 법이었다. 카알은 언제 비켜야 하고, 언제 도망가야 할지를 정확히 깨달았다. 아론은 언제나 방향이 바뀌면 당황했다. 그 이외에는 당황하는 일이 전혀 없었다. 그는 자신이 가야 할 길을 정해 놓으면, 그는 감정을 거의 나타내지 않는 과묵한 성품이었다. 그의 모든 것이 귀여운 얼굴에 감추어져 있는 셈이었다. 그는 새끼 사슴이 자기 몸에 난 얼룩점에 대해 관심이나 책임을 지지 않듯이 자신의 외모에 대해 관심이나 책임을 지지 않았다.

2

아론이 처음 읍내 학교에 등교하는 날, 쉬는 시간을 목 빠지게 기다리다가 에이브라를 만나려고 여자 운동장으로 갔다. 여자애들이 소리를 질렀으나 그를 몰아 낼 수는 없었다. 바로 나이 든 선생님이 와서 억지로 그를 남자 운동장으로 돌려 보냈다.

아론은 점심 시간에도 에이브라를 만나지 못했다. 그녀의 아버지가 멋진 사륜마차를 타고 와서 집으로 점심을 먹으러 갔기 때문이었다. 아론은 방과 후 교문 밖에서 에이브라가 나오기만을 기다렸다.

에이브라는 다른 소녀에게 둘러싸여 나왔다. 그녀의 얼굴은 침착했으며, 그가 기다릴 줄 알았다는 눈치는 전혀 보이지 않았다. 그녀는 학교에서도 빼어난 미인이었다. 그러나 아론이 그 사실을 알고 있었는지는 알 수 없다.

여자애들은 떼를 지어 에이브라의 곁을 떠나려고 하지 않았다. 아론은 그들의 몇 발자국 뒤에서 끈덕지게 따라다녔다. 여자애들이 아론을 돌아보며 소리쳤고 욕을 해도 들은 척도 하지 않았다. 여자애들이 제각기 흩어져 돌아가 버리고, 세 명만 남게 되었을 때에는 에이브라는 자기네 마당 흰 대문 앞에 도착해서 안으로 들어가 버렸다. 남은 세 명의 소녀가 잠시 아론을 쳐다보고는 웃으면서 각자 집으로 돌아갔다.

아론은 길가에 우두커니 앉아 있었다. 얼마 지나자 빗장이 올려지고 문이 열리며 에이브라가 나왔다. 그녀는 행길을 건너서 아론에게 다가왔다.

「무슨 일이야?」

아론은 큰 눈으로 에이브라를 쳐다보았다. 그리고 그녀에게 말했다.

「너, 누구하고 약혼하지 않았지?」

에이브라가 말했다.

「그건 무슨 바보 같은 소리야?」

아론은 일어서면서 말했다.

「우리는 한참 있어야 결혼할 수 있을 거야.」

「누가 너와 결혼한다고 그랬어?」

아론은 잠자코 있었다. 아니 그녀의 말을 듣지 못했는지도 모른다. 아론과 에이브라는 나란히 걸었다.

에이브라는 정면만 바라보고 또박또박 걸었다. 그녀의 얼굴은 명석해 보이고 사랑스럽게 보였다. 그녀는 무슨 생각을 골똘히 하는 것 같았다. 아론은 그녀와 나란히 걸으면서 그녀의 얼굴을 줄곧 바라보았다. 아론의 눈은 마치 굵은 밧줄로 그녀의 얼굴에 매놓은 듯했다.

두 사람은 잠자코 포장이 안 된 유아 학교까지 걸었다. 에이브라는 오른쪽으로 돌아 여름 건초밭 그루터기 사이로 앞서서 걸었다. 검은 흙이 발 아래서 짓눌려 가루가 되었다.

그 풀밭 끝에는 작은 양수기가 있는 헛간이 한 채 있었고, 넘쳐 흐른 물을 받아 먹은 버드나무가 무성히 자라고 있었다. 버드나무의 축 늘어진 가지가 치맛자락처럼 치렁치렁해서 땅에 닿을 정도였다.

에이브라는 축 늘어진 가지를 헤치고 들어갔다. 나뭇잎 사이로 밖이 보였다. 안은 따뜻하고 밖에서는 보이지 않았다. 오후의 햇살이 무성한 잎 사이로 노랑

게 새어 들어왔다.

에이브라는 땅바닥에 스르르 주저앉았다. 그녀의 치맛자락이 파도처럼 넓게 내려앉았다. 그녀는 마치 기도를 드리듯 두 손을 무릎 위에 모았다.

아론도 그녀 곁에 앉았다. 그리고 먼저 말을 꺼냈다.

「우리는 오래 있어야 결혼을 할 수 있겠지?」

그러자 에이브라가 대답했다.

「그렇게 오래 걸리지는 않을 거야.」

아론이 또 물었다.

「네 아버지가 우리 결혼을 승낙하실까?」

그녀는 전혀 예기치 않은 질문이라 고개를 돌려 아론을 쳐다보았다.

「아버지께는 말하지 않을 거야.」

「그럼 어머니에게는?」

「말하지 않기로 하자. 우습다고 생각하거나 나쁘게 생각할 거야. 너 비밀 지킬 수 있니?」

「그럼 지킬 수 있지. 난 비밀은 잘 지키니까. 지금도 비밀이 있어.」

에이브라가 그를 쳐다보며 말했다.

「그럼 이것은 반드시 비밀로 해야 해.」

아론은 나뭇가지를 집어들어서 땅바닥에다 줄을 그었다.

「에이브라, 너 아기를 어떻게 낳는지 아니?」

「알고 말고. 넌 누가 가르쳐 주었니?」

「응, 리가 말해 주었어. 전부 다 이야기해 주었지. 우리는 오랫 동안 아기를 낳지 못 할 거야.」

에이브라의 입가가 명석하게 위로 치켜 올라갔다.

「그렇게 오래 기다리지 않아도 될 거야. 」

아론은 잠시 무엇인가를 생각하다가 말했다.

「우리는 집도 한 채 갖게 될 거야. 우리가 함께 집에 들어가서 문을 닫는다면 참 멋있을 거야. 그러나 오래 있어야 되겠지.」

에이브라는 손을 내밀어 아론의 팔을 잡았다.

「오래 걸리는 건 걱정하지 않아도 돼. 여기도 집은 집이잖아. 우리 기다리는 동안 이곳을 집으로 삼아 놀면 되지. 너는 내 신랑이 되고 나를 신부라고 불러.」

아론은 혼자 중얼거리다가 소리내어 말했다.

「신부.」

그러자 에이브라가 말했다.

「꼭 연습 같아.」

에이브라의 손 안에서 아론의 손은 가늘게 떨렸다. 에이브라는 손을 자기 무릎 위에 내려놓았다.

아론이 불쑥 말했다.

「연습하면서 다른 것도 해도 되겠구나.」

「그게 뭐야?」

「어쩌면 너는 그걸 싫어할지도 모르지만 말야.」

「그게 뭔데?」

「네가 내 엄마 노릇을 해 주는 거야.」

「그거야 쉬운 일이지.」

「싫어?」

「아니, 좋아. 그럼 지금부터 해볼까?」

「그래, 어떻게 하는지 알아?」

「응, 그건 나도 알아.」

에이브라는 말을 하더니 달래는 목소리로 말했다.

「아가야, 어서 엄마 무릎을 베라. 우리 아가, 엄마가 안아 주지.」

에이브라는 아론의 머리를 끌어서 뉘었다. 그러자 아론은 갑자기 울음을 터뜨리더니 그치지 않고 계속 울었다. 에이브라는 아론의 뺨을 쓰다듬으며 흐르는 눈물을 치맛자락으로 닦아 주었다.

해는 샐리너스 강 저쪽으로 기울고 황금빛 들녘에서 새가 아름답게 지저귀었다. 버드나무 아래의 그들이 앉아 있는 곳은 세상의 어느 곳보다도 아름다웠다.

아론은 천천히 울음을 그쳤다. 그는 이제 마음이 후련하고 훈훈해졌다.

「아가야, 아 참 착하다. 자, 일어나. 엄마가 머리 빗겨 줄 테니까.」

아론은 일어나 앉아서 화가 난 듯 말했다.

「난 언제나 약이 올라야만 울었는데, 아까는 왜 울었는지 모르겠어.」

에이브라가 그에게 물었다.

「너 엄마 생각나니?」

「아니 안 나. 내가 어렸을 때 돌아가셨어.」

「그럼, 엄마가 어떻게 생겼는지 기억나지 않니?」

「응, 몰라.」

「사진은 보았을 거 아냐.」

「사진도 못 보았어. 리에게 물어 보았더니 없대. 사실은 카알이 리에게 물어

보았어.」

「엄마는 언제 돌아가셨니?」

「카알과 나를 낳자마자.」

「이름이 뭐야?」

「리가 캐시라고 얘기해 주었어. 그런데 너 왜 우리 엄마에 대해 묻는 거지?」

에이브라는 여전히 질문을 해 왔다.

「색깔은 뭐지?」

「무슨 색깔 말야?」

「응, 머리카락이 어떤 색이냐고?」

「그걸 어떻게 알아.」

「아버지가 말해 주지 않았니?」

「물어 본 적이 없어.」

에이브라는 잠자코 있었다. 두 사람은 잠시 침묵을 지키다가 먼저 아론이 그녀에게 물었다.

「왜 말없이 가만히 있는 거지?」

그녀는 여전히 지는 해를 쳐다보며 잠자코 있었다. 아론은 불안한 생각이 들어 연습삼아 불렀다.

「너 화났구나. 신부야!」

「아니, 화나지 않았어. 그냥 뭘 좀 생각하고 있어.」

「어떤 생각인데?」

「아니, 그냥 좀.」

에이브라의 얼굴에 딱딱한 표정이 서려 있다가 다시 입을 열었다.

「엄마가 없는 건 어떤 거지?」

「글쎄, 그냥 그런 거지 뭐.」

「있는 것과 없는 것의 차이를 모를 거야.」

「나도 알고 싶어. 어서 말 좀 해봐. 왜 답답하게 가만히 있는 거지?」

에이브라는 골똘히 생각에 잠겨 있다가 말했다.

「너도 엄마가 있었으면 좋겠지?」

「그럼, 물어서 뭘해. 너 지금 나를 약올리려고 그런 말 하는 건 아니지? 카알은 가끔 나를 약올리거든.」

그녀는 지는 해를 바라보던 시선을 돌렸다. 햇빛을 마주 본 탓인지 시야에 자줏빛 반점이 아른거려 앞이 잘 보이지 않았다.

「너 아까 비밀을 지킬 수 있다고 했지?」

468

「그럼 지킬 수 있어.」

「너 목에 칼이 들어가도 말하지 않을 비밀이 있다고 했지?」

「응.」

에이브라는 차분하고 다정스럽게 말했다.

「아론, 서슴지 말고 내게 말해 봐.」

「아니, 뭘 말하는 거야?」

「그 가슴속에 깊이 숨겨 둔 비밀 말야.」

아론은 소스라치게 놀라며 물었다.

「안 돼. 그건 절대로 말할 수 없어. 네가 나에게 그걸 말하라고 할 권리가 있니? 누구에게도 말하지 않을 거야.」

에이브라는 달래듯 그에게 말했다.

아론은 또다시 눈물이 솟았다. 이번에는 슬픔의 눈물이 아닌 분노의 눈물이었다.

「나, 너와 결혼해야 할지 좀 생각해 보아야겠어. 그만 돌아갈 테야.」

에이브라는 그의 손목을 잡고 매달렸다. 그녀의 목소리는 애교티가 전혀 없었다.

「아냐, 나는 한번 알아 보고 싶어서 그랬어. 너는 참 비밀을 잘 지키는구나.」

「왜, 그런 행동을 하는 거지? 나는 화가 나고 기분이 나쁘단 말야.」

「내가 너에게 비밀을 하나 말해 주려고 해.」

아론은 비양거리는 투로 말했다.

「아니, 비밀을 지키지 못하는 게 누군데 그래.」

「내가 너를 한번 시험해 본 거야. 내가 이 비밀을 알려 주는 건 네게 도움이 될 것 같아서야. 너도 내 말 들으면 반가울 거야.」

「이야기하지 말라고 누가 말했지?」

「아니야, 아무도 그런 사람은 없어. 내가 혼자 생각한 거야.」

「그래 알았어. 그 비밀이란 게 뭐지?」

붉은 태양이 블랑코 가의 톨로트네 집 지붕에 걸려 있었다. 톨로트네 굴뚝이 석양을 등지고 검은 엄지손가락처럼 솟아 있었다.

에이브라가 부드럽게 말했다.

「아론, 우리가 너희 집에 갔던 때 생각나지?」

「응, 생각나.」

「사륜 마차 안에서 나는 깜빡 잠이 들었다가 깨어났지. 그런데 우리 부모님은 내가 깨어난 것을 모르고 이야기를 하고 있었어. 네 어머니가 죽지 않고 도망잤다는 이야기를 했어. 네 어머니에게 나쁜 일이 일어나서 도망갔다고 했어.」

아론이 그 말을 듣고 거칠게 한 마디 했다.

「아냐, 죽었어.」

「어머니가 돌아가시지 않았다면 좋은 일 아니니?」

「아냐, 아버지가 그러셨어. 어머니는 돌아가셨다고. 아버지는 거짓말을 시키지 않아.」

「그렇지만 아버지가 그저 어머니는 죽었다고 생각하는지 누가 아니?」

아론은 자신이 없는 목소리로 말했다.

「아냐, 아버지는 확실히 알고 계셔!」

「우리가 네 어머니를 찾을 수 있으면 얼마나 좋겠니? 어쩌면 기억력을 잊어버렸는지도 모르지. 나도 그런 이야기를 책에서 읽었어. 우리가 네 어머니를 찾아내면 누가 아니? 그분의 기억력이 되찾아질지?」

에이브라는 자신이 생각해 낸 일에 스스로 도취되어 버렸다.

이번에는 아론이 말했다.

「내가 아버지께 물어 볼 테야.」

「그렇지만 내가 한 말은 비밀이야.」

「누가 그래?」

「내가 그런 거야. 자, 내 말을 따라 해. 누설하면 독약을 먹고 내 목을 자른다.」

아론은 머뭇거리다가 그녀를 따라서 말했다.

「누설하면 독약을 먹고 내 목을 자른다.」

에이브라가 또 말했다.

「이제는 손바닥에다 침을 뱉어 봐. 그래 됐어. 그리고 네 손을 이리 줘. 그리고 침을 이렇게 뭉개고. 그걸 네 머리칼에 비비면 돼.」

아론이 격식대로 따라 하고 나자 에이브라가 엄숙히 말했다.

「이제 비밀을 누설할 테면 해봐. 나는 이렇게 맹세를 하고도 비밀을 누설해서 한 아이가 헛간에 불이 나서 타죽었던 이야기를 들었어.」

해가 톨로트네 지붕 너머로 가라앉고 금빛도 사라져 버렸다. 토로 산 위에서 저녁 별이 떴다.

에이브라가 허둥대며 말했다.

「큰일났구나. 어서 가. 아버지가 나를 찾겠어. 큰일이야. 매를 맞을지도 모른단 말야.」

아론은 의심스러운 시선으로 그녀를 쳐다보며 말했다.

470

「매를 맞는다고? 정말로 때리는 건 아니겠지?」

「정말이야.」

아론이 흥분해서 소리쳤다.

「때리기만 해봐라. 때리면 나한테 말해. 내가 죽여 버릴 테니.」

유난히 미간이 넓은 아론이 실눈을 하면서 말했다.

「누가 내 신부를 때려. 절대로 안 돼.」

버드나무 그늘 밑의 어스름 속에서 에이브라는 아론의 목에 팔을 감고 그의 열려진 입에 키스했다.

「사랑해요, 신랑.」

짤막한 말을 던지고 에이브라는 쏜살같이 달아났다. 스커트를 무릎 위로 걷어 올리고 달려가는 그녀의 뒷모습을 바라보니 레이스를 단 하얀 속옷이 보였다.

3

아론은 버드나무로 되돌아가 나무에 기대고 주저앉았다. 왠지 우울하고 마음이 언짢았다. 그는 아픔을 가라앉히고 냉정히 한 가지씩 생각하면서 감정을 정리하여 고통에서 탈출해 보려고 노력했다. 그러나 결코 쉽지가 않았다. 천천히 생각하는 그의 마음에 많은 생각과 감정이 일시에 수용되지지 않았다. 얼마 후에야 드디어 문이 열리고 하나씩 하나씩 들어와 모두 수용할 수 있게 되었다. 그의 닫힌 마음의 문 밖에서 큼지막한 것이 들어오려고 야단이었다. 그러나 아론은 받아들이지 않았다.

먼저 에이브라를 들어오도록 한 뒤에 그녀의 얼굴·옷·뺨에 닿던 손의 감촉, 우유 같기도 하고 풀 냄새도 같은 그녀의 향기를 떠올렸다. 그녀를 눈앞에 떠올리고 느끼고 듣고 또 향기를 맡았다. 그리고 그녀의 손과 손톱, 또 그 이외의 모든 것이 얼마나 청결하며, 교정에서 웃어 대던 소녀들과 얼마나 많이 다르고, 얼마나 솔직한가를 생각해 보았다.

또한 에이브라가 자기의 머리를 껴안았던 것과 자기가 어린애처럼 울던 생각이 났다. 그 무엇을 그리워하다가 손에 넣게 된 나머지 감격하여 나온 울음이었다. 어쩌면 그것을 얻을 수 있어서 울었는지도 모른다.

그런 후에 에이브라가 자기를 시험해 보던 일을 떠올렸다. 만일 그때 자기가 그녀에게 비밀을 털어놓았다면 에이브라가 과연 어떤 행동을 취했을까도 생각해 보았다. 비밀을 털어놓으려 했다면 정말 무엇을 이야기했을까? 비밀이라면 지금 생각나는 것은 한 가지밖에 없다. 현재 그의 마음속으로 들어오려는 비밀

이외에는 다른 비밀이 생각나지 않다.

그녀는 매서운 질문을 했었다. 『엄마가 없다는 건 어떤 기분일까?』그녀가 던진 질문이 마음속까지 파고들었다. 어떤 기분일까? 다른 것과는 별개의 기분이었다. 다른 애의 어머니가 크리스마스나 졸업식에 참석하는 것을 보고 교실에서 흐느껴 울던 그 마음, 그 말로 표현하기 힘든 그리움이 어머니가 없는 기분일까?

샐리너스 일대에는 습지와 연못이 많고 연못에는 튜이가 무성했으며 수천 마리의 개구리가 서식했다. 저녁에는 온통 개구리 우는 소리만 들려서 오히려 고요하게 느껴졌다. 그런 개구리 울음 소리가 일종의 장막과 배경을 이루기 때문에, 개구리 울음 소리가 갑자기 들리지 않으면, 마치 천둥이 치고 난 뒤처럼 오히려 충격이 더 심했을 것이다. 한밤중에 개구리 소리가 그치면 샐리너스의 주민들은 모두가 잠에서 깼을 것이다. 갑자기 무슨 요란한 소리에 잠을 깨듯이, 수백만 개구리의 울음 소리에는 나름대로의 리듬과 모양이 있는 듯했다. 눈의 작용으로 인해 별이 반짝이듯, 귀의 작용 때문에 그렇게 들리는지도 모른다.

버드나무 아래가 캄캄해졌다. 아론이 그 큰 문제를 수용할까를 망설이는 동안에 그것은 어느새 아론의 마음속에 들어서 버렸다.

어머니가 생존해 있다. 그는 땅 속에 누워 있는 어머니의 모습을 그려 본 적이 더러 있었다. 미동도 하지 않고 싸늘히 누운 어머니의 모습. 그런데 어머니가 살아서 어딘가에서 움직이고 있다는 것이다. 움직이고 말을 하고, 또 눈으로 사물을 본다는 것이다. 기쁨 속에서도 한 가닥 슬픔이 찾아들었다. 무엇인가가 없어졌다는 느낌, 무서운 상실감이 감돌았다. 아론은 어리둥절한 채, 그 슬픔에 대해 찬찬히 생각해 보았다. 만일 에이브라의 말대로 어머니가 살아 있다면 아버지는 거짓말쟁이인 것이다. 한 사람이 살아 있다면 다른 한 사람은 죽어 있는 것이다. 아론은 버드나무 밑에서 혼자 소리내어 말했다.

「아냐, 우리 엄마는 죽어서, 동부 어딘가에 묻혔어.」

어둠 속에서 리의 얼굴이 떠오르고 부드러운 그의 목소리도 들려 왔다. 리는 쌍둥이에게 철저히 가르쳤다. 그는 진실을 존경하는 반면 거짓말에 대해서는 혐오를 갖고 있었다. 그는 아론과 카알에게 분명히 그것을 가르쳤다. 『진실이 아닌 것이 있는데, 그것을 모르고 있다면 그것은 잘못이다. 그렇지만 진실을 알면서도 거짓으로 그것을 바꾸어 놓는다면 그것은 치사한 짓이요, 양자가 모두 혐오받을 만한 행동이다.』하는 리의 목소리가 귓전에서 울렸다.

『좋은 의미에서 간혹 거짓말을 시킬 때가 있다. 그러나 그것도 친절하게 작용하지는 않는다. 진실의 고통은 이내 사라질 수 있으나 거짓은 천천히 두고두고 고통을 주며 사라지지 않는다.」

리는 오랜 시간을 두고 아담을 진실의 중심으로, 기초로, 정수로 만들어 놓는 데 성공한 것이다.

아론은 어둠 속에서 고개를 저었다. 도무지 믿기지 않았다.

『우리 아버지가 거짓말쟁이라면 리도 거짓말쟁이야.』

아론은 어쩔 줄 몰라 당황해 했다. 누구에게도 물어 볼 수가 없었다. 카알도 거짓말쟁이이긴 했지만, 리의 힘으로 인해 그는 똑똑한 거짓말쟁이가 되었다. 아론은 어머니가 죽든 아니면 그의 세계가 죽든 한쪽은 죽어야 한다고 생각했다.

그때 해결책이 생각났다. 에이브라의 말은 거짓이다. 단지 그녀는 자기가 들은 이야기를 했고, 그녀의 부모 역시 들은 이야기를 했을 뿐이었다. 그는 일어나서 어머니를 죽음의 세계로 다시 보내 버리고 마음의 문을 굳게 닫았다.

그날 저녁 식사에 늦었기 때문에 식구들에게 그 이유로써 에이브라와 함께 있었다고 말했다.

식사 후 아담이 새 안락의자에 앉아 〈샐리너스 인덱스〉지를 읽고 있을 때, 누군가가 어깨를 만지는 듯해서 아담은 뒤를 돌아보았다.

아담이 그에게 물었다.

「아론, 왜 그러니?」

그러자 아론은 인사를 했다.

「아버지, 안녕히 주무세요.」

제 37 장

1

샐리너스의 2월은 춥고 습기찼다. 2월에는 비도 가장 많이 내려 강물도 많이 불어났다. 1915년 2월에는 유난히 비가 많이 왔다.

트래스크 가족은 샐리너스에 정착했다. 리는 서점을 차리겠다는 희망을 버리자 〈레이노드 베이커리〉 옆의 이 집에다 자기의 새로운 거처를 정했다. 농장에서는 단 한 번도 자신의 짐을 풀지 않았었다. 왜냐하면 다른 곳으로 옮기려는 생각을 하고 있기 때문이었다. 그러나 이제부터는 안락하고 영원한 자신의 거처를 마련했다.

그는 길가로 나 있는 큰 침실을 쓰게 되었다. 리는 저축한 돈을 쓰기로 했다. 전에는 서점을 차리려고 필요하지 않은 데에는 단 한 푼도 쓰지 않았었다. 그러나 이제는 작고 딱딱한 침대와 책상도 하나 샀다. 선반을 만들어 책을 꽂고 부드러운 카페트를 사다 깔고 벽에는 판화도 걸었다. 또한 제일 좋은 램프를 사고 푹신하고 편안한 안락 의자를 사다가 그 아래 놓았다. 그리고 끝으로 타자기를 사다가 치는 법을 배우기 시작했다.

리는 지금까지의 검소한 스파르타식 사고 방식에서 벗어나 트래스크 가정을 새롭게 꾸며 나갔다. 아담도 그의 생각에 찬성했다. 리는 가스 난로를 집에 들여오고 전기를 가설하고 전화를 놓았다. 그리고 새 가구와 가스 온수기, 카페트, 커다란 아이스박스를 사들였다. 얼마 후부터는 아담의 집이 샐리너스에서 살림살이를 제일 잘 갖춘 집이 되었다. 리는 자신의 행동을 아담에게 변명했다.

「당신은 돈이 많으시니까 그 돈을 쓰지 않는다면 수치스러울 겁니다.」

아담이 그에게 항의조로 말했다.

「아니 내가 뭐라고 그랬나? 나도 무엇을 좀 샀으면 좋겠는데 무엇을 사면 좋지?」

「로건 악기점에 가서 새로 나온 축음기 소리를 들어 보세요.」

「그렇게 해볼까?」

아담은 묵직한 축음기를 하나 사 가지고 와서 정기적으로 새 판을 사들였다. 시간이 흐를수록 아담은 자신의 굳건한 내면 세계에서 벗어나고 있었다. 그리고 〈아틀랜틱〉과 〈내셔널 지오그라픽〉을 정기 구독했다. 또 메이슨 복지회에도 가입하고 엘크스 자선회 일도 진지하게 생각하게 되었다. 아담은 새로운 아이스박스가 마음에 들었다. 냉동에 대한 서적을 구입해서 연구하기 시작했다.

아담에게는 무엇보다 일이 필요했다. 오랜 세월의 잠에서 깨어나 보니 할 일이 필요했던 것이다.

아담이 리에게 물었다.

「나는 사업을 해볼 생각이야.」

「그럴 필요가 뭐 있어요. 쓸 만한 돈이 충분하잖아요.」

「아냐, 나는 일이 하고 싶어.」

「그럼 이야기는 다르죠. 무슨 일이 하고 싶으시죠? 당신은 사업하고는 거리가 먼 사람이잖아요.」

「왜 거리가 멀어?」

「그저 제 생각이 그래요.」

「리, 내가 신문 기사를 보여 주지. 시베리아에서 큼직한 코끼리가 발견되었는데, 수천 년 동안 얼음 속에 있어서 그 고기를 아직도 먹을 수 있다는군.」

리가 그에게 웃어 보였다.

「특별한 생각을 했군요. 아이스박스 속의 작은 그릇에 무엇을 넣는다는 거죠?」

「여러 가지를 넣을 수 있지.」

「그게 당신이 하려는 사업입니까? 그릇 몇 개에서 지독한 냄새가 나겠군요.」

「아이디어야. 나는 그 생각만 하고 있어. 물건을 차갑게만 보관한다면 얼마든지 보관할 수 있을 거야.」

그 말에 리가 대답했다.

「우리 집 아이스박스에 코끼리 고기는 넣지 마세요.」

만일 아담이 사무엘 해밀튼처럼 수천 가지의 생각을 하고 있었다면 그 모두가 사라졌겠지만, 그는 오직 한 가지 생각만을 하고 있었다. 그의 머릿속에서는 언제나 얼어붙은 코끼리가 떠나지 않았다. 과일을 담은 그릇, 푸딩을 담은 그릇, 생고기 담은 그릇, 삶은 고기를 담은 그릇이 그대로 아이스박스 속에 있었다. 아담은 박테리아에 관한 책은 모조리 구해 왔고, 알기 쉽게 되어 있는 과학 잡지도 주문했다. 하나만을 생각하는 사람은 모두가 그렇듯이, 아담도 오직 그 생각에만 사로잡혀 있었다.

샐리너스에는 작은 제빙 공장이 있었다. 그 공장은 크지는 않았으나 아이스박스가 있는 집과 아이스크림 집에다 얼음을 계속 대어 왔다. 매일 정기적으로 말이 끄는 마차가 얼음을 갖다 주었다.

아담은 이 제빙 공장을 방문하기 시작했으며, 얼마 후부터는 냉동실로 작은 그릇을 직접 들고 왔다. 그는 이따금 사무엘 해밀튼이 살아 있어서 자기와 함께 이야기를 나누어 주었으면 얼마나 좋을까를 생각했다.

그는 사무엘이라면 이 일을 재빨리 해결했을 것이라고 생각했다.

비가 오는 어느 날, 아담은 제빙 공장을 돌아보면서 사무엘 해밀튼을 생각하다가, 그의 아들 윌이 애보트 주점으로 들어가는 것을 보았다.

그는 뒤따라 들어가 윌의 옆에 가 앉았다.

「우리 집에 가서 저녁이나 함께 들면 어떻겠나?」

「네, 좋아요. 그렇지만 만나서 거래를 해야 할 일이 있습니다. 그 일이 끝나는 대로 찾아가 뵙죠. 무슨 중요한 일이라도 있습니까?」

「내가 생각하고 있는 것이 있어서 자네 의견을 좀 들으려고 그러네.」

군에서 생기는 사업에 관한 것이라면 늦게나 빠르게나 윌 해밀튼이 모르는 일은 그다지 없었다. 그는 아담이 부자가 아니었다면 사양했을지도 모른다. 아이디어는 별 것이 아니더라도 일단 재정적 뒷받침이 따른다면 그 사정은 달랐다.

「농장을 좋은 가격으로 팔겠다는 건 아니겠죠?」

「글쎄, 아이들이 그 중에서도 카알이 그 농장을 좋아해서 팔 생각은 없네.」

「그 농장을 파실 생각이라면 팔아 드릴 수 있습니다.」

「아니네, 농장은 세를 놓았어. 세금은 그것으로도 낼 수 있지. 팔지 않겠어.」

그러자 월이 말했다.

「지금은 식사를 하러 갈 수가 없으니 다음에 찾아 뵙겠습니다.」

월 해밀튼은 실제적인 사업가였다. 그가 얼마나 많은 사업에 손을 뻗치고 있는지 자세히 알고 있는 사람은 아무도 없었다. 그러나 그가 사업 솜씨가 뛰어나고 돈도 많이 벌었다는 것은 모두가 아는 사실이었다. 사업상의 거래가 반드시 있어서가 아니라 언제나 바쁘게 움직이는 것이 그의 정책의 한 방법이기도 했다.

그는 애보트의 집에서 혼자 느긋이 식사를 하고 나서 한참 있다가 중앙로 모퉁이를 돌아 아담 트래스크의 집 벨을 눌렀다.

쌍둥이는 이미 잠자리에 든 뒤고, 리는 바구니를 옆에 놓고 앉아서 쌍둥이가 학교갈 때 신는 검정 긴 스타킹을 꿰매고 있었다. 아담은 〈사이언티픽 아메리칸〉잡지를 읽는 중이었다. 아담이 의자를 권하자, 리는 커피를 갖다 주고는 계속 바느질을 했다.

월은 의자에 앉아 두껍고 검은 시거를 꺼내 입에 물었다. 월은 아담이 어서 말을 꺼내기를 기다렸다.

「기분 전환하기에 적당한 날씨지. 그래 어머님은 어떠신가?」

「네, 어머님은 좋으십니다. 더 젊어지시는 것 같아요. 그래, 아드님도 많이 컸지요.」

「많이 컸지. 카알은 연극에 출연한다네. 훌륭한 배우지. 아론은 모범생이고 카알은 농사를 짓고 싶어해.」

「농사도 잘만 지으면 좋지요. 나라에서도 미래를 바라보는 농부를 앞으로는 환영할 겁니다.」

월은 아담이 어서 본론을 이야기하기를 초조히 기다렸다. 혹시 아담이 돈을 빌려 달라고 하지는 않을까? 그는 재빨리 트래스크 농장에 어느 정도의 돈을 빌려 줄 수 있고, 그 농장을 담보로 자신은 얼마나 융자를 받을 수 있을지를 계산해 보았다. 빌려 줄 액수와 자신이 융자를 받을 액수가 다르고, 그 이자율도 각기 달랐다. 월이 마음속으로 이런 계산을 하고 있을 때도 아담은 용건을 꺼내지 않았다. 윌은 더 이상 기다리지 못하고 말했다.

「저는 오래 있을 수가 없어요. 밤에 다른 사람을 만나기로 되어 있어서요.」

아담이 그에게 권했다.

「커피 한 잔 더 하겠나?」

「아니에요. 잠이 오지 않거든요. 그래, 저를 만나시자고 한 이유가 뭐죠?」

그제서야 아담은 말을 하기 시작했다.

「자네 부친 생각을 하다가 해밀튼 집안 사람을 만나고 싶었기 때문이지.」

윌은 의자에 앉아 긴장을 좀 풀었다.

「아버지께서는 말씀하시길 좋아하셨죠.」

그 말에 아담도 대꾸했다.

「자네 부친께서는 사람을 모두 좋게 보셨지.」

이번에는 바느질을 하던 리가 한 마디 덧붙였다.

「다른 사람에게 말을 잘시키는 사람이 사실 세상에서 제일 말을 잘하는 사람일 겁니다.」

윌이 그 말을 듣고 의아한 표정을 지으며 말했다.

「자네의 말을 들으니 정말 이상하군 그래. 옛날에는 자네도 중국식 영어를 했는데.」

리가 대답했다.

「맞아요. 예전에는 그렇게 했었지요. 그런데 그건 바로 허영이었어요.」

그는 아담에게 웃어 보인 후 다시 윌에게 말했다.

「시베리아에서 코끼리가 얼음 속에서 발견되었는데, 수만 년이 지난 이때까지 고기가 조금도 상하지 않고 싱싱했답니다.」

「코끼리가요?」

「네, 그 코끼리는 이 지구에 오래 전 시대에 살던 코끼리였답니다.」

「그런데 그 고기가 지금까지 싱싱했다고요?」

리가 말했다.

「그 고기가 돼지고기처럼 맛이 있었답니다.」

리는 무릎이 떨어진 스타킹을 깁기 위해 나무 받침대를 밀어 넣었다.

윌이 말했다.

「그거 참 재미있는 얘기군요.」

아담도 웃으면서 말했다.

「리가 대신 말을 시작했군. 내가 다른 얘기를 너무 많이 했지. 나는 우두커니 앉아 있기가 지루해서 그런 일을 생각했지. 소일 거리가 좀 있어야 하겠기에.」

「농장 일을 하시는 건 어때요?」

「그건 흥미가 없어. 나는 일 자리를 구하는 게 아니라, 일감을 구하고 있는 거지.」

그제서야 윌은 긴장을 풀고 말했다.

「제가 무엇을 도와 드리면 되죠?」

「우선 내 생각을 자네에게 말하고 자네 의견을 좀 들었으면 하네. 자네는 사업가가 아닌가.」

「알겠습니다. 제가 할 수 있는 일이라면요.」

「다른 게 아니라 냉동에 대해서 좀 알아 보았지. 아이디어가 하나 생각나는데 머리에서 그게 떠나지가 않네. 이런 일은 정말 생전 처음일세. 굉장한 아이디어지. 물론 문제점도 많지만 말야.」

윌은 포갰던 다리를 펴고는 바짓가랑이가 올라가지 않게 잡아당겼다.

「어서 말씀해 보세요. 궐련 한 대 하시겠어요?」

아담은 들은 척도 하지 않고 자기 할 말만 했다.

「세상이 자꾸 변하지. 사람들이 사는 식도 옛날하고 다르고 말야. 자네 혹시 겨울에 제일 큰 오렌지 시장이 어딘지 알고 있나?」

「모르겠는데요. 어디죠?」

「뉴욕시지. 책에서 읽었어. 추운 지방 사람들이 겨울에 싱싱한 과일을 먹고 싶어하지 않겠나? 완두콩·상추·양배추 같은 걸 먹고 싶어할 거야. 이런 싱싱한 채소를 몇 달 동안 먹지 못하는 고장도 많지. 그런데 바로 여기 샐리너스에서는 일년 내내 그 싱싱한 채소를 재배하지 않느냐 말야.」

「샐리너스는 그곳과는 다르죠. 그래, 좋은 아이디어란 무엇이죠?」

「리가 큼직한 아이스박스를 하나 사 왔는데 참 재미있더군. 내가 그 속에 채소를 넣어 보았지. 배열을 각기 다르게 해서 말야. 그런데 얼음을 잘게 부셔서 그 안에다 유지로 싼 상추를 넣었더니 삼 주일이나 가더군. 그런데도 싱싱한 게 맛이 있었어.」

윌이 신중히 물었다.

「그래서요?」

「자네도 철도 회사에서 과일 수송 차량을 만든 거 알지? 나도 직접 가서 봤지. 훌륭하더군. 한겨울에도 동부 해안으로 상추를 직송할 수 있다는 말이야.」

윌이 재차 그에게 물었다.

「그래서 어떻게 하신다는 거죠?」

「여기 샐리너스의 제빙 공장을 사 가지고 물건을 한번 운반해 보려고 하네.」

478

「비용이 많이 들 텐데요.」
「돈은 많이 있네.」
윌은 화난 듯 퉁명스럽게 말했다.
「내가 여길 왜 왔는지 모르겠어요. 그건 아마 잘 안 될 겁니다.」
「무슨 뜻이지?」
「제 애길 좀 들어 보세요. 누군가가 저를 찾아와서 무슨 아이디어에 대해 충고를 해 달라고 하는데, 그건 충고가 아니라 실제로는 찬성을 바라고 있다는 얘깁니다. 그 사람과 사이가 나쁘게 될까봐 내가 『그거 참 좋은 생각입니다.』라고 말해 봐요. 그러나 저는 어르신네를 잘 알고 또 가족끼리도 잘 알고 있기 때문에 그렇게 말할 수는 없습니다. 제 생각을 솔직히 말씀드리겠습니다.」
리가 바느질감과 바구니를 아래에 내려놓은 다음 안경을 바꿔 썼다.
아담이 나무라듯 말했다.
「자네 왜 화를 내는 건가?」
「나는 그 빌어먹을 놈의 발명가 가족입니다. 우리는 아침에도 아이디어를 먹고 살았답니다. 밥 대신 아이디어를 먹고 산 거예요. 우리는 아이디어가 너무 많아서 반찬을 살 돈을 마련하는 것도 잊을 정도였어요. 돈만 약간 모이면 아버지와 톰은 특허를 내는 데 써 버렸어요. 아이디어를 갖지 않은 사람이라면 어머니와 저뿐이었죠. 톰은 사람들을 돕는 아이디어도 갖고 있었는데, 그 중에는 사회주의와도 비슷한 게 있었어요. 돈을 벌 생각은 없다고 말하신다면 이 커피잔을 내팽개치고 말 겁니다.」
「돈 벌 생각은 없네.」
「그런 말은 하지 마세요. 솔직히 말씀드리죠. 사오만 달러를 순식간에 잃어버려도 괜찮다는 각오가 되어 있으면 해 보세요. 그러나 말씀드렸지만 그놈의 쓸데 없는 아이디어는 그만 땅 속에 묻어 버리란 말이에요.」
「뭐가 잘못되었지?」
「모든 게 잘못되었어요. 동부 사람은 겨울 채소는 잘 알지 못해요. 그들은 그 채소를 사 먹지 않아 채소 차량은 철도 대피선에 묶여 있을 거고, 그러면 적재화물 모두를 잃게 되는 거예요. 시장을 움직이는 인물은 따로 있습니다. 아무것도 모르고 아이디어만 갖고 어떻게 사업을 합니까? 답답해서 미치겠어요.」
아담이 한숨을 크게 내쉬었다.
「자네 말을 듣고 있자니 자네 아버지가 고약한 사람 같은 생각이 드는군.」
「아니예요, 저는 아버지를 사랑합니다. 단지 아버지께서 그 아이디어 짜는 일을 그만두셨으면 생각했죠.」

윌은 아담의 얼굴을 쳐다보았다. 아담의 눈에 놀란 빛이 서려 있는 것을 보고 부끄러운 생각이 들었다. 윌은 고개를 저으면서 말했다.

「제 가족을 깎아 내리려는 건 아닙니다. 모두 좋은 사람이었어요. 그렇지만 제가 드린 말씀은 변함이 없습니다. 냉동 사업을 포기하시는 것이 좋을 것 같습니다.」

아담은 천천히 리를 쳐다보며 말했다.

「저녁에 먹은 레몬 파이 좀 남아 있나?」

리가 말했다.

「아뇨, 없어요. 부엌에서 생쥐 소리가 들리는데요. 아마 내일 아침이면 애들 머리맡에 파이 부스러기가 묻어 있을 거예요. 위스키는 반 병 가량 남아 있어요.」

「그래? 그거 좀 마실까?」

윌은 스스로 착각하고 있다는 듯이 말했다.

「저는 흥분했습니다. 한 잔 마시면 좋을지도 모르죠. 왠지 자꾸 살이 찌는군요.」

윌은 위스키 두 잔을 마시자 긴장이 풀렸다. 그는 편하게 앉아서 아담에게 또다시 충고했다.

「세월이 흘러도 그 가치가 변하지 않는 게 있습니다. 투자를 하려면 세상을 알아야 합니다. 이번 유럽의 전쟁은 쉽게 끝이 날 것 같지가 않아요. 전쟁이 계속되면 배고픈 사람이 생기게 마련이죠. 잘 알지 못하지만 어쩌면 우리도 전쟁에 휩쓸릴지 모릅니다. 저는 우리 윌슨 대통령을 믿지 못합니다. 윌슨은 이론만 내세우고 큰소리를 치기만 하죠. 만일 우리가 전쟁을 하게 된다면 썩지 않는 곡물에 투자를 하면 거부가 될 겁니다. 쌀·옥수수·콩·밀 등은 얼음이 소용 없어요. 얼마든지 오랫 동안 저장할 수 있고, 사람들이 그걸 먹고 살 수 있을 겁니다. 저지대의 넓은 밭에다 콩을 심어 저장해 둔다면 아드님의 앞날은 걱정하지 않아도 될 것입니다. 지금은 콩값이 삼 센트밖에 안 되지만 전쟁이 시작되면 십 센트는 될 겁니다. 콩을 건조하게만 비축한다면 언제든지 시장에 내다 팔 수 있을 겁니다. 재미를 보고 싶으시면 콩을 심어 보세요.」

윌은 기쁜 마음으로 다시 돌아갔다. 그는 좀전에 느꼈던 부끄러움도 잊고, 자기가 아담에게 좋은 충고를 해주었다고 생각했다.

윌이 떠난 후 리는 레몬 파이를 가지고 와서 말했다.

「그 사람은 살이 자꾸 찌더군요.」

아담은 잠시 생각에 잠겨 있다가 입을 열었다.

「나는 그저 일거리가 있으면 좋겠다는 말을 했을 뿐이야.」
「제빙 공장은 어떻게 하실 거죠?」
「살 작정이야.」
리가 그에게 말했다.
「콩도 좀 심도록 해요.」

2

그 해도 다 갈 무렵 아담은 큰 사업을 시작했는데, 그 일은 샐리너스뿐만 아니라 전국적으로 큰 사건이었다. 그가 준비를 완료하자 사업가들이 그를 두고 안목이 있고, 선견지명이 있으며 발전적인 인물이라고 극찬했다. 얼음 상추를 실은 여섯 차량에는 각기 『샐리너스 계곡 상추』라고 쓴 포스터가 붙어 있었다. 그러나 그 누구도 이 사업에 투자를 하려고는 하지 않았다.

아담은 있는 정력을 다 쏟았다. 상추를 모으고 다듬고 상자에 넣어 얼음을 채워 차에 싣는다는 것은 쉬운 일이 아니었다. 모든 일은 즉석에서 처리해야 하며, 많은 일손을 동원해야 했고, 일하는 방법을 가르쳐야만 했다. 많은 사람이 충고는 해주었으나 도와 주지는 않았다. 이 사업에 아담이 거액을 썼다고 생각했지만 정확히 얼마가 들었는지는 아는 사람이 없었다. 아담 자신도 알지 못했고, 오직 리만 정확히 알고 있었다.

아담의 아이디어는 훌륭했다. 상추는 좋은 가격으로 뉴욕의 위탁 판매인에게 탁송되었다. 기차는 출발하고 이제는 각기 집에 돌아가 기다리는 일만 남았을 뿐이었다. 성공만 하면 투자를 하겠다는 사람이 줄을 이을 것이다. 윌 해밀튼도 자기의 조언이 잘못된 게 아닌가 생각할 정도였다.

그러나 불구 대천의 적이 계획적으로 일련의 사건을 계획했다고 해도 이것보다 더 재수 없는 사태는 발생하지 않을 것이다. 열차가 새크라멘토에 도착했을 때 눈사태가 발생해서 이틀 동안 시에라 산맥의 교통이 두절되었기 때문에 열차는 꼼짝도 하지 못하고 얼음은 녹아 버리고 말았다. 사흘 만에 화물 열차는 산맥을 통과했는데, 중서부 지방에서는 또 이상 기온으로 따뜻한 날씨가 계속되었다. 시카고에 도착해서는 명령의 혼선으로 인해 아담의 상추 차량은 역 구내에서 닷새를 더 묵게 되었다. 이것은 그 누구의 잘못이 아니라 우연히 그렇게 되었을 뿐이었다. 이 정도라면 또 다른 설명이 필요하지 않을 것이다. 상추가 뉴욕에 도착했을 때에는 여섯 차량의 상추는 모두 썩어서 구정물이 되어 있었다. 이 썩은 것을 치우는 데에는 또 막대한 비용이 들어야만 했다.

아담은 위탁 판매점이 보낸 전보를 받고는 의자에 깊숙이 앉아 있었다. 그의 얼굴에는 야릇한 미소가 맴돌기까지 했다.

리는 아담이 스스로 마음을 안정시키도록 잠자코 있었다. 쌍둥이도 샐리너스 주민들이 하는 소리를 들을 수 있었다. 아담은 어리석은 바보다. 아는 것이 없으면서 아는 체하다가 언제나 사고를 내는 위인이다. 사업가들은 이번에 투자를 하지 않기를 천만다행이라고 입을 모았다. 사업을 하려면 경험이 필요했다. 유산을 물려받은 사람들은 언제나 사고를 내곤 했다. 그 증거가 바로 아담이다. 그가 농장을 운영한 꼴을 보아라. 바보와 돈은 서로 인연이 없는 법이다. 아담은 이번 일로 인해 큰 경험을 했을 것이다. 그런데도 아담은 제빙 공장의 생산을 배로 늘려 놓았다.

윌 해밀튼은 자신이 아담의 계획을 처음부터 반대했을 뿐만 아니라 닥칠 일까지 예상해 주었던 것을 회상해 보았다. 기쁜 일은 없지만 자기같이 경험 많고 능력 있는 사업가의 충고를 듣지 않았으니 어쩌란 말인가? 정말이지 윌은 주위에서 아이디어로 망하는 꼴을 수없이 보아 왔다. 아버지 해밀튼 역시 어리석었다고 볼 수 있다. 또 톰 해밀튼은 어떤가. 그는 미쳤다고 생각할 수밖에 없었다.

시간이 꽤 지났다고 생각한 리는 솔직히 터놓고 말하기로 작정했다. 그는 아담 바로 곁에 앉으며 말했다.

「기분이 어떠시죠?」

「좋네.」

「이제 다시 자기 구멍으로 들어가지 않으시겠죠?」

아담이 의아한 표정으로 물었다.

「왜 그런 질문을 하는 거지?」

「또 옛날의 그 얼굴이 되어서 그래요. 당신 눈동자는 마치 몽유병자의 눈빛 같아요. 제 말 기분 나쁜가요?」

「아냐, 괜찮아. 내가 몽땅 망했나? 나는 단지 그게 궁금할 뿐이야.」

리가 단호히 대답했다.

「아뇨, 그렇지 않아요. 아직 돈은 구천 달러쯤 남아 있고 농장도 건재하니까요.」

아담이 또다시 질문했다.

「쓰레기 치우는 데 이천 달러나 들었지?」

「네, 그것까지 지불하고 구천 달러 남은 겁니다.」

「새로 산 제빙 기계 값도 꽤 비쌀 텐데.」

「그것도 모두 갚았습니다.」

「모두 제하고 구천 달러 남았다는 말인가?」

리가 또 말했다.

「농장과 제빙 공장을 팔아도 돼죠?」

아담의 표정이 굳어지면서 몽롱한 미소가 사라졌다.

「나는 아직도 일이 잘 될 거라고 확신하고 있어. 이번 일은 사고투성이였어. 제빙 공장은 그대로 둘 생각이네. 차게 하면 물건을 오랫 동안 썩지 않게 할 수 있으니까. 그리고 거기선 약간의 돈도 벌고 있잖아. 그동안 무엇을 좀 생각해 봐야겠어.」

리가 냉정히 말했다.

「제발 돈 들어갈 일은 생각하지 마세요. 내 가스 스토브까지 팔아치우게 되면 큰일이니까요.」

3

쌍둥이는 아버지가 사업에 실패해서 큰 충격을 받았다. 그들은 만 열다섯 살 이었다. 이미 오래 전부터 자기들이 부잣집 자식임을 알고 있었기 때문에 더욱 충격을 많이 받았다. 상추를 실은 차량이 떠날 때 온 도시가 축제 분위기처럼 야 단을 벌이지 않았어도 괴롭지는 않았을 것이다. 화물차에 매달린 포스터를 생각 하면 몸이 부르르 떨렸다. 시내의 사업가들은 아담을 비웃었지만 고등 학교 학 생은 더욱 잔인하게 굴었다. 그들은 쌍둥이에게 『상추 형제』 또는 『상추 대가 리』라고 불렀다.

아론이 이 고민을 에이브라에게 말했지만, 그녀는 한 마디 위로의 말도 해줄 수가 없었다. 아론이 먼저 말했다.

「앞으로 크게 변할 거야.」

에이브라는 이제 어엿한 처녀의 모습이었다. 나이가 들면서 젖가슴이 커지고 얼굴은 차분하고 아름다웠다. 단지 귀여운 것이 아니라, 당당해 보이면서도 여 성다운 점까지 겸비하고 있었다.

그녀는 아론의 조심스런 얼굴을 바라보며 물었다.

「무슨 변화가 일어난다는 거야?」

「우리는 이제 가난해졌어.」

「그래도 공부는 해야 되잖아.」

「난 대학에 갈 테야.」

「지금도 갈 수 있어. 내가 힘껏 도울게, 너희 아빠는 돈을 모두 잃었니?」

「나도 몰라. 그렇지만 사람들이 그렇게 말하는 것을 들었어.」

「그 사람들이란 게 누구지?」

「모든 사람이 다 그런 걸 뭐. 너희 부모님은 내가 너와 결혼하는 것을 허락치 않을 거야.」

「그럼, 그 얘긴 엄마 아빠에게 하지 않을 거야.」

「너는 전혀 상관하지 않는다는 말이지?」

「그래. 난 상관하지 않아. 내게 키스해 줘.」

「이 길에서 키스를 해?」

「그래.」

「사람들이 모두 보는데?」

에이브라가 시치미떼고 말했다.

「나는 사람들이 봤으면 좋겠어.」

「싫어. 나는 사람들에게 알리고 싶지 않아.」

에이브라는 몸을 돌려 아론의 앞을 가로막았다.

「자, 어서, 지금 키스하란 말야.」

「왜?」

에이브라는 느릿느릿 말했다.

「그래야 내가 『상추 대가리』부인이라는 걸 사람들이 알게 되잖아?」

아론은 서먹서먹하게 키스하고는 급히 에이브라를 자기 옆으로 돌려 세웠다.

「어쩌면 내가 약속을 취소할 지도 몰라.」

「그건 또 무슨 말이지?」

「나는 이제 너에게 어울리는 상대가 아냐. 나는 가난한 집 아이가 되었어. 네 아버지가 변했다는 걸 내가 모르는 줄 아니?」

「너 제 정신이 아니구나?」

에이브라는 얼굴을 잔뜩 찌푸렸다. 그녀도 아버지가 변한 것을 확실히 느꼈기 때문이었다.

그들은 벨의 제과점에 들어가 자리잡았다. 이 해에는 샐러리 음료가 크게 유행이었다. 그 이전 해에는 루트비어 아이스 크림 소다수가 유행이었고.

에이브라는 스트로로 거품을 소리나지 않게 휘저으며 아론은 아버지 아담이 상추 사업이 실패한 후 아버지가 어떻게 달라졌나를 생각해 보았다. 언젠가 아버지가 그녀에게 이런 말을 한 적이 있었다.

「너 이제 다른 사람과 교제를 하는 것이 좋지 않겠니?」

「나는 아론과 약혼을 했어요.」

그러나 에이브라의 아버지는 큰소리로 야단이었다.

「뭐, 약혼이라고? 아니 어린애들이 약혼이라니, 그게 무슨 말이야? 너도 이제 좀 주변을 돌아보도록 해라. 바다에는 많은 고기가 있는 법이니까.」

근래에는 부모들이 집안이 서로 엇비슷해야 한다느니, 불미스러운 일을 영원히 감출 수는 없는 법이라느니 하는 이야기도 오갔다. 이런 일은 아담이 사업에 실패해서 파산한 뒤에 일어난 것이었다.

에이브라는 테이블 위로 몸을 굽히고 말했다.

「우리가 할 수 있는 일은 너무 간단해서 너는 웃을 거야.」

「그게 뭐야?」

「우리가 네 아버지 농장을 경영하면 되잖아. 아버지가 그러는데 아름다운 농장이라고 그러더라.」

그러자 아론이 급히 말했다.

「싫어, 그건 안 돼.」

「아니, 왜 안 된다는 거야?」

「나는 농부가 되고 싶지도 않고, 너도 농부의 아내로 만들기는 싫어.」

「네 직업이 무엇이면 어떻다는 거야? 아론의 아내는 마찬가지잖아.」

이번에는 아론이 말했다.

「나는 대학을 가야 되겠어.」

에이브라가 그를 쳐다보며 말했다.

「걱정하지 마. 내가 도와 줄게.」

「돈은 어떻게 마련하지?」

에이브라가 불쑥 말했다.

「그거야 훔치면 되지 뭐.」

「나는 여기를 떠났으면 좋겠어. 모두가 나를 조롱해. 도저히 참을 수가 없단 말야.」

「얼마후면 모두 잊어버릴 거야.」

「아냐, 결코 잊지 않을 거야. 고등 학교를 졸업할 때까지 2년이나 기다릴 수는 없어.」

에이브라가 그에게 충고를 했다.

「아론, 너는 나를 떠나고 싶어서 그러는 거야?」

「그게 아냐. 왜 아버지는 잘 알지도 못 하는 사업을 벌여서 재산을 날렸을까?」

에이브라가 어른스럽게 그에게 말했다.

「아버지를 탓해서는 안 돼. 만일 아버지가 성공했다면 모든 사람이 아버지께 고개를 숙였을 거야.」

「그래도 일이 엉망이 되었잖아. 나는 아버지 때문에 곤란해졌어. 고개를 들고 다닐 수도 없고 말야. 나는 아버지를 증오한단 말야.」

그러자 에이브라가 엄숙히 한 마디 했다.

「아론, 그렇게 말해선 안 돼.」

「어머니에 대해서도 그래. 아버지가 거짓말시키지 않았다는 것을 내가 어떻게 믿지?」

에이브라는 화가 나서 얼굴이 잔뜩 상기되었다.

「너는 좀 맞아야 해. 사람들만 아니라면 나라도 때렸을 거야.」

에이브라는 분노와 갈등으로 얼굴이 잔뜩 찡그러진 아론의 얼굴을 쳐다보았다. 그녀가 갑자기 돌변한 태도를 취했다.

「왜 어머니에 대해서 물어 보지 못하는 거야. 어서 당장 아버지께 물어 보란 말야.」

「안 돼. 나는 너와 약속했잖아.」

「내가 한 말을 말하지 않기로 약속했을 뿐이야.」

「아버지께 물어 본다면 어디서 들은 이야기냐고 꼬치꼬치 물으실 거야.」

그녀가 큰소리로 말했다.

「좋아, 너는 정말 버릇이 없어. 약속을 취소할 테니, 당장 가서 물어 봐.」

「그게 잘 안 돼. 어쩔까?」

「나는 이따금 너를 죽이고 싶은 생각이 들곤 해. 그건 너를 그만큼 사랑한다는 말이지만 말야.」

옆 의자에 앉았던 사람들이 낄낄거리며 웃는 소리가 들렸다. 그들의 목소리가 컸기 때문에 다른 사람들에게까지 들렸던 것이었다. 아론의 얼굴은 빨갛게 달아오르고 분노의 눈물이 솟았다. 그는 가게를 뛰쳐나와 큰길로 달려갔다.

에이브라는 천연덕스럽게 일어나 치마 주름을 손으로 펴면서 먼지를 털었다. 그녀는 태연히 걸어가서 주인에게 음료수 값을 냈다. 문으로 나가다가 그는 웃는 아이들에게 한 마디 던졌다.

「너희들 남의 일에 참견하지 마.」

그녀가 냉정히 말하고 계속 걸어가자 뒤에서 그들이 이렇게 흉내냈다.

「아론, 너를 사랑해!」

큰길로 나오자 에이브라는 이리저리 살피며 아론을 찾았으나 어디 있는지 보이지 않았다. 그녀는 아론의 집에 전화를 걸어 보았다. 리가 아직 아론은 집에 돌아오지 않았다고 했다. 그러나 그때 아론은 자기 방에 쳐박혀서 화를 삭이고 있었다. 리는 아론이 살짝 자기 방에 들어가 문을 닫는 것을 보았다.

에이브라는 그를 찾기 위해 온 샐리너스를 찾아 헤맸다. 아론에게 화가 치밀었지만 그녀는 밀려오는 외로움을 어쩔 수 없었다. 지금까지 아론이 단 한 번도 그녀를 혼자 놓아 두고 그냥 가 버렸던 적은 없었다. 에이브라는 혼자 있는 힘을 상실했다.

카알은 스스로 고독을 배워야만 했다. 얼마 동안 그는 아론과 에이브라와 어울리려고 노력해 보았으나 두 사람은 카알이 끼어드는 것을 원치 않았다. 카알은 질투심이 생겨서 그녀를 유혹해 보려고 했으나 뜻대로 되지 않았다.

카알은 학교 공부가 쉽기는 했지만 흥미롭지는 않았다. 아론은 동생 카알보다 더 많이 공부를 해야 이해할 수 있었다. 아론은 이해를 하게 되면 큰 성취감을 느꼈다. 그리고 아론은 공부를 잘하든지 못하든지 공부를 존중하게 되었다. 한편 카알은 마음을 안정시키지 못했다. 학교에서 하는 운동도 흥미를 느끼지 못했으며, 여러 활동에도 별다른 관심을 가지지 않았다. 그는 어느 구석에도 마음을 붙일 수 없게 되자 밤출입을 시작했다. 그는 키가 커지면서 몸이 홀쭉해졌다. 그러나 그에게는 언제나 어두움이 깃들어 있었다.

제 38 장

1

첫 기억을 상기해 볼 때 카알도 다른 사람처럼 온정과 애정을 갈망하고 있었다. 그가 외아들이었거나 아론이 그런 형이 아니었다면 카알도 정상적이고, 대인 관계도 원활했을 것이다. 사람들은 처음부터 아론이 용모가 수려하고 순진해 보이기 때문에 그에게 매료되었다. 그러므로 그는 사람들의 관심을 끌기 위해 아론과 경쟁을 벌여야만 했다. 즉 그는 아론을 흉내내려고 애썼다. 솔직담백한 금발의 아론이 하면 매혹적으로 보이는 일도 얼굴이 검고 눈이 가는 카알이 하면 불유쾌하고 밉게 보였다. 오히려 그는 형 아론을 흉내내기 때문에 설득력이 전혀 없었다. 똑같은 행동을 해도 아론은 칭찬을 받고 카알은 욕을 먹기가 일쑤였다.

강아지도 콧등을 몇 번 맞으면 순해지듯이, 소년도 몇 번 거절을 당하면 수줍어지게 마련이다. 그러나 강아지라면 비실거리며 뒷걸음치거나 드러누워 뒹굴기라도 했겠지만, 어린 소년은 조심스런 마음을 태연한 태도로 가장하거나 허세로 가장하거나 은밀히 숨기게 되는 것인지도 모르겠다. 소년이 한 번 거절을 당하면 실제로 거절을 받지 않아도 거절될 것으로 생각할지도 모르고, 더욱 나쁜 것은 지레 거절당하리라고 예상하고 일부러 거절을 유인할 수도 있다.

카알의 경우는 이런 과정이 아주 긴 세월에 걸쳐 아주 완만하게 진행되었기 때문에 자신은 이상한 감정을 전혀 느끼지 못했다. 그는 자기 둘레에 성을 쌓고 혼자서만 살았다. 그가 쌓은 벽은 전 세계를 막을 정도로 튼튼했다. 이 벽에 제일 약한 구석이 있다면 그것은 아론과 리에 제일 가까운 면, 특히 아버지 바로 옆의 면이 제일 약했다. 아버지가 무관심했기 때문에 카알은 안정감을 느꼈다. 전혀 눈여겨 보아주는 사람이 없다는 것은 욕을 먹는 것보다는 나았다.

아주 어렸을 때 카알은 하나의 비결을 알아냈다. 아버지가 앉아 있을 때, 살며시 아버지 옆으로 가서 아버지 무릎에 살짝 기대면, 자동적으로 아버지는 카알의 머리를 쓰다듬어 주었다. 그 행동은 아버지도 무의식중에 하는 것인지도 모른다. 그러나 카알은 이 애무에 크게 감격했기 때문에 특별히 고이 간직했다가 필요한 때에만 사용했다. 그것은 일종의 마술과도 같았다. 이것은 확고한 존경과 애정이 상징하는 하나의 예식과도 다름없었다.

장소가 바뀌었다고 해서 사정이 달라지는 것은 아니다. 카알은 킹 시티에서도 그랬듯이 샐리너스서도 친구를 사귀지 못했다. 어울려 노는 아이도 있고, 존경을 받기도 했지만 특별히 친하게 지낸다고 할 만한 친구는 없었다. 그는 언제나 혼자 지내고 혼자 다녔다.

카알이 밤에 집에서 나가 아주 늦게 돌아오는 것을 리는 알고 있었으나, 모른 척할 수밖에 없었다. 그가 아는 척해도 뾰족한 방법이 없었기 때문이었다. 카알이 혼자 밤에 쏘다니는 것을 야간 순찰 경찰관이 가끔 보았다. 경찰 서장 하이저만은 카알의 학교 학생 주임에게 통보했지만, 학교측에서는 카알이 무단 결석한 적도 없고 공부도 잘한다고 답변을 보내 왔다. 하이저만 사장은 아담을 잘 알고 있었다. 그리고 카알이 다른 집 창문을 깨뜨린 적도 없었으므로 서장은 경관에게 카알을 감시만 하되, 무슨 사고를 일으키지 않는 한 그냥 두라고 했다.

어느 날 밤 톰 와트슨 영감이 카알을 쫓아와서 물었다.

「너, 왜 밤중에 그렇게 돌아다니니?」

그러자 카알이 방어하려는 듯 말했다.

「사람들을 괴롭히지는 않아요.」

「그렇지만 잠은 집에서 자야 해.」

「그런데 잠이 오지 않아요.」

그러나 톰 영감은 그 말이 곧이들리지 않았다. 그는 평생 동안 졸리지 않았던 적이 없었다. 카알은 또 중국인 촌에 가서 도박하는 것을 구경하기도 했다. 톰 영감은 도저히 믿어지지 않았으나 별로 따지거나 하지는 않았다. 그러지 않아도 모를 일이 많은 세상이니까.

카알은 여기저기를 돌아다니면서 농장에서 아버지와 리가 하던 말을 생각해 보았다. 그는 사실을 알고 싶었다. 거리에서 얼핏 들리던 소리. 당구장에서 자기를 조롱하던 목소리. 카알의 머릿속에는 단편적인 이야기가 축적되어 갔다. 아론이 그런 짤막한 이야기를 들었으면 전혀 눈치를 못챘겠지만, 카알은 무엇인가가 하나씩 잡히기 시작했다. 카알은 어머니가 살아 있다는 사실을 알고 있었다. 그리고 그는 아론과 처음 이야기를 해보고 나서 아론이 어머니 일을 알아내는 것을 과히 좋아하지 않는다는 사실을 깨달았다.

어느 날 밤 카알은 거리에서 우연히 레비트 홀먼을 만났다. 그는 6개월 만에 샐리너스 읍내에 찾아와서 술이 취해 있었다. 시골 사람이 낯선 지방에서 아는 사람을 만나면 언제나 그렇듯 레비트는 카알에게 반갑게 인사를 했다. 레비트는 애보트 술집 위의 골목에서 병째 마시면서 카알에게 온갖 말을 다 했다. 그는 자기의 땅을 좋은 값에 팔아 축하를 하려고 샐리너스에 와서 술타령을 하고 있었다. 그는 창녀집에 가서 자기의 실력을 발휘해 보겠다고 큰소리 쳤다.

카알은 옆에 앉아서 잠자코 듣기만 했다. 레비트의 술병이 바닥이 나려고 하자 슬며시 나가서 루이 시나이더 가게에서 새 술을 사 가지고 왔다. 레비트는 빈 술병을 내려놓고 다시 손을 뻗어 병을 잡으니 술이 가득한 새 병이 잡혔다.

「이상하군. 분명히 한 병뿐이었는데. 아, 어쨌든 좋아.」

두 번째 술 병이 절반 가량 없어지자 레비트는 완전히 정신이 없었다. 그는 카알이 누구인지, 그의 나이가 몇 살인지도 잊고 있었다. 오직 그는 옆에 있는 사람이 절친한 친구라고만 생각할 뿐이었다.

「조지, 우리 이 술 마시고 저기로 가자. 돈 없단 말은 하지마. 내가 모두 낼께. 나는 좋지도 않은 땅을 사십 에이커나 팔았는데 값을 잘 받았어.」

그는 잠시 쉬었다가 다시 말했다.

「해리, 내 말 좀 들어봐. 우리 오늘은 그 싸구려 갈보집은 그만두고 케이트네 집으로 가자. 그 집은 좀 비싸긴 하지만 십 달러지. 그래도 좋아 ! 비싸도 그 값을 하니까. 그 집에 가면 신나게 놀 수 있으니까. 해리 ? 케이트를 아나 ? 조지 ? 자네는 케이트가 누군지 아나 ? 케이트는 바로 아담 트래스크의 마누라란 말야. 그 쌍둥이 에미지. 제길할. 난 지금도 잊지 않고 있어. 케이트가 남편을 쏘고 달아난 그때 일 말이야. 그녀는 아담의 어깨를 쏘고 도망쳤어. 케이트는 형편없는 마누라였지만 갈보 노릇은 뛰어나게 잘했지. 내가 이상한 얘기를 했나? 갈보는 훌륭한 마누라가 된다고 했지? 그거야 당연한 이야기지. 별 이상한 일을 다 보고 말야. 나를 좀 일으켜 줘. 아니, 내가 지금 무슨 얘기를 하는 거지.」

카알이 나지막이 말했다.

「신난다는 얘기를 했어.」

「아, 그렇지 그래! 케이트가 신나게 해주는 데는 자네도 눈알이 나올 거야. 어떻게 하는지 아나?」

카알은 레비트에게 눈치채이지 않도록 약간 뒤떨어져 따라갔다. 신나게 해주는 방법을 한참 떠들었지만 카알은 그런 이야기는 그다지 관심이 없었기 때문에 기분이 나쁘지는 않았다. 그저 어리석은 행동이라고 생각되었다. 그런 데를 드나드는 남자들이 문제였다. 가로등 불빛 아래서 레비트의 얼굴을 보고 카알은 그런 남자들이 어떤 꼴인가를 알게 되었다.

그들은 숲이 우거진 정원을 거쳐 페인트 칠을 하지 않은 현관 앞에 섰다. 카알은 제 나이에 비해 키가 컸지만, 더 커 보이려고 발을 들었다. 수위는 카알을 자세히 쳐다보지도 않았다. 방 안의 어두운 불빛과 초조하게 기다리는 남자들로 인해 그의 존재는 눈에 들어오지 않았다.

2

카알은 직접 본 것이나 들은 이야기를 가슴속에 은밀히 쌓아 두려고 했다. 언젠가는 유용할 때가 있을 거라고 생각되었기 때문이었다. 그는 케이트네 집에 다녀온 후 무엇보다 도움이 필요했다.

어느 날 밤 리가 타자를 치고 있는데, 방문을 두드리는 소리가 나더니 카알이 들어왔다. 카알은 침대 끝에 앉고 리는 바싹 야윈 몸을 안락 의자에 파묻었다. 의자가 푹신했으므로 그는 기뻤다. 리는 중국옷을 입었을 때처럼 두 손을 배 위에 포개서 가지런히 올려놓으며, 참을성 있게 기다렸다. 카알은 허공을 쳐다보았다.

카알이 나지막이 말했다.

「우리 어머니 있는 데를 알았어요. 무슨 일을 하는지도 알고요. 내가 어머니를 직접 보았죠.」

리는 그 말을 다 듣고 마음속으로 어떻게 하면 좋을지 기도를 하고는 그에게 조용히 물었다.

「그래 무엇을 알고 싶니?」

「그건 아직 생각하지 못했어요. 지금 생각해 보려고 해요. 리, 사실을 말해 줄 건가요?」

「그럼.」

여러 문제가 머릿속에서 뒤엉켜 소용돌이쳤기 때문에 거기서 하나만 뽑기는 힘들었다.

「아버지는 아시나요?」

「아셔.」

「그런데 왜 어머니가 죽었다고 했죠?」

「너희들이 고통을 겪을까 봐 그런 거야.」

카알은 잠시 생각에 잠겼다가 입을 열었다.

「아버지가 어떻게 하셔서 어머니가 집을 나간 거죠?」

「아버지는 어머니를 지극히 사랑하셨어. 아버진 모든 것을 바쳐서 어머니를 사랑했지.」

「어머니가 총을 쐈습니까?」

「그랬어.」

「왜 쐈죠?」

「집을 나가지 못하게 해서지.」

「어머니를 기분나쁘게 한 적이 있나요?」

「없어. 그래 내가 알기로는 없어. 아버지는 어머니 기분을 나쁘게 할 분이 아니셔.」

「그럼 왜 총을 쏜 거죠?」

「몰라.」

「모르는 건가요, 말을 하지 않는 건가요?」

「몰라.」

카알이 한참동안 말없이 있자 리는 잡고 있던 손가락을 꼼지락거리기 시작했다. 카알이 다시 말을 시작하자 리는 안심이 되었다. 카알은 조금 전과는 달리 리에게 애원했다.

「우리 어머니를 알고 있죠? 어떤 분이셨죠?」

리는 한숨을 폭 쉬면서 손의 긴장을 풀었다.

「나는 내 생각만 말할 수 있어. 어쩌면 그게 잘못된 건지도 모르지만.」

「어떻게 생각했죠?」

「카알, 나는 아주 오랜 시간 그것에 대해 생각해 보았지만 나는 지금도 알 수가 없어. 그 여자는 참 이상한 여자지. 그녀는 다른 사람과 전혀 다른 사람이야. 그 여자에겐 결핍된 것이 있지. 양심이나 자애심이 결핍되었어. 사람을 이해하려면 감정이 있어야 하는데, 그 여자에겐 그런 걸 도무지 느낄 수가 없으니까. 난 왠지 그 여자만 생각하면 감정이 메말라져 버려. 그 여자는 무엇을 원하고 있는지 또 무엇을 찾는지도 알 수가 없으니까. 그녀가 가지고 있는 것은 증오뿐이지. 그러나 왜 그런지 이유와 배경을 알 수가 없어. 그것은 신비롭다고까지 말할 수 있지. 그녀의 증오심은 결코 평범한 게 아니라 냉혹한 것이야. 그건 분노도 아니지. 이런 말을 너에게 하는 게 좋을지 어떨지 모르지만 말야.」

「나는 꼭 알아야만 해요.」

「왜 그러지? 알지 않았던 것이 더 좋을 텐데.」

「그건 그래요. 그러나 지금 그만두기는 싫어요.」

리가 말했다.

「그야 그래. 처음의 순진한 마음이 사라지면 위선자나 바보가 아니면 몰라도 주저앉을 수는 없어. 그렇지만 나는 더 이상 알지를 못하기 때문에 더 해줄 말이 없다.」

카알이 말했다.

「그럼 아버지에 대해 말해 줘요.」

리가 그 말에는 얼른 대답했다.

「그건 말해 줄 수 있지. 누가 우리 얘기 듣지 않을까? 조용조용 말하도록 하자.」

카알이 다시 재촉했다.

「아버지는 어머니가 가지고 있지 않은 많은 것을 갖고 계시지. 자애심이 많고 흠이 있다면 지나치게 양심적인 게 탈이지만 말야. 오히려 장애가 되고 방해가 되고 있지.」

「어머니가 도망가신 뒤 아버지는 어떻게 하셨죠?」

「아버지는 죽은 사람이 되어 버렸어. 몸은 살아서 움직였으나 죽은 사람과 다름이 없었으니까. 요새는 그래도 절반 가량은 살아난 거란다.」

리는 카알의 얼굴에 떠도는 묘하고 새로운 표정을 보았다. 그의 두 눈은 휘둥그래졌으며 언제나 꽉 다물던 입이 벌려져 있었다. 그 얼굴에서 리는 비로소 아론의 얼굴을 보았다. 아론과 그의 얼굴은 그저 색깔만 다를 뿐이었다. 카알의 어깨가 조금씩 떨렸다. 근육이 너무 오래 긴장된 탓이었다.

「카알, 왜 그러지?」

「나는 아버지를 사랑해요.」

리도 말했다.

「나도 아담을 사랑한다. 그렇지 않았으면 이 집에서 오랫 동안 있지 못했을 거다. 아버지는 세상의 사람들처럼 영리하지는 못하지만 선량한 사람이야. 내가 아는 사람 중에서 제일 선량한 사람이지.」

카알은 갑자기 일어서서 말했다.

「그럼 안녕히.」

「카알 기다려. 누구에게 얘기했지?」

「아무에게도 하지 않았어요.」

「아론에게도 하지 않았겠지? 그럼 하지 않아야지.」

「그도 알고 있다고 상상해 보세요.」

「그럼 네가 형을 도와 주어야 한다. 카알, 조금 있다가 가거라. 지금 얘기를 하지 않으면 다시는 이것에 대해 얘기할 수 없을 것이다. 네가 사실을 안다는 것을 내가 안다고 어쩌면 나를 싫어할지도 모르지만 말야. 말해 봐라 너, 어머니가 밉니?」

「네, 미워요.」

「그렇겠지. 그러나 아버지는 미워하시지 않고 슬퍼하셨단다.」

카알은 천천히 문으로 향했다. 그는 주머니에 손을 쿡 찔러 넣은 채 걸어갔다.

「아까 말한 대로예요. 사람을 안다는 거. 어머니가 미워진 건 도망간 이유를 알았기 때문이에요. 나 알아요. 내 마음속에는 어머니가 있거든요.」

카알은 고개를 숙이고 비통하게 말했다. 리가 갑자기 일어서더니 날카롭게 말했다.

「그만둬! 내 말 들리지 않아? 그런 모습을 보이지 마라. 물론 그래도 되겠지. 누구나 다 그러니까. 그래도 너에게는 다른 면이 있지. 여기 좀 봐라. 나를 쳐다봐라.」

카알은 고개를 들고 힘없이 말했다.

「그래 어떻게 하라는 거죠?」

「너는 다른 면이 있어. 내 말을 들어라. 네가 그런 면이 없다면 이상히 여기지도 않을 거야. 나약한 모습을 보이지 마라. 부모 때문이라고 하지 마. 네가 하는 일은 모두 네 탓이다. 네 어머니 책임이 결코 아니란 말이다.」

「정말 그렇게 생각하시는 거예요?」

「그래. 너도 그렇게 생각해라. 그렇게 생각하지 않는다면 뼈를 박살낼 테니까.」

  카알이 가버리자 리는 자기 의자에 도로 주저앉았다. 그는 한참 동안 생각에 잠겼다. 동양인답던 조용한 성격이 왜 이렇게 변했을까를 생각하면 생각할수록 서글퍼졌다.

3

  카알에게 어머니가 살아 있다는 사실과 어머니와의 해후는 새롭운 일이라기보다는 하나의 확인이었다. 자세히 알 수는 없었지만 어딘지 미심쩍은 점이 있다는 것을 알고 있었다. 그의 반응도 복합적으로 나타났다. 그는 모든 것을 알게 되어 즐거움에 가까운 감정을 느꼈다. 그는 이제 사람들의 행동과 표정을 평가할 만하게 되고 어렴풋이 하는 말을 제대로 해석할 수도 있고 과거를 캐내서 정리할 수도 있게 되었다. 반면에 어떤 사실을 알게 됨으로 인하여 말미암은 고통은 그 기쁨보다 더 했다.

  그의 육체는 성인으로 변했다. 사춘기의 변덕스런 바람 때문에 흔들렸다. 경건하고 순수하고 확신적이다가도 더러운 행동을 하고 그러다가 수치스러움을 느끼고는 다시 경건한 자기가 되었다.

  어머니의 발견은 그의 모든 감정을 날카롭게 만들었다. 자기의 운명이 유별나다고 생각되었다. 이제 리의 말을 모두 믿을 수 없었다. 다른 아이들은 이런 경험을 전혀 하지 않았을 거라는 생각도 들었다.

  카알은 케이트의 집에서 신나기도 한 그 장난판이 뇌리를 떠나지 않았다. 그 기억이 그의 몸과 마음에 사춘기의 불을 질러 놓았고, 갑자기 반발심과 혐오로 구토가 나기도 했다.

  카알은 아버지를 찬찬히 살펴보았다. 아버지에게서 그는 실제보다 더한 슬픔과 갈등을 느꼈는지도 모른다. 카알의 마음속에서는 아버지를 사랑하는 열렬한 마음과 그를 보호하고, 그가 겪은 고통을 보상해 주고 싶은 소망이 점점 더 커졌다. 카알은 아버지가 그런 심적 고통을 어떻게 참고 견디실지 가슴이 아팠다. 언젠가 아버지가 목욕을 하는데 실수로 들어갔다가 흉한 총알 상처를 보고 카알은 얼떨결에 물었다.

  「아버지, 그건 무슨 흉터죠?」

  그 흉터를 감추려는 듯 아담의 손이 위로 올라가며 말했다.

  「아주 오래된 흉터란다. 인디언 토벌 작전 때 다쳤어. 시간 있을 때 그 얘기를 해주마.」

카알은 아버지의 얼굴을 보면서 아버지가 거짓말을 하기 위해 먼 옛날로 뛰어가는 것을 바라보았다. 카알은 거짓말을 싫어하지는 않았지만 거짓말을 해야 되는 필요성을 좋아하지는 않았다. 카알은 자기가 이롭게 되기 위해서는 거짓말을 했다. 그러나 어쩔 수 없이 거짓말을 하는 것은 수치스러운 일이라고 생각했다. 카알은 이렇게 소리치고 싶었다.

『난 그 흉터가 왜 생겼는지 알아요. 그래도 괜찮아요.』

그러나 그런 말은 할 수 없었다. 그는 생각과는 달리,

「그 이야기 듣고 싶어요.」라고 말했다.

아론도 변화의 소용돌이 속에 휩싸여 있었지만 그의 충동은 카알에 비하면 거세다고 볼 수 없었다. 그의 육체는 카알처럼 요란하게 보채지 않았고, 그의 정열은 종교적 방향으로 쏠리기 시작했다. 아론은 성직자가 될 생각이었다. 그는 성공회의 예배에 빠짐없이 참석했으며, 축일에는 꽃장식하는 일을 도왔고, 젊은 고수머리 신부 랄프와 많은 시간을 보냈다. 아론은 세상 물정을 모르는 젊은 신부 랄프의 영향을 받아서, 현실과 경험을 도외시하고 추상적인 일반론을 즐겨 피력했다.

아론은 성공회에서 견진성사를 받고 주일 성가대 대원이 되었다. 에이브라도 아론의 뒤를 따라 성가대 대원이 되었다. 여성다운 성격인 그녀는 이러한 일이 필요한 것이지만 그다지 중요하지는 않다고 생각했다.

신앙심이 깊어진 아론은 카알을 전도하려고 했다. 처음에는 동생 카알을 위해 말없이 기도만 했지만, 나중에는 직접 그에게 하나님을 섬기지 않는 것을 나무라면서 교회에 나가자고 했다.

아론이 조금만 명석하게 처신했다면 카알도 교회에 따라 나갔을지 모른다. 그러나 아론의 행동은 그 순수함이 지나쳐 타인의 거부감을 살 정도였다. 카알은 교회에 나가서 설교를 서너 번 들은 뒤 아론을 지독히 독선적이라고 느끼고 형에게 그 말을 해주었다. 그러자 아론은 동생이 영원한 지옥으로 떨어져도 할 수 없다고 생각하며 단념해 버렸기 때문에 두 사람은 마음이 편안해졌다.

아론의 종교는 어쩔 수 없이 성 문제와 대립하고 말았다. 그는 에이브라에게 금욕의 필요성을 말한 뒤 독신 생활을 하기로 작정했다. 에이브라는 지혜롭게 이러한 과정은 곧 지나치게 되리라고 확신하고 또 그렇게 되기를 기대하면서 아론의 말에 동의했다. 그녀가 알고 있는 것은 독신 생활이라는 상태뿐이었다. 그녀는 아론과 결혼하여 아이를 많이 낳고 싶었으나 얼마 동안 그런 이야기를 입밖에 내지 않기로 했다. 전에는 전혀 질투심이 없었으나 이제 에이브라는 랄프 신부를 몹시 질투하기 시작했다.

카알은 형 아론이 자신이 저지르지 않은 죄를 이겨 내고 기뻐하는 꼴을 눈여겨보았다. 카알은 이따금 형에게 어머니 이야기를 해주고, 그가 어떻게 처리할까를 보고 싶은 짓궂은 생각이 들었으나 이내 마음을 바꾸어 먹었다. 형은 그 일을 제대로 처리하지 못할 것이라고 단정지었기 때문이었다.

제 39 장

1

샐리너스 사람들은 심심치 않게 정화 운동을 전개하곤 했다. 정화 운동이란 매번 별로 다름없이 비슷했다. 교회의 설교단에서 비롯될 때도 있고, 야심만만한 여성회의 신임 회장이 시작할 때도 있었다. 그 모토는 한결같이 뿌리뽑아야 할 도박이었다. 도박을 공격하는 것은 여러 모로 유리한 점이 많았다. 도박을 공격하면 공개 토론이 가능하지만 매춘 행위는 공개 토론이 불가능했기 때문이었다. 도박은 악이며 대개 중국인이 주도했다. 그러므로 친척을 건드릴 위험은 없었다.

교회와 여성회에서 시작한 운동을 마을의 두 신문사에서 맡아 도화선에 불을 붙였다. 사설에서 정화가 강조되었고, 경찰도 동의했으나 일손의 부족을 이유로 들어 예산 증액을 떠들어 댔다. 그 작전은 이따금 성공하기도 했다.

신문의 사설에 그런 것이 오르내리면 사람들은 눈치를 챈다. 그리고는 발레 대본처럼 용의주도하게 각본을 연출하게 된다. 경찰이 준비를 완료하고 도박장도 준비를 끝내고 신문은 벌써 축하 사설을 써 놓고 기다린다. 그리고 검색이 시작된다. 그것은 용의 주도하게 행해진다. 파하로에서 데려다 놓은 스무 명 가량의 중국인과 주정뱅이 몇 명, 외지에서 온 예닐곱 명의 행상인이 경찰의 검색을 받고 감방에 갇혔다가 아침에 벌금을 내고 풀려 나는 것이다. 마을에서는 부패가 일소되었다고 좋아하고, 도박장은 하룻밤 수입과 벌금을 치루어야 한다. 알면서도 그렇지 않다고 생각하는 것이 인간의 훌륭한 점인 것이다.

1916년 가을 어느 날 밤, 카알은 〈꼬마 림〉네 가게에서 도박을 구경하다 일제 검색에 붙잡히고 말았다. 어두운 밤이라 아무도 그를 알아볼 수 없었는데, 서장은 아침에 유치장에 갇힌 그를 보고 당황했다. 서장은 급히 아담에게 전화를 했다. 식사 중이던 아담은 그 전화를 받고 곧장 시청까지 두 구간을 걸어와 카알을 인계받고서 길건너 우체국에서 편지를 부치고 카알과 함께 집으로 돌아왔다.

리는 아담이 먹다가 남긴 계란을 식지 않게 해 두었고, 카알에게는 계란 두 개를 프라이 해주었다.

아론이 학교에 가려고 식당을 지나치다가 말했다.

「기다려 줄까?」

「아냐.」

카알은 고개를 숙인 채 계란을 잠자코 먹고 있었다.

아담은 시청에서 카알을 데리고 나올 때 서장에게 고맙다는 말을 한 뒤, 『어서 가자.』라고 말한 것 외에는 입도 떼지 않았다.

카알은 먹기 싫은 아침 식사를 억지로 먹으면서 힐끔힐끔 아버지 눈치를 살폈다. 도무지 아버지의 표정을 짐작할 수가 없었다. 아담의 얼굴에는 분노의 빛과 슬픔이 섞여 있는 것처럼 보였다.

아담은 묵묵히 커피 잔만 들여다 보았다. 침묵은 점점 커져서 깰 수가 없었다.

리가 그에게 물었다.

「커피는?」

아담은 잠자코 고개만 저었다. 리는 그만 나가서 부엌문을 닫아 버렸다.

시계 소리만 똑딱거리자 카알은 그만 두려움이 일기 시작했다. 그는 전에는 느끼지 못했던 위엄을 아버지에게서 느낄 수 있었다. 다리가 저려 왔지만, 움직여서 피를 통하게 하기도 겁이 났다. 그는 포크로 접시를 부딪쳐 보았지만 그 소리도 곧 잠잠해졌다. 시계가 아홉 시를 치기 시작했으나 바로 조용해졌다.

두려움이 식어 버리자 은근히 화가 났다. 덫에 걸린 여우가 자기를 덫에 걸리게 한 자기 앞발에게 화를 내는 것이나 다름없었다.

카알이 갑자기 일어섰으나 자신의 몸이 움직이는 것도 몰랐다. 카알은 자기가 무슨 말을 하는 지도 모르게 외쳤다.

「그럼 마음대로 해보란 말이에요. 어서 해봐요.」

카알의 외침은 고요 속으로 흡수되어 버렸다.

아담이 천천히 고개를 들었다. 카알은 아버지의 눈을 자세히 들여다본 적이 없었다. 자기 아버지의 눈을 들여다보지 못한 사람은 많을 것이다. 아담의 눈동자는 푸른색이었고, 동공을 향해 까만 줄이 방사형으로 모여들어 있었다. 카알은 아버지의 동공 깊은 곳에 자기의 얼굴이 비쳐 있는 것을 바라보았다. 마치 두 명의 카알이 자기를 바라보는 듯이 느껴졌다.

아담이 느릿느릿 말했다.

「카알, 나에게 실망했지?」

카알은 야단을 치는 것보다도 더 두려워서 더듬거리며 대답했다.

「그게 무슨 뜻이죠?」

「너는 도박장에 있다가 붙잡혀 갔다. 나는 네가 어떻게 해서 그곳에 있는지, 거기서 무엇을 했는지 모른다.」

카알은 맥빠진 모습으로 앉아서 접시만 쳐다보았다.

「카알, 노름하니?」

「아뇨, 전 구경만 했을 뿐이에요.」

「전에도 거기 간 적 있니?」

「네, 여러 번 갔어요.」

「거기 가는 이유가 뭐지?」

「밤이 되면 가만히 있을 수가 없어서 그래요. 마치 들고양이처럼 밤만 되면 불안해지는 걸요.」

케이트에 대한 생각과 힘없는 자신의 농담이 갑자기 두렵게 느껴졌다.

「그래서 잠이 오지 않으면 여기저기 돌아다녀요. 그러면 잊어버리거든요.」

아담은 말 한 마디를 할 때마다 깊이 생각하고 말했다.

「그럼 네 형 아론도 돌아다니니?」

「아뇨, 형은 아마 그런 생각은 하지도 않을 거예요. 형은 불안하지 않을 테니까요.」

「그렇구나. 하지만 난 통 네 말을 이해할 수 없어.」

카알은 아버지에게 안기고 싶은 충동이 일었다. 아버지에게 사랑과 동정의 표현을 마음껏 하고 싶었다. 그는 나무 냅킨 고리를 집어서 손가락에 끼고 조용히 물었다.

「질문하신다면 대답하겠어요.」

「나는 묻지 않았다. 묻지 않았어. 난 나쁜 아버지야. 내 아버지가 그랬듯이 말야.」

그는 아버지의 이런 어조를 생전 처음 들었다. 아버지의 목소리는 온정이 배어 있었다.

「내 아버지는 당신이 하나의 틀을 만들어 놓고 나를 그 틀 속에 집어 넣었단다. 난 원래 타고날 때부터 못났는지 고쳐지지 않더구나. 그래, 사람을 개조할 수는 없는 거야. 그래서 나는 못난 그대로란다.」

그 말에 카알이 말했다.

「섭섭해 하지 마세요. 아버지는 너무 많이 고쳐져서 탈이니까요.」

「그러니? 그럼 너무 많이 고쳐진 건지. 난 내 아들들에 대해서 별로 아는 게 없어. 앞으로도 알게 될지가 의심스러워.」
「궁금하신 게 있으면 말씀해 보세요. 뭐든지 대답하겠어요.」
「글쎄 무엇부터 물어야 할지? 처음부터 시작해 볼까?」
「제가 붙잡혀서 화가 많이 나셨죠? 싫으시죠?」
아버지가 큰소리로 웃자 카알은 깜짝 놀랐다.
「넌 현장에 있었을 뿐 달리 잘못된 일을 하지 않았잖니?」
카알은 자책감이 생겨나서 고개를 숙이고 말했다.
「현장에 있었던 게 잘못이겠죠.」
「나도 그런 일을 당한 적이 있어. 현장에 있었다고 일 년 가깝게 감옥에 있었
지.」
카알은 믿을 수 없는지 의아한 시선을 던졌다.
「믿을 수가 없어요.」
「나도 믿어지지 않는 일이지. 그러나 도주하면서 가게에서 옷을 훔쳤지.」
「나는 믿을 수가 없어요.」
카알은 힘없이 말했다. 친밀감이 생겨서 기분이 좋았다. 금세라도 이 기분이
사라질 것 같아서 카알은 숨도 크게 쉬지 못했다.
아담이 계속 말했다.
「카알, 사무엘 해밀튼 씨 생각나지? 네가 갓난아기였을 때 그분이 나보고 나
쁜 아버지라고 그랬어. 나를 때려 눕히면서 정신차리라고 말했지.」
「그 노인이요?」
「그래. 그분은 굉장히 기운이 셌어. 난 이제야 그분이 한 말뜻을 알겠어. 나도
내 아버지와 똑같아. 내 아버지는 나를 인간으로 취급하시지 않았는데 나도 내
아들을 인간으로 보지 않았어. 사무엘이 한 말이 바로 그런 뜻이었어.」
아버지는 카알의 눈을 똑바로 들여다보며 웃었다. 카알은 가슴이 저릴 정도로
아버지에게 애정을 느꼈다.
「우린 아버지를 나쁘다고 생각해 본 적이 없어요.」
「야, 이 불쌍한 놈아. 그걸 네가 어떻게 알아? 넌 다른 아버지를 가진 적이
없는데.」
카알이 기분 좋게 말했다.
「잡혀 가길 잘한 것 같아요.」
아담은 웃으며 말했다.
「그래 맞는 말이다. 나도 그렇게 생각한다. 우리는 다 유치장 신세를 진 경험
이 있어서 말이 통하는구나.」

아담은 유쾌하게 아들에게 말했다.
「카알, 너에 대해서 좀 말해 주겠니?」
「네.」
「말하겠어?」
「네.」
「어서 말해 봐라. 인간이 되는 데에는 과중한 책임이 따른단다. 그것은 공간적 위치를 차지하는 것 이상의 의미를 내포하고 있다. 그런데 너는 어떻지?」
카알이 조심스러운 얼굴로 질문했다.
「혹시 농담하시는 건 아니죠?」
「물론 농담이 아니고 말고. 너에 대해 말해 봐라. 하고 싶으면 어서 해보렴.」
카알이 비로소 말하기 시작했다.
「저는요…….」
그는 말을 하려다가 잠시 쉬고는 다시 계속했다.
「막상 말을 하려니까 쉬운 일이 아니군요.」
「그럴 게다. 어쩌면 불가능한 일인지도 모르지. 그럼, 네 형 이야기 좀 하렴.」
「형에 대해서 궁금하신 게 뭐죠?」
「형에 대해서 네가 어떻게 생각하고 있는지가 궁금하다. 네가 말할 수 있는 것을 말해 봐라.」
「형은 참 착하죠. 나쁜 일도 하지 않고 나쁜 일은 생각도 하지 않으니까요.」
「그래, 그럼 너에 대해 말해라.」
「네?」
「그럼 너는 나쁜 짓만 하고 나쁜 생각만 한다는 거니?」
카알은 얼굴이 상기되었다.
「글쎄요, 어쩌면 그럴지도 모르죠.」
「그럼 아주 나쁜 짓만 하니?」
「네, 말할까요? 모두?」
「아니다, 됐다. 네 목소리나 네 눈을 보면 너는 지금 자신과 싸우는 걸 알 수 있어. 그렇지만 수치스럽게 생각해서는 안 된다. 수치감은 무서운 거니까. 아론도 수치감을 느낄까?」
「형은 수치스러운 행동은 하지 않으니까요.」
아담은 몸을 앞으로 약간 내밀며 물었다.
「정말?」
「네, 그래요.」

500

「너는 형을 두둔하는구나.」

「무슨 말씀이시죠?」

「예를 들자면, 좋지 않은 애기, 추한 애기를 들었을 때 그걸 형에게 감추니?」

「네.」

「너는 참을 수 있는 것을 형은 참아 내지 못한다는 거니?」

「그게 아니라 형은 너무 선량해요. 형은 절대로 남을 해치지 않으니까요. 다른 사람을 헐뜯지도 않죠. 그리고 치사하게 굴지도 않고 불평도 하지 않아요. 형은 용감해요. 싸움을 좋아하지는 않지만 싸울 용의는 가지고 있어요.」

「넌 형을 좋아하니?」

「네, 좋아해요. 그렇지만 나는 형에게 나쁜 짓만 해요. 형을 속이고 골탕을 먹이죠. 이유 없이 이따금 형을 기분나쁘게 하니까요.」

「그런 뒤에는 기분이 나쁘지?」

「네.」

「아론도 기분이 나쁠 때가 있니?」

「형은 내가 교회에 가지 않는다고 기분나빠 해요. 또 언젠가 에이브라가 화를 내면서 밉다고 하자 기분나빠 하더군요. 형은 열이 나고 아프기까지 했어요. 생각나지 않으세요? 그래서 리가 의사를 불렀어요.」

아담이 의아한 표정으로 말했다.

「나는 한집에 살면서도 알지 못했구나. 에이브라는 왜 화를 냈지?」

카알이 머뭇거리며 말했다.

「그걸 아버지께 말씀드려야 좋을지…….」

「그렇다면 듣지 않겠다.」

「아뇨. 나쁜 애긴 아니예요. 애기해도 괜찮을 거예요. 아론은 신부가 될 생각인가 봐요. 랄프 신부처럼요. 그 신부님은 성공회의 고교회파를 좋아하는데 아론도 그의 영향을 받아 좋아해요. 그래서 형은 결혼도 하지 않고 한적한 시골에 가서 은둔 생활을 할 생각이에요.」

「수도사처럼 말이냐?」

「네.」

「그래서 에이브라가 화낸 거구나.」

「네, 굉장히 화가 났죠. 에이브라는 이따금 무서울 정도로 화를 내요. 언젠가는 형의 만년필을 빼앗아 땅에 던지고 막 밟는 것도 봤어요. 반평생을 아론 때문에 허송 세월로 보냈다고 했어요.」

아담이 웃으며 물었다.

「에이브라가 올해 몇 살이지?」

「네, 열 다섯 살이요. 그렇지만 좀 조숙한 편이에요.」

「그런 것 같구나. 그래, 아론은 뭐라고 그랬지?」

「잠자코 있었는데 굉장히 기분나빠 했어요.」

그러자 아담이 카알에게 말했다.

「그럼 네가 에이브라를 빼앗을 수도 있겠군?」

「에이브라는 형의 애인인 걸요.」

아담은 카알의 눈 속을 깊이 들여다보며 말했다. 아담은 리를 큰소리로 불렀다. 대답이 없자 또다시 「리!」하고 불렀다.

「리가 어니 갔나? 나가는 소리는 나지 않았는데. 커피 한 잔 마셨으면 좋겠는데.」

카알이 일어서면서 말했다.

「그럼 제가 끓이겠어요.」

「아냐, 넌 학교에 가야 하잖아.」

「학교 가기 싫어요.」

「그래도 가야 해. 네 형은 갔잖아.」

「저는 기분이 좋아요. 이렇게 아버지 옆에 있고 싶어요.」

아담은 자기 손을 쳐다보며 말했다.

「그럼 커피 좀 끓여라.」

그 목소리는 부드럽긴 했지만 약간 겸연쩍은 목소리였다.

카알이 부엌에서 차를 끓이는 동안 아담은 자기 마음속에 일고 있는 생각 때문에 크게 놀랐다. 근육과 신경이 흥분으로 고동쳤다. 손으로 무엇인가를 잡고 싶고, 달리고도 싶은 충동이 생겼다. 자애로운 시선으로 방안을 훑어보았다. 의자와 그림이 보이고 카페트 위의 붉은 장미가 보이는데 모든 것이 새삼스러웠다. 그리고 미래에 대한 강한 욕망이 용솟음쳤다. 이제부터는 하루하루가 기쁘고 즐겁고 흐뭇한 나날이 될 것이라는 기대감이 생겼다. 그에게 황금빛으로 고요함을 안고 올 아름다운 나날, 그는 그런 날을 기약하는 새벽녘의 여명을 보는 듯했다. 그는 손가락을 깍지 끼고 두 발을 쭉 폈다.

카알은 부엌에서 커피 주전자로 물을 끓이고 있었는데, 기다리는 일도 그지없이 즐거웠다. 기적은, 일단 일어나면 기적이라고 할 수 없다. 카알은 아버지와의 찬란한 관계로 해서 느꼈던 경외로움은 잊었으나 기쁨은 아직도 남아 있었다. 고독함에서 지녔던 독기와 외롭지 않은 사람에 대한 뼈저린 선망은 이제 사라지고 그는 깨끗하고 아름다웠다. 이제 자신도 그것을 깨달았다. 아버지를 돕고 싶고 큼직한 선물을 드리고 아버지를 위해 무슨 일인가를 해 드리고 싶었다.

커피 물이 끓어 넘쳐서 난로를 몇 분 동안 닦아야 했다.

카알은 혼자 중얼거렸다.

『어제만 같았어도 이러지는 않았을 텐데.』

카알이 김이 모락모락 나는 주전자를 들고 들어오는 것을 보고 아담이 웃었다. 아담은 냄새를 맡으며 말했다.

「냄새 한번 좋구나.」

「끓어서 넘쳐 버렸어요.」

「커피는 끓어 넘어야 맛있는 거야. 그런데 리는 대체 어딜 간 거지?」

「자기 방에 있을 거예요. 제가 가 볼까요?」

「아냐, 방에 있었으면 대답을 했을 거야.」

「아버지, 학교를 졸업하면 농장을 제게 맡겨 주실 수 있어요?」

「넌 계획 한번 일찍 세웠구나. 아론은 어떠니?」

「형은 대학에 가길 원해요. 그러나 내가 말했다고 하지 마세요. 자기가 직접 말해서 아버지를 놀라게 해야 하니까요.」

「그래 알았다. 넌 대학에 가기 싫으니?」

「나는 농장에서 돈을 벌래요. 형의 학비도 줄 수 있을 정도로 많이요.」

아담은 커피를 홀짝홀짝 마시면서 말했다.

「너그러운 생각이구나. 이런 말을 해도 좋을지 모르지만, 아까 내가 아론이 어떤 아이냐고 물었을 때, 네가 아론을 두둔하는 것을 보고 나는 네가 아론을 싫어하거나 미워하는 줄 알았다.」

카알은 진지하게 말했다.

「미워한 적도 있어요. 그리고 슬프고 속상하게 한 적도 있고요. 그렇지만 이제는 형을 미워하지 않아요. 앞으로도 미워하지 않을 작정이에요. 그 누구도 미워하지 않겠어요. 어머니조차도.」

그는 얼떨결에 말해 버리고 깜짝 놀라서 심장이 얼어붙는 듯했다.

아담은 정면을 바라보면서 손으로 이마를 문질렀다. 그리고 침착하게 말했다.

「너 어머니 일을 아는구나.」

「네.」

「모두 다 아니?」

「네.」

아담은 몸을 의자 뒤로 젖혔다.

「그럼 아론도 알고 있는 거니?」

「아뇨, 형은 몰라요.」

「왜, 형에게 말하지 않았니?」

「형에겐 말할 수가 없었어요.」

「이유가 뭐지?」

카알은 머뭇머뭇 말했다.

「견디지 못할 것 같아서요. 형은 그걸 견디 낼 정도로 악하지 못하니까요.」

카알은 그 말에 이어 『아버지처럼요.』라고 말하고 싶었으나 입밖에 내지는 않았다.

아담의 얼굴에는 지친 기색이 완연했다. 아담은 고개를 좌우로 혼들면서 말했다.

「카알, 아론이 그 사실을 알지 못하게 하는 방법이 있을까? 잘 생각해 봐라.」

「괜찮아요. 형은 그런 데는 가지 않아요. 저와는 아주 다르거든요.」

「그럼 누군가가 말을 해주면 어쩌지?」

「형은 분명히 믿지 않을 거예요. 누군가가 말한다면 그를 때리면서 거짓말이라고 할 겁니다.」

「카알, 넌 거기 가 보았니?」

「네, 그래야 확실히 알 수 있으니까요.」

카알은 잔뜩 흥분되어 말했다.

「만일 형이 대학에 가게 되어 이곳에 살지 않는다면…….」

아담이 고개를 끄덕이며 말했다.

「그럴 수도 있지만. 이 년은 더 여기서 지내야 한다.」

「제가 재촉해서 어쩌면 일 년에 끝나게 할 수도 있을 거예요. 형은 머리가 좋거든요.」

「네가 더 좋아.」

「그건 종류가 달라요.」

아담은 점점 몸이 커져서 방 한쪽을 꽉 채우는 듯했다. 그의 얼굴은 엄숙해지고 눈이 매섭게 번뜩였다. 그는 약간 쉰 목소리로 말했다.

「카알!」

「네?」

아담이 그를 지그시 바라보며 말했다.

「난 너만 믿는다.」

2

카알은 아버지의 인정을 받고 나자 행복했다. 그의 걷는 모습은 사뿐사뿐 가벼웠고, 얼굴은 찡그릴 때보다 웃고 있을 때가 더 많았다. 그의 얼굴에 깔렸던 어두움이 거의 사라져 버렸다.

리가 제일 먼저 이런 것을 깨닫고 물었다.

「여자 친구가 생겼어?」

「여자라고요? 천만에요. 나는 여자를 원하지 않아요.」

「아냐, 누구나 다 원해.」

그런 다음 리는 아담에게 질문했다.

「카알이 왜 저렇게 변했는지 이유를 아세요?」

아담이 담담한 어조로 말했다.

「엄마 이야길 알고 있더군.」

「그랬군요.」

리는 한 마디 하고는 더 이상 참견하지 않았다.

「제가 언젠가 애들에게 말하는 게 더 좋을 거라고 말한 적이 있었죠? 그 생각 나세요?」

「내가 말하지 않았는데 그애가 알고 있었어.」

「그것 참 이상한 일이군요. 카알이 그 사실을 알고 나서 공부할 때도 콧노래를 흥얼거리고, 걸어다닐 때에도 모자를 던져 올리고 하니 묘한 일이군요. 그렇게 기분이 좋지는 않을 테데 말이에요. 아론은 어떻죠?」

「아론이 걱정이야. 그애는 몰랐으면 좋겠는데.」

「이젠 너무 늦었는지도 모르죠.」

「아론과 슬쩍 이야기해 볼까. 슬며시 말야.」

리는 골똘히 생각했다.

「당신에게도 무슨 일이 일어났군요.」

아담도 수긍하며 말했다.

「맞아. 그럴 거야.」

콧노래를 부르거나 모자를 하늘 높이 던진다거나 공부를 잘한다는 것만으로 카알의 활동은 그치지 않았다. 카알은 새로운 기쁨 속에서 자신이 아버지의 행복의 보호자라고 생각했다. 카알은 어쩌면 어머니가 예전에 저지른 짓 같은 행위를 또다시 저지를지도 모른다고 생각했다. 그래서 어머니에 대해 모든 것을 알아보기로 했다. 적을 알게 되면 위험도 적고 놀라움도 줄어들 수 있으니까.

카알은 밤이 되면 철로 건너 케이트네 집으로 향했다. 어느 때는 오후에 길 건너 풀 속에 숨어 그 집을 관찰하기도 했다. 여자들이 평범한 모습으로 나오는 것이 보였다. 언제나 여자들은 두 명씩 짝을 이루어 그 집을 나왔는데, 그들은 카스트로비유 거리 모퉁이까지 가서는 왼편으로 돌아 중앙로 쪽으로 갔다. 카알은 그들이 어디서 나왔는지 알지 못하는 한 그 누구도 그녀들의 정체를 알 수 없을 것이라고 생각했다. 그렇다고 해서 카알이 그 여자들이 나오는 것을 기다리고 있는 것은 아니었다. 그는 한낮에 어머니의 모습을 보고 싶었다. 얼마 후에는 어머니 케이트가 매주 월요일 한 시 삼십 분에 집에서 나오는 것을 알게 되었다.

카알은 매주 월요일 오후에 학교를 빠지는 것을 보충하려고 더욱 더 공부를 열심히 하여 학교 일을 잘 처리했다. 아론이 묻자 그는 자기가 놀라운 일을 하고 있는데, 비밀이기 때문에 아무에게도 말할 수가 없다고 말했다. 아론은 그다지 관심이 없었다. 아론은 자신의 일에 몰두하고 있었기 때문에 이내 그 사실조차 까맣게 잊어버렸다.

카알은 여러 차례 케이트를 미행해 보고 나서 그녀가 가는 길이 언제나 일정하다는 사실을 알아냈다. 그녀는 늘 똑같은 곳으로 갔다. 제일 처음 가는 곳이 몬터리 은행인데, 그녀는 은행의 금고실로 들어가 십오 분이나 이십 분 가량 있다가 나와서, 중앙로를 천천히 걸으며 가게를 구경했다. 포터 어빈 가게에 들러 옷 구경을 하고 이따금 사기도 했다. 그녀는 장갑·베일·고무줄·안전핀 등을 샀다. 두 시 십오 분 쯤에는 『미니 프랭큰』 미장원에 들어가 삼십 분 후에 나왔다. 그곳을 나올 때는 핀으로 머리칼을 단단히 말아 올린 다음 실크 스카프를 머리에 둘러 턱 밑에 맨 모습이었다.

세 시 삼십 분에는 『농민상회』 위층 계단으로 로슨 의사에게 진찰을 받으러 갔다. 그곳에서 나와서는 벨 제과점에 잠깐 들러 초콜렛을 한 통 샀다. 그녀는 절대로 길을 바꾸지 않았다. 그 제과점에서 곧장 카스트로비유 거리를 지나 집으로 돌아갔다.

그녀의 옷차림은 전혀 눈에 띄게 이상하지 않았다. 월요일 오후 쇼핑을 나온 샐리너스의 부잣집 마님의 모습과 전혀 다른 점이 없었다. 오직 장갑을 언제나 끼고 있는 것만이 좀 색달랐다. 이런 일은 샐리너스 사람들에게서는 극히 찾아보기 힘든 광경이었다.

그녀는 장갑을 긴 때문인지 손이 토실토실해 보였다. 그녀는 마치 유리 상자에 둘러싸인 것처럼 살며시 걸었다. 그녀는 그 누구에게도 말을 걸지 않았고 누구도 쳐다보지 않는 것 같았다. 그녀는 사람들 눈에 보이지 않는 여자처럼 살짝 지나다녔다.

여러 주일 동안에 카알은 케이트를 미행했다. 카알은 그녀의 눈에 뜨이지 않도록 조심했다. 그리고 그녀가 늘 앞만 보고 다니기 때문에 자기를 보지 못했을 거라고 확신했다.

케이트가 자기 마당으로 들어가면 카알은 우연히 지나게 된 듯 다른 길을 통해 집으로 돌아갔다. 카알은 왜 그녀를 미행했는지 딱 잘라서 이유를 말할 수가 없었다. 오직 그녀에 대해 모든 것을 알고 싶은 궁금증밖에는.

카알이 그녀를 미행한지 8주째 되는 날, 케이트는 다른 날처럼 외출을 끝내고 풀이 우거진 마당으로 들어갔다.

카알은 잠시 있다가 흔들리는 문을 거쳐 어슬렁거리며 걸어갔다.

케이트가 키가 큰 관목 뒤에 서 있다가 냉정히 물었다.

「무슨 일이죠?」

카알은 그 자리에 못 박힌 듯 서 있었다. 카알은 정신을 가다듬고 어렸을 때부터 몸에 밴 대로 주된 대상 이외의 물건을 하나씩 관찰했다. 카알은 큼직한 관목 숲의 작은 새 잎사귀에 남풍이 살랑거리는 것을 찬찬히 바라보았다. 진흙길은 짓밟혀 검은 죽같이 되었고, 케이트가 그 진흙을 비켜 서 있는 것도 보았다. 그때 남태평양 역 구내에서는 주차하는 기차가 메마른 소리를 내며 수증기를 뿜어대는 소리도 들렸다. 카알은 뺨에 닿는 차가운 공기를 느꼈다. 그는 계속 케이트를 응시했고, 케이트 역시 카알을 응시했다. 카알은 그녀의 눈과 머리, 심지어 움츠린 듯이 보이는 어깨에서도 아론과 흡사함을 발견했다. 그러나 카알은 그녀의 입과 작은 이빨과 넓은 광대가 자기와 흡사하다는 사실을 알아챌 정도로 자기 얼굴에 대해 잘 알고 있지 못했다. 그들은 남풍이 불어오는 사이에 잠시 서 있었다.

먼저 케이트가 말했다.

「내 뒤를 미행한 게 처음은 아닌데, 왜 그런 거지?」

카알은 고개를 숙이고 대답했다.

「아무것도 아니예요.」

그러자 케이트가 다그쳐 물었다.

「누가 시켰지?」

「아무도 시키지 않았어요.」

「말을 하지 않을 생각이군 그래.」

카알은 얼떨결에 한 마디 하고는 스스로도 깜짝놀랐다.

「당신이 내 어머니라서, 어머니가 어떤 분인지 궁금해서 그랬어요.」

카알의 말은 정확한 말이었다. 그 말은 뱀의 습격을 받은 것처럼 갑자기 튀어

나온 것이다.

「뭐라구? 그런 너는 누구지?」

「카알 트래스크입니다.」

그는 마치 시소가 움직이듯 미묘한 균형의 변화를 느꼈다. 지금은 카알의 위치가 위라고 볼 수 있었다. 케이트의 표정에는 변함이 없었지만 그녀가 지금 수세에 있음을 카알은 깨달았다.

그녀는 카알을 찬찬히 관찰했다. 그의 생김새를 따질 듯 자세히 살펴보았다. 그의 모습에서 찰스의 모습을 떠올렸다.

「따라와!」

그녀는 명령조로 한 마디 하고는 앞서서 걸어갔다. 진흙길을 비켜서 나갔다.

카알은 잠시 머뭇거리다가 그녀를 따라 계단을 올라갔다. 크고 컴컴한 방은 생각났으나 그 이외엔 그저 낯설게만 느껴졌다. 그녀는 앞서서 거실을 지나 자기 방으로 들어갔다.

「차 두 잔!」

그녀는 부엌을 지나며 소리쳤다.

그녀는 방에 들어가자 카알의 존재를 까맣게 잊은 듯했다. 그녀는 장갑을 낀 통통한 손으로 억지로 소매를 잡아다녀 코트를 벗더니, 침대가 있는 방의 가장자리 벽에 난 새 문 앞으로 가서 그 문을 열고 조그만 곁방으로 들어갔다.

「들어와. 그 의자를 가지고.」

카알은 그녀를 따라 상자 같은 방안으로 들어갔다. 창문도 어떤 장식품도 없는 방이었다. 벽은 짙은 회색으로 칠해져 있었다. 방바닥에는 회색 카페트가 깔려 있을 뿐, 가구라고는 큼직한 의자에 회색 비단 쿠션이 깔려 있고 경사진 독서 테이블과 갓을 깊게 씌운 램프뿐이었다. 케이트는 여전히 장갑낀 엄지손가락과 둘째손가락 사이에 전기줄을 끼워 잡아다녔다.

그리고 그에게 말했다.

「문 닫아!」

불빛이 독서대에 동그라미를 그리며 회색 방안에 희미하게 퍼졌다. 마치 회색 벽이 빛을 흡수해 버린 듯했다.

케이트는 두툼한 쿠션에 앉아서 천천히 장갑을 벗었다. 손가락에는 모두 붕대가 감겨져 있었다.

케이트는 불쑥 화를 내며 말했다.

「들여다보지 마. 관절염이야. 아, 알고 싶다고 했지?」

그녀는 오른손 둘째손가락에서 기름 밴 붕대를 풀고 구부린 손가락을 불빛 아래로 쑥 내밀었다.

「봐. 관절염이지.」

그녀는 다시 허술하게 붕대를 감으면서 아픈지 신음 소리를 냈다.

「그놈의 장갑 때문에 상처가 더 아파. 앉아라!」

카알은 의자 끝에 웅크리고 앉았다.

「너도 어쩌면 이 병에 걸릴지 모르지. 내 큰할머니가 이 병에 걸렸고 내 어머니도 이 병에 막 걸리기 시작했…….」

케이트는 말을 뚝 그쳤다. 방 안이 고요했다.

그때 방문을 두드리는 소리가 났다.

「조우냐? 쟁반은 거기 놔. 조우지?」

문 틈으로 중얼거리는 소리가 났다. 케이트는 밋밋한 목소리로 말했다.

「객실이 지저분하니 좀 치워. 앤이 방 청소를 하지 않았던데 한 번 더 주의를 주도록 해. 이번이 마지막이라고 말해. 에바는 어젯밤에 잘했어. 그애는 내가 맡지. 그리고 요리사에게 이번 주에 또 홍당무 요리를 하면 여기에서 쫓겨날 줄 알라고 해.」

문 틈으로 또다시 중얼거리는 소리가 났다.

「이제 됐어. 더러운 돼지새끼 같으니.」

그녀는 혼잣 소리로 중얼거리다가 말했다.

「내가 감시를 하지 않으면 모두 썩어 자빠질 거야. 넌 가서 차 쟁반이나 가져와.」

카알이 문을 열고 밖을 보았을 때는 밖의 침실엔 아무도 없었다. 차 쟁반을 가지고 들어와 경사진 독서대에다 살며시 놓았다. 큰 은쟁반인데, 백합 찻주전자 하나와 종이처럼 얇은 찻잔이 두 개, 설탕·크림·열어 놓은 초콜렛 상자가 하나 있었다.

「난 손이 아파서 그러니 차 좀 따라 줘.」

그녀는 초콜렛을 입안에 넣고 씹은 뒤에 말했다.

「이 방을 자꾸 살펴보는데, 난 빛이 세면 눈이 아파. 그래서 쉬려면 이 방에서 쉬지.」

카알이 힐끔 자기를 쳐다보자 그녀는 쏘듯이 말했다.

「왜 그러지? 차가 마시기 싫으니?」

「그래요. 난 차를 좋아하지 않으니까요.」

그녀는 붕대를 감은 손가락으로 얇은 찻잔을 들었다.

「그럼 뭘 먹을래?」

「아무것도 먹기 싫어요.」

「나만 보겠다는 거니?」

「네.」

「그래 만족하나?」

「네.」

「넌 나를 어떻게 보았느냐?」

그녀는 비양거리는 듯이 웃으며 카알을 쳐다보았다. 뾰족하고 흰 이빨이 드러났다.

「좋아요.」

「사실을 솔직히 말하지 않는구나. 그래 네 형은 어디 있지?」

「학교에나 집에 있을 거예요.」

「형은 누구를 닮았지?」

「당신을 많이 닮았어요.」

「나를 닮았어?」

그 말에 카알이 대답했다.

「형은 신부가 되려고 그래요.」

「그래야겠지. 나를 닮았는데 교회에 들어가고 싶어한다고? 그래 교회에서도 파괴적인 일은 얼마든지 할 수 있으니까. 이런 데 올 때는 누구나 경계해야 되지만 교회에서는 모두가 개방적이니까.」

「형은 진심이애요.」

그녀는 몸을 약간 앞으로 내밀며 말했다. 잔뜩 흥미로운 표정이 얼굴에서 감돌았다.

「내 잔에 차 좀 채워라. 그래 네 형은 미련하냐?」

「형은 훌륭해요.」

「나는 미련하냐고 물었다.」

「그렇지 않아요.」

그녀는 등을 펴고 찻잔을 들면서 말했다.

「그럼 네 아버지는 어떠냐?」

「아버지에 대한 말은 하고 싶지 않아요.」

「그러니? 넌 아버지를 좋아하는구나.」

「나는 아버지를 사랑해요.」

케이트는 카알을 유심히 관찰했다. 그녀는 경련이 일어 몸을 부르르 떨었다. 가슴이 뒤틀리면서 통증이 왔다. 그녀는 감정을 억누르고 다시 본래 상태대로 되었다.

「과자 먹을래?」

「네. 왜 그런 짓을 했죠?」

「너 지금 무슨 말을 하는 거냐?」

「왜 아버지를 쏘고 집에서 도망쳤죠?」

「아버지가 그랬니?」

「아뇨, 아버지는 말하지 않았어요.」

그녀는 두 손을 잡았다가 마치 데기라도 한 듯 손을 떼며 말했다.

「아버지가 젊은 여자를 집에 데리고 오더냐?」

「아뇨, 왜 아버지를 쏘고 도망쳤죠?」

그녀의 뺨이 굳어지더니 입을 꽉 다물어 버렸다. 그녀는 고개를 들었다. 눈이 차갑고 천박해 보였다.

「너 어른스런 말을 하는구나. 그래도 어른스럽진 못해. 나가서 코나 잘 닦고 놀아라.」

「나는 가끔 형을 골탕 먹여요. 그러면 형이 울기도 하죠. 형은 내가 하는 방법을 모르니까요. 내가 형보다 더 영리해요. 그러고 싶은 마음은 없는데 그러고 나면 마음이 언짢아요.」

케이트는 카알의 말을 이어받았다.

「모두들 자기가 더 영리하다고 생각하지. 그들은 나를 보고 내 속을 안다고 생각했어. 그래서 내가 우롱한 거야. 모두를 빠짐없이 우롱해 주었지. 그들에게 내가 이래라 저래라 할 수 있을 때, 나는 그들을 제일 바보 취급했지. 찰스, 나는 그들을 정말 바보 취급했단다.」

「나는 찰스가 아니라 캘렙이에요. 캘렙은 약속의 땅으로 갔다고 리가 말해 주었어요. 성경에도 있어요.」

「그 중국놈 말이구나.」

케이트는 열을 내며 말했다.

「아담은 나를 자기 손에 있다고 생각했지. 내가 몹시 부상을 당했을 때 그는 나를 데려다가 간호해 주고 음식을 주었지. 대개의 인간은 그런 식으로 구속되게 마련이지. 감사해 하며 빚진 것처럼 생각하는 거야. 그러나 나는 누구라도 속박할 수 없다. 나는 몸이 건강해질 때까지 기다렸다가 도망쳤어. 누구도 내게 올가미를 씌울 수 없어. 그가 무슨 짓을 하는지 난 다 알고 있었어. 그래서 때를 기다렸던 거야.」

흥분한 그녀의 숨 소리만 들릴 뿐 방 안은 쥐죽은 듯 고요했다.

다시 카알이 물었다.

「왜 쐈죠?」

「나를 막았기 때문에 쏘았지. 죽일 수도 있었지만 죽이지는 않았어. 나를 놓아 주길 원했을 뿐이야.」

「그대로 있었으면 좋았을 거라는 생각은 하지 않았어요?」

「천만에! 나는 어려서부터 내가 하고 싶은 일은 무슨 일이나 했지. 그러나 그 방법을 아는 사람이 없었어. 사람들은 모두 자기 생각만 옳다고 생각하니까. 아무도 몰랐어.」

그녀는 말하다 말고 깨달은 점이 있었다.

「너는 나와 비슷한 점이 많구나. 그래, 어쩌면 꼭 같을지도 모르지. 그럴 만도 하지 뭐.」

카알은 일어나서 뒷짐을 지고 생각에 잠긴 후 입을 열었다.

「어렸을 때 무엇인지 아쉬운 느낌이 들었던 적이 있나요? 자기가 모르는 일을 다른 사람은 알고 있다거나, 사람들이 비밀을 알면서 자기에게는 말해 주지 않는다거나. 그런 느낌을 느껴 봤나요?」

카알이 말하는 동안에 케이트의 얼굴에는 그에게 마음의 문을 닫는 표정이 나타났다. 카알의 말이 끝났을 때에는 그녀의 마음의 문은 닫히고 서로간의 뚫렸던 길은 그만 막혀 버리고 말았다.

그녀는 흥분된 어조로 말했다.

「아니, 내가 무슨 꼴이지. 어린애한테 공연한 소리를 하다니!」

카알은 뒷짐지었던 두 손을 풀어서 주머니 속에 넣었다.

「코흘리개에게 내가 무슨 소릴 한 거지. 내가 미쳤어.」

흥분한 카알은 흥분해서 얼굴이 상기되었고 눈은 둥그래져서 먼 곳을 바라보았다.

그러자 케이트가 물었다.

「너, 왜 그러지?」

카알은 꼼짝도 하지 않고 서 있었다. 그의 이마에는 땀방울이 빛났고, 주먹을 불끈 쥐고 있었다.

케이트는 자기 버릇대로 분별없이 영리한 척하며 깔깔거렸다.

「내가 네게 재미난 것을 물려주었나? 이런 거 말야. 이런 거……」

그녀는 구부린 손을 쳐들면서 말했다.

「그렇지만 간질병……지랄병은……내게서 물려받지 않았다.」

그녀는 카알이 충격을 받아 걱정에 쌓일 것이라고 예상하면서 기분좋게 쳐다보았다.
카알은 기분이 좋아서 말했다.
「이제 가 보겠어요. 됐어요. 리가 한 말이 맞아요.」
「리가 뭐라고 그랬니?」
「난 내 안에 당신이 있을까봐 걱정했어요.」
「있지?」
「아뇨, 없어요. 나는 나이고 당신은 그저 당신일 뿐이에요.」
그녀가 다그치듯 물었다.
「그걸 어떻게 알지?」
「그냥 알아요. 모두 다 알았죠. 내가 비겁하다면 그건 나 자신이 비겁한 거예요.」
「그 중국놈이 너를 이상하게 길렀구나. 왜 그렇게 나를 쳐다보는 거지?」
「빛이 밝으면 눈이 아프다고 했지만, 그게 아니라 당신은 두려운 거예요!」
그녀는 큰소리로 외쳤다.
「나가! 썩 나가란 말야.」
그는 문의 손잡이를 잡고 말했다.
「나는 당신을 미워하지 않아요. 그러나 당신이 두려워하는 것을 보니 기뻐요.」
그녀는 『조우』를 부르려고 했으나 캑캑거릴 뿐 말이 나오지 않았다.
카알은 문을 열고 나와 큰소리 나게 쾅 닫아 버렸다.
객실에서 조우와 한 여자가 이야기를 하고 있었다. 가볍고 날쌘 발소리가 들려서 그들이 쳐다보았으나 누군가 쏜살같이 달려가 문을 열고 나가더니 묵직한 앞 문이 쾅 소리를 요란히 냈다. 현관에 발소리가 나더니 쿵 하고 땅바닥에 뛰어내리는 소리가 들렸다.
한 여자가 물었다.
「저게 뭐죠?」
「글쎄, 나는 가끔 허깨비에 홀리는 것 같애.」
「나도 그래.」
그 여자는 다시 말을 이었다.
「클라라가 조바심을 친다는 말을 내가 했나요?」
「그녀도 아마 허깨비를 보았을 거야. 그래. 모르는 것이 약이라고 했으니까.」
여자가 맞장구쳤다.
「옳은 말이야.」

제 40 장

1

케이트는 푹신한 쿠션에 등을 대고 앉았다. 온몸에 전율이 느껴지면서 솜털을 곤두세우고 쑤시는 고통을 일으켰다.

그녀는 혼자 조용히 생각에 잠겼다.

『아, 진정해야지. 그럼 진정해야지. 타격을 받지 않도록 해야지. 잠시 동안 생각하지 마. 빌어먹을 코흘리개 같은!』

그때 불쑥 한 사람이 생각났다. 예전에 그녀에게 이런 고통을 준 사무엘 해밀튼이 떠올랐다. 흰 턱수염에 불그레한 뺨, 웃는 눈, 그녀의 살갗을 걷어 내고 그 안까지 들여다보는 그 웃음짓는 눈이 생각났다.

그녀는 붕대를 감은 둘째손가락으로 목에 걸린 가는 쇠줄을 더듬어 줄에 달린 물건을 끌어 냈다. 금고 열쇠 두 개, 불꽃 모양의 핀이 달린 금시계 하나와, 마개에 고리가 달린 작은 강철 튜브가 하나였다. 그녀는 조심스럽게 튜브 마개를 돌려서 무릎을 벌리고 아교로 만들어진 캡슐 튜브를 꺼냈다. 그녀는 캡슐을 불빛에 비춰 보았다. 그 속에는 흰 결정체가 보였다. 모르핀이 6정 있었다. 여섯 알이면 충분한 양이다. 그녀는 캡슐을 살며시 튜브에 넣고 마개를 닫아 돌리고, 그 쇠줄을 다시 옷 속으로 집어 넣었다.

케이트는 아까 카알이 마지막에 한 말이 머릿속에서 떠나지 않았다.

「당신이 두려워하는 것을 보니 기쁘군요.」

그녀는 그 소리를 잊으려고 혼자 소리내어 그 말을 해보았다. 그 말은 생각나지 않았지만 강한 모습이 마음속에서 떠올랐다.

2

방을 이어 짓기 전이었다. 케이트는 찰스의 유산을 모두 거두어 수표는 모두 고액권으로 바꾸고, 그 많은 돈은 모두 몬터리 은행의 안전 금고에 보관해 두었다.

그녀의 두 손이 처음으로 쑤시고 뒤틀리기 시작할 때였다. 이제 이곳을 떠나기에 충분한 돈이 마련되어 있었다. 남은 일은 집에서 가지고 갈 수 있는 최고의 돈을 가지고 가면 되는 것이었다. 그러나 건강이 회복될 때까지 기다리는 것이

514

좋다고 판단했다.

　그후에도 그녀는 완쾌되지는 않았다. 뉴욕은 몹시 멀고 추울 듯했다.

　그 무렵 에델이라고 서명을 한 편지가 한 장 도착했다. 에델, 에델이 누굴까? 누구든지 돈을 요구하기에 혈안이 되어 있는 것이다. 에델이란 이름은 수백 명이나 있다. 그건 지극히 혼한 이름이니까. 그 중 한 명의 에델이 줄이 쳐진 편지지에다 읽기 어려울 정도로 휘갈겨 쓴 편지를 보내 왔다.

　얼마 후 에델이란 여자가 그녀를 찾아왔는데 케이트는 알아볼 수가 없었다.

　케이트는 의심쩍어하면서도 당당하고 떳떳하게 앉아서 일어나지 않았다.

　「오랜만이군.」

　에델은 나이가 들어 옛날 상사를 만난 것처럼 대답했다.

　「사는 게 어렵죠.」

　에델은 미련해 보일 정도로 살이 쪄 있었다. 옷은 너무 낡아서 초라해 보였다.

　「지금 숙소는 어디지?」

　「남태평양 호텔에 방 하나를 얻어 놓았어요.」

　「그럼 지금은 일을 하지 않는군.」

　「새출발을 하지 못했어요. 나를 내쫓지 않았어야 하는 건데.」

　에델은 면장갑 끝으로 눈물을 닦으며 말했다.

　「새 판사를 만났을 때부터 고생이 시작되었어요. 전과도 없었는데 90일 형을 받았어요. 여기선 전과가 없었죠. 90일을 살고 나오자 이번엔 또 매독에 걸렸어요. 나는 걸렸는지도 몰랐는데 그걸 단골에게 옮겨 주고 말았어요. 철도 보선구 인부인 착한 사람이었는데 화를 내면서 코에 상처를 내고 이빨을 네 대나 부러뜨렸어요. 그러자 그 새 판사는 다시 180일 형을 내렸어요. 180일을 살다 나오면 단골도 모두 놓치죠. 사람들이 살아 있는지도 모르게 되죠. 그래서 나는 새출발을 하지 못했어요.」

　케이트는 약간의 동정심을 느끼면서도 냉정히 고개를 끄덕였다. 그녀는 에델이 본론을 말하려 한다고 느꼈다. 그래서 그녀는 선수를 쳤다. 책상 서랍에서 돈을 꺼내 에델에게 던져 주었다.

　「나는 어려운 옛 친구를 외면하는 사람은 아냐. 새로운 도시로 가서 다시 출발해 봐. 누가 알아. 팔자가 필지?」

　에델은 돈을 집지 않으려고 억제하면서 포커놀이를 할 때처럼 지폐를 펼쳐 보았다. 10달러짜리가 4장이었다. 에델은 감정에 복받쳐 입을 움직였다.

　「사십 달러보다는 많이 주시리라고 기대했어요.」

「무슨 소리를 하는 거지?」

「내 편지 받지 않았나요?」

「편지라니?」

「배달이 되지 않았나 보군. 우편이 엉망이야. 나는 그래도 마님이 나를 좀 살려줄 줄 알았어요. 건강이 좋지 않거든요. 살이 너무 쪄서 거북하기도 하고요.」

에델은 한숨을 쉬면서 재빨리 말했다. 아마도 연습을 충분히 해 왔을 것이다.

에델은 비로소 말하기 시작했다.

「마님도 기억하시겠지만 나는 투시력이 있지요. 예언이 늘 맞지요. 사람들은 나보고 점쟁이 노릇을 하라고도 한답니다. 소질이 많다는 거죠. 생각나세요?」

「난 생각나지 않아.」

「아, 생각나지 않으세요? 그럼 눈치를 못 채신 거군요. 모두가 알았는데. 내가 점을 많이 쳐 주었는데 모두 들어맞았어요.」

「무슨 말을 하려는 거지?」

「난 언제인가 꿈을 꾸었어요. 그래요. 페이가 죽던 날 밤이었어요.」

그녀는 케이트의 냉랭한 얼굴을 힐끔 쳐다보았다. 그녀는 말을 계속했다.

「그날밤에는 비가 왔어요. 아니 내 꿈에는 비가 내렸어요. 나는 꿈 속에서 마님이 부엌 문을 나가는 걸 보았어요. 달빛이 약간 비치는 그런 밤이었죠. 마님은 뒷마당에 나가 허리를 굽히더군요. 무슨 일을 했는지는 보이지 않았지만요. 그러다가 마님이 살며시 돌아왔죠. 그런데 알고 보니 페이가 죽었죠.」

에델은 말을 멈추고 케이트의 말을 기다렸으나 그녀는 잠자코 있었다.

에델은 기다리면서, 케이트가 아무 말도 하지 않을 것이라고 생각했다.

「나는 늘 내 꿈을 믿어요. 우습게 들리겠지만 거기엔 아무것도 없고 깨진 약병 몇 개와 알약을 넣는 고무 꼭지가 하나 있더군요.」

케이트가 느릿느릿 말했다.

「그래서 그 약병을 의사에게 가지고 가서 물어 보니 의사가 뭐라고 하던가?」

「아니예요. 난 그러지 않았어요.」

「그래야 했어야지.」

「나는 누구의 입장도 곤란하게 만들고 싶지는 않아요. 나 자신이 곤란을 많이 받았기 때문이죠, 난 그 깨진 유리병을 봉투에 담아 보관해 두었죠.」

케이트가 나지막이 말했다.

「그래서 의논하러 온 거야?」

「네.」

「내 생각을 말해 주지. 너는 늙어빠진 창녀야. 너무 여러 번 머리를 얻어맞았지.」

그러자 에델이 반박했다.

「나보고 바보라고…….」

「바보라고는 하지 않았어. 이제 지치고 병이 들었지. 나는 친구를 버리지는 않아. 다시 이리 와. 옛날 일은 못 할 테니 와서 청소도 하고 음식도 만들도록 해. 그럼 끼니와 잠자리는 해결될 테니. 용돈도 좀 주지. 그래 어쩔 생각이야?」

에델은 불안하게 몸을 움직였다.

「아니 여기서 자는 건 싫어요. 난 그 봉투를 가지고 다니지 않고 친구에게 맡겼죠.」

「그래서 어떡하려고?」

「글쎄, 마님이 매달 백 달러씩만 주신다면 그럭저럭 지낼 수도 있고 병도 고칠 수 있을 것 같아요.」

「숙소가 남태평양 호텔이라고 했지?」

「내 방은 프론트 바로 오른쪽이죠. 야근원이 내 친군데 근무 시간에는 절대로 잠을 자지 않는답니다. 좋은 친구죠.」

「에델, 공연히 신세 망치는 일은 하지 마. 그 좋은 친구가 얼마만큼의 돈을 벌 수 있는지만 걱정하면 돼. 잠깐만 기다려.」

케이트는 서랍에서 10달러짜리 지폐 여섯 장을 더 세서 그녀에게 주었다.

「이걸 매달 초에 보낼 줄 건가요, 아니면 받으러 와야 하나요?」

「보내 주지. 에델, 너는 그 약병을 한번 분석해 보도록 하지?」

에델은 돈을 손에 꼭 쥐고 있었다. 일찍이 느끼지 못했던 유쾌한 기분이 들었다.

「그럴 생각 없어요. 꼭 그래야만 될 상황이라면 몰라도.」

에델이 떠나자 케이트는 뒤뜰로 나가 보았다. 몇 년이 지났지만 땅이 울퉁불퉁해진 것으로 짐작컨대 흙을 철저히 파헤친 것이 틀림없었다.

이튿날 오전, 판사는 사소한 폭행과 간밤의 절도에 대해 평상시의 보고를 들었다. 판사는 넷째 번 사건에는 귀를 기울이지 않고 있었다. 고발자의 간단한 증언을 듣고 판사가 물었다.

「당신은 얼마를 잃어 버렸지?」

검은 머리의 남자가 대답했다.

「백 달러쯤 됩니다.」

판사는 체포한 순경에게 몸을 돌리며 말했다.

「그 여자는 얼마를 가지고 있었지?」

「96달러를 가지고 있었습니다. 저 여자는 오늘 아침 여섯 시에 야간 근무자에게 위스키와 담배, 그리고 잡지를 샀습니다.」

그때 에델이 큰소리로 말했다.

「난 이 남자를 난생 처음 봐요.」

판사는 서류를 쳐다보다가 고개를 들고 말했다.

「매춘 두 번, 절도. 골칫거리군. 정오까지 이 군을 떠나도록 하시오.」

판사는 순경에게 얼굴을 돌리고 말했다.

「보안관에게 이 여자를 군 경계선 밖으로 내쫓으라고 하시오.」

판사는 다시 에델에게 말했다.

「다시 이곳에 오면 군 당국에 최고형을 요청할 거야. 그때는 형무소가 있는 샌퀜틴 행이야. 알아듣겠어?」

에델이 입을 열었다.

「판사님, 조용히 드릴 말씀이 있어요.」

「뭐라고?」

「정말 드릴 말씀이 있어요. 이건 가짜예요.」

판사는 이렇게 말했다.

「이 세상 모든 게 가짜지. 다음!」

순경이 에델을 차에 태워 군 경계선인 파자로 강의 다리까지 에델을 데리고 가는 동안, 에델을 고발한 남자는 케이트의 집이 있는 카스트로비유 거리를 천천히 걷다가 생각을 바꿔 케노우 이발소로 머리를 깎으러 되돌아 갔다.

3

케이트는 에델의 방문 때문에 마음이 혼란되지는 않았다. 그녀는 원한을 갖고 있는 창녀를 어느 정도 돌보아야 하는지를 알고 있었으며, 에델이 갖고 있는 깨진 병을 분석해 보아도 독성이 검출되지 않으리라는 것도 알고 있었다. 그녀는 죽은 페이를 까맣게 잊고 있었다. 억지로 회상해 보니 그 일은 불쾌한 추억일 뿐이었다.

그러나 그녀는 서서히 지나간 그 일을 생각했다. 어느 날 밤 식료품 청구서를 검사하다가 갑자기 한 생각이 떠올랐다. 그 생각은 그녀의 머릿속에서 별똥처럼 빛나다가 사라졌다. 그녀는 일을 중단하고 다시 생각을 더듬었다. 왜 그 생각 속에 찰스의 검은 얼굴이 떠오를까? 그리고 사무엘 해밀튼의 좀 엉뚱하고 명랑한 눈은 왜 떠오르는 것일까? 그리고 잠깐 떠오른 그 생각이 무엇 때문에 그녀를 공포에 휩싸이게 했을까?

그녀는 생각을 떨쳐 버리고 다시 일을 시작했으나 찰스의 얼굴이 뒤통수 쪽에서 자꾸 그녀를 쳐다보고 있었다. 손가락이 쑤셔 왔다. 케이트는 청구서를 치우고, 집 안을 둘러보았다. 지루하고 불안한 목요일 밤이었다. 손님이 많지 않아서 재미있는 일이 벌어질 것 같지도 않았다.

케이트는 자기 집에서 일하는 여자들이 자기에 대해 어떻게 생각하는지도 알고 있었다. 그 여자들은 케이트를 두려워했다. 케이트는 그들을 무섭게 다루었다. 그러나 모두가 케이트를 미워했지만 한편으로는 그녀를 신뢰했다. 그것이 중요했다. 케이트가 세운 규칙만 잘 지키면 그녀는 누구라도 돌보아 주고 보호해 주었다. 케이트는 사랑이나 존경과는 거리가 멀었다. 상을 주는 적이 없었고, 잘못을 하면 두 번만 벌을 주고 용서한 뒤 그 다음부터는 집에서 쫓아냈다. 여자들은 이유 없이는 벌을 받지 않기 때문에 안심했다.

케이트가 집안을 돌면 여자들은 모르는 척했다. 케이트는 그 사실을 알고 당연하게 생각했다. 그러나 이날은 자기 혼자가 아니라고 느꼈다. 찰스가 옆에서 함께 걷는 것같이 느껴졌다.

그녀는 식당을 지나 부엌으로 가서 아이스박스를 살펴보고, 쓰레기통을 열고 낭비가 없나를 검사했다. 매일 밤 하는 일이었으나 오늘따라 케이트의 잔소리는 심했다.

그녀가 객실을 나가자 여자들은 서로 쳐다보며 어깨를 움츠렸다. 검은 머리의 조우와 이야기하던 엘로이스가 말했다.

「왜 그래?」

「나도 모르겠어.」

「글쎄, 마님의 신경질이 대단해.」

「싸웠나 보군 그래.」

「글쎄, 싸우기라도 했나?」

조우가 말했다.

「조용히 있어! 서로 모르는 일이잖아.」

「알았어. 참견하지 말라는 거지?」

조우가 다시 말했다.

「빌어먹을, 눈치 하난 빠르군. 알았어. 그냥 내버려두지 뭐.」

엘로이스도 말했다.

「나도 알고 싶지 않아.」

「그래.」

케이트는 집 안을 한 바퀴 돌아보고 나서 조우에게 말했다.

「나는 그만 자야겠어. 꼭 필요한 일이 아니면 부르지 말도록 해.」

「뭐 시키실 일은 없습니까?」

「차나 좀 끓여 와. 엘로이스, 옷은 다려 놨니?」

「네, 마담.」

「그리 잘 다리지는 못했군.」

「네.」

케이트는 안절부절 했다. 그녀는 서류를 모두 서류함에 깨끗이 넣고 조우에게 그것을 침대 옆에다 놓으라고 지시했다.

그녀는 베개에 머리를 묻고 기대서 차를 마시면서 생각에 잠겼다. 찰스는 어땠지? 그러자 한 생각이 떠올랐다.

찰스는 영리했다. 사무엘 해밀튼도 현명한 사람이었다. 그녀는 두려움 때문에 이런 생각을 하게 된 것이었다. 그녀의 뇌리에 영리한 사람도 있다는 생각이 스쳤다. 그러나 해밀튼과 찰스는 모두 죽은 사람이다. 그렇지만 또 영리한 사람이 있을 수도 있다. 그녀는 여유를 가지고 생각을 더듬어 나갔다.

「만일 내가 그 약병을 파냈다면 어떤 생각을 했고 어떻게 처리했을까. 그때 왜 병을 깨서 땅에 파묻었을까? 독약은 아닌데 왜 파묻었지? 나는 왜 그 병을 중앙로 하수구나 쓰레기통에 버리지 않았을까? 와일드 의사도 이미 세상을 떠났다. 그렇지만 진료 기록은 남아 있을지 모른다. 내가 그 유리잔을 발견하고 그 내용물이 무엇인지 알았다고 하면 알 만한 사람에게 물었을 것이다. 「파두 기름을 먹이면 어떻게 되죠?」하고.」

「소량을 두고두고 오랫 동안 먹였다고 생각해 보자. 무슨 일이 일어났을까? 그것은 어떤 사람이라도 알고 있었을 것이다. 」

돈 많은 마담이 젊은 여자에게 모든 재산을 남긴다는 유언을 하고 죽었다고 상상해 보라. 그러면 무슨 생각이 제일 먼저 떠오를까? 내가 왜 에델을 그냥 보냈을까? 이젠 도저히 찾기 힘들다. 그녀에게 돈을 주고 구슬러서 약병을 받았어야 했는데. 유리 조각은 어디 있을까? 봉투 속에 있다면 그 봉투는 어디 있지? 어떻게 해야 에델을 찾아낼 수 있지?

에델은 자기가 이곳에서 추방된 이유를 잘 알고 있을 것이다. 그녀는 영리하지 못하지만 어쩌면 영리한 놈에게 말할지도 모른다. 그녀는 수다스럽게 이 얘기 저 얘기를 다 꺼낼지도 모르는 일이다. 페이가 어떻게 아팠고, 안색은 어땠으며, 유언장 내용은 어떠했는가를 말했는지도 모른다.

케이트는 숨이 가쁘고 공포감이 온몸에 감돌았다. 통증이 오는 것 같다. 뉴욕이나 아니면 다른 곳으로 가야만 한다. 집은 팔지 못해도 좋다. 부자니까 더 이상 돈이 없어도 괜찮다. 그러면 나를 찾을 수 없을 것이다. 그러나 자기가 도망을 치고 영리한 자가 에델에게 모든 이야기를 듣는다면, 오히려 확신을 갖게 해주는 것이 아닐까?』

케이트는 자리에서 일어나 진정제를 잔뜩 먹었다.

그때부터 그녀 곁에서는 단 한시도 공포가 사라지지 않았다. 그녀는 의사가 손의 통증이 관절염으로 진전했다는 말을 듣고 오히려 기뻐했다. 이것은 모두 천벌이라고 속삭이는 소리가 귓전에 울렸다.

그녀는 원래가 외출을 삼가는 편이었는데, 그 일로 인해 더욱 바깥 출입을 삼가했다. 자기의 정체를 안 남자들이 몰래 자기 뒤를 노린다는 것을 알고 있었다. 그 중 한 남자의 얼굴이 찰스고, 한 남자의 눈이 사무엘 해밀튼의 눈이라면 하는 생각도 들어서 그녀는 일주일에 한 번씩 하는 외출도 괴로웠다.

그녀는 본채에다 방을 이어서 짓고 회색 페인트를 칠했다. 광선 때문에 눈이 아프기 때문이라고 말했는데, 그녀도 이제는 광선 때문에 눈이 아프다고 믿게 되었다. 읍내에 다녀오고 나서부터 그녀는 눈이 아팠다. 그녀는 자기의 좁은 방에서 점점 많은 시간을 보냈다.

사람들 중에는 상반되는 사고를 동시에 할 수 있는 능력이 있는 사람이 있는데 바로 케이트가 그랬다. 그녀는 광선 때문에 눈이 아프다고 생각하는 한편 그 방이 몸을 숨길 수 있는 동굴이고 컴컴한 땅굴이며, 아무도 자기를 노려보지 못할 장소라고 생각했다. 언젠가 그녀는 비밀 탈출구를 만들 계획을 세웠다가 포기해 버린 적도 있었다. 그렇게 해도 자기를 보호할 수 없다고 판단했기 때문이었다. 자기가 탈출할 수 있으면 다른 사람이 들어올 수도 있기 때문이었다. 누군가가 집 밖에 있다가 밤에 벽으로 기어와서는 살며시 창문으로 엿볼 수도 있으니까. 이제는 월요일 오후의 외출도 의지력이 필요하게 되었다.

카알이 미행하기 시작했을 무렵부터는 더욱 두려운 생각이 들었다. 그녀가 자기 집 마당 나무 뒤에서 그를 기다릴 때에는 공포감을 느끼고 있었다.

그러나 부드러운 베개 속에 머리를 파묻고 있는 지금은 진정제의 부드러운 효력이 그녀를 안심시키고 있었다.

제 41 장

1

놀라면서도 한편으로는 마음이 끌려, 전국이 전쟁의 소용돌이 속에 파묻히게
되었다. 사람들은 근 육십 년 동안 전쟁의 홍분을 잊고 있었다. 스페인 전쟁은,
전쟁보다는 원정에 가까운 것이었다. 대통령 윌슨은 전쟁에 끼여들지 않겠다는
공약을 내세우고 11월에 재선되었으나 강경책을 쓰라는 압력을 받았다. 강경책
이란 다름 아닌 전쟁을 의미한다. 사업의 경기는 활기를 띠기 시작했고 물가는
상승 기류였다. 영국의 구매 요원은 전국을 돌면서 곡물, 천, 화학품을 구입
했다. 전국이 홍분의 도가니로 들끓었다. 사람들은 전쟁 계획을 세우면서도 정
말 전쟁이 일어나리라고는 믿지 않았다. 샐리너스 계곡의 생활도 예전과 다름이
없었다.

2

카알은 아론과 걸어서 학교로 향했다. 아론이 먼저 말했다.

「카알, 너 피곤해 뵈는데?」

「그래?」

「어젯밤에는 새벽 네 시에 들어오는 것 같던데. 그렇게 늦게까지 뭘하고 돌
아다니니?」

「그냥 생각하면서 여기저기 돌아다녔어. 난 학교를 그만 두고 농장에 돌아갔
으면 좋겠어.」

「이유가 뭐니?」

「아버지에게 돈을 좀 벌어 드렸으면 좋겠어.」

「나는 대학에 진학할 계획이야. 지금 당장이라도 갔으면 좋겠어. 난 모두가
우리를 비웃는 이곳을 떠났으면 좋겠단 말야.」

「미쳤구나.」

「왜 나보고 미쳤다고 그러는 거니? 돈을 잃어버린 건 내가 아니라 아버지야.
그런데 사람들은 내가 그런 것처럼 나를 비웃는 거야. 내가 대학에 갈 돈이나 있
는지 의심스러워.」

「아버지가 일부러 돈을 잃어버리신 건 아니잖아.」

「그렇지만 잃은 건 사실이야.」

「형은 내년까지 공부를 끝내야 대학에 갈 수 있어.」

「그건 나도 알고 있어.」

「형이 공부만 열심히 한다면 내년 여름에 입학 시험을 치르고 가을에는 대학에 갈 수도 있잖아.」

아론은 몸을 돌리면서 말했다.

「나는 그렇지 못 해.」

「나는 형이 할 수 있을 거라고 확신해. 교장 선생님께 물어봐. 랄프 신부님도 도와 주실 거야.」

이번에는 아론이 말했다.

「나는 여기서 탈출하고 싶어. 다시는 여기 오지 않았으면 좋겠어. 사람들은 지금도 우리를 보면 『상추 대가리』라고 골려. 우리를 비웃는 거야.」

「에이브라는 뭐라고 그래?」

「가장 좋은 길을 택하겠지.」

카알은 잠시 생각한 후 말했다.

「그럼 형, 이렇게 해. 나는 돈을 벌 테야. 형이 공부를 열심히 해서 1년 앞당겨 대학에 들어가게 되면 내가 형이 대학을 졸업할 때까지 도와 줄게.」

「그게 정말이니?」

「응.」

「그럼 당장 교장 선생님께 여쭤 볼 테야.」

아론은 급히 걸음을 옮겨 놓았다.

카알이 그에게 말했다.

「형, 잠깐만, 내 말 좀 들어봐. 만일 교장 선생님이 허락해 준다면 그 일을 아버지께 말씀드리지 마.」

「왜?」

「형이 대학에 입학한 뒤에 말씀드리면 정말 깜짝 놀라며 기뻐하실 거 아냐?」

「그러나 저러나 마찬가지잖아.」

「형은 그렇게 생각해?」

「그럼, 그렇지 않고. 오히려 그런 생각이 이상하지.」

그때 카알은 자기는 엄마가 누구인지 알고 형에게 보여 줄 수도 있다고 큰소리로 말하고 싶은 충동이 울컥 일어났다. 그 말은 아론의 폐부를 깊숙이 찌를 테니까.

카알은 수업 시작 종이 울리기 전에 복도에서 에이브라를 만났다.

카알이 그녀에게 먼저 물었다.

「아론은 어떻게 된 거니?」

「나는 몰라.」

「너는 알잖아.」

「그는 공상에 잠겨 있어. 모두 그 랄프 신부 탓이야.」

「하교할 때 함께 가지?」

「응. 나는 아론을 속속들이 알아. 그는 지금 허공에 떠 있어.」

「아론은 지금도 그 상추 일 때문에 수치심에 싸여 있어.」

「그건 나도 알아. 그 일은 잊으라고 했는데, 그는 그 일을 즐기고 있는 것처럼 생각돼.」

「그건 또 무슨 소리지?」

「아냐, 아무것도.」

그날 저녁 식사 후 카알은 아버지에게 말했다.

「금요일 오후에 농장에 가려고 그러는데 괜찮아요?」

아담은 의자에 앉아서 고개를 돌렸다.

「왜 가니?」

「그냥 한번 보고 싶어서 그래요.」

「아론도 가고 싶어 하니?」

「아뇨, 나 혼자 갈 거예요.」

「못 갈 이유는 없지. 리, 자네는 카알이 농장에 가서는 안 될 이유라도 있다고 생각하나?」

「없죠.」

리는 말한 뒤에 카알을 살펴보았다.

「넌 농사일을 해볼 생각이니?」

「그럴 생각이에요. 제게 맡겨만 주신다면 해보겠어요, 아버지.」

그 말에 아담이 말했다.

「임대 기간이 아직 일년 더 남았단다.」

「그 후엔 제가 농사 지을 수 있는 건가요?」

「학교는 어쩔 거냐?」

「그때는 졸업을 해요.」

「그럼 좀더 생각해 보자. 그때 가서는 대학에 가고 싶을 수도 있으니까.」

카알이 일어서자 리도 따라 나섰다.

「너 왜 농장에 가려는지 얘기해 줄 수 있니?」

「그냥 한 바퀴 둘러보고 싶어요.」

「좋아. 나는 따돌리는군.」

리는 돌아서서 집 안으로 들어가려다가 말고 카알을 불렀다.

「카알, 무슨 걱정거리가 있는 거야?」

「아뇨.」

「필요할지 모르지만 내게 오천 달러는 있어.」

「왜 그게 필요하죠?」

「그건 나도 몰라.」

3

윌 해밀튼은 차고 속의 둥우리처럼 유리로 만든 사무실을 좋아했다. 그는 자동차 이외에도 여러 사업을 했지만 다른 사무실은 차리지 않았다. 그는 유리 사무실 밖에서 일어나는 일을 특히 좋아했다. 그는 차고의 소음을 방지하려고 이중 유리를 꼈다.

그는 큼직한 붉은 가죽 회전 의자에 앉아서 생활의 대부분을 즐겼다. 윌은 동생 조우가 동부에서 광고업으로 큰돈을 벌었다고 사람들이 말하면, 자기는 작은 연못의 큰 개구리라고 생각했다.

「나는 촌놈이라서 그런지 몰라도 도통 대도시로 진출하기가 두려워요.」

윌은 말하고 큰소리로 너털 웃음을 웃었다. 그 웃음은 친구들이 그의 유복함을 알고 있다는 증거였다.

어느 토요일 오전에 카알이 윌의 사무실에 찾아왔다. 윌이 알아 보지를 못하자 카알이 먼저 자신을 소개했다.

「카알 트래스크예요.」

「아, 알겠네. 많이 컸군. 아버지도 오셨나?」

「아뇨, 저 혼자 왔어요.」

「앉게. 담배는 피우지 않지?」

「이따금 피워요.」

윌이 뮤라드 담배갑을 내밀자 카알은 담배갑을 받아서 열었다가 다시 닫으며 말했다.

「지금은 피우지 않을래요.」

윌은 얼굴이 거무튀튀한 카알을 쳐다보았다. 그는 이 소년에게 호감이 갔다. 왠지 카알이 영리할 것이라고 생각했다.

「곧 사업을 시작해야겠군.」

「네, 학교를 졸업하면 농장을 할 계획이에요.」

「그러나 농사를 지어서는 돈을 벌 수가 없지. 농사꾼은 돈을 못 벌어. 농사꾼에게서 물건을 사 가지고 판매하는 사람이 다 돈을 벌지. 농사를 지어서는 부자가 될 수 없어. 농사를 지어가지고는 그저 먹고 사는 거야.」

윌은 카알이 자기를 찬찬히 관찰한다는 것을 깨달았다. 그러한 사실이 그의 마음에 들었다.

카알은 결심한 바가 있었지만 먼저 인삿말을 했다.

「해밀튼 씨, 아직 아이는 없으시죠?」

「그러네. 섭섭한 일이지만 없어. 그건 왜 묻지?」

카알은 그의 질문에는 대답을 하지 않고 물었다.

「충고를 해주실 수 있으십니까?」

윌은 기분이 좋아서 말했다.

「그래. 해줄게. 뭐가 알고 싶은 거지?」

카알은 더욱 더 윌의 호감을 사는 태도로 말했다. 그는 솔직이라는 무기를 사용한 것이다.

「난 거부가 되고 싶어요. 부자가 되려면 어떻게 해야 되는지 가르쳐 주세요.」

윌은 웃고 싶었지만 억제했다. 그의 말은 어린애처럼 천진해 보였지만 카알이 천진하다고는 생각하지 않았다.

「누구나 그런 생각은 하지. 그래 거부의 뜻은 알고 있나?」

「2천 내지 3천 달러 정도를 벌고 싶어요.」

「그래!」

윌은 의자의 소리가 나게 앞으로 끌고 왔다. 그는 웃고 있었다. 그러나 그 웃음은 비웃음이 아니었다. 카알은 윌을 따라 웃었다.

윌이 말했다.

「왜 그런 많은 돈을 벌려고 하지?」

카알은 담배갑을 열고 타원형 필터가 달린 담배를 꺼내 불을 붙이며 말했다.

「이유를 말씀드리도록 하죠.」

윌은 흥미로운 표정으로 의자를 뒤로 젖혔다.

「저희 아버지는 큰돈을 잃으셨어요.」

「그랬지. 상추의 대륙 횡단 수송은 하지 말라고 나는 말씀드렸었지.」

「말리셨어요? 왜 말리신 거죠?」

「확실한 보장이 없어서지. 사업가는 자기 스스로를 보호해야 해. 사고가 나면 끝장이야. 그런데 사고가 났어. 어서 계속해 보게.」
「아버지가 잃으신 돈만큼 벌었으면 좋겠어요.」
윌은 놀라서 그만 입을 딱 벌리고 말았다.
「이유가 뭐지?」
「그저 그렇게 하고 싶어서요.」
이번에는 윌이 물었다.
「아버지를 좋아하나?」
「네.」
윌의 살찐 얼굴이 일그러지면서 한 가지 추억이 바람처럼 밀려 왔다. 과거가 천천히 되살아나는 것이 아니라 순간적으로 눈앞에 나타났다. 하나의 그림이, 감정이, 그리고 절망이 마치 고속 카메라가 세계를 멈추게 한 것처럼 정지해 있었다. 제비의 비상같이 멋진 모습으로 사무엘 해밀튼이 순식간에 나타났다. 찬란하고 명상에 잠긴 톰이 불꽃처럼 인식되었다. 폭풍우를 탄 유나, 아름다운 몰리, 미소짓는 데시, 꽃향기처럼 그윽히 방안을 채우는 조지, 귀염둥이 막내 조우가 있었다. 어느 누구도 아무런 노력 없이 가족에게 선물을 안겨 주었다.

저마다 은밀한 고통을 가슴에 품고 있으면서도 누구에게도 내색을 하지 않았다. 윌도 자기의 시샘을 숨기고 웃으며 심술궂은 성질을 개발하고 시기심이 나타나지 않게 노력했다. 그는 스스로를 느리고 보수적이고 지극히 평범한 사람이라고 생각했다. 큰 욕망에 취해 본 적도 없고 절망에 빠져 자신이 파멸에 빠진 적도 없었다. 그는 언제나 주위를 맴돌면서 신중함과 사리와 응용력이라는 자기 재능을 갖고 가족 주변에 매달리며 애써 왔다. 장부를 기입하고 변호사를 대고 장의사를 부르고 돈을 지불한 사람도 바로 윌이었다. 다른 사람들은 자기들이 윌을 필요로 하고 있다는 사실조차 의식하지 못했다. 그는 돈을 벌고 유지하는 재능이 있었다. 그는 오직 한 가지 재능만 갖고 있다고 하여 가족들이 자기를 경시했음도 알았다. 그는 줄기차게 가족을 사랑했다. 가족들이 실수를 했을 때, 그들을 구해 주기 위해서 언제나 수중에 돈을 가지고 있었다. 윌은 해밀튼 일가 모두가 자기를 수치스럽게 생각하고 있다고 짐작했다. 그래서 윌은 가족들에게 자기를 알리기 위해 더욱 열심히 일했다. 이 모든 것이 휘몰아치는 얼음이 되어 그의 육체 안에 있었다.

카알을 쳐다보는 윌의 눈자위에 어느덧 눈물이 서렸다. 카알이 그에게 물었다.

「해밀튼 씨, 왜 그러세요? 기분이 나쁘십니까?」
윌은 자기 가족을 언제나 생각하고 염두에 두긴 했지만 이해하지는 못했다.

그의 가족은 윌의 마음속에 이해해야 할 것이 있음을 알지 못한 채 그를 받아들였다. 그러던 차에 카알이 등장한 것이다. 윌은 카알을 이해했고 느꼈고 직감할 수 있었다. 이 카알 같은 소년은 자기가 낳았어야 할 아들, 아니 동생, 아니 아버지인 것이다. 차디찬 추억이 카알에 대한 온정으로 바뀌었다. 그 온정은 가슴 깊이까지 밀려왔다.

윌은 억지로 유리 사무실에 관심을 옮겼다. 카알은 의자에 앉아서 기다렸다. 윌은 자기가 얼마 동안 침묵을 지켰는지 알지 못했다.

그는 천천히 말했다.

「생각을 좀 했지. 자네가 내게 부탁을 했지? 나는 사업가야. 물건을 공짜로 줄 수는 없는 일이지. 나는 파는 사람이니까.」

「그건 저도 잘 압니다.」

카알은 신경을 곤두세우고 있었으나 윌이 자기에게 호감을 갖고 있음을 알 수 있었다.

윌이 그에게 말했다.

「궁금한 게 있는데 대답해 주겠나?」

카알이 대답했다.

「글쎄요.」

「난 그런 게 좋다. 질문이 무엇인지 알 때까지는 단정지어서 말할 수 없지? 난 그런 게 좋아. 내 말을 들어 보렴. 자네는 형이 있지? 아버지는 자네보다는 형을 더 좋아하시나?」

「모든 사람이 그렇답니다.」

카알은 침착하게 대답했다.

「모든 사람이 아론을 더 좋아해요.」

「자네는?」

「좋아해요. 적어도……네, 좋아하죠.」

「적어도라?」

「형이 어리석다고 생각하지만 나는 형을 좋아해요.」

「아버지는?」

「아버지도 좋아해요.」

「아버지는 자네보다 형을 더 좋아하고?」

「그건 모르겠는데요.」

「아버지가 잃어버린 돈만큼 벌어서 아버지께 드리고 싶다고 했지? 그 이유가 뭐지?」

528

평상시의 카알의 눈은 가늘고 조심스러웠지만 지금은 큰 눈으로 사방을 살펴보고 윌을 꿰뚫어 보는 것 같았다. 카알은 가능한 한 본심대로 말했다.

「아버지는 좋은 분이세요. 그렇지만 나는 좋은 사람이 아니기 때문에 아버지께 보상해 드리고 싶어요.」

「자네가 그렇게 하면 자네는 좋아지지 않겠나?」

「아니예요, 그래도 나쁘죠.」

윌은 지금까지 이 소년처럼 솔직한 사람을 만난 적이 없었다. 카알의 그러한 솔직함 때문에 그가 얼마나 안전한지를 윌은 알았다.

「하나 더 묻겠네. 싫으면 대답하지 않아도 좋아. 나라면 대답하지 않을 거야. 자네가 그런 큰 돈을 벌어서 아버지께 드렸다고 가정해 보자. 그런 일을 한다는 것은 아버지의 사랑을 돈으로 매수하려 하는 것이라고 생각하지 않나?」

「네, 그래요. 저도 그런 생각이 들어요. 사실 맞는 얘기죠.」

「내가 궁금한 건 그뿐이야.」

윌은 몸을 굽혀 이마에 흐르는 땀을 씻었다. 그는 그때처럼 마음이 혼란한 적이 없다는 생각을 했다. 카알의 내심에서는 조심스런 승리감이 용솟음쳤다. 카알은 자신이 승리했음을 알고 그것을 표시하지 않으려고 표정을 나타내지 않았다.

윌은 안경을 벗어 닦았다.

「우리 드라이브나 하자.」

그는 관처럼 긴 덮개에 달린 요란한 엔진 소리를 내는 윈튼을 몰고 다녔다. 윌은 봄 기운을 가르며 킹 시티 남쪽 국도를 따라 차를 몰았다. 종달새가 날아서 철조망에 앉아 우짖었다. 머리에 눈을 인 피코 블랑코 산이 서쪽을 등지고 우뚝 솟아 있었다. 바람을 막으려고 계곡을 가로질러 서 있는 유칼나무가 은빛 나뭇잎을 번쩍였다.

트래스크 농장 계곡으로 들어가는 옆길에 다달아 그는 길옆으로 차를 세웠다. 그는 차를 타고 킹 시티를 떠난 후 단 한 번도 입을 열지 않았었다.

윌은 정면을 직시하면서 말했다.

「카알, 나와 동업자가 될 생각이 없나?」

「되고 싶어요.」

「나는 돈 없는 동업자를 원치 않아. 내가 돈을 빌려 줄 수는 있지만 문제가 좀 있지.」

「나는 돈을 구할 수 있습니다.」

「얼마나?」

「5천 달러.」

「그것 참 믿을 수 없는 말이군.」

카알은 잠자코 있었다.

「그럼 믿도록 하지. 빌리는 것인가?」

「네.」

「이자는?」

「무이자입니다.」

「그거 대단한 수완이군 그래. 어디서 빌리는 거지?」

「그건 말할 수 없습니다.」

윌은 큰소리로 웃었다. 그는 흐뭇하고 유쾌했다.

「내가 어리석은지 모르지만 자네를 믿도록 하지. 나는 바보가 아니니까.」

그는 차를 빨리 몰았다가 다시 늦췄다.

「내 말 좀 들어봐. 자네 신문 읽나?」

「네.」

「우리는 전쟁에 끼어들게 될 거네.」

「그럴 것 같더군요.」

「모두가 그렇게 생각하고 있어. 자네 혹시 콩 시세를 아나? 샐리너스에서 콩백 자루를 얼마에 팔 수 있다고 생각하지?」

「정확히는 모르지만 일 파운드에 3센트에서 3센트 반을 받을 수 있을 겁니다.」

「모른다더니. 어떻게 알았지?」

「농장을 맡겨 달라고 아버지께 부탁드리는 중이에요.」

「알았네. 허나 자네는 농사는 짓지 못할 거야. 왜냐하면 자네는 너무 머리가 좋단 말야. 자네 부친의 소작인은 랜타니라는 스위스 쪽 이탈리아인인데 뛰어난 농부지. 그는 5백 에이커 정도를 경작하지. 만일 그에게 1파운드에 5센트를 보장해 주고 빌려 주면 콩을 심을 거야. 이 주변 농부 모두가 그런 조건이라면 콩을 심을 수 있지. 그러면 우리는 5천 에이커의 콩을 계약할 수 있어.」

카알이 참견했다.

「시장에서는 3센트 한다는데, 5센트짜리 콩을 어떻게 하겠다는 거죠? 아, 그랬지. 그러나 어떻게 보상하죠?」

윌이 말했다.

「우린 동업자이지?」

「네.」

「그러면 윌이라고 하렴.」

「네, 윌.」

「언제 5천 달러를 구할 수 있지?」

「다음 수요일까지.」

윌은 카알의 손을 꼭 잡고 말했다.

「우린 동업자야. 나는 영국 구매소마다 접촉이 있고 병참본부에도 친구가 있어. 말린 콩은 파운드에 10센트 이상에 팔 수 있어.」

「콩을 언제 팔죠?」

「도장을 찍기 전이라도 팔 수 있어. 그럼 자네는 지금 옛 농장에 가서 랜타니에게 말하겠나?」

「네, 말하겠습니다.」

윌이 자기가 탄 윈튼 차에 클러치를 넣자 큼직한 녹색차가 요란스럽게 덜컹거리며 옆길로 들어섰다.

제 42 장

1

누구나 전쟁은 제3자에게나 벌어지는 것으로 생각한다. 샐리너스 사람들은 미국이 세계 최강국이라고 뽐냈다. 미국인은 저마다 명사수여서 전쟁터에 나가면 미국인 한 명이 외국인 열 명, 아니 스무 명을 상대한다고 생각했다.

미국의 퍼싱 장군이 멕시코의 반란 장군 빌라를 뒤쫓은 멕시코 원정은 얼마 동안 우리 신화 하나를 뒤바꾸어 놓았다. 미국인은, 멕시코인은 모두 게으르고 멍청하며 총도 하나 쏠 수 없다고 믿어 왔다. 그러나 전선에서 지친 몸으로 돌아온 우리 기병대는 그 사실을 전혀 틀리다고 말했다. 멕시코인들은 기가 막힐 정도로 명사수였다. 빌라의 기병은 미국 기병대보다 말도 잘 탔고 총도 잘 쏘았다. 한 달에 두 번의 훈련을 해 가지고는 훌륭한 군대가 탄생되지 않았다. 멕시코인들은 블랙 잭 퍼싱 장군보다 전술도 앞섰고 지략도 뛰어났다. 더구나 이질이 돌았을 때의 위력은 대단했다. 우리 젊은이 중 몇몇은 영원히 회복되지 않았다.

하여튼 우리는 독일인을 멕시코인과 연관시키지는 않았다. 우리는 옛 신화를 생각했다. 미국인 한 명이 스무 명의 독일인을 대적한다고 생각했다. 그러므로 우리 미국이 강력히 나가면 독일의 황제가 우리의 요구를 들어 줄 것이라고 확신했다. 우리는 독일이 감히 우리의 무역을 방해할 수 없으리라고 생각했는데 그들은 방해를 했다. 우리는 독일이 위험을 무릅쓰고 미국의 배를 격침하지 않으리라고 여겼는데, 독일은 우리 배를 격침시킨 것이다. 그 같은 일은 현명치 못한 행동이었지만 실제로 있는 일이었다. 그러므로 독일과 정면 전쟁을 벌여야만 했다.

좌우지간 처음에는 전쟁은 다른 사람들이나 겪는 일이라고 생각했다. 우리·나·내 가족, 친구는 관람석에 앉아 있는 것 같았고, 전쟁은 꽤 흥분을 자아냈다. 전쟁은 언제나 다른 사람의 일이며 늘 다른 사람들이 죽어갔다. 그런데 이것이 어찌 된 일인가! 이것은 또한 사실이 아니었다. 슬픈 소식, 그리고 무서운 전보가 날아오기 시작했다. 그것은 바로 나의 형, 나의 아우의 소식이었다. 우리는 분노와 소음의 땅에서 6천 마일이 넘게 떨어져 있지만 우리는 결코 안심할 수가 없었다.

그때만 해도 그다지 실감이 나지 않았다. 자유 여성단이 흰 상어 가죽 모자와 유니폼을 입고 행진을 했다. 아저씨는 7월 4일 독립 기념관 연설문을 복사하여 들고 다니며 국채를 팔기도 했다. 고등학생들은 올리브 색 제복과 전투모를 쓰고 체육 선생에게 교련을 배웠다. 그러나 이처럼 슬픈 일이 어디 있겠는가? 우리 여동생이 세 살 때부터 사랑해 온 건너편에 사는 마티 호프가 폭사하고 말았다. 키가 크고 옷을 멋대로 입은 청년들이 옷가방을 들고 남태평양 역을 향해 중앙로를 지나 정거장으로 향했다. 그들은 모두 온순해 보였다. 샐리너스 악대가 앞장서서 〈성조기여 영원하라〉를 연주했는데, 옆에서 따라가는 가족이 울고 있어서 마치 장송곡처럼 느껴졌다. 징집된 젊은이들은 어머니들을 쳐다보려고 하지 않았다. 그 누구도 우리에게 전쟁이 닥치리라고는 생각지도 못했다.

샐리너스의 당구장과 술집에서는 은밀히 수군거리는 사람들이 있었다. 그들은 어느 군인에게 들었는데 우리는 진실을 모르고 있다는 것이었다. 우리 미군은 무기도 갖지 않은 채 전선에 투입되었고 수송선의 격침 사실도 정부에서는 발표하지 않았다. 독일군이 미군보다도 훨씬 뛰어나기 때문에 우리가 승리할 가망이 없다고 했다. 독일의 황제란 위인이고 머리가 좋고, 미국 본토를 침공할 계획을 세우고 있다는 것이었다. 미국의 대통령 윌슨은 과연 이 사실을 우리 주민에게 밝힐 것인가? 아니 알리지 않을 것이다. 이런 소문을 퍼뜨리는 놈은 미국인 한 명이 독일 군인 스무 명을 대적한다고 떠들던 그 자들이었다.

이국적인 유니폼을 입고 있으면서도 멋있어 보이는 영국군이 무리를 지어 온 나라를 돌아다니면서 못 박혀 있는 것이 아니면 무엇이든지 돈을 충분히 주고 사들였다. 그들은 대부분 불구자였으나 모두 같은 유니폼을 입고 있었다. 그들은 그중에서도 콩을 많이 구입했는데, 콩은 수송이 손쉽고 썩지도 않기 때문에 식량으로선 안성마춤이었다. 콩값은 1파운드에 12센트 반을 주어야 했는데도 살 수가 없을 지경이었다. 6개월 전에 1파운드당 2센트를 얹어서 콩 계약을 한 농부들은 크게 후회를 했다.

샐리너스 계곡만이 아니라 온 나라에서 부르는 노래가 바뀌었다. 처음에는 적의 나라를 무찌르고, 독일 황제를 교수형에 처하고, 그곳으로 진군하여 외국놈들이 혼란스럽게 만든 난장판을 정리한다는 내용이었다. 그러다가 갑자기 노래가 바뀌었다.

『전쟁의 피 묻은 저주 속에 적십자 간호원이 서 있네. 그녀는 지옥 속의 한 송이 장미.』

또 이런 노래도 불렀다.

『여보세요, 나를 천국으로 보내 줘요. 우리 아빠가 거기 계세요.』

『황혼에 드리는 아기의 기도. 아기는 이층으로 올라가 기도를 드리네. 하나님이시여, 아빠가 몸 조심하라고 전해 주세요.』

우리는 거칠긴 했지만 전혀 겁없는 어린애와 같았다. 첫 판 싸움에서 코를 맞고 피하는 어린애. 우리는 어서 빨리 상처가 치유되기를 기다렸다.

제 43 장

<u>1</u>

늦은 여름 날, 리가 큼직한 장바구니를 들고 들어왔다. 리는 샐리너스에 이사 온 후부터는 보수적인 미국인 옷차림을 했다. 외출시에는 늘 까맣고 넓은 고급 모직 양복을 입었다. 흰 셔츠와 높은 칼라에 좁고 검은 줄넥타이를 맸다. 한때 남부 상원의원의 휘장과 같은 그런 타이를 맸다. 검정색 모자는 위가 둥글고 챙이 곧고 변발을 말아서 넣을 수 있을 정도로 넉넉했다. 어느 한 구석 흠을 잡을 곳이 없는 깔끔한 차림이었다.

언젠가 리의 멋진 옷차림을 보고 아담이 말하자, 그는 웃으면서 이렇게 말했다.

「그게 당연한 거예요. 돈이 많은 사람은 당신처럼 아무렇게나 입어도 괜찮지만 가난한 사람은 그러면 안 되거든요. 옷을 잘 입어야 한단 말이에요.」

「가난하다고? 자네가 돈을 빌려 줘야 우리가 파산하지 않을 텐데.」

「그럴지도 모르겠군요.」

그날 오후 리는 무거운 바구니를 마루에 놓으며 말했다.

「오늘은 겨울 참외 수프를 만들어 볼께요. 중국 요리랍니다. 중국촌에 사는 사촌은 폭죽과 패턴 장사를 하고 있지요.」

그러자 아담이 말했다.

「자네는 친척이 없는 줄 알았어.」

「중국 사람은 모두 친척입니다. 리라는 성의 사람들이 제일 가깝죠. 내 사촌은 수웨이 동입니다. 건강이 좋지 않아서 은퇴하여 요리를 배웠죠. 남비에 참외를 세워 놓고 꼭대기를 조심히 잘라서, 그 속에다 병아리 한 마리와 버섯과 밤과 부추와 생강을 조금씩 넣고 다시 참외 꼭지를 덮고서 이틀 동안 푹 삶는 겁니다. 분명히 맛있을 거예요.」

아담은 의자에 기대 앉아 머리 뒤로 깍지를 긴 채 천장을 쳐다보며 웃었다.

「알았어, 좋아. 리!」

「듣지도 않으셨잖아요.」

아담은 다시 똑바로 앉으면서 말했다.

「이상하지? 자식에 대해서 잘 알고 있다고 생각하는데 실상은 그렇지 않단 말야.」

리가 웃으면서 말했다.

「아이들의 사소한 일을 모르시고 지난 적이 있었나요?」

「나도 우연히 알게 됐어. 이번 여름에 아론이 집에 있지 않아서 나는 그애가 놀러 다니는 줄 알았거든.」

「놀러 다닌다구요? 그애는 몇 년 동안 놀았던 적이 한번도 없어요.」

「그래. 오늘 킬커니 선생을 만났는데, 아론의 고등학교 선생이지. 선생은 내가 알고 있는 줄 알더군. 아론이 무엇을 하고 있는지 아나?」

「몰라요.」

「아론은 내년치 공부를 다 해 버렸어. 대학 입학 시험을 보아서 1년을 벌려는 거야. 킬커니 선생은 아론이 시험에 합격할 거라고 말하더군. 자네는 이것을 어떻게 생각하지?」

「대단한 일이군요. 그런데 왜 그러는 거죠?」

「1년을 벌려는 거지.」

「1년을 벌어서 뭘하려고요?」

「리, 그애는 야심이 있어. 야심이. 그래도 모르겠나?」

「모르겠군요.」

아담이 다시 말했다.

「그애는 그 일에 대해선 한 마디도 비치지 않았어. 카알이 알지 모르겠군.」

「아론은 우리를 놀라게 하려나 보군요. 우리가 먼저 아는 척해서는 안 되겠네요.」

「맞아. 나는 아론이 아주 자랑스러워. 그래서 아주 기분이 좋단 말야. 카알도 그애처럼 야심이 있으면 좋으련만.」

「카알도 야심이 있을지 모르죠. 그애도 비밀을 갖고 있을 거예요.」

「어쩌면 그럴지도 모르지. 그 말을 하니 요즘 통 카알을 볼 수가 없군. 카알이 그렇게 나가 돌아다녀도 괜찮을까?」

「카알은 자신을 발견하려고 애쓰는 중이죠. 이런 개인적인 숨바꼭질은 흔한 일이죠. 더러는 평생 동안 자아를 찾지 못하고 방황하는 사람도 있죠.」

아담이 리에게 말했다.

「리, 생각 좀 해봐. 1년을 앞당기다니. 아론이 그 말을 하면 선물을 주어야겠어.」

리가 한 마디 했다.

「금시계를 사 주시죠.」

「그래, 그게 좋겠어. 금시계를 사서 글자를 새겨 넣고 기다리겠어. 그런데 뭐라고 새기는 게 좋지?」

「시계방 사람이 그건 잘 알 거예요.」

리는 재빨리 화제를 바꾸었다.

「이틀 후에 병아리를 꺼내 뼈를 잘라내고 고기는 다시 넣어야 해요.」

「닭이라니?」

「겨울 참외 수프요.」

「리, 아론을 대학에 보낼 만한 돈은 있나?」

「우리가 낭비하지 않고 아론이 사치만 하지 않으면 가능합니다.」

아담이 장담하듯 말했다.

「아론은 낭비하지 않을 거야.」

리는 자신의 양복을 자세히 내려다보며 말했다.

「사실은 나도 사치를 모르고 지낼 줄 알았는데……」

2

　성바오로 성공회 교회의 신부관은 넓고 산만했다. 원래 대가족을 위한 집인데 랄프 신부는 미혼이고 검소한 성품이어서 방의 대부분을 쓰지 않고 닫아 버렸으나, 아론이 공부할 장소가 필요하게 되자 큰 방을 하나 내주고 공부까지 도와 주었다.

　랄프 신부는 아론을 좋아했다. 아론의 천사같이 귀여운 용모와 부드러운 두 뺨, 작은 엉덩이, 쭉 뻗은 다리, 이 모든 것이 그의 마음에 들었다. 랄프 신부는 아론의 배우려는 모습이 가득한 얼굴을 옆에서 지켜 보기를 좋아했다. 그는 아론의 집안 분위기가 맑은 생각을 하기에 적당치 않다는 것을 이해했다. 랄프 신부는 아론이 자기의 창작물이고 영적인 아들이며, 교회에 바치는 자기의 공헌이라고 생각했다. 랄프 신부는 외롭고 힘든 독신 생활을 하면서 계속 아론을 돌보아 주었고, 자기가 그를 평화로운 나라로 인도해 주고 있다고 믿었다.

　랄프 신부와 아론은 오랫 동안 기탄 없이 여러 문제에 대해서 토론했다.

　「내가 비판을 받고 있다는 건 나도 잘 알고 있어. 나는 우연히 엄격한 구교를 믿게 됐지. 다른 사람이 뭐라고 해도 나는 고해성사가 영성체 못지않게 중요하다고 생각해. 아론, 잘 들어 둬. 나는 곧 고해성사를 복구시키려고 해.」

　「저도 교회를 갖게 되면 그럴 생각이에요.」

　「그래, 그렇게 하려면 재주가 필요해.」

　「이런 말을 해도 좋을지 모르겠지만, 우리 교회에도 아우구스티누스 파나 프란시스코회 같은 게 있었으면 싶어요. 은둔할 장소가 필요하죠. 세상이 불결하게 느껴질 때가 있거든요. 더러움을 벗어나서 깨끗해지고 싶어져요.」

　랄프 신부는 진지하게 말했다.

　「나는 자네 기분을 이해해. 그러나 나는 그 의견과는 좀 달라. 주 예수께서는 성직자가 현세에 대한 봉사를 하지 않기를 바라시지 않지. 우리가 복음을 전하고, 병들고 가난한 자를 돕고, 심지어는 죄인을 죄의 구렁텅이에서 구하려고 스스로 그 더러운 곳에 빠져야 한다고 주께서 주장하신 것을 생각해 봐. 우리는 언제나 주께서 보여 주신 모범을 우리 앞에 그대로 간직해야 해.」

　랄프 신부의 눈은 빛나고 목소리는 설교를 할 때처럼 크게 울렸다.

　「자네에게 이런 말을 하는 게 어떨지 모르지만, 내가 자만심에서 이 말을 하는 건 아냐. 영광된 마음으로 하는 거니 그렇게 듣게. 5주 전부터 저녁 미사에 한 여인이 참석해 왔지. 성가대 쪽에서는 그 여인을 볼 수 없지. 그녀는 늘 맨 뒷줄 왼쪽에 앉지. 아론도 볼 수 있을 거야. 그 여인은 맨구석에 앉아 있으니까.

그 여인은 늘 베일을 쓰고 있는데 내가 퇴장성가를 끝내고 돌아오기 전에 자리를 떠나지.」

아론이 질문했다.

「그 여자가 누구죠?」

「글쎄, 너도 이런 건 알게 되겠지. 저, 그 여자는 바로 사창가의 주인이야.」

「샐리너스 사창가요?」

「그래.」

랄프 신부는 몸을 앞으로 굽히고 말했다.

「아론, 듣기 싫은가? 그런 기분은 극복해야 해. 주님과 마리아를 잊어버려선 안 돼. 허식 없이 이야기하지만 나는 그녀를 일깨워 주고 말겠어.」

「그 여자가 교회에 왜 오는 거죠?」

「그거야 물론 구원을 받으러 오겠지. 우리가 그녀에게 구원을 제공해 주어야 하지. 요령이 필요해. 나는 어떻게 될지 알고 있어. 내 말을 명심해서 듣도록 해. 이런 사람은 상당히 소심한 편이지. 그들은 내 문을 두드리며 받아 주기를 기다릴 거야. 아론, 내가 현명하고 끈기 있기를 기도할 뿐이야. 내 말을 믿어 줘. 길 잃은 영혼이 빛을 찾게 되면 그건 성직자로서 제일 아름다운 최고의 경험이 되겠지. 우리는 그래서 존재하고 있지. 우리가 존재하고 있는 이유가 바로 그 때문이지.」

랄프 신부는 숨을 억제해서 쉬며 말했다.

「나는 실패하지 않도록 해 달라고 하나님께 기도했어.」

3

아담 트래스크는 이제 희미하게 떠오르는 옛날의 인디언 토벌 작전과 비교하며 이번 전쟁을 생각해 보았다. 그 누구도 전면 전쟁에 대해서 알지 못했다. 리는 유럽의 역사책을 읽으면서 과거로부터 미래의 양상을 알려고 했다.

라이자 해밀튼은 찌그러진 미소를 입가에 띠면서 죽었는데, 뺨에 핏기가 가셨을 때는 광대뼈가 유난히 튀어나와 있었다.

아담은 어서 빨리 아론이 시험의 결과를 알려 오기를 애타게 기다렸다. 그는 큼직한 금시계를 여러 번 싸서 서랍 제일 위에 넣어 두었다. 아담은 시계에 태엽을 감고 자기 시계에 맞추어 시간을 정확히 해 놓았다.

리는 아담의 지시를 받고, 시험 결과를 발표하는 날 저녁에는 칠면조를 요리하고 케잌을 구우려고 했다.

아담이 리에게 말했다.

「파티를 해야지. 샴페인은 어떨까?」

「그거 좋은 생각입니다. 참, 클라우세비츠의 책을 읽어 본적이 있나요?」

「그게 누구지?」

리는 얼른 화제를 돌리려고 말했다.

「대단한 읽을거리는 아닙니다. 샴페인은 한 병이면 되겠죠?」

「그럼, 건배만 하면 되는 걸. 파티 기분을 내자는 거니까.」

아담은 만분의 일이라도 아론이 불합격되리라고는 생각하지 않고 있었다.

어느 날 오후 아론이 리에게 말했다.

「아버지, 어디 계시죠?」

「면도하시는데.」

「난 오늘 저녁 함께 못 먹겠어요.」

아론은 목욕실에 가서 거울에 비친 아버지의 비누투성이 얼굴을 쳐다보며 말했다.

「랄프 신부님이 제게 신부관에 와서 저녁을 함께 먹자고 해요.」

아담은 화장지로 면도칼을 닦으며 말했다.

「그거 잘됐구나.」

「목욕을 해야겠어요.」

「곧 나가 마.」

아론이 거실을 지나가면서 저녁 인사를 하자, 카알과 아담은 그의 뒷모습을 쳐다보았다.

카알이 말했다.

「내 화장수를 발랐군. 지금까지 냄새가 나는군.」

아담도 한 마디 했다.

「굉장한 파티를 여나 보구나.」

「축하하고 싶은 것을 나무랄 수는 없지. 어려운 일을 해 내었으니까.」

「축하라고?」

「시험요. 왜 형이 말하지 않았나요? 시험에 합격했어요.」

「아, 그래. 시험!」

아담이 말했다.

「이야기했지. 정말 장한 일이야. 나는 아론이 자랑스럽다. 그래서 금시계를 사 줄까 해.」

카알이 날카롭게 말했다.

538

「형이 말하지 않았을 텐데요.」

「아냐, 오늘 아침에 말했어.」

「오늘 아침엔 형도 합격한 사실을 몰랐어요.」

카알은 말을 하고는 밖으로 나가 버렸다.

카알은 점점 어두워지는 밤에 잰걸음으로 걸어 중앙로로 해서 공원을 지나 스톤웰 잭슨 스마트 네 집을 거쳐서 가로등이 끝난 곳을 넘어갔다. 그곳에서부터 길은 국도로 바뀌어 톨로트 농장을 비켜 꺾어져 나갔다.

열 시에 편지를 부치러 가던 리는 현관 계단 맨 아래에 앉아 있는 카알을 보고 말했다.

「왜 그러지?」

「바람 쐬러 나갔댔어요.」

「아론은 어떻게 됐지?」

「몰라요.」

「카알, 무슨 유감이 있나 보군 그래. 나와 우체국에 다녀오는 게 어때?」

「싫어요.」

「왜 여기 앉아 있는 거지?」

「형을 때려 주려고요.」

「그러면 안 돼.」

「왜 그러죠?」

「너는 패 줄 수 없을 거야. 오히려 아론이 너를 때릴 걸.」

카알이 신경질적으로 말했다.

「그렇겠군요, 개새끼!」

「너무 심한 말은 하지 마.」

카알이 웃으며 리에게 말했다.

「함께 가겠어요.」

「카알, 클라우세비츠의 책을 읽어 보았니?」

「아뇨, 처음 듣는 이름인 걸요.」

아론이 집에 돌아왔을 때, 현관 맨 밑 계단에 앉아 있던 사람은 카알이 아니라 리였다.

리가 아론에게 말했다.

「내가 너를 맞지 않도록 했어. 여기 앉아 봐.」

「나는 가서 잘래요.」

「앉으라니까. 할 얘기가 있어. 왜 아버지께 시험에 합격했다는 말을 하지 않았지?」

「아버지는 이해하지 못 하실 거니까요.」

「너 제정신으로 말하는 거니?」

「난 그런 말은 듣기 싫어요.」

「내가 왜 그런 말을 하는지 아니? 나는 쓸데 없는 말을 하는 게 아니라 아버지는 지금까지 그걸 낙으로 알고 살아오셨단 말야.」

「아버지가 어떻게 아신 거죠?」

「네가 직접 말씀드려.」

「참견하지 말아요.」

「아버지가 주무시면 깨우고 말씀드려. 아니, 주무시지 않을 거야. 어서 말씀드리란 말야.」

「싫어요.」

리는 나지막이 말했다.

「아론, 키가 작은 사람과 싸운 적이 있니?」

「무슨 말이죠?」

「참 곤란한 일을 하지 마라. 자꾸 덤비면 상대하지 않을 수가 없어. 한 대 받아치면 곤란해져. 입장이 곤란해진단 말이야.」

「지금 무슨 말을 하는 거죠?」

「내가 시키는 대로 하지 않으면 난 너와 싸울 수밖에 없어. 그러니 우스운 일이 아니니?」

아론이 무시하고 들어가려고 하자 리가 앞을 얼른 가로막았다. 아론이 작은 주먹을 불끈 쥐자, 리는 그 모습이 너무 어색해서 웃고 말았다.

「나는 치는 법은 모르지만 한번 쳐봐야겠어.」

아론이 주춤거리며 뒤로 물러서자, 계단에 앉아 있던 리가 한숨을 크게 내쉬었다.

「됐어. 나는 무서운 일이 벌어질 줄 알았어. 아론. 말 좀 해 봐. 왜 이렇게 변모했지? 예전에는 무엇이든지 내게 말해 주었어.」

그러자 아론이 갑자기 울음을 터뜨렸다.

「난 여기서 떠나고 싶어요. 이 더러운 곳에서 한시바삐 떠나고 싶단 말이에요.」

「아론, 그게 아니야. 이곳이나 다른 곳이나 모두 마찬가지야.」

「이곳은 나와 맞지 않는 곳이에요. 우린 처음부터 여기 오지 않았어야 했어요. 나도 왜 이러는지 모르겠어요. 그저 여기서 떠나고 싶을 뿐이에요.」

아론은 통곡하듯 말했다.

리는 그의 어깨를 잡고 부드럽게 위로해 주었다.

「모두가 크느라고, 어른이 되려고 그러는 거란다. 난 가끔 생각한단다. 이 세상이 우리를 막심하게 시험할 때가 있다고 말야. 그러면 우리는 자기 자신을 들여다보고 겁을 낸단다. 그러나 그뿐이 아니라 남이 자신을 들여다본다는 생각도 하지. 그러면 더러운 건 한없이 더럽고 순결한 것은 한없이 순결해지지. 아론, 이제 이런 고비도 모두 지나가 버릴 거야. 조금만 더 참아라. 너는 믿지 않아서 위안이 되지 않지만 나는 최선을 다해 하는 말이다. 세상에 아주 좋은 것도 또 아주 나쁜 것도 없어. 내 말을 믿도록 해. 도움이 될 거야. 그럼 어서 가서 자고 내일 아침 일찍 일어나 아버지께 입학시험에 합격했다고 말씀드리렴. 신나게 말하란 말야. 아버지는 너무 외로우신 분이야. 아버지는 이제 아름다운 미래가 없으시지. 연극을 좀 해보란 말야. 사무엘 해밀튼이 그랬어. 사실인 척하면 사실이 된다고. 연극을 멋지게 해봐. 이제 그만 가서 자라. 난 내일 아침 식사 때 먹을 케잌을 만들어야 해. 참, 네 베게 밑에 아버지가 선물을 넣어 두셨단다.」

제 44 장

1

에이브라가 아론의 가족에 대해 진정으로 알게 된 것은 아론이 대학으로 떠난 뒤부터였다. 전에는 아론과 에이브라, 두 사람만의 담을 쌓고 들어앉아 있었다고 볼 수 있다. 아론이 떠난 후, 에이브라는 트래스크 네가족과 정이 들었다. 그녀는 자기 아버지보다 아담을 더 신뢰하고 리를 더 따랐다.

그러나 카알에 대해서는 단정을 지을 수가 없었다. 카알은 에이브라에게 약을 올리기도 했고, 골탕을 먹이기도 했으며 가끔은 호기심을 일으키기도 했다. 카알은 쉬지 않고 에이브라와 경쟁을 하는 것 같았다. 카알이 그녀를 좋아하는지 싫어하는지 알 수 없었다. 그러나 에이브라는 카알을 좋아하지 않았다. 그녀가 트래스크 네 집에 왔을 때 카알이 없으면 그녀는 안도의 숨을 내쉬었다. 카알은 언제나 은밀히 에이브라를 관찰하고 판단하고 평가하다가 시선이 마주치면 눈길을 얼른 돌려 버렸다.

에이브라는 이제 날씬하고 건강하며 가슴이 풍만한 여인이 되어 성례를 올릴 날만 기다렸다. 그녀는 언제나 학교를 끝낸 후에는 트래스크 집에 와서 리와 함께 아론이 매일 보내는 편지를 읽었다.

그때 아론은 스탠포드에서 외롭게 보내고 있었다. 그가 보낸 편지는 구구절절이 외롭고 연인에 대한 애절한 그리움이 가득 차 있었다. 함께 있을 때는 덤덤히 지냈지만 90 마일씩이나 멀리 떨어진 대학에서 에이브라를 연모하면서, 아론은 주변의 생활과 단절된 생활을 했다. 공부하고 먹고 자고 에이브라에게 편지를 쓰는 것이 그의 일과였다.

오후가 되자 에이브라는 부엌에서 리의 콩 까는 일을 도와 주었다. 가끔씩 에이브라는 과자도 만들고, 빈번히 집에서 저녁을 먹지 않고 여기서 저녁 식사를 했다. 그녀는 부모와는 말을 하지 않는 편이었으나 리와는 서로간에 못 할 말이 없을 정도로 많은 말을 했다. 부모와 나누는 말은 그다지 내용도 없으며 재미도 없고 진실한 것이 아니었다. 그런데 리와 이야기할 때는 왠일인지 진실한 말만 하고 싶었다.

리는 웃으면서 능숙하게 손을 움직이며 일했다. 그의 손은 마치 독립된 생명을 갖고 있는 것처럼, 연약해 보이는 손을 재빨리 움직였다. 그녀는 자기만 혼자서 이야기를 하고 있다는 사실을 전혀 깨닫지 못했다. 에이브라가 이야기하는 동안 리는 이리저리 쏘다니는 강아지처럼 하염없이 방황하는 적도 있었고, 이따금 고개를 끄덕이며 조용히 콧노래를 부르기도 했다.

리는 에이브라를 좋아했다. 리는 에이브라의 강인함과 선량한 마음, 그리고 다정함을 좋아했다. 에이브라는 너무 억세 보여서 어떻게 보면 미운 것 같았고, 또 어떻게 보면 미인으로 보이기도 했다. 리는 에이브라의 말을 들으면서 그녀가 고향 광동 처녀처럼 얼굴이 둥글고 매끈하다고 생각했다. 그녀는 갸름하면서도 달덩어리같이 생겼다. 미는 다소 자신과 흡사한 것이야 하므로 그런 얼굴을 좋아했지만 실제로는 그렇지 않았다. 리가 중국적인 아름다움을 생각했을 때, 만주인들의 냉혹하고 약탈적인 얼굴이 그의 마음에 떠올랐다. 마땅히 세습적으로 권력을 이어받은 오만한 그 얼굴.

에이브라가 그에게 말했다.

「새삼스러운 일이 아닌 걸요. 저도 잘 모르겠어요. 아버지 애기는 하지 않으니까요. 아버지에게 그 상추 사건이 일어난 후부터죠. 아론은 그것 때문에 굉장히 화가 났거든요.」

리가 그녀에가 물었다.

「왜?」

「모든 사람이 아론을 비웃었기 때문이에요.」

542

리는 깜짝 놀라며 그에게 물었다.

「뭐라고, 아론을 비웃었다고? 왜 아론을 비웃었지? 아론은 그 일과는 전혀 관계가 없잖아.」

「하여튼 아론은 그렇게 느꼈어요. 제 생각이 궁금하세요?」

「그럼.」

「저는 오랫 동안 생각했지만 아직도 모르겠어요. 제가 보기로는 아론은 언제나 엄마가 없다고 스스로를 불구자라고나 할까, 하여튼 약간 부족하다고 생각했어요.」

리는 눈을 크게 떴다가 내리깔면서 고개를 끄덕였다.

「그랬군. 그럼 에이브라는 카알도 그럴 거라고 생각하나?」

「아뇨.」

「왜 아론만 그런 생각을 하는 거지?」

「저도 모르겠어요. 아론은 다른 사람보다 원하는 게 많은 가 보죠. 사람은 제각기 다른 사람보다 더욱 싫어하는 게 따로 있나 보아요. 제 아버지는 무를 싫어하신답니다. 왜 싫어하는지 이유도 없답니다. 그저 무를 보기만 해도 화부터 내신답니다. 언젠가는 어머니가 무를 갈아 감자와 섞어 삶은 뒤 후추와 치즈를 얹어 갈색으로 만드셨어요. 아버지는 그 음식을 절반 가량 드시다가 무엇이냐고 물으셨지요. 어머니가 무라고 하시자 아버지는 접시를 내던져 버리고 밖으로 나가셨어요. 아버지는 두고두고 어머니를 용서하시지 않으셨어요.」

리가 웃으며 말했다.

「어머니가 사실대로 말씀하셨으니까 용서해 주어야지. 에이브라, 어머니가 아버지가 물으셨을 때 거짓으로 다른 것이라고 둘러 대셨다면 아버지는 그 음식을 다 잡숫고 한 접시 더 잡숫고 나중에 그게 무였다는 것을 알았다면 아마 어머니는 매를 맞아 죽었을지도 모르는 일이지.」

「분명히 그랬을 거예요. 아론은 카알보다 어머니를 더 필요로 했어요. 그래서 언제나 아버지를 탓했구요.」

「왜 그랬지?」

「그건 잘 모르겠어요. 그저 제 생각으론 그런 생각이 들었어요.」

「에이브라는 대답을 회피하는군.」

「그러면 안 되나요?」

「그야 안 될 건 없지만.」

「과자를 만들까요?」

「오늘은 그만두지. 남은 게 좀 있어.」

「그럼 뭘 할까요?」

「등심고기를 좀 다져 줘. 오늘 식사 함께 할 테야?」

「아뇨, 생일 파티에 초대받았어요. 아론은 정말 신부가 될까요?」

「그걸 내가 어떻게 알아. 어쩌면 생각만으로 끝날지도 모르지.」

「신부가 되지 않았으면 좋겠어요.」

에이브라는 그렇게 말을 한 뒤 스스로 깜짝 놀라서 입을 다물어 버렸다. 리는 일어나 도마를 꺼내 놓고 그 옆에다 쇠고기 덩어리와 밀가루 체를 갖다 놓았다.

「칼 등으로 다져 봐.」

「네.」

에이브라는 자기가 한 말을 리가 듣지 않았으면 하고 생각했다.

그러자 리가 물었다.

「아론이 신부가 되는 걸 싫어하는 이유가 뭐지?」

「하지 않아야 되는 말을 했어요.」

「하고 싶은 말은 무슨 말이고 해야 해. 설명은 필요가 없어.」

리는 자기 의자에 다시 앉고 에이브라는 고기에 밀가루를 뿌리고 칼로 고기를 다졌다. 탁탁…….

「내가 그런 말을 하지 않았어야 하는 건데…….」

리는 고개를 돌려버리고 그 말을 듣지 못한 척했다. 에이브라는 고기를 다지면서 말했다.

「아론은 너무 외곬이에요. 교회라면 엄격한 교회가 되어야 해요. 성직자는 결혼을 해서는 안 된다고 했어요.」

리도 한 마디 했다.

「전번 편지는 그렇지도 않았어.」

「네, 그건 예전에 그랬다는 말이에요.」

에이브라는 고기를 다지던 칼을 멈추고 말했다. 그녀의 얼굴에 잔뜩 고뇌가 퍼졌다.

「리, 나는 아론과 어울리지가 않는 것 같아요.」

「그건 또 무슨 말이지?」

「이건 농담이 아니라 진담이에요. 아론은 저를 생각하는 것이 아니라 그가 만든 인형, 상상 속의 인형을 좋아해 온 거예요.」

「그건 어떤 인물이지?」

「네, 아주 순결해요. 나쁜 짓이라곤 전혀 없는 순수한 여자예요. 그러나 나는 그렇지 못해요.」

리가 말했다.

「이 세상에 그런 사람은 한 명도 없어.」

「아론은 나에 대해서 아는 게 없어요. 또 알기를 원하지도 않지요. 그는 그저 내가 유령이기를 원하는 거예요.」

리는 과자 하나를 씹으며 말했다.

「아론을 좋아하지 않나? 너는 아직 어리지만 그런 건 상관없다고 생각한다.」

「물론 나는 아론이 좋아요. 아마 그의 아내가 되겠죠. 그렇지만 아론도 나를 좋아했으면 해요. 저를 알지 못 하는데 어떻게 좋아할 수 있겠어요. 전에는 아론이 저에 대해 알고 있다고 생각했는데 지금 생각해 보니 그게 아니었어요.」

「아론이 지금 어려운 고비를 넘기고 있는 건지도 몰라. 그건 그리 오래 걸리지가 않을 거야. 너는 영리해서 아론이 생각하는, 그가 상상하는 가공의 여자가 되기는 힘들겠지.」

「저는 언제나 아론이 생각하는 것 외의 무엇이 내게서 보일까 봐 두려워요. 화를 내거나 악의 냄새를 풍기거나 제 결점을 아론이 눈치챌 때가 있을 거예요.」

「아냐, 알아채지 못할지도 몰라. 이상의 여인처럼 순수하고 순결하게 살 수는 없어. 인간에게는 종종 나쁜 냄새가 나기도 하니까.」

에이브라는 테이블로 가까이 와서 말했다.

「리, 제가 원하는 건…….」

「마루에 밀가루 흘리지 말고……그래 원하는 게 뭐지?」

「아론은 어머니가 없기 때문에 자신이 생각하고 있는 좋은 점만 어머니에게 씌워 놓은 게 아닐까요?」

「그럴지도 모르지. 그리고 그걸 모두 에이브라에게 요구한다는 말이지?」

그녀는 말없이 빤히 리를 쳐다보았다. 에이브라의 손가락은 칼날 위아래로 재빨리 움직이고 있었다.

「너는 그것을 벗어날 방법을 찾아내고 싶은 거지?」

「네, 그래요.」

「그렇게 되어 아론이 너를 싫어한다면 어쩌지?」

「그래도 해볼래요. 어쨌든 저는 저 자신이 되길 원해요.」

리가 그녀에게 말했다.

「나같이 남의 일에 잘 참견하는 사람도 없어. 그러나 무슨 일이건 최후의 대답을 내릴 수는 없어. 고기 내가 다질까?」

에이브라는 다시 일을 했다.

「아직 고등학생이면서 이런 말을 한다는 게 우습죠?」

「그렇지 않을 수가 없으니까. 웃음은 사랑니처럼 나중에 나오는 거지. 죽음과 치열한 경쟁이 끝난 후에야 웃음이 나오는 거야. 그리고 웃음은 제때에 나올 수 없을 때도 종종 있어.」

그녀는 더욱 빠른 속도로 고기를 다졌다. 마치 화난 사람처럼 신경질적으로 다져 댔다. 리는 테이블에다 강낭콩을 다섯 개, 직선과 각과 원 등 갖가지 모양으로 만들었다.

다지는 소리가 멎고 에이브라가 다시 입을 열었다.

「트래스크 부인은 살아 계신가요?」

리의 손가락은 콩 위에 멈춰 있다가 천천히 움직이면서 콩을 O자 모양에서 Q자 모양으로 만들어 놓았다. 리는 그녀가 자신을 쳐다보고 있음을 알았다. 그녀가 자신이 던진 질문 때문에 질려 있다는 것도 알고 있었다. 리의 생각은 철사로 만든 덫에 갇힌 쥐처럼 갈피를 잡을 수가 없었다. 리는 한숨을 길게 쉬었다. 그는 생각을 거두고 천천히 에이브라를 쳐다보았다. 에이브라는 생각한 대로의 표정을 짓고 있었다.

리는 단순하게 말했다.

「우리가 많은 이야길 나누었지만 내 얘기는 한 적이 없지. 단 한 번도.」

리는 그렇게 말하고는 수줍게 웃었다.

「에이브라, 나는 이 집 하인이고 늙은 중국인이지. 그건 너도 알고 있지? 나는 지쳐 있는 겁쟁이야.」

그녀가 말을 끊고 나섰다.

「아니예요, 그렇지 않아요.」

「아니, 가만히 있어. 난 아주 겁이 많아. 세상 일에 대해 참견하고 싶지는 않단 말야.」

「무슨 말씀이시죠?」

「에이브라, 아버지는 무 이외에 또 무엇을 싫어하지?」

에이브라는 고집스런 얼굴로 말했다.

「질문은 내가 했어요.」

리는 나지막이 말했다.

「나는 질문을 듣지 못했어.」

리는 부드럽지만 단호한 어조로 말했다.

「에이브라, 질문을 하지 않았어.」

「저를 너무 어리다고 생각하시는군요.」

리가 그녀의 말을 중단시켰다.

「예전에 나는 서른 다섯 살인 부인을 모시고 산 적이 있었어. 그 부인은 학문이나 경험, 또는 미모까지 완전히 무시하고 살았어. 만일 그 여자가 여섯 살이었다면 부모 애간장을 녹였을 거야. 서른 다섯 살에 그 여자는 여러 사람의 생활과 돈을 마음대로 주물렀지. 에이브라, 그것과 나이와는 전혀 상관이 없어.」

에이브라는 밝게 미소지으며 말했다.

「저는 똑똑해요. 물론 현명해야겠죠?」

리는 난처한 듯 머뭇거렸다.

「이것 참!」

「그럼 저보고 알아 내라는 건 아니시겠죠?」

「나와는 상관없으니 그건 내가 어떻다고 할 수 없지. 선량한 사람이 아무리 약하고 소극적이더라도 나름대로 죄를 많이 짓는 거야. 물론 나도 죄가 많지. 그거야, 그리 큰 죄는 아니겠지만 그래도 나는 괴롭고 감당키 어려워. 나를 용서해 줘.」

에이브라는 테이블 너머에서 손을 뻗어 밀가루 묻은 손으로 리의 손등을 쓰다듬었다.

「아버지는 누구에게나 제 이름을 지어 준 내력을 말한답니다. 『내가 다른 사람을 불렀지만 에이브라는 나왔도다.』라고 하죠.」

리는 에이브라에게 미소를 지어 보이며 말했다.

「참 귀여워. 내일 저녁에 와서 식사를 한다면 무를 사다 놓지.」

에이브라가 침착한 어조로 물었다.

「그분 살아계신 거죠?」

리가 퉁명스럽게 대답했다.

「그래.」

그때 앞 문이 요란스럽게 열리고 카알이 부엌으로 들어왔다.

「에이브라 왔군. 리, 아버지 계세요?」

「아직 안 들어오셨는데, 왜 그렇게 기분이 좋은 거지?」

카알은 리에게 쑥 수표를 한 장 내밀었다.

「받으세요.」

리는 수표를 받아서 들여다보며 말했다.

「이자는 받지 않으려고 했어.」

「받으세요. 그래야 나중에 또 꿀 수 있으니까요.」

「어디서 난 건가 말해 줄 수 있니?」

「지금은 안 돼요. 내게 좋은 생각이 하나 있는데…….」

카알은 에이브라를 힐끔 쳐다보았다. 그러자 에이브라가 일어서며 말했다.

「그만 돌아가야겠어요.」

카알이 말했다.

「에이브라도 함께 있었으면 좋겠어. 추수 감사절 날 하기로 했지. 에이브라도
좀 와 줘, 아론도 집에 올 테니까.」

에이브라가 카알에게 물었다.

「무엇을 하려고 그러지?」

「아버지께 선물을 드리려고 그래.」

에이브라가 다시 물었다.

「무슨 선물이야?」

「말하지 않을 테야. 그때 알게 될 테니까.」

「그럼 리는 알고 있어?」

「알지만 아무 말도 하지 않을 거야.」

「나는 카알이 그렇게 좋아하는 건 처음 보았어. 정말 처음 보는 일이야.」

에이브라는 처음으로 카알에 대해 온정을 느꼈다. 에이브라가 집으로 돌아간
후 카알이 말했다.

「아버지께 선물을 추수 감사절 식사 후에 드리는 게 좋을지 식사 전에 드리는
게 좋을지 모르겠어요.」

리가 그에게 충고해 주었다.

「식사 끝내고 드리도록 해. 카알, 정말 그 정도의 돈이 있는 거야?」

「만 오천 달러 있어요.」

「정직하게 번 돈이지?」

「그럼 그 돈을 내가 훔치기라도 했단 말인가요?」

「그래.」

「정당하게 벌었어요. 전에 아론을 위해서 샴페인을 땄던 적이 있죠. 이번에도
샴페인을 사오죠. 그리고 식당에 장식도 좀 하고요. 에이브라가 도와 줄 거예
요.」

「카알, 아버지가 정말 돈을 바라실까?」

「그러지 않을 이유가 없잖아요.」

「글쎄, 그렇다면 좋겠지만 학교 공부는 어떻게 했지?」

「잘하지 못했지만 추수 감사절이 끝난 후 만회해 보겠어요.」

2

이튿날 학교가 끝난 후 에이브라는 서둘러 카알의 뒤를 쫓아갔다.

「에이브라, 잘 있었어? 과자가 참 맛있던데.」

「지난 번에 만든 과자는 너무 바삭바삭했지. 크림 같아야 하는데.」

「너는 리에게 어쨌길래 그렇게 좋아하는 거지?」

「나도 리를 좋아하는 걸. 참, 너에게 물어 볼 말이 있어.」

「뭔데?」

「아론이 어떻게 된 거지?」

「무슨 말이지?」

「아론은 자기 생각만 하는 것 같아.」

「아론이 교회에 들어가겠다고 하거나 결혼을 하지 않겠다고 할 때는 싸워보려고 했으나 아론은 상대해 주지를 않았어.」

「아론이 너와 결혼하지 않겠다니 그건 이해할 수 없는데.」

「카알, 그는 내게 계속 연애 편지를 보내 오지만, 그건 내게 보내는 게 아닌 것 같애.」

「그럼 누구에게 보내는 거란 말이야?」

「자기 자신에게 쓰는 것 같다는 생각이 들어.」

카알이 나지막이 말했다.

「버드나무 사건은 나도 알고 있어.」

「그래?」

그녀는 반문했지만 그다지 놀라는 것 같지는 않았다.

「너 아론에게 화났니?」

「화난 게 아니라, 난 그를 알 수가 없어. 도무지 모르겠단 말야.」

「기다려 봐. 그가 무슨 고민을 하고 있는지도 모르잖아.」

「내가 옳았던 건지 모르겠어. 지금까지 내가 계속 잘못 생각한 건 아닐까?」

「그걸 내가 어떻게 알아?」

「카알, 밤에 늦게 돌아다니고……나쁜 집에 다녔다는 게 정말이야?」

「그래, 사실이야. 아론이 말해 주던?」

「아냐. 아론은 그런 말하지 않았어. 왜 그런 데 다니는 거지?」

그녀가 다그치듯이 물었다.

「어서 말 좀 해봐.」

「너랑 무슨 상관이 있다고 그래.」

「네가 나쁘기 때문에 그런 걸까?」

「넌 어떻게 생각하니?」

「나도 악한 것 같애.」

「미친 소리하지 마. 아론이 들으면 큰일날 테니.」

「정말 큰일날까?」

그 말에 카알이 대답했다.

「그럼 큰일나고 말고. 아론은 가만히 있지 않을 거야.」

제 45 장

1

조우 발레리는 매사를 신중히 생각하고 눈여겨보고 귀담아 들으면서 잘난 척하지 않고 세상을 살았다. 그는 차츰차츰 증오심을 키워 나갔다. 자기를 돌봐 주지 않은 어머니, 그를 때리고 마구 욕하던 아버지가 미웠다. 그 미움은 점점 커져서 그를 벌 주는 선생과 그를 뒤쫓는 경찰, 설교하는 목사가 미웠다. 처음 형을 받기 전부터 조우는 벌써 자신이 알고 있는 전 세계에 대해 증오심을 가슴에 가득 품게 되었다.

절대로 미움은 혼자 존재할 수 없는 것이다. 증오는 하나의 방아쇠 구실을 하는 자극제로서, 미움에는 사랑이 따르게 마련인 것이다. 조우는 어렸을 때부터 자신을 보호하고 사랑하는 마음을 키워 나갔다. 그는 스스로 위로하고 존중하며 자신에게 아첨했다. 조우는 적의가 가득한 세상에서 자신을 구제하려고 담을 굳건히 쌓았다. 그리고 날이 갈수록 자신만이 옳다고 생각했다. 조우에게 문제가 생기면 그것은 온 세상이 서로 야합해서 그를 해하려 들기 때문이라고 생각했다. 그가 세상을 공격하는 것은 복수였고 세상이 충분히 그럴 만한 행동을 했기 때문이라고 생각했다. 개새끼들. 조우는 정성을 다하여 자신을 사랑하며, 혼자 나름대로의 다음과 같은 규칙을 정해 놓았다.

1. 누구도 신뢰하지 말 것. 나쁜 놈들이 너를 노린다.

2. 언제나 침묵을 지킬 것. 공연히 남의 일에 나서지 말 것.

3. 다른 사람의 말을 경청할 것. 상대가 실언을 하면 그것을 물고 늘어지고 기다릴 것.

4. 모두가 개새끼들이다. 네가 어떤 행동을 하건 그것은 모두 그놈들 탓이다.

5. 모든 일에 우회 전술을 쓸 것.

6. 여자를 절대로 신뢰하지 말 것.

7. 돈을 믿을 것. 모든 사람이 돈을 탐낸다. 누구나 돈에는 매수되고 만다.

그외의 규칙도 있었으나 거의가 이것과 비슷한 것이었다. 그의 철학은 효과가 있었다. 그는 다른 것을 알지 못했으므로 그에게는 다른 것과 비교할 만한 기준이 없었다. 그는 영리한 것이 필요하다는 것을 알았으며, 자신이 영리하다고 생각했다. 만일 그가 하는 일이 잘되면 그것은 자기가 영리한 때문이고, 실패하면 운이 나쁘기 때문이었다. 조우는 크게 성공하지는 않았지만 최소한의 노력으로 그럭저럭 살아나갔다. 케이트는 조우가 돈을 받으면 무슨 일이나 가리지 않고 해치우고 일을 처리하지 못할까 봐 늘 두려움에 젖어 있음을 알고 있었다. 그래서 그녀는 조우를 데리고 있었다. 케이트는 조우에 관해 절대로 착각한 것이 아니었다. 그녀는 사업상 절대적으로 그가 필요했다.

조우가 처음 케이트 집을 찾아왔을 때 그녀는 재빨리 그의 약점을 찾아냈다. 조우는 케이트가 여자이기 때문에 허영심이나 음란함·근심·불안·탐욕·히스테리 등의 약점이 있을 것이라고 생각했다. 조우는 그녀에게 이런 약점을 찾아내지 못하자 상당히 충격을 받았다. 케이트는 생각과 행동이 남자 같으면서도 남자보다 훨씬 더 강하고 빨랐으며 명석했다. 조우가 실수를 몇 번 저지르자 케이트는 그를 호되게 질책했다. 그는 점점 케이트를 두려워하면서 존경하게 되었다.

조우는 나쁜 일을 몇 번 저지른 뒤 견딜 수 없게 되자 나쁜 일은 절대로 할 수 없다고 생각하기 시작했다. 조우가 여자들을 노예로 삼았듯이 케이트는 그를 노예로 삼았다.

조우는 자기보다 케이트가 더 명석하다고 단정한 후부터는, 그녀를 어느 누구보다도 명석하다고 믿었다. 조우는 그녀가 다른 사람보다 특별한 재능을 갖고 있다고 믿었다. 그녀는 명석할 뿐만 아니라 운이 좋았다. 그 이상을 바란다는 건 무리였다. 조우는 그녀가 시키는 일은 무슨 일이건 마다하지 않고 다 했다. 그는 오히려 자신이 실수를 저지르지 않을까 두려움을 갖고 있었다. 그는 언제나 케이트가 하는 일은 빈틈없다고 믿었으며, 그녀의 지시만 복종한다면 언제든지 그녀가 돌봐 줄 것이라고 믿었다. 이런 생각은 이제 그의 습관으로 몸에 배어 버렸다. 에델을 군 경계선 너머로 내쫓는 일도 간단한 일이었다. 모든 일은 케이트가 지시한 것이고 그녀는 매사에 빈틈이 없었다.

2

　케이트는 관절염이 악화되어 밤에는 잠도 제대로 이룰 수가 없었다. 관절이 퉁퉁 부어 오르고 굳는 것 같았다. 그녀는 고통과 공포감으로부터 해방되려고 다른 일을 생각하려고 노력했다. 그녀는 어느 때는 불쾌한 일이라도 생각하려고 애썼다. 얼마간 전혀 신경을 쓰지 않던 방 안의 사소한 것이라도 생각해 내려고 노력했다. 천장을 바라보며 천장에 숫자를 써서 덧셈을 하기도 했다. 그리고 지나간 추억을 모두 끌어 낼 때도 있었다. 에드워드의 얼굴, 옷, 그리고 그의 멜빵 버클에 새겨진 단어도 떠올랐다. 그 단어를 눈여겨 본 적은 없었다. 『진일보』라고 씌어 있는 것을 기억해냈다.

　그녀는 밤이 되면 이따금 페이를 생각했다. 그녀의 눈, 머리카락, 목소리, 떨던 손, 왼쪽 엄지손가락 옆의 작은 사마귀, 옛날에 벤 상처 등을 떠올렸다. 그녀는 페이에 대한 자신의 감정을 가늠해 보았다. 그녀를 사랑하나, 미워하나? 아니 그녀를 측은하게 생각하는가? 그녀를 살해한 것을 미안하게 생각하나? 케이트는 여러 생각을 하면서 자벌레처럼 자신의 생각을 살폈다. 그녀는 비로소 페이에 대한 아무 느낌도 없음을 깨달았다. 페이를 좋아하지도 미워하지도 않았다. 그녀가 죽어갈 때 그녀의 말소리와 냄새가 역겨워서 그녀를 빨리 죽여야겠다고 생각했을 뿐이다.

　페이의 마지막 모습이 떠올랐다. 흰 옷을 입고 자주색 관 속에 누운 채, 입 언저리에는 장의사가 만든 미소를 짓고, 누런 피부에 분과 연지로 화장을 한 채 누워 있었다.

　케이트의 등 뒤에서 목소리가 들려 왔다.

「오랜만에 아주 예뻐졌는데.」

　그러자 누군가가 이렇게 말했지.

「저만큼 화장을 하면 나도 예뻐질 수 있어.」

　그러면서 두 사람은 깔깔거리면서 웃었다. 첫번째 목소리는 에델의 목소리였고, 두 번째는 아마 트릭시의 목소리였을 것이다. 그리고 보니 내 자신도 우습다고 생각되었다. 그때 케이트는 창녀도 죽으니 별것 아니라고 생각했었다.

　그렇다. 처음 목소리는 분명히 에델이었다. 분명한 사실이었다. 밤이면 언제나 에델이 생각났다. 에델 생각만 하면 언제나 두렵고 가슴이 답답해졌다. 빌어먹을 년. 거지 같은 년. 그러다가는 이내 다른 생각이 들었다.

「가만 있자. 그년이 왜 빌어먹을 년이지? 내가 왜 그년을 그냥 쫓아냈지? 궁리를 해서 붙잡아 둘 걸 잘못한 거야.」

케이트는 지금쯤 에델이 어디에 있는지 궁금해서 견딜 수 없었다. 사람을 시켜 어디로 갔는지라도 알아 볼까? 어쩌면 그년은 그날밤 이야기를 미주알고주알 털어 놓으면서 약병을 보일지도 몰라. 그러면 냄새를 맡은 인간이 한 명 더 늘어나는 셈이다. 그렇다 해도 다를 게 무엇이람. 에델 년. 맥주 한 잔만 먹이면 누구나 붙잡고 그 얘기를 떠들어 대겠지. 그러나 누가 그년의 얼빠진 얘기를 귀담아 들을라고. 사람을 시켜 알아 볼까? 탐정을 시킬까? 아니다. 그건 말도 안 되는 소리다.

케이트는 여러 시간 동안 에델에 관해 생각했다. 그것이 조작이라는 사실을 판사는 눈치챘을까? 너무 단순했던 게 아닐까? 꼭 백 달러였을 필요는 없었지. 경관은 어땠을까? 조우는 경관이 에델을 경계선 밖 산타크루즈 군에다 데려다 놓았다고 했지. 그년이 경관에게 무슨 말을 지껄이지는 않았을까? 빌어먹을 년! 어쩌면 그년은 와트슨빌에서 묵었을지도 모른다. 그년은 게으르기 때문에 다른 곳에 가지 않았을지도 모른다. 그곳에는 파자로 강이 있고 다리를 지나면 와트슨빌이 나온다. 그곳에는 많은 철도 인부가 내왕하는데 멕시코 사람도 있고 인도 사람도 더러 있다. 멍청한 에델은 철도 인부들에게 농간을 부릴 생각을 했을지도 모른다. 그년이 30마일 떨어진 와트슨빌을 떠나지 않았다면 우스운 일이 아닐까? 생각만 있다면 몰래 경계선을 넘어서 자기 친구를 만날 수도 있을 것이다. 이따금 샐리너스에 오는지도 알 수 없다. 아니 지금 샐리너스에 있는지도 모른다. 경찰도 그년을 계속 감시하지는 않을 테니까. 에델이 와 있는지 와트슨빌에 조우를 한번 보내 볼까? 그년은 곧장 산타크루즈로 갔는지도 모른다. 조우가 산타크루즈까지 갔다 올 수도 있다. 그년을 찾아내는 데는 오래 걸리지 않을 테니까. 어느 곳에 가도 몇 시간 안에 매춘부는 찾을 수 있으니까. 에델은 어리석지. 조우가 그년을 찾아 내면 내가 직접 가서 만나는 게 좋을 것이다. 문을 잠그고 『면회 사절』이라고 써 놓은 다음에 내가 직접 와트슨빌에 가서 볼 일을 보고 돌아오면 된다. 택시를 타면 안 되니 버스를 타고 가야지. 밤에 버스를 타면 누구도 알아 보지 못할 테니까. 모두 구두를 벗은 뒤 옷을 벗어서 둘둘 말아 머리에 괴고 잠을 자니까. 그러자 두려운 생각이 들었다. 아니다, 무슨 일이 있어도 내가 직접 가야 해. 직접 가야 모든 의심을 풀 수 있어. 조우를 먼저 보낼 생각을 하지 않았던 것이 이상하다. 조우를 보내면 된다. 그 어리석은 자는 자기가 영리하다고 생각하니까. 그가 제일 다루기 쉽다. 에델은 미련해서 다루기가 힘들다.

몸이 점점 더 아프고 괴로운 생각이 깊어지자 케이트는 더욱 조우 발레리를 의지했다. 그는 조우를 조수로서, 중개자로서, 집행자로서 더 의지하게 되었다. 그녀는 자기가 데리고 있는 창녀들을 두려워했다. 그녀들이 조우보다 믿을 수 없어서가 아니라, 그녀들이 언제 어디서 히스테리를 터뜨리고 자기 신세를 망치는 짓은 말할 것도 없고, 주위 사람들까지 망칠지 모르기 때문이었다. 지금까지는 케이트가 이런 위험을 잘 처리해 왔지만 이제 나이가 먹어 몸이 말을 잘 듣지 않게 되자 불안감이 늘어나 타인의 도움을 필요로 했다. 그래서 그녀는 조우에게 그 도움을 청했다. 그녀는 남자가 여자보다 자기 파괴를 막는 막강한 힘이 있다고 믿었다.

그녀는 조우를 믿을 수 있다고 생각했다. 그녀는 절도죄로 5년 형을 받고 4년째 철도 건설 중노동을 하다가 도로공사장에서 탈주한 조셉 베누타라는 자에 대한 기록을 그녀가 보관하고 있었기 때문이었다. 그녀는 조우에게 그 말을 한 적은 없었지만 만일 조우가 명령을 듣지 않으면 이것에 대해 말하면 꼼짝 못 할 것이라고 생각했다.

매일 아침, 조우가 아침 식사 쟁반을 들고 왔다. 그녀의 아침 식사 메뉴는 중국 녹차와 크림, 그리고 토스트였다. 조우는 식사 쟁반을 그녀의 식탁 위에 놓고 나서 보고를 한 뒤 그날의 지시를 받았다. 조우는 케이트가 점점 더 자기에게 의존하고 있음을 깨달았다. 조우는 그녀로부터 모든 것을 인계받아 볼 생각을 서서히 하게 되었다. 그녀의 병이 더 악화되면 그럴 가능성이 있을지도 모른다. 그러나 조우는 아직도 케이트가 두렵게 느껴졌다.

조우가 먼저 말했다.

「안녕히 주무셨습니까?」

「일어나 앉기 싫으니, 차만 좀 줘. 들고 있어.」

「손이 아프신가요?」

「응, 한 번 화끈거리고 나면 좀 괜찮아질 거야.」

「잠을 못 주무셨나 보군요.」

「아니, 새 약을 구해서 잘 잤어.」

조우는 컵을 케이트의 입에 가까이 대 주었다. 케이트는 뜨거운 차를 입으로 불면서 조금씩 마시기 시작했다.

그녀는 차를 반쯤 마신 뒤 말했다.

「이제 됐어. 어젯밤에는 어땠지?」

「어젯밤에 말씀드리려고 했는데요. 어제 킹 시티에서 촌놈이 왔었죠. 곡식 판 돈을 가지고 와서 집을 전세냈어요. 여자들에게 준 돈 이외에도 칠백 달러나 썼어요.」

「이름이 뭐지?」

「그건 몰라요. 하지만 또 올 거예요.」

「이름을 알아 놨어야지. 내가 언제나 말했잖아.」

「그 촌놈은 빈틈이 없었어요.」

「그럼 더욱 더 이름을 알아 놓았어야지. 애들이 훔치지는 않았나?」

「잘 모르겠는데요.」

「알아 보도록 해.」

조우는 케이트의 말투가 다정히 느껴져서 기분이 좋았다.

「네, 알아 보죠. 충분히 대우를 받았으니까요.」

케이트는 조용히 조우를 살피고, 무슨 일이 있다는 것을 직감했다.

「이곳이 마음에 드나?」

「그럼요, 마음에 들고 말고요.」

「더 좋아질 수도 있고, 못 할 수도 있어.」

조우는 불안하게 말했다.

「저는 이곳이 마음에 들어요.」

조우는 자기가 혹시 실수를 저지르지는 않았나 이것저것 생각해 보았다.

「그럼요, 좋고 말고요.」

그녀는 화살같이 생긴 혀로 입술을 적셨다.

「조우, 잘해 보자구!」

「원하시는 대로 하겠습니다.」

조우는 그녀의 기분을 맞추면서도 기대가 가슴 가득 밀려 왔다. 그는 참을성을 가지고 기다렸다. 그녀는 얼마 후에 입을 열었다.

「조우, 나는 우리 집에서 도난 사건이 일어나는 건 원치 않아.」

「저는 아무것도 훔치지 않았어요.」

「자네가 훔쳤다고 하지 않았어.」

「그럼 누구 짓이죠?」

「내가 말하지. 우리가 내쫓은 그 늙은 여자 생각나지?」

「그 에델인가 하는 여자 말입니까?」

「그래, 바로 그 여자야. 그때는 몰랐는데 그년이 뭘 훔쳐 갔어.」

「그게 뭐죠?」

케이트는 매몰차게 한 마디 했다.

「그건 알 것 없고, 자넨 머리가 좋지? 그년을 찾아내려면 어딜 갈 거지?」

조우는 재빨리 머리를 회전시켰다. 조우는 생각을 하는 것이 아니라 경험과 본능으로 움직이는 것이다.

「매를 많이 맞았기 때문에 그다지 멀리는 가지 않았을 거예요. 늙은 매춘부는 멀리 가지 않으니까요.」

「그래, 자네는 생각대로 머리가 좋아. 혹시 와트슨빌에 있는 게 아닐까?」

「그곳 아니면 산타크루즈에 있을 겁니다. 아무리 먼 데로 간다고 해도 산호세보다 멀리는 가지 않았을 거예요.」

케이트는 자기 손을 부드럽게 만졌다.

「조우, 오백 달러 벌어 볼 생각없어?」

「제게 그 여자를 찾으라는 건가요?」

「그 여자의 행방만 알아내면 돼, 그 여자가 눈치채지 못하게 주소만 살짝 알아 와.」

「네, 잘 알았습니다. 많이 훔쳐 갔나 보군요.」

「자네는 상관할 필요 없어.」

「알았습니다. 그럼 당장 찾으러 떠날까요?」

「그래 당장 떠나도록 해.」

「오래 돼서 찾기가 어려울지도 모르겠군요.」

「그건 자네가 알아서 할 일이야.」

「오후에 와트슨빌로 떠나겠습니다.」

「그러도록 해.」

케이트는 잠시 동안 생각에 잠겼다. 조우는 그녀가 무언지 할 말이 있지만 그 말을 해야 할지 망설이고 있음을 눈치챘다. 케이트는 결정을 하고 입을 열었다.

「조우, 그 에델이 법정에서 뭐라고 하지 않았나?」

「아뇨, 뭐 거짓이라고 소리치는 것은 들었어요.」

조우는 그때는 별로 신경을 쓰지 않아 흘려 버렸던 말이 떠올랐다.

『판사님, 조용히 말씀드릴 게 있어요.』 그러나 그는 그 말을 입 밖에 내지 않고 자기 마음속에 가둬 두었다.

케이트가 재빨리 물었다.

「그게 뭐지?」

이미 그의 대답은 늦어 버렸다. 그는 안정을 찾으려고 애썼다. 조우는 잠시 시간을 벌려고 애썼다.

「무슨 말을 했는데 생각나지 않아서 생각중입니다.」

케이트는 매섭고 냉정하게 말했다.

「잘 생각해 봐.」

「네, 저……경관에게 이렇게 말했어요. 뭐라고 했더라. 아, 남쪽으로 보내 달

556

라고 했어요. 샌루이 오비스포에 친척이 있다고 말했어요.」

그녀는 갑자기 조우를 향해 몸을 돌리며 말했다.

「그래서?」

「그러자 경관이 그곳은 너무 멀어서 안 된다고 했어요.」

「과연 자네는 머리가 좋아. 그럼 처음에 어디로 갈 거지?」

「먼저 와트슨빌로 가겠습니다. 샌 루이엔 친구가 한 명 있으니 그에게 찾아 보라고 전화를 걸어 두겠어요.」

케이트는 매몰차게 말했다.

「조우, 소문 내지 말고 조용히, 신속히 알아 보도록 해.」

「오백 달러를 받으니 조용히, 그리고 빨리 하란 말씀이군요.」

그녀의 눈이 무섭게 실눈이 되고 자기를 살펴보았지만, 그래도 조우는 기분이 좋았다. 그러나 그녀가 한 다음 말 때문에 그는 등골까지 오싹해지고 말았다.

「조우, 다른 얘기를 하자는 건 아니고……베누타라는 이름과 무슨 관계가 있지?」

조우가 무슨 말을 재빨리 하려고 했지만 목이 메어 쉽게 나오지 않았다.

「전혀 관계가 없어요.」

케이트가 그에게 명령조로 말했다.

「가능하면 빨리 돌아오도록 해. 헬렌을 어서 들어오라고 해. 자네가 없는 동안 자네가 할 일을 대신 시켜야 하니까.」

3

조우는 짐을 꾸려서 정거장으로 가서 와트슨빌 행 기차표를 샀다. 그는 북쪽 행 첫번째 정거장인 카스트로비유에서 기차를 내려 네 시간 후 샌프란시스코발 몬터리행 급행 열차를 탔다. 몬터리는 그 지선의 종착지였다. 몬터리에 도착한 그는 센트럴 호텔 계단을 올라가 숙박계에 존 비커라고 기입했다. 그는 방을 정한 뒤 에른스트 식당에서 스테이크를 먹고 위스키 한 병을 사들고 방으로 돌아 왔다.

조우는 옷을 벗고 침대에 누웠다. 침대 옆 테이블에 위스키와 컵을 놓았다. 머리 위의 등불이 얼굴을 비쳤지만 싫지 않았다. 그는 등불을 의식하지 않고 위스키 반 잔에 거나해지자, 그는 머리 뒤로 손깍지를 끼고 발목을 엇비슷하게 겹치고서 여러 생각과 인상과 직감과 본능을 끌어 내서 서로 맞추어 보기 시작했다.

일자리는 좋았다. 조우는 케이트를 속여 넘겼다고 생각했으나 그것이 아니었다. 그는 그녀를 과소평가했던 것이다. 그녀는 어떻게 내가 탈옥한 사실을 알아냈을까? 이젠 레노나 시애틀로 갈까도 생각했다. 항구 도시가 언제나 좋다. 가만 있자. 잠시 시간을 두고 생각해 보도록 하자.

에델은 무엇을 훔친 것이 아니다. 무엇인가가 있다. 케이트는 에델에게 두려움을 느끼고 있는 것이다. 늙은 창녀 한 명을 찾는데 5백 달러를 쓴다는 것은 말도 되지 않는다. 너무 큰 돈이다. 에델이 판사에게 하려던 말은 사실일 것이고, 케이트는 그녀에게 겁을 먹고 있는 것이다. 이제 그것을 이용할 수도 있을 것이다. 빌어먹을! 그러나 그녀가 탈옥했다는 사실을 알고 있으니 이제 틀렸다. 끌려가서 다시 징역을 살 수는 없다.

그러나 생각하는 거야 손해 볼 일이 없지. 1만 달러를 걸고 4년의 도박을 해볼까 그것도 할만 하지. 지금 당장 결정하지는 않아도 할만 하지. 그녀는 그 사실을 알면서도 신고하지 않았다. 말하자면 에델은 승리의 카드인지도 모른다.

잠시 생각해 보자. 어쩌면 이것이 행운일지도 모른다. 가만히 지켜보고 있어야 하는 게 아닐까? 그러나 그녀는 지나치게 영리하다. 내가 그녀와 상대할 수가 있을까? 어떻게 하면 그녀와 맞설 수 있을까?

조우는 일어나서 술잔에 술을 가득 따랐다. 조우는 불을 끄고 차일대를 올렸다. 조우는 위스키를 마시면서 건너편 방에서 야위고 왜소한 여자가 목욕옷을 입고 스타킹을 빨고 있는 것을 지켜 보았다. 술 기운이 돌자 귀에서 소리가 들려왔다.

그렇다. 행운을 안겨 줄지도 모른다. 조우는 오랫 동안 기다렸다. 날카로운 작은 이빨의 그 여자가 보기 싫었다. 지금 당장 결정하지 않아도 된다.

조우는 창문을 살며시 열고 테이블 위에 놓인 펜을 들어 창 너머로 던졌다. 비쩍 마른 건너편의 여자가 겁에 질려 차양을 닫아 버리는 모습을 그는 신나는 듯 지켜보았다.

석 잔째를 마시자 술병이 비었다. 조우는 거리로 나가서 시내 구경을 하고 싶었다. 그러나 그는 정신을 차리고, 술을 마시고는 절대로 외출하지 말라는 규칙을 생각하고는 밖으로 나가지 않았다. 그것만 지키면 절대로 사고는 나지 않는 법이다. 사고가 나면 경찰이 오고, 경찰은 조회를 할 것이고, 그러면 또다시 형무소로 실려가게 될 것이다. 이번에는 모범수가 되어도 절대로 철도 건설 인부가 되지는 않을 것이다. 그는 외출하려는 생각을 포기해 버렸다.

그는 혼자 있을 때를 위해 마련해 놓은 즐거움이 있었다. 그러나 그는 그것이 즐거움이라고는 생각하지 않았다. 그는 그것을 은밀히 즐겼다. 쇠침대에 누운 그는 비참하고 음산했던 어린 시절과 비행으로 얼룩진 소년기를 회상해 보았다. 그에게는 행운이 따르지 않았다. 그는 몇 번의 절도는 무사히 넘겼으나 집단 강도 짓을 하고 나서는 무사하지 못했다. 경찰이 집에 와서 그를 잡아갔다. 그 후부터는 감시 명단에 올라 있어서 늘 감시를 받았다. 데일리 시에서 어떤 사람이 트럭의 딸기를 한 상자만 훔쳐도 조우는 의심을 받았다. 학교에서도 지독히 행운은 따르지 않았다. 선생님이나 교장 선생이 하나같이 미워했다. 그래서 그는 견디지 못하고 뛰쳐나온 것이었다.

불운했던 추억이 꼬리를 물고 떠오르자 서글퍼지더니 눈물이 나오고 입술이 가늘게 떨렸다. 의지할 곳 없이 외롭던 그 옛날의 자신이 애처롭기까지 했다. 지금의 자신은 또 어떤가. 다른 사람들은 자기 집과 차가 있어서 편안히 살고 있는데 나는 도망자 신세가 되어 창녀 집에서 일이나 보고 있지 않는가. 다른 사람들은 모두 밤이면 행복하게 보내면서, 좌우를 가로막는 덧문을 내리고 가까이 오지 못하게 한다. 조우는 혼자서 서글픔에 겨워 울다가 잠이 들고 말았다.

조우는 이튿날 열 시에 일어나 에른스트 식당에서 아침 식사를 했다. 오후에는 서둘러 버스를 타고 와트슨빌로 가, 전화를 받고 나온 친구와 당구를 내리 세 판이나 쳤다. 조우는 마지막 게임에서 이기고 나서 친구에게 십달러짜리 지폐 두 장을 쥐어 주었다.

조우의 친구가 말했다.

「웬 돈이지? 난 돈 따위는 필요없어.」

「넣어 둬.」

「난 준 게 없잖아.」

「없기는 왜 없어. 그 여자가 이곳에 없다는 것을 알려 주었잖아. 자네니까 그걸 알았지.」

「왜 그 여자를 찾는 거지?」

「윌슨, 먼저 얘기했듯이 그 이유는 나도 모르겠어. 나는 내 맡은 일을 할 뿐이니까.」

「내가 할 수 있는 건 그뿐이야. 회의가 있었나 봐. 치과 의사회라던가? 올빼미 클럽이던가? 그 여자가 그곳에 간다고 했는지 아니면 내가 그렇게 들은 건지는 모르겠어. 내 기억으론 그런 것 같아. 산타크루즈를 자세히 뒤져 봐. 아는 친구가 없나?」

「몇 명 있기는 하지만……」

「말러를 만나 봐. 헬 말러지. 헬 당구장을 하고 있어. 골방에서는 도박도 해.」

「고마워.」

「천만에 고맙긴. 자, 이거. 나는 돈 같은 건 필요없어. 실은 내 돈도 아니니 담배나 사서 피워.」

버스에서 내려 보니 두 집 건너에 헬 당구장이 있었다. 저녁인데도 노름은 쉬지 않고 계속되었다. 한 시간이 지난 후 헬이 일어나서 변소에 가자 조우가 뒤따라가서 먼저 말을 건넸다. 헬은 돗수 높은 안경 때문에 더 크게 보이는 눈으로 조우를 쳐다보며 천천히 바지 단추를 채우고 알파카로 된 토시를 고쳐 끼며 창백한 시선을 던졌다.

「게임이 완료될 때까지 기다리세요. 그렇지 않으면 들어와서 한 판 끼겠어요?」

「몇 사람이 하는 거죠?」

「한 명뿐입니다.」

「나도 하겠소.」

먼저 헬이 나섰다.

「한 시간에 5달러예요.」

「내가 이기면 1할이오?」

「알았어요. 참, 노랑머리 윌리엄즈가 상대랍니다.」

새벽 한 시에 헬과 조우는 발로우 식당으로 향했다.

「갈비 스테이크 이인분에 프렌치 프라이 수프하겠어요.」

「싫어요. 프란치 프라이는 그만. 그걸 먹으니까 변비가 생기더군.」

헬도 한 마디 거들었다.

「나도 그래. 그래도 먹어요. 충분한 운동을 하지 못하니까.」

헬은 음식을 먹기 시작하자 부쩍 말수가 많아졌다. 그는 입 안에 음식을 가득 넣고 말을 쉬지 않고 했다. 스테이크를 먹으면서도 말을 했다.

「어느 정도가 나오죠?」

「이 일을 하면 백 달러 벌게 되는데 그중에서 이십오 달러 주죠. 어때요?」

「그럼 증거나 서류가 필요한가요?」

「아뇨, 있으면 좋지만 없어도 괜찮아요.」

「언젠가 그녀가 내게 도와 달라고 그랬죠. 그 여자는 무용지물이죠. 일주일에 이십 달러 벌기도 어렵더군요. 그 후 어떻게 되었는지 몰랐었는데 마침 빌 프리머스가 우리 집에서 그녀를 만난 적이 있는데, 그 친구가 찾아와 그녀 말을 묻는 거였어요. 빌은 좋은 친구랍니다. 여기 경찰은 참 좋죠.」

에델은 나쁜 여자는 아니었다. 약간 게으르고 어리석긴 했지만 선량한 편이었다. 그러면서도 품위는 지키고, 자기가 잘났다고 뽐내지도 않고, 그러니까 운도 따르지 않는 모양이다. 그녀가 파도에 밀려 모래에 반쯤 묻혀 있는 것을 사람들이 구경했는데, 치마가 겹쳐서 엉덩이 살이 훤히 드러난 것을 그녀 스스로 알았다면 고개를 들기 어려웠을 것이다. 누구라도 그런 모습을 보이고 싶지 않을 것이다.

「뱃놈 중에서 아주 난폭한 놈들이 있죠. 값싼 술을 퍼 마시곤 취해서 생야단을 치죠. 그 뱃놈 중 한 명이 그 여자를 끌고 나가 배 밖에서 밀어냈을 겁니다. 그렇지 않고서야 어떻게 물에 빠지겠어요.」

「혹시 부두에서 뛰어내린 건 아니겠지요.」

핼은 감자를 씹으며 말했다.

「아녜요. 그렇게 게으른 여자는 절대로 자살하지 않아요. 확인해 보겠소?」

「아니, 당신 말이 맞겠지.」

조우는 테이블 위에 이십오 달러를 올려놓았다.

핼은 지폐를 둘둘 말아서 조끼 주머니에 집어 넣었다. 그는 고기를 삼각형 모양으로 잘라서 입에 넣고 나서 말했다.

「틀림없이 그 여자예요. 어때요, 파이 좀 드릴까요?」

조우는 정오까지 자려고 했으나, 일곱 시에 잠이 깨 일어나지 않고 누워 있었다. 그는 샐리너스에는 자정이 지난 후 돌아갈 심산이었다. 생각할 시간적인 여유가 필요했다.

그는 일어나서 거울을 들여다보며 여러 표정을 익살스럽게 지었다. 어떤 표정을 짓지? 실망한 표정은 좋지만 너무 실망한 표정은 안 되겠지, 케이트는 명석한 여자다. 먼저 그녀가 하는 대로 보고 있다가 따라가도록 하지. 그녀는 분명히 잔뜩 경계하고 있을 것이다. 아무리 생각해도, 생각하면 할수록 케이트는 끔찍히 무서운 여자였다.

그는 신중한 마음으로 자꾸 스스로에게 다짐시켰다.

『그냥 돌아가서 사실대로 말하고 나서 오백 달러를 받도록 해.』

그는 자신의 신중함에 대해 반박했다.

『이건 행운이야, 행운. 행운을 몇 번 잡는 거지? 행운을 잡았을 때 행운을 인식한다는 사실도 행운인 것이다. 평생 추악한 뚜쟁이 노릇만 해야 하나? 면밀히 처리하라. 그녀에게 먼저 지껄일 기회를 주는 거야. 듣는 건 아무래도 해롭지 않으니까. 일이 잘되지 않으면 그때 가서 알아낸 것을 말하면 되지.』

그러다 그는 다시 생각에 잠겼다.

『케이트는 불과 여섯 시간 내에 너를 감옥에 집어 넣을 수가 있어.』

잠시 후 그는 다시 생각했다.

『내가 신중한 태도를 취하는데, 또 무엇을 잃는단 말야. 내게 이런 행운이 함께 한 적이 없어.』

4

케이트는 기분이 좋았다. 새로 복용한 약이 효과가 있는 것 같았다. 손의 통증도 덜해지고 손가락도 펴지고 그다지 부어오르지 않았다. 오랜만에 푹 잠을 잘 수 있었다. 그래서 그녀는 기분이 좋고 약간 흥분까지 했다. 아침에는 삶은 달걀을 먹을 작정이었다. 그녀는 일어나서 화장하고 옷을 입고 손거울을 침대로 가져 왔다. 베개를 높이 괴고 거울을 들여다보았다.

충분한 휴식은 좋은 효과를 나타냈다. 아프면 턱이 굳어지고, 불안 때문에 눈에는 이상한 광채가 났고, 관자놀이 근처의 근육과 코 주위의 약한 근육도 부어올랐다. 이것이 고통에 대한 저항과 질병의 표정이다.

휴식을 취하고 나면 얼굴은 눈에 띄게 달라져 십 년은 더 어려 보였다. 그녀는 입을 벌리고 이빨을 들여다보았다. 치석을 제거할 때가 되었다. 그녀는 이빨을 소중히 여겼다. 어금니 뺀 곳에 금니를 한 것 말고는 치료한 이빨이 없을 정도로 이빨이 튼튼했다. 하룻밤을 휴식했다고 이렇게 젊어 보이는 게 너무 신기했다. 사람들은 이것에 속곤 했다. 그래서 사람들은 그녀를 섬세하고 연약하리라고 생각한다. 그래, 강철 덫처럼 연약하지, 그녀는 혼자서 싱글싱글 웃었다. 그러나 그녀는 언제나 몸을 아끼는 편이었다. 술을 마시지 않았고 마약도 먹지 않았으며 요즘엔 커피도 먹지 않았다. 이젠 그 효과 때문인지 그녀의 얼굴은 천사처럼 변했다. 케이트는 목의 잔주름이 보이지 않도록 거울을 약간 위로 들었다.

그녀는 갑자기 자기 얼굴과 똑같은 천사의 얼굴을 생각했다. 그 이름이 뭐지? 알렉이었던가? 레이스가 달린 흰 제복을 입고 귀여운 턱을 아래로 당기고 머리카락은 촛불에 유난히 빛났다. 그는 참나무 지팡이를 짚고 있었고, 놋쇠 십자가를 목에 걸고 있었다. 그에게는 초연한 미가 내포되어 있었다. 아무도 손 닿지 않은, 아무도 손 댈 수 없는 아름다움이었다. 그런데 정말 케이트에게 손을 댄 사람이나 물건이 있는 걸까? 과연 그녀의 손을 만져 더럽힐 사람이 있을까? 물론 외부의 모습은 접촉으로 많이 닳아졌는지 모르지만 내면에는 전혀 때가 묻지 않았다. 순결하고 밝기는 알렉과 조금도 다르지 않았다.

그녀는 깔깔거리며 웃었다. 두 아들을 둔 자신이 너무나 어려 보였기 때문이었다. 만일 그 금발의 소년과 함께 있는 모습을 누군가가 보았다면 어떨까? 군중 속에 그와 함께 서서 사람들에게 찾아내라고 한다면 찾아낼 수 있을까? 그애의 이름은 아론이랬지. 아론은 이 모든 사실을 알게 되면 어떻게 할까? 동생은 알고 있나. 그 깜찍한 후레자식 같으니. 참 그런 말을 하면 안 되지. 지극히 당연한 사실인지 모르지만 그렇게 믿는 사람들도 더러 있다. 신성한 부부 사이에서 떳떳이 태어난 자식이다. 케이트는 큰소리로 웃었다. 기분이 좋고 재미있었다.

피가 많은 녀석, 얼굴이 검은 그 녀석이 자꾸 케이트를 괴롭혔다. 그는 분명히 찰스를 닮았다. 그녀는 찰스를 좋아했다. 아마 가능했다면 찰스는 그녀를 죽였을지도 모른다.

그 약은 정말 신통했다. 관절염의 통증만이 아니라 없어졌던 용기까지 다시 찾아 주었다. 그녀는 옛날부터 계획한 대로 모든 것을 정리하고 뉴욕으로 가야겠다고 생각했다. 그녀는 에델 때문에 겁을 먹었던 일이 떠올랐다. 『그까짓 어리석은 년을 두려워하다니, 내가 정말 병 때문에 약해졌나 봐. 그녀에게 친절을 베풀어 놓고 나서 살해하면 어떨까? 만일 조우가 그녀를 찾아오면 어떻게 하지? 그년을 뉴욕으로 데려가 옆에 가둬 놓을까?』

우스운 생각이 떠올랐다. 그렇게 한다면 분명히 희극적인 살인이 될 것이다. 그 누구도 해결하지 못할 살인 사건, 아무도 의심하지 않을 살인 사건이 될 거다. 초콜렛을 상자째 사다 먹이고, 설탕 과자·베이컨·마른 베이컨을 접시로 갖다 안기고, 비계, 포도주 버터를 준다. 무슨 음식이나 버터와 크림에 묻혀서 준다. 채소와 과일은 절대로 주지 않는 거다. 오락도 즐기지 못하게 하고 집에서 꼼짝도 못 하게 한다. 과자를 사다가 상자째 안겨 주고 드러누워서 먹으라고 한다. 기분이 좋지 않으면 약을 먹인다. 캐슈 열매를 먹어 봐. 이렇게 한다면 6개월 후쯤에는 부어 터져 죽고 말거다. 그러면 촌충은 어떨까? 누가 촌충을 이용한 사람이 있었나? 물을 먹을 수 없었던 사람이 누구였더라.

케이트는 기분이 좋아 미소를 지었다. 이곳을 떠나기 전에 아들들에게 파티를 열어 주면 어떨까? 귀여운 아들에게 파티를 열어 주고 신나는 서커스를 보여 줄까? 그러자 자기를 닮았다는 아론의 예쁜 얼굴이 떠올라서 가슴이 뭉클하고 짜릿해졌다. 그애는 영리하지 않아서 스스로를 보호할 수 없을 거야. 거무스름한 동생이 위험해 보여. 그애의 재능을 느낀 바가 있었다. 카알은 짧은 시간이지만 그녀를 꼼짝 못하게 만들었다. 떠나기 전에 내 실력을 보여 주자. 그리고 내 앞에서 무릎을 꿇도록 해야지.

케이트는 불쑥 아론이 자기를 알지 못했으면 좋겠다는 생각을 했다. 나중에 뉴욕으로 찾아오도록 할 수도 있다. 그러면 아론은 자기 엄마가 뉴욕의 이스트 사이드 고급 저택에서 계속 살았다고 생각할 것이다. 아론을 극장에 데리고 가서 또 오페라 구경도 시켜야지. 사람들은 아론과 나를 바라보고 남매지간이나 모자지간임을 알겠지. 그럼 모두가 알 수 있을 거야. 에델의 장례식에도 아론을 데리고 가야지. 에델의 관은 초대형이어야하고 관을 운반하는 데는 여섯 명의 인부가 필요할 거야. 이런저런 생각을 너무 깊게 하는 바람에 그녀는 문을 두드리는 소리도 듣지 못했다. 문을 약간 열고 들어오던 조우는 케이트가 싱글벙글 웃는 모습을 쳐다보았다.

「아침 식사 가지고 왔습니다.」

그는 상보가 덮인 쟁반 끝으로 밀어서 문을 열고 무릎으로 문을 닫았다.

그는 턱으로 회색 방을 가리키며 말했다.

「저기서 드시겠습니까?」

「아냐, 여기서 먹을래. 삶은 달걀 하나, 시나몬 토스트 한 조각만 줘. 달걀은 사분 삼심 초만 삶도록 해. 시간을 꼭 지켜. 난 흐물거리는 건 질색이니까.」

「마담, 기분이 좋으시군요.」

「그래. 새 약이 효과가 있어. 자네는 왜 그 모양인가?」

「아닙니다.」

조우는 안락 의자 앞에 놓인 테이블에 식사 쟁반을 놓았다.

「사분 삼십 초라고 하셨죠?」

「그래 그리고 맛있는 사과 하나만 갖고 와, 바삭바삭한 것으로.」

「이렇게 잡수시는 건 처음 보는데요.」

조우는 부엌에서 요리사가 달걀 삶기를 기다리면서 걱정에 쌓였다. 어쩌면 그녀가 알고 있을지도 모른다. 조심해야지. 그러나 나도 모르는 일로 인해서 미워하지는 않겠지. 죄를 짓지는 않았으니까.

조우는 방으로 돌아와서 말했다.

「사과는 없고 이건 배입니다. 좋은 배죠.」

케이트가 말했다.

「아, 배가 더 좋겠군.」

조우는 그녀가 계란을 깨서 수저로 속을 파내는 것을 보며 말했다.

「어떠세요?」

「음, 좋아, 아주 좋군.」

「안색이 좋아 뵈는군요.」

「그래, 기분이 좋아. 그런데 자네는 왜 그 모양이지?」

조우는 신중히 이야기를 시작했다.

「마담, 오백 달러가 필요한 사람은 나 이외엔 없었습니다.」

그녀는 짓궂게 말했다.

「필요로 하는 사람이 없다구?」

「무슨 말씀이시죠?」

「아무것도 아냐. 무슨 말을 하려고 그러지? 그 여자는 찾을 수 없다는 건가? 열심히 찾아보았다면 오백 달러를 주지. 어허, 자세히 말해 봐.」

그녀는 소금병에서 소금을 집어 달걀에 약간 뿌렸다.

「정말 고맙습니다. 제가 지금 곤란에 처해 있어서 꼭 돈이 필요합죠. 저는 파자로와 와트슨빌에 가서 찾아 보았습니다. 와트슨빌에서 흔적을 찾아냈는데 산타크루즈로 이미 떠나고 없었어요. 그곳에 가니 그 여자는 이미 또 다른 곳으로 떠난 뒤였답니다.」

케이트는 달걀 냄새를 맡고 소금을 조금 더 뿌렸다.

「그뿐인가?」

「아뇨, 무작정 샌루이까지 가 보았더니 이미 떠난 뒤였어요.」

「흔적도 없이 갔단 말야? 어디로 간지도 모르고?」

조우는 손가락을 만지작거렸다. 그의 운명이, 그의 전생애가 마지막 말에 좌우될지도 모르는 일이었다. 그는 말을 하기가 싫어졌다.

그녀가 다시 재촉했다.

「어서 말해. 자네 무슨 생각을 하고 있는 거지?」

「별것 아닙니다. 그걸 어떻게 생각해야 할지 모르겠어요.」

「생각하지 말고 어서 말이나 해. 생각은 내가 하면 되니까.」

케이트는 신경질적으로 조우에게 말했다.

「사실이 아닐 수도 있겠죠.」

드디어 그녀는 화를 냈다.

「제발!」

「그 여자를 마지막으로 만난 남자와 말했어요. 이름이 나와 같은 조우라는데 …….」

케이트는 조롱조로 말했다.

「그럼, 자네가 그 친구 할머니 이름도 알아 보았나?」

「그 조우라는 사내가 말하는데, 그 여자가 술이 취해서 샐리너스로 가서 모든 것을 다 털어놓겠다고 했다더군요. 그리고 사라져 버렸대요. 그 사나이는 그 이외엔 아는 게 없었어요.」

케이트는 너무 놀란 나머지 몸둘 바를 몰라했다. 조우는 재빨리 그녀가 두려움과 절망적인 공포에 휩싸이는 것을 확인했다. 이제 조우는 무엇인가를 잡은 것이다. 그것이 무엇인지 단정지을 수는 없지만, 행운을 잡게 된 것이다.

그녀는 무릎 위에 놓아진 비틀린 손가락을 보았던 시선을 돌렸다.

「이제 그 늙은 여자는 잊어버리기로 할 테야. 오백 달러는 주지.」

조우는 안도의 숨을 내쉬지도 못했다. 숨을 쉬면 케이트가 정신을 차릴까 봐 두려웠던 것이다. 케이트는 믿고 있었다. 그가 말한 것만이 아니라 말하지 않은 것까지 믿고 있었다. 그는 한시바삐 그 방에서 나가고 싶었다.

「마담, 고맙습니다.」

조우는 조용히 말하고는 문 쪽으로 발을 옮겨 놓았다. 그가 문의 손잡이를 돌리려 할 때 케이트가 한 마디 던졌다.

「조우, 말이 나왔으니 얘긴데…….」

「네?」

「그 여자에 관한 말이 들리면 바로 내게 알려 주게.」

「그럼, 자세히 알아 볼까요?」

「아니, 그러지는 않아도 돼. 별게 아니니까.」

조우는 자기 방으로 돌아가 문을 걸어 잠그고 팔짱을 낀 채 앉아 미소를 짓고 있었다. 그는 앞으로의 계획을 세웠다. 그는 다음 주까지 그녀가 그 생각만 하게 내버려 둘 작정이었다. 마음을 놓을 때쯤 다시 이야기를 꺼내는 것이다. 그는 자기의 무기가 무엇이며 또한 그 무기를 어떻게 적절하게 사용해야 하는지를 알 수 없었다. 그러나 무기가 날카롭고 대단한 힘이 있음은 알고 있기 때문에 그 무기를 써 보고 싶어서 몸살이 날 지경이었다. 만일 케이트가 좁은 회색빛 방 안에 들어가 문을 잠근 채 안락의자에 눈을 감고 앉은 모습을 보았다면 그는 필경 크게 웃었을 것이다.

제 46 장

1

샐리너스 계곡에는 이따금 시월인데도 비가 오는 날이 있었다. 그러나 그것은 흔치 않은 일이라 〈저널〉이나 〈인덱스〉지의 사설감이 될 정도였다. 하룻밤 사이에 언덕은 온통 푸른색이 되고 바람은 향긋해진다. 비가 내린다고 해도 극히 소량이므로 농사짓는 데에는 그다지 도움을 주지 못한다. 보통 금세 건기가 돌아와 풀은 모두 시들고 서리가 내려 풀이 오그라지고 만다. 그러므로 그만큼 종자가 낭비되는 셈이다.

전쟁이 벌어지는 몇 해 동안에는 비가 꽤 많이 내렸다. 사람들은 프랑스에서 대포를 많이 쏘아서 이상 기온으로 비가 많이 내리는 것이라고 비난했다. 이러한 점이 사실 신문에 기사화되어 진지하게 논의되었다.

그 첫해 겨울에는 우리 나라 군대가 프랑스에 많이 파견되지는 않았지만 언제나 출동할 수 있도록 수백 만 명이 훈련을 받으며 출동에 대비했다.

전쟁은 고통스럽기는 했지만 사람을 흥분시켰다. 독일군을 쉽게 막아 낼 수는 없었다. 독일군은 주도권을 잡고 파리를 향해 질서정연하게 진군해 왔다. 언제쯤 그들을 막아 낼 수 있을지 알고 있는 사람은 없었다. 사람들은 퍼싱 장군이 우리를 살려 줄 수 있을 것이라고 생각했다. 매일 신문에는 그의 말쑥하고 멋진 군복을 입은 모습이 실렸다. 그의 턱은 바위처럼 굳건했고, 군복에는 주름 하나 잡히지 않았다. 퍼싱 장군이야말로 완전한 군인의 대표 인물이었다. 그 누구도 퍼싱 장군이 어떤 생각을 하고 있는지 알 수 없었다.

우리는 전쟁에서 패배하지 않을 것을 확신했는데, 전세는 지극히 불리한 것 같았다. 흰 밀가루를 사려면 누런 밀가루 값의 네 배를 주어야 했다. 부유한 사람들은 누런 밀가루는 닭 모이로 주고 흰 밀가루는 빵과 과자를 만들어 먹었다.

옛 기병대 본부에서는 향토 예비군이 훈련을 받았다. 이제 오십 세가 넘어 무용지물이 된 사람들이지만 향토 예비군복 이외에도 외지용 군모를 쓰고 일주일에 두 번씩 훈련을 받았다. 그들은 서로 명령을 내리기도 하고 누가 장교가 되느냐는 의견이 맞지 않아 언제나 싸움질을 했다. 윌리엄 버트는 본부 마루 바닥에서 엎드려 뻗치기를 하다 심장 마비로 목숨을 잃기도 했다.

교회나 영화관에서 미국을 위해 1분 동안 연설을 하고 다니므로 1분 인간이라는 별명이 붙은 사람도 있다.

그들 역시 군복을 착용했다.

여자들은 붕대를 감고 적십자 제복을 입은 자신을 사랑의 천사로 여겼다. 모든 여자는 누군가를 위해 무엇이라도 했다. 군인 소매에 스며드는 바람을 막으려는 소매 씌우기나 눈 구멍만 있고 모두를 가리게 되어 있는 짜집기 헬멧 등을 쉬지 않고 짰다. 이 헬멧은 새 철모가 머리까지 쑥 들어가는 것을 방지하게 하려고 쓰는 것이었다.

일등품 가죽은 장교용 군화나 벨트를 만드는 데 썼다. 이 멋진 벨트는 장교만 맬 수 있는 것으로, 이 벨트는 넓은 벨트와 가슴을 가로질러 왼쪽 견장 아래로 넘어가는 끈으로 되어 있었다. 그 벨트를 하는 본래의 목적은 무거운 칼을 받쳐 주기 위한 것이었으나 이 목적은 영국에서조차 잊은 지 오래였다. 열병할 때 이 외에는 칼을 차지 않았다. 그러나 장교들이 전사했을 때 보니 누구나 이 벨트를 매고 있었다. 훌륭한 벨트는 25달러나 되었다.

우리는 영국인으로부터 많은 것을 배웠다. 그들이 훌륭한 군인이 아니었다면 우리는 많은 것을 모방하지 않았을 것이다. 우리 군인들도 소매 속에다 손수건 을 넣고 다녔다. 그리고 멋장이 군인은 모두 단장을 가지고 다녔다. 그러나 단 한 가지 받아들이지 않는 것이 있었는데, 그것은 손목시계를 차는 것으로 그 일 은 바보같이 보였기 때문에 모방하지 않았다.

국내에서도 적이 있었으므로 이제는 단단히 경계를 해야만 했다. 산호세에서 는 간첩 소동이 일어났는데, 샐리너스도 점점 커가는 도시라서 이에 뒤떨어지지 는 않을 듯 싶었다.

20여년 간을 샐리너스에서 양복점을 운영하던 펜첼이라는 사람이 있었다. 키 가 작고 뚱뚱한 그는 누구라도 말소리를 들으면 웃지 않고 못배길 정도의 사투 리로 사람들을 웃겼다. 그는 앨리살 가에 작은 양복점을 경영하고 있었는데, 하 루 종일 테이블에 다리를 걸고 앉아서 보냈다. 저녁이 되면 그는 그곳에서 멀리 떨어진 자기 집까지 걸어서 돌아갔다. 그는 늘 자기 집과 울타리에 흰 페인트 칠 을 했다. 전쟁 전에는 그 사람의 심한 사투리를 귀담아 듣는 사람이 없었다. 그 러나 우리들은 어느 날 그가 쓰는 사투리가 바로 독일 사투리임을 알게 되었다. 그는 우리와 개인적으로 친분이 있던 독일인이었다. 그는 파산할 정도로 재산을 털어 공채를 샀지만 모두 쓸데없는 일이었다. 모든 사람이 자기 신분을 감추려 는 얄팍한 수작으로만 보았다.

향토 방위에도 그를 받아들이지 않았다. 간첩의 샐리너스 방어 비밀 계획 탐 지를 바라는 사람은 없었다. 적이 만든 군복을 입고 싶어 할 사람은 단 한 명도 없었다. 펜첼 씨는 할 일이 없어 하루 종일 멍청하게 앉아 있었다. 그는 옷 한 벌 을 꿰맸다가 뜯고 다시 꿰맸다가 또 뜯곤 했다.

우리는 그에게 잔인하게 행동했다. 그는 우리 동네 사는 독일인이었다. 그는 매일 우리 집 앞을 지나갔다. 얼마 전까지만 해도 그는 모든 주민들에게 아니 개 새끼에게까지 말을 건네면 대꾸해 주던 때가 있었다. 그러나 지금은 그 누구도 그에게 말을 붙이지 않았다. 지금도 내 눈에는 공허한 그의 눈빛과 상처받은 자 만심이 가득한 얼굴이 선하게 떠오른다.

나와 누이동생도 그에게 짓궂은 짓을 많이 했다. 지금 생각하면 땀이 흐르고 목이 죄어 오는 수치스러운 일이다. 우리가 앞뜰 잔디밭에 있을 때 그가 걸어오고 있었다. 그는 검정 중절모를 단정히 쓰고 뒤뚱거리며 걸어왔다. 우리는 계획을 세운 것도 아닌데 손발이 착착 맞았다.

그가 가까이 오자 우리 남매는 천천히 걸어나갔다. 펜첼 씨는 고개를 들어 우리가 다가오는 것을 쳐다보았다. 우리는 차도와 인도 중간의 도랑 앞에 서 있었다.

펜첼 씨는 웃으면서 말했다.

「존, 안녕! 메리, 안녕!」

우리는 꼼짝도 하지 않고 서서 합창하듯 소리쳤다.

「카이젤 만세!」

지금도 그가 질겁을 하던 모습이 눈에 선하다. 그는 무슨 말인가를 하려다 못하고 그만 울음을 터뜨렸다. 그는 눈물을 감추려고도 하지 않았다. 그는 흐느끼면서 슬피 울었다. 우리는 그런 다음 태연히 돌아서서 우리 집 마당으로 돌아왔다. 그러자 우리는 두려움이 엄습해 왔다. 지금도 그 일만 생각하면 무서운 생각이 들곤 한다.

우리는 그때 너무 어렸기 때문에 펜첼 씨를 멋지게 골탕먹일 수는 없었다. 그러려면 장정 삼십 명이 필요했을 것이다. 어느 토요일 밤 장정 삼십 여명이 술집에 모여 『으쌰! 으쌰』하는 구호를 부르며 센트럴 애비뉴로 행진했다. 그들은 펜첼 씨의 흰 나무 울타리를 부수고 들어가서 그 집의 앞면을 불태웠다. 카이젤을 신봉하는 개새끼를 그냥 두면 안 된다는 것이었다. 그런 후 샐리너스는 산호세에 대해 떳떳이 고개를 들 수 있었다.

이 일이 도화선이 되어 와트슨빌도 꽤나 분주해졌다. 그들은 폴란드인을 독일인으로 잘못 알고 몸에 타르를 칠하고 온갖 행패를 마구 부렸다. 그도 물론 사투리를 썼었다.

우리 샐리너스 주민들도 전쟁중에 벌어지는 일을 빠짐없이 전부 했다. 좋은 소식이 들리면 기쁨의 함성을 질렀고, 나쁜 소식이 들리면 공포에 떨었다. 누구나 비밀을 갖고 있었는데 그것을 비밀로 간직하기 위해 각색을 해서 소문을 퍼뜨렸다. 생활 양식도 많이 변했고 임금과 물건값도 껑충 뛰어 버렸다. 가뭄이 오리라는 소문이 돌아 저마다 곡식을 사서 쌓아 놓았다. 정숙한 부인도 토마토 통조림 한 통을 놓고 아귀다툼을 벌였다.

그러나 모두 치사하고 더러운 것만은 아니었다. 영웅적인 행위도 있었는데, 군대를 가지 않아도 될 사람이 군에 입대를 했고, 도덕적·종교적 이유 때문에 전쟁을 반대하는 사람들이 법대로 수난을 당했다. 이번 전쟁이 마지막 전쟁이며 이 전쟁에서 승리해야만, 살에 박힌 가시를 빼내듯이 이 세상의 전쟁이 종지부를 찍게 된다고 판단하여 전 재산을 공물로 바친 사람도 있었다.

　전쟁에서의 죽음은 위엄이 전혀 없다. 대개의 경우, 죽음도 인간의 육체와 피가 산산이 부서지는 것일 뿐 결과는 비참한 것이다. 전사 소식을 알리는 전보 한 통이 가족에게 주는 슬픔과 절망과 비애는 위대하고 감미롭기까지 한 위엄이 있었다. 그들은 할 말이나 할 일이 없다. 그저 단 한 가지 희망이 있다면 전사할 때 고통이나 겪지 않고 죽었으면 하는 희망뿐이었다. 이 얼마나 외롭고 쓸쓸한 희망이란 말인가. 슬픔이 가시기 시작하자 가족을 잃었다는 사실을 자랑으로 삼는 사람도 생겼다. 더러는 전쟁이 끝난 후 이것을 이용하려는 사람들도 있었다. 이것은 어쩌면 당연한 일인지도 모른다. 돈을 벌려는 사람은 전쟁 중에도 자연스럽게 행동했다. 돈을 벌었다고 비난할 사람은 없었다. 그런 사람은 벌고 남은 돈의 일부를 전쟁 공채에 투자해야 한다는 생각을 하고 있었다. 샐리너스에 사는 우리는 그 전부를 투자하고 슬픔까지 모두 바쳤다고 생각했다.

제 47 장

1

　레이노드 과자점 옆에 위치한 트래스크 집에는 리와 아담이 서부 전선의 지도를 걸어 놓고 있었다. 그 지도에는 색색 핀으로 전선이 구불구불 표시되어 있었다. 그들은 그 지도를 보면서 참전 기분을 느꼈다. 켈리 씨가 사망한 다음 트래스크 씨는 징병위원이 되었다. 트래스크는 그 일에 적합한 인물이었다. 그는 이제 제빙 공장에서 오랜 시간을 보낼 필요도 없었다. 군대 생활을 잘 해냈으며 무엇보다 명예로운 제대를 했기 때문이었다.

　아담 트래스크가 겪은 전쟁은 기동훈련과 학살뿐이었던 작은 전쟁이지만 그래도 전쟁을 치루어 본 경험자였다. 그뿐 아니라 트래스크는 규칙이 왜곡된 세상도 경험했다. 그때는 인간이 가능한 많은 인간을 죽여도 되었다. 아담은 그 전쟁이 잘 기억나지는 않았지만 기억 속에서 몇 가지 지워지지 않는 영상이 있었다. 한 사병의 얼굴, 산더미같이 쌓여 불타는 시체, 빨리 걸을 때 덜컥거리는 칼집 소리, 불규칙하게 고막을 울리는 칼빈총 소리, 밤 하늘에 울려 퍼지는 싸늘한 나팔 소리, 그러나 아담이 기억 속에 남아 있는 이런 영상은 모두 동결되어 있었다. 이런 모습에는 잘 그려지지 않은 삽화처럼 율동이나 감정이 전혀 없었다.

아담은 열심히, 그리고 정직하게 일했다. 그러나 그는 자기가 입대시킨 젊은 이들이 사형 선고를 받은 것과 같다는 생각을 하니 슬프기 그지없었다. 그는 자신이 약하기 때문에 더욱 근엄하고 엄격하게 일했다. 그는 변명이나 어정쩡한 불합격은 용납하지 않았다. 그는 서류를 집에까지 가지고 가서 일했고, 직접 부모를 찾아다니며 하지 않아도 될 일까지 했다. 아담은 교수형을 싫어하면서 교수형을 내리는 판사와 같았다.

헨리 스텐튼은 아담이 점점 수척해지고 과묵해지는 모습을 곁에서 지켜 보았다. 그는 농담을 좋아하는 사람으로, 침울한 사람과 사귀면 자기 자신도 마음이 언짢았다.

그는 아담을 볼 때마다 말했다.

「마음을 편안히 갖게, 왜 혼자서 전쟁의 짐을 짊어지려는 거지? 그건 결코 자네 혼자의 책임이 아니란 말야. 규칙이 있으니 그 규칙에 따르면 되는 거야. 당신이 전쟁을 이끌고 가는 건 아니야.」

아담은 오후의 따가운 햇살이 비치지 않게 차일대를 내리고 책상에 비치는 빛을 쳐다보았다.

「알고 있어. 그건 나도 알고 있네. 그렇지만 적부의 심사를 해야 할 때는 괴로워서 견딜 수가 없어. 켄달 판사의 아들을 합격시켜서 군대에 보냈더니 훈련 도중 죽고 말았지.」

「그건 당신 책임이 아니오. 저녁에 술이라도 마시고 영화 구경도 좀 가고 해. 그런 뒤에 잠을 푹 자도록 해.」

헨리는 조끼 주머니에 엄지손가락을 꽂고 의자에 등을 기댔다.

「이왕 말이 나왔으니 말이지만, 자네가 아무리 걱정을 해도 입대 후보 장정들에겐 아무 도움도 되질 않아. 나 같으면 빼놓을 장정도 자네는 입대시키더군 그래.」

아담이 고개를 끄덕였다.

「그건 나도 알아. 이 전쟁이 언제나 끝날까?」

헨리는 아담을 찬찬히 살펴보고 조끼 주머니에서 연필을 꺼내 끝에 붙은 고무로 자기의 앞니를 비비며 말했다.

「자네의 말 뜻은 알겠네.」

아담은 깜짝놀라서 그를 쳐다보았다.

「내 말 뜻이 뭔데?」

「화내지 말게. 전에는 내가 딸만 있는 게 다행이라고 생각해 본 적이 없었는데 요즘은 천만 다행이라고 생각하네.」

아담은 책상에 비친 차일대의 그림자를 둘째손가락으로 짚으면서 말했다.

「그래도 당신은 정말 행운인 줄 아시오. 당신 아들들이 징집되기까지는 한참 있어야 하니까요.」

「그건 그렇지.」

아담의 손가락 끝이 햇살 줄기 속으로 들어갔다가 서서히 빠져 나왔다.

헨리가 천천히 말했다.

「나 같으면…….」

「무슨 얘기를 하려는 거지?」

「내 아들을 입대시켜야 될 경우 기분이 어떨까 생각했어.」

「그렇다면 나는 사직할 거야.」

「그렇지, 무슨 뜻인지 나도 알아 입대시키고 싶지 않은 게 당연하지. 자기 아들이니까.」

「아냐, 내 말은 그게 아냐. 아들을 입대시켜야 하니까 사직한다는 거야. 자기 아들이라고 군대에 보내지 않을 수는 없지.」

헨리도 주먹을 테이블 위에 올려놓았다. 그는 심각한 얼굴로 말했다.

「그래, 그게 옳은 얘기지. 군대에 내보내지 않을 수는 없지.」

헨리는 농담을 좋아하기 때문에 심각한 얘기가 나오면 피했다. 그는 심각과 슬픔을 곧잘 혼동했다.

「아론은 스탠포드에서 잘 지내나?」

「잘 지내지. 편지를 보니 힘들어 하는 것 같지만 그래도 잘 해내겠지. 추수감사절에 집에 온다고 하더군.」

「보고 싶군. 어젯밤에 길에서 카알을 만났지. 머리가 참 좋은 녀석이야.」

아담이 그에게 말했다.

「카알은 1년 앞서 대학 시험을 치르진 못했어.」

「그게 적성에 맞지 않나 보군. 나도 대학에 다니지는 않았으니까. 당신은 어땠죠?」

아담이 그에게 대답했다.

「나도 입대하느라고 대학에 들어가지 않았지.」

「그것도 좋은 경험이지. 그 경험을 자진해서 하지는 않았겠지.」

아담은 천천히 일어나서 벽의 사슴 뿔에서 모자를 집어 들고 말했다.

「헨리, 그럼 나 먼저 가겠네.」

572

아담은 집으로 돌아오는 길에 책임 문제에 대해 깊이 생각했다. 레이노드 제과점 앞을 지나갈 때 리가 프렌치 식빵 덩어리를 들고 나왔다.

리가 아담에게 말했다.

「생강빵이 먹고 싶어서요.」

「생강빵은 스테이크를 곁들여 먹어야 맛있지.」

「스테이크도 준비했어요. 편지 오지 않았나요?」

「참, 우체함을 보고 오지 않았군.」

두 사람은 함께 집으로 들어갔다. 리는 부엌으로 갔고, 잠시 후 아담이 뒤따라와서 식탁에 앉았다.

「리, 내가 젊은이를 입대시켰는데, 그가 전사하면 내 책임일까?」

「계속해 보세요. 끝까지 들어야 판단이 서죠.」

「입대 판정을 내리기가 좀 어려운 젊은이를 군대에 보냈는데 그 청년이 죽었단 말야.」

「책임이 문제가 되나요. 비난이 문젠가요?」

「난 누구의 비난도 받기는 싫어.」

「어쩌면 책임이 더 괴로울 수도 있죠. 책임에는 기분 좋은 자기 의사가 따르지 않으니까요.」

「언젠가 사무엘 해밀튼과 나와 자네가 단어 하나 때문에 오랜 시간 토론하던 때가 생각났어. 그 단어가 뭐였지?」

「아, 그건 팀셸이었습니다.」

「그래 그거야. 그리고 자네가 또…….」

「네, 그 단어는 인간의 위대함이 내포되어 있다고 했죠.」

「사무엘도 그 말을 좋아했어.」

「그는 그 말이 자유스럽다고 생각했죠. 그 말이 다른 사람과 구별되는 한 인간이 되는 권리를 그에게 준 셈이니까요.」

「그건 외로운 이야기지.」

「위대하고 귀중한 건 모두 외로운 거죠.」

「그 말이 무엇이라고?」

「네, 팀셸이에요. 무엇을 해도 좋다는 뜻이죠.」

3

　아담은 어서 추수감사절이 되어 아론이 집에 돌아오기를 기다렸다. 아담은 그가 집을 떠난 지 얼마 지나지 않았는데도 아론의 모습을 잊고 자기 마음대로 그 모습을 그려 보았다. 인간은 누구를 막론하고 사랑하는 사람을 마음대로 그려보는 것이다. 아담은 아론이 떠난 후 집안이 조용한 것도 아론 탓이고, 괴로운 일만 생겨도 모두 아론이 집에 없기 때문이라고 생각했다. 아담은 누구나 붙잡고 아론을 자랑했다. 관심도 없는 사람에게도 아론이 똑똑하며, 일년을 월반했다고 자랑했다. 그래서 그는 아론의 노고를 치하하기 위해 추수감사절에 멋진 파티를 열어 주어야겠다고 생각했다.

　아론은 스탠포드 대학이 있는 팔로앨토의 가구 달린 방을 얻어서 살면서 학교까지 일 마일을 매일 걸어서 다녔다. 그는 대학에 막연한 기대를 걸었으나 그 아름다운 기대는 무너지고 그저 따분한 일과가 기다릴 뿐이었다. 아론은 눈빛이 영롱한 청년과 순결한 여대생들이 정장을 입고 저녁이면 숲이 우거진 언덕 위의 전당으로 모여드는 아름다운 모습을 기대했다. 아론은 그 남녀 대학생들의 얼굴이 밝게 빛나며 그들의 우렁찬 목소리는 합창으로 번져나갈 것을 기대했다. 그는 자기가 어떻게 이런 학원 생활의 이미지를 갖게 되었는지 알지 못했다. 어쩌면 단테의 〈지옥편〉을 그린 화가 도레의 삽화로부터 그런 이미지를 갖게 되었을지도 모른다. 그랜드 스탠포드 대학은 아론이 갖고 있던 이미지와는 전혀 달랐다. 목초 벌판 한가운데에 갈색의 석조 건물이 사방으로 늘어서 있었다. 교회의 전면은 이탈리아 식 모자이크로 되어 있었고, 교실은 니스칠을 한 송판으로 되어 있었다. 투쟁과 분노의 위대한 세계가 여러 대학생 클럽의 흥망 속에 재연되었다. 빛나는 천사로 생각했던 학생들은 지저분한 골덴 바지를 입었으며, 더러는 공부에 시달리는 학생도 있고, 어른들의 나쁜 행동을 슬며시 배우는 학생도 있었다.

　가정을 애틋하게 느끼지 못했던 아론이었지만, 그래도 집이 못견디게 그리웠다. 아론은 그 고장 생활을 알려고도 하지 않았고, 그 안에 들어가려고도 하지 않았다. 학교 재학생들이 떠들고 법석거리며 소란을 피우는 것은 당연한 일이었지만 그는 끔찍하게 생각했다. 그가 꿈꾸던 세계와는 너무나 거리가 멀었기 때문이었다. 그는 학교 기숙사에서 나와 멋없는 셋방을 얻어 그곳에서 새로운 꿈을 키우기 시작했다. 그는 그 울적한 은신처에서 대학과는 정을 끊고, 학교에 갔다 돌아와서는 다시 또다른 꿈을 키워 나갔다. 레이노드 제과점 옆의 집은 따스하고 정다운 집이었으며 리는 이상적인 친구요, 조언자였다. 그에게는 침착하고 미더운 신 같은 인물인 아버지와 쾌활하고 똑똑한 동생, 그리고 에이브라가 있다. 아론은 멋대로 그녀를 만들어냈고 그녀를 연모했다. 밤마다 공부를 끝내고는 에이브라에게 편지를 썼다. 매일 같이 목욕을 하듯 그것은 일종의 버릇이 되어 있었다. 그는 에이브라를 더욱 아름답고 순결한 여인으로 연모하고 자기 자신은 나쁜 놈이라고 인식하며 더욱 큰 기쁨을 느끼며 지냈다. 그는 매일 흥분된 태도로 에이브라에게 자기가 못났다는 말을 길게 늘어놓은 뒤에야, 마치 성교를 끝낸 후련한 남자처럼 편안히 잠을 잤다. 아론은 자기의 죄스러운 생각을 모두 편지에 적고 이렇게 해서는 안 되겠다고 생각했다. 결국에는 그리움이 절절히 담긴 연애 편지가 되었다. 에이브라는 그런 편지를 읽고는 불안해 했다. 그녀는 아론의 성 관념이 왜 비정상적인 길로 들어섰는지를 이해하지 못했다.

그는 한 가지 실수를 범했다. 그는 과오는 인정할 수 있었으나 반복할 수는 없었다. 그는 그래서 결심을 했다. 추수감사절에 집으로 돌아가자, 그러면 자신을 확인할 수 있을 것이다. 그는 다시 대학에 돌아올 것 같지가 않았다. 언젠가 에이브라가 농장에서 살자고 했던 말이 떠올랐다. 이제 그것은 아론의 꿈이 되었다. 큼직한 참나무, 신선한 공기, 쑥냄새와 함께 언덕에서 불어오는 바람, 바람에 흔들거리는 참나무 잎, 일을 끝내고 돌아가는 그를 기다려 주는 에이브라가 꿈을 꾸듯 보였다. 그는 하루 일을 끝내고 나서는 작은 골짜기로 하여금 속세를 차단시킨 그곳에서 평화롭게 지낼 것이다. 그곳에서는 추악함과 속세를 등지고 살 수 있을 것이다. 저녁이 되면······.

제 48 장

1

11월도 다 갈 무렵 포주 니거가 세상을 떠났다. 유언에 따라 간소한 장례식이 거행되었다. 그녀의 시체는 은박으로 장식한 흑단 관에 안치되어 뮬러 장의사 회당에 안치되었다. 관의 네 귀퉁이에는 촛불이 네 개 켜져 있고, 촛불에 비쳐진 그녀의 야위고 억센 얼굴은 더욱 근엄해 보였다.

키가 작은 그녀의 흑인 남편이 시체 오른쪽 어깨 옆에 고양이처럼 웅크린 채 앉아서 여러 시간 동안 꼼짝도 하지 않고 있었다. 그녀의 유언대로 꽃도 의식도, 그리고 설교도 애도도 없이 낯선 사람들만 슬며시 들여다보곤 갔다. 그들은 변호사·노동자·사무원·은행가들로 대개가 중년이 넘은 인물들이었다. 그 집의 여자들은 한 명씩 차례대로 들어가 예의를 차리고 명복을 빌면서 시체를 들여다본 뒤 나갔다.

인간의 회생만큼이나 해롭고 절망적이며 암울하고 치명적이던 성의 명물이 이제 샐리너스에서 사라진 셈이다. 제니의 집에서는 여전히 값싼 술과 흐드러진 웃음이 넘칠 것이다. 그리고 케이트의 집에서는 기를 써서 사내들을 황홀경으로 몰아 넣고 진을 빼 버릴 것이다. 그러나 이제 은은히고 신비로웠던 포주 마님은 영원히 세상을 떠난 것이다.

유언대로 장례식에는 영구차와 자동차 한 대만 동원되었다. 왜소하고 검은 얼굴의 남자가 뒷자리에 쭈그린 채 앉아서 갔다. 잔뜩 흐린 날씨였다. 뮬러의 집 례대로 기름 칠한 윈치로 관이 차에서 내려지자 영구차는 떠났다. 남편이 직접 삽으로 구덩이를 메웠다. 일백 미터 가량 떨어진 곳에 풀을 베던 관리인은 바람을 타고 들려 오는 통곡 소리를 들을 수 있었다.

조우 발레리는 〈올빼미 주점〉에서 버치 비버스와 맥주를 마시다가 그와 함께 니거를 보러 갔다. 비버스는 타버네티스를 사려고 얼굴이 흰 헤리퍼드 소를 경매에 붙이러 내티비대드에 가야 하므로 서둘렀다.

조우는 빈소에서 나오다 앨프를 만났다. 그는 구시대의 인물로 제정신이 아니었다. 앨프는 닥치는 대로 무슨 일이나 가리지 않고 일했다. 목수·땜장이·대장장이·전기공·미장이·가위 같이·구두 수선 등 못 하는 일이 없었다. 무슨 일이나 가리지 않고 일했지만 그는 언제나 가난했다. 그는 누구의 일이나 처음부터 끝까지 모르는 것이 없었다.

모든 가정에 드나들면서 모든 잡담에 접할 수 있었던 사람 중에는 두 종류의 사람이 있는데, 그 한 종류는 침모였고, 다른 한 종류는 잡역부였다. 앨프는 중앙로 양쪽에 사는 모든 사람의 형편을 빠짐없이 알고 있었다. 그는 심술궂은 떠벌이에다 지치지 않는 호기심에 차 있었고, 악의가 없으면서도 심술이 대단했다.

그는 조우를 보자 아는 척을 하려고 했다.

「난 자네에 대해 잘 아네. 말하지 말아, 내가 알아맞혀 볼 테니.」

조우는 그를 슬슬 피했다. 그는 자기를 알고 있는 사람은 언제나 경계했다.

「가만 있자. 그래 알겠다, 알겠어. 케이트네 집이야. 맞지, 케이트네 집에 있지?」

조우는 안도의 숨을 내쉬었다. 순간적으로 앨프가 자신의 과거를 아는 것이 아닌가 하여 긴장했던 것이다.

그는 짧게 대답했다.

「맞아요.」

「나는 한 번 본 사람은 결코 잊지 않지. 내가 케이트네 본채에다 곁방을 지을 때 자네를 보았어. 그런데 왜 창문이 없는 그런 방을 지었을까?」

조우가 그에게 말했다.

「눈이 아프기 때문에 어두운 방을 원한 거죠.」

앨프는 누가 말을 하든지 간단한 이야기를 신뢰하지 않았다. 누구라도 그에게 아침 인사를 하면 그는 그 인사를 그대로 받아들이지 않고 무슨 암호로 생각할 정도였다. 그는 인간은 모두 비밀을 간직하고 살며 자신은 그 비밀을 알아낼 수 있다고 확신했다.

그는 뮬러 장의사를 향해 고개를 돌리고 말했다.

「바로 이게 이정표야. 옛 사람은 모두 세상을 떠났지. 제니만 가면 모두 가는 거야. 제니도 멀지 않았어.」

조우는 불안해서 그로부터 도망치고 싶었다. 눈치빠른 앨프도 그것을 눈치챘다. 그는 자기에게서 도망치려는 사람을 요리하는 데는 이골이 난 사람이었다. 어쩌면 그러기 때문에 그의 이야기 보따리가 가득 채워졌는지도 모르겠다. 사람이 다른 사람에 대해 재미있는 이야기를 듣게 되면 절대로 자리를 뜨지 못한다. 세상 사람 중 타인의 이야기를 싫어하는 사람은 없는 법이다. 앨프의 솜씨는 그를 좋아하지 않는 사람도 그의 이야기를 듣게 만들었다. 그는 조우가 어서 도망치고 싶어하는 것을 깨닫고 있었다. 그러고 보니 그는 최근에 케이트네 집에 대한 소식을 그다지 알고 있지 않았다. 옛날의 이야기를 해주고 최근의 이야기를 좀 들어야겠다고 그는 생각했다.

「옛날에는 정말 좋았어, 자네가 어렸을 때이긴 하지만.」

이번에는 조우가 말했다.

「누구를 좀 만나야겠군요.」

그러자 앨프는 그 말은 못 들은 척했다.

「페이도 그렇지. 그 여자도 참 좋은 여자였지.」

앨프는 갑자기 무슨 생각이 났는지 한 마디 덧붙였다.

「케이트의 옛 주인은 페이였지. 그건 자네도 알지. 케이트가 어떻게 그 집 주인이 됐는지 나는 알지. 그 사실을 아는 사람은 없을 거야. 묘한 일이지. 케이트를 의심하는 사람도 더러 있었어.」

앨프는 조우가 만나려는 사람이 한참 동안 기다릴 것을 생각하니 흐뭇했다.

조우가 그에게 물었다.

「의심하는 사람도 있다니 그게 무슨 말이죠?」

「사람들이 말하는 것이 엉뚱한 것일 수도 있다는 것을 알지? 그렇지만 재미있는 이야기지.」

조우가 한 가지 제안을 했다.

「맥주 한 잔 마실래요?」

앨프가 기쁜 듯이 말했다.

「그거 좋지. 어떤 사람은 장례식을 끝내고 침실로 들어가기도 한다지만 나는 이제 그리 젊지가 않아. 나는 장례식에서 돌아오면 목이 마르지. 니거는 대단했어. 니거 이야기는 얼마든지 해줄 수 있어. 내가 그 여자를 안 지도 벌써 삼십 오 년이 되는군. 아니 삼십 칠 년이 됐어.」

조우가 그에게 물었다.

「페이가 누구죠?」

두 사람은 그리핀 주점으로 들어갔다. 그리핀은 술을 지독히 싫어해서 주정뱅이는 정말로 싫어했다. 그러면서도 그는 중심가에서 그리핀 주점을 하고 있었다. 그는 토요일 저녁이 되면 웬만큼 술을 많이 마신 삼십 명의 손님에게는 더 이상 술을 팔지 않았다. 그래서 그는 조용하고 질서 있는 술집을 운영할 수 있었다. 그리핀 주점이야말로 누구에게도 방해를 받지 않고 거래를 할 수 있고, 대화를 나눌 수 있는 곳이었다.

조우와 앨프는 뒷자석에 앉아서 맥주를 세 병씩 마셨다. 그와 술을 마시면서 조우는 사실인 것과 사실이 아닌 것, 근거가 있는 것과 없는 것, 심지어는 추악한 추측까지 들을 수 있었다. 이야기를 듣고 있자니 모든 것이 뒤얽혀 엉망진창이었다. 그러나 명확한 것은 페이의 죽음에는 의혹이 있다는 것이었다. 케이트는 아담 트래스크의 부인일 가능성도 있다. 그러나 그 생각은 곧 감추었다. 트래스크가 보복을 하려고 생각할지도 모르니까. 페이의 문제는 아주 중대한 문제라서 섣불리 손을 댈 수가 없었다. 조우는 그 문제에 대해서 혼자서 생각을 해야만, 했다.

두서너 시간이 흐르자 앨프는 조우가 맞장구를 쳐주지 않아서 기분이 나빴다. 조우는 한 가지라도 이야깃거리를 입밖에 내지 않았다. 앨프는 입을 다물고 있는 이 친구는 무엇을 은밀히 감추고 있다고 생각했다. 이런 작자와 누가 거래를 하겠는가?

앨프는 마지막으로 말했다.

「그래도 나는 케이트가 좋아. 가끔 일도 시켜 주고, 돈도 두둑히 빨리 주니까. 어쩌면 그 여자에 대한 소문이 모두 아무것도 아닌지 모르지. 케이트는 정말 냉정한 여자야. 참, 케이트는 정말 눈이 나쁜 건가?」

그러자 조우가 나섰다.

「나는 케이트 마담과 잘 지낸답니다.」

조우의 성의없는 대답에 앨프는 그만 화가 나서 한 마디 톡 쏘았다.

「난 우스운 생각이 들었지. 내가 창이 없는 방을 지을 때, 그 여자가 나를 쳐다볼 때 이런 생각이 들었어. 만일 내가 그런 소문을 모두 안다는 것을 그녀가 알고서도 내게 술 한 잔이나 과자를 먹으라고 하면 나는 절대로 먹지 않겠다고 생각했지.」

조우는 재차 말했다.

「나는 마담과 잘 지내고 있죠. 이제 그만 누구를 만나러 가야겠어요.」

조우는 집으로 돌아와 방에서 생각했다. 웬일인지 불안한 생각이 들었다. 그는 일어나서 가방을 열어 보고, 서랍을 열어 보고 나서 누군가 뒤졌다는 생각이 들었다. 흔적이 있는 것은 아니었지만 막연히 그런 생각이 들었을 뿐이다. 그래서 조우는 더욱 불안해졌다. 그는 들은 이야기를 정리해 보려고 노력했다.

그때 노크 소리가 들리더니, 눈이 팅팅 붓고 코가 빨개진 텔마가 들어왔다.

「케이트는 어떻게 된 거지?」

「요즘 아프지.」

「그런 말이 아냐. 내가 부엌에서 밀크 세이크를 병에 넣고 흔드는데 그 여자가 들어와서 나를 때리잖아.」

「술이라도 탔나?」

「천만에. 난 바닐라 향료만 넣었어. 그런데 나한테 왜 욕을 하는 거지?」

「지난 일이잖아.」

「가만 있지 않을 거야.」

「가만 두지 않으면 어떡해. 텔마, 그만 나가 봐!」

텔마는 검고 예쁜 눈으로 그를 쳐다보았다. 그녀가 물었다.

「조우, 정말 그렇게 충견처럼 굴거야. 아니면 그런 척하는 거야?」

조우가 그녀에게 반문했다.

「뭐가 걱정이지?」

텔마가 거칠게 한 마디 했다.

「난 아무래도 좋아. 이 개새끼야!」

2

　조우는 심사숙고한 다음, 천천히 그리고 신중히 행동하기로 계획했다. 그는 마음속으로『행운이 앞에 있으니 꼭 잡아야지.』하고 스스로 다짐했다.

　조우는 케이트의 방에 들어가서 그녀의 등 뒤에서 지시를 받았다. 케이트는 녹색 보안경을 내려 쓰고 책상 앞에 앉아 그를 본 척도 하지 않았다. 그녀는 짧게 지시를 하고 나서 말했다.

　「조우, 요즘 일을 제대로 하고 있는 건가? 난 그동안 아팠지만 이제 다 나았어.」

　「잘못된 게 있나요?」

　「그런 것 같아. 텔마가 바닐라 향료를 먹는 것보다는 오히려 위스키를 타 먹는 게 더 좋겠어. 그야 술을 먹어서는 안 되지만 말야. 자네는 또 자주 빠져 나가고.」

　조우는 도망칠 궁리에 급급했다.

　「좀 바빴습니다.」

　「바빴다고?」

　「마담이 시킨 그 일을 하느라고요.」

　「그 일이 뭐지?」

　「에델 일이죠.」

　「에델에 대해선 잊어버려.」

　「알았습니다.」

　그러나 조우는 자기도 모르게 그만 말을 해 버렸다.

　「에델을 본 친구를 어제 만났어요.」

　만일 조우가 케이트의 성격을 몰랐다면 그는 잠시 간격을 두지 않았을 것이다. 어색한 십 초 정도의 침묵이 지나자 케이트는 나지막이 물었다.

　「어디서 만났지?」

　「여기서요.」

　그녀는 회전 의자를 천천히 돌려 조우를 마주 쳐다보았다.

　「자네에게 사정을 알리지 않고 일을 시켜서 이렇게 됐어. 잘못을 얘기한다는 건 어색한 일이지만 말해야겠군. 에델을 군 밖으로 내쫓은 게 나라는 것은 말할 필요도 없지. 나는 에델이 내게 무슨 짓을 저질렀다고 생각했어.」

　케이트는 침울한 목소리로 계속 말했다.

　「나중에 안 일이지만 그건 내 실수였지. 그 후에 계속 그 생각이 잊혀지지 않

아. 그 여자는 내게 아무짓도 하지 않았어. 그 여자를 찾아내서 보상이라도 해 주었으면 좋겠어. 그런 생각을 자네는 이상히 여기겠지?」

「아닙니다, 마담.」

「에델을 찾아 봐. 그 여자를 찾아 보상해 주면 내 기분도 좋아질 거야. 불쌍한 여자지.」

「네, 찾아보죠.」

「조우, 돈이 필요하면 서슴지 말고 얘기해. 에델을 찾으면 내 말을 전해 주고, 그녀가 여기 오기 싫다면 전화 연락이 되는 곳을 알아 봐. 돈이 필요하나?」

「아니, 지금은 필요 없어요. 그렇지만 더 자주 집을 비우게 될지도 모르겠는 데요.」

「알았어. 자, 이제 됐어.」

그는 자신을 껴안아 주고 싶었다. 그는 복도에서 자기 팔꿈치를 쥐어잡고 기쁨이 온몸에 퍼지는 것을 느꼈다. 조우는 자기가 계획한 대로 일이 실행된다는 생각을 하게 되었다. 그는 초저녁 속삭임이 나지막이 들리는 어둑한 거실을 지나갔다. 조우는 바람에 몰리는 구름 사이로 수많은 별이 빛나는 것을 쳐다보았다.

조우는 잔소리가 많던 아버지를 생각했다. 아버지가 하던 말이 새삼 떠올랐기 때문이었다.

『수프를 날라다 주는 사람을 조심해라.』

조우의 부친은 또 이런 말을 했다.

『수프를 매일 갖다 주는 여자를 생각해 보자. 그 여자는 무엇인가를 원하고 있는 것이다. 이 말을 명심하라.』

조우는 나직이 읊조려 보았다.

『수프를 갖다 주는 친절한 여자. 나는 마담이 그보다는 명석한 줄 알았지.』

조우는 그런 생각을 하면서 케이트의 말을 반복해 보았다. 그래 수프를 날라다 주는 사람. 그러자 그는 앨프의 말이 떠올랐다.

『만일 그 여자가 술이나 과자를 먹으라고 한다면 나는……』

3

케이트는 책상 앞에 앉아 있었다. 마당의 커다란 나무로 바람이 윙윙거리는 소리가 들려 왔다. 바람 소리나 컴컴함 속에도 그녀의 생각은 오직 에델뿐이었다. 뚱뚱하고 지저분한 에델이 해파리처럼 다가왔다. 그녀는 온몸이 권태감에 사로잡혔다.

그녀는 회색빛 골방에 들어가 문을 닫고 캄캄한 방에 앉아서, 손가락이 다시 아파 오는 통증을 느꼈다. 그녀의 관자놀이에서 맥박이 뛰었다. 그녀는 목에 매달린 약통에서, 체온으로 따스해진 캡슐을 꺼내 뺨에 대고 비비자 용기가 생겼다. 그녀는 세수를 하고 화장을 하고 나서 머리를 위로 빗어 올렸다. 그런 뒤에 복도로 가서 객실 문앞에 멈춰 서서 귀를 기울였다.

문 오른편에서 여자 두 명과 남자 한 명이 이야기를 나누고 있다가 그녀가 들어서자 중단해 버렸다. 케이트가 그 중 한 명에게 말했다.

「헬렌, 바쁘지 않으면 나 좀 보자.」

그녀는 케이트를 따라 복도를 거쳐 방으로 들어갔다. 헬렌이라는 여자는 금발 머리에 살갗은 상아 빛을 띠고 있는 여자였다.

헬렌은 잔뜩 겁을 집어먹고 말했다.

「마담, 왜 그러시죠?」

「아니, 별거 아냐. 니거 장례식에 갔었니?」

「가면 안 되나요?」

「안 되긴, 괜찮아. 갔었군 그래.」

「네.」

「장례식 애기 좀 해봐.」

「애기라뇨?」

「어땠나? 생각나는 대로.」

헬렌은 불안하게 말했다.

「글쎄, 무섭기도 하고 아름답기도 하고…….」

「그건 또 무슨 말이지?」

「글쎄, 왠지 그 장례식에는 꽃도 없고 아무것도 없더군요. 그러나 품위는 있더군요. 니거는 커다란 손잡이가 달린 나무 관 속에 누워 있었어요. 저는 적절한 표현을 하지 못하겠어요.」

「그러겠지. 니거는 어떤 옷을 입고 있었지?」

「옷이요?」

「그래, 옷을 입히지 않고 나체로 묻지는 않았을 거 아냐.」

헬렌은 기억해 내려는 모습이 역력했다.

「글쎄, 생각이 나지 않는군요.」

「장지에도 갔나?」

「아뇨, 장지에는 그 사람 이외에는 아무도 가지 않았어요.」

「그 사람은 누구지?」

「니거의 남편이요.」

케이트는 얼른 화제를 돌렸다.

「오늘밤 단골 손님 있니?」

「없어요. 내일이 추수감사절이잖아요. 손님이 뜸하겠죠.」

「잊어버렸었어. 그만 돌아가 봐.」

헬렌이 방을 나가자 케이트는 다시 불안한 얼굴로 책상 앞아 앉았다. 수도관 시설 명세서를 들여다보며 그녀는 왼손으로 목을 더듬어 목걸이 쇠줄을 만지작거렸다. 그녀는 그 줄을 만지면 위안과 안도감을 느낄 수 있었다.

제 49 장

1

리와 카알이 정거장에 나가겠다는 아담을 말렸다. 아론이 타고 올 기차는 샌프란시스코에서 로스앤젤레스까지 가는 〈종달새〉호였다.

카알이 말했다.

「에이브라를 혼자 나가라고 하세요. 아론은 그녀를 제일 처음 보고 싶어할 테니까요.」

「아론은 다른 사람은 나오지 않을 줄 알고 있으니까 우리가 나가든지 나가지 않든지 상관이 없어요.」

그러자 아담이 말했다.

「나는 아론이 기차에서 내리는 모습을 보고 싶어. 그애가 얼마나 많이 변했는지 보고 싶은 거야.」

이번에는 리가 말했다.

「여길 떠난 지 2,3개월밖에 되지 않았으니 그다지 변하지 않았을 거예요.」

「아니야. 듣고 본 게 많으니까 틀림없이 변했을 거야.」

그러자 카알이 말했다.

「아버지가 가신다면 우리도 가야 마땅하죠.」

아담이 근엄하게 말했다.

「그래, 넌 형이 보고 싶지 않단 말이니?」

「물론 보고 싶어요, 그렇지만 중요한 건 형이 나를 보고 싶어하지 않을 거란 말이에요.」

아담이 카알을 나무랐다.

「아냐, 네 형도 너를 보고 싶어할 거다. 형을 깎아내리는 말은 하지 마라.」

리는 손을 높이 들면서 말했다.

「그럼 모두 함께 가죠.」

아담이 리에게 말했다.

「생각해 보게. 아론은 새로운 것을 많이 알게 되었을 거야. 그래 말투도 변했을 거고. 동부의 학교는 학교마다 학생들이 다른 말을 쓴다지? 하버드 대학생과 프린스턴 대학생을 구별할 수가 있대. 나도 다른 사람에게 들은 이야기지만.」

리는 카알을 보고 웃으면서 말했다.

「스탠포드에서는 어떤 사투리를 쓰는지 잘 들어 봐야겠군요.」

그러나 아담은 하나도 우습지 않았다.

「아론 방에 과일을 갖다 놓았나? 아론은 과일을 좋아하지.」

리가 빨리 대답했다.

「배와 사과와 포도를 갖다 놓았어요.」

「그래 맞아, 아론은 포도를 좋아하지.」

아담이 너무 서둘렀기 때문에 모두 기차 시간보다 삼십 분이나 먼저 남태평양 철도 정거장에 도착했다. 에이브라도 이미 와서 기다리는 중이었다.

「내일 저녁 식사에 못 가겠어요. 아버지가 집에 있으라고 하셔서요. 가능하면 가도록 할께요.」

리가 그녀에게 말했다.

「좀 흥분했군.」

「아저씨도 그렇죠?」

「그래, 나도 그런 것 같아. 선로 위쪽을 쳐다봐. 파란 불이 켜지나 봐.」

기차 시간은 모든 사람에게 자랑거리와 근심거리이다. 선로 저쪽에서 신호등이 빨강에서 파랑으로 바뀌고 헤드라이트 불빛이 커브를 길게 비치다가 정거장을 환히 비치면 사람들은 시계를 쳐다보며 『정각이다!』라고 말했다.

그 말에는 자랑스러움과 위안이 내포되어 있었다. 우리에게는 1분, 1초가 소중하게 생각되었다. 인간의 활동이 점점 교차되고 통합됨에 따라 10분의 1초라는 것이 생기고, 100분의 1초가 중요해져서 새 명칭이 부여될 것이나, 그렇게만은 믿지 않는다. 언젠가는 『초라는 게 무슨 빌어먹을 시간이야. 시간 단위가 뭐가 나쁘단 말야.」라고 말할 날이 올지도 모른다. 그러나 시간을 세분해서 따지는 것은 어리석은 일이 아니다. 어떤 일이 너무 늦거나 빠르게 되면 그 주위의 모든 것이 파괴돼 버린다. 그것은 마치 잔잔한 호수에 던진 돌이 파문을 일으키는 것처럼 그 파문은 원을 이루며 밖으로 퍼져나간다.

〈종달새〉호는 멈출 생각이 없는 듯 급히 달려왔다. 기관차와 화물차가 여러 칸이 지난 후에서야 공기 제동기가 선로에 요란한 소리를 내며 기차가 멈췄다.

샐리너스 역에는 내리는 손님이 제법 많았다. 추수감사절에 고향을 찾는 사람들의 손에는 저마다 선물 상자가 들려져 있었다. 일이 분이 지나자 가족들은 아론이 어디 있는지 찾을 수 있었다. 아론이 보였는데, 약간 살이 찐 듯했다.

아론은 꼭대기가 평평하고 챙이 좁은 멋진 모자를 쓰고 있었다. 그는 가족을 보고 달려오느라고 모자를 벗어 들었다. 그의 빛나는 머리카락은 짧게 짤라서 곤두 서 있었고, 그의 눈빛은 빛났다. 가족들은 아론을 보고 기뻐서 웃었다.

아론은 가방을 내려놓고 에이브라를 껴안았다. 그녀를 내려놓은 후에 아담과 카알에게 두 손을 내밀고 다음에는 리의 양어깨를 꽉 껴안았다.

그들은 집으로 가는 도중에도 큰소리로 떠들었다.

「잘 있었어?」

「아주 좋아 보이는군.」

「에이브라, 참 예뻐졌어.」

「예뻐지긴, 그런데 왜 머리를 깎았지?」

「모두가 짧게 깎아서.」

「그러나 네 머리칼은 좋잖아.」

그들은 중심가로 들어가 한 블록 더 가서 모퉁이를 돌아 레이노드 제과점 앞을 지났다. 진열장 안에는 프랑스 빵이 가득 쌓여 있었는데 레이노드 부인이 밀가루 묻은 하얀 손을 흔들며 인사를 했다. 그들은 곧바로 집에 도착했다.

아담이 그에게 말했다.

「리, 커피 좀 줘.」

「떠나기 전에 준비해 두어서 지금 끓는 중이에요.」

그는 테이블에 미리 잔까지 준비해 두었다. 오랜만에 가족이 한자리에 둘러앉았다. 아론과 에이브라는 긴 위자에 앉고, 아담은 불빛이 비치는 안락 의자에 앉고, 리는 커피를 갖다 놓고, 카알은 복도로 통하는 문앞에 버티고 서 있었다. 잠시 침묵이 흘렀다. 인사를 하기에 너무 시간이 지났고, 다른 말을 하기에는 너무 이른 시간이었기 때문이었다.

아담이 먼저 아론에게 말했다.

「네 얘기를 좀 듣고 싶구나. 성적은 좋으냐?」

「다음 달에나 기말 시험을 칠 거예요.」

「그러냐? 너는 좋은 성적을 올릴 거다.」

아론의 얼굴에는 무엇인가를 참아내는 기색이 역력하게 나타났다.

아담이 그 표정을 보고 아론에게 말했다.

「너, 피곤한 거 같구나. 그럼, 이야기는 내일 하도록 하자.」

리가 그 말을 받았다.

「피곤해서가 아니라 혼자 있고 싶은 것일 거예요.」

그제서야 아담이 리에게 말했다.

「그래, 자네 생각은 어떤가? 그만 자러 갈까?」

그때 에이브라가 문제를 해결해 주었다.

「저는 여기 오래 있을 수 없어요. 아론, 집에 바래다 줄래? 그럼 내일 만나요.」

도중에 아론은 에이브라의 팔을 꼭 잡았다. 그는 몸을 부르르 떨며 말했다.

「서리가 내릴 것 같아.」

「돌아와 보니 기쁘지?」

「응, 정말 기뻐. 할 이야기가 아주 많아.」

「좋은 이야기야?」

「그럴지도 모르지. 네가 그렇게 생각해 주었으면 좋겠어.」

「심각하게 들리는군.」

「그래 좀 심각한 이야기야.」

「언제 돌아갈 거야?」

「일요일 밤까지는 있을 거야.」

「그럼 시간이 있군. 나도 할 말이 좀 있어. 내일도 있고 금요일과 토요일도 있고, 일요일 종일이 있지. 오늘 밤에는 집에 들렀다 가지 않아도 괜찮겠지?」

「왜?」

「이 다음에 말해 줄게.」

「아니, 난 지금 듣고 싶어.」

「아버지가 또 변덕이셔.」

「왜, 나를 싫어하시는 거야?」

「응. 그래서 내일 저녁 식사에 나는 참석할 수 없어. 그렇지만 집에서는 조금만 먹고 갈 테니까 리에게 내 몫도 남겨 두라고 말해 줘.」

아론은 기분이 좋지 않았다. 그녀의 팔을 잡은 그의 손에서 기운이 빠지고 아무 말도 하지 않는 것으로 보아, 그녀는 아론의 기분을 느낄 수 있었다. 그리고 얼굴을 쳐든 것을 보고 그것을 확인할 수 있었다.

「오늘 밤, 이런 말 하지 않을 걸 그랬나 봐.」

「아니, 해야 해. 에이브라, 사실대로 솔직히 말해. 넌 나와 함께 있고 싶은 거니?」

「그럼, 있고 싶지.」

아론은 현관 앞에서 가볍게 키스를 해주고 떠났다. 에이브라는 기분이 나빴다. 자기 부탁대로 아론은 떠났지만, 그가 너무 순순히 물러가는 게 서운하게 생각되었다. 자기가 부탁해 놓고 부탁을 들어 주니까 서운해 하는 자신을 생각하며 쓰디쓰게 웃었다. 아론이 한길 모퉁이 가로등 불빛 속을 뚜벅뚜벅 걸어가는 그 모습을 바라다보면서 그녀는 『내가 미친 게 아닌가. 왜 자꾸 공연한 생각을 하지?』하고 마음속으로 생각했다.

2

아론은 가족들에게 저녁 인사를 하고 침실로 들어왔다. 그는 침대 가장자리에 앉아 무릎 사이로 깍지 낀 자기 두 손을 내려다보았다. 그는 자신에 대한 아버지의 기대, 그 기대는 솜털 속의 새알처럼 자신이 그 속에 휩싸여 꼼짝달싹도 할 수 없음을 깨달았다. 그는 좌절했고 무력감에 깊이 빠졌다. 그 부드럽게 집요한 위력에서 벗어날 힘이 정말 자신에게 있는지 생각해 보았다. 그러나 생각하면 할수록 머리가 어지러웠다. 그는 집안의 기온이 너무 냉냉해서 몸서리를 쳤다. 그는 일어나서 가만히 문을 열었다. 카알의 방문 밑으로 불빛이 새어 나왔다. 그는 방문을 두드린 후 대답도 기다리지 않고 들어갔다.

카알은 새 책상 앞에 앉아서 셀로판 종이와 빨강 리본 뭉치를 들고 무엇인가를 하다가, 아론이 방안에 들어서자 재빨리 그것을 보이지 않게 덮어 버렸다.

아론이 웃으며 물었다.

「선물이니?」

「응.」

카알은 짤막하게 대답할 뿐, 그 이상 아무 말도 하지 않았다.

「얘기할 시간 좀 있니?」

「물론, 들어와. 조용히 이야기하지. 소리가 나면 아버지가 오실 거야.」

아론은 침대에 앉았으나 한동안 입을 다문 채 아무 말도 하지 않았다.

먼저 카알이 그에게 물었다.

「무슨 일이지? 문제가 생긴 거야?」

「문제는 무슨. 그냥 너와 말하고 싶어서 그래. 나는 대학에서 공부를 계속하기 싫어.」

카알은 머리를 홱 돌리며 물었다.

「공부를 계속하기 싫다고?」

「단지 하기 싫을 뿐이야.」

「아버지께 말씀드리지 않았지? 그 얘기 들으면 실망하실 거야. 그건 아버지 기대에 어긋나는 거니까. 뭘 하려고 그러는 거지?」

「농장을 맡아 보았으면 좋겠어.」

「그럼 에이브라는 어쩌고?」

「오래 전에 그랬지만, 에이브라도 그러는 게 좋다고 그랬어.」

「농장은 세를 놓았어.」

「그건 나도 알고 있어.」

카알이 또 퉁명스레 말했다.

「농사를 지어선 돈을 벌 수 없어.」

「큰 돈을 바라는 건 아냐. 그저 살아갈 정도면 돼.」

「나는 그런 생각이 싫어. 나는 큰 돈을 벌었으면 좋겠어.」

「어떻게 큰 돈을 벌지?」

카알은 자신이 형보다 더 어른스러운 것 같아 자신감이 생겼다. 형을 보호하고 싶은 생각까지 들었다.

「형이 그곳에서 공부를 계속할 동안 나는 일을 해서 돈을 벌겠어. 그리고 형이 대학을 졸업하면 우린 동업자가 될 수도 있어. 그렇게 되면 일이 잘 될지 누가 알아?」

「그래도 나는 학교로 돌아가기 싫어. 왜 내가 돌아가야 하는 거지?」

「아버지가 원하시니까.」

「싫어. 그래도 나는 가지 않을 테야.」

카알은 형을 날카롭게 쳐다보았다. 카알은 그의 엷은 머리카락과 넓은 미간, 그리고 눈을 보고는 아버지가 왜 아론을 좋아하는지 알았다.

카알은 급히 말했다.

「그만 자도록 하지. 그럼 이번 학기만이라도 끝내도록 해. 공연히 일을 크게 확대시키지 말란 말야.」

아론은 일어나서 문으로 걸어가다가 말했다.

「그건 누구에게 줄 선물이지?」

588

「아버지께 내일 식사 끝나고 드릴 거야. 두고 봐.」

「내일은 크리스마스도 아니잖아.」

「크리스마스보다 더 좋은 날이지.」

아론이 돌아간 뒤 카알은 다시 그 선물을 폈다. 새 지폐 열다섯 장을 다시 세어 보았다. 빳빳한 새 돈이 날카로운 소리를 냈다. 몬터리 국립 은행은 그 돈을 구하러 샌프란시스코까지 사람을 보냈다. 그들은 왜 새 돈이 필요한지 이유를 듣고 나서 그렇게 새 돈을 구해 온 것이다. 은행에서는 그 돈의 주인이 열일곱 살인 소년이라는 점과, 그 돈을 현금으로 찾아가겠다는 소리에 충격을 받고 믿지 않으려 했다. 은행인들은 무슨 일이 있어도 돈이 가볍게 취급되는 것을 좋아하지 않으니까. 그 돈이 카알의 것이며, 정직하게 번 돈이라는 사실을 그들은 해밀튼의 확인을 받고서야 믿어 주었다.

카알은 지폐를 셀로판 종이에 싸고 붉은 리본으로 묶어 서투른 솜씨지만 나비 매듭을 맺다. 그것은 마치 손수건처럼 보였다. 카알은 그 선물을 옷장 속 셔츠 아래 숨겨 둔 뒤에야 잠자리에 들었다. 흥분도 일었지만 한편으로는 부끄럽기도 했다. 빨리 하루가 가고 내일이 와서 선물을 드렸으면 했다. 그는 아버지께 하려던 말을 다시 외어 보았다.

「아버지, 이것 받으세요.」

「이게 뭐지?」

「선물이에요.」

그 다음에는 무슨 일이 생길지 짐작할 수 없었다. 그는 잠도 못자고 엎치락뒤치락하다가 날이 밝자 슬며시 집에서 빠져 나갔다.

중앙로로 나가자 마틴 영감이 마굿간 빗자루로 길을 쓸고 있었다. 지금 시평의회는 청소차 구입을 논의하는 중이었다. 마틴 영감은 그 청소차를 몰고 싶었으나 그렇게 될 가망이 없었다. 좋은 자리는 모두 젊은이가 차지하기 때문이었다. 바시칼루피의 청소차가 지나가자 마틴 영감은 날카로운 시선으로 그 차를 바라보았다. 「이상한 일도 다 있군. 돈은 이탈리아 놈들이 모두 번단 말이야.」

닫힌 문 앞에서 쿵쿵거리며 냄새를 맡는 몇 마리의 개와 샌프란시스코 간이 식당 주변의 인기척을 빼고는 중앙로는 텅 빈 상태였다. 페트의 새 택시가 문 앞에서 서있었다. 지난 밤에 페트는 윌리엄즈 네 여자를 역에 태워다 주느라고 정신이 없었다.

마틴 영감이 카알을 보고 소리쳤다.

「젊은이, 담배 있나?」

카알은 서서 담배갑을 꺼냈다.

「고급 담배로군. 난 성냥도 없네.」

카알은 영감의 수염이 그을리지 않도록 조심하면서 담배에 불을 붙여 주었다.

마틴은 빗자루에 기댄 채 청승맞게 담배를 피웠다.

「재미는 모두 젊은이가 본단 말이야. 내겐 운전을 시키지 않겠지?」

카알이 영감에게 물었다.

「무슨 말이죠?」

「새 청소차 얘기야. 자넨 그 얘기 못 들었나? 어디 갔다 온 거야?」

알만한 사람이 청소차 소식을 알지 못한다는 것을 노인은 도무지 이해할 수 없었다. 영감은 그만 곁에 있는 카알의 존재를 잊어버렸다. 바시칼루피가 어쩌면 일자리를 줄지도 모른다고 생각했다. 그들은 돈을 많이 벌고 있으니까. 손수레가 세 대나 있는데도 새 트럭을 샀다.

카알은 앨리살 가를 돌아 우체국에 가서 사서함 632호의 유리문을 들여다보았다. 그곳은 비어 있었다. 카알이 느릿느릿 여유를 부리며 집에 돌아와 보니, 리가 일어나서 큼직한 칠면조의 속을 채우고 있었다.

리가 카알에게 물었다.

「밤 새운 거야?」

「아뇨, 산책을 좀 했어요.」

「흥분이 돼서?」

「네.」

「그랬겠지. 나라도 그럴 테니까. 선물을 준다는 건 어려운 일이야. 그러나 선물을 받는 건 더 어려운 일이란 말야. 커피 마시겠어?」

「그러죠.」

리는 손을 씻고 카알과 자기 것 두 잔을 따랐다.

「아론은 어떻지?」

「별일 없나 봐요.」

「이야기해 보았어?」

「아뇨.」

카알은 그렇게 대답해 버렸다. 그래야 편하기 때문이었다. 말을 하면 리가 무슨 말을 했나 궁금해 할 테니까. 이 날은 아론의 날이 아니라 카알의 날이었다. 카알은 이 날을 마련하느라고 무진장 애를 썼다.

그때 아론이 눈에 잠이 가득한 채로 들어섰다.

「식사는 몇 시에 하게 되죠, 리?」

「글쎄, 세시 반이 좋을까, 네 시가 좋을까?」

「다섯 시로 하는 게 어때요?」

「그러지. 아버지만 좋으시다면, 그런데 왜 다섯 시여야 하지?」

「에이브라가 그 전에는 올 수 없대요. 아버지께 말씀드릴 게 있는데 그때 에이브라도 함께 있었으면 해서요.」

리가 선선히 대답했다.

「그러면 그렇게 하지.」

카알은 얼른 일어나 자기 방으로 갔다. 그는 스탠드를 켜고 책상 앞에 앉았다. 그는 불안함과 분노에 휩싸여 있었다. 아론은 아무 힘도 들이지 않고 이 날을 자기로부터 빼앗아 갔다. 이젠 이 날은 그의 날이 아니라 아론의 날이 된 것이다. 그는 갑자기 수치스러워졌다. 그는 두 손으로 눈을 가린 채 말했다.

『이건 질투다. 그래 나는 질투하고 있는 거야. 질투야. 그렇지만 나는 질투를 하기는 싫어. 질투야. 질투란 말야.』

카알이 혼자서 중얼거리다가 또 자책하기 시작했다.

『내가 아버지에게 돈을 주려는 이유가 뭐지? 아버지를 위한 건가? 아냐 그건 나를 위한 거야. 윌 해밀튼은 내가 돈으로 아버지의 환심을 사려고 한다고 말했다. 그건 좋지 않은 일이야. 나는 왜 형을 질투하는 걸까? 왜 사실을 그대로 받아들이지 못하는 거지?』

그는 쉰 목소리로 혼자 중얼거렸다.

『왜 정직하지 못한 거지? 나는 아버지가 아론을 좋아하는 이유가 뭔지 안다. 그건 아론이 그 여자를 닮았기 때문이다. 아직도 아버지는 그 여자를 단념하지 못했으니까. 본인은 의식치 못하겠지만 그건 사실이다. 아니 본인도 알고 있을지 모르지. 그러니까 그 여자에게도 질투가 나는데. 돈을 갖고 도망칠까? 그래도 누구 하나 나를 그리워하지 않을 거야. 곧 나를 잊겠지. 리를 제외하곤 모두가 그럴 거야. 리는 나를 좋아할까? 아니 좋아하지 않을지도 몰라.』

그는 이마에 주먹을 대고 부르짖었다.

『아론도 혼자서 고민을 할까? 아냐. 형은 그러지 않을 거야. 한번 물어 볼까? 그는 물어 봐도 대답하지 않겠지?』

카알은 자신에 대한 분노와 자신에 대한 연민으로 마음이 불편했다. 그러자 이번에는 냉정히 꾸짖는 소리가 들렸다.

『만일 스스로 정직하다면 자기 학대를 즐기고 있다고 왜 말하지 못하는가? 그게 사실일 텐데. 왜 너 자신이 지금껏 하던 대로 못 하는 것이냐?』

카알은 이런 생각을 하면서 충격을 받았다. 자학을 즐긴다. 물론이다. 자기를 학대함으로써 학대받는 것을 방지하는 것이다. 그는 정신을 번쩍 차렸다. 그리고 결심했다. 『돈을 드리는 것이다. 가벼운 마음으로, 아무 기대도 하지 말고 예상도 하지 말고 드리자. 이 날도 아론에게 양보하자.』 그렇게 생각한 카알은 일어나서 급히 부엌방으로 향했다.

아론이 칠면조 가죽을 벌리고, 리는 그 안에다 속을 넣고 있었다. 남비가 뜨거워지더니 지지직 소리를 냈다.

리가 말했다.

「가만히 있어라. 1파운드에 20분이니까 18파운드면 20 곱하기 18이니까, 그래 360분, 여섯 시간 걸리겠군. 열 한 시에서 열 두 시, 열 두 시에서 한 시…….」

그는 손가락으로 셈을 했다.

카알이 아론을 보고 말했다.

「형, 일 끝낸 다음 산보나 할까?」

「어디로?」

「마을을 한 바퀴 돌아, 할 말이 좀 있어.」

카알은 앞장서서 길을 건너 가리지에르 상점으로 들어갔다. 그곳은 고급 술과 포도주를 파는 수입품 가게였다.

「나한테 돈이 좀 있는데, 형이 오늘 식사에 쓸 포도주를 사고 싶어할 것 같아서 그래.」

「어떤 포도주를?」

「멋진 축하연을 여는 거야. 샴페인도 사고. 그 정도면 형에게 선물이 될 거야.」

가게 주인이 그들에게 말했다.

「자네들은 미성년자라서 술을 팔 수 없네.」

「식사에 쓸 거예요.」

「안 돼. 팔 수 없어. 미안하긴 하지만.」

그러자 카알이 나섰다.

「그럼 이렇게 하면 어떨까요? 돈은 우리가 지불할 테니 술은 우리 아버지께 보내 주세요.」

「그렇게는 할 수 있지. 〈외 드 페르드리〉가 좀 있지.」

주인은 말을 하면서 마치 술맛을 보는 것처럼 입을 다셨다.

카알이 그에게 말했다.

「그게 뭐죠?」

「샴페인이야. 빛이 곱지. 자고새 눈알 같은 빛깔이지. 분홍색인데 좀 진한 분홍이지. 맛은 약간 쌉쌀하고. 한 병에 4달러 50센트야.」

아론이 그 말을 듣고 말했다.

「너무 비싸요.」

카알도 웃으며 한 마디 했다.

「정말 비싸지. 그럼 세 병만 보내 주세요.」

카알은 이번에는 아론을 쳐다보며 말했다.

「형이 보내는 선물로 해.」

③

　카알은 그날이 너무나 지루하게 길었다. 집을 나가고 싶어도 나갈 수가 없었다. 아담은 열한 시에 문이 닫힌 징병 사무실로 나가서 새로 검사를 받는 젊은 이들의 서류를 검토했다.

　아론은 침착하게 앉아서 낡은 잡지책의 시사 만화를 보았다. 부엌에서는 칠면조 굽는 냄새가 새어 나와 온 집안을 진동시켰다.

　카알은 방에 가서 선물을 책상 위에 꺼내 놓았다. 그리고 선물에 붙일 카드를 쓸 궁리를 했다. 그는 종이에 『카알이 아버지께』라고 썼다가 다시 『아담 트래스크에게 캘렙 트래스크 올림』이라고 썼다가는 모두 갈기갈기 찢어 변소에 버렸다.

　그는 이런 생각을 했다.

　『왜 오늘 이것을 드려야 하지? 내일 아버지께 조용히 가서 이거 받으세요, 하고 드려도 되지 않는가. 그게 더 쉬울 거야.』

　그러나 그는 다시 소리내어 말했다.

　『아냐. 모두 다 보는 앞에서 드려야 해.』

　그래야 된다. 카알은 손에 진땀이 나고 가슴이 답답해졌다. 그때 아버지가 자기를 유치장에서 빼내 준 날 아침이 떠올랐다. 그는 아버지의 정과 친근감을 잊을 수가 없었다. 그리고 아버지의 믿음도, 아버지는 『나는 너를 믿는다.』라고 말씀하셨지. 그러자 마음이 가벼워졌다.

　세 시경에 아담이 돌아왔고, 잠시 후에는 거실에서 나지막이 대화 소리가 들려 왔다. 카알도 아버지와 아론의 이야기에 끼어들었다.

　아담이 말했다.

　「정말 세상이 변했어. 천문적인 지식 없이는 행세를 못 하게 변했지. 그래서 내가 기뻐하는 거야. 네가 대학에 다니는 걸 말야.」

　아론이 말했다.

「나도 그런 생각을 해보았어요. 그런데 아무래도…….」

「그런 생각은 하지 말거라. 먼저 택한 게 옳은 법이니까. 이 애비를 좀 보렴. 나는 이것저것 지저분하게 아는 건 많지만 한 가지도 깊이 아는 게 없었단다. 그러면 이 시대를 살아가기가 어렵지.」

카알도 그 자리에 가만히 앉아 있었으나 아담은 자기 생각에 골몰해서 미처 그를 보지 못했다.

아담이 말했다.

「자식이 성공하는 것을 바란다는 건 당연한 일이야. 그리고 너보다는 세상을 잘 알지.」

리가 들여다보며 말했다.

「부엌의 저울이 고장난 것 같아요. 요리법에 써 있는 시간보다 더 빨리 익었어요. 무게가 18파운드도 되지 않겠어요.」

아담이 말했다.

「그럼 계속 데우지. 사무엘 해밀튼은 이런 세상이 오리라는 걸 예상했지. 그는 만능 철학자는 존재하지 않는다고 했으니까. 지식이 너무 많기 때문에 한 사람이 모두 알 수가 없다고 했지. 그는 사람들이 한 분야만 깊이 알게 될 거라고 미리 예측했어.」

리가 문턱에서 그에게 대답했다.

「해밀튼은 그렇게 되는 것을 슬퍼했어요. 그리고 증오했죠.」

아담이 질문했다.

「지금도 그럴까?」

리는 큼직한 국자를 오른손에 들고 방 안으로 들어왔다. 그는 국물이 카페트에 떨어질까봐 왼손으로 국자 밑을 받치고 있었다. 그는 방 안으로 들어와서는 그 사실을 깜박 잊고 국자를 흔들다가 칠면조 국물을 그만 바닥에 떨어뜨리고 말았다.

「그렇게 물으시니까 잘 모르겠어요. 그분이 증오를 하는 건지, 아니면 내가 증오하고 있는지를 말이에요.」

「흥분하지 말게. 이제 그만 말하게. 내 말을 개인적인 모욕으로 생각하지 말게.」

「어쩌면 지식은 점점 많아지고 사람들은 갈수록 작아지는지도 모르지. 원자에 무릎을 꿇으면 사람들 두뇌가 원자만큼 작아지는지도 몰라요. 전문가는 자기 울타리 밖을 내다보는 일을 두려워하는 겁쟁이이기도 하니까요. 전문가는 울타리 너머의 세계를 몰라본단 말이에요.」

「우리는 지금 밥벌이에 대해 얘기하는 거야.」

리가 흥분해서 말했다.

「생계라면 물론 돈이죠. 돈을 벌기는 쉬워요. 예외가 있기는 하지만 돈을 탐내지 않는 사람도 많답니다. 그들은 사치와 사랑과 찬양을 원하죠.」

「그런가? 그럼 자네는 대학 가는 걸 반대하는 건가? 우린 지금 대학에 대해 얘기하고 있었어.」

「죄송해요. 내가 지나치게 흥분했어요. 대학이 자기 생활과의 관계를 알아낼 수 있다면 반대할 이유가 없죠. 그렇게 생각하지 않아, 아론.」

「잘 모르겠어요.」

그때 부엌에서 칙칙거리는 소리가 들렸다.

리가 뛰어가면서 말했다.

「이제야 내장이 끓는군.」

아담은 리의 모습을 다정한 시선으로 쳐다보았다.

「정말 좋은 친구야. 아주 귀중한 친구지.」

그러자 아론이 말했다.

「백 살까지 살았으면 좋겠어요.」

아담도 웃으며 말했다.

「지금 백살이 되었는지도 모르지.」

카알이 아담에게 물었다.

「아버지, 제빙 공장은 어떻죠?」

「잘 된단다. 이윤도 좀 나지. 그런데 그건 왜 묻니?」

「제가 이윤을 올리는 방법을 몇 가지 갖고 있어요.」

아담이 얼른 말을 해 버렸다.

「오늘은 그만 하자. 월요일에 다시 이야기하기로 하자.」

그런 다음 아담은 얼른 화제를 돌렸다.

「오늘처럼 기분 좋은 날은 없었다. 아주 흐뭇하다. 잠을 충분히 잔 때문일까? 그리고 우리 가족이 모두 한자리에 모였기 때문일 거다.」

아담은 다시 아론에게 웃어 보이며 말했다.

「아론이 떠난 후에야 네게 향한 우리 마음을 알겠더라.」

아론도 그 말을 받았다.

「나도 집이 그리웠어요. 처음 며칠 동안은 집이 그리워서 혼났어요.」

그때 에이브라가 상기된 얼굴로 들어왔다. 그녀는 마냥 행복해 보였다.

「토로 산에 눈이 내린 걸 보셨어요?」

아담이 그 말에 대답했다.

「그래 나도 봤지. 모두 풍년이 들 징조라고 하더군. 우리도 풍년을 이용해야지.」

에이브라가 경쾌하게 말했다.

「난 여기 와서 많이 먹으려고 집에서는 먹는 둥 마는 둥 했어요.」

리는 요리가 맛있게 되지 않았다고 말했다. 칠면조도 예전 것보다 맛이 없다고 투덜거렸다. 리에게 칭찬을 받으려고 잔소리를 한다고 말하자 그는 큰소리로 웃었다.

푸딩이 들어오자 아담은 샴페인을 터뜨렸다. 격식대로 샴페인을 따랐다. 한 사람씩 돌아가면서 건강을 빌며 건배를 했다. 에이브라에게 건배를 할 때는 아담이 짧게 연설까지 했다.

에이브라의 눈이 빛났다. 아론은 상 밑에서 에이브라의 손을 잡았다. 카알도 샴페인을 마시자 불안감이 없어져 선물에 대해 걱정하지 않았다.

아담은 푸딩을 다 먹은 뒤에 말했다.

「이렇게 멋진 추수감사절을 보내긴 처음이다.」

그때 카알은 주머니에서 빨간 리본을 묶은 작은 꾸러미를 꺼내 아버지에게 내밀었다.

아담이 물었다.

「이게 뭐지?」

「선물이에요.」

아담은 기쁜 얼굴로 말했다.

「크리스마스도 아닌데 선물을 받는구나. 무엇이지?」

에이브라가 재빨리 말했다.

「손수건이지.」

아담은 리본을 풀고 셀로판 종이를 펴 보았다. 그 속에서 돈이 나오자 그는 크게 놀랐다.

에이브라가 궁금한 듯 먼저 물었다.

「뭐죠?」

그녀는 자리에서 일어나 들여다보았고 아론도 몸을 앞으로 굽혔다. 리는 문간에서 불안한 표정을 감추려고 억지로 태연한 척했다. 카알의 눈에는 기쁨과 승리의 빛이 가득했다.

아담은 천천히 움직여 지폐를 부채꼴 모양으로 펼쳤다. 그의 목소리가 먼 곳에서 들려 오는 것 같았다.

「아니 이게 뭐지? 이게 뭐야?」

그는 말을 맺지 못했다.

카알은 침을 한번 삼키고 말했다.

「이건 제가 번 돈이에요……아버지께 드릴려고……아버지가 상추 사업을 해서 잃은 돈을 보충해 드리려고요.」

아담은 천천히 고개를 들었다.

「뭐라고, 네가 벌었다구? 어떻게 벌었냐?」

카알은 급히 말했다.

「해밀튼 씨와 동업해서 벌었어요. 콩을 팔아서요. 콩을 오 센트에 미리 샀는데 값이 올라서요. 그래서 일만 오천 달러를 아버지께 드리는 거예요. 어서 받으세요.」

아담은 지폐를 모아 가지런히 한 후 셀로판 종이로 싸서 양끝을 접어 놓고 나서, 실의에 가득 찬 시선을 리에게 보냈다. 카알은 순간적으로 불길한 예감이 들었다. 그 분위기는 파멸과 무거운 구토증을 안겨 주었다. 그러자 아버지가 말했다.

「너는 이 돈을 돌려 주거라.」

「돌려 주라고요? 누구에게 돌려 주죠?」

카알도 자기의 목소리가 멀리서 들리는 것 같았다.

「네가 그 돈을 받은 사람에게 돌려 주란 말야.」

「영국 구매관에게 돌려 주라고요? 그들에게 돌려 줄 수 없어요. 그들은 전국에서 12달러 50센트에 콩을 구매하고 있어요.」

「네가 노략질한 농부에게 주란 말야.」

카알이 큰소리로 말했다.

「노략질이라구요? 나는 시세보다 파운드당 2센트씩 더 주었단 말이에요. 난 훔치지 않았어요.」

카알은 몸이 공중에 뜨는 느낌이 들었다. 시간이 너무 늦게 가는 듯했다.

아담은 얼마가 지난 후에 말했다.

「나는 젊은이를 전쟁터로 보내고 있다. 내가 서명만 하면 그들은 전쟁터로 가게 돼 있어. 그 젊은이 중에는 죽거나 부상을 당한 사람도 있다. 귀환하는 젊은이 중에도 성한 몸으로 돌아오는 사람은 단 한 명도 없다. 카알, 그런데 너는 그 피의 대가로 돈을 벌었단 말이냐?」

카알이 말했다.

「아버지를 위해서 번 거예요. 저는 아버지의 손해를 보충해 드리고 싶었어요.」

「나는 돈이 필요하지 않아. 상추만 해도 그렇다. 나는 돈을 벌기 위해 그 일을 한 게 아니라 상추를 그곳까지 운반할 수 있는지 알아보려고 게임을 한 것이다. 그 게임에서는 내가 졌지만 나는 돈을 벌려던 것이 아니었다.」

카알은 정면을 바라보았다. 그는 리와 아론, 에이브라의 시선이 자기 뺨에 닿는 것을 느꼈다. 카알은 아버지의 입을 빤히 쳐다보았다.

「나는 선물을 주려고 생각한 네 마음을 높이 평가한다. 그런 생각을 해주어서 고맙다.」

「그럼 그건 제가 보관하겠습니다.」

「아니다, 나는 앞으로도 그 돈은 받지 않겠다. 만일 네가 형처럼 자신감이나 자기 발전에 대한 기쁨 같은 것이 있다면 나는 더없이 기뻤을 것이다. 돈은 아무리 깨끗한 돈이라고 해도 거기에 비하면 아무것도 아니라고 생각한다.」

아담은 눈을 크게 뜨고 다시 말을 이었다.

「왜 화났니? 화내지 마라. 네가 선물을 주고 싶으면 내게 훌륭한 생활 태도를 보여 다오. 나는 그걸 제일 귀중하다고 생각한다.」

카알은 숨이 막히는 것 같았다. 이마에서는 땀이 흐르고 혀가 바싹 마르는 듯했다. 카알이 갑자기 일어서자 의자가 넘어져 버렸다. 카알은 재빨리 방에서 뛰쳐나갔다. 아담이 카알의 등 뒤에 대고 소리쳤다.

「카알, 화내지 마라.」

가족들은 카알을 혼자 있게 배려했다. 그는 방에서 책상에 팔꿈치를 괴고 앉아 있었다. 울고 싶었으나 머리 속이 달아올라서 눈물도 나지 않았다.

잠시 후 그의 숨소리는 정상이 되었다. 이제 그의 두뇌는 조용하면서도 민첩히 움직였다. 그는 증오로 가득 찬 두뇌를 억제하려고 했으나 옆으로 빠져나가 나름대로 작용을 했다. 증오가 그의 몸에 퍼져 모든 신경 조직을 마비시켜 버렸다. 이제는 자제력도 없어지는 것 같았다.

시간이 지나자 자제심도 두려움도 없어지고 카알의 머릿속에는 미움만이 조용히 타올랐다. 그는 종이에다 연필로 계속 동그라미를 그렸다. 한 시간 후 리가 들어왔을 때에는 동그라미가 수백 개 그려져 있었다. 동그라미는 점점 작아져 있었다. 그러나 카알은 쳐다보지도 않았다.

리는 소리없이 문을 닫았다.

「카알, 커피 가져 왔어.」

「마실 생각 없어요. 아니, 마실께요. 리 아저씨 이렇게 생각해 줘서 고마워요.」

리가 말했다.

「그러지 마. 그러지 마라!」

「뭘 그러지 말라는 거예요.」

리는 불안한 어조로 말했다.

「언젠가 카알이 물었을 때 내가 모든 것은 자기 마음속에 있다고 말했지. 너는 그걸 억제할 수 있다고 했어. 마음만 있으면 정말 참을 수 있을 거야.」

「무엇을 참으라는 거죠? 난 도무지 무슨 말인지 이해할 수 없어요.」

「카알, 정말 무슨 말인지 모르는 거야. 못 알아듣겠어?」

「들려요? 무슨 말이에요?」

「아버지는 그럴 수밖에 없어요. 천성이 그런 분이셔. 아버지는 그런 것밖에 아시는 게 없어. 달리 도리가 없으니까. 그러나 네겐 여러 가지 길이 있잖아. 카알, 내 말 들리지?」

동그라미가 점점 작아져서 까만 점이 되었다.

카알이 침착하게 말했다.

「아무것도 아닌데 공연히 떠드는 것이 아니예요. 그건 잘못이에요. 왜 내가 사람이라도 죽인 듯이 야단이죠? 제발 이러지 마세요. 이러지 말란 말이에요.」

방 안은 조용했다. 얼마 후 카알이 뒤를 돌아보니 리는 언제 갔는지 보이지 않았다. 테이블 위에 놓인 커피 잔에서는 김이 모락모락 났다. 카알은 뜨거운 커피를 마신 후 거실로 들어갔다.

아버지는 미안한 얼굴로 카알을 쳐다보았다.

카알이 아버지를 보며 말했다.

「아버지, 죄송해요. 제가 아버지의 생각을 알지 못했어요.」

카알은 벽난로 위에 놓인 돈을 집어서 자기 안주머니에 넣었다.

「이 돈을 어떻게 할지 생각해 보겠어요. 참, 모두 어디 갔죠?」

「에이브라가 가는데 아론이 데려다 주러 갔다. 리도 나갔나 보구나.」

「저도 산보나 다녀오겠어요.」

4

11월의 밤도 어느덧 저물어 갔다. 카알이 현관문을 열고 보니 길 건너 프랑스 세탁소 흰 벽 앞에 리의 어깨와 머리가 보였다. 리는 계단에 앉아 있었는데 두꺼운 코트를 입은 탓인지 투박스럽게 보였다.

카알이 살며시 문을 닫고 거실로 와서 말했다.

「샴페인을 마셔서 갈증이 나는군요.」

카알의 말에 아버지는 아무 말도 하지 않았다.

카알은 부엌문을 빠져 나와 리가 가꾸는 채소밭을 거쳐 높은 담장을 타 올랐다. 카알은 검은 웅덩이를 가로지른 긴 널빤지를 밟고 카스트로비유 가의 랭제과점과 양철 가게 사이로 나섰다.

그는 성당이 위치한 스톤 가를 걷다가 왼쪽으로 돌아가 카리아가 집, 윌슨 집, 자발라 집을 거쳐 중앙로에 위치한 스타인벡 집 앞에서 다시 왼쪽으로 돌았다. 중앙로를 두 블럭 더 가서 왼쪽으로 돌아 서부 국민 학교 앞을 지나갔다. 운동장에 있는 포플라는 잎이 거의 떨어졌고, 몇 개 남지 않은 노랗게 물든 두서너 잎이 바람에 돌면서 떨어졌다.

카알은 의외로 덤덤했다. 산에서 불어오는 냉기 때문에 공기가 찬 것조차 깨닫지 못했다. 세 블럭 앞에서 형 아론이 이쪽을 향해 걸어오는 것이 보였다. 그는 걸음걸이와 자세를 보고 아론임을 알아챘다.

카알은 걸음을 멈추고 아론이 가까이 오자 말했다.

「형을 찾으러 나왔어.」

아론이 먼저 입을 열었다.

「아까는 미안했어.」

「형도 별 수 없었지. 그만 잊어버려요.」

카알은 아론과 나란히 걸으며 말했다.

「같이 가, 내가 형한테 보여 줄 게 있어.」

「그게 뭐지?」

「놀라운 거지. 그렇지만 재미있는 거라서 형도 흥미로울 거야.」

「오래 걸리는 일이니?」

「아니, 그리 오래 걸리지는 않아.」

두 사람은 중심가를 지나 카스트로비유 가를 향해 걸었다.

5

산호세 신병 징집 사무소의 문은 악셀 중사가 여덟 시에 열었지만, 그가 늦으면 켐프 하사가 열기도 했다. 그러나 켐프는 불평을 하는 일은 없었다. 악셀은 별난 사람이었다. 그는 스페인 전쟁과 독일 전쟁 사이의 평화 시대에 미 육군에 복무했기 때문에 냉혹하고 무질서한 민간인의 생활에는 적응하지 못했다. 그는 한 달 동안 민간 생활을 해보고 나서 별수 없이 다시 군대로 돌아갔다. 평화 시대의 군대 생활만 두 차례 하는 바람에 실전에는 적합하지 않는 군인이 되어 버렸고, 그는 나름대로 전쟁을 피하는 방법도 알게 되었다. 산호세 징병 선발 위원회에 근무하게 된 것도 모두 그 때문이었다. 그는 산호세에 사는 리치의 막내 딸과 희롱거리고 있었다.

켐프는 경험을 많이 쌓지는 못했지만 기본 법칙을 곧잘 익혔다.

고참 하사관과는 사이좋게 지내되 가능한 한 장교는 피했다. 그래서 그는 데인 중사가 야단을 쳐도 그다지 신경을 쓰지 않았다.

데인도 여덟 시 삼십 분에 사무실에 도착했다. 켐프 하사는 책상에서 잠을 자고 있었고, 지친 청년 한 명이 앉아 있었다. 데인은 그 청년을 힐끔 쳐다본 후 의자 뒤에서 켐프의 어깨에 손을 얹었다. 그가 말했다.

「이봐. 종달새가 울고 새 날이 왔어.」

켐프는 고개를 들고 손등으로 코를 닦고 재채기를 했다.

데인 중사가 그에게 말했다.

「그만 일어나게. 손님이 왔어.」

켐프는 눈꼽이 낀 눈으로 그를 쳐다보며 말했다.

「전쟁은 천천히 해도 돼요.」

데인은 젊은이를 한 번 더 쳐다본 후 입을 열었다.

「미남이야. 잘 보살펴 드려. 자네는 저 젊은이가 적에게 총을 겨누고 싶어 한다고 생각하겠지만 내가 보기로는 사랑의 도피처를 찾는 것 같은데.」

중사가 농담을 하자 켐프는 안심하고 말했다.

「여자에게 상처를 입었다는 말이죠?」

그는 중사를 바라보며 맞장구를 쳤다.

「자넨 여기가 외인 부대인 줄 아나?」

「아니면 자기 자신으로부터 도망치는지도 모르죠.」

이번에는 켐프가 한 마디 했다.

「언젠가 영화를 봤는데, 거기서 한 중사가 나오는데 아주 지저분 하더군요.」

데인 중사가 말했다.

「그럴 리가 있나? 젊은이 이리 오게. 몇 살인가, 열여덟 살인가?」

「네.」

데인이 부하를 쳐다보며 물었다.

「자네 생각은 어떤가?」

「몸집만 크면 나이야 상관없죠.」

데인 중사가 말했다.

「열여덟 살이라고 할 테니 나중에 딴 말하면 안 돼.」

「네.」

「그럼 여기다 적어. 언제 태어났는지 잘 기억해서 적도록 해. 그리고 그것을 잊으면 안 돼.」

제 50 장

1

　조우는 케이트가 몇 시간씩 앉아서 꼼짝도 하지 않고 있는 것을 별로 좋아하지 않았다. 그럴 때는 케이트가 무엇인가를 골똘히 생각하는 것이기 때문이었다. 그녀의 얼굴에는 전혀 감정이 표현되지 않았으므로 조우는 그녀의 생각을 헤아릴 수가 없었다. 그래서 조우는 불안했다. 조우는 난생 처음 손아귀에 쥔 행운을 놓치고 싶지 않았다. 조우에게는 단 한 가지 계획밖에 없었다. 그녀 자신이 그것을 드러낼 때까지 초조해지도록 내버려 두는 것이었다. 그러면 자신의 행동이 자유롭게 되는 것이다. 그러나 케이트는 낮이나 밤이나 벽만 쳐다보고 있기 때문에 도무지 무슨 감을 잡을 수가 없었다. 케이트가 초조한 것인지, 그렇지 않은 것인지　알 수가 없었다.

　조우는 케이트가 어젯밤에 잠을 별로 자지 못했음을 알았다. 조우가 그녀에게 아침 식사를 하겠냐고 물었을 때 너무 느리게 고개를 저었으므로 케이트가 자기 말을 들었는지 못들었는지도 알 수가 없었다.

　조우는 혼자 신중히 다짐했다.

『아무 행동도 하지 말고 가만히 있자, 그저 눈과 귀만 열어 두는 거야.』

　케이트 네 집에서 일하는 여자들도 무슨 일이 일어났음을 알고 있었으나 그들의 말은 모두 달랐다.

　케이트는 생각을 하는 것이 아니었다. 박쥐가 저녁에 날아다니듯이, 그녀의 마음은 여러 가지 영상 속을 떠돌아다녔다. 큰 충격으로 눈이 휘둥그래진 금발의 미남 청년의 얼굴이 떠올랐다. 케이트에게가 아니라 그 자신에게 내뱉은 그 매섭고 추한 말이 귀에 쟁쟁했다. 그리고 문에 기대서 웃던 검은 얼굴의 동생도 떠올랐다.

　케이트 역시 웃었다. 그것은 어쩌면 가장 민첩한 자기 보호 수단이었는지도 모른다. 그녀의 아들이 어떤 짓을 할까? 그애가 조용히 나간 후 무슨 짓을 저질렀을까?

천천히 문을 닫으면서 케이트를 엿보던 카알의 여유만만하고 잔인한 눈초리를 그녀는 생각했다.

그 녀석이 제 형을 데리고 온 이유가 무엇일까? 무엇을 얻으려는 것일까? 무엇을 노리고 있는 것일까? 그것을 안다면 대책을 세울 수 있으련만 도무지 알 수가 없었다.

손에 통증이 오고 이내 다른 곳도 아프기 시작했다. 몸을 움직이면 오른쪽 허리의 통증이 더욱 심해졌다. 통증은 점점 옮겨져 중심으로 향했다. 모든 통증이 얼마 가지 않아서 중심으로 모여들어 굳어지겠지. 케이트는 그렇게 생각했다.

조우는 자신이 스스로 다짐을 했으면서도 그것을 지킬 수가 없었다. 그는 찻주전자를 들고 가서 조용히 문을 두드린 다음 문을 열고 안으로 들어갔다.

「마담, 차를 가지고 왔는데요.」

「테이블 위에 놔 둬.」

그리고 나서 그녀는 곧 생각난 것처럼 말했다.

「조우, 고마워.」

「마담, 불쾌하십니까?」

「또 통증이 와. 약이 나를 골탕먹였나 봐.」

「제가 할 일은 없습니까?」

케이트는 두 손을 올리고 말했다.

「여길 좀 잘라 줘. 손목을 잘라 달란 말야.」

그녀는 손을 들자 통증이 더 심해져 얼굴을 잔뜩 찡그렸다.

「이젠 가망이 없어.」

조우는 그녀가 이렇게 연약한 소리를 하는 것은 처음 보기 때문에 이제 공격할 기회가 온 것이라고 본능적으로 깨달았다.

「저, 귀찮으실지 모르지만 기기에 대해서 드릴 말씀이 있어요.」

케이트가 아무 말도 하지 않자 그녀가 긴장하고 있다는 것을 눈치챘다.

잠시 후 케이트가 그에게 물었다.

「거기라니?」

「그 여자 말씀입니다.」

「아, 에델!」

「네, 마담.」

「에델에겐 지쳐 버렸어. 이번엔 또 뭐지?」

「사실 그대로 말씀드리죠. 퀠록네 담배 가게에 있는데 누가 다가오더니 『당신이 조우요?』 하고 물었죠. 그 작자가 제게 『당신, 사람을 찾고 있죠?』라고 하더군요. 그래서 제가 『얘기 해 보쇼.』 했죠. 그 작자는 처음 보는 얼굴이었죠. 그자가 『저기 있는 친구가 그러는데 그 여자가 당신과 말했으면 한다는군요.』라고 말했어요. 그래서 제가 『얘기 하라지.』라고 대답했죠. 그 작자는 나를 한참이나 노려보더니 『당신 그 판사가 한 말을 잊었나 보군.』하고 말했어요. 내 생각은 그 여자가 돌아온 것을 그 자가 생각해 낸 것 같았어요.」

조우는 케이트의 잔잔하고 수척한 얼굴을 쳐다보았다. 시선은 계속 정면을 쳐다보았다.

케이트가 그에게 물었다.

「돈을 요구하던가?」

「아뇨, 영문을 모르는 말을 했어요. 『페이와 당신과 관계가 있소?』하고 물어서 『전혀 없소.』라고 말해 주었죠. 『그 여자에게 묻는 게 더 낫겠군.』하더군요. 그래서 나는 『그럴지도 모르지.』하고 그냥 나왔죠. 도무지 무슨 말인지 알 수가 없었거든요.」

케이트가 조우에게 물었다.

「자네 페이라는 사람과 관계가 있나?」

「아뇨, 없어요.」

그녀는 부드러운 음성으로 말했다.

「그럼 페이가 이 집의 옛 주인이었다는 말도 듣지 못했나?」

조우는 뱃속에서 구토증이 일어났다. 아, 내가 어리석게 굴었구나. 아무 말도 해서는 안 되는데. 그는 혼란스러웠다.

「네, 이제 생각해 보니 그런 이름을 들었던 것도 같아요. 이름이 페이스였던 것 같은데요.」

케이트에겐 그와 같은 갑작스런 경고가 좋은 약이 되었다. 그녀는 이내 금발의 미남 청년 생각이나 통증도 사라져 버렸다. 이젠 일이 생긴 것이었다. 그녀는 일종의 기쁨을 가지고 그 도전에 대처해 나갔다.

케이트는 살며시 웃으며 말했다.

「페이스라구?」

그녀는 나지막이 말하고 나서 조우에게 말했다.

「차 좀 따라 줘.」

조우는 손이 떨리고 있는 것도, 찻주전자 꼭지가 찻잔에 부딪쳐 소리나는 것도 케이트는 눈치채지 못하는 것같이 보였다. 조우가 찻잔을 앞에 놓고 그곳을

604

물러나와도 케이트는 그에게 눈길도 보내지 않았다. 조우는 두려움에 떨었다.

케이트는 애원하듯 말했다.

「조우, 자네는 나를 도울 수 있다고 생각하나? 만일 내가 자네에게 만 달러를 주면 모든 것을 마무리할 수 있겠나?」

조우는 잠시 기다리다가 몸을 돌려 케이트를 정면으로 쳐다보았다.

조우의 눈에는 눈물이 그렁그렁했다. 케이트는 그가 입술을 핥고 있는 것을 보았다. 마치 때리기라도 할 것 같은 그녀의 기세에 눌려 조우는 한 걸음 뒤로 물러났다. 케이트는 계속 조우를 쳐다보았다.

「조우, 내게 들켰지?」

「무슨 말씀을 하시는 건지 모르겠는데요, 마담.」

「가서 잘 생각해 봐. 그리고 다시 와서 말해. 심사숙고해서 결정짓는 게 좋을 거야. 그리고 나가서 테레스를 들여 보내 줘.」

조우는 한시바삐 이 방에서 도망치고 싶었다. 일을 망쳤구나. 굴러 들어온 행운을 깨끗이 놓쳤구나. 그렇게 생각하고 있을 때 케이트가 말했다.

「차 고맙군. 자넨 정말 선량한 사람이야.」

조우는 문을 요란하게 닫고 싶었으나 차마 그러지는 못했다.

케이트는 허리를 움직이면 통증이 왔기 때문에 뻣뻣이 몸을 일으켰다. 그녀는 책상 앞에 가서 종이를 한 장 꺼냈다. 펜을 들기조차 어려웠다.

그녀는 팔을 억지로 움직이며 편지를 썼다.

랄프 귀하, 조우 발레리의 지문을 조회해 보면 좋을 거라고 보안관에게 전해 주시오. 조우는 이곳에서 일하는 남자랍니다. 안녕. 케이트로부터

케이트가 종이를 접고 있을 때 테레스가 잔뜩 겁을 집어먹고 들어왔다.

「저를 부르셨나요? 제가 무엇을 잘못했나요? 전 최선을 다했는데 몸이 좀 불편해서요.」

「테레스, 이리 와.」

케이트는 그녀가 책상 옆에 서서 기다리는 동안에 천천히 봉투에 주소를 적고 우표를 붙였다.

「심부름 좀 해 달라고 불렀어. 벨 제과점에 가서 초콜렛 오 파운드짜리 한 상자와 일 파운드짜리 한 상자를 사다 줘. 그리고 큰 것은 너희가 먹도록 해. 크로우네 가게에서 중간 크기 칫솔 두 개와 치약 좀 사다 줘.」

테레스는 안도의 숨을 쉬고 대답했다.

「네.」

「너는 참 착해. 내가 유심히 봤지. 테레스. 나는 몸이 불편해. 이번에 일을 잘 하면, 내가 병원에 입원할 때 이 집을 네게 맡길 생각이야.」

「입원하실 건가요?」

「아직은 결정하지 않았어. 하여튼 네가 좀 도와 줘. 자, 이 돈은 과자 살 돈이야. 칫솔은 중간 크기야. 알았지?」

「고맙습니다. 지금 다녀올까요?」

「그래 살짝 다녀 와. 내가 말한 거 다른 애들에게는 이야기하지 말고. 알았지?」

「뒷길로 다녀 올께요.」

테레스는 말을 마치고 급히 방문으로 갔다.

그러자 케이트가 그녀에게 말했다.

「깜빡 잊을 뻔했군. 이것 좀 가다가 우체통에 넣어 줘.」

「네, 그럴께요. 또 다른 일을 시키실 건 없나요?」

「이제 됐어.」

테레스가 나가자 케이트는 구부러진 손가락이 떠받쳐지도록 팔과 손을 책상 위에 올려놓았다. 문제는 바로 이것이다. 그녀는 언제나 알고 있었는지 모른다. 분명히 알고 있었으나 지금 생각할 필요는 없다. 그것은 나중에 다시 생각해 보자. 이젠 조우를 없애 버릴 기회가 온 것이다. 그러나 지금 그 생각은 하지 않아도 된다. 그녀는 전체를 차분히 생각해 보다가, 잠깐씩 고개를 내밀어 사라지는 한 가지 큰 문제로 다시 접근했다. 아까 금발 머리 아들인 아론을 생각할 때 처음 떠오른 것이었다. 그녀는 그 아들의 낙심하고 당황하고 절망하는 얼굴이 떠올랐다.

그녀에게도 그 아들처럼 사랑스럽고 참신했던 때가 있었다. 그녀는 언제나 자신이 그 누구보다도 명석하고 미인이라고 생각했다. 그런데 가끔 그녀는 고독과 공포감에 사로잡혀서, 마치 울창한 숲처럼 많은 적 속에 포위되어 있는 느낌이 들었다. 그럴 때에는 도망갈 곳도 숨을 곳도 없었다. 피할 곳도 숨을 곳도 찾지 못한 그녀는 두려움에 질려 울어 버렸다. 그러던 어느 날 그녀는 책을 읽었다. 그녀는 다섯 살 때 벌써 책을 읽을 수 있었다. 책의 표지는 찢어졌지만 그 책은 두툼한 《이상한 나라의 앨리스》였다.

케이트는 천천히 팔을 움직여 팔에서 힘을 약간 뺐다. 그 책 속의 그림이 눈앞에 떠올랐다. 생머리를 길게 늘어뜨린 앨리스. 그녀의 생활에 변화를 준 것은 「나를 마셔 주세요」라고 적힌 병이었다. 앨리스가 그녀에게 그것을 가르쳐 준 것이었다.

사방이 적으로 둘러쌓였을 때, 그녀는 준비를 완료하고 있었다. 그녀는 주머니에 『나를 마셔 주세요.』하고 쓴 붉은 딱지를 병에 붙여 놓은 것이었다. 그 병의 물을 조금씩 마시면 그녀는 차츰차츰 작아졌다. 그러면 적들도 그녀를 볼 수 없었다. 캐시는 나뭇잎 아래로 들어가거나, 아니면 개미 구멍에 들어가 즐겁게 웃으며 밖을 내다보았다. 그러면 적들은 그녀를 찾지 못했다. 그녀는 방문이 닫혀 있어도 드나들 수 있었다. 허리를 펴고 문 아래로 걸어다니기도 했다.

그녀에게는 함께 놀아 줄 앨리스가 있었다. 그녀를 사랑하고 믿는 앨리스, 앨리스는 그녀의 친구였다. 앨리스는 언제나 캐시가 작아지길 기다렸다.

이 모든 것은 정말 좋았다. 너무 좋아서 비참해지는 것까지 보람이 있을 정도로 그렇게 모든 것이 좋았다. 그러나 좋기는 했지만 언제나 보류된 것이 또 하나 있었다. 그것은 그녀의 위협이 되고 안전책이 되었다. 그녀가 그 약병의 물을 모두 마셔 버리면 그때는 몸이 점점 작아져서 결국은 존재하지 않게 될 것이다. 그러나 가장 좋은 것은 사라져 버리면 흔적도 없어지게 된다는 것이었다. 그녀는 이 안전책을 제일 좋아했다. 이따금 잠을 자기 전에 그 약을 먹으면 몸집이 모기처럼 작아지곤 했다. 그렇지만 완전히 사라졌던 적은 없었다. 그럴 필요는 없으니까. 그것은 만인에게서 차단된 그녀만의 세계였다.

케이트는 외부와 완전히 차단된 소녀 시절을 회상하면서 슬프게 고개를 저어 보았다. 그녀는 그 멋진 솜씨를 자신이 어떻게 잊어버리게 되었는지 궁금했다. 그녀의 멋진 솜씨는 많은 재앙으로부터 그녀를 구해 낼 수 있었을 것이다. 클로바 잎사귀 한 잎 속으로 새어드는 햇볕은 정말 멋있었다. 캐시와 앨리스는 팔짱을 끼고 무성한 풀 사이를 함께 걸어다녔다. 그들은 절친했다. 캐시는 약을 모두 마실 필요가 없었다. 그녀에게는 친구 앨리스가 있으니까.

케이트는 굽은 두 팔 사이의 장부 위에 머리를 괴었다. 그녀는 춥고 외로웠다. 그녀가 무슨 일을 했건간에 그것은 쫓겨서 어쩔 수 없이 한 것이었다. 그녀는 다른 사람과는 달리, 남들보다 더 많은 것을 가졌다. 그녀는 고개를 들었다. 눈물이 흘렀으나 닦으려 하지도 않았다. 사실이다. 그녀는 다른 사람보다 훨씬 더 명석하고 강인했다. 남들이 갖고 있지 않은 것을 가지고 있었다.

그녀는 생각에 잠겨 있는데 문득 얼굴이 검은 카알의 모습이 떠올랐다. 그의 입가엔 잔인한 미소가 담겨있다. 그녀는 카알을 생각하고 있자니 가슴이 답답해서 숨쉬기도 힘들었다.

그녀는 자신이 소유하지 못한 것을 다른 사람이 가지고 있는데 그것이 무엇인지 알지 못했다. 그것이 무엇인지 알기만 하면 준비를 할 수 있었다. 그녀는 오래 전부터 준비가 되어 있었음을 알았다. 어쩌면 평생 동안 준비가 되어 있었는 지도 모른다. 그녀의 머리는 나무 조각처럼 뻣뻣이 움직였고, 몸은 꼭두각시처 럼 말을 잘 듣지 않았으나 일을 계속해 나갔다.

정오 식당에서 떠드는 소리를 듣고 그녀는 때를 알 수 있었다. 게으른 여자들 이 지금 일어난 것이다.

케이트는 손이 제대로 말을 듣지 않아서 억지로 손잡이를 돌렸다.

그녀의 등장에 여자들은 웃음을 그치고 쳐다보았다. 부엌에서 요리사가 들어 왔다.

케이트는 병든 유령 같았다. 몸은 굽었으며 어딘지 모르게 무시무시해 보 였다. 케이트는 벽에 기댄 채 여자들에게 웃어 보였는데, 그 미소 때문에 여자 들은 그만 질리고 말았다. 그 모습은 마치 탈바가지처럼 보였기 때문이었다.

케이트가 물었다.

「조우는 어디 있지?」

「나갔어요, 마담.」

「내 말 잘 들어. 나는 잠을 잔 지가 오래 돼서 이제 약을 먹고 잠을 자려고 하 니까, 깨우지 말도록 해. 저녁은 먹지 않을 거야. 하루 종일 잠이나 잘 생각이 야. 조우에게도 내일 아침까지 내 방에 오지 말라고 일러 줘. 알겠지?」

여자들은 입을 모아 대답했다.

「네.」

「그럼 잘 자. 오후지만 미리 인사해 두어야지.」

모두 합창으로 그녀의 인사에 말했다.

「그럼 안녕히 주무세요.」

케이트는 돌아서서 옆으로 걸어 자기 방으로 들어갔다.

케이트는 방에 들어가 문을 닫고 방 안을 한 번 둘러보았다. 이제 간단한 절차 를 밟으려는 것이었다. 그녀는 책상 앞에 앉아서 통증을 견디면서 손에 힘을 주 어 글씨를 써 내려 갔다.「나는 모든 재산을 내 아들 아론 트래스크에게 남긴다.」 라고 종이에 쓰고 날짜를 적은 후「캐더린 트래스크」라고 서명했다. 케이트는 일어나서 유언장을 책상 위에다 똑바로 펴 놓았다.

방 복판에 있는 테이블에서 차가운 차를 잔에 따라서 들고는 옆의 골방으로 들어가 독서대에 놓았다. 그리고 화장대에 앉아서 머리를 빗고 얼굴에다 화장수 를 바르고 그 위에 분을 살짝 바른 다음 늘 쓰던 엷은 립스틱을 발랐다. 끝으로 손톱을 갈고 닦았다.

옆방의 문을 닫자 외부의 다른 빛은 모두 차단되고 책상 램프만이 원통형으로 그 빛을 책상 위에 비쳤다. 그녀는 침대 위에 베개를 가지런히 놓고 한 번 두들겨 보았다. 파티에라도 갈 듯이 기분이 좋았다. 그녀는 목에 걸린 줄을 꺼내서 작은 튜브를 돌려 교갑 속의 약을 손에 놓고 미소 띤 얼굴로 쳐다보았다.

「나를 먹어 주세요.」

그녀는 이렇게 말하고 약을 입에 넣은 다음 찻잔을 들어 차가워진 차를 마셨다.

그녀는 앨리스만 생각하려고 노력했다. 몸이 아주 작은 앨리스가 기다린다. 그녀의 눈앞에는 많은 얼굴이 그녀를 들여다보았다. 그녀의 아버지와 어머니·찰스·아담·사무엘 해밀튼, 그리고 아론, 그 옆에서 웃고 있는 카알도 보였다.

카알은 언급할 필요도 없었다. 그 눈빛이 말해 주니까.

『당신에게는 없는 게 있어요. 다른 사람은 갖고 있는데 당신은 그걸 갖고 있지 않으니까요.』

케이트는 다시 앨리스를 생각하기로 했다. 맞은편 회색 벽에 못구멍이 있었다. 앨리스는 그 속에 있을 것이다. 앨리스는 캐시의 허리를 끌어안고, 캐시는 앨리스의 허리를 껴안고, 절친한 두 친구는 서쪽으로 같이 걸어갈 것이다. 못의 머리처럼 작은 것이 되어.

사지가 따스해지면서 나른해졌다. 손의 통증도 사라졌다. 눈이 내려앉고 하품이 자꾸 나왔다.

『앨리스는 몰라. 나는 계속 갈 테야.』

그녀는 이렇게 말하고 이렇게 생각했다.

눈이 감기고 현기증이 나더니 심한 구토증이 몸을 휘감았다. 눈을 뜨고 한바퀴 휘둘러보았다. 두려웠다. 곁방이 어둑어둑해지더니 독서방의 램프 불빛이 물결처럼 흔들렸다. 다시 눈이 감기고 손가락이 가슴을 움켜쥐듯 오므라들었다. 심장이 뛰더니 호흡이 느려지면서 그녀는 점점 작아지더니 사라졌다. 그녀의 존재는 이미 없어진 것이다.

2

케이트에게서 도망치듯이 나온 조우는 심란해져서 언제나처럼 이발소로 갔다. 머리를 깎고 계란 샴푸로 머리를 감고 토닉을 발랐다. 얼굴 마사지도 하고 손톱도 다듬고 구두도 닦았다. 다른 때 같으면 이렇게 하고 새 넥타이를 매면 기분이 좋아졌는데, 50센트의 팁까지 주고 이발소를 나왔지만 기분은 여전히 울적할 뿐이었다.

케이트는 쥐를 잡듯 조우를 꼼짝도 못하게 덫에 가두어 두었다. 오도가도 못하게 팬티까지 벗겨 놓은 셈이었다. 그녀의 머리 회전이 너무 빨라서 도무지 감을 잡을 수도 없었다. 자기에게 모두 맡기겠다던 케이트의 행동이 진심인지 거짓인지 종잡을 수 없었다.

초저녁에는 지루했으나 얼마 후에는 스탠포드 대학 지부 회 『시그먼 알파 엡실론』회원 열여섯 명과 신입 회원 두 명이 샌 주안에서 회의를 마치고 떠들어대며 들어와 일대 소란을 피웠다.

서커스 도중에 담배를 피우던 플로렌스가 심한 기침을 했다. 연기를 할 때마다 기침을 해서 일을 망쳐 놓았다. 그리고 망아지는 설사를 했다.

대학생들은 괴성을 지르며 서로 어깨를 두드리며 흥겨워했다. 그들은 못을 박지 않은 물건은 모두 훔쳐 가 버렸다. 그들이 돌아간 뒤에 여자 두 명이 피곤하고 단조로운 입싸움을 했다. 테레스에게서는 매독 증세가 보였다. 정말 재수없는 밤이었다.

그리고 복도 저쪽 닫혀진 방문 안에는 위험한 인물이 명상에 잠겨 있었다. 조우는 자러 가기 전에 케이트의 방문 앞에 가 보았지만 전혀 기척이 없었다. 그는 두 시 삼십 분에 가게문을 닫고 세 시에는 침대에 누웠지만 좀처럼 잠을 이룰 수가 없었다. 그는 다시 일어나서 《바바라 워스의 승리》를 7장까지 읽었으나 잠이 오지 않았다. 날이 밝자 살며시 부엌에 가서 커피를 끓였다.

조우는 테이블에 팔굽을 짚고 두 손으로 커피잔을 쥐었다. 무엇인지가 잘못되었는데 무엇이 잘못 된 것인지 알 수 없었다. 혹시 에델이 죽은 것을 케이트가 알았을까? 그러자 그는 확고한 결심이 섰다. 아홉 시에 그녀를 만나 보자. 그리고 자세히 이야기를 들어 보자. 어쩌면 내가 이야기를 잘못 들었던 건지도 모른다. 무모하게 행동하지 말고 지켜보는 게 현명한 방법이다. 천 달러만 받아서 도망을 치자. 아니 돈을 주지 않더라도 도망쳐야 한다. 이제 계집 틈에서 일하는 것도 지긋지긋하다. 리노에 가면 도박장에 취직할 수 있다. 그럼 정해진 시간에 일만 하고 여자들 꼴은 보지 않아도 된다. 아파트를 구해 방을 훌륭히 꾸며 놓자. 큰 의자 몇 개와 침대 겸용 긴 의자를 하나 사자. 이런 좁고 지저분한 촌구석에서 머리 아프면서 살 필요는 없다. 하여간 이곳을 떠나자. 지금 곧 떠나 버리자. 여기서 일어나 이층에 올라가 짐을 꾸리는 데 2분, 그 후에는 훌쩍 떠나면 된다. 기껏해야 3,4분 밖에 걸리지 않는다. 누구에게도 알리지 않는 것이다. 생각해 보니 멋진 일이었다. 에델 건은 처음에 뜻했던 것보다는 행운이 따르지 않았지만 천 달러라면 정말 큰 돈이다.

불쾌한 기분이었을 때 요리사가 들어왔다. 목덜미에 종기가 퍼져 달걀 껍질

속을 환부에 붙이고 있었다. 번지는 것을 방지하기 위함이었다. 그는 기분이 나 뺐기 때문에 누가 자기 부엌방에 들어오는 것을 달가워하지 않았다.

조우는 자기 방에 돌아가서 좀더 책을 읽고 나서 짐을 쌌다. 어쨌든 그는 떠날 결심을 했다.

아홉 시에 조우는 케이트의 방문을 두드리고 방으로 들어갔다. 침대에는 잠을 잔 혼적이 전혀 없었다. 쟁반을 내려놓은 뒤 회색 옆방 문을 수차례 두드리다가 큰소리로 불러 보았으나 대답이 없다. 안으로 들어갔다.

원통형의 불빛이 책상 위에 비쳤다. 케이트는 베개에 머리를 푹 파묻은 채 누 워 있었다.

「여기서 주무셨군요.」

조우는 말하면서 그녀 곁으로 다가갔다. 그녀의 입술은 창백했고 눈은 반쯤 감겨 있었다. 조우는 순간적으로 케이트가 죽었음을 알았다.

그는 두리번거리다가 급히 다른 방으로 가서 문이 닫혀 있나 확인한 뒤에 화 장대 서랍을 차례차례 뒤졌다. 지갑을 뒤지고 침대 옆의 작은 상자를 열어 본 후 가만히 서 있었다. 그러나 아무 것도 없었다. 은제 머리핀 하나 없을 정도였다.

그는 옆방으로 돌아가서 케이트 앞에 섰다. 반지나 핀도 하나 보이지 않았다. 그때 그녀의 목에 걸린 가는 목걸이가 보였다. 그것을 풀어 고리를 열어 보니 작 은 금시계 하나와 작은 튜브, 그리고 27호와 29호의 열쇠가 나왔다.

그는 중얼거렸다.

「그래, 여기 감추었구나.」

조우는 쇠줄에서 시계를 끌러서 주머니 속에 넣었다. 그녀의 코를 한 방 갈겨 주고 싶은 생각이 들었다. 그때 책상이 생각났다.

그의 눈에 유언장이 들어왔다. 조우는 유언장도 돈이 될 것 같아서 주머니 속 에 넣었다. 서류함에서 한 뭉치의 서류를 꺼냈다. 청구서, 영수증, 그리고 보험 증서. 다음 칸에는 여자들 기록이 있는 작은 노트 하나. 그것도 주머니에 넣 었다. 누런 봉투를 묶은 고무줄을 풀자 봉투에서 사진이 한 장 나왔다. 사진 뒷 면에는 케이트의 깨끗한 필적으로 이름·주소·직위가 씌어 있었다.

조우는 큰소리로 웃었다. 이것이야말로 행운이었다. 봉투를 하나씩 살펴보 았다. 이 정도면 몇 년 동안이고 우려먹을 수 있을 것이다. 바로 노다지였다. 엉 덩이가 대문짝만한 시의원, 그는 다시 봉투를 고무줄로 묶었다. 맨 위 서랍에는 십 달러짜리 지폐 여덟 장과 열쇠 뭉치가 있었는데, 조우는 그것도 주머니에 넣 었다. 둘째 서랍을 열고 편지지와 봉함과 잉크를 보고 있는데 노크 소리가 들 렸다. 조우는 문을 약간 열어 보았다.

요리사가 문 앞에 서 있었다.

「누가 좀 만나자는데.」

「누구야?」

「그걸 내가 어떻게 압니까?」

조우는 방을 한 바퀴 돌아보고 나서 밖으로 나와 방문을 잠근 후 열쇠를 주머니에 넣었다. 어쩌면 아직 보지 못한 것이 있을지 모른다고 생각했다.

현관 방에는 오스카 노블이 버티고 서 있었다. 그는 회색 모자에 빨간 코트 깃을 목까지 올린 모습이었다. 눈은 턱수염과 똑같은 회색빛이었다. 방 안은 창문의 화일대를 아직 올리지 않아서 어둑어둑했다.

조우는 사뿐히 복도를 지나갔다.

오스카가 그에게 물었다.

「당신이 조우요?」

「당신은 누구죠?」

「보안관이 당신을 만나 보자고 하십니다.」

조우는 등골이 서늘해지는 것 같았다.

「구속이요? 영장은 있는 거요?」

「아뇨, 그저 조사를 할 생각이오. 잠시 함께 갑시다.」

조우가 담담히 대답했다.

「그럽시다.」

두 사람은 함께 나갔다. 조우가 몸을 떨면서 그에게 말했다.

「이럴 줄 알았으면 코트를 입고 나올 걸.」

「그럼 들어가서 입고 나오쇼.」

조우가 사양했다.

「아뇨, 됐소.」

두 사람은 카스트로비유 가로 걸어갔다. 오스카가 먼저 입을 떼었다.

「혹시 사건으로 지문을 찍힌 적이 있소?」

조우는 얼마 동안 생각에 잠겨 있다가 대답했다.

「있어요.」

「무슨 일로?」

조우는 짧게 대답했다.

「술주정, 내가 경관을 해쳤어요.」

「그랬군요. 조사해 보면 알겠죠.」

오스카는 말하면서 모퉁이를 돌아섰다.

그때 조우는 토끼처럼 풀쩍 뛰더니 한길을 지나 철로를 뛰어넘어 중국인 촌 가게가 있는 골목길을 향해 달아났다.

오스카는 보도 끝의 전신주에다 왼쪽 팔꿈치를 기대고 왼손으로 바른 손목을 잡고 나서 그 좁은 골목길 입구에 총을 겨누었다. 조우가 조준 안에 들어오자 오스카는 방아쇠를 당겼다.

조우는 쓰러지면서 1피트 가량 미끄러졌다.

오스카는 필리핀 사람이 경영하는 당구장에 들어가서 전화를 걸었다. 그가 밖에 나왔을 때에는 이미 수많은 사람이 시체 주위를 에워싸고 있었다.

제 51 장

①

1903년, 호러스 퀸은 키프 씨에게 승리를 거두고 보안관에 임명되었다. 그는 수석 보안관으로 많은 경험을 쌓았으므로 대개의 투표자들이 그가 사무를 거의 보고 있으므로 이제는 보안관이 될 충분한 자격이 있다고 생각했다. 호러스 퀸은 1919년까지 보안관직에 있었다. 퀸은 너무나 오랫 동안 보안관 노릇을 했기 때문에 몬터리 군 사람은 보안관 하면 퀸, 퀸 하면 보안관을 떠올렸다. 누구도 다른 사람이 보안관 노릇을 한다는 것은 생각도 하지 못했다. 퀸은 보안관을 하면서 늙어 갔다. 그는 옛날에 부상을 당해 다리를 절었다. 그가 용감한 사람임을 우리는 너무나 잘 알았다. 그는 여러 차례의 총 싸움에서 이겼다. 그는 특히 보안관다운 용모를 하고 있었다. 그는 얼굴이 크고 불그스름하고 수염은 허옇고 황소 뿔처럼 생겼다. 어깨는 넓고, 이제 나이가 먹었기 때문에 약간 살이 쪄서 위엄있게 보였다. 멋진 스텍슨 모자를 쓰고 노퍽재킷을 입고, 나중에는 총을 어깨걸이 총집에 넣고 다녔다. 벨트의 총집이 배를 너무 압박했기 때문이었다. 그는 1903년에도 자기 군의 사정을 잘 알았지만 1917년에는 더욱 잘 알고 일했다. 이제 그는 샐리너스의 산이 샐리너스의 일부인 것과 같은 이치였다.

아담이 총상을 입고 난 뒤부터 퀸 보안관은 계속 케이트를 감시했다. 그는 페이가 사망했을 때도 어쩌면 그녀의 농간일지도 모른다고 생각했다. 그러나 한편으로는 결코 그녀를 유죄로 몰 수 없기 때문에 그는 칼을 휘두를 수가 없었다. 원래 현명한 보안관은 불안한 일에는 뛰어들지 않는 법이다. 그리고 무엇보다 그 두 여자는 창녀에 불과할 뿐이니까.

그리고 몇 해 동안 케이트는 그를 정당하게 대했다. 그래서 그는 차츰 케이트를 좋아하게 되었다. 어차피 그런 집이 존재해야 한다면 알 만한 사람이 꾸려 나가는 것이 속이 편한 법이었다. 수배된 범인을 그녀가 알아내서 보안관에게 넘겨 준 일도 많았다. 그녀는 사고를 내지 않고 사업을 잘 꾸려나갔다. 퀸 보안관은 케이트와 사이좋게 지냈다.

추수 감사절 다음 토요일 정오에 퀸 보안관은 조우 발레리의 주머니 속에서 나온 서류를 살펴보았다. 삼팔구경 권총 알이 조우의 심장 한쪽을 뚫고 들어가 갈비뼈에 박히며 큰 구멍을 내고 말았다. 봉투에는 검붉은 피가 묻어 있었다. 퀸 보안관은 손수건으로 서류를 적셔서 붙었던 종이를 살짝 떼놓았다. 유언장은 접혀 있었으므로 바깥에만 피가 묻어 있었다. 유언장을 다 읽고 밀어 놓은 다음 여러 봉투 속의 사진을 검토했다. 그는 긴 한숨이 절로 나왔다.

그 봉투에는 모두 한 남자의 일평생을 파멸시킬 수 있는 충분한 자료가 있었다. 잘만 한다면 이 사진으로 여섯 명 정도는 자살을 시킬 수도 있었다. 케이트는 이미 포르말린 혈관 주사를 맞고 뮬러 장의사에 안치되어 있었다. 그녀의 위액은 검시관 사무실의 시험관 속에 있었다.

사진을 다 본 뒤에 그는 전화를 걸었다.

「내 사무실로 들러 주시오. 식사는 나중에 해도 되오. 중요한 일이요.」

몇 분 뒤에 이름을 밝히기 어려운 사나이가 재판소 위의 군인 감옥 옆방 사무실 책상 앞에 섰을 때, 퀸 보안관은 그에게 유언장을 내보였다.

「변호사로서 어떻게 생각하십니까? 이것도 유효한가요?」

그는 짧은 글을 읽고 나서 크게 한숨을 내쉬었다.

「내가 짐작하는 그 인물이오?」

「네, 그래요.」

「그 여자 이름이 캐더린 트래스크고, 이 유언장이 친필이며, 아론이 그의 친아들이라면 이 유언장은 유효합니다. 노다지와 똑같습니다.」

퀸은 둘째손가락으로 멋진 코밑 수염을 올리며 말했다.

「그 여자를 아십니까?」

「그럼요, 아주 잘 압니다.」

퀸은 책상에 팔꿈치를 대고 몸을 앞으로 내밀었다.

「좀 앉아요, 할 말이 있으니까요.」

변호사는 의자를 끌어당기고 손으로 코트 단추를 만졌다.

보안관이 그에게 물었다.

「혹시 케이트가 협박을 한 적은 없었습니까?」

「천만에. 그럴 이유가 없잖아요.」

「난 친구로서 묻는 거요. 이제 케이트가 죽었으니 솔직해도 됩니다.」

「무슨 얘긴지 모르겠군. 나를 협박할 사람은 아무도 없소.」

퀸 보안관은 봉투에서 사진을 한 장 꺼내어 카드 패처럼 그에게 건네 주었다.

변호사는 안경을 고쳐 쓴 뒤 한숨을 내쉬었다. 그는 나지막이 신음하듯 말했다.

「이런 젠장.」

「케이트가 이 사진을 갖고 있는 걸 몰랐습니까?」

「아뇨, 알고 있었소. 내게 그 말을 한 적이 있었소. 호러스, 이 사진을 어쩔 셈이오?」

퀸이 얼른 그에게서 사진을 빼앗았다.

「태울 작정이오.」

퀸은 여러 장의 봉투 끝을 날리면서 말했다.

「모두가 그런 사진이요. 이것이면 우리 군이 모두 파멸될 수도 있소.」

퀸은 종이에다 이름을 쭉 써 내려갔다. 그는 절룩거리며 사무실 북쪽 벽 앞에 있는 철제 난로 옆으로 가서 〈샐리너스 조간〉지를 구겨 불을 붙인 뒤 난로에다 넣었다. 불이 활활 타오르자 봉투를 모두 쓸어 넣고 바람 구멍만 열어 놓고 난로 문을 닫았다. 불이 계속 타오르더니 작은 운모창 너머로 불꽃이 노랗게 너울거렸다. 보안관이 더러운 것이 손에 묻은 듯 손을 탁탁 털었다.

「필름도 저 속에 있소. 책상 속을 뒤져서 찾아낸 거죠. 이제 다른 사진은 단 한 장도 없소.」

변호사는 말을 하려고 했으나 아무 말도 할 수 없었다.

「정말 고맙소, 호러스.」

보안관은 절룩거리며 책상에 다가가 명단을 적은 종이를 손에 들었다.

「나 대신 이 일 좀 해 줘요. 이게 그 사진의 명단이오. 그들에게 그런 사진을 내가 태워버렸다고 알려 줘요. 모두 아는 사람일 테니. 당신이 말하면 신뢰할 거요. 한 명씩 따로따로 만나서 사실대로 말해 줘요. 자, 이걸 봐요!」

그는 난로 문을 열어 재를 보이며 말했다.

「이 얘기도 빠뜨리지 말고 해 줘요.」

변호사는 퀸 보안관을 쳐다보았다. 그는 이제 이 변호사의 미움을 피할 길이 없다는 것을 깨달았다. 이제 평생 동안 그들에게는 장벽이 있을 것이고, 그들은 절대로 밖으로는 그런 내색을 하지 않을 것이다.

「호러스, 뭐라고 감사의 말을 해야 할지 모르겠소.」

그 말에 퀸 보안관은 우울한 표정으로 말했다.

「별 말씀을. 이렇게 하는 것이 우리 모두를 위한 길이니까.」

「빌어먹을 년!」

변호사는 나직이 한 마디 했다. 퀸은 그 욕의 일부는 자기에게 향한 것임을 잘 알았다.

그는 이제 보안관 노릇도 그리 오래 하지 못 할 것이라고 생각했다. 죄책감에 쌓인 사람들이 보안관을 내쫓을 게 뻔하니까. 보안관은 한숨을 쉬면서 그에게 말했다.

「그럼 그만 가서 점심 식사를 하도록 하시오. 난 해야 할 일이 있어서.」

한 시 십오 분 전 퀸 보안관은 중앙로를 돌아 중앙가로 향했다. 그는 레이노드 제과점에서 프렌치 빵을 하나 샀다. 그 빵은 따끈따끈하고 아직도 구수한 냄새가 났다.

퀸은 난간을 붙잡고 트래스크 집 현관 계단을 올라갔다.

리가 수건을 허리에 두르고 나왔다.

「트래스크 씨는 안 계십니다.」

「아, 집으로 오고 있을 거요. 내가 징병 선발 위원회로 전화를 했소. 그럼 기다리지.」

리는 호러스 보안관을 거실에 모시고 들어갔다.

「뜨거운 커피 한 잔 하시겠습니까?」

「그거 좋지.」

「그럼 새로 끓여 오죠.」

리는 부엌으로 갔다.

퀸은 아늑한 거실을 한 바퀴 둘러보았다. 보안관 생활을 계속하고 싶지 않았다. 의사가 한 말이 문득 떠올랐다.『나는 애기 받는 게 좋아요. 아기를 잘 받으면 기쁨이 따르죠.』라고 한 말이 생각났다. 그가 일을 잘 처리하면 누군가는 기분 나쁜 사람이 있게 마련이었다. 그래도 자기 임무를 완수해야 한다는 생각이 점점 희박해졌다. 이제 좋건 나쁘건 멀지않아 보안관 직을 물러나게 될 것이다.

모든 사람은 은퇴한 후의 일을 생각해 보는 법이다. 시간이 없어서 하지 못했던 일도 해보고 여행도 하자. 건성으로 읽던 책도 정독을 하고. 보안관은 오래 전부터 그 때가 되면 사냥과 낚시를 하겠다고 꿈꾸어 왔다. 산타루치아 산맥을 이리저리 다니면서 어렴풋이 기억나는 개울가에서 캠핑도 하고……그러나 꿈꾼

것과는 달리 막상 은퇴를 하자니 의욕이 생기지 않았다. 땅바닥에서 자면 다리가 쑤시겠지. 사슴은 또 얼마나 무겁고. 짐승을 쏘아 죽여 그것을 지고 돌아오려면 몹시 힘들 것이다. 그리고 이제는 사슴 고기 따위는 먹고 싶은 생각이 없었다. 레이노드 부인 같으면 그 사슴 고기를 술에 절여 양념을 잘해서 맛있게 요리하겠지만, 그렇게 온갖 양념을 하고 정성을 쏟으면 신발 가죽이라도 맛이 있을 것이다.

리는 커피를 끓이는 주전자를 사다 쓰고 있었다. 물이 끓어 유리에 부딪치는 소리가 들렸다. 오랜 경험으로 그는 새로 커피를 끓인다고 하던 리의 말은 거짓임을 알았다.

한 세상 재미있었다. 그는 오랜 얼굴이나 장면, 그리고 대화를 마음속에 새겨 조사할 수 있는 능력이 있었다. 레코드나 필름처럼 사람의 생각과 대화를 모두 마음속에 새길 수 있었다. 사슴 고기 생각을 하며 거실 안의 물건을 이것저것 살펴보았다.

『이상한데. 정말 이 방은 좀 이상해.』

그는 다시 방 안을 둘러보았다. 꽃무늬 무명 레이스 커튼, 수를 놓은 흰 테이블보, 남자만 살고 있지만 모두가 여성 취향적이었다.

호러스는 자기 집 거실을 생각해 보았다. 파이프 받침대를 제외한 모든 것은 아내가 사다 놓은 것이었다. 아니, 파이프 받침도 아내가 산 것이었다. 여자의 방도 하나 있었다. 그러나 이 집의 방은 위장된 것 같았다. 너무나 여성 취향이었다. 리의 솜씨일 것이다. 아담은 그런 사실도 모를 테니까. 아담이 이렇게 꾸몄을 리는 천부당만부당한 일이다. 리는 가정적인 분위기를 만들려고 애썼지만 아담은 그 사실을 눈치채지도 못했을 것이다.

호러스는 오래 전 아담을 심문하던 때가 생각났다. 그때의 아담은 고뇌에 잠긴 인간이었다. 그때의 아담은 두려움에 정신이 없는 얼굴이었다. 그때는 아담이 너무 정직해서 전혀 다른 생각을 할 수 없는 인간이라고 생각했다. 그 후에도 보안관은 자주 아담을 만났다. 같은 프리메이슨 회원이었고 회장 자리도 같이 했다. 호러스가 아담의 후임 회장이었는데, 두 사람은 지금도 회장 기념핀을 달고 다녔다. 그러나 아담은 다른 사람과 어울리는 성격이 아니었다. 아담은 보이지 않는 장벽으로부터 세상과 차단되어 있었다. 어느 누구도 아담의 마음에 들어갈 수 없었고, 또한 그도 다른 사람에게 접근하지 않았다. 그러나 아담이 옛날 고뇌에 빠져 있었을 때에는 장벽은 전혀 없었다.

아담은 아내를 통해서 살아 있는 세상과 접촉했다. 호러스는 현재의 그 여자를 생각해 보았다. 퇴색되고 세척을 하고 천장에 걸린 고무 포르말린 튜브에 의해 목에 바늘이 꽂힌 모습을.

아담은 부정할 행동을 할 수 없는 인물이었다. 그에게는 욕망이 없다. 욕망이 없으면 나쁜 짓을 저지르지 않는 법이니까. 그 벽 뒤에서는 어떤 일이 벌어지는 것일까? 어떤 압력일까, 어떤 기쁨일까, 어떤 고통일까?

보안관은 다리를 누르는 체중을 덜기 위해 엉덩이를 움직였다. 커피 끓는 소리를 빼고는 쥐 죽은 듯 조용했다. 아담이 징병 선발 위원회에서 돌아오는 데에는 꽤 오랜 시간이 걸렸다. 보안관은 이제 자기도 늙었다는 생각을 하며 웃었다.

그때 현관에서 아담의 목소리가 들렸다. 리는 그 소리를 듣고 뛰어나가 한 마디 했다.

「보안관이 오셨어요.」

리는 그에게 미리 언질을 주듯 말했다. 아담은 웃으면서 보안관에게 미소를 지었다.

「호러스, 안녕하시오. 그래 영장은 가지고 왔소?」

보안관도 그 말을 받았다.

「오랜만입니다. 막 커피를 마시려던 참이었죠.」

리가 부엌으로 돌아가 달그락거렸다.

아담이 보안관에게 물었다.

「호러스, 무슨 나쁜 일이라도 있나요?」

「뭐, 내가 하는 일은 언제나 좋지 않은 일이죠. 커피가 온 다음에 얘기합시다.」

「리는 괜찮으니 염려하지 마시오. 어차피 듣게 되니까요. 문을 닫아도 리의 귀에는 소리가 들린답니다. 난 리에게 비밀이 없어요. 감출 방법이 없어요.」

그때 리가 쟁반을 갖고 왔다. 그는 혼자 싱글벙글 웃으며 커피를 따른 뒤 나갔다. 그러자 아담이 보안관에게 물었다.

「호러스, 도대체 무슨 일이죠?」

「아니 별일은 아니오. 저 아담, 그 여자와 아직 부부로 되어 있나요?」

아담은 긴장으로 몸이 경직되었다.

「네, 그런데 그건 왜 묻죠?」

「어젯밤에 그 여자가 자살을 했소.」

아담의 얼굴은 일그러지고 눈이 둥그래지더니 눈물이 글썽거렸다. 아담은 입을 꽉 다물고 눈물을 보이지 않으려고 노력했으나 그만 포기하고 두 손으로 얼굴을 가리고 울기 시작했다.

「오, 불쌍한 사람!」

보안관은 조용히 아담이 안정할 때까지 기다렸다. 잠시 후에 아담은 진정하고 고개를 들었다.

「이거 정말 미안합니다.」

리가 물수건을 들고 들어왔다. 아담은 물수건에다 눈물을 닦은 뒤 수건을 리에게 도로 주었다.

아담의 얼굴에 부끄러운 기색이 감돌았다.

「전혀 뜻밖이에요.」

「내가 할 일이 무엇이죠. 장례식은 내가 맡아서 치르도록 하죠.」

이번에는 퀸이 말했다.

「나 같으면 그렇게 하지 않을 겁니다. 꼭 그래야 된다면 할 수 없지만요. 내가 그 일 때문에 온 건 아닙니다.」

보안관은 주머니에서 접은 유서를 꺼내서 그에게 주었다.

아담은 몸을 움츠리면서 말했다.

「이 피가 그 여자의 핀가요?」

「아니, 그 여자의 피가 아닙니다.」

아담은 그 유서를 읽고 나서 종이를 멍청히 들여다보았다.

「그애는 그 여자가 어머니라는 걸 몰라요.」

「그럼 지금껏 아들에게 말하지 않았단 말입니까?」

「네, 말해 주지 않았어요.」

「저런!」

아담이 심각하게 말했다.

「그애는 그 여자가 주는 것은 아무것도 받지 않으려 할 겁니다. 그건 찢어 버리고 잊도록 합시다. 아론은 말해도 받지 않을 겁니다.」

퀸이 그에게 말했다.

「그래서는 안 됩니다. 우리는 이따금 불법적인 일을 저지르고 있죠. 그 여자는 금고 예치를 해 두었더군요. 내가 유서와 열쇠를 어디서 찾아냈는지는 말할 필요가 없겠죠. 나는 법원 명령도 기다리지 않고 은행에 가 보았죠. 무슨 관계가 있을 거라고 생각했기 때문이죠.」

보안관은 거기에 더 많은 사건이 있을지 몰라서 가 보았다는 말은 하지 않았다.

「보브 노인이 금고를 보여 주더군요. 거절할 수도 있었는데. 금고에는 금화 증권이 10만 달러 이상 있었죠. 돈이 산더미 같이 있었죠. 다른 것은 전혀 없고 돈만 있었소.」

「다른 건 없었소?」

「아, 돈 이외에 단 한 가지 결혼 증서가 한 장 더 있더군요.」

아담은 의자에 등을 기대었다. 그의 표정은 다시 멍해졌다. 그와 밖의 세계와는 보호막이 생겼다. 그는 커피를 한 모금 마셨다.

아담은 침착한 음성으로 물었다.

「당신은 내가 어떻게 했으면 좋을 것 같소?」

퀸 보안관이 진지하게 말했다.

「나 같으면 어떻게 하겠다는 말밖에 할 수가 없소. 그러나 내 충고를 반드시 받아들여야 한다고 생각하지는 않소. 나라면 지금 당장 아들에게 모든 것을 털어 놓겠소. 숨김없이 모두, 그리고 왜 지금까지 이야기를 못했는지도 자세히 설명하는 게 좋을 것 같소. 아들이 몇 살이죠?」

「열일곱이오.」

「그 나이면 어른이라고 볼 수 있소. 아들도 언젠가는 그 사실을 알아야만 하오. 그러니 당장 사실대로 털어 놓도록 해요.」

아담이 보안관에게 말했다.

「카알은 그 사실을 알고 있죠. 그 여자가 왜 아론에게 유산을 남겼는지 알 수 없군요.」

「그건 누구도 알지 못할 거요. 당신 생각은 어떻소.」

「난 도무지 뭐가 뭔지 모르겠소. 당신이 말한 대로 해야겠소. 함께 여기 있어 주겠소?」

「네, 그러죠.」

아담이 리를 불러서 말했다.

「리, 아론을 찾아 보게. 집에 있나?」

리가 문 앞에 가까이 와서 눈꺼풀을 감았다가 뜨면서 다시 말했다.

「아뇨, 집에는 없습니다. 어쩌면 학교로 돌아갔는지도 모르겠는데요.」

「그렇다면 말을 하고 떠났겠지. 호러스, 우리는 추수감사절에 샴페인을 많이 마셨죠. 그럼 카알은 어디 있지?」

「방에요.」

「그럼 카알을 불러. 카알은 알 테니까.」

카알의 얼굴은 피곤해 보였고, 극도의 피로 때문에 어깨는 축 늘어져 있었다. 그의 얼굴은 위축되어 있었고 교활하고 천박해 보였다.

아담이 카알에게 물었다.

「카알, 네 형 어디 있냐?」

카알이 대답했다.

「모릅니다.」

「너, 형과 함께 있지 않았냐?」

「아뇨.」

「아론이 이틀이나 집에 들어오지 않았는데, 어디 있는지 알고 있나?」

「그걸 제가 어떻게 알아요. 내가 형을 돌봐야 합니까?」

아담은 고개를 숙이고 몸을 약간 떨었다. 그의 눈은 파란 빛을 번뜩였다. 아담은 혼자 중얼거렸다.

「그래, 대학에 돌아갔는지도 모르지.」

아담의 입은 천근이나 되는 듯 무겁게 움직였다.

「너는 아론이 대학으로 돌아간 것 같으니?」

그때 퀸 보안관이 일어서며 말했다.

「나는 그만 돌아가겠습니다. 할 일도 있고요. 아담, 좀 쉬도록 해요. 큰 충격을 받았을 테니.」

아담은 보안관을 쳐다보며 말했다.

「아, 충격, 그렇지 그래. 고마워요, 조지, 정말 고마워요.」

「조지라구요?」

아담이 그에게 말했다.

「정말 고마워요.」

보안관이 떠난 후 카알도 방으로 돌아갔다. 아담은 의자에 앉은 채 바로 잠들었다. 그는 입을 벌리고 요란스럽게 코를 골았다.

리는 잠시 그 모습을 지켜본 후 자기 방으로 갔다. 그는 빵 상자에서 가죽 표지의 작은 책을 꺼냈다. 그것은 《마르쿠스 아우렐리우스 명상록》으로 금박으로 표지를 찍은 글자가 다 닳은 책이었다.

리는 금테 안경을 닦은 뒤 책장을 넘겼다. 리는 의식적으로 마음의 안정을 주는 문장을 찾았다.

그는 입술을 달싹거리며 천천히 글을 읽었다.

『기억하는 것도 기억되는 것도 오직 하루뿐이다. 모든 것은 변화로 인해 생긴다는 것을 항상 기억하라. 그리고 현존하는 것을 변화시켜서 그 같은 새 것을 만드는 것을 무엇보다 좋아하는 것이 우주의 본성임을 언제나 명심하라. 현존하는 만물은 어떤 의미로는 미래에 존재할 씨앗이기 때문이다.』

리는 또 다음 장도 읽어 보았다.

『그대는 이제 바로 사망하리라. 그러나 그대는 아직도 단순치 못하고 마음의 혼란에서 벗어나지도 못하고 외부 사물에 의해 상처를 받고 있다는 의혹에서 벗어나지 못하고, 모든 이에게 관대하지 못하고, 지혜를 발휘하여 공정한 행동도 하지 못하는도다.』

리는 책에서 눈을 떼고, 마치 성현에게 대답하듯 말했다.

「옳은 말씀이긴 하지만 너무 어려워요. 죄송합니다. 그러나 이렇게 말씀하신 것을 잊지 마십시오. 『언제나 지름길을 택하라. 지름길이야말로 가장 자연스러운 길이다.』」

리는 끝까지 책장을 넘겼다. 책 끝 면지에는 굵은 목수용 연필로 『사무엘 해밀튼』이라고 씌어 있었다.

리는 갑자기 기분이 좋아졌다. 그는 사무엘 해밀튼이 이 책이 없어진 것을 알고 있었는지 자못 궁금했다. 그때는 그 책을 훔쳐 오는 것만이 가장 순수한 방법이라고 생각했었다. 그는 책을 빵 상자에다 다시 넣으며 부드러운 가죽 표지를 손가락으로 쓰다듬었다. 그리고 혼자 중얼거렸다.

『해밀튼은 누가 이 책을 훔쳤는지 알고 있었던 게 틀림없어. 마르쿠스 아우렐리우스를 누가 훔쳐갔는가?』

그는 거실로 들어가서 잠자고 있는 아담 옆에 가서 의자를 끌어당겨 앉았다.

2

카알은 팔꿈치를 책상에 괸 채 쑤시는 머리를 양손으로 감쌌다. 위는 마치 소용돌이치는 듯했고 시큼한 위스키 냄새가 몸에서 진동을 하고 머리가 지끈지끈 쑤셔 왔다.

카알은 전에는 술에 취해 본 적이 없었고 그럴 필요도 전혀 없었다. 케이트의 집에 다녀와도 그의 고통은 감소되지 않았고, 복수를 했지만 유쾌하지도 않았다. 그의 기억은 모두 현기증나게 하는 구름 같았고, 육감의 파편이 단편적으로 떠엄떠엄 떠오를 뿐이었다. 이제는 사실과 공상의 구별이 어려웠다. 케이트의 집을 나오며 흐느끼는 아론의 어깨에 손을 얹자, 아론은 카알을 후려쳐서 때려 눕혔다. 아론은 어둠 아래서 카알을 한동안 쳐다보다가 돌아서더니 큰소리로 울면서 뛰어가 버렸다. 카알은 지금도 아론이 달려가는 소리와 쉰 목소리로 우는 울음 소리가 귀에 들렸다. 카알은 케이트의 집 마당에 서 있는 커다란 나무 아래, 형에게 맞아서 쓰러진 채로 엎어져 있다. 기관차가 칙칙거리는 소리와 화차를 연결하느라고 덜컥거리는 소리가 들려 왔다. 눈을 감고 있자니 발소리가 나더니 인기척이 났다. 카알은 눈을 뜨고 위를 쳐다보았다. 누군가가 내려다보는데 케이트처럼 보였다. 그 사람은 말없이 가 버렸다.

한참 후에 카알은 일어나서 몸을 털고 중앙로를 향해 걸어갔다. 그는 너무나 태연한 자신에 대해 놀랐다. 그는 노래를 불렀다.

「무아지경에서 자라나는 장미 한 송이, 보기에 아름다운 장미.」

카알은 금요일 하루 내내 생각에 잠겨 있었다. 저녁에는 조우 래거너가 위스키를 한 병 사다 주었다. 그는 아직 미성년자라 술을 살 수 없었기 때문이었다. 조우는 카알에게 친구가 되어 주려고 했으나, 그에게 달러를 받고는 만족한 얼굴로 포도주를 사서 집으로 돌아갔다. 카알은 애버트 주점 뒷골목으로 가서 케이트를 제일 처음 본 전주 뒤의 그늘진 곳을 찾아냈다. 카알은 땅바닥에 앉아서 구토가 나는 것을 가까스로 참으면서 억지로 위스키를 마셨다. 그는 두 번이나 토하면서도 계속 술을 마셔 댔다. 땅과 가로등이 찬란하게 빙빙 돌았다.

그는 술병을 놓쳐 버리고 실신했다. 무의식 중에서도 그는 쉬지 않고 토했다. 털이 짤막하고 꼬리가 위로 말린 똥개가 어슬렁거리며 그 골목으로 돌아와 카알의 냄새를 맡고 있었다. 조우 래거너도 그를 발견하고 킁킁거리며 냄새를 맡았다. 조우는 카알의 옆에 있는 술병을 들고 불빛 아래 비쳐 보았다. 아직 삼분의 일은 남아 있었다. 병마개를 찾다가 보이지 않자 조우는 자기 엄지손가락으로 병을 막아서 들고 가지고 갔다.

새벽 추위에 잠이 깬 카알은 구토증을 억지로 참으면서 몸을 끌다시피하며 집으로 돌아갔다. 집은 골목길을 나와 길만 하나 건너면 되었다.

리가 문 소리를 들었다. 비틀거리며 복도를 지나 침대에 쓰러지는 카알에게서 역한 냄새가 났다. 카알은 머리가 빠개지는 기분이 들었다. 그는 슬픔을 이겨낼 힘도 없고 수치감을 막아 낼 배짱도 없었다. 얼마 후 그는 얼음같이 찬 냉수로 목욕을 한 뒤 부석으로 온몸 구석구석까지 문질렀다. 마찰에서 오는 통증도 유쾌히 느껴졌다. 지금만이 아니라 언제나 아론에게 겸손한 마음을 가져야겠다고 생각했다. 그렇게 하지 않고는 살 수가 없었다. 그러나 보안관과 아담 앞에서는 심술궂은 개처럼 거칠어지고 화가 났다.

카알은 자신의 죄를 아버지께 말씀드린 뒤 용서를 받아야 한다고 생각했다. 이제 자기 증오는 다른 사람들에게 노출되고 말았다. 사랑을 하지도 못하고 베풀 줄도 모르는 그는 점차 사악한 들개로 변하고 있었다.

그러다가 그는 다시 자기 방으로 돌아왔다. 죄의식이 그를 자꾸 괴롭혔다. 그러나 그는 그것을 막아 낼 방법이 전혀 없었다.

아론의 일이 걱정되었다. 형이 어쩌면 다쳤는지도 모르고 곤란한 처지에 놓였

올지도 모른다는 생각이 들었다. 아론은 자기 앞을 제대로 가리지 못하는 사람이다. 카알은 아론을 데려와서 전의 모습으로 되돌아가게 해야 한다고 생각했다. 자신을 희생하더라도 반드시 그래야만 한다고 생각했다. 죄의식에 사로잡힌 사람은 누구나 그렇듯이 카알 역시 희생이라는 관념만 머리에서 떠나지 않았다. 나를 희생해서라도 아론을 데려와야 하는 것이다.

카알은 옷장 서랍 속에 두었던 작은 손수건에서 납작한 종이 뭉치를 꺼냈다. 그는 방 안을 한 바퀴 둘러보고는 쟁반을 책상으로 가져 갔다. 숨을 깊이 쉬니 공기가 차가워서 상쾌했다. 카알은 새 지폐를 한 장 꺼내 모서리가 지게 가운데를 접고 나서 책상 밑에서 성냥불로 지폐를 태웠다. 두툼한 지폐가 타서 검게 되었다. 불이 손가락 끝에 닿자 카알은 뜨거워서 까맣게 된 종이를 접시에 떨어뜨리고 말았다. 그는 다른 지폐를 또 태웠다.

지폐 여섯 장을 태웠을 때 리가 노크도 하지 않고 들어왔다.

「아니 무슨 타는 냄새가 나는데?」

리는 말하면서 들어오다가 카알이 하는 짓을 보고「아니 저런!」하고 놀랬다.

카알은 처음에는 간섭을 받을 것 같아서 긴장을 했으나 아무 일도 없었다. 리는 팔짱을 낀 채 말없이 지켜보았다. 카알은 지폐를 한 장씩 모두 태웠다. 그리고 검게 탄 종이를 부수고서 리가 먼저 말을 꺼낼 때까지 기다렸다. 그러나 리는 입을 열지 않았다.

카알이 참다 못해 먼저 입을 열었다.

「할 말이 있으면 해봐요.」

리가 대답했다.

「아니, 하지 않을 테야. 너도 할 말이 없다면 나는 잠시 후에 나가겠어.」

리는 팔짱을 낀 채 웃으며 기다렸다. 그러나 그의 표정은 너무나 미묘해서 감이 잡히지 않았다.

카알은 그에게서 시선을 돌리고 말했다.

「앉아 있는 내기를 하면 내가 지지 않을 거예요.」

「시합이라면 그럴 테지. 그러나 하루 종일, 일 년 내내, 백 년 동안 앉아 있는 내기를 한다면, 그건 내가 이길 수 있어.」

한참 후에 카알이 억지를 썼다.

「어서 설교나 해보세요.」

「설교는 하지 않을 거야.」

「그럼 왜 온 거죠? 리, 내가 무슨 일을 했는지 다 알고 있죠? 난 어젯밤에 술을 진탕 마셨어요.」

「네가 한 일은 짐작하고, 또 술 먹은 건 냄새로도 알 수 있지.」

「냄새라구요?」

리가 그에게 말했다.

「그래, 지금도 술 냄새가 난다.」

「처음 취해 보았어요. 그런데 영 좋지 않아요.」

「나도 술은 좋아하지 않아. 속에서 통 받지 않는단 말야. 그리고 술이 들어 가면 장난기가 발동해. 사색적이라고 말할 수 있어.」

「아니, 그건 또 무슨 말이죠. 리?」

「그럼, 예를 들어 설명해 주겠어. 난 젊은 시절에 테니스를 했어, 참 좋아했어. 테니스는 하인들도 하기에 좋은 운동이지. 주인이 실수한 공을 받아 주면 고맙다는 말 대신 현찰로 다만 몇 달러라도 주니까. 언젠가는 또 셰리주를 마셨지. 나는 술기운에 비로소 박쥐가 제일 잡기 어렵다는 것을 알아냈지. 그러다가 한밤중에 샌린드라의 감리교회 종각에서 붙잡혔어. 마침 라켓을 갖고 있어서 쉽게 경관에게 설명할 수 있었어. 그래서 박쥐를 상대로 하여 백 핸드 연습중이라고 자세히 말씀드렸지.」

카알이 재미있어 하며 깔깔거리고 웃는 바람에 리는 이 이야기가 만들어 낸 것이 아니었다면 하는 생각을 했다.

카알이 말했다.

「나는 전신주 뒤에 앉아서 돼지처럼 마셔 댔지요.」

「왜 또 짐승 이야길 해?」

카알이 리의 말을 중단시키면서 말했다.

「술에 취하지 않으면 자살할 것만 같아서 그랬어요.」

「카알은 할 수 없어. 너는 심술이 너무 많단 말야. 카알, 아론은 어디 있는 거냐?」

「달아났어요. 어디 갔나 나도 몰라요.」

리가 날카롭게 말했다.

「아론에게는 심술이 없단 말야.」

「그건 나도 알아요. 아론이 자살은 하지 않았을 테죠.」

「빌어먹을 사람들은 자기가 안심하고 싶을 때는 늘 자기 희망적 관찰을 타인에게 강요한단 말이야. 그건 식당에서 웨이터에게 오늘 밤에는 무엇이 맛있는가를 묻는 것과 같지. 도대체 내가 어떻게 알겠어?」

카알이 큰소리로 외쳤다.

「내가 왜 그랬지. 내가 왜 그랬을까?」

「복잡하게 하지 마. 네가 왜 그랬는지는 스스로 잘 알 테니까. 너는 아론에게 화풀이를 한 거지. 아버지가 네 기분을 상하게 했으니까. 그래서 아론에게 화가 났겠지. 맞아. 너는 비열한 행동을 한 거야.」

「그거예요. 왜 내가 심술을 부렸는지 모르겠어요. 난 그러고 싶지 않았어요. 리, 나를 도와 줘요!」

「잠깐, 아버지 소리가 나는 것 같아.」

리는 문으로 달려갔다.

잠시 두 사람의 말 소리가 들렸으나 이내 리가 돌아왔다.

「아버지가 우체국에 가시겠대. 오후에는 편지가 오지 않는데 말야. 그래도 샐리너스 사람들은 누구나 오후에 우체국에 가거든.」

「더러는 우체국에 가는 길에 술을 한 잔 하기도 하죠.」

「그건 일종의 습관이랄까, 휴식이라고 볼 수 있어. 친구도 만나고. 겸사겸사지. 카알, 아버지의 안색이 몹시 나쁘셔. 눈빛이 멍하고. 참, 깜빡 잊어버렸는데 네 어머니가 어젯밤에 자살을 했다.」

「그래요?」

카알은 마치 으르렁거리듯 반문했다.

「그거 잘됐군요. 아니 그렇게 말해선 안 되지. 생각하고 싶지 않아요. 그런데 무의식중에 튀어나오는군요. 이래선 안 되는데.」

리는 머리를 한 번 긁자, 머리 전체가 근질근질해지는 듯했다. 천천히 머리를 긁다가 다시 요란스럽게 긁어 댔다. 그 모습은 무언가를 생각하는 듯이 보였다.

「돈을 불태우니까 기분이 좋지?」

「네, 맞아요.」

「너는 자학으로 즐거움을 얻고 있는 거야, 그것도 아니면 절망감을 즐기는 거다.」

「리!」

「너는 자신 생각만 해. 너만 잘났고, 언제나 자기만 괴로움을 당한다고 생각하고 있어. 자기의 고통을 언제나 보통 괴로움이 아니라고 생각하지. 너는 자신을 쓸모없는 코홀리개로 생각하지 않니? 너는 행동은 비열한데 생각은 이상할 정도로 신비하고 순수하단 말야. 너는 어쩌면 남보다 활기가 더 많은지 모르지만 그 외에는 다른 아이들과 조금도 다르지 않아. 네 어머니가 창녀였다고 해서 네가 점잖은 척하고 더 괴로운 척해야 되는 거야? 너는 아론에게 무슨 일이 있으면 그건 네 탓이라고 생각하고 싶은 거지? 이 철부지 녀석!」

카알은 천천히 책상 앞으로 몸을 돌렸다. 리는 마치 피하 주사의 반응을 살피는 의사의 모습처럼 숨을 죽이면서 카알을 지켜보았다. 카알에게서 개선의 반응이 일어났다. 모욕에 대한 분노와 반항, 그리고 그 속에 뒤따르는 마음의 상처와 안도감이 뒤섞여서 작용했다.

리는 길게 한숨을 내쉬었다. 그는 진지하고 열심히 설명을 했으므로 그의 임무는 일단 성공한 것 같았다. 리는 침착하게 말했다.

「카알, 우리는 격렬한 사람이지. 내가 우리라고 말해서 나까지 포함시켰는데 그것이 이상하다고 생각하지 않니? 그래, 우리는 흥분을 잘하고 범죄적이고 논쟁을 좋아할 뿐만 아니라 용감하고 지나치게 독립적이고 관대한 조상의 후예라고도 할 수 있어. 피부색이 다르고 혈통은 다르지만 모두가 미국인이고 성향은 같지. 우연히 뽑혀 온 종족이랄까. 그래서 우리는 지나치게 용감하지만 한편으론 지나치게 겁이 많은 거야. 어린애처럼 순진하면서도 잔인하지. 낯선 사람들에겐 다정하면서도 두려움을 갖고 있지. 뽐내는가 하면 감수성이 강하기도 하고, 지나치게 감상적인가 하면 또 실제적이지. 그리고 세속적이면서도 물질적이고 우리 국민만큼 이상을 위해 행동하는 국민이 또 있을까? 우리는 무진장 먹어 대지. 또 우리는 취미나 균형감이 없고, 정력을 낭비한단 말이야. 구세대의 사람들은 우리보고 야만 상태에서 중간 문화도 거치지 않고 퇴폐 문화로 넘어간다고 말하지. 그러나 우리의 비평가들이 우리 문화의 본질, 우리 문화의 내용을 모르는 걸까? 카알, 우리는 이런 상황 속에 있어. 너도 예외는 아니란 말야.」

카알은 웃으면서 리에게 말했다.

「어서 말해 보세요.」

「이제 더 할 말도 없어. 아버지가 빨리 돌아오셨으면 좋겠는데 정말 걱정이야.」

리는 말을 마치고 나서 초조히 밖으로 나갔다.

리는 현관문 바로 안쪽 복도 벽에 아담이 기대 있는 것을 발견했다. 모자는 눈 아래까지 푹 내려져 있고, 어깨는 축 늘어져 있었다.

「아담, 왜 그래요? 정신 좀 차려 봐요.」

「좀 피곤해. 그저 피로하단 말야.」

리는 아담의 팔을 잡고 거실로 갔다. 몸이 질질 끌려 오는 듯하더니 아담은 자기 의자에 쓰러져 버렸다. 리가 그의 모자를 벗기자, 아담은 오른쪽 손으로 자기 왼쪽 손등을 문질렀다. 그러나 눈동자가 아무래도 정상이 아니었다. 눈동자는 맑았지만 전혀 움직이지 않았다. 그의 말소리는 너무나 느려서 마치 잠꼬대를 하는 것 같았다. 그는 손을 세게 문질렀다.

「이상해. 내가 우체국에서 정신을 잃었었나 봐. 피오다 씨가 부축해 주었어. 순간적이긴 하지만 기절을 한 적은 없었는데.」

리가 질문했다.

「편지는 있었습니까?」

「있더군.」

아담은 왼손을 주머니에 넣더니 이내 꺼내며「손이 저리는군.」하고는 다시 오른손을 주머니에 넣어 노란색 관제 엽서를 꺼냈다.

아담은 엽서를 바짝 들고 있다가 무릎에 떨어뜨렸다.

「편지를 읽은 것 같은데……그래 그 편지를 읽었을 거야.」

「리, 안경을 써야겠어. 지금껏 안경을 쓰지 않았는데 글자가 가물거리고 통 보이지 않아.」

「제가 읽어 드릴까요?」

「거 참, 이상한 일이야. 우선 빨리 안경을 준비해야지. 그 편지에 무슨 내용이 씌어 있지?」

리가 아론의 편지를 읽기 시작했다.

아버지께, 저는 군인이 되었습니다. 그들에게는 열여덟 살이라고 속였습니다. 별일 없을 테니 염려하지 마세요.

아론 올림

아담은 손을 문지르며 말했다.

「이상해, 아무래도 이상하단 말야. 읽은 것 같은데 안 읽었나 봐.」

제 52 장

1

　1917년부터 1918년의 겨울은 암담하고 불안하기만 했다. 독일군은 승리에 승리를 거듭했다. 3개월 동안 영국 군인은 30만 명의 사상자를 내고, 프랑스 군대는 반란을 일으키기까지 했다. 동부 전선의 독일 사단은 재정비를 하고 모두 서부 전선에 투입되었다. 이제 전쟁은 희망이 없었다.

5월이 되자 우리 군대는 12개 사단이나 전선에 투입했으며, 여름이 되자 우리 부대는 대거 바다를 건너기 시작했다. 연합군의 장성은 서로 싸우기만 했고, 바다를 건너는 전함은 독일 잠수함의 밥이 되고 말았다.

그제서야 우리는 전쟁은 결코 일전 속결의 돌격 작전이 아니라, 오래 지속되는 복잡 다단한 것임을 깨달았다. 겨울이 되자 우리의 사기는 땅에 떨어져 버렸다. 이미 불꽃 같은 흥분은 사라진 지 오래였고, 끈질긴 장기전 준비는 아직 서지 못했다.

독일군 장군 루덴로르프는 패배를 모르는 명장이었다. 그를 저지할 수 있는 사람이 없었다. 그는 지리멸렬한 영국군과 프랑스 군인을 계속 공략했다. 우리는 너무 늦은 건 아닐까, 멀지않아 우리만 독일군과 싸워야 하는 날이 오는 것은 아닐까? 하는 걱정이 일었다.

사람들 중에는 전쟁을 외면하고 환상에 젖어 있거나 나쁜 짓만 하는 사람, 환각에 정신을 차리지 못하는 사람들이 생겨났다. 점쟁이를 찾는 사람들의 수가 늘어나기 시작했으며 술집은 대성황을 이루었다. 한편에서는 세상에 만연한 공포와 낙심을 이해하려고 개인적인 생활만 하기도 했다. 오늘날 우리가 이 사정을 잊고 있는 것은 너무도 이상하다. 우리는 일차 대전을 속전속결의 승리로 기억했다. 깃발과 악대, 행진과 법석과 귀한 군인이 연결되고 자기들 때문에 자기네가 승리했다고 행진하는 빌어먹을 놈의 영국인들을 상대로 술집에서 벌어지는 싸움. 우리는 그저 마음속으로 이런 것을 생각할 뿐이다. 그 해 겨울엔 도대체 루덴도르프를 패배시킬 수 없었고, 수많은 사람들이 속으로는 패배에 대한 대비를 했는데, 벌써 그 일조차도 모조리 잊어버렸다.

2

아담 트래스크는 슬프다기보다는 당혹해 했다. 그는 징병 사무소를 사직하지는 않고 건강 때문에 결근계를 냈다. 그는 몇 시간 동안 앉아서 왼손의 등을 문질렀다. 거친 솔로 문지르고 뜨거운 물에 담갔다.

아담이 말했다.

「혈액 순환이 문제란 말야. 혈액 순환만 정상이면 괜찮을 거야. 눈이 왜 이렇지. 눈이 보이지 않았던 적은 없었는데 시력 검사를 하고 안경을 써야겠어. 내가 안경을 쓰게 될 줄은 몰랐는데. 익숙해지기 어려울 텐데. 오늘 가려고 했는데 좀 어지럽군.」

그는 생각보다 더 많이 현기증이 났다. 벽을 짚지 않고는 집 안에서도 어지러워서 걸어다닐 수가 없었다. 리가 부축해서 일어나기도 했고, 아침에 침대에서 일어나는 것도 부축을 받아야 할 때도 있었다. 그리고 왼손이 자주 마비되어서 종종 구두끈을 매어 주어야만 했다.

매일 그는 아론에 대해 말했다.

「나는 젊은이가 입대하려는 마음을 이해하지. 아론이 입대 전에 내게 얘기를 했다면 나는 그애가 입대하지 않도록 설득은 했겠지만 막을 수는 없었을 거야. 리, 내 말 알겠나?」

「네.」

「그렇지만 나는 아론이 몰래 입대한 이유를 알 수 없어. 아론은 왜 편지도 쓰지 않는 걸까? 나는 그애를 잘 안다고 생각했는데 그게 아니야. 에이브라에게는 편지를 보내는지 모르겠군. 그애에게는 편지를 보낼 테지?」

「물어 보겠습니다.」

「당장 좀 물어 보게나.」

「훈련이 심해서 그럴 겁니다. 시간이 없어서 그런지도 모르죠.」

「엽서 한 장 쓰는데 무슨 시간이 오래 걸린다고 그래.」

「그럼 당신은 군복무 시절 부친에게 편지를 쓰셨던가요?」

「자네가 옛날 생각을 하게 하는군. 나는 쓰지 않았어. 나는 입대하기 싫은데 아버지가 억지로 보냈기 때문에 아버지께 반발했거든. 그러나 아론은 대학에서 열심히 공부하고 있었잖아. 대학에서 그애에 관해 문의 편지가 왔잖아. 자네도 그 편지 읽었지? 그애는 옷도 가지고 가지 않았고 금시계도 놔 두고 갔어.」

「군대에서는 옷도 금시계도 필요없으니까요.」

「그건 그렇지만 난 이해할 수가 없어. 내 눈을 어떻게 해봐야겠는데. 모두 자네에게 읽어 달라기도 힘들고 말야.」

정말 눈이 문제였다. 그는 하루에도 몇 번씩 신문이나 책을 들고선 다시 내려 놓았다.

「편지는 볼 수 있지만 글자가 모두 가물거려.」

리는 아담이 답답하지 않도록 언제나 신문을 읽어 주었는데 중간에 아담은 잠들어 버리곤 했다.

그러다가 깨면 그는 항상 똑같은 말을 되풀이했다.

「리? 아니 카알이냐? 눈이 이런 적이 없었는데 내일은 가서 시력검사를 해야겠어.」

2월 중순 경, 카알이 리에게 말했다.

「리, 아버지에게 시력 검사를 받도록 합시다.」

그러자 리가 말했다.

「아니, 가지 않는 게 더 좋아.」

「왜요?」

「눈이 문제가 아니란 말야. 그냥 놔 두는 게 좋을 거야. 심한 충격을 받으셔서 그래. 회복될 때까지 기다리자구. 읽는 건 내가 다 읽어 드릴 테니까.」

「그럼 뭐죠?」

「말하기 싫어. 에드워드 박사나 인사차 들러 주셨으면 좋겠는데.」

카알이 말했다.

「마음대로 해요.」

리가 그에게 물었다.

「카알, 에이브라 만나나?」

「보기는 보죠. 그 여자가 먼저 피하지만요.」

「그럼 잡을 수 있겠어?」

「그래요. 그 여자를 잡아서 눕히고 뺨을 때려 말을 하게 할 수도 있지만 그렇게는 하기 싫어서요.」

「막연한 사이라면 그래도 되겠지. 그런데 장벽은 살짝 건드리기만 해도 무너져 버릴 때가 있단 말야. 조용히 쫓아가서 말을 시켜. 그리고 내가 만나고 싶어 한다고 이야기 좀 전해 달란 말야.」

「싫어요.」

「죄책감이 대단한데 그래?」

카알은 입을 열지 않았다.

「에이브라를 좋아하지?」

그는 역시 말을 하지 않았다.

「마음속에 담아 두기만 하면 기분이 점점 나빠진다는 걸 알아. 속시원히 털어놓는 게 좋아. 그래, 모든 걸 털어놓으란 말야.」

그러자 카알이 신경질적으로 소리쳤다.

「내가 한 일을 아버지께 말씀드리라구요? 알았어요. 말하죠.」

「카알, 지금은 하지 마. 아버지가 회복되신 후에 말씀드리도록 해. 카알, 자신을 위해서 말해야 해. 그렇지 않으면 살 수가 없으니까.」

「나는 죽어 마땅해요.」

리는 날카롭게 쏘아붙였다.

「그런 소리하지 마. 그런 짓은 값싼 자기 도취야. 그런 말은 제발 하지 말아 줘.」

카알이 물었다.

「어떻게 해야 그런 말을 하지 않을 수 있는 거죠?」

리는 재빨리 화제를 바꾸었다.

「왜 에이브라가 한 번도 오지 않지?」

「올 이유가 없으니까요.」

「아냐. 그애답지 않은 행동이야. 무엇인지 잘못되어 있어. 그앨 보았어?」

「봤어요. 당신도 정상이 아니군요. 내가 세 번씩이나 말을 붙이려고 했는데 번번히 도망치더군요.」

「무슨 일이 생긴 거야. 에이브라는 착한 여자야.」

「에이브라는 아직 소녀예요. 여자라고 하니까 왠지 이상해요.」

리가 말했다.

「그렇지 않아. 태어날 때부터 숙녀다운 여자도 있으니까. 에이브라는 여성다운 점이 있고, 용기와 지혜도 가지고 있어. 에이브라는 사정을 알고 받아들일 줄도 알지. 소심하거나 비열하지 않고, 허영을 부리는 것이 좋은 때가 아니면 허영도 부리지 않는 여자란 말야.」

「당신은 에이브라를 좋게 보시는군요.」

「에이브라는 우릴 버리고 도망칠 사람이 아냐. 그애가 보고 싶어. 나를 한 번 보러 오라고 전해 줘.」

「나를 자꾸 피한단 말이에요.」

「그럼 쫓아가서 말을 시켜. 내가 만났으면 한다고. 그리고 보고 싶다는 말도 전해 줘.」

카알이 화제를 돌렸다.

「이제, 아버지 눈 이야기나 좀 하죠.」

「싫어.」

「그럼 아론 이야기나 할까요?」

「그것도 싫어.」

3

카알은 온종일 에이브라를 만나려고 애쓰다가 방과 후에야 그녀가 혼자 집으로 돌아가는 것을 보게 되었다. 그는 모퉁이를 돌아 평행된 길을 달려간 후, 시간과 거리를 미리 계산하여 그녀와 마주치도록 되돌아왔다.

카알이 그녀에게 먼저 말했다.

「에이브라, 잘 있었어?」

「응, 방금 내 뒤에서 오는 걸 보았는데.」

「그래, 이야기 좀 하려고 길을 돌아 왔어.」

에이브라는 진지한 표정으로 카알을 쳐다보았다.

「그렇게 돌아오지 않아도 되잖아.」

「학교에서 이야길 하려고 했는데, 네가 자꾸 피해서 못 했어.」

「너는 화가 나 있었잖아. 나는 화난 사람과 이야기하긴 싫은 걸.」

「내가 화난 걸 어떻게 알았어?」

「얼굴 표정과 걷는 모습을 보면 알 수 있어. 지금은 화가 나지 않았군.」

「그래, 화나지 않았어.」

에이브라는 웃으며 말했다.

「내 책 좀 들어 주겠어?」

카알이 흐뭇한 표정을 지으며 말했다.

「그래. 들어 줄께.」

카알은 그녀의 책을 끼고 그녀와 나란히 서서 걸었다.

「리가 너를 보고 싶어해. 그 말 전해 달라더군.」

에이브라는 기뻐하며 말했다.

「알았어, 내가 간다고 전해 줘. 아버지 건강은 어떠셔?」

「나쁜 편이야. 눈이 잘 보이지 않는 거 같아.」

두 사람은 얼마를 잠자코 걸었다. 카알은 더 참지 못하고 먼저 말을 했다.

「혹시 아론 소식 아니?」

「응.」

그녀는 잠시 있다고 다시 말을 계속했다.

「내 노트의 첫장을 펴 봐.」

카알은 노트 안에서 엽서 한 장을 찾아냈다.

그 엽서에는 이렇게 씌어 있었다.

　보고 싶은 에이브라에게

　나는 마음이 개운치 않아. 나는 네게 적합한 사람이 아니야. 기분나빠 하지

마. 나는 군에 입대했어. 우리 아버지 곁에 가지 마. 그럼 안녕. 아론

　카알은 책을 신경질적으로 덮으며 중얼거렸다.

「이런 개새끼!」

「뭐야?」

「아무것도 아냐.」

「네가 한 말 들었어.」

「아론이 왜 떠났는지 아니?」

「몰라. 그저 짐작만 할 뿐이야. 그건 둘에 둘을 더한 만큼 쉽지. 그러나 추측하기가 싫어. 네가 말해 주지 않는다면 생각하지 않겠어.」

카알이 용기를 내어 말했다.

「에이브라, 나를 미워하지?」

「그렇지 않아. 오히려 네가 나를 미워하는 거 아냐?」

「아니, 난 네가 무서워.」

「무서워하지 마.」

「넌 내 기분을 나쁘게 했어. 그리고 형의 애인이고.」

「내가 기분을 어떻게 해쳤어? 이제 난 형의 애인이 아냐.」

카알은 우울한 표정으로 말했다.

「알았어, 내가 말해 줄께. 네가 듣기를 원하니까 말하는 거야. 우리 엄마는 창녀지. 읍내에서 창녀집을 차리고 있어. 난 오래 전에 그 사실을 알고 있었어. 그런데 추수감사절 날 밤에 아론을 데리고 가서 엄마를 만나도록 해주었지. 내가 말야.」

에이브라는 흥분해서 그의 말문을 막아 버렸다.

「그래서 아론이 어떻게 했지?」

「화를 냈어. 그 여자에게 소리를 지르고 미친 것 같았어. 밖에 나오자 나를 때려 눕히고 어디론지 도망쳐 버렸어. 그런데 우리 엄마는 자살을 했어. 우리 아버지는……잘못 되었어, 모두가. 이제 나를 알겠지? 너도 나를 피할 충분한 이유가 생긴 거야.」

에이브라는 나지막이 말했다.

「나도 이제야 아론을 알게 되었어.」

「형 말이야?」

「그래, 아론.」

「착하지, 아론은. 지금도 착하고, 나같이 비열하지도 않고.」

두 사람은 느릿느릿 걸었다. 에이브라가 멈추자 카알도 걸음을 멈추었다. 그들은 서로 마주 보았다.

「카알, 나는 아주 오래 전부터 너희 어머니 얘기 알고 있었어.」

「그랬니?」

「내가 자는 줄 알고 우리 부모님이 하시는 이야길 들었지. 네게 해야 할 말이 있어. 어려운 말이긴 하지만 이야기하는 게 좋겠어.」

「말하고 싶으면 해.」

「해야겠어. 이제 나도 어린 소녀가 아니니까. 내 말뜻 알겠니?」

「그래.」

「정말?」

「응.」

「그럼 됐어. 그러나 지금 말하기는 어려워. 그때 말했으면 좋았을 텐데. 나는 아론을 사랑하지 않아.」

「왜?」

「나는 그 이유가 뭔지 곰곰이 생각했지. 우리는 지금껏 어릴 때 꾸민 동화 속에서 살았어. 그러나 지금 우리는 컸어. 자라서 보니 그런 동화의 세계만 가지고는 충분하지 않았어. 다른 것이 필요했어. 허구는 더 이상 존재하지 않기 때문이야.」

「그래서?」

「잠깐 기다려. 이야기를 끝내야 하니까. 아론은 어른이 되지 않았어. 아니 그는 영원히 성인이 되지 못할지도 몰라. 그는 동화 속의 세계만 원하고 그것이 자기 뜻대로 되기를 원하니까. 다르게 되는 건 참지 못하니까.」

「넌 어떻지?」

「나는 그런 건 상관하지 않아. 다만 이 현실 속에서 살고 싶을 뿐이야. 카알, 우리는 서로에 대해 전혀 몰랐지. 습관대로 우리는 그렇게 지내 왔으니까. 그러나 이젠 난 이야기 속의 세계는 믿지 않아.」

「그럼 아론은 어떻지?」

「그는 그 세계를 자기 뜻대로 만들려고 했어. 세상을 뿌리째 뽑아서라도 그 허구를 자기 마음대로 실현하려고 한단 말야.」

카알은 땅을 내려다보면서 서 있었다.

에이브라가 계속 말을 이었다.

「카알, 내 말을 믿을 수 있지?」

「잘 생각해 볼께.」

「어릴 때는 누구나 자기 자신이 모든 것의 중심이야. 모든 일이 자기를 위해 일어나는 것 같지. 다른 사람은 오직 자기 이야기 상대에 불과한 거야. 그러나 자라서 철이 들면 자기가 선 위치를 알고 나름대로의 크기와 모습을 갖추게 돼. 자기가 다른 사람에게 작용하고, 다른 사람도 자신에게 작용을 하는 거지. 이것은 시시하기도 하지만 더욱 좋은 것이 되기도 한단 말야. 아론 얘기를 해주어서 고마워.」

「뭐가?」

「내 탓만은 아니란 걸 확인했으니까. 아론은 어머니 얘기를 알고 견딜 수 없었던 거야. 그건 자기가 원하는 세계가 아니었으니까. 그는 그것을 받아들일 수 없었던 거지. 그래서 세상을 발기발기 찢어 버린 거야. 목사가 된다면서 나를 버린 것처럼.」

카알이 나지막이 말했다.

「생각 좀 해야겠어.」

「내 책 줘. 그리고 리에게 내가 찾아간다고 말해. 난 자유스러워진 기분이야. 나도 생각 좀 해봐야겠어. 카알, 아무래도 나는 너를 좋아하나 봐.」

「난 착한 사람이 아냐.」

「그래서 더 좋아.」

카알은 잰걸음으로 집을 향했다. 그는 집에 도착해서 리에게 말했다.

「에이브라가 내일 오겠대요.」

「네가 왜 그렇게 흥분했는지 모르겠군 그래.」

4

에이브라는 집 안으로 들어오자 발끝으로 걸었다. 마루 소리가 나지 않게 벽에 바짝 붙어서 걸었다. 카페트를 깐 층계 맨 아랫단까지 갔다가 마음을 바꾸어 부엌방으로 향했다.

어머니가 에이브라를 보고 말했다.

「이제 왔구나. 곧장 돌아오지 않았구나.」

「수업을 끝내고 좀 있었어요. 아버지, 어떠시죠?」

「좀 나으신 것 같다.」

「의사는 뭐라고 그래요.」

「과로래. 쉬면 된대.」

「피로하신 것 같지 않았는데.」

그녀의 어머니는 상자에서 감자를 세 알 꺼내 싱크대로 갔다.

「아버지는 용감하신 분이야. 진작 알고 있었어야 했는데. 아버지는 일상 업무 외에 전시 업무까지 맡아 보셨단다. 의사 선생님은 사람이 급격히 쇠퇴해지기도 한다더라.」

「들어가서 아버지를 뵐까요?」

「에이브라, 아버지는 누구도 만나고 싶지 않으신 것 같아. 넛슨 판사님이 전화를 하셨는데 아버지는 주무신다고 하라시더라.」

「제가 도울 일이라도 있나요?」

「어서 옷이나 갈아 입으렴. 예쁜 옷 버리겠다.」

에이브라는 발끝으로 살며시 걸어 아버지 방 앞을 거쳐 자기 방으로 갔다. 밝은 벽지에 니스를 칠해서 더 밝은 것 같았다. 옷서랍 위에는 부모님의 사진틀이 놓여 있고, 벽에는 틀에 넣은 벽화가 걸려 있었다. 그리고 옷장이 있고 마루 역시 니스칠이 되어 있었고, 신발이 나란히 놓여 있었다. 어머니는 딸을 위해 모든 것을 해주었다. 어머니는 에이브라를 위해 모든 계획을 세워 주고 옷을 사 주었다.

에이브라는 오래 전부터 자기 방에다 자기 개인적인 물건을 두지 않았다. 너무 오래된 습관이어서 이제는 자기 방을 은밀한 장소로 생각하지 않았다. 그녀는 자기 소유는 모두 마음속에 간직하고 편지 몇 통은 거실의 《율리시즈 그랜트 회상록》 두 권에다 넣어 두었다. 그 책은 그녀가 알기로는 출판된 이래 단 한 번도 다른 사람이 펼쳐 본 적이 없었다.

에이브라는 기뻤다. 그러나 그 이유를 캐 보지는 않았다. 그녀는 따지지 않고도 알고 있는 일이 있었지만 그것을 입 밖에 내지는 않았다. 그녀는 지금 아버지가 아픈 것이 아니라는 것도 알고 있었다. 아버지는 지금 무슨 곡절이 있어서 은둔해 있는 것이 분명했다. 아담이 앓고 있다는 것은 그가 걸어가는 것을 보고 확실히 알 수 있었다. 아버지가 아프지 않다는 것을 어머니가 정말 알고 있는지 궁금했다.

에이브라는 집에서 일할 때 입는 무명옷으로 갈아입었다. 그녀는 머리를 빗고 발끝으로 걸어서 아버지 방을 거쳐 아래층으로 내려갔다. 계단 아래서 노트를 펼치고 아론의 엽서를 꺼냈다. 거실에 가서는 《회상록》 제2권의 책 속에서 아론의 편지를 꺼내 꼭꼭 접은 후 치마를 걷고 속옷 고무줄 아래 끼워 넣었다. 편지 덕분에 배가 약간 나왔다. 배가 부른 것을 감추기 위해 에이브라는 부엌에 가서 큰 앞치마를 둘렀다.

어머니가 에이브라에게 말했다.

「당근 껍질이나 벗기렴. 물은 데워졌니?」

「네, 끓고 있어요.」

「그 컵에다 고기 국물 좀 따르렴. 의사 선생님이 그게 아버지 몸에 좋다고 하셨어.」

어머니가 고기 국물을 따라서 가지고 이층으로 올라가자 에이브라는 난로 뚜껑을 열고 편지를 넣은 후 불을 붙여 태웠다.

어머니는 이층에서 내려오시면서 에이브라에게 말했다.

「얘야, 타는 냄새가 나는 것 같다.」

「쓰레기가 가득 차서 태웠어요.」

「그런 일을 하면 내게 묻고 해야지 원. 쓰레기는 모아서 아침에 태워 부엌방을 데운단다.」

「어머니 제가 잘못했어요. 미처 그 생각을 하지 못했어요.」

「아무래도 너 요즘 너무 철부지 같은 짓을 하는구나.」

「죄송해요, 어머니.」

그러자 어머니가 엄숙히 말했다.

「절약이 버는 거란다.」

그때 식당에서 전화 벨소리가 들려 왔다. 어머니는 전화를 받기 위해 식당으로 갔다. 어머니의 목소리가 들려왔다.

「아니, 만날 수 없어요. 의사 선생님의 지시입니다. 네, 아무도 만날 수 없어요.」

어머니는 부엌방으로 와서 에이브라에게 말했다.

「넛슨 판사님이 또 전화를 거셨어.」

제 53 장

1

다음 날 수업 시간에 에이브라는 리를 만날 생각을 하고 종일 기분이 좋았다. 그녀는 쉬는 시간에 복도에서 카알을 만났다.

「내가 집에 간다고 리에게 말했어?」

「응, 리는 과일 파이를 만들고 있어.」

카알은 목을 꼭 조이는 높은 칼라에 잘 맞지 않는 군복 차림에 각반을 둘렀다.

「교련이 있나 보구나, 나 먼저 갈께. 무슨 파이라고?」

「모르겠어. 파이 두 개만 남겨 둬. 딸기 냄새가 나는 것 같았어. 내 몫으로 두 개만 남겨 둬.」

에이브라는 작은 상자를 열어 보이면서 말했다.

「내가 리에게 줄 선물이야. 감자 깎는 기군데 새로 나온 거야. 껍질이 잘 벗겨지지. 아주 쉽게 쓸 수 있어. 리에게 주려고 샀어.」

「내 파이 남겨 두라고 해. 에이브라, 내가 좀 늦게 갈지 모르니까 돌아가지 마. 참, 내 책 좀 집에 갖다 줄 수 있니?」

「웅, 알았어.」

카알의 눈이 어색해질 때까지 에이브라는 카알을 정면으로 오랫 동안 쳐다보았다. 그리고는 자기 교실로 돌아갔다.

2

아담은 늦잠을 자는 편이었다. 아니 그는 낮이고 밤이고 때도 없이 자는 편이었다. 리는 여러 차례 아담을 들여다보고서야 그가 잠이 깬 것을 알았다.

아담이 말했다.

「오늘 아침은 상쾌하니 기분이 좋군.」

「아침이라구요? 열 한 시가 다 됐어요.」

「벌써? 그럼 일어나야지.」

리가 반문했다.

「뭐하러 일어나요?」

「뭐하러? 그래 맞아. 뭘 하면 좋지? 그래도 오늘은 기분이 좋아. 리, 오늘 징병 선발 위원회에나 다녀오면 어떨까? 밖의 날씨는 어때?」

「추워요.」

리는 아담을 일어나도록 부축해 주었다. 아담은 단추를 끼우는 일이나 구두끈을 매는 일을 하려면 여간 힘든 게 아니었다.

리가 부축하는 동안 아담이 말했다.

「꿈을 꾸었어. 아주 선명한 꿈이었어. 우리 아버지가 보이더군.」

리가 끄덕이며 말했다.

「아주 훌륭하신 분이셨다고 들었어요. 계씨의 변호사가 보낸 신문의 기사철을 읽어 보니 씌어 있더군요. 훌륭하신 분이었죠.」

아담이 침착한 어조로 말했다.

「아버지는 도둑이야. 자넨 그분이 도둑이었다는 사실을 알고 있나?」

「꿈 얘기를 하시는 건가요? 부친은 알링튼 국립묘지에 안장되셨더군요. 어떤 신문에는 부통령과 국방부 장관이 장례식에 참석했다고 씌어 있더군요. 〈샐리너스 인덱스〉에서는 전시중이니까 그분 기사를 싣고 싶을 거예요. 그 자료는 어떻게 하실 거죠?」

「아냐, 그분은 분명히 도둑이었어. 한때는 그런 생각을 하지 않았는데 지금은 그런 생각이 든단 말이야. 재향 군인회의 공금을 훔쳤어.」

리가 믿을 수 없다는 듯 말했다.

「그럴 리가요.」

아담의 눈에서 눈물이 번쩍였다. 요새 아담은 종종 눈물을 흘리곤 했다.

「여기 앉아 계세요. 아침 식사를 가져 오겠어요. 오늘 오후에 에이브라가 온답니다.」

그러자 아담이 말을 받았다.

「에이브라가 온다구? 에이브라는 정말 좋은 처녀야.」

리도 말했다.

「나도 에이브라가 좋아요.」

리는 아담을 침실에 있는 카드 테이블에 앉히며 말했다.

「식사 준비를 하는 동안 카드 맞추기나 해 보실래요?」

「아냐 오늘은 하고 싶지 않은 걸. 잊기 전에 꿈이나 생각해 봐야지.」

리가 아침 식사를 가지고 왔을 때에도 아담은 의자에 앉아서 꾸벅꾸벅 졸고 있었다. 리는 아담을 깨우고 나서 그가 식사를 하는 동안 줄곧 〈샐리너스 저널〉을 읽었다. 식사가 끝나자 리는 그를 화장실로 부축해 갔다.

부엌에서는 달콤한 파이 냄새가 풍겨 나왔고, 오븐에서는 딸기가 끓어 넘어 탄, 새콤하고 매콤한 냄새가 났다.

리의 마음속에서는 조용한 기쁨이 샘솟았다. 그것은 일종의 변화의 기쁨이었다. 리는 이제 아담의 세월이 끝난다고 생각했다. 나에게도 죽음은 서서히 다가오겠지만 나는 아직 그것을 느끼지 못한다. 그러나 나는 죽지 않을 것 같다. 내가 젊었을 때는 한때 죽음을 면할 수 있을 것 같지 않았으나 지금은 그렇지 않다. 이제 죽음은 멀리 가 버렸다. 리는 이것이 과연 정상적인 사고일까를 생각했다.

그는 부친이 도둑이라고 말한 아담의 진의가 무엇일까도 생각했다. 어쩌면 꿈 이야기를 하는지도 모른다. 리의 머리는 자주 그랬듯이 활동을 개시하기 시작했다. 아담의 말이 사실이라면 가장 정직하고 보기 드물게 곧은 아담은 한평생 도둑의 돈으로 살아온 것이다. 리는 또 혼자서 웃었다. 이번에는 두 번째 유언장과 아론이었다. 순결하기 그지없는 아론이 창녀집의 수입으로 한평생을 살게 된다는 것이었다. 이것이 정말 농담일까? 그게 아니라면 사람이 한편으로 너무 기울어지면 저울이 자동적으로 움직여서 다시 균형을 찾게 되는 것이었다.

리는 사무엘 해밀튼을 생각했다. 그는 수없이 많은 집을 두드렸고, 많은 고안을 했고 계획을 세웠으나 어느 누구도 그에게 돈을 주지 않았다. 물론 그는 소유한 것이 많은 부자였으므로 더 이상 줄 것이 없긴 했다. 부는 정신적으로 가난한 사람에게 찾아오고, 가난한 사람에게는 재미와 기쁨이 찾아오는 것 같다. 더 솔직히 말한다면 큰 부자는 가난한 잡종이다. 그는 이것이 사실인지 궁금했다. 부자들의 행동을 보면 그 말은 맞는 것 같기도 했다.

리는 카알이 자책감에서 돈을 불태우던 일을 생각했다. 그러나 그 벌은 범죄만큼 심하게 마음에 상처를 주지는 않았다. 리는 혼자 중얼거렸다.

『만일 해밀튼을 다시 만날 수만 있다면 할 얘기가 정말 많을 거야. 그 양반도 내게 할 얘기가 많을 거야.』

리는 아담이 있는 방으로 들어갔다. 아담은 혼자서 부친에 관한 신문 기사가 담겨진 상자를 열기 위해 애를 쓰고 있었다.

③

그날 오후에는 찬 바람이 불었다. 그런데도 아담은 징병 선발 위원회에 다녀오겠다고 고집을 피웠다. 리는 할 수 없이 단단히 옷을 챙겨 주고 아담을 떠나보냈다.

「걷다가 어지러우면 어디서나 망설이지 말고 그 자리에 앉도록 해요.」

「알았어. 오늘은 한 번도 현기증이 나지 않았어. 안경점에 들러서 시력검사도 해볼 셈이야.」

「그건 하지 마세요. 내가 내일 모시고 안경점에 갈 테니까요.」

「그러지.」

아담은 기분이 좋은지 팔을 한껏 휘두르며 나섰다.

그때 에이브라가 막 집안으로 들어왔다. 그녀는 찬바람 때문에 코가 빨갛게 얼어 있었다. 그녀의 표정이 너무나 밝고 즐거워 보여서, 리도 즐겁게 웃었다.

에이브라는 부엌방에 들어와 앉으며 말했다.

「아저씨, 파이는 어디 있어요. 카알이 못 보게 감춰둬요. 이렇게 다시 와서 정말 기뻐요.」

리는 말을 하려고 했으나 감격해서 그만 목이 메이고 말았다. 리는 하고 싶은 말을 신중하게 말하는 것이 좋겠다고 생각했다. 그는 망설인 후에 입을 열었다.

「나는 지금까지 살면서 결코 많은 것을 탐내지는 않았어. 어려서부터 물욕을 갖지 말라고 배웠지. 욕망은 언제나 실망을 안겨 주지.」

에이브라가 명랑하게 말했다.

「그러나 지금은 원하시는 게 있는 거죠. 그게 뭐죠?」

그는 불쑥 말이 튀어나왔다.

「에이브라, 네가 내 딸이라면 좋겠구나.」

리는 자기가 한 말에 깜짝 놀라며 난로 앞으로 가더니 가스를 껐다가 다시 켰다.

에이브라가 나지막이 말했다.

「제 생각도 같아요. 당신이 제 아버지였으면 좋겠어요.」

리는 그녀를 힐끔 쳐다보고는 그녀에게서 시선을 돌리고 말했다.

「정말이야?」

「그럼요, 정말이에요.」

「그건 왜지?」

「그야 좋아하니까요.」

리는 재빨리 부엌에서 나갔다. 그는 자기 방에 들어가 목메임이 멈출 때까지 두 손을 꽉 잡고 앉아 있었다. 리는 일어서서 옷장 맨 위 서랍에서 작은 흑단 상자를 꺼냈다. 그 상자에는 용 한 마리가 새겨져 있었다. 리는 그 상자를 부엌방으로 가지고 가서 테이블 위에다 놓았다.

「자, 이거 네게 주는 거야.」

리의 말투에는 전혀 억양이 없었다.

에이브라는 상자를 열고 그 안을 들여다보았다. 그 속에는 작은 녹색 비취 단추가 하나 들어 있었다. 그 단추에는 사람의 오른손이 새겨져 있었는데, 그 손은 편안히 굽어 있었다. 에이브라는 그 단추를 꺼내서 찬찬히 살펴보았다. 그녀는 단추에다 침을 묻혀서 두툼한 입술에 대고 굴리다가 다시 차가운 비취를 뺨에 꼭 눌러 댔다.

리가 에이브라에게 말했다.

「내 어머니의 하나뿐인 패물이지.」

에이브라는 벌떡 일어나서 리를 껴안고 볼에 입을 맞추었다. 그의 평생에 처음 겪는 경험이었다.

리가 웃으며 말했다.

「동양인의 침착성을 잊고 내가 이게 뭐지. 그럼 차를 마실까. 그래야 진정이 되겠어.」

리는 스토브 옆에서 다시 말을 이었다.

「그런 말도 난생 처음 해보는 거야. 세상 누구에게도 말한 적이 없지.」

이번엔 에이브라가 말했다.

「오늘 아침엔 잠을 깨니 기분이 좋더군요.」

「나도 그랬지. 나는 에이브라가 온다고 해서 종일 기뻤어.」

「나도 그건 마찬가지였어요. 그렇지만…….」

「에이브라도 많이 변했군. 이젠 예쁜 소녀가 아니야. 그렇지만 뭐지?」

「아론의 편지를 모두 태워 버렸어요.」

「아론이 네게 무슨 나쁜 짓이라도 한 거냐?」

「아뇨, 그런 일은 없어요. 하지만 나는 요즘 내가 좋지 않다고 느꼈어요. 내가 아론이 생각하는 것처럼 선량한 사람이 아니라는 것을 그에게 설명해 주고 싶었어요.」

「완전해질 필요가 없어서 기분이 좋다는 건가?」

「네, 그런지도 몰라요.」

「그애들의 어머니 얘기를 알고 있니?」

「알고 있어요. 나는 지금까지 파이 하나도 먹지 못했어요. 입이 말랐어요.」

「에이브라, 어서 차를 마셔 봐라. 넌 카알이 좋으니?」

「네.」

「카알은 좋은 점도 아주 많고 나쁜 점도 아주 많은 녀석이야. 내 생각엔 한 명이 이 손가락만한 무게로…….」

에이브라는 고개를 숙이고 말했다.

「진달래가 피면 앨리살에 소풍을 가자는 군요.」

리는 두 손을 테이블 위에 얹고 앞으로 기댔다.

「갈 거냐고 묻지는 않겠다.」

「묻지 않아도 돼요. 나는 앨리살에 갈 거니까요.」

리는 테이블을 가운데로 하고 에이브라와 마주앉으며 말했다.

「이제 좀 집에 자주 놀러 와.」

「우리 부모님이 여기 오는 걸 싫어하세요.」

리가 비양거리는 듯한 어조로 말했다.

「나는 단 한 번 그분들을 뵌 적이 있지. 좋은 분 같았어. 에이브라, 이상한 약이 큰 효과를 줄 때도 있지? 부모님들은 아론이 10만 달러 정도의 유산을 상속받는다면 어떻게 생각하실까. 좀 도움을 주지 않을까?」

에이브라는 신중히 고개를 끄덕이면서 입이 씰룩거리는 것을 겨우 참았다.

「네, 도움이 될 거예요. 그런데 그 소식을 어떤 방법으로 알려야 하죠?」

「내가 그런 소식을 처음 듣는다면 난 누구에겐가 전화를 걸고 싶을 거야. 사이가 나쁜 친척이면 더 좋지.」

에이브라가 고개를 끄덕이며 말했다.

「그럼 돈의 출처도 부모님께 알리실 건가요?」

「그럴 필요는 없어.」

에이브라는 벽에 걸린 괘종시계를 쳐다보면서 말했다.

「다섯 시가 거의 되었어요. 아버지가 편찮으세요. 카알이 교련을 끝내고 빨리 올 것 같았는데 안 오는군요.」

리가 얼른 대답했다.

「곧 오겠지.」

4

에이브라가 막 나가려고 하는데 카알이 들어왔다.

카알은 안으로 들어가 책가방과 책을 던져 놓았다.

리가 부엌에서 큰소리로 말했다.

「에이브라의 책을 잘 보관해.」

밖에는 거센 바람이 불고 가로등 불빛은 불안하게 쉬지 않고 흔들리면서 마치 야구 주자처럼 이리저리 그림자를 던졌다. 일을 끝내고 귀가하는 사람들은 코트 깃을 잔뜩 올리고서 온정 있는 가정을 향해 걸음을 재촉했다. 멀리서 스케이트장의 요란한 음악 소리가 밤의 적막을 타고 흘러나왔다.

「에이브라, 내 책 좀 잠시 들고 있어 봐. 이 칼라 때문에 목이 아파 죽을 지경이야.」

카알은 겨우 칼라의 혹을 풀고 시원해서 안도의 숨을 쉬었다.

「살갗이 모두 벗겨졌어.」

카알은 그녀에게서 책을 받아들었다.

버제스 댁 앞뜰에 있는 커다란 종려나무 가지들이 바람에 소리를 내고, 집에서 쫓겨난 고양이가 지치지도 않는지 부엌문 앞에서 계속 울었다.

에이브라가 카알에게 말했다

「너는 개성이 너무 강해서 훌륭한 군인은 되지 않을 것 같아.」

카알도 시인했다.

「맞았어. 이런 구식 교련을 받는 건 잘못 된 거야. 나도 때가 와서 흥미를 가질 수 있으면 괜찮아 보였을 거야.」

에이브라가 그에게 말했다.

「파이가 맛있었어. 네 것 하나 남겨 놓았지.」

「고마워. 아론은 훌륭한 군인이 되겠지.」

「그래. 그리고 육군 최고의 미남 군인이 될 테고. 참, 진달래 구경은 언제 가는 거야?」

「봄이 되면.」

「일찍 떠나도록 해. 점심도 준비해 가지고 가.」

「비가 오면 어쩌지?」

「비가 오건 말건 관계없이 가면 돼.」

에이브라는 마당에 서서 그에게서 책을 받으며 말했다.

「그럼 내일 만나.」

카알은 집으로 돌아가지 않고 밤거리를 걸어 학교 앞을 지나고, 그리고 스케이트장도 지나쳤다. 스케이트를 타는 사람은 단 한 명도 없다. 주인 영감이 매표구에 앉아서 청승맞게 입장권 뭉치의 한쪽 끝을 둘째손가락에다 튕기고 있었다.

중앙로에도 휴지가 바람에 을씨년스럽게 날아다니는 모습이 쓸쓸하게 보였다. 톰 미크 순경이 벨 제과점에서 나와 카알과 함께 걸으면서 상냥한 어조로 말했다.

「그 군복 칼라의 혹을 채우는 게 어때.」

「안녕하세요. 너무 꽉 껴서 목이 아파서요. 」

「요새는 밤에 쏘다니지 않더군.」

「네.」

「마음을 고쳐 먹은 건가?」

「글쎄요.」

톰은 사람을 골리면서도 진지하게 보이도록 하는 자기 재주를 스스로 자랑했다.

「자네 애인이 생겼나?」

카알은 아무 대답도 하지 않았다.

「자네 형, 아론이 나이를 속이고 입대했다더니 그 애인을 가로챈 건가?」

카알이 얼른 대꾸했다.

「네, 맞아요 맞아.」

톰은 그의 말에 홍미가 생겼다.

「내가 깜빡 잊어버릴 뻔했군. 그래. 해밀튼이 그러던데, 자네가 콩 장사를 해서 만 오천 달러를 벌었다고. 그게 정말인가?」

「맞아요.」

「나이도 어린데 그 많은 돈은 어디 쓸 거지?」

카알은 히죽 웃어 보이며 말했다.

「모두 태워 버렸어요.」

「뭐라고?」

「성냥불로 돈을 태웠다고요.」

톰은 그의 얼굴을 들여다보더니 한 마디 했다.

「아, 그랬어. 그것 참 잘했군 그래. 난 여기 좀 들렀다 가야겠어. 잘 가게.」

톰은 다른 사람이 자기를 놀리는 게 싫었다. 그는 혼자 중얼거렸다.

「건방지게 어린 녀석이 까불어!」

카알은 가게의 진열장을 구경하면서 걸어갔다. 케이트가 어디에 묻혔는지 궁금했다. 알아내서 꽃다발이나 가져갈까 생각하다가 맥없이 웃어 버렸다. 그것이 좋은 생각일까, 자신을 속이는 행동일까? 샐리너스의 이 거센 바람은 카네이션 꽃다발은 물론 비석까지 날릴 정도로 드세었다. 웬일인지 카네이션의 멕시코 이름이 떠올랐다. 어렸을 때 들었는데 그것은 〈사랑의 손톱〉이고 금잔화의 멕시코 이름은 〈죽음의 손톱〉이라고 했다. 어머니 무덤에는 금잔화가 더 어울린다.

그는 혼자 중얼거렸다.

「나도 아론처럼 생각하기 시작하는군.」

제 54 장

1

맹렬한 추위는 조금도 위력을 늦추려 하지 않았다. 추위가 끝날 때가 되었는데도 날씨는 여전히 춥고 바람이 거세게 불었다. 사람들은 습관처럼 말했다.

「이런 세상에! 프랑스에서 그렇게 대포를 쏘아 대니 전세계 날씨가 이 꼴이지.」

샐리너스 벌판의 곡식이 자라지도 못했고, 들꽃도 너무 늦게 되었으므로 사람들은 올해에는 꽃이 피지 않을 것이라고 생각했다.

모든 주일 학교가 앨리살로 소풍을 나가는 5월제에는 개울가에서 자라는 진달래꽃이 필 것이라고 믿었다. 5월제 하면 먼저 진달래가 생각나니까.

5월 1일은 추웠다. 찬비가 내렸기 때문에 소풍은 취소되었고, 진달래꽃도 피지 않았다. 진달래꽃은 2주일 후에도 필 생각조차 없는 것 같았다.

카알이 에이브라에게 진달래꽃이 피면 놀러가자고 할 때는 이런 날씨가 계속되리라고는 생각하지 못했다. 진달래가 필 때로 약속을 했기 때문에 그것을 어길 수는 없는 일이었다.

포드 자동차가 타이어에 바람을 팽팽히 넣고 새 배터리를 두 개 갈아 넣고 윈덤의 차고에서 기다렸다. 리는 그날 샌드위치를 만들어 달라는 말을 귀에 못이 박히게 들었지만, 이제는 기다리다 지쳐서 이틀에 한 번씩 샌드위치 빵을 사다 놓던 일도 그만두어 버렸다.

리가 카알에게 말했다.

「그냥 앨리살에 가 봐.」

「그건 안 돼요. 진달래꽃이 필 때로 약속했는 걸요.」

「진달래꽃이 핀 때를 어떻게 알지?」

「실라치 애들이 거기 살아요. 매일 학교에 오기 때문에 알 수 있어요. 이제 일주일에서 열흘 정도 후면 진달래가 핀다고 그랬어요.」

리가 그를 쳐다보며 말했다

「저런! 카알, 소풍 날을 너무 기대하지는 마.」

아담의 건강은 차츰차츰 회복되고 있었다. 손의 마비 증상도 풀어지고 글도 조금씩은 읽게 되었다. 하루하루가 다르게 좋아졌다.

「몸이 피곤하면 글씨가 아물아물거려. 안경을 써서 눈을 망치지 않기를 정말 잘했어. 이제 눈이 원래대로 되었으니까.」

리는 고개를 끄덕거리며 좋아했다. 리는 샌프란시스코까지 가서 필요한 책을 사 오고 많은 단행본 논문도 주문해 왔다. 그러므로 리는 뇌의 조직과 뇌장애, 뇌혈전의 증세에 대해 모든 지식을 갖게 되었다. 리는 옛날에 히브리어 동사어를 가지고 깊이 파고들었던 것처럼 열심히 연구하고 질문했다. 이제 머피 박사는 리의 해박한 의학 지식을 알고 그를 중국인 하인이라고 깔보지 않고 오히려 존경했다. 머피 박사는 진료와 치료에 관한 리의 참고 문헌을 빌려다 볼 정도였다.

머피 박사가 하루는 에드워드 박사에게 말했다.

「저 중국인은 뇌일혈의 병리학에 대해 나보다 훨씬 더 많이 알고 있어요. 아마 지식은 당신 못지않을 겁니다.」

머피 박사는 애정과 노여움이 섞인 분노의 감정으로 말했다. 의사는 일반인이 자기 분야의 지식을 자신보다 많이 알고 있으면 자극을 받게 마련이었다.

리가 아담의 건강에 대해 머피 박사에게 말했다.

「제가 보기로는 흡수작용은 계속……」

「나는 환자를 치료한 적이 있는데 그 환자는…….」

머피 박사는 낙관적인 환자의 예를 들어 리에게 말했다.

그러자 리가 말했다.

「재발이 늘 걱정이지요.」

머피 박사가 그 말을 받았다.

「신에게 맡기는 도리밖에 없지. 자전거 튜브를 때우듯 이 사람의 동맥을 때울 수는 없는 일이니까. 그런데 그의 혈압을 어떻게 재죠? 혈압을 재라고 하던가요?」

「우린 내기를 합니다. 나는 그분 혈압에 내기를 걸고 그분은 제 혈압을 알아 맞추는 내기를 하죠. 그게 경마보다 재미있답니다.」

「흥분하지 않게 하는 방법은 어떤 거죠?」

「그건 제가 생각해 낸 건데 『대화 치료법』입니다.」

「시간이 많이 들겠군요.」

「네.」

2

1918년 5월 28일, 미국 군인은 제1차 세계 대전에서 최초로 중요한 임무를 수행했다. 벌라드 장군 휘하의 제1사단은 칸티 마을을 점령하라는 명령을 받았다. 그 마을은 고지에 위치해 아브르 강 계곡을 굽어 보고 있었다. 적군은 참호와 중기관총과 야포로 방어하고 있었는데, 전선은 1마일이 좀 넘었다.

1918년 5월 28일 오전 여섯 시 사십오 분, 한 시간 가량의 포병 지원 사격 후에 공격이 개시되었다. 주입된 부대는 제28 보병 연대(엘리 대령), 제18보병 연대 일개 대대(파커), 제1공병 연대의 일개 대대, 사단 포병대(서머럴), 여기에 프랑스의 탱크 부대와 화염방사기가 지원되었다.

공격은 성공하여, 미군 부대는 새 전선에 참호를 구축하고 독일군의 강력한 반격을 두 번이나 격퇴했다.

3

　오월 말이 되자 실라치에 사는 아이들이 진달래 소식을 전해 주었다. 붉은 진달래꽃이 막 피기 시작했다고 했다. 카알은 수요일 아홉 시 종이 울릴 때 그 소식을 듣게 되었다.

　카알은 영어 교실로 급히 달려갔다. 노리스 선생님이 작은 교단에 자리잡자 카알은 손수건을 흔들며 요란하게 코를 풀어 댔다. 그리고 남자 화장실로 가서 벽 저쪽 여자 화장실에서 수돗물 소리가 날 때까지 기다렸다가 지하실 문을 통해 밖으로 나가, 붉은 벽돌담에 바짝 붙어 걸었다. 그리고 후추나무 주위를 살며시 돌아 학교 건물이 보이지 않을 때까지 걸었다. 그때 에이브라가 뒤쫓아 왔다.

　그녀가 성급히 물었다.

「진달래 꽃이 피었대?」

「오늘 아침에 피었대.」

「그럼 내일 갈까?」

　카알은 밝고 찬란한 해를 쳐다보았다. 올해 들어 처음 보는 따뜻한 태양이었기 때문이었다.

「내일까지 기다리고 싶어?」

「싫어.」

「나도 그래.」

　두 사람은 갑자기 뛰기 시작했다. 레이노드 제과점에서 빵을 산 뒤에 집에 도착해서 리를 재촉했다.

　부엌에서 시끄럽게 떠드는 소리에 아담이 들여다보았다.

「왜 그리 소란스럽지?」

　카알이 아버지에게 대답했다.

「소풍 갈려고 그래요.」

「학교 가는 날이잖니?」

　이번에는 에이브라가 나섰다.

「그렇기도 하지만 휴일도 되는 걸요.」

　아담이 에이브라를 쳐다보고 웃으면서 말했다.

「에이브라, 마치 장미꽃같이 아름답구나.」

　에이브라가 흥분된 어조로 말했다.

「저희와 함께 가세요. 진달래꽃 구경을 하러 앨리살에 갈 거예요.」

「함께 갈까.」
그러나 아담은 이내 말을 바꾸었다.
「안 되겠다. 나는 제빙소에 가기로 약속했어. 배관을 새로 고쳐야 하거든. 참 날씨가 좋구나.」
에이브라가 아담에게 말했다.
「진달래를 따다 드릴께요.」
「그거 좋지. 그럼 잘 다녀 와라.」
아담이 나가자 카알이 리에게 말했다.
「리, 함께 가요.」
리는 카알을 날카롭게 쳐다보며 말했다.
「바보 같은 소리 마라.」
에이브라도 한 마디 했다.
「함께 가요!」
리는 같은 말을 되풀이했다.
「바보 같은 소리하지 마.」

4

샐리너스 계곡의 동쪽 가빌란 산맥을 등진 앨리살 한가운데로 시냇물이 흐르고 있었다. 시냇물은 조약돌 위를 재잘재잘 흐르고 양쪽에 선 나무의 뿌리를 깨끗이 씻어 주었다.
진달래 향기와 엽록소 작용을 하는 태양의 여유있는 향기가 대지에 가득했다. 둑 위에는 포드 자동차가 과열로 소리를 내고 있었다. 자동차의 뒷좌석에는 진달래 꽃이 가득했다.
카알과 에이브라는 둑 위에 도시락을 펴 놓았다. 두 사람은 물 속에 발을 담갔다.
카알이 유쾌하게 말했다.
「진달래는 금세 시들어. 집에 가기도 전에 시든단 말야.」
에이브라가 말했다.
「이건 좋은 핑계가 되지. 카알, 네가 싫다면 내가…….」
「무엇을?」
에이브라는 얼른 카알의 손을 잡았다.
「저것 말야.」

650

「나는 겁이 나.」
「왜?」
「몰라.」
「나는 겁나지 않는데.」
「여자들은 겁이 없나 봐.」
「그러니?」
「너도 겁이 난 적이 있어?」
「그럼.」
「언젠가 네가 나보고 팬티가 젖었다고 말했을 때 카알, 네가 두렵고 무서웠어.」
카알은 시무룩하게 말했다.
「그때 내가 왜 그런 말을 했나 모르겠어.」
에이브라는 살며시 카알의 손을 잡았다.
「네 마음은 알아. 이제 그 생각은 하지 마.」
카알은 시냇물을 굽어 보다가 발끝으로 갈색 조약돌 하나를 뒤집어 보였다.
「카알, 모든 것은 내 탓이라고 자책하고 있지? 나쁜 일은 모두 내가 했다고 …….」
「글쎄…….」
「말할 게 있어. 우리 아버지가 사고를 내셨어.」
「사고라고?」
「엿들은 건 아닌데 알게 되었어. 아버지는 아프신 게 아니라 겁을 먹고 있는 거야. 무슨 일을 저지르신 게 분명해.」
카알이 재차 물었다.
「무슨 일이야?」
「회사 돈을 횡령한 거야. 동업자가 아버지를 감옥에 넣을지 변상을 시킬지 모르겠어.」
「넌 어떻게 알았니?」
「아버지 침실에서 사람들이 큰소리로 떠드는 걸 들었지. 어머니는 그 소리를 듣지 못하게 축음기를 틀었지만 들었어.」
「거짓말은 아니지?」
「아니고 말고.」
카알은 그녀 곁으로 다가가 그녀의 어깨에 머리를 기대고 허리를 껴안았다.
「알았지. 너만 그런 사람은 아냐.」

에이브라는 말하면서 곁눈질을 해서 카알을 쳐다보았다.

에이브라는 기운없이 맥빠진 음성으로 말했다.

「그래도 나는 두려워.」

5

오후 세 시경 리는 책상에 앉아서 씨앗 목록을 뒤적거렸다. 스위트피 사진이 원색으로 실려 있었다.

『이걸 뒤쪽 울타리에 심으면 멋지겠군. 웅덩이도 파고, 그런데 볕이 잘 들지 모르겠네.』

그는 혼자 중얼거리며 웃었다. 리는 집에 아무도 없이 혼자 있으면 소리를 내서 지껄이는 일이 잦았다.

그는 다시 혼자 소리를 음미하듯 말했다.

『나이는 속일 수 없어. 생각이 느려지구…….』

리는 잠시 긴장했다.

『이상한데 무슨 소리지? 찻주전자를 가스에 올려놓았었나, 그것도 아니지. 아, 이제 생각나네.』

리는 다시 그 소리에 귀를 기울였다.

『내가 미신을 믿지 않아서 천만다행이야. 그러면 귀신이 걷는다고 했을 거야.』

그때 현관에서 초인종 소리가 들렸다.

『아, 저 소리였군. 그냥 두자. 초인종이 울리게 그냥 두는 거야.』

온몸이 나른해지고 어깨가 아프더니 권태감인지 절망감이 엄습해 왔다. 그는 스스로 비웃었다.

『나가 볼까? 누군가. 문 밑으로 광고를 넣고 갔을 거야. 그것도 아니면 여기 앉아서 이 어리석은 노망으로 하여금 죽음이 찾아와 문 앞에 서 있음을 알리는 걸까?』

리는 거실에 앉아서 무릎 위에 놓인 봉투를 내려다보다가 욕을 했다.

『그래 좋다. 해볼 테면 해봐라.』

그는 편지 봉투를 찢었으나 바로 책상 위에 엎어 놓았다.

『아냐, 그건 내 권리가 아냐. 다른 사람이 겪어야 할 일을 막을 권리는 없는 거야. 그 누구에게도 살고 죽는 건 이미 정해진 거니까. 우리에게는 괴로워할 권리가 있어.』

위가 자꾸 뒤틀렸다.

「난 용기가 없어. 겁쟁이란 말야. 난 견디기 어려워.」

리의 이마에서는 진땀이 났고 두 손은 떨렸다.

네 시에 아담이 방문 손잡이를 더듬는 소리가 났다. 리는 입술을 핥고 일어나서 복도로 갔다. 그는 분홍색 약물 잔을 들고 갔지만 손은 이제 떨리지 않았다.

제 55 장

①

트래스크의 집의 모든 불이 환히 켜져 있었다. 현관문은 조금 열려 있고 집 안은 썰렁했다. 리는 거실의 램프 옆 의자에 웅크린 채 앉아 있었다. 아담의 방문은 열려 있었고 방에서는 목소리가 들려 왔다.

카알이 거실에 들어서며 물었다.

「무슨 일이죠?」

리는 그를 쳐다보다가 전보가 놓인 테이블로 고개를 돌리며 말했다.

「아론이 죽었어. 아버지는 뇌일혈을 일으키시고.」

카알이 복도로 걸어갔다.

리가 막으며 나섰다.

「방에 머피 박사와 에드워드 박사가 계시니까 가지 마. 방해하지 않는 게 좋아.」

카알이 리 앞에 서서 말했다.

「심한가요? 리, 심하신 건가요?」

리는 옛날을 회상하듯 흐느끼며 말했다.

「몰라. 아버지는 지쳐서 돌아오셨지. 그렇지만 전보를 읽어 드릴 수밖에 없었어. 그래야만 하니까. 아버지는 오 분 가량 커다란 소리로 혼자 그것을 되풀이 외우시더니 그게 뇌 속으로 들어가서 폭발해 버렸나봐.」

「의식은 있습니까?」

리는 피곤해 보였다.

「카알, 침착하게 기다려야 해. 나도 지금 침착하려고 애쓰고 있어.」

카알은 전보를 손에 들고 사망 소식을 읽었다.

그때 에드워드 박사가 가방을 들고 방에서 나왔다. 그는 근엄하게 고개를 끄덕인 후 밖으로 나가 소리나지 않게 문을 닫았다.

머피 박사는 가방을 책상 위에 올려놓고 크게 한숨을 쉬었다.

「에드워드 의사가 내게 말하라고 하더군.」

카알이 궁금한 표정으로 물었다.

「아버진 어떠시죠?」

「알고 있는 것을 모두 말하지. 자네가 이젠 가장이야. 자네 뇌일혈이 어떤 건지 아나?」

머피 박사는 대답을 기다리지 않고 말을 이었다.

「이건 뇌 속의 피가 새는 거란다. 뇌의 일부에 퍼졌어. 이미 전부터 소량의 피가 새어나왔지. 리는 전부터 그 사실을 알고 있었어.」

리가 고개를 끄덕이며 말했다.

「알고 있었어요.」

머피 박사는 리에게 잠시 시선을 주었다가 다시 카알을 정면으로 쳐다보고 말했다.

「왼쪽에 마비가 왔어. 그리고 오른쪽도 부분적으로, 왼쪽 눈은 전혀 보이지 않을 거야. 단정하기는 어렵지만 내가 보기로는 부친은 가망이 없어.」

「말은 하실 수 있나요?」

「조금씩. 힘이 들 거야. 그러나 피곤하게 해서는 안 된다네.」

카알은 적합한 말이 떠오르지 않았다.

「회복하실 수 있나요?」

「위독한 환자도 완쾌한 적은 있다지만 내가 직접 본 적은 없었소.」

「그럼 돌아가시는 건가요?」

「그건 말할 수가 없어요. 일주일을 살 수도 있고, 한 달 또는 일년이나 이년을 사실 수도 있으니까요. 어쩌면 오늘 밤에 돌아가실지도 모르고.」

「아버지가 나를 알아 보실 수 있을까요?」

「자네가 직접 알아 보게. 오늘 밤에는 간호원을 한 명 보내 주지. 그후 오래 둘 간호원을 구해 보기로 하고.」

머피 박사는 일어서며 말했다.

「카알, 정말 안 됐네. 그러나 어쩌겠나. 기운을 내게. 기운을 내야만 해. 난 언제나 감탄하지. 사람들은 언제나 잘 참거든. 내일 에드워드가 올 거야. 그럼 잘 있게.」

의사가 손으로 카알의 어깨를 잡으려 하자마자 카알은 물러나서 아버지 방으로 갔다.

아담은 베개를 괴고 있었다. 얼굴은 차분했고 피부는 창백했다. 입은 다물고 있었다. 그의 얼굴에는 불만도 또 미소도 보이지 않았다. 눈은 떠 있었는데 깊고 아주 맑았다. 그 눈은 깊은 곳까지 보는 것 같고, 그 주위까지 환히 꿰뚫어 볼 수 있을 것 같았다. 카알이 방 안으로 들어가자, 아담의 눈이 서서히 움직이더니 그의 가슴을 보고 얼굴을 쳐다본 채 꼼짝도 하지 않았다.

카알은 침대 옆의 의자에 앉아서 아버지에게 말했다.

「아버지, 제가 정말 잘못했어요.」

아담의 눈알이 개구리 눈알처럼 천천히 움직였다.

「아버지, 제 말 들려요?」

아담의 눈에는 전혀 변화가 보이지 않았다.

「제가 그랬어요. 아버지.」

카알은 흐느끼면서 말했다.

「아론이 죽은 것도 아버지가 이렇게 쓰러진 것도 모두 제 탓이에요. 제가 형을 케이트네 집으로 데려 갔어요. 그리고 어머니를 알려 주었죠. 아론은 그래서 도망치듯 이곳을 떠난 거예요. 저는 나쁜 짓을 하지 않으려고 했는데 그만 어쩔 수…….」

카알은 아버지의 무서운 눈을 피해 침대 옆으로 시선을 돌렸으나, 그래도 아버지의 눈이 보였다. 카알은 그 눈이 한평생 자기를 노려볼 거라고 생각했다.

그때 초인종 소리가 들리더니 리가 들어왔다. 그 뒤에는 건강하고 평범한, 눈썹이 짙은 간호원이 쫓아 들어왔다. 그녀는 수선을 피우면서 가방을 열었다.

「환자는 어디 있죠? 아, 저기 있군! 좋아 보이네요. 내가 할 일이 뭐죠? 안색이 좋으시군요. 일어나서 나를 좀 돌봐 주셔도 되겠네요. 어때요. 미남 양반!」

그녀는 억센 팔로 아담의 겨드랑이를 쳐든 후 왼손으로는 베개를 바로 펴 놓더니 그를 다시 눕혔다.

「찬 베개는 좋아하시지 않나요? 목욕실은 어디 있죠? 무명 천과 변기는 어디 있죠? 내가 잘 간이 침대 하나만 준비해 주세요.」

리가 그녀에게 말했다.

「필요한 건 모두 말하세요. 환자를 위해 도움이 필요하면…….」

「무슨 도움이 필요해요? 우린 사이좋게 지낼 텐데요. 그렇죠, 여보세요?」

리와 카알은 부엌으로 나왔다. 리가 그에게 말했다.

「그 여자가 도착하기 전에 네게 저녁 식사를 하도록 할 생각이었어. 하여튼 식사는 해야 되잖아. 이제 그 여자가 왔으니 먹든지 말든지 네 맘대로 해.」

카알은 히죽 웃었다.

「억지로 먹이려 했으면 불쾌했을 거예요. 그렇게 말하니 샌드위치나 하나 먹겠어요.」

「샌드위치는 없어.」

「하나 만들어 먹죠.」

「그러지 마. 누구나 반응이 모두 같으니 참 언짢아.」

「그럼 샌드위치 말고 파이를 먹을래요.」

「파이는 많이 있어. 빵 상자에 있는데 좀 눅눅해졌을 거야.」

「난 눅눅한 게 더 맛있어요.」

카알은 접시째 들고 와 리가 앉은 테이블 건너편에 앉았다.

간호원이 부엌을 들여다보았다.

「맛있어 보이는군요.」

간호원은 말하면서 파이를 하나 집었다. 그리고 파이를 먹으며 말했다.

「크러프 약국에 전화를 해서 필요한 물건을 가져오도록 해야겠어요. 전화는 어딨죠? 그리고 홑이불은요? 침대는 어디에 놓아 주실 건가요? 전화는 어디 있냐고요?」

간호원은 파이 하나를 더 들고 일어서며 말했다.

리가 카알에게 질문했다.

「아버지께서 말씀하시던가?」

카알은 고개를 계속 흔들었다.

「어쩌면 뜻밖의 일이 일어날지도 몰라. 의사 말이 맞아. 기운을 차리고 견뎌야 해. 인간은 누구나 참을성이 있지.」

카알이 단조로우면서도 거친 목소리로 말했다.

「나는 그렇지 않아요. 나는 견딜 수가 없어요.」

리가 카알의 손목을 거세게 잡았다.

「이런 못난 녀석! 멍청이 같은 녀석! 그건 호강에 겨운 푸념이야. 그런 생각은 하지 마라. 왜 네 슬픔이 내 슬픔보다 더 크다고 생각하지?」

「그건 슬픔이 아녜요. 나는 내가 한 일을 말씀드렸을 뿐이에요. 내가 형을 죽인 거예요. 내가 살인을 한 거란 말이에요. 아버지는 그걸 알고 있어요.」

「아버지가 그렇게 말씀하셨어? 정말 그런 말씀을 하신 거야?」

「나는 알아요. 아버지는 말씀하시지 않았지만, 난 아버지 눈을 보고 알았어요. 눈으로 말했어요. 난 어디든 갈 곳이 없어요. 도망갈 곳이 없어요.」

리는 길게 한숨을 쉬며 카알의 손을 풀어 주었다.

「카알, 아버지는 뇌 중추에 이상이 있어. 뇌 시신경을 관장하는 부분의 **압력**으로 시력이 전혀 보이지 않아. 너도 아버지가 책도 읽지 못하시던 때를 기억하지? 그건 눈 때문이 아니라 압력 때문이었어. 너는 아버지가 너를 꾸짖었는지도 알 수 없어.」

「아녜요, 나는 알 수 있어요. 아버지는 날 꾸짖으셨어요. 나보고 살인자라고 하셨어요.」

「아버지는 너를 용서해 주실 거다. 그건 내가 약속할 수도 있어.」

간호원이 문 앞에 와서 끼어들었다.

「무엇을 약속해요. 제게 커피 한 잔 주신다고 약속했잖아요.」

「곧 갖다 드릴께요. 환자는 어떻죠?」

「어린애같이 자고 있어요. 뭐 읽을 책 좀 없나요」

「뭘 좋아하죠?」

「내 발바닥을 시원하게 해주는 것이면 다 좋아요.」

「커피 드리죠. 프랑스 여왕이 쓴 천한 책이 있는데 그건…….」

「커피와 같이 갖다 줘요. 총각도 잠 좀 자요. 환자는 나와 이 사람이 지킬 테니. 책 읽지 말고 갖다 줘요.」

리는 가스불에 찻주전자를 올려놓았다. 그는 테이블로 다시 돌아왔다.

「카알!」

「네?」

「어서 에이브라한테 다녀 와.」

2

카알은 깨끗한 현관에서 계속 초인종을 눌렀다. 현관의 불이 켜지고 문이 열리더니 베이컨 부인의 얼굴이 보였다.

카알이 급히 말했다.

「에이브라를 만나러 왔어요.」

베이컨 부인은 놀라서 입을 다물지 못했다.

「뭐라고?」

「에이브라를 만나러 왔어요.」

「안 돼. 그애는 잠자리에 들었어. 어서 가요.」

그러자 카알이 큰소리로 말했다.

「나는 에이브라를 만나러 왔다고 말했어요.」

「가요. 가지 않으면 내가 경찰을 부를 거야.」

베이컨 씨 목소리가 들려 왔다.

「여보, 누구요?」

「아무것도 아니니 걱정하지 마세요. 어서 주무세요. 제가 처리하겠어요. 몸도 성치 않으시면서.」

그러고 나서 베이컨 부인은 신경질적으로 카알에게 몸을 돌리고 말했다.

「어서 현관에서 나가요. 두번 다시 초인종을 누르면 그때는 경찰을 부를 거예요. 어서 당장 가요!」

문이 요란하게 닫히고 빗장이 걸리더니 현관 불이 꺼졌다.

카알은 어둠 속에 서서 미소지었다. 톰 미크 순경이 그에게 다가와 이런 말을 하는 것을 상상하니 웃음이 나왔다.

『카알, 여기서 뭐 하는 거야?』

베이컨 부인이 집안에서 소리쳤다.

「어서 돌아가! 아직도 안 갔어! 현관에서 썩 물러가란 말야.」

카알은 천천히 집 쪽을 향해 걸었다. 한 블럭도 가지 못했는데 에이브라가 뒤쫓아왔다. 그녀는 숨을 헐떡거리며 말했다.

「뒷문으로 나왔어.」

「네가 없어진 걸 아실 텐데.」

「상관없어!」

「상관없다고?」

「그래.」

카알이 담담히 그녀에게 말했다.

「에이브라, 난 형을 죽였고 아버지가 나 때문에 반신 불수가 되었어.」

에이브라는 손으로 그의 손을 잡았다.

카알이 또다시 말했다.

「내 말 들었어?」

「들었어.」

「에이브라, 내 어머니는 창녀였어.」

「나도 알아. 우리 아버진 도둑이야.」

「에이브라 내겐 그 어머니의 피가 흐르고 있어. 알겠어?」

「내겐 아버지의 피가 흐르지.」

두 사람은 잠자코 걸었다. 그러면서 카알은 안정하려고 노력했다. 찬 바람이

658

불어왔다. 그들은 잰걸음으로 걸었다. 샐리너스에서 가장 변두리 지역의 가로
등 길을 지나자 앞이 캄캄해지더니 도로 포장이 되지 않아 흙이 끈적끈적 구두
에 붙었다.

두 사람은 포장된 길을 지나고 마지막 가로등도 지나쳤다. 칠흑 같은 어둠이
주위를 감쌌고, 발 밑의 길은 진흙이 녹아 질척거렸다. 이슬에 젖은 풀잎이 두
사람의 다리를 적셨다.

에이브라가 그에게 물었다.

「지금 어디 가는 거야?」

「난 아버지가 보이지 않는 곳으로 도망치고 싶어. 아버지의 눈이 내 눈앞에서
떠나지 않아. 눈을 뜨나 감으나 보여. 앞으로도 계속 보이겠지. 아버지는 돌아
가시겠지만 아버지의 그 눈은 여전히 내 옆에서 나를 노려보실 거야. 그리고 나
보고 형을 죽였다고 하실 거란 말야.」

「네가 죽인 게 아냐.」

「아냐, 아버지의 눈이 그렇게 말해.」

「그런 말 하지 마. 우리 어디 가지?」

「조금만 더 가자. 도랑과 펌프 오두막이 있는 곳에 가는거야. 거긴 또 버드나
무가 있지. 버드나무 생각나니?」

「그럼 생각나지.」

「버드나무 가지가 천막처럼 축 늘어져 있고 그 끝은 땅바닥에 닿아 있지.」

「나도 알아.」

「오후가 되면, 아론은 오후가 되면 버드나무 가지를 치고 그 안으로 들어갔
지. 아무도 보는 사람이 없었거든.」

「너는 봤지?」

「그럼 봤어. 이제 나와 버드나무 속에 들어가 보는 거야. 그게 내 소망이야.」

에이브라가 카알을 끌면서 말했다.

「싫어, 난 그러고 싶지 않아.」

「나와 함께 들어가기 싫어서 그래?」

「나는 네가 도망가는 건 싫어.」

「그럼 어떻게 하지? 내가 어떻게 하면 돼? 말해 봐.」

「내 말 들을 거야?」

「글쎄, 모르겠어.」

에이브라가 말했다.

「그만 돌아가.」

「돌아가라고? 어디로?」

그러자 에이브라가 단호히 말했다.

「네 아버지가 계신 집으로.」

3

부엌방의 불빛이 그들을 환히 비쳤다. 리는 방 안 공기를 덥히려고 오븐에 불을 피웠다.

카알이 그에게 말했다.

「에이브라가 오자고 했어요.」

「그래, 그럴 줄 알았어.」

이번엔 에이브라가 말했다.

「저 혼자라도 돌아왔을 거예요.」

리가 말했다.

「그건 모르는 일이지.」

리는 잠시 부엌방에 갔다가 왔다.

「아버지는 주무셔.」

리는 돌 술병 하나와 작은 도자기 잔을 세 개 탁자에 놓다.

카알이 그에게 말했다.

「이거 본 기억이 나요.」

리는 까만 술을 따르면서 말했다.

「그래, 기억날 거야. 술을 홀짝 마신 뒤 혀 끝으로 굴려 봐.」

에이브라가 탁자에 팔꿈치를 괴고 말했다.

「카알을 도와 주세요. 리, 당신은 모든 걸 수용할 수 있잖아요. 제발 카알을 도와 줘요.」

「내가 수용을 할지 어떨지는 모르겠어. 시험할 기회가 전혀 없었으니까. 나는 자신이 없는 게 아니라 자신 없는 일을 처리할 능력이 없는 사람과 함께 지냈지. 올 때도 혼자 올었고.」

「당신이 올었다구요?」

리는 말을 이었다.

「사무엘 해밀튼이 죽던 날, 세상의 촛불이 모두 꺼진 것 같았어. 그래서 나는 그분의 사랑스러운 창조물을 보려고 촛불을 켰지. 그러나 그의 자녀들은 하나같이 지리멸렬해 버렸어. 무슨 복수를 당하는 것 같더군. 그 오가피주를 혀로 굴려 봐. 그래서 나는 혼자서 내 생각이 어리석었음을 직접 알아내야만 했지. 어리석은 생각이란 선한 자는 멸하고 악한 자는 남아서 번창한다고 생각한 거지. 하나님은 화가 나고 진절머리가 나서 귀여운 흙 조각을 파괴하거나 아니면 승화시키기 위해 가혹한 시련에서 녹아날 불을 퍼붓는다고 생각했지. 나는 찰흙과 불을 필요하게 만든 부정의 혼을 다 갖고 태어났다고 생각했어. 모든 것을 다 갖고 태어난 거지. 그렇게 생각하지 않나?」

카알이 말했다.

「네, 그렇다고 생각해요.」

에이브라도 말했다.

「글쎄, 나는 모르겠어요.」

리는 고개를 저으며 말했다.

「그것만으로는 충분치 않아. 이렇게 생각할 게 아니라…….」

리는 말을 하다가 그만 입을 다물어 버렸다.

카알은 술 기운이 퍼지자 몸에 훈기를 느꼈다.

「리는 무슨 말이 하고 싶은 거죠?」

「카알도 알게 되겠지만 모든 인간은 각 세대에서 저마다 불을 다시 겪게 마련이라는 거야. 아무리 도공이 늙었다 한들 얇고 튼튼한, 완전한 것을 만들고 싶은 욕망이 없어질까?」

리는 술잔을 들어 불빛에 비춰 보였다.

「모든 불순물을 태우고 찬란한 액체를 담을 수도 있는 것, 그것을 얻기 위해서는 불이 절실히 필요하지. 그러면 쇠찌꺼기가 남거나, 아니면 이 세상 누구도 포기하지 아니한 완벽이 남게 되겠지.」

리는 술잔을 비우고 나서 말했다.

「카알, 내 말을 들어봐. 그 노력을 누가 막지? 누가 막을 수 있을 것 같은가?」

카알이 자신 없는 투로 말했다.

「나는 모르겠어요.」

거실에서 육중한 간호원의 발소리가 들려 왔다. 그녀는 문을 열고 들어와 육중한 몸을 버티고 서서 에이브라를 보았다. 에이브라는 테이블에 팔을 짚고 두 손으로는 뺨을 감쌌다.

「주전자 좀 줘요. 환자가 목말라 하니 물주전자를 가까이에 두어야 해요. 환자는 입으로 숨을 쉬니까요.」

리가 간호원에게 말했다.

「그분이 깨셨나요? 주전자 여기 있어요.」

「네, 한 잠 잘 자고 깨셨죠. 그래서 얼굴을 닦고 머리를 빗겨 드렸어요. 착한 환자예요. 날 보고 웃으려고 입을 움직였어요.」

리가 일어나며 서둘렀다.

「카알, 어서 가자. 에이브라도 어서!」

간호원도 주전자에 물을 채우고 나서 급히 그들을 앞서 갔다.

그들이 침실에 들어가 보니 아담은 베개로 등을 높이 괴고 있었다. 손은 양옆에 내려져 있고 손가락 마디에서 손목까지 힘줄이 퍼렇게 드러나 있었다. 얼굴이 회디회어서 이목구비가 더 날카롭게 보였다. 아담은 창백한 입술 사이로 느릿느릿 숨을 쉬었다. 그의 파란 눈동자는 머리에 집중적으로 비치는 전등 불빛을 반사하고 있었다.

리, 카알, 에이브라는 침대 발치에 섰다. 아담의 시선은 그들을 번갈아 가며 보았다. 그의 입술이 조금씩 달싹거렸다.

간호원이 말했다.

「환자의 안색이 나빠요. 내 애인이라구요. 소중한 분이에요.」

리가 급히 말을 막았다.

「쉿!」

「환자를 피곤하게 만들지 마세요.」

리가 그녀에게 말했다.

「밖으로 나가요.」

「의사 선생님께 말씀드리겠어요.」

리가 간호원에게 몸을 급히 돌리며 말했다.

「나가서 문이나 닫아요. 그리고 보고서나 써요.」

「왜, 중국놈이 지시를 하는 거지.」

이번에는 카알이 큰소리로 말했다.

「어서 나가요.」

간호원은 화가 난 듯 요란하게 소리를 내며 문을 닫았다. 아담은 그 소리에 눈을 깜빡거렸다.

리가 그를 불렀다.

「아담!」

미간이 넓은 아담의 두 눈이 목소리의 임자를 찾아 움직이다가 리의 빛나는 눈과 마주쳤다.

그때 리가 말했다.

「아담! 내 말이 들리는지, 내 말을 알아듣는지 모르겠군요. 당신 손에 마비 증세가 오고 눈이 보이지 않아서 내가 모든 걸 알아 보았어요. 그런데 당신 이외에는 그 누구도 모를 일이 있어요. 눈은 보이지 않지만 정신은 맑은지, 아니면 꿈같이 정신도 희미한지요. 당신은 어린애처럼 빛과 움직이는 것만 감지하나요? 당신의 뇌는 손상되어 아주 다른 존재가 되겠죠. 친절한 당신이 심술궂게 되었는지 모르고, 너무나 정직한 당신이 변덕을 부렸는지도 모르죠. 이런 속사정은 아무도 알 수 없죠. 당신 이외에는 누구도 모르죠. 아담! 내 말 들리는 거요?」

아담의 푸른 눈이 스스르 감겼다가 다시 떠졌다.

「아담, 고마워요. 당신은 힘이 들 겁니다. 나도 그건 알고 있어요. 자, 여기 하나뿐인 당신 아들이 있어요. 어서 잘 봐요. 아담!」

아담의 푸른 눈이 카알을 찾아냈다. 카알의 입이 움직였으나 소리는 나지 않았다.

「아담, 당신이 앞으로 얼마를 살지는 모르겠어요. 오래 살지, 아니면 한 시간만 살지 알 수 없어요. 그러나 당신의 아들은 오래오래 살 겁니다. 결혼을 할 거고, 그의 자식은 당신의 후손이 될 겁니다.」

리는 눈물을 닦았다.

「카알이 화가 나서 일을 저지른 거예요. 아담. 당신이 자기를 받아들이지 않았다고 생각했기 때문이에요. 그 분노의 결과로 그의 형, 당신의 아들 아론이 죽은 겁니다.」

카알이 나서며 말했다.

「리, 그만둬요.」

「아냐, 말해야 해. 아버지가 돌아가시는 일이 있더라도 말해야 해. 나는 결심했어.」

리는 슬픈 표정으로 다른 사람의 말을 인용했다.

「잘못이 있다면 그건 모두 내 잘못입니다.」

리는 어깨를 펴고 냉정히 말했다.

「당신의 아들은 자책감으로 제정신이 아닙니다. 견딜 수 없을 지경에 도달했어요. 그를 받아들이지 않으면 안 됩니다, 아담.」

리의 숨소리가 목에서 울려 나왔다.

「아담, 당신이 카알을 축복해 주도록 해요. 카알이 평생 죄의식에 사로잡혀 살지 않게 해줘요. 아담, 내 말 들려요? 카알을 축복해 줘요.」

아담의 눈이 환히 빛나더니 다시 눈을 감았다. 그의 양미간에는 주름이 잡했다.

리는 계속 말을 이었다.

「아담, 어서 이애를 편안하게 해줘요. 한 번만 기회를 줘요. 어서 자유를 주도록 해요. 인간이 짐승보다 나은 건 자유가 있어서예요. 어서 그를 자유롭게 해 주고 축복해 줘요.」

침대가 흔들릴 정도로 정신을 집중시켰다. 아담의 숨결이 가빠졌고 몹시 애를 썼다. 아담의 왼손이 서서히 올라갔다가 아래로 쑥 내려갔다.

리의 얼굴은 수척해졌다. 그는 침대 머리맡으로 가서 홑이불 끝으로 환자의 땀 밴 얼굴을 닦아 주고, 감겨진 눈을 바라보면서 나직히 말했다.

「아담, 고마워요. 내 친구 아담! 입술을 움직여 봐요. 그리고 그애 이름을 불러 봐요.」

아담은 기운없이 쳐다보았다. 입술이 움직이다가 멈추더니 다시 움직일 것 같았다. 아담은 숨을 크게 한 번 들이쉬었다가 내뿜었다. 한숨 소리가 그의 입에서 새어나왔다. 한숨에 섞여 나온 말이 허공에 매달려 있는 듯 했다.

「팀셸(뜻에 따라)!」

아담의 눈은 바로 감겼고……그는 영원히 잠이 들었다.

■ 감상과 해설

《에덴의 동쪽》에 대하여

《에덴의 동쪽》(East of Eden)은 《분노의 포도》의 저자 존 스타인벡이 1952년에 발표한 매우 야심적인 대작이다. 《분노의 포도》(1939년) 이후의 스타인벡은 물론 몇 편의 소설이나 르포르타지를 발표하고 있었고 그 가운데는 가령 《진주》(1947년) 같은 그의 뛰어난 재능이 멋지게 응축된 가작이나 《변덕스러운 버스》(1947년)처럼 꽤 야심적인 구상을 가진 장편도 있었으나 통틀어 이 시기의 그의 작품은 낡은 모티프의 재판이거나 새로운 테마의 모색이라는 영역에서 벗어나지는 못하고 있었다.

실로 《에덴의 동쪽》으로써 비로소 스타인벡은 그 양에 있어서나 그 구상의 웅대함에 있어서 그의 대표적 걸작인 《분노의 포도》에 필적하는 야심작을 세상에 내놓았다고 할 수 있을 것이다. 그때 그의 나이는 꼭 오십 세였다.

그리고 스타인벡이 오십 세 때에 쓴 이 《에덴의 동쪽》은 여러가지 의미에서 그의 작품 계열에서의 새단계를 나타내고 있다. 무엇보다도 첫째로 우리를 놀라게 하는 것은 이 작품이 가지고 있는 여유와 폭넓은 박진감이라 하겠다.《분노의 포도》도 웅대한 작품이었지만 그 웅대함 속에는 사회의 추악한 현실을 도려내고 학대받는 인간 속에서 가장 아름다운 인간성의 정수를 찾으려는 극히 투쟁적인 자세가 있었다. 그리고 우리는 그 자세 속에서 우리를 감동시키고야 마는 박력을 느낌과 동시에 또 그「분노」가 끝내 열매를 맺지 못하는 안타까움도 함께 느낀 것이었다.

《에덴의 동쪽》의 세계는 그것과는 그야말로 대조적인 세계이다. 여기에서는 투쟁적인 것이 관용적인 것, 평화적인 것으로 대체되고 있다. 마치 작자인 스타인벡 자신이 옛날에 자기가 가지고 있던 고집스러운 추구를 조용히 반성하고 나이 오십에 달한 인간의 원숙한 지성으로 세계를 새로이 바라보며 폭넓고 풍부하게 그 세계를 그리려 하고 있는 것처럼 말이다. 물론 여기에도 고집스러운 추구와 격렬한 것이 있기는 하지만 그것들은 모두 관용과 풍부 속에 따뜻이 감싸여져 있는 것처럼 생각된다.

　그러한 폭넓음은 이 작품의 광대한 구상에서도 엿보인다. 스타인벡은 이 작품의 첫머리에서 이 작품을 하나의 「상자」에 비유하고 자기가 가지고 있는 모든 것이 이 「상자」에 들어 있다고 말하고 있는데 설사 스타인벡이 말하고 있는 것처럼 그 「상자」가 아직 가득 채워지지는 않았다고 하더라도 이 작품이 그처럼 스타인벡이 모든 것을 던져 넣은 큰 「상자」임에는 틀림이 없다.

　이 머리말의 그의 말은 그의 겸양과 자신을 말해 주는 말인 동시에 이 작품의 폭넓음과 구상의 크기를 말해 주는 것이기도 하다.

　다음에 이 작품의 구상을 간단하게 설명해 둔다.

　우리는 우선 첫머리에서, 캘리포니아 주 샐리너스 계곡의 풍토와 역사에 대한 간결하면서도 격조 높은 묘사에 부딪쳐 이 거대한 작품의 무대를 마음속에 준비하게 된다. 이것은 스타인벡의 대부분의 작품과 마찬가지로 작자가 가장 잘 알고 있고 가장 애착을 느끼고 있는 무대이다. 우리는 언제나처럼 그 생동감 있는 묘사에 끌려 들어가고 그 풍토를 피부 가까이에 느낀다.

　그리고 다음에 이 샐리너스 계곡 언저리에 정착한 사무엘 해밀튼 일가 사람들을 소개받을 때 우리의 마음은 아마도 이 작품의 중요한 인물이 될 이 사람들에게 끌리게 된다.

　그러나 더 읽어나가면서 또다른 중요한 인물 아담 트래스크의 등장에 부딪치게 될 때 우리는 이 작품이 해밀튼 일가의 얘기와는 다른, 별개의 이야기를 가지고 있다는 것을 알게 된다. 물론 아담 트래스크도 이 샐리너스 계곡에 정착하고 해밀튼 일가나 그 고장 사람들과 밀접한 관계를 가지게 되지만 아담은 캘리포니아 아닌 코네티컷에서 태어난 사람이며 샐리너스 계곡에 정착할 때까지 그 자신의 오랜 경력을 가지고 있다. 그리고 이 아담이야말로 이 방대한 작품의 주인공——적어도 가장 중요한 주인공이라 할 수 있다. 이리하여 우리는 이 작품의 제1부에서는 주로 이 아담이 샐리너스 계곡에 당도하기까지의 경과를 듣는 것이다.

　물론 우리가 그 경과를 듣게 되는 것은 작자에게 그만한 이유와 의도가 있기 때문이다. 스타인벡에 있어서는 이 아담 트래스크야말로 그 이름이 말해 주듯이 이를테면 20세기 인간의 원형이고 신화의 주인공이며 그의 의도란 이 20세기 인간의 원형을 샐리너스 계곡이라는 이를테면 20세기의 에덴에 출현시키는 것이었다.

　물론 20세기의 신화는 아담만으로는 완성되지 않는다. 스타인벡은 아담에게 매사추세츠 태생의 미녀인 캐시 에임즈라는 이브를 부여했다. 그리고 이 두 사람이 우연히 만나 금세기 초 샐리너스 계곡에 나타나는 데서부터 드디어 이 20

세기의 신화가 본격적인 무대에 올려지는 것이다.

이 작품의 제2부는 이 아담과 캐시의 이야기로 꾸며진다. 캐시는 금단의 나무 열매를 먹게끔 유혹한 저 뱀과 똑같은 사악한 인간의 전형이다. 풍부한 재력과 풍부한 애정, 그리고 풍부한 땅을 손에 넣고 에덴동산의 건설에 정진하는 선량한 아담은 캐시의 반역과 음모에 의해 무참하게 때려 눕혀지고, 에덴동산의 건설도 게을리하여 캐시가 남긴 쌍둥이의 이름을 짓는 것조차 잊고 망연자실한다. 그는, 아니 그라기보다 우리는 비로소 여기에서 20세기의 에덴의 상실을 보게 되는 것이다. 이것은 어떤 의미에서 인간 원죄의 이야기이며 캐시는 바로 그 원죄의 상징이다.

그러나 이 작품은 단지 아담과 이브만의 이야기는 아니다. 이브가 카인과 아벨을 낳은 것처럼 캐시도 또 쌍둥이 아들 둘을 남겼다. 그리고 이윽고 이 쌍둥이가 성장하여 감수성이 풍부한 청춘기를 맞이할 때는 저 카인과 아벨의 이야기 같은 또하나의 새로운 이야기가 태어나는 것이다. 그것은 다름아닌 「형제 살해」의 이야기이다. 물론 여기에서는 직접적인 살인은 행해지지 않는다. 그러나 여기에는 카인과 아벨에 있어서와 똑같은 형제간의 질투가 있고 간접적인 살인에 의해 이를테면 인간의 이중의 죄가 확인된다. 왜냐하면 쌍둥이의 하나인 카알은 아버지의 사랑을 둘러싼 질투 때문에 선량한 형 아론을 사악한 어머니(지금은 매음굴의 안주인으로 있는)와 대면케 함으로써 아론을 절망에 빠지게 하고 때마침 일어난 제1차 대전에 참가하여 전사한다는 비극적인 운명을 그에게 지워주기 때문이다. 그리하여 이 작품은 「낙원 추방」의 원죄 이야기와 「형제 살해」의 이야기를 이중으로 엮음으로써 거기에서 20세기의 인간 신화를 그리려는 광대한 구상을 펼치게 되는 것이다.

그러나 이 작품의 흥미는 단지 그러한 《구약》의 이야기가 20세기에 되풀이된다는 데에 그치는 것은 아니다. 오히려 스타인벡이 가장 힘을 쏟고 있는 점은 그 낡은 이야기의 「새로운 해석」인 것이다. 만일 20세기에 있어서도 낡은 성서의 이야기가 그냥 되풀이되는 데에 지나지 않는다면 인간은 여전히 카인의 후예에 지나지 않으며 예로부터 말해져 오는 원죄의 사상 속에서 꼼짝할 수 없는 괴로움을 맛보게 될 것이다.

그러나 스타인벡은 그러한 것을 의도한 것이 아니었다. 그가 노린 것은 이 꼼짝도 할 수 없는 인간의 원죄 속에서 새로운 인간 생명의 가능성을 찾아내려는 것이었다.

그리하여 스타인벡은 성서에는 없는 전혀 새로운 인물을 이 작품에 등장시킨다. 앞서 소개된 사무엘 해밀튼과 아담이 샐리너스 계곡에 정착했을 때 요리사로 고용되는 중국인 리가 그것이다. 이 두 사람은 결코 위대한 인간은 아니지만 아담을 중심으로 전개되는 20세기의 신화를 극히 너그럽게 해석하는 정신의 폭을 가지고 있다. 특히 중국인 리는 2부의 마지막 장에서 「형제 살해」의 이야기에 새로운 해석을 가하고 다시 3부의 서두에서 그 해석을 발전시킨다.

그에 의하면 「형제 살해」의 이야기란 애정의 거부가 범죄를 낳고 그 범죄가 죄를 낳는다는 인간성의 원형을 상징하는 이야기이며 또한 그 죄를 짊어진 인간이야말로 선과 악의 길을 선택할 권리를 가진 인간인 것이다. 인간은 그 권리를 가졌을 때 비로소 인간으로서의 책임과 인간으로서의 의미를 가질 수 있게 된다. 리는 말하자면 이러한 중용의 사상을 가지고 사무엘 해밀튼과 함께 항상 그림자처럼 아담과 카알 옆에 따라다니며 그들을 격려하고 있는 것이다.

그리고 이 리의 사상이 다름아닌 스타인벡의 사상이라고도 할 수 있다. 이 소설의 제1부에서 우리는 찰스와 아담의 형제관계가 일종의 카인과 아벨 이야기라는 것을 알게 되고 또 카인의 이마에 찍힌 낙인이 찰스의 이마에도 찍혔음을 보게 되며 그리고 똑같은 낙인이 이브인 캐시에게도 찍히는 것을 알게 되는데, 우리는 이 소설의 하나의 안목인 카알과 아론의 이야기에서는 그러한 낙인이 카알의 이마에 찍히지 않았다는 사실을 깨닫게 된다. 이것은 스타인벡 쪽에 있어서의 계산이며 인간의 가능성에 대한 그의 너그러운 정신을 말해 주는 것이다.

확실히 인간은 원죄를 짊어지고 있기는 하지만 인간은 또 선량하기만 해서는 아론처럼 또 아벨처럼 자손을 가질 수가 없고 캐시처럼 악만 남아 있어도 또 스스로 그 몸을 망치게 된다. 다만 카알처럼 악에 빠져 들면서도 아직 인간의 길을 선택할 가능성을 가진 자만이 살아남을 권리를 가지는 것이며 거기에 현대인의 가능성이 있는 것이다.

이러한 스타인벡의 사상은 예전의 그의 작품에서는 볼 수 없는 폭넓은 것이다. 《분노의 포도》까지의 그의 작품 계열은 이를테면 선과 악의 투쟁의 계열이었다. 《에덴의 동쪽》도 또 선과 악의 투쟁의 장이지만 그것은 그 양자를 감쌀만큼 폭이 넓은 「상자」가 되어 있다고 하지 않으면 안 된다. 「에덴의 동쪽」이란 카인이 추방된 곳이지만 스타인벡은 이 추방된 땅에서 새로운 인간의 땅을 발견하려 하고 있는 것이다.

그리고 이 폭넓음이 이 작품에 여유 있고 박진감 있는 격조를 부여하고 있는데 이 《에덴의 동쪽》을 여유 있는 것으로 만들어 주고 있는 것은 이 크낙한 「비유」 속에 짜여진 해밀튼 일가의 이야기이다. 샐리너스 계곡의 언저리에 사는 이 일가는 스타인벡 자신의 외가쪽 계보를 모델로 한 것이라고 생각되며 작자 자신이 존 스타인벡이라는 실명으로 이 작품 속에 등장하기까지 한다.

이를테면 스타인벡은 이 작품 속에 자기 육친의 이야기를 「계보 소설」처럼 짜 넣어 이 20세기 신화에 현실미를 부여하고 또 자기 마음의 고향을 향수를 담아 이야기하고 있다고도 할 수 있을 것이다.

사무엘 해밀튼은 일종의 예언자적 풍격으로 이 소설에 등장하고 있는데 우리 는 사무엘의 족장적인 풍모와 그 아내 라이자 및 스타인벡의 어머니 올리브 속 에서 《분노의 포도》의 어머니 원형이나 이른바 스타인벡의 「원시 휴머니즘」의 한 원천을 찾아볼 수 있을 것이다. 자기를 이야기하는 일이 드물었던 스타인벡 이 여기에서 대담하게 그 가족의 계보를 다루고 있다는 것은 또 그의 새로운 단 계를 나타내고 있는 것처럼 생각되기도 한다.

스타인벡은 이 작품 속에서 세상에는 「선과 악의 이야기」가 있을 뿐이라고 극 언했다. 그리고 그는 바로 그러한 이야기를 이 작품 속에서 부여했다. 그것은 「비유」라는 그의 새로운 방법의 집대성이 되었다. 사람들은 어쩌면 거기에서 리 얼리즘으로부터의 후퇴를 발견하여 스타인벡을 비난할지도 모른다. 그러나 여 기에는 또 종래의 그의 작품에서는 볼 수 없었던 정신의 폭이 엿보이고 더욱이 그 밑바닥에 흐르는 그의 선의와 휴머니즘이 지금까지도 우리에게 호소하는 힘 을 가지고 있다는 것은 우리에게 있어서는 큰 기쁨이다. 게다가 이 작품이 하나 의, 20세기 미국의 이야기가 되고 있다는 것은 매우 흥미있는 일이다. 독자는 아 마도 이 작품에서 여러가지 감명을 받게 될 것이다.

카알과 아론의 이야기를 중심으로 한, 엘리아 카잔 감독에 의한 영화 《에덴의 동쪽》은 방대한 이 작품의 전모를 보여주지는 못한다 하더라도 스타인벡의 문제 의 일단을 교묘하게 포착한 박력있는 영화로서 매우 흥미있는 것이었다.

작가와 작품에 대하여

[혈통과 풍토] 존 스타인벡은 1902년 2월 27일 캘리포니아 주 몬테레 군의 샐리 너스에서 태어났다. 샐리너스는 샌프란시스코에서 약 백마일쯤 남쪽, 태평양에 면한 몬테레만에서 10마일쯤 내륙으로 들어간 곳에 위치하며 1872년 이래 몬테 레 군의 군청 소재지이다. 1950년경의 조사에서 인구가 약 1만3천9백명이라고 하니까 스타인벡이 태어난 세기 초에는 작은 시골마을에 지나지 않았을 것이다. 그러나 농산물의 집산지여서 마을에는 제분공장이 몇 개 있었으며 가까이에는 비트(사탕무)당의 큰 제당공장도 있었다고 한다.

가계를 살펴 보면 아버지쪽은 옛날 그로스 스타인벡으로 독일 북라인 지방 출신이며 할아버지대에 미국으로 이주, 사방을 전전한 끝에 매사추세츠 주로 옮겨 오고 1874년에는 캘리포니아로 와서 샐리너스 동북쪽에 있는 호리스터에서 제분공장을 경영했다. 작가와 같은 이름인 아버지 죤 어네스트 스타인벡은 그 사업을 이어 받았으나 샐리너스에 정주하여 군청의 수입담당 일을 11년 동안 맡아 보았다.

어머니쪽은 아일랜드계. 1851년 북아일랜드에서 캘리포니아로 건너갔으며 농업을 경영한 사무엘 해밀튼이 작가의 외조부가 된다. 작가의 어머니, 즉 사무엘의 딸 올리브는 피치트리, 프레이토, 빅 서 등 군내 각지의 국민학교 교사로 있었으며 죤 어네스트와 결혼하여 1남3녀를 낳았는데 그 장남이 작가 스타인벡이다.

따라서 민족적 기질이라는 점에서 보면 스타인벡의 혈통에는 독일인의 피와 아일랜드인의 피가 흐르고 있는 셈인데 그것과 그의 문학과의 상관 관계는 대략적인 추측밖에 할 수 없지만 스타인벡 자신은 자기의 기질과 전래의 핏줄과의 연관을 꽤 중시했던 모양으로, 몽상에 잠기거나 사물을 새로 만들거나 창조하기를 좋아하는 경향은 어머니쪽의 것이라고 말하고 있다. 「아버지는 창의·연구를 하는 타입의 인간이 아니었다. 오히려 어머니쪽의 인간을 머리가 어떻게 된 것이 아닌가고 말하고 있었다」라는 기술도 《어느 소설의 일지》라는 제목으로 출판된 그의 일종의 기록 속에서 엿보이고 있다. 그러나 가령, 나중에 언급하게 될 그의 해양생물학에 대한 깊은 흥미 등을 생각하면 이것은 오히려 독일인의 기질과 결부된 특징이라고 하지 않으면 안 된다.

스타인벡의 경우, 혈통도 중요한 것이지만 그것보다 그의 탄생지 풍토와의 연관이 더 중요한 요소로서 부각되고 있다. 광대한 국토의 여기저기에 지역적 특색이 농후하게 자라고 있던 미국에 있어서는 스타인벡뿐 아니라 어느 작가에게나 인간형성이 행해진 곳은 그의 문학을 고찰함에 있어서 항상 고려해야 할 요소이지만 스타인벡에게서 캘리포니아는 특히 그 역사까지 포함하여 그의 문학 작품과 서로 혈육적인 관계를 가지고 있다.

영화 《에덴의 동쪽》을 본 사람은 레티스 밭이나 콩밭이 가빌란 산맥과 산타 루시아 산맥에 에워싸여 지평선 저쪽까지 펼쳐져 있는 아름다운 풍경을 기억하고 있을 것이다. 그러한 전원을 안고 있는 이 지방의 자연과 거기에 펼쳐진 인간의 역사에 기울이는 그의 깊은 관심과 애정은 장편소설 《에덴의 동쪽》 첫머리에 유감없이 묘사되어 있다.

캘리포니아 관계의 작가라고 하면 프랑크 노리스, 가트루드 애서튼, 스튜어트 화이트, 업튼 싱클레어, 시인인 로빈슨 제퍼즈, 그리고 윌리엄 사로얀 등을 들 수 있는데 사로얀을 제외하고는 모두 이 고장에서 태어난 사람이 아니다. 이 땅에서 태어났을 뿐만 아니라 이곳의 자연과 인간의 영위에 어렸을 때부터 「어른들이 모르는 감동」을 맛보면서 자란 스타인벡에 있어서 이 지방은 단순한 지적 호기심의 대상일 뿐만 아니라 그의 상상력의 성격을 결정하고 그의 문학을 좌우한 운명적인 동기라고 할 수 있을 것 같다.

《하늘의 목장》, 《긴 골짜기》, 《토틸라 플래트》, 《생쥐와 인간》, 《분노의 포도》, 《에덴의 동쪽》——그의 작가로서의 영예를 주장하는 작품이 모두 캘리포니아를 무대로 하고 있을 뿐만 아니라 이 고장 이외의 장소를 사실적으로 엮은 유일한 작품인 《불만의 겨울》에서는 무언가 상상력이 자유스럽지 못하다는 것이 느껴진다. 《어느 소설의 일지》 속에서 《에덴의 동쪽》을 집필중인 그가 코네티컷 시대의 트래스크 일가를 말하는 대목이 까다로워 빨리 캘리포니아로 이주해 주었으면 하고 생각하는 취지를 쓰고 있는 것은 흥미있는 고백이다.

【성장 과정】 스타인벡의 아버지가 군청에서 수입(收入) 일을 보고 있었다는 것은 이미 말했으나 어렸을 때의 일을 알고 있는 그의 친구에 의하면 그의 가정은 전형적인 중산층으로서 교사였던 어머니의 풍부한 장서 중에서 《죄와 벌》,《보바리부인》,《실락원》 및 하디의 《귀향》 등을 「현실의 세계보다 한층 더 현실적인, 자기에게 들씌워진 일로 생각하고 읽으면서」 무엇 하나 아쉬운 것 없이 자란 꿈 많은 소년을 상상할 수가 있다. 그러나 「그 가운데서도 맬러리의 《아더 왕의 죽음》과 《흠정역(欽定譯) 성서》 두 권이 가장 큰 영향을 내게 주었다」하는 스타인벡 자신의 말은 주목할 만하다.

성서로부터의 인용이나 그 안의 이미지 활용은 그의 작품에서 흔히 볼 수 있는 것이며, 결혼하여 에인즈워스 부인이 된 그의 누나가 그와 함께 곧잘 맬러리를 낭독하고는 그 안의 장면을 실연하며 놀았다고 회상하고 있는 것은, 나중에 언급하는 스타인벡의 연극에 대한 조기 각성으로서 간과할 수가 없다.

이 다정다감한 소년이 현지의 고교에서 대학으로 진학하는 과정에서는 두 가지 일이 주목을 끈다. 첫째는 그가 운동선수로서 활약함과 동시에 문학청년답게 학교 신문에 단편소설이나 시를 기고하고 있는데 피터 리스카에 의하면 그것들이 풍자적 우화성을 가지고 있었다는 것이다. 둘째는 전후 6년에 걸쳐 재학한 스탠포드 대학에서 비교적 열심히 출석한 것이 생물학, 특히 해양생물학 수업이었다는 사실이다. 거기에 덧붙이면 학교에 나가지 않을 때는 농장에서 일을 하거나 도로공사에 종사하거나 제당공장에서 일을 하거나 하역 노동자들과 생활을 함께 하고 있었다는 사실도 고려에 넣는 것이 좋을 것이다.

1925년, 작가가 되리라는 결심을 굳히고 영원히 스탠포드를 떠난 뒤, 1935년 《토틸라 플래트》가 뜻밖의 호평을 받음으로써 작가로서 자립할 수 있게 되기까지의 고투에 대해서는 특기할 만한 것이 없다. 이곳 저곳을 전전하면서 여러가지 일을 해서 얻은 약간의 돈으로 가까스로 생활을 지탱하면서 심혈을 기울여 쓴 작품이 여러 출판사에서 되돌려지는 비운에도 굴하지 않고 잇따라 신작을 써나간 셈인데, 그것은 무명 신인작가에게는 공통적인 운명이며 감동적이기는 하지만 각별히 새로운 것은 아니다.

그것보다도 이 30년대 초기의 스타인벡의 생활에서 가장 주목하지 않으면 안 되는 것은 몬테레의 통조림 골목에 「태평양 생물실험소」를 개설하고 있던 생물학자 에드워드 리케츠와의 교우관계이다.

《뱀》의 필립스 박사, 《승산없는 싸움》의 버튼 선생, 《통조림 공장가》나 《즐거운 목요일》의 「선생」, 모두가 이 리케츠가 모델인데 《코르테스 해의 항해일지》 첫머리에 「에드 리케츠에 대하여」라는 제목으로 스타인벡 자신이 쓰고 있듯이 1948년 자동차 사고로 리케츠가 비참한 최후를 마칠 때까지 15년간에 걸쳐서 계속된 이 과학자와의 친교는 이른바 「생물학적 인간관」이라는, 처녀장편 《황금의 잔》에서 이미 그 싹을 보여 주었던 스타인벡의 사물을 보는 시각의 기본적 패턴을 형성하고 정착시키는 데 큰 역할을 했던 것이다.

【작가 생활】 《토틸라 플래트》의 성공 이후 스타인벡의 작가 생활은 순풍에 돛을 단 듯한 호조를 보인다. 파업을 소재로 한 소설이라고 해서 출판사가 주저한 《승산없는 싸움》도 호평이었으며 《생쥐와 인간》은 출판되자 곧 절찬을 받아 베스트셀러에 올랐으며 독서클럽의 추천도서로도 선정되어 헐리우드에서 영화화되는 등 스타인벡은 일약 시대의 각광을 받았다.

덕분에 오랫 동안 햇볕을 볼 수 없었던 초기의 단편도 여러 잡지에 게재되어 1938년에는 《긴 골짜기》라는 제목의 단편집으로 출판되는 결과를 낳았고 경제적으로 여유가 생겨 스타인벡은 외국 여행을 할 수 있게 되었다. 또한 이어서 세상에 내놓은 대작 《분노의 포도》는 요란한 세론을 불러 일으킨 끝에 30년대의 기념비적 걸작으로서 퓰리처 상을 수여받았고 작자는 현대 미국의 대표적 작가로서 널리 그 이름을 국외에도 떨치게 되었다.

그러나 그뒤 제2차 세계대전 중에 발표한 《달이 지다》는 사람들의 기대를 크게 배반했으며 그후 스타인벡에 대한 평가는 하강선을 더듬게 되는 것이다.

물론 예를 들면 마크 숄러처럼 《에덴의 동쪽》을 스타인벡의 작품 중에서 가장 뛰어난 작품이라고 인정한 비평가도 있었고, 1962년에는 《불만의 겨울》이 직접적인 계기가 되어 노벨 문학상을 수여받아 다년간에 걸친 그 문학적 성과를 화려하게 인정받기도 했다.

그러나 그 똑같은 숄러가 앞서의 서평을 쓴 3년 뒤에는 이 평언의 토대가 된 자기 판단의 착오를 인정하고 이 문장이 《스타인벡과 그 비평가들》이라는 선집(選集) 속에 수록되는 것을 승낙하지 않았고 노벨 문학상의 수상을 의외로 여긴 저널리스트들이 당사자인 스타인벡을 향해 직접「당신은 이 상을 받을 만한 자격이 있다고 생각하는가?」라는 질문을 하여 그에게서「솔직히 말해서 그렇지 못하다」라는 대답을 끌어내기도 했다. 그리고 그뒤 명예를 만회할 작품을 발표할 기회도 없이 1968년말 스타인벡은 영면하는 것이다.

《분노의 포도》의 평판이 너무나도 높았던 데서 오는 반동이라고 하겠지만 그렇다고만도 할 수 없는 약점을 특히 전후의 그의 작품이 노정하고 있었던 것도 부정할 수 없다고 하겠다.

【개체를 그려 전체의 상징으로】 스타인벡은 1936년 가을, 캘리포니아 이동 농민들의 참상을 직접 관찰하고 있을 때 그 자신의 정치적 견해를 표명해 줄 것을 요구한 어느 잡지사 편집자에게 사절하는 편지를 보냈는데 그 가운데 다음과 같은 구절이 있다.

「……일반론은 당장 경화하여 우론(愚論)으로 바뀌는 느낌이 듭니다. 작가가 자기를 기만하지 않고 할 수 있는 말은『지금 나에게 이것은 이런 식으로 보인다』는 것 뿐입니다. ……나는 내가 그리는 소우주(小宇宙)의 모습이 대우주를 방불케 하기를 원하면서 사람들의 말에 귀를 기울이고 사람들의 행동을 지켜볼 뿐이지만 이러한 나의 태도는 어쩌면 잘못된 것인지도 모릅니다…….」

이「소우주」「대우주」라는 말은 스타인벡의 문장에서도 이따금 부딪치게 되지만 소우주를 그려 대우주를 방불케 한다는 것은 개체를 그려 일반을 상징한다는 뜻일 테니까 정치적 견해의 표명을 거절하는 이유로서는 어떨지 몰라도 작가의 창작태도로서는「잘못」되기는커녕 매우 진지하고 당연한 자세이다.

그러나 그러한 진지한 의도를 품는다는 사실 자체가 작품 속에 실현된다는 것을 꼭 보증하지는 않기 때문에 스타인벡은 인간을 묘사하지 못한다는 비판을 듣게 되며 그것은 이 소우주와 대우주의 균형 파탄——다시 말하면 그의 눈이 현상의 단순화·추상화·일반화의 방향에 너무 치우쳐서 개체를 충분히 그리지 못하는 데에 기인하고 있는 것이다.

이러한 파탄이 가장 노골적으로 나타난 것이 《달이 지다》와 《활활 타다》 그리고 《피핀 4세》일 것이다. 여기에 등장하는 인물들에서는 확실히 작자로부터 독립해서 움직이는, 피가 통하는 인간이라기보다는 작자의 말을 대변하면서 작자의 뜻에 따라 움직이는 꼭두각시라는 인상을 강하게 받는다. 그러나 이러한 결과가 된 데 대해서는 작자가 《활활 타다》의 서문에서 말하고 있는「희곡소설」(Play-novelette)을 쓰려고 한 그의 의도도 관계되고 있음이 틀림없다고 생각된다. 「희곡소설」이라는 것은 스타인벡의 말을 빌면 희곡의 저시문을 상세하게 써서 전체를 소설 같은 형식으로 만든 것, 다시 말하면 그 대화만을 추출한 경우에 그대로 희곡이 되는 그러한 소설을 말한다.

　하지만 이것은 앞서 말한 것처럼 어렸을 때부터 연극을 좋아했고 작가활동의 초기부터 극작에 강하게 이끌리면서도 끝내 희곡은 한 편도 쓰지 않은(또는 쓰지 못한) 작가가 버너드 쇼우의 희곡 서문에서 시사를 얻어 안출한 일종의 절충적 새 형식이라고 보아도 좋을 것이다.

　본래의 소설이 요구하는 서술성 내지 구체성에 비해 이 형식이라면 희곡이 가지는 상징성 내지 추상성을 대폭 도입할 수 있으리라는 겨냥도 염두에 두었으리라. 게다가 이들 작품의 무대가 《달이 지다》에서는 노르웨이인 듯한 북구의 도시에, 《피핀 4세》에서는 파리에, 《활활 타다》에서는 지리적 개성을 배제한 「서커스」라든가 「농장」이라는 일반적 상태를 설정한 것도 작중 인물의 유형화·인형화와 무관한 것은 아니지 않을까?

　적지 않는 그의 작품 중에서 작자 스스로 「거의 취할 만한 것이 없다」고 언명하고 있는 처녀작과 최후의 소설이 된 《불만의 겨울》을 제외하고 캘리포니아를 무대로 하지 않은 작품은 이 3편 밖에 없는 것이다. 그리고 스타인벡이 같은 「희곡소설」의 첫작품으로 들고 있는 《생쥐와 인간》에서는 수법은 같으면서도 작중 인물이 결코 꼭두각시라는 인상을 주고 있지는 않다. 뿐만 아니라 불분명하면서도 강력한 인간의 동경과 꿈을 담은 레니와 조지라는 인간상에 작자로부터 독립된 피를 통하게 하는 데에 성공하고 있다. 그 무대가 다름아닌 캘리포니아의 농장이라는 사실을 생각하면 앞서 말한 캘리포니아의 풍토와 스타인벡의 상상력과의 혈육적 관계가 여기에서도 입증될 것이다.

　그것은 어찌 됐든 상기한 세 작품에 있어서는 인간이 유형적 내지는 관념적으로 그려져 있어서 사실소설(寫實小說)로서의 결함이 지나칠 만큼 노골적으로 드러나 있지만 그러한 선입관을 가지지 않고 접한다면 여기에는 또 나름대로의 재미가 있다. 인형극이나 가면극에서 받는 흥미와 비슷한 소박한 감흥이다.

　《활활 타다》는 「불임(不妊)의 초극」이라는 테마를 차치하고 구성이 그야말로 무리여서 많은 비평가들과 마찬가지로 실험의 실패라고 하지 않을 수가 없지만 《달이 지다》는 「조용한 저항이라는 형태로 제시되는 민주주의의 힘」이라는 틀에 박힌 주제이고 더욱이 그것이 형식적으로밖에 그려지고 있지 않다는 결점을 덮을 수 없다고 하더라도 첫문장부터 시작하여 양식화한 느낌의 문장을 타고 움직이는 꼭두각시들의 드라마에서는 일종의 독특한 재미가 느껴진다. 스타인벡이 어떤 문장에서 말하고 있듯이 「도덕 우의극(道德寓意劇)」 같은 효과를 노린 것이라고 한다면 그 목적은 거의 달성되었다고 할 수 있을 것이다.

　또 《피핀 4세》는 작자 자신이 「희작(戱作) : 장난삼아 쓴 작품)」이라고 말하고 있는 중편소설이지만 지금은 일개의 아마츄어 천문학자로서 시정에서 평온한 생활을 즐기고 있는 샤를마뉴 대제의 후예가 의회의 총의에 따라 억지로 프랑스의 왕위에 오른다는 기발한 허구를 설정하여 현대인의 사고와 행동을 야유한 것이다. 거기에는 수법과 형식에 대한 배려가 없고 소재도 통일을 결여하고 문체는 통속작가의 그것으로 전락하고 있어서 전작 《즐거운 목요일》과 함께 작자의 침체된 정신을 말해 줄 뿐이라고 피터 리스카는 비판하고 있지만 리스카 자신이 이 가벼운 우화를 너무 솔직하게 받아들이기를 멋적어하고 있듯이 느긋한 기분으로 접한다면 이 또한 그런대로 즐겁게 웃으면서 읽을 수가 있을 것이다. 다만 그 웃음이 그다지 수준높은 웃음이 아닌 것은 확실하고 이러한 제재를 다루면서도 야유의 정도에 머물러서 거기에 통렬한 풍자 효과가 나타나지 않은 것도 부정할 수 없다. 리스카는 거기에서 작자의 정신 이완을 갈취하고 있는데 스타인벡은 원래가 풍자가는 아닌 것이다. 풍자가이기에는 스타인벡의 인간관은 너무나도 낙천적이고 긍정적인 것이다.

【집단인(集團人)】 스타인벡의 인간관——그것은 「생물학적 인간관」으로서 리케츠와의 교우가 정착시킨 것임은 이미 언급했지만 이것이 가장 직접적인 형태로 개진되어 있는 것이 《코르테스의 바다》이다. 여기에서 그는 「〈……이다〉의 사고」 또는 「비목적론적 사고」라고 자칭하는 사고태도를 설명하고 있다. 목적론적인 사물 관찰법은 필연적으로 원인과 결과에 대한 가치판단을 내포하고 현상을 개선하려는 의식을 낳는데 그러한 의식을 수반하여 행해지는 현상인식은 자주 피상의 중요한 요소를 간과할 우려가 있으므로 「어째서인가」 또는 「어떠해야 하는가」라는 의식을 버리고 「무엇이 어떠한가」라는 관찰과 이해에서 출발하려는 것이다.

그 결과 나타난 것이 「집단인(그룹맨)」이라는 인식이었다. 인간의 집단은 개인의 집합체이기는 하지만 그 집합체를 구성하는 개개인과는 독립된 1개의 유기체라고 그는 말한다. 그것은 마치 1개의 생물이 세포에 의해 형성되어 있으면서 개개의 세포 그 자체와는 별개의 유기체인 것과 마찬가지이다.

그리고 이 인간의 집합체, 즉 집단인이 더 큰 집합체의 일부를 유기적으로 구성하고 그 큰 집합체가 그것보다 더욱 큰 집합체의 유기적인 일부를 형성하는 식으로, 마지막에는 우주 전체의 유기적 통일을 스타인벡은 상정하는 것이다.

이러한 관찰과 추리가 극히 불완전한 것임은 명백하지만 인간사회의 사상(事象)을 생물학적 차원으로 환원시키는 이 포착방법은 그의 기본인식인만큼 모든 작품에 갖가지 영향을 미치게 되는 것이다.

가령 《하늘의 목장》, 《토틸라 플래트》나 《통조림 공장가》 같은 특정지역에 사는 특수한 사람들의 원시에 가까운 생활을 소재로 한 경우, 작자의 시점을 조물주와 같은 위치에 놓고 인간이라는 동물의 생태를 관찰하는 스타인벡의 태도는 그야말로 편리하기 짝이 없어서 작자의 붓은 마음껏 숨을 쉬면서 소박한 사람들의 애환을 유머 있고 페이소스도 있는 바람직한 작품으로 만들 수 있었다.

또 《미지의 신에게》, 《진주》와 같이 인간의 성정을 본능에 가까운 원시 형태로 단순화하여 포착, 우화 또는 거기에 가까운 작품으로 만든 소설에서는 생물학적 인간관의 직접적인 소산이라고 해도 좋으며, 예에 따라 인간을 그릴 수 없다는 비난은 못 면했다 하더라도 이것은 나름대로 통일된 문학의 세계를 이룩하는데 성공하고 있다.

그러나 《승산없는 싸움》처럼 정치문제 또는 사회문제 사건을 소재로 한 사실소설에 와서는 애기가 달라진다. 정치문제나 사회문제는 가치관에 의해 채색된 인간사회의 갈등이다. 그것을 가치관을 배제한 생물학적 인간관에 서서 그리려고 하면 차질이 생기는 것은 당연하다.

그럼에도 불구하고 스타인벡은 자기의 농장을 갖지 않은 이동 농민들이 살아가기 위해서 싸우는 파업투쟁을 소재로 하면서도 이것을 정치투쟁이나 경제투쟁으로 보지 않고 일반 생물계에서 행해지는 생존경쟁의 일종으로서, 생물계의 차원에서 포착하려고 한다.

「나는 이 이야기를 정치적 또는 경제적 편견에 의해 시야가 좁혀지지 않도록 유념하면서 썼다」라고 말하고 「거기에 작자의 도덕의식이 투입되어 있지 않다」라는 것을 그가 강조하고 있는 데서도 그것은 뒷받침되고 있다.

그 결과는 어떻게 되었는가? 물론 그것이 일방적인 선전소설로 타락하는 것을 방지했을지는 모르나 동시에 이 태도가 작품 자체의 성격까지를 「알 수 없는」 애매한 것으로 만들었다는 것을 부인할 수 없으며 작자의 태도를 그대로 짊어지고 등장하는 「버튼 선생」이 그와 행동을 함께 하는 공산주의자들에게 석연치 않은 느낌을 주듯이 독자도 이 작품에서 석연치 않은 혼탁한 불만을 가지게 되는 것이다.

그 불만은 그러나 작자 자신이 항상 의식하고 있었던 것인지도 모른다. 그로부터 3년 뒤에 같은 제재를 다루어 발표한 《분노의 포도》에서는 이 석연치 않은 혼탁의 인상을 불식시킬 노력이 여러가지로 나타나 있다. 거기에 대해서는 나중에 좀더 상세히 다루기로 하고 우선 그의 또다른 두 개의 장편 《에덴의 동쪽》과 《불만의 겨울》을 포함한 만년의 스타인벡을 살펴보기로 한다.

《에덴의 동쪽》

《에덴의 동쪽》은 남북전쟁에서 제1차 대전에 이르는 미국사회의 변천을 배경으로 자기의 가계를 얽어 넣으면서 원죄의식으로부터의 인간해방을 구약성서의 이야기를 빌어 그리려고 한 웅대한 스토리이다. 그 이름도 아담 트래스크라고 붙여진 단순·선량한 아버지와 인간의 정신적 기형일 것이라고 작자 자신이 말

하는 캐시라는 이브를 안배하고, 그 사이에 아론, 카알이라는 쌍둥이를 낳게
한다.

그리고 자칫 비뚤어지고 뒤틀린 자기의 마음을 스스로도 주체하지 못하는 카
알에게 자기는 어머니의 피를 이어받는 악의 종자이며 아론은 성인 같은 아버지
의 피를 이어받은 선의 종자라는 숙명관을 갖게 한 뒤에 이 숙명관을 타파하려
는 것이 작자의 의도이다. 인간이 자기를 악의 화신이라고 믿고 비극의 주인공
으로 간주하여 슬픔과 희롱하는 것은 가장 안이한 자기도취이다. 진실로 자기의
악을 자각하는 것은 선이 있음으로써이고 이 두 요소가 병존하여 매사에 선택의
자유가 주어짐으로써만 인간의 이름에 값하는 것이라는 악의 적극적 의의를 그
는 인정하려고 했지만, 그의 의도는 작중인물이 말하는 미숙한 언어로서 나타났
을 뿐 인물 상호간에 교직되는 인간 드라마로서의 소설 본래의 면목을 구상화하
는 일은 충분히 수행하지 못했다고 할 것이다.

〈불만의 겨울〉

만년의 스타인벡에게는 자기의 문학에 새로운 지평을 열려는 의욕이 매우 왕
성했다. 예를 들면 《불만의 겨울》에서 새로운 작품의 무대로 뛰어들려고 한 것
도 그 하나의 표현이다.

이 작품은 현대 미국인의 센티멘털리티 속에서, 셰익스피어 작 《리처드 3세》
의 저 간사한 야심의 화신 그로스터 공이 스스로의 야망으로 멸망해 가는 복수
극의 패턴을 본 작자가 그것을 인간성의 해체를 이야기하는 소설형식으로 구상
화하려고 한 것인데 그 무대는 동부 미국의 지방도시로 설정되고 주인공으로는
오랜 가문에 태어난 명문대학 출신자가 설정되고 있다.

되풀이 언급했듯이 종래의 스타인벡의 소설은 지리적 특성을 박탈당한 추상
적인 무대 위에 도덕우의극(道德寓意劇)을 연상시키는 허구를 전개한 소수의 중
편을 제외한다면 나머지는 모두 캘리포니아가 무대였고 작품의 주인공들도 빈
농, 어부, 또는 육체노동자라든가 무뢰한 등, 이마에 땀을 흘리며 땅과 바다에
서 살고, 또는 일을 하지 않더라도 자연에 밀접하여 살아가는, 사회적으로는 하
층에서 고생하는 사람들이었다. 학대받고 짓밟히면서도 오히려 굳세게 살아가
려는 인간의 줄기찬 생명력을 찬양하고 중압 밑에서 인간을 구출하려는 것이 종
래의 스타인벡 문학의 본령이었다.

이 소설의 주인공도 식료품점 점원이며 그가 짊어진 묵은 가문의 전통이나 높
은 교육수준은 그의 가슴에 욕구불만을 일으키게 하는 재료로 작용하며 그가 지
식인으로서 작품 속에서 기능하는 것은 아니지만 어쨌든 명문대학 출신자라는
주인공의 설정은 지금까지 그의 작품에서 그 예를 볼 수 없었던 것이다.

이 작품이 직접적인 계기가 되어 스타인벡에게 노벨문학상이 수여되었을 때

스웨덴 아카데미의 서기장이며 유명한 시인인 안델스 에스텔링은 「이 작품으로써 스타인벡은 정사 선악(正邪善惡)을 불문하고 참으로 미국적인 것을 적확하게 꿰뚫어 보는 본능적 통찰력에 의해 어디까지나 진실을 말하는 왕년의 지위로 복귀했다」라고 찬양했으나 과연 이것이 예를 들면 《분노의 포도》 등과 맞먹는 성과인지 어떤지는 매우 의심스럽다. 그러나 그의 조락을 선고하는 비평가들에게 감히 도전하려고 한 작자의 치열한 의욕만은 충분히 인정될 것이다.

《찰리와 함께 한 여행》

그 의욕을 뒷받침이라도 하듯이 이 작품을 쓰고 나서 그는 곧 찰리라는 이름의 푸들 한 마리를 데리고 캠프카로 개조한 트럭을 운전하면서 단신 미국 탐방길에 오른다. 그 의도를 그는 이렇게 말하고 있다.

「나는 내가 어느새 자기 나라를 잊고 있었다는 것을 깨달았다. 미국의 작가가 미국 이야기를 쓰는데 그 미국이라는 것이 실은 내 기억 속의 미국에 지나지 않았던 것이다. 기억인 이상 착각도 있을 것이고 왜곡도 있을 것이다. 그럴 수밖에 없는 것이 미국의 살아있는 말을 듣지 못하고 풀이나 나무, 하수구 냄새를 맡지 못하고 산이나 강, 또는 색깔과 빛을 보지 못하면서 엄벙덤벙 살아 왔으니까.

미국이 달라졌다는 것은 알고 있다. 그러나 그것은 책이나 신문에서 받아들인 지식에 지나지 않는다. 게다가 나는 이 나라를 피부로 느끼지 못한 채 25년을 지내왔다. 요컨대 나는 내가 모르는 일을 써왔던 것이다. 이것은 작가로서 일종의 범죄행위가 아닐까? 나는 이 괴물 같은 나라를 다시 한 번 이 눈으로 보지 않으면 안 된다. 그렇지 않으면 창작 형식으로 큰 진실을 말하는 데 있어서 그 기초가 되는 조그만 특징적 사실을 나는 이야기할 수 없게 될 것이다.」

장황하게 인용한 이유는 여기에서 스타인벡의 진지한 반성과 재출발의 결의를 볼 수 있기 때문이다.

여행기록 그 자체는 《찰리와 함께 한 여행》이라는 한 권의 여행기가 되고 다시 《미국과 미국인》을 낳았지만 그가 말하는 「큰 진실을 말하는 데 있어서 기초가 되는 조그만 특징적 사실」을 그린 창작은 끝내 볼 수 없는 채 그는 돌아오지 않는 길을 떠나고 말았다.

【《분노의 포도》의 반향】 마지막으로 《분노의 포도》에 대해서 한 마디 언급하기로 한다.

이 작품이 세상에 나왔을 때의 반향은 정말로 요란했다. 그것들은 우선 여기에 그려진 소작인이나 지주, 이동 노동자, 자본가, 행정당국의 모습 따위가 진상을 전하고 있는가 어떤가를 놓고 논란이 되어졌는데 작품의 직접적인 무대가 된 오클라호마와 캘리포니아 두 주에서 특히 시끄러웠으며 이곳에서는 옹호의 소리보다도 공격의 노호 소리가 압도적으로 컸었다.

오클라호마에서는 모든 신문이 일제히 공격하여 많은 도서관은 이 책을 금서로 했고 나아가서는 오클라호마 출신의 국회의원이 의회에서 탄핵연설을 행하여「오클라호마의 소작인은 다른 고장의 소작인 못잖은 훌륭한 두뇌와 심성을 가지고 있다. 이 책은 비뚤어지고 왜곡된 정신이 낳은 검은 악마의 책이다」라고 규탄했다.

소동은 순식간에 전국으로 확대되어「뉴욕 주의 버팔로에서 캘리포니아에 이르기까지 이 책은 정치적인 이유나 외설문서라는 이유로 혹은 금서가 되고 혹은 분서(焚書)의 수난을 겪었고」예의 가톨릭 대주교 스펠만의 집필로 된 비난공격의 문장이 허스트계의 모든 신문지상에 나타났다고도 한다.

작품이 유명해져서 많은 독자를 획득할 수 있다는 것은 작자로서 만족스러운 일임은 틀림없지만 문제는 그것이 어떻게 읽히느냐 하는 것이다. 위에 서술한 것 같은 소란 속에서 《분노의 포도》는 계급투쟁을 창도하는 사회항의의 책으로서 읽힌 경우가 적지 않았던 것이다. 거기에는 당시의 지배적 풍조가 크게 작용하고 있었지만 어떻든 일을 결정하는 시대사조의 힘이 얼마나 무서운 것인가를 새삼 통감하게 된다.

【《분노의 포도》와 사회정세】《분노의 포도》가 출판된 것은 1939년이지만 29년의 시장 붕괴에 이은 세계적인 경제공황에 의해 사람들은 무거운 대불황의 중압과 힘겨운 싸움을 계속하고 있었다. 1932년에 대통령으로 취임한 F.D 루즈벨트의 취임연설을 일독하면 이 무렵의 미국 일반정세를 손에 잡힌 듯이 알 수 있을 것이다.

경제부흥과 사회보장을 제1의로 하는 뉴딜 정책은 이 곤경을 극복하려는 새 대통령의 과감한 도전이었으나 계속되는 실업과 눈앞에 보이는 사회의 참상은 미국 자본주의에 대한 불신을 심각화했을 뿐만 아니라 미국적 정치 사회체제 자체에 대한 의혹까지도 낳았다.

1933년 11월, 사우드 다코타 주에서 발단된「검은 눈보라」라고 불린 일대 모래태풍은 34년, 35년, 36년에 걸쳐서 캔자스, 오클라호마 등 부근 일대에 맹위를 떨쳐 광대한 범위의 경지를 거대한 모래언덕의 들판으로 바꾸어 놓고 말았다. 이 자연의 폭력에 대처할 방도를 몰랐던 대지주와 토지회사는 트랙터를 도입하여 농지 정리에 나섰고 토지를 잃은 소작인들은 난민이 되어 한가닥 희망을 캘리포니아에 걸고 잇따라 이동을 개시한 것이다.

이들 이동 농민의 수는 39년에는 20만을 초과했다고 하는데 그 때문에 지상낙원을 연상시켰던 캘리포니아는 노동력 과잉에 시달리게 되었고「오키」라고 욕을 먹으면서도 다만 살아가기 위해 일거리를 찾아다니는 이동 농민들 때문에 임금은 절하되고 농업노동자들의 생활은 극도로 궁핍해졌다. 그들은 하는 수 없이 단결하여 파업을 일으켰고 사용자측은 또 이에 대항하여 무장 자경단(自警團)을 조직하고 반(反)피킷 조령(條令)을 시행시키는 등 내란을 우려케 하는 불온한 상태까지 나타내기에 이르렀다.

【〈분노의 포도〉의 집필】 스타인벡은 1937년, 펜실베니아에서 〈생쥐와 인간〉의 희곡화를 끝내고 서부로 돌아올 때 오클라호마 시를 경유하여 서쪽으로 향하는 「오키」들의 무리와 합류했다. 그리고 그들과 함께 도중에 있는 푸바빌에 묵고 캘리포니아에 도착한 뒤에도 그들 속에 섞여서 노동을 했다.

이때 이미 나중에 〈분노의 포도〉가 될 작품을 쓰기 시작하였으나 1938년 6월에 완성, 제목을 「레터스버그 사건」이라고 붙인 이 작품은 끝내 작자가 만족할 수 없었기 때문에 출판을 허락해 달라고 요청해 온 출판사에 대해 사절하는 편지를 보내고 개작에 착수했다.

그리고 여름과 가을에 걸쳐 전력을 경주하여 집필을 계속, 1938년이 저물어갈 무렵 겨우 탈고하여 〈분노의 포도〉는 완성되었는데 그때 스타인벡은 초췌할대로 초췌하여 몇 주일 동안 병상에 누워 있어야만 했고 의사로부터는 펜을 드는 것은 말할 것도 없고 책을 읽는 것조차 금지 당했다고 한다.

「레터스버그 사건」을 볼 수가 없는 우리로서는 그것이 현재 우리가 읽는 〈분노의 포도〉와 얼마나 다른지, 또는 전혀 별개의 작품인지 알 방법이 없지만 출판사에 보낸 사절 편지 속에 「이 책은 좋지 않은 책이므로 인쇄를 해서는 안됩니다. 좋지 않다는 것은 정직하지 않기 때문입니다.」라든가 「이것을 쓰면서 일이 순조로이 진행되고 있을 때에 느끼게 마련인 그 까닭 모를 따스한 기쁨을 나는 한 번도 느낄 수가 없었습니다」라든가 「지금까지 나로 하여금 일을 하게 한 충동은 사람들을 서로 이해하게 만들고 싶은 것이었는데 이 책은 한쪽에 치우친 이해에 의해 증오를 낳게 하는 것이 목적으로 되어 있습니다」라는 등의 말이 있는 것으로 보아 어쩌면 목격한 난민의 너무나 끔찍한 참상에 그의 붓이 이끌려 일방적으로 난민쪽에 서서 썼다는 불만이 「레터스버그 사건」을 출판하지 못하게 한 이유인지도 모른다.

어쨌든 그것은 현재 우리가 접하는 〈분노의 포도〉에 그러한 요소가 없고 스타인벡이 말하는 「좋지 않은 책」이 되어 있지 않은 것은 분명하다.

【왕성한 생명의 찬가】 물론 아사 직전의 위기에 처하여 우왕좌왕하는 사람들에게 보내는 마음으로부터의 동정과 대농장주와 은행, 그리고 주구가 되어 있는 관헌 등에 대한 분격은 명료하게 느껴지지만 작자의 눈은 그것들을 포섭하여 움직이는 인간사회 전체를 향해 돌려져 있고 혼돈스럽고 비참해 보이는 현실 속에서도 신비로운 의도를 간직한 채 영원히 계속되어 가는 인류의 발걸음에 신뢰를

보이고 그것을 지탱하는 풍부하고 따뜻한 모성을 작자는 찬양하고 있는 것이다.

여기에서 울리고 있는 것은 가시 돋친 전투의 북소리가 아니라 씩씩하게 살아가는 생명에 대한 예찬의 합창이다. 그래서 군데군데에 모습을 보이는 「언제나 어디론가 가려고 하는 흙거북」의 이미지와 로즈 오브 샤론이 아사 전의 사나이 머리를 안고 자기의 젖을 먹이는 장면은 이 장면의 의도를 받쳐 주는 중요한 상징이라고 하지 않으면 안 될 것이다.

또 이 작품에는 여기저기에 성서를 방불케 하는 서술이 엿보인다고 일컬어진다. 짐 케이시를 그리스도의 심벌이라고 보고 전체를 구약의 「출애굽기」로 간주, 모래태풍과 가뭄은 이집트의 역병에 해당하고 은행과 토지회사는 압제자, 국도(國道) 66호의 이동은 이집트의 출국, 캘리포니아는 가나안의 땅이라는 식이다.

그러나 그러한 것의 적정 여부와 효과의 측정은 좀더 시간을 두고 연구할 문제이다. 하지만 그러한 것을 충분히 이해할 능력이 없는 사람에게도 조드 일가의 운명을 묘사하는 장과 거의 번갈아 그것을 포괄하면서 움직여 나가는 미국사회의 움직임을 간결하게 서술하는 짧은 문장을 유기적으로 삽입, 그럼으로써 조드 일가 뿐 아니라 그들을 그 일부로 하여 움직이는 미국사회 그 자체의 모습을 동적으로 포착해 보인 이 장편소설은 의욕적인 테마와 긴밀한 구성, 허식을 버린 꽉 짜인 문체 등 역시 스타인벡 개인 뿐 아니라 30년대 미국이 낳은 대표적인 작품이라고 부르기에 손색이 없는 관록을 지녔다고 할 수 있다.

제목은 미국의 여류시인 줄리아 우드 하우의 《공화국의 싸움의 노래》(1862)에서 따온 것이다.

에덴의 동쪽

■ 저　자／죤　스타인벡
■ 역　자／맹　은　빈
■ 발행자／남　　　용
■ 발행소／一信書籍出版社

주소 : 121 - 110 서울 마포구 신수동 177 - 3
등록 : 1969. 9. 12. NO. 10 - 70
전화 : 영업부 703 - 3001〜6
　　　 편집부 703 - 3007〜8
　　　 FAX 703 - 3009
대체구좌／012245 - 31 - 2133577.

값 14,000원

서 준 환 소 설 집

고독 역시 착각일 것 이다

문학과지성사
2010

차례

고독 역시 착각일 것이다 7
여명의 문을 여는 풍적수 111
메아리 151
해몽 183
이보가 나무 225

고독 역시
착각일 것이다

그가 가철본의 소책자에 남긴 기록은 이러했다. 나는 노트를 펼치고 앙투안 융거하우스에게,라고 썼다. 그러고는 일단 멈춘 후 내 노트를 뒤적거려보았다. 내 노트의 어느 부분부터는 트란과 쑤안 남매가 벌인 근친상간의 의혹이 다소 장황하게 펼쳐져 있었다. 이 대목을 기록한 게 나인지 아니면 다른 누군가인지는 정확히 알 수 없다. 이렇게 기억이 흐릿한 것으로 보아 아마도 나는 아닐 것이다. 아니 어쩌면 내가 맞을 수도 있다. 하지만 누군가 다른 사람이었을 가능성도 무시할 수는 없다. 나는 부르주의 아스테릭스 거리에 있는 베트남 잡화점에서 트란과 쑤안 남매를 처음 만났다. 무엇을 계기로 이들과 말을 나눌 수 있었는지 지금은 기억나지 않는다. 아마도 이들이 내게 가장 맛있게 먹을 만한 국수의 면발을 추천해주면서였던 것 같다. 그 무렵

나는 주식으로 쌀밥보다 간편하게 국수나 파스타를 삶아 먹는데 더 익숙해져 있었으니까. 아무튼 우리는 초면이었지만 같은 동양계로 유럽에 산다는 교감 속에서 잡화점 인근의 카페테라스까지 함께했다. 햇살이 다사로운 늦여름 오후의 카페테라스에 앉아 나는 이들과 느긋하게 커피와 담배와 담소를 나누었다. 처음에 나는 이들을 부부나 연인으로 오해했다. 그만큼 트란과 쑤안이 오누이 사이라고 하기에는 그 이상으로 너무 친밀해 보였기 때문이다. 하지만 내가 멋도 모르고 이들을 부부로 대하자 쑤안은 자기가 트란의 친여동생이라며 남매지간이라고 밝혔다. 무슨 까닭인지 모두들 우리를 처음에는 부부나 연인 사이로 보더군요, 골루아즈를 피워 물며 쑤안이 말했다, 하지만 우리는 엄연히 같은 부모의 배 속에서 나온 남매지간이죠. 나는 머쓱해졌다. 그래서인지 이들 남매와 지금은 기억나지 않는 화제로 무슨 대화를 이어가던 끝에 해와 달이 된 오누이의 이야기가 나도 모르게 주절주절 튀어나오고 말았다. 한동안 내 이야기에 귀 기울이던 트란은 무슨 영문인지 모르겠다는 듯 고개를 갸웃거렸다. 그러더니 잠시 후 아직 내가 프랑스 말에 서툴러서 그럴 거라고 했다. 대화 중에 드러난 신상 정보에 따르면, 혈통이 베트남계라고는 해도 트란과 쑤안이 태어나고 자란 나라가 프랑스이니만큼 이들 오누이는 사실상 프랑스 사람이나 마찬가지였다. 말이 서툴면, 트란이 담배를 재떨이에 비벼 껐다, 아무래도 자신의 의사 표현이 가능한 언어의 범위 안에서 화제를 고를 수밖에 없을 테니까요, 그러다 보면 부지불식간에 상대방을 납득시키지 못할 방향으로 대화가 흐르기 십상이죠. 트란과 쑤안은 어차피 같은 동양계끼리 어느 쪽이든 상관없다는 투로 내게 너그러운 웃음을 지어 보였다. 말로 드러낼 수 있는 만큼만 이 세계는 나타나는 법이죠, 하고 쑤안이 부드러운 어조로 덧붙여 말했다. 해와 달이 된 오누이의 이야기로 이들에게 무슨 말을 전하고 싶었는가는 우선 나부터도 명료하지 않았으므로 나는 쑤안의 말에 선선히 고개를 주억거리지 않을 수 없었다. 아무 이유도 없이 그 이야기가 떠오른 것은 아니었을 테지만 다른 사람들도 자기 생각이 왜 하필 어떤 이야기에 가닿는지를 번번이 다 알고 의식하면서 말문을 열지는 않는다, 이것은 어쩌면 각자의 기억 속에서 자기도 모르는 그 누군가가 이 기억과 대화를 나누려 드는 일이라고 할 수 있다, 사람들의 낯선 기억으로 인해 해와 달이 된 오누이의 이야기는 고독을 부정하는 별자리의 설화일 수밖에 없을 것이다, 라는 혼자만의 생각에 나는 멍하니 빠져들었다. 트란이 내게 어쩐지 몽롱해 보인다고 했다. 게다가 당신은 어쩐지 다소 비사교적이고 폐쇄적으로 보이는군요, 이런 자리가 당신의 일상 속에서 예외적일 수도 있겠다는 생각이 드네요. 그러고는 결코 나쁜 의미로 한 말은 아니었다고 정중하게 덧붙였다. 그때 쑤안이 그에게 소리쳤다, 이러다간 앙투안과의 약속 시간에 늦을지도 모르겠어, 서두르는 게 좋지 않을까. 그러자 트란이 자기의 손목시계를 들여다본 후 그렇겠다고 했다.

앙투안이 누굽니까, 내가 물었다. 트란은 그냥 친구라고만 답했다. 우리는 다음에 또 만나기로 기약한 후 카페테라스 앞에서 작별했다. 그 무렵 나는 몹시 외롭게 지내는 중이었다. 아무와도 만나지 않고 주립 도서관과 카페에나 드나들며 이국땅에서의 속절없는 하루하루를 소일했다. 밤에는 심각한 불면증에 시달렸다. 낮에는 잠이 모자라 아무런 일에도 집중하지 못했다. 나는 글을 써야 했다. 하지만 이지러진 생활 패턴에 허덕이는 심신의 근력으로는 단 한 줄도 제대로 된 글과 이야기의 실마리를 풀어낼 수 없었다. 도서관에 간다 한들 자꾸만 눈이 가물가물해서 어떠한 책에도 깊이 몰입하는 게 불가능했다. 책에 눈길을 고정하고 있다 보면 공연히 글자만 낯설어졌다. 몽롱하게 풀린 눈으로 자꾸만 복도에서 어슬렁대자 보안 책임자라는 사내가 다가오더니 해시시 중독자의 도서관 출입은 제한할 수밖에 없다며 내게 나가달라고 요구했다. 설마 내가 동양계라고 내쫓는 건 아니겠지, 이 일대에는 약을 하는 치들이 지천으로 깔려 있으니 진짜 해시시 중독자라고 여긴 거겠지, 나는 다소 언짢아진 기분을 삭이고자 일부러 소리 내어 웅얼거렸다. 도서관에서 쫓겨나기 전 다시 한 번 휴게실 앞의 복도를 두리번거려보았지만 장-조엘과 카롤의 모습은 눈에 뜨이지 않았다. 도서관 건물의 측면은 여러 형태의 낙서들로 지저분했다. 그런데 그 낙서들 중에서도 거대한 동그라미 속에 그려져 있는 알파벳 대문자 에이의 도색 스프레이 자국이 단연 두드러졌다. 그것이 바로 아나

키즘의 심벌마크임을 내게 알려준 사람은 장-조엘과 카롤이었다. 이들은 일부 아나키스트들이 약 기운에 취해 경찰의 감시망에 아랑곳하지 않고 노골적으로 자기들의 심벌마크를 남기는 경우가 간혹 있다는 말도 했다. 약 기운 속에서 이들은 불꽃을 보는 거네, 나는 지나가다 말고 멈춰 서서 이 심벌마크의 대문자 에이에 물끄러미 눈길을 주며 이렇게 웅얼거렸다. 하기야 부르주에는 약에 찌들어 살거나 해시시를 피워대는 프랑스 식민지 출신의 아랍계들이 우글거렸다. 그들은 하나같이 이 사회에 반감이 심했다. 크고 작은 그들의 시위 때마다 어김없이 등장하는 몰로토프 칵테일이 밤거리의 어둠을 가르는 게 자주 보였다. 몰로토프 칵테일이 작렬하며 도심의 여기저기에 공분과 저항의 불꽃을 피워 올렸다. 부르주 같은 파리의 외곽 도시가 유럽의 화약고라는 것은 이미 널리 알려진 사실이었다. 그 화약고는 또다시 언제 터질지 알 수 없다. 내 발치에도 몰로토프 칵테일이 떨어져 유황불 같은 화염에 에워싸인 적이 있었다. 나는 그 화염을 바라보며 전운의 도래를 예감했다. 몰로토프 칵테일의 작은 화염은 앞으로 유럽을 태워 없앨 전란의 움일 수도 있다. 그 불씨는 언제라도 이 유럽 대륙을 전쟁의 밤이 뒤덮도록 앞당길 것이다. 물론 전쟁은 막대한 재앙이다. 하지만 대재앙은 파괴와 생성을 동시에 불러온다. 파괴와 생성의 근저에는 그 징검다리로서의 죽음이 있다. 죽음은 존재의 밤이다. 밤에 모든 것은 어둠 속에서 하나로 모인다. 개별자는 거기서 죽는다. 존재는 더 이상 개별자로 현현하지 못한다. 밤은 낮의 부스러기들을 쓸어 담아 우주에 버리고 소각한다. 다시 불꽃이 인다. 하지만 그 불꽃은 빛의 싹눈이 아니라 밤과 어둠의 초혼이다. 우주는 밤과 어둠의 제의를 집전하며 이 지상의 존재에 정화의 신령을 지핀다. 우리가 전쟁의 포화 속에서 존재의 밤을 맞아야 하는 것은 어쩌면 불가피한 일일 수 있다. 존재의 정화에 관여하는 우주의 섭리는 가혹하게도 우리를 그 길로 인솔하기 때문이다. 낮 시간이 지나면 어김없이 밤이 찾아온다. 우주는 준엄하고 냉혹하다. 인간들의 율의(律儀)와 공리 바깥에서 이 우주는 움직이며 지상의 존재를 운용한다. 카페에 앉아 가물거리는 눈꺼풀을 비벼가면서 나는 일단 여기까지 쓴 후 노트를 덮었다. 고개를 들었을 때 한 손에 와인 병을 든 아랍계 청년과 시선이 마주쳤다. 그는 나를 사납게 흘겨보더니 가래침을 탁 뱉고는 지나갔다. 몸은 피로했지만 아직 숙소로 돌아가기에는 이른 시각이었다. 막막한 무위의 낮 시간을 견딘다며 카페에 눌러앉아 잘 풀리지도 않는 글에만 마냥 매달려 있을 수는 없는 노릇일 거라는 생각이 들었다. 버스라도 타고 다른 동네의 도서관에 가거나 하릴없이 거리를 배회해야 했다. 그렇다고 해서 숙소에 머물며 이루지 못할 잠을 청해보려 노력하는 것은 과히 내키지 않았다. 낮 시간의 잠은 내 안에서 자라가는 죽음의 생장점으로 여겨졌기 때문이다. 나는 죽음이 두려웠다. 낮 시간에 잠들면 나와 죽음과의 거리가 그만큼 가까워져가는 것처럼 느껴졌다. 한낮의 숙소에는 죽음의 음기가 서려 있는 것 같았다. 거기서 이루지 못할 잠을 청하는 것은 죽음에 가까이 다가가려는 몸부림이나 마찬가지일 듯했다. 내가 이토록 낮 시간의 잠을 죽음의 생장점으로까지 여기는 까닭은 철저한 고립과 단절감 속에서 나 혼자만의 시간을 계속 보내왔기 때문일 수 있다. 나는 외로웠고 고독이 친숙했다. 하지만 엄밀히 표현하자면 내가 고독을 누리고 사는 게 아니라 고독이 나를 포획했다고 해야 옳은 말이었다. 어느 날 낮에는 불면으로 지샌 몸이 너무 고단한 탓에 습관적인 외출을 포기하지 않을 수 없었다. 그래서 잠시만 침대에 까라져 있기로 했다. 그러다 까무룩 잠이 들고 말았다. 역시나 잠들어 있는 동안 내내 죽음과도 같은 가위의 공포에 눌려 허우적거렸다. 가위눌린 낮잠에서 가까스로 깨어나자 이번에는 얼음장 같은 한기가 내 몸을 덮쳐왔다. 아직 한낮에는 늦더위가 가시지 않은 날씨였는데도 내겐 두툼한 솜이불이 필요했다. 나는 이것을 고독의 한기로 받아들였다. 몸이 아팠다. 특히 금세라도 귀두 끝에서 눅진한 고름이 치솟을 듯 고환과 음경 사이의 야릇한 통증이 심상치 않았다. 수치스럽게도 몹쓸 병에 걸린 게 아닐까 싶어 심히 걱정스러워졌다. 며칠 전 나는 뒷골목의 여인과 돈을 주고 성적으로 접촉한 일이 있었다. 지나가는 내 팔목을 덥석 잡은 뒷골목의 여인은 대뜸 우크라이나에서 온 올가라고 자기를 소개했다. 나는 그녀의 손길에 응했지만 구강 섹스 즉 펠라티오만 원한다고 조건을 달았다. 우리는 매음굴 뒤란의 주차 공간으로 나란히 향했다. 비좁은 주차 공간은 높직한 블록 담장에 둘러싸여 있었다. 매음굴에서는 여인들의 불그스름한 교성과 신음 소리가 여기저기서 번갈아 들려왔다. 내가 해웃값을 지불하고 여러 봄꽃들이 알록달록하게 피어 있는 화단 모서리에 쭈그려 앉자 우크라이나 출신의 올가는 내 가랑이 사이로 서슴지 않고 달려들었다. 담장의 벽 구멍 너머에서 한 떼거리의 아랍계 소년들이 키들거리며 우리의 구강 섹스를 엿보는 게 눈에 띄었다. 나는 별로 개의치 않고 올가가 나의 곧추선 자지를 열심히 빨아대는 동안 그녀의 허벅지 위에 얹은 손으로 밴드스타킹의 가터벨트만 집요하게 만지작거렸다. 동양계 손님은 당신이 처음이에요, 내 자지에서 잠시 입을 뗀 후 올가가 소곤거렸다, 그래서인지 아주 신선하군요, 특별한 경험이니만큼 서비스로 당신의 정액을 모조리 삼켜드리겠어요. 그러고는 돈을 가리키는 손짓과 함께 단호하고도 발랄한 어조로 덧붙였다, 원래는 입으로 손님의 정액을 받아주는 것도 안 되거든요. 사정이 끝나자 나는 올가가 원하는 금액만큼 팁을 더 주고 그녀와 헤어졌다. 내가 매음굴에서 골목으로 빠져나갈 때까지 그녀는 내게 잘 가라며 내내 손을 흔들어 보였다. 다시 뙤약볕이 내리쬐는 거리로 나오면서도 까닭 모를 한기의 엄습에 잠시 몸이 떨렸다. 솜이불을 꺼내 뒤집어쓰면서는 성병이 아닐까 걱정했지만 다행히도 그건 아닌 것 같았다. 내 자지에서는 눅진한 고름이 치솟지도 우툴두툴한 돌기가 생겨나지도 않았으니까. 고환과 음경 사이의 야릇한 통증도 어느새 가라앉은 것 같았다. 실제로 무슨 병에 걸렸다기보다 다만 나는 외로움의 신고(辛苦)를 앓고 있을 뿐이었다. 그 고독감의 음습한 냉기에 나의 몸과 마음이 일시적으로 시려왔던 듯했다. 그날 창녀 올가는 약속대로 무릎을 꿇고 앉아 자기의 입안 가득 분출되는 내 정액을 다 받아마셨다. 잔뜩 말려 올라간 스커트 밑으로는 축축이 젖은 그녀의 샅이 보였다. 아니 그건 나의 빤한 환영에 불과했다. 올가의 샅은 결코 젖어 있지 않았다. 오히려 바싹 메말라 있는 것 같았다. 아니 심지어 그녀의 샅에는 거기가 젖을 만한 구멍은커녕 새끼손가락만 한 자지가 튀어나와 있는 것처럼 보이기도 했다. 그렇다 해도 어쩔 수 없는 일이었다. 순간 내겐 엉뚱하게도 베트남 잡화점에서 국수를 사둬야 한다는 생각이 떠올랐다. 내가 서둘러 바지춤을 추켜올릴 때 숨죽인 환성 속에서 더욱 노골적으로 키들거리는 아랍 소년들의 웃음소리가 들려왔다. 올가는 내게 미소 지어 보이더니 한쪽 손등으로 앙다문 입술을 문질러 닦았다. 낮 시간 동안 숙소에 머무는 일은 죽음처럼 가위눌린 잠의 고독으로 나를 내몰곤 했다. 그리하여 나는 다시 한낮의 거리로 나왔다. 노곤한 불면의 여독을 제외하고는 몸 상태가 양호한 듯했지만 스산하게 체감되는 한기의 이물스러움만큼은 여전히 내게서 떨어지지 않았다. 나는 뿌리내리지 못할 기항의 거리를 존재도 비존재도 아닌 유령처럼 떠돌아다닐 수밖에 없는 방외인이다, 라는 메모를 외출한 직후 노트에 남겼다. 길가의 벤치에 앉아 노트를 펼치고 충동적으로 끼적거린 메모였다. 긴 시간을 따로 내어 집중하는 게 어렵다면 그런 방식으로라도 쓰고 말하는 습성을 들여야 했다, 물론 왜 그래야만 하는지는 나도 알 수 없지만. 스스로도 그 까닭을 알 수 없는 일에 절박한 태도로 매달리는 것은 나중에라도 그게 의식되었을 때 미묘한 불안감을 불러일으키기 쉽다. 그런데 더욱 불안한 것은 내가 왜 쓰려는가에 대해서만 알지 못하는 게 아니라 무얼 쓰고 싶은지 무얼 쓰는 중인지도 모른다는 점이다. 기실 나는 할 말이 없는 사람이었다. 그런데도 언제 어디서든 절박하게 써야만 했다. 그렇다면 쓰는 일이 과연 내게 어떤 의미인지는 늘 되풀이되는 자문거리일 수밖에 없었다. 하지만 그건 아무리 되짚어보고 확인해도 오리무중에서 헤어나지 못할 물음임에 틀림없었다. 실은 오리무중이 아니라, 거리를 걸으면서 나는 여러 가닥으로 뭉쳐 있는 사념의 실타래들을 강박적으로 정리해두려는 듯 혼잣말로 웅얼거리기 시작했다, 이 물음에는 답이 없는 거야, 왜냐하면 나도 나를 모르니까, 원래 글이라는 것은 내가 나를 모른다는 자인이자 그 쓰기의 과정에서 내가 지워지고 나 스스로도 모르는 그 누군가가 내 자리에 대신 나타나는 것을 목도하는 관계 형성의 체험이니까, 그게 바로 쓴다는 것의 본딧말일지도 모르니까, 그런데 글이 시작되고 이어지는 발화의 수행 과정을 통해 나에서 그 누군가로 건너가는 것이라면 그 자리에 나타나 말하는 그 누군가는 도대체 누구라는 것일까, 거기서 말하는 그는 누구인가,

어째서 그는 죽음처럼 낯설고 냉랭한 존재의 윗목에 자리하며 나로 동일화되기를 거부하면서 내 불안의 밑자리에 깔려 있지 않으면 안 되는가. 행인들이 그런 나를 이상해하는 시선으로 힐끔거리면서 지나갔다. 혼잣말은 섬뜩한 분열과 망상의 징후일 테니 어쩌면 그것은 당연한 반응일 수도 있다. 나는 불현듯 노트를 펼쳐놓고 들여다보며 걸었다. 아득한 혼잣말을 계속 이어가기 위해서였다. 늘어놓다가 만 혼잣말들의 부스러기가 노트의 이쪽저쪽에 잔뜩 흩어져 있는 게 보였다. 쓴다는 것은 결국 자기뿐 아니라 남들까지도 불안케 하는 혼잣말의 소요다, 라고 혼잣말로 웅얼거린 후 노트에 메모해두려다 멈췄다. 그때 길목의 모퉁이를 돌아 낯익은 두 얼굴이 불쑥 내 앞에 등장했기 때문이다. 내가 마주친 것은 트란과 쑤안 남매였다. 트란은 해와 달이 된 오누이의 이야기를 자기들에게 납득시키지 못한 것이 내가 아직 불어에 서툰 탓일 거라고 했지만, 이들과 가벼운 눈인사를 주고받으며 나는 속생각으로써의 혼잣말에 계속 매달렸다, 그건 단순히 어떤 외국어의 능통한 구사 여부에 달려 있는 문제가 아닐 수 있지, 아무리 말을 잘한다 한들 말로는 납득되지도 납득시킬 수도 없는 어떤 게 있지, 하고 나는 생각하며 그 생각에 다른 생각을 잇거나 보태는 데 열중했다. 말은 그 무엇인가를 늘 배반하거나 억압하곤 하지, 배반하거나 억압한다는 표현이 과장스럽다면 최소한 왜곡하기는 하지, 아니 누군가는 언어가 존재의 죽음이라고도 주장한 바 있는데 만일 그 주장이 옳다면 배반한다거나 억압한다는 표현조차 실은 과장이 아닐 수 있지, 그러니 누군가가 아무리 프랑스 말을 잘한다 해도 존재를 살해하기까지 하는 배반과 억압의 질곡에서 온전한 이해를 구해내기란 쉽지 않은 일일 수밖에. 이런 식의 합리화로 나는 이들과의 첫 만남 때 약간 머쓱해졌던 기억을 애써 무마하려 들었다. 지극히 사소한 의견 대립이나 한순간의 균열마저 내겐 어긋나려는 관계의 낌새와도 같이 여겨져 나를 괴롭혔다. 사람들은 나를 민감한 사람이라고 했다. 나는 사람들과의 관계나 만남을 끊임없이 원했지만 사람들과의 소통에 조그마한 흠집만 생겨나는 것 같아도 도저히 견뎌내지 못하고 관계에 대한 결벽증처럼 일체의 교분을 말소한 후 그들로부터 도망쳤다. 사람들은 나를 소아병적이라거나 자아가 지나치게 강하다고도 나무랐다. 그들에 따르면 나의 소아병과 비대한 자아가 다른 사람들과의 관계에서 나를 유리시켜 평생 외롭게 할 거라고도 했다. 이처럼 가혹한 말을 듣고도 나는 그 말에 공격적으로 응수하기보다 문득 생각에 잠겼다, 그럼 글쓰기는 이런 유리와 고독에 수감된 존재의 변명이나 알리바이에 지나지 않겠군, 나머지는 모두 이 변명 또는 알리바이가 빚어낸 자기 존재의 합리화에 지나지 않겠군, 이 구차한 변명이나 알리바이 속에서 나는 유리와 고독을 내 글쓰기의 실존적 바탕으로 치장해온 데 지나지 않겠군. 이런 생각에 잠겼을 때 난데없이 고독 역시 착각에 불과할 수 있다 외치는 누군가의 말소리가 들렸다. 그리고 그 말은 어떤 비난이나 충고보다도 강도 높게 나를 뒤흔든 것 같았다. 하지만 누군가와의 만남에서 그다지 원활하지 않게 넘어간 정황들의 앙금은 여전히 나로 하여금 말문을 닫게 하기 일쑤였다. 나는 까닭 모를 한기에 시달릴 정도로 단절되고 고립감이 심한 나날들을 버거워하면서도 정작 그 고독의 신산스러움에서 벗어나고자 적극적으로 노력한 적은 전혀 없다, 라고 노트에 적기도 했다. 노트의 바로 밑줄에는 내가 이 혼잣말을 적은 그날 오후 시립 도서관에서 우연히 알게 된 장-조엘과 카롤의 이야기가 잇닿아 있었다. 나는 이 친구들과의 이야기를 노트에 다음과 같이 썼다, 누군가와 새로 만난다고 해서 외로움이 덜해지는 것은 아니기 때문이다. 나는 내 내부의 사저에 칩거하며 부득불 주절거리지 않을 수 없는 혼잣말의 실존적 범주에서 이탈하려 하지 않는다. 물론 그것이 자폐증의 징후임을 알고는 있다. 하지만 어쩔 수 없는 일이다. 누구 말대로 어쩔 수 없다면 즐겨야 한다. 도서관 휴게실에 앉아 커피를 마시고 있을 때 누군가 내게 다가왔다. 프랑스인인 그들의 이름은 장-조엘과 카롤. 이들은 어쩌면 연인 사이일지도 모르지만 확실치는 않다. 장-조엘과 카롤이 왜 내게 다가와서 말을 거는지는 알 수 없었다. 그래도 나는 이들을 호의적으로 맞았다. 이들도 내 이름을 물었다. 하마터면 나는 내 이름을 소개하기도 전에 그들에게 요사이 내가 느끼는 약간의 한기에 대해 털어놓을 뻔했다. 하지만 입을 다물었다. 대신 트란이라고 대답했다, 라는 말들이 적혀 있었다. 노트의 기록은 계속 이어졌다, 그러자 이들은 동양계의 이름치고는 별로 낯설지 않다는 반응을 보였다. 이들에겐 트란이란 이름이 낯설지 않을지 모르지만 내겐 분명히 낯선 이름이다. 나는 트란이 누군지 모른다. 하지만 트란은 내게서 분리되어 나온 나의 또 다른 이름이다. 그러니 트란은 내게 낯설면서도 낯설지 않다. 아무튼 나를 트란이라고 하자. 사실 나는 혼자도 아니고 여럿도 아니다. 나는 혼자면서 여럿이고 여럿이면서 동시에 혼자다. 왜냐하면 내가 체류하는 것은 바로 이 세계이기 때문이다. 이 세계의 불특정 다수는 내 영육에 여럿이면서 동시에 하나로 주기율의 원소들과도 같이 융화하여 언어가 간여하지 못할 미지의 존재를 빚어낸다. 거기에 트란이 있다. 내가 노트에 뭔가를 끼적거릴 때 트란은 내게서 분리되어 나온다. 하지만 나는 트란이 누군지 모른다. 오래전 누군가가 나를 트란이라고 부른 적이 있긴 하다. 물론 내 이름은 트란이 아니다. 어쩌면 단순한 호명상의 실수거나 착각이었을지도 모른다. 확실치는 않다. 모든 게 확실한 것도 확실치 않은 것도 아니다. 그래도 확실한 것은 내가 그처럼 낯선 이름으로 불렸을 때 순간적으로 죽음을 겪은 듯했다는 점이다. 그렇게 트란은 나를 죽이고 내게서 나온다. 이것은 내가 노트에 뭔가를 끼적거리는 순간과 어떤 연관 관계를 맺고 있음에 틀림없다. 나도 그 연관 관계의 구체적인 내용이 무엇인지까지는 알지 못한다. 여하튼 중요한 것은 그게 아니다. 중요한 것은 지금도 내가 노트에 뭔가 쓰고 있다는 사실이다. 내 노트는 꽤 두툼해 보인다. 그럼에도 거의 다 써가는 이 노트에는 잇다 만 혼잣말들의 잔해만이 매쪽마다 흉흉하게 널려 있다. 지금 이 순간의 혼잣말도 언제 흉물스런 잔해만을 노트에 남기며 끊길지 알 수 없다. 혼잣말은 내 손으로 발화된다는 의미에 한해서만 개별자 나의 기록일 뿐이다. 쓸 때 나는 이 혼잣말들을 실제로 나 혼자 지껄여댄다고 여길 수 없다. 쓰면서 내가 쪼개지고 사라지는 분립과 소멸의 아득함 때문이다. 쓰고 나서 읽어보면 불면증 앓는 눈을 고정해둔 책 속의 글자들처럼 내가 이물스럽고 생경하게 되비친다. 그 자리로 역시 이물스럽고 생경한 존재 체험 속에서 트란이 솟아난다. 그때 내가 적은 글줄의 불꽃은 개별자 나를 태워 망각 같은 광물의 유분(遺粉)으로 바스라뜨린다. 뼈와 살의 잿더미는 시원적인 불꽃의 추억 속에서 야금(冶金)의 우주와 맞닿는다. 나는 불꽃을 통해 야금의 우주로 향해 간다. 그게 불꽃의 몫이다. 불꽃은 고독하게 타오르지만 고독을 부정하려 한다. 나는 내가 아니듯이 고독도 고독이 아니라고 말한다. 혼자 있는 것은 혼자 있는 게 아니다. 혼자 있을 때 오히려 내 존재에 누군가가 동참하고 있다는 자각은 보다 명확해진다. 뭔가 쓰는 일은 존재의 화덕에 지핀 불꽃으로 죽음을 불러온다. 그 불꽃 속에서 고독한 개별자는 소멸할 수밖에 없다. 그 죽음의 화덕 속에서 개별자의 허물을 태워 없앤 너와 내가 포개진다. 포개진다는 것은 하나가 된다는 말이다. 하지만 너와 나는 하나가 아니다. 하나를 이루면서도 하나로 맺어지지는 않는다. 하나로 맺어지는 게 아니긴 하지만 둘로 갈려 있는 것도 아니다. 너와 나는 하나로 포개질 때 오히려 둘로 갈려 있음을 깨닫고 둘로 갈려 있을 때 결국 하나일 수밖에 없음을 본다. 너는 나의 문자로 내 필적에 음영을 깔고 나는 너의 발화로 네가 그리는 파동에 여진을 보탠다. 거기서 존재의 자계(磁界)에 가담하지 못한 말은 실족의 궤적 속에 주저앉는다. 너는 내게 낯설다. 아니 낯설지 않다. 그래 낯설고도 낯설지 않다. 혹은 낯설거나 낯설지 않다. 나는 너에게 어디서 왔느냐고 묻는다. 그러자 너는 내 물음에 답하지 않고 대뜸 나의 고독이 삶의 미망에 불과하다는 단언과 함께 입을 연다. "죽음은 고독 역시도 착각이라는 사실의 증언이지. 덧없는 생의 후렴들 그리고 망각된 밤과……" 뒷말을 흐린 너는 뜬금없이 내 노트를 펼쳐 주의 깊게 들여다본다. 그러더니 그게 모두 자기가 자기에 대하여 남긴 자기의 글이라고 주장한다. 나는 그럴 리 없을 거라며 고개를 가로젓는다. "이건 모두 내가 내 손으로 직접 쓴 거야. 필적 감정을 받아봐도 좋아. 필적 감정은 이게 내 글일 뿐만 아니라 오로지 나 혼자서만 남긴 글이라는 것을 확실히 입증해줄 테니까." 그래 더러 날조가 가능하다고는 해도 필적이야말로 지문처럼 온전히 개별적인 나만의 인장이 아니겠는가. 하지만 너는 그 말을 받아들이지 않는다. 그러고는 잠시 후 장문의 글이 이어지기 시작하는 노트의 한 면을 가리키더니 내게 읽어보라며 내민다. 네가 가리킨 면을 보니 내 필적이 맡긴 해도 그것은 내가 언제 썼는지 전혀 기억이 나지 않는 글이다. 아니 기억이 나지 않는다기보다 나는 그런 글을 쓴 적이 없다,라고 해야 옳다. 거기에는 쑤안이라는 베트남계 프랑스인에 대한 이야기가 적혀 있다. 나는 우선 쑤안이 누구이고 그자의 성별이 무엇인지조차 알지 못한다. 전혀 기억나지 않거나 모르는 사람에 대하여 내가 그토록 장황한 글을 남길 수 있었을 리는 만무하다. 그럼에도 너는 주장한다. "너는 그 글의 필적이 네 것임을 한눈에 알아볼 수 있었겠지. 하지만 글의 내용만큼은 아마도 너한테 매우 생소했을 거야. 왜냐하면 그 글을 쓴 사람은 네가 아니고 바로 나니까." 너의 필적과 나의 필적이 같은 걸까. 아니 그런 문제가 아니다. 이 글을 쓴 것은 분명 나다. 필적이 그 사실을 증언해주고 있다. 하지만 나는 이 글을 쓰지 않았다. 내가 쑤안이 누군지를 전혀 기억하지 못한다는 게 그 증거다. 이것은 존재가 동일하게 이어지지 못했다는 단절과 분열의 암영이다. 그건 밤이다. 밤은 나의 상징적인 죽음이다. 죽음은 상징적인 죽음에 타자와 나를 잇대면서 관계가 가능하다는 불가능성으로 열린다 혹은 관계가 불가능하다는 가능성으로 닫힌다. 그 징후의 묘혈 속에 네가 있다. 그러므로 너는 밤과 죽음의 비인칭이다. 오로지 밤과 죽음 속에서만 시작될 수 있을 너의 암약(暗躍)은 밤과 죽음의 우주를 가로지른다. 한낮의 광명과 향일성의 세계는 오히려 너를 가두는 하나의 관구(棺柩)일 것이다. 거기서 너는 한나절 동안 네 존재의 암장을 견뎌야 한다. 그건 죽음의 일시적인 죽음이다. 죽음이 죽는다면 이 세계에는 언제까지고 그림자 거둔 백야가 지속될 수밖에 없을 것이다. 백야는 휴면을 억누른다. 내게 닥친 백야의 흉조는 불면증이다. 내가 앓는 불면증은 밤을 개아(個我)의 백야로 환히 밝힌다. 밤 시간의 창가로 내다보이는 백야의 하늘 아래서 나는 하얗게 외롭다. 왜냐하면 화덕은 밤에 타오르기 때문이다. 한낮에는 불이 어둠을 사를 수 없기 때문이다. 찬연한 햇빛이 나의 삶을 극대화하기 때문이다. 하지만 밤과 어둠과 죽음을 통해서만 너는 출몰하고 명멸한다. 너는 나에 대한 이인칭이 아니라 밤과 어둠과 죽음의 인칭이다. 그리고 밤과 어둠과 죽음은 나로 하여금 내 안에서 너를 심문하는 것이 그리하여 나의 심문으로 너의 응답을 구해 의사소통의 충일감에 이르는 것이 불가능하다고 웅얼거리게 하는 비인칭이다. 말하자면 비인칭은 이런 동화 관계 또는 언어 소통의 파기를 의미한다. 너는 내 심문과 소통 너머에서 기꺼이 비인칭의 고독을 산다. 암장의 한나절이 지나면 그래도 날은 진다. 어스름이 깔리며 어둑해지기 시작할 무렵 너는 흡혈귀처럼 관 뚜껑을 열고 지상에 틈입한다. 그러고는 화덕들을 찾아 헤맨다. 노트는 화덕의 불꽃이다. 그 불꽃이 나를 태우는 동안 너는 나의 자리로 와서 나 대신 쓴다 혹은 나의 영육에 얹혀 네가 쓴다. 너는 나를 가로지르며 영원히 낯설지 않을 수 없는 비존재의 존재 방식으로 내 노트에 서린다. 너는 원래 내가 내지른 말소리와는 전혀 다른 울림으로 되돌아온 내

노트의 메아리일 것이다. 나의 말소리 속에서 너라는 메아리는
내 말소리의 말소리로만 복제될 수 없다. 나의 말소리에 반향해
오는 메아리로서의 너는 내 말소리의 잔흔이 끊긴 거부의 반향
또는 반향의 거부일 뿐이다. 그렇다면 내 말소리는 애초부터 메
아리로서의 네가 나의 말소리에 대한 거부로 반향할 내부의 파
열음을 안고 있는 셈이다. 어쩌면 너란 메아리는 내게서 하나의
말소리가 튀어나오기도 전에 이미 그 말소리에 흉터를 낼 밑자
리의 파열음으로 깊이 스며 있었을지도 모른다. 그러니 나의 노
트는 그 파열음에서 생겨난 내 말소리들의 흉터 자국에 불과하
다. 터지고 갈라진 흉터가 내 글쓰기의 매순간마다 나를 집어삼
킨다. 그럴 때 내 존재는 온통 밤에 뒤덮이고 그 밤은 내 존재
의 동일성에 내린 망각의 암전이 된다. 나의 노트는 그 암전에
남겨진 기록이다. 그것은 내가 쓴 것도 내가 쓰지 않은 것도 아
니다. 아니 내가 쓸 때 거기 쓰이는 것은 내가 쓰는 게 아니다.
내가 쓸 때 그 쓰기의 과정에서 나는 누군가에 의해 기술될 뿐
쓰지 않는다. 쓴다는 것은 불가해한 내 삶의 묘혈 속으로 걸어
들어간 후 거기 묻히기를 자청하는 죽음의 수동태이기 때문이
다. 죽음은 사람들을 평온한 수동태로 이끌고 내맡길 것이다.
사람들은 죽음에서 적요의 밤을 걷어내고 그것이 백야로 탈색
되도록 섣불리 장악하거나 포섭하지 못할 것이다. 죽음은 철저
히 그런 사람들의 능동적인 손길이 닿지 않는 세간의 너머에 자
리하며 고독의 미망을 부정할 것이다. 사람들에게 개개인이 결

코 능동적인 개별자일 수 없음을 일러주는 것은 바로 죽음이다. 그 오만한 능동성은 죽음에 의해 부정되고 일깨워져야 할 착각일 것이다. 그러니 나는 쓸 때 동시에 누군가로부터 쓰이지 않을 수 없다. 그 누군가가 바로 너일 것이다. 나는 내가 쓰기 시작하는 순간 이미 너에게 내가 새로이 기술될 뿐 아니라 네가 내게 펼쳐 보였지만 내가 전혀 기억하지 못한 '쑤안'의 대목 역시 너를 통해 내가 기입된 음각의 흔적일 것이다. 음각으로 파인 내 자취를 공동(空洞)이라고 해야 할지 균열이라고 해야 할지 혹은 교제라고 해야 할지는 아직 정확히 헤아려지지 않는다. 아무튼 나를 쓰는 것은 내가 아니라 너다. 내가 쓸 때 너는 나를 쓴다. 나는 너로 인해 비로소 나의 노트에 기입된다. 화덕의 불꽃이 이를 가능토록 해준다. "너한테 쑤안은 푹 파인 음각의 공동처럼 미지의 인물로 남아 있을지도 모르지." 나의 속생각을 눈앞에서 펼쳐 읽는 투로 음각이나 공동 따위의 보조관념을 들먹이는 너의 말에 나는 새삼 놀라지 않을 수 없다. 그러자 너는 나의 속생각이 나만의 속생각일 수 없다는 말을 단호하게 덧붙인다. "너와 나는 하나로 갈려 있으면서 동시에 둘로 포개져 있다는 것을 기록으로 망각하고 망각으로 기록해야 해. 나의 발화에 네가 그 파동의 여진을 보태는 것과도 같이 너의 필적에 나는 음영으로 갈리니까." 이제야 나는 내 혼잣말이 너의 복화술임을 깨닫는다. 말하지 않고 말하는 너에 의하여 나의 속생각이 적히고 그것은 혼잣말로 튀어나와 입과 노트에 옮겨간 후 다시 말하지 않고 말하는 너의 말을 이루며 무한한 순환의 회로 속에서 맴돌 것이다. 이 무한한 순환의 회로 속에서 선후 관계나 인과율은 불투명하고 무의미해질 수밖에 없을 것이다. 너에 의하여 내가 기입됨으로써 입 밖에 낸 혼잣말처럼 내 속생각이 노출되지 않을 수 없지만 네가 박제된 이인칭이 아니라 밤과 어둠과 죽음의 비인칭이라면 너는 결코 글과 말로만 이 자리에 빚어지는 내 존재의 탯줄일 수 없다. 네가 나를 쓰는 동안 나도 너를 쓴다. 우리는 서로에게 근거 아닌 근거일 뿐 너의 복화술이 내 혼잣말의 모체일 수도 나의 말소리가 너란 메아리의 기점일 수도 없다. 이것은 뿌리로서의 실체가 아니다. 무엇이 먼저이고 나중이며 무엇이 원인이고 결과인지는 불확실하다. 다만 각각에게 스며들면서 아른거리는 그림자들의 반송만이 있을 뿐이다. 나는 너의 발화에 파동의 여진을 보태고 그 성대의 잔향은 다시 내 필적과 맞닿아 너의 음영으로 깔리며 부단한 융화 작용 속에서 서로를 쓰고 서로에게 쓰이는 상호 기입의 등치관계를 맺는다. 세계에 체류한다는 것은 내가 이 지상에 머무는 동안 단 한 순간도 너와의 교섭에서 자유롭거나 두절되어 있을 수 없음을 가리키는 실존의 지표일지도 모른다. 왜냐하면 태어난 첫 순간부터 이미 내 영육은 의식과 지각의 바탕이라 할 이 세계에 가입하는 전제 조건으로 너와의 혼거를 예비하지 않을 수 없었기 때문일 것이다. 그것의 시원적인 지각으로부터 나의 의식과 반성과 관념은 수면 위의 파문처럼 멀리 퍼져 나가며 이 세계와 접속하듯 맞닿고 상응한다. 그리하여 이 세계와의 접속과 상응 속에서 나와 혼거하는 너의 지평은 또다시 다채로운 여러 지각들로 내 몸에 기입된다. 너는 내 몸에 기입된 이 세계의 지평이다. 그리고 그 지평 안에서 쓰인 나의 노트 기록은 너로 말미암아 내가 사라지는 순간 다시 열린 존재와 말의 빗장일 수밖에 없을 것이다. 그 빗장이 열릴 때 나는 내 자리를 지우며 너에게로 향해 가고 너도 네 자리를 비우며 나에게로 향해 온다. 어차피 모두가 언어의 실존들이니 거기서 우리는 정녕 고독하려고 해야 고독할 수 없다. 내가 고독하다고 의식하는 순간에도 너는 이 세계의 지평을 통해 나의 영육 특히 몸과 긴밀히 교제한다. 내 몸의 지각은 너의 복화술에 매순간 감도 높고 섬세하게 열려 있다. 말하지 않고 말하는 너의 입은 쉬지 않고 내게 숱한 말들을 걸어오지만 때때로 그 말들 중에서 어떤 것은 넝마 조각들처럼 너덜너덜해진 음소의 잔해로만 전해지기도 한다. 나는 네 입에서 흘러나온 말의 넝마 조각들조차 폐기하지 않고 혼잣말의 피륙으로 기워 쓰며 내 존재를 너에게 받아 적힌다. 이렇게 너의 복화술에 받아 적힌 혼잣말로서의 내 존재는 너에게 고스란히 반송되어 네 존재에도 메아리치지 않을 수 없을 것이다. 그러므로 다시 한 번 혼자 있는 것은 혼자 있는 게 아니다. 나는 늘 내가 나를 지우며 너에게로 향해 가고 네가 너를 비우며 내게로 향해 오는 교제의 장 속에 머물면서도 덧없는 고독의 착각을 의식에 새겨왔을 뿐이다. 그러므로 내 안에서 그 무엇에 대한 욕망이 생겨나거나 그쪽으로 마음이 향해 가려 할 때 자발적인 나의 관심과 주의가 먼저였는지 혹은 나의 지각에 기입되는 네 복화술의 밀어들이 우선적으로 내게 그런 관심과 주의를 불러 일으킨 것인지는 모호해지지 않을 수 없다. 거기서 나는 내가 지워지는 수동태의 가능성으로 변하고 능동태는 나 아닌 불꽃의 몫이 떠안는다. 이때 너는 능동태를 이미 죽어버린 능동태의 미몽이었을 뿐이라고 고쳐 말한다. 이런 방식으로 나는 쓰면서 너 또는 누군가에 의해 다시 쓰이고 너도 나 또는 누군가에 의해 쓰이면서 다시 쓴다. 나와 너는 우리 사이에 늘 개재(介在)하는 화덕의 불과 쪼개져 있으면서도 맞붙은 몸으로 함께 살며 그 불길에서 또 다른 누군가가 낯설게 아니 낯설지 않게 그러나 동시에 낯설고도 낯설지 않게 새로 생성되는 것을 본다. 우리는 그 불길에 뒤덮여 또 다른 누군가로 제련되어갈 수밖에 없을 우주의 질료일 것이다. 우주는 언어의 선후 관계나 인과율 너머에서 우리에게 본원적 합일과 태곳적 혼돈의 신성성을 열어 보인다. 일상적으로 체험할 수 있는 그 징후가 바로 이 세계의 지평으로 자리한 너와의 교제일 것이다. 그것은 개별적 자발성으로 착각되기 쉬운 나의 관심과 욕망에 은밀한 추동의 입김을 불어넣는다. 가령 '하늘은 스스로 돕는 자를 돕는다'라는 격언의 경우 어떠한가. 거기서 앞으로 내딛도록 나의 발길을 앞장서서 이끄는 그림자의 주인은 누구인가. 내 머리 위에 수직으로 떠올라 있는 태양의 압제에도 사그라지지 않는 이 무영(無影)

의 그림자는 무엇인가. 아무튼 내게 이 격언은 개개인으로 하여
금 각고면려의 능동적 노력에 반드시 보답이 주어진다는 사실
을 되뇌게 하는 채찍질일 수 없다. 그게 아니라면 어떤 대상에
자발적인 관심과 주의와 욕망이 생겨나면 언젠가는 이 세계가
그러한 관심과 주의와 욕망에 응답하는 방향에 따라 불가사의
한 우연을 타고 움직인다는 의미일까. 그 경우에 세계는 내게
조응해오는 대화 상대로 여겨질 수 있을 것이다. 하지만 이런
생각은 애초부터 이 세계의 지평에 잇댄 내 몸의 지각 속에서
내가 너 또는 너의 복화술에 의해 기술되고 있다는 사실을 은폐
한다. 그러니 거기에서도 나에 대한 너의 글쓰기는 존재하지 않
는다. 이 세계가 나의 관심과 욕망에 귀 기울이고 응답할 뿐 정
작 나와 한몸을 이루며 뒤엉켜 있지는 않은 것으로 나타나기 때
문이다. 그것은 아무도 나에 선행하여 나를 먼저 기술해주지 않
는 고독의 한낮이다. 한낮의 시간에 나는 고독하다. 광명의 암
장 속에서 한나절을 견뎌야 하는 너도 고독하다. 낮 동안 너와
나는 각기 생의 의지에 뿌리내리거나 억눌릴 수밖에 없는 개별
자들로 쪼개져 그 결렬과 두절의 막막함을 걸머지고 배회해야
한다. 대낮의 햇빛은 우리를 산산이 갈라 단자의 고독 속에 유
폐한다. 하지만 내 머리 위에 수직으로 떠올라 있는 태양의 압
제에도 사그라지지 않는 이 무영의 그림자는 무엇인가. 내 몸의
지각이 세계로 열려 있는 이상 그 세계의 지평 속에서 너의 복
화술이 내게 내 영육에 내 몸에 또 하나의 지평으로 기입되는

이상 혹여 아무리 사무치는 순간이 있을 수 있다 하더라도 고독
은 한낱 미혹에 불과한 게 아니겠는가. 그러니 나의 관심과 욕
망은 이 세계로 내 몸의 지각이 열려 있을 뿐 아니라 그 사이에
긴밀한 교감이 끊이지 않는다는 반증으로 여겨져야 하지 않겠
는가. 기실 내 안에서 나의 관심과 욕망을 쓴 것은 아마도 너일
것이다. 하지만 나의 의식은 그 관심과 욕망을 기술한 너의 밀
어를 알아듣지 못한다. 그것을 예민하게 맞아들이고 해독하는
것은 내 몸의 감관이다. 너를 통하여 세계는 감관 속에서 나와
교제하고 그 과정에서 감관은 세계의 미세한 보조(步調)를 내
의식까지 길어 올려 관심과 욕망의 형태로 그 동향에 응답토록
한다. 무엇이 먼저고 나중인지 무엇이 원인이고 무엇이 결과인
가는 확실치도 중요하지도 않다. 확실하고 중요한 것은 세계와
나 사이에 살결의 접촉과도 같은 지각과 사귐이 있다는 점일 것
이다. 그렇다면 내 관심과 욕망은 너를 통하여 세계와 내가 살
결로 맞닿았다는 표징이 아니겠는가. 내게 그 무엇에 대한 관심
과 욕망이 생겨나자 세계는 비로소 그 기미와 흐름을 내 의식에
비춰 보이며 나의 관심과 욕망을 마중 나온 셈이다. 그러므로
나에게는 쑤안이 푹 파인 음각의 공동처럼 미지의 인물로만 남
아 있을 수는 없는 노릇일 것이다. 나의 관심과 욕망에 네가 세
계를 통해 마중 나와 새로 만나게 된 인물이 바로 쑤안이기 때
문일 것이다. 베트남계 프랑스인인 쑤안의 이야기는 언젠가 내
가 쓴 것임에 틀림없는 특유의 필적으로 노트의 수십 페이지에

걸쳐 길게 이어져 있다. 하지만 나는 여전히 쑤안이 누군지 전혀 기억에 떠올리질 못한다. 내 기억이 옳다면 쑤안은 기억에 없는 게 아니라 아예 모르는 사람이다. 나는 멀뚱멀뚱한 눈으로 노트와 너를 번갈아 바라볼 뿐이다. 쑤안이 푹 파인 음각의 공동처럼 미지의 인물일 거란 사실을 네가 충분히 참작할 수 있다면 네가 내게 쑤안이 누군지 알려주거나 떠올려주는 것을 구태여 꺼릴 까닭도 없을 것이다. 나는 너에게 직접적으로 쑤안이 누구냐고 묻는다. 그러자 너는 첫 페이지를 가리켜 보이며 나로 하여금 눈으로 그 글줄들을 따라 읽도록 유도한다. 거기에는 베트남계 프랑스인이라고 쑤안을 간략하게 소개하는 내용에 이어 곧바로 해와 달이 된 오누이의 설화가 등장한다. 쑤안과 해와 달이 된 오누이의 설화 사이에 무슨 연관이 있는지는 아직 밝혀져 있지 않다. 그런데 조금 더 읽어내려가다 보니 이번에는 남매지간의 근친상간에 관한 대목이 불쑥 튀어나온다. 나는 노트에서 눈을 떼고 쑤안이라는 사람의 성별이 도대체 뭐냐고 너에게 다시 묻는다. "글쎄, 그건 말이야, 나도 확답하기 어려운 문제인데" 네가 주저하는 목소리로 띄엄띄엄 답한다. "어쩌면 여자일지도 모르겠어, 물론 남자일 가능성도 높고. 그게 아니라면 암수한몸일 수도 있지." 쑤안이 '암수한몸'일 수도 있다는 너의 대답에 나는 놀라움을 감추지 못한다. 암수한몸의 근친상간이라면 쑤안의 몸 안에 암수로 나뉜 오누이가 살고 있다 결국 성합(性合)을 나누었다는 말인가. "아니, 그게 아니야." 넌 곧

바로 내 생각을 부인한다. "쑤안의 몸 안에 쑤안과 분리된 오누이가 암수로 나뉘어 따로 살고 있는 게 아니라 쑤안이 그녀의 오빠면서 동시에 그의 누이동생이기도 했다는 거고 그 둘은 상대의 신랑이면서 동시에 상대의 신부이기도 했다는 거야. 물론 확실한 건 아니야. 모든 게 다 애매모호하고 불투명하니까. 하지만 모든 게 다 확실하고 투명할 때 우리는 고독의 미망에 사로잡히기 쉬운 것 같아." 그렇다. 네 말대로 모든 것은 다 애매모호하고 불투명할 뿐이다. 가령 암컷과 수컷이나 낮과 밤 같은 '대극쌍'이 각각의 실체로 양립하지 않고 한몸 안에 동거하며 서로의 그림자가 될 때 존재는 투명하고 일목요연하기를 지향하는 사람들의 말과 인식 속에서 결코 투명하고 일목요연하게 인화되지 않는다. 오히려 그것은 투명하고 일목요연한 말과 인식을 거부하고 그로부터 벗어나 방황의 오류처럼 그 바깥 세계에 거주하면서 비존재의 고립을 자초할 것이다. 물론 고립은 고립이 아니다. 고립은 고립에서 탈주할 수 있는 실마리로 비존재의 고립에 주어질 것이다. 사람들은 우주를 비존재로 고립시켜 왔지만 그 비존재의 고립이 존재의 밑자리에 깔려 존재와 비존재로 갈린 대극쌍의 빗금을 지우고 냉엄한 합일과 융화의 주기율을 가져온다. 그렇게 낮과 밤은 사람들의 인위적인 대극쌍일 뿐 우주는 낮과 밤을 가른 적이 없다. 우주에는 오로지 태초의 밤만이 자리하고 있을 뿐이다. 그 밤이 나타나는 명암의 차이에 따라 낮과 밤으로 하루가 쪼개질 뿐이다. 낮과 밤에는 각기 해와 달이 뜬다. 태초의 밤 속에서 해는 낮에 뜨는 달이고 달은 밤에 뜨는 해이다. 한나절씩 나뉘어 낮과 밤에 제각기 떠오르지만 태초의 밤은 이 둘을 둘로 나뉠 수 없는 혈연관계로 맺어놓는다. 그러나 또한 해와 달은 결코 하나일 수 없다. 둘은 음양의 결연으로 이 지상에 내려앉아 몸을 섞는 연인이자 부부다. 설화 속에서 해와 달은 원래 의 좋은 오누이였다. 오누이란 각기 나뉜 성별로 같은 어미의 한 몸에서 태어난 혈육이다. 오누이를 낳아준 어미는 일 마치고 돌아오는 길에 굶주린 호랑이에게 잡아먹힌다. 해와 달이 오누이의 줄기로 갈려 나온 모체의 원형이 사라진 셈이다. 모든 존재 형태에는 그것의 내적인 대극이 그러나 궁극적으로는 그 대립항으로서의 이원성을 소멸시키려는 대극의 한 쌍이 포개져 있을지도 모른다. 어미가 품고 낳은 것은 해와 달의 대극쌍이다. 그 어미는 호랑이에게 잡아먹힘으로써 대극쌍의 오누이로 갈려 분열생식한 자기 존재를 순순히 죽음에 내맡긴다. 한 몸 안에 대극쌍이 동거하는 것은 존재 바깥의 비존재이다. 존재에서 비존재가 생겨날 때 존재는 비존재의 생성 속에 자기를 소멸시킬 수밖에 없다. 태초의 밤은 비존재가 현현할 수 있도록 존재를 죽음의 어둠으로 뒤덮는다. 우주는 하나에서 그 하나를 소멸시키고 헤아릴 수 없는 여럿으로 갈려 나오다 다시 하나로 되돌아가는 합일의 순환 과정을 밟는다. 또한 우주는 그 자체와 마찬가지로 하나의 모체에서 다양한 대극쌍들을 파생시킨 후 그 존재의 파생들을 다시 하나의 대극 합일 속에 되돌려 보낸다. 그런데 이 절차가 평탄하고 순조롭게 이루어지지만은 않는다. 우주(의 불꽃)는(은) 무자비한 섭리의 집행과 대극 합일의 방향성에 따라 개별적 존재들을 단호하게 다스리려 하지만 각각의 개체성을 끝까지 유지하려는 존재의 본능이 이에 완강히 저항하기 때문이다. 이 충돌에는 끔찍한 폭력과 갈등이 뒤따르지 않을 수 없다. 오누이에 대한 호랑이의 위협은——더욱이 호랑이는 모체의 외양을 훔치고 그 말투까지 흉내 내가며 이 오누이에게 접근한다——이 설화 속에 나타나 있는 그 파국의 암유일 수 있다. 아주 재미난 생각이로군, 그때 두서없이 아무 데로나 번져가는 내 장광설 사이로 끼어들며 장-조엘이 불현듯 입을 열었다, 그건 어쩌면 정화와 구원의 가능성으로 열린 전쟁의 메타포가 될 수도 있겠군, 물론 전쟁은 참혹하고 암담한 대재앙이지, 하지만 이 유럽의 모든 것을 불사른 후 새로운 생성을 예비하는 공황과 청산의 희생 제의로 미구에 닥칠지도 모를 전쟁에 대해 생각해보면 어떨까, 정화의 숙명에 따라 지금보다 더 나은 질료들——'질료'란 용어는 인간을 포함하여 이 세계의 물질적인 것들 모두에 대해 적용할 수 있는 말이지——의 세계를 맞아들이자면 그만큼 혹독하고 모진 담금질쯤은 각오해야 하는 게 아닐까, 니그레도의 분열과 혼류를 거쳐 알베도의 결합과 조화에 이르는 연금술의 작업 과정에서처럼 말이야. 장-조엘의 말에 카롤은 수긍한다는 표정으로 묵묵히 고개를 끄덕여 보였다. 그러고는 내게 계속하라는 손짓을 보냈다. 나는 펼쳐져 있는 내 노트의 페이지 위로 다시 눈길을 옮겼다. 내 눈길이 가닿은 노트의 페이지에는 낯설고 기억에 가물가물한 혼잣말들이 다음과 같이 계속 이어지고 있었다. 구원의 동아줄을 거머쥔 오누이는 태초의 밤하늘 속에 해와 달로 떠올라 음양의 대극쌍을 이루면서 동시에 이 우주의 부부로 새로이 결합한다. 그것은 근친상간을 통한 한 몸의 복원임에 틀림없다. 하나에서 분열생식한 줄기의 잔가지들은 다시 하나로 결합한다. 어미의 한몸에서 태어난 남과 여, 즉 한 쌍의 오누이는 다시 한몸으로 맺어진다. 그 결합의 방식은 근친상간일 수밖에 없다. 근친상간은 여러 가닥의 줄기들을 잘라내고 합일에 이르려는 결속 관계의 상징일 것이다. 하나로부터 쪼개져 나온 여러 파생체들은 근친상간의 결합 속에서 다시 개별자들의 합일로 되돌아가려 한다. 남매지간의 두 혈육은 해와 달이 되어 태초의 밤에 근친혼을 맺은 우주의 부부로 거듭난다. 그렇게 해와 달이 된 오누이는 준열한 합일의 섭리가 존재의 형성 과정에 철저히 집행되고 있음을 암시한다. 그러니 태초의 밤 속에 낮과 밤이 한나절씩 둘로 쪼개져 있는 듯 보이지만 실은 태초의 밤이 드러나는 명암의 양면에 지나지 않는 것과 마찬가지로 해와 달도 낮과 밤이라는 한 몸 안의 대극쌍에 조응하는 두 가지 성별 속의 한 몸일 뿐이다. 그리하여 근친상간의 합일은 필경 암수한몸에 다다르지 않을 수 없다. 해와 달이 된 오누이는 암수한몸의 천궁이다. 암수가 근친간의 성합을 통하여 천궁의 한몸으로 맺어

질 때 그리하여 해가 낮에 뜨는 달이 되고 달이 밤에 뜨는 해가
될 때 둘의 개별적 실재성은 사라지고 오로지 서로에 대한 서로
의 반향과 음영만이 남는다. 그게 바로 하나면서 동시에 하나가
아닌 존재 또는 비존재의 양상일 것이다. 물론 암수한몸은 합일
의 육화일 수 있다. 하지만 하나는 하나가 아니듯 합일은 합일
이 아니다. 하나됨은 하나됨으로 하나됨을 부정한다. 고독은 고
독을 고독이 아니라고 말하며 그 말로써 너와 나의 언어를 와해
시키려 한다. 쑤안이 누굴까. 네가 내게 전해준 대로 그(녀)는
그의 오빠면서 그녀의 여동생이고 그녀의 오빠면서 그의 여동
생이며 그의 신랑이면서 그녀의 신부이자 그녀의 신랑이면서
그의 신부이다. "쑤안은 해와 달이 된 오누이일 거야." 네가 말
한다. 그리고 너와 나의 언어가 와해된 숲가의 들목에서 쑤안이
너를 맞이할 것이다. 그게 바로 태초의 밤이 이 세계라는 질료
를 까맣게 불살라 새하얀 대극쌍의 결합과 조화에 이르도록 담
금질하는 연단의 수행일 것이다, 라고 나는 노트를 열심히 읽어
내려가던 중 먹먹한 혼잣말로 나도 모르게 웅얼거렸다. 최근 들
어 이런 투의 혼잣말이 내 의지와 무관하게 입 밖으로 새어나오
는 경우가 부쩍 잦아졌다. 이런저런 상념들이 차오르다 어떤 계
기를 만나 출렁거리면 끝내 해일 같은 혼잣말로 흘러넘치고 마
는 것 같았다. 그럴 땐 노트를 펴놓고 그 혼잣말들의 흐름을 받
아 적는 게 상책이었다. 그래야 의아해하는 주변 사람들의 시선
을 따돌릴 수 있음은 물론 스스로를 위해서도 지금 내가 섬망

상태에 빠져 허우적대는 게 아니라는 점을 확인 받을 수 있을 듯싶었다. 하지만 급작스럽게 쏟아져 나오는 혼잣말들을 노트에 받아 적는 순간 오히려 나는 그 혼잣말들의 움직임 속에서 더욱 증폭되어가는 이물감에 깊이 시달리곤 했다. 왜냐하면 방언처럼 나의 입을 빌려 튀어나오는 혼잣말들의 기록은 결국 아무 말도 하지 않는 거나 다름없는 언어의 넝마 쪽들에 불과해 보였기 때문이다. 나는 내가 혹시 실어증의 초기 증상을 앓기 시작한 게 아닐까 싶은데 혹여나 그게 틀림없을 수도 있겠다고 자문자답했다. 내겐 사실 아무 할 말도 없거니와 정작 주절거리고 있는 것은 어쩌면 나 자신이 아닐지도 모른다는 의혹에 에워싸일 때가 자주 있었다. 하지만 오히려 나는 이런 의혹에서 부질없는 위안을 구하기 일쑤였다. 그러자 내 앞에 앉아 있는 장-조엘과 카롤이 생각보다 훨씬 더 거북스러워졌다. 그럼에도 카롤은 장-조엘과 함께 종이컵에 담긴 커피를 홀짝거리다 말고 내 혼잣말에 응답해왔다, 트란 너의 말이 옳아. 카롤은 나를 트란이라고 불렀다. 내가 장-조엘과 그녀에게 나의 이름을 트란이라고 소개했으니 그건 어찌 보면 당연한 호명일 수도 있었다. 하지만 나는 트란이 누군지 알지 못했다. 트란은 여전히 내게 낯선 미지의 인물로만 여겨졌다. 아무튼 카롤이 계속했다, 이 세계는 그저 까맣게 불살라야 할 비금속류의 질료 따위에 지나지 않을지도 모르지, 미구에 닥칠지도 모를 이 유럽에서의 전쟁은 그 질료를 불사르고 녹여 없앨 화덕의 불꽃일 수도 있고 말이야, 그러니 또한 전쟁은 거대한 밤이야, 모든 것은 암흑의 장막으로 뒤덮일 테지, 그러니 또한 전쟁은 무시무시한 흑사병이야, 이 모든 것의 절박한 소각을 유발할 테니까, 그 거대한 밤을 휩쓰는 흑사병의 들림 속에서 어딜 가나 유럽에는 결국 새카만 잿더미들만 가득 쌓이겠지, 전란의 화마는 화려한 제국주의 침탈의 역사와 비대한 자아의 오욕으로 얼룩진 유럽을 송두리째 태워 없애겠지, 이 유럽의 모든 사람들은 가엾게도 그 유황불의 아비규환에서 절대로 헤어날 수 없을 거야, 지금도 부르주의 밤거리에는 몰로토프 칵테일들이 작렬하며 여기저기에 시뻘건 불길이 치솟고 있어, 내 눈에는 발치에서 타오르는 몰로토프 칵테일의 불길이 마치 참혹한 전란의 화마로 번져나갈 기폭의 전조처럼 보이더군, 게다가 하늘에서는 이 전조의 화포와도 같이 북아프리카의 테러리스트들에 의해 공중 폭파당한 에어프랑스의 잔해들이 불기둥과 함께 떨어져 내리고 그 잔해들의 불벼락을 맞은 파리 근교의 지상에서는 주요 시설물들에 대한 민간 게릴라 요원들의 방화가 끊이질 않고 있어, 밤에 거리를 나가보면 곳곳이 온통 불바다더군, 그러니 유럽연합 정부의 위수령 선포와 진압 부대 투입은 시간 문제겠지, 그러면 사태가 내전으로 확대될 수밖에 없고 내전이 터지면. 카롤은 거기서 잠시 말을 끊고 종이컵 속에 남아 있는 커피를 마저 들이켰다. 카롤이 나와의 대화에 열중하는 동안 장-조엘은 다소 결연해진 표정으로 그녀의 얘기를 듣다 말고 이따금 손에 든 책의 페이지들을 무심

히 넘겨보기도 했다. 카롤이 계속 말을 이었다, 하지만 밤과 불
은 참 아름다워, 보다 정확히 표현하자면 밤에 치솟는 불길이겠
지만 밤과 불은 그 이상이야, 그 자체로도 아름답지만 거기엔
정화의 숙명에 대한 열망이 있기 때문이야, 질료들에 대한 밤과
불의 정화는 파괴와 죽음을 통해 가능해지니만큼 더욱 매혹적
인 것 같아, 다시 말해 밤과 불의 정화에 닿자면 반드시 파괴와
죽음의 의례를 거쳐야 한다는 거야, 어쩌면 이 세계를 포함한
우주의 모든 질료들은 파괴와 죽음을 통한 정화의 숙명에 떠안
겨 있는 것일 수도 있어, 전쟁은 밤과 불의 화덕이야, 전쟁은
흑사병의 숙정이야, 트란 듣고 있어, 전쟁은 밤과 불의 화덕이
야, 전쟁은 흑사병의 숙정(肅正)이야, 그리하여 오욕의 추억과
비대한 자아의 찌꺼기들로만 연명하고 있는 이 유럽의 숨길이
끊겨 그 형극과 혼돈으로부터 새로운 존재의 역사가 생성되도
록, 낮과 밤이 한몸으로 나타나 태초의 밤 속에서 온전한 하루
를 이루고 거기서 해와 달은 비로소 오누이가 육신을 섞은 암수
한몸으로 융합하여 빛도 어둠도 아니면서 동시에 빛이면서 어
둠이기도 한 존재 생성의 빛과 어둠을 폐허의 유럽 위에 지피도
록, 그런 연후에만 밤의 어둠이 가시고 불길이 잦아들며 흑사병
의 창궐이 그치기를, 비천한 금은 오로지 파괴와 죽음 그리고
정화를 몰고 오는 대재앙에 의해서만 에테르 같은 돌이 될 수
있어, 근친상간으로 남녀양성체의 대극쌍 결합에 이른다는 과
정과 방식은 상징적 전쟁이면서 동시에 상징적 죽음이야, 트란

무슨 말인지 알아듣겠지, 노트 속의 네 글도 결국은 그런 이야기를 하는 중이라는 생각이 들어, 우리는 물론 각기 다른 사람으로서 수많은 추억들을 개별적으로 간직하고 있지만 밤하늘의 별자리나 불꽃에 대해서만큼은 똑같은 추억의 숙명 속에서 똑같은 생각의 이랑들을 따라가는 것 같아, 그러니 우리는 동일한 사람이 아니면서도 동일한 사람이라고 말할 수 있을지도 몰라, 말하자면 장-조엘과 나 그리고 트란 너는 비단 밤하늘의 별자리나 불꽃뿐 아니라 이 세계의 모든 질료들 이 세계라는 질료를 태초에서 보도록 숙명지어져 있을 거라는 말이지, 태초에서 보도록 숙명지어져 있다는 것은 우리의 고독이 고립된 개별자의 공허함일 수만은 없다는 뜻 우리가 실상은 오로지 자신만의 몫이 아닌 우주의 시원적인 추억을 살고 있다는 뜻이야, 라고 카롤이 말했다. 그 말을 받아 장-조엘이 자기가 뒤적거리던 책을 내게 들이밀어 보이며 이런 문제와 관련하여 한 번쯤 흥미롭게 참고해볼 만한 내용이 담겨 있다고 소개했다. 장-조엘의 책은 정식 출판물이 아니라 교정지를 임시로 묶은 가철본이거나 아는 사람들끼리만 돌려보기 위해 찍어낸 팸플릿처럼 보였다. 앙투안 융거하우스라는 사람이 엮은 그 소책자의 제목은 『고독 역시 착각일 것이다』였다. 나는 앙투안 융거하우스가 누구냐고 물어볼까 하다 그냥 입 다물고 있기로 했다. 누군가에 대해 누구냐고 묻는 것은 이 사람이 당신들과 어떤 관계인가를 묻는 것인지 그 사람의 개인적인 인적 사항에 대하여 묻는 것인지 그런 책을 묶은 저자로서 어떤 성향의 사람인가를 묻는 것인지 아니면 마치 문밖에서 희미한 인기척을 느끼고는 반사적으로 누구냐고 하는 것처럼 미지의 존재에 대해 지금 거기 있느냐는 뜻으로 묻는 것인지 불확실하다는 생각이 순간적으로 스쳐 지나갔는데 그런 불확실함에서 벗어나자면 아무래도 질문을 달리 할 수밖에 없겠다는 또 하나의 생각이 내게 예기치 않은 피로감을 불러일으켰기 때문이다. 모르는 이름에 대해 누구냐고 묻는 일조차 이토록 복잡하고 번거롭게 여겨지는 것을 보면 확실히 나는 아무하고도 끈끈하게 관계 맺고 살 의향이 전혀 없나 보다, 라고 속으로 웅얼거리며 이러는 나 자신이 뿌듯하면서도 다른 한편으로 조금은 불길하게 의식되기도 했다. 아무튼 이들과 함께 앉아 있는 사이 내 몸의 한기는 다소간 누그러진 것 같았다. 이번에는 장-조엘이 그 책을 펼쳐 들고 카롤 대신 말했다, 이 책에서 우리가 나눌 만한 중요 대목들을 한번 읽어볼 테니 잘 들어봐, 그러고는 잠시 책을 뒤적거리더니 어느 페이지를 펼친 후 힘주어 읽어 내려가기 시작했다, 암수한몸 즉 남녀양성체는 사실 현실적으로 실현이 불가능한 대극 결합의 상징이다, 하지만 연금술은 비금속에서 금을 얻어보려는 기적의 갈망이자 불가능의 추구로 불가능한 결합의 상징인 만큼 남녀양성체의 현존에 강한 매혹을 보이지 않을 수 없다, 그런 까닭에 단순한 물질적 성취에 만족하지 않으려는 연금술사들이 추구하는 것은 비천한 금 *aurum vulgi*이 아니라 상징적인 남녀양성체로서의 철학적인

금 혹은 에테르 같은 돌 따위이다, 남녀양성체의 상징성은 연금술의 전개 과정에 이미 나타나기 시작하면서 물과 불이 하나로 어우러진 철학적 메르쿠르의 탄생으로도 이어져 있다, 영어 발음으로는 머큐리라고도 하는데, 그 부분에서 카롤이 장-조엘을 잠시 멈추게 하더니 말했다, 메르쿠르는 수은의 신이자 연금술의 상징인 메르쿠리우스를 불어식으로 발음한 이름이야, 연금술에서는 수은을 금속이지만 액체 상태이고 물질이지만 영이고 차갑지만 뜨겁고 독이지만 치유의 물인 이중의 현현으로 나타나서 대극이 한몸을 이루도록 통합하는 상징처럼 여기거든, 메르쿠리우스는 자웅동체면서 합일의 상징일 뿐 아니라 연금술의 원질료이기도 하니까, 메르쿠르에 대한 카롤의 부연 설명이 끝나자 장-조엘은 다시 책을 펼쳐 들고 읽기 시작했다, 그리고 그것이 일관되게 가리키는 것은 바로 대극의 합일을 통한 우주적 존재론의 완성이다, 연금술에서의 금이란 사실상 이러한 우주적 존재론의 완성에 대한 상징을 의미하는 바에 다름 아니려니와 무의식 상태의 정신적 소여가 언제나 대극의 동일성을 추구한다는 것도 이와 같은 맥락에 속하는 현상일 수 있다, 즉 현실 너머로 가닿는 의식의 저편에서는 각자의 대극쌍들이 자기 안에 포함되어 모순을 내보이면서도 결코 모순되지 않는 양가성의 존재 양상을 기억하고 지향한다는 말이다, 그렇다면 연금술은 그 무의식이 더듬어 보이는 존재의 원형을 의식에 의해 지워지고 만 태초의 혼돈을 화학적인 물질의 형태로 길어 올려 복원해내려는 작업이라고 할 수 있다, 연금술의 전개 과정은 이러한 소망의 투영을 구체적으로 확인시켜준다, 검음(黑)을 뜻하는 니그레도*nigredo*는 최초의 질료로부터 원소들을 분해하면서 생겨나는 시초의 과정이다, 하지만 남녀가 한몸을 이루는 것으로 상징화되는 원소 결합 또는 대극의 합일을 통하여 질료는 '검음'의 상태에서 벗어나 점차로 정화되는데 이 과정을 백화(白化)란 뜻의 알베도*albedo*라고 한다, 다시 말해 태초에 하나였던 것이 분해된 후 니그레도의 어둠에 빠져 여러 원소로 갈렸다가 다시 합일을 이루면서 정화되어 깨끗해지는 것이다, 트란 아까 우리가 함께 말한 전쟁과 흑사병의 밤과 죽음과 파괴와 결부지어 이 대목 이해하지, 카롤이 물었다, 나는 고개를 끄덕거렸다, 장-조엘은 계속 읽었다, 하지만 연금술의 전개 과정은 은이나 달에 해당하는 정화의 단계에서 끝나지 않고 태양의 상태를 가리키는 붉어짐의 루벤도*rubedo*로까지 넘어간다, 루벤도가 알베도에서 직접 나왔음을 감안할 때 이 두 과정은 기실 모자 관계에 속한다고 할 수도 있다, 하지만 연금술의 상징성 속에서는 이 둘을 왕과 왕비의 관계에 비유하여 화학적 결혼을 치르도록 한다, 여기서도 근친상간의 상징성이 분명하게 아른거린다는 것을 알 수 있다, 물론 근친상간의 상징성은 하나였던 것이 둘 이상으로 갈라졌다가 다시 하나로 결합하는 연금술의 전개 패턴에서 이미 드러난다, 하나인 모태에서 둘로 갈라져 나왔을 때 성별이 쪼개져 있다면 그것은 오누이 사이임을 의미할 수밖에 없기 때문이다, 오누이는 다시 사이좋게 한몸으로 결합하여 정화와 순화의 단계로 간다, 본디 하나였던 모태에서 두 성별로 갈린 근친간의 결합이 정화와 순화로 이어진다는 것은 존재론적 대극쌍들이 태초에는 하나였으나 이후 상반된 형태로 분화된 데 불과하니만큼 다시 통합되어야 옳다는 연금술의 상징적 이념을 보여준다, 근친상간이 상징하는 것은 모든 분화의 무화면서 한 줄기 몸체로의 합일이기 때문이다, 그리고 그 대극쌍들의 합일은 남녀양성체의 상징성으로 통한다, 또한 그 안에서 하나로 결합하는 메르쿠르의 물과 불은 이 경위를 함축적으로 드러내고 있다, 오누이의 근친상간에서 생겨난 메르쿠르의 물은 연금술의 그릇 안에 담겨 가열과 증류를 기다린다, 하지만 그 물은 곧 불이기도 하다, 왜냐하면 그 물을 합성한 것은 오누이의 근친상간이기 때문이다, 근친상간에서 생성된 메르쿠르의 물은 물의 대립물인 불이기도 하며 연금술사들은 공통적으로 여기서의 물과 불이 하나라고 증언한다, 장-조엘은 페이지를 넘기며 계속 읽었다, 연금술의 그릇에 담겨 가열과 증류를 기다리는 영원의 물 *aqua permanens*은 물이면서 동시에 불이기 때문에 비로소 현자의 메르쿠르일 수 있다는 것이다, 여기서 연금술은 가장 전형적으로 대극적인 것의 합일을 추구함으로써 양성체의 상징적 실현에 다가간다고 할 수 있다, 하지만 이 합일의 추구를 위한 승화의 길목에는 니그레도 단계의 밤과 어둠이 함축적으로 나타내는 바와 마찬가지로 파괴와 소멸 그리고 극

심한 혼돈의 발생이 불가피하다. 왜냐하면 파괴와 생성의 전개 과정은 한 존재의 형질을 전면적으로 갈아엎고 뒤바꾸는 거듭남의 푸닥거리이기 때문이다. 여기서 잔혹의 개념이 대두된다. 잔혹이란 무엇인가. 잔혹이란 단순한 신체 훼손이나 유혈의 소용돌이를 의미하는 게 아니다. 그것은 이 해체와 갱신의 담금질 속에서 어쩔 수 없이 맞닥뜨려야 하는 혼란과 폭력과 악이다. 다시 말해 연금술은 우주의 주기율이 존재의 변화와 형성에 개입할 때 생겨날 수밖에 없는 집행의 가차 없음일 뿐 아니라 거역할 수 없는 통첩의 비정함이어서 인간의 주체적인 의지로는 감당하거나 조정할 수 없는 철학적 결정론의 이미지를 불러온다. 연금술적인 파괴와 생성의 잔혹함은 인간적인 주관(主管) 과 영향이 미칠 수 없는 범주 바깥에서 이루어진다고 할 수 있다. 여기서 인간 위에 군림하고 있는 것은 바로 우주이다. 단호하고 엄밀한 우주의 질서는 인간들의 세계에 무질서와 공황의 잔혹함을 몰고 오는 인간 너머의 형이상학이다. 바로 그 대목에서 연금술과 우주는 한데 겹쳐진다. 대재앙의 상징성에 기댄 우주의 집행 절차는 인간적인 윤리 규범과 가치척도를 희생의 제단 위에 올려놓음으로써 거기서 자유로워진 존재가 되찾아야 할 메르쿠르의 본원적 통합성을 일깨우려 한다. 중세의 흑사병처럼 전쟁은 현대의 대재앙이다. 흑사병의 창궐에 중세의 유럽이 궤멸 직전까지 몰렸던 예와 마찬가지로 미구에 닥칠지도 모를 전쟁은 결국 그간 미뤄져온 유럽의 종말을 부추기게 될 것이다, 하지만 미래의 전쟁 속에서 종말에 다다른 유럽은 정신의 집단적인 암종을 퇴치하는 정화와 구원의 모멘텀을 맞이할 수 있을지도 모른다, 중세 유럽에 흑사병의 대재앙이 휩쓸고 간 자리에는 죽음과 절대적인 정화 이외에는 아무것도 남지 않았다, 현대의 전쟁도 중세의 흑사병과 마찬가지로 극심한 갈등의 발산과 해소를 통한 정화나 구원에 바쳐질 수 있다, 이 준엄하고 가혹한 우주의 화덕 속에서는 흑사병이나 전쟁처럼 상징적인 불사름의 파괴 없이는 아무것도 달라지거나 승화될 수 없다, 그렇게 정신적인 암종의 치유는 전면적인 죽음과 파괴의 정화를 앞세운다, 장-조엘은 거기까지 읽고 가볍게 한숨을 내쉰 후 가철본의 책장을 덮었다. 이어 카롤이 입을 열었다, 그렇게 우리도 이 책의 저자와 마찬가지로 대재앙으로서의 전쟁에는 야금의 진행 과정에 견줄 만한 긍정적 의의가 있다고 보는 편이야, 물론 어디까지나 그 전란의 화마가 유럽 전체를 잿더미로 변하도록 허물어야 한다는 전제 조건의 테두리 안에서이긴 하지만, 하고 그녀는 마치 시를 읊조리는 듯한 어투로 이어 말하며 자기의 주장을 조곤조곤 덧붙였다. 사실 그녀의 말들과 장-조엘이 읽어준 책의 구절들이 내게 모두 호의적으로 와닿은 것은 결코 아니었다. 겉으로는 이들과의 대화에 진지한 태도로 응하는 척하면서도 어서 이 자리를 벗어나고 싶다는 게 솔직한 나의 속마음이었다. 나는 무슨 까닭인지 혼자 있기를 고집하는 사람이었 때 이들과 베트남 쌀국수 같은 것을 나눠 먹고 싶지는 않았다. 작금의 비상시국이나 식민지 역사의 후유증 또는 미구에 닥칠지도 모를 전쟁 가능성 따위를 계속 토론하는 데 많은 시간을 할애하는 것도 별로 내키지 않는 일이었다. 게다가 나는 이들이 나를 자꾸 트란이라고 부르는 것도 부담스러웠다. 물론 이것은 내가 이들에게 내 이름을 트란으로 소개한 탓이었다. 하지만 아무리 그렇다 해도 나는 여전히 트란이 누군지 정확하게 기억해낼 수 없거나 파악하지 못한 것 같았다. 물론 적당한 핑계를 대고 일어나서 곧바로 이들과 헤어질 수도 있었다. 그건 전적으로 나의 개인적인 자유였다. 하지만 나는 그러지 않았다. 내가 왜 그러지 않았는지는 내게도 궁금하게 여겨졌다. 나는 자리를 털고 일어나 이들과 그만 헤어지기로 마음 먹기보다 그 자리에 남아 펜을 꺼내 들었다. 내가 불현듯 펜을 꺼내 든 까닭은 카롤의 주장들이 조곤조곤 이어지는 동안 그녀의 단어 선택이나 어조에서 연상된 한 토막의 장면과 기억들을 노트에 두서없이 메모해두기 위해서였다. 내게는 아무 때나 주변 상황에 아랑곳하지 않고 혼잣말을 하거나 메모를 하려는 습관이 있다. 그게 불가불 어떤 시간을 견뎌내는 나만의 방식이었다. 하지만 내 펜은 나만의 연상 작용과 기억 들로 향해 가는 대신 장-조엘이 책을 낭독하기 전 시 낭송처럼 읊조리는 카롤의 말을 받아 적고 있었다. 받아 적기 시작한 그녀의 첫 말은, 전쟁은 밤과 불의 도가니야, 전쟁은 흑사병의 숙정이야, 였다. 그러고 보니 카롤의 말이 끝나는 페이지의 하단부터는 거기에 맥락을 잇댄 듯한 나의 메모가 새로이 시작되고 있었다. 하지만 이 글을 정확히 내가 언제 무슨 계기로 메모해두었는지는 기억이 가물가물했다. 아무튼 이 메모의 출발점은 몰로토프 칵테일의 화염에서 떠오른 순간의 단상으로 보였다. 크고 작은 그들의 시위 때마다 어김없이 등장하는 몰로토프 칵테일이 밤거리의 어둠을 가르는 게 자주 보였다, 라는 말로 메모는 허두를 뗐다, 몰로토프 칵테일이 작렬하며 도심의 여기저기에서 공분과 저항의 불꽃이 치솟았다. 부르주 같은 파리의 외곽 도시가 유럽의 화약고라는 것은 이미 널리 알려진 사실이었다. 그 화약고는 또다시 언제 터질지 알 수 없다. 내 발치에도 몰로토프 칵테일이 떨어져 유황 불 같은 화염을 피워 올린 적이 있었다. 나는 그 화염을 바라보며 전운의 도래를 예감했다. 몰로토프 칵테일의 작은 화염은 앞으로 유럽을 태워 없앨 전란의 움일 수도 있다. 그 불씨는 언제라도 이 유럽 대륙을 전쟁의 밤이 뒤덮도록 앞당길 것이다. 물론 전쟁은 막대한 재앙이다. 하지만 대재앙은 파괴와 생성을 동시에 불러온다. 파괴와 생성의 근저에는 그 징검다리로서의 죽음이 있다. 죽음은 존재의 밤이다. 밤에 모든 것은 어둠 속에서 하나로 모인다. 개별자는 거기서 죽는다. 존재는 더 이상 개별자로 현현하지 못한다. 밤은 낮의 부스러기들을 쓸어 담아 우주에 버리고 소각한다. 다시 불꽃이 인다. 하지만 그 불꽃은 빛의 싹눈이 아니라 밤과 어둠의 초혼이다. 우주는 밤과 어둠의 제의를 집전하며 이 지상의 존재에 정화의 신령을 지핀다. 우리가 전쟁의 포화 속에서 존재의 밤을 맞아야 하는 것은 어쩌면 불가피한 일일 수 있다. 존재의 정화에 관여하는 우주의 섭리는 가혹하게도 우리를 그 길로 인솔하기 때문이다. 낮 시간이 지나면 어김없이 밤이 찾아온다. 우주는 준엄하고 냉혹하다. 그러고는, 인간들의 율의(律儀)와 공리 바깥에서 이 우주는 움직이며 지상의 존재를 운용한다,라는 문장을 끝으로 메모는 단락을 맺었다. 이어지는 글줄들이 더 없나 페이지를 넘겨 보니 거기에는 그 메모와는 무관하게 새로 시작하는 이야기가 적혀 있었다. 그것은 거리를 걷다 올가라는 우크라이나 출신의 창녀에게 팔목을 붙들려 유곽 뒤란의 주차 공간까지 끌려간 이야기였다. 그이야기를 시작하는 첫 문장은, 지나가는 내 팔목을 덥석 잡은 뒷골목의 여인은 대뜸 우크라이나에서 온 올가라고 자기를 소개했다,였다. 이후 올가와 나 사이에 겪은 일이 다음과 같이 펼쳐졌다, 나는 그녀의 손길에 응했지만 구강 섹스 즉 펠라티오만 원한다고 조건을 달았다. 우리는 매음굴 뒤란의 주차 공간으로 나란히 향했다. 비좁은 주차 공간은 높직한 블록 담장에 에워싸여 있었다. 매음굴에서는 여인들의 불그스름한 교성과 신음 소리가 여기저기서 번갈아 들려왔다. 내가 화대를 지불하고 화단 모서리에 쭈그려 앉자 우크라이나 출신의 올가는 내 가랑이 사이로 서슴지 않고 달려들었다. 담장의 벽 구멍 너머에서 한 떼거리의 아랍계 소년들이 키득거리며 우리의 구강 섹스를 엿보는 게 눈에 띄었다. 나는 별로 개의치 않고 올가가 나의 곧추선

자지를 열심히 빨아대는 동안 그녀의 허벅지 위에 얹은 손으로 밴드스타킹의 가터벨트만 집요하게 만지작거렸다. 동양계 손님은 당신이 처음이에요, 내 자지에서 잠시 입을 뗀 후 올가가 소곤거렸다, 특별한 경험이니만큼 서비스로 당신의 정액을 모조리 삼켜드리겠어요. 그러고는 돈을 가리키는 손짓과 함께 단호하고도 발랄한 어조로 덧붙였다, 원래는 입으로 손님의 정액을 받아주는 것도 안 되거든요. 창녀 올가는 약속대로 무릎을 꿇고 앉아 자기의 입안 가득 분출되는 내 정액을 다 받아마셨다. 잔뜩 말려 올라간 스커트 밑으로는 축축이 젖은 그녀의 샅이 보였다. 아니 그건 나의 빤한 환영에 불과했다. 올가의 샅은 결코 젖어 있지 않았다. 오히려 바싹 메말라 있는 것 같았다. 아니 심지어 그녀의 샅에는 거기가 젖을 만한 구멍은커녕 새끼손가락만 한 자지가 튀어나와 있는 것처럼 보이기도 했다. 그렇다 해도 어쩔 수 없는 일이었다. 순간 내겐 엉뚱하게도 베트남 잡화점에서 국수를 사줘야 한다는 생각이 떠올랐다. 내가 서둘러 바지춤을 추켜올릴 때 숨죽인 환성 속에서 더욱 노골적으로 키들거리는 아랍 소년들의 웃음소리가 들려왔다. 올가는 내게 미소 지어 보이더니 한쪽 손등으로 앙다문 입술을 문질러 닦았다. 사정이 끝나자 나는 올가가 원하는 금액만큼 팁을 더 주고 그녀와 헤어졌다. 내가 매음굴에서 골목으로 빠져나갈 때까지 그녀는 내게 잘 가라며 내내 손을 흔들어 보였다, 라는 대목에서 이 일화의 기록은 끊어졌다. 앞의 메모와 달리 올가라는 매춘부와의 일화가 유독 과거 시제로 적혀 있는 까닭은 아마도 내가 이미 경험한 사실을 이야기체로 풀어나가고자 했기 때문이었을 수 있다. 하지만 나는 이런 경험을 한 기억이나 사실이 전혀 없었다. 위와 같은 경험을 하지 않고도 노트에 그런 경험의 이야기를 남겼다면 그것은 필시 허구에 불과하거나 나 몰래 다른 누군가가 자기 멋대로 끼적거려놓은 글이라고밖에 볼 수 없을 듯했다. 하지만 도대체 누가 문학적인 글도 아닌 바에야 실제로 겪은 일인 척하고 허구를 기록하겠으며 도대체 어떤 사람이 남의 노트에 저토록 개인적이고 내밀한 자기 경험담의 전말을 소상히 적어놓고 사라진단 말인가. 둘다 어이없도록 우스개로밖에 여겨질 수 없는 억측이지 않은가. 하지만 이게 우스개스런 억측이 아니라 정말 그렇다면 또 어쩔 텐가. 고독의 이름으로 나는 내가 겪지도 않은 일을 실제로 내게 벌어진 일인 양 노트에 적어둔 후 나의 일상에서 실제로 그런 일이 일어났다고 믿어버리기를 즐기는 혼잣말의 작화벽에 나도 모르는 사이 사로잡혀 있을 수도 있다. 혼잣말의 작화벽이 나타내는 병적 특성 가운데 하나는 어떤 이야기를 실제로 자신에게 일어난 사실인 것처럼 꾸며대는 순간의 쾌락에 몹시 탐닉하면서도 정작 그 이야기의 기록이 끝난 직후부터는 자기가 그런 이야기를 꾸며내 쓴 적이 있다는 사실조차 전혀 기억하지 못한다는 점일 것이다. 작화의 상상 속에 빠져 있는 순간 나는 나의 자리를 비우고 어디론가 사라지는 것임에 틀림없다. 거긴 필시 죽음의 밤일 것이다, 하지만 미래의 전쟁 속에서 종말에 다다른 유럽은 정신의 집단적인 암종을 퇴치하는 정화와 구원의 모멘텀을 맞이할 수 있을지도 모른다, 중세 유럽에 흑사병의 대재앙이 휩쓸고 간 자리에는 죽음과 절대적인 정화 이외에는 아무것도 남지 않았다, 현대의 전쟁도 중세의 흑사병과 마찬가지로 극심한 갈등의 발산과 해소를 통한 정화나 구원에 바쳐질 수 있다, 이 준엄하고 가혹한 우주의 화덕 속에서는 흑사병이나 전쟁처럼 상징적인 불사름의 파괴 없이는 아무것도 달라지거나 승화될 수 없다, 그렇게 정신적인 암종의 치유는 전면적인 죽음과 파괴의 정화를 앞세운다, 장-조엘은 거기까지 읽고 가볍게 한숨을 내쉰 후 가철본의 책장을 덮었다. 이어 카롤이 입을 열었다, 그렇게 우리도 이 책의 저자와 마찬가지로 대재앙으로서의 전쟁에는 야금의 진행 과정에 견줄 만한 긍정적 의의가 있다고 보는 편이야, 물론 어디까지나 그 전란의 화마가 유럽 전체를 잿더미로 변하도록 허물어야 한다는 전제 조건의 테두리 안에서이긴 하지만, 하고 그녀는 마치 시를 읊조리는 듯한 어투로 이어 말하며 자기의 주장을 조곤조곤 덧붙였다. 사실 그녀의 말들과 장-조엘이 읽어준 책의 구절들이 내게 모두 호의적으로 와닿은 것은 결코 아니었다. 겉으로는 이들과의 대화에 진지한 태도로 응하는 척하면서도 어서 이 자리를 벗어나고 싶다는 게 솔직한 나의 속마음이었다. 나는 무슨 까닭인지 혼자 있기를 고집하는 사람이었다. 저녁 때 이들과 베트남 쌀국수 같은 것을 나눠 먹고 싶지는 않았다. 작금의 비상시국이나 식민지 역사의 후유증 또는 미구에 닥칠지도 모를 전쟁 가능성 따위를 계속 토론하는 데 많은 시간을 할애하는 것도 별로 내키지 않는 일이었다. 게다가 나는 이들이 나를 자꾸 트란이라고 부르는 것도 부담스러웠다. 물론 이것은 내가 이들에게 내 이름을 트란으로 소개한 탓이었다. 하지만 아무리 그렇다 해도 나는 여전히 트란이 누군지 정확하게 기억해낼 수 없거나 파악하지 못한 것 같았다. 물론 적당한 핑계를 대고 일어나서 곧바로 이들과 헤어질 수도 있었다. 그건 전적으로 나의 개인적인 자유였다. 하지만 나는 그러지 않았다. 내가 왜 그러지 않았는지는 내게도 궁금하게 여겨졌다. 나는 자리를 털고 일어나 이들과 그만 헤어지기로 마음 먹기보다 그 자리에 남아 펜을 꺼내 들었다. 내가 불현듯 펜을 꺼내 든 까닭은 카롤의 주장들이 조곤조곤 이어지는 동안 그녀의 단어 선택이나 어조에서 연상된 한 토막의 장면과 기억들을 노트에 두서없이 메모해두기 위해서였다. 내게는 아무 때나 주변 상황에 아랑곳하지 않고 혼잣말을 하거나 메모를 하려는 습관이 있다. 그게 불가불 어떤 시간을 견뎌내는 나만의 방식이었다. 하지만 내 펜은 나만의 연상 작용과 기억 들로 향해 가는 대신 장-조엘이 책을 낭독하기 전 시 낭송처럼 읊조리는 카롤의 말을 받아 적고 있었다. 받아 적기 시작한 그녀의 첫 말은, 전쟁은 밤과 불의 도가니야, 전쟁은 흑사병의 숙정이야, 였다. 그러고 보니 카롤의 말이 끝나는 페이지의 하단부터는 거기에 맥락을 잇댄 듯한다. 순간 내가 파악하지 못할 타인으로서의 내가 또는 망각의 물살에서 살아남은 그 누군가가 죽음의 그림자를 이끌고 어디선가 기어 나와 바로 나의 자리에서 이야기의 상상을 경험적 현실로 경험적 현실을 이야기의 상상으로 송두리째 뒤바꿔놓는 일이 생겨나는지도 모른다, 라고 나는 썼다. 노트에 이 글을 쓴 일자는 내가 베트남 식료품 가게에서 두 명의 베트남계 프랑스 인들과 처음으로 알게 된 날 밤이 아니었나 싶다. 확실치는 않았다. 아무튼 나는 계속 썼다, 혹시 내가 노트에 뭔가를 끼적거릴 때마다 이런 일이 매번 반복되는 것이나 아닌지. 이게 우스개스런 억측이 아니라 최소한의 근거라도 뒷받침되는 유추가 되려면 설령 내가 일화에 기록된 내용들을 직접 경험한 사실로 전혀 인지하지 못한다손쳐도 기본적으로 그 이야기를 쓴 게 나인지 아닌지만큼은 확연히 판별할 수 있어야 한다, 라고 불면으로 밤이 하얗게 탈색된 백야 속에서 나는 분명 썼다. 나는 내가 쓴 것을 확연하게 기억할 수 있었다. 거기까지 다시 읽어 내려오며 한 번쯤 기억을 가다듬어본 후 또 썼다, 아주 오래전에 남겨진 기록도 아니고 하니 그것은 분명 별개의 영역이다. 모르겠다 최근 쓴 이야기에 대해서도 그럴 수 있다는 것인지. 여기서는 이런 이야기를 쓴 사람이 정말 나인지 아닌지가 내 인지와 기억의 정합성 여부를 판가름낼 단 하나의 기준이 될 텐데 이토록 기본적인 사항에 대해서마저 나로서는 과히 자신이 없다. 정녕 나는 나를 믿지 못하겠다. 그러니 나 아닌 다른 누군가가 내 눈길이 머물지 않는 틈을 타서 내 노트에 위와 같은 창녀와의 일화를 몰래 적어두고 달아났다 한들 어쩌면 그러는 게 충분히 가능할 수도 있다는 의구심이 인다 한들 그것을 덮어놓고 우스 갯거리에 불과한 억측이라며 무시할 수만도 없다. 펜을 드는 순 간 나는 방황하지 않을 수 없기 때문이다. 내가 어디에서 헤매 고 다니는지 스스로도 전혀 알지 못하기 때문이다. 그것은 단단 한 지반을 딛지 못하는 헛발의 행로일 것이다. 그럴 때 이러한 방황의 오류를 타고 나의 끼적거림 속으로 틈입하듯 걸어 들어 온 누군가가 나를 삭제함으로써 나와 포개질 가능성은 언제든 높을 수 있다. 내가 너에게로 열리는 시점도 바로 그 순간일 것 이다. 그러자마자 너는 오래도록 기다려왔다는 듯이 다시 말문 을 열고 쑤안에 대해 지껄여대기 시작한다. "그래, 네가 쓴 대 로 너와 나의 언어가 와해된 숲가의 들목에서 쑤안이 나를 맞아 주었어. 하지만 그때가 쑤안과의 첫 대면은 아니었어. 내가 쑤 안을 처음 만난 것은 아스테릭스 거리에 있는 베트남 식료품 가 게에서였어. 나는 밥 지어 먹는 게 귀찮아서 베트남 쌀국수를 즐겨 먹었거든. 알고 보니 쑤안도 그 가게의 단골 손님이었던 거야. 그래서 가게에 오가며 서로 낯은 익혀두고 있었던 것 같 아. 그때만 해도 쑤안은 다른 이름이었고 성별상으로도 분명한 남성이었지. 일단 묘한 애기로 들리겠지만 쑤안의 이름과 성별 은 나중에 바뀐 거야, 이름 바꾸듯 성별도 마음대로 바꿀 수 있 나 싶겠지만. 어쨌든 요사이 기억이 흐릿하긴 한데 그때 이름도 아마 지금과 다른 게 아니었나 싶어. 아마 트란이라고 했던 것 같아. 맞아, 트란이라고 했던 게 이제야 확실히 기억나네. '트란'은 베트남의 남자 이름 중에서도 가장 흔한 이름의 하나일 거야. 해서 프랑스 사람들도 트란이라는 이름을 그다지 낯설어 하지 않는 눈치더군. 식민지 시절에 많은 베트남 사람들이 이쪽으로 이주해와서 몇 대에 걸쳐 계속 살고 있으니까. 여기서는 마치 모든 아랍계 남자의 이름이 '알리'일지도 모른다는 생각을 불러일으키는 것과 마찬가지로 베트남 남자들한테는 '트란'이 그 경우에 해당하지. 그러니까 유럽에서 식민지 출신들은 자기들처럼 개개인으로 세분화되어 있는 낱낱의 존재들이 아니라 자기들이 지배했던 식민지의 추억 속에서 이른바 '알리'나 '트란'이라는 대표 단수로 덩어리져 있는 셈이야. 이것은 서유럽의 새로운 식민지가 되어가고 있는 슬라브 혈통의 동유럽에 대해서도 별로 다르지 않은 것 같아. 이를테면 그쪽에서 이쪽으로 넘어온 여자들의 이름은 각자의 본명이야 무엇이든 상관없이 죄다 '올가'로만 불리니까. 프랑스 사람들, 그중에서도 특히 성인 남자들한테 '올가'는 이제 더 이상 낯선 이름이 아니지. 그게 왜 그런지는 아주 빤한 이유일 테지만. 이 서유럽에서 그것도 식민지를 경략한 적이 있는 이곳 프랑스에서 '알리'와 '트란'과 '올가'라는 미분화의 대표 단수들이 의미하는 게 과연 뭘까? 그래, 존재를 보고 받아들인다는 건 마냥 순수한 것도 당연한 것도 아니야. 거기에는 늘 그렇게 존재를 받아들이게끔 통제하는 외부 여건의 장(場), 말하자면 정치나 사회역사적 토양이 깊숙이 간여하고 있어. 그러니까 유럽 사람들의 인식 속에서 '알리'와 '트란'과 '올가'는 모두 덩어리져 있는 식민지의 원주민들에 지나지 않는다는 얘기지. 그 이주민들이나 원주민들 개개인한테 이것은 존재 박탈의 체험으로밖에 받아들여질 수 없을지도 몰라. 하지만 우리에게 존재를 감추면서 드러내는 바탕은 어쩔 수 없이 정치나 사회·역사적 상황이니 식민지 출신들에 대한 존재 인식이란 저들이 갇혀 있는 지평 안에서는 너무도 자명한 것일 수밖에 없을 거야. 그러니 지평에 따라 존재는 보이면서도 보이지 않는 것이라고 말해야 할 것 같군. 존재가 자명하다는 관념은 보이지 않는 존재의 밤과 암영을 영원히 은폐되도록 방치하지." 네가 말한다, "아무튼 트란과 나는 같은 동양계로 유럽에 와서 살고 있다는 공통점 때문에 서로 쉽게 말문을 틀 수 있었어. 아, 내가 방금 헷갈렸군. 그땐 트란이 아니라 쑤안이었지. 쑤안과 나는 같은 동양계로 유럽에 와서 살고 있다는 공통점 때문에 서로 쉽게 말문을 틀 수 있었어. 식료품 가게를 나선 후에는 함께 카페테라스로 가서 차도 한잔 마셨지. 그때 서로 무슨 얘기를 나누었는지는 지금 잘 기억이 나지 않네. 무슨 애길 나눴는지는 기억이 나질 않지만 내가 쑤안한테서 묘한 여성성을 느꼈던 것만큼은 생생해. 당시에는 분명 쑤안이 트란이라는 이름의 남성이었으니 그건 아주 야릇한 인상이었어. 그렇다고 해서 쑤안/트란이 첫눈에도 여성적으로 보였다는 뜻은 아니야. 당시에 쑤안/트란은 누가 보기에도 분명한 남자였어. 머리도 장발이 아니었고 옷차림도 단정했으며 손이나 귀에도 장신구 따위는 눈에 뜨이지 않았어. 얼굴도 동남아시아 쪽의 여느 남자들처럼 까무잡잡했고 목소리 역시 가늘거나 고운 편은 아니었던 걸로 기억해. 한마디로 쑤안/트란한테서는 우리가 흔히 여성적인 남자들의 특징이라고 여겨질 만한 점들이 거의 보이지 않았어. 카페테라스에 마주 앉아서야 비로소 나는 쑤안/트란에게서 숨겨져 있는 여자의 그림자를 느낄 수 있었어. 하지만 그건 여성적인 분위기가 풍겼다거나 내면적인 여성성이 드러난 것처럼 여겨졌다는 것과는 전혀 다른 느낌이었어. 뭐라고 설명해야 좋을지 모르겠지만, 트란이라는 남자 위에 어떤 여자가 겹쳐 있는 것 같았다고 하면 가장 비슷할지 모르겠군. 여하튼 말로는 표현하기 어려운 인상이었고 말로 표현하자마자 그 실제의 인상은 증발하고 오롯이 일반적인 말의 의미만 남는, 말로는 전혀 대응되지 않는, 말과의 상관성을 끝내 찾을 수 없으니 너와 나로 하여금 다른 말의 차원을 모색토록 하는 그런 느낌의 인상이었다고 해야 할지. 그런 모습이나 인상 또는 존재 앞에서 너와 나의 언어는 빤한 가두리를 드러내면서 자꾸만 무력해지고 마는 게 아닐까 싶어. 말은 존재 앞에서 미끄러지고 비껴가는 게 아닐지. 존재는 말의 바깥에서 표류하고 있는데 말은 존재를 그 가두리 안에 가둬두고 자꾸만 정박시키려 하지. 가령 낮과 밤은 태초의 밤이 묵시적으로 보여주는 존재의 명암이지만 너와 나는 아무 말로도 그것을 정확히 가리키지 못해. 설령 너와 내가 가리켰다 하더라도 그것은 이미 그 너머로 빠져나가 말의 어둠 속에 자리하고 있기 일쑤거든. 정녕 그것을 가리켜 보이려면 말을 버려야 해. 하지만 너와 나는 말을 버릴 수 없어. 말을 버렸다고 믿었을 때조차 실제로는 말을 버린 게 아니지. 왜냐하면 그게 너와 나의 실존이니까. 너와 나는 말에 의해 버림받을 수 있을지는 몰라도 자의대로 말을 버릴 수는 없지. 너와 나는 말의 주인이 아니니까. 나도 마찬가지지만 너 역시 말의 주인도, 너 자신의 주인도 아니야. 차라리 내가 너의 주인이고 네가 나의 주인이라고 하면 어떨지. 너와 나는 그 주인됨의 상호 보족성을 통해서만 말할 수밖에 없지만, 그렇게 해서 어렵게 말해지는 말은 말의 가두리에만 가닿을 뿐 그저 말 스스로를 가리키며 그 폐쇄 회로 속에서 순환할 뿐 그 폐쇄 회로 바깥의 그 무엇에 대해서는 아무것도 가리켜 보이지는 않는 것 같아." 불면으로 하얗게 탈색된 내 독방의 백야 속에서 나를 향한 너의 말은 웅얼웅얼 계속된다, "그래, 그렇게 나는 쑤안/트란과 마주 앉았을 때 그한테서 느껴진 성별의 혼란으로 말미암아 말에 대한 혼자만의 생각에 깊이 빠져들지 않을 수 없었어. 그래서 아마도 서로 무슨 얘기를 나누었는지가 기억나지 않는 걸 거야. 단순히 서로의 신상 소개를 위해 동원되는 말들조차 서로를 열어 보이기보다는 오히려 가리고 닫는다는 자괴감이 들었을 수 있으니까. 그래, 그렇게 너와 내가 쓰는 말은 낮과 밤이나 남성과 여성처럼 대극쌍이 서로 혼거하고 있거나 이중으로 겹쳐 있는 양상의 존재에 대해서는 속수무책이야. 화덕의 불길은 이 모든 존재의 잔가지들이 하나로 되돌아가도록, 서로의 헛된 개별성을 태워 없애고 정화된 합일의 양성구유로 거듭나도록 거세게 타오르지. 하지만 말은 그런 불꽃의 몫에 조응하지 못하고 폐쇄 회로의 상관성에 갇혀 겉돌 뿐이야. 다시 말해 야금의 화덕은 너와 내가 쓰는 말이 서로 살을 섞은 대극쌍이나 양성구유의 존재들 앞에서 소멸당할 수밖에 없는 중력장의 구멍 즉 블랙홀이 아닐까 싶어. 그와 동시에 그것은 너와 나로 하여금 말의 원질에 대해 자문토록 하는 침묵이기도 하지. 오로지 침묵 속에서만이 말은 그 허물을 벗고 존재와 새로이 관계 맺을 수 있을 테니까. 말은 대낮의 수척한 암실 속에서 존재를 도살한 후 그 존재로부터 발라낸 살가죽만을 존재라며 현시해왔지만, 따라서 말은 주검들의 현시라고 할 수 있을지도 모르겠어, 침묵은 존재를 심야의 풍요로운 햇살에 내맡겨 감추면서 드러내고 드러내면서 감추는 명암의 동거가 나타나도록 그윽하게 비추지, 따라서 침묵은 존재의 생기라고 할 수 있을지도 모르겠어. 그러니 쑤안/트란에 다가가자면 말도 마찬가지로 침묵에 다가가게 하거나 그게 아니라면 침묵 속에 말을 묻어야 하지. 왜냐하면 쑤안/트란의 등장이야말로 너와 나에게 그만 입을 다물고 각각의 말문을 침묵으로 돌려놓으라는 화덕의 전언일 수도 있을 테니까. 너와 나의 언어가 와해된 숲가의 들목에서 만나자마자 쑤안도 너한테 그 얘기를 전해달라는 당부부터 하더군. 또한 어떻게 해야 말을 침묵에 다가가도록 할 수 있을지 깊이 고민해봐야 할 거라는 말도 덧붙였어. 쑤안이 말했어, 그러자면 우선은 말을 자기동일성에서 해제해야 하는 게 아닐까 싶군요, 다시 말해서 내 존재의 동일성에 균열을 일으키는 말, 당신의 말이 더 이상 당신을 가리키지 않고 내 말도 더 이상 나를 가리키지 않으면서 오로지 타자에게만 부쳐지는 것으로 생성될 수 있는 말, 포용과 이해를 전제하는 통합의 소통 너머에서 더욱 고독하게 타자화될수록 가장 고독해지지 않는 역설의 말, 의사소통의 약정이나 의미 확인의 재생 가능성을 모두 파기하고 그 바깥에서 그저 오류로 떠돌며 모든 땅을 헛딛기만 하는 방황과 실족의 말, 나에게서 당신에게로 전해져 당신 안에서 당신을 심문하며 그 대응이 나를 다시 심문하는 것으로 되돌아오는 상호 이해의 관계에 더 이상 연연해하지 않는 말, 지시 연관의 압살에 저항하며 일시적으로 나타났다 사라질 목소리로만 존재를 호명하려는 말, 그런 방식으로만 존재가 너와 내 앞에 나타나거나 사라질 수밖에 없도록 그 현현과 소멸 사이에서 희미하게나마 떠오를 수밖에 없도록 반조(返照)되는 말, 의미도 개념도 수사도 그 무엇도 장악할 수 없는 부재의 현존에 대해서만 조응하려는 말, 당신과 나의 죽음을 증언하고 선포하는 묘비명으로서의 말, 당신과 나의 죽음이 타자와의 우정과 연대로 열릴 가능성 속에서만 찔끔찔끔 남겨질 수 있는 말, 당신과 나를 불살라 그 자리에 텅빈 우주의 발화가 한없이 지속되도록 하는 방언으로서의 말, 그리하여 방언으로 언어의 원질을 대치토록 하는 말, 말에 의해 당신과 내가 관계 맺어질 수 있다는 믿음을 허구로 확인시켜주는 말, 움직이는 현존과 부재가 암수한몸을 이루고 있는 말, 나와 함께 천천히 숲길을 거닐며 쑤안은 열띤 어조로 계속 말했어, 그래 그렇게 말과 존재의 섬세한 맞울림은 원질에 대한 되물음 속에서 그 참됨의 밤이 어디 있는지를 찾아보는 길일 거예요, 그런데 연금술에서 존재들은 숙명과도 같은 자연의 운행법칙과 엄격한 주기율에 따라 언제나 고정되지 않고 생성 중인 동적 상태의 현존이죠, 그런 존재들은 스스로를 잃어버리고 다른 것으로 변이되면서 이뤄져 가는 과정에서뿐만 아니라 모든 것이 질서정연한 대극의 개념화를 통하여 분화되어 있는 이 세계에도 아득한 혼돈의 징후를 몰고 오지 않을 수 없을지도 모릅니다, 하지만 그런 혼돈의 징후는 하나의 존재와 사물이 언어화되기 이전 즉 언어 이전 상태로 돌아가서 너와 나의 사념에 전혀 물들지 않은 말 바깥의 표현 가능성을 모색하는 과정에서의 전란이라고 봐야 할 수도 있어요, 그 밤에 이루어질 글쓰기는 엄혹한 우주의 운행 원리 속에서 마땅히 작동시켜야 할 것을 작동시키며 파괴해야 할 것을 파괴하고 불태워야 할 것을 불태워버리는 야금의 화덕이 되기에 이르리라고 믿어요, 라고 쑤안은 말했어, 나는 숲길을 거니는 동안 화덕 속의 비금속류처럼 열기로 검붉게 달아오른 그녀의 말에 줄곧 귀 기울여야

했어, 그녀와 내가 거닌 숲길은 정말 너와 나의 말이 무참히 와
해되어 있는 풍경을 따라 나 있었어, 너와 나의 말이 무참히 와
해되어 있는 풍경이란 구체적으로 어떤 풍경을 가리키는 것인
지 너에게 묘사해 보이고도 싶지만 너도 잘 알다시피 묘사란 실
재하는 외관에 적확하고 명료하게 그와 상응하는 언어를 이입
하는 일이지. 그런데 너와 나의 말이 와해되어 있는 풍경은 말
그대로 말의 이입을 거부하고 차단할 뿐만 아니라 말이 이입되
려는 순간 그 말조차 산산이 와해하고 마는 풍경이어서 더 이상
그에 관해 들려주지 못해 아쉽네. 그런 숲길이 있더군. 여하튼
그 숲 속의 풍경을 말로 전하려 하면 이미 거기서 와해되어 있
는 말이 그 말의 풍경에 대해 말하고자 하는 말도 와해해버린다
고만 알고 있으면 돼. 그게 지금 내가 그 풍경에 대해 해줄 수
있는 최대치의 말이야. 당연하지, 쑤안과 내가 만난 곳은 너와
나의 말이 와해된 숲 속이었으니." 그 백야를 더욱 하얗게 밝히
며 네가 이어 말한다, "그 길을 따라 걸으며 쑤안이 계속 말했
어, 그런데 이런 제련의 화로와 말 사이의 관계가 왜 하필 근친
상간의 문제로 얼룩져야 할까요, 그래요, 근친상간은 혈연관계
에 속하는 남녀가 성적으로 합하는 것을 말하죠, 혈연관계에 속
한다는 것은 그 남녀의 육체적인 뿌리가 같거나 본줄기와 가지
사이처럼 맺어져 있다는 뜻이구요, 예를 들어 남매지간은 부모
라는 뿌리에서 생장한 한줄기의 갈래이고 아버지와 딸 또는 어
머니와 아들 사이도 하나의 육체적 줄기에서 갈라져 나온 가지

에 해당한다고 할 수 있어요, 그런데 그런 관계에서의 성적인 교합은 뿌리로부터의 분화나 육체적인 분열을 근본적으로 무화하려 드는 생식의 거부이자 존재의 원점으로 돌아가려는 회귀와 퇴행의 몸부림일지도 모르죠, 말하자면 그것은 하나에서 다른 하나로 갈려 나온 것을 없애고 그것과 합친 후 새로운 하나로 다시 태어나려는 욕망의 실행일 수 있다는 말이에요, 거기서 성적으로 한몸이 된 남녀한테는 차이와 분별을 절도 있게 준수하는 인륜이 자리할 수 없을 거예요, 그러니 근친상간의 뒤엉킴 속에서 인간 세계가 못박아둔 차이와 분별은 더 이상 아무런 의미도 띠지 못하겠죠, 관계 파생과 분화 이전의 한몸으로 되돌리고 싶다는 파괴욕과 합일의 의지, 그러니까 근친상간은 일체의 혈연관계뿐만 아니라 남과 여, 음과 양, 해와 달, 빛과 어둠, 선과 악 따위의 존재론적 차이와 대립이 그 의미를 잃고 사라지는 상징적 임계점일지도 몰라요, 여기서 근친상간은 연금술과 만나는 게 아닌가 싶군요, 왜냐하면 연금술은 근친상간과 마찬가지로 상상할 수 없는 상상 너머의 결합을 통해서 모든 대립 관계의 무화에 이르려는 비의의 욕망일 테니까요, 그러니까 근친상간은 사람들의 몸과 혈육 사이의 성합으로 옮겨져 나타나는 연금술이라고 할 수 있을지도 모르겠어요, 쑤안은 말했어, 메르쿠르는 수은의 신이자 연금술의 상징적 존재죠, 연금술에서는 그런 그가 자신의 양성체로부터 갈라져 나온 오누이와 하나로 결합하는 것을 대극이 하나가 되는 승화의 상징으로 받아

들여요, 더욱이 이런 남매지간의 근친상간으로 대지가 다시 생
산력을 되찾을 수 있다고 여기죠, 비단 오누이 간의 성합뿐 아
니라 심지어 엄마와 아들의 결혼까지도 숙명의 신성한 법칙이
나 자연의 준엄한 지정으로 받아들이면서 축성하기도 해요, 이
토록 근친상간과 연금술이 밀접한 상징적 유비관계를 맺고 있
는 까닭은 그것들이 모두 원질료에서 나뉘어 나온 것들의 무화
나 상반된 요소들의 통합을 지향하기 때문이 아닐까 싶습니다,
하지만 무엇보다 이 둘의 가장 궁극적인 유사성은 말의 질서에
착란과 공황을 몰고 온다는 데 있을 거예요, 당신도 아시다시피
말은 존재와 사물의 분화나 차이 또는 대립에서 출발해요, 모든
말은 모든 질료들의 대립쌍을 실체화해서 존립의 지반으로 딛
고 있어요, 하지만 내가 손으로 그 표면을 두드려보면 말의 지
반은 얇은 널쪽 바닥처럼 헛헛하고 텅텅 비어 있을 뿐이죠, 연
금술은 대극의 합일 속에서 존재에 대한 말의 동화작용을 허물
고 와해해요, 꼭 이 숲 속의 풍경처럼요, 쑤안이 말했어, 나는
그 말에 다시 한 번 숲길을 둘러보았지, 그래, 그녀의 말마따나
숲 속의 풍경은 모든 말들에 시커멓게 뚫려 있는 중력장의 구멍
처럼 보였어, 나는 그저 그 와해된 말들의 풍경을 침묵하며 바
라볼 뿐 나도 말이 되어 그 구멍 속으로 송두리째 빨려 들어갈
까 봐 섣불리 말문을 열지 못했어, 다행히 열의에 찬 목소리로
지속되는 쑤안의 말만큼은 와해되거나 허물어지는 것 같지 않
았어, 그녀는 계속했어, 말의 질서는 차이와 분별의 절도에 따

라 조리정연하게 나뉘고 갈려 있죠, 하지만 그것은 영원히 연금
술의 존재들을 호명하는 데까지 이를 수 없어요, 말의 질서가
호명하기에 그 존재들이 존재하는 방식은 언제나 양가적이고
모순적이며 이것도 아니고 저것도 아닌 이중부정이거나 이것이
면서 동시에 저것인 이중 긍정의 양상에 머무니까요, 태초의 밤
은 낮도 아니고 밤도 아니지만 동시에 낮이면서 밤이고 암수한
몸은 암컷도 아니고 수컷도 아니면서 동시에 암컷이면서 수컷
이기도 하죠, 또한 당신이 쓰는 글은 당신이 쓰는 것도 내가 쓰
는 것도 아니면서 동시에 당신과 내가 맞붙어 쓰고 있거나 내가
쓰는 글에서 당신에 의해 내가 기술되듯 당신이 쓰는 글에서는
나에 의해 당신이 기술되며 노트와 한몸으로 함께 빚어지기도
하지요, 말은 존재를 일물일어의 호리병에 포획해서 의미의 뚜
껑으로 닫아두려 하지만 존재는 그 안에 갇히지 않고 항상 동사
의 품사로 움직이면서 달아나고 말아요, 그래요, 연금술에서 현
존이란 늘 활동하는 상태일 수밖에 없죠, 그렇게 연금술의 현존
은 말로 확정 지을 수 없는 유동체면서 대극의 한몸이에요, 하
지만 말의 분절과 질서는 하나의 사물에 하나의 연관된 이름만
을 지정하려 들면서 그것의 배타적인 존재론을 고집하는 것 같
아요, 그러면 동일성과 대립성이 강화되지 않을 수 없겠죠, 예
컨대 밤과 존재론적으로 대립 관계에 놓이는 낮은 어떠한 이질
적 요소나 대극의 성분도 틈입해 들어오지 못하는 하나의 고정
적 실체로 굳어질 수밖에요, 하지만 그것은 말의 분절과 질서가

봉인한 명명일 뿐이지 않을까요, 여기서는 낮이 그저 낮일 뿐 그 무엇과 상대적인 관계 속에 맺어져 있는 존재 양상일 수 없어요, 그것이 유일하게 타자와 맺고 있는 관계라면 밤의 절대적 대립항이라는 좌표 설정이 고작이겠죠, 하지만 태초의 밤 또는 우주적 차원에서 바라본다면 오히려 말을 통해서 존재의 겉모습을 박탈하거나 파괴한 후 심야의 풍성한 햇살이 비춘 움직임의 현존에 근접하는 게 옳았을지도 모르죠, 그런데도 당신과 나는 그동안 정반대로 말을 대낮의 수척한 암실 속에서만 활용해온 게 아닌가 싶어요, 당신이나 내가 속한 말의 분절과 질서는 사고 행위를 정지시키고 종결짓는 의미 작용으로만 존재와 관계를 맺은 게 사실이죠, 그러면 움직임의 현존이나 생성 중인 존재 방식 또는 상반된 것들의 차이와 접목으로 새겨진 현상 따위를 드러내려 할 때는 미상불 무력해질 수밖에 없지 않겠어요, 고즈넉하다기보다는 오히려 무섭도록 일체의 말소리들이 끊긴 숲길을 따라 걸으며 쑤안의 말은 방금보다 다소 가라앉은 어조로 자분자분 이어졌어, 그런데 그때 쑤안의 목소리가 이번엔 남성의 목소리처럼 들린 것은 아니 쑤안의 원래 목소리에 남성의 목소리가 한 겹 얹힌 것처럼 들린 것은, 근데 이만큼 오래 그 목소리에 귀 기울여놓고도 난 쑤안의 원래 목소리가 어떤 것이었는지 떠올리지 못했던 것 같아, 어쩌면 나만의 환청이었는지 아닌지, 아무튼 쑤안이 그렇게 야릇해진 목소리로 말했어, 그러니 화덕의 불꽃 같은 글쓰기는 존재하는 질료들의 모든 기저로부터 감관의 배선들을 통과해서 지나가야 하는 몸의 말이어야 할 거예요, 그래야만 즉 몸의 말일 때만 당신과 나의 말은 불꽃의 몫을 떠안으며 연금술로 열릴 수 있을 테니까요, 몸 안에서는 당신과 내가 따로 분리되어 있지 않고 고독할수록 오히려 고독에서 아득해져가며 더욱 긴밀하게 서로를 쓰고 서로에게 쓰이죠, 거기서 서로를 향해 쓰고 쓰인 몸의 말이야말로 당신과 나의 말을 불사르고 녹여 없앤 연후에야 생겨난 야금의 결실일 테죠, 본래 하나였던 몸이 낱낱의 살과 살로 갈려 나와 다시 하나의 몸속에 하나도 아니고 둘도 아니면서 동시에 하나이고도 둘인 살의 교합으로 되돌아가는 정화와 구원의 선회, 그 경위 속에서 풀어졌다 뒤엉키는 몸 위에 몸속에 받아 적고 받아 적힌 말들, 몸의 말들 말의 몸들은 말에게 말의 원초적 경련을 복원하는 파동과 주술의 말, 그것은 몸에 직접적으로 스미고 기입되는 감전과 음파의 윤무, 전기 감전은 사물의 화학적 결합 구조를 변화시킬 수 있다죠, 마찬가지로 몸의 말들도 존재를 헹궈내고 정화시킬 수 있어야 해요, 그것은 다름 아닌 치유죠, 교감신경계와 모든 감관들로 퍼져 나가 반향하는 몸의 말들이 지금은 오염되어 있는 당신과 나의 존재를 정화하고 변이시켜 언젠가 새로운 형질로 거듭나게 할 수 있을 거예요, 개체적 속성을 잃은 비금속류가 서로 융합하여 금으로 다시 태어나듯 그것은 어쩌면 영육의 정화를 위한 치유의 타작, 그래요, 몸의 말들은 타작된 몸으로 치유하죠, 그리고 치유된 몸은 또다른 덧살로 이 세계에 아물며 다시 당신과 나의 살에 맞닿아요, 그리하여 당신과 나도 세계로 아물고 세계도 당신과 나로 아물죠, 몸에서 낱낱의 살과 살로 갈려 나온 당신과 나와 세계는 다시 몸으로 돌아가서 뒤엉킨 몸의 말들이 되어 교제를 나눠요, 낮 시간의 암장을 견딘 당신은 밤이 돋운 새 살이죠, 당신이 그 살로 밤에 또 하나의 새 살을 북돋우듯, 화덕의 불꽃은 새 살갗 위에 정화의 화인(火印)을 남기며 하얗고 빨갛게 그을립니다, 당신과 나의 몸과 몸에 기입되는 그을음의 말들, 물론 당신과 나의 몸에 그 말들을 적어 넣는 것은 당신도 나도 이 세계도 아니면서 당신이고 나 자신이고 이 세계일 거예요, 몸속에 몸 위에 적힌 알베도와 루벤도의 말들은 세계를 하얗고 빨갛게 그을리고 그 그을음으로 세계도 당신과 나를 하얗고 빨갛게 그을려요, 그러니 몸의 말들은 당신과 나와 세계가 망각하고 유실한 말의 본향이죠, 몸의 말들 속에서 당신과 나와 세계는 고독할수록 고독하지 않아요, 라고 쑤안이 말했어. 나는 그녀가 고독한지 고독하지 않은지 알 수 없었어. 적어도 내겐 그녀와의 산책이 고독하지 않았어. 나로서는 한 몸 안에서 동거하고 있는 두 남녀와 함께 걷는 기분이었으니까. 말이 와해되어버린 숲길은 으스스해질 정도로 적막했지만 고독하다는 느낌과는 거리가 멀었어. 그 숲 속에서는 고독 역시 와해되어버린 것이었을지도 모르지. 와해되어버린 고독은 와해되어버린 말들로 인해 적어도 너와 나의 기억 속에서는 그 상태를 인지하거나 판별하지 못할 것처럼 여겨

졌어. 그럼에도 그것은 아주 선명한 지각으로 내 몸에 존재 상
태의 신호를 전해오는 것 같았어. 나는 그 신호에 응답해야 했
어, 거기 쑤안이 있었어. 고독하지 않아도 정작 고독에서 벗어
나지는 못했어. 고독에서 벗어나지는 못했지만 정작 고독하지
는 않았어. 숲길은 모든 숲길이었고 별자리도 모든 별자리였어.
세계는 우주의 광활한 밤에 뒤덮여 너무나도 고요하고 적막했
어. 그건 쑤안과 내가 걸은 숲길도 마찬가지였어. 거기서는 무
슨 말을 입 밖에 내도 모두 침묵으로 내려앉을 수밖에 없었어.
쑤안과 나는 묘석의 비문 같은 침묵 속에서 우리가 그 침묵의
덧살로 고여 있는 말들에 지나지 않을지도 모른다는 생각을 나
누었어. 오로지 그렇게 몸의 말들은 괴괴한 침묵이었어. 말은
침묵으로 고독을 살지만 그러나 고독하지 않았어. 왜냐하면 그
게 곧 자기와 절연하고 남에게로 열리는 체험을 여는 길이었으
니까. 하지만 그건 화해가 아니라 전쟁이었어. 전쟁의 유황불은
이 세계와 존재에 파멸과 정화가 동시에 예비된 밤을 몰고 올
거라는 생각이 들었어. 남에게로 열리는 체험이 상호 이해와 포
용이라면 그건 정치가들의 거짓된 선전 문구일지도 모른다는
생각을 하기도 했어. 그건 화덕의 불길과 비금속류들이 벌이는
전란일 수밖에 없고 실제로도 그럴 거라고 생각됐어. 정치는 그
저 감언이설의 거짓으로만 너와 나를 구원하려는 척해왔을 뿐
이어서 환멸스러워하지 않을 수 없었어. 장-조엘과 카롤의 관
심은 궁극적으로 정치적인 문제의 해결이었어. 그렇지 않아도

방리외banlieu는 유럽의 화약고였고 공산 혁명이나 아나키즘 봉기의 미래에 매혹 당한 프랑스 내의 일부 자국민들은 장-조엘과 카롤처럼 이 화약고를 자극해서 비대한 자아와 식민지의 추억으로만 점철되어 있는 유럽을 갈아엎고 정치적인 이상향의 추구에 매달리려는 것 같았어. 하지만 그런다고 해서 존재가 우주적인 정화에 이르는 것은 아니라는 선을 긋지 않을 수 없었어. 야금의 정화는 그것과 비교될 수 없을 정도로 잔혹하고 냉엄한 형극의 집행 과정이나 희생과 숙정의 통과제의를 거쳐야만 얻어지는 게 아닐까 싶었어. 정치적 해소의 시도는 기만 책동이거나 눈속임일 뿐 궁극적인 정화에 이르는 방향은 아닐지도 모른다는 의구심이 들었어. 하지만 다른 한편으로는 그런 의구심 속에서도 이 세계는, 너에게도 나에게도 비대한 자아와 식민지의 추억으로만 점철된 이 세계야말로 너와 나의 존재 조건일 수밖에 없음을, 불현듯 엄습하는 몸의 통각으로 일깨우는 것 같기도 했어. 그런 의구심과 통각 사이에서 나는 계속 흔들려왔는지도 모르겠어. 이건 내 생각일 뿐 아니라 쑤안/트란의 생각이기도 했어. 그녀/그는 카페테라스에 앉아 비대한 자아와 식민지의 추억으로만 점철되어 있는 유럽의 종말을 원한다고 분명히 말했어. 오로지 화약고의 동시다발적 폭발을 통한 전쟁에 의해서만 그게 가능하리라는 말도 했어. 물론 결론은 상이했어. 그녀/그가 원한 것은 우주의 섭리에 의한 영육의 정화와 존재의 갱신인 반면 장-조엘과 카롤 같은 정치적 극렬분자들은

공산 혁명이나 아나키즘 봉기를 통한 유럽 세계의 전복과 과도
적 연합정부 수립 그리고 제3세계 건설이었어. 그럼에도 프랑
스 식민지 출신으로 성장 과정에서 존재 박탈의 체험을 기억에
아로새기며 자라온 쑤안/트란이 후자의 지향점에도 완전히 무
심하리라고 보기는 어려울지도 모르겠어. 하지만 그 순간에도
내 관심은 솔직히 말해 쑤안/트란이 혹시 '뻬데'거나 트랜스젠
더의 성향이 있는 남자가 아닐까 싶다는 인상에만 쏠려 있었던
것 같아. 뻬데는 게이를 가리키는 프랑스 속어야. 물론 쑤안/트
란의 야릇한 인상을 뻬데나 트랜스젠더쯤으로 표현하는 것은
전혀 적절하지 않아 보인 게 사실이었어. 딱히 그런 모습과 분
위기에 걸맞는 말을 찾을 수 없었어. 볼수록 트란은 남자면서도
그 위에 여자의 성별이 포개져 있다는 인상을 강하게 풍겼어."
서서히 백야가 이울어가는 시각임에도 너는 내게 계속 말하고
나는 묵묵히 너의 말을 귀담아 듣는다, "일반적인 뻬데나 트랜
스젠더와는 전혀 다른 느낌이었어. 하지만 트란은 동거녀가 있
다고 내게 밝혔어. 그땐 흘려들었는데 지금 다시 떠올려보니 그
동거녀의 이름이 바로 쑤안이었음에 틀림없어. 그리고 오래전
에 숲가의 들목에서 실종된 여동생이 있었다는 말도 덧붙인 기
억이 나는데 그녀의 이름도 아마 쑤안이었다고 했던 것 같아.
트란의 말에 나는 여동생과 애인의 이름이 공교롭게 일치할 만
큼 그저 '쑤안'이란 이름이 베트남 여자들에게는 꽤 흔한 모양
이라고 여기며 무심코 넘기지 않았나 싶어. 당신한테서는 어쩐

지 여자가 느껴집니다, 커피를 마시다 말고 내가 트란에게 불쑥 말했어. 글쎄요. 그렇다면 그것은 아마도, 트란이 담담한 목소리로 답했어, 숲가의 들목에서 실종된 여동생의 영육이 내게로 한데 합쳐져서가 아닐까요, 나는 나의 몸으로 여동생의 영육과 동거하고 있을지도 모르죠, 당신도 동양계로 보이니 드리는 말씀입니다만 이건 동양적 사고와 상상력에서는 충분히 있을 수 있는 일이죠. 그 말을 마친 후 나는 트란이 자기 말을 객담으로 받아들여주길 기대하며 한바탕 너털웃음을 터뜨릴 줄 알았어. 하지만 그는 예상보다 훨씬 더 희미하고 쓸쓸한 웃음만 살짝 지어 보이는 데 그쳤어. 일반적으로는 이럴 때 망자의 넋을 산 자의 육신에서 끄집어내는 빙의의 치유에 집착하지만 트란은 만일 실제로 그렇다면 결코 그러고 싶지 않다는 말을 단호하게 했어. 그러면서 같은 동양계의 누군가에게 들었다며 뜬금없이 해와 달이 된 오누이의 설화에 관해 늘어놓았어. 이유는 말하지 않았어. 그저 자신의 한몸으로 받아들인 근친상간의 암시만을 남겼을 뿐이었어. 그리고 또한 자기의 몸이 연금술의 질료들처럼 여러 단계로 진행되는 변환의 경위를 거쳐 마침내 정화의 숙명에 내맡겨지리라는 사실도, 쑤안/트란은 자기 아파트의 지하실에서 화덕과 온갖 물리적 실험기구들을 갖춰놓고 연금술의 제련에 심취해 있다는 앙투안의 예언을 내게 전해주고 싶어 했으니까. 앙투안, 앙투안 융거하우스. 하지만 앙투안 또는 앙투안 융거하우스에 관한 화제로 옮겨 가기 전 내게는 너와 나의 말이 와해된 숲길에서 나눈 쑤안의 말이 문득 떠올랐어, 그녀가 말했어, 그러니 존재의 갱신과 승화가 문제입니다, 그런데 그러한 존재의 갱신과 승화는 파동과 주술 등을 거쳐 하나의 음악에 이른 몸의 말이 당신과 나의 몸에 말을 걸고 서로 맞울림을 일으키는 데서 시작하게 될 거예요, 우선적으로 몸에 공명하고 감응하지 않는 치유란 그 무엇도 불가능할 테니까요, 그런 이유에서 파동이나 음악 또는 그 밖의 소리들처럼 말 너머에 자리한 몸의 말들을 통해 영육의 치유에 이르려는 것은 어쩌면 자연스러운 일일지도 모르죠, 기실 몸의 말들에는 기하학적인 동선이나 그 움직임과 단단히 엇물려 있는 음악의 리듬만이 언어화되어 있을 뿐이에요, 그 언어가 당신과 나를 이끌고 가는 곳은 바로 혼란의 소용돌이이거나 지금 여기와 같이 말이 와해되어버린 숲길일 겁니다, 기실 그곳은 언어의 이전 상태예요, 말하자면 그곳의 세계에서는 말이 여러 갈래로 나뉘기 이전의 존재 양상이라 할 태곳적의 현존이 드러난다고 할 수 있어요, 움직임과 율동과 온갖 경련 속에서 말의 질서와 분절에 대응 관계를 맺은 현존은 바스라지고 대신 타오르는 불꽃과 함께 경이로운 아수라의 세계가 솟아나는 거예요, 그 세계 앞에서 당신과 나는 더 이상 의미의 동일화로 풀려야 할 해석의 열쇠를 활용할 수 없게 되죠, 의미란 다름 아닌 내 존재가 복제된 존재 이해의 투영에 지나지 않아요, 그렇지 않은가요, 그런데 거기서는 내가 나를 이입하거나 기입할 수 없는 타자들이 출현하기 시작할 테니까

요, 상호 이해와 포용의 투망으로 건져 올릴 수 있다면 그건 의
미화나 표상이 불가능한 타자라고 할 수 없겠죠, 그렇지 않은가
요, 그러니 몸의 말들이 수런거리는 글쓰기는 물리적이고 조형
적인 언어의 형질을 찾는 모험 속에서 어떤 의미망에도 포섭되
지 않는 타자 출현의 기록일 수밖에요, 그러니 또한 치유를 통
한 존재의 갱신과 승화는 몸의 말들이 각각의 몸들에 가하는 타
작에서 타자를 출현시키며 당신이나 나와 대면토록 할 때 비로
소 가능해진다고 볼 수밖에요, 쑤안은 계속 말했어, 이것은 어
쩌면 푸닥거리나 구마 의식에 비견될 만한 것일지도 모르겠어
요, 특히 동아시아에서 널리 행해지는 푸닥거리나 구마 의식은
우리의 육신에 끼어 있는 마나 살 따위를 풀고 씻어내는 치유의
제의죠, 이것을 통하여 불러들이는 축귀(逐鬼)의 혼은 당신과
나의 영육을 사로잡고 있는 악령에 맞서 당신과 나의 존재를 치
유해주는 타작의 혼령이구요, 말하자면 이것은 접신(接神)을
위한 감관의 배선들과 자율신경계의 안찰(按擦)이라고 할 수
있을지도 몰라요, 접신이란 인간 개개인의 영혼과 육신에 지핀
신령의 힘으로 개별적인 차원의 인간존재를 통합의 심혼 속에
서 여닫는 일일 테니까요, 어쩌면 신령은 인간적인 세계의 지평
너머에서 오는 우주의 생기일지도 모르겠네요, 그러니 접신에
성공하려면 존재는 개아(個我)의 구각(軀殼)을 깨고 우선 저 우
주와 맞닿아야 하죠, 존재가 낱낱의 자아에서 벗어난 후 우주와
맞닿아 온전히 융합할 때 비로소 당신과 나는 악령의 결박을 끊

고 비금속류에서 에테르의 물과도 같은 금으로 다시 태어나는 거듭남의 구원을 얻을 수 있는 게 아닌가 싶군요, 그래요, 몸의 말들이 수런거리는 글쓰기는 강력한 혼령의 힘으로 귀신 들렸거나 병든 자의 치유에 이르려는 푸닥거리 또는 구마 의식을 지향하는 게 아닐까요, 여기서의 말은 강력한 혼령의 힘을 성령의 불처럼 지필 수 있는 하나의 화덕으로 이러한 파괴와 정화의 화염이 영육의 병마를 태워 없애고 정결하게 씻어낼 수 있는 치유의 매질이어야 한다는 거죠, 쑤안은 말했어, 그런데 이것은 단순히 개인적인 병마나 귀신 들림의 치유를 의미하는 게 아닐 거예요, 그런데 지금 이곳은 우주와의 조응은커녕 아주 지리멸렬해진 개별자들로만 들끓는 것 같아요, 그러니 이러한 집단 또는 이러한 문화권에 대한 극약 처방이 필요한 겁니다, 내 눈에 유럽은 감관의 배선들과 신경조직을 자극하고 안찰하는 총체적 푸닥거리나 구마 의식에 의탁해서라도 치유받고 구원을 얻어야 할 영육의 괴물로 보이기 때문이죠, 당신이 보기엔 어떤가요, 인간 중심의 해묵은 간섭은 당신과 내가 우리 자신의 신성성에 다가갈 수 있는 길을 철저히 끊어놓고 말았어요, 그러니 우리 자신의 신성성을 되찾으려면 우선 혹독한 제련과 갱신이 절실한 걸 거예요, 우리 자신의 신성성이란 인간 중심의 해묵은 간섭이 은폐하고 억눌러온 존재의 원질일지도 모르겠어요, 다시 말해 당신과 나는 오로지 인간의 척도에만 따라 이 세계가 여러 마디의 경계와 지평으로 갈리고 만 이후부터 우주와의 일체감을 잃고 핼쑥해진 단자들의 영육 속에서 시름시름 앓아왔다는 거예요, 누군가 질병을 앓고 있다면 아무리 그 과정이 어렵다 해도 치유받아야 하는 것은 당연한 노릇이겠죠, 본디 존재와 우주 사이에는 풍요로운 토템의 중계와 영매가 가로놓여 있었어요, 하지만 몸의 말들이 아닌 머리의 말씀들로만 온 누리의 이념과 문명이 잠식당한 이후부터 이 사이의 원활한 대화와 교신은 사실상 두절될 수밖에 없었죠, 머리의 말씀들은 인간 중심의 해묵은 간섭을 지탱해준 기축이었어요, 거기서 이 지상의 인간들을 시름시름 앓게 한 병마가 준동한 것 같아요, 왜냐하면 머리의 말씀들은 우주와 그것의 광활한 침묵이 이 존재와 세계의 뿌리라는 사실을 부정한 후 그 뿌리를 잘라내고 무화시키려 했으니까요, 뿌리가 끊긴 나무나 풀은 생기를 띨 수도 생을 버텨낼 수도 없어요, 존재와 세계는 그런 나무나 풀과 다르지 않을지도 몰라요, 그리고 머리의 말씀들이 장악해서 표시해 보이지 못하는 이 지상의 모든 질료들은 모두 비존재의 나락으로 굴러떨어져 어두컴컴한 고독 속에 유폐되고 결박당해야 했어요, 그로 인해 존재는 영원히 방황과 실족에서 헤어나지 못하는 오류의 밤을 살아내야만 한 셈이죠, 대신 머리의 말씀들과 정치적으로 결탁한 자아만 비대해졌어요, 그리고 그 나머지는 모두 정오의 희미한 그림자들로만 아른거리며 자아의 가두리에서 죽음을 생처럼 생을 죽음처럼 받아들이지 않을 수 없었을 거예요, 그러니 대낮은 암장의 탄식을 견뎌야 하는 시간일 수밖에요, 어쩌면 창백한 고독은 거기서부터 생겨나기 시작했을지도 모르겠어요, 쑤안이 말했다, 그렇다면 그 이전 사람들 즉 머리의 말씀들이 지상의 시간을 한낮에 결박해두지 않은 시절의 존재들은 고독을 전혀 알지 못했을까요, 아마 그렇지는 않았을 거예요, 하지만 그 시절의 고독은 적어도 비존재의 고독이거나 바깥의 고독이거나 숨죽인 그림자의 고독은 아니었을 거예요, 왜냐하면 당시에는 누구도 존재와 비존재 안과 바깥 그리고 빛과 그림자 사이에 양립의 빗금을 그어두지조차 못했을 테니까요, 그 사이에 그런 빗금을 긋는 게 가당하다는 생각 같은 것은 아무도 할 수 없었을 테니까요, 그 누구도 인간의 척도에 따라서만 이 세계의 경계와 지평이 개념적으로 갈릴 수 있을 거라고는 믿으려 들지 않았을 테니까요, 물론 지금으로서는 이 지상에 이 세계에 그런 시절이 있었음을 상상하는 일마저 무척 어려워졌어요, 그런 상상이 어려워진 밑자리에는 유럽의 영육을 다스려온 머리의 말씀들이 있죠, 머리의 말씀들이 그 사이에 끌칼 같은 분할의 빗금을 새겨 넣은 거예요, 머리의 말씀들을 통하여 사람들은 존재가 동일화나 포섭의 대상일 수 있다는 데 처음으로 눈뜰 수 있었나 봅니다, 아마도 그로부터 동일화나 포섭이 되지 않는 대상들은 이제 말이 더 이상 통분할 수 없는 존재의 기약분수로 남아 오로지 말에 의해 통분되는 존재들의 분계선 바깥에서만 수런거리지 않을 수 없게 된 거죠, 언젠가부터 말은 머리의 말씀들만을 가리키는 약어가 되었고 고래로 유럽에서는 이를 지극히 당연한 것으로 여겨왔어요, 그렇게 머리의 말씀들은 말을 독점해왔으니 말은 오로지 머리의 말씀들만을 의미할 뿐이어서 그 말의 바깥이란 아예 성립될 수조차 없는 것으로 취급받았어요, 말의 바깥이 있다면 그건 침묵일 뿐이에요, 그래요, 머리의 말씀들이 아닌 말 분계선 바깥에서 그저 수런대는 데 지나지 않는 말은 모두 말소리의 형태로 이루어진 침묵에 속한다고 할 수 있을지도 모르겠어요, 그러니 바깥의 말 또는 말의 바깥은 말 즉 머리의 말씀들이 아닌 말소리와 침묵의 동거라고 해야 할지 교제라고 해야 할지, 여하튼 당신과 나는 거기서 동일화나 포섭하길 거부하며 철저한 은둔과 고립의 밤 속으로 자진해서 걸어 들어가려는 그리하여 자기의 소멸을 기꺼이 자초하려는 고독과 마주한 것일 수 있어요, 진실에의 정주도 누군가와의 교감 어린 의사소통도 최소한의 권력에 부응하려는 의지도 단념하며 그 말들의 법열 같은 매혹 속에 자기 자신이 서서히 묻혀가는 것을 보지 않으면 안 되는 체험의 고독, 고독이란 단어 속에는 이미 말의 바깥 또는 바깥의 말이라는 뜻이 더불어 포함되어 있는 게 아닐까요, 그러니 말의 바깥 또는 바깥의 말에 본질적으로 말들의 실존적 고독이 주어져 있는 거라는 믿음이 죽음의 환후처럼 덧날 수밖에요, 누구나 다 말하고자 안달하며 말에 말을 보태고 그 말들의 집적으로 현실을 이루려 하는 이승의 수다스러움 속에서 묘혈만이 끝까지 침묵으로 남아 오롯이 창백한 고독을 떠안을 뿐이죠, 그러니 바깥에서 말을 한다는 것은 묘혈을 파고 그 안에 묻히기를 자청하는 일이라고 하지 않을 수 없을 거예요, 그건 물론 불행의 요망이지만 차라리 간절한 불행이지요, 나에게서 당신으로 건너가기 위한, 화덕의 불꽃을 바라보며 나 스스로가 불꽃의 몫으로 산화해가며 함께 타오르기 위한, 이라고 쑤안은 말했어. 그러더니 잠시 후 혹시 앙투안 융거하우스를 아느냐고 내게 물었어. 나는 그 물음에 응답하는 대신 함께 걷다 보니 어느덧 숲길의 끝에 거의 다다른 것 같다고만 그녀에게 말했어. 앙투안 융거하우스가 누군지 가물거려서였어. 누군지 모른다는 대답은 과히 하고 싶지 않더군. 그러자 그녀는 낯선, 아니 낯설지 않은, 그래, 낯설고도 낯설지 않은 남자의 목소리로 무덤덤하게 이 숲에는 끝이 없다고 내 말에 답했어. 눈을 돌려보니 어느새 그녀의 모습에는 낯익고도 낯익지 않은 남자의 윤곽이 한 겹 덧씌워져 있는 것 같았어. 그래도 다행히 나는 그가 누군지 알아볼 수 있었어. 그래, 그건 바로 너였어. 트란. 트란, 그때 장-조엘이 나를 불렀다. 나는 펜을 멈추고 노트에서 그에게로 시선을 옮겼다. 카롤과 나는 말을 멈춘 지 오래되었는데 너는 도대체 뭘 그리도 열심히 받아 적는 체하는 거야, 장-조엘이 내게 따져 묻는 투로 말했다. 설령 말을 멈추었다고 해서 그동안 내가 뭘 끼적거렸는지 새삼 너희들한테 그 페이지들을 읽어주거나 하지는 않을 것이다, 라고 속으로만 웅얼거리며 나는 단호하게 노트를 덮었다. 아무 말도 하지 않았고 아무 내색도 하지 않았지만 장-조엘과 카롤은 한결같이 답답해하는 표정을 지어 보였다. 카롤이 내 노트를 힐끔거리며 말했다, 이 봐 트란, 우리는 지금 네가 동양계라고 해서 너를 포섭하거나 우리 회합에 가입하도록 설득하려는 것도 아니고 너로 하여금 야간 시위에 가담하도록 하기 위해 선동하려는 것도 아니야, 우리는 정말이지 너를 이용할 생각이 없어, 내 말 못 알아듣겠니, 어떤 목적을 위해 사람이 사람을 이용해먹는 짓은, 특히 너희 같은 제3세계 인민들을 착취하려는 짓은 이 유럽의 자본주의자들 혹은 제국주의 신봉자들이나 저지르는 횡포이지 우리 같은 파르티잔들은 굳건한 혁명의 신념에 복무할 뿐 절대 그렇지 않아, 그러니 장-조엘과 나한테 마음을 터놓고 믿어도 좋아, 다만 우리는 트란 너와 이 도서관에서 우연히 만났으니 서로의 '캬마라드 camarade'로 지내고 싶을 뿐이야, 캬마라드라는 프랑스말 알지, 우리 사이에는 뜻이 서로 같은 '동무'를 캬마라드라고 불러, 이른바 '친구'처럼 자본주의의 거짓스러움으로 잔뜩 찌든 말보다 우정의 상대에 대한 인민들의 진심을 적절히 담아낸 용어가 아닐까 싶어서 나는 캬마라드란 말을 꽤 좋아하는 편이야, 그렇게 우리는 서로의 캬마라드가 되길 원할 뿐이야, 캬마라드 트란, 어때. 내가 아무 대답도 하지 않자 카롤은 주춤하더니 장-조엘과 눈을 맞추었다. 이어 장-조엘이 입을 열었다, 비록 널 혁명 회합에 억지로 끌어 넣을 생각은 전혀 없지만 우리는 최소한 너와 캬마라드로라도 지내며 우정의 연대를 맺고 싶어, 지금 유럽에는 대대적인 지각 변동의 징조가 싹트고 있어, 그 징조가 더욱 구체적으로 현실에 나타나면 결국 전쟁이 발발할 수도 있어, 한마디로 프랑스 대혁명 때에 이어 또 한 번 유럽이 뒤집힐 수 있는 위기이자 기회라고 할 수 있겠지, 그런데 이럴 때야말로 우정의 연대가 긴요하거든, 그 연대를 통해서 공고해 보이는 유럽의 모든 가치 체계와 질서에는 혼돈과 균열이 퍼져 나가지 않을 수 없을 거야, 그렇게만 된다면 저들이 아무리 막강한 보안 시스템과 군사력으로 밀어붙인다 해도 승리는 우리의 몫이 될 수 있을 거야, 거대한 봉기가 일어나서 식민지의 추억과 착취로만 얼룩진 파리 시내의 역사적 찌꺼기들이 파괴와 정화의 불바다로 뒤덮이는 장관을 상상해봐 트란 캬마라드, 역사와 그 역사 속의 존재는 연금술의 진행 과정과 다를 바 없어, 비운에 스러진 트로츠키와 크로포트킨의 꿈도 궁극적으로는 그런 것이 아니었을까, 내 생각에 이들은 역사와 정치의 연금술사들이었어, 어떤 이의 눈에는 이들이나 우리나 한낱 몽상의 잠꼬대나 주절거리는 치들쯤으로 여겨질는지도 모르겠지만 실현 가능성을 충분히 잉태하고 있는 몽상이야말로 역사와 존재의 형질을 뒤바꿀 수 있는 밑힘일 거야, 몽상을 몽상에 지나지 않는다며 저버리기보다는 거기서 실낱이라도 실현 가능성을 발견하고 그것의 부화에 힘쓴다면 결국 몽상은 현실이 되지 않을 수 없는 거야, 그 몽상을 현실화시키려 할 때 꿰어야 할 첫 단추가 바로 우정의 연대야, 더욱이 트란 너처럼 식민지 역사의 잔재 때문이든 아니든 어떤 이유에서든 유럽에 살고 있는 제3세계

인민들의 연대와 참여는 비루한 이곳의 종말을 앞당길 기폭제의 핵이야, 지금 방리외 같은 파리 외곽 도시가 유럽의 화약고로 시한폭탄처럼 재깍거리게 된 까닭도 모두 거기 거주하는 식민지 출신의 인민들이 몰로토프 칵테일의 불꽃 속에서 강철 같은 우정의 연대를 맺고 투쟁하기 때문이지, 그러니 더 이상 비대한 자아에 짓눌려 혼자 고독해하지 말고 우리들과 이 연금술의 몽상을 함께 나누자 캬마라드 트란. 장-조엘의 말은 마치 머릿속에 고여 있는 사념의 점액들을 한없이 게워내는 듯한 투로 계속되었다. 그것은 나를 설득하기 위해 늘어놓는 말이 아니라 자기 자신의 생각에 깊이 몰입된 나머지 스스로를 향해 절박하게 웅얼거릴 수밖에 없는 강박관념의 표출처럼 여겨졌다, 라고 노트에는 적혀 있었다. 그때 불현듯 네가 다시 말문을 연다, "베트남 식료품 가게 근처의 카페테라스에서 간단히 애기 나누고 헤어진 후 내가 트란을 다시 본 건 그로부터 얼마 지나지 않았을 때였어. 아마 주립도서관 근방에서였지 않나 싶네. 밝히기 쑥스러운 애긴데 트란과 마주치기 전 나는 어느 창녀한테 돈을 주고 나온 길이었어. 오랜만에 아주 짜릿한 펠라티오를 받았거든. 하지만 내가 일부러 유곽을 찾아간 건 아니었어. 지나가다 그녀에게 팔목을 붙들려 거기까지 이끌려 간 셈이었지. 그녀는 우크라이나 출신이라고 했던 거 같은데 이름은 지금 잘 기억이 안 나는군. 그녀가 내 자지를 열심히 빨아대는 동안 나는 그녀의 허벅지에 손을 올리고 스타킹의 가터벨트를 만지작거리고 있었어. 사실 이 이야기는 길게 늘어놓고 싶지 않아. 그 자체로 쑥스럽기도 한 데다 얼마 후 나는 심한 한기의 엄습 때문에 잠시 몸져 누워야 했으니까. 그때 나는 비겁하게도 성병에 걸린 게 아닐까 싶어 무지 걱정스러워하지 않을 수 없었어. 다행히 성병은 아니었어. 내 자지에서는 녹진한 고름이 치솟지도 않았고, 음경의 표피 위로 우툴두툴한 돌기가 생겨나지도 않았으니까. 아무튼 내가 트란을 알아보자 트란도 날 알아본 눈치였어. 그런데 내가 알아본 트란은 트란이 아니었어. 분명 내 기억은 저 사람이 얼마 전에 알게 된 트란임을 알려주고 있었지만 성별이 달라져 있었거든. 트란은 맞지만 그 사람은 놀랍게도 여자였어. 처음엔 트란의 여동생이 아닐까 하는 생각도 잠시 해봤어. 하지만 트란은 분명히 어렸을 때 여동생이 어느 숲가에서 실종되었다고 했어. 나는 조심스럽게 다가가서 그/그녀한테 말을 걸었어. 트란, 하고 내가 부르자 그/그녀가 고개를 내게 까딱해 보였어. 비록 성별은 뒤바뀌어 있었지만 나와 일전에 만난 적이 있다는 사실만큼은 분명하게 기억하고 있는 것 같았어. 내가 다짜고짜 이게 어찌된 영문이냐고 묻자 그/그녀는 우리가 처음 만난 날 실종된 여동생의 영육과 자기의 몸이 어쩌면 동거하는 것인지도 모르겠다고 한 말을 기억할 수 있느냐고 내게 되물었어. 나는 사실대로 그렇다고 답했어. 그/그녀는 자기가 여자로 변환됨으로써 그 짐작이 맞았다는 게 판명 났다고 했어. 우리는 영육간의 근친상간으로 한몸을 이루고 있었던 거죠, 이것을 밝혀낸 후 내 몸속에서 해에 가려진 달처럼 숨어 있던 쑤안을 불러내준 사람이 바로 앙투안 융거하우스예요, 앙투안 융거하우스는 아파트의 지하실에 사는 연금술사죠, 내 육신을 연금술의 질료처럼 변환할 수 있을 거라는 그의 예언이 현실로 나타난 거예요, 그/그녀가 말했어. 그러고는 이제 자기의 이름도 쑤안이 되었다고 덧붙였어. 그럼 트란은 죽은 건가요, 내가 어수룩한 목소리로 물었어. 그러자 쑤안이 상냥하게 웃음 지으며 답했어, 해를 가린 달처럼 트란은 어둠 속에 잠시 가라앉은 것일 뿐 언제든지 달이 이울면 해로 떠올라 다시 나타날 거예요, 해와 달은 늘 그런 관계를 맺고 있죠, 그리고 우리는 해와 달이 된 오누이니까요. 그런데, 내가 다시 말했어, 쑤안이라는 동거녀가 있다고 하지 않았나요, 그녀는 어쩔 셈이죠. 하지만 쑤안은 그 질문에 멋쩍은 웃음으로만 답을 대신하려 하더니 이윽고 입을 열었어, 미안하지만 지금은 많은 얘기를 해드릴 수 없으니 나중에 다시 한 번 만나요, 지금 말고 그때 우리 더 많은 얘기를 나누면 어떨까 싶군요. 그렇게 해서 쑤안과 나는 너와 나의 말이 와해된 숲가의 들목에서 만나기로 약속했던 거야." 너는 그 대목에서 밤새도록 지속된 너의 말을 일단 맺는다. 새날이 밝기 전에 네가 사라져야 한다는 것을 나는 이미 잘 알고 있다. 하지만 이 새벽녘에는 여명의 빛과 간밤의 어둠이 백야로 맞닿아 그 경계가 명확하지 않다. 그래도 너는 언제쯤 동이 터온다는 것을 직감적으로 헤아릴 수 있을 것이다, 라고 생각하며 나는 살짝 졸음이 오려는 눈꺼풀을 비빈다. "나에 의해 네가 기술되고 네가 쓰는 글이 너보다 나를 향해 열린다는 것은," 네가 마지막으로 말한다, "나도 너에 의해 기술되고 내가 쓰는 글 역시 나보다 너를 향해 열릴 수 있다는 뜻이야. 이게 우정이야. 그리고 이건 나와 너를 넘어 우정 어린 연대나 공동체로 더욱 넓게 열리지 않을 수 없을 거야. 그러니 너도 나도 고독하려고 해봐야 고독할 수 없을 거야. 만약 진짜로 고독이 있다면 그건 사람의 몫이 아니라 필경 말과 존재의 몫일 텐데 그 역시도 바깥으로 열리기 위한 과도기의 고독일 것임에 틀림없어. 거기서 고독은 고립과 단절이 아닌 관계와 대화의 욕망이야. 하지만 여기서의 관계와 대화란 어떤 것을 안으로 끌어들여 친숙해지도록 하려는 게 아니라 자꾸만 안과 밖을 지우려 하거나 안에서 포획될 수 없는 바깥이 엄존한다는 것을 인정하려는 몸부림이야. 그러니 고독은 관계의 가능한 불가능성이면서 동시에 불가능한 가능성이기도 한 거야." 이성과 계몽의 개량을 앞세운 합리주의의 역사 속에서도, 장-조엘이 말했다, 중세 시대의 연금술사들이 금을 창조해내기 위해 치열하게 불태운 몽상과 염원은 말살되지 않고 면면히 이어져왔어, 사람들 사이에서 머리가 살짝 이상해졌다는 풍문이 나돌 정도로 다방면에 걸쳐 공부를 많이 하고 명철하기 그지없는 연금술사들이 그게 어리석고 무모한 몽상과 염원이라는 것을 몰랐을 리 없었을 텐데도 말이야, 하지만 그 실현 가능성을 전혀 의심하지 않는 몽상은 객관적인 실현 가능성 여부와 상관없이 더 이상 몽상일 수 없어, 더욱이 그토록 투철한 믿음들이 모여 연대와 공동체를 이루기까지 한다면 그것은 이미 몽상이 아니라 절반의 현실로 간주되어야 할 거야, 왜냐하면 현실이란 어차피 집단적인 몽상의 투영에 지나지 않는 것일 수도 있으니까, 투철한 믿음의 연대와 공동체 속에서 몽상은 불가능을 향한 회의의 파문처럼 현실에 번지며 불가사의한 메아리의 응답을 듣게 되곤 하지, 그러니 '하늘은 스스로 돕는 자를 돕는다'라는 말은 원래 연금술사들의 입에서 나온 자기암시의 금언일지도 모른다는 생각이 들어, 그런 생각을 하는 것도 아마 무리는 아닐 거야, 다시 한 번 말하지만 연금술에 견주어보면 지금은 알베도에서 다시 니그레도로 돌아갔다 일거에 루벤도로 넘어가야 할 역사의 진전 단계에 이르러 있는 것 같아, 즉 갈기갈기 단자들로 찢겨져 있는 개개인들과 문명이 저 우주와 상응해서 하나로 합일해야 할 시점이라는 뜻이야, 이제 모든 패권은 인간이 아니라 우주의 섭리와 집행에 내맡겨야 할 거야, 우리는 지금까지 욕심대로 뭘 하려고만 들었을 뿐 전혀 내맡길 줄은 모르고 살아온 것 같아, 그러기 위해서는 현실에서 서구 그중에서도 무엇보다 서유럽을 먼저 붕괴시킬 밤의 도래가 시급하고 그러자면 트란 너 같은 제3세계 인민들과 우리 같은 유럽인들의 연대가 반드시 필요하다는 얘기야, 트란 내 말 듣고 있어, 내가 말하는데 그사이에 넌 도대체 또 뭘 그렇게 쓰는 척하고 있는 거야, 내 말 무슨 뜻인지 이해하겠어. 장-조엘의 말에 나는 노트를 덮고 건성건성으로 고개를 주억거렸다. 시간이 다 됐어, 장-조엘과 함께 자리에서 일어나며 카롤이 말했다, 이제 곧 회합이 있을 시간이야, 비록 충분치는 않지만 그래도 많은 말들을 나누었으니 네가 왜 이 회합에 동참해야 하는지 이해했으리라고 믿을게, 자 그럼 같이 가자. 나는 그들을 따라 함께 일어서긴 했지만 가타부타 아무 대답도 해주지 않고 그저 머뭇거리기만 했다. 그러자 장-조엘이 자기들과 함께 가자며 내 팔목을 잡아끌었다. 나중에 노트를 들춰 보니, 이들의 태도는 새 신도를 끌어들이려는 데 집착하는 신흥 종교 집단의 전도자들을 연상시켰다, 라고 써놓았다. 순간 거부감이 앞섰다. 물론 이런 면은 다른 사람들과 관계 맺어야 할 때 어김없이 나타나는 나 개인의 성격적 결함일 수도 있었다. 까다로운 개인주의자들에게는 어떤 이들과 지속적으로 관계 맺고 어울리게 되는 것을 언제나 망설이면서 기피하려는 습성이 있는지도 모르지, 그게 설령 어떤 대의나 원칙을 따르기 위한 것이라 할지라도, 아니 누군가가 대의나 원칙을 강조할수록 그 대의나 원칙 때문에 뭉쳐야 한다는 생각이 교묘한 미끼일 수 있다는 의구심을 내세워서 자신의 망설임과 회피를 정당화하곤 하는데 실은 그 의구심이야말로 개인주의의 교묘한 미끼일지도 모르지, 여하튼 이들의 집요한 강론과 설득에 전적으로 내가 수긍했다손쳐도 이들을 따라어딜 가는 것만큼은 전혀 내키지 않는 거지, 내가 까닭 모를 한기에 시달릴 만큼 외로운 건 괜한 게 아니지, 그렇다고 해서 이

들과 이런 문제에 관해 논쟁을 벌이고 싶은 것은 또 결코 아니
지, 누군가를 향한 설득만큼이나 그게 어떤 사안에 관해서든 누
군가와 논쟁을 벌이는 짓도 참으로 부질없긴 마찬가지일 수 있
지,라고 나는 생각했다. 그래서 장-조엘의 손을 뿌리친 후 지
금은 몸에 한기도 있고 하니 다음 기회에 다시 마주치면 그때
따라가든지 하겠다고 답했다. 그랬는데도 이들은 막무가내로
자기들과 회합에 같이 가자며 나를 설득하려 들었다. 미구에 닥
칠지도 모를 제3세계 인민들의 봉기와 전쟁을 준비해야지 캬마
라드 트란, 장-조엘이 그렇게 소리치며 또다시 내 팔목을 낚아
채려 했다. 나는 이들에게 다음에 또 보자고 일방적으로 작별
인사를 던지고는 휙 돌아서서 열람실로 향했다. 열람실의 서가
에는 책들이 빼곡했다. 나는 글을 써야 했다. 하지만 이지러진
생활 패턴에 허덕이는 심신의 근력으로는 단 한 줄도 제대로 된
글과 이야기의 실마리를 풀어낼 수 없었다. 열람실에 구비 서적
들이 많다 한들 자꾸만 눈이 가물가물해서 어떠한 책에도 깊이
몰입하는 게 쉽지 않았다. 책에 눈길을 고정하고 있다 보면 공
연히 글자만 낯설어졌다. 몽롱하게 풀린 눈으로 자꾸만 열람실
의 서가에서 어슬렁대자 보안 책임자라는 사내가 다가오더니
해시시 중독자의 도서관 출입은 제한할 수밖에 없다며 내게 나
가달라고 요구했다. 설마 내가 동양계라고 내쫓는 건 아니겠지,
이 일대에는 약을 하는 치들이 지천으로 깔려 있으니 진짜 해시
시 중독자라고 여긴 거겠지, 나는 다소 언짢아진 기분을 삭이고

자 일부러 소리 내어 웅얼거렸다. 도서관에서 쫓겨나기 전 다시 한 번 휴게실 앞의 복도를 두리번거려보았지만 장-조엘과 카롤의 모습은 눈에 뜨이지 않았다.

잠시 후 나는 거리로 나왔다. 순간적으로 내겐 어딘지 정말 아픈 데가 있을지도 모르겠다는 생각이 스쳐 지나갔다. 그래서, 나는 어떤 병을 앓고 있는 것 같다, 나는 병든 사람일 수도 있다,라는 말을 시작으로 어떤 글에 관해 메모해둬야겠다는 생각이 들었다. 그런데 그제야 아무것도 들고 있지 않아 허전해진 양손이 내 의식을 자극했다. 보안 책임자에게 내몰리게 된 곤혹스러움으로 인해 잠시 허둥대다 노트를 자리에 놔두고 그냥 나온 것 같았다. 나는 걸음을 옮겨 황급히 도서관으로 되돌아가야 했다. 열람실에 가보니 다행히도 내가 앉아 있던 책상 위에는 나의 노트가 그대로 남아 있었다. 나는 노트를 챙기기 위해 그 자리로 다가갔다. 그런데 펼쳐져 있는 노트의 페이지들 위에서 전혀 낯선 필적으로 나 아닌 누군가가 적어놓은 듯한 장문의 글이 눈에 들어왔다. 내가 깜빡 잊고 노트를 방치한 사이 누군가가 그런 글을 나의 노트에 남기고 간 모양이었다. 그건 분명 나의 필적이 아니었다. 하지만 그 글은 마치 내 손으로 적은 것과도 같이, 나는 까닭모를 한기에 시달릴 정도로 단절되고 고립감이 심한 나날들을 버거워하면서도 정작 그 고독의 신산스러움에서 벗어나고자 적극적으로 노력한 적은 전혀 없다,라는 혼잣말의 메모와 잇닿아 있는 장-조엘과 카롤의 이야기가 새 페이

지 둘째 줄쯤에서 일단락되자 바로 그 페이지의 밑줄부터 새로
이 시작되고 있었다. 필적만 봐서는 도대체 누가 그런 글을 내
노트에 남기고 간 것인지 짐작조차 할 수 없었다. 그보다 더 의
아한 것은 내가 예전에 써둔 게 아니라면 그게 누구든 누군가가
여기까지 와서 장장 몇 페이지에 달할 만큼 긴 장문의 글을 써
놓고 달아난 게 불과 내가 오간 그 촌각의 틈새였을 거라는 점
이었다. 필적의 주인이 아무리 속필이라 해도 그건 현실에서 벌
어질 수 없는 일이 아니겠느냐는 생각이 들었다. 그렇다면 내가
나도 모르게 몽유병을 앓고 있던 중 몽유 상태에 빠져 있는 동
안만큼은 평소와 달라지는 필적으로 우연히 이런 글을 길게 끼
적거려놓았을 가능성이 있겠다는 생각도 했다. 특별히 몽유병
을 앓는 게 아니라 하더라도 사람들은 자신의 지난 행적이 남긴
표시를 나중에 확인하고 그사이에 무슨 일이 있었는지 어리둥
절해지는 경우가 종종 있을 거야, 가령 나는 전화를 한 기억이
없는데도 간밤에 내게서 걸려온 전화를 받았다고 친구가 주장
할 수도 있고 심지어 내가 써 보낸 기억이 전혀 없는 편지를 받
았다며 결정적인 물증처럼 내 필적으로 적힌 편지글을 내 코앞
에 제시하는 사람까지 있을 수도 있을 거야, 라고 나는 생각했
다. 어떻게 합리적으로 설명해야 할지 알 수 없지만 이와 같은
일이 드물게라도 현실에서 벌어지는 것만큼은 부인 못할 사실
일지도 모르겠다는 생각이 들었고 그러자 또다시 그렇게 불가
해한 상황의 발생 가능성을 증언해줄 만한 몇몇 사례들이 연거

푸 떠오르기도 했다. 그것은 예전의 내가 했지만 어떤 이유인지는 몰라도 지금의 나는 내가 예전에 한 일을 인식하지 못하는 기억의 암전으로밖에 나의 합리적인 연속성을 해명할 수 없는 경우일 것, 그래야만 내가 내 바깥으로 떠돌거나 스스로에 대해 균열을 일으키지 않고 나로 계속 남아 있었을 거라는 예단이 그나마 신빙성 있게 받아들여질 수 있는 단 한 가지의 길일 것,이라고 나는 속으로 웅얼거렸다. 하지만 설령 그렇다 해도 내 노트에서 낯선 필적을 보는 것은 전혀 모르는 사람이 불쑥 내 방에 난입했다고 할 때 느껴질 수 있을 섬뜩함만큼이나 당혹스럽고 이질적인 기분을 불러일으키는 게 사실이었다. 더욱이 만일 내가 썼다는 게 정말 확실하다면 그것은 마치 내 입에서 다른 목소리가 흘러나오는 것을 내 귀로 듣는 것과 다를 바 없는 분열의 체험일 수도 있었다. 미지의 다른 누군가가 나의 부재를 틈타 나의 노트에 글을 남기고 달아났을 거라는 상상도 황당무계하기에 앞서 썩 유쾌하지는 않지, 하지만 마치 몽유병자처럼 나도 모르는 내가 내 안에서 부스스 깨어나 평소와는 다른 필적으로 글을 썼을지도 모른다는 것은 황당무계하거나 불쾌하다기보다 오히려 그 이상으로 낯설고 이상야릇한 상상일 수 있지, 하고 나는 갈무리되지 않는 상념들을 추스르듯 입 밖으로 소리내어 웅얼거렸다. 그러자 주변에 있던 사람들이 일제히 나를 힐끔거렸다. 나는 자리에 앉아 낯선 필적으로 쓰여 있는 페이지들을 쭉 따라 읽어보기로 했다. 그 글은 다음과 같다. 당신은 병들었다, 당신은 치유 받아야 한다, 하지만 어떻게, 밤의 어둠과 적요가 아름다운 것은 그 속에서 모든 것이 사위어가기 때문이다, 그때 당신은 당신이 사위어가는 것을 보며 침묵의 안식에 가까이 다가갈 수 있다, 거기서 자아의 능동성이 송두리째 뿌리 뽑혀 더 이상 어쩌지 못하는 당신은 그저 내맡겨지고 봉헌될 뿐이다, 그것은 이제 당신이 이 우주의 질료로 변환되었음을 의미한다, 연금술사들은 우주의 찌꺼기처럼 비루한 질료들을 거둬들여 야금의 화덕 속에 던져 넣는다, 당신이 겪어야 할 것은 바로 그 불꽃이다, 그렇다, 연금술의 가장 기본적인 목적은 불꽃의 제련을 통한 질료의 거듭남이다, 질료는 정화의 숙명 속에서 지금보다 더 나은 질료로 다시 태어나기 위하여 모질고 혹독한 담금질을 견딘다, 연금술사들은 이런 실체 변환의 상징성을 구원과 치유의 도정에 결부 짓는다, 여기에 그리스도의 신비주의가 가세하면서 연금술의 작업 과정은 영혼의 치유와 육체의 갱신을 위한 미사의 봉헌으로 상징화된다, 사제는 봉헌된 것을 파괴함으로써 실체의 변환에 기여한다, 이것은 '신을 섬기기 위하여 죽인 자를 바침'이라는 의미의 오블라치오 옥시 아드쿨툼 *oblacio occisi adcultum*이라고 불린다, 연금술에서도 원소의 변화는 소박하고 불결하며 불완전한 질료적 상태에서 하나의 정묘한 몸으로 옮겨가기 위한 중간 과정에 속한다, 화덕의 무시무시한 불길 속에서 질료들은 이전까지의 비루한 허물로부터 벗어나 새로운 존재 상태를 예비한다, 연금술적 사유는 기독교의 미사 봉헌식에 기대어 질료의 변환에서 신격의 상징을 찾으려 하기도 한다, 사제는 성화(聖化)의 말씀을 낭송한다, 그때 변환이 유도된다, 이것은 빵과 포도주의 피조물을 본질적 미완성의 수감에서 풀어준다, 당신은 그러한 성화의 말씀으로 치유받아야 할 빵과 포도주의 피조물이다, 노란 불꽃은 하얀 불꽃으로 치유 받고 거듭난다, 화덕의 불꽃과 어우러져야 할 당신은 하얀 불꽃의 숙명이다, 그럴 때 연금술사는 정화와 승화의 숙명을 타고 났지만 아직 비루하게 머물러 있는 질료의 암흑에 거듭남의 빛을 던져주려는 구원의 사제로 떠오른다, 그럴 때 화덕의 불꽃은 사제가 지핀 정화와 승화의 유황불로 당신의 영육을 태우며 활활 타오른다, 하지만 연금술에서 거듭나게 하고 해방하려는 것은 인간이 아니라 질료일 것이다, 그뿐 아니라 실체의 변환으로부터 생겨난 결실도 인간 너머에서 이루어지는 생기의 형성으로 간주한다, 따라서 연금술의 정화와 구원은 그리스도의 대속을 통한 인류 해방보다 우주적인 차원의 융합에 더욱 확고한 무게중심을 둔다고 봐야 하리라, 그렇다면 연금술적 사유에서의 그리스도는 인간의 구세주가 아니라 원 질료를 뜻하는 라피스*lapis*에 가깝다고 할 수 있다, 또한 미사 봉헌의 포도주와 빵에도 육신과 혼의 결합이라는 연금술의 상징성이 이입된다, 이 결합은 마치 니그레도 단계의 어둠과 분열로부터 알베도 단계의 밝음과 융화로 전개되어나갈 때와 같은 통합과 조화로움의 의미망을 짠다, 몇몇 기록들에서는 중세의 연금술사들이 그리스도에 투사된 라피스와 구원의 상징적 의미를 긴밀히 연관 지으려는 사유가 드러나기도 한다, 이를테면 "그리스도가 말씀하시기를 '내가 승천할 때 모든 것을 내게로 끌어당길 것이다.' 십자가에 매달려 죽은 두 부분이 서로 결합되는 그때에 남자와 여자는 동시에 매장되고 그런 후에 생명의 영에 의해 다시 살아난다. 그 뒤에 그들은 하늘로 올라갈 것이며 거기서 육체와 혼이 성화되고 구름 위 권좌에 앉을 수 있다. 그런 후 그들은 모든 육체들을 그들 고유의 높은 지위로 이끌 것이다." 또는 "그리스도의 육체에는 원소들의 커다란 친화력과 그러한 응집력이 있다. 왜냐하면 그는 죄에 빠지지 않았기 때문이다. 인간을 위해 태어난 그가 인간의 구원을 위해 자유의지로 죽음을 열망하지 않았다면 그 또한 신적인 진수의 놀라운 결합력 때문에 결코 죽지 않았을 것이다."등과 같은 조지 리플레이나 마르실리우스 피키누스의 주장들이 그렇다, 여기서 그리스도는 우선 승화와 부활 그리고 영육간의 합일에 대한 상징일 것이다, 그리스도를 통하여 모든 육체들은 승화하거나 부활하거나 혼과의 합일을 이룰 수 있다, 말하자면 이것은 연금술의 라피스에 해당하는 권능의 표징일 것이다, 그리스도의 육체 자체에 이미 원소들의 가장 내적인 결합이 이루어지고 있기 때문이다, 그러니까 그리스도의 육체란 무엇보다도 연금술에서의 우주적인 돌일 것이다, 오로지 그 돌에 의해서만이 질료는 비천하고 병든 불구의 육신에서 정묘한 신격의 물질로 다시 태어날 수 있다, 이러한 라피스-그리스도의 상징성은 연금술의 궁극적 지향점을 분명하게 가리켜 보인다, 그것은 가장 조화로운 원소들의 결합과 우주적인 생기의 개입에 따라 신성하게 변용된 부활의 몸으로 육체의 변환을 통하여 도달할 수 있는 불멸성이다, 그리스도의 사제들은 신을 경배함으로써 인간의 구원에 다가서려 한다, 그에 반해 연금술사들은 질료 속에 잠재되어 있는 신적인 세계의 심혼이 현현할 수 있도록 이 물질 세계에서 질료와 우주와의 융합을 도모하려 한다, 그런 의미에서 이들은 비의적인 상징성과 무의식의 모험가로 여겨져야 할지도 모른다, 그리하여 화덕의 불꽃이 하얗게 태워 없앨 당신은 그 과정에 이입된 연금술사들의 집요한 몽상과 염원 속에서 당신으로부터 벗어나 비로소 우주의 원소가 될 수 있다, 물론 연금술의 발단은 물질적인 화학 기술에 지나지 않는다, 연금술에서 가장 중요한 것은 화덕의 불길에 에워싸인 각각의 비금속들이 다른 비금속들의 원소들과 결합하여 화학적인 변화를 일으키는 것이기 때문이다, 그러자면 우선은 그런 실험에 필요한 장비와 물리적인 작업 도구가 갖춰져야 할 것이다, 연금술에 반드시 필요한 실험 장비와 작업 도구에는 고열의 불을 지필 수 있는 화덕과 연통 플라스크 염색액 팅크제 화학 원소들을 추출할 각종 금속들 각종 용도의 그릇들 따위가 속할 수 있다, 그러니까 기본적으로 연금술은 물질을 다루는 대장장이들의 작업임에 틀림없다, 그러나 연금술은 필경 심혼의 영역이어야 한다, 연금술사들의 꿈과 몽상 그리고 무의식 등과 같은 정신적 매질들이 불꽃과 비금속들에 반드시 투사되어야 하기 때문이다, 이러한 연금술사들의 투사 체험이 없었다면 비금속에서 금을 산출해내려는 욕망과 염원의 실행은 애초부터 가능하지 않았을지도 모른다, 그것은 질료들에 투사된 심혼의 모험일 것이다, 또한 물질 속에서 관념의 현존을 경험해보려는 신비주의의 체현일 것이다, 다시 말해 연금술사들은 단순히 물질적인 금의 제조에만 매달린 게 아니었다, 그 작업 과정에 자신들의 꿈과 몽상과 무의식 따위를 투사함으로써 우주적인 계시나 형이상학적인 존재의 비밀에 근접하고자 했다, 중세의 연금술사들은 자신들의 화덕 속에서 불가사의하게 펼쳐지는 신비 체험에 익숙했을 수 있다, 저자 미상의 『아브탈라 유라인 *Abtala Jurain*』이란 노트에는 이런 기록이 보이기도 한다, "우주 행성의 순서대로 금속 일곱 개를 도가니에 차례로 세운 다음, 방의 창문을 모두 닫아 캄캄하게 한다. 방 한가운데에서 모든 것을 함께 녹이고 그 속에 축성된 돌을 일곱 개 떨어뜨리면, 곧 도가니에서 불꽃이 튀어 오르고 방 안 가득 퍼진다(상처를 입히지 않으니 무서워할 것 없다). 온 방이 해와 달보다 더 밝아지면서 머리를 들어보면 별이 박힌 밤하늘과 같은 창공이 생기고 우주와 같이 행성들이 각각 궤도를 돌고 있을 것이다. 그러다가 스스로 돌기를 멈추고 15분 안에 제자리를 찾아간다." 인간에게 우주의 별자리는 텅 빈 어둠으로 나타난다, 그런데 인간은 자기도 모르게 텅 빈 어둠을 생명력 있는 형상들로 기입하

고 싶어 한다, 그럴 때 꿈과 몽상 그리고 무의식의 투사가 시작
된다, 연금술사들은 우주의 밤하늘과 별자리를 자신들의 화덕
에 옮겨놓는다, 이러한 투사 체험이 연결 고리가 되어 연금술과
우주의 비의는 서로 긴밀한 유연관계를 이룬다, 이제 연금술은
우주의 미니어처가 된다, 자기들의 화덕을 축소된 우주의 모형
으로 설계하려는 연금술사들은 각자의 투사 체험으로 질료들과
심혼의 교분을 나눈다, 그들이 몇몇 노트들에서 표현한 계시나
환각은 단순한 허깨비 놀음이 아니라 꿈과 몽상 그리고 무의식
따위가 투사되어 질료들을 활성화시킨 예증의 기록이다, 또는
그 반대로 질료들에 의해 활성화되면서 심혼의 투사가 이루어
진 반송 작용의 증언이다, 통념적으로 물질적인 것과 정신적인
것은 대극쌍의 관계에 속해 있다, 하지만 연금술에서는 무의식
과 질료의 상호작용 속에서 그 대극의 개념 정립을 허물고 서로
한몸이 되어 포개진다, 여기서도 연금술의 연원에는 모순의 해
소와 차이의 지연에 의한 대극의 합일이 자리하고 있다는 게 드
러난다, 의미심장하게도 연금술사들이 흔히 행하는 명상에는
결코 깊이 생각하는 것만을 가리키는 게 아니라 내면의 대화를
통하여 우리 안에 있는 타인 즉 무의식으로부터 응답하는 목소
리와 생생한 관계를 맺는다는 의미가 내포되어 있다, 이것은 곧
자기 안에 대극적인 타자가 있음을 전제하고 그쪽으로 존재의
빗장을 열어두겠다는 합일의 지향이다, 고독에 겨워하는 당신
은 그런 존재의 세계에서는 언어에 의한 일의적 표상이 더 이상

유효하지 않음을 깨달을 수 있을 것이다, 연금술은 일체의 존재론적 대립을 제련의 화덕에서 태워 없앤 후 새로운 존재 양태로 거듭나게 하는 변환과 승화의 자궁이기 때문이다, 이런 변환과 승화는 인간적인 가치판단과 윤리규범보다 우주의 운행 법칙에 순응한다, 인간은 섣불리 우주를 자기중심에 맞춰 바라보고 재단하려 들지만 우주는 인간을 모른다, 그 반면에 인간은 자기를 모르는 우주의 운행 법칙에서 단 한순간도 자유로울 수 없다, 스스로 "자유롭다"라고 외치는 고독의 순간에도 인간의 머리 위에는 존재와 유기적으로 연접되어 있는 저 하늘 위의 별자리들이 천궁도를 그리며 돌아가고 있다, 하지만 인본의 시야로는 이 엄연한 이치가 인지되기 어려울 것이다, 그나마 별자리는 밤에 보인다, 물론 낮에도 천궁도는 인간들의 머리 위에서 돌아간다, 하지만 인간의 육안으로는 대낮의 하늘에서 그러한 별자리를 관측할 수 없다, 낮은 문명적인 도덕관념과 노동 원칙 생산적 활동 등과 같은 인간의 가치 체계와 척도가 모든 것을 억누르고 감금하는 질서의 시간이다, 그러니만큼 우리가 이 우주와 조응하고 있음을 확인하려면 이 세계는 좀더 어두워져야 할 수밖에 없다, 악은 그 어둠에서 온다, 우주를 보기 위해서는 이 인간의 세계가 어둡게 사위어가야 한다, 우주는 인간적인 것 너머에 자리하고 있기 때문이다, 거기에서는 인간적인 가치척도나 판단 기준 따위가 모두 무화된다, 근본적으로 연금술은 우주적 존재론의 확인이자 존재의 제련 과정을 통한 정화의 욕망일 것이다, 인간 또는 인간적인 것들과 전혀 무관하게 작동하는 운행 법칙에 따라 정화가 가능해진다는 의미에서 그것은 몹시 냉혹하지 않을 수 없다, 말하자면 연금술의 정화와 거듭남은 인간적인 준거의 피안에 있다, 존재는 그러한 준거의 주형과 상관없이 정화되고 새로 태어나야 할 비금속류이다, 연금술은 인간존재에게 우주에 대한 상응과 합일의 가능성을 일깨운다, 하지만 그것은 인간적인 선악의 재단이나 윤리 규범에 철저히 무심하다, 이에 반해 인위적인 유럽 문명은 종교의 계율에 따른 선악의 대립 개념과 인본주의 그리고 머리의 말씀 등과 같은 일점 근원 위에 기초하고 있다, 거기서 배제당한 바깥 세계가 바로 악일 것이다, 하지만 유럽 사회에 환멸을 느끼는 연금술의 존재들은 기꺼이 그 바깥 세계를 향하여 걸어 들어가려고 하리라, 다시 말해 악은 연금술에서의 우주적 존재 방식이 종교와 계율로 무장한 유럽 사회 속의 가치척도나 도덕관념과 무관하다는 것을 선포하는 자유의 심연일 수 있다, 그런 심연의 자유를 체현할 때 인간존재는 비로소 법과 제도에 굴복한 노예가 아니라 또한 개인적 자아의 껍질에 갇힌 단자가 아니라 우주와의 합일에 이른 총체적 존재로 거듭날 수 있을지도 모른다, 바로 그 지점에서 연금술과 악은 서로 교차한다, 당신은, 여기까지 읽었을 때 내 앞으로 누군가 다가와 있는 기척이 느껴졌다. 나는 고개를 들었다. 내 앞에서 서성거리던 한 남자는 자기가 바로 내 노트에 그 글을 남긴 장본인이라며 자신의 이름이 앙투안 융거하우스라고 소개했다. 그러고는 실은 자기가 아니라 당신에 의해 이 글은 기술될 수 있었던 것일지도 모르겠노라고 덧붙였다. 앙투안 융거하우스, 나는 어디서 많이 들어본 듯한 이름이라고 생각하며 고개를 갸웃거렸다. 열람실에서는 더 이상 얘기를 나눌 수 없어 우리는 함께 복도로 나왔다. 내가 그 글에 관해 뭔가를 더 캐물으려 하자 앙투안 융거하우스는 단호하게 제지하는 손짓과 함께 있으면 쑤안이 곧 여기로 올 거라는 말을 했다. 낯선 사람의 입에서 뜻밖의 이름이 튀어나오자 나는 한동안 어안이 벙벙해져 정확하게 쑤안이 누군지 떠올리지 못했다. 쑤안이라, 그 이름을 되뇌어보며 내가 말했다, 쑤안이 누구죠. 이따 보시면 누군지 기억나실 겁니다, 그가 말했다, 당신과 그녀는 얼마 전에 마주친 적이 있었으니까요. 그의 목소리가 나직하고 침중해서인지 나는 왜 그리고 어떻게 해서 남의 노트에 그토록 장문의 글을 써놓을 수 있었는지에 관해 더 이상 따져 묻지 않기로 했다. 게다가 그의 말을 듣고 보니 실제로 내가 언젠가 그런 글을 쓴 적이 있는 것 같다는 생각이 들기도 했다. 아무래도 앙투안 융거하우스의 목소리에는 사람을 묘한 자기암시로 유도하는 최면의 음파가 너울거리고 있는지도 모르겠어, 하고 나는 속으로 웅얼거렸다. 얼마 지나지 않아 동양계로 보이는 한 여인이 다가왔다. 다행히도 그녀의 얼굴을 보자 어둠에 눌려 있던 내 기억이 되살아나는 것 같았다. 그녀의 이름이 쑤안일 뿐 아니라 그녀에게 트란이라는 오빠가 있다는 것도 함께 떠올랐다. 그래서 그녀와 눈인사를 나누고는 곧바로 트란은 잘 지내느냐고 물었다. 그러자 쑤안의 표정이 살짝 흐려졌다, 오빠는 며칠 전 저녁나절에 나와 함께 숲가를 산책하고 있었어요, 그녀가 말했다, 그런데 그날 거기서 갑자기 어디론가 사라졌어요, 저 혼자 숲속을 다 뒤지고 다녀봤지만 아무리 찾아도 행방을 알 길이 묘연하더군요, 말하자면 실종이 된 거죠. 트란이 실종되었다는 쑤안의 말에 나는 다시금 어안이 벙벙해졌다. 혹시 베트남 식료품가게에는 가봤나요, 어안이 벙벙해진 탓인지 내 입에서는 자못 뚱딴지같은 질문이 새어 나오고 말았다. 내가 생각하기에도 어이없는 물음이라 나는 내친 김에 그 가게로 국수를 사러 갔다혹시 시위 중인 극렬분자들에게 끌려갔을 수도 있지 않겠느냐는 말로 얼버무리려 했다. 그 가게에는 가보지 못했지만, 그녀가 답했다, 얼마 지나지 않아 다행히 앙투안한테서 트란이 어디있는지 안다는 연락을 받았어요, 무슨 이유인지는 모르겠지만어느 아파트의 지하실에 잠적해 있다면서요, 그런데 앙투안은꼭 함께 가야 할 사람이 있다며 여기로 오라고 했지요, 와보니꼭 함께 가야 할 사람이 바로 당신이었군요. 나는 쑤안과 내가말을 주고받는 동안 내내 침묵만 지킨 앙투안 융거하우스에게구태여 내가 왜 거기까지 당신들과 함께 가야 하느냐고 물었다.그러자 그는 아무 말 없이 검지로 나의 노트를 가리켜 보였다.노트가 뭐, 나는 어리둥절해진 목소리로 그에게 되묻지 않을 수없었다, 내 노트가 뭐 어쨌다는 건가요. 그러자 그는 그제야 나직하고 침중한 목소리로 입을 열어 말했다, 트란이 당신의 동행을 원합니다, 나로서도 이 이상 명확한 이유를 알지 못하고 설령 안다 해도 여기서는 구체적으로 밝히기 어려울 것 같군요, 아무튼 일단 자리를 옮기는 게 좋지 않을까 싶습니다. 그리하여 나는 쑤안과 함께 앙투안의 승용차를 타고 트란이 잠적해 있다는 곳까지 함께 가기로 했다. 가는 길은 차도까지 쏟아져 나온 시위 군중들로 인해 꽤 심한 교통 체증이 빚어지고 있었다. 그들은 화염병까지 던져가며 시위 진압 부대에 극렬히 저항했고 이에 맞서 시위진압부대는 강력한 물대포를 쏘아대는 중이었다. 길가의 여기저기에서 크고 작은 불길들이 치솟으며 매캐한 연기를 피워 올리는 게 보였다. 아직 총기류나 폭발물까지는 등장하지 않은 것 같군요, 가까스로 방향을 틀며 앙투안이 말했다, 어느 한쪽에서라도 그런 살상용 무기가 나오는 날에는 곧장 내전의 국면으로 사태가 급변할 텐데 말이지요. 그러자 쑤안이 말했다, 하루빨리 진정을 되찾았으면 좋겠는데 저녁 때마다 매일 이 난리군요, 이런다고 해서 사회가 뒤집히는 것도 아닐 테고, 그네들의 얼룩진 추억을 진정으로 사과해주지도 않을 게 뻔한데요. 글쎄요, 앙투안이 그녀의 말을 받아 말했다, 그거야 아직 모르는 일일 수도 있어요, 차라리 전쟁이 터져서 이렇게까지 부풀어 오른 고름을 일거에 터뜨려버리는 게 바람직할지도 모르겠다는 생각까지 듭니다, 이 유럽은 차라리 모든 것을 잿더미로 쓸어버릴 전란의 밤에 한시라도 빨리 뒤덮이는 것이 바람직하

지 않을까 싶기도 하지요, 그것을 위해 암약하는 극렬 지하단체
들도 파리나 방리외에만 꽤 여럿 있는 것으로 알고 있구요. 앙
투안의 입에서 전쟁이라는 말이 튀어나오자 쑤안은 퍽 놀라워
하는 표정으로, 전쟁을 단 한 번도 제대로 겪어보지 않은 나라
에서 흔히들 아주 쉽게 그처럼 극단적인 말들을 들먹이곤 하죠,
라고 쏘아붙인 후 말문을 닫았다. 당신은 쑤안과 같은 동양계의
입장에서 이에 관해 어떻게 생각하시나요, 라며 앙투안이 내 의
견을 들어보자는 쪽으로 넌지시 말머리를 돌렸다. 하지만 나는
그보다 쑤안이 정말 트란의 여동생인지 아닌지가 난데없이 궁
금해졌다. 그래서 앙투안이 한 질문에 아랑곳없이 정말 트란과
는 오누이 사이가 맞느냐고 먼저 그녀에게 물어보았다. 그러자
그녀는 지갑에서 어렸을 때 찍었다는 사진 한 장을 꺼내 보이더
니 오누이 사이가 아니라면 그럼 무슨 관계일 거라는 생각이 드
느냐고 내게 되물었다. 사진을 물끄러미 건너다보며 나는 아무
대답도 하지 않았다. 빛 바랜 사진 속에는 베트남 전통 복장을
갖춰 입은 동양계의 소년과 소녀가 활짝 웃음 지어 보인 얼굴로
봄꽃들이 알록달록한 화단 앞에 나란히 앉아 있었다. 눈앞의 카
메라를 의식해서일 테지만 그 아이들은 무척 행복해 보였다. 하
지만 그 사진을 보고 나서도 나는 여전히 쑤안이 트란의 친여동
생인지 아니면 그에게 버림받은 동거녀에 불과한지 확실치 않
다는 의구심을 내내 떨쳐버릴 수 없었다. 그래, 어쩌면 이 쑤안
은 가짜 쑤안일 수도 있어, 혹시 쑤안이 이 여자의 본명일 수도

있겠지만 그렇다고 해서 친여동생은 아닐 수도 있어, 어쩌면 친여동생은 트란과 마찬가지로 산책하던 숲가에서 사라져 함께 잠적하고 있는 중일 수도 있어,라고 나는 생각했다. 앙투안은 묵묵히 운전에만 열중하며 이따금 주문처럼, 니그레도-알베도-루벤도,라는 혼잣말을 나지막히 웅얼거렸다. 그러는 동안 차는 마침내 행선지에 도착했다. 행선지는 어느 아파트의 지하실이었다. 알고 보니 그곳은 앙투안 융거하우스의 작업 공간이었다. 하지만 우리가 들어갔을 때 그곳에는 트란은커녕 아무도 눈에 뜨이지 않았다. 대신 앙투안의 작업 공간에서 가장 먼저 눈길을 끈 것은 거대한 화덕이었다. 나는 사실 연금술사입니다, 앙투안이 말했다, 여기는 내가 연금술에 몰두하는 실험실이죠. 그러고 보니 실내에는 화덕말고도 연통, 플라스크, 비커, 각종 비금속류 등과 같은 연금술의 실험 장비들이나 작업 도구들이 수북하게 갖춰져 있었다. 앙투안이 말을 이었다, 하지만 아직 현자의 돌은 구하지 못했어요, 고래로 모든 연금술사들의 염원이겠지만 현자의 돌만 구할 수 있다면 비금속류에서 금을 뽑아내는 게 그다지 어렵지 않을 텐데 말입니다. 그때 그런 설명 따위는 건너 뛰자는 듯 쑤안이 성마른 목소리로 앙투안에게 따져 물었다, 트란은 어딨죠, 분명히 여기 오면 만날 수 있다고 했잖아요. 하지만 앙투안은 쑤안의 말을 묵살하고 계속했다, 그런데 지금까지 연금술사들은 한 가지 오해한 게 있었어요, 그게 뭐냐면 현자의 돌을 철저하게 물질들 그중에서도 특히 광물계에서

106

만 찾으려 했지 정작 사람이야말로 연금술에서 가장 쓸모 있는
질료일 수 있다는 발상만큼은 미처 하지 못했다는 겁니다. 그
말을 하는 앙투안의 눈자위에는 음산한 광기가 번뜩이는 것처
럼 보였다. 순간적으로 나는 납덩이 같은 긴장감에 짓눌리지 않
을 수 없었다. 쑤안도 나와 마찬가지로 잔뜩 긴장한 표정을 짓
고 있었다. 하지만 앙투안은 표정을 부드럽게 풀었다, 전혀 긴
장할 것 없습니다, 두 사람을 현자의 돌로 화덕에 투입하거나
연금술에 필요한 질료처럼 활용하겠다는 말은 절대로 아니니까
요, 다만 여기 두 사람한테 가장 먼저 나의 실험 결과를 공개하
고 싶었을 뿐입니다, 두 사람은 어떤 식으로든 트란과 밀접하게
관계 맺고 있는 상대들이니까요, 방금 트란이 어디 있는지 궁금
하다고 했나요, 이제 보면 곧 알게 됩니다, 모든 것은 이 앙투
안 융거하우스의 예언대로 이루어질 것입니다. 그렇게 말을 맺
자마자 앙투안은 쑤안과 나를 화덕에서 멀리 떨어져 앉도록 한
후 곧바로 아궁이에 불을 지폈다. 화덕 속에서 거센 불길이 타
올랐다. 순간 내 머리가 하얗게 비워지는 것 같았다. 쑤안은 신
내림을 받으려는 여인처럼 온몸을 부르르 떨기 시작했다. 그러
더니 잠시 후 겉옷을 훌훌 벗어 던지고는 갑자기 내게 달려 들
었다. 나는 황홀하게 약에 취한 것처럼 몽롱해진 기분으로 쑤안
을 내 품에 맞아들였다. 우리는 앙투안 융거하우스가 있다는 데
전혀 개의치 않고 바닥에 쓰러져 알몸으로 뒤엉켰다. 앙투안 역
시 우리가 섹스를 하든 말든 상관치 않겠다는 듯 이글거리는 눈

빛으로 화덕의 불길만 주시하고 있었다. 어쩐지 오누이 사이에 근친상간을 하는 것 같다는 생각이 들어, 내가 말했다, 그러니까 더욱 후끈 달아오르네. 내 말에 쑤안은 아무 대답 없이 고개만 끄덕여 보였다. 그녀가 내 자지를 밑동까지 입에 넣고 힘껏 빨아댈 때였다. 타오르던 화덕의 쇠문이 별안간 덜컹하고 열렸다. 그러자 앙투안 융거하우스는 도저히 사람의 입에서는 나올 수 없을 법한 괴성을 요란하게 질러댔다. 쑤안과 나는 펠라티오에 몰입하다 말고 그쪽으로 고개를 돌려야 했다. 이내 화덕의 거대한 불길 속에서는 실오라기 하나 걸치지 않은 알몸의 사람 하나가 느릿느릿한 걸음걸이로 서서히 그 윤곽을 나타냈다. 쑤안과 나는 경이로움과 공포감에 사로잡힌 시선으로 그 사람을 한참 동안이나 올려다보았다. 틀림없이 새하얀 여자였다. 그러는 동안 까닭 모를 광기를 주체하지 못하고 이리저리 길길이 날뛰며 돌아다니던 앙투안 융거하우스는 돌연 화덕의 불길 속에 몸을 던지고 말았다. 곧 불길 속에서 끔찍한 비명 소리가 들려왔다. 그럼에도 내 눈은 단 한순간도 끔뻑거리지 않고 화덕에서 걸어 나온 그 여자에게만 여전히 고정되어 있었다. 하지만 내게 그녀는 끝내 누군지 드러나지 않았다, 아니 끝끝내 드러날 수 없었다, 라고 나는 썼다. 글을 쓰는 동안 벌써 희뿌옇게 새날이 밝아왔다. 백야가 지속되는 새벽녘에는 여명의 빛과 간밤의 어둠이 선명하게 갈리지 않는다. 하지만 그래도 낮 시간의 암장을 버텨내자면 이제는 잠들어야 할 시간이다. 밤새도록 내 말에 귀 기울여준 너에게 감사한다. 나는 이게 우정이라고 생각했다. 그가 쓴 글은 거기까지였다. 그의 기록은 고독했지만 그것 역시 착각이었을지도 모른다. 그런데 겉장을 보니 이 기록에는 아직 아무런 제목도 붙어 있지 않았다. 그래서 나는 가철본의 겉장에 고독 역시 착각일 것이다라고 내 나름대로 정한 제목을 적어 넣은 후 그 소책자를 덮었다.

여명의 문을 여는
풍적수

프랑스에 온 이후 불면증은 더 심해졌다. 처음에는 시차 적
응이 되지 않아 그런 줄 알고 대수롭지 않게 여기려 했다. 원래
부터 내겐 밤낮이 뒤집힌 생활 패턴이 익숙했으니까. 프랑스로
날아오기 전, 그러니까 한국에 있었을 때도 나는 도무지 밤에
잠을 이룰 수 없었다. 밤만 되면 완강하리만큼 한층 투명해지는
내 의식을 흐려놓기 위해 주위에서 귀동냥으로 얻어들은 민간
요법을 써보거나 보드카나 드라이진처럼 높은 도수의 알코올에
의지해보기도 했지만, 이튿날에는 오히려 더욱 심각한 후유증
에 시달렸을 뿐 별로 이렇다 할 효험을 보지는 못했다. 그래서
어쩔 수 없이 약물을 쓰기 시작했다.

잠이 오는 약물을 얻은 것은 동네 약국에서였다. 나는 그 동
네 약국에서 이런저런 두통약이나 비염 완화제를 자주 구입하

는 단골 고객으로, 아침에 일어났을 때 머리가 조금만 띵해도 그 약국에서 사온 두통약을 두 알씩 입안에 털어 넣는 습관이 있었다. 그리고 방 안의 냉기에 코가 약간이라도 막히는 것 같으면 역시 그 약국에서 구입해온 비염 완화제의 대롱을 콧구멍 속에 고정한 후 찍찍 뿌려대곤 했다. 이따금은 평소보다 더 많은 개수의 두통약과 비염 완화제 한 통을 그 자리에서 다 코로 흡입해버릴 때도 있었다.

내가 두통약과 비염 완화제를 그토록 즐겨 찾은 까닭은, 우선적으로 골치 아픈 것을 가라앉히고 코막힘을 시원하게 뚫어주는 약효도 약효였지만 무엇보다도 그 약효에서 파생된 어떤 평정의 기운을 좋아해서였다. 그런 약물들을 다량으로 취하고 나면 의식과 순환기의 작동이 원활해지는 반면 내 안에 들끓던 각양각색의 욕망이나 혈기 따위는 서서히 사그라지는 것 같았다. 욕망이나 혈기가 사그라지는 것으로 여겨지는 내 내부의 빈 터에 오롯이 떠오르는 것은 아득한 침잠의 기미임에 틀림없었다. 고작 두통약과 비염 완화제의 약효만으로도 이런 기운에 휩싸일 수 있는 것을 보면 아무래도 나는 약물의 투입을 유달리 민감하게 받아들이는 체질에 속하는 모양이었다. 물론 그런 약효의 파급효과는 충분히 지속되지 않고 너무나 순간적으로 증발해버리기 일쑤였다.

하지만 그 순간성이야 내가 느끼기에 따라서는 영원에 가까워질 수도, 일각에 불과할 수도 있었다. 여명의 도래를 알리는 풍적(風笛)과도 같이 어디선가 은은히 들려오는 리코더 소리와 함께 첫새벽이 열린 어느 날이었다. 차일의 틈새로 비껴드는 한 줄기 햇살에 우연히 눈이 가닿았을 때 나는 내가 체감하는 시간의 물살 속에 우두커니 버티고 앉아 그 빛살의 원주를 한없이 집요하게 응시하지 않을 수 없었다. 거기서 가장 먼저 내 눈에 들어온 것은 태양의 미세한 입자들이었다. 하지만 더욱 세밀히 들여다보니 그것은 입자들이라기보다는 차라리 어떤 부스러기들에 더욱 가까운 것 같았다. 빛줄기 위로 떠다니는 방 안의 먼지는 그러한 태양의 부스러기들과 혼동되지 않았다. 한눈에 보기에도 빛 자체의 부스러기와 빛 속의 이물질들은 확연히 구별되고 있었기 때문이다. 다른 한편으로는 빛의 부스러기들이 빛살 속에 떠다니는 먼지들을 계속해서 퍼뜨리고 있는 것 같기도 했다. 즉, 먼지들은 햇살의 부스러기들에서 생겨나고 있었으며 지극히 평화롭게 허공 속에서 아른거렸다. 그것은 내게 태양이 빛살의 부스러기들을 퍼뜨려 이 지구에 전해오는 하나의 입맞춤처럼 보였다. 그 순간에 나는 바로 거기서 모든 생명체들이 생겨난다는 사실을 비로소 깨달을 수 있었다. 더욱이 태양의 부스러기들과 그 입맞춤으로부터 시작되는 모든 지구 생명체들의 부화와 생성은 나의 정신적 움직임에 조응했다. 다시 말해, 내게서 솟아오른 정신 심리의 발현은 태양의 입맞춤에 적극적으로 응하는 방식일 수 있었다. 정신 심리를 발현하는 방식으로 그 입맞춤에 적극적으로 응하려는 순간, 태양의 부스러기들에서는 그 발현의 형상과 구체적으로 맞닿아 있는 생명체들이 새로 태어나서 평화롭게 내 머리 위를 부유했다. 가령, 나는 빛살의 부스러기들이 다발처럼 뒤엉키더니 난데없이 여러 마리의 날벌레들로 부화하는 것을 생생하게 지켜볼 수 있었다. 날벌레들 같은 일체의 곤충들은 그렇게 태양의 입맞춤에서 매번 새로이 생겨나 그 입맞춤의 내밀한 징표로 허공에 아로새겨지는 것 같았다. 그러니 햇살은 태양의 부스러기이며 곤충은 태양의 입맞춤이다. 그 부스러기와 곤충 들의 찬연한 일렁임에 따라 이 세계와 우주는 자꾸만 파르르 진동했다.

하지만 이내 그 투명하던 햇살과 자애로운 입맞춤으로서의 날벌레들은 내 눈앞에서 감쪽같이 자취를 감추고 말았다. 어디선가 은은히 들려오던 리코더 소리도 어느덧 사라졌다. 나는 서둘러 차일을 걷어보았다. 창밖으로 내다보인 하늘은 언제 태양이 떠 있었느냐는 듯이 캄캄했다. 마치 생기 잃은 태양이 검게 급사라도 한 것처럼 보일 정도였다. 내 발치에서 알약들의 포장 껍질과 비염 완화제의 빈 통들이 나뒹굴고 있는 게 보였다. 나는 도무지 잠을 이룰 수 없어 괴로웠다.

파리 외곽 지역의 소요 사태는 이미 극렬한 내전에 가까워져 가고 있었다. 당국의 위수령에 따라 긴급 투입된 소요 진압 부대와 제3세계 해방 전선의 게릴라들 간에 벌이는 시가전은 날이 갈수록 치열한 공방을 더해가는 것처럼 보였다. 여기저기에서 프랑스의 공권력을 교란하고 허물어뜨리는 데 성공했다는 게릴라들의 승전보가 이어지고 있었다. 이들은 스스로를 지금 이 시대의 레지스탕스로 자임한다고 했다. 관공서나 주요 시설물 또는 공공장소에 빈번하게 폭탄 테러를 저지를 만큼 그 폭력성이 무시무시한데도 제3세계 해방 전선은 프랑스 식민지 출신의 수많은 거류민들과 그 나라의 일반 민중들 사이에서 절대적인 지지를 받고 있는 것 같았다.

장-마르크는 힘겹게 더듬더듬 이어지는 내 이야기에 귀를 기울였다. 나는 각종 진통제와 코 뚫는 약을 구입하느라 동네 약국에 자주 들락거려야 했다. 그곳의 약사인 알제리 출신의 장-마르크는 내가 들를 때마다 다소 들뜬 듯 싱글거리는 얼굴로 나를 반겨 맞았다. 덕분에 나는 장-마르크와 별로 어렵지 않게 약사와 고객 이상의 친분을 틀 수 있었다. 나중에 본인의 입으로 은밀히 털어놓은 바에 따르면, 장-마르크는 캐너비스나 하시시의 중독자였다. 그래서 실은 누가 약국에 오든 언제나 들뜬 듯 싱글거리거나 활기찬 태도로 맞아주는 것처럼 보이는 것일지도 모른다고 했다. 나는 그 말을 듣고도 전혀 서운하거나 실망하지 않았다.

캐너비스나 하시시를 몇 모금 빨고 나면 말이야, 장-마르크가 말했다, 마치 머나먼 행성의 외계인으로 변해가는 기분을 느끼곤 해, 더 이상 그 어떤 일에도 집착할 마음이 생기질 않고 뭔가에 대한 욕구 따위도 말끔히 씻겨 내려가는 듯하니 말이야, 실제로 아무것도 하고 싶지 않고 아무것도 원하는 게 없어지는 거야, 그러니 모든 사람과 모든 일에 관대한 것처럼 보일 수밖에.

장-마르크는 그런 말을 천연덕스러운 표정으로 늘어놓으며 내게 약국 조제실의 어느 서랍 속에 깊이 감춰둔 캐너비스나 하시시를 금세라도 나눠줄 것처럼 보였지만 유감스럽게도 실제로는 그러지 않았다. 대신 수면 유도용 알약을 몇 봉지 건넸을 뿐이었다. 내가 다소 실망하는 기색을 드러내자 장-마르크는 내 이야기를 잘 들었다고 한 후 졸피뎀과 리브리움 따위를 소량 섞었으니만큼 불면의 고통에는 이것의 복용만으로도 충분한 효험을 볼 수 있을 거라며 싱글거렸다. 나는 별 수 없이 장-마르크가 건네는 약 봉지들을 챙겼다. 그러고는 내가 서둘러 약국을 나서려 하자 장-마르크는 잔뜩 풀린 눈으로, 자기가 내 이야기를 들어주었으니 이제 내가 자기 이야기를 들어줄 차례라고 소리쳤다. 안타깝게도 약국에는 드나드는 손님이 한 명도 없었다. 어쩌면 그 일대에 약사가 캐너비스나 하시시를 즐긴다는 소문이 이미 파다하게 퍼져 있는 것일지도 모를 일이었다. 사실 장-마르크의 이야기를 들어주는 것은 썩 유쾌한 일이 아니었다. 나보다 훨씬 유창하게 구사하는 불어를 알아들어야 하는 것부터 고역이려니와 무엇보다도 그에게는 사실을 멋대로 꾸며대고 지어내는 습벽이 있었기 때문이었다. 이것은 장-마르크가 캐너비

스와 하시시에 오래도록 절어 지낸 탓이었을지도 모른다. 장-
마르크는 언젠가 한국에서 나를 만난 적이 있다고도 주장했다.
하지만 아무리 기억을 헤집어봐도 나는 한국에서 장-마르크 같
은 알제리계 프랑스인과 마주친 일조차 없었다. 내가 전혀 기억
이 나질 않는다고 하자, 장-마르크는 내가 전혀 자기를 기억해
내지 못 하는 것도 무리가 아닐 거라며 너그러운 웃음을 지어
보였다.

　그럴 거야, 장-마르크가 말했다, 한국에서 나는 너한테 '트
란'이라는 이름의 베트남계 혼혈아라고 나를 소개했으니까. 그
말에 나는 피식 코웃음 치며, 왜 그토록 어이없는 거짓말로 스
스로를 숨기려 했느냐고 따져 물었다. 그런 말을 입 밖에 꺼내
고 보니 애초부터 사실이지도 않을 게 빤한 장-마르크의 헛소
리에 실없이 진지한 대거리를 해주게 되고 말았다는 자괴감이
몰려왔다. 하지만 장-마르크는 당시 한국에서는 여러 가지 정
치적 이유들 때문에 아랍인들에 대한 감정이 심히 악화되어 있
을 때라 어쩔 수가 없었노라고 사뭇 정색한 얼굴로 토로했다.
한국 사람들은 자기들을 백인이라고 꾸며대서 믿는 경향이 아
주 강하지, 장-마르크가 계속했다, 난 그걸 한국에 체류한 지
불과 얼마 되지 않아 완벽하게 깨달을 수 있었어, 그러니 거기
머물면서 괜한 공격성에 시달리지 않으려면 다른 나라 사람이
라고 꾸며대는 게 상책이거든, 서방 세계의 백인들한테 아랍 인
종은 박멸하고 억눌러야 할 적들에 불과하니까. 그렇다면 어째

서 하필 베트남계 혼혈아라고 한 거지? 내가 물었다. 한참을 머뭇거리던 장-마르크가 겨우 입을 열어 답했다, 그때 나로서는 선택의 여지가 없었어, 싱가포르나 일본에서 왔다고 해봐야 금세 들통 날 게 분명했고 내가 그나마 그럴싸하게 흉내 낼 수 있는 건 베트남 사람들밖에 없었으니까, 프랑스 안에서 베트남과 우리는 거의 같은 처지였으니까. 그러더니 뜬금없이, 동네 약국에서 둘 다 두통약과 비염 완화제 따위를 구입하다 자주 마주치면서 그런대로 도타운 친분을 텄던 일이 엊그제 같은데 벌써 새카맣게 기억나질 않는 거냐고 다그쳤다. 나는 어느 동네, 어느 약국을 가리키는 거냐는 말로 꼬치꼬치 응수하려다 말고 그제야 기억이 떠오른다는 듯 마지못해 고개를 끄덕거렸다. 물론 그것은 거짓이었다. 나는 캐너비스나 하시시가 지핀 환각의 공유 속에서 장-마르크의 작화증이 펼치는 이야기의 거미줄 안에 이미 발을 들여놓고 기꺼이 휘말려들기를 자청한 셈이었다.

장-마르크에 따르면, 동네 약국에서 자주 마주친 트란(장-마르크)과 나는 알고 보니 같은 '소나코트라'에 거주하고 있었다. 잠깐, 소나코트라라구? 아무리 그래도 그렇지, 나는 순간적으로 장-마르크의 엉터리 같은 이야기에 급제동을 걸지 않을 수 없었다. 지금 이야기가 진행되어야 할 곳이 불가불 한국이라면, 한국이 맞는다면, 프랑스 정부에서 원래 지역별 노동자 합숙소로 기획하여 건축한 소나코트라 따위의 주택 형태가 한국에 있을 턱이 없거든, 내가 말했다. 이러한 나의 지적에 장-마르크는 한동안 눈을 끔뻑거리더니 한국을 떠나온 지 너무 오래돼서 자기가 착각한 거라며 거기서는 그러한 주택 형태를 뭐라고 불렀는지 이제 가물가물해진 것뿐이라고 둘러댔다. 나는 잠시 생각해본 후, 나도 이제야 그 말이 생각나는데 아마 다세대 임대주택이었을 거라고 바로잡아주었다. 내 말을 받아 장-마르크는 열없는 얼굴로 계속했다.

약국에서 각종 진통제와 비염 약은 물론 수면 유도제 등에 대한 정보를 나누며 친분이 생긴 트란과 나는 한 동네의 같은 다세대 임대주택에 거주하고 있었으므로 더욱 쉽게 가까워질 수 있었다. 둘은 겪고 있는 증상이 비슷해서 공통적으로 나눌 만한 화제가 풍성했다. 예컨대, 나와 트란은 밤에 전혀 잠을 이루지 못해 괴로워하는 면이 비슷했다. 처음에 우리들은 몇 번이나 우연히 이슥한 시각에 잠을 이루지 못하고 방에서 나오다 서로와 마주쳤다. 트란과 나는 마치 약속이나 한 듯 서로에게 이 야밤에 어딜 급히 다녀오는 길이냐고 묻곤 했다. 둘은 서로에 대해 야음을 틈타 살해한 누군가를 뒷산에 파묻고 온 게 아니냐는 의심을 품고 있는 것 같았지만 한 번도 과감하게 그런 의중을 내비치지는 않았다. 어느 날 밤, 그날은 금요일 밤이어서 시간이 이슥해졌는데도 한결 여유가 있었다, 계단 턱에 쭈그려 앉아 속내를 터놓고 보니 약국에서의 친분이 생겼는데도 트란은 나를, 나는 트란을, 꼭 산 도적놈처럼 생긴 놈이 왜 밤에 자라는 잠은 자지 않고 수상쩍게 건물 계단에서 어슬렁거리나 싶어 남몰래 경찰에 신고하려던 참이었다는 사실이 밝혀졌다.

의기투합치고는 좀 얄궂군, 서로의 인상이 산 도적놈 같다는 데 뜻을 함께하고는 똑같이 투철한 신고 정신을 서로한테 발휘하려 들었으니 말이야, 어두운 층계참에 나란히 앉아 트란과 담배를 나눠 피우며 내가 말했다. 트란은 그 말에는 별로 개의치 않고 한국에 온 이후 불면증이 더 심해져 걱정이라고 했다. 처음에는 시차 적응이 되지 않아 그런 줄 알고 대수롭지 않게 여기려 했지, 나야 원래부터 밤낮이 뒤바뀐 생활 패턴에 익숙해져 있었으니까, 트란이 내게 말했다, 근데 이건 도저히 못 견디겠군, 조금 머리가 이상해지는 것 같더라도 결국 약을 먹어야겠어. 약을 먹겠다는 트란의 말이 내 관심을 잡아끌었다. 그래서 트란에게 정중한 어조로 물었다, 괜찮은 약이 있을까? 약국에서 사온 멜라토닌 같은 거 말고 말이야. 내 물음에 트란은 선뜻, 있구 말구,라고 답하고는, 여기서 이럴 게 아니라 조금 늦긴 했지만 내 방에 같이 가보는 건 어때, 꼭 약이 아니더라도 보드카나 드라이진처럼 잠을 청하는 데 긴요한 독주들이 있으니 같이 나눠 마시는 것도 괜찮을 거야,라고 말했다. 곧 앞장선 트란이 자기 거처의 문을 열었다. 순간 나는 선뜻 안으로 들어가기가 망설여졌다. 그래서 농담의 어투를 빌려 확인해둘 겸 다시 한 번 물어보았다, 진짜로 야산에 다녀오느라 이 시간에 층계참에서 서성거리고 있었던 건 아니겠지? 트란은 내 농담조를 역시 가벼운 어투로 맞받았다. 맞아, 야산 기슭에 어떤 소녀 하나를 파묻고 왔어…… 트란의 어투도 역시 농담조였지만 내 머리끝은 순간적으로 쭈뼛해졌다.

그런 농담이 무색해지도록 트란의 방에서는 수상쩍거나 이상한 기미 따위를 전혀 느낄 수 없었다. 특기할 만한 게 있다면, 전반적으로 단출한 세간과는 어울리지 않게 방 한쪽에 대형 수족관이 설치되어 있다는 점이었다. 나는 수족관이 눈에 들어오자 어느 공포 영화의 한 장면이 떠올라 흠칫했다. 하지만 수조 안에는 몇 마리의 열대어들이 울긋불긋한 수초들 사이에서 마치 고무줄놀이에 열중하는 여자아이들처럼 팔랑거리고 있을 뿐 다행히도 내가 순간적으로 상상한 것과 같은 이물질들이 들어 있지는 않았다. 수조의 가두리에 형광등이 켜져 있는 수족관의 물속은 눈부시도록 환하고 투명했다. 또한 너무나도 정태적이고 고요해 보여서 평화롭게 물속을 오가는 열대어들의 정경은 일체의 욕망이나 혈기 따위를 무화시켜버리는 평정의 소우주처럼 여겨질 지경이었다. 나는 지금 여기에 왜 와 있는지도 잊고 한동안 트란의 아름답고 신비스런 수족관에서 눈을 떼지 못했다.

그때 내 뒤에서 서툰 리코더 소리가 들려왔다. 그제야 정신을 차리고 뒤를 돌아보니 트란이 갈색 리코더를 더듬거리며 불고 있는 게 보였다. 나는 웬 리코더냐고 물었다. 트란은 이웃집의 어떤 소년이 이 건물 복도에 떨어뜨리고 간 걸 주워온 거라며 밤에 이 리코더를 불면 저 칠흑 같은 어둠 속의 외계로부터 어떤 소리의 응답이 전해질지도 모르는 일이라고 했다. 뭔가가 어떤 형태로든 이 리코더 소리에 응답해오길 나는 기다리고 있어, 트란이 말했다, 그게 약의 기운이 불러온 어떤 환영이든 아니면 진짜 신령(神靈) 같은 것이든 말이야. 그러고는 리코더 소리는 악기로 그 소리를 더욱 정묘하게 가다듬은 휘파람의 하나라며 밤에 부는 휘파람에는 외계의 혼령을 부르는 신기(神氣)가 서려 있을 거라고 했다. 그래, 그럼 그사이에 무슨 응답이라도 있었나, 내가 물었다. 트란은 찬장에서 보드카 한 병을 꺼내 유리잔과 함께 쟁반에 받쳐온 후 손가락으로 베란다 쪽을 가리켰다. 이 새벽에 여명이 터올 무렵 당신도 곧 그 응답이 뭔지 알게 될 거야, 보드카 한 잔을 가볍게 들이키며 트란이 말했다. 나는 화제를 바꾸어 수족관이 참으로 훌륭하다고 했다. 그러자 트란은 수족관에 각양각색의 열대어를 사다 기르는 게 유일한 낙이라고 답했다. 한쪽에 베란다가 있다면 다른 한쪽에는 이 수족관이 있는 셈이지, 트란이 덤덤하게 말했다. 나는 트란의 그 말이 무슨 뜻인지 아리송해서 고개를 갸웃거렸다. 여러 약 기운에 휩싸여 수족관을 뚫어져라 들여다보고 있노라면 새로운 우주 속으로 진입하는 것 같은 신비체험에 눈뜰 수가 있거든, 트란이 말했다. 신비체험이라니, 무슨 종교적인 감화 감동 같은 것을 말하는 건가, 내가 물었다. 글쎄 꼭 종교적인 것이 아니더라도 수족관 속에 태양이 떠 있는 것을 실제로 보거나 열대어들이 태양의 기포들로 변해가는 것을 목격할 수 있다면 그건 이미 하나의 신비체험에 속한다고 할 수 있지 않을까, 트란은 그렇게 말하고는 내 소매를 잡아끌고 방 한쪽에 놓인 간이 수납장 앞으로 데리고 갔다. 트란이 수납장의 서랍 하나를 열자 알록달록한 캡슐 포장에 담긴 여러 알약들이 종류별로 차곡차곡 정리되어 있는 게 보였다. 먹기만 하면 어쩐지 머리와 몸이 부대끼는 거 같아 한동안 멀리하긴 했지만 도무지 잠을 이룰 수 없으니 별 수 없군, 보아하니 당신도 나와 마찬가지로 불면증에 괴로워하는 모양이니 같이 먹자구, 그 서랍 속의 알약들을 헤아리며 트란이 내게 말했다. 나는 트란에게 이 알약들이 모두 수면 유도에 효과적인 약물이 맞느냐고 한 후 어떻게 이리도 많은 알약들을 가지고 있을 수 있는지 궁금하다고 했다. 트란은 자기가 원래 약사였다고 밝혔다. 약사의 집에 약들이 잔뜩 쌓여 있는 것은 당연하지, 그리고 그동안 수시로 약국에 드나들면서 사온 약들도 다 먹지 않고 실험용으로 보관해온 탓도 있지, 트란이 말했다. 나는 실험용이라면 무슨 실험이었느냐고 물었다. 어떤 약과 어떤 약을 조합하고 칵테일했을 때 더욱 잘 어울리나 따위였어, 가령 비록 알약은 아니지만 시중의 약국에서 파는 비염 완화제와 두통약들을 적절히 조합해서 다량으로 체내에 투입하면 대뇌피질과 뇌신경계가 자극되면서 신비체험처럼 아주 양질의 환각을 불러오게 되더군, 그러니까 이 실험은 부드러운 잠기운과 양질의 환각에 대한 욕구를 동시에 충족시키기 위한 거라고 할 수 있지, 트란이 자분자분한 어조로 내게 설명했다. 약물 칵테일을 복용하고 리코더를 불면 지금보다 훨씬 신기 어린 소리가 나온다는 말도 덧붙였다. 나는 트란이 칵테일해준 대로 독실라민 반 알과 실로사이빈 그리고 하노이 근교의 어느 부락에서 채취했다는 식물 뿌리의 압축 캡슐 등을, 얼음으로 희석한 보드카와 함께 입안에 털어 넣고 삼켰다. 트란도 내 것과 똑같은 성분의 알약 칵테일을 함께 먹었다.

얼마 지나지 않아 블랙홀에 모든 빛이 흡수된 듯 내 눈앞을 아득한 어둠이 가로막았다. 이 세계에서 태양이 순식간에 소멸하기라도 한 것 같았다. 그렇다고 잠이 쏟아지지는 않았다. 잠이 쏟아지기는커녕 손톱만 한 불씨조차 스미지 않은 어둠 속에 갇혀 있는데도 시야는 더욱 명징하게 트이는 기분이 들었다. 그리고 이내 어둠이 걷히면서 내 명징해진 시야에, 트란의 말대로 태양을 떠안은 듯 눈부시게 찬연한 수족관이 떠오르기 시작했다. 수족관에는 조물주의 축복처럼 은혜로운 햇살이 흘러넘치고 있었다. 저길 봐 트란, 나는 감흥을 주체할 수 없어 트란에게 말을 걸었다, 당신 말마따나 수족관이 태양을 떠안고 있어, 혹은 당신의 수족관 속으로 태양이 강림했어, 이 얼마나 황홀한 풍광인지 모르겠군, 아까 당신의 방에 들어와서 수족관을 처음 봤을 때도 나는 거기서 참된 평정의 기운이 전해졌다고 여겼는데 햇살이 흘러넘치는 지금의 수족관을 다시 보니 아까 그건 고작해야 평정의 시늉에 불과했던 거 같네. 그러자 내 말에 답하

기 위해 트란이 나른해진 목소리로 입을 열었다, 그때의 수족관
은 아직까지 우리들의 정신 심리가 발현해서 조응하기 이전의
사물에 지나지 않았어, 모든 사물과 피조물은 정신 심리의 구체
적인 발현체일 거야, 가령 나는 내 머리 위로 날아가는 새들 역
시 이 우주에 우리들의 정신 심리가 맞닿았을 때 생겨난 하나의
애무라고 생각해, 그건 날개 돋은 이 우주의 애무인 셈이지, 그
걸 깨달을 때 이 세계는 비로소 우리 앞에 내밀한 인식의 문을
열어 보이는 거 같아,* 쉽게 말해 우주와 우리의 정신적 움직임
이 하나로 맞닿아야 이 세계 속의 실체가 오롯이 본래의 모습대
로 부각될 수 있다는 거야, 당신과 나한테 잠이 필요한 이유는
그것을 순간적으로나마 체험하기 위해서인데 불행하게도 당신
과 나는 지금 잠을 박탈당한 형극 속에서 근근이 하루하루를 버
텨가는 중이지.

　태양을 안은 수조 속에서 열대어들은 그 햇살의 다채로운 빛
줄기들과 하나로 포개져 하얗게 빨려 들어가고 있었다. 내 눈에
그것은 태양이 피조물들에게 제각각 입을 맞춰 보다 신성하고
조화롭게 가꿔가는 모습처럼 비쳤다. 열대어들은 이제 그 자애
로운 입맞춤을 받아 태양의 수족으로 거듭나는 셈이었다. 만약
열대어들이 물고기의 모습으로 되돌아온다면 그것은 태양의 빛
줄기에서 새로 생겨나는 것이라고밖에 볼 수 없었다. 그러니 결

---

* 러시아 작곡가 알렉산드르 스크랴빈(1872~1915)이 자신의 열번째 소나타에 남
　긴 부기에서 일부 대목을 변형하여 인용함.

국 모든 열대어들은 태양의 입맞춤에서 태어나는 것이며 열대어들이야말로 그 입맞춤의 물질적인 징표가 아니겠는가. 그렇다면, 내가 말했다, 도대체 그 무엇이, 누가 당신과 내가 각각의 몫으로 취해야 할 잠의 안식을 앗아간 걸까. 바로 그 때문에, 트란은 마치 태양에 가 닿으려는 듯 수조 속으로 손을 집어넣은 후 햇살에 둘러싸인 열대어 한 마리를 무심히 건져 올리며 말했다, 모든 싸움과 쟁투는 시작된다고 볼 수 있지. 트란의 손아귀에 잡힌 한 마리 열대어는 즉흥적인 마술쇼처럼 그 손바닥 위에서 큼지막한 기포로 변해 두둥실 떠오르더니 허공에 스미듯 이내 사라졌다. 모든 싸움과 쟁투가 시작되다니, 내가 어리둥절해진 표정으로 되묻자 트란은 가볍게 미소 지어 보이며 말했다, 당신한테 열대어가 바로 태양의 기포임을 눈앞에서 보여주고 싶더군. 그 말에 나는 전적으로 수긍한다는 듯 과장되게 고개를 주억거렸다. 하지만 트란은 이내 심드렁해진 어투로 웅얼거렸다, 아 벌써 주말이군, 주말만 되면 대다수의 유로피언들은 교외의 별장으로 나가 자기들에게 주어진 여가 시간의 행복을 마음껏 누리려 하지, 그런데 그 집착이 너무도 심해서 마치 여가 만끽의 집단적 강박에 짓눌려 있는 병자들처럼 보일 정도야, 우리 같은 피식민지 출신들이 세계의 비참을 절감하며 그러한 잉여가치의 소비 강박 밑에서 신음하고 있건 말건, 하지만 서방 세계의 백인들과 자기들을 동일시하는 한국 사람들은 어쩌나, 알제리나 베트남 같은 식민지들을 경략해본 역사적 경험이 있기는커녕 도리어 우리와 처지가 똑같으니 참으로 애석한 노릇 아닌가, 트란은 혼잣말을 마치고 혼자서 낄낄거렸다.

그러고 보니 벌써 주말이었다. 나는 백인이 아니었다. 그렇다고 해서 트란처럼 꼭 주말 여가와 백인 사이의 연관 관계를 따져 묻고 싶지도 않았다. 하지만 따져 묻지 않는다고 해서 그런 문제가 없어지거나 해소되는 것도 아니었다. 그러니 차라리 집단의 기억을 지우거나 도려내는 편이 나을 수도 있었다. 사람은 의도적으로 도려낸 기억의 흉터 위에 비록 거짓일지라도 새로운 이야기를 자꾸만 꾸며대고 지어내야 견딜 수 있는 것 같았다. 그러므로 개인이든 집단이든, 의도된 망각은 작화하기의 병적 충동을 유발할 수밖에 없을 듯싶었다. 따라서 나는 백인이어야 했다. 앞으로라도 백인의 이야기 속에서 살아야 했다. 하지만 그전에 우선 되찾아야 할 것은 잠의 안식이었다.

트란과 나는 태양의 빛살과 입맞춤과 기포들이 용솟음치는 수족관 앞에 좀더 바싹 다가앉아 얼음으로 희석한 보드카를 한 잔씩 더 나눠 마셨다. 어느덧 시간이 꽤 흐른 것 같았다. 그사이에 차츰 태양은 수족관에서 벗어나 하늘로 옮겨가기 시작했다. 태양의 기포가 되어 허공 속에서 증발한 열대어 한 마리를 제외하고 나머지 열대어들은 다시 태양의 입맞춤과 함께 원래의 모습으로 되돌아가는 중이었다. 이제 곧 먼동이 터오겠군, 트란이 베란다 쪽을 바라보며 웅얼거렸다. 그래. 시간이 꽤 됐지, 내가 말했다. 아니 시간이 꽤 지났다는 얘기를 하려던 게 아니라, 트란이 말했다, 이제 곧 베란다로 나가서 아이들을 맞아야 할 때가 다가오고 있다는 뜻이었어. 아이들이라니, 나는 고개를 갸웃거렸다. 그러자 트란은 아까 불던 갈색 리코더를 들어 보이며 말했다, 이 리코더의 원래 주인. 이웃집의 어떤 소년이 건물 계단에 흘린 거라며, 내가 말했다. 응 맞아. 이 리코더를 잃어버린 소년이 베란다에서 내려다보이는 주택단지 안의 놀이터 안에 자기 누이랑 이제 곧 나타날 거야, 왜 리코더 잃어버린 소년은 아무리 새벽이라지만 놀이터에 나와 놀면 안 된다는 법이라도 있나, 나는 그들을 놀이터에 부르기 위해 여명의 도래를 알리는 풍적수처럼 이 리코더를 불 생각이고, 트란이 말했다. 트란의 말로는, 약물 칵테일의 복용 후에 리코더를 불면 그 휘파람 소리에 한층 더 신기가 어릴 수 있다고 했다. 나는 트란의 리코더 소리에 따라 놀이터에 나타난다는 소년과 그 누이가 혹시 죽은 혼령이나 귀신 같은 게 아니냐고 물었다. 내 물음에 트란은 고개를 가로저으며 답했다, 죽은 혼령이나 귀신은 아니야, 분명히 살아 있는 아이들이지, 하지만 그건 지금 그렇게 중요한 문제가 아니야, 중요한 건 그 아이들이 저기 나타나서 놀 거라는 거지. 수족관 속에서는 태양의 입맞춤을 받은 혹은 태양의 입맞춤 자체인 열대어들이 평화롭게 수중에서 부유하고 있었고 베란다로는 희붐하게 서서히 먼동이 터오고 있었다. 이윽고 트란은 얼음이 다 녹아 물과 뒤섞인 유리잔 속의 보드카 한 모금으로 입술을 축인 후 베란다 앞에 서서 그 갈색 리코더를 불기 시작했다. 그것은 여명의 도래를 알림과 동시에 아무도 없는 새벽녘의 놀이터로 이웃의 아이들을 불러내는 풍적의 발신이었다. 이렇다 할 멜로디도 없고 음조도 없는 리코더 소리는 다소 음산하게 이슬로 축축해진 첫새벽의 텅 빈 놀이터에 울려 퍼졌다.

그러고 나서 채 몇 분이 지나지 않아 마치 그 리코더의 막연하고 쓸쓸한 발신에 화답하듯 놀이터에서는 뛰어노는 아이들의 말소리가 들려오기 시작했다. 나는 수족관 속의 열대어들을 이리저리 눈으로 쫓다말고 황급히 달려 나가 베란다 발치의 놀이터를 내려다보았다. 미상불 트란의 말대로 놀이터에는 어린 사내아이와 여자아이가 뛰어놀고 있었다. 트란은 리코더 연주를 멈추고 흡사 마술사와 같은 몸짓으로 이거 보라는 듯 내게 놀이터를 가리켜 보였다. 사내아이의 누이라는 여자아이는 철봉들 사이에 외가닥의 고무줄을 연결하고는 수초들의 틈새로 오가는 열대어처럼 팔랑거리며 그 위에서 열심히 다리를 놀렸다. 리코더를 잃어버렸다는 사내아이는 고무줄놀이에 열중하고 있는 누이 근처에서 잠시 얼쩡거리다 가장자리로 물러나서 얌전히 그네를 탔다. 사내아이가 탄 그네에서는 앞뒤로 한 번씩 오갈 때마다 거친 금속성의 마찰음이 심하게 났다.

저 여자아이의 이름은 이자벨이고 사내아이는 피에르야, 각각의 아이들을 손가락으로 가리켜가며 트란이 말했다. 이자벨? 피에르? 그것은 가장 흔하디흔한 프랑스 이름들의 하나였다.

그렇다면 저 아이들은 한국인이 아니고 프랑스인이란 말인가? 하지만 검은 머리에 황인종의 특색을 고루 갖춘 외양으로 보아 적어도 내겐 이 아이들이 프랑스 꼬마들처럼 여겨지지는 않았다. 게다가 트란/장-마르크의 작화가 펼쳐지고 있는 공간적 배경은 틀림없이 프랑스가 아니라 한국이라는 것을 미리 못 박아두고 있었다. 그게 아니라면 도대체 여기는 어디란 말인가? (한국 사람인 내게 이런 명명상의 실수를 지적당했음에도 장-마르크는 야릇할 정도로 이 대목에서만큼은 자기의 실수를 인정하려 들지 않았고, 석환이나 유미 같은 한국 이름으로 고칠 생각도 없어 보였다. 그것은 이해할 수 없는 고집이었고 터무니없는 기억의 조작이었다. 하지만 작화증의 습벽에 따라 이 사실을 꾸역꾸역 지어내고 있는 장-마르크의 기억은 애초부터 텅 비어 있을 수밖에 없음을 잊지 말아야 한다. 기억이 부재하는데도 잘못된 기억임을 꼬집어 말한 것은 오히려 나의 실수라고 자인해야 할 일일 것이다. 여기서 내가 장-마르크에게 베풀 수 있는 최대한의 호의는 그 기억의 사실성을 믿어주되 명백히 현실과 어긋나는 부분에 대해서도 고지식하게 기억이 잘못되었음을 반박하거나 그 허구성을 들추기보다는 거짓 기억이 종종 빚는 착종과 혼란에 공범의 입장에서 동참하는 것뿐이리라.) 하지만 내 기억이 잘못된 게 아니라면, 트란이 단호하게 말했다, 저 한국 아이들의 이름은 분명 이자벨과 피에르가 맞아, 여기가 아무리 한국이라고 하더라도 그건 어쩔 수 없는 사실이거든. 그런 트란의 단호함에 눌려 나는 영 석연치 않았지만 부득불 트란의 주장을 수긍하는 척이라도 해야 했다. 게다가 이건 비단 프랑스나 한국이 아니라더라도 세계 어디서나 벌어질 수 있는 사건이야, 트란은 가라앉은 목소리로 말을 이었다, 그러니 저 아이들의 이름이 이자벨이나 피에르면 어떻고 유미나 석환이면 그게 또 무슨 상관이겠어. 사건? 나는 사건이라는 말에 트란을 돌아보았다. 앞으로 저 아이들한테 무슨 사건이라도 벌어진다는 말인가, 내가 물었다. 트란은 한동안 침묵 속에서 이자벨과 피에르를 주시하다 무겁게 입을 열었다, 이건 앞으로 벌어질 사건이 아니라 이미 일어났던 과거의 일이야, 우리는 이미 과거의 이야기 속으로 발을 들여놓은 셈이지, 그러니까 우리가 지금 내려다보고 있는 아이들의 모습은 과거의 한 장면이라는 얘기야. 나는 트란이 과도한 약 기운과 취기에 사로잡혀 자기 자신도 믿지 않는 헛소리를 주절거리는 중이거나 아니면 결국 서로가 모르는 사이에 혼자서만 스르르 잠이 들어 몽유병 속의 독백에 몰두하는 중이거나 그것도 아니라면 위중한 작화증의 망상을 앓고 있는 것임에 틀림없다는 생각을 했다. (하지만 트란과 전혀 다르지 않게 독한 약 기운과 취기에 몽롱해져 있는 내가 정말 이토록 합리적으로 상대방의 이야기를 재단할 수 있었을까? 이 부분도 미심쩍기 그지없다.) 이런 내 생각을 읽기라도 했다는 듯이 트란은 나를 쏘아보며 열띤 어투로 계속했다, 지금 우리는 비록 다소간의 약 기운과 취기에 의지하고 있긴 하지만 어쨌건 서로가 거미줄처럼 자은 이야기의 실타래 속으로 자진해서 휘말려들었다는 사실을 한시라도 잊어서는 안 돼, 나는 끊임없이 이야기를 하지 않을 수 없었고 그렇다면 거기서는 그 이야기가 바로 현실 자체인 거야, 이상하고 엉뚱한 주장처럼 들릴지 몰라도 내가 바라보는 한은 사실이 그래, 이야기 바깥에는 그게 헛소리인지 참말인지를 가늠해줄 어떠한 기준이나 근거도 있을 수 없는 거야, 왜냐하면 현실 자체인 이야기 바깥에 그 현실이 어떻다는 것을 판가름할 수 있는 원본의 현실이란 것은 따로 있는 게 아니니까, 이야기 바깥에는 결국 아무것도 없으니까.

하지만 트란의 불가해한 주장과 상관없이 두 아이는 지금 현재진행형의 현실로 눈앞의 놀이터에 나타나 각자의 놀이를 즐기는 중이었다. 이자벨은 아까와는 다른 스텝으로 외가닥의 고무줄 위에서 사뿐사뿐하게 다리를 놀리고 있었고 피에르는 여전히 이음새에서 금속성의 마찰음을 심하게 내며 앞뒤로 오가는 그네에 앉아 있었다. 그럼에도 트란은 곧바로 자기주장의 증거를 보여주겠다며 결코 물러서지 않았다. 피에르가 리코더를 어딘가에 흘린 건 지금이야, 그 리코더는 내가 당신한테 보여줬을 뿐 아니라 여명의 도래를 알린다면서 불어 보이기까지 한 방금 전의 갈색 리코더와 완전히 동일한 악기지, 하지만 그 리코더는 이미 내 수중에 없어, 지금은 우리가 이미 과거 시간 속으로 들어와 있는 중이니만큼 그렇다면 그 리코더는 피에르의 주머니에 들어 있어야 하고 그게 맞으니까, 이제 곧 피에르는

주머니에서 그 리코더를 꺼내 불기 시작할 거야. 나는 그 말을
듣고 트란의 주위를 두리번거리며 정말로 리코더가 없는지 확
인하려 들었다. 방금 전까지 트란의 손에 들려 있던 갈색 리코
더는 방 안 어디에서도 눈에 뜨이지 않았다. 설마 어딘가에 숨
겨놓고 장난치려는 건 아니겠지, 서로 정신이 몽롱해진 틈을 타
서 말이야, 내가 트란을 흘겨보며 그렇게 윽박지르려는 순간 놀
이터에서 가냘픈 리코더 소리가 들려왔다. 나는 황급히 놀이터
로 눈을 돌리지 않을 수 없었다. 과연 트란의 말대로 피에르는
그네에 앉아 갈색 리코더를 꺼내 불고 있었다. 이자벨은 피에르
가 부는 리코더의 멜로디에 노랫말까지 붙여 부르며 계속해서
춤추듯 다리를 놀리는 데 열중했다. 개나리 노란 꽃그늘 아래
가지런히 놓여 있는 꼬까신 하나 아기는 살짝 신 벗어놓고 맨발
로 한들한들 나들이 갔나 가지런히 놓여 있는 꼬까신 하나……
어쩐지 기분이 유쾌해진 나도 그 멜로디를 콧노래로 따라 불러
보았다. 트란은 어떠냐는 듯 놀이터를 향해 두 팔을 쫙 펼쳐 보
였다. 당신의 말을 듣고 저 아이들이 그대로 따라 움직이는 것
처럼 보이니 조금 놀랍긴 한데, 내가 짐짓 시큰둥한 표정을 지
어 보이며 말했다, 트란 당신이 장난 삼아 어딘가에 숨겨뒀을지
도 모를 그 리코더와 지금 피에르가 불고 있는 저 리코더가 정
말 똑같은 것인지 아닌지는 아직 잘 모르겠어, 그것만 밝혀진다
면 결정적일 텐데 말이지. 그러자 트란은 어깨를 으쓱해 보였
다, 더 이상 말할 필요 없이 그저 지켜보는 것만으로 이제 충분

할 거야, 어차피 우리는 내 이야기를 통해 이미 벌어진 예전의
사건 속으로 거슬러 들어와 있으니까. '사건'이라는 트란의 단
어 선택이 다시 한 번 내 귀에 꽂혔다. 자꾸 사건 사건 하니 도
대체 앞으로 아니 뒤로 아니 그래 앞뒤로 저 꼬마들한테 무슨
일이 닥칠지 아니 닥쳤을지 몹시 궁금해지는군. 내 말에 트란은
입을 씰룩거리며 말했다, 그러려면 우선은 내 이야기를 믿고 선
선히 따라와주는 게 필요해. 그래 계속 그렇게 하도록 하지, 이
방에 들어온 후로 지금까지 계속 그래왔는데, 선선한 목소리로
내가 말했다. 그런데 오늘도 당신이나 나나 잠 한 숨 못 자고
밤을 지새울 수밖에 없게 되었군…… 그러게, 약 기운이나 독
주의 취기에 잠이 들 수 있을까 해서 당신 방까지 따라 온 건데
오히려 정신이 더욱 말짱해졌어, 당신 말대로라면 무엇인가가
우리한테서 잠의 안식을 앗아간 거라지만 결국 이게 다 습관을
잘못 들인 우리 개개인의 생활 패턴 때문이 아닌가 싶네……
글쎄…… 트란과 내가 혼잣말이나 다름없는 대화를 주절주절
주고받는 사이에도 고무줄놀이나 리코더와 함께하는 두 아이의
노래가락은 다른 곡으로 넘어가며 계속 이어졌다. 자유의 길로
무찌르자 공산당 몇천만이냐 대한 남아 가는 길 저기로구나 나
가자 나아가자 승리의 길로 나가자 어서 가자 자유의 길로……
　　그때 놀이터 입구 앞으로 자홍색 시트로엥 잔티아 한 대가 와
서 멈춰 섰다. (그런데 한국의 수입 외제차들 중에 이런 차종이
있나?) 그 차가 눈에 뜨이자 이자벨은 고무줄놀이를 뚝 멈추었

고 피에르는 불던 리코더를 슬그머니 바지 주머니에 챙겨 넣었다. 차창이 내려가더니 어서 차에 타라는 여자의 목소리가 들려왔다. 나는 그 차를 대하는 아이들의 어색한 태도가 마음에 걸려 트란을 돌아보았지만 정작 트란은 별 거 아니라며 지금 차를 몰고 온 사람들은 이자벨과 피에르의 부모로 주말의 여가 시간을 즐기기 위해 다함께 교외로 가족 나들이라도 떠나려는 것 같다고 했다. 그런 얘기를 들었는데도 바로 내 눈에 들어오는 것은 그 차를 대하는 아이들의 어둡고 착잡한 표정이었다. 아이들의 얼굴에는 어쩐지 공포가 어려 있는 것 같기도 했고 슬픔이 스며 있는 것 같기도 했으며 어찌 보면 분노와 적개심이 노골적으로 드러나 있는 것 같기도 했다. 하지만 이자벨과 피에르를 부르는 차 안의 목소리는 주말 나들이에 아이들을 챙기려는 여느 부모의 그것과 전혀 다를 바 없이 해맑고 다정한 것처럼 여겨졌다. 이 가족은 과거도 미래도 없이 지금의 상황 속에 영원회귀처럼 갇혀 있는 셈인데, 어리둥절해하는 내 표정을 힐끔거리더니 트란이 말문을 뗐다, 아이들은 이 상황의 의미와 이후에 닥칠 사건을 언젠가부터 의식하게 된 반면 부모들은 아무 의식 없이 매번 반복되는 이 상황 속의 역할에만 충실한 거 같아. 이 가족이 영원회귀처럼 현재의 상황 속에 갇혀 있다고? 그렇다면 이후 무슨 일이 벌어졌는지는 알 수 없지만 그게 이들에게 불행한 사건이었다면 그것을 미리 알고 있는 우리들이 직접 나서서 저들을 영원회귀의 현재 상황 속에서 구출해낼 수는 없을까?

그건 절대로 불가능한 얘기야, 트란이 단호하면서도 음울한 목
소리로 답했다, 그렇다면 이 이야기는 완전히 중단되어야 하고
이야기가 중단되면 저들의 존재도 허공에 떠오른 기포처럼 가
뭇없이 소멸할 수밖에 없을 테니까.

어쨌든 아이들은 몹시 불안해하는 얼굴로 부모의 차에 탔다.
이자벨과 피에르의 부모는 아이들의 까닭 모를 그늘에 전혀 개
의치 않고 온 가족이 함께하는 주말의 나들이 길을 마냥 즐거워
하고만 있는 것 같았다. 방금 전과 달리 침울하고 창백해진 아
이들과 이에 상관없이 들뜬 표정으로 희희낙락거리는 이들 부
모의 태도는 한자리에서 같은 상황 속에 있는 가족이라고 하기
에는 너무나도 상반되어 차라리 우스꽝스러워 보일 지경이었다.
그런데 막 차에 오르기 전 피에르의 바지 주머니에 헐겁게 꽂혀
있던 문제의 갈색 리코더가 스르르 흘러나와 길바닥 위에 떨어
지는 게 보였다. 피에르는 리코더를 흘린 줄도 모르고 누이와
함께 차에 탔다. 이자벨과 피에르가 타자마자 차는 그대로 출발
했다. 트란은 저길 보라며 자기 말대로 피에르가 결국 리코더를
엉뚱한 곳에서 잃어버리지 않았느냐고 했다. 여기서 이럴 게 아
니라 무슨 일이 벌어지나 아니 무슨 일이 벌어졌나 같이 한번
따라가볼까, 트란이 이어 말했다. 우리는 곧 트란의 방에서 나
와 놀이터 입구로 내려갔다. 거기서 트란은 피에르가 흘리고 간
갈색 리코더를 주워들었다. 이렇게 해서, 트란이 말했다, 나는
이웃집 소년이 잃어버린 이 리코더를 손에 넣고 내내 잠들지 못

해서 깨어 있어야 했던 첫새벽마다 여명의 도래를 알리는 풍적
수처럼 이것을 불게 된 거지. (나는 이 대목에서도 수긍하기 어
려웠다. 왜냐하면 처음에 트란이 이 리코더를 발견하여 손에 넣게
된 곳은 우리가 세 들어 사는 건물의 계단에서였다고 밝혔기 때문
이다. 그런데 정작 내 앞에서 피에르가 자기의 리코더를 흘리고 간
곳은 분명 주택단지 내의 놀이터 입구였고 트란도 거기서 피에르의
리코더를 손에 넣고 있다. 내가 트란/장-마르크에게 이 대목의 모
순을 어떻게 받아들여야 좋으냐고 물어봤지만 그(들) 역시 이 부
분에 대해 납득할 만한 대답을 내놓지 못했다. 처음에는 기억이 가
물가물해서 건물 계단이었는지 놀이터 입구였는지 헷갈렸다고 하
다가 나중에는 어쩌면 우리의 눈을 의식한 피에르가 이번만큼은 의
도적으로 놀이터 입구에 그 리코더를 흘렸을지도 모른다는 쪽으로
말을 바꾸려 했지만 이것도 기억이 가물가물해서 헷갈렸다는 말만
큼이나 작위적이고 억지스러운 변명에 지나지 않는다. 차라리 애
초부터 피에르의 리코더가 원래 발견된 진짜 장소란 아예 없으며
—이 경우 텅 빈 기억이 그 원본으로서의 근거를 내세울 수는 없
을 것이다—리코더를 손에 넣게 되는 곳은 이야기의 매 순간마다
가변적일 수밖에 없다고 주장했더라면 오히려 설득력 있는 대답으
로 받아들여졌을 수 있다. 트란의 말마따나 이야기의 바깥에는 아
무것도 없으니까 말이다.) 그러더니 잠시 트란은 피에르의 리코
더를 입에 대고 불어보았다. 귀에 익은 동요의 곡조를 자유자재
로 불어대던 피에르와 달리 트란이 부는 리코더에서는 별다른

노래가락이 전해져오지 않았고 잡목 덤불을 헤집는 바람 소리처럼 그저 스산하고 무질서한 음조만이 흘러나올 뿐이었다. 첫 새벽의 도래를 알리거나 여명의 문을 여는 풍적의 음조란 본래 이런 것일까? 여기서 이럴 게 아니라, 불현듯 뭔가가 떠올랐다는 듯 트란이 피에르의 리코더에서 입을 떼고 말했다, 내 차로 저들을 뒤따라가보는 게 어떨까. 나는 트란에게 운전이 가능하겠느냐고 물었다. 게다가 지금 출발해도 저들이 어디로 향해 갔는지 늦지 않게 찾아낼 수 있을까, 내가 말했다. 트란은 둘 다 문제없다고 자신했다.

트란이 모는 차는 한참을 달려 곧 교외로 빠지는 나들목에 다다랐다. 거기서부터 밀려드는 차량들로 교통 체증이 시작되었다. 하지만 우리는 그 여러 대의 앞 차량들 속에서 어렵지 않게 피에르 가족의 자홍색 시트로엥 잔티아를 발견할 수 있었다. 시트로엥 잔티아가 한국에서는 희귀 차종이라 금세 눈에 뜨인 것 같았다. 우리는 그 차를 바짝 따라붙었다. 차를 몰면서부터 트란은 부쩍 말수를 줄였다. 그에 따라 나 역시 굳게 입을 다문 채 아직 가시지 않은 약 기운과 취기에 겨워 혼곤한 가수 상태의 임계점 위에서 허우적거리고 있었다. 트란이 모는 차의 조수석은 생각보다 훨씬 안락했고 이 상태대로라면 아주 오랜만에 깊은 단잠 속으로 빠져들 수 있을 것만 같았다. 그 와중에도 내 귀에는 트란이 상습적인 교통 정체를 짜증스러워하며, 주말만 되면 유럽 놈들은 차를 몰고 어디론가 빠져나가서는 그 잘난 주말 여가를 조금이라도 더 즐겁게 보내지 못해 안달하곤 하지, 라고 투덜거리는 말소리가 들려왔다. 여기가 유럽이야? 라고 내가 혼잣말로 되물으려는데 조금씩 더 의식이 가물가물해져 왔다. 근래에 들어서는 경험해보지 못한 잠기운이 자욱하게 쏟아지며 막무가내로 내 침침한 눈꺼풀을 내리 닫으려는 순간이었다.

그때 난데없이 트란이 정신 차리고 차 앞을 보라며 나를 흔들어 깨웠다. 나는 겨우겨우 의식을 수습하고는 트란의 말대로 차 앞을 주시했다. 야트막한 야산 자락을 끼고 도는 어느 국도의 들머리였다. 트란의 차 앞쪽으로는 족히 수십 대쯤 헤아려질 차량들이 무지막지한 교통 체증에 갇혀 있는 것처럼 보였다. 그런데 묘하게도 우리 차의 후미로는 더 이상 아무런 차량도 밀려들지 않아 교통 체증이 심각한 앞쪽과 판이하게 뒤편의 도로만큼은 휑하니 비어 있었다. 나는 조수석 옆의 차창을 내리고 앞뒤로 두리번거려보았다. 더욱 놀라운 것은 우리 앞으로 교통 체증에 갇혀 있는 수십 대의 차종이 모두 피에르 가족의 차와 크기나 색상은 물론 심지어 번호판까지 똑같은 자홍색 시트로엥 잔티아로 보인다는 점이었다. 나는 이게 어찌된 영문이냐는 듯 놀란 표정으로 트란을 돌아보았다. 아직 놀라기엔 이르지, 트란이 어깨를 으쓱해 보이며 말했다. 그러고는 아예 기어를 파킹으로 조정해둔 후 또 다시 자기의 상의 안주머니에 챙겨 온 피에르의 리코더를 꺼내 불기 시작했다. 혼령을 호출한다는 심야의 휘파

람과도 같이 스산하고 을씨년스럽게 흐느끼는 바람 소리가 그
리코더에서 새어 나왔다. 그와 동시에 피에르의 부모가 느닷없
이 차에서 내려 앞차들을 유심히 살피는 게 보였다. 그들은 이
상하게도 앞차들에만 관심을 보일 뿐 우리를 향해서는 힐끗거
리는 눈길 한 번 주지 않았다.

그런데 어느새 앞차들을 살피고 온 그들의 얼굴에는 당황하
는 기색이 뚜렷해졌다. 피에르의 부모가 왜 저리 당황스러워하
는 거지, 무슨 변고라도 생긴 건가, 내가 물었다. 그러자 트란
이 리코더에서 입을 떼고 답했다, 그건 앞에 줄지어선 차종이
보다시피 판에 넣고 찍어낸 듯 하나같이 자기네 차와 동일해서
놀라기도 했을 뿐 아니라 더욱 저들을 놀라게 한 건 그 차들에
아무도 타고 있지 않다는 사실 때문일 거야. 나는 트란의 말에
놀라서 입을 다물 수 없었다. 저렇게 줄지어 선 차들에 정말 아
무도 타고 있지 않단 말인가, 진짜로 빈 차들이라고, 그렇다면
어떻게 저 많은 빈 차들이 국도의 들목을 점령할 수 있었다는
거지, 저 차들의 운전자들과 일행들은 다 어디로 사라졌다는 건
가, 도저히 믿을 수 없군, 어디 내가 내려서 직접 확인해봐야
지, 그렇게 말하고는 내가 차에서 내리려 하자 트란은 그러지
못하도록 황급히 내 팔목을 잡아당겨 다시 자리에 주저앉혔다.
차 밖으로 나가서는 절대 안 돼, 여기에는 우리가 끼어들 수도
없고 끼어들어서 해결할 수도 있는 문제가 아니니까, 게다가 이
제 곧 있으면 어디선가 낯선 사람들이 들이닥칠 거야, 그게 두

렵지도 않나, 트란이 완강한 목소리로 말했다.

과연 트란의 말대로 얼마 지나지 않아 수풀이 무성한 야산의 골짜기에서 난데없이 한 떼거리의 괴한들이 몰려나오더니 피에르의 부모와 차를 에워싸는 게 보였다. 아랍의 게릴라들처럼 두터운 카피예로 얼굴을 가린 괴한들의 손에는 권총과 소총 따위가 들려 있었다. 그들은 아이들의 부모가 텅 비어 있는 앞차들을 살피고 다니는 사이 이미 이자벨과 피에르를 차에서 끌어내려 결박한 상태로 아이들의 목에 단도를 겨누고 있는 중이었다. 겁에 질린 피에르와 이자벨은 살려달라며 울부짖었다. 금세라도 참극이 벌어질 듯해서 등골을 싸늘하게 훑어 내리는 오한이 나의 온몸에 엄습해왔다. 괴한들 가운데 두목으로 보이는 사내 하나가 기관총으로 무장하고 아이들의 부모 앞으로 한 발 걸어 나왔을 때는 바람에 휘둘리는 떨기나무처럼 온몸이 부들부들 떨리기까지 했다. 하지만 두목은 일단 아이들의 부모에게 뭔가를 얘기하더니 잠시 후 손가락으로 국도 저편의 들판을 가리켰다. 나도 그쪽으로 눈길을 돌려보았다. 거기에 나타난 것은 들판을 가로질러 어디론가 몰려가고 있는 사람들의 기나긴 행렬이었다. 한결같이 카피예나 히잡을 뒤집어쓴 행색으로 보아 행렬 속의 이들은 아마도 아랍 사람들인 것 같았다. 내가 이 광경을 어리둥절해하는 눈길로 바라보자 트란은 어쩌면 알제리나 모로코처럼 북아프리카에서 건너온 난민들이 주말 여가를 위해 이 땅에 지어진 교외의 별장들을 점거하러 가는 길일지도 모른

다고 귀띔해주었다. 그리고 게릴라들은 지금 피에르의 부모한
테 협상을 제안하는 거야, 트란이 계속했다, 자기들이 피에르와
이자벨을 볼모로 잡고 있을 동안 아이들의 부모는 자기들의 수
하가 되어 천국 같은 서방 세계의 휴양지들을 지옥으로 뒤바꿔
버릴 폭탄 테러에 앞장서라는 거지, 물론 그 폭탄 테러에 몇 차
례 성공해서 서방 세계를 송두리째 뒤흔들 만큼 혁혁한 공적을
쌓으면 아이들을 무사히 돌려보내겠다는 조건과 함께.

피에르와 이자벨이 여전히 큰 소리로 울부짖자 괴한들은 헝
겊으로 아이들의 입을 거칠게 틀어막아버렸다. 아이들의 부모
는 괴한들의 두목 앞에 꿇어앉은 자세로 눈물을 흘려가며 뭔가
에 대해 간절히 애원하고 있었다. 아마도 아이들의 목숨만 보장
해준다면 무슨 일이든 시키는 대로 다 하겠노라고 맹세하는 것
같았다.

이만 돌아가는 게 좋겠군, 시간이 너무 많이 지났어, 이제 숙
소에 가서 조금이라도 눈을 붙이도록 애써봐야지, 그렇게 말하
더니 트란은 차를 돌려 전속력으로 그 현장에서 빠져나왔다. 정
말로 아이들만큼은 무사하겠지, 놀이터에서 처음 봤을 때부터
어쩐지 둘 다 유령처럼 핼쑥하다 싶었는데, 뒤를 돌아보며 걱정
어린 목소리로 내가 말했다. 다행히 부모나 아이들이나 양쪽 다
무사했지, 트란이 말했다, 하지만 그보다 더 비극적인 건 말이
야 피에르와 이자벨의 부모가 서방 세계의 휴양지에 대한 폭탄
테러를 몇 차례 성공시키고 나서 몇 년이 흐른 뒤 아이들을 되

찾으러 갔지만 어찌된 노릇인지 아이들은 부모와 다시 만나는 것을 냉정하게 거부했다는 거야, 아마도 그사이에 무슨 세뇌 활동 같은 게 있었나 봐, 그러니 아이들의 부모를 기다리고 있었던 건 폭탄 테러의 성공에 대한 노고의 치하가 아니라 자기 자식들과 천륜이 끊기는 최후의 형벌이었던 셈이지, 이후 들려온 풍문에 따르면 피에르는 서방 세계의 혈통으로는 처음으로 제3세계 해방 전선에서 특히 유럽 내의 극렬 시위와 내란을 책동하는 중간 조직책으로 성장했다는 것 같더라구.

차는 어느새 우리들의 숙소 건물 앞에 도착했다. 그런데 내 귓가에는 아까 들은 리코더 소리가 계속 맴돌았다. 그래서 차에서 내리기 전 트란에게 나도 한 번 그 리코더를 불어볼 수 없겠느냐고 물었다. 트란은 선뜻 그러라면서 리코더를 찾았다. 트란이 자기 속주머니는 물론 나와 함께 차 안을 샅샅이 뒤져봤지만 피에르의 갈색 리코더는 결국 그 어디에서도 나오지 않았다.

그래서 장-마르크는 행방이 묘연해진 갈색 리코더 또는 풍적의 행방에 관하여 또 다른 이야기를 새로이 꾸며내야 했고 나는 장-마르크 스스로도 어쩌지 못하는 작화의 내용 속에 내내 머물러 있을 수밖에 없었다. 그 대가로 장-마르크는 내게 멜라토닌이나 독실라민 같은 수면 유도제보다 훨씬 강한 약을 공짜나 다름없는 헐값에 넘겨주겠다고 약속했다. 그 첫 선물로 받은 버섯 캡슐을 막 삼키려는데 장-마르크가 가벼운 탄식과 함께 응얼거렸다, 이야기의 주인은 이야기를 하는 사람이 아니라 바로 이야기 자체인 거 같아. 당시는 파리 외곽 지역의 소요 사태가 내전의 단계에 이르렀다고 할 수 있을 정도로 과격하고 극렬해질 무렵이었다.

당국의 수배망을 피해 약국의 지하로 숨어 들어온 그는 우리에게 이번 소요 사태에 관한 자신의 무용담을 일단 거기까지 털어놓았다. 그의 이야기에 숨죽여 귀 기울이던 장-마르크와 이자벨과 트란과 나는 소리가 새어 나가지 않도록 유의하면서 그에게 열띤 성원의 박수를 보냈다. 그는 무대에서 커튼콜을 받은 배우처럼 우리에게 깍듯한 태도로 허리 숙여 인사한 후 자기의 이름이 피에르라고 밝혔다. 그러더니 상의 안주머니에서 갈색 리코더를 꺼내 들고는 이게 바로 자신이 피에르임을 말해주는 증거물이라고 주장했다. 그게 말로만 듣던 피에르의 풍적이라니, 이자벨이 눈빛을 반짝이며 말했다, 직접 연주하는 것을 한 번 들어보고 싶군요, 그 풍적이 여명의 문을 연다지요. 이자벨의 말이 끝나자마자 우리들은 다시 한 번 피에르에게 리코더를 연주해달라는 뜻으로 소리 죽여 박수를 보냈다. 피에르는 리코더 소리가 바깥으로 새어 나갈까 겁난다며 난색을 표했다. 그래도 우리는 간곡하게 한 곡조 뽑아주기를 요청했다. 그러자 피에르는 마지못한 듯 리코더를 입에 가져다 대고 아무렇게나 불어대기 시작했다.

피에르의 그런 모습을 보며 우리들 중에서 가장 먼저 그에 대한 의혹을 드러낸 사람은 트란이었다. 피에르의 엉터리 같은 리코더 연주를 듣더니 곧바로 트란은 우리에게 귀엣말로 소곤거렸다, 아무래도 저건 좀 이상하군, 피에르가 리코더를 저렇게 불다니 말이야. 그러자 이자벨도 트란의 말에 맞장구를 쳤다, 그러게 말야, 진짜 피에르라면 최소한 「무찌르자 공산당」이나 「꼬까신」 정도는 자기 리코더로 뽑아줄 수 있어야 하는 거 아니야. 여기에 장-마르크도 가세했다, 아까 소요 사태에서의 무용담을 풀어놓을 때는 정말이지 그럴싸했는데 괜히 영웅 대접을 받고 싶어서 자기 멋대로 다 꾸며대고 지어낸 헛소리가 아닐까 싶네. 그래서 내가 이들에게 물었다, 그럼 저 작자의 정체는 도대체 뭐란 말이야. 뭐긴 뭐겠어, 내 물음에 장-마르크와 트란이 한 목소리로 답했다, 환각제에 절은 머리로 어디서 소요 사태의 영웅에 대한 풍문이나 잔뜩 듣고 온 작화증 환자일 테지. 우리가 의혹의 눈초리를 보내며 수군거리고 있는지도 모르고, 가짜로 의심되는 피에르는 제 흥에 빠져 계속 리코더를 불어대고 있었다. 그러자 눈살을 찌푸리며 이자벨이 대놓고 소리쳤다, 이젠 아예 귀기 서린 현대 음악을 연주하고 자빠졌네, 도저히 더 이상은 못 들어주겠는 걸.

그때였다. 난데없이 지하실의 문이 벌컥 열리더니 한 사내가 모습을 나타냈다. 처음에 우리는 마침내 보안대 요원이 여기까지 들이닥친 줄 알고 소스라치게 놀라지 않을 수 없었다. 하지만 사내는 우리를 향해서가 아니라 가짜 피에르 쪽에 대고 준열하게 소리쳤다, 네가 나를 사칭하고 다니는 나의 허깨비로구나. 그 호통에 가짜 피에르는 리코더를 내동댕이치고 부랴부랴 뒷문으로 달아났다. 자기의 정체를 들킨 가짜 피에르가 꽁무니를 내빼자마자, 난데없이 나타난 사내는 뚜벅뚜벅 안으로 걸어 들어왔다.

그런데 보안대 요원이 들이닥친 게 아니라는 안도감이 채 사라지기도 전에 나는 새로운 경악과 전율에 사로잡히지 않을 수 없었다. 난데없이 이 자리에 나타난 사내는 바로 나 자신이었기 때문이다. 하지만 나 이외에 다른 사람들은 그게 바로 나라는 것을 전혀 깨닫지 못하는 것 같았다. 아니 어쩌면 그 사내는 제각기 장-마르크에게는 장-마르크 자신으로, 트란에게는 트란 자신으로, 이자벨에게는 이자벨 자신으로 비치고 있는지도 모르는 일이었다. 그러거나 말거나 사내는 잠시 우리를 둘러보더니 침착한 목소리로 바로 자신이 진짜 피에르라며 당국의 수배망을 피해 동료들이 알려준 이곳에서 당분간 몸을 숨기고 머무르려는 만큼 지금부터 자기가 털어놓을 이야기에 귀 기울여주었으면 좋겠다고 당부했다. 그제야 나는 방금 전 달아난 가짜 피에르를 찾지 않으면 안 되겠다는 생각에서 다급하게 바깥으로 뛰쳐나왔다. 하지만 이미 가짜 피에르의 자취는 찾을 길이 막연했다.

바깥에는 한낮의 태양이 따갑게 내리쬐고 있었다. 순간 저 약국의 지하에서 귀에 익은 노래가락을 부는 리코더 소리가 바람에 실려 은은히 들려오기 시작했다. 잠시 후 나의 살갗 위로 내려앉는 햇살이 다름 아닌 태양의 입맞춤임을 절실히 체감하게 되었을 때 나는 그 햇살과 한데 포개질 수 있었고 이후에는 하나의 거대한 기포로 떠올라 허공 속에서 가뭇없이 사라지고 말았다. 잠을 이루지 못해 괴롭다는 것도, 약에 절어 이야기를 꾸며대지 않으면 견딜 수 없다는 것도 모두가 착각이요, 미망에 불과했다. 그리하여 내가 있던 자리에는 자애로운 태양의 입맞춤만이 남았다.

메아리

너는 네가 태어나고 자란 부모의 나라가 아닌, 유럽 어느 나라의 한 도시에 와 있다, 지금.

네가 하는 일은 아무것도 없다. 매일 낮이 이울고 밤이 오기만을 기다릴 뿐이지만 밤이 온다고 해서 딱히 무슨 일을 하지는 않는다. 기다림은 수동태이다. 너에겐 가장 기본적인 능동성조차 결여되어 있는 것처럼 보인다. 너에게 어떤 최소한의 능동성이 있다면, 그것은 아무것도 하지 않고 아무 말도 내뱉고 싶지 않다는 욕망을 실행에 옮기려는 부정형의 태도로만 드러날 뿐이다. 너에겐 욕망이 있다. 욕망은 사라지지 않는다. 그게 어떤 종류든, 네가 욕망을 버리지 못하는 한 너는 비워지거나 지워질 수 없을 것이다. 비록 그 욕망이 욕망을 부정하는 욕망의 역설이라 할지라도 말이다. 그러니 우선은 말에서 자유로워질 수 없다.

밤과 낮은 쪼개져 있지 않다. 낮은 밤의 탈색이고 밤은 낮의 침잠이다. 그것은 같은 것이지만 다른 것이다, 혹은 다른 것이지만 같은 것이다. 너는 해가 세상을 환히 비추는 동안 내내 자는 것으로 낮에 밤의 침잠을 불러들이고, 세상이 하루 반나절의 암연(黯然)에 묻히기 시작할 때 외로이 깨어나 밤을 낮으로 탈색시킨다. 네가 일상적으로 밤과 낮의 같음과 다름을 체험하는 방식은 그런 것이다. 낮 동안의 혼곤한 잠 속에서 너는 어서 날이 저물고 밤이 오기를 기다린다. 밤 시간의 개인적인 백야 속에서 너는 낮의 부재와 상실을 체험하지만 이내 창가를 밝히는 여명의 엄습에 눈이 먼다. 거기에 말들이 들어설 자리는 없을 것이다. 동틀 무렵의 빛에 네 눈이 순간적으로 감기며 아득해질 때 말들도 더불어 아득해진다. 낮의 광명 속에서 눈 감긴 말들은 실어증을 앓는다. 너는 아침의 난입을 차단한 후 곧바로 이부자리에 눕는다. 네가 이부자리에 눕자마자 눈부신 햇살 속에서 낮의 활기가 슬며시 기지개를 켠다. 너는 오래도록 잠을 이루지 못하고 자꾸만 뒤척인다.

너는 아무 말도 내뱉거나 지껄이고 싶어 하지 않는다. 말과의 차가운 단절이야말로 언젠가부터 네가 절실히 추구해온 바

였는지도 모른다. 하지만 아무 말도 내뱉거나 지껄이지 않는다
고 해서 말과의 단절에 이를 수 있는 게 아니라는 것쯤은 너도
안다. 말은 너 혼자만의 자족적인 결심과 실행만으로 다루어질
수 있는 자동사가 아니다. 너 혼자 입 다문다고 해서 뭔가 달라
지는 것은 없다. 잠은 침묵의 형태를 띠지만 결코 침묵이 아니
다. 말과의 단절과 입 다물기와 침묵. 밤과 낮이 같은 것인지
다른 것인지 분명치 않은 것과 마찬가지로, 이 세 가지가 각기
다른 것인지 같은 것인지 아니면 분리되어 있는 것인지 결합되
어 있는 것인지도 너는 알지 못한다. 그러니 너는 어디에도 섣
불리 발을 내딛을 수 없다. 분명한 것은 네가 고립되기를 원한
다는 점이다. 아무것도 하지 않겠다는 욕망만큼이나 네 안에서
자발적인 고립의 의지는 투철한 것처럼 보인다. 말하기와 멀어
지는 것은 네가 택한 고립의 방식이다. 너는 어떤 집단적 자기
장의 전류에도 감응을 일으키지 않는 부도체로 남고 싶어 한다.

  너는 네가 태어나고 자란 부모의 나라가 아닌, 유럽 어느 나
라의 한 도시에 와 있다, 지금. 너는 너와 같은 나라에서 온 사
람들을 의도적으로 기피한다. 이 나라에 온 이후로는 네 나라의
모국어를 읽은 적도 쓴 적도 말한 적도 없다. 네 모국의 소식에
도 전혀 귀 기울이지 않는다. 유럽 사람들이 너에게 어느 나라
에서 왔느냐고 물으면 너는 네 모국 대신 그 이웃에 있는 다른
나라의 이름을 거짓으로 대곤 한다. 그러면 상대방은 아시아의

이런저런 나라들에 관하여 알량한 정보와 지식 들을 늘어놓기 일쑤다.

　―제 친구가 외국 주재 기업체에서 일하는데 몇 해 전 상하이로 파견 근무를 다녀왔다더군요. 아주 눈부시게 비약적인 발전을 이룬 무역도시의 상징이라고들 한다지요? 저도 꼭 한번 다녀와보고 싶어요.

　―제 직장 동료의 매부가 남한의 서울을 여행하고 왔어요. 당신네 나라가 남한하고 가깝죠? 작은 일본 같기도 하면서 나름대로 색다른 맛이 있어 보인다고 합디다.

　―아, 제가 몇 해 전까지 홍콩에 있었지요. 중국으로 반환된 이후에도 여전하던 걸요……

　너는 그런 상대방의 반응에 더 이상 아무런 응대도 하지 않고 서둘러 자리를 피한다. 네가 네 나라를 숨기는 데는 별다른 이유도 없다. 너에겐 너의 국적이 유럽 사람들에게 밝힐 만큼 당당하지 않다는 자의식조차 없다. 네가 기대하는 것은 어쩌면 그저 망각일지도 모른다. 그러다 보면 언젠가는 네 모국어에 대한 기억과 흔적들 이 네게서 서서히 지워져갈 수도 있을 것이다. 그 망각 속에서 너는 하나의 공동(空洞)으로 움푹 파일 수도 있을 것이다. 그게 네가 추구하는 고립의 정점이리라.

　그렇다고 해서 네가 이 나라 말을 열심히 익혀 네 정체성의 언어로 대신 체득하려드는 것도 아니다. 네가 진정으로 경험하고 싶은 것은 어쩌면 묘연한 실어증의 양태일 것이다. 너는 이 나라에 살고 있지만 생활을 위한 최소한의 일상어밖에 할 줄 모른다. 그나마 대부분의 경우에는 차라리 말 못하는 장애인인 체하며 손짓 발짓으로 언어의 소통을 대신하려 한다. 그것은 일상적으로 말의 바깥에 머물러보는 체험이긴 해도, 손짓 발짓이 입으로 발음되어 전해지는 분절 언어를 대체한다는 의미에서 진정한 말의 바깥에 서보는 체험은 아니다. 너는 거기까지 발을 내딛지는 못한다. 하지만 그래도 일단 말에서 멀어지겠다는 네 고집과 그에 대한 실천의 의욕은 완강하다, 그것만이 너의 고립을 완성하리라는 믿음 속에서. 아무 데도 의욕을 보이지 않는 네가 유일하게 의욕적으로 추구하는 것은 바로 자발적인 고립일 것이다. 최소한 너 자신은 그렇게 믿고 있는 것 같다. 그리고 이런 확신이 앙상하고 메마른 너의 일상에 유일한 성취 동기와 만족감을 베푸는 것 같기도 하다. 너는 티브이나 라디오를 켜는 일도 없고 인터넷도 하지 않으며 신문이나 잡지를 포함해서 어떤 출판물도 들여다보려 하지 않는다. 이 나라의 말들은 네 의식에 단 한 번도 제대로 내려앉은 적이 없다. 너는 그 사실에서 야릇한 뿌듯함을 느낀다.

이따금 네가 라디오를 켜는 일이 없지는 않다. 하지만 그것은 라디오에서 들려오는 말소리의 내용에 귀 기울이기 위한 게 아니다. 너는 그 외국어의 말소리들을 알아듣지도, 이해하지도 못한다. 쉬운 단어 하나조차 네 이해력의 그물에는 걸려들지 않는다. 어차피 너는 그 말소리들을 하나의 구음(口吟) 다발로밖에 받아들일 수 없다. 그러니 라디오 방송은 어떠한 정보나 의미도 네게 전해주지 못한다. 그것은 그저 이질적인 파동들의 연쇄 고리로만 네 귓가에 겉돌다 사그라질 뿐이다. 하지만 그게 바로 네가 라디오를 켜는 이유의 전부다. 너는 의미가 지워져 다채로운 음소들의 껍질로만 남은 이 나라 말들의 덤불 속에서 예기치 않은 침묵과 마주한다고 느낀다. 그 소음의 침묵은 네게 뜻밖의 청각적 쾌감을 준다. 거기서 말의 의미는 파동 너머로 사라지고 오로지 소리의 궤적을 그리는 억양과 성조만이 의미가 증발한 음절 저편에서 텅 빈 메아리처럼 되돌아와 귓전에 울린다. 이따금 그런 말소리들을 자장가 삼을 때 너는 더욱 깊은 잠에 빠져 들기도 한다. 블라인드가 억류한 낮 시간의 어둠 속에서 네가 깊이 잠들어 있는 사이에도 라디오의 말소리들은 괴괴하게 웅성대며 너의 두터운 잠결과 꿈의 갈피 사이로 스며든다.

차라리 말들을 방목하라!

모국어로 말하는 것인지 외국어로 말하는 것인지 모를 목소리 하나가 어디선가 불쑥 날아 들어와서는 너의 단잠을 뒤흔든다. 네가 끝내 모국어인지 외국어인지 파악하지 못할 그 목소리는 각성과 잠의 분계선이나 낮과 밤의 갈림목에서 들려온 것 같다. 여하튼 저 말 내용의 목소리가 네 귀에 들린 게 분명하다면 그 목소리를 낸 주인은 누구인가? 너는 잠결에도 목소리의 주인이 누구인지 궁금해하며 그 목소리가 남기고 간 잔향의 자취를 뒤따라간다. 네가 다다른 곳은 어느 막다른 골목이다. 거기서 너는 목소리의 주인을 본다. 하지만 목소리의 주인은 어떤 사람이 아니라 그저 목소리였을 따름이다. 목소리는 목소리의 주인이다, 혹은 목소리의 주인은 목소리다.

막다른 골목에서 빠져 나오자 콜로니알 광장으로 통한다. 너는 광장을 가로질러 큰길로 접어든다. 이내 노란 버스 정류장 부스에 도착한다. 부스의 세 면에는 유리판 밑으로 버스 노선과 함께 광고 패널이 붙어 있는 게 보인다. 하지만 그 세 면 가운데 두 면의 유리판은, 누군가가 의도적으로 깨뜨렸는지 몰라도, 산산조각이 나 있어 더 이상 바람막이의 구실을 해주지 못하고 있다. 부스 안의 행인들은 거리의 스산한 바람에 바들바들 떨며 오랫동안 오지 않는 버스를 기다린다. 부스 뒤로 어깨에 기관총을 멘 거구의 헌병들이 저벅저벅 지나다닌다. 헌병들은 행인들을 불심검문한다. 그러다 납빛 얼굴의 청년들을 그 자리에서 결박한다. 청년들은 아랍계로 보이기도 하고 동남아시아 출신이라는 인상을 주기도 한다. 헌병들은 그 청년들을 현장에서 연행하려 한다. 하지만 두 손이 허리 뒤로 결박당한 납빛 얼굴의 청년들은 격한 몸짓으로 헌병들에게 저항한다. 하나같이 냉담한 표정의 헌병들은 그들의 몸부림을 무자비한 주먹질로 다스린다.

너는 헌병들의 손에 뒷덜미가 잡힌 채 질질 끌려가는 납빛 얼굴의 청년들을 본다. 청년들의 입가는 시뻘건 핏자국으로 얼룩져 있다. 무슨 까닭인지 그 청년들은 헌병들에게 손가락으로 너를 가리켜 보인다. 헌병들은 걸음을 멈추고 삼엄한 눈초리로 너를 살핀다. 헌병들과 달리 청년들의 눈빛은 너에게 뭔가를 간절히 호소하고 있다. 그 눈빛이 너에게 전하려는 것은 자기들의 결백을 증언해달라는 부탁이었을지도 모른다.

하지만 너는 증언할 수 없다. 게다가 너는 의도적으로 말하는 법조차 외면하며 살아가고 있다. 증언은 타인의 행적에 입회해야 하는 관계의 언어다. 네가 가장 꺼리는 것은 그런 관계의 언어일 것임에 틀림없다. 왜냐하면 너는 어떤 형태로든 너의 안온한 고립이 깨지는 것을 가장 두려워하며 어떤 방식으로든 네가 자의에 의해 앓는 실어증의 삶이 타인을 향해 열리는 것을 견딜 수 없기 때문이다.

마침 버스가 부스 앞에 도착한다. 너는 헌병들에게 연행당하는 청년들을 외면하고 다른 사람들과 함께 재빨리 버스에 올라탄다. 네가 버스표를 개찰기에 넣고 찍으려 할 때다. 운전사는 이 버스가 통째로 역사에 징집 당했다는 뜻밖의 말을 꺼낸다. 운전사의 영문 모를 그 말 역시 모국어와 외국어의 분계선에서 의미에 앞선 하나의 파동으로 너에게 전해졌을 것이다. 순간적으로 당황한 너는 허겁지겁 버스에서 내리려 한다. 하지만 출입문은 버스 어디에도 보이지 않는다. 네가 허둥대는 사이 버스 지붕의 환기구를 열고 헌병 하나가 들어오려다 덫에 걸린 생쥐처럼 그 사이에 몸이 끼어 버둥거리고 있다. 버스 안의 승객들은 일제히 그런 헌병의 모습에 경이로워하는 환성을 내지른다. 그들의 표정에는 마치 진기한 서커스의 곡예에 열광하는 듯한 즐거움이 넘친다. 아니나 다를까, 버스 뒷좌석 밑에서 난데없이 망아지의 탈과 함께 튀어나온 어릿광대가 쇠공으로 저글링 쇼를 선보이기 시작한다. 때맞춰 버스 운전사는 저글링 쇼의 흥겨움이 더해질 법한 곡조의 아코디언 음악을 튼다. 환기구의 틈새에 몸이 끼어 얼굴이 시뻘겋게 달아오른 헌병은 계속 버둥거리면서도 쌍욕과 함께 너를 노려본다.

— 성부와 성자와 성신의 이름으로 아멘!

비록 그 내용을 이해할 수 없다 하더라도 헌병의 욕설은 너에게 무시무시한 위협의 공포를 불러일으킨다. 버스 안의 승객들은 알아듣지 못할 말들로 왁자지껄하게 떠들어가며 어릿광대와 헌병의 곡예를 성원한다. 출입문을 찾지 못한 너는 어릿광대의 손에서 빼앗아든 쇠공 하나를 차창에 대고 힘껏 투척한다.

광고 패널 위의 유리판이 와장창하고 산산조각 난다. 너는 아랍계나 동남아시아 출신들로 보이는 납빛 얼굴의 청년들과 의미심장한 눈빛을 나누고는 곧바로 노란 버스 정류장 부스에서 달아나기 시작한다. 저 뒤에서 어깨에 기관총을 멘 헌병들이 너를 뒤쫓아 오는 게 보인다. 하지만 헌병들을 피해 달아나고 있는 사람은 네가 아니다. 오히려 너야말로 실은 누군가를 뒤쫓고 있다. 어느새 네가 까닭 모를 추적 끝에 다다른 곳은 막다른 골목이다. 거기서 너는 네가 뒤쫓아 온 사람의 얼굴을 본다. 하지만 너에게 그 얼굴은 낯설다. 그것은 너의 얼굴도, 누구의 얼굴도 아니다. 너는 그에게 누구냐고, 도대체 누구기에 너로 하여금 여기까지 뒤쫓아 오도록 한 거냐는 말을 던지고 싶어 한다. 하지만 아무리 혀를 놀리려 해도 네가 원하는 말은 단음절의 낱말조차 입 밖으로 튀어나오지 않는다. 너는 그에게 한마디도 제대로 건네지 못한다. 그런 네 모습을 보다 못한 듯 그가 준엄한 목소리로 너에게 소리친다.

　─억지로 입 다물고 있느니 차라리 말들을 방목하라!
　너는 막다른 골목에서 빠져나와 큰길로 나온다.

　목소리는 목소리의 주인이다, 혹은 목소리의 주인은 목소리다.

　자의에 의해 실어증을 앓는 네가 말들을 방목하는 방식은 꿈이다. 하지만 꿈은 네 고립의 의지와 너에 대한 너의 소유욕을 거스른다. 왜냐하면 꿈이야말로 네가 타인들의 행적에 입회하고 있다는 관계의 증언일 수밖에 없기 때문이다. 꿈속에서 너는 더 이상 너 혼자가 아니며 자꾸만 타인들을 네 자리로 불러낸다. 거기서 너와 타인들은 서로에게 침윤되며 혼거한다. 이것은 고립의 성취이기는커녕 차라리 그 균열의 징후이리라. 그러니

네 믿음과는 반대로 어쩌면 꿈이 말들의 방목 속에서 너를 방목하는 것일지도 모른다. 너는 꿈이 말들을 소리 내는 방목의 반향이다. 너는 그렇게 아른거린다.

실어증의 조짐이 네게 처음으로 찾아온 날이 언제인지를 너는 기억하지 못한다. 하지만 네 기억 속에서 그것이 벅찬 희열과 함께였다는 사실만큼은 선명히 남아 있다. 그 이후부터 너는 온전한 말과의 절연을 소망하기 시작한 것 같다. 하지만 네 입으로 말을 하지 않는다고 해서 말이 지워지는 것은 아니다. 네가 그 점을 모를 리는 없을 것이다.

언제나 그러하듯 낮이 이운다. 밤이 찾아온다. 라디오의 시보가 현재 시각을 알린다. 너는 이부자리에서 일어나 창가의 블라인드를 걷고 밤의 욕망 아닌 욕망을 맞는다. 그것은 모든 것을 암흑의 장막으로 뒤덮어 아무것도 보이지 않도록 지우겠다는 소거의 욕망일 것이다. 창밖의 어둠 속으로 너는 한 발을 내딛으려 한다. 가느다란 실바람에 야윈 나뭇가지가 떨리고 이웃 건물들의 슬레이트 지붕 위로 달빛의 냉기가 은비늘처럼 서리는 게 보인다. 거기엔 아무도 없다. 아무도 말하지 않는다. 아무 말도 들리지 않는다. 너는 발을 헛딛는다. 소거의 욕망은 고립과 무관하다. 낮이 탈색된 밤은 너의 고립과 은둔을 완결지어 주지 못한다. 네가 맹신하는 고립과 은둔의 환상 속에 이미 다른 사람들이 들어와서 집요하게 말을 걸고 있다. 너는 그것을 난데없이 잠결에 들린 누군가의 목소리로 체험한다. 하지만 그 목소리는 너의 목소리도, 다른 누군가의 목소리도 아니다. 목소리는 밤의 욕망 아닌 욕망에 따라 텅 빈다. 너는 혼자다. 그럼에도 혼자일 수 없다. 누군가와 함께 있다. 너는 발을 헛딛는다. 어둠의 나락 속에서 너는 입을 달싹인다. 네 입에서는 아무 말도 튀어나오지 않는다. 아무 말도 하지 않는 것은 아무 말도 하지 않은 게 아니다. 모국어 앞에서 침묵하기로 결심한 너는 결코 외국어로도 다가가지 못한다. 그 침묵과 밤으로 향해 간 걸음이 온당하려면 너는 하나의 목소리가 되어 텅 빈 자취로 남아야 한다.

실어증은 병이지만 너에게 어떤 아픔이나 상실감도 주지 않는다. 실어증을 통해 네가 겪는 것은 아픔이나 상실감이기는커녕 차라리 침잠의 쾌락이다. 바로 그게 너의 고립과 은둔을 튼실하게 지탱해주는 위족(僞足)일 것이다. 너는 말과 절연함으로써 궁극적으로 아픔이나 상실감에 무감해지려 한다. 그렇게 아픔이나 상실감에 무감해지고 일체의 감각에서 아득히 멀어져 가기를. 그리하여 침묵이 쌓이고 쌓인 어느 날엔가는 더 이상 아무런 감각도, 아무런 통증도 느끼지 않고 오로지 모든 게 희뿌연 밤의 취기 속에서만 와 닿을 수 있기를, 그 취기 속에 깊이 잦아들 수 있기를, 너는 기약한다.

　너는 여러 날 동안 너의 무덤 같은 방에서 벗어나지 않기도 하고 혹은 여러 날 동안 방으로 돌아가지 않고 거리에서 배회하며 노숙을 일삼기도 한다. 말들을 방목하듯 너는 너를 방목하려 든다. 하지만 누군가의 뜻에 따라 말들이 방목되지 않듯이 너 역시 너의 의지로 너 자신을 방목하는 데 이르지는 못한다. 너의 의지는 어떤 문제와 관련해서도 너 스스로를 제어하거나 지배할 수 없다. 네가 이제 어떤 말도 제대로 입에 올리지 못하는 것은 그저 하나의 병일 뿐 너의 의지에 따른 결실이 아니다. 차라리 입을 다물 게 아니라 말들을 방목하라는 목소리에 대해 너는 오해하고 있다. 네가 낮 동안 내내 숙소에서 자고 밤 동안 집요하게 거리를 걷는다고 해서 뭔가가 달라지지는 않는다. 너는 결코 너 자신에 의해 방목되지 않는다. 네가 진정으로 방목되는 것은 오직 꿈을 꿀 때뿐이다. 왜냐하면 꿈은 너 이외에 다른 사람들을 불러들이기 때문이다. 거기서 너는 흐릿해진다. 말들이 방목되고 네가 방목된다. 너에겐 아쉽게도 꿈은 너무 어렴풋하게만 나타났다 사라져 방목의 명징한 체험으로 포획해둘 수 없다. 그것의 존재감은 기실 부재에 가깝다. 하지만 붙잡아둘 수 없는 부재 속의 나타남이 바로 방목임을 너는 결국 깨닫지 않을 수 없을 것이다. 그러자면 네가 향해 가야 할 지점은 바로 부재다. 방목의 몸부림 속에서 계속되는 너의 고립과 은둔은 과연 부재와 맞닿아 있는가?

어느 집 처마 밑에서 잠들어 있던 너는 날이 이울자 깨어난다. 네 주위에는 마시다 만 포도주 병이 나뒹굴고 있고 잘게 찢은 바게트 쪼가리들이 사방에 흩어져 있다. 아이들이 지나가다 말고 네 코앞에 동전들을 들이밀어 보이며 희롱하는 투로 재잘거린다. 너는 몸을 일으킨다. 아이들이 재빨리 달아난다. 너는 결코 규정되지 않을 말 속으로 다시 발을 내딛는다. 이것은 덧없는 방목의 고행이다. 하지만 여기가 어딘지는 누구도 알 수 없다. 그렇다고 너는 너 자신에게 그것을 되묻지 않는다. 자기 자신을 향해 되묻는 게 얼마나 부질없는 짓인지를 이미 알고 있기 때문이다. 너는 그저 걷다 잠들면서 천천히 죽음을 향해 다가갈 뿐이라고, 혹은 죽음을 앞당겨 경험하려 들 뿐이라고 믿는다.

걷고 잠드는 것을 제외한 네 일상의 여러 행동들은 모두 부정의 양태들이다. 너는 말하지 않는다. 너는 일하지 않는다. 너는 관계를 맺지 않는다. 너는 참여하지 않는다. 너는 채우려 하지 않는다. 너는 비우려 하지도 않는다. 너는 아프지도, 느끼지도 않는다. 너는 기억하지 않는다. 너는 생각하지 않는다. 하지만 너는 여전히 많은 것들을 욕망하고 있다. 너는 고립을 원한다. 너는 방목을 원한다. 너는 말과 절연하기를 원한다. 너는 빛에 방해받지 않을 한낮의 단잠을 원한다. 너는 라디오의 말소리들을 원한다. 너는 무감각해지기를 원한다. 너는 너의 부재에 입회하기를 원한다. 너는 한 발 내딛기를 원한다.

너는 막다른 골목에서 빠져나와 큰길에 이른다. 그 큰길가를 따라 각종 피켓과 현수막을 든 시위대가 지나간다. 시위대의 군중들은 아랍계로 보이기도 하고 동남아시아 출신들이라는 인상을 풍기기도 한다. 그들 중에는 붉은 가사를 두른 승려들도 눈에 뜨인다. 시위대가 콜로니알 광장으로 통하는 갈림길에 이르자 말을 탄 헌병들이 유유히 나타나 한 줄로 대오를 이루고 시위대의 광장 진입을 가로막는 게 보인다. 너는 시위대의 행렬을 거슬러 지나간다. 헌병들은 그들에게 가스총을 겨누고 있다. 기마 헌병들에게 갈림길에서의 시가행진이 제지당한 시위대는 목청 높여 뭔가를 외쳐댄다. 하지만 너는 그들이 정확히 무엇을 누구에게 요구하며 무엇에 관하여 항의하는 중인지 전혀 알지 못한다. 알지 못할 뿐 아니라 관심을 보이지도 않는다. 너는 그들과 무관한 개별자이다. 어떠한 집단적 자기장도 너를 끌어들일 수 없다. 역사는 모국어나 외국어가 그러하듯 너와 아무 관계없이 이루어져 왔고 앞으로도 그렇게 이루어져 갈 것이다. 누군가는 그 역사에 징집당하는 것을 피할 수 없을 테지만 적어도 너는 아니다. 너는 모든 타인의 행적에 입회하기를 철저히 거부한다. 타인들에게 너는 존재감이 희미한 익명의 대표단수에 지나지 않는다. 너에게 타인들은 단절의 방식으로 동일화하고 싶은 '너' 바깥의 '나'에 지나지 않는다. 시위대와 너는 그렇게 엇 갈려 서로를 지나간다.

시위대를 지나 네가 콜로니알 광장의 들머리에서 마주친 것은 쇠공으로 저글링 쇼를 하며 구걸하고 있는 거리의 어릿광대이다. 우스꽝스럽게도 망아지의 탈을 허리에 찬 어릿광대의 모습이 네 눈길을 끈다. 너는 그 어릿광대 앞에서 걸음을 멈춘다. 구석에 놓인 카세트 라디오에서는 홍겨운 곡조의 아코디언 음악이 흘러나오고 있다. 어릿광대는 무거워 보이는 쇠공으로도 능숙한 손동작으로 저글링 쇼를 해보인다. 행인들은 잠시 멈춰서서 그 어릿광대의 저글링 쇼에 한눈을 판다. 그때 행인들 가운데 한 사내가 한 발자국 앞으로 나와 발치의 깡통에 동전을 던져 넣는다. 그러자 어릿광대는 그 사내에게 무심히 쇠공 하나를 건넨다. 사내는 코트 안주머니에 그 쇠공을 조심스럽게 챙겨 넣고 어디론가 발길을 돌린다. 테이프가 다 돌아갔는지 음악이 끊긴다. 어릿광대는 테이프를 갈아 끼운다. 다시 경쾌한 아코디언 소리가 흘러나온다. 신들린 듯한 어릿광대의 저글링 쇼는 계속된다. 너는 노란 버스 정류장 부스로 걸음을 옮긴다.

어디선가 매캐한 최루가스 연기가 바람결에 실려 온다. 거리의 행인들은 일제히 눈물을 흘리며 콜록거리기 시작한다. 너는 눈물을 흘리지도, 콜록거리지도 않는다. 말하지 않겠다는 욕망은 감각기관의 반응마저 둔화되도록 억누르는 중일지도 모른다. 고립은 무감함을 배양한다. 너는 아무렇지도 않게 최루가스 같

168

은 외부의 자극을 견뎌낸다. 너의 무표정은 석고로 뜬 데스마스크를 연상시킬 정도이다. 하마터면 웃음을 참지 못할 뻔할 순간이 몇 번 있긴 해도, 너는 그때마다 마치 네 인생 최대의 오점을 남기지 않겠다는 듯한 태도로 엄격하게 가벼운 미소마저 네 얼굴에서 거두어들이는 데 익숙해져 있다. 이제 시간이 흐르면 네 표정에서는 옅은 인간미의 그림자도 엿보기 어려워질 것이다.

*네 고립의 심지에 밤이 찾아온다. 그러나 광활한 밤은 모든 별들을 켠다.**

막다른 골목에 목소리가 있다. 목소리와의 만남은 너의 허허로운 실어증 속에서 비로소 말과 마주하는 체험이다. 너는 목소리의 얼굴을 확인하려 한다. 하지만 목소리의 얼굴은 보이지 않는다. 너는 목소리를 향해 다가가려 한다. 하지만 목소리와의 거리는 좁혀지지 않는다. 너는 발을 헛딛는다. 목소리는 분명 거기 있지만 어떤 자취도 남기지 않고 네 앞에서 사라져간다. 너는 목소리를 붙들지 못한다. 어둠의 나락 속에 떨어져 너는 입을 달싹거린다. 네 입에서는 아무 말도 튀어나오지 않는다. 아무도 말하지 않는다. 아무 말도 들리지 않는다. 너는 혼자다.

---

* 타고르의 시에서 일부를 변형하여 인용.

너는 혼자가 아니다. 너는 사람들과 떨어져 혼자 있다. 너는 지금 누군가와 함께 있다.

여러 체험들이 너에겐 기억으로 쌓이지 않는다. 네 기억은 텅 비어 있다. 너에겐 내밀하고 능동적인 너의 이면이 없다. 기억을 비운 기다림이 수동태라면 너는 수동태로 살아간다. 하지만 네가 무엇을 기다리고 있는지는 너 자신도 모른다. 너는 늘 낮이 이울고 밤이 오기만을 기다리는가? 하지만 밤의 기다림은 기다림 속의 밤으로 지워지고 밤도 더 이상 너만의 밤은 아니다.

무슨 일인가가 벌어지고 있다. 뜻밖에도, 네게는 아주 흐릿하게나마 그것이 감지된다. 의도적인 무관심과 단절의 실존 속으로도 이 세계의 미세한 보조(步調)는 옮겨가고 파급된다. 이 세계 안에서는 누구도 온전한 부도체로 남을 수 없다. 이 세계는 너의 메아리다, 너는 이 세계의 메아리다.

너는 방에서 나와 낮 동안의 거리로 나간다. 투명한 햇살 속의 카페테라스에 앉아 그쪽으로 오가는 행인들의 얼굴을 물끄러미 바라본다. 사람들은 대체로 웃고 있거나 무표정한 얼굴 속에서도 제각각의 표정들을 짓고 있다. 진한 에스프레소를 시켜 각설탕 없이 마시는 중이지만 네 입에는 별다른 미각이 퍼지지 않는다. 각설탕을 넣어봐도 커피에서는 특별히 쓴맛도, 단맛도 나지 않는다. 너는 더 이상 커피를 입에 대지 않는다.

옆 테이블의 바닥에 신문 한 장이 떨어져 있는 게 보인다. 너는 그것을 주워 들고 들여다보려 하지 않는다. 어차피 신문은 그 무엇에 관해서도 너를 이해시킬 수 없다. 너는 이 나라 말을 읽지 못한다. 그게 설령 네 모국어의 신문이라 해도 사정은 별로 다르지 않을 것이다. 너는 신문 일 면의 사진에만 흘깃 무심한 시선을 보내다 거둘 뿐이다. 그 사진은 각종 피켓과 현수막 속에 뒤덮인 군중들의 모습을 보여준다. 군중들이 몰려 나와 있는 시가지의 한 귀퉁이에 새빨간 불길이 치솟고 있는 것도 얼핏 보인다. 사진 위로는 사태의 심각성을 옮기는 느낌표와 함께 큼지막한 헤드라인이 이 나라 글씨로 찍혀 있다. 너는 그게 지금 어떤 상황을 제시해서 알리는 중인지 이해하지 못한다. 아니, 이해하려 들지 않는다. 너는 신문의 일 면 사진이 충격적으로 전하려는 듯한 긴급성을 네 체험에 새기지 않고 차단하려 한다. 그리하여 그 현장에 입회하라는 무언의 압력에서 빠져나오려 한다. 그런 방식으로 너는 수동적이면서도 단호하게 네 의사 표시를 하며 외부의 말 걸기에 대응한다. 너는 말을 거부한다. 네 발밑으로 신문의 여러 섹션들이 바람에 쓸려가지만 너는 그것을 주워 들지 않고 그대로 놔둔다. 이내 그 신문지들은 거친 바람결을 따라 허공에서 떠돈다. 하지만 너의 몽롱한 시선은 여전히 카페테라스 바깥을 오가는 행인들의 얼굴로만 향해 있다.

그때 네 앞으로 거구의 헌병들이 들이닥친다. 그들은 너를 검문한다. 네가 말을 전혀 알아듣지 못하자 그들은 영어로 영어를 할 줄 아느냐고 묻는다. 너는 아무 말도 하지 않는 것으로 그들의 검문에 불응한다. 그러자 헌병들은 네 소지품을 수색한다. 네 몸에서는 아무것도 나오지 않는다. 아마도 그들은 네가 마약 따위를 하는지 살피려는 눈치다. 너는 그들에게 난데없이 십자성호를 그어 보인다. 헌병들은 너의 느닷없는 십자성호에 불의의 반격이라도 당한 표정으로 움찔하며 괘씸하다는 듯 너를 노려본다. 바로 그 순간, 너와 헌병들은 어디선가 여러 장의 유리들이 동시에 깨지며 산산조각 나는 소리를 듣는다. 그 소리는 이 자리의 긴장감을 분산시킬 만큼 충분히 파괴적이고 날카로운 잔향을 카페테라스 부근까지 퍼뜨린다. 너에게서 별다른 혐의점을 찾지 못한 그들은 십자성호의 의문에도 불구하고 유리 깨지는 소리가 들려온 방향으로 서둘러 발길을 돌린다. 헌병들이 위협적인 발걸음으로 저벅저벅 너에게서 멀어져 간다. 너는 그제야 이미 식어버린 커피를 마저 들이킨다.

너에겐 아무 일도 일어나지 않는다. 너는 아무 일도 하지 않는다. 다만 최소한도로 꿈틀거리면서 조용히 지워져가고 싶어 할 뿐이다. 네가 너를 스스로 유폐한 진공 상태의 캡슐 속에서 너는 안온하게 흐느적거리며 아픔이나 상실감이 솟아날 심기의 틈새를 봉합하려 한다. 감각은 너에게 저주의 몫이다. 언어는 너에게 파탄의 징후이다. 욕망은 너에게 역설의 고통이다. 너의 미세한 꿈틀거림은 그것들에서 헤어나오기를 겨냥하며 느리지만 확고하게 철저한 고립과 은둔의 진공 상태로 향해 간다. 아마도 그것만이 유일하게 능동적인 너의 움직임이리라.

　너는 콜로니알 광장을 가로질러 걷고 있다. 한낮의 햇살은 너무 투명하고 밝아서 네 눈가를 자극하지만, 그래도 약간은 다사롭다. 시간의 흐름을 가둬두는 방법만큼이나 시간을 빨리 흘려보내는 방법 역시 숱하고 다양할 것이다. 너는 전자보다 후자에 훨씬 익숙지 않다. 잠으로 때우지 않고 낮 시간을 견뎌야 한다면 네가 우선 알아둬야 할 것은 그렇게 시간을 흘려보낼 만한 장소일 것이다. 콜로니알 광장을 가로질러 네가 향해 간 곳은 어느 지하 영화관이다. 영화관에서는 버스터 키튼이나 로렐과 하디 같은 코믹 무성영화들이 상영되고 있다. 너는 표를 끊고 안으로 들어가서 아무 좌석에나 앉는다. 네 좌석 앞뒤로 드문드문 다른 관객들이 앉아 있다. 그들은 너와 마찬가지로 이 막막하고 아무 지평 없이 펼쳐져 있는 낮 시간의 군림을, 토굴처럼 퀴퀴한 지하 영화관에서 견디려는 중인지 하나같이 권태롭고 침울해 보인다. 너는 그들을 살핀다. 그들도 너를 살핀다. 영화가 시작되기 전 영화관처럼 밀폐된 공간에서 서로를 살피는 이 눈길의 교환에는 까닭 모를 공모의 교감이 얽혀 있을지도 모른다. 너에게는 이 순간처럼 낯선 이들과의 소통 아닌 소통이 생경하게 여겨지긴 해도 부담스러울 정도는 아니다. 원하건 원치 않건, 너는 이미 여기 와 있다. 그 무엇도 지금 네가 여기에 있다는 사실을 부정할 수는 없다. 너는 영화관 안에 그들과 함께 있다.

잠시 후 불이 꺼지고 아늑한 어둠이 실내를 잠식한다. 곧이어 아무런 말소리 없이 배경 음악만 깔린 흑백 화면 속에 무표정하고 기계적으로 움직이는 중산모의 사내들이 등장한다. 그들은 이 세상을 살아가는 데 서툴고 미숙하다. 세상은 그들을 평균치 이하의 웃음거리로 낙인찍는다. 그들은 세상의 요구에 도무지 부응할 수 없다. 너무나 서툴고 미숙한 나머지 그들은 누군가와 관계 맺거나 뭔가 하고자 할 때마다 매번 엄청난 재앙을 몰고 온다. 거기서 슬랩스틱의 웃음이 생겨난다. 하지만 그 웃음은 스산한 슬픔을 잇댄 눈물의 암영이다. 너는 웃지 않는다. 영화관 안의 다른 관객들도 어이없는 그들의 행태에 웃음 짓지 않는다.

익살맞은 배경 음악을 따라 중산모 사내들의 눈물 어린 수난극은 계속된다. 그들이 못을 박으려고 휘두른 망치는 어이없게도 애인의 뒤통수를 갈겨 실연의 빌미가 되기 일쑤다. 그들이 멋있게 피워 문 시가는 누군가가 뒤바꾼 다이너마이트다. 그들이 내딛은 발걸음 밑에는 늘 허공만 있다. 그들은 자기들의 서투름이 빚은 실수로 인해 치명적인 오해를 사서 언제나 동료들에게 버림받고 경찰들에게 쫓긴다. 자신들의 뜻대로 통제되지 않는 팔다리 때문에 그들은 거리에서, 사무실에서, 술집에서 늘 엎어지고, 넘어지고, 부딪치며 사고를 저지른다. 그들은 능숙하고 주도면밀하기만을 요구하는 이 세상의 참담한 재앙이자 낯선 국외자다. 그런 그들의 비극적인 우스꽝스러움 또는 우스꽝스러운 비극성에 네 입가에는 엷은 미소가 번지려 한다. 하지만 이내 너는 어금니를 깨물고 네 얼굴에서 미소의 기미를 거둔다.

너는 걷고 또 걷는다. 주민 공원의 솔숲을 헤매고 다니기도 하고 주립 도서관의 서가들 사이에서 마냥 기웃거리기도 한다. 그러는 동안 너는 많은 타인들과 엇갈려 지나친다. 카페테라스에 앉아 있을 때는 비록 전혀 못 알아듣긴 하지만, 옆자리에서 나누는 대화의 말소리에 귀 기울여보기도 한다. 주립 도서관에서는 비록 한 줄도 제대로 이해할 수 없긴 하지만, 아무 책이나 뽑아 들고 읽는 시늉을 하기도 한다. 사람들은 부단히 누군가와 말하고 부지런히 움직이면서 뭔가를 하고 있다. 그들은 자꾸 뭔가를 해야만 지금 여기서 숨 쉬며 살고 있다는 실감에 이를 수 있는 것 같다. 오히려 네가 그런 타인들의 모습에서 역으로 확인하는 것은 부동 상태의 적요함이다. 그래서 너는 움직임을 최소화하고 싶어 한다. 오로지 최소화된 움직임 속에서만이 네가 추구하는 고립과 은둔의 평안에 다다를 수 있다고 너는 믿는다. 식물 같은 수동태의 삶이야말로 너의 지향점일 수 있다. 걷고 또 걷는 동안 많은 사람들과 엇갈려 지나치지 않을 수 없지만,

그 누구도 너의 자발적 고립을 뒤흔들지는 못할 것이다.

　도심의 카페테라스, 콜로니알 광장, 그 인근의 영화관, 주민 공원의 솔숲, 주립 도서관, 동네의 미로 같은 골목들 그리고 다시 도심의 시가지. 너는 무작정 걸어 다니며 그 일대를 맴돈다. 너에겐 어떤 목적지도 없다. 너에겐 어떤 이정표도 없다. 그저 되는 대로 걷고 되는 대로 머물 뿐이다. 그저 네게 닥쳐오는 시간의 유속에 너를 맡길 뿐이다. 시간은 네 기대보다 더디게 흘러간다. 시간은 아무 데로도 너를 데려다주지 않는다. 그래도 너는 기다림의 수동태로 남아 시간의 물살을 맞는다. 아직 낮은 이울지 않고 밤도 오지 않는다. 너는 걷고 또 걷는다.

　그러다 네가 가 닿은 곳은, 풍경 소리가 청명한 어느 사찰이다. 여기가 유럽임에도 이 근방에는 사찰들이 드물지 않아 보인다. 너는 그 사찰의 법당 앞뜰에서 서성거린다. 그곳에는 바람에 씻겨가지 않은 향내가 아직 고여 있다. 법당 안에서는 독경하는 여럿의 목소리가 두툼한 중창처럼 들려온다. 잠시 후 독경이 그치고 법당의 문이 열리더니 파란 눈의 승려 하나가 앞뜰로 내려오다 너와 마주친다. 그는 네 앞으로 다가와서 공손히 고개 숙여 합장을 한다. 그가 입은 잿빛 적삼의 소매 자락이 하늘거리는 게 보인다. 너도 그에게 공손히 고개 숙여 합장을 한다. 아무 말도 하지 않는다. 사찰의 뒷산 중턱쯤에서 누군가의 외침이 여러 겹의 메아리로 울려 퍼지고 있다. 너는 그 메아리에 귀 기울인다.

너는 사찰의 선방(禪房)에 몸을 눕힌다. 거기서 여러 날 동안 자고 또 잔다. 아니, 네가 거기 머문 것은 메아리에 귀 기울인 한순간이었을지도 모른다. 너는 잠들지도, 깨어 있지도 않는다. 파란 눈의 승려 하나가 너를 죽비로 내리쳤을 때에야 비로소 너는 그 사이에서 벗어난다. 시야가 트이자 너는 네가 네 방에 있음을 본다. 밤이 오고 있다. 너는 기다린다.

너는 악취공(惡取空)의 미혹에 빠져 있다.

너는 목소리를 쫓아 막다른 골목으로 접어든다. 막다른 골목에서 목소리는 너를 돌아본다. 목소리의 얼굴은 낯설다. 그것은 너의 얼굴도, 네가 아는 다른 누군가의 얼굴도 아니다. 너는 목소리를 향해 다가가려 한다. 하지만 거기가 막다른 골목임에도 목소리와의 거리는 좀처럼 좁혀지지 않는다. 너는 발을 헛딛는다. 그러는 사이 목소리는 어디론가 사라진다. 너는 결코 목소리를 네 곁에 묶어둘 수 없다. 그것은 있으면서도 없는, 혹은 없음을 통하여 있는 하나의 그림자일 뿐 붙잡을 수 있는 실체가 아니기 때문이다. 너는 목소리를 부재로 경험하지 못한다. 목소리는 끊임없이 네 곁에서 달아난다. 너는 막다른 골목에서 빠져나와 콜로니알 광장의 들머리에 이른다.

너는 콜로니알 광장의 들머리에서 저글링 쇼를 하고 있는 거리의 어릿광대와 마주친다. 어릿광대는 흥겨운 아코디언 곡조에 맞춰 아주 능숙한 솜씨로 쇠공의 저글링 쇼를 한다. 너는 어릿광대 발치의 깡통에 동전 한 닢을 던져 넣는다. 감사하다는 듯 어릿광대는 너에게 한쪽 눈을 찡긋해 보인다. 하지만 너에게 쇠공을 건네지는 않는다.

너는 콜로니알 광장을 가로질러 카페테라스로 온다. 카페테라스에 앉아 에스프레소를 주문한다. 카페에 적당한 볼륨으로 틀어놓은 라디오에서는 다양한 음악들과 네가 전혀 알아듣지 못하는 말소리들이 번갈아가며 들려온다. 그 음악들과 말소리들은 한산한 카페테라스의 오후에 잠결 같은 몽롱함과 부드러운 피로를 더해주는 것 같다. 네 미각에 아무 맛도 전해주지 않는 커피를 홀짝거리며 너는 그 근처로 지나다니는 행인들의 얼굴을 멀거니 건너다본다. 행인들의 얼굴에서는 아무런 표정도 읽히지 않는다. 그들은 부단히 말하고 부지런히 움직이며 계속 누군가와 관계 맺고 끊임없이 뭔가를 하고 있을 뿐이다. 아무도 너에게 주의 깊은 눈길을 주지 않고 너 역시 그들 중 특정한 누군가에게 의미 있는 시선을 보내지는 않는다. 하지만 한순간 돌발적인 변화의 조짐이 직감적으로 너를 덮친다.

그 불길함이 한동안 이어져 끝내는 하나의 거대한 불안으로 멍울 지자마자, 지축을 뒤흔들 듯한 폭음과 함께 네 눈앞에서 시뻘건 불기둥이 치솟는다. 너는 그게 무엇을 뜻하는지 알지 못한다. 다만 눈앞에서 비현실적으로 치솟는 불기둥의 열기를 느낄 뿐이다. 그 불기둥이 순식간에 가라앉으면서 네 눈에는 누군가가 투척했거나 매설해둔 폭발물로 초토화되다시피 한 카페테라스 일대의 참상이 드러난다. 바로 네 눈앞에서 거리를 오가던 행인들의 몸이 피범벅의 고깃덩어리처럼 갈기갈기 찢겨나간 게 보인다. 폭발물이 터질 때 누군가의 몸에서 떨어져나왔을 팔목과 한쪽 다리 들이 네 발밑에까지 날아와 널브러져 있다. 참혹한 절규와 신음만이 들끓으며 거리를 검은 침묵 속에 빠뜨린다. 한순간의 폭음과 함께 사람들은 상한 짐승처럼 허물어졌고 거리의 안온한 일상은 증발했다. 졸지에 한쪽 팔이나 정강이를 잃은 생존자들이 목쉰 소리로 울부짖으며 핏물에 잠긴 땅바닥 위를 기어 다닌다.

거기서 너는 폭탄 테러로 와해되어버린 사람들의 육신과 함께 말의 피살을 동시에 본다. 여기서 말은 그 어디에서도 살아 움직이지 못한다. 모두가 울부짖고 신음할 뿐이다. 인간의 말을 잃게 한 이 테러의 참극은 네게 뜻밖에도 말의 길이 끊긴 명상을 불러온다. 아직 꺼지지 않은 불길들이 거리의 여기저기에서 매캐하고 시커먼 연기를 피워 올리는 중이고 이제야 요란한 사이렌 소리와 함께 앰뷸런스와 소방차 그리고 군 관련 기관의 차량 들이 도착해서 거리에 널린 시신들과 현장을 수습하느라 몹시 어수선해진 와중이긴 해도, 너는 카페테라스의 그 자리에 혼자 남아 이 아비규환의 아수라장 속에서 깊은 명상에 잠긴다. 너는 결국 혼자일 수 있는가? 너는 어떤 상황에서도 네가 속한 역사나 집단의 자기장과는 철저히 무관한 하나의 개별자로 남아 있을 수 있는가? 너는 타인들에게로 향하지도 않고, 그들에 대한 책임감에서도 온전히 자유로운 실존으로 살아갈 수 있는가?

잠시 후 거구의 헌병들이 저벅저벅 네 앞으로 다가온다. 너를 향해 내민 그들의 손길이 퍽 따뜻할 거라고, 너는 기대한다. 피 묻은 너의 두 손은 흰 장갑을 낀 그들의 손에 닿는다. 네 손에서 흐른 핏줄기로 헌병의 흰 장갑이 검붉게 물든다.

너의 실어증은 네가 추구한 고립과 은둔의 위족일 것이다. 너는 말과의 절연을 통해 진공상태와도 같은 침잠의 쾌락 속에서 무심한 개별자로 떠돌기를 원한다. 이따금 너는 단절과 방목의 몸부림이 너로 하여금 죽음을 앞당겨 체험하게 한다고도 여긴다. 하지만 그것은 여전히 생과 낮의 세계에 머물고자 하는 욕망의 체현일 뿐 죽음과 밤을 향한 걸음이 아니다. 고되고도 안이한 너의 수행은 한낱 실족의 흔적이었을 뿐이다. 너의 실어증 또한 진정으로 말의 길을 끊기 위한 길이 아니리라.

어스름이 깔리기 시작하는 콜로니알 광장의 벤치에 앉아 너는 네 마음에서 육중한 통증이 솟아나는 것을 느낀다. 행인들이 지나가다 말고 너를 본다. 너도 그들을 본다. 그들의 눈길에는 두려움과 경계의 기색이 잔뜩 어린다.

　이제 곧 밤이 올 것이다. 너는 너도, 그들도, 그리고 말의 길도 하얗게 지워줄 첫 밤이 도래하길 기다린다. 이 세계에서, 오직 너는 너의 메아리로만 존재할 수 있으리라.

해뭄

　샤펠 앙투아네즈 5번가에 있는 '아나이스'에서는 모든 이야기들이 다 현실이었다. 남자들은 그곳에 돈을 지불하고서라도 어린 소녀들의 내밀한 이야기와 그날 밤의 잠자리가 어지러워질 수도 있을 악몽을 매매한다. 그 해몽에서 괴질처럼 온몸에 휘감기는 열락의 연옥을 체험하고 싶어 하기 때문이다. 어쩌면 모든 이야기들은 천국의 상상력이 재갈 물린 이 연옥의 체험에서 생겨났을지도 모른다. 또한 해몽의 언어들로부터 사람들이 살아가는 현실의 밑자리가 연유했을지도 모른다. 하지만 서로는 서로에게 각자의 체험과 이야기들을 덧대고 보태며 서로에 대한 이야기의 퇴적층이 될 뿐 아무도 그 자리에 그 누구로 남아 있을 수 없다. 그러므로 이야기의 끝은 죽음일 것이다. 다채로운 이야기들을 통하여 해몽에 매달리자마자 우리는 아득한 죽음의 늪지에서 결코 헤어나지 못할 것이다.

'아나이스'의 마담이 객실에 와서 직접 내게 찻잔을 건네주고 퇴장했다. 카모마일 티라고 했다. 내가 그 찻잔을 받아들었을 때 가장 먼저 눈길을 끈 것은, 찻잔 표면의 강렬한 윤기 속에서 한 겹 도드라져 보인 양각의 엠블럼이었다. 그것은 좌우 대칭 구조로 배치된 쌍둥이 소녀의 형상이었다. 그 형상의 시각적인 현혹 때문인지, 아니면 내가 마신 카모마일 티에 어떤 약물이 섞여 있어서인지는 알 수 없었지만 약간의 어지럼증과 함께 정신이 몽롱해졌다. 하지만 그 어지럼증과 몽롱해져가는 기분은 오히려 내게 살가운 나른함을 불러오는 것 같기도 했다. '아나이스'의 객실은 밝고 쾌적해 보였다. 나는 연갈색 소파에 비스듬히 누워 있다 말고 할로겐 등의 불빛을 약간 낮게 조절했다. 다소 어두워진 실내의 불빛에 따라 유난히 눈가를 자극하는 찻잔의 윤기도 더불어 줄어들었다.

얼마 지나지 않아 똑똑 하고 노크하는 소리가 들렸다. 나는 일어나 앉으며 들어오라고 답했다. 이내 문을 열고 미카가 들어왔다. 미카는 카민색 스카프를 얼굴에 두르고 있었다. 나는 서서히 식어가는 카모마일 티를 한 모금 더 들이켰다. 입장하자마자 객실의 한 귀퉁이로 향한 미카는 레코드판들이 빼곡히 꽂혀 있는 목제 선반에서 음반 한 장을 골라 턴테이블 위에 얹었다. 그러자 옛날 민요의 선율에서 따온 미샤 아라닉의 상송 한 곡이 흘러나오기 시작했다. 잠시 나와 눈을 맞춘 미카는 무표정한 얼굴로 그 음악의 리듬에 맞춰 춤추듯 이리저리 흐느적거렸다. 아직 열다섯 살밖에 되지 않은 소녀가 드러내는 것이라고 하기에는 너무도 농염하고 육감적인 몸놀림이었다. 그것은 마치 잔잔한 리듬의 물살에 여린 몸이 떠안겨 있는 듯한 무희의 동선처럼 보일 지경이었다. 특히 내 열띤 시선은, 리듬을 타고 사뿐사뿐 오가는 미카의 맨발로 쏠렸다. 얼굴에 두른 스카프처럼 카민색 페디큐어가 새빨갛게 물든 미카의 발톱들은 내 입에서 먹먹한 탄성이 튀어나오게까지 했다. 나는 꿇어 앉아 미카의 발톱에 입을 맞추려 들었다. 하지만 미카는 내 입술이 닿기도 전에 얼른 두 발을 뒤로 빼더니 멀찌감치 물러나고 말았다. 나는 이번만…… 이라고 웅얼거리며 미카에게 애원하는 눈빛을 보내지 않을 수 없었다. 내 얼굴은 열꽃이 돋아난 듯 화끈거리며 달아올랐다. 하지만 미카는 단호하게 고개를 가로저었다. 이젠 그러지 않겠다고 한 약속을 벌써 잊었나요, 그제야 미카가 입을 열었다, 앞으로는 신체 접촉 없이 미카와 이야기나 상황극 플레이만 즐기겠다고 했잖아요, 인디언 조는 미카와 한 약속을 지켜야 해요. '인디언 조'는 미카가 나를 부르는 별칭이었다. 내겐 '아나이스'에서 사용하는 닉네임이 따로 있었지만 미카는 한사코 나를 '인디언 조'라고만 불렀다. 어쨌든 내 접근을 일축하는 미카의 말에 나는 다시 몸을 일으키고는 얌전하게 소파로 돌아와 앉아야 했다. 그때 음반 위의 바늘이 툭 하고 튀더니 계속 제자리에서 맴돌았다. 미카는 오디오를 끈 후 수납장에서 터키

식 물 담배 세트를 꺼내 들고 내 옆자리로 왔다. 우리는 소파에 나란히 앉아서 알싸한 박하향의 연기가 피어오르는 물 담배의 흡입관을 제각기 피워 물었다. 물 담배를 피우자 다소 습한 연기가 실내에 몽실몽실 피어올랐다. 일반 궐련에 비해 니코틴과 타르의 함유량이 훨씬 덜하다는데도 물 담배의 습한 연기는 한결 더 몽롱하고 나른한 기분을 자아냈다. 어쩌면 호리병 속의 향료 필터에 어떤 향정신성 약물이 투여된 것일 수도 있었다. 한동안 물 담배의 연기에만 망연히 머물러 있던 내 눈에는 연기의 흐름에서도 들리지 않는 리듬을 찾을 수 있다는 듯 미카의 양쪽 발가락이 규칙적으로 까딱거리는 게 보였다. 내 혀끝이 입술의 틈새를 비집고 탐욕스럽게 새어나오는지도 모를 정도로 미카의 카민색 발톱은 무심결에 다시 나를 자극했다.

인디언 조, 이럴 게 아니라 우리 이야기를 시작해보기로 할까요? 시간도 많지 않은데, 몽롱하면서도 갈수록 뜨거워지는 내 눈빛을 의식했는지 미카가 내게서 살짝 떨어져 앉으며 다시 말문을 열었다, 내가 왜 이렇게 빨간 스카프를 두르고 들어왔는지 궁금하지도 않나요. 미카의 물음에 나는 말없이 고개만 가로저어 보였다. 솔직히 말하면 지금 내게 그런 것은 과히 관심을 기울이고 싶지 않은 문제였다. 그러자 미카는 테이블의 서랍에서 동화책 한 권을 꺼내왔다. 미카의 손에 들려 있는 동화책의 제목은 『Le chaperon rouge』, 즉 『빨간 두건』이었다. 미카는 내게 이 동화를 아느냐고 물었다. 나는 언젠가 읽은 적이 있을

지도 모르지만 지금으로서는 어떤 내용이었는지 기억이 가물거린다고만 답해주었다. 제가 읽어보니 이건 아주 이상하고 야릇한 이야기였어요, 미카가 말했다, 샤를 페로라는 사람이 원래는 왕실의 아이들한테 읽어줄 목적으로 이런 동화책을 쓴 거라는데 교육 같은 거하고는 아무 상관이 없어 보이던 걸요. 그러더니 미카는 이 책을 읽으면서 이미 죽은 자기의 쌍둥이 자매가 불현듯 떠오르더라는 말을 덧붙였다. 미카한테 쌍둥이 자매가 있었다고, 나는 의아해하는 어투로 미카에게 물었다. 미카는 담담하게 '아란'이라는 이름의 쌍둥이 자매가 있었다고 답했다. 나는 아란이 왜 죽었는지 궁금했지만 흉흉한 내막이 있을 것 같아 구태여 캐묻지 않았다. 그런 내 눈치를 알아차렸다는 듯 미카가 말을 이었다, 아란은 나와 함께 이 '아나이스'에서 일하고 있었어요, 그러다 어느 날 어떤 단골손님한테 끔찍한 봉변을 당했죠, 발목이 잘리고 말았거든요. 다시 떠올리기에도 너무 끔찍하고 참혹한지 미카는 몸서리가 쳐진다며 더 이상 이야기를 잇지 못했다. 우리는 얼마 동안 어색한 침묵만 지켰다. 내가 이미 식어버린 카모마일 티로 입술을 축인 후 잠시 음악이라도 듣자며 소파에서 일어나려 할 때야 비로소 미카는 다시 입을 열었다. 그런데 이 동화를 읽으니, 미카는 뭔가 헤아려보듯 두 눈을 살짝 치떴다, 갑자기 이미 죽은 아란이 되고 싶어졌어요, 빨간 두건이 없으니 카민색 스카프라도 두르고 말이에요. 그러더니 미카는 마치 카민색 스카프를 두르고 빨간 두건 소녀로 변신하려는 자기 모습이 어떠냐는 듯 내 앞으로 나와 이리저리 서성거렸다. 나는 썩 나빠 보이지는 않는 것 같다고 웅얼거렸다. 처음에 서성거릴 때는 생기발랄하던 미카의 표정이 시간이 지나면서 차츰 무슨 상념에 골똘히 잠긴 표정으로 변했다. 그러는 동안 나는 미카가 꺼낸 동화책을 펼쳐보았다. 빨간 두건 소녀의 이야기는 꽤 짧고 간단했다. 옛날에 아주 예쁘게 생긴 빨간 두건 소녀가 있었는데 할머니에게 팬케이크를 전해드리고 오라는 엄마의 심부름을 받고 숲 속으로 지나가던 중 늑대와 만난다는 이야기였다. 빨간 두건 소녀에게 할머니의 집이 어디쯤인지를 알아낸 늑대는 소녀가 도착하기도 전에 곧장 거기로 가서 할머니를 먼저 잡아먹고 개암나무 숲에서 놀다 오느라 뒤늦게 도착한 소녀도 마저 잡아먹는다는 게 그 내용의 전부였다. 동화의 끝에 첨부된 글쓴이의 주석은 이 이야기를 노는 데 정신이 팔려 어른들의 심부름을 게을리하는 아이들에게 경각심을 불러일으키기 위한 겁박의 교훈담으로 소개하고 있었다. 말하자면 글쓴이는 빨간 두건 소녀의 참화를 이야기한 것만으로는 모자라 이 참화의 전말이 도대체 무엇을 전하려는 이야기였는지 못 박아둠으로써 이 이야기 속에서 다른 목소리들이 웅성댈 수 있을 틈새를 미리 차단하려 한 셈이었다. 주석의 첨부는 하나의 이야기를 하나의 목소리 안에 가둬두고 그 이야기의 주인으로 끝끝내 생존하겠다는 강박의 봉인일 수 있었다.

그런데 카민색 스카프의 소녀 미카는 이 짧고 간단한 동화의

짐이 한순간에 돌변했다. 난 팬케이크 심부름 따위는 하고 싶지
않아, 미카가 난데없이 뭔가를 내동댕이치는 시늉과 함께 앙칼
진 목소리로 외쳤다, 난 예쁜 꽃들과 나비나 구경하면서 내내
이 개암나무 숲 속을 떠돌아다닐 거야, 그러더니 새삼 나를 발
견했다는 듯 화들짝 놀라는 표정으로 자기 대사를 이었다, 오
당신은 인디언 조로군요, 덤불에서 뭔가가 부스럭거리기에 난
늑대인 줄만 알았지 뭐예요, 나보다 할머니 집에 먼저 가서 우
리 할머니를 잡아먹고는 자기가 할머니인 척 내가 오기를 기다
리고 싶어 하는 늑대 말이에요, 나는 그런 늑대의 속셈을 빤히
알면서도 선선히 우리 할머니가 사는 곳을 알려주었지요, 세상
에 그걸 모른다면 내가 바보라는 얘기밖에 더 되겠어요, 왜 그
랬는지는 나도 잘 모르겠어요, 그런데 인디언 조는 지금 여기서
뭘 하고 있었나요, 일단 거기서 자기 대사를 멈춘 미카는 이번
엔 내 차례라는 투로 다급하게 손짓해 보였다, 나는 엉겁결에
내 대사를 떠올려야 했다, 미카야 난 지금까지 여기서 네가 오
기만을 기다리고 있었단다, 그러자 미카는 내 말허리를 끊고 재
빨리 끼어들었다, 지금 여기서 나는 미카가 아니라 아란이에요,
그러니까 인디언 조는 나를 아란이라고 불러야 맞는 거예요, 내
말 무슨 말인지 아시겠죠, 우리 거기서부터 다시 해요, 나는 미
카의 요구대로 처음부터 다시 내 대사를 읊기 시작했다, 아란
아, 난 지금까지 여기서 네가 오기만을 기다리고 있었단다, 내
대답에 미카가 아니 아란이 초롱초롱한 눈을 끔뻑거리며 말했

다, 왜 제가 오기만을 기다리고 있었나요,
프를 두른 귀여운 소녀이기 때문이지, 나는
좋아하고 귀여운 소녀도 아주 좋아하거든
빨간 스카프는 귀여운 소녀의 상징이야,
아래로 훑어보며 잠시 군침을 다시는 척하
빨간 스카프만 보면 나는 소녀들이 홀리는
한 기분에 사로잡히곤 하지, 하지만 아
되고 싶어 하지 않는 거 같구나, 그래도
되고 싶어 하지 않는 소녀들의 피를 더
란이 고개를 갸웃거리며 내게 물었다, 인
어른이 되고 싶어 하지 않는다는 걸 알
지 한 번도 그런 말을 한 적이 없는 걸
걸음 더 가까이 내딛으며 음험한 목소리
가 엄마의 팬케이크 심부름을 게을리하
에서 놀고 싶어 하는 것만 봐도 단박에
할머니 댁에 심부름을 가기가 싫은 거
제대로 잘해내면 할머니나 엄마는 모
컸다며 기특해할 테니까, 그래서 넌
을 헤매고 돌아다닐 수밖에 없는 걸
지껄여대며 나는 아란의 귀밑머리를
아란은 내 손길이 닿지 않도록 한 걸
니 허공 속에서 뭔가를 조심스럽게

기서 이러고 있을 여유가 없어, 카민색 페디큐어로 물든 아란의 발끝을 힐끔거리며 내가 말했다, 할머니 댁에 심부름을 가든 아니면 나와 함께 도망치든 넌 지금 결정을 내려야 한단다, 이제 곧 날이 저물면 이 숲 속에 잔뜩 굶주린 늑대들이 어슬렁대기 시작할 테니 서두를수록 좋아. 내가 늑대를 들먹이자 아란은 벌떡 상체를 일으켜 세운 후 곤혹스러워하는 어투로 말했다, 지금쯤 할머니 집에서는 먼저 도착한 늑대가 할머니를 잡아먹고 우리 할머니인 체하며 나를 기다리고 있겠지요, 아 내가 왜 그 망할 놈의 늑대 녀석한테 할머니네 집이 어디에 있는지를 친절하고 자세하게 알려주었는지 모르겠어요, 녀석이 쩝쩝 입맛 다시는 것을 빤히 봐놓고도 말이죠, 하긴 나는 아주 오래전서부터 밤만 되면, 늑대가 할머니도 잡아먹고 엄마도 잡아먹고 결국엔 나도 잡아먹고는 그때마다 잡아먹은 사람의 옷으로 갈아입는 꿈을 꾸곤 했어요. 나는 가지런히 뻗은 아란의 발톱들에 쩝쩝 입맛을 다시며 말했다, 그렇다면 매번 늑대가 엄마도 되고 할머니도 되고 너도 되는 거로구나, 그건 반드시 해몽이 필요한 꿈일지도 모르겠다는 생각이 드네. 아란은 다시 바닥에 상반신을 누이며 웅얼거리듯 말했다, 할 수만 있다면 인디언 조가 제 꿈을 해몽해주세요, 그건 분명 제가 꾸었는데도 제가 꾼 것 같지 않은 꿈이었으니까요, 어디서 들었는데 인디언이야말로 해몽의 종족들이라죠. 나는 해몽해주겠다고 선뜻 답한 후 슬그머니 손으로 아란의 발끝을 어루만졌다. 아란은 스르르 눈을 감고 내

늑진한 애무의 손길에 자기의 발끝을 내맡겼다. 사람들의 꿈은 누군가의 이야기가 되고 누군가의 이야기는 다시 사람들의 꿈이 되며 이야기가 된 꿈이나 꿈이 된 이야기의 후미에는 언제나 해몽의 이야기가 또다시 또 다른 목소리로 엇물려 그 꿈과 이야기 들을 가로지르는 법이지, 내가 말했다. 그러자 아란은 그게 누구 얘기냐며 불현듯 낄낄거렸다. 나 혼자 생각에서 하는 얘기,라고 내가 답했다. 인디언 조 혼자 생각에서 하는 얘기만은 아닌 거 같네요, 아란이 말했다. 혼자 생각이 아니라면 내가 지금 다른 사람이 벌써 한 얘길 내 얘기인 척 늘어놓는다는 건가, 내가 다소 뾰로통해진 어조로 되물었다. 그게 아니구요, 아란이 웃으며 내 말을 받았다, 무슨 이야기도 누구 혼자 하는 이야기는 없다는 생각이 들어서요, 가령 지금만 해도 나는 미카면서 동시에 아란이 된 상태로 말하고 있고 무슈도 무슈면서 동시에 인디언 조가 되어 말하고 있잖아요, 그게 지금 상황극의 이야기를 짜나가는 거잖아요. 하긴 이곳 아나이스에서는 그게 엄연한 현실이긴 하지, 게다가 아란한테는…… 나는 이 상황에서 그녀에게 아란이라고 불러야 할지 미카라고 불러야 할지 헷갈려서 말을 멈출 수밖에 없었다. 우리는 지금 상황극 플레이의 바깥에 있나, 아니면 안에 있나. 그녀가 좋을 대로 하라고 해서 나는 계속 그녀를 아란이라고 부르기로 했다, 게다가 아란한테는 이런 게 매일 겪는 직업적 일상일 테니까 더욱 현실적으로 느껴질 수도 있겠군. 나는 엄마가 할머니 댁에 심부름 보낸 팬케이크

이야기에서 어느 사이코패스에게 무참히 살해당했다는 자기의
쌍둥이 자매 아란을 떠올리며 다른 한편으로는 동화 속 주인공
빨간 두건 소녀를 통해 이미 죽은 아란으로 변하고 싶다는 욕망
에 사로잡혀 있다고 했다. 물론 그 욕망은 이 '아나이스'에서의
관능적 상황극이 펼쳐질 수 있는 허구의 기점임에 틀림없었다.
하지만 빨간 두건 소녀나 쌍둥이 자매 아란에 대한 미카의 감정
이입과 강박적인 교훈담으로서의 이 동화의 이야기 사이에는
표면적으로 어떠한 연관성도 없어 보였다. 그것은 미카가 자기
에게 다른 목소리로 말을 걸어오는 그 누군가의 해몽에 귀 기울
였다는 의미로밖에 여겨지지 않았다. 어떤 이야기는 그 이야기
를 듣고 읽은 누군가에게 꿈과 해몽을 동시에 내놓기도 할 테니
까 말이다. 어쩌면 꿈은 내가 뒤집혀 나타나는 타인의 이야기지
만 해몽은 또 하나의 타인이 그 이야기에 틈입하여 덧입힌 목소
리의 이야기거나 그 흔적일지도 모르는 일이었다. 아무튼 미카
가 객실에 입장한 후 시간이 많이 흘렀고, 이제 상황극 플레이
는 더디게라도 시작되어야 했다. 미카는 내 팔목을 잡고 나를
자리에서 일으켜 세웠다. 몽실몽실한 물 담배의 박하향 연기가
내 후각을 자극하는가 싶더니 순간적으로 눈앞이 아찔해졌다.
내가 잠시 휘청거리자 미카는 나를 부축해주며 싱긋 웃어 보이
고는 다른 음반을 골라 다시 턴테이블에 걸었다. 이번에는 은은
하고 부드러운 무도곡이 낮게 깔리기 시작했다. 실내에 무도곡
이 흐르고 잠시 후 제자리에서 서성거리던 미카의 표정과 몸가

짐이 한순간에 돌변했다. 난 팬케이크 심부름 따위는 하고 싶지 않아, 미카가 난데없이 뭔가를 내동댕이치는 시늉과 함께 앙칼진 목소리로 외쳤다, 난 예쁜 꽃들과 나비나 구경하면서 내내 이 개암나무 숲 속을 떠돌아다닐 거야. 그러더니 새삼 나를 발견했다는 듯 화들짝 놀라는 표정으로 자기 대사를 이었다, 오 당신은 인디언 조로군요, 덤불에서 뭔가가 부스럭거리기에 난 늑대인 줄만 알았지 뭐예요, 나보다 할머니 집에 먼저 가서 우리 할머니를 잡아먹고는 자기가 할머니인 척 내가 오기를 기다리고 싶어 하는 늑대 말이에요, 나는 그런 늑대의 속셈을 빤히 알면서도 선선히 우리 할머니가 사는 곳을 알려주었지요, 세상에 그걸 모른다면 내가 바보라는 얘기밖에 더 되겠어요, 왜 그랬는지는 나도 잘 모르겠어요, 그런데 인디언 조는 지금 여기서 뭘 하고 있었나요. 일단 거기서 자기 대사를 멈춘 미카는 이번엔 내 차례라는 투로 다급하게 손짓해 보였다. 나는 엉겁결에 내 대사를 떠올려야 했다, 미카야 난 지금까지 여기서 네가 오기만을 기다리고 있었단다. 그러자 미카는 내 말허리를 끊고 재빨리 끼어들었다, 지금 여기서 나는 미카가 아니라 아란이에요, 그러니까 인디언 조는 나를 아란이라고 불러야 맞는 거예요, 내 말 무슨 말인지 아시겠죠, 우리 거기서부터 다시 해요. 나는 미카의 요구대로 처음부터 다시 내 대사를 읊기 시작했다. 아란아, 난 지금까지 여기서 네가 오기만을 기다리고 있었단다. 내 대답에 미카가 아니 아란이 초롱초롱한 눈을 끔뻑거리며 말했다, 왜 제가 오기만을 기다리고 있었나요. 그건 네가 빨간 스카프를 두른 귀여운 소녀이기 때문이지, 나는 빨간 스카프도 아주 좋아하고 귀여운 소녀도 아주 좋아하거든, 내가 볼 땐 말이야. 빨간 스카프는 귀여운 소녀의 상징이야, 나는 미카/아란을 위아래로 훑어보며 잠시 군침을 다시는 척해 보이고는 계속했다, 빨간 스카프만 보면 나는 소녀들이 흘리는 피를 상상하며 짜릿한 기분에 사로잡히곤 하지, 하지만 아란 너는 어쩐지 어른이 되고 싶어 하지 않는 거 같구나. 그래도 뭐 괜찮아 나는 어른이 되고 싶어 하지 않는 소녀들의 피를 더 좋아하니까 말이야. 아란이 고개를 갸웃거리며 내게 물었다, 인디언 조는 어떻게 내가 어른이 되고 싶어 하지 않는다는 걸 알 수 있나요, 나는 아직까지 한 번도 그런 말을 한 적이 없는 걸요. 나는 아란을 향해 한 걸음 더 가까이 내딛으며 음험한 목소리로 소곤거렸다, 그건 네가 엄마의 팬케이크 심부름을 게을리하며 계속 이 개암나무 숲에서 놀고 싶어 하는 것만 봐도 단박에 알 수 있지, 아란 너는 할머니 댁에 심부름을 가기가 싫은 거야, 만약 엄마의 심부름을 제대로 잘해내면 할머니나 엄마는 모두 우리 아란이가 이제 다 컸다며 기특해할 테니까, 그래서 넌 지금 마냥 개암나무 숲 속을 헤매고 돌아다닐 수밖에 없는 걸 거야. 그렇게 나오는 대로 지껄여대며 나는 아란의 귀밑머리를 쓰다듬으려 했다. 하지만 아란은 내 손길이 닿지 않도록 한 걸음 뒤로 비스듬히 물러서더니 허공 속에서 뭔가를 조심스럽게 매만지는 시늉과 함께 말했

다, 그래서인지는 잘 모르겠지만 아무튼 이 개암나무 숲을 벗어
나기가 참 싫네요, 엄마가 심부름시키신 대로 할머니 집까지 팬
케이크와 버터 단지를 전해주러 가기도 싫구요, 대신 이 꽃떨기
들 속에 파묻혀 있고만 싶어요, 이렇게 가만히 눈길을 주고 있
으면 들꽃과 나비 들이 저한테 상냥하게 말을 걸어오기도 하죠,
가끔은 숲 속의 요정들이 다녀간 이야기를 들려주기도 하구요,
오솔길을 걷다 문득 나무 둥치에 기대어 앉으면 숲 전체의 말소
리들이 제 귓가에 아련히 울려오기도 해요. 아란의 말에 나는
선선히 고개를 주억거려 보였다. 하지만 그건, 목소리를 가다
듬은 후 내가 말했다, 어디까지나 어렸을 때밖에 겪어볼 수 없
는 일이기도 하지, 나이가 들고 어른이 되면 나무숲과 들꽃들과
나비들은 아무 이야기도 꺼내지 않고 냉담하게 말문의 빗장을
걸어 잠그는 것 같아, 그러니 숲 속에서는 더 이상 어떠한 이야
기도 들려오지 않고 설령 이야기가 전해져온다 해도 어른이 되
면 아무런 이야기도 들을 수 없게 되는 걸 거야. 그러자 아란은
슬픈 표정을 지어 보이며 되물었다, 정말 그래서 나는 심부름
가기가 무지 싫어진 걸까, 정말 그래서 나는 개암나무 숲에서
영영 벗어나고 싶어 하지 않는 걸까. 나는 살며시 보이지 않는
허공 위의 꽃가지를 꺾은 후 그것을 아란의 머릿결 사이에 다소
곳이 꽂아주는 시늉을 했다. 아란은 내가 꽂아준 그 꽃가지를
다시 뽑아들고 자기 코밑에 가져다 대본 후 느닷없이 바닥에 쓰
러지는 척했다. 죽음의 유혹처럼 꽃향기가 자극적이긴 해도 여

보따리를 길섶에 내팽개쳐둔 채, 아란이 말했다, 꽃향기와 나비들의 춤에 취해 개암나무 숲 속을 마냥 떠돌아다니고 있었어요, 내 카민색 스카프는 붉게 물든 거웃의 표지, 내 붉게 물든 발톱들은 처음 겪는 발육의 혈흔, 나는 이 피가 너무 무서워서 자꾸 숲 속의 외진 잡목 덤불 속으로 숨고만 싶어 하는 건지도 몰라요, 이 피보다는 차라리 늑대가 덜 무서웠을지도 모르죠. 그러니 어렸을 때부터 여러 날씩 되풀이해서 늑대가 할머니도 잡아먹고 엄마도 잡아먹고 결국엔 나까지 잡아먹고는 그때마다 잡아먹은 사람의 옷으로 갈아입은 후 그 사람으로 변하는 악몽을 꿀 수밖에 없는 게 아니었나 싶어요. 턴테이블의 카트리지가 트랙 없는 음반 중심의 가두리에 다다랐는지 아무런 음악 소리도 내보내지 않고 툭툭 튀기만 했다. 그런데도 아란은 열 오른 얼굴로 여전히 바닥에 쓰러져 있을 뿐 음반을 갈기 위해 일어나지 않았다. 나는 열의에 찬 아란의 토로를 들으며 육감적인 자극으로 온몸이 후끈 달아오르는 것 같아 물 담배의 흡입관을 세차게 빨아댔다. 알싸한 박하향 연기가 몽실몽실 피어올랐다. 그러는 사이 아란은 모로 돌아누우며 야릇한 신음 소리를 냈다. 나는 아란의 발치에 꿇어앉으며 말했다, 이게 내가 너한테 들려줄 수 있는 해몽의 내용이야. 그러고는 아란의 카민색 발끝을 내 혓바닥으로 탐욕스럽게 날름거리기 시작했다. 아란은 깜짝 놀란 듯 눈을 번쩍 떴지만 이제 나를 제지하려 들지는 않았다. 대신 몽롱해진 얼굴로 물 담배의 흡입관을 피워 물었다. 나는 카모마일

티를 몇 모금 홀짝거리고는 계속해서 아란의 발가락들을 핥다 나중에는 한입 가득 물고 쪽쪽 빨기까지 했다. 나는 너처럼 어른이 되고 싶어 하지 않는 아이와 성인 여자 사이의 사춘기 소녀들을 좋아하지, 내가 말했다, 그뿐 아니라 너 같은 소녀들의 풋풋하고 신선한 피비린내와 새하얗고 아담한 발도 아주 좋아하거든. 내 말에 아랑곳하지 않고 아란은 온몸을 들썩이며 붉게 달아오른 신음 소리만 토했다. 나는 뒤춤에서 빼어든 어떤 것으로 아란의 발목에 살짝 실금 긋는 시늉을 해보이며 계속했다, 내게 아직 더럽혀지지 않은 너의 새 피와 발목을 선물해주지 않겠니, 부탁하마. 그러자 아란이 나를 무섭게 흘겨보며 외쳤다, 이 더러운 사이코패스 자식 당장 꺼지지 못해. 하지만 아란은 이내 태도를 바꿔 애원하는 어조로 말했다, 제가 잘못했어요, 저한테 제발 이러지 마세요. 나는 냉엄하게 고개를 가로저으며 말했다, 아니야 아란 네가 원한 건 바로 이런 거야, 아무것도 걱정하지 마, 널 이 개암나무 숲에서 가장 깊은 잡목 덤불 속의 양지 바른 곳에 고이 묻어줄테니, 거긴 비록 땅 밑이라 해도 엄마의 품속처럼 아늑하고 따뜻할 거야. 그러자 아란은 이 상황을 체념하고 받아들이겠다는 것처럼 갑자기 몸을 축 늘어뜨렸다. 너는 내가 마련해주는 묘혈 속에서 태아처럼 편히 쉬고, 내가 다시 말했다, 나는 네 육신으로부터 너의 선물을 취하는 거지, 자 그럼 푹 쉬렴. 말을 맺자마자 나는 아란의 두 발목을 서슴지 않고 내리쳤다. 참혹한 단말마의 비명 소리가 길게 울려 퍼졌다.

그 비명 소리에 놀라 개암나무 숲 속에서 빨간 두건 소녀가 고개를 두리번거렸다. 순간 숲길의 덤불에 숨어 빨간 두건 소녀를 지켜보는 눈들이 끔뻑거리며 일제히 수런거리기 시작했다. 늑대와도 만났으니 저 아이는 이제 이 개암나무 숲 속에서 벗어나야 해. 글쎄, 그래야 할까? 쟤는 왜 늑대한테 할머니 집이 어딘지 알려주고도 지금까지 천연덕스럽게 나비나 쫓아다니면서 이 숲 속을 배회하고 다니는 거지. 아무래도 숲 속에서 신나게 놀다 보니 엄마 심부름 가기가 싫어졌나 봐. 그건 그렇다 치고 늑대는 왜 빨간 두건 소녀를 그 자리에서 잡아먹질 않은 거야. 늑대가 그토록 굶주려 있었다면 그건 말이 안 되잖아. 팬케이크 바구니를 다시 챙겨든 빨간 두건 소녀는 어쩔 바 몰라하며 그저 제자리에서 머뭇거리고 있을 수밖에 없었다. 가만, 아까는 팬케이크 보따리라고 했던 거 같은데 아니었나. 아니, 팬케이크 바구니가 낫겠어, 버터 단지까지 담아가려면 보따리보다는 바구니가 낫지. 아니야, 보따리가 훨씬 낫지 않을까 싶은데, 그냥 원래대로 해. 무슨 소리, 바구니로 하는 게 옳아. 아니, 보따리로 하자니까. 그럼 너는 보따리로 하렴, 내 얘기에선 바구니로 할 테니까. 그래서 팬케이크 보따리(바구니)를 다시 챙겨든 빨간 두건 소녀는 어쩔 바 몰라하며 그저 제자리에서 머뭇거리고 있을 수밖에 없었다. 덤불 속에서는 잠시 정적이 흘렀다. 그건 그렇고, 빨간 두건 소녀를 지켜보며 수런거리는 목소리들 중에 하나가 입을 열었다, 하던 얘길 마저 하자고, 굶주린 늑대는 왜 빨간 두건 소녀를 그 자리에서 잡아먹지 않은 거야. 글쎄, 아까까지만 해도 근처에 나무꾼들이 얼씬거린 것 같은데 그 때문이 아니었을까. 바보, 아무리 근처에 나무꾼들이 얼씬거린다고 굶주린 늑대가 먹을 때와 그렇지 않을 때를 가린다는 게 말이 되나. 그때 다른 목소리 하나가 자기 의견이야말로 의미심장할 수 있다는 암시의 분위기를 주위에 퍼뜨리며 사뭇 진지하게 말했다, 혹시 늑대는 애초부터 빨간 두건 소녀보다는 할머니를 더 먼저 잡아먹고 싶어 한 게 아니었을까 싶어. 그 말에 다른 목소리들이 하나같이 입을 모아 물었다, 왜. 하지만 아무도 그 물음에 그럴 듯한 답을 내놓지 못하고 내내 침묵만 지켰다. 그러는 사이 빨간 두건 소녀는 계속 망설이는 표정으로 애꿎은 팬케이크 바구니(보따리)만 들었다 놓았다 하기를 반복할 뿐이었다. 도대체, 이윽고 그 가운데 한 목소리가 궁색한 침묵 속에서 투덜대는 말씨로 겨우 다시 말문을 텄다, 누가 이 따위로 빈 구멍이 송송 난 이야기를 가장 처음 한 거야. 빤한 이야기인 줄만 알았는데 도무지 뭐 하나 제대로 해명되는 게 없잖아. 그러자 그 목소리에 다른 목소리가 곧바로 응답했다, 이건 어느 누구 한 사람이 먼저 풀어내서 다른 사람들한테 전한 이야기가 아니고 여러 사람의 꿈자리들이 입에서 입으로 옮겨가며 두텁게 쌓이고 얽힌 이야기야. 사람들이 나눠온 이야기의 밑바탕에는 항상 꿈이 있지. 다시 말해 여러 사람들이 밤에 잘 때 꾼 꿈자리의 되새김질에서 동네방네 떠돌아다니는 세간의 이야기가 나온다는 거야. 이야기가 꿈자리에서 나오는 거라면, 그 목소리의 주장을 또 다른 목소리 하나가 받아 말했다, 이 덤불 속에서 저 아이에 대해 이러쿵저러쿵 떠들어대는 것은 결국 하나의 해몽에 지나지 않는 셈이군. 각자 간밤에 꾼 꿈자리들이 하나의 이야기로 쌓이고 얽힌다면 그것 자체가 바로 해몽의 과정이라고 할 만한 게 아닐까, 방금 전의 그 목소리가 되물었다. 그런 의견이 튀어나오고 나서부터는 아무 목소리나 두서없이 떠들어대기 시작했다. 그렇다면 해몽의 이야기들이 원래 이야기 속으로 다시 스며들어가서 또 다른 이야기의 물굽이를 연다는 거야. 그렇다면 이야기가 꿈에서 나오긴 하지만 꿈도 이야기에서 나온다는 거야. 그렇다면 나 혼자만의 꿈자리도 다른 사람의 이야기들로 짜인다는 거야. 그렇다면 누가 이야기할 때 그 이야기는 누구의 이야기가 아니라 그 누구도 아닌 그 누구의 이야기라는 거야. 그렇다면 이 덤불 속의 수런거림도 저 빨간 두건 소녀의 모험담에 또 하나의 새 목소리로 보태질 수 있다는 걸 거야. 그러는 동안 빨간 두건 소녀는 길섶의 들꽃송이들 위에서 팔랑거리는 나비들을 따라 이리저리 뛰어다니고 있었다. 얼마 지나지 않아 덤불 속의 수런거림이 잦아들었다. 한동안 정적이 찾아왔다. 에고 저러다 저 꼬마가 어디 눈에 뜨이지 않는 쪽으로 사라지면 어쩌나, 정적을 깨고 한 목소리가 걱정스럽다는 어투로 말했다. 그러게 무슨 수를 써야 하지 않을까, 다른 목소리가 말했다. 우리 여기서 이러고만 있을 게 아니라 누가 나서서 저 아이한테 직접 말을 걸어보면 어떨까. 그런 제안에 다른 목소리들도 좋다고 찬동했다. 하, 하지만 누가 감히 나서지. 음, 그게 문제로군. 아, 우리 중에 인디언 조라고 있어. 핫, 인디언들은 해몽의 종족이라지. 후, 그럼 인디언 조가 적격이겠군. 이리하여 인디언 조가 덤불 속에서 고개를 빼들었다. 하지만 곧바로 빨간 두건 소녀에게 다가가지 않고 뭔가에 불을 붙여 물었다. 담배는 건강에 안 좋아, 옆자리의 목소리가 말했다. 이건 담배가 아니야, 인디언 조가 연기를 삼키며 말했다, 캐너비스라고 우리들이 이야기나 해몽에 앞서서 한 개비씩 피우는 거야. 그런 걸 왜 피우나, 다른 목소리가 물었다. 이걸 피우면 정령의 연기가 들리지 않는 것을 들리게 하고 보이지 않는 것을 보이게 하거든, 인디언 조가 말했다. 그러자 다른 목소리들이 한 모금씩 빨아보게 해달라고 부탁했다. 인디언 조는 옆자리로 선뜻 캐너비스를 돌렸다. 캐너비스의 연기가 목소리들로 하여금 쿨럭쿨럭 돌림노래처럼 밭은기침 소리를 내도록 했다. 연기가 안으로 싸하게 말려 들어가는 느낌이 나는군, 누군가 말했다. 인디언 조는 덤불에서 성큼성큼 걸어 나와 여전히 들꽃 위의 나비들에 정신이 팔려 있는 빨간 두건 소녀에게 다가갔다. 빨간 두건 소녀는 폴짝거리며 팔랑거리는 나비의 날갯짓을 흉내 내보는 중이었다. 여기서 뭐하는 거니, 인디언 조가 물었다. 인디언 조의 급작스런 등장에 화들짝 놀란 몸짓으로 빨간 두건 소녀는 날갯짓 시늉을 멈추고는 한 걸음 물러났다. 그냥 엄마 심부름가기가 싫어서 이 숲 속에서 놀고 있었어요, 빨간 두건 소녀가 답했다. 왜 심부름 하기가 싫은 거니, 인디언 조가 다시 물었다. 원래 저는 말 잘 듣는 착한 아이였는데요, 빨간 두건 소녀가 곤혹스러운 표정을 지으며 말했다, 이 개암나무 숲에 와보니 예쁜 꽃들도 참 많고 나비들을 구경하는 것도 너무 좋아서 그냥 심부름 가기가 싫어 졌어요, 계속 여기서 놀고만 싶어졌어요. 덤불 속에서 다시 여러 목소리들의 수런거림이 들려왔다. 그래선 쓰나, 인디언 조가 짐짓 어른스런 목소리로 말했다, 엄마 심부름을 잘 해야 어른들 한테 이제 우리, 이제 우리…… 인디언 조는 빨간 두건 소녀의 이름을 떠올리지 못해 거기서 멈칫거려야 했다. 빨간 두건 소녀 는 그런 인디언 조를 말똥말똥한 눈으로 올려다보았다. 너 이름 이 뭐니, 인디언 조가 불쑥 물었다. 제 이름은 빨간 두건 소녀 예요, 빨간 두건 소녀가 답했다. 아니 그거 말고 네 진짜 이름 이 뭐냐고, 인디언 조가 답답해하며 다시 물었다. 빨간 두건 소 녀가 제 진짜 이름이라니까요, 빨간 두건 소녀도 답답하다는 투 로 다시 말했다. 빨간 두건 소녀가 진짜 이름이라니 세상에 그 런 이름이 어디 있니, 인디언 조가 말했다. 저도 왜 제 이름이 빨간 두건 소녀인지 모르겠고 이 이름이 썩 마음에 드는 건 아 니지만, 빨간 두건 소녀가 말했다, 아무튼 제 이름은 어려서부 터 빨간 두건 소녀였어요. 그 얘길 듣고 인디언 조는 잠시 궁리 해보는 표정에 잠겼다. 그 틈에도 빨간 두건 소녀는 길섶의 꽃 과 나비들 쪽으로 한눈을 팔았다. 안 되겠다, 인디언 조가 뭔가 재미난 생각이 떠올랐다는 표정과 함께 다시 입을 열었다, 빨간 두건 소녀라는 이름은 아무래도 어색하고 너도 그 이름이 썩 마음에 들지는 않는다고 하니 내가 다른 이름을 너한테 붙여주면 어떻겠니. 빨간 두건 소녀는 선선히 고개를 끄덕거렸다. 이제부터 너를 미카라고 불러주마, 가볍게 싱글거리며 인디언 조가 말했다, 어때 미카라는 이름 괜찮지. 미카가 무슨 뜻인가요, 빨간 두건 소녀가 물었다. 아무 뜻도 없어, 인디언 조가 답했다, 하지만 '아나이스'에 사는 어느 귀공녀의 이름에서 따온 거란다, '아나이스'는 내가 전에 머물던 장원의 별장 이름이야, 그리고 너한테 그 귀공녀의 이름을 붙여주려 하는 까닭은 그녀가 너와 쌍둥이 자매처럼 쏙 빼닮았기 때문이지. 놀랍네요 저와 쌍둥이 자매처럼 쏙 빼닮은 어느 귀공녀가 '아나이스'라는 데 살고 있다니, 빨간 두건 소녀가 방긋 미소 지어 보이며 말했다, 아무튼 좋아요 그럼, 나중에 할머니와 엄마한테도 미카라는 새 이름이 생겼으니 앞으로는 그렇게 불러달라고 해야겠어요. 그래 그럼 넌 이제부터 미카가 된 거다, 인디언 조가 말했다. 그때 덤불 속에서 또다시 수런거리는 말소리가 들려왔다. 빨간 두건의 미카는 귀를 쫑긋 세우고 주위를 두리번거렸다. 근데 아까부터 어디서 자꾸 이상한 얘기 소리들이 들리는 것 같아요, 미카가 말했다. 나뭇잎들 사이로 실바람이 스쳐 지나가는 소리일 거야, 인디언 조가 말했다. 그럴까요, 미카가 고개를 갸웃거리며 말했다, 분명 사람들 말소리 같은데. 별거 아닐 테니 너무 신경 쓰지 말고 우리 하던 얘기나 마저 하자꾸나 미카야, 인디언 조가 미카의 주의를 자기 쪽으로 되돌리려고 하며 말했다. 미카는 다시 인디언 조에게 눈길을 옮겼다. 어쨌거나 엄마 심부름을 잘해야 어른들한테 이제 우리 미카가 다 컸다며 대견스럽다는 칭찬을 들을 수 있지 않겠니, 인디언 조가 말했다. 그 말에 미카의 얼굴은 어쩐지 시무룩해지는 것 같았다. 그런 기색에 아랑곳하지 않고 인디언 조가 계속했다, 이제 이 숲 속에서는 그만 놀고 팬케이크 바구니(보따리)를 챙겨 어서 할머니 댁으로 향해야. 솔직히 다 컸다는 칭찬 같은 건 듣고 싶지 않아요, 인디언 조의 말허리를 끊고 미카가 불현듯 언성 높여 응수했다, 그냥 저는 이 숲 속에 남아 들꽃들 사이로 나비들이나 뒤쫓아 다니면서 머물러 있고 싶어요. 그러자 덤불 속에서는 다시 한 번 바람결에 가랑잎들이 나부낄 때와도 같은 수런거림이 일었다. 하지만 난데없이 골똘해진 미카의 귀에는 그 말소리들의 수런거림이 전혀 들리지 않은 것 같았다. 그래도, 인디언 조가 얼른 이어 말했다, 미리 엄마한테서 네가 간다는 기별을 받은 할머니는 지금 집에서 미카 네가 어서 오길 기다리고 있을 거야, 엄마도 날이 저물기 전에 네가 빨리 다녀오기를 기다리고 있을 테고 말이야. 아니요, 미카가 차갑게 잘라 말했다, 제가 모를 줄 아세요, 할머니는 지금 집에 없을 거예요, 할머니 대신 할머니의 옷을 훔쳐 입고 할머니의 흔들의자에 앉아 저를 목이 빠져라 기다리고 있는 건 바로 늑대일 거예요. 그럼 그럴 줄 빤히 알면서도 늑대한테 할머니가 어디 사는지를 자세하게 알려줬단 말이니, 다소 당혹스러워하는 표정을 지어 보이며 인디언 조가 물었다. 당연하죠, 미카가 단호한 어투로 답했다, 할머니는 엄마의 엄마이고 그런 할머니를 잡아먹은 늑대는 할머니의 자리를 대신 차지하게 될 테니까요. 그럼 넌 결국, 인디언 조가 말했다, 이 숲에서 벗어나 너의 할머니가 된 늑대한테 가긴 가겠구나. 그 말에 미카는 어린 소녀답지 않게 긴 한숨부터 내쉰 후 말을 이었다, 저도 아직 잘 모르겠어요, 제가 어쩌면 좋을지. 그러고는 초롱초롱한 눈으로 인디언 조를 올려다보며 물었다, 아저씨는 제가 어떻게 하면 좋을 거라고 생각하나요. 글쎄다, 잠시 머뭇거린 인디언 조는 다소 은밀해진 목소리로 말을 이었다, 나와 함께 움직이면 어떨까 싶은데. 인디언 조의 말에 덤불 속에서는 아예 노골적으로 웅성거리는 말소리들이 들려왔다. 아저씨와 함께요, 하지만 눈을 동그랗게 뜬 미카는 인디언 조와의 대화에 열중하느라 덤불 속의 말소리들을 미처 알아차리지 못한 것 같았다, 가신다면 어디로 가실 건데요. 나는 이제 얼마간의 유랑 생활을 끝내고 '아나이스'로 돌아갈까 해, 인디언 조가 말했다, 나와 '아나이스'에나 같이 가자 미카야. 미카는 눈을 내리깔고 발끝으로 괜스레 흙바닥이나 파헤치며 한참 동안이나 망설이는 기색을 보였다. 거기 가면 혹시 저와 쌍둥이 자매처럼 쏙 빼닮았다는 귀공녀를 만나볼 수도 있나요, 문득 그렇게 물으며 미카가 인디언 조를 똑바로 마주 보았다. 인디언 조는 대답 대신 고개만 끄덕여 보였다. 그렇게 오래 망설였지만 결국 미카는 팬케이크 바구니(보따리)를 내팽개친 후 인디언 조와 함께 '아나이스'에 가기로 하고 발걸음을 옮기기 시작했다. 그때였다. 덤불 속에서 누군가가 난데없이 튀어나오더니 미카에게 이대로 그냥 가버리면 이야기의 흐름이 아주 곤란해질 거라고 소리쳤다. 너는 이 세계의 모든 아동들한테 이래서는 안 된다는 교훈을 주기 위해서라도, 그자의 목소리가 완고하게 덧붙여 말했다, 지금 빨리 늑대가 기다리는 할머니네 집으로 가야 한단 말이야. 누구니, 그쪽으로 뒤돌아보며 인디언 조가 미카에게 물었다. 저도 전혀 모르는 사람이에요, 미카가 어이없다는 듯 답했다, 알지도 못하면서 저에 관해 괜히 아는 척을 하니 저야말로 무척 당혹스럽네요. 자신의 외침에 개의치 않고 미카와 인디언 조가 멈추지 않자 그 사람도 서둘러 이들을 뒤따라가려 했다. 그러자 덤불 속에서 다른 사람들이 우르르 몰려 나와 그 자를 완력으로 제압했다. 그러고는 개암나무 둥치에 결박한 후 눈에 검은 안대를 씌웠다. 순식간에 벌어진 일이었다. 이름, 사람들이 무리 지어 한목소리로 나무둥치에 결박당한 자를 향하여 심문했다, 나이, 거주지. 하지만 그는 철저히 말문을 닫고 아무런 심문에도 응하지 않았다. 죽고 싶은가, 무리들 가운데 한 목소리가 그에게 물었다. 그는 그제야 담담하게 그렇다고 대답했다. 다른 목소리 하나가 죽기 전에 달리 할 말은 없느냐고 다시 물었다. 어쩌면 모든 이야기들은 천국의 상상력이 재갈 물린 이 연옥의 체험에서 생겨났을지도 모르지, 그가 마지막으로 말했다. 나무둥치를 에워싼 사람들이 엄지와 검지만 펴든 권총 모양의 손가락으로 그를 겨누었다. 잠시 후 이들은 '탕'하는 총성을 한데 외치며 사격하는 시늉을 했다. 그러자 그가 맥없이 고개를 떨어뜨렸다. 한 사람이 그에게 다가가서 턱 밑의 맥을 짚어보더니 숨길이 끊긴 게 틀림없다고 확인했다. 사람들은 다시 잡목 덤불 속으로 돌아가면서 개암나무 둥치의 시신도 그 덤불 속에 같이 거둬들였다. 목소리들이 잦아들었다. 얼마 지나지 않아 날이 저문 개암나무 숲 속으로 늑대들이 출몰하기 시작했다.

인디언 조와 함께 샤펠 앙투아네즈 5번가에 있는 장원의 별장 '아나이스'에 도착했을 때 가장 먼저 미카의 눈길을 끈 것은 별장의 출입구 앞에 새겨져 있는 양각의 엠블럼이었다. 이것 좀 보세요, 미카가 말했다, 여기 아주 묘한 그림이 있어요. 그것은 좌우대칭 구조로 배치된 쌍둥이 소녀의 형상이었다. 우리가 '아나이스'에 정확히 도착했다는 것을 알려주는 표지라고 할 수 있지, 그렇게 말하며 인디언 조는 출입구 위에 매달린 경쇠를 울렸다. 이내 한 중년 여인이 나오더니 아주 오랜만이라며 별장 안으로 인디언 조를 반갑게 맞아 들였다. 그러면서 한쪽 눈으로는 미카를 유심히 살펴보았다. 별장 안에는 다소 길고 어두운 통로를 따라 이런저런 방들이 아주 많아 보였지만 하나같이 굳게 닫혀 있었다. 셋은 응접실로 와서 마주앉았다. 중년 여인은 손님이 왔으니 약간의 다과라도 준비해야겠다며 카모마일 티와 버터 바른 팬케이크 조각을 미카에게 내왔다. 미카는 감사하다는 말과 함께 각듯하게 고개 숙여 인사한 후 카모마일 티와 팬케이크를 맛있게 먹고 마셨다. 중년 여인과 인디언 조는 미카를 응접실에 남겨두고 둘만 통로로 나왔다. 마담, 인디언 조는 그녀를 마담이라고 불렀다, 지금 내가 데려온 저 아이는 혼자 숲속에서 방황하고 있었어요. 이 시간까지 혼자 숲 속에 머물러 있었다니, 마담이 말했다, 자칫 잘못했으면 하릴없이 늑대 밥이 될 뻔했네. 그러자 인디언 조가 물었다, 마담이 이 별장에서 거둬줄 수 있겠지요. 그럼 그리하구말구, 마담이 흔쾌히 대답했다, 이 '아나이스'에서야 언제든 어른이 되기 이전의 소녀가 새로 들어오는 건 환영이니까, 더욱이 예쁘게 빨간 두건을 쓴 데다 얼굴도 퍽 귀여우니 더 말할 나위가 없지 뭐야. 인디언 조가 말했다, 이상한 동화 속에서 걸어 나온 아이니만큼 여길 찾는 사람들한테 이야기의 기쁨도 많이 나눠줄 수 있을 거예요. 동화에서 걸어 나온 아이라구, 마담이 되물었다, 그건 무슨 말이지. 별다른 뜻은 없고 다만, 인디언 조가 대답했다, 아이가 여러 동화책을 너무 많이 읽은 나머지 현실의 이야기와 동화 속의 이야기를 헷갈린다는 소리일 뿐이죠. 그렇담 그거 아주 재미나겠군, 마담이 말했다, 여기서도 그런 아이가 하나쯤은 꼭 필요했으니까. 인디언 조는 자기가 저 아이를 여기로 데려온 것도 실은 그 때문이었다고 덧붙였다. 마담이 말했다, 이름은 어떤 걸로 하는 게 좋을까. 인디언 조가 말했다, 원래 이름은 빨간 두건 소녀였다는데 이제 미카라고 부르기로 했어요. 가만 미카라면, 마담이 다소 놀란 표정으로 말을 받았다, 어떤 단골손님과 상황극 플레이를 하다 그치의 손에 발목이 잘려 죽었다면서 아란이가 매일 얘기하고 다니는 쌍둥이 자매의 이름이잖아. 인디언 조가 말했다, 아까 숲에 있을 때 그 아이한테 이름을 물어보니 그저 빨간 두건 소녀라고만 해서 새 이름을 궁리해보려는 순간 마침 그 이름이 딱 떠오르더군요, 아마도 아란이 워낙 얘길 많이 하고 다녀서 미카란 이름이 귀에 박혀 있었나 봐요. 그러고는 요새는 어떠냐며 아란의 안부를 물었다. 그러자 마담의 표정이 살짝 어두워졌다, 조사할 게 있다면서 관헌들이 데려갔어. 인디언 조가 말했다, 정말 무슨 사고라도 친 게 아닐까요. 그건 확실히 알 수 없지만, 마담이 혀를 끌끌 차며 말했다, 아무튼 이상한 얘길 주절거린다는 게 처음 귀에 들어왔을 때 진작 병원으로 보냈어야 했어, 자기 꿈에나 나오는 쌍둥이 자매의 죽음이 너무 억울하다면서 꼭 복수하고야 말겠다는 소리를 객실에 들어가서도 공공연히 해대고 다녔다니 말 다했지 뭐야. 인디언 조가 말했다, 그 일로 이곳에 관헌들까지 들이닥쳤다니 마담으로서는 정말 당황스럽지 않을 수 없었겠군요, 설마 아란이 실제로 누굴 죽이지는 않았겠지요. 인디언 조의 말에 마담은 더 이상 헤아려보고 싶지도 않다는 것처럼 고개를 절레절레 내저어 보이기만 했다. 그 순간 응접실의 문을 벌컥 열고 느닷없이 미카가 통로로 뛰쳐나왔다. 미카는 어디 있나요, 그렇게 말하는 미카의 눈

에는 초점이 흐릿했다. 미카는 너잖아 지금 무슨 소릴 하는 거
니, 인디언 조가 말했다. 아니요, 빨간 두건의 미카가 단호하게
소리쳤다, 저 말고 여기 원래 미카라는 귀공녀가 산다고 하지
않았나요, 저는 지금 그 미카를 말하는 거예요. 지금 얘가 무슨
말을 하는 거야, 어안이 벙벙해진 표정으로 마담이 인디언 조에
게 물었다. 미카는 막무가내로 미카를 만나게 해달라고 요구했
다. 미카라는 이름을 이 아이한테 붙여줄 때, 미카의 기습적인
요구에 몹시 곤혹스러워진 듯 인디언 조는 말을 더듬거렸다, 이
곳에 얘와 쪽 빼닮은 귀공녀가 사는데 그 아이의 이름도 미카라
면서 여기 도착하면 서로 만나게 해주겠다고 약속한 일이 있었
거든요. 왜 그렇게 쓸데없는 소리를 했담, 마담이 나무라는 투
로 말했다. 미카라는 이름을 떠올리자마자 나도 모르게 그런 얘
기가 입에서 술술 흘러나오더군요, 인디언 조가 구차스런 변명
을 늘어놓는 것처럼 말했다, 가만히 들여다보니 이 아이의 얼굴
이 아란과 많이 닮았다는 생각도 들었구요. 인디언 조의 변명에
마담은 다시 한 번 혀를 끌끌 찼다. 그러는 사이에도 미카는 처
음 약속대로 미카와 만나게 해달라고 계속 졸라대더니 급기야
는 발길을 옮겨 혼자 통로로 돌아다니기 시작했다. 길고 어두운
통로에는 어디선가 새어나와 너울거리는 연기들이 밤안개처럼
자욱했다. 그 연기에 싸여 앞으로 향하는 미카의 표정과 걸음걸
이는 몽유병자만큼이나 망연하고 위태로워 보였다. 순간적으로
당황한 마담과 인디언 조가 미처 제지할 틈도 없이 미카는 통로

의 모퉁이를 돌자마자 자기와 마주친 첫번째 객실의 닫혀 있는 문을 똑똑 하고 두드렸다. 그냥 놔둬보자, 미카에게 달려들려는 인디언 조를 막으며 마담이 말했다, 조의 말대로라면 또 뭔가 재미난 일이 생겨날 수도 있겠어. 인디언 조와 마담은 그 자리에서 천천히 물러났다. 이내 객실 안에서는 들어오라는 응답이 들려왔다. 미카는 문을 열고, 꿈꾸는 아이처럼 안으로 들어왔다. 턴테이블의 카트리지가 트랙 없는 음반 중심의 가두리에 다다랐는지 아무런 음악 소리도 내보내지 않고 툭툭 튀기만 했다. 나는 음반에서 바늘을 걷어내고 미카에게 물었다, 어딜 다녀온 거니. 그녀는 복수를 하고 왔어요, 들어오자마자 음반 위에 다시 바늘을 걸며 미카가 혼잣말처럼 그렇게 말했다. 오디오에서는 다시 은은하고 부드러운 무도곡이 낮게 흘러나왔다. 복수라니, 나는 어리둥절해하는 목소리로 미카에게 물었다, 무슨 복수를 하고 왔다는 거니. 미카가 꿈꾸듯 웅얼거렸다, 그녀는 쌍둥이 자매의 복수를 해야만 했어요, 카민색 페디큐어로 붉게 물든 쌍둥이 자매의 발톱들과 하얀 발목을 소유하려 한 그치에게 그녀가 되돌려줄 수 있는 것은 피의 보복밖에 없었어요. 그래서 그녀는…… 잠깐만, 나는 손을 들고 웅얼웅얼 계속 이어지려는 미카의 말에 끼어들었다, 여기서 그치란 누구고 그녀는 또 누구니. 미카는 여전히 초점이 흐릿한 눈으로 허공을 올려다보며 하지만 또박또박하게 답했다, 그녀는 현실로 복수를 하러 다녀온 꿈자리 속의 소녀이고 그치는 그녀의 쌍둥이 자매를 자기의 쾌락 때문에 살해했다 현실에서 그녀에게 복수 당한 꿈자리 속의 남자지요. 나는 미카의 잠꼬대 같은 대답에 말문이 막혔지만 그 래도 호기심이 생겨 계속 캐묻지 않을 수 없었다, 그녀가 복수에 성공한 거라면 과연 어떤 과정을 거쳐 성공할 수 있었을까. 그 말을 듣자마자 미카는 두 손을 맞잡더니 나를 소파에서 일으켜 세웠다. 그녀는 느리게 춤을 추었어요, 그렇게 말한 후 미카는 난데없이 내 품에 엉겨 붙더니 느릿느릿한 무곡의 스텝을 유도했다. 엉겁결에 미카의 발동작에 맞춰 나도 천천히 스텝을 밟기 시작했다. 은은하고 부드럽게 깔리는 무도곡의 가락과 침묵 속에서 미카와 나의 어설픈 윤무가 한동안 이어졌다. 나의 스텝 진행이 제법 능숙해지자 어느 순간 미카는 자기의 구두에서 맨발을 빼내 내 양쪽 발등 위에 살며시 얹었다. 각자의 스텝을 조율해야 할 때마다 나는 내 발등 위에 얹힌 미카의 맨발을 곁눈으로 슬쩍슬쩍 훔쳐보았다. 카민색 페디큐어로 물든 미카의 발 끝은 금세라도 타오를 것처럼 강렬하고 도발적이었다. 내가 발쪽을 할끔거릴수록 미카는 더욱 더 자극적으로 내 품에 파고 들었다. 나는 미카의 상체를 꼭 감싸 안았다. 미카의 촉촉한 혀가 내 귓바퀴를 할짝거리는 게 느껴졌다. 약에 취한 것처럼 온몸이 나른해졌다. 그녀는, 미카가 내 귀에 대고 뜨거운 입김을 불어 넣으며 유혹하듯 소곤거렸다. 나는 계속 미카와 엉겨 붙어 흐느적거리면서 다음 말이 이어지기를 묵묵히 기다렸다. 하지만 미카는 금세 다음 말을 잇지 않았다. 그녀는…… 순간 미카는 한층 바싹 밀착시킨 몸으로 나를 압박해왔다. 내 몸은 급격하게 기우뚱거리더니 이내 미카를 안은 채 소파 위로 허물어질 수밖에 없었다. 내 가슴 위에 올라타게 된 미카가 그제야 입을 뗐다, 그녀는 빨간 스카프로 그치의 목을 졸랐어요. 그러고는 두 손으로 내 목젖을 힘껏 짓눌렀다. 나는 공포에 질려 허우적거렸다. 그러자 미카는 내 목에서 손을 거두더니 돌연 달라진 얼굴로 까르르 웃었다. 나는 미카를 가슴에서 밀어낸 후 캑캑거리며 일어나 앉았다. 이게 네가 말하는 그녀의 복수극이었다면, 캑캑거리다 말고 내가 겨우 말했다, 그럼 내 앞에 있는 넌 뭐니. 미카는 자기가 머리에 쓰고 있는 빨간 두건을 가리켜 보이며 대답했다, 보시다시피 빨간 두건 소녀지요, 그녀는 빨간 두건 소녀예요. 미카/빨간 두건 소녀는 끝내 자기를 그녀라고 했다. 나는 빨간 두건 소녀에게 수고했다는 의미에서 감사의 박수를 보냈다. 그 박수 소리에 또다시 표정이 멍해진 빨간 두건 소녀는 아무 말도 남기지 않고 몽유병자와도 같은 걸음걸이로 객실에서 퇴장했다. 곧이어 나도 객실을 나왔다. 그때 빨간 두건을 손에 든 마담이 내 쪽으로 다가오는 게 보였다. 마담은 예약한 플레이 타임이 지났음을 알리러 오는 중이었다고 했다, 죄송하지만 시간을 넘기셨으니 넘긴 시간만큼의 추가 요금은 따로 더 내셔야 해요. 나는 마담이 요구한 액수대로 돈을 더 지불한 후 혹시 미카에게 사고로 죽은 쌍둥이 자매가 있었다는 얘기를 들은 적이 있느냐고 물었다. 내 물음에 마담은 무슨 말인지 못 알아

214

듣겠다는 표정으로 고개를 갸웃거렸다. 미카 말로는 아란이라고 여기 '아나이스'에서 함께 일하다 어느 단골 손님한테 변을 당한 쌍둥이 자매가 있었다고 하던데요, 내가 다시 말했다. 아란이라는 애가 여기서 일하고 있는 건 맞는데 미카라는 이름은 처음 듣는군요, 여전히 어리둥절해하며 오히려 내게 마담이 되물었다, 걔가 누구죠. 나는 마담의 반문에 응수하듯 빨간 두건을 가리키며 그럼 그건 뭐냐고 물었다. 마담은 아란이 롤 플레이 때 쓰기 위해 준비해둔 소품이라고 한 후 담담하게 덧붙였다, 옛날 동화 속의 소녀 이미지를 찾는 고객들도 많으니까요. 나는 서둘러 '아나이스'에서 빠져나왔다. 아무 생각 없이 발길 닿는 대로 걷자 곧 개암나무 숲 가에 이르렀다. 그 숲길을 걷고 있을 때 휴대폰이 울렸다. 경찰의 전화였다. 휴대폰을 통해 들려온 경찰의 목소리가 말했다, 내일 아침 일찍 샤펠 앙투아네즈 5번가에 있는 '아나이스'에서, 인디언 조의 살해 용의자 아란의 현장 재현이 있을 예정이니 무슈는 이 장소로 출두해주시기 바랍니다. 나는 왜 내가 거기에 출두해야만 하느냐고 물었다. 그러자 경찰의 목소리는 내가 '아나이스'의 단골 고객으로 확인된 만큼 나의 현장 증언이 불가피해졌기 때문이라고만 짧게 답한 후 딸깍 하는 소리와 함께 사라졌다. 전화를 끊고 나서야 비로소 '인디언 조의 살해 용의자 아란의 현장 재현'이라는 말이 미묘한 여파를 남기며 나의 귓전에 맴돌았다. 하지만 때마침 어디선가 찢어질 듯 날아온 소녀의 비명 소리가 개운치 않은 통화의

잔향을 순식간에 밀어냈다. 곧 이어서는 그 비명 소리의 답신과
도 같이 여러 말소리들의 수런거림이 들려오기 시작했다. 나는
주의를 그쪽으로 옮길 수밖에 없었다. 말소리들의 수런거림이
들려오는 곳은 길섶의 잡목 덤불 속임에 틀림없어 보였다. 나는
잡목 덤불 속으로 뛰어들었다. 하지만 거기에는 아무도 없었고
내가 그곳에 머물러 있는 동안에는 더 이상 아무런 말소리도 들
리지 않았다. 내가 잡목 덤불 속에서 새로이 본 것은 작고 추레
한 묘석이 고작이었다. 묘석에는 '여기, 이야기의 끝과 어느 한
목소리 영면하다 *Ici, reposent la fin du récit et une certaine
voix*'라는 글귀가 새겨져 있었다. 그 묘석의 글귀는 내게 아스
라한 죽음의 공포를 불러일으켰다. 나는 으스스한 기분에 사로
잡혀 괴괴한 잡목 덤불 속에서 황급히 빠져나왔다. 그러자 다시
수런거리기 시작한 말소리들이 뒤숭숭한 꿈자리처럼 나를 뒤쫓
아 오는 것 같았다. 실제로 다음 날 새벽, 나는 벌 떼 같은 여러
말소리들에 둘러싸여 '이야기의 끝과 어느 한 목소리'로 변해가
는 꿈을 꾸다 깨어났다. 잠에서 깨어나마자 내 귓전에는 '인디
언 조의 살해용의자 아란의 현장 재현'이라는 경찰의 목소리가
다시 메아리쳤다. 그래서 나는, 아직 많이 이른 시각이긴 해도
급히 호출한 새벽 택시를 타고 샤펠 앙투아네즈 5번가로 향했
다. 불을 환히 밝힌 '아나이스'의 출입구는 물론 평소와는 달리
객실의 문들이 모두 활짝 열려 있었다. 사람들이 모여 있는 곳
은 통로의 구석방이었다. 내가 나타나자 미리 나와 있던 마담이

몇 명의 남자들에게, 어제 얘기한 무슈라며 나를 소개했다. 지금 이 자리에 있다면 경찰 관계자일 수밖에 없을 그들을 향해 나는 깍듯이 고개 숙여 인사했다. 하지만 한결같이 검은색 수트로 차려입고 실크 해트까지 갖춰 쓴 복장으로 인해 그들의 인상은 도무지 살인 사건의 현장 재현에 입회하는 경찰 관계자들로는 보이지 않았다. 경찰 관계자이기는커녕 차라리 유니폼을 가지런히 챙겨 입은 승마 기수들로나 여겨질 정도였다. 나와 인사 나눈 그들이 문간에서 비켜서자 소파 앞에 우두커니 서 있는 카민색 스카프의 소녀가 나타났다. 삼엄한 쇠고랑과 오라가 소녀의 가녀린 양쪽 팔목을 가지런히 모아 결박한 게 보였다. 소녀의 얼굴을 두른 카민색 스카프는 죽음의 징후처럼 섬뜩하고 위협적이었다. 소파에는 남자 형상의 마네킹이 길게 누워 있었다. 그런데 그 마네킹의 외모가 어쩐지 나와 꽤 닮은 것 같아 기분이 묘해졌다. 또한 나는 소파 옆의 탁자에서 향촉이 꽂힌 자홍색 사기 단지를 발견했다. 사기 단지의 한가운데 새겨져 있는 양각의 엠블럼도 내 시선을 끌었다. 그것은 좌우대칭 구조를 이룬 쌍둥이 소녀의 형상이었다. 미카야, 내가 소녀를 소리쳐 불러보았다. 하지만 소녀는 여전히 우두커니 서 있기만 할 뿐 내쪽으로 고개를 돌리지 않았다. 저 아이의 이름은 미카가 아니라 아란이에요, 승마 기수의 외양을 방불케하는 실크 해트의 신사들이 외양다운 어투로 내게 조곤조곤 일러주었다. 그럼 저 마네킹은 도대체 뭔가요, 내가 다시 그들에게 물었다. 저건, 그들 가운데 한 남자가 답했다, 아란의 카민색 스카프에 목이 졸려 죽은 인디언 조의 분신이죠. 그때 소파 밑에 떨어져 있는 한 권의 책이 눈에 들어왔다. 『Le chaperon rouge』, 즉 『빨간 두건』이었다. 내가 그것을 주워 들려 하자 사람들은 이 책이 유력한 현장 증거라며 현장 증거에 섣불리 다가서거나 접촉해서는 절대 안 된다고 강조했다. 나는 그만 머쓱해져서 한 걸음 뒤로 물러났다. 그러는 사이 누군가가 턴테이블의 음반 위에 바늘을 올린 후 향촉에 불을 붙였다. 느리게 깔리는 미샤 아라닉의 상송 속에서 실내에 향불 연기가 매캐하게 피어 올랐다. 승마 기수의 외양을 방불케하는 실크 해트의 신사들 가운데 한 사람이 앞으로 나서더니 이제 곧 아란의 현장 재현이 시작될 예정임을 알리고 들어갔다. 잠시 후 몇 명의 실크 해트 신사들이 빨간 두건 소녀에게 다가섰다. 저는 미샤 아라닉의 상송에 맞춰 함께 인디언 조와 춤을 추었더랬어요, 마침내 카민색 스카프의 소녀가 입을 열어 그들에게 말했다. 그러자 실크 해트 신사 한 사람이 소녀가 좀더 자유로운 동선 속에서 현장 재현에 임할 수 있도록 쇠고랑과 오라를 풀어주지 않으면 안 되겠다고 했다. 이거 그래야만 현장 재현이 제대로 진행되겠는걸, 그렇게 말하는 그의 어투는 서툰 연극배우처럼 부자연스럽고 과장된 억양을 띠고 있었다. 아니나 다를까, 문간에 기대어 서서 이를 지켜보던 마담이 그에게 지금보다 조금만 더 자연스럽고 담담한 어투로 말하는 게 좋을 것 같다고 지적했다. 아무튼 두 손이 자유로워

진 카민색 스카프의 소녀는 소파에서 남자 형상의 마네킹을 일
으켜 자기 앞에 세워보려고 했지만 어린 소녀 혼자 감당하기에
는 마네킹의 부피와 무게가 너무 육중한 것 같았다. 그래서 다
른 실크 해트 신사 한 사람이 소녀 대신 마네킹을 일으켜 세운
후 소녀의 몸에 바짝 밀착시켜야 했다. 그뿐 아니라 소녀가 상
송의 리듬에 맞춰 사뿐사뿐 스텝을 밟자 그 실크 해트 신사도
그 스텝에 따라 마네킹이 움직이는 것처럼 보이도록 뒤에서 조
종하기까지 해야 했다. 하지만 마네킹의 동체가 너무 무겁고 뻣
뻣해서 그건 결코 쉬운 일이 아닐 듯싶었다. 점점 그 실크 해트
신사의 얼굴이 붉게 물들더니 결국 손에서 마네킹을 놓치고 말
았다. 균형 잃은 마네킹이 뒤로 나자빠지면서 실크 해트 신사를
덮쳤다. 그 충돌로 인해 마네킹의 동체에서 뽑혀 나온 머리통이
객실 바닥을 데굴데굴 굴러다녔다. 살인 사건의 현장 재현이 진
행 중인 만큼 모두가 필요 이상으로 진지하고 심각했지만 나는
그 어이없는 광경에 그만 푹 하고 실소를 터뜨릴 수밖에 없었
다. 그러자 사람들의 따가운 시선이 일제히 내게 쏠렸다. 나는
얼른 웃음을 거둬들여야만 했다. 하지만 한번 터진 웃음보는 좀
처럼 가라앉지 않았다. 내가 아예 대놓고 허리까지 뒤틀어가며
걷잡을 수 없이 낄낄거리자 마담이 내 앞으로 다가왔다. 그런데
도 나는 여전히 웃음을 억제할 수 없었다. 공교롭게도 무슈가
저 마네킹과 많이 닮아 보여서 아까부터 눈여겨보고 있었어요,
마담이 말했다, 보시다시피 마네킹으로는 현장 재현을 진행하

기가 역부족이네요. 그러는 동안 사람들은 마네킹을 한쪽으로
치웠다. 현장 재현은 이토록 허망하게 중단될 수밖에 없고야 마
는 것인가, 누군가가 다시 부자연스럽고 과장된 연극 대사의 억
양으로 웅얼거렸다. 하지만 현장 재현의 중단과 상관없이 소녀
는 눈까지 지그시 감고 상송의 리듬에 맞춰 혼자 계속 스텝을
밟고 있었다. 나는 마담의 입에서 무슨 말이 나올지 모르겠다는
긴장감 때문에 슬며시 웃음을 거두고 눈만 끔뻑거렸다. 부탁인
데, 마담이 계속했다, 현장 재현이 원활해지도록 마네킹 대신
인디언 조의 대역을 맡아주세요. 나는 잠시 망설였지만 '아나이
스'의 무료 이용권 수회분으로 사례하겠다는 마담의 약속에 결
국 혹하지 않을 수 없었다. 내가 마담의 당부에 응하자 실크 해
트 신사 한 사람이 나를 카민색 스카프의 소녀에게 데려가더니
같이 춤을 추라고 지시했다. 소녀는 내 몸에 엉겨붙어 거리낌
없는 태도로 상송의 리듬에 걸맞는 스텝을 유도했다. 나는 엉거
주춤하게라도 소녀의 스텝을 따라할 수밖에 없었다. 자 그다음
엔 어떻게 했지, 실크 해트 신사 한 사람이 서서히 춤에 몰입해
가는 소녀에게 물었다. 저는 깊이 안기는 척하고 인디언 조를
소파 위로 넘어뜨렸어요, 신사의 물음에 불현듯 눈을 뜬 소녀가
대답했다. 실크 해트 신사들은 소녀와 나에게 그대로 해 보이라
는 손짓을 보냈다. 소녀와 나는 한데 포개져 있는 몸을 소파 위
로 허물어뜨렸다. 이어 소녀가 죽음의 징후 같은 자기의 카민색
스카프로 내 목을 칭칭 동여맸다. 이 과정을 지켜보던 사람들이

미심쩍어하는 목소리로 자기들끼리 수런거리기 시작했다. 이렇게 빈 구멍이 송송 난 이야기로는 완벽한 현장 재현이 불가능하겠는걸, 그러게 말이야, 아란은 지금 결백해 보이기 위해 뭔가를 생략했거나 숨기고 있는 게 틀림없어, 사실 이 지상에 그 어떤 이야기도 결백할 수는 없는 법일 텐데 말이야, 그러니 이건 엄밀한 의미에서 현장 재현이 아니라 꿈에 대한 꿈의 이야기 즉 하나의 해몽에 지나지 않아, 이야기라는 것은 그저 그 해몽의 퇴적층일 뿐이로군, 현장 재현 따위는 일찌감치 포기하는 게 낫겠어, 그런데 왜 빨간 두건 소녀는 늑대를 먼저 보내고 나서도 개암나무 숲에서 어정거려야 했을까, 굶주린 늑대는 왜 할머니 집으로 가기에 앞서서 우선 빨간 두건 소녀부터 잡아먹지 않은 걸까…… 그런 사람들의 수런거림에 아랑곳하지 않고 소녀는 더욱 힘껏 카민색 스카프로 내 목을 조여왔다. 나는 충분히 소녀를 내동댕이칠 수도 있었지만 그러지 않았다. 나를 내려다보는 소녀의 눈은 까닭 모를 슬픔으로 그렁그렁했다. 하지만 내 몸은 실제로 죽음이 임박했을지도 모른다는 극도의 전율 속에서 황홀하게 달아올랐다. 이내 의식이 가물가물해졌다. 그러고는 차라리 고통에 가까울 분출의 쾌감과 함께 내 샅에서 농밀한 점액질의 물줄기가 솟구쳐 나오는 게 느껴졌다. 그때 사이렌 소리가 가깝게 들려왔다. 얼마 지나지 않아 경찰들이 들이닥쳤다. 경찰들의 제지로 소녀는 어쩔 수 없이 내 목에서 스카프를 풀어야 했다. 나는 가쁜 숨을 몰아쉬며 자리에서 겨우 일어나 앉았다. 감색 정복의 경찰들 사이로 빨간 두건을 쓴 또 한 명의 소녀가 눈에 들어왔다. 소녀는 양쪽 겨드랑이에 목발을 짚고 있었다. 경찰들과 빨간 두건 소녀가 객실로 들이닥치자 어느새 카민색 스카프의 소녀와 승마 기수의 외양을 방불케하는 실크 해트 신사들 그리고 마담 등은 어디론가 사라졌다. 내내 반복되던 미샤 아라닉의 나른한 목소리도 어느 순간부터 들리지 않았다. 미카, 정복 경찰들을 이끌고 온 듯한 사복 차림의 한 사내가 빨간 두건 소녀를 미카라고 불렀다, 저 사람이 맞지. 그 사내의 물음에 미카라고 불린 소녀는 두려움에 사로잡힌 눈으로 아무 말 없이 고개만 끄덕여 보였다. 나는 미카와 눈을 맞추려 해보았지만 미카는 끝끝내 내 눈길을 외면했다. 미카에게 외면당한 내 눈길은 머물 데를 찾지 못해 그녀의 발치로 떨어졌다. 놀랍게도 미카의 스커트 자락 밑으로는 발목이 보이지 않았다. 인디언 조, 사복 차림의 사내가 입가에 의미심장해 보이는 웃음을 띠며 내게 말했다, 이제 시간이 됐으니 그만 일어나서 현장 재현을 시작하자. 나는 소파에서 느릿느릿 일어나 상의 안주머니에서 찾아낸 캐너비스를 한 개비 피워 물려고 했다. 담배는 건강에 좋지 않아, 사복 차림의 사내가 빈정거리는 어투로 참견했다, 게다가 지금은 어린 소녀도 이 자리에 함께 있질 않나. 이건 담배가 아니에요, 고집스러운 태도로 캐너비스에 불을 붙이며 내가 말했다, 담배와는 달리 연기가 바깥으로 퍼져 나가지는 않을 테니 안심하셔도 좋을 거예요. 그러고는 현장 재현에 들어가기 앞

222

서 이것을 한 개비 피워두는 것은 아마도 서로에게 이로울 것이라고 덧붙였다. 그게 뭔데 그러나, 사내가 호기심 어린 눈초리로 내게 다시 물었다. 나는 정령의 연기라고만 짤막하게 답했다. 그러는 동안 미카는 경찰의 지시에 따라 소파로 향했다. 한 걸음 내딛을 때마다 미카의 목발이 내 추억의 지반을 울리는 것 같았다. 역시나 이것을 피우니 아득하게 잊혀진 줄만 알았던 예전의 이야기들이 풍부하게 떠오르네요, 내가 말했다. 그러자 사복 차림의 사내는 미카와의 현장 재현에 들어가기 전 우선 나의 진술부터 확보하고자 했다. 나는 캐너비스를 재떨이에 비벼 끄고 나서 몽롱한 목소리로 말문을 열었다, 거긴 어느 개암나무 숲 속이었지요, 나는 나비의 날갯짓을 따라하고 있는 빨간 두건의 미카한테 다가가서 처음으로 말을 걸었어요…… 자기 진술에 열중하면서도 나는 내내 미카를 힐끔거렸다. 하지만 미카는 단 한순간도 내 쪽으로 눈길을 주지 않고 계속 다른 곳만 바라보고 있었다. 나는 미카가 자홍색 사기 단지에 새겨져 있는 양각의 엠블럼을 응시하는 중일 거라고 여겼다. 그 순간 쓸쓸한 묘석의 침묵이 나를 짓눌렀다.

이보가 나무

해질 무렵 돌개바람에 휩쓸린 물살의 흐름이 강기슭에 굽이치고 있었다. 그 흐름을 타고 떠내려온 여러 잡동사니들이 어지럽게 축담의 밑자리에 널브러지기 시작했다. 그중에는 방울이 달린 고깔모자와 버섯 모양의 키홀더 따위가 있는가 하면, 피에 젖은 옥빛 터틀넥과 함께 도축 직후의 고깃덩어리처럼 잘려나간 팔다리 같은 것도 떠올랐다 가라앉았다. 나는 강가의 카페 테라스에 앉아 있었다. 내 테이블 위의 유리잔에는 투명한 쪽빛 음료가 그득했다.

그런데 얼마 지나지 않아 어디선가 나타난 모터보트 한 척이 강나루에 멈춰 섰다. 거기서 젊은 여인이 하나 내리더니 카페테라스 안의 내 테이블 앞까지 왔다. 그녀는 자기의 이름을 마술버섯이라고 소개했다. 나는 그녀의 얼굴을 올려다보았다. 저무는 해를 등지고 선 탓인지 그녀의 모습은 제대로 보이지 않았다.

후미진 골목 안의 주택가에서 빠져나와 공장 부지와 높다란 교회 건물을 끼고 돌자 강변도로 밑의 굴다리로 통했다. 그 굴다리를 통과하니 평평한 잔디밭 사이로 둔치의 산책로가 이어졌다. 산책로를 가로지르면 바로 비탈진 강둑이었다. 다소 안개가 짙긴 해도 포근한 봄 날씨의 저녁나절이라 산보를 즐기거나 운동하러 나온 사람들의 수가 제법 많아 보였다.

하지만 강물은 잔잔했다. 그 수면 위가 한동안 출렁이는가 싶더니 먼발치의 교각 사이에서 희뿌연 안개의 겹을 헤치고 범선한 척이 유유히 다가오는 게 보였다. 범선의 후미에는 XIBALBI OKOX라는 글자가 반듯한 인쇄체로 찍혀 있었다. 이윽고 배가 강기슭에 닻을 내렸다. 나는 범선 앞에서 기다렸다. 이따금 난데없이 불어온 강바람에 범선의 한가운데 솟아 있는 사다리꼴의 돛폭이 펄럭거렸다.

한참이 지나서야 갑판의 난간에서 밧줄 사다리를 타고 납빛 얼굴의 사내 하나가 강둑 위로 내려왔다. 그는 금장 단추가 달린 카키색 모직 코트를 입고 있었다. 우리는 눈인사만 주고받은 후 별다른 말없이 강둑의 계단 위에 나란히 앉았다.

건너편 강나루 부근에서 가벼운 폭음이 들려왔다. 아마도 아이들이 저녁 하늘로 화포를 쏘아 올린 모양이었다. 그것은 어둑한 허공 위에서 다채로운 빛의 꽃무늬들로 산산이 흩어졌다. 그중에서 미처 다 터지지 않은 빛줄기의 파편 한 점이 완만한 포물선의 궤적을 그리며 강둑 언저리의 잡목 덤불 속에 졌다. 아이들은 그것을 가리켜 별똥별인 줄 알겠다며 시시덕거렸다. 그 아이들이 있는 방향으로 경비 복장을 한 사내 하나가 호루라기를 불며 뛰어가는 게 보였다. 아이들은 재빨리 달아났다. 불꽃이 사위어간 저녁 하늘은 다시 적막해졌다. 불현듯 그는 입을 열어 자기 이름이 인디언 조라고 밝혔다.

—빈잠님이시로군요. 반갑습니다.

인디언 조의 발음은 어눌하고 서툴렀다. 그래도 그럭저럭 알아들을 만은 했다. 나는 인디언 조의 말에 잠자코 고개만 주억거렸다. 하지만 이내 그의 말은 점점 낯선 외국어처럼 변하기 시작하더니 급기야 분절되지 않은 구음(口吟) 다발로 뭉개졌다. 내가 당혹스러워하는 눈치를 보였지만 인디언 조는 전혀 개의치 않고 계속했다. 느닷없이 불어닥친 강바람에 범선이 가볍게 흔들렸다. 배의 갑판에서 까만 두건을 뒤집어쓴 선원들이 오가는 게 설핏 시야에 걸렸.

인디언 조는 전혀 알아들을 수 없는 웅얼거림을 그치고는 주머니에서 뭔가를 끄집어냈다. 그것은 납작한 휴대용 위스키병과 한 뭉치의 쿠킹 호일이었다. 그가 쿠킹 호일에 담긴 내용물 하나를 집어 내 손에 넘겨주었다. 나는 그게 무엇인지 유심히 살펴보았다.

—이것은…… 버섯을 말린 건가요?

내 물음에 인디언 조가 고개를 끄덕였다.

—그렇습니다. 이것은 말린 버섯입니다. 하지만 지구가 아니라 '테미호츠'라는 행성에서 따온 외계 버섯이죠. 지금 이것을 술병에 담긴 음료와 함께 드셔보십시오.

인디언 조는 위스키 병의 마개에 그 안의 액체를 따라서 내게 건넸다. 마개는 투명한 쪽빛으로 그득 찼다. 내가 그것들을 조금씩 먹고 마시는 동안에도 인디언 조는 주문 같은 언어를 반복했다. 나는 조금 어지러워져서 잠시 눈을 감고 있었다.

내가 눈을 겨우 떴을 때, 인디언 조의 범선은 교각 사이의 겹겹이 쌓인 안개 속으로 이미 자취를 감추는 중이었다. 나는 자리에서 일어났다. 그때 하늘에서 다시 화포가 터졌다. 고개를 들자 화려한 오색 빛깔의 불꽃들 사이로 인디언 조의 범선이 지나가고 있는 게 보였다. 불꽃 같은 별자리를 가로지르는 한 척의 우주 범선.

내가 둔치의 산책로로 올라선 순간 19세기풍의 빅휠 자전거에 나란히 올라탄 두 여자아이가 천천히 내 쪽으로 다가오고 있는 게 보였다. 그 여자아이들은 둘 다 허리 뒤로 벨로아 꽃모양의 리본 장식이 달려 있는 자홍색 원피스 차림이었을 뿐만 아니라 똑같이 머리를 양 갈래로 땋아 내린 모습이었다. 게다가 얼굴도 서로가 서로를 복제하기라도 한 것처럼 쏙 빼닮은 것 같았다. 그녀들은 쌍둥이 자매임에 틀림없어 보였다. 나는 그녀들을 멀거니 바라보았다. 그러자 그녀들도 지나가다 말고 둘 다 고개를 돌려 나와 시선을 맞부딪쳤다.

후드득 비가 왔다. 후미진 골목 안의 주택가에서 빠져나와 공장 부지와 높다란 교회 건물을 끼고 돌자 강변도로 밑의 굴다리로 통했다. 그 굴다리를 통과하니 다시 후미진 골목 안의 주택가가 나왔다. 그 주택가에서 빠져나오기 직전 골목 어귀의 전신주 옆에서 우산을 받쳐 든 한 여인이 나를 불러 세웠다. 연한 옥빛 터틀넥을 입은 그녀는 새빨갛게 염색한 머리를 뒤로 둥글게 말아 올린 데다 윤기 나는 검정색 가죽스커트와 정강이선까지 오는 미들 부츠 등을 착용하고 있어서 금세 눈에 띄었다.
—빈잠님이시군요. 반갑습니다.
어느새 비는 그쳐 있었다. 그녀가 내게 악수를 청하며 쓰고 있던 우산을 접었다. 내가 손을 내미는 대신 고개만 까딱해 보이자 그녀는 다소 무안해진 표정을 지어 보였다. 우리는 서서히 걸음을 옮기기 시작했다. 그녀가 앞장서서 나를 안내했다. 높다란 교회 건물과 공장 부지를 끼고 돌자 강변도로 밑의 굴다리가 나왔다. 그 굴다리를 통과하니 번화가의 큰길에 이를 수 있었다. 우리는 그 큰길가를 따라 내려오다 곁길의 모퉁이를 돌기 전 어느 건물 앞에 다다랐다.
나는 그녀가 마술버섯일 거라고 믿었다. 그녀는 이 건물 지하에 카페-테아트르가 있다고 알려주었다. 내가 마술버섯에 이끌려 카페-테아트르의 어둑한 홀 안에 들어섰을 때 가장 먼저 눈에 들어온 것은, 여자 모습의 실리콘 인형들이었다. 그 인형들은 하나같이 체형의 양감이 풍만했고 스트라이프 감색 정장에서부터 여고생 교복, 오피스 유니폼 등에 이르기까지 다양한 여성의 의상들을 걸치고 있었다. 내가 마술버섯에게 그 인형들에 관하여 묻자 그녀는 모두 이 카페-테아트르의 스테레오라마에 등장시킬 여러 종류의 캐릭터들이라고만 짧게 답했다.

우리 말고는 아무도 와 있지 않은 홀의 반구형 천장에는 형광 물감으로 그려진 우주의 은하계가 눈길을 끌었다. 거기서 한가운데쯤에 보이는 별자리 하나는 여자의 거대한 음문을 연상시키기도 했다. 무빙 라이트와 사이키델릭 조명 밑으로 작은 무대가 보였지만 아직까지는 빨간 장막이 닫혀 있었다.

—우리가 좀 일찍 도착한 거 같네요. 조금 기다리셔야겠어요.

마술버섯이 말했다. 나는 괜찮다고 했다. 잠시 후 마술버섯은 내 테이블에 투명한 쪽빛의 음료가 담긴 유리잔과 안주 접시를 가져다주고는 스테레오라마의 소개와 관련하여 준비할 게 있다며 무대 뒤쪽으로 사라졌다. 안주 접시 위에 놓여 있는 것은 말린 버섯이었다.

그때 누군가 나를 주시하는 듯한 낌새에 그쪽으로 고개를 돌렸다. 거기엔 머리 위에 까만 두건을 쓰고 붉은 비단 조끼와 리넨 셔츠 따위를 입은 소녀 형상의 실리콘 인형만이 덩그맣게 놓여 있을 뿐 아무도 없었다. 한쪽 눈이 까만 안대에 가려 있는 것으로 보아 이 소녀 인형에는 아마도 해적선을 타고 다니는 외눈박이 선원의 역할이 주어져 있는 모양이었다. 해적선의 외눈박이 소녀라면 동화책에서도 생경한 캐릭터임에 틀림없었다. 그런데도 어쩐지 내겐 그 인형의 모습이 낯익은 듯했다.

이윽고 카페-테아트르의 홀 안으로 사람들이 들어오기 시작했다. 잠시 후 한 중년 여인이 내게 혹시 빈잠님이 아니냐면서 악수를 청해왔다. 여인은 프릴 많은 카민색 원피스로 차려입은 모습이었다. 나는 손을 마주 내밀지 않았다. 여인은 자기를 이 카페-테아트르의 마담이라고 소개했다. 나는 그녀의 복장에서 눈길을 떼지 못했다. 그러자 마담은 그 옷이 테미호츠라는 외계 행성의 야회복이라고 밝혔다. 그밖에도 마담은 뭔가를 더 내게 늘어놓고 싶어 하는 눈치였지만 이내 실내등이 꺼지고 무빙 라이트가 작동하면서 무대 주위에만 조명이 비쳤다. 마담은 실례하겠다는 손짓을 해 보인 후 다른 테이블로 향했다. 얼마 지나지 않아 무대 앞으로 고깔모자를 쓴 마술버섯이 걸어 나오더니 사회대 위의 마이크 앞에 섰다. 아마도 이번 행사의 진행자임을 알리려는 의미에서 그런 모자를 쓰고 나온 것 같았다. 그 고깔모자의 원뿔에는 방울까지 매달려 있었다.

─이제부터 무대 위의 영사막을 통하여 펼쳐지는 그림들은 여러분이 출연하실 스테레오라마의 세부 장면입니다. 여러분도 이미 알고 계시겠지만, 스테레오라마란 원래 입체 지도라는 뜻입니다. 하지만 여기서는 신화적인 화폭의 그림을 무대 위에 입체적으로 재현해 보이는 연극을 일컫습니다. 그럼 잘 보면서 몰

입해주시기 바랍니다.

마술버섯이 무대 한쪽으로 비켜서자마자 비로소 빨간 장막이 걷히더니 곧바로 영사막에 정밀한 사실주의적 화풍의 그림들이 비치기 시작했다.

첫번째로 투사된 그림 속에는 갈기갈기 잘린 사람의 사지들이 하늘에서 떨어지는 동안 흑인과 인디언으로 보이는 인간들이 그 사지의 조각들을 주워 모아 땅속에 묻는 풍경이 담겨 있었다. 하지만 그림의 해설자로 나선 마술버섯은 지시봉까지 써가며 그 모습이 결코 사람의 사지를 땅에 묻는 게 아니라 식물이나 농작물처럼 심는 것임을 강조했다.

— 육신의 고깃덩어리가 신성한 식물들로 재배되는 과정입니다. 적도 아프리카에서는 이것을 '에보카'라고도 부른다지요.

그다음 그림에 나타난 것은 마치 껍질이 벗겨져 상아빛 속살을 드러낸 고목 등걸처럼 황량한 벌판의 지표면 위로 가지런히 솟아올라 있는 다리들의 숲이었다. 마술버섯은 땅에 심은 고깃덩어리들이 식물로 자라난 모습이라면서 수많은 인간의 다리들이 불어오는 바람에 율동적으로 감응하는 순간을 한번 상상해보라고 했다. 바로 다음 그림에 그러한 풍경이 담겨 있었다. 그 그림 속에서는 가지런히 솟아올라 있는 다리들이 좌우로 많이 기울어져 있는 게 보였다. 그 풍경화로부터 생겨난 내 상상 속에서, 벌판에 거센 바람이 일 때마다 고목 등걸 같은 인간의 다리들은 그 바람결에 따라 탄력 있게 이리저리 흔들거리고 있었다. '마술버섯'의 고깔모자 끝에 매달린 방울이 무녀의 경쇠처럼 딸랑거렸다……

그때 어느 테이블에 앉은 누군가가 손을 번쩍 들더니, 저 다리들의 발바닥을 간질이면 어떤 반응이 있을지 궁금하다고 그녀에게 질문했다. 하지만 마술버섯은 그 질문을 무시하고 다음 그림으로 넘어갔다.

다음 그림의 화폭에는 불꽃 같은 별자리를 가로지르는 한 척의 우주 범선이 등장했다. 마술버섯은 이 범선이 지금 지구에서 자기들의 번제에 필요한 육신의 재료들을 가득 구해 실은 후 태양계 안의 우주 공간으로 빠져나온 것이라고 설명했다. 그리고 넘어간 그다음 그림 속에는 까만 두건을 쓴 선원들이 그 배의 갑판 위에 등장했다. 그들은 불이 붙어 활활 타오르는 인간의 시신 토막을 거대한 석궁의 활시위에 매달고 있었다. 그 석궁이 설치된 난간 측면의 뱃머리 앞으로 까만 해골 깃발이 나부끼고 있는 게 보였다.

──여기의 선원들은 테미호츠라는 별의 정착민들입니다. 이 까만 두건 때문인지 동화책에나 나올 법한 해적들의 모습이 연상되기도 하는군요. 하지만 이들은 지금 무척 장엄한 번제를 치르는 중이죠. 지구인의 시신이 그 지구의 하늘 위에서 불꽃으로 타오르다 지게끔 성화(聖火)를 지펴 다시 지구 쪽으로 쏘아 보내려는 순간의 장면입니다.

마술버섯이 마지막 자료라면서 넘긴 그림에는 저물녘 둔치의 강기슭에 정박해 있는 한 척의 우주 범선이 나타났다. 그 범선 앞의 강둑에 군복을 입은 납빛 얼굴의 사내와 또 한 명의 사내가 나란히 앉아 있었다. 둘은 뭔가를 나눠 먹고 있는 것처럼 보였다. 그런데 그들의 손에 들려 있는 것을 자세히 보니 그것은 휴대용 위스키병과 한 뭉치의 쿠킹 호일이었다. 마술버섯은 납빛 얼굴의 사내가 테미호츠의 인디언이라고 설명한 후 그가 입고 있는 게 미군 군복이라고 알려주었다. 하지만 그게 왜 하필 미군 군복인지는 알려주지 않았다. 다만 그 인디언이 상대방에게 자기네 언어로 말했을 거라는 축성의 내용 중에서 일부만 간추려 전해주겠다고 했다.

—이 살을 먹고 이 피를 마시는 자는 영생을 가지고 마지막에 다시 부활의 축복을 누릴 것입니다. 이 살은 참된 양식이요 이 피는 참된 음료입니다…… 지금 이 인디언은 어느 지구인에게 외계 버섯과 테미호츠의 음료를 나눠 주면서 영적인 포섭과 꿈의 교합을 시도하는 것 같네요.

그 마지막 그림에서 중심인물들이나 강 둔치를 그렸다는 주위 배경과 상관없이 내 시선을 잡아 끈 것은, 사실적인 원근법의 구도를 무시하고 화폭의 한쪽 구석에 방치된 것처럼 떠올라 있는 한 자루의 손도끼였다. 주위 배경이나 중심인물들과 전혀 조화를 이루지 않고 오롯하게 이탈해 있는 그 손도끼는 사실적인 화폭 속으로 난데없이 틈입해 들어왔다는 인상을 강하게 풍겼다. 그런 까닭에 마술버섯이 아무리 두 남자의 만남과 그들이

나누는 이야기 따위를 강조해서 설명하려 해도 정작 이 그림에
서 가장 내 눈을 사로잡은 것은 그토록 이상하게 배치된 손도끼
의 틈입일 수밖에 없었다. 하지만 테이블에서는 아무도 그것에
관한 질문이 튀어나오지 않았고 나도 잠자코 침묵을 지켰다. 게
다가 누군가에게 뭔가를 또박또박 따져 묻기에는 무대 위에서
회전하고 있는 사이키델릭 조명의 불빛이 너무도 현란했다. 그
것은 마치 도깨비불처럼 시퍼렇게 타오르더니 순식간에 수십
개의 파란 빛점들로 쪼개져 어둑한 허공 위에서 떠다녔다. 그
사이로 작은 범선 한 척이 지나가는 게 보였다.

　잠시 후 붉은 장막이 무대 앞에 달렸다. 실내에는 다시 불이
들어왔다. 마술버섯이 내 앞으로 다가오더니 뜬금없이, 지금
함께 소품실과 실리콘 인형들의 정비소로 가야 한다고 한 후 거
기서 내가 새로 맡을 배역과 그에 따라 사용해야 하는 소품들을
일러주겠다고 했다. 내가 난데없이 그게 무슨 말이냐며 구태여
거기까지 갔다 와야 하느냐고 묻자 그녀는 내게 얼굴을 바짝 들
이대며 소곤거렸다.

　─같이 호흡을 맞춰봐야 할 실리콘 인형들이 다 거기 있어
서 그래요. 정 그러시다면 저랑 같이 그 실리콘 인형들을 여기
로 옮겨놓으시든가요. 하지만 여기도 보시다시피 사람들의 눈이
있으니 그 인형들을 데리고 연습하기는 마땅치 않아 보이네요.

　나는 술에 취한 듯 비틀거리며 자리에서 일어나 그녀를 따라
나섰다. 그녀는 나를 무대 뒤편의 비상구 바깥으로 이끌었다.

비상구 바깥으로는 길고 음침한 복도가 이어졌다. 그 복도의 조명이라고는 발치에 띄엄띄엄 깔려 있는 할로겐 램프의 조도 낮은 불빛이 고작이었다. 마술버섯의 고깔모자에 달린 방울이 불길하게 딸랑거렸다. 그녀는 이 복도가 인근의 다른 건물로도 비밀 통로처럼 연결되어 있으니만큼 아마도 꽤 길고 복잡할 거라고 귀띔해주었다. 일직선으로 나 있는 복도를 따라가다 직각으로 꺾이는 모퉁이를 돌아 다시 일직선으로 얼마 가지 못해 일렬로 이어지던 할로겐 램프의 불빛마저 뚝 끊겼다. 거기서부터는 칠흑 같은 어둠을 헤치고 나아가야 했다. 하지만 다행히도 마술버섯은 그 어둠 속으로 더 이상 들어가지 않고 할로겐 램프가 끊긴 지점에서 버섯 모양의 키홀더에 달린 열쇠 하나를 꺼내 들었다. 이 복도를 따라 걸은 뒤 처음으로 벽 앞에 문이 나타났다. 그녀는 여기가 바로 카페-테아트르의 소품실이라고 했다. 마술버섯이 소품실의 문을 여는 동안 나는 어둠에 싸인 전방을 기웃거려보았다. 그러자 그녀는 거기엔 아무 길도 없으며 자칫 발을 헛디디면 까마득한 지하 세계로 추락할 수도 있으니 아예 기웃거리지도 않는 게 안전할 거라고 단언했다. 그녀의 말을 듣고 나는 황급히 어둠과 빛의 경계 지점에서 발을 빼고 물러났다.

그녀는 앞장서서 그 문 안쪽으로 들어갔다. 나는 그녀가 가는 대로 뒤따를 수밖에 없었다. 처음엔 어떤 방 안으로 들어온 줄 알았지만 그녀를 따라 걷다 보니 거기도 내내 어떤 통로와 잇닿아 있는 중간 길머리의 하나일 뿐이었다. 하지만 이전까지 걸어온 복도와 달리 차츰 강한 빛줄기가 새어 들어오는 것 같았다. 잠시 후 어느새 환한 빛살이 두터운 어둠의 켜를 갈라 내가 어디쯤 와 있는지 둘러볼 수 있었다. 나는 이미 옥외로 나와 있었다.

그곳은 어느 후미진 골목 안의 주택가였다. 그때 머리를 새빨갛게 물들여 뒤로 둥글게 말아 올린 한 여인이 먼발치에서 높다란 교회 건물 앞으로 성큼성큼 지나가고 있는 게 보였다. 그녀는 더 이상 고깔모자를 쓰고 있지 않았다. 나는 그녀를 따라갔다. 하지만 교회 건물 옆의 모퉁이를 끼고 돈 후 강변도로 밑의 굴다리 앞에 이른 순간 그녀는 어디론가 사라졌다. 나는 사방을 주의 깊게 두리번거려보았지만 그녀의 자취는 어디에서도 눈에 뜨이지 않았다. 그때 난데없이 뭔가에 반사된 빛살 한 줄기가 날카롭게 내 눈가를 어지럽혔다. 나는 눈을 질끈 감지 않을 수 없었다.

내가 겨우 눈을 떴을 때, 내 앞에 나타난 것은 길가에 모로 누워 깊이 잠들어 있는 한 사람의 노숙자였다. 거긴 굴다리 근방의 어느 교회 앞이었다. 많은 사람들이 그 교회 안으로 몰려들어가는 게 보였다. 그 노숙자의 발치에는 봄날 오전 시간대의 투명한 햇살을 받아 그 일대에 환하게 빛줄기를 반사하는 뭔가가 놓여 있었다. 그쪽으로 가보니 그것은 한 자루의 구릿빛 손도끼였다. 나는 노숙자의 생김새를 찬찬히 뜯어보았다. 얼굴이

잿빛으로 짙게 그을린 그는 상의 우측에 'U.S.Army'라는 표찰
이 붙어 있는 카키색 미군 군복을 입고 있었다. 그럼에도 그게
미군 군복이라고 단정하는 것은 역시 속단에 지나지 않을 수도
있었다. 왜냐하면 그 군복에는 이름표도, 계급장도 달려 있지
않은데다 그의 생김새도 도무지 미군으로는 보이지 않았기 때
문이었다.

얼마 지나지 않아 그가 눈을 뜨며 자리에서 일어났다. 나와
눈길이 마주치자 그는 내게 손동작으로 뭔가를 전하려 했다. 아
마도 담배를 피우고 싶다는 것 같았다. 나는 담배 한 개비를 꺼
내 그에게 건넸다. 그는 고마워하며 담배에 불을 붙여 물었다.
그와 나 사이에 독한 담배 연기가 피어올랐다. 내가 발길을 돌
리려 하자 그는 나를 '잠깐만'하고 불러 세웠다.

——얻어 피운 담배에 감사드린다는 뜻으로 제가 방금 꾼 꿈
이야기를 한 토막 들려드리고 싶습니다. 당신이 제 꿈의 무대
위로 등장하더군요. 거긴 어느 큰길가의 건물 지하에 있는 카
페-테아트르였습니다. 저는 당신한테 이 손도끼를 넘겼지요.
당신의 극중 이름은 아마 빈잠인가 그랬던 것 같습니다……

하지만 이후 이어진 노숙자의 말은 조금씩 낯선 외국어처럼
변하기 시작하더니 급기야 분절되지 않은 구음 다발로 뭉개졌
다. 내가 당혹스러워하는 눈치를 보였지만 그자는 전혀 개의치
않고 계속했다. 나는 교회 입구 쪽으로 고개를 돌렸다.

그때 새빨갛게 물들인 머리를 뒤로 둥글게 말아 올린 한 여인

이 교회로 들어가는 게 언뜻 시야의 한쪽에 걸린 것 같았다. 나는 여전히 알아듣지 못할 말로 외쳐대는 그 노숙자를 뒤에 남겨두고 재빨리 교회 입구로 달려갔다. 교회 본당의 문턱에 다다르자 그 앞에 서 있던 중년 부인이 주보라며 접힌 종잇장 하나를 내게 내밀었다. 중년 부인은 프릴 많은 카민색 원피스로 차려입은 모습이었다. 나는 잠시 멍해져서 그 중년 여인을 바라보았다. 그러자 그녀가 변명하듯 자신은 오늘 예배 후에 상연될 성극(聖劇)의 출연진인데 연습 도중 우연히 안내가 겹치는 바람에 미처 극중 의상을 갈아입지 못한 채 그냥 나왔다고 했다. 나는 주보를 주머니에 쑤셔 넣고 서둘러 본당 안으로 입장했다.

교회의 본당 안에는 꽤 많은 사람들이 모여 앉아 있었다. 좌중의 사이로 나 있는 통로에서 서성거리며 이쪽저쪽을 샅샅이 헤아려보았지만 그 여인은 눈에 뜨이지 않았다. 그러는 사이 팔뚝에 '안내'라는 완장을 찬 청년 하나가 내게 다가왔다.

—저기 비어 있는 자리가 있으니 가서 앉으시지 그러세요.

나는 안내원 청년이 가리켜 보인 자리에 일단 앉았다. 단상 앞에서는 말쑥한 정장 차림의 예배 진행자가 성경 말씀을 봉독하고 있었다. 이내 설교를 전하기 위해 담임 목사가 단상의 강연대 앞으로 걸어 나왔다. 나는 그에 아랑곳하지 않고 길게 뺀 목으로 자꾸만 두리번거리며 그 여인의 종적을 찾는 데만 열중했다. 어느덧 성가대 찬양에 이은 담임 목사의 설교 시간이 지나갔다. 담임 목사는 설교를 마치기 전 오늘 예배 후에 성령의 열쇠란 내용으로 특별히 성극이 상연될 예정이니 많이들 참석해서 은혜를 받으라고 좌중에 당부한 후 강연대 앞에서 물러났다. 다시 단상에 등장한 예배의 진행자는 곧 성찬식이 거행될 예정이라며 성경책에서 요한복음 6장을 펴라고 했다.

— 요한복음 6장 53절에서 58절로 말씀입니다. 예수께서 이르시되 내가 진실로 진실로 너희에게 이르노니 인자의 살을 먹지 아니하고 인자의 피를 마시지 아니하면 너희 속에 생명이 없느니라/내 살을 먹고 내 피를 마시는 자는 영생을 가졌고 마지막 날에 내가 그를 다시 살리리니/내 살은 참된 양식이요 내 피는 참된 음료로다/내 살을 먹고 내 피를 마시는 자는 내 안에 거하고 나도 그 안에 거하나니/살아 계신 아버지께서 나를 보내시매 내가 아버지로 인하여 사는 것 같이 나를 먹는 그 사람도 나로 인하여 살리라/이것은 하늘로서 내려온 떡이니 조상들이 먹고도 죽은 그것과 같지 아니하여 이 떡을 먹는 자는 영원히 살리라. 아멘. 그러므로 성찬식은 살아 계신 우리 주 예수 그리스도께서 자신의 몸과 피를 통하여 우리로 하여금 그 안에서 온전한 하나됨을 이루도록 역사하시는 영생의 제사요 대속과 보혈을 예비하신 죄 사함과 거듭남의 새 언약입니다. 우리는 예수 그리스도께서 생명의 떡이요 새 언약의 피라 명명하신 이 포도주와 밀떡을 나눠 먹는 의식으로 말미암아 비로소 다시 태어나 영원한 생명에 이를 수 있습니다.

성찬식의 의의에 관한 설명을 마친 예배 진행자는 성도들에게 단상 앞으로 나오라고 한 후 성찬식이 거행되는 동안 나머지는 묵도와 함께 기다려달라고 했다. 반주자가 나지막하게 느리고 숙연한 찬송가 풍의 곡조를 오르간으로 연주하기 시작했다. 그것은 내 귀에 친숙한 곡조였다. 곧 좌중의 사람들이 다 일어나서 단상 앞으로 걸어 나갔고 기다려야 할 사람들은 고개를 숙였다.

그때 저 앞에서 새빨갛게 머리를 물들인 여인 하나가 눈에 들어왔다. 나는 황급히 자리에서 일어나 그쪽으로 몸을 움직여보려고 했다. 하지만 내 앞에 겹겹이 늘어서 있는 사람들의 줄이 두터워 거기서 발을 빼내기가 여간 어려운 게 아니었다. 나는 엉겁결에 성찬식의 참가 대열을 따라가지 않을 수 없었다. 교회 사람들은 진행자들이 선반 위에 받쳐 들고 있는 포도주와 밀떡을 차례대로 입에 넣고는 제자리로 돌아왔다. 자리에 남아 있는 사람들의 묵도는 어느새 나지막한 통성기도로 변했다. 갈수록 수런거리는 말소리들의 켜가 두터워졌다. 어느덧 내 차례에 이르렀다.

그런데 막 포도주 잔을 집어 올리려는 순간 적갈색들 사이에 투명한 쪽빛 액체를 담은 잔 하나가 내 눈에 들어왔다. 나는 그걸 골라 마시고는 밀떡 한 조각을 입에 넣고 우물거렸다. 하지만 내가 입에 넣은 것은 밀떡이 아니라 말린 버섯의 균산이었다. 그것들을 삼키니 순간적으로 눈앞이 아찔해져왔다. 내가 잠시 몸을 가누지 못하자 안내원 청년이 나를 부축해서 자리에 데려다 앉혔다. 그러면서 혹시 성령님이 역사하시는 게 아니냐고 했다. 나는 아무 대답도 하지 않고 본당 바깥으로 향했다.

그런데 내가 본당 문턱을 막 지나려 할 때였다. 문 앞에 앉아 있던 한 여인이 별안간 전혀 알아들을 수 없는 요령부득의 언어로 맹렬하게 통성기도를 하기 시작했다. 오, 알렐루…… 알렐루…… 알렐루…… 그녀의 입을 통하여 폭포수처럼 쏟아져 나오는 말들 중에서 내 귀에 분절음으로 와 닿은 발음은 오로지 그뿐이었고 나머지는 차라리 윙윙거리는 구음 다발에 가까웠다. 사람들은 그녀가 방언을 하는 중이라고 쑥덕거렸다. 나는 나가려다 말고 여인을 눈여겨보았다. 하지만 까만 스카프를 두르고 있는 여인의 얼굴은 크고 짙은 색안경으로 얼굴 전체가 가려져 있었다. 여인의 방언 기도는 점점 극으로 치달아 나중에는 급기야 광적인 발작처럼 변했다. 오, 알렐루…… 알렐루…… 알렐루…… 입에 게거품까지 물고 울부짖기 시작하는 여인의 방언 기도는 광기에 찬 절규와 비장한 탄식의 읊조림을 번갈아 토해냈다. 그 여인을 두고 어떤 사람들은 마귀가 들린 것 같다고도 했지만 또 다른 사람들은 악령에 짓눌려 있다 영적으로 회복되어가는 과정일지도 모른다고 했다.

그때 담임 목사가 단상에서 벌떡 일어나 그녀를 향하여, 너의 방언은 도대체 어디서 왔느냐고 추궁하는 어투로 물었다. 그런데도 여인이 수그러들 기미를 보이지 않자 결국 안내원 청년이 그녀를 일으켜 세워 본당 바깥으로 데리고 나가려 했다. 그때 청년과 가벼운 실랑이를 벌이던 여인의 스카프가 벗겨지면서 새빨갛게 물들인 머리색이 드러났다. 담임 목사는 노기 띤 어조로 다른 성도들에게, 머리를 저 따위로 물들이고 다니면 사탄 마귀가 잘 틈타니 유의해야 한다며 방언이란 하나님이 베푸시는 성령의 은사로되 어떤 경우에는 혹여 귀신의 희롱이나 아닌지 신중히 점검해봐야 할 필요도 있다고 목청을 높였다.

결국 여인은 본당 바깥으로 끌려 나갔다. 나도 그녀를 따라 밖으로 나왔다. 하지만 교회 로비에서 그녀 대신 나와 마주친 것은 손에 도끼를 든 납빛 얼굴의 노숙자였다. 그는 내 팔목을 잡아끌며 말했다.

─인디언 조입니다. 자, 성찬식까지 치렀으니 이제 먼 여행을 떠납시다.

인디언 조는 나를 이끌고 교회 지하로 내려갔다. 냉기 어린 교회 지하에는 아무도 없었다. 지하 복도 끝의 구석방 앞에서 인디언 조는 버섯 모양의 키홀더에 달린 열쇠 하나를 꺼내 들고 그 방의 잠긴 문을 열었다. 내가 그 키홀더와 열쇠를 어디서 얻었느냐고 묻자 그는 선장의 부인에게서 빌려왔다고 답했다. 선장의 부인이라니? 내가 선장의 부인이 누구냐고 다시 물었지만 인디언 조는 더 이상 아무 대답도 해주지 않고 묵묵히 방 안으로 들어갔다. 인디언 조를 따라 들어간 그 방에서 나는, 잘려 나간 실리콘 인형의 한쪽 팔을 열심히 수선하고 있는 외눈박이 소녀와 마주쳤다.

해질 무렵 강가에는 세찬 비바람이 몰아치고 있었다. 하지만 강물은 잔잔했다. 그 수면 위가 한동안 출렁이는가 싶더니 먼발치의 교각 사이에서 희뿌연 안개의 겹을 헤치고 범선 한 척이 유유히 다가오는 게 보였다. 범선의 이물은 바람이 부는 방향과 상관없이 순간적인 물살의 흐름을 강기슭으로 향하도록 되돌려 놓았다. 그 흐름을 타고 떠내려온 여러 잡동사니들이 축답의 밑자리에 널브러졌다. 그런데 그중에는 실리콘 인형에서 뽑혀나간 한쪽 팔과 원뿔 끝에 방울이 달린 고깔모자 따위도 있었다. 그것은 내가 아주 오래도록 반복적으로 꿔온 꿈의 한 장면이기도 했다. 나는 가수 상태의 분계선에서 자맥질 치다 결국 혼곤한 잠기운 속으로 깊이 가라앉았다.

내가 겨우 눈을 떴을 때, 나는 강물과 면한 카페테라스의 축대 위에 앉아 있었다. 강물의 수면이 은비늘 같은 햇살을 환하게 반사하고 있는 탓에 나는 눈가를 살짝 찌푸릴 수밖에 없었다. 옛날 범선의 모양새를 본떠 외관이 지어진 듯 테라스 옆의 건물 지붕 위로는 사다리꼴의 돛폭이 높이 솟아 있었다. 하지만 이따금 세차게 불어오는 강바람에도 전혀 펄럭이지 않는 것으로 보아 그 돛폭은 외양만 따왔을 뿐 진짜가 아닌 것 같았다.

테라스의 난간에서는 낮게 출렁이는 강물과 강 건너 둔치의 잡목 덤불 그리고 그 주위를 오가는 산보객들이 길게 내려다보였다. 수면 위에 한가롭게 떠 있는 요트들 옆으로 잔잔한 물살을 가르며 몇 척의 모터보트들이 줄 지어 지나가기도 했다. 한 동안 하늘이 쾌청했지만 이내 몰려든 먹구름들로 갑자기 날이 흐려졌다. 강물 위를 질주하던 모터보트들이 속속 강나루로 돌아왔다. 그 모터보트들 가운데 한 척에서 새빨갛게 염색한 머리를 뒤로 둥글게 말아 올린 여인 하나가 내리는 게 보였다. 그녀는 이쪽으로 올라오는가 싶더니 금세 어디론가 사라졌다.

내가 눈길을 다른 쪽으로 돌리려 할 때 풍성한 메디치 칼라가 목둘레에 달려 있는 카민색 원피스 차림의 한 중년 부인이 내 앞을 지나가다 나와 눈이 마주쳤다. 부인은 반색을 하며 스스럼없이 내 앞자리에 앉았다. 다른 테이블에 앉은 사람들이 우리 쪽을 힐끔거렸다. 아마도 그녀의 의상 때문에 그러는 것 같았다. 그녀의 의상을 빤히 바라보는 내 눈길이 그제야 의식되었는지 그녀는 스테레오라마를 연습하다 나온 길이라며 이 옷은 극중 의상이라고 했다. 내 눈길은 여전히 그 의상에 머물러 있었다. 그녀가 잠시 설명해주겠다면서 일전에 나눠준 안내지를 혹시 지금 소지하고 있는지부터 물었다.

—이제 조금 있으면 카페-테아트르에서 스테레오라마 한 편이 올라가요. 거기에 인디언이 등장하죠. 제가 나눠드린 안내지를 보시면 극의 상황이 자세히 나와 있을 거예요. 그걸 한번 펴보세요.

마담의 말에 나는 고개를 갸웃거리며 주머니를 뒤져보았다. 주머니에서 뭔가 부스럭거리는 게 집혔다. 꺼내보니 접힌 종잇장이었다. 마담은 그게 바로 카페-테아트르의 안내지라며 마지막 페이지를 펴보라고 했다.

　──다른 지구인들과 달리 인디언들한테는 외계로 이주해 살 수 있는 혼령이 있었어요. 아메리카 인디언들뿐만 아니라 유리마구아 원주민들이나 마자텍의 거류민들 또는 옥사카 지방의 토착민들 심지어 적도 아프리카의 피그미족들에 이르기까지 그들의 혼령이 우리와 다른 은하계의 행성 하나에 자리 잡고 정주하게 되는데 그게 바로 테미호츠라는 별이에요. 제가 지금 입고 있는 의상도 바로 그 별의 야회복이죠. 아, 물론 우리가 상식적으로 알고 있는 인디언들의 복장과는 많이 다르다는 거 알아요. 하지만 아무리 인디언들의 혼령이라고는 해도 그들은 이미 지구를 떠난 외계인들이에요. 외계인들한테는 외계인에 어울리는 복장이 있겠죠? 이 옷이 언뜻 보면 19세기 식민지 시절의 유럽에서 유행한 귀부인의 의상 같다고들 하지만 그건 어디까지나 피상적인 관찰에 불과합니다. 자세히 뜯어보면 어디서도 등장한 적이 없는 의상 디자인이라는 게 드러나니까요. 실리콘 인형들을 모델로 오랜 기간 동안 우리가 시험해서 얻어낸 결실이기도 하답니다.

　그때 해적선의 선원처럼 까만 두건을 뒤집어쓴 카페의 종업원 아가씨가 불쑥 다가서는 바람에 마담의 얘기가 잠시 끊겼다. 종업원 아가씨는 맥주와 유리잔과 스낵이 담긴 접시 등을 테이블 위에 내려놓고 물러갔다. 내가 유리잔에 맥주를 따르려 하자 마담은 손바닥으로 유리잔 위를 가로막고는 핸드백에서 휴대용 위스키 병을 꺼내더니 그걸 내 유리잔에 따랐다. 투명한 쪽빛의 액체가 맑은 유리잔 안에서 찰랑거렸다. 마담은 스낵 접시도 한쪽으로 치워버리고는 그 자리에 쿠킹 호일의 뭉치를 꺼내놓았다. 쿠킹 호일을 벗겨보니 말린 버섯들이 그 안에 가득 담겨 있었다. 나는 마담이 따라준 음료와 말린 버섯을 천천히 먹고 마셨다. 마담은 다시 입을 열었다.

　—하지만 그 별에서는 도무지 나무의 움과 버섯의 포자를 구하기가 어려웠어요. 테미호츠 행성의 정착민들이 다시 지구로 돌아와야 했던 건 그 때문이죠. 하지만 그들은 여기서 그 신성한 나무의 움과 버섯의 포자를 얻기 위해 불가피하게도 끔찍한 살인을 저지를 수밖에 없었어요.

　테라스의 한쪽 귀퉁이에 설치되어 있는 대형 사이즈의 평면 티브이에서는 사람들의 연쇄적인 실종 사태에 관한 뉴스가 나오고 있었다. 뉴스에 따르면, 근래 들어 경찰에 신고 접수된 실종 사고가 피해자의 일정한 신원과 상관없이 무차별적으로 속출하는 중이라고 했다. 게다가 수사 과정에서 아직 신원이 밝혀지지 않은 유해가 검정색 포대에 담겨 유기된 채 강가에서 발견된 점으로 미루어보아 실종자들 가운데 일부는 이미 토막살해 당했을 가능성이 조심스럽게 거론되고 있는 상황이라고도 했다. 이 사건의 취재 기자는 발견된 검정색 포대에서 다양한 환각제의 성분이 검출된 데 따라 정신 병력이 있는 마약중독자의 소행일 수도 있다는 쪽으로 경찰이 수사의 가닥을 잡아가는 중이라고 전했다. 마담은 투명한 쪽빛의 유리잔을 앞에 두고 해가 뉘엿뉘엿 기울어가는 강굽이 위의 서산마루만 멀거니 바라보고 있었다. 취재 기자는 계속해서, 다른 한편으로 최근 소속부대를 무단이탈한 미군 탈영병과 이번 사건들의 연관성 유무도 긴밀히 조사되고 있다는 말로 보도를 마무리했다.

그때 하늘에서 후드득 비가 떨어졌다. 마담은 옷이 비에 젖으면 안 된다면서 테이블 위의 소지품들을 주섬주섬 챙겨 카페의 실내로 몸을 피했다. 다른 테이블에 앉아 있던 사람들도 서둘러 자리를 옮겼다. 나는 마담이 남기고 간 쿠킹 호일 속의 말린 버섯을 마저 입에 넣고 천천히 자리에서 일어났다. 점점 머리가 멍해져오는 것 같았다. 나도 모르게 두 발이 움직이며 나를 어디론가 이끌었다. 나는 기계적으로 발을 내디뎠다.

XIBALBAI OKOX라고 반듯한 인쇄체로 쓰여 있는 카페 입구의 세움 간판을 지나쳐 둔치의 산책로로 들어섰다. 그러고는 강변도로 밑의 굴다리를 통과하여 강둑에서 빠져나왔다. 거기서 높다란 교회 건물과 공장 부지를 끼고 돌자 후미진 골목 안의 주택가로 통했다. 그 주택가의 비좁은 샛길을 가로지르니 전신주가 있는 골목 어귀에서 다시 높다란 교회 건물과 마주쳤다. 어느새 비는 그쳐 있었다. 잠시 후 그 교회 앞으로 머리에 까만 스카프를 두르고 짙은 색안경을 낀 한 여인이 등장했다. 그녀는 우산을 펴려다 말고 스카프와 색안경을 벗었다. 그러자 샛노랗게 염색한 머리를 뒤로 둥글게 말아 올린 모습이 드러났다. 그녀는 나를 발견한 후 곧장 내 쪽으로 다가왔다.

—안녕하세요? 반갑습니다.

그녀가 내게 악수를 청했다. 나는 손을 내미는 대신 고개만 까딱해 보였다. 그러자 그녀는 약간 무안해진 표정으로 자기를 말린버섯이라고 소개했다. 나는 혹시 마술버섯을 말린버섯으로 잘못 말한 게 아니냐고 한 후 그사이에 머리 색이 바뀐 것 같다고 했다. 그러자 그녀의 안색이 다소 어두워졌다.

—아니요. 저는 말린버섯이 맞습니다. 마술버섯은 제 언니예요. 말하자면 저희는 쌍둥이 자매였지요. 하지만 언니는 얼마 전 죽었어요. 어떤 정신이상자한테 도끼로 살해당하고 말았지요, 자기가 인디언 전사라는 망상에 빠져 있는……

그녀가 말끝을 흐린 탓에 나는 마술버섯에 관하여 더 이상 캐물을 수가 없었다. 말린버섯이 손목시계를 흘낏 보더니 자칫하다간 늦겠다면서 앞장을 섰다. 나는 그녀를 뒤따라가며, 교회에서 뭐하다 나오는 길이냐고 물었다. 그녀는 억울하게 희생당한 쌍둥이 자매의 영혼을 위해 기도하다 나온 길이었다고 한 후 새 언약의 피를 위해 성찬식에도 참가했노라고 답했다.

—새 언약의 피란 마태복음과 고린도전서 등에 적혀 있는 주님의 보혈을 뜻해요. 주님은 거기서 당신의 피와 몸을 나누는 일이 우리들의 죄 사함과 거듭남에 대한 언약이라고 누누이 역설하시죠. 그런데 놀라운 것은……

그 앞의 교회 건물과 공장 부지를 끼고 돌자 강변도로 밑의 굴다리가 나왔다. 우리는 몹시 습한 굴다리를 통과했다. 비가 안까지 들이쳤는지 지면에 물기가 흥건해서 발밑이 축축하게 젖어오는 것 같았다. 그녀가 계속했다.

─제 차례를 기다리면서 기도하던 도중 입에서 저도 모르는 이상한 말들이 쉬지 않고 흘러나왔다는 거예요. 제가 자신의 입으로 쏟아내면서도 도저히 믿을 수가 없더군요. '할렐루야'랑 비슷하니까 '알렐루,' '알렐루'라는 말을 소리 높여 반복하고 있다는 게 의식되긴 했지만 저는 그 말이 무슨 뜻인지도 아직 몰라요. 그게 도대체 일반적인 말들처럼 의미를 전달하기나 하는지도 의심스러워요. 왜냐하면 제 귀에 그건 언어가 아니라 차라리 입소리로 내는 신호음처럼 들렸거든요. 하지만 그건 아주 절박한 신호였어요. 나중에 교회 사람들이 그 말을 두고 방언이라고 한다는 것을 알았죠.

나는 그녀에게 뜬금없이, 교회에서 했다는 방언을 지금 다시 들려줄 수 있겠느냐고 물었다. 하지만 그녀는 자기가 원한다고 해서 아무 때나 방언을 할 수 있는 게 아니라고 답했다. 그건 개인 의지와 전혀 상관없이 때가 되면 자기의 입과 몸을 빌려 흘러나오는 인간 너머의 말소리인 것 같다고도 했다. 내가 인간 너머라면 우주나 외계를 가리키는 거냐고 물었지만 그녀는 끝까지 아무 대답도 해주지 않았다.

굴다리를 통과하자 곧장 번화가의 큰길로 접어들었다. 우리는 큰길가를 따라 조금 내려와서 곁길의 귀퉁이에 있는 한 건물의 지하로 내려갔다. 거기가 바로 카페-테아트르였다. 문을 열고 어둑한 실내로 들어서니 현란하게 돌아가는 무빙 라이트와 함께 반구형 천장에 그려져 있는 야광의 별자리들이 물결처럼 출렁거리는 게 보였다. 그중에서 어떤 성좌의 그림은 여자의 거대한 음문을 연상시키기도 했다. 잠시 후 무빙 라이트의 회전이 멈추고 빨간 장막이 걷혔다. 이어 무대 위의 영사막 위로 현란한 슬라이드 그림들이 명멸하기 시작했다. 그 슬라이드 그림들 중에는 마담처럼 풍성한 메디치 칼라가 목둘레에 달린 카민색 원피스 차림의 어느 부인이 도끼를 든 병정과, 각각의 문 앞에 마주 서 있는 장면도 스쳐 지나갔다.

나는 그녀가 안내해준 대로 무대와 비스듬한 각도에 놓인 테이블 앞에 앉았다. 말린버섯은 내 테이블에 쪽빛 음료가 담긴 유리잔을 가져다주고는 금세 다시 오겠다며 무대 뒤쪽으로 사라졌다. 비어 있던 내 앞자리에는 어느새 마담이 와서 앉아 있었다. 자리에 앉자마자 마담은 내 쪽으로 몸을 기울이고는 은밀히 속삭였다.

—지금 소품실에 마술버섯이 와 있어요. 거기서 만나자고 전해달라는군요. 같이 호흡을 맞춰야 할 실리콘 인형들이 모두 소품실과 그 옆에 딸린 정비소에 나뉘어 있어서 부득이하게도 거기로 직접 와야 한답니다. 나는 곧 무대에 출연해야 하는 관계로 같이 가드리는 것은 곤란합니다. 미안하군요. 혹시 모르

니 이걸 가져가세요.

마담은 버섯 모양의 키홀더에 달린 열쇠 하나를 내게 내밀었다. 나는 당황한 기색을 감추지 못하며, 그렇다면 마술버섯이 죽은 게 사실이 아니냐고 물었다. 내 말에 마담은 그런 얘길 누구한테서 들은 거냐고 내게 되물었다. 나는 사실대로 그녀의 쌍둥이 자매와 만났다는 얘기를 전했다.

―저도 처음엔 그녀가 마술버섯인 줄만 알았지요. 하지만 내가 마술버섯이 아니냐고 하자 그녀는 마술버섯이 누군가한테 처참하게 살해당하고 말았다는 얘기를 털어놓더군요. 그러면서 자기는 그녀의 쌍둥이 자매라며 이름도 말린버섯이라고 했습니다.

하지만 내 얘기를 듣고 마담은 마술버섯이 죽은 건 맞지만 그건 어디까지나 스테레오라마의 극적 상황 속에서였다며 소탈하게 웃음 지었다.

―당신이 그렇게 말씀하시니까 방금 넘겨드린 키홀더에 달려 있는 게 소품실 열쇠가 아니라 꼭 망자들의 세계나 다른 우주로 통하는 출입문의 열쇠로 생각될 지경이네요.

마담은 빙글거리는 표정 속에서도 내 눈을 깊이 들여다보았다.

―아시다시피 스테레오라마는 신화적인 그림들을 무대 위에 입체적으로 재현해 보이는 연극이죠. 그런 그림들은 대체로 무시무시한 게 많아요. 저도 끔찍하긴 했지만 그런 그림들을 여러 장 봐야만 했어요. 그중에서도 어느 인디언 전사가 까마득한 지

하 세계에서 지상으로 올라온 두꺼비 대마왕을 도끼로 갈기갈기 찢어 죽이는 연속 그림 같은 게 가장 소름 끼치더군요. 뜯겨 나간 두꺼비의 시체에서 튄 핏물로 인디언 전사의 몸이 새빨갛게 물들어 있는 모습은 지금도 악몽처럼 눈앞에 어른거릴 지경이에요. 그 인디언 전사가 두꺼비의 혀를 뽑아서 그 끝에 돋아나 있던 광대버섯을 따먹고는 새로운 신화 세계의 여행길에 오르는 장면까지 이어져 있지 뭔가요. 하지만 그것도 물론 스테레오라마의 한 꼭지에 포함되어 있긴 하지요.

마담은 잠시 말을 멈추고 테이블에 놓인 유리잔을 입으로 가져갔다. 유리잔 속에서 투명한 쪽빛의 액체가 찰랑거렸다. 그때 슬라이드 그림의 전시 순서가 끝나고 무대에 빨간 장막이 닫혔다. 그와 동시에 계속해서 다음 코너가 시작될 예정이며 이번 코너의 제목은 「새 언약의 피」라는 마이크 방송이 나왔다. 그것은 분명히 마술버섯이나 말린버섯의 음성이었다. 유리잔을 밀쳐놓고 마담이 마저 말을 이었다.

—마술버섯도 그런 그림들의 한 장면 속에서 어느 광인한테 무참히 희생당하는 배역을 맡았던 것뿐이랍니다. 그 광인은 인간의 몸으로 태어난 마술버섯을 토막 살해한 다음 그 시신의 신체 부위들을 공들여 땅에 심고 재배하면 진짜 버섯으로 다시 태어나서 자기를 기쁘게 해줄 거라 확신하는 편집증적 인물이었어요. 말하자면 적도 아프리카나 아마존 지방에서 전해 내려오는 버섯 신화를 현대적으로 재구성한 내용이었지요. 아, 마침

이제 시작하려는 걸 보시면 뭔가 이해에 좀더 도움이 되지 않을까 싶군요. 당신이 이 스테레오라마에 참여하는 데도 많은 참고가 될 거라는 생각도 들구요. 요것까지만 잠깐 보신 다음에 얼른 소품실로 내려가보세요. 아무래도 마술버섯이 기다릴 테니까요…… 그런데 아까 말린버섯이라고 하셨나요? 글쎄요, 그런 이름은 처음 듣는군요. 마술버섯한테 자기와 꼭 닮은 쌍둥이 자매가 있었다는 말도 저로서는 금시초문이구요.

그러고 보니 나를 이 테이블에 안내해준 이후로 말린버섯은 어디 있는지 보이지 않았다. 이 카페-테아트르의 홀 안을 아무리 두리번거려도 말린버섯의 자취는 더 이상 찾을 수 없었다. 그때 무대 위의 빨간 장막이 다시 느릿느릿하게 열렸다. 나는 마담이 건네준 키홀더를 챙겨 일어나려다 말고 다시 자리에 눌러앉지 않을 수 없었다. 막이 열리자마자 무대에 등장한 사람이 바로 미군 군복을 입은 잿빛 얼굴의 인디언 조였기 때문이었다.

인디언 조는 객석을 향해 대뜸, 비록 지금 미군 군복을 입고 외국에 파병 와 있긴 하지만 자기가 실은 오래전 손도끼로 백인 침략자들의 머리 가죽을 벗기던 인디언 전사의 후예라고 주장했다. 그러더니 등 뒤에서 서슬이 시퍼런 구릿빛 손도끼 한 자루를 꺼내 들었다. 반질반질 광택이 나는 그 손도끼의 쇠 날은 무대 위 조명의 불빛을 눈부시게 난반사했다. 무대 앞의 좌중에서 두려움에 싸인 수런거림이 일었다. 내 표정을 흘낏 본 마담은 저 손도끼도 그림을 참고로 그 모양만 본뜬 데 불과한 토마

호크 도끼의 모형물에 불과하니만큼 걱정하지 않아도 괜찮다고 귀띔해주었다. 조금 있다 소품실에 가보면 저와 똑같이 생긴 가짜 손도끼들이 몇 자루 더 복제되어 있는 걸 보게 될 거라는 말도 덧붙였다. 곧 이어 인디언 조가 목소리를 높였다.

——나는 100세가 넘은 증조할아버지한테서 옛날이야기를 자주 들으며 자랐다. 그 시절 할아버지는 동네 친구들과 강가의 잡목덤불에서 캐낸 버섯들을 말려 먹거나 이보가 나무 그늘에 누워 코담배를 나눠 피우면서 평화롭게 지냈다고 한다. 버섯과 코담배 잎사귀 그리고 각종 나무뿌리 따위는 할아버지와 친구들을 한없이 평화로운 태곳적의 세계로 인도해주는 영매의 식물이었다. 그런데 어느 날부터 백인 기마대가 들이닥치더니 마을을 온통 쑥대밭으로 짓이겨놓았다는 것이다. 그들은 악령을 퇴치한다는 구실로 우리가 신성하게 여겨온 버섯 재배를 철저하게 금하고 약재로 달여 먹던 나무뿌리와 코담배까지도 강가에 쌓아놓고 불살라버렸다. 이를 어기거나 몰래 즐기는 것 같으면 모조리 잡아다 가두거나 학살했다. 우리는 그들의 총칼 앞에 무력했다. 하지만 정작 우리가 견딜 수 없었던 것은 백인 기마대의 총칼이 아니라 버섯과 나무뿌리를 대체한 종교의식의 강요였다. 할아버지의 말에 따르면, 그것은 이 대지의 사랑과 은혜로움에 반하는 죽음의 숭배였다. 그런 식으로 백인들은 영적인 지배 효과를 극대화하면서 죽음의 공포를 환기시키기 위해 우리들의 토템이었던 늪지의 두꺼비들을 닥치는 대로 사냥하기

도 했다. 두꺼비들은 우리에게 그들의 성모나 다름없었지만 우리는 총칼을 앞세운 그들의 폭력과 교화를 빙자한 종교적 분열 책동에 짓눌려 어쩔 도리 없이 숨죽여 울기만 했다. 할아버지는 옛날이야기를 나한테 해줄 때마다 백인 기마대가 저지른 그 시절의 만행에 치를 떨었다. 그러고는 백인들의 세계에서 인디언 후예의 기상을 저버리지 않고 꿋꿋이 살아남으라는 의미로 내게 '빈잠'이라는 이름을 지어주었다. 빈잠은 대대로 손도끼 전사의 명예를 상징하는 이름이다. 그렇다. 내 이름은 빈잠이다. 나는 이 치욕스런 미군 군복의 멍에에서 벗어나 고향 땅으로 돌아가면 빈잠이란 내 이름의 명예를 드높이고자 그 순간부터 전사로 살아가야겠다고 결심했다. 나의 토마호크 촙이여, 이 도끼날에 선조들의 신령이 지피기를!

인디언 조는 마치 건배하듯 허공 위로 자기의 손도끼를 높이 치켜들었다. 손도끼는 눈부시도록 반질거렸다. 조명의 불빛을 되비춘 그 쇠 날의 반사광에 눈앞이 아찔해질 정도였다. 좌중의 여기저기에서 박수가 쏟아졌다. 마담도 뿌듯해하는 눈빛으로 그에게 열렬히 박수를 보냈다. 나는 유리잔 속의 투명한 쪽빛 음료를 들이켰다. 박수갈채가 수그러들자 옆자리의 테이블에서 이거 모노드라마냐고 속닥거리는 말소리가 들려왔다. 그러자 상대방은 자기도 모르겠다며 잠자코 보기나 하라고 면박 주는 투로 답했다. 마담은 그들에게 고개를 돌려 조용히 하라고 손짓해 보였다. 인디언 조는 손도끼를 거두고 계속했다.

　　—이제 인디언 전사의 복수극에 서막이 열리리라. 내 고향에서부터 비밀스런 복수를 시작해서 나는 시카고나 네브래스카 같은 도심으로 이동할 것이다. 거기엔 전사의 이름으로 심판해야 할 적들이 많을 테니까 말이다. 누군가는 나를 미국 땅에 잠입한 아랍 지역의 테러단원으로 지목할 테고 또 다른 누군가는 내가 외계에서 온 연쇄 살인마라고 여길지도 모른다. 하지만 나는 이도 저도 아니다. 어디까지나 나는 복수욕에 불타는 빈잠이라는 이름의 인디언 전사일 뿐이다. 내가 저들에게 퍼뜨리고자 하는 것은 바로 핏발 서린 전사의 잿빛 방언이다. 저들은 머지않아 자기들의 언어가 소실되는 실어증의 연옥을 체험하게 되리라. 그 이후로는 누구도 지금과 같은 말의 실낱을 섣불리 입에 올려 이 우주에 미혹의 거미줄을 자을 수 없으리라.

　　인디언 조는 일단 말을 맺고 무대 뒤편으로 고개를 돌렸다. 그러자 줄에 매인 각양각색의 실리콘 인형들이 무대 안쪽에서부터 일렬로 딸려 나왔다. 마담은 이 그림도 언젠가 본 적이 있는 것 같다고 내게 소곤거렸다. 나는 그만 일어날까 말까 엉덩이를 들썩대다 다시 자리에 주저앉았다. 유리잔의 수면 위로 투명한 쪽빛의 기포가 떠오르는 게 보였다. 호흡을 가다듬던 인디언 조는 실리콘 인형 하나를 무대 바닥에 눕히더니 마치 사체의 토막 내기에 광분하는 살인마와도 같이 그 인형의 어깻죽지를 반복해서 내리찍기 시작했다. 이내 선연한 핏줄기가 숫구치면서 그 한쪽 팔이 튀어 올라 무대 바깥까지 튕겨져 나왔다. 그걸 본 마담은 흑마술에 가까운 소품실의 비기이자 표현 기술의 쾌거라며 혀를 내둘렀다. 실리콘 인형의 팔은 바로 내 발치에 떨어졌다. 나는 그 팔목 밑으로 다섯 손가락들이 희미하게 꼼지락거리는 것을 보았다. 누군가 '악'하고 짧게 비명을 내질렀다. 그 비명 소리에 놀라 나는 번쩍 고개를 쳐들었다. 내가 겨우 눈을 떴을 때, 나는 여전히 강둑에 머물러 있다는 것을 깨달았다.

이제 강물은 세찬 비바람에 축담 밑에서 철썩였고 까만 해골 깃발을 뱃머리에 단 범선 한 척이 교각 사이의 짙은 안개 속으로 사라지고 있었다. 순간 강한 폭음과 함께 화포가 터졌다. 오색 빛깔의 벨로아 꽃무늬들이 밤하늘에 떠올랐다. 하지만 불꽃의 파편 한 점이 끝내 터지지 않고 완만한 포물선의 궤적을 그리며 잡목 덤불 속에 졌다. 나는 외롭게 지고 만 별똥별의 잔해를 줍기 위해 숨이 턱에 닿도록 그쪽으로 달려갔다. 뒤에서 시민 공원의 경비원이 나를 뒤쫓아왔다. 어느새 비가 그친 하늘 위로 해적선이 여자들의 음문처럼 생긴 별자리를 가로질러 날아가는 게 보였다. 실오라기 하나 걸치지 않고 가랑이를 잔뜩 벌린 여자 모형의 실리콘 인형이 강기슭으로 떠내려오고 있었다. 얼마 후 불꽃이 사위어간 밤하늘은 다시 적막해졌다. 하지만 여전히 강물은 축담 밑에서 넘실거리고 있었다…… 잡목 덤불 속에서는 별똥별의 잔해가 도깨비불처럼 시퍼렇게 타오르더니 순식간에 수십 개의 파란 빛점들로 쪼개져서 어둑한 허공 위를 떠다니기 시작했다. 나는 어디론가 떠가는 그 빛점들을 따라 잡목 덤불에서 나왔다. 그러고는 습한 굴다리로 들어갔다. 지면 위의 질퍽질퍽한 습기에 매 순간 발밑이 미끄러졌다. 그래도 파란 빛점들을 계속 따라가다 보니 어느새 굴다리는 지하 수로로 통했다. 지하 수로로 접어들자 조심스럽게 가장자리를 따라 걷지 않으면 안 될 만큼 얕게 고인 물구덩이들에 발이 자주 빠졌다. 다행히 구두에 물이 새어 들어오지는 않았지만 어쩐지 발밑이 축축해져오는 것 같았다. 파란 빛점들은 지하수로 가장자리의 수문들 사이에 나 있는 샛길로 스며들었다. 그 샛길은 어느 건물 속의 길고 어두운 복도와 맞닿아 있었다. 이제 내 앞을 떠다니던 빛점들은 더 이상 보이지 않았다. 대신 조도 낮은 할로겐램프들이 내 발치에 일직선으로 쭉 깔려 있는 게 보였다. 걸음을 앞으로 내딛을 때마다 내 주머니에서 키홀더의 열쇠가 거치적거렸다. 복도를 따라 걷다 처음으로 나타난 문 앞에서 멈춰섰다.

문은 단단히 잠겨 있었다. 나는 키홀더의 열쇠를 꺼내 들고 그 문고리의 구멍에 맞춰보았다. 곧 문이 찰칵 하고 열렸다. 방 안은 한 치 앞도 전혀 분간할 수 없을 정도로 어두웠다. 내가 문설주 안의 벽을 더듬자 스위치가 손끝에 걸렸다. 곧 방 안에 환하게 불이 들어왔다. 그곳은 온갖 연극 소품들이 여러 대의 앵글 랙들에 나뉘어 층층이 쌓여 있는 방이었다. 나는 그 앵글 랙들을 천천히 둘러보았다. 그중 한 칸에서 특별히 메모지가 붙어 있는 소품이 눈에 띄었다. 메모지에는 또박또박한 글씨로

〈이 멜로디의 곡목은 「새 언약의 피」〉라고 적혀 있었다. 그 메모지가 붙어 있는 소품은 자홍색의 작은 상자였는데 뚜껑을 열어보니 청명한 오르골의 멜로디가 흘러나왔다. 나는 뚜껑을 닫고 앵글 랙들의 틈바구니에서 빠져나왔다.

그러자 이번에는 아크릴 팻말이 붙어 있는 칸막이벽이 나왔다. 그 아크릴 팻말에는 〈실리콘 인형 정비소〉라고 씌어 있었다. 거기서 내 눈길을 끈 것은 벽 한 귀퉁이에 잔뜩 모여 있는 여러 개의 실리콘 인형들이었다. 실오라기 하나 없이 죄다 발가벗겨져 있는 것으로 보아 아마도 이 인형들은 이제 갓 만들어졌거나 수리를 거쳐야 하는 것 같았다. 비록 인형들이었지만 그녀들의 우윳빛 나신은 진짜 소녀나 거의 다를 바 없어 보였다. 나는 한동안 거기 멈춰 서서 그녀들의 봉긋하게 솟아오른 젖가슴과 곧게 뻗은 정강이선을 뜨거운 시선으로 더듬었었다. 하지만 내가 그 실리콘 인형들의 무리를 돌아 칸막이벽 뒤로 막 걸음을 옮겼을 때였다.

거기서 나와 맞닥뜨린 것은 실내 공간을 나눈 칸살의 문 아래 온몸에 피를 뒤집어쓰고 축 늘어져 있는 한 여인의 모습이었다. 나는 그녀가 마술버섯이라는 것을 알아보았다. 나는 그녀에게 다가가려다 말고 뭔가 단단한 게 밟힌 것 같아 발밑을 굽어보았다. 바닥에는 피가 잔뜩 엉겨 붙어 있는 한 자루의 손도끼가 버려져 있었다. 나는 얼른 그것을 들고 유심히 살펴보았다. 그 손도끼는 결코 모형물이 아니었다. 나는 다시 그녀에게로 시선을 돌렸다. 풀어헤쳐진 빨강 머릿결이 넓고 길게 바닥 위로 퍼져 있어 언뜻 보면 머리에서 쏟아져 나온 피처럼 여겨질 지경이었다. 그녀의 머리맡에 방울 달린 고깔모자가 나뒹굴고 있는 게 보였다. 군데군데 피가 묻어나 있는 검정색 가죽스커트 아래로는 곧고 윤기 어린 정강이선이 드러나 있었다. 나는 옆에 주저앉아서 마술버섯의 정강이뼈를 살머시 건드려보았다. 이미 체온과 핏기가 싸늘하게 가신 그녀의 몸에서는 희미한 맥박의 기미조차 전해오지 않았다. 아마도 그녀는 누군가에 의해 살해당한 것 같았다. 연한 옥빛 터틀넥 위에 남아 있는 상흔으로 보아 뭔가가 그녀의 몸을 마구 난자한 게 확실했다. 그 흉기는 다름아닌 손도끼가 아닐까 싶었다. 순간 나는 내 손에도 피 묻은 손도끼가 들려 있다는 게 의식되지 않을 수 없었다. 손도끼의 날 끝에 엉겨 붙어 있던 피가 한두 방울씩 뚝뚝 떨어졌다.

그때 모서리의 벽에 비스듬히 세워져 있던 실리콘 인형 하나가 바닥으로 기울더니 마술버섯의 시신 옆에 엎어지고 말았다. 그 실리콘 인형은 이목구비와 머리 모양에서부터 심지어 체형과 검정색 가죽스커트에 미들부츠까지 마술버섯의 모습을 그대로 복제하기라도 한 듯 똑같았다. 게다가 인형의 몸체에는 도끼날 따위로 난자당한 상흔도 선명했다. 인형이 엎어진 후 몇 초가 지나서부터 그 상흔에서는 시뻘건 피가 새어 나와 바닥으로 흥건하게 흘러내리기 시작했다.

내가 분신 같은 둘의 모습에 홀린 듯 몽롱한 시선을 떼어내지 못하고 있을 때 별안간 마술버섯이 두 눈을 번쩍 뜨더니 내 쪽으로 고개를 돌렸다. 사납게 치뜬 그녀의 눈길이 나와 마주쳤다. 나는 소스라치게 놀라 손도끼를 바닥에 내팽개쳤다. 그 바람에 바닥의 핏물이 마술버섯의 얼굴 위로 튀었다. 그러자 그녀는 깔깔거리면서 입을 열었다.

—브라보! 정말 연기 잘하시네요. 저, 감탄했어요. 말린버섯하고도 호흡을 참 잘 맞추셨다더군요.

마술버섯은 그러고도 한참 동안이나 귀기 서린 웃음을 그치지 않았다. 나는 황급히 뒤돌아섰다. 그러고는 거기서 벗어나기 위해 문 쪽으로 내달았다. 몸을 추슬러 벌떡 일어난 마술버섯이 금세라도 등 뒤에서 나를 덮칠 것만 같았다. 하지만 내가 앵글랙들의 틈바구니를 빠져나오는 동안 그녀의 웃음소리는 서서히 잦아들었다.

내가 나가려고 문고리를 힘껏 잡아당겼을 때 문 앞에 나타난 것은 미군 군복을 입은 잿빛 얼굴의 사내였다. 그의 군복에는 여기저기 핏자국들이 얼룩져 있었다. 사내는 인디언 조였다. 인디언 조의 양손에는 핏물이 뚝뚝 듣는 도끼 한 자루와 뭔가를 담은 검정색 포대가 각각 들려 있었다. 그런 그에게 나는 안에 죽은 사람이 있다는 말을 입 밖에 내기가 꺼려졌다. 게다가 여기서 자칫 잘못 굴면 꼼짝없이 그녀의 살인범으로 몰릴 수도 있는 노릇이었다. 어떻게든 여기서 그를 데리고 벗어나는 길만이 상책일 듯싶었다. 하지만 인디언 조는 손도끼를 내게 들이밀더니 문을 한참 동안이나 두드렸다면서 일단 안으로 들어오려고 했다.

　—덕분에 문 앞에서 기다리다 두꺼비 대마왕과 마주쳤습니다. 두꺼비 대마왕은 까마득한 지하 세계에서 올라온 괴수지요. 나를 덮치려 해서 이 도끼로 간신히 처치하는 데 성공했습니다. 손도끼라도 없었더라면 나는 아마 그 괴수한테 잡아먹혔을지도 모르죠. 그러느라 피를 묻힌 채 돌려드리게 돼서 미안하군요. 자, 받아요.

　나는 엉겁결에 인디언 조의 손에서 도끼를 돌려받았다. 그러자 인디언 조는 검정색 포대에서 뭔가를 끄집어냈다.

　—그 괴수의 혀끝에서는 신비스런 영약이 자라납니다. 많은 인디언들은 그 영약을 구하지 못해 안달하지요. 그래서 두꺼비를 영물로 떠받들게 된 거 같습니다. 방금 전에는 정말 운이 좋았네요. 덤으로 그 놈의 혀끝에서 이것까지 얻어냈으니 말입니다.

　인디언 조가 나눠 먹자며 건넨 신비의 영약이란 바로 버섯이었다. 그와 나는 문턱에 마주 선 채로 그 자리에서 그것을 입에 넣고 우물거렸다. 그와 문턱에 기대어 서서 버섯을 나눠 먹은 후 나는 이제 그만 밖으로 나가야겠다고 했다. 하지만 인디언 조는 방 바깥이란 없다며 무조건 안으로 들어가야 한다고 우겼다. 나는 고개를 갸웃거렸다.

　—방 바깥이 없다니 그게 무슨 말입니까? 나는 일단 여기서

나가야겠는데요.

—나가봤자 거긴 바깥이 아니라는 뜻입니다. 차라리 안으로 들어가야 바깥과 통할 수 있다는 거지요.

인디언 조는 나의 제지를 뿌리치고 막무가내로 방 안에 발을 들여놓으려 했다. 나는 문턱의 바깥으로 고개를 길게 빼보았다. 방 밖은 밤의 장막에 뒤덮인 듯 한없이 어둡기만 했다. 할로겐 램프도 더 이상 보이지 않았다. 다만 문틈으로 새어나간 방 안의 불빛에 몸뚱이가 찢겨 나뒹굴고 있는 두꺼비의 살점들만이 어렴풋하게 드러나고 있을 뿐이었다. 나는 안으로 들어오려는 인디언 조를 부득불 내버려둘 수밖에 없었다. 방 안에 들어온 인디언 조는 곧장 칸막이벽 뒤로 향했다. 그러고는 '악'하고 짧게 비명을 내질렀다. 문 앞에서 어쩌지 못해 서성이고만 있던 나도 부리나케 그쪽으로 뒤따라갔다.

바닥에는 마술버섯의 모형물 같은 실리콘 인형만 덩그렇게 남아 있을 뿐 정작 그녀는 어디론가 사라지고 보이지 않았다. 순간적으로 당혹스러워진 나도 인디언 조와 마찬가지로 짧게 비명을 내지르지 않을 수 없었다. 실리콘 인형의 몸에서는 여전히 피가 찔끔찔끔 새어 나오고 있었다. 인디언 조는 실리콘 인형의 머리맡에서 방울 달린 고깔모자와 손도끼 한 자루를 집어 들고는 내게 의심스러워하는 눈빛을 보냈다. 나는 아무 말 하지 않고 고개만 절레절레 내흔들었다. 그러자 인디언 조가 사뭇 다그치는 말투로 입을 열었다.

—사람을 이 지경으로 살해해놓고 무작정 도망치려고만 하면 어떡합니까? 뒷수습을 해야지요.

나는 인디언 조에게 구태여 내가 저지른 짓이 아니라고 부인하거나 해명하지 않았다. 왜냐하면 바닥에 늘어져 있는 것은 실제로 죽은 사람이 아니라 그 주검을 복제한 듯한 실리콘 인형에 지나지 않았기 때문이었다. 나는 그 실리콘 인형 앞에 쭈그려 앉아 얼굴과 몸체의 여기저기를 되살피고 만져본 후, 이건 시신의 모습을 본떠 만든 모조 인형의 하나일 뿐이라고 자신 있게 주장했다. 내 말에 인디언 조는 잔뜩 굳은 표정으로 인형의 몸체에서 흘러나오는 피를 가리켰다.

—저 피, 지금도 몸에서 계속 흐르고 있는 저 피를 보고도 그런 말이 나옵니까? 저 피는 어떻게 설명할 수 있지요? 저게 정말 인형이라면 이처럼 몸에서 피를 흘릴 수 있겠습니까?

나는 그야 흑마술에 가까운 소품실의 비기이자 표현 기술의 쾌거가 아니겠느냐고 응수했다. 인디언 조는 내 말이 말 같지도 않다는 듯 입을 씰룩거리더니 그게 인형이든 뭐든 시신을 이대로 놔둘 수는 없는 일이라며 잘 수습해서 좋은 곳으로 돌려보내줘야 한다고 목소리를 높였다. 나는 아랫입술을 삐쭉 내밀었다.

—아니, 이걸 수습한다면 도대체 어떻게 수습해야 한다는 말입니까?

인디언 조는 내 말에 더 이상 대응하지 않고 다짜고짜 인형의

옷을 모두 벗기더니 잠시 후 손도끼로 그 어깻죽지를 힘껏 내리
찍었다. 그 일격에 인형의 한쪽 팔이 무참히 잘려나갔다.

인디언 조와 나는 각각 검정색 포대 하나씩을 어깨에 걸머진
후 칸살의 문을 열었다. 뜻밖에도 실내의 바같은 지하수로로 통
했다. 알고 보니 인디언 조와 내가 열고 나온 것은 그 지하수로
가장자리의 첫번째 수문이었다. 수문 앞에는 'U.S……'라는 알
파벳의 인장이 찍혀 있었다. 그 인장의 끝은 표면을 잠식한 녹
의 흔적에 가려 알아보기가 어려웠다. 우리가 나온 게 실은 수
문이었느냐고 묻자 인디언 조는 아무려나 무슨 상관이냐고 했
다. 그러고는 손목시계를 흘낏 보더니 무턱대고 바삐 걷는 내
게, 아직 출발 시간이 넉넉해서 느긋하게 가도 괜찮을 것 같다
고 했다. 나는 무슨 출발 시간을 말하는 거냐고 물었다. 그러자
인디언 조가 말했다.
　―지금 강기슭에는 우리의 범선이 도착해서 대기하고 있습
니다. 지금 그 배로 가는 길입니다. 우리는 어쨌든 그 배에 타
야 합니다. 그래야 함께 먼 여행을 할 수 있습니다.
　그 직후부터 지하 수로에서 굴다리에 이르는 동안 인디언 조
의 입은 끊임없이 뭔가를 웅얼거리고 있었다. 처음에는 혼자서
뭔가를 습관적으로 되뇌는 줄만 알았으나 나중에 들어보니 그
건 낯선 말로 기도하거나 주문을 외는 것 같기도 했다. 내가 의
아해하는 눈길을 보내자 인디언 조는 천연덕스럽게, 자기네 행

성의 언어로 광대버섯의 정령들과 교신 중이었다고 털어놓았다. 여기서 자기네 행성이라는 것은 테미호츠로 명명된 외계의 별을 가리키는 거라고도 부연했다.

　—말 나온 김에 아직 시간 여유도 있는데, 다시 한 번 함께 버섯을 나눠 먹고 우리의 먼 여행이 순조롭고 아름답기를 기원하는 의미에서 잠시 저 은하계의 신령과 접속해볼까요? 은하계의 수많은 신령들 중에는 우리의 신성한 나무 재배를 축복으로 주관해주는 에보카의 영기도 있습니다.

　나는 인디언 조의 제의에 선선히 동의했다. 우리는 굴다리 앞의 평평한 잔디밭에 각자의 포대를 내려놓고 퍼질러 앉아 인디언 조가 두꺼비 대마왕의 혀끝에서 따왔다는 신비의 영약을 또 다시 나눠 먹었다. 그런 다음 나는 인디언 조의 낯선 구음 가락에 귀를 기울였다. 전혀 알아들을 수 없는 인디언 조의 웅얼거림은 시간이 흐를수록 그 속도와 가락의 율동성을 더해가며 음조도 덩달아 높아졌다. 인디언 조에 따르면, 그것은 지구인들의 심혼에 봄꽃같이 화사한 꿈을 불어넣어줄 수도 있을 영계(靈界)의 밀어였다.

　—그러니 지구 사람들은 언젠가 때가 되면 자기들의 말을 모두 잊고 말 겁니다, 아니 애써 잊어버리고 싶어 할 겁니다.

　그때 내 눈앞으로 난데없이 파란 빛점 하나가 솟아올랐다. 손톱만 한 크기의 파란 빛점은 이내 눈부시게 다채로운 오색 빛깔의 불꽃들로 핵분열을 일으키며 어느 은하계의 성운(星雲)이 되어 광활하게 번져나가기 시작했다. 그러더니 잠시 후 나를 겹겹이 에워싸고는 수많은 별들이 회오리쳤다. 나는 수중에 넣고 싶은 욕심이 생겨 그중 아무 별에나 손을 뻗어보았다. 하지만 내 손이 닿을 때마다 그 별들은 불붙은 성냥개비처럼 순간적으로 타오르다 사위어들곤 했다. 나는 몹시 어지러워져서 차라리 별들의 포위망으로부터 벗어나고 싶었다. 그래서 그 바깥으로 어깨를 디밀었다. 그러자 무시무시한 폭음과 함께 별들의 거대한 빅뱅이 일어났다. 심한 현기증이 일면서 어디에 발을 디뎌야 할지 몰라 나는 마냥 허우적거려야만 했다. 왜냐하면 내 발밑에는 아무것도 없었기 때문이었다. 말하자면 나는 빅뱅으로 새롭게 쏟아져 나온 별들에 둘러싸여 위태롭게 허공 위로 붕 떠 있는 중이었다. 그때 까만 두건을 뒤집어쓴 여러 사람들이 검정색 포대를 한 자루씩 걸머지고 강기슭에 닿아 있는 범선으로 향해 가고 있는 게 멀리 내려다보였다. 얼마 지나지 않아 내 주위에서 원기둥을 이루고 회오리치던 별들이 하나둘씩 사라졌다. 마지막 남은 별 하나가 폭발하며 어둑한 허공 위에서 여러 겹의 벨로아 꽃무늬들로 떠돌았다. 동시에 내 몸은 잔디밭 위로 곤두박질쳤다. 어디선가 '빈잠!'하고 부르는 목소리가 아득하게 들려왔다.

내가 눈을 겨우 떴을 때, 그곳은 어느 낯설고 비좁은 방 안이었다. 나는 철제 침대 위에 모로 누워 있었다. 윗몸을 일으켜 세우니 머리에 까만 두건을 뒤집어쓰고 붉은 비단 조끼와 리넨 셔츠로 차려입은 한 소녀가 침대 발치에 다소곳이 앉아 있는 게 보였다. 한쪽 눈에 까만 안대가 씌워져 있는 것으로 보아 아마도 소녀는 외눈박이가 아닐까 싶었다. 나는 외눈박이 소녀를 멀거니 건너다보았다. 외눈박이 소녀도 이제야 깨어났느냐는 표정으로 나를 빤히 마주 보았다.

천장 아래의 조도 낮은 할로겐램프 하나가 실내의 유일한 불빛이어서 방 안은 다소 어두침침한 게 사실이었지만 그래서 더욱 아늑한 것 같기도 했다. 침대 앞으로는 달랑 낡은 탁자와 걸상만이 가구랍시고 놓여 있을 뿐이었는데 단출한 방 안의 세간들 중에서는 서커스 같은 데서나 등장할 법한 19세기풍의 빅휠 자전거 두 대가 단연 눈에 도드라졌다. 내가 그 빅휠 자전거들에 눈길을 주자 외눈박이 소녀는 살짝 미소 지으며 자전거에 올라타고 열심히 페달 밟는 시늉을 해 보였다. 나는 아무 꿈도 꾸지 않고 아주 푹 잤다며 크게 기지개를 켰다. 그러고는 외눈박이 소녀에게 넌 누구며 여긴 도대체 어디냐고 물었다.

그때 방이 부르르 흔들리더니 잠시 기우뚱거렸다. 철제 침대가 딸그락거리는 쇳소리와 함께 잠시 진저리를 쳤다. 침대에 깔려 있던 홑이불이 스르르 바닥 위로 미끄러져 내려갈 정도였다. 나는 이게 어찌된 일이냐는 듯 외눈박이 소녀를 돌아보며 침대에서 벌떡 일어났다. 그러자 외눈박이 소녀가 미소 띤 표정으로 말했다.

— 놀라실 거 없어요. 어쩌다 우주의 대기 변화 때문에 생겨나는 별 부스러기들의 먼지바람이 이 배를 잠시 스쳐 지나가는 것뿐이니까요. 아무리 크고 좋은 배라도 선실은 선실이니까 우주공간을 항해하다 보면 이 정도 진동쯤이야 우리 선원들한테는 예사로 겪는 일이죠.

그러니까 외눈박이 소녀의 말을 그대로 믿는다면, 여기는 우주 공간을 항해 중인 어떤 배의 선실이고 그녀는 이 배의 선원이었다. 나는 외눈박이 소녀에게 지금 몇 시쯤 되었느냐고 물었다. 그러자 외눈박이 소녀는 다시금 까르르 웃었다.

— 여긴 지금 우주 공간이에요. 그러니 지구에서처럼 현재 시각이 어떻게 되는지는 정확히 알 수 없어요. 시간 개념이 많이 다르니까요. 아무튼 곧 불꽃의 번제가 있을 예정이라서 함께 갑판 위로 올라가봐야 해요.

그러더니 뜬금없이 외눈박이 소녀는 내게 악수를 청했다.

— 빈잠님이시죠? 반갑습니다. 저희를 도와주신 지구 분이라고 들었어요. 빈잠님처럼 일손을 보태주는 지구인들이 많아지면 많아질수록 저희가 하는 일이 한결 수월해질 텐데 말이에요.

나는 잠시 어리둥절해져서 소녀가 내민 손을 맞잡지 않고 고개만 까딱해 보이며 이름이 뭐냐고 물었다. 외눈박이 소녀는 약간 무안해진 표정을 지으며 '테미호츠'라고 답했다. 내가 고개를 갸웃거리며 외눈박이 소녀에게 물었다.

— 그건 인디언들의 혼령들이 이주해서 산다는 어떤 행성의

이름 아니니? 그게 진짜 네 이름이라고? 그럼 그 별의 이름을 따서 네 이름도 지은 모양이구나?

외눈박이 소녀는 그럴 리가 없다고 딱 잘라 말했다.

—뭔가 혼동하시는 걸 거예요. 제가 아는 한 인디언들의 행성 중에서 '테미호츠'라는 이름의 별은 없어요. 그런 게 있다면 '호치나나카틀'이겠죠. 실은 이 배에 탄 사람들도 빈잠님만 빼놓고는 모두 호치나나카틀의 정착민들이에요. 비록 이보가 나무와 버섯 때문에 이 범선을 타고 수시로 지구에 들락거려야 하긴 하지만요. 오직 지구에서만 그 나무의 움을 얻을 수 있다고 하니까요. 대신 우리는 그렇게 해서 재배한 호치나나카틀의 버섯과 이보가인을 지구에 퍼뜨려요. 어른들의 얘기를 들어보니까 지구를 태곳적의 별로 되돌려서 우리가 옮겨 갈 수 있는 또 하나의 호치나나카틀을 이루기 위한 목적이라더군요.

선실의 천장 위로 쿵쾅거리며 돌아다니는 사람들의 발소리가 요란스럽게 울렸다. 때문에 외눈박이 소녀의 말이 잠시 끊겼다. 외눈박이 소녀는 위쪽을 힐끗 올려다본 후 계속했다.

—드디어 갑판 위가 번제의 준비로 바빠지기 시작했나보네요. 우리도 조금 있으면 갑판 위로 올라가봐야 해요. 선장님하고 인사도 나눠야 하구요. 빈잠님은 우리를 도와준 지구 사람이니까 아마 특별히 맞아주실 거예요. 아무튼 제 이름은 테미호츠예요. 그게 인디언 별의 이름인 줄 안 건 어쩌면 빈잠님이 뭔가를 혼동하셨기 때문일지도 몰라요. 테미호츠는 아즈텍 인디언

이셨던 우리 증조할아버지가 100세를 넘겨 맞은 생신 때 저한테 지어주신 이름이죠. '봄꽃같이 화사한 꿈'이라는 뜻이래요. 뜻도 너무 예뻐서 저는 제 이름이 참 마음에 들어요……

테미호츠가 말을 채 끝맺기도 전에 목조 계단에 잇닿아 있는 천장의 쪽문을 누군가 쾅쾅 두드리며 이제 다 나오라고 소리쳤다.

—아, 번제를 드리러 갑판에 모여야 할 때가 왔나 봐요. 저랑 같이 가요. 이대로 그냥 나가시면 돼요.

테미호츠가 서두르자며 내 팔목을 잡아끌었다. 하지만 내가 목조 계단 위로 올라가려 할 때였다. 테미호츠는 문 두드리는 소리에 놀라 하마터면 깜빡할 뻔했다며 챙길 건 다 챙겨서 올라가야 한다고 했다. 그러고는 철제 침대 밑을 가리켰다. 나는 도로 계단에서 내려와 테미호츠가 가리킨 침대 밑을 살폈다. 거기에 검정색 포대 한 자루가 놓여 있는 게 보였다.

—빈잠님은 저걸 챙기셔야 하고 저는 두 대의 빅휠 자전거를 책임져야 해요.

나와 테미호츠는 협력해서 포대와 두 대의 빅휠 자전거를 먼저 쪽문 바깥으로 밀어 올려놓고 선실에서 벗어나 가뿐하게 갑판 위로 올라섰다. 배는 짙은 어둠에 둘러싸여 있었다. 하지만 배의 난간을 따라 타오르고 있는 수십여 개의 횃불들로 인해, 넓게 트인 갑판 위는 생각보다 어둡지 않았다. 무엇보다 갑판의 한가운데 자리한 조타실의 지붕 위로 장대하게 솟아 있는 사다리꼴의 돛폭이 눈에 들어왔다. 그 돛폭에는 XIBALBAI OKOX 라는 글자가 반듯한 인쇄체로 찍혀 있었다. 돛폭 밑에서 머리에 까만 두건을 뒤집어쓴 여러 선원들이 분주하게 갑판 위를 오가는 게 보였다. 테미호츠가 말한 대로 모두들 번제를 준비하느라 바쁜 것 같았다. 그 선원들 가운데 일부는 낑낑거리며 그 용도가 뭔지 알 수 없는 초대형 석궁 하나를 뱃머리 부근의 난간으로 옮겨 와서 설치하는 데 매달리고 있었다. 나는 그쪽으로 다가가서 난간 주위를 둘러보았다. 범선의 뱃머리에는 까만 해골 깃발이 나부끼고 있었다. 이 범선이 떠 있는 곳은 강물이나 바다의 수면 위가 아니라 저 멀리 수많은 별들이 사금 같은 빛점들로 총총히 박혀 있는 어둠 속의 우주 공간이었다. 그리고 그 다른 빛점들에 비해 훨씬 가까운 거리에서 유달리 짙푸른 쪽빛으로 반짝거리는 별 하나가 내 시선을 끌었다. 나는 그게 지구라는 것을 알아볼 수 있었다. 선원들은 측량기까지 동원하여 초대형 석궁의 위치를 지구와 정확한 수평의 각도에 놓이도록 세밀하게 조정하고 점검했다. 그리하여 석궁은 지구를 일직선으로 겨냥할 수 있는 지점에 맞춰 고정되었다. 나는 범선의 선원들과 함께 석궁의 표적이 되고 만 지구를 멀거니 바라보았다. 하지만 지구는 여전히 평화롭고 유유자적한 자태로 그 좌표 위에 굳어 있었다. 초대형 석궁의 설치가 마무리되자 범선도 더 이상의 항진을 멈추고 제자리에 머무는 것 같았다. 그래야 지구를 일직선으로 겨냥하도록 배치된 석궁의 각도가 흐트러지지 않을 수 있을 것이기 때문이었다.

나는 이쪽 난간의 건너편에 쭈그려 앉아 한창 빅휠 자전거를 매만지고 있는 테미호츠에게 다가가서 뭐 하는 중이냐고 물어보았다. 테미호츠는 선장이 나오기 전까지 마무리 지어야 할 일이 있다고 했다.

—이 빅휠 자전거에 자동 인형의 쌍둥이 자매를 태워야 해요. 불꽃의 번제를 거행할 때마다 빠뜨려서는 안 될 절차의 하나거든요. 여기 레일, 보이시죠? 이 레일 위로 자동 인형의 쌍둥이 자매를 빅휠 자전거에 태워 넘어지지 않도록 달리게 하기만 하면 돼요. 그러면 동시에 귀엽고 예쁜 음악이 흘러나오죠.

그러고 보니 바닥 위로 외가닥의 궤도가 깔려 있는 게 보였다. 그 궤도는 널찍한 타원형의 지름으로 갑판 전체를 빙 둘러싸고 있었다. 테미호츠는 보조 바퀴의 수리가 끝났다며 이제 자동 인형의 쌍둥이 자매를 창고에서 꺼내 와야 할 차례라고 했다. 나는 일손을 보태주기 위해 갑판 밑의 통로 끝에 있다는 물품 창고로 그녀를 따라갔다. 통로는 생각보다 길고 복잡했다. 통로의 모퉁이를 돌아 올라간 목조 계단 위의 층계참 근방에서 그녀는 여기가 물품 창고라며 내 앞에 손을 내밀었다. 물품 창고 앞에는 꽤 묵직해 보이는 자물쇠가 채워져 있었다.

—자, 열쇠 주세요.

테미호츠의 말에 나는 고개를 갸웃거렸다. 그러자 그녀는 손으로 버섯 모양을 그려 보였다. 순간 주머니에서 키홀더가 거치적거렸다는 게 떠올랐다. 나는 버섯 모양의 키홀더를 테미호츠에게 넘겼다. 그녀는 그 키홀더에 달린 열쇠로 자물쇠를 따고 물품 창고 안으로 들어갔다. 창고 안의 물품 보관용 앵글 랙들에는 수많은 잡동사니들이 층층이 쌓여 있었는데 그중에는 원뿔 끝에 방울이 달려 있는 고깔모자와 휴대용 위스키 병 그리고 'U.S.Army'라는 표찰만 선명할 뿐 정작 이름표나 계급장은 붙어 있지 않은 미군 군복의 상의 따위가 보였다. 우리는 그 앵글 랙 뒤편의 모서리에서 테미호츠만 한 크기의 쌍둥이 자동 인형을 바로 찾아냈다. 서로를 복제한 듯 이목구비와 체형이 동일해 보이는 두 자동 인형은 둘 다 허리 뒤로 벨로아 꽃 모양의 리본 장식이 달려 있는 자홍색 원피스 차림에 머리도 똑같이 양 갈래로 땋아 내린 모습이었다. 다만 둘 사이에 다른 것은 머리색뿐이었다. 이 인형들한테는 이름도 있다면서 테미호츠가 양쪽을 번갈아 가리켜가며 말했다.

　—머리가 빨간 게 마술버섯이구요, 노란 쪽은 말린버섯이에요. 아무리 쌍둥이라지만 그래도 구분해두는 게 좋을 거 같아서 머리를 각기 다른 색으로 물들여놓은 거죠. 쌍둥이니까 굳이 따질 거 없다고는 해도 전 그냥 마술버섯을 언니로 정했어요.

　언뜻 착각할 수도 있을 만큼 자동 인형의 외양은 진짜 사람과 흡사해 보였다. 자유자재로 접혔다 펴지는 관절의 이음매도 꽤 정교했다. 나는 테미호츠의 눈길을 피해 얇고 가냘프지만 윤기가 감도는 빨강머리의 정강이선을 살살 쓰다듬어보았다. 진짜 어린 소녀의 피부처럼 인형의 다리는 따뜻하고 매끄러웠다. 하지만 그녀들의 목덜미와 등 사이에는 팔뚝만 한 태엽이 박혀 있었다. 테미호츠가 말린버섯이라고 이름 붙였다는 노랑머리의 어깻죽지에는 큼지막한 메모지가 한 장 꽂혀 있기도 했다. 〈말린버섯의 팔이 빠져 어깨에 끼워지지 않으니 수리 요망〉 내가 이 사실을 알리자 테미호츠는 태연한 얼굴로, 이미 오래전에 수리가 끝났는데 그동안 깜빡 잊고 있었다며 말린버섯의 어깻죽지에서 그 메모지를 떼어냈다.

우리는 쌍둥이 자동 인형을 갑판 위로 끌어올려 이미 궤도 위에 고정해둔 두 대의 빅휠 자전거에 각기 나눠 태웠다. 그러고는 잔뜩 태엽을 감아주었다. 스르르 태엽이 풀리면서 자동 인형들은 기계적으로 자전거의 페달을 밟았다. 그러자 빅휠 자전거가 스르르 궤도를 타고 움직이기 시작했다. 차례대로 마술버섯이 앞장서고 말린버섯이 뒤따라 달렸다. 자동 인형들의 몸체 속에서는 재깍재깍 작동 중인 톱니바퀴들의 기계음 위로 맑고 고운 오르골 소리가 흘러나왔다. 그건 내 귀에도 친숙한 멜로디로 그 곡목은 「새 언약의 피」였다. 이미 궤도 근처에 몰려 나와 있던 선원들이 환성을 올렸다. 내 뒤에 선 선원들 중에서 어떤 이는 필시 저 인형들의 몸체 속으로 음악의 정령이 스며들어가서 철금을 연주하는 걸 거라고 했다. 그러자 다른 이는 에보카의 신령이 인형의 몸에 갇혀 사는 그녀들을 긍휼히 여겨 영성으로 되살린 게 틀림없다고도 했다.

그때 선원들의 무리를 양쪽으로 가르며 한 사내가 등장했다. 잿빛 얼굴의 그 사내는 금장 단추가 달린 카키색 모직 코트를 입고 있었다. 테미호츠는 그가 바로 이 범선의 선장이라고 속삭였다. 선장은 나와 눈이 마주치자마자 곧장 앞으로 다가와서 내 두 손을 맞잡았다.

— 빈잠님이시군요. 반갑습니다.

선장은 그밖에도 내게 이런저런 인사말을 한 후 번제의 준비가 어떻게 되어가는지 살펴보겠다며 뱃머리 쪽으로 발길을 돌렸다. 조가 나뉜 듯 선원들 중에서 일부는 갑판 한가운데로 구리 항아리처럼 생긴 대형 화로와 장작개비들을 나르는 중이었고 다른 선원들은 직사각형의 긴 테이블들을 옮겨오고 있었다. 선장의 뒤를 이어 한 중년 여인이 나타났다. 카민색 원피스를 입은 여인의 손에는 윤기 흐르는 구리 잔이 들려 있었다. 테미호츠는 그녀가 바로 선장의 부인이라고 속닥거렸다. 부인도 선장처럼 나를 발견하더니 미소 띤 얼굴로 테미호츠와 내가 있는 쪽을 향해 다가왔다. 그런데 테미호츠가 부인이 다가오는 줄도 모르고 깜빡 잊고 있었다면서 내게 버섯 모양의 키홀더를 돌려주려 할 때였다. 선장의 부인이 뒤바뀐 안색으로 테미호츠의 손에서 그 키홀더를 급히 낚아챘다.

— 너, 이거 어디서 났니?

부인은 테미호츠에게 다그치는 투로 날카롭게 물었다. 테미호츠는 다소 겁먹은 눈길을 내게로 돌렸다. 나는 사실대로 부인에게 내가 준 거라고 실토했다. 그러자 부인은 내게 이걸 대체 어디서 찾았느냐고 물었다. 나는 입술만 달싹였을 뿐 부인의 물음에 아무 대답도 하지 못했다. 우리 옆으로 자동 인형의 쌍둥이 자매가 지나가다 말고 서서히 멈춰 섰다. 더불어 「새 언약의 피」를 연주하던 오르골 소리도 스러졌다. 갑판에 흩어져 각자의 일에 열중하던 선원들이 우리 쪽을 흘낏 돌아보았다. 테미호츠가 재빨리 그녀들에게 달려가서 태엽을 감아놓고 돌아왔다. 다시 궤도 위로 굴러가기 시작한 자동 인형의 빅휠 자전거들과 함께 잠시 끊겼던 오르골 소리도 방금 전처럼 청명하게 흘러나왔다. 그 자동인형들을 유심히 지켜보던 부인은 구리 잔을 마저 비우고는 무겁게 입을 열었다.

　　―이건 바로 샤먼의 키홀더예요. 이 키홀더에 달려 있는 것은 망자들의 세계나 다른 우주로 통하는 출입문의 열쇠랍니다. 그러니 반드시 이 열쇠가 있어야만 출입문을 통해서 그 세계로 드나들 수 있죠. 이게 없으면 망자들과 만나볼 수도, 다른 은하계로 건너갈 수도, 나와 다른 사람을 넘나들 수도 없어요. 그런데 언젠가 꿈속에서 제가 이 키홀더를 남편과 저 자동 인형들한테 차례차례 빌려준 적이 있었어요. 자동 인형이 저한테 열쇠를 빌려달라고 했다니까 퍽 우습긴 하지만 그건 어디까지나 꿈속의 일이니까요. 여하튼 그들이 무슨 이유에서 키홀더를 빌려달라고 했는지는 지금 세세하게 기억나지 않아요. 뭐, 간단한 이유에서였겠죠. 그건 정말 간밤의 꿈자리에 지나지 않았어요. 하

지만 어찌된 영문인지 그 꿈을 꾸고 나서부터는 아무리 찾아도 이 키홀더의 열쇠가 보이지 않더군요. 혹시나 싶어 남편한테 확인해봐도 전혀 모르겠다고만 할 뿐이었어요. 내친 김에 자동 인형들한테까지 키홀더와 열쇠의 행방을 추궁하고 싶었지만 그건 너무 바보스런 짓 같아서 관뒀답니다…… 그런데 여기서 영영 분실한 줄만 알았던 이걸 찾다니 어이없기까지 하군요. 도대체 이게 어디에 떨어져 있던가요?

부인이 다시 내게 물었지만 나는 끝내 아무런 대답도 하지 못했다. 그녀는 의심스런 눈초리로 나를 잠시 쏘아보더니 남편에게 이 기쁜 소식을 알려줘야겠다며 선장이 있는 쪽으로 서둘러 걸음을 옮겼다. 부인이 사라지자 테미호츠는 방금 들은 그녀의 말에 휘둘리거나 현혹될 필요가 없다고 귀엣말을 했다. 나는 의아해하는 눈길로 테미호츠를 굽어보았다. 테미호츠는 한껏 낮춘 목소리로 말을 이었다.

─선장 부인은 종종 이런 식으로 이상한 소리를 즐겨 하는 편이에요. 얼굴 표정 하나 안 바꾸고 말이죠. 그래서 어수룩한 사람들은 곧잘 속아 넘어가기도 하지만 저는 알아요, 그게 죄다 헛소리거나 거짓말이라는 거. 그러니 절대 믿지 마세요. 저 옷차림만 봐도 좀 이상하다는 생각이 들지 않나요? 인디언들 사이에서는 사람이 카민색 옷을 좋아하면 그게 미치기 시작했다는 증거라고 하기도 해요. 선장 부인이 왜 그렇게 됐는지는 저도 잘 모르겠어요. 아마도 독하게 우려낸 버섯 음료를 너무 자

주 마셨기 때문이거나 아니면 사원(寺院)을 드나들며 얻어들은 여러 얘기들에 지나치게 빠져들어서거나 둘 중 하나예요. 방금 전의 열쇠 얘기만 해도 그렇죠. 그게 어디 말이 되나요? 저건 기껏해야 자기 수하의 선원들을 시켜 지구의 무덤에서 도굴한 보물들의 궤짝 열쇠일 거예요. 도굴해서 쌓인 지구의 보물들도 몽땅 사원에 기부하려 한다더군요. 아무튼 그걸 어쩌다 잃어버려놓고 저런 꿈 이야기로 돌려다 붙이는 걸 테죠.

하지만 그렇다면 그 키홀더의 열쇠로 갑판 밑의 물품 창고를 열 수 있었던 것은 어찌된 노릇이냐고 묻자 테미호츠는 문득 생각에 잠긴 듯 별말 없이 눈을 내리깔았다. 다시 자동 인형의 쌍둥이 자매가 천천히 우리 옆으로 19세기풍의 빅휠 자전거를 굴리며 지나갔다. 그녀들은 자연스러운 무릎 관절의 움직임으로 퍽 유연하게 페달을 밟고 있었다. 무릎을 치켜 올릴 때마다 그녀들의 원피스 자락이 하늘거리며 들썩였다. 두 대의 빅휠 자전거들은 「새 언약의 피」를 연주하는 오르골 소리와 함께 쉬지 않고 원둘레를 맴돌았다. 이제 선원들은 뱃머리의 난간 앞으로 옮겨온 여러 개의 긴 테이블들을 열 맞춰 잇대는 중이었다. 침묵에 빠져 있던 테미호츠는 한참이 지나서야 말문을 열고, 자기도 버섯이나 이보가 나무뿌리의 환각 속에서 겪은 일들이 있다며 그 이야기를 자분자분하게 늘어놓기 시작했다.

선원들이 화로 위로 높다랗게 쌓인 장작더미에 불을 지폈다.

갑판의 조타실 옆에 가설된 단상 위에서 마침내 선장이 불꽃의 번제가 시작되었음을 알렸다. 선장의 목소리는 마이크의 하울링을 타고 귓전에 메아리치며 먼저 피의 제전으로 이 번제를 열겠다고 선언했다. 선원들은 환성과 함께 각자의 검정색 포대에서 시신의 몸통을 앞 테이블 위로 끄집어냈다. 뱃머리에서부터 난간을 따라 기다랗게 잇닿아 있는 테이블들 위에는 팔다리와 하반신이 잘려나가고 오로지 머리통만 겨우 붙어 있는 시신들의 윗몸이 가지런히 놓였다. 나도 다른 선원들과 마찬가지로 그 대열에 동참했다.

내가 꺼낸 시신의 얼굴은 새빨간 머릿결 아래 굳어버린 핏자국과 함께 너저분하게 뒤덮여 있었다. 팔뚝이 잘려나간 어깻죽지에서는 아직도 몇 방울의 말간 피가 새어나왔다. 우윳빛이 고운 시신의 젖가슴은 꽤 풍만하고 흐벅져 보였다. 우리들의 뒤쪽에서는 여전히 자동 인형들의 빅휠 자전거가 청명한 오르골의 멜로디를 몰고 다니며 타원으로 맴돌고 있었다. 빨강머리의 자전거가 다시 한 번 내 곁으로 지나간다 싶었을 때 단상에서 호루라기 소리가 나더니 아직 어려 보이는 나머지 선원들이 각각의 시신 뒤에 한 줄로 정렬했다. 선장은 그들이 피의 제전에서 집전자들을 도와줄 보조 요원들이라고 소개했다. 보조 요원들은 제각기 챙겨온 구리 잔과 손도끼를 하나씩 테이블 앞에 꺼내 놓고 집전자들에게 제전에 참여하는 요령을 간단히 일러주었다. 윤기 흐르는 구리 잔의 바닥에 화로 위에서 타오르고 있는 장작불이 비쳐 아른거렸다. 구릿빛 손도끼의 쇠 날에서는 반질반질 광택이 났다. 보조 요원들 너머로 빙하 같은 이 우주의 적막 속에 얼어붙고 말 듯한 지구의 전경이 아스라이 시야에 들어왔다. 그사이에 조타실에서 정조준의 측선을 따라 앞으로 향해 이동한 것인지 범선과 지구와의 거리는 한결 좁혀진 것 같았다.

이윽고 선장이 화포를 쏘았다. 어두운 허공 속에 솟아오른 한 줌의 불꽃이 가벼운 폭음과 함께 여러 갈래의 빛줄기들로 쪼개졌다. 내 앞의 보조 요원이 자꾸만 축 늘어지려는 시신의 목을 꼿꼿해지도록 치켜세우며 결연하게 소리쳤다.

—자, 지금 하십시오!

나는 테이블에 준비된 손도끼로 하얗게 드러난 목덜미를 정확히 내리찍었다. 예리하게 벼려진 도끼날이 단번에 그 시신의 가냘픈 목을 가르고 지나갔다. 순간 머리통이 떨어져 나가더니 잘린 목에서 투명한 쪽빛 선혈이 분수처럼 콸콸 용솟음쳤다. 나와 마찬가지로 다른 사람들의 시신에서도 투명한 쪽빛 핏줄기가 솟아나오고 있었다. 잘려나간 시신들의 목에서 뿜어져 나온 피로 말미암아 모든 선원들의 리넨셔츠에 쪽빛이 얼룩지지 않을 수 없었다. 그래도 선원들은 모두 샴페인이라도 터뜨린 양 환호성을 올리며 즐거워했다. 하지만 이게 엄연히 제전인 만큼 경망스런 개별 행동은 자제해달라는 보조 요원들의 요청에 선원들은 다시 몸가짐을 바로한 후 정해진 의식의 순서대로 목에서 쏟아져 나오고 있는 쪽빛 선혈을 준비된 구리 잔에 받기 시작했다. 그러는 사이에도 자동 인형의 빅휠 자전거들은 한시도 멈추지 않고 타원의 궤도 위를 유유히 맴돌았다. 너울거리는 화로 위의 장작불에서는 강한 열기가 전해져왔다. 테이블에 도로 내려놓은 손도끼의 날 끝에서도 투명한 쪽빛의 핏물이 뚝뚝 떨어졌다.

그때 이제 구리 잔에 받은 피로 다 같이 기약의 축배를 들자는 선장의 목소리가 들렸다.

—이제 우리는 이 지구인들의 몸과 피를 호치나나카틀의 대지에 정성껏 심고 뿌려 그 토막 난 고깃덩어리의 사지들이 신성한 한 그루의 이보가 나무로 각각 다시 태어날 수 있기를 마땅히 축원하고 기약해야 합니다. 비록 우리가 그 이보가 나무의 움으로 쓰기 위해 이들을 살해하고 토막 내서 여기까지 걸머지고 온 것은 사실입니다만 이는 우리뿐만 아니라 지구인들에게도 크나큰 은혜와 영광이 될 거라 확신합니다. 왜냐하면 그저 부패한 고깃덩어리로 살다 땅에 묻혀 썩어가야 할 지구인들은 이로써 인디언의 별인 호치나나카틀의 대지에 우주의 자궁과 맞닿은 뿌리를 내리고 영묘한 식물로 거듭날 수 있을 테니까 말입니다.

선장이 말을 끊고 사뭇 진지한 눈빛으로 단상 아래를 둘러보았다. 한순간 어수선했던 갑판의 분위기는 선장의 연설이 시작되면서 다시 이전의 절도를 되찾고 있었다. 주위가 정숙해진 탓에 그사이에도 맴돌기를 그치지 않은 자동 인형들의 오르골 소리가 한층 크고 또렷하게 들려왔다. 하지만 누구도 그 오르골 소리를 거슬려하는 것 같지는 않았다. 선장은 다시 입을 열었다.

　—하지만 우리는 거기에 만족해서는 안 됩니다. 아예 지구 전체를 또 하나의 우리 별로 일궈야 합니다. 그래서 지구란 별 자체가 인디언의 행성으로 거듭날 수 있기를 기약해야 합니다. 그런 기약의 의미에서 모두들 축배를 듭시다.

　선장은 말을 마치고 단상에서 내려와 선원들과 함께 머리 위로 구리 잔을 높이 치켜들었다. 나도 그들을 따라 건배한 후 내 구리 잔에 그득 담긴 피를 한입에 들이켰다. 순간적으로 눈앞이 어질어질해왔다. 끊이지 않고 반복해서 들려오는 오르골의 멜로디도 그 어지럼증을 가중시키는 것 같았다. 거기에 장작불의 강한 열기까지 더해져 내 속에서는 심한 욕지기가 올라왔다. 나는 메스꺼운 침이 입안 가득 고인 탓에 물기 어린 눈으로 뒤를 돌아보았다. 자동인형의 쌍둥이 자매는 뭐 그런 게 대수롭겠느냐는 표정 속에서 빅휠 자전거가 순조롭게 궤도를 타고 굴러가도록 부지런히 페달 위의 무릎 관절을 놀리고 있었다. 표정 없는 그녀들의 무릎 관절은 다소 기계적으로 움직이고 있긴 했지만 참으로 유연해 보였다.

　그때 선장이 내 곁으로 와서, 안색이 별로 안 좋아 보이는데 괜찮으냐고 물었다. 나는 잠시 갑판의 열기와 이 피에 취해 약간의 어지럼증을 느꼈을 뿐 아무 문제없다고 답했다. 그러자 선장은 미소를 지어 보이며 내게 말했다.

─빈잠님이 가져오신 시신을 이번 번제의 제물로 택하고 싶습니다. 왜냐하면 빈잠님은 지구인의 몸으로 우리와 함께했다는 의미에서 특별한 분이니까요. 이것은 우리가 빈잠님께 되돌려드릴 수 있는 최소한의 성의 표시이기도 합니다. 번제의 제물로 택함 받은 시신의 주인에게는 푸짐한 영육간의 축복이 내려질 수 있을 거라는 게 저희의 믿음이지요. 어떻게, 응해주시겠습니까?

나는 선선히 그러자고 했다. 선장은 고맙다며 나이 들어 보이는 몇몇 선원들을 불러 모아 그들과 뭔가에 관해 잠시 숙의하는 듯 보였다. 선장의 말에 귀 기울이던 그 선원들은 모두 고개를 주억거렸다. 얼마 지나지 않아 손에 흰 장갑을 낀 두어 명의 선원들이 이제 몸통밖에 남아 있지 않은 내 앞의 시신을 엄중한 태도로 양쪽에서 받쳐 들고 천천히 옮기기 시작했다. 시신의 우윳빛 젖가슴 위에는 적갈색과 쪽빛의 핏자국들이 함부로 뒤엉켜 있었다. 그들이 시신을 옮겨간 곳은 석궁의 활시위에 장착되어 있는 철제 선반 위였다. 거기 놓인 시신의 몸통에 꽤 많은 양의 기름이 듬뿍 뿌려졌다. 갑판 위의 모든 사람들이 한데 모여 석궁 주위를 둥그렇게 에워쌌다. 이윽고 들고 나온 횃대로 선장이 화로의 장작불을 그 시신의 몸통에 느릿느릿 옮겨붙였다. 곧 시신의 몸통은 검붉은 화염에 휩싸였다. 선장이 횃대를 거두자 석궁으로 달려든 여러 명의 보조 요원들은 줄다리기하듯 최대한 팽팽하게 끌어당긴 활시위를 맞은편 망루의 나무 기등 앞으로 삐죽이 튀어나온 갈고랑쇠에 고정시켜둔 후 물러났다. 그러자 선장과 선원들은 장엄하게 기도문을 외듯 일제히 한 목소리로 뭔가를 암송했다. 하지만 그건 내가 전혀 알아들을 수 없는 구음 다발이었다. 그때 망루 위에서 여자아이의 목소리가 들려왔다. 그녀는 테미호츠였다.

—이보가 나무의 움들 가운데 하나를 번제의 화염으로 쏘아 자기가 태어난 별에 돌려보내니 이 우주 안에서 모두는 한몸이요, 한마음임을 깨닫게 하는 합일의 꽃으로 그 땅에서 산화할지어다.

내가 망루 위로 고개를 들자 테미호츠는 내게 성한 한쪽 눈을 찡긋해 보였다. 잠시 후 선장은 손에 든 횃불을 물통에 빠뜨려 꺼뜨렸다. 그러자 자동으로 갈고랑쇠가 빠지더니 순간적인 쾌속의 바람을 일으키며 활시위가 풀렸다. 드디어 활시위의 철제 선반을 떠난 화염 속의 시신이 우주 속으로 날아올라 그 천공의 어둠에 미약한 항적의 빛살을 긋고 지나가는 게 보였다. 선원들은 다시 한 번 열광적으로 환호성을 올렸다. 나는 반원의 곡선을 그리며 휘어지기 시작한 그 불덩이가 아득해질 때까지 지켜보았다. 선장과 몇몇 선원들은 내게 무한한 축복이 있을 거라며 살가운 덕담을 건네고 지나가기도 했다. 선장의 부인도 내 앞으로 오더니 초면에 실례가 많았다며 사과의 말부터 꺼냈다.

—그런 모습을 보여드려 정말 죄송했어요. 그땐 키홀더를 찾았다는 데 너무 흥분해서 제가 그만 어이없는 실수를 저지르

고 말았네요…… 아무튼 이번 번제에서 정말 많은 은혜와 축복을 얻으셨을 것으로 믿습니다. 어차피 제 남편이 안내할 테지만 나중에 저희 사원에도 꼭 오세요. 아마 저희 사원에서도 지구인의 몸으로 번제의 제물을 축성하신 분께 특별한 언약의 성찬을 베풀어드리고 싶어 할 겁니다.

나는 부인에게 감사하다는 말만 되풀이했다. 잠시 후 부인은 깜빡 잊고 구리 잔과 경전을 놓고 왔다며 선장실로 향했다. 시신의 불덩이는 어느덧 이 범선에서 가물가물해졌다. 갑판 위의 번제는 시신의 불덩이를 지구로 쏘아 보낸 게 마지막 순서였다. 범선은 서서히 무수한 별들 사이를 다시 항진하기 시작했다. 그때 까만 해골 깃발이 나부끼는 뱃머리 너머로 여자의 음문을 연상시키는 모양새의 별자리들이 연이어 나타났다. 그것은 아무리 다시 봐도 잔뜩 벌어져 있는 여체 하반신의 샅과 음문이었다. 아니나 다를까, 때마침 망루에서 내려와 내 옆으로 온 테미호츠가, 저 별자리들이 뭐 같아 보이느냐며 짓궂게 킥킥거렸다. 내가 아무 대답도 하지 않자 그녀는 저 음란하게 생긴 별자리의 한가운데로 이 범선이 향해 갈 텐데 왜냐하면 거기에 바로 자기들의 별 호치나나카틀이 있기 때문이라고 했다. 그러더니 지구 쪽을 한참 동안이나 물끄러미 바라보았다. 이제 육안으로는 더 이상 그 불덩이가 어디쯤 날아가고 있는지 보이지 않았다. 긴 침묵을 깨고 불현듯 그녀는 쓸쓸해진 표정으로 웅얼거렸다.

—지구 사람들은 아마 저 불덩이를 보고 별똥별로 착각할

거야……

　이제 불덩이는 완만한 포물선의 궤적을 그리며 둑길 언저리의 잡목 덤불 속에 지고 말았다. 강물은 여전히 축담 밑에서 넘실거리고 있었다. 강나루에 묶여 있는 모터보트들이 일정한 간격으로 들썩거리는 게 보였다. 얼마 전부터 수면 위의 교각 사이에는 짙은 안개가 피어오르기 시작했다. 굴다리 앞의 평평한 잔디밭에 쓰러져 있던 나는 그쪽으로 뛰어갔다. 불과 몇 미터 후방에서 경광등을 번쩍거리며 경찰차 한 대가 나를 뒤쫓아 오고 있었다. 앙상한 떨기나무들 위로 파란 불빛이 깜빡거렸다. 나는 다급히 잡목 덤불 속으로 몸을 피했다. 사이렌을 울려대기 시작한 경찰차에서 두어 명의 사내들이 이쪽을 향해 급박하게 뛰쳐나오는 게 설핏 보였다. 나는 떨기나무들의 수풀 속으로 더욱 깊이 몸을 숨겨야 했다. 다행히도 잡목들의 줄기와 가지를 거칠게 헤치며 무작정 앞으로 내닫은 지 얼마 지나지 않아 사이렌 소리와 나를 뒤쫓아오는 사내들의 기척은 부쩍 희미해졌다. 아마도 그사이에 생각보다 먼 거리를 도주해온 것 같았다. 나는 옷에 잔뜩 묻은 검불들을 털어내고 힘겹게 잡목 덤불 속에서 빠져나왔다.

　그러자 내 앞에는 황량한 벌판이 펼쳐졌다. 한쪽 모서리에 산자락을 끼고 있는 그 벌판의 들머리에서 나를 맞아준 것은, 껍질이라곤 모조리 벗겨져 나가 상아빛 속살이 훤히 드러나 있는 고목 등걸들의 폐원(廢園)이었다. 내가 그쪽으로 발을 내딛자 때마침 세찬 바람이 벌판을 스쳐 지나갔다. 수십 그루쯤 헤아려질 그것들의 밑동은 바람결에 따라 이리저리 탄력 있게 흔들거렸다. 하지만 내가 그것들을 나무껍질이 벗겨져 있는 고목 등걸이라고 여긴 것은 어디까지나 착각이었다. 그 탄력 있는 흔들거림이 이상야릇하다 싶어 가까이 다가가보니 내게 고목 등걸처럼 보인 것은 벌판의 흙바닥 위에 물구나무서듯 거꾸로 쑤셔 박혀 있는 인간의 하반신이었다. 그 하반신들의 상체는 땅속 깊이 파묻혀 있거나 아예 잘려 나가고 없을 수도 있었다. 벌판에 거센 바람이 불어올 때마다 그 다리들은 상하좌우로 균형 있게 기우뚱거리곤 했다. 나는 그중 가장 매끈해 보이는 다리 하나를 골라 손으로 살짝 만져보았다. 그것은 이미 오래전에 체온을 잃고 경직되어 있던 탓인지 인간의 살갗이라기보다 차라리 실리콘 인형의 우레탄 고무에 더 가까운 것 같았다. 나는 발바닥도 간질여보았다. 하지만 딱딱하게 굳은 발바닥에서는 아무런 반응도 없었다. 내친 김에 내가 이 다리의 밑동을 뿌리째 뽑아보려 할 때였다.

다리들의 숲 저쪽에서 곡괭이와 삽자루를 든 한 떼거리의 사람들이 불쑥 나타났다. 아직 사람들의 눈에 발각되지는 않은 것 같아 나는 나와의 거리가 더 가까워지기 전에 재빨리 그 다리 뒤로 숨어서 이들이 누군지 주시했다. 검정색 포대를 한 자루씩 걸머진 이들의 손에는 물뿌리개나 부삽 따위도 들려 있었다. 나는 다리들 밑에 허리를 잔뜩 구부리고 어디론가 향해 가는 그들

쪽으로 살금살금 다가가보았다. 다리들의 숲이 끝나가는 한쪽 귀퉁이의 널찍한 평지를 원래부터 목적 지점으로 정해놓고 왔는지 이들은 그 일대에서 돌연 걸음을 멈추더니 각자가 챙겨온 연장들과 검정색 포대들을 아무 데나 내려놓았다. 그런 다음에는 빙 둘러서서 기도하는 자세로 고개를 푹 숙였다. 잠시 후 그쪽에서 웅얼웅얼하고 사뭇 열띤 목소리로 기도하는 소리가 들려왔다. 나는 그 기도 소리에 귀 기울여보았다. 하지만 여러 말소리들이 한데 뒤엉킨 그 기도 소리는 여간해서 알아들을 수가 없었다. 게다가 그 말소리들은 낯선 외국어의 읊조림처럼 들릴 만큼 기본적인 분절이 증발된 구음 다발에 가까웠다. 이윽고 기도를 마친 그들은 삼삼오오 무리지어 흩어지더니 평지의 이쪽 저쪽에서 곡괭이와 삽으로 얕은 구덩이를 파는 일에 매달리기 시작했다. 이들의 곡괭이와 삽은 적당히 눅눅해져 있던 흙바닥을 그다지 어렵지 않게 파낼 수 있었다. 별로 오래되지 않아 여기저기에서 벌써 다 팠다며 허리를 펴는 사람들이 눈에 띄었다. 곧 그들은 검정색 포대에 담겨 있던 내용물들을 구덩이 옆에 쏟아놓고 일단 차곡차곡 정리했다. 그 내용물이란 토막 나 있는 시신의 사지들이었다. 핏물로 뒤범벅된 상아빛 몸 토막들이 검정색 포대에서 무더기로 쏟아져 나왔다. 사람들은 그 시신 토막들에서 하반신만 따로 챙겨두고 나머지를 모두 구덩이 속에 쓸어 넣었다. 이제 구덩이에 흙이 덮이려는 순간 외눈박이 소녀 하나가 튀어나와 그 구덩이 속으로 뛰어들더니 뭔가를 주워들고 올라왔다. 그것은 방울 달린 고깔모자였다.

외눈박이 소녀는 그 고깔모자를 쓰고 어디론가 뛰어가기 시작했다. 순간 나는 사람들의 눈을 피해 그 소녀를 뒤따라갔다. 고깔모자의 원뿔 끝에 달린 방울이 무녀의 경쇠처럼 딸랑거렸다. 외눈박이 소녀는 계속 달음박질치며 벌판의 옆길과 맞닿아 있는 산모롱이를 끼고 돌았다. 내가 뒤따라 산모롱이를 돌자 길은 잔잔한 강가로 이어졌다. 외눈박이 소녀는 저만치 앞서서 강둑을 따라 뛰어가고 있었다. 그러더니 잠시 후 둑길 끝에서 굴다리가 있는 쪽으로 방향을 틀었다. 나는 다시 굴다리 속으로 그녀를 뒤쫓아갔다. 외눈박이 소녀가 굴다리와 통해 있는 지하수로 가장자리의 첫번째 수문을 열고 들어가는 게 보였다. 나는 그 수문 앞으로 달려갔다. 수문 위에는 'U.S……'라는 알파벳의 인장이 찍혀 있었다. 그 인장의 끝은 표면을 잠식한 녹의 흔적에 가려 알아보기가 어려웠다. 다행히 수문은 비스듬히 열려 있었다. 그 안으로 발을 들여놓자마자 나는 여전히 고깔모자를 쓰고 있는 외눈박이 소녀와 마주쳤다. 그녀는 어서 오라면서 나를 함박웃음으로 맞아주었다.

실내의 불빛이라곤 천장 밑의 조도 낮은 할로겐램프가 고작이어서 방 안은 다소 어두침침했다. 하지만 그래서 더욱 아늑한 것 같기도 했다. 좁다란 방의 한 면을 모두 차지하고 있는 것은 시트 위에 홑이불이 깔린 철제 침대였다. 그 침대 앞으로는 달랑 낡은 탁자와 걸상만이 가구랍시고 놓여 있을 뿐이었는데 단출한 방 안의 세간들 중에서는 서커스 같은 데서나 등장할 법한 19세기풍의 빅휠 자전거 두 대가 단연 눈에 도드라졌다. 내 시선이 거기로 향하자 외눈박이 소녀는 뜬금없이 자기의 바지 밑단을 무릎까지 걷어 올리더니 침대 위에 그쪽 다리를 올려놓고 내 앞으로 쭉 내밀어보였다. 침대 위로 시선을 돌린 나는 뭔가에 홀린 듯 그 앞에 꿇어 앉아 소녀의 정강이를 어루만질 수밖에 없었다. 얇고 가냘프지만 윤기가 감도는 그녀의 정강이선은 따뜻하고 매끄러웠다. 내 손길이 닿자마자 외눈박이 소녀는 고개를 뒤로 젖히며 난데없이 깔깔거리기 시작했다. 나는 혀로 그 정강이선을 반복해서 핥아 내리다 결국 그녀를 덮치고 말았다. 내내 깔깔거리기를 그치지 않는 외눈박이 소녀는 별다른 거리낌 없이 나를 받아들였다. 우리는 침대 위에서 한몸으로 뒤엉켰다. 잠시 후 할로겐램프가 꺼졌다. 그때 짤랑거리는 쇠붙이 소리를 내며 침대 밑으로 키홀더가 떨어졌다.

내가 겨우 눈을 떴을 때, 나는 내 팔베개 위에 누워 있는 노랑머리의 실리콘 인형을 보았다. 이곳은 소품실, 정확히 말해 그 소품실의 칸막이벽 안쪽에 따로 나 있는 실리콘 인형의 정비소였다. 나는 그 인형의 머리에서 팔베개를 거두고 자리에서 일어나 담배를 붙여 물었다. 인형의 머리맡에는 방울 달린 고깔모자가 나뒹굴고 있었다. 나는 그제야 나와 간밤의 정사라도 치른 연인처럼 내 곁에 찰싹 달라붙어 있던 그 실리콘 인형을 찬찬히 훑어보려 했다. 그때 인형의 한쪽 어깨 위에 꽂혀 있는 메모지 한 장이 내 눈에 들어왔다.

〈말린버섯의 팔이 빠져 어깨에 끼워지지 않으니 수리 요망〉

이 인형의 이름은 바로 말린버섯이었다. 아니나 다를까 내가 어깻죽지를 슬쩍 건드려보니 팔은 맥없이 몸체에서 떨어져 나갔다. 나는 옷소매 밖으로 그 팔을 끄집어내서 뭐가 문제인지 살펴보았다. 예리하고 둔중한 무엇인가가 어깻죽지와 맞닿은 팔의 연접 부위에 깊이 찍힌 적이 있는 것 같았다. 다시 소매 안에 그대로 팔을 집어넣어 원래대로 해놓으려고 해봤지만 생각보다 여의치 않았다. 나는 떨어져 나온 인형의 팔을 늘어져 있는 옷소매 위에 그대로 내려놓았다. 잠시 후 내 눈에는 그 팔목 아래 다섯 손가락들이 희미하게 꼼지락거리고 있는 환시가 보였다. 나는 어지럼증이 일어 그만 바닥에 주저앉아야 했다. 다시 한 번, 범선은 교각 사이에 낀 안개를 통과하여 강둑 위의 내게서 멀어져갔다. 나는 버섯을 입에 넣고 우물거렸다. 메스꺼운 침이 입안 가득 고인 탓에 물기 어린 눈으로 뒤를 돌아보았다. 내 뒤에서는 한쪽 팔을 잃은 '말린버섯'이 증오에 찬 눈길로 나를 노려보고 있었다. 그녀는 언니처럼 자기도 도끼로 찍어 죽일 거냐고 내게 소리쳤다. 나는 두 손으로 내 귀를 틀어막았다……

그때 누군가 똑똑 하고 문을 두드리더니 안으로 들어왔다. 팔뚝에 '안내'라는 완장을 찬 청년이었다. 안내원 청년은 나를 보자마자 다급한 목소리로, 출연해야 할 대목이 지금 가까워져 가고 있는데 여기서 뭐하느냐며 내 소매를 잡아끌었다. 나는 그 안내원 청년을 따라 급히 위층으로 올라갔다. 내가 본당의 출입문으로 향하려 하자 청년은 거기가 아니라며 나를 우측의 통로 끝으로 안내했다. 통로 끝에도 본당 안으로 들어갈 수 있는 문이 하나 나 있었다. 나는 청년의 안내에 따라 그 문을 열고 조심스럽게 안으로 들어갔다. 거긴 단상의 무대 뒤편이었다.

내가 안으로 들어가자마자 어둠 속에서 한 여인이 내게 어디 갔다 이제야 나타난 거냐고 소리 죽여 쏘아붙였다. 곧 할로겐램프의 보조 불빛을 통해 그녀의 모습이 드러났다. 붉게 염색한 머리를 뒤로 둥글게 말아 올린데다 연한 옥빛 터틀넥과 검정색 가죽스커트 차림. 나는 그녀가 마술버섯이라는 것을 어렵지 않게 알아볼 수 있었다. 저 앞에서는 한창 극이 진행되는 중인지 과장된 억양의 말소리들이 들려왔다. 마술버섯은 내게 빨리 무대 의상으로 갈아입으라며 카키색 군복 한 벌을 내밀었다. 나는 서둘러 그 군복으로 갈아입었다. 그런데 군복 상의에는 'U.S.Army'라는 표찰만 선명할 뿐 정작 계급장이나 이름표 따위는 보이지 않았다. 이건 미군 군복이냐고 내가 묻자 그녀는 별 생뚱맞은 소리를 다 듣겠다면서 어차피 그림에 따른 무대의상이니 아무러나 상관없지 않느냐고 핀잔주듯 답했다. 그러고는 잠시 대본을 살피더니 이제 조금 있으면 배경음악이 흘러나와야 할 차례라면서 부랴부랴 테이블 위로 뭔가를 꺼내놓았다. 그건 자홍색의 오르골 상자였다. 뚜껑을 여니 일부러 조도를 낮게 조절해둔 할로겐램프의 불빛 아래 작은 원판 위에서 두 명의 소녀가 앞뒤로 19세기풍의 빅휠 자전거에 올라타고 있는 미니어처 세트가 드러났다. 이윽고 그녀가 무대 위의 상황에 맞춰 상자 밑의 태엽을 감자 그 빅휠 자전거들 아래의 원판이 스르르 회전하면서 청명한 오르골의 멜로디가 흘러나오기 시작했다. '마술버섯'은 오르골 상자 앞에 가까이 들이댄 마이크 스위치를 올렸다. 그러자 마이크의 하울링을 타고 무대 앞으로 이 오르골의 멜로디가 울려 퍼졌다. 나는 그녀에게 이 멜로디의 곡목이 뭐냐고 물었다. 그녀는 나를 하얗게 흘겨보더니 입 다물라고 손짓했다. 하지만 잠시 후 메모지 위에 이 멜로디의 곡목이「새 언약의 피」라고 또박또박 적어주었다. 19세기풍의 빅휠 자전거를 탄 두 소녀의 미니어처가「새 언약의 피」를 연주하는 오르골의 멜로디 속에서 상자 위의 원판과 함께 빙글빙글 맴돌고 있었다. 나는 멀거니 그것을 내려다보았다.

잠시 후 배경음악을 들려줘야 할 대목이 지나갔는지 마술버섯은 오르골의 상자 뚜껑을 살며시 닫았다. 그러고는 이제 조금 있으면 내가 등장해야 할 차례라며 소품 한 가지를 챙겨주었다. 그 소품은 구릿빛 손도끼의 모형물이었다.

——부인이 '빈잠!'하고 부르는 소리가 들리면 그때 바로 들어가세요.

마술버섯이 할로겐램프의 흐릿한 불빛에 대본을 비춰 보며 내게 일러주었다. 나는 알겠다는 뜻으로 고개를 주억거렸다. 얼

마 지나지 않아 무대에서 '빈잠!' 하고 부르는 부인의 목소리가
들려왔다. 그러자 마술버섯이 내게 나가라고 눈짓 신호를 주었
다. 나는 무대의 안팎을 나누고 있는 배경 세트의 문으로 극 속
에 입장했다. 프릴 많은 카민색 원피스 차림의 중년 부인이 바
로 그 문 옆의 다른 문 앞에서 구리 잔을 들고 있는 게 보였다.
부인은 나와 마주치자 역시 과장된 억양으로 비장하게 외치기
시작했다.

　—나를 괴롭혀온 이 악령! 역시 그 문으로 나오는구나. 거
긴 까마득한 지하 세계. 온갖 사탄 마귀들이 득시글거리는 곳이
지. 나는 하마터면 창세기의 하와처럼 너의 농간에 넘어가서 그
문으로 향할 뻔했구나. 하지만 나는 주님이 우리를 위해 흘리신
언약의 보혈을 믿기에 너와 끝까지 대적할 것이다. 주님께서는
고린도전서의 말씀을 통해서도, 이 잔은 내 피로 세운 새 언약
이라고 하셨으니 이제 내 잔을 비움으로써 나는 너와 영적으로
대적할 주님의 증인이 될 수 있으리라.

　부인은 구리 잔을 단숨에 들이키고는 손에 쥔 것을 내 앞에
흔들어 보이며 계속했다. 그것은 버섯 모양의 키홀더에 달려 있
는 열쇠였다.

　—게다가 나는 이제 이렇게 성령의 열쇠까지 손에 넣었다.
나는 이 열쇠로 저 문을 열고 성령의 감화 감동과 위로하심과
교통하심이 영원한 곳에 가둘 수 있으리니 이 흉악한 사탄아,
내게서 물러나라!

나는 그 말이 끝나자마자 손도끼로 부인의 정수리를 내리쳤다. 예리한 도끼날에 정수리가 찍힌 부인은 '악'하는 비명을 짧게 내지르고는 뒤로 넘어졌다. 일순 좌중이 술렁거렸다. 나는 그들을 향해 말이 나오는 대로 지껄여대려고 했다. 그런데 의외로 내 입에서 흘러나온 것은 말하고 있는 나도 전혀 알아들을 수 없는 외국어의 읊조림이었다. 그건 차라리 언어가 아니라 단순한 혀 놀림이나 옹알이에 더 가까운 것 같았다. 내가 원한다고 해서 중간에 끊을 수도 없고 멈출 수도 없는 구음 다발이 줄기차게 입속말로 흘러나왔다. 좌중의 어떤 사람들은 성극 중에 방언의 이적이 일어났다며 '할렐루야!'를 부르짖기도 하고, 다른 어떤 사람들은 저게 연극 대사인지 실제로 터진 방언인지 분간할 수가 없다면서 투덜거리기도 했다. 그때 바로 단상 앞에서 나이가 지긋해 보이는 초로의 남자가 어쩐지 심상치 않다는 표정으로 벌떡 일어나더니 내게 추궁하는 어투로 물었다.

—너의 방언은 도대체 어디서 온 것이냐?

내가 그 질문에 답하거나 수그러들 기미를 보이기는커녕 오히려 더욱 언성 높여 계속하자 초로의 남자는 뒤쪽으로 매서운 눈짓을 보냈다. 그러자 팔뚝에 '안내'라는 완장을 찬 서너 명의 청년들이 일제히 단상의 무대를 향해 몰려나왔다. 그때 빨간 장막이 서서히 닫히더니 무대 뒤편에서 마술버섯이 튀어나왔다. 그녀는 쓰러져 있는 부인의 손에서 버섯 모양의 키홀더를 서둘러 빼앗아들고는 내게 넘겨주었다.

─저 문을 열고 빨리 밖으로 나가세요.

그녀는 부인이 향해 가려던 문을 가리키며 다급한 목소리로 재촉했다. 나는 마술버섯이 넘겨준 키홀더의 열쇠로 그 문을 따 보려 했다. '찰칵'하고 문이 열렸다. 나는 허둥지둥 문밖으로 달아났다.

하지만 문밖에서 나를 기다리고 있는 것은 불행히도 반원형의 포위망으로 앞길을 에워싸고 있는 여러 명의 경찰들이었다. 그들은 모두 내게 총을 겨누고 있었다. 문밖으로 통한 곳은 바로 강가의 둑길 언저리에 있는 잡목 덤불 앞이었다. 그 경찰들 가운데 사복 입은 한 명이 메가폰을 들고 외쳤다.

─미군 탈영병은 흉기를 버리고 즉각 투항하라!

그제야 나는 내가 미군 군복을 입고 있을 뿐 아니라 내 손에 아직도 손도끼가 들려 있다는 사실을 의식할 수 있었다. 나는 그들에게 해명하고자 입을 열었다. 하지만 내 입에서 여전히 쏟아져 나오는 것은 누구도 알아들을 수 없는 '방언'일 뿐이었다. 나와 말이 전혀 통하지 않는 경찰은 어설픈 손동작까지 써가며 계속 내게 도끼를 버리고 투항하도록 다그쳤다. 나는 차라리 손도끼로 경찰의 포위망을 헤치고 거기서 빠져나가야겠다고 결심했다. 하지만 손도끼를 치켜들자마자 경찰은 내게 총을 발사했다. 나는 도끼를 놓치고 그 자리에서 허물어지고 말았다. 총에 맞아 쓰러진 와중에도 내 입에서는 쉬지 않고 요령부득의 방언이 쏟아져 나오고 있었다.

얼마나 시간이 흘렀을까. 내가 겨우 눈을 떴을 때, 한 떼거리의 사람들이 무리지어 내 쪽으로 서서히 다가오는 게 보였다. 나는 다시 눈을 질끈 감고 길바닥에 몸을 축 늘어뜨렸다. 강가에서 불어온 실바람에 바닥 위의 검불들이 흩날리며 내 뺨을 간질였다. 우선 내 몸에서 미군 군복부터 벗겨낸 그들은 나를 번쩍 들어 올려 어깨에 떠메고 마치 운구 행렬처럼 침중하게 어디론가 향했다. 언제까지나 지속될 것처럼 느리고 무거운 발걸음이었다. 그렇게 이동하는 동안 그들은 내내 침묵을 지켰다. 나는 실눈을 뜨고 어디쯤 와 있는지 살폈다. 그곳은 한 모퉁이에 산자락을 낀 벌판이었다. 그리고 그 벌판의 들머리에서 상아빛 다리들의 숲이 눈에 들어왔다. 사람들은 그 숲의 언저리에서 걸음을 멈춘 것 같았다. 잠시 후 그 행렬의 무리에서 사내들 몇 명이 앞에 나와 곡괭이와 삽으로 흙바닥을 파내기 시작했다. 얼마 지나지 않아 그 사내들 사이에서 구덩이를 다 팠다는 말소리가 들려왔다. 이제 내 몸을 어깨에 떠멘 사람들은 여전히 느리고 무거운 걸음을 내디뎌 그 구덩이 앞에 다가섰다. 잠시 후 나는 그들에 의해 머리부터 구덩이 속에 처박혀 물구나무를 서야 했다. 구덩이 위로 솟아올라 있는 내 다리를 빙 둘러싸고 사람들이 일제히 열띤 박수와 함께 흥에 겨워하는 환성을 올렸다.

열렬한 박수갈채와 환성 속에서 무대 앞으로 빨간 장막이 닫혔다. 두 팔이 저려오도록 꽤 오랫동안 물구나무서기를 견뎌야 했던 나는 다시 몸을 바로하고 무대 한가운데로 나왔다. 곧 빨간 장막이 걷히면서 여전히 박수갈채와 환호성을 그치지 않고 있는 카페-테아트르의 객석이 조도 낮은 불빛 아래 드러났다. 나는 객석을 향해 정중하게 허리 숙여 인사했다. 무대 바로 앞에서 얼굴 가득 웃음 지은 마담은 '브라보!'라고 외치며 누구보다 열렬히 박수를 보내고 있었다. 다시 빨간 장막이 닫혔다. 나는 출연자들과 함께 무대 뒤편으로 퇴장했다. 그때 노랑머리의 한 여인이 내 앞으로 다가왔다. 나는 그녀가 말린버섯이라는 것을 어렵지 않게 알아볼 수 있었다. 그녀는 내게 지금 누가 카페-테아트르의 바깥에서 나를 기다리고 있으니 잠시만 다녀오자고 했다.

나는 그녀를 따라 카페-테아트르의 바깥으로 나왔다. 연한 옥빛 터틀넥과 검정색 가죽스커트 차림에 미들부츠를 착용한 그녀가 저만치 앞장서서 성큼성큼 걸어가고 있는 게 보였다. 나는 말린버섯이 향해 가는 대로 공장 부지와 높다란 교회 건물을 끼고 돌아 둔치로 통하는 굴다리 근방까지 와야 했다. 하지만 내가 후미진 골목 안에서 잠깐 지체한 사이 그녀의 모습은 더 이상 보이지 않았다. 그녀를 찾아 굴다리 속으로 들어가보려는 순간 길섶에 누워 있던 노숙자가 벌떡 일어나더니 느닷없이 내 앞길을 가로막았다.

얼굴이 잿빛으로 짙게 그을린 그는 상의 우측에 'U.S.Army'라는 표찰이 붙어 있는 카키색 미군 군복을 입고 있었다. 그럼에도 그게 미군 군복이라고 단정하는 것은 역시 속단에 지나지 않을 수도 있었다. 왜냐하면 그 군복에는 이름표도, 계급장도 달려 있지 않은데다 그의 생김새도 도무지 미군으로는 보이지 않았기 때문이었다. 그는 어눌한 말씨로 자기의 이름이 인디언 조라고 밝히더니 내게 손동작으로 뭔가를 전하려 했다. 아마도 담배를 피우고 싶다는 것 같았다. 나는 담배 한 개비를 꺼내 그에게 건넸다. 인디언 조는 고마워하며 담배에 불을 붙여 물었다. 그와 나 사이에 독한 연기가 피어올랐다. 한동안 어색한 침묵이 끼어들었다. 내가 그만 굴다리 쪽으로 발길을 돌리려 하자 그는 그제야 비로소 말문을 열었다.

　—얻어 피운 담배에 감사드린다는 뜻으로 이제부터 제가 버섯의 환각 속에서 여행 다닌 이야기를 들려드릴까 합니다.

　그러더니 인디언 조는 내 동의도 얻지 않고 제멋대로 자기의 개인적인 환각 체험담을 늘어놓기 시작했다. 하지만 그 이야기에 귀 기울이자 나는 모든 일들이 처음부터 다시 시작될 거라는 사실을 깨닫지 않을 수 없었다. 그때 고깔모자를 쓴 외눈박이 소녀 하나가 19세기풍의 빅휠 자전거를 몰고 옆길로 유유히 지나가는 게 보였다. 그녀는 굴다리 들목에서 잠시 멈춰 서더니 내게 손을 흔들어 보이고는 다시 자기 자전거에 올라탔다. 나는 인디언 조의 이야기에 계속 귀 기울이면서도 굴다리 속으로 사라진 외눈박이 소녀의 뒷모습에서 한참 동안이나 눈길을 거둘 수 없었다.

수록 작품 발표 지면

「고독 역시 착각일 것이다」 미발표작

「여명의 문을 여는 풍적수」 문예중앙 2008년 여름호

「메아리」 문학들 2009년 봄호

「해몽」 작가세계 2009년 여름호

「이보가 나무」 문학과사회 2008년 여름호